本書出版得到國家「二一一工程」「中國語言文學與民族文化復興」項目資助

風起雲揚

首屆南京大學域外漢籍研究國際學術研討會論文集

張伯偉 編

中華書局

圖書在版編目(CIP)數據

風起雲揚/首届南京大學域外漢籍研究國際學術研討會論文集/張伯偉編.—北京:中華書局,2009.10

ISBN 978-7-101-06857-3

Ⅰ.風… Ⅱ.張… Ⅲ.漢學-研究-學術會議-文集

Ⅳ.K207.8-53

中國版本圖書館 CIP 數據核字(2009)第 114936 號

責任編輯:俞國林

風起雲揚

首届南京大學域外漢籍研究

國際學術研討會論文集

張伯偉 編

*

中華書局出版發行

(北京市豐臺區太平橋西里 38 號 100073)

http://www.zhbc.com.cn

E-mail:zhbc@zhbc.com.cn

北京市白帆印務有限公司印刷

*

787×1092 毫米 1/16·50¾ 印張·1200 千字

2009 年 10 月第 1 版 2009 年 10 月北京第 1 次印刷

印數:1-600 册 定價:360.00 元

ISBN 978-7-101-06857-3

目　録

漢籍綜合研究

朝鮮—韓國漢籍研究

日本漢籍研究

越南漢籍研究

漢籍交流研究

文士交往研究

會議側記

歡迎詞

南京大學校長助理 南京大學人文社會科學高級研究院院長

周 憲

尊敬的各位來賓、女士們、先生們:

大家好！歡迎來到六朝古都南京！八月的南京剛度過了炎熱的夏季，進入怡人的秋天。在這美好的季節裏，我們迎來了參加本次會議的各位代表。在此，我謹代表南京大學對各位來賓、專家學者的到來表示熱烈的歡迎。

南京大學歷來十分重視國際學術交流，與國際學術界有着廣泛而密切的交流與合作。于2000年成立了域外漢籍研究所，經過幾年的努力，已有相當的成果。南京大學以綜合性、研究型、國際化爲目標，本次域外漢籍研究國際學術研討會的召開，對提高南京大學的國際影響力，創建成爲世界一流大學具有十分重要的意義。

域外漢籍研究是一項十分有意義的研究課題。在世界全球化日益明顯的今天，突破一國界限，在更廣泛的範圍内進行漢文化的研究，已經越來越有必要。東亞文化圈是其中的重要組成部分，域外漢籍的研究對東亞文化的建設有積極意義，其重要性已引起國際學術界的極大關注。今天到會的嘉賓中，有多年致力於此項研究的專家學者，也有優秀的中青年學者。大家濟濟一堂，共同研討這一重大課題，必將産生優秀的研究成果，對促進這一學科的建設，促進東亞文化圈的形成有着重要作用。

南京大學歡迎與會專家學者構建這樣一個平臺，以學術爲紐帶，使不同的國家、地區增加交流、增進理解。我們希望這樣的研討會能夠經常舉辦，南京大學願意爲這樣的學術交流提供盡可能多的幫助。

各位女士、各位先生，在这几天裏，各位將會就對學術研究有重大意義的課題進行研討，交換意見和心得。在取得豐碩成果的同時，希望各位能在接下來的活動中，親身感受漢文化的魅力。

謝謝各位，再次歡迎大家的到來，衷心祝願大會圓滿成功!

開幕詞

南京大學域外漢籍研究所所長

張伯偉

各位學者、各位來賓：早上好！

域外漢籍研究國際學術研討會，經過將近一年時間的籌備，今天終於在中國古都南京開幕了。我謹代表本次大會組織委員會，向來自海内外的各位學者表示熱烈歡迎。

歷史上以中國爲中心，曾經形成了一個漢文化圈，並且在周边國家和地區留存下大量的漢籍。就國别而言，可以稱韓國漢籍、日本漢籍、越南漢籍等，相對於中國所存者而言，也可以統稱爲域外漢籍。進入21世紀，域外漢籍的研究在東亞各地區得到越來越多的重視，也取得了令人矚目的業績。正是爲了推動域外漢籍研究事業的開展，檢閱近年來域外漢籍研究的最新成果，南京大學文學院、南京大學人文社會科學高級研究院以及南京大學域外漢籍研究所聯合舉辦了這次研討會。

從學術史的角度看，學術研究的發展和進步往往得力於新資料的發現和運用，1938年，胡適在《近年來所發現有關中國歷史的新資料》（Recently Discovered Material for Chinese History）中，提到甲骨卜辭、燉煌卷子、大内檔案以及禁書逸書，同時也提到“日本朝鮮所存中國史料”。在上述新資料中，前四者都在20世紀學術研究中充當了重要角色，得到國内外學術界較爲充分地認識和使用。而最後一方面的史料，在胡適的認識中，可能更多的還是指流失在日本朝鮮的中國史料，至於日本、朝鮮的漢籍以及其中所存的中國史料，其價值和意義尚未能得到學界的重視。21年前，臺灣聯合報國學文獻館發起組織了首屆“中國域外漢籍國際學術會議”，當時的普遍狀況是，學術界對於域外所存的漢籍資料多不曾注意，甚至是根本生疏的。20年來，隨著大批中國學者走出國門，域外漢籍的面目也爲越來越多的人所認識，其情形已發生了很大的變化。而在韓國和日本，隨著對本國文化傳統的深度了解和反省，對歷史上漢籍也越來越重視。本次大會所收到來自韓國、日本、美國以及中國大陸、臺灣和香港地區學者的數十篇論文，從各個方面和層面上對域外漢籍展開研究，就是這種變化的一個象徵。

就近年來域外漢籍研究的發展而言，我想在這裏作一個大膽的判斷：域外漢籍研究是本世紀一個嶄新的學術領域，其價值和意義完全可以和上世紀的新學問——燉煌學作類比，甚至有以過之。爲甚麼？説到一門學問的成立，它應當滿足若干基本條件，大致説來有，1、具備獨特而豐富的資料來源；2、能够不斷提出新的命題並産生新的理論和方法；3、擁有相對穩定的研究隊伍和卓越的研究成果。域外漢籍就是這樣一批獨特而豐富的文獻，即便現在我們還没有編出域外漢籍總目，但是僅僅從韓國、日本和越南的各類現存書目中，我們已經能夠確認，域外漢籍是一個龐大的資料寶藏。而學術界已經提出的若干新命題和新設想，比如"漢文化整體研究"、"書籍之路"、"俗文本文獻學"以及更爲細化的"文學典籍的流傳"、"文學人士的交往"、"文學讀本的演變"、"文學觀念的滲透"、"文學典範的確立"等，也顯示出這一領域的蓬勃的生命力。而以綜合的方法從事域外漢籍研究，對歷史上的汉字文獻賦予一個整體的意義，我們的眼光自然就能超越國别的限制。我以爲，今天從事域外漢籍研究，應該突破傳統史家"天下一統"或"中心—四裔"的觀念，溝通中心和邊緣，追尋對人的精神世界的理解和體驗。這樣，域外漢籍的價值就不止是中國典籍的域外延伸，不止是本土文化在域外的局部性呈現，其對漢文化整體的理解和認識，絶非無關宏旨或無足輕重。漢文化在歷史上曾發揮偉大的作用，它已經成爲東亞各國人民精神世界中的重要因素。抉發這種因素，闡釋其價值和意義，使漢文化在21世紀界中發揮更爲積極的作用，正是今日學者從事域外漢籍研究的使命之一。

1930年，在燉煌莫高窟被發現二十多年後，40歲的陳寅恪對當時的新學問有過一段著名的論述，我特别想在這裏誦讀一遍，獻給在座有志於獻身學術的年輕學子：

> 一時代之學術，必有其新材料與新問題。取用此材料，以研求問題，則爲此時代學術之新潮流。治學之士，得預於此潮流者，謂之預流。其未得預者，謂之未入流。此古今學術史之通義，非彼閉門造車之徒，所能同喻者也。

總之，域外漢籍研究是一片剛剛開始耕耘的廣袤土地，它的肥沃、它的深厚正呼唤著一切有志於開墾的學人將自己的智慧和熱情推入其中。

祝大會圓滿成功！

祝各位代表在南京期間心情愉快！身體健康！

祝詞

東京大學名譽教授 南京大學域外漢籍研究所顧問

戸川芳郎

近年我接受了兩個顧問之銜，一個是北京大學“儒藏”編纂委員會顧問，另一個不用説就是擔任南京大學域外漢籍研究所顧問。我接受域外漢籍研究所顧問的原因甚爲明瞭，因爲研究所以“推崇嚴謹樸實，力黜虚誕浮華”爲學風特色，秉持文獻學爲基本的研究方法。

宣言以文獻學的方法爲設立宗旨，我想就此略陳己見。日本的近代學術，特别是人文學所顯示的特色，有着採用東洋學、支那學這種傳統研究方法的劃分，並以學會的形式延續至今。東洋學有東方學會，支那學（漢學）有日本中國學會，是各具六十年光榮歷史的全國學會。我與它們一直有着深切的關係，並承擔理事長之職。

毋庸贅言，一百三十年來，在具有近代學術特色的兩學會中，日本中國學會其學問在日本的形成，頗爲曲折。

中國學，乃支那學（Sinology，漢學）、中國古典學之謂。日本中國文化研究的一大特色，即貴研究所倡導的“文獻學”、文獻實證學，也就是清朝漢學——乾嘉之學（戴、段、二王的揚州學派）——俞樾、章炳麟，係以清朝朴學爲代表的學問取向。日本的支那學（Sinology）是對這一學問取向的自覺受容。

狩野直喜（1868—1947）與内藤湖南聯手，在新設的京都大學文科裏所營造的學風，惟有上述之支那學，即文獻學——目録、訓詁、校勘、辨疑之學。狩野氏門下，小島祐馬、青木正兒、武内義雄等才俊輩出，關門弟子中，則以倉石武四郎、吉川幸次郎爲個中翹楚。

我在東大、京大曾受教于倉石、吉川兩先生，故有作爲狩野氏直系弟子的自覺，從而得到清朝學術忠實繼承者之評價。兩先生一同留學北京（1929—1931），其間曾分别訪問過南京，拜訪過黄侃（季剛）先生，皆感慨其學問之精深。從倉石先生那裏聽到過黄侃先生關於《穀梁音義》爲宋人改竄的判斷，黄侃先生的説明懸河瀉水，足見其學問之精湛。

南京大學自黄侃先生始，傳承了有氣骨的學風。

日本戰敗後，中國學會繼承發展了支那學（中國古典學、漢學）的方向。我所説的大家覺得現在已頗爲陳舊，但支那學（sinology）被譯作“日本漢學”（nihonkangaku），帶着漢學(kangaku)語意本身的模糊性過了數十年，反而令人有不無遺憾之感。

漢學（Sinology）向來是法國漢學與美國漢學並稱，同時有朝鮮漢學、日本漢學之稱，但所謂日本漢學，指的是江户末明治期的漢學(kangaku)、室町江户初期的抄物（shomono）研究等，非指現在中國學會作爲研究対象的中國古典學研究。

貴研究所的“域外漢籍”也同様，我以爲可理解爲中國傳來的版印本、寫本與和刻本、日本鈔本（包括帶和訓、夾雜假名類書籍）的廣義文籍的總稱。

不過，儘管其名稱頗爲曖昧，此次卻召開真正的文獻研究研討會，廣泛地研究討論“域外漢籍”，使當今的研究水準得以一一展示，我爲此深受感動。

在此，我謹向準備本次會議的張伯偉所長諸位以及支持域外漢籍研究的南京大學表示感謝，並致以問候！

（俞士玲譯　金程宇校）

漢籍綜合研究

中古時代中朝的雙語字典編纂傳統

劉迎勝

偶而見得一本書《雙語辭典學導論》（修訂本）①。該書從雙語辭典的編寫史、類型、特殊性、宏觀與微觀結構、語文性與非語文性、語言的差異、翻譯、成語的編排與處理、術語與多語辭典等部分，研究了各種雙語辭典。筆者近年來一直關注明四夷館、會同館所編《華夷譯語》，與朝鮮司譯院的譯學所編對譯分類字書，因而對有關雙語字典的研究産生興趣。閱讀此書後發現，書中許多部分對筆者的工作有極大啟發。惟對作者有關雙語字典編寫史的論述有些疑問，故將筆者隨想記録如下，以期拋磚引玉。

一、《雙語字典研究》作者眼中所見雙語字典的編寫史

從目前學界發表研究的成果看，關注雙語字典編纂史的主要是當代外語教學界編寫西方語言—漢語字典的學者。當代西方語言—漢語字典内容信息量大、種類多、更新快。因此這些學者關注的問題緊扣當代國際雙語字典編纂界的學術主流，其成果有很强的現實意義。也許是因爲長期從事具體某類字典編寫工作，以及這些學者的學術背景主要是西語字典編纂學的原因，其目光大致限於西方，有關中國的學術傳統知識卻嚴重不足。舉例來說，《雙語辭典學導論》（修訂本）的作者黄建華、陳楚祥在其書導言中有關雙語字典編纂史其要點如下：

1) 古希臘人對編寫希臘—周邊蠻族對照字彙表不感興趣。
2) 古羅馬人約從6世紀起開始編寫雙語字彙集，最初編寫的是拉丁—希臘或希臘—

①黄建華、陳楚祥著，北京：商務印書館，2003年，第2版，第二次印本。

拉丁語字彙集①。

3) 近東與美索不達米亞的情況因缺乏可靠的第一手資料，暫置不論。

4) 中世紀西歐出現雙語現象：社會上層使用拉丁語，而各地平民則通行各種地方語言（英、法、德、俄語等②）。最初是在拉丁文宗教著作的字裏行間加注淺顯的拉丁文或其他當地語言注釋，後來出現拉丁語與其他語言字彙表。西方專門研究者所掌握的不過20餘種，多編於8—11世紀之間。字數多數爲1000餘字。③

5） 14—15世紀爲西方雙語辭書的成形期：

（1）從以古語辭彙作詞目逐漸過渡到古今語並重。

（2）從以拉丁語爲一方，逐漸擴展到雙語均爲當時的活語言。

（3）字書的收詞量大增。

（4）排序從義序走向形序④。

（6）進入文藝復興時代以後，雙語詞典蓬勃發展起來。

原作者指出：

“至於中國辭書史專著，我國已出了四五種，卻尚未見雙語辭典史的專著，散見於報刊的某些有關文章雖然有重大參考價值，但仍不足以據此與西方雙語詞典的發展作認真、全面的對比”。原作者雖然坦承“還不具備深入發掘我國雙語詞典發展史料的條件”，但又同時斷言中國的情況與西方“卻有很大的不同。中國長期以來是個中央大帝國，對鄰近各民族往往採取同而化之的態度，而且秦代開始便實行書同文，各地也不大採用拼音文字，雙語詞典的需求自然不象西方那樣迫切”⑤。

①作者所據爲享利·貝熱萬與菲力浦·特瓦榮1996年所出《雙語辭典》一書（Henri Béjoint/Philippe Thoiron, Les dictionnaires billingues, Aupelf–Uref–Editions Duclot, 1996，頁22），此據《雙語辭典學導論》，頁2及頁225。看來作者在這一點上並沒有自己獨立的研究，只是因爲編字典涉及體例與理論問題時，參考過他人著作而已。查黃建華、陳楚祥從未發表過有關古代近東文明、其地古文字與語言的研究論文，因此關於該地區古代雙語字典編寫傳統問題，作者所缺者恐怕不是什麼可靠的第一手資料問題，而是在該領域的研究能力問題。

②原作者黃建華、陳楚祥此處行文邏輯上有問題，俄語並不通行於西歐。

③原作者黃建華、陳楚祥所據爲法國學者馬托雷的《法語字典史》（G.. Matoré, Histoire des dictionaries français, Paris, Larousse, 1968）。此據《雙語辭典學導論》，頁2及頁225。

④《雙語辭典學導論》，頁4—9。

⑤《雙語辭典學導論》，頁12，並見同頁注2。

此說不對。中國雙語詞典的編寫歷史要早於上述兩位學者基於外國學者研究所了解到的拉丁語—希臘語或希臘語—拉丁語字彙表出現的時間。

當然黄建華與陳楚祥也指出，"就狹義的當代雙語詞典而言，我國並不落後於西方之後，好幾本'少數民族語—漢語'詞典都成書極早。例如，按《爾雅》譯成'番書'（西夏文）的《番爾雅》，是一部分類排列的雙語詞典，成書於1032—1048年之間。作爲西夏文—漢文詞典的《蕃漢合時掌中珠》則於1190年問世。《華夷譯語》（或稱《蒙古譯語》，與後來四夷館編纂的《華夷譯語》有所區别），實際上是部蒙古語—漢語詞典，也于1382年成書。……换而言之，中國的活語雙語詞典史比西方要悠久得多。不僅歷史悠久，而且涉及的語種衆多，明代四夷館的《華夷譯語》就包含近二十種語文①，舉凡中國的各民族語言，幾乎無不涉及②。在這方面與西方相比也毫不遜色"③。上述描述基本近於事實，雖然大體沿續他們參見的陳炳迢的論文，還存在一些錯誤，但畢竟提及了中國古代編纂雙語歷史的大致歷史。

黄建華、陳楚祥先生所參考過的有關我國雙語詞典編纂史的論文有：

1）黎難秋：《中國雙語詞典史話》，《辭書研究》，1982年，第1輯。

2）陳炳迢：《我國民族語言對照詞典簡史》，《辭書研究》，1982年，第1輯。

3）陸升：《雙語語文詞典的歷史、現狀和前景》，《蘇州大學學報》，1993年，第2期。④

其中黎難秋的《中國雙語詞典史話》循佛經翻譯、明四夷館、明中期以後西方傳教士入華、清四譯館與會同館、清末同文館的綫索論述了雙語辭典的編纂工作。但黎難秋没有對上述綫索的幾個階段作細部研究。

黄建華、陳楚祥所參照的陳炳迢的《我國民族語言對照詞典簡史》一文，是一篇認真之作。作者回顧了佛經翻譯的背景，從宋鄭樵《通志》中提及的《釋梵語》（一卷，不著作者和年代）開始叙述。梵語並非我國的少數民族語言，所以作者講述的内容超越了民族語

①此說不確。四夷館本"華夷譯語"起初包括八種語文，後擴至十種。除四夷館編寫雙語字典外，會同館也編。

②"華夷譯語"不僅包括中國少數民族語言—漢語字彙表，也包括周邊國家民族的語言—漢語的字彙表。

③《雙語辭典學導論》，頁13—14。

④這三篇論文中，筆者請博士生舒健按圖索驥，但只找到前兩篇，未能查到陸升的文章。或許黄建華、陳楚祥兩位原作者提供的資訊有誤。希望將來能有所發現。

言對照辭彙的範圍，實際上是在談我國的雙語詞典編纂史，從而有了更廣的學術視野。作者引述了[清]謝啟昆的《小學考》中有關劉世清通諸國語，猜測劉世清是《釋梵語》的作者的內容①。其實《北齊書·斛律羌舉》提到的是，劉世清通四夷語，爲當時第一。北齊後主高緯命他"作突厥語翻《涅槃經》"。從其文義理解，這裏説的是劉世清是一位至少通突厥語與梵語的人材。

陳炳迢所列出的我國雙語詞典編纂史的綫索是：

[劉宋]鄭樵提及的《釋梵語》。

[北齊]道慧：《一切經音義》、[唐]慧苑：《華嚴經意義》、[唐]玄應：《一切經音義》、[唐]慧琳：《一切經音義》。

[西夏]《番爾雅》、《番漢合時掌中珠》。

《西蕃譯語》。

[宋]孫穆：《雞林類事》。

[元]脱脱等：《遼史語解》。

[元]脱脱等：《金國語解》。

火原潔：蒙漢合璧《華夷譯語》。

[明]四夷館編《華夷譯語》。

[清]康熙年《語史九餘》，收于《威龍秘書》九集。

[清]乾隆年《西域同文志》二十五卷。

[清]《滿漢六部成語》六卷。

[清]王初桐：《西域爾雅》。

增定《御定清文鑒》四十六卷、《同文廣匯全書》九卷、《御定滿洲、蒙古、漢字三合切音清文鑒》三十二卷。

上述綫索基本列出了我國古代雙語詞典編纂史發展的主要軌跡，是黄建華、陳楚祥上述著作有關中國雙語字典論述的主要依據，有極大的學術意義。

綜合上述著述，可見《雙語詞典學導論》的作者目光雖然兼及歐洲與中國，但其歐洲部分主要依據西方學者的現有研究成果，基本没有自己獨立的研究；而其中國部分較弱，對中國以外的其他亞洲地區，特别是朝鮮時代古代雙語詞典的編纂史很不了解，閱讀面狹窄，連自己已經引用過的文獻也未仔細閲讀，造成帽大頭小的現象，即標題與内容不符的現象。以至其書對於關注古代東方雙語詞典學的研究者來説，少有參考價值。

在此筆者擬在他們的意見及其所據文獻的基礎上，根據自己平日閲讀所及作一點補

①《我國民族語言對照詞典簡史》，《辭書研究》，1982年，第1輯，頁173—177。

充，主要補充的内容是中古時代我國、東鄰朝鮮和西亞雙語的詞典的編纂情況，藉以豐富我們對舊世界雙語詞典的編纂史的了解，以就教于方家學者。

二、古代中國古代雙語的字典

中國是一個大國，與周邊民族交往有久遠的歷史；中國自古以來就是一個多民族國家，各族之間交往離不開語言溝通。譯語之學古已有之。商周時，中原的華夏族將居於自己以東的民族稱爲夷，以北的稱爲狄，以西的稱爲戎，而南方之民則稱爲蠻。據《禮記·王制》記載，"五方之民，語言不通，嗜欲不同，達其志，通其欲，東方曰寄，南方曰象，西方曰狄鞮，北方曰譯。"①這是古代中國各民族間互相溝通時借助翻譯的生動記載。與西方雙語詞典的歷史不同，古代中國雙語詞典的編寫動力源於漢族與周邊民族的交往。金元明清時代，各民族語言對譯字典大量出現。這種字典稱爲《譯語》。

《譯語》的編纂最初起始於佛教的東傳。佛教的入華不僅是一種外來宗教在華的落腳生根，而且是中國歷史上首次大規模地引進外來的文化，其中主要是印度與西域的文化。印度與西域文化的入華爲世世代代身居漢地的中國人提供了平行于漢文化的異域文化鏡鑒，在這樣的背景之外，古代中國人第一次有機會將自己習以爲常的漢文字與異域文化進行對比。印度與西域文化參照系的存在使古代中國人得以較過去更爲客觀地認識自身。以漢語爲例，東漢以來中國人通過梵漢對比了解到漢語是一種有聲調的語言，即平上去入四聲；爲注明漢字讀音，反切系統被創造出來。在概括反切下字的基礎上，各種韻書紛紛湧現。後來漢語詩律學大興蓋肇源於此。較韻書稍晚出現的概括反切上字、音紐、音等的圖籍成爲後代研究漢語音韻學、漢語語音史的主要資料。關於此點，已經有大量研究，此不贅言。

爲了幫助中國佛教徒了解佛經中各種術語（其中包括大量的音譯術語）的意義，當時的翻譯界編寫了各種字書，唐代的玄應的《一切經音義》與慧琳的《一切經音義》解釋了許多音譯梵文詞，就是其中主要的代表。宋代希麟也編有《續一切經音義》。這幾部《一切經音義》字彙均以在經典中出現的先後排列，實際上是一種大部頭的雙語字彙表。其所有音譯辭彙均未給出梵文原形。黃建華、陳楚祥大概未遍查全書，以爲上述三書中的番語詞匯均爲"已譯成漢語的佛教詞語"，因此認爲它們只是外來語字典，而非雙語字典②。此

①《禮記注疏》，[漢]鄭玄注，[唐]孔穎達疏，陸德明音義，影印本《文淵閣四庫全書》，經部109禮類，册115，臺灣商務印書館，頁278—279。

②《雙語辭典學導論》，頁13。

説不確。上述三書中包括大量漢文譯音辭彙。黄建華、陳楚祥所引述的陳炳迢的論文《我國民族語言對照詞典簡史》中，就引用唐慧琳的《一切經音義》所收音譯辭彙：

> “[阿羅羅阿波波]，謂地獄寒苦之聲也。
>
> [憂摩陀]，摩音莫可返。此云妖狂。亦云是醉神者也。
>
> [缽建陀]，此云跳躑，此中力士甚勇健捷疾也。”

陳炳迢明確指出，“從語言的本質和歷史實際看，這些音義著作已具有對照詞典的作用。”[①]黄建華、陳楚祥雖然引用此文，但根本未提及上述援例，令人費解。

這種只提及音譯番語字彙，不附番語原文的傳統後來體現在許多番漢字彙表中。據筆者所知，國内各民族語言的對譯字書的編纂始於北朝時期。雖然在後漢末南匈奴各部已經陸續入居中原，但進入漢地的匈奴人漢化程度較低，且占人口比例較低，大概還没有産生編寫字書的需要。西晉滅亡後，北方民族大規模入居漢地。不過“十六國”時代的政權多數短命，大概没有機會編寫“胡語”與漢語的對譯字書。估計直至鮮卑族中的拓跋部建立的北魏王朝在中原站穩腳跟後，編寫番漢對譯字書這種需要花較多時間和精力的工作纔有可能實施。孝文帝以後，入居中原的鮮卑各族逐漸漢化，掌握本族語言的人漸次減少。據《隋書》卷三二《經籍志》一記載，“後魏初定中原，軍容號令，皆以夷語。後染華俗，多不能通，故録其本言，以相教習。”[②]同卷還著録了以下13種鮮卑—漢語對譯字書：

> 《國語》十五卷；《國語》十卷；《鮮卑語》五卷；《國語物名》四卷（後魏侯伏侯可悉陵撰）[③]；《國語真歌》十卷；《國語雜物名》三卷（侯伏侯可悉陵撰）[④]；《國語十八傳》一卷；《國語御歌》十一卷；《鮮卑語》十卷；《國語號令》四卷；《國語雜文》十五卷；《鮮卑號令》一卷（周武帝撰）《雜號令》一卷[⑤]。

從以上記載可知，當時這些鮮卑—漢譯語的使用者主要是北朝軍隊。原因是北魏軍隊

①刊於《辭書研究》，1982年，第1輯，頁173—177。

②《隋書》卷三二，北京：中華書局，1973年，頁947。

③侯伏侯不見於《魏書》“官氏志”，當爲俟伏斤之誤。陳毅《〈魏書〉“官氏志”疏證》謂：“兩‘侯’字當爲‘俟’，俟伏俟即俟伏斤之變。《廣韻》六止云：‘俟又音祈。’祈音從斤，是其證矣。”參見繆鉞：《北朝之鮮卑語》，收入作者《讀史存稿》，北京：生活·讀書·新知三聯出版社，1982年，頁60。

④“侯伏侯”當爲“俟伏斤”之訛，參見上注。

⑤《隋書》卷三二，頁945。

從前發號施令所使用的鮮卑語，在後期其意義越來越不爲人所知。編寫這些譯語是爲了幫助那些已經漢化的軍隊中的校尉和軍士了解鮮卑軍隊的傳統。這些譯語採用漢字“録其本言”，因此其中的鮮卑詞語應當都是以漢字音譯的形式出現的。可惜這些珍貴的資料今已不存。

在敦煌文獻中也有一些唐代漢藏兩族人民爲學習彼此語言文字編寫的漢藏對音拼讀或譯語，如：漢藏對音《千字文》殘卷①、《漢藏對照辭語》②、《漢藏對照辭彙》③等，都是留存至今的珍貴古文獻。

三、宋遼金夏時代的雙語詞典編纂

（一）《雞林類事》

宋遼金時代雙語詞典的編纂在漢地與邊疆都得到迅速發展。存留至今的這一時期在漢地編成的雙語詞典是北宋時譯官孫穆所編漢－高麗字彙集《雞林類事》。宋徽宗崇甯元年（1103）北宋使團出使王氏高麗(918－1392)，孫穆爲國信書狀官隨行。他在高麗收集朝鮮語詞，記録下來編成《雞林類事》，書成于宋徽宗崇甯元年至二年（1103－1104）。原書爲3卷，包括土風、朝制、方言及附録等部分，但除方言部分以外，大部分已佚。

現存的《雞林類事》收詞語共300餘條，按類排列，但不著類別。每個詞條先寫漢譯，再録漢字音寫的朝鮮語。其内容如按明四夷館各館所編雜字的分類與命名，可析分爲：

1.“天文”（共收19條語彙，如第1詞“天，曰漢捺”）④

①P. ch. 3419（=P. t. 1046），上海古籍出版社、法國國家圖書館編《法國國家圖書館藏敦煌西域文獻》，24册，上海：上海古籍出版社，2002年，頁155—158。

②S. 2736，收于黄永武博士主編《敦煌寶藏》，第22册，第3輯，1993年，臺北：新文豐出版公司，頁702-703。

③P. ch. 2762V（= P. t. 1263），上海古籍出版社、法國國家圖書館編《法國國家圖書館藏敦煌西域文獻》，18册，上海：上海古籍出版社，2001年，頁121—122。以上參見陳崇禮：《漢藏經濟文化交流史》，第二章第九節，“二、吐蕃學生入唐學習及藏漢語言文字交流”、“在蕃唐人與漢藏語言文字的交流”（電子版，國學網——中國經濟史論壇，網址：http://economy.guoxue.com/article.php/6866）；並見同一作者《唐蕃漢藏文獻的翻譯與交流》，中國論文下載中心（www.studa.net）。

④試對比《朝鮮館譯語》“天文門”：“天，哈嫩二，忝”。臺灣珪庭出版社有限公司，無出版年代，頁4。

2.“數目”（共收21條語彙，如第20詞“一，曰河屯”）[①]

3.“時令”（共收11條語彙，如第41詞“旦，曰阿慘”）[②]

4.“地理、方隅”（共收15條語彙，如第60詞“水，曰没”）[③]

5.“花木”（共收13條語彙，如第68詞“花，曰骨”）[④]

6.“鳥獸”（共收38條語彙，如第89詞“雁，曰器利弓機”）[⑤]

7.“人物”（共收45條語彙，如第1218詞“官，曰員理”）[⑥]

8.“身體”（共收22條語彙，如第165詞“眼，曰嫩”）[⑦]

9.“飲食”（共收24條語彙，如第189詞“酒，曰酥孛”）[⑧]

10.“珍寶”（共收5條語彙，如第209詞“銀，曰漢歲”）[⑨]

11.“衣服”（共收26條語彙，如第219詞“絹，曰及”）[⑩]

12.“顔色”（共收9條語彙，如第240詞“黄，曰那論”）[⑪]

13.“器用”（共收38條語彙，如第249詞“箸，曰折，七吉反”）[⑫]

14.“文史”（共收4條語彙，如第287詞“硯，曰皮廬”）[⑬]

15.“弓矢鞍轡”（共收17條語彙，如第300詞“箭，曰薩，亦曰矢”）[⑭]

16.“人事”（共收36條語彙，如第316詞“坐，曰阿則家囉”）[⑮]

---

①試對比《朝鮮館譯語》“數目門”：“一，哈那，義”。

②試對比《朝鮮館譯語》“時令門”：“早，阿息，左”。筆者按，其中之“阿息”可能是“阿怎”之誤。

③試對比《朝鮮館譯語》“地理門”：“水，閟二，暑”。

④試對比《朝鮮館譯語》“花木門”：“花，果思，華”。

⑤試對比《朝鮮館譯語》“鳥獸門”：“雁，吉勒吉，按”。

⑥試對比《朝鮮館譯語》“人物門”：“官，刮嫩（官員），管”。

⑦試對比《朝鮮館譯語》“身體門”：“目，嫩，莫”。

⑧試對比《朝鮮館譯語》“飲饌門”：“酒，數本，主”。

⑨試對比《朝鮮館譯語》“珎寶門”：“銀，遂，引”。筆者按，《雞林類事》譯音“漢歲”中的“漢”字，當意爲“白”。如《雞林類事》第185詞“白米，曰漢菩薩”；第240詞“白，曰漢”。

⑩試對比《朝鮮館譯語》“衣服門”：“絹，吉，卷”。

⑪試對比《朝鮮館譯語》“聲印門”：“黄，努論必，謊”。

⑫試對比《朝鮮館譯語》“器用門”：“筯，哲，主”。

⑬試對比《朝鮮館譯語》：“珎寶門”：“硯，必路，揜”。

⑭試對比《朝鮮館譯語》：“器用門”：“箭，灑二，展”。

⑮試對比《朝鮮館譯語》：“人事門”：“坐，阿格剌，左”。

17.“通用”（共收10條語彙，如第344詞“有，曰移實”）①。

以漢字記朝鮮語字彙讀音的方法，不但在漢人編寫的漢一朝對譯字彙中使用，高麗人也使用。例如高麗時代的醫方《鄉藥求急方》（三卷，一册），收録了當時高麗民間所使用的急救醫方，並對180多種動、植物和礦物藥材加以説明，乃朝鮮人所著最古之醫書。是書初刊于蒙元時代的13世紀中葉，原刊本已佚。現存的是1417年的重刊本，日本宫内省書陵部有藏。書中的辭彙之後標有漢字記録的朝鮮語讀音，比如：“桔梗鄉，名道羅次”；“鉛，俗云那勿”②。足見在尚未創製自己文字的王氏高麗時代，高麗人只能以漢字標音。

對比下文將涉及的蒙—漢《至元譯語》的分類可知，宋人編寫番—漢詞典時，已經有一定的分類規範。這種分類規範可能宋以前就存在，且一直延續至元明兩代。

（二）漢—夏雙語字書

這一時期地處西北的西夏境内編纂番—漢對譯詞典的活動也相當活躍。首先應當提及的是《番爾雅》。陳炳迢對此書作了如下研究：《宋史》卷四八五《夏國傳》提及，元昊“自製蕃書，命野利仁榮演繹之，成十二卷”，並譯《爾雅》與《四言雜字》爲“蕃語”。《郡齋讀書志》在言及《番爾雅》時，説此書以“以夏人語依《爾雅》體，譯以華言”。足見此書是一種分類字彙表。[明]方以智在《通雅》中稱此書又名《羌爾雅》，並説其作者爲劉温潤。至於其成書時間，陳炳迢認爲在1032—1048年之間，即李元昊在位時期。在黑城西夏文文獻中，未見有人提及《番爾雅》③。有關此書的進一步情況，有賴於未來西夏文獻的新發現與新研究。

存留至今的西夏人獨立編纂的番—漢對譯字書是《番漢合時掌中珠》，其編纂者是骨勒茂才。西夏乾祐二十一年（1190）骨勒茂才因爲“不學番言，則豈和番人之衆；不會漢語，則豈入漢人之數”而編寫了夏—漢字典《番漢合時掌中珠》。《掌中珠》1908年爲俄國人科兹洛夫（P. K. Kozlov）發現于黑城，印本共37頁，收録詞語414條。原件今藏俄羅斯④。

《掌中珠》中各詞條均以夏漢兩種語言釋義注音，是迄今所見我國最早的雙語雙解字

---

①《雞林類事》方言部分據王碩荃著：《朝鮮語語彙考索——據〈雞林類事〉條目》，天津古籍出版社，2006年，見頁212—220。其分類、編號與命名均爲筆者所作。對這一漢—朝語字彙表，在不同的研究者眼中會有不同的類目與命名。

②此文未見，兹據普維資訊http//www.cqvip.com。

③以上據陳炳迢：《我國民族語言對照詞典簡史》，《辭書研究》，1982年，第1輯，見頁174。

④現使用較多的是羅福成1924年所刊殘本，收于嘉草軒叢書。

典。字典我國古已有之。各種字典因用途不同，字詞編排原則也不一致。許慎的《説文解字》按部首排列，《切韻》按韻部排列，《爾雅》則按字詞意義分類編排，而上述兩種《一切經音義》的詞條乃按該詞條在佛典中出現的先後爲序。與之相較，《掌中珠》是一種分類字典，即詞語按其意義分類編排，它所繼承的是《爾雅》的傳統①。

《掌中珠》共分爲三大類即天、地、人。每大類再細分爲上中下三小類，共爲九小類，具體如下：

一、天

（一）天體上（天空）

（二）天相中（日月星辰、黄道十二宫、六十甲子）

（三）天變下（日子、時辰、天體變化）

二、地

（一）地體上（大地）

（二）地相中（山海河渠）

（三）地用下（金銀銅鐵、珠寶、花木果蔬、米糧、鳥獸）

三、人

（一）人體上（各種人）

（二）人相中（人體各部）

（三）人事下（人事）

由此可見，《掌中珠》遵行了《爾雅》按類排列字彙的傳統。按上述陳炳迢考證，《番爾雅》的成書時間約早於《掌中珠》一百餘年，或許其作者在編寫時曾參照過《番爾雅》。《掌中珠》是迄今所見我國最早的漢—少數民族語言的雙語分類字典。

四、蒙元時代雙語詞典的編纂

成吉思汗及其子孫率領蒙古軍東征西討，創建了人類歷史上疆域空前的大蒙古國。元

①《爾雅》的分類如下：

釋詁第一、釋言第二、釋訓第三、釋親第四、釋官第五、釋器第六、釋樂第七、釋天第八、釋地第九、釋丘第十、釋山第十一、釋水第十二、釋草第十三、釋木第十四、釋蟲第十五、釋魚第十六、釋鳥第十七、釋獸第十八、釋畜第十九（郭璞注《爾雅》，《字典彙編》編委會編《字典彙編》影印本，北京，國際文化出版公司，無出版年代）。

世祖忽必烈即位以後，蒙古國陷於分裂，忽必烈及其子孫統治大蒙古國中以漢地與蒙古本土爲中心的東部，即元朝；而大蒙古國的西部則由成吉思汗的其他各枝子孫統治，稱蒙古西北藩國。元帝國是一個多民族國家，其中蒙古人居於統治地位，稱爲國族①。居於其次的是來自於西北地方的其他各民族，稱爲色目人②。處於被統治地位的是漢人與南人③。

（一）燕京的“回回字學”

多民族國家統治機關各族官僚之間的溝通翻譯是必不可少的。蒙古國之初，華北通行一種稱爲“回回字”的文字。據《黑韃事略》記載，當時在華北“行之於回回”的官方文字，“則用回回字，鎮海主之”。同書還提到，在漢文文書的年月之前，田鎮海常“親寫回回字，云付予某人。此蓋專防楚材，故必以回回字爲驗，無此則不成文書。”由於“回回字”很有用，以至於通其字者可以作爲翻譯而謀生，故而燕京城裏“市學多教回回字及韃人譯語”，往往初學者才掌握一點基礎知識，便被拉去當翻譯。一些學者曾把上述《黑韃事略》中提到的“回回字”釋爲波斯文，筆者也發表過相同的意見④，但此説不確。《黑韃事略》中所提到“回回字”應當是畏兀兒文。⑤

但通檢元代文獻可以發現，在多數場合下元代漢文文獻中提到的“回回文”和“回回字”是波斯文，即入華回回人内部的族際共同交際語。元代文人王惲的《中堂事記》（上）提到，回回譯史麥術丁“其所譯簿籍搗治方厚，尺紙爲葉，以木筆挑書普速蠻字，該寫衆

①成吉思汗興起之前，蒙古草原上有許多部落，各有名號，蒙古不過是其中一個部落的名稱。成吉思汗統一蒙古高原之後，原先獨立存在的各遊牧部落均成爲蒙古國屬部，被編入千户、百户，也以蒙古人自居，蒙古民族就此形成。元代蒙古人還記得自己所源出的部落和氏族，故有蒙古七十二種之説。見陶宗儀：《南村輟耕録》，卷一“氏族”條。中華書局點校本，1980年，頁12。

②色目人種類衆多。同上書，頁13。

③如契丹、高麗、女直、渤海等，故元代有漢人八種之説。同上書，頁13—14。

④參見拙文《〈回回館雜字〉與〈回回館譯語〉》，刊于南京大學《元史及北方民族史研究集刊》，第12—13期，1989—1990年。

⑤這一推測存在的重要缺陷是，《黑韃事略》提到，這種“回回字只有二十一個字母，其餘只就偏旁上湊成”，而波斯文則有32個字母，即便是阿拉伯文亦有28個字母，均與此數不符。主持這種“回回字”的田鎮海的族屬諸書説法雖然不一，但不外克烈人和畏兀兒人。當時克烈人信奉的是聶思脱里派基督教，而畏兀兒人中則佛教徒和聶思脱里教徒兼而有之，但穆斯林卻很少。此外畏兀兒文使用19-23個字母，其數目因時代和文獻而異。元陶宗儀《書史會要》説：畏兀兒字有二十餘個字母（見《四庫全書》子部·藝術類），正與此合。而且《黑韃事略》提到，蒙古字與“回回字殆兄弟也”。衆所周知，蒙古文字母乃元初成吉思汗滅乃蠻部時被俘的乃蠻書記官畏兀兒人塔塔統阿創製的，故蒙古文字母源於畏兀兒字母。所以《黑韃事略》提到的田鎮海所主持的“回回字”應爲畏兀兒文。

事。紙四隅用縷穿系，讀則脱而下之”①。上述史料中提到的“普速蠻”，即波斯文مسلمان（musalmān）的音譯，意爲穆斯林。明四夷館中的回回館所編《回回館雜字》“地理門”第89詞正是這個مسلمان（musalmān），其漢字注音爲“母蘇里馬恩”，旁譯“回回”②。足見在13世紀時波斯語成爲入華回回人的族内交際語，甚至成爲他們的新共同母語。由於回回人在色目人中的重要地位，波斯文即“回回字”在元代的地位特别重要。元政府的許多機關内都設有“回回掾史”或“回回譯史”等官，以溝通色目大臣與其他民族官員。元代“回回字”與蒙古文與漢文一起被列爲官方文字，元政府還設立專門學校教授回回文，惜當時人所編回回—漢辭彙集未能保存下來。

（二）《遼史·國語解》與《金史·國語解》

脱脱主編的《遼史》與《金史》均成書於元順帝至正四年（1344）。《遼史》卷116的内容爲“國語解”。編者記其收録緣起時云：“史自遷、固，以迄晉、唐，其爲書雄深浩博，讀者未能盡曉。於是裴駰、顔師古、李賢、何超、董衡講稿諸儒，訓詁音釋，然後制度、名物、方言、奇字，可以一覽而周知。其有助於後學多矣。”此言古史書中有許多内容一般人不易理解，因此自古有學者爲史書作注，以釋難解疑。而“遼之初興，與奚、室韋密邇，土俗言語大概近俚。至太祖、太宗，奄有朔方，其治雖參用漢法，而先世奇首、遥輦之制尚多存者。子孫相繼，亦遵守而不易。故史之所載，官制、宫衛、部族、地理，率以國語爲之稱號。不有注釋以辨之，則世何從而知，後何從而考哉。今即本史互參研究，撰次遼《國語解》，以附其後，庶幾讀者無齟齬之患云”③。就是説，契丹人語言與奚與室韋相近，及建立遼朝，雖然引入漢法，但統治制度中源自本俗者甚多，且沿用很久。其術語，特别是官制、宫衛、部族與地理有關的部分，以契丹語表述者很多。如不加以注釋，則後人則無從了解其意義。

《遼史·國語解》中共收入198條語彙，依照《遼史》的叙事順序，按其在帝紀、志、表、列傳中出現的先後排列，屬於字彙表性質，編寫粗糙。這198條詞語真正屬於契丹語的不過七八十條，其他不過是一些遼代慣用的漢語辭彙，其中還有許多錯誤。所收契丹詞多爲姓氏、人名、官職名、地名、部名、器物名、制度名等。其每一個詞條包括兩部分：第一部分爲詞條本身，如果該詞爲契丹語的話，則爲漢字音寫契丹語詞匯，不著録契丹字；第二部分爲漢譯或釋語。如第一條云：“耶律氏、蕭氏，本紀首書太祖姓耶律氏，繼書皇后蕭氏，

①《秋澗集》卷八〇，四部叢刊初編縮本，頁769。

②《北京圖書館古籍珍本叢刊》，6，頁470；《回回館譯語》，頁523。

③《遼史》卷一一六，中華書局標點本，頁1533。

則有國之初，已分二姓矣。有謂始姓之地謂世里，譯者謂世里爲耶律，故國族皆以耶律爲姓。有謂述律皇后兄子名蕭翰者，爲宣武軍節度使，其妹復爲皇后，故后族皆以蕭爲姓。其説與紀不合，故陳大任不取。又有言以漢字書者曰耶律、蕭，以契丹字書者曰移剌、石抹，則亦無可考矣。”①

契丹語在元初尚有人會，但大約至元末消失，遼代創制的契丹大字與小字成爲死文字。幸而遼《國語解》保存了許多珍貴的契丹語資料，成爲當代學者研究它的重要入門鑰匙②。

《金史·國語解》被脱脱等置於金史卷135之後，即處於書末。其詞條安排與《遼史》不同，即不依照《金史》的叙事順序排列，而是分類而列。其分類爲：官稱、人事、物象、物類和姓氏。《金史·國語解》共收入125條語彙，絶大多數爲女真詞，基本上没有漢語詞。即使出現漢語詞，也處於次要地位，多爲女真詞語的形容詞。其每一個詞條也包括兩部分。第一部分爲漢字音寫的女真語詞匯，不著録女真字；第二部分部爲漢譯。如第一條云：“都勃極烈，總治官名，猶漢云塚宰。”③

女真文至明代尚有人使用。明永樂時設四夷館，包括八館，其中就有女直館，詳見下。

（三）《至元譯語》

蒙古人在元代這個種族等級制的社會中，處於社會頂端，所以蒙語被稱爲“國語”，蒙古文被稱爲“國字”，非常重要。前述《黑韃事略》提到，成吉思汗西征時，南宋時臣赴燕京太師國王木華黎行帳，發現蒙古統治者急需翻譯人材與漢人溝通，故而燕京城裏有許多人學習“韃人譯語”，初習不久便去當翻譯。據此可推測在13世紀20年代的燕京已經有人編寫過蒙古—漢語對譯字書，希望學界將來能有所發現。

保留至今宋元之際時人陳元靚所編《事林廣記》中幾種元刊本中，收有題爲《至元譯語》或《蒙古譯語》的蒙—漢詞典，今通稱爲《至元譯語》。據此譯語前言稱：“至元譯語，猶江南事物綺談也。當今時尚，莫貴於此。”④足見蒙古大軍南下，剿滅趙宋，引起江南的大變動，並不止於社會上層。可以説江南人基本接受了蒙古人坐天下的現實，甚至連

①《辽史》卷一一六，頁1534。

②劉浦江《從〈遼史·國語解〉到〈欽定遼史語解〉——契丹語言資料的源流》，刊于余太山：《歐亞學刊》，第四輯，中華書局，2004年，頁145—164。

③《金史》卷一三五後，中華書局標點本，頁2891。

④賈敬顏、朱風合輯：《〈蒙古譯語〉〈女真譯語〉彙編》，天津古籍出版社，1990年，頁1。

街談巷議也以引述幾句蒙古話爲最新時尚。於是有人"分門析類，附于綺談之後，以助時語"。至於綺談，《事林廣記續集·綺談市語》提到：

> 稱米爲漂老，飯爲雲子，糕爲旋蒸，蜜爲百花釀，面爲麥塵，肉爲綫道，鹽爲瀊老，醋爲醯物，油爲滑老，茶爲仙茗，酒爲醞物，包子爲撚兒，饅頭爲籠飽，餛飩爲温包，魚爲細鱗，鱉爲團魚，蝦爲長須公，蟹爲郭索，雞爲司晨，鴨爲緑頭，鵝爲紅掌，蘿蔔爲盧服，韭菜爲蔥乳，藕爲蒙牙，筍爲竹萌，甜瓜爲召平，梨爲天漿，桃爲仙果，杏爲嘗新，葡萄爲馬乳，石榴爲金罌，櫻桃爲崖蜜，牛爲大牢，羊爲柔毛，豬爲豕物。

足見綺談是一種市井行話。忽必烈建立元朝後，江南社會大變，統治者與被統治者操不同的語言，於是原南宋統治區的市井綺談中增加了蒙古語的內容。所以《至元譯語》的前言稱："譯者，謂辨其言語之異也。夫言語不相通，必有譯者以辨白之，然後可以達其志，通其欲。今將詳定《譯語》一卷，刊列于左，好事者熟之，則答問之間，隨叩隨應，而無鴃舌鯁喉之患矣。"①

《至元譯語》也是一種分類詞典，共分爲二十二門：

（一）天文門，如第1詞"天，滕急里"。
（二）地理門，如第15詞"地，合掣兒"。
（三）人事門，如第35詞"皇帝，罕"。
（四）君官門②，如第505詞"斷事官，札魯花赤"。
（五）鞍馬門，如第97詞"馬，木里"。
（六）軍器門③，如第135詞"弓，奴木"。
（七）五穀門，如第190詞"米，札匣阿木"。
（八）飲食門，如第199詞"粥，不朵"。
（九）身體門，如第211詞"頭，忒婁温"。

---

①賈敬顏、朱風上引書，頁1。

②在清袁氏貞節堂抄本所收《至元譯語》（影印本見《北京圖書館古籍珍本叢刊》，6，北京：書目文獻出版社，無出版年代，經部，586—589頁）中，《君官門》置於《人事門》之後。茲從之。

③在清袁氏貞節堂抄本所收《至元譯語》中作《軍器門》，見《北京圖書館古籍珍本叢刊》，6，北京：書目文獻出版社，無出版年代，經部，頁586）。賈敬顏、朱風刊本作《車器門》，見其書，頁4。

（十）衣服門，如第255詞“故故，播庫脱”①。

（一一）器物門，如第262詞“車，忒里幹”。

（一二）文字門，如第297詞“文書，必赤”。

（一三）珎寶門，如第303詞“玉，齒老温”。

（一四）飛禽門，如第319詞“雕，不魯昆”。

（一五）走獸門，如第344詞“龍，滕急赤”。

（一六）蟲魚門，如第366詞“龜，牙速度乃哥”。

（一七）草木門，如第375詞“草，愛百速”。

（一八）菜菓門，如第399詞“葱，喪急剌”。

（一九）數目門，如第410詞“一，你幹”。

（二十）時令門，如第433詞“春，合不兒”。

（二一）方隅門，如第480詞“東，垂羅納”。

（二二）顔色門，如第529詞“顔色，愛剌都”②。

《至元譯語》總共收録了541條辭彙。

《至元譯語》同《掌中珠》一樣，是按意義分類編排字彙。因爲其編者編寫此書的目的是爲街談巷語的綺談，即行話助添一些蒙古語詞匯，所以只包括蒙古語字彙的漢字音譯，没有，也不需要寫出畏兀兒字或八思巴字蒙古文原文。

它的另一個重要特點是，其類别被稱爲“門”。“門”的概念被後來編寫的許多番漢對譯字書採納③。

日本學者對《至元譯語》作了相當認真的研究。1922年在日本大阪外國語學校的蒙古部舉辦展覽時，此書第一次爲日本學者石田幹之助所知。此後，石田幹之助對刊有《至元譯語》的各種《事林廣記》印本作了仔細的調查，並發現帶有《至元譯語》的《事林廣記》最早刊於元泰定乙丑年（1325），並確定《至元譯語》的“至元”指元世祖忽必烈的年號“至元”，而非元順帝的後“至元”年號。在許多鈔本與刊本中，《至元譯語》又稱爲《蒙

①此字漢字注音在清袁氏貞節堂抄本所收《至元譯語》中作“播庫税”，見《北京圖書館古籍珍本叢刊》，6，北京：書目文獻出版社，無出版年代，經部，頁587。其中“税”字爲“脱”字之訛。

②上舉各詞序號據賈敬顔、朱風書。原文收于《事林廣記》新集。《至元譯語》的校正文本見賈敬顔、朱風編《〈蒙古譯語〉〈女真譯語〉彙編》，天津：天津古籍出版社，1990年，頁324—338。

③“門”這個概念來歷不明。我們注意到，當代科學界對物種的分類從大至小分别稱爲“界”、“門”、“綱”、“目”、“種”、“屬”。這裏的“門”的概念是否與此有關？尚有待研究。

古譯語》①。

元代是中國多民族國家的重要發展階段，同時蒙元帝國疆域遼闊，與周邊諸國諸族和戰往來頻繁，除了《至元譯語》之外，應當還有其他番漢對譯字書。但目前筆者尚未有確鑿證據，還有待於進一步研究。

五、明代中國的番漢雙語分類字書

明代元後，爲繼續與周邊各族、各國往來，需要造就翻譯人材，遂於永樂五年（1407）在翰林院内設置四夷館，其中包括八館，曰：韃靼、女直、回回、西番、西天、百夷、高昌、緬甸。後來又增設了暹羅、八百等兩館，共十館。1644年清兵入關後，清朝全盤接收了四夷館，並一按明制運，惟將其名稱改爲四譯館。四譯館一直維持到18世紀中葉，後爲乾隆帝改組。

西方學者如伯希和（P. Pelliot）、威立德（N. Wild）②和本田實信在研究四夷館時，都把四夷館理解爲"翻譯處"或"翻譯局"。其實，四夷館的"館"字含義爲"學校"，因此四夷館在某種程度上實際上是學習與研究中國周邊諸民族語言文化的學校和研究所。上述八館所涉及的民族的居地，覆蓋了今亞洲的主要地域，因此"四夷館"也可以説是明代或清前期翰林院的"亞洲研究院"。《明實録》記其成立云："因四夷朝貢，言語文字不通。命禮部選國子監生蔣禮等三十八人，隸翰林院，學譯書。人月給米一石，遇開科仍令就試，仍譯所作文字。合格准出身，置館于長安左門外處之。"③

明代丘濬提到：

> 臣按譯言之官自古有之，然惟譯其言語而已也。彼時外夷猶未有字書，自佛教入中國，始有天竺字……唐宋以來，雖有潤文譯經使之銜，然惟以譯佛書而已，非以通華夷之情也。我文皇帝（按明成祖）始設爲八館，曰西天、曰韃靼、曰回回……。初以舉人爲之，其就禮部試，則以蕃書譯其所作經義稍通者，得聯名于進士榜，授以文學之職，而

---

①石田幹之助：《關於〈至元譯語〉》，見賈敬顔、朱風編《〈蒙古譯語〉〈女真譯語〉彙編》，天津：天津古籍出版社，1990年，頁324—338。

②諾曼·威立德：《四夷（譯）館——翻譯局研究史料》，刊于《倫敦大學亞非學院學報》，卷11—3，1945年，頁617—640（Norman Wild, "Material for the Study of the Ssŭ I Kuan 四夷（譯）館 (Bureau of Translators)", *Bulletin of the School of Oriental and African Studies, University of London*, Vol.XI-3, 1945, pp. 617-640）。

③《太宗實録》卷六五，永樂五年三月條，臺灣"中研院"歷史語言研究所影印本，1962年，頁920。

譯書如故。其後又擇俊民，俾專其業，藝成會六部大臣試之，通者冠帶，又三年授以官，蓋重其選也。"①

(一)兩種《華夷譯語》及其分類

在四夷館成立之前，明廷爲與退居漠北的韃靼交往，在明太祖的敕命下，由翰林侍講火原潔、編修馬沙亦黑在洪武十五年(1382)編寫了一部題爲《華夷譯語》的蒙—漢對譯字書，並於洪武二十二年(1389)刊行。《華夷譯語》採用的仍然是按詞義編排原則。其分類如下：

(一)天文門、(二)地理門、(三)時令門、(四)花木門、(五)鳥獸門、(六)宮室門、(七)器用門、(八)衣服門、(九)飲食門、(十)珎寶門、(一一)人物門、(一二)人事門、(一三)聲色門、(一四)數目門、(一五)身體門、(一六)方隅門、(一七)通用門。《華夷譯語》共收詞語846條②。

《華夷譯語》與《至元譯語》均是蒙—漢分類對譯字彙，《華夷譯語》在編寫時是否參照過《至元譯語》，這是幾乎多數接觸過這兩種字典的學者都會提出的問題。《至元譯語》未録寫蒙古文原文，《華夷譯語》録有蒙古文原文，這是兩者最明顯的區别。此外兩書收詞多少也不同。但這些區别並不表明兩者之間毫無關係。以下筆者擬將《至元譯語》與《華夷譯語》的分類進行比較，藉以於説明兩者之間在分類上的内在聯繫。

分類編排順序與分類内容上似有一定關係者：

《至元譯語》：(一)天文門、(二)地理門、(三)人事門、(四)君官門(對比日本人研究)

《華夷譯語》：(一)天文門、(二)地理門、(一一)人物門、(一二)人事門③

《至元譯語》：(五)鞍馬門、(六)軍器門、(一一)器物門、(七)五穀門、(八)飲食門

《華夷譯語》：(七)器用門、(九)飲食門

①[明]丘濬《大學衍義補》卷一四五，林冠群、周濟夫校點本，北京：京華出版社，頁1262—1263。

②《北京圖書館古籍珍本叢刊》，6，經部，頁1—58。

③《華夷譯語》的"人物門"相當於《至元譯語》"人事"與"君官"兩門。《至元譯語》與《華夷譯語》雖然都有"人事門"，但兩者含義並不相同。

兩書分類中，“天文”、“地理”兩門名稱與排序完全一致。《至元譯語》中的“人事”、“君官”兩門在《華夷譯語》歸併爲“人物”一門[①]；《至元譯語》另增“人事”一門。《至元譯語》的“鞍馬“、”軍器”、“器物”在《華夷譯語》歸爲《器用門》。《至元譯語》中的“五穀”、“飲食”兩門在《華夷譯語》中歸爲一門。兩書此處先後順序大致一致。

《至元譯語》：（一四）飛禽門、（一五）走獸門、（一六）蟲魚門、（一七）草木門、（一八）菜菓門

《華夷譯語》：（四）花木門、（五）鳥獸門

《至元譯語》中的“飛禽”、“走獸”、“蟲魚”三門在《華夷譯語》中歸爲“鳥獸”一門；而《至元譯語》中的“草木”、“菜菓”兩門在《華夷譯語》中歸爲“花木”一門。兩書此處先後順序顛倒。

順序上雖無關聯，但分類名稱上有明顯繼承關係者：

《至元譯語》：（九）身體門、（十）衣服門、（一三）珎寶門、（一九）數目門、（二十）時令門

《華夷譯語》：（一五）身體門、（八）衣服門、（十）珎寶門、（一四）數目門、（三）時令門

《至元譯語》：（二一）方隅門、（二二）顏色門

《華夷譯語》：（一六）方隅門、（一三）聲色門

《至元譯語》與《華夷譯語》在順序與分類名稱上均無有對應的衹有：

《至元譯語》：（一二）文字門

《華夷譯語》：（六）宫室門、（一七）通用門

上述對比表明《華夷譯語》在分類上與《至元譯語》有明顯的關係，至少是間接的關係。

① “歸併”在這裏僅意爲分類項的合併，並不表示分類中的辭彙的合併。

（二）明代的幾種雙語分類詞典

明四夷館建立後，爲教學和翻譯動員所屬各館編寫漢–番對譯辭彙表，成爲一套叢書，也稱爲《華夷譯語》。這些《譯語》多數包括《雜字》（即漢—番分類對譯字彙表）與《來文》（即周邊民族統治者向明廷的“進貢表文”）①兩部分。後來大約是在教學與翻譯的實踐中感到永樂年所編各館《譯語》的“雜字”部分辭彙量不夠，於是各館又陸續在原有《雜字》的基礎上，分門增編了一部分辭彙。這種《華夷譯語》日本學者石田幹之助稱爲乙種本，本文稱爲“四夷館本”，或“永樂本”。

與四夷館負責培養亞洲語言筆譯人才不同的是，明清兩代的會同館的職守則是負責口譯番使的話。爲便利工作，會同館也編了一套《譯語》。這種《譯語》的多數刊本上題有茅瑞徵輯録。經日本學者石田幹之助考證，此系後人之誤解。會同館譯語包括朝鮮、日本、琉球、安南、占城、暹羅、韃靼、畏兀兒、西番、回回、滿剌加、女直、百夷等十三館所編《譯語》。與“四夷館”本不同的是，這種譯語只包括漢語詞目與番語的漢字音譯，無番文原形。主要供培養口譯通事之用。會同館《譯語》譯語被石田幹之助稱爲“丙種本”。

會同館本《譯語》與“四夷館本”《華夷譯語》在編寫時遵行相同的規則，即將所收辭彙按其意義分爲陣列，稱爲“門”，順序基本上是“天文門”、“地理門”等，最後一門通常爲“通用門”。但“會同館本”與“四夷館本”的分類數量並不相同，所收辭彙也互有出入。兩種《譯語》是分別獨立編成的。

因爲有關四夷館與會同館的文獻是研究15世紀到18世紀中葉中國與亞洲周邊民族交流的最具特色的資料，上述兩館所編《譯語》是研究數百年前中國周邊民族語言的重要材料，國外學者很早就注意收集、研究，所以在倫敦、巴黎、柏林和日本的大學和圖書館中往往可以找到它們。

明代四夷館與會同館所編纂的這些《譯語》保存較好，是研究我國雙語字典編纂史的重要原始資料。

1.《女直館譯語》

金朝創製的女真大小字。金亡後女真文在女真人中仍然使用。明初與東北關外的女真各部交往時，亦使用女真文，一般認爲是女真小字。永樂初設四夷館，其中八館中有一館

①從學界有關韃靼、女真、回回、高昌四館“來文”的研究看，這些來文多非母語爲番語人所撰，換而言之，多非真正意義上的“外交文書”，而是“僞書”。有可能是四夷館臣代擬的。筆者猜測，也有可能是四夷館各館教師爲教學而編寫的教材。

爲教習女真文的女直館。女直館的教師爲教授這種文字，編寫了《女直館譯語》。《女直館譯語》包括兩部分，第一部分爲《女直館雜字》，共收入女真語詞語871條；第二部分爲《女直館來文》。德國學者葛魯貝(1855--1908)對德國漢學家夏德在我國所獲的明鈔本《女直館譯語》作了詳盡研究。作了整理、考訂和標音，將其所收各字一一編號，譯成德文，並取滿蒙語進行比較，於1896年出版了題爲《女真語言文字考》，成爲本領域的開山之作及19世紀末葉女真文研究的代表作，爲當今所有研究女真文者所必引。該書有1936年北平文殿閣書莊影印本①。

當代對《女真譯語》作出傑出研究的爲美籍日本學者清瀨義三郎則府，他的《女真語言和文字研究》（A Study of the Jurchen Language and script），1977年由日本京都法律文化社出版；我國内蒙古大學中國蒙古族學者道爾吉、和希格的研究與上述日本學者大致同時，他們的《女真譯語研究》，1983年10月以《内蒙古大學學報》1983年增刊的形式出版。

《女真譯語》是《女真館雜字》和《女真館來文》的合稱。四夷館《女真譯語》此書不分卷。其中《女真館雜字》分爲天文、地理、時令、花木、鳥獸、宫室、器用、人物、人事、身體、飲食、衣服、珍寶、方隅、聲色、數目、通用、續添、新增等19門，包括八百多個辭彙。每詞以女真字、漢字相對照，並用漢字注寫女真字的讀音。《女真館來文》收録進貢表文，各個版本所收來文數量不一。來文爲女真字和漢字對譯，但都是按照漢文文法堆砌女真辭彙拼湊而成的，據推測可能系由四夷館官員代擬。現存來文有紀年者上起永樂十二年（1414年），下至嘉靖十九年（1540年），説明四夷館《女真譯語》的與其他各館《譯語》一樣，其成書時間在明朝中葉以後，故“永樂本”之稱只能理解爲從永樂年開始編寫。

四夷館《女真譯語》主要有以下幾種版本：（1）德國柏林國立圖書館藏明鈔本，共24册。中國國家圖書館藏有縮微膠卷。此本“雜字”共計871條辭彙，“來文”凡20篇，相對來説内容較爲完備，但錯誤較多。（2）日本東洋文庫藏明鈔本。中國國家圖書館藏有縮微膠卷，中國科學院圖書館藏有傳鈔本。此本内容不全，“雜字”僅有續添、新增兩門計158條辭彙，但比柏林圖書館藏本多出46個辭彙；“來文”共29篇，其中10篇與柏林本相同。（3）日本内藤湖南氏所藏鈔本。原爲休甯汪季青舊藏。此本“雜字”部分情況不詳，“來文”共計50篇，其中10篇與柏林本相同。（4）羅福成編次《女真譯語》正編、二編，1933年11月由清宫大庫舊檔整理處刊印。正編爲“雜字”，與柏林本“雜字”内容約略相同，但門類和辭彙順序有所不同，也許是録自内藤湖南本；二編共收“來文”79篇，即將柏林本、東洋文庫

①Wihelm Grube, Die Sprache und Scrift der Jucen, Leipzig, Kommissions–Verlag von Otto Harrassowitz, 1896, 北京文閣殿影印本，1936年。此文未見，兹據金光平、金啟孮著：《女真語言文字研究》，北京：文物出版社，1980年，頁42。

本、内藤湖南本三個本子的“來文”剔除重複外全部收入。這是中國學者最常用的本子①。

會同館《女真譯語》雖無女真文字，只有女真語彙的漢字注音，但對於研究女真語言文字仍具有很大的參考價值。此書常見者有以下兩種版本：（1）阿波國文庫本。原藏於日本德島縣立光慶圖書館阿波國文庫，是包含十三國《譯語》在内的全本《華夷譯語》，原本1950年毀於火災，轉鈔本現存于京都大學。這個本子的《女真譯語》共收語彙1164條，是會同館《女真譯語》中内容較完備、錯誤較少的一個本子。經日本學者山本守整理校訂的《阿波文庫本〈女真譯語〉》，1944年9月作爲僞滿建國大學研究院滿蒙文化研究班研究報告第15號刊行。（2）靜嘉堂文庫本。此本《華夷譯語》包括除朝鮮、琉球之外的十一國《譯語》。《女真譯語》部分共收語彙1109條，其中只有一條是阿波國文庫本所没有的。1930年，石田幹之助在《女真語研究的新資料》一文（載《桑原博士還曆紀念東洋史論叢》，京都弘文堂書房，1930年12月）中將靜嘉堂本《女真譯語》全文發表。山本守曾用阿波國文庫本對靜嘉堂本作過校訂（見《靜嘉堂本女真譯語考異》，載滿鐵各圖書館報《書香》15卷10號，1943年10月）。

2. 《回回館譯語》與《回回館雜字》

3. 《高昌館譯語》

4. 其他各館譯語

（三）《華夷譯語》的分類與注音問題

既然“四夷館”本與“會同館本”是分别依照相同的規則編寫的，則我們可抽取其中有代表性的譯語的分類進行比較。

“四夷館本”②：

排序	女直	回回	西番	百夷	高昌	暹羅
1.	天文	天文	天文	天文	天文	天文
2.	地理	地理	地理	地理	地理	地理

①石田幹之助:《女真語研究の新資料》，《桑原博士還曆記念東洋史論叢》，京都弘文堂，1931年；兹據賈敬顔、朱風合輯：《〈蒙古譯語〉〈女真譯語〉彙編》中所附漢譯，天津古籍出版社，1990年，並見：www.eduvcd.com 中國視頻教程網——論文庫。

②排序依據上引賈敬顔、朱風編《〈女真譯語〉〈蒙古譯語〉彙編》；《北京圖書館古籍珍本叢刊》，6，經部。

3.	時令	時令	時令	時令	時令	時令
4.	花木	人物	人物	花木	花木	花木
5.	鳥獸	人事	身體	鳥獸	鳥獸	鳥獸
6.	宫室	身體	宫室	人事	人物	宫室
7.	器用	宫室①	器用	人物	身體	器用
8.	人物	鳥獸	飲食	身體	宫殿②	人物
9.	人事	花木	衣服	宫室	器用	人事
10.	身體	器用	聲色	器用	衣服	身體
11.	衣服	衣服	經部	飲饌	珍寶	飲食
12.	飲食	飲食	文史	衣服	飲饌	文史
13.	珍寶	珍寶	方隅	顔色	文史	方隅
14.	文史	聲色	花木	珍寶	方隅	珍寶
15.	聲色	文史	鳥獸	數目	聲色	衣服
16.	數目	方隅	珍寶	通用	數目	聲色
17.	通用	數目	香藥	人事兼通用		數目
18.		通用	數目			通用
19.			人事			
20.			通用			

"會同館本"以北圖藏清"袁氏貞節堂鈔本"所録韃靼、委兀兒、回回、河西爲據，其各種譯語的分類排列如下③：

排序	韃靼	委兀兒	河西	回回
1.	天文	天文	天文	天文
2.	地理	地理	地理	地理
3.	時令	地名	時令	節令
4.	花木	時令	花木	花木

①按《回回館雜字》作"宫殿門"。

②《高昌館譯書》作"宫殿門"，《高昌館雜字》作"宫室門"。

③袁氏貞節堂抄本，據《北京圖書館古籍珍本叢刊》，6，經部，頁573—613。

5.	鳥獸	花木	鳥獸	鳥獸
6.	宫室	人事	宫室	宫室
7.	器用	朝儀	器用	器用
8.	衣服	人物	身體	人物
9.	人事	身體	人物	人事
10.	飲食	衣服	人事	身體
11.	衣服	飲食	數目	衣服
12.	珍寶	器用	珍寶	飲饌
13.	人事	珍寶	衣服	珎寶
14.	聲色	鳥獸	飲饌	文史
15.	數目	宫室	顔色	聲色
16.	身體	方隅	珍寶	數目
17.	方隅	通用	方隅	通用
18.	通用	珍寶	通用	
19.		聲色		
20.		數目		

上述“四夷館本”與“會同館本”各館譯語分類順序雖然各不相同，類别數目有多有少，但均大體遵從洪武年《華夷譯語》的分類傳統。

會同館譯語中值得一提的是《朝鮮館譯語》，共分爲19門596個條目。19門名稱是天文、地理、時令、花木、鳥獸、宫室、器用、人物、人事、身體、衣服、聲色、珍寶、飲饌、文史、數目、干支、卦名、通用。《朝鮮館譯語》較爲特别之處是，每個詞目可以分成三個部分，比如：

“天，哈嫩二，忝”

“日，害，忍”

“月，得二，臥”

“天陰，哈嫩黑立大，忝引”

“日落，害底格大，忍刺”

“有雨，必以思大，與五”①

①《朝鮮館譯語》據臺灣珪庭出版社有限公司影印本，無出版年代，頁4—5。

上例各詞中的“天”、“日”、“月”、“天陰”、“日落”、“有雨”等是漢語詞目；第二部分是與這些漢字對應的朝鮮語本族辭彙讀音，以漢字記音；第三部分爲朝鮮人對上述漢語詞的讀音(東音，或吏讀)，例如當時朝鮮人把漢字“天”字讀似“忝”，讀“日”字似“忍”，讀“月”字如“臥”等。

由此可見，在王氏高麗與李氏朝鮮初期的朝鮮人的書面語言中，實際上通行的是漢—朝雙語制，而漢文在重要性上居於首位。所以當時的漢人在學習朝鮮語時，不但以漢字記朝鮮語本族語言字彙的讀音，而且還要了解朝鮮文人對相應漢字的朝鮮習慣讀音。

六、高麗—朝鮮的“四學”

講到東亞的譯學，不能不提到東鄰朝鮮。古代朝鮮的譯學相對集中于司譯院。此機構爲高麗、朝鮮兩朝所設譯學機構。據《高麗史》記載，“通文館，忠烈王二年（1276）始置之，令禁内學官等參外年未滿四十者習漢語。……後置司譯院，以掌譯語。”[①]由是可知，王氏高麗主管譯學的機構原先爲“通文館”，初設于王氏高麗後期，後更名爲“司譯院”。據《通文館志》記載，“高麗忠烈王二年始置通文館習漢語。恭讓王三年改爲漢文都監”。足見其最初只負責漢語翻譯。李氏朝鮮建立後，據《李朝實録》記載，于朝鮮太祖二年（1393）“置司譯院，肄習華言”[②]。據《通文館志》記載，李氏朝鮮太祖三年（洪武二十七年，1394），司譯院增設“蒙學”，即蒙語學。後來其職掌擴充到“倭學”（日語學）與“野人學”（女真語學）。其中倭學設于朝鮮太宗十四年（1414），而野人學則設于朝鮮世宗八年（1426）。所以李氏朝鮮《通文館志》説司譯院“掌諸方言語”[③]。後來野人館改爲女真學。隨着朝鮮臣服于清，遂于清康熙六年（1667），將女真學改爲清學[④]。

朝鮮半島與日本隔海相望，西以鴨緑江、圖門江與我國東北爲鄰。元明清三代活動于東北地區的主要是蒙古及女真—滿諸部。此外，近二千年來，朝鮮最重要的鄰邦是中國。因此，朝鮮與四鄰的交往對象主要是與中國、日本、蒙古與女真—滿諸部。司譯院四學之設所反映的就是朝鮮的這種情況。我國學者烏雲高娃對朝鮮司譯院作過深入的研究。以下對司譯院的“四學”分類叙述：

---

①鄭麟趾《高麗史》卷七六《百官志》，日本東京國書刊行會，1908年，第2册，頁563。

②《李朝實録》，《太祖實録》卷四“二年九月辛酉”條，日本東京學習院東洋文化研究所，1956年，第一册，頁200。

③《通文館志》卷一“沿革、官制”條，漢城，民昌文化社，1991年，頁7。

④《通文館志》卷一，頁7。

（一）司譯院“四學”類書[①]

1.漢學[②]

(1)《譯語類解》，爲漢—朝辭彙集，漢語譯官慎以行、金敬俊、金指南等撰。1682年編成，經過中國人修改後於1690年出版。分上下兩册，收録62部門4691條詞語。

(2)《同文類解》爲漢—朝—清（滿）對譯辭彙集，玄文恒編,成書於1748年。上卷收録天文、時令、地理、人倫、人品等26部門2448條詞語，下卷收録田農、米穀、果品、疾病等29部門2352條詞語。

---

①在朝鮮時代，司譯館“漢學”爲教習漢語，編寫各種“字書”與“韻書”，用“訓民正音”系統的文字給每個漢字標記讀音,按韻和聲調來編排。韻書只提供關於發音的資訊，字書則還加上關於字義的資訊。它們的釋義方式一般沿用《説文解字》等中國古代辭書使用的方式。如果將這類著作計入漢—朝字書，則東亞雙語詞典編纂史的内容就更爲寬泛了。朝鮮時代所編韻書及字書類中著名的有如下幾種：

（1）《東國正音》：乃朝鮮最早的韻書,爲整理和糾正漢字讀音的轉寫規定了標準漢字音。成三文、朴彭年等9名學者奉朝鮮世宗之命編寫，成書於1447年，共6卷6册。此書以中國《廣韻》、《集韻》、《洪武正韻》等爲參考，共分26韻類91韻23字母。《東國正音》的體例是將字先按韻分類，韻同而字母不同的字均另行起排，同一字母的漢字據平、上、去、入四聲排列，用訓民正音文字注音，無釋義。《東國正音》因過分重視“等韻學”理論和《洪武正韻》的語言政策，在注音方面脱離漢語實際語音，比如爲了表示入聲字尾/t/，設定“以影補來”，其實當時入聲字尾/t/在中原音中已消失。

（2）崔世珍《四聲通解》。崔世珍爲朝鮮時代著名語言學家,精通正音文和漢文。生於1472—1476年間，卒於1542年。著有《四聲通解》、《訓蒙字會》、《韻會玉篇》、《老乞大諺解》、《朴通事諺解》等書。其中《四聲通解》是爲補《四聲通考》（朝鮮儒學者申淑舟編，已佚）之缺，於1517年編寫。該書以80韻母31聲母先將字分類，再按四聲排列，用正音文字注音，並加上漢文釋義，間有朝鮮文釋義。

（3）朴性源《華東正音通釋韻考》。朴性源（1697—1767），字士浚，號圃庵。是書兩册，成於1747年。該書是參照《三韻通考》（作者和年代未詳；《華東正音通釋韻考》序言説:“就三韻通考，懸華音於字下，一依本國崔世珍所撰四聲通解之音，而廣集字書，以訂參考。”）和《四聲通解》注明漢字讀音的韻書，用正音文字先提示漢音再提示“東音”（朝鮮人對漢字的讀音）。著者的其他著述有《華東葉音通釋》等。

（4）洪啟禧《三韻聲匯》。洪啟禧（1703—1771），字純甫，號淡窩。是書共三卷，參照《洪武正韻》和《四聲通解》等韻書而作，刊行於1751年。該書以“東音”爲中心，用正音文字先提示東音，再提示幾種漢音，然後把漢字按全清、次清、全濁的順序排列,並給每個字加上簡單的釋義。作者還著有《海東樂》等。

（5）《全韻玉篇》，成書年代、作者未詳。全書2卷2册，釋義較詳，用正音文字標記漢字讀音。

② 關於朝鮮司譯院“漢學”的情況，見烏雲高娃、特木勒合作：《朝鮮司譯院〈漢學〉研究》，刊于《元史及民族史研究集刊》，第十六輯，南京大學民族研究所、暨南大學中國文化史籍研究所、香港教育學院合編，南方出版社，2003年，頁228—235。

2.蒙學

（1）《蒙語類解》爲漢—朝—蒙對譯辭彙集，李億成於1768年編成。原本已佚，現存的是1790年方孝彦的修訂本，收録54部門3842條詞語。是一種蒙古語–漢文分類詞典中國社會科學院歷史研究所烏雲高娃博士有專門研究，可參閲①。

3.野人/女真/清（滿）學

《漢清文鑑》，滿文、諺文、漢文三種文字交叉互鑒②。見韓國漢城大學教授宋基中與瀋陽故宫博物館副研究員李賢淑合著的論文《朝鮮時代的女真學與清學》對朝鮮時代的女真學有詳細研究③，可參閲④。

4.倭/日本學⑤

（1）《倭語類解》，爲漢—朝—日對譯分類辭彙集，共分爲上下兩卷。
其上卷分類爲：

（一）天文	（二）時候	（三）干支	（四）地理
（五）江湖	（六）方位	（七）人倫	（八）人品
（九）身體	（十）容貌	（十一）氣息	（十二）性情
（十三）言語	（十四）語辭	（十五）動靜	（十六）官室
（十七）城郭	（十八）官職	（十九）公式	（二十）文學
（二一）武備	（二二）軍器	（二三）婚娶	（二四）宴享
（二五）樂器	（二六）梳洗	（二七）服飾	（二八）飲食
（二九）疾病	（三十）喪祭	（三一）寺刹	（三二）刑獄
（三三）籌數	（三四）買賣		

①烏雲高娃《明四夷館及朝鮮司譯院研究——以“蒙古語學”爲中心》，南京大學韓國研究所編《中韓歷史文化交流論文集》第二輯，香港：華夏文藝出版社，2005年，頁73—288。

②[韓]成百仁《漢清文鑑》題解，兹據江橋：《滿文—彥文文獻》，刊于《滿語研究》，2006年，第二輯。

③《滿語研究》2004年第二期。

④並見烏雲高娃：明四夷館“女真館”和朝鮮司譯院“女真語學”，《中國史研究動態》，2005年，第1期。

⑤參見烏雲高娃：《朝鮮司譯院“日本語學”教科書》，《歐亞學刊》，第四輯，2004年6月。

其下卷分類爲：

(一)國號　(二)田農　(三)禾穀　(四)菜蔬
(五)果實　(六)珍寶　(七)布帛　(八)彩色
(九)器具　(十)鞍轡　(十一)舟車　(十二)技戲
(十三)飛禽　(十四)走獸　(十五)水族　(十六)昆蟲
(十七)樹木　(十八)花草　(十九)雜語(一字類、二字類、迭語)
(二十)日本官名　(二一)信行所經地名(二二)口呋

每條語彙包括漢字、朝鮮語讀音、倭音(日語音讀)與倭訓(日語訓讀)。

現大致認定是李氏朝鮮"譯科"倭學教誨通政洪舜明所編，成書於18世紀初①。是書共收録55部門3351條詞語(口呋除外)②。

此書後來爲《朝鮮偉國字彙》(1835年本)、《和語類解》(1837年本)、《日語類解》(1912年本)所沿襲。韓國學者鄭光對此作了深入研究，其著作可資參考③。

《倭語類解》的分類明顯受《華夷譯語》影響，但分類更細。《倭語類解》與《華夷譯語》有一個重要的區别：《華夷譯語》所收辭彙官用色彩濃，而《倭語類解》的辭彙生活氣息濃，顯示其編寫者的日語程度相當高。

5.多種語言合璧字彙

《同文類解》
《蒙語類解》
《倭語類解》漢、朝、倭

《方言集釋》：《方言集釋》原名《方言類釋》，爲漢—朝—清(滿)—蒙—日對譯辭

①韓國學者鄭光認爲《倭語類解》刊行於1780年(鄭光：《譯學書研究的諸問題——以朝鮮司譯院倭學書爲中心》，《朝鮮學報》170輯，1999年，第30頁)；而烏雲高娃認爲成書於康熙年間的可能性較大。烏雲高娃：《朝鮮司譯院"日本語學"教科書》，刊于余太山：《歐亞學刊》，第四輯，中華書局，2004年，頁165—176。

②烏雲高娃：《朝鮮司譯院"日本語學"教科書》，刊于余太山：《歐亞學刊》，第四輯，中華書局，2004年，頁165—176。

③[韓]鄭光編著：《四本對照〈倭語類解〉》，上(研究編)、下(影印編)，2004年漢城。

彙集,漢語譯官洪命福編,成書於1778年。該書爲4卷1册手鈔本，收録天文、時令、地輿等87部門5037項。

對外，是把漢語當成共同中心語的雙(多)語詞典。《方言集釋》甚至涉及五種語言。

司譯院是李氏朝鮮時代掌管翻譯和外語教育的機關，爲履行職責、培養後人司譯院的“四學”如同明四夷館下屬各館一樣，編寫了各種“類書”——即雙語和多語對照字彙表，或稱辭典。特别值得注意的是，上述司譯院所編的各種類書，均以漢文字彙詞目，再列以朝鮮語或其他語言的對譯字彙。可見司譯院雖然號稱“四學”，但“四學”中以“漢學”爲中心。“漢學”以外其他各學，如“蒙學”、“女真/清（滿）學”和“倭學（日本學）的教師和學員均須掌握漢語。换而言之，朝鮮司譯院在教習與翻譯蒙文、女真/清（滿）文和日文時，常常要借助漢語。這一點頗似當代某些母語爲非英語的求學者在英美高校學習第三國語言，如法語、德語、拉丁語時，因教材均以英語寫成，所以必須以英語爲中介。

（二）“司譯院”類書的分類原則：從現存“類書”看，司譯院在編寫時採取三種分類方式：

其一是按意義分類，即如同中國的傳統分類字彙一樣，按天文、時令、地輿等類排列字彙。

其二是將詞目的字數分成一字類、二字類、三字類等，如《倭語類解》。

第三是“物名類”，漢字詞語集　　16世紀末17世紀初,朝鮮民生凋敝，國勢貧弱，知識分子受中國的考證學和西洋的自然科學影響，對本國文化有了自覺。他們批評死巴巴的性理學，尋求“實事求是”、“利用厚生”的新學問，因此興起了實學。實學時代學者關心語言，出現了大量以“物名”爲主的漢字詞語集，主要有《寰瀛志》(1770)、《才物譜》等。

七、12—16世紀中亞與西亞的對譯字書①

中古時代，隨着各種文明之間的交流日頻，在西亞也開始出現雙語字書。這些字書與以中朝爲代表的東亞的字書對照，有許多特點，也有共同性。兹略述如下，以兹對照。

①下文阿拉伯文、波斯文等西亞文字的拉丁轉寫中之母音長音符號，筆者在引用時做過改造，基本取Francis Joseph Steingass, *A Comprehensive Persian English Dictionary, including the Arabic words and phrases to be met with in Persian literature.* London: Routledge & K. Paul, 1892）的體例。

10世紀之後，西亞的歷史發展經歷了複雜的過程。其最重要的變化之一是，東亞與内陸亞洲的因素深入了西亞：操突厥語（屬於烏古斯突厥的塞勒柱突厥人與奥斯曼突厥人）的民族一浪接一浪地向西征服和遷移，直抵地中海東岸。13世紀成吉思汗及其子孫領導的蒙古西征使東起太平洋、西抵地中海之地屬於同一個帝國——蒙元帝國，處於同一個民族——蒙古人的控制之下。蒙古人在西亞定居下來，並逐漸與比他們更早到達此地的各種突厥人融合起來。多民族共處的社會造成語言交流的需要，譯學也因之發展起來。在各種不同語言的對譯字書中，包含有蒙古語與突厥語的對譯字書最爲引人注意。

其中最重要的有：不·哈沁·札魯剌·札麻黑沙里（Abū' l-Qāsim Jārullāh Al-Zamahšārī，467-538/1075-1144）所編之《技藝之引言》（مقدمــــــــــــــه الادب Muqaddimat al-Adab）。此書原系爲花剌子模沙阿忒思子（Atsiz，521—551/1127—1156）編寫的一部學習阿拉伯事的字典。後來被補入其他語言，如波斯語、蒙古語、察合台突厥語與奥斯曼突厥語詞匯。此字典帶有花剌子模突厥語的最早鈔本爲655—1257年，帶有蒙古語材料的鈔本見於布哈拉鈔本，其時代爲989—1492年。據研究，其中的蒙古語材料是“典型的13—14世紀蒙古語的代表”①。

哈剌汗朝(Karakhanid)語、花剌子模(Khwarazmian)語和察合台(Chaghatay)語組成了所謂中古突厥語的東部群。而西部群則由各種欽察(Kïpchak)突厥語文獻組成，其中最突出的是14世紀中葉經一段時間編成的所謂《庫蠻語典》（Codex Cumanicus）。全文以拉丁文寫成的庫蠻語文獻，包括以語音轉寫形式出現的庫蠻（欽察）口語。《庫蠻語典》包含若干拉丁文聖歌(hymns)和《聖經》段落、天主教傳教士所編簡短的佈道語(sermons)和迷語(riddles)的譯文。文獻之前是一篇拉丁—庫蠻—波斯語字彙表，後面是一篇庫蠻—德語詞典。應當指出，在《庫蠻語典》中所使用的語言稱爲韃靼語（tatar）。從13世紀中葉起，至少100年中庫蠻語是中亞西部的共同交際語（lingua franca）②。

這個時期西亞有多種語言的字典有札馬魯丁·亦賓·木哈納（Jamāl ad-Dīn Ibn al-

①N. Yüce (ed. & trans.), Mukaddimetü' l-Edeb. Hvārism Türkçesi ile tercümeli Şuşter Nüshası（《技藝之引言》：花剌子模突厥語及其譯文和抄本）, Ankara, 1988, pp. 6-9; N. N. Poppe (ed. & trans.), “Mongol' skij slovar' Mukaddimat al-Adab, č.I-II-”（《技藝之引言》中之蒙古語詞彙）, *Trudy Instituta Vostokovedenija*（東方學研究所論集）, XIV, Moskva-Leningrad, 1938, esp. pp. 4-7; Peter B. Golden, “The World of the Rasūlid Hexaglot”, *The King's Dictionary*, Leiden-Boston-Köln: Brill, 2000, p. 15, n. 50）。以下均據Golden此文。

②《中亞文明史》，卷四，下册，聯合國教科文組織出版，2000年（History of Civilizations of Central Asia, vol.IV, book two, UNESCO Publishing, 2000），頁334。

Muhann ā，也許是呼羅珊本地人）[①]的《人類儀容與馬群術語之書》（و حلبه لسان كتاب حليت الاسان Kit ā b Hilyat al-Ins ā n wa Halbat al-Lis ā n），此書包括一部突厥語、蒙古語和波斯語的字典，而其中心語言是阿拉伯語[②]。此著作至少其中一部分也是基於早的史料，即爲花剌子模沙所編寫的資料。它包含三種突厥語方言：一種是哈剌汗朝語，另兩種代表古老烏古斯語，即阿札里語（Azer ī）與突厥蠻語。這些是使用于伊利汗國的突厥語[③]。

與伊利汗國爲鄰的馬木路克（Maml ū k）王朝境内也産生了一批對譯字書，其中有：《突厥語、非阿拉伯語、蒙古語、波斯語翻譯彙集之書》（و مغلى وفارسى كتاب مجموع ترجمان تركى و عجمى Kit ā b Majm ū ‘ Tarjum ā n Turk ī wa ‘Ajam ī wa Mughal ī wa Fars ī），原先確定成書於643/1245，現今正確地斷爲743—1343年。弗萊明（B. Flemming）認爲其作者爲哈里·賓·馬哈麻·賓·玉素甫·忽納未（Hal ī l b. Muhammad b. Y ū suf al-Qunaw ī）[④]。它包含一章欽察突厥語（及某些突厥蠻，即烏古思突厥語）的語法與辭彙的概述[⑤]，和單獨的一個蒙古語字彙[⑥]。

由於阿拉伯文本身是拼音文字，故在馬木路克境内編寫的多種語言對譯字書中，已經有按字母順序排列者。舍剌甫丁·不·哈顔·金麻提（Šaraf ad-D ī n Ab ū Hayy ā n al-Girnat ī, 654–745/1256–1345），是幾部突厥語、波斯語、埃塞俄比亞語（Ethiopian）與科普特語（Coptic）研究的作者，他著有《各種突厥的術語意識之書》（ادراك ل اللسان كتاب Kit ā b al-Idr ā k li-Lis ā n al-Atr ā k），包括一部基於當時還在使用中的資料及

①G. Doerfer, “Woher Stammte Ibn Muhann ā?” Archäologische Mitteilungen aus Iran, Neue Folge, vol. 9, 1976, pp. 243–251.

②參見P. Melioranskij, “Arab filolog o tureckom jazyke” (St. Petersburg, 1900), and his “Arab filolog o mongol’ skom jazyke”, *Zapiski Vostočnogo otdelenija Imperatorskogo Russkogo arxeologičeskogo Obščstva*, XV, 1904, pp. 75–171; Kilisli Rif’ at (Bilge, ed.), *Kit ā b Hilyat al-Ins ā n wa Halbat al-Lis ā n. F ā rs ī, T ü rkče, Mogolja,* Istanbul, 1338–1340/1919–1921.

③參看Caferoğlu, T ü rk Dili Tarikhi, II, 149–155, and R. Er,ers. *Arabic Grammars’ study also contains a translation and analysis of Ab ū Hayy ā n’ s Kit ā b al-Idr ā k,* 見以下。

④參看B. Flemming, “Ein alter Irrtum bei der chrononlogischen Einordnung des Tarğum ā n Turk ī wa-‘Arab ī wa-Mugal ī”, *Der Islam,* 44, 1968, pp. 226–229。

⑤參看M. Th. Houtsma, Ein t ü rkisch-araisches Glossar, Leiden(《土耳其語—阿拉伯語字典》，萊頓), 1894, 及 A. K. Kuryšžanov, Issledovanie po leksike ‘tjurko-arabskogo slovarja, Alma-Ata（庫里斯札諾夫，《有關〈土耳其語—阿拉伯語字典〉之研究》，阿拉木圖），1970. Of the 76 folia of the unique Leiden ms (No. 517, Warner), the Turkic section occupies 62 folia and the Mongol 14 folia.（在珍貴的總共爲76葉的萊頓抄本（編號No.517,Warner）中，突厥語部分占62葉，而蒙古語部分占14葉）

⑥這些由N. Poppe刊出（“Das mongolische Spramaterial einer Leidener Handschrift”, *Izvestija Akademii Nauk SSSR* 1927, 頁1009–1040, 頁1251–1274, 1928, 頁55–80。

書面史料的按字母排列的阿拉伯—突厥語字典及一部突厥語語法。作者究竟涉及何種突厥語現在還不清楚。某些辭彙表明是欽察語或突厥蠻語，少量的是畏兀兒語和花剌子模語。大量的辭彙接近於庫蠻（Cumanic）西部欽察語①。他的字彙表就是以字母爲序排列的②。

在蒙元時代亞洲西部編成的各種譯語中，以與東亞分類字書相近的分類字典最爲引人注目。札馬魯丁·不·馬哈麻·奥都剌·圖魯吉（Jamāl ad-Dīn Abū Muhammad，Abdallāh at-Turkī）所編的《一些源於欽察與突厥語詞匯之書》（لـــــــترک و القفجـــــــاق کتـــب بلغـــــه المشـــــــتاق ی ف لغـــت Kitāb Bulghat al-Muštāq fī Lughat at-Turk wa'l-Qifjāq），是一部分類的字典，並帶有一個動詞部分，但安排拙劣。作者似母語爲突厥語，或許14世紀生活于馬木路克國③。另一種阿拉伯—突厥語對譯字書《突厥語洩露者之珠》（لـــــدره بـــولمـــــذ ی ف اللغـــــت بـــه لـــــترک ad-Durrat al-Mudī'a fī'l-Lughat at-Turkiyya），似乎也出自同一時代同一地域，即14世紀的馬木路克，也許是叙利亞。此對譯字書也是將辭彙按類區分的④。在馬木路克疆域以外，在14世紀有伯都魯丁（Badrr ad-Dīn Ibrāhīm）在印度以波斯語撰寫的《説話者與尋求世界者之字典》（فرهـــــنگ بـــــان ـــــنگو و بـــــاجـــــابو Farhang-i

①參見Ermers的討論（*Arabic Grammers of Turkic*, pp. 24–28）及其對語法部分的翻譯與分析。至於原文，參見A. Caferoğlu (ed.), *Kitāb al Idrāk li-Lisān al-Atrāk*, Istanbul, 1931。

②其他馬木路克境内編成的按字母排列的字書還有，不·哈顔（Abū Hayyān）的一位來自欽察東部的學生撒剌虎·哈里·賓·愛別·撒法地（Salāh ad-Dīn Halīl b. Aybeg as-Safadī）。他編寫了一部馬木路克最大的著作《突厥語言純潔珍品之書》（بـــابـک التحفـــــه بـه الزک ى ف اللغت بـه الترک Kitāb at-Tuhfat az-Zakiyya fī'l-Lughat at-Turkiyya）。其第一部分由一部按字母排序的阿拉伯—突厥語字典，分爲名詞與動詞部分。參見：哈拉斯·昆以《欽察突厥語》爲題著作中的影印本（Halasi-Kun, La langue des Kiptchaks）。突厥語的影印本及土耳其語譯本見Besim Atalay, *Ettuhget-üz-Zekiyye fil-Lûgat-it-Türkiyye*（突厥語言純潔珍品）, Istanbul, 1945，但其縮微膠卷編號注文錯誤極多。俄譯見È. Fazylov and M.T. Zijaeva, Izyskannyj dar tjurkskomu jazyku（突厥語研究）, Taškent, 1978。俄譯本縮微膠片編號正確，但如同土耳其文譯本譯者Atalay一樣，未指出詞目的手稿形式是什麼。這在影印本中是一個嚴重的失誤。

儘管據説不·哈顔還做了一部《突厥語言之路的全體規則》（بـن القـــانون بـه الكـل الربـه اللغت الاتــراک Qawānīn al-kulliya li-Dabt al-Lughat at-Turkiyya），但此書實際上卻似乎出自於14世紀末15世紀初的馬木路克埃及，即作者逝後。此書基本上是一部突厥語語法，但在其名詞部分包含有一個按類區分的辭彙表。作者的母語並非突厥語，卻非常瞭解這種語言。參見Kilisli Rif'at (Bilge)的刊本：*al-Qawānīn al-kulliya li-Dabt al-Lughat at-Turkiyya*（突厥語言之路的全體規則）, Istanbul, 1928, p. 7及Ermers, *Arabic Grammers of Turkic*, pp. 30–31, 39所引述的内容；S. Telegdi, "Eine türkische Grammatik in arabischer Sprache aus dem XV Jhdrt, *Körösi Csoma Archivum*, I, Ergänzungsband H. 3, Budapest, 1937, pp. 282–326；並見Karamanlıoğlu, Kıpçak Türkçesi Grameri（突厥語語法）, XXIV；並見R. Topartlı, *El-Kavānin ü'l-Külliye Li-Zabti'l-Lugâti't-Türkiyye, İnceleme-İndeks*（突厥語言之路的全體規則）, Erzurum, 1993。此據Golden上引書，p. 17。

③原文注63，原文爲波蘭文。

④Topartlı, *Ed-Durret ü'l-Muddiyye fī'l-Lugati't-Türkiyye*, Erzurum, 1991及Emers, *Arabic Grammars* of Turkic, p. 40。此據Golden上引書，頁17。

Zabān-guyā va Jahān-pūyā）。它包含阿拉伯/阿拉美（Arabic & Aramaic）、魯密Rūmī（希臘、拉丁和阿拉美/叙利亞Aramaic/Syiac）及突厥語詞彙①。時代稍晚的還有一部名曰《詞語彙集》（Šamil ül-Lughat）的字書，書中包含有一個分類的蒙古語字彙表，或許成書於15世紀末16世紀初②。

中古時代西亞最具代表性多語對譯字典是14世紀後半葉，也即元末，在阿拉伯半島西南端的葉門的拉蘇勒王朝（Rasulid）③編寫的《國王之字典》（Hexaglot）：即阿拉伯語、波斯語、突厥語、蒙古語、欲納尼（希臘）語以及阿兒馬尼（亞美尼亞）語，所有語言均以阿拉伯字拼寫。當時曾經雄踞西亞的蒙古伊利汗國（Ilhanids）及其後繼者札剌亦兒王朝（Jalayirids）雖已滅亡，但影響尚在。伊利汗國最重要的語言是波斯語、蒙古語與突厥語；小亞半島及高加索地區的居民行用欲納尼（希臘）語、突厥語與阿兒馬尼（亞美尼亞）語。伊利汗國之西以及阿拉伯半島通行阿拉伯語。這6種語言代表了蒙元時代東地中海地區，包括今之小亞半島、叙利亞、巴勒斯坦—以色列和阿拉伯半島的主要政治與文化語言。美國學者認爲這6種語言代表了蒙元時代東地中海地區，包括今之小亞半島、叙利亞、巴勒斯坦—以色列和阿拉伯半島的主要政治與文化語言。這6種語言代表了蒙元時代東地中海地區，包括今之小亞半島、叙利亞、巴勒斯坦/以色列和阿拉伯半島的主要政治與文化語言。美國學者湯瑪斯·愛爾森（Thomas T. Allsen）注意到這部西亞編寫的分類對譯字典與前述我國元明兩代所編番漢雙語分類對譯字彙之間的相似性，並做了初步之比較④。

《國王之字典》（Hexaglot）可分爲兩部分。第一部分爲阿拉伯語、波斯語、突厥語、欲納尼（希臘）語與阿兒馬尼（亞美尼亞）語對照字彙，其中還夾雜著相當多的阿拉伯—蒙古語、阿拉伯—突厥語、阿拉伯—波斯語對照辭彙。其第二部分爲阿拉伯語、波斯語、突厥語與蒙古語對照辭彙。字典原文並未在每一分類之前加上標題，需讀者自行閲讀區分。

美國學者愛爾森查證其第一部分的阿拉伯語、波斯語、突厥語、欲納尼（希臘）語與

---

①其影印本見S. I. Baevskij以*Farhang-i Zafānfūyā va Džaxāpūyā*（*Slovar' govorjaščij i mir ozučajuščij*）《説話者與尋求世界者之字典》爲題刊佈的專著（Pamjatniki pis' mennosti Vostoka, XLVI, Moskva, 1974）。Baevskij還寫了一篇短文論文："Rumijskie' slova v persidskom tolkovom slovare 'Zafāngūyā', Palestinskij Sbornik"《在波斯語注解的字彙〈説話者〉中的魯迷詞語》，第21部分（vyp-. 21）(84), Leningrad, 1970。但多數的辭彙卻並非真正的希臘語，而是屬於曆法術語（月份的名稱）和教會的教職。此據Golden上引書, p. 17。

②參見*Emers, Arabic Grammars of Turkic*, pp. 33–39。此據Golden上引書，p. 17。

③拉蘇勒（Rasūl）在阿拉伯語中意爲"信使"、"先知"。

④Thomas T. Allsen, *The Rasūlid Hexalot in it's Eurasian Cultural Context*, *The King's Dictionary, The Rasūlid Hexglot: Fourteenth Century Vocabularies in Arabic, Persian, Turkic, Greek, Armenian and Mongol, Leiden,* Boston & Köln: Brill, 2000, pp. 25–49。

阿兒馬尼（亞美尼亞）語對照字彙後，確認它共分爲十八類。但筆者細讀後，覺得不甚合理，有些理應區分的類别未能區别出來。故曾略作修訂，擬另文發表，此處從略。

初步了解了亞洲古代的字書之後，深感欲研究舊世界雙語辭典的編纂史，眼光不能只限於歐洲，彷彿除此之外世界其他地方都是蠻荒之地。古代中國、朝鮮以及遥遠的西域的人民，都曾經爲便利各民族的交往而編寫了各種對譯字書。其編寫者雖然遠隔千山萬水，但其思想有明顯的共通之處，即在編寫字彙時均偏向於採取分類編排的辦法。這一點使這種字彙表在體例上很相似。

《文筌》的朝鮮本、和刻本的版本及其在中國文學批評史上的地位和影響

李長波

元·陳繹曾《文筌》(一名《文章歐冶》)一書傳世版本不多，迄今爲止以伊藤東涯校勘的和刻本《文章歐冶》(元禄元年［1688］)刊)最爲人稱道。有關《文筌》的研究論文亦不多見。王水照先生在《陳繹曾：不應冷落的元代詩文批評大家》(見《半肖居筆記》，東方出版中心，1998年版)中指出："在我國宋元以前的詩文評類著作中，除了《文心雕龍》外，此書内容之豐富、篇幅之巨大，或可稱爲首屈一指。"(69頁)，評價甚高①。筆者在2000年於日本國會圖書館發現《文筌》的朝鮮刊本後，先後發表了兩篇論文，就陳繹曾的仕宦經歷、師承關係以及朝鮮刊本的内容、《文筌》在中國和日本的影響做了初步的探討。本文在拙文2001和2002的基礎上，加之最近調查所及，擬對以下幾點提供一些新的材料和最新的研究成果。

①此外，筆者所見的先行研究還有：周振甫《中國修辭學史》(商務印書館，1991年)稱："陳繹曾字伯敷，家本住括蒼(浙江麗水縣)，僑居處州(在浙江)，官至國子助教。有《文説》一卷，分：一養氣，二抱題，三明體，四分間，五立意，六用事，七造語，八下字。其中有關於修辭的部分。"(325頁)，陶秋英編選、虞行校訂《宋金元文論選》(人民文學出版社，1984年)據《古今圖書集成》文學總部，收陳繹曾《文筌序》一篇。稱"陳繹曾，字伯敷，號汶陽左客，處州(今浙江麗水縣)人。至順中官國子助教。陳繹曾先後從學于敖繼公、戴表元，所著《文説》、《文筌》，是因延祐間恢復科舉，作爲士子應試的程式，論作文之法，其主旨主要闡釋朱熹的學説。傳附見《元史》卷一百九十《陳振傳》。"(600頁)，顧易生、蔣凡、劉明今《宋金元文學批評史》(上、下，上海古籍出版社，1996年)除介紹《文説》、《文筌》外，還對《靜春先生詩集後序》一文有過介紹。此外，安大會《尹春年與詩話文話》(韓國·曉明出版，2000年)對延世大學圖書館藏朝鮮刊本介紹頗詳。

一、關於陳繹曾其人。

二、《文筌》的版本以及各版本之間的關係。

三、《文筌》在中國文學批評史和修辭學史上的地位。

四、《文筌》在日本的影響。

一、關於陳繹曾其人

（一）籍貫

陳繹曾，字伯敷。生卒年不詳。《元史》附見《儒學傳》(列傳第七十七《儒學》二《陳旅傳》)，作處州人。《元史》列傳第七十七《儒學》二《陳旅傳》：

> 同時有程文、陳繹曾者，皆名士。文，字以文，徽州人。仕至禮部員外郎。作文明潔而精深，集亦多稱之。繹曾，字伯敷，處州人。爲人雖口吃而精敏異常，諸經注疏，多能成誦。文辭汪洋浩博，其氣煜如也。官至國子助教。論者謂二人皆與旅相伯仲云。

《欽定四庫全書總目》卷一百九十六集部四十九詩文評類二《文説》提要介紹陳氏生平如下：

> 《文説》一卷，永樂大典本，元陳繹曾撰。繹曾，字伯敷，《元史》附見《儒學傳》，作處州人。而吴興續志亦載其名。蓋家本括蒼而僑居苕水者也①。至順中官至國子助教。嘗從學于戴表元，而與陳旅友善。師友淵源具有所自，故所學頗見根柢。

父陳祖康，字無逸，與趙子昂、張復亨、牟應龍、蕭子中、陳仲信、姚式、錢選等人合稱“吴興八駿”(見《吴興備志》卷十二)。並與趙子昂友善，趙子昂稱之爲“英爽之士”。趙子昂《松雪齋集》卷六《陳子振詩序》：

①括蒼即處州，現爲浙江省麗水縣。苕水爲苕溪别名，即吴興，舊稱湖州，現爲湖州市。元代處州路除轄麗水外，還轄龍泉縣。《元史》稱陳繹曾籍貫爲處州不誤。龍泉，即處州龍泉縣當爲陳氏祖籍，後於曾祖父陳存時徙居湖州，及吴興(據戴表源《陳無逸詩序》，見《剡源文集》卷八)。

予友鄧善之、張仲實、陳無逸，皆英爽之士。其言語文字足以雄一時。予愛之重之。

陳無逸有詩名。戴表元(1244—1310)稱“無逸之詩，視其祖，天閑之駒，朝生而知步；玉田知禾，晚耨而同熟也。視其鄉人，冰蠶火布，起塵煤脱，垢盡倏然而潔也。”(《剡源文集》“陳無逸詩序”)評價頗高。

曾祖父陳存，字體仁，龍泉(即處州)人。《吴興備志》卷十三：

陳存，字體仁，龍泉人。太學上舍，淳祐七年第三人。文章政事皆有聞譽。仕至兵部尚書端明殿大學士知慶元府沿海制置使。《括蒼彙紀》

戴表元序陳無逸詩，稱其祖龍泉公居湖，即存也。壽昌徐文鳳從吴興陳本齋先生存受春秋，故其經學卓有源委。權知象山縣，以慈惠稱。本齋開閫沿海，辟入簽廳，咨決庶務，全活者尤衆。《嚴州府志》

可知，陳存爲官有政績，亦通經學。官至兵部尚書，與陳繹曾《文説》中所稱“先尚書”，《浙江通志》卷一百二十八作“龍泉人，探花，端明殿學士”一致。《慈湖書院記》(文及翁文、陳中書、陳存題蓋)署“寶謨閣直學士朝請大夫知慶元軍府事兼管内勸農使沿海制龍泉縣開國男食邑三百户　陳存題蓋”(見《延祐四明志》卷十四)，可供參考。此外有戴表元《陳無逸詩序》提及陳存：

余年二十四五時，識龍泉陳公于杭。自是輾轉離合八九年，得間無不以文字相聞，然未嘗説詩。龍泉公居湖，晚年歸湖。既歿而余始識湖之秀民奇士能詩者數人。數人詩皆清嚴有法度，竊怪之。蓋雖科舉學廢，人人得縱意無所累，然未應頓悟至此。久之，識公之諸孫無逸，始間得龍泉詩讀之。然後，乃知湖人之於公，良有所受，而公平生雅善爲詩，中經憂患，寄託益廣。但不喜誦誇于人，而獨家庭里閈子弟時時竊聞之耳。(《剡源文集》卷八)

可見，陳存不但精通經學，且有所傳授，其詩亦曾見重鄉里，影響後人。戴表元與陳氏一家爲世交，陳存長於戴表元，可稱忘年之交。與陳無逸爲友。

(二)師承

據《文筌》序，陳繹曾除戴表元外，還曾師從敖繼公，出入于王士點門下。

戴表元，字帥初，一字曾伯。慶元奉化州人。宋咸淳年間進士。《元史》卷一百九十有傳，稱“至元大德間，東南以文章大家名重一時”。有《剡源文集》三十卷傳世。

敖繼公，《閩中理學淵源考》卷三十五載“教授敖君善先生繼公”，稱“敖繼公，字君善，長樂人。後寓家吴興，築一小樓，冬不爐，夏不扇。出入進止皆有常度，日從事經史。吴下名士多從之游。(中略)成宗大德中以浙江平章高彦敬薦抶信州教授，未任卒。趙孟頫、倪淵皆師事之。《松雪齋集》卷六《送吴幼清南還序》云：

> 吾鄉有敖君善者，吾師也。曰錢選舜舉，曰蕭和子中，曰張複亨剛父，曰陳慤信仲，曰姚式子敬，曰陳康祖無逸，吾友也。吾處吾鄉從數子者游，放乎山水之間而樂乎名教之中。讀書彈琴，足以自娱。安知造物者不吾舍也。而吾豈有用者哉!

王士點，有《禁扁》五卷，記載歷代王宫建築。有書名。《秘書監志》卷九稱“王士點，字繼志，東平人。瓠山先生魯國文肅公構之子。至正二年四月二十九日自翰林修撰以承務郎上。”《書史會要》卷七載“王士點，字繼志，士熙弟，官至四川雲南廉訪副使。善大字，亦能篆。此外有《翰林監志》十一卷。”

以上三人，于文、于書、于經史均爲一時大家，可見陳繹曾確實師承有自。其文其書見重當時，人稱名士，並非獨仰其父餘蔭。

(三)陳繹曾的仕宦經歷

有關陳繹曾的仕宦經歷，説法不一。《元史》稱官至國子助教，《四庫全書總目》卷一百九十六集部四十九詩文評類二文説提要亦作“至順中官至國子監助教”；然《浙江通志》卷一百二十九則作“陳繹曾，歸安人，翰林院編修。”《浙江通志》卷二百二十六所載陳繹曾《鄭氏義門事蹟傳》自署爲“將仕左郎翰林國史院編修官吴興陳繹曾撰”。另據《進遼史表》記載，陳繹曾於至正三年四月至四年三月參與修遼史，時任國史院編修。《元史》失考。

陳繹曾的名字最早出現于戴表元《大德戊戌(二年，1298)八月十六日張園玩月詩序》(《剡源文集》卷十)，陳繹曾做爲侍游者與其父陳祖康無逸以及其他名流同游。《四庫全書總目》稱陳繹曾“嘗從學于戴表元”(卷一百九十六集部四十九詩文評類二文説提要)，應系大德年間之事。此外，許有壬《至正集》卷七十五公移收有《薦吴炳陳繹曾》一文，全文如下：

> 竊見處士汴梁吴炳，業專聖學，文造古人。特立不渝，真積力久。忘情軒冕，守道衡茆。勢利不足以動其心，貧窶不足以累其志。又江南陳繹曾，博學能文，懷才抱藝。挺身自拔乎流俗，立志尚友乎古人。放志山林，富貴浮雲。但人既不自鬻，恐後日或有遺賢。如于文翰之職内不次徵用，不唯攄其素藴，抑亦可以砥礪流俗。

許有壬，字加用，湯陰人，《元史》有傳。許有壬曾于至治元年(1321)遷吏部主事，至至二年(1322)轉江南行台監察御史行部廣東。公移當寫於吏部主事在任期間。即陳繹曾應于至治元年(1321)或至治二年(1322)以"博學能文"被徵。

有關吴炳，《書史會要》卷七稱："吴炳，字彦輝，汴人。身安畎畝，朝廷三聘不起，工篆書。"同時，據蘇天爵《滋溪文稿》卷二十三載《元故資政大夫中書左丞知經筵事王公行狀》稱，至治二年王結(字儀伯)"除吏部尚書，薦名士宋本、韓鏞、吴炳等十餘人"。同年冬任吏部侍郎，後於泰定初元拜右司郎中的董訥(字仁甫)亦與王結一同舉薦"赫舍哩希元、張瑾、陳思謙、吴炳、歐陽玄、李好文等十餘人"(見蘇天爵《滋溪文稿》卷二十三《故嘉議大夫江西湖東道肅政廉訪使董某狀》。據此可知,許有壬《薦吴炳陳繹曾》的公移應寫於至正二年(1322)。即陳繹曾於至治二年與吴炳等十餘人被徵。此後，曾于國子監任助教，至少到後至元(1336)二年二月(杉山正明1990:50頁)。此後，陳繹曾於至正三年四月至四年三月參與修遼史，時任國史院編修(據《進遼史表》記載)。

還有，作於至順三年(1332)的《文筌》陳繹曾自序署"汶陽老客"(此據朝鮮刊本，元刊本作"左客"，似誤)，似爲陳繹曾晚年之作。自大德二年(1298)陪同其父陳康祖無逸同與"張園玩月"之游至至順三年(1332)已三十四年。如果我們假設大德二年(1298)陳繹曾二十歲，至順三年(1332)則已五十四歲。同時，許有壬《薦吴炳陳繹曾》一文稱陳繹曾"博學能文，懷材抱藝，放志山林，富貴浮雲"的口氣，也説明陳繹曾被徵之時恐怕已過不惑之年。以此我們大體可以推斷陳繹曾的活動時期至少在大德二年(1298)與至正四年(1344)之間或稍後。

此外，陸心源編《穰梨館過眼録》卷六《元龔子敬陸牆東錢重鼎郭麟孫楊仲弘虞道園湯師言陳繹曾王文獻九家靜春堂翰墨卷》後附吴訥(自署"嘉議大夫都察院左副都御史海虞吴訥敏德識")題跋一篇，詳述諸家里貫生平。有關陳繹曾的部分爲"陳繹曾字伯敷，世居吴興，後徙處州。言雖口吃，而材識精敏。所著文辭汪洋浩博，見稱于時。由國史編修官遷國子博士，以歿。”此處“世居吴興，後徙處州”云云顯誤。“言雖口吃，而材識精敏。所著文辭，汪洋浩博，見稱于時”云云本《元史》。唯“由國史編修官遷國子博士，以歿”云云不知有何根據。或有所本，聊備一説。

(四) 陳繹曾的書法和書法理論著作

陳繹曾善長書法。《吴興備志》卷二十五稱“陳繹曾，學優識博，真草隸篆俱通習之，各得其法。”(同見《書史會要》卷七)《欽定佩文齋書畫譜》卷三十七書家傳十六元代書法家中也有其名。元・胡炳文《雪峰集》卷四有《題徐芝石賦陳伯孚飛白》一文，對陳繹曾的飛白書評價甚高：

> 《題徐芝石賦陳伯孚飛白》①
>
> 如塵縷游絲，如秋蟬春蝶，芝石所云可以形容伯孚之字。如美玉在山，如懸石萬仞，伯孚所云一可以形容芝石之賦。詞如其翰，翰如其詞。一旦得睹此二妙，豈非大奇事？然吾聞二君所學自有詞翰之外者。即今至前梅開先天枝上，吾三人者，安得相與共探無極之真邪？

此外，《河南通志》卷四十二載《元吴炳登封縣儒學碑記》、卷七十九載《河南行省增修堂廡碑記》，《汴京遺跡志》載《三皇廟記》一篇。以上文章只有文字著録，不知實物是否尚存。現存碑文則有山東鄒縣嶧山《勅仙人萬壽宫碑陰》一篇，陳繹曾撰並書，署“□元二年二月國子□□　陳繹曾撰　　並書”②。

陳繹曾不但擅長書法，還精通書法理論。著有論筆法、指法的《翰林要訣》(收入《欽定佩文齋書畫譜》卷四，《六藝之一録》卷二百七十七)、《法書論》(收入《六藝之一録》卷一百六十六)等專著。此外，《六藝之一録》卷一百七十三還收《元陳繹曾論楷書》、《元陳繹曾論隸書》、《元陳繹曾論八分》、《元陳繹曾論章草》、《元陳繹曾論行書》等書法專論。

陳繹曾做爲金石鑒賞家也很著名。題跋散見於有關書籍者不少。如《顔魯公祭兄子季明帖跋》(見《金石文考略》卷十二)、《定武本蘭亭序跋》(見《金石文考略》卷三，《式古堂書畫彙考》卷五所收該跋文字略有出入。《六研齋筆記》二筆卷三亦收有該跋)、《石

①《欽定佩文齋書畫譜》卷三十七：陳繹曾，字伯敷，胡雲峰集作伯孚。倪濤《六藝之一録》卷三百五十七・“陳繹曾”引《胡雲峰集》“陳伯孚善飛白，如塵縷遊絲，秋蟬春蝶。”亦作“陳伯孚”。

②此碑陰漢文殘缺，□□爲缺字。此文應撰於後至元二年。參見杉山正明1990。

勒問道圖跋》(見《欽定佩文齋書畫譜》卷九十)、《題楊妃上馬嬌圖》(見《宋稗類鈔》卷二十二、《輟耕録》卷五、《歷代詩話》卷六十五)等傳世。有關《臨江戲魚堂帖》、《潭帖》、《絳帖别本》、《鳳凰樓帖》(據《書史會要》,《六藝之一録》作“星鳳樓帖”)、《玉麟堂帖》等碑帖的鑒賞文字見《淳化秘閣法帖考正》卷十一,有關《晉陸機平復帖》的題跋見《清河書畫舫》卷一下,《王羲之大道帖》題跋見《清河書畫舫》卷二,有關《虞恭公碑》的鑒賞文字見《滎陽外史集》卷三十六,有關《宋拓鼎帖》的鑒賞文字見《弇州四部稿·續編》卷一百六十七等等。

(五) 陳繹曾有關文論的著作

陳繹曾有關修辭、文學批評的著作,主要有《文説》、《古文矜式》和《文筌》。據《千頃堂書目》卷三十一記載:

> 陳繹曾《古文矜式》二卷。字伯敷,處州人。國子助教。
>
> 又《文説》一卷。
>
> 又《文筌》八卷。
>
> 又《文譜》一卷。

其中《文説》一卷,因收入《四庫全書》,流傳頗廣。《四庫全書總目》卷一百九十六集部四十九詩文評類二:

> 文説一卷　永樂大典本
>
> 是書乃因延祐復行科舉,爲程試之式而作。書中分列八條,論行文之法。時五經皆以宋儒傳注懸爲功令,莫敢異趨。故是書大旨皆折衷于朱子。吴興續志稱繹曾嘗著文筌譜,論科舉天階,使學者知所向方,人爭傳録。焦竑經籍志又載繹曾古文矜式二卷。今考繹曾所著文筌八卷附詩小譜二卷,元時麻沙坊刻列於策學統宗之首,今尚有傳本。其文與此編迥殊。惟科舉天階與古今文矜式今未之見。疑此編即二書之一,但名目錯互,莫能證定。今姑仍永樂大典舊題,以文説著録,用闕所疑。卷首所稱陳文靖公,蓋即元翰林學士東平陳儼,亦以文名。至其自稱先尚書者,則已失其世系,不可考矣①。

①此以科舉天階爲書名,顯係誤讀。

關於《文説》的成書年代，《四庫全書總目》稱“是書乃因延祐復行科舉，爲程試之式而作”，似認爲成於延祐年間。此説大體不誤。《文説》以答“陳文靖公問”的形式寫起。陳文靖，名儼，謚文靖。據元張養浩《資德大夫中書右丞議樞密院事陳公神道碑》記載，卒於延祐三年四月二十六日。可知，陳繹曾與陳儼的問答及《文説》的成書必在此前。但《文説》中稱“文靖”，可見其問答内容雖成於延祐三年以前，在延祐三年以後曾經整理修飾。

至於“自稱先尚書”云云，據此前考證，陳繹曾的曾祖父陳存，字體仁，仕至兵部尚書端明殿大學士知慶元府沿海制置使(見《吴興備志》卷十三引《括蒼彙紀》)，可以爲證。另查陳青之《中國教育史》(商務印書館，1936年)，元代科舉的固定化及長期施行確實始于仁宗延祐二年(見347頁)，也可以爲我們確定《文説》一書的成書提供綫索。

綜合如上幾點，如果我們把《文説》的成書定在延祐二年至三年之間(1315–1316)的話，《文筌》陳繹曾自序寫於至順三年(1332)，可見《文筌》成書晚于《文説》十六七年。《文筌》之于《文説》雖然在内容上有相互繼承的部分，但在體例、體系之縝密，内容之豐富上，《文筌》遠在《文説》之上，可以稱之爲陳繹曾詩文創作、批評的集大成之作。

《文筌》有原本和廣本兩種。原本《文筌》僅包括《文譜》八卷、以及《四六附説》、《楚賦小譜》、《漢賦小譜》、《唐賦附説》。附《詩譜》二卷，不含《文章矜式》。

《古文矜式》，書目中偶有單列者，元刊本無之，可見曾經單行。現存版本中，自朝鮮刊本以後均有之，當系朝鮮刊本《文筌》的底本即已增入。至於何人所爲，已不可考。其内容與《文筌》有重複之處，但體例、體系均不及《文筌》精細、完整。其成書必在《文説》與《文筌》之間。

《文筌》所附《詩小譜》，據陳繹曾《文筌序》稱“亡友石柏彦威嘗共爲《詩小譜》二卷，因附其後。”可見《文筌》原本有之。且内容如“養氣”之説出於陳氏，顯系二人合著。因此，引述《詩小譜》時，應以“陳繹曾、石柏合著”爲宜①。

有關陳繹曾的其他著作。王水照1998稱“他還編選文章總集《諸儒奥論策學統宗》，精選宋人議論之文”(68頁)，不知有何根據。細檢元刊本《諸儒奥論策學統宗》，該書所附《序》似爲書賈將陳繹曾《文筌序》篡改而成，不足爲信。該書非陳繹曾所著甚明。

陳繹曾的詩文傳世不多。除上面提到的以外，《古詩紀》卷一百四十五曾摘録《文譜》(即《文筌》所收《文譜》)，還有《書法本象》(見《欽定四庫全書考證》卷六十二)、《游秀峰詩一首》(見《吴都文粹續集》卷二十二)、《鄭氏義門事蹟傳》(見《浙江通志》卷二百六十六)、《靜春堂詩集後序》(至治元年(1321)作，載《袁易集》，見陸心源編《穰梨館

①此處從朝鮮刊本。元刊本作“石桓”。

過眼録》卷六)等爲人所知。其中以《靜春先生詩集後序》一文最爲重要。該文見陸心源編《穰梨館過眼録》卷六《元龔子敬陸牆東錢重鼎郭麟孫楊仲弘虞道園湯師言陳繹曾王文獻九家靜春堂翰墨卷》，署"至治元年三月既望吴興陳繹曾撰"。內容有關詩文批評理論，提出"情發爲詩，而生於境"的觀點。

二、《文筌》的版本以及各版本之間的關係

(一)《文筌》的元刊本

文筌的版本。《欽定四庫全書總目》卷一百九十七集部五十詩文評類存目稱：

文筌八卷附詩小譜二卷 浙江總督采進本

元陳繹曾撰。繹曾有文説已著録。此篇凡分古文小譜、四六附説、楚賦小譜、漢賦小譜、唐賦附説五類。體例繁碎，大抵妄生分别，强立名目，殊無精理。詩小譜二卷。據至順壬申繹曾自序稱亡友石桓彦威所撰，因以附後。是本與詩譜合刊。元時麻沙坊本乃移冠策學統宗之首，頗爲不倫。今仍析之，各著於録。繹曾，處州人，僑居湖州，而序末自稱汶陽左客。豈又嘗寓齊魯間，偶以自號歟?

這裏所説的"移冠策學統宗之首"的《文筌》，現存台北"國家圖書館"。爲元刊本(以下簡稱"元刊本")，題爲《新刊增入文筌諸儒奥論策學統宗前集五卷後集三卷古文小譜一卷詩小譜二卷四册(元刊本)》14585號，作陳繹曾撰。

據《"國家圖書館"善本書志初稿》集部(四)記載，此書框郭高18.1cm，寬12.4cm，11行，21字。四周雙邊。卷首有《新刊諸儒奥論統宗文筌序》，序後署："至順三年歲在壬申七月汶陽左客陳繹曾書"。提要如下：

是書文筌諸儒奥論策學統宗前集五卷，後集三卷，另有古文小譜一卷及詩小譜二卷，然置策學統宗前、後八卷之前。首卷首行頂格題"新刊諸儒奥論策學統宗增入文筌詩譜"，此行首字刊以○，下題"古文小譜一"，下越二格題"汶陽左客陳繹曾撰"。以下正文始。卷末無尾題。卷首有"新刊諸儒奥論統宗文筌序"，末署"至順三年歲在壬申七月汶陽左客陳繹曾書"。

首先我們應該指出的是，《新刊增入文筌諸儒奧論策學統宗前集五卷後集三卷古文小譜一卷詩小譜二卷四册(元刊本)》並非陳繹曾所著。所謂《新刊增入文筌諸儒奧論策學統宗前集五卷後集三卷古文小譜一卷詩小譜二卷》云云，實乃麻沙書賈所爲。卷首〈新刊諸儒奧論統宗文筌序〉亦有書賈篡改的痕跡。如："余成童剽聞道德之説于長樂敖君善先生，痛悔雕蟲之習久矣。"之後有"乃得諸儒奧論統宗觀讀，議論精當"，不但文義唐突，朝鮮刊本亦無之。可見與《新刊諸儒奧論策學統宗文筌序》之名同爲書賈篡改之處。

關於《諸儒奧論策學統宗》，據《欽定四庫全書總目》卷一百九十一記載：

> 殘本諸儒奧論策學統宗，二十卷，浙江巡撫采進本，元譚金孫編。金孫，字叔金，號存理，自稱古雲人。不知古雲爲何地也。是編雜選宋人議論之文分類編輯，以備程試之用。凡後集八卷，續集七卷，别集五卷。而闕其前集。蓋不完全之本。原本又以陳繹曾文筌、石桓詩小譜冠於卷首，而總題曰《新刊諸儒奧論策學統宗增入文筌詩譜》。文理冗贅，殆麻沙庸陋書賈所爲。今析文筌詩小譜别入詩文評類，而此書亦復其本名，庶不相淆焉。

由此可見，《新刊增入文筌諸儒奧論策學統宗》乃書賈將《諸儒奧論策學統宗》與《文筌》(附詩小譜)合刊而成。爲了把陳繹曾的《文筌》(附詩小譜)冠於卷首而不露馬腳，遂把陳繹曾的《文筌序》改爲《新刊諸儒奧論統宗文筌序》，並加入"乃得諸儒奧論統宗觀讀，議論精當，文章有法，手録以還"一段文字。《國家圖書館善本書志初稿》的編撰者，不但於"乃得諸儒奧論統宗觀讀，議論精當"一句文義理解不透，對於《文筌》的版本情況亦毫無所知；加之對於《欽定四庫全書總目》卷一百九十一的記載亦置若罔聞，遂有此誤[①]。

①王水照1998亦稱陳繹曾著有《諸儒奧論策學統宗》一書，不知何徵。此外，《國家圖書館善本書志初稿》集部(四)將《諸儒奧論》前集二卷後集二卷續集二卷别集二卷八册明萬曆丁巳(四十五年，1617)刊本 14586號定爲"陳繹曾編"，亦屬誤判。

(二)《文筌》的朝鮮刊本

《文筌》的朝鮮刊本書名爲《文章歐冶》。現藏日本國會圖書館，爲養安院舊藏。此本迄今爲止曾有安大會2000的簡單介紹①。此書卷首冠以尹春年《文筌序》，署“嘉靖壬子仲夏下浣通政大夫司諫院大司諫坡平尹春年”。次爲《文章歐冶序》，有“昭回雲漢之章”印及畫押(和刻本闕之)。其次爲陳繹曾《文筌序》。此書最後一頁刻有“洪熙乙巳仲春之二日刊行”刊記一行。據此可知，此書原本刊于洪熙元年(1425)仲春二日。現將朝鮮刊本目次抄録如下：

朝鮮刊本《文章歐冶》目次：

文筌序(尹春年)

文章歐冶序(朱權)

文筌序(陳繹曾)

古文譜一：養氣法

一 澄神 二 養氣 三 立本 四 清識 五 定志

古文譜二：識題法

一 虛實 二 抱題 三 斷題

古文譜三：式

一 叙事 二 議論 三 辭令

古文譜四：制

一 體段 二 體式 三 體制

古文譜五：體

一 文體 二 家法

古文譜六：格

一 未入格 二 正格 三 病格

古文譜七：律

一 音聲 二 律調

四六附説

一 法 二 目 三 體 四 制 五 式 六 格

楚賦譜

①安大會2000影印有延世大學圖書館藏《文章歐冶》，與日本國會圖書館所藏《文章歐冶》同版。

一 楚賦法 二 楚賦體 三 楚賦制 四 楚賦式 五 楚賦格

漢賦譜

一 漢賦法 二 漢賦體 三 漢賦制 四 漢賦式 五 漢賦格

唐賦附説

一 唐賦法 二 唐賦體 三 唐賦制 四 唐賦格

古文矜式

一 培養 二 入境

詩譜

一 本 二 式 三 制 四 情 五 景 六 事 七 意 八音 九 律 十 病 十一 變 十二 範 十三 要 十四 格 十五 體 十六情 十七 性 十八韻 十九 調 二十 會

與元刊本《文筌》相比，朝鮮刊本有《古文矜式》，而元刊本無之，顯係後人增入。

《文筌》一書，由於和刻本所據鈔本欠精，略去《文章歐冶序》作者的“昭回雲漢之章”印章及畫押，致使《文章歐冶序》作者長期以來無從確定。王水照先生在《陳繹曾：不應冷落的元代詩文批評大家》一文中曾有“何人把《文筌》改名爲《文章歐冶》，已不可考，但此人應是明代或明以前之人(明周弘祖所撰《古今書刻》上編，載各直省所刊書籍，在‘江西弋陽王府’下已有《文章歐冶》一書)”。(王水照1998：71頁)我們以朝鮮刊本《文章歐冶》序後所鈐“昭回雲漢之章”爲綫索，確定《文章歐冶》一名是由明·寧王朱權(1378–1448)命名，冠以自序于洪熙元年(1425)刊行的。即朱權輯《原始秘書》十卷自序後“昭回雲漢之章”印以及畫押與朝鮮本《文章歐冶》(日本國會圖書館藏)中《文章歐冶序》後印章、署畫押完全相同，可證[①]。參看圖①和圖②。圖①爲朝鮮本《文章歐冶》序後所鈐“昭回雲漢之章”印及畫押，圖②爲《原始秘書》十卷明刊本自序後所鈐“昭回雲漢之章”

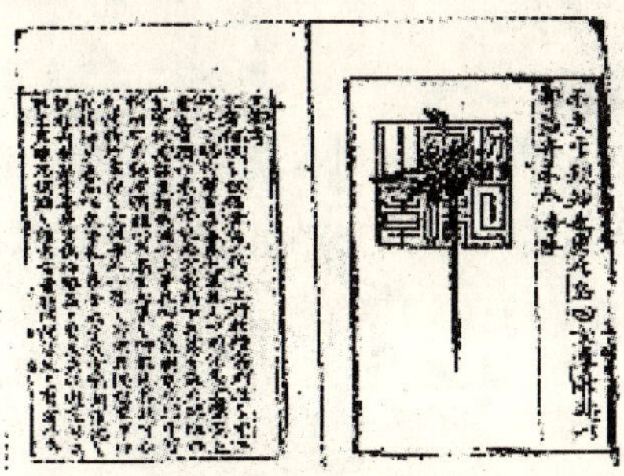

圖①

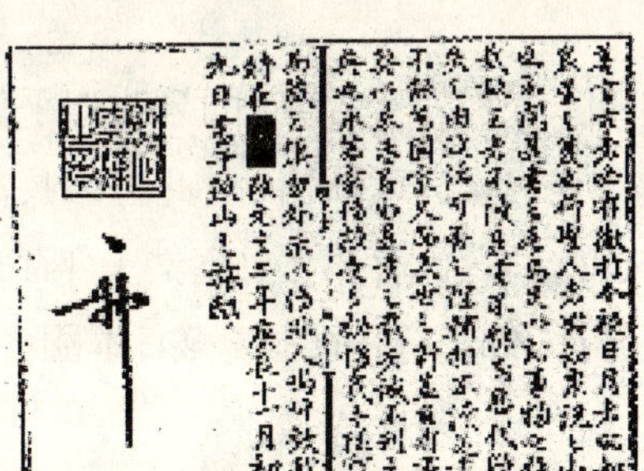

圖②

①衷心感謝我的同事宮紀子女士，是她最先發現二者之間的關係。

印及畫押(華東師範大學圖書館藏明刻本，見劉俊文等輯《四庫全書存目叢書》子部第173册，台南莊嚴文化事業有限公司影印)：

朱權對此書除更名、加序外，還在文字上有所篡改，如《詩譜·十五體》論杜甫李白之處，不但更改次序爲李杜，評語亦不用陳氏、石氏原文，改爲己見。朱權《文章歐冶序》對此亦直言不諱：

> 但繹曾所評諸賢，皆出於一己之見，故不足以公天下。若評太白之才變化不及子美之類是也。予以爲不然，乃重判二賢之體而正之。(朱權《文章歐冶序》)

該處朝鮮刊本如下：

> 李太白　風度氣魄高出塵表，善播弄造化，與鬼神競奔。變化極妙，乃詩中仙，詩家之聖者也。其雄才大略，亘古尊之，無出右者。
>
> 杜子美　體制格式自成一家，祖雅頌之作，故詩人尚之，以爲詩家之賢者也。

由此可見朱權立場乃揚李抑杜。現據《新刊增入文筌諸儒奥論策學統宗前集五卷後集三卷古文小譜一卷詩小譜二卷》，可知《文筌》原文如下：

> 杜甫　體制格式備極諸變，上祖雅頌，下友楚漢，俯拾齊梁。故歷代尊之以爲訓。詩家之聖者也。
>
> 李白　祖風騷，宗漢魏，下至徐庾楊王，亦時用之。善掉弄造出奇怪，驚動心目，忽然撇出，妙入無聲。其詩家之仙者乎。格高於杜，變化不及。

筆者所見，朱權對《文筌》的篡改似乎僅此一處。

和刻本。書名《文章歐冶》，此書因長澤規矩也收入《和刻本漢籍隨筆集》第十七輯而廣爲人知。校勘者伊藤東涯，寬文十年(1670)至元文元年(1736)在世，伊藤仁齋之子，此書于元禄元年(1688)刊行，原本現藏日本國會圖書館、神宫文庫等處。

(三)《文筌》的鈔本以及各版本的價值

《文筌》的傳世文本除元刊本、朝鮮刊本外，還有鈔本一部(清李士棻抄録本，現藏華東師範大學圖書館，題爲《文筌不分卷》，見劉俊文等輯《四庫全書存目叢書》集部第416册，台南莊嚴文化事業有限公司影印)。王水照先生在《半肖居筆記》中稱有兩個鈔本，不知藏于何處，華東師範大學圖書館藏李士棻鈔本是否是其中之一，不得而知。筆者寡聞，僅見此鈔本一部。此外，版本有三種：一爲元刊本(現藏臺北“國家圖書館”),一爲朝鮮本(現藏日本國會圖書館)，一爲和刻本(伊藤東涯校勘，元禄元年［1688］刊本，現藏日本國會圖書館、神宫文庫等處)。

元刊本：此本刻印欠精，魚魯亥豕之誤頗多。但是，根據此本可以改正朱權篡改之處，恢復陳氏《文筌》原貌。個別文字較朝鮮刻本爲善，頗有可從之處。

和刻本：據伊藤東涯《文章歐冶後序》稱，此本所據爲朝鮮鈔本，“然文字漫漶，魚豕相望，殆不可讀。”現與朝鮮刻本比較，發現錯字、脱字、不識之字逕付闕如之處不少，難稱善本。例如：制法九十九字：激、伏、掉、蹙、疊等字下面均有空字，而朝鮮刊本不空。

清李士棻家鈔本。此本文字與朝鮮刻本大同小異，應據朱權改名本《文章歐冶》抄録。抄録時將朱權《文章歐冶序》棄而不用，似有還《文筌》本來面目之意。但於朱筌篡改處一仍其舊。此本版本價值居和刻本之上，朝鮮刻本之下。

朝鮮刻本。此朝鮮刻本爲朱權刊本的覆刻本，刊刻甚精。雖有個别文字不妥之處，但與元刊本對校，可以得到與陳氏《文筌》原貌最接近的文本。版本價值極大。此本與和刻本所據朝鮮鈔本的不同之處主要爲，無“嘉靖庚戌歲暮初吉光州牧刊行”刊記以及“校正官成均進士 金士球”以下五人的官銜、名字，無尹春年《古文譜體制法注》。至於日本國會圖書館所藏朝鮮刻本與和刻本所據朝鮮鈔本的原本刊行孰先孰後，有待進一步研究。朝鮮刊本《文章歐冶》的價值主要在於以下四點：

一、以日本國會圖書館所藏朝鮮刊本《文章歐冶》序後所鈐“昭回雲漢之章”和畫押爲綫索，我們得以確定將《文筌》更名爲《文章歐冶》，並作序刊行者爲明寧獻王朱權。解決了一直懸而未決的疑問。

二、日本國會圖書館所藏朝鮮刊本《文章歐冶》爲朱權在世時所刊本的翻刻本。除朱權篡改之處外，爲我們提供了與元刊本《諸儒奥論策學統宗》所收《文筌》對校的權威版本。長期以來，《文筌》利用最多的版本爲長澤規矩也編的《和刻本漢籍隨筆集》所收伊藤東涯校刊本。此本因所據底本抄寫欠精，愚魯亥豕之誤、脱字之處甚多，遠非善本。日本國會圖書館所藏朝鮮刊本《文章歐冶》爲我們研究《文筌》提供了較好的版本依據。

三、日本國會圖書館所藏朝鮮刊本《文章歐冶》與和刻本所據鈔本互有異同，這爲我們進一步研究《文筌》在朝鮮的刊刻及影響提供了新的綫索。

四、朝鮮刊本裏包含《古文矜式》一卷。此書至今尚未發現單行的文本。此書成書在《文説》與《文筌》之間，内容亦介於二者之間。爲我們研究陳繹曾的文學批評理論的形成和發展提供了寶貴資料。

(四)《文筌》序校勘

由於《文筌》的傳世版本不多，長期以來影響了《文筌》的研究。有關元代文論的選集如《宋金元文論選》所録《文筌》序就是摘自《古今圖書集成》文學總部的，而《古今圖書集成》的文本又與《稗編》所收者爲同一文本[①]。這種間接的引用能否爲我們提供一個可信的文本呢？我們以《文筌》序爲例，通過對校幾個版本，看一看各本之間的異同和版本之間的關係。底本採用《宋金元文論選》所録《文筌》序。

(1) 三代以下昭于易詩書春秋之策

昭：朝鮮刊本、元刊本、李氏鈔本作“明”。易詩書春秋：朝鮮刊本、元刊本、李氏鈔本作“詩書易春秋”。

(2) 嗚呼

嗚呼：朝鮮刊本、元刊本、李氏鈔本作“烏乎”。

(3) 而惟求筆札之文者也

文：朝鮮刊本、元刊本、李氏鈔本作“華”。

(4) 余成童

余：朝鮮刊本作“予”。元刊本、李氏鈔本作“余”。

(5) 使人人之惑於是者

惑：元刊本作“感”。朝鮮刊本、李氏鈔本作“惑”。

(6) 曉然知所謂筆札之文不過如此

“知”下：朝鮮刊本、元刊本、李氏鈔本有“之”字。

①鄭奠、譚全基《古漢語修辭學資料彙編》(商務印書館，1980年)所引《文筌序》亦出自《古今圖書集成》。

(7) 夫筌所以得魚也

"得魚"下: 朝鮮刊本、元刊本、李氏鈔本有"器"字。

(8) 文將以見道也

也: 元刊本作"矣"。朝鮮刊本、李氏鈔本作"也"。

(9) 所以六經之意不可及者

意: 朝鮮刊本、元刊本、李氏鈔本作"文"。

除上面的(4)(5)(8)以外,《古今圖書集成》不録的部分裹朝鮮刊本與元刊本的異文如下(引文據朝鮮刻本):

(10) 亡友石柏彦威

柏: 元刊本作"桓"。李氏鈔本亦作"柏"。

(11) 因附其後

①"因"後: 元刊本有"以"字。李氏鈔本亦無之。

②"後"後: 元刊本有"云"字。李氏鈔本亦無之。

(12) 至順三年七月

"三年"後: 元刊本有"歲在壬申"四字。李氏鈔本亦無之。

(13) 汶陽老客

老: 元刊本作"左"。李氏鈔本亦作"老"。

僅就如上(1)至(9)的幾條校勘,我們不難得出《古今圖書集成》所録《文筌序》是不足爲據的結論。雖然朝鮮刊本的文字不可全信,但與其他版本相比,其可信程度要高得多。元刊本的文本雖然也不盡可信,如(5)(8),但亦不乏可從之處,如(11)(12)。此外,(10)(13)亦可供參考。然李氏鈔本與朝鮮刊本大同小異,僅(4)一處不同。可見李氏鈔本的版本價值不在朝鮮刊本之上。

(五)《文筌》八卷本和不分卷本的關係

現存《文筌》的版本都是不分卷的。可是,《千頃堂書目》卷三十一記載,《文筌》八卷,《欽定四庫全書總目》卷一百九十七·集部五十·詩文評類存目著録也稱"《文筌》八卷附《詩小譜》二卷浙江總督采進本"。我們可以推測,《文筌》還曾有一個八卷本行世。

那麽，八卷本《文筌》和不分卷的《文筌》孰先孰後呢？元刊本爲我們提供了極可靠的綫索。

元刊本《文筌》並無目次，現將正文中每段内容的標題列舉如下：

《新刊諸儒奥論統宗文筌序》：
○古文小譜一：養氣法
○古文小譜二：識題法
○古文小譜三：式
○古文小譜四：制
○古文小譜五：體
文筌第四
古文小譜六：格
古文小譜：律
文筌第五
四六附説
楚賦小譜
文筌第七
漢賦小譜
文筌第八
唐賦附説

○詩小譜目録
下(原文如此)：本 式 制 情
景 事 意 音
律 病 變 範
上(原文如此)：要 格 體 情
性 韻 調 會
詩小譜
本第一
式第二
制第三

情第四

景第五

事第六

意第七

音第八

律第九

病第十

變第十一

範第十二

詩小譜上卷第二

要第十三

格第十四

體第十五

情第十六

性第十七(原文作十九)

韻第十八

調第十九

會第二十

縱觀《文筌》的目次，我們發現，正文内的標題體例並不規範。首先“○古文小譜五：體”與“古文小譜六：格”之間、“古文小譜：律”與“四六附説”之間、“楚賦小譜”與“漢賦小譜”之間、“漢賦小譜”與“唐賦附説”之間分别有“文筌第四”、“文筌第五”、“文筌第七”、“文筌第八”等與“古文小譜一”至“古文小譜六”等格格不入的體例。爲什麽會出現這種不同的體例並存的現象呢？我們認爲，這是書賈在將《文筌》併入《策學統宗》時篡改《文筌》體例，將原有八卷的體例改成不分卷時，篡改不夠徹底造成的。以“文筌第×”爲例的編次應爲原八卷本的體例，而“古文小譜一”“古文小譜六”爲止的編次則爲書賈篡改之處。然而這一篡改只到“古文小譜六”之後、“古文小譜：律”之前即半途而廢。“古文小譜：律”本應依次改爲“古文小譜七：律”而一仍其舊，“文筌第四”、“文筌第五”、“文筌第七”、“文筌第八”也保留了下來。雖然元刊本《文筌》存在體例不規範的現象，但是它説明，八卷本《文筌》是先於不分卷本行世的。同時也爲我們提供了恢復《文筌》八卷體例的綫索。據此，我們首先可以斷定，介於“文筌第五 四六附説”和“文筌第七 漢附小譜”之間的“楚賦小譜”一定是“文筌第六 楚賦小譜”，即第六卷。問題在於從“古文小譜一”到“古文小譜五”如何分爲三卷。下面，我們根據内容和長短試將“古文小譜一”到“古文小譜五”復原。各部分的長短以元刊本葉數計算如下：

古文小譜一：養氣法 4.5帖9葉

古文小譜二：識題法 2.5帖5葉

古文小譜三：式 1帖2葉

古文小譜四：制 3.5帖7葉

古文小譜五：體 4帖8葉

綜合考慮内容和份量兩個方面，“古文小譜一：養氣法”不論内容還是份量都可自成一卷，爲“文筌第一 古文小譜一：養氣法”無疑。儘管没有更强有力的根據，我們認爲，在“古文小譜二：識題法”與“文筌第一 古文小譜一：養氣法”同類，應爲“文筌第二 古文小譜：識題法”。而“古文小譜三：式”、“古文小譜四：制”、“古文小譜五：體”則以同類並爲“文筌第三”的可能性最大。

三、《文筌》在中國文學批評史和修辭學史上的地位

(一)《文筌》的體例

從《文筌》一書的體例中，我們可以看到唐·竇蒙《述書賦語例·字格》的影響。如《制法九十字》不但在字數上與《述書賦語例·字格》所列九十字字數相同，各制法的界説也沿襲四言兩句或四言一句的句式。試比較如下：

《文筌》(三) 體制·制法九十字(據朝鮮刊本)

引 先爲虚詞，引入本題。

入 直入本題。

出 説出題外，或生意外。

歸 復歸題中，或生意中。

承 承接上文。

粘 辭意斷處，略粘綴之。

《字格》(據《津逮秘書》本毛晉校《書法要録》卷六所收竇蒙《述書賦語例·字格》)

不倫 前濃後薄，半敗半成。

枯槁 欲北還南，氣脈斷絶[①]。

正 衣冠踏拖，若正若行。

行 劍履趨鏘，如步如驟。

草 電掣雷奔，龍蛇出没。

章 草中楷古，蹴踏擺行。

以上是以四言兩句界定涵義的例子。下面任選四例以四言釋義的例子。

精 功業雙極，曰精。

雄 别負英威，曰雄。

放 流浪不窮，曰放。

法 宣佈周備，曰法。

所謂“曰×”均爲羡餘，自不待言。可見二者體例之相似。可以説，《文筌》在體例上是有意模仿《字格》的。然而，二者之間也存在明顯的不同點。其一是我們没能在《字格》九十字和《制法九十字》之間找到相同的“字”。這一點似乎不支持我們做出二者之間存在借鑒關係的推斷。事實上，《字格》裏儘管有與其他門類也可通用的“字”即概念，但是，《字格》論書法；《文筌》論文。二者在内容上是不同的。因此，二者之間没有出現重合的字，也是合理的。此外，二者的著眼點也是不同的。《字格》是以書法評論即審美的角度來列舉“字”即審美概念的；《制法九十字》則是從“作文”即創作的角度整理創作過程中的關鍵步驟的。所以，前者以形容詞，尤其以狀態性的形容詞居多，如“妙、精、古、逸、高、偉、老、嫩、薄、强、穩、快、沉、緊、慢、浮、密、淺、豐、茂”等等；後者則以動作性的動詞爲主，如“警、激、頓、挫、起、伏、送、歇、過、設、影、轉、折、抑、揚、開、

①兩字者共十例，姑舉其二。餘爲一字，舉前四例。

提、踮、點、應”等等。因此，我們在《字格》和《格》即論文章風格的部分裏找到二者之間相同的術語也就不足爲奇了。如：“妙、沉、雄、閑、典、精、偉、高、古、逸、重、老、正、秀、潤、緊、密、險、穩、麗、快、熟”等等①。可是，即使在相同的“字”的界説之間我們也没有發現釋義相同的現象。如：

妙 百般滋味，曰妙。(《字格》)
妙 神工詣極，重重入妙。(《文筌》格·正格·上上)

沉 深而意遠，曰沉。(《字格》)
沉 力可回天，不動聲色。(《文筌》格·正格·上中)

雄 别負英威，曰雄。(《字格》)
雄 氣蓋天下，渾然雄風。(《文筌》格·正格·上中)

僅此三例可見一斑。這種現象除二者之間在物件、内容、著眼點上的不同所致外，還有一點值得注意。那就是，陳繹曾在借鑒《字格》體例的同時，有意識地在相同的概念的解釋上以示區别。除以上三例外，《字格》以四言解釋者，《文筌》多以四言兩句出之就是其例。再如：

放 流浪不窮，曰放。(《字格》)
縱 放而肆之。(《文筌》“體制·制法九十字”)

放、縱同義，此處似有故意回避之嫌。此類現象雖有偶然性的可能，或可看作是一種消極的影響關係。如此看來，即使二者之間有相同的“字”即概念，界説不同也是理所應當的。换言之，《文筌》對《字格》的借鑒，主要是將前者用於書法的體例和方法拿來做爲論文的方法，並力圖再釋義上有所發揮，《文筌》的獨到之處正在於此。可以説，《文筌》中應用於《體制·制法九十字》和《格·正格六十字》以及其他部分中，分門别類，逐字界定概念涵義的“體例”，來自《字格》是無疑問的，至少是受其啟發的。綜觀《文筌》古文譜部分的内容，《體制·制法九十字》和《格·正格六十字》做爲文章作法和文章品評，佔有

①《正格》中一共列舉六十字，分上上、上中、上下、中上、中中、中下、下上、下中、下下九個等級。《字格》九十字並列，可見于書法風格雖有褒貶，但層次不分。《正格》可看作是對《字格》的發展。

十分重要的位置。可見,《字格》在體例上對《文筌》影響不小。

(二)《文筌》的"神"與"氣"

除《制法九十字》和《格·正格六十字》以外,《文筌》論文的另一個重要内容就是有關創作心理的部分。《詩譜》爲陳繹曾、石柏合著,暫當別論。下面,我們試以"神"、"氣"兩個關鍵字爲例,分析一下《文筌》有關内容。

誠然,《文筌》序有云:"文者何?理之至精者也。三代以上行于禮樂、刑政之中;三代以下明於《詩》、《書》、《易》、《春秋》之策。秦人以刑法爲文,靡而上者也;自漢以來,以筆札爲文,靡斯下矣。"只留心這幾句冠冕之辭,我們或可以簡單將陳繹曾的文學理論與朱熹的"道者文之根本,文者道之枝葉。惟其根本乎道,所以發之于文皆道也。三代聖賢文章,皆從此心寫出,文便是道。"(《朱子語類》卷一百三十九)相比附。"理"與"道"語義幾可互换,似乎也可以拿來作證,從而得出類似"其主旨主要闡釋朱熹的學説"(《宋金元文論選》引《文筌》序附作者介紹,600頁)的結論。但是,只要我們仔細玩味《古文譜一》的内容,就會發現:陳繹曾的文學理論並非如此簡單。《古文譜一》是開宗明義的第一章,包含了陳繹曾的文學理論的最精華的部分,其内容與《文筌》序所云是有出入的。請看《古文譜一》的目次。

古文譜一　養氣法

(一)澄神 (二)養氣 (三)立本 (四)清識 (五)定志

由此可見,這裏的關鍵字是"神"和"氣",並非"理"。現將有關内容列舉如下:

(一)澄神

屏欲棄染,息慮澄神。靜定瑩徹,此心普徧,如青天白日,上也。虚明圓瑩,如澄秋皎月,次也。清冷淵靜,如萬頃寒潭,又其次也。如清池,如明鏡,則可小用而已。以此照物,何物不燭。以此照理,何理不明。以此役神,何神不妙。以此屬辭,何辭不精。上智君子,敬之,敬之。

欲　如要好、求勝、求工、求麗、干名、效諂之類皆是。

染　如習韓、習柳、習歐、習蘇,執一偏而不圓通皆是。

慮　身事、家事、國事,不可撥置則勿作文,作文便當撥置。

神　妙萬物而主吾心,須先識此。須令屬我,須令我與之爲一。須令不復有我,而我即神，第一工夫也。

（二）養氣

肅　朝廷題　聖賢題

壯　河嶽題　武功題

清　山林題　仙隱題

和　宴樂題　通人題

奇　怪神題　豪俠題

麗　園榭題　美人題

古　上古題　雅勝題

遠　登眺題　功業題

澄神矣，將此題中此景、此事、此情、此意，一一由根生幹，由幹生節，由節生枝、生葉、生花。枝枝葉葉，無則不可强生；有則不可脱漏。一一將此題、此景、此事、此情，如青天白日照燭纖悉，明白淨盡。卻將此情、此景、此事、此意都掃除，無纖毫存於心目之間，只有此題、此氣。肅者凜然；壯者巍然；清者冷然；和者温然；奇者屹然；麗者爛然；古者淡然；遠者廓然。一片真境存於胸中，而此景、此事、此情、此意融化於其中，變態蠢生，取其精者、切者、要者、妙者而用之。須是自然存於胸中，不可著想。著想之，即入客氣。徒勞終日，無所用之。

料景(略)

取精(略)

養存(略)

（三）立本(略) 内容涉及文章體裁。

首先，通觀養氣法(一) 澄神、（二）養氣兩部分，我們不難發現：《文筌》裏有關“氣”的思想一方面揚棄了“我知言，我善養吾浩然之氣。(孟子·公孫丑)”一類無所不包、無所不容、“塞於天地之間”(孟子·公孫丑)的“氣”的内涵；卻保留了存在於與“義道”相配的“氣”與“言”之間的二者互相對應的關係①。另一方面，《文筌》在上承曹丕《典論·論文》的“文以氣爲主”的理論的同時，卻揚棄了諸如“徐幹有齊氣”(曹丕·《典

①孟子有言：“其爲氣也，至大至剛，以直養而無害，則塞於天地之間。其爲氣也，配義與道，無是，餒也。”(《孟子·公孫丑》)

論・論文》)一類將“氣”用於寬泛的文章風格之義的用法，進一步將其具體化爲通過“澄神”即創作主體高度純潔的心理狀態下達到的“境界”。這一“境界”就是既包含“此情、此景、此事、此意”在内，又超然其上的文章的内涵和與之相表裏的“真境：肅、壯、清、和、奇、麗、古、遠”等八種風格。這無疑是對“文以氣爲主”的文學思想的發展。這與“氣盛則言之短長與聲之高下者皆宜”(韓愈・答李翊書)，“文者氣之所形。……孟子曰‘我養吾浩然之氣’，今觀其文章，寬厚弘博稱其氣之大小”(蘇轍《上樞密韓太尉書》)一類的觀點相比，雖然在“文以氣爲主”的思想上一脈相承，卻在將“氣”具體化爲與文章題目相應的“風格類型”上同樣勝出一籌。下面我們再看“神”。

《文筌》是這樣界定“神”的涵義的：

> 神 妙萬物而主吾心，須先識此。須令屬我，須令我與之爲一。須令不復有我，而我即神，第一工夫也。

與唐代以後最有代表性的以“神”論文的觀點，如“詩成覺有神”(杜甫《獨酌成詩》)、“乃知蓋代手，才力老益神”(杜甫《寄薛三郎中據》)相比，《文筌》的“神”的内涵更加明確爲作爲創作主體的人的純潔的心理狀態和認識能力。前者既有與風格相近的“境界”的涵義，又有接近作者認識能力的内涵，二者之間是融而不分的；後者則更嚴格地限定于人的心理、認識能力。同時，通過對“染、欲、慮”内涵的界定，我們更清楚地看到，《文筌》所謂的“澄神”，旨在排除“求勝、求工”、刻意模仿一家風格、“家事、國事”等一切私心雜念，保持一種純潔的心理狀態，並在這種心理狀態下充分發揮人的認識能力。“妙萬物而主吾心”、“須令屬我，須令我與之爲一。須令不復有我，而我即神”所强調的也不外乎在主體與自身的心理狀態、認識能力之間尋求一種“同一”即“統一”，而不是將自身的心理狀態、認識能力物件化即外化。其中對創作心理的要求之高、挖掘之深，是遠非“三代聖賢文章，皆從此心寫出，文便是道”(《朱子語類》卷一百三十九)一類抽象的言詞所能比擬的。而與“文以載道”一類的言論更是相去甚遠。而“妙萬物而主吾心，須先識此”則更體現了陳繹曾在“心”與“神”的關係上，對諸如“或問神。曰：心”(《揚子法言》)、“人心其神乎矣”(《揚子法言》)一類單純視二者爲一的觀點的發展。“神”既是“心”的主宰，又是主體認識事物(“妙物”)的作用的根源。《文筌》對文學創作的心理從純藝術的角度，以如此嚴密的概念界定，以如此言簡意賅的方式做出如此深刻的闡釋，不但在元代絶無僅有，就是與嚴羽《滄浪詩話》相比，恐怕也不多讓。可以説，嚴格界定“神”與“氣”的涵義，並進一步結合二者，揭示了文學創作的心理基礎，是陳繹曾對中國文學批評史、修辭學史、美學史的貢獻之一。

下面，我們再來看“理”。

（四）清識

天理　須精究二典、三謨、大雅、周頌、易系辭、大學、中庸、論語、孟子、通書、太極西銘、經世書。心得其妙，方爲真識。

物理　眼前物理，須一一就眼前窮究。不可專倚書籍。眼前所無物理，則須博采古今書，以考其言。將求圖譜，以詳其形，方爲真識。

事理　今事，須於自家自心歷練處，驗人情事理。十分切實老成，即以此心去量度他家事理。雖不中，不遠矣。古事只要有來蹤去跡，言行著實處體聽他古人議論，體據古人字樣，懷洗千古冤抑，照百代奸欺之心以臨之。自家的見識定，然後看古人議論，以商榷之可也。如此，則爲真識。

神理　自家先澄吾神，明明白白見此主宰妙理，則其他天神地祇、人鬼物怪、有者無者、是者非者，可得而照矣。自家不識自神，而欲妄意窺測，政恐魑魅魍魎輩竊笑耳。識自家神，以照彼神，一也，方是真識。

右萬理不同，同歸於是，謂之至理。至理本一，其變無方，謂之衆理。至理唯當心解處，不可以言求。以言求者，謂無識。衆理必須根幹枝葉、脈絡紋理，纖悉推究。目無不知見，心無不真知，口無不可以真言之，方可謂之真識。真識之目四：一曰其然。目可見、耳可聞之實理。二曰當然。心可知、身可行之正理。三曰所以然。口不可言，心不可思，而理勢自然之所以至。四曰不然。正理之外，所當防戒百種邪僻者是也。每題中，景、意、事、理皆當分四目推研之。庶幾可以見理矣。

首先，《文筌》序裏説“理”，《養氣法（四)清識》裏也有“理”。這很容易使我們産生《文筌》的主旨在於“理”的錯覺。其實，《清識》所分“天理、物理、事理、神理”四類是就人們認識事物、獲得知識的四個方面而言的。它與《文筌》序中所説的“理”並不完全相同。“文者何？理之致精者也”的“理”是就文章本身而言；後者則是對事物的認識即獲得知識的具體來源而言。前者屬本體論的範疇；後者屬創作論和方法論的範疇。二者有體用之别，不可混淆。“清識”居於“養氣法”之内，列於“立本”之後“定志”之前的意義就在於此。

其次，“清識”旨在通過四種方式獲得“真識”。這種“真識”無疑是人們在通過提高自身認識實物的能力“澄神”才能達到的對真理的認識。然而，這四種方式之間的關係也不是並駕齊驅、等量齊觀的。其中，“天理”是必須通過精究古典文獻才能得到的知識，即對古典精神的理會和掌握；“物理”是通過直接或間接的方式對物質世界的認識和掌握；“事理”則是通過豐富人生經歷和體驗獲得的非物質的即精神的修養。而“神理”則是前三者的基礎，“自家先澄吾神，明明白白見此主宰妙理”，“識自家神，以照彼神，一也，方是真識”。此乃就認識和提高自身的感性、知性、悟性能力而言。二者之間有内外之别。前三者是外向的；後者則是内向的。前三者可以概括爲“學”；後者是主體認識能力的自我提高即“澄”，而其目的也在於“真識”。合四者而觀之，這裏涵蓋了文章寫作乃至文學創作中知識的三大來源：體會古典精神、掌握物質世界的知識、豐富現實人生的經驗。加之認識並提高自身的感性、知性、悟性能力，創作心理的主觀和客觀兩方面的内容可以説是包括無遺了。四者貫之以“真識”，可見“清”與“澄”、“養”、“立”、“定”都是提高創作能力即“養氣”的方法，都以“真識”爲目的，但又各有不同。“澄神”主作者自身認識能力的提高；“養氣”主與文章題目相應的文章風格的醖釀；“立本”側重于熟悉古典文章體裁；“清識”側重于知識即“真識”的獲得；“定志”則側重于樹立遠大的理想[①]。《養氣法》的内容綱目分明，層次清晰，體系縝密，一于文章心理、一于創作過程、一于美學思想，陳繹曾的建樹都大有可觀。如此看來，稱其爲“元代文學批評大家”(王水照語)實不爲過。

(三)《文筌》的文學體類

文學體類的分類自古有之。劉勰《文心雕龍》、顔之推《顔氏家訓》分二十類。蕭統《文選》分三十七類。明代以後則有吴訥《文章辯體》分五十九類，徐師曾《文體明辨》分一百二十七類。姚鼐《古文辭類篹》分十三類,曾國藩《經史百家雜鈔》分十一類。多至一百二十七類，少則十一類。

《文筌》的文學體類除詩賦等韻文外，分爲六十五類，其中叙事十四，議論二十五，

①内容如下：

(五) 定志

心性必欲通神明　量度必欲包宇宙

聰明必欲察毫釐　裁處必欲合聖賢

識趣必欲度先秦　變化必欲被百家

體制必欲像韓柳　格力必欲造屈馬

右志於其上，尤恐不及其中。志於其中，終亦卑下而已矣。須是自心斷定不回，不顧世俗之毁譽，不憚心力之勞瘁，勇往直前，不讓第一等與他人，方可與言文矣。

辭令十二，四六體十四。詳列如下：

敘事(十四)

敘 序其始末，以明事物。

傳 傳述其事，以示後人。

録 實録、總録、附録其事，雜録。

碑 刻以紀功，五品以上，墓誌。

述 述先人之行實。

表 或列表以明事；或樹表以題墓。

譜 列具其詳世譜、人譜，以明事物。事物譜。

記 記其事理，必具始末。

紀 編年記事。

志 記載故實。

誌 記載行實。

碣 記述小事。六品以上墓誌。

狀 實録事狀。

注 詳具事實。

議論(二十五)

議 切事而議，發議、雜議。

説 明説其理。

論 窮理之論。

解 解釋義理，解書疑難。

辯 辯析事理。

義 解説經義。

贊 讃美功德。

箴 箴刺過惡。

銘 銘器自警。

戒 預説儆戒，戒喻、雜喻。

約 約信之辭，規約、契約。

規 規諫過失。

喻 曉喻之文。

題 題於圖籍之首。

跋 跋於圖籍之後。

奏 奏事天子，疏劄。

彈 台平彈劾。

表 明情、陳情。上表、陳表、請表、勸表、諫表。

狀 奏狀、公狀。

札 書札奏事。

書 書寫事情。

對 答問之辭。對策、對問。

連珠 屬辭託諷。

原 原理之本。

箋 上太子箋。

辭令(十二)

昭 昭示，天子詔、敕、勅。

啟 陳事上官。

誥 命官之辭，内制、外制。

簡 簡牘傳情。

册 册命之辭。

檄 軍書示威。

榜 示衆之辭。

露布 軍捷播告。

教 大臣告衆之辭(元刊本、和刻本無“衆”字)

祝 告神之辭

誓 誓衆之辭。

盟 盟神之辭。

四六附説(十四[①])

〇臺閣:

詔

誥

表

箋

露布

檄

〇通用

青詞

朱表

致語

上梁文

寶瓶文

〇應用

啟:謝啟、通啟、陳獻啟、訂婚啟、聘婚啟、賀啟、小賀啟

疏:請疏、勸緣疏

劄

由此可見,《文筌》的文學體類採用了以大類小類並舉,即大類提綱挈領,小類條分縷析的方法。在大類上繼承了《文章正宗》的"議論、叙事、辭令"的同時,在小類上條分縷析,不厭其詳,其包羅之廣是空前的,共計六十五類(不含詩賦等韻文),實開"文體論的總集大成之作"吴訥《文章辯體》分五十九類(文章體類四十類),徐師曾《文體明辨》分一百二十七類(文章體類九十五)之先河。僅此一點,《文筌》在中國文學批評史上的地位就是不可埋没的[②]。

吴訥《文章辯體》列文學體類共五十九。其中除韻文部分外,散文體類共四十類。較

①朝鮮刊本《二目》如此,朝鮮刊本《四式》闕"札"一類,僅十三類。元刊本《二目》分臺閣:詔、誥、表、箋、露布、檄、牒七類;通用:青詞、朱表、功德疏、致語、上梁文、寶瓶文六類;應用:啟、疏、劄三類,共十六類。《四式》闕"勸緣疏"一小類和"劄"一大類。與元刊本相比,朝鮮刊本闕"牒"、"功德疏"兩類。

②羅根澤·于北山《文章辨體序説·文體明辨序説》"校點前言"稱"到明代又有了文體論的總集大成之作,就是吳訥的《文章辨體》和徐師曾的《文體明辨》"(頁1)。

《文筌》少二十五類。其中“説”“解”、“題”“跋”在《文筌》分列；《文章辨體》合二而一。實際上少二十三類。就文學體類而言，我們還没有發現《文章辨體》受到《文筌》影響的跡象。

徐師曾“《文體明辨》一書,則准吴文恪公《文章辨體》，加益而手編之。”(顧爾行《刻〈文章辨體〉序》)分文學體類爲一百二十七類，除詩賦等韻文外，文章體類分爲九十五類。其中，確有如“嘏辭”(出《蔡中郎集》)等徐氏采自先人文集中的體類，但有一部分體類明顯以《文筌》爲本。如：

教　按劉勰云：“教者，效也。言出而民效也。”李周翰云：“教,示於人也。”秦法，王侯稱教。而漢時大臣亦得用之，若京兆尹王尊出教告屬縣是也。故陳繹曾以爲大臣告衆之詞。今考諸集亦不多見，聊取數首列於篇。

出《文筌》古文小譜五·文體(據元刊本)。

上梁文(附寶瓶文説，上牌文)　又按元陳繹曾文筌又寶瓶文，云“圬者墁棟脊之詞”。而諸集無之，無以爲式。竊意其詞大略與上梁文同，末亦陳詩，如樂語口號之比。第無四方上下之章耳。未知是否，姑附其説於此。

出《文筌》四六附説·五式(據元刊本)。

道場疏　按道場疏者，釋老二家慶禱之詞也。慶詞曰生辰疏，禱詞曰功德疏。二者皆道場之所用也。又按陳繹曾文筌云：“功德疏者，釋氏禱佛之詞。”及考諸集與事文類聚，並有二家疏語，則知疏者，不特用於釋氏明矣。故今錯而别之，以俟博聞者。其曰齋文，即疏之别名也。

出《文筌》四六附説·五式(據元刊本，朝鮮刊本闕)。

青詞(附密詞)　按陳繹曾云：“青詞者，方士懺過之詞也。或以祈福，或以薦亡，唯道家用之。”①其謂密詞，則釋道通用矣。詞用麗語，諸集皆有，而事文類聚所載尤多。今録數篇，以備一體。

① “或以祈福，或以薦亡，唯道家用之”云云，元刊本、朝鮮刊本均無，不知何據。

出《文筌》四六附説・五式(據元刊本)。

以上僅舉幾例明顯引述《文筌》的體類。有關道場疏一條，現存諸本中，唯元刊本有之，他本均無。可見，徐師曾引述《文筌》所用的版本應爲元刊本系統的文本。雖然《文筌》在文學體類上對《文體明辨》的影響僅此而已，但于《文筌》在中國文學批評史上的地位可見一斑。亦可見，施畸在其《中國文體論》(北平立達書局，1933年)列舉古今彙類文體者之代表二十家之中稱“或陳義太簡，無用爲論。如曹氏之典論、陸氏之文賦、李氏之答書、陳氏之文説是也。”(12頁)，以《文説》來代表陳繹曾的文學體類的分類，是遠遠不夠的。

(四)《文章一貫》對《文筌》的引用

有關《文章一貫》的作者高琦和吴守素以及作序的程默，作跋的程然，我們一無所知。此書在中國本土早已失傳，只有和刻本傳世。此書薈萃歷代文論中有關文章寫作的内容，分門別類，依次排列。整體上雖没有多大建樹，但是很多失傳的書和流傳不廣的書靠它得以流傳。此書大量引用了《文筌》的内容。可是，《文章一貫》對《文筌》的引用存在一些問題。主要一點是引用所據的版本並非善本。其次一點是引用態度不夠謹慎，訛誤頗多。舉例如下：

《文章一貫》卷下 引用第四(三十葉至三十一葉)

文筌引類十六① 天文 地理 時令 人物 宫室 舟車 服飾 寶玉 器用 兵仗 文物 聖德 鬼神 飲食 聲色 穀粟菜藥 鳥獸魚蟲

朝鮮刊本《文章歐冶》(三十二葉)

引類 篇内泛覽群物，各以類聚。此賦之敷衍者也。務欲包括無遺，而群不冗。其目凡十九：天文、地理、時令、鳥獸、魚蟲、草木竹、果穀粟菜藥、人物、鬼神、器用、宫室、兵伏、舟車、文物、服飾、寶玉、飲食、聲色、聖德

①實數爲十七，諸本分列十九項。

其中，鳥獸、魚蟲二項，《文章一貫》合二而一。草木竹，《文章一貫》無之。兵伏，爲朝鮮本之誤，當作“仗”。李氏鈔本除兵伏不誤外，均與朝鮮刊本同。

用事十四法①

正用 本題的正必用之事　朝鮮刊本此條後有“正一作證”

歷用 歷用故事排比先後

列用 廣引故事鋪陳整齊　引：元刊本作“引”；朝鮮刊本、李氏鈔本作“用”。

衍用 以一事衍爲一節而用之

援用 順引故事以原本題之所始

評用 引故事因而評論之

反用 引故事反其意而用之

活用 藉故事於語中以順道今事

設用 以相之人物而設言今事　相：元刊本作“相”；朝鮮刊本、李氏鈔本作“古”。

借用 事與本説不相于取其一端近似者而借之　于：“干”之誤。諸本均作“干”。者：元刊本作“旨”；朝鮮刊本、李氏鈔本無之。

假用 故事不盡如此因取其根别生枝葉　其：諸本均作“爲”。

藏用 用事而顯其名使人思而自得之　“而”後諸本均有“不”字。

暗用 用古事古論暗藏其中若出諸己　“論”：諸本均作“語”。

僅就以上兩處引用的諸本對校，我們不難看出，《文章一貫》所據《文筌》的版本應與元刊本同一系列。《文章一貫》引用《文筌》的態度不夠謹慎，不但數字有誤，奪字、誤字也有不少。由於在中國境内還没有發現《文章一貫》的原刊本，我們還不能斷定這些訛誤是原本就有的還是和刻本才有的。我們認爲，原本《文章一貫》誤引之處和和刻本誤刻之處都是存在的。比如“干”誤作“于”，爲和刻本誤刻的可能性大；而諸本一致，唯獨《文章一貫》有異文之處，則《文章一貫》誤引的可能性爲大。可見，據和刻本《文章一貫》所引《文筌》部分來做爲研究《文筌》的資料是危險的。同時，我們還可以看出，雖然朝鮮刊本也有個别訛誤之處，但整體上優於元刊本及和刻本。李氏鈔本應根據朱權刊刻本爲底本抄寫而成，因此，其版本價值低於朝鮮刊本。

---

①實數爲十三，《文章一貫》以降，鄭奠、譚全基1988《古漢語修辭學資料彙編》(中華書局)，李熙宗、劉明今、袁震宇、霍四通1998《中國修辭學史》(明清卷，吉林教育出版社)所引之處據《文章一貫》，均誤。

四、《文筌》在日本的影響

《文筌》一書最早見於日本文獻是在荻生徂徠(寬文六1666~享保十三1728)的《風流使者記》裏。該文於荻生徂徠同行的田中省吾朗讀藩主柳澤吉保所撰漢文《穩穩山靈台寺碑》之後，有一段荻生徂徠論述文章體裁的文字。內容如下：

> 音吐響亮，聲動金石。然後細講字詁，詳述篇旨。滿座俯伏敬聽，皆稱藩主文章之妙，省吾辯舌之巧，嗟歎久之。省吾講迄，反座恂恂惟謹。衆大夫問茂卿，足下既稱當世韓柳，必當識篇章句字之法，起伏開闔之妙。吾曹今聽省吾所講主君親制碑文，不覺三歎。未審足下之意，以爲如何？茂卿乃抗顏而謂曰："主君之于文章，不佞則以爲天授也。夫文章祖六經。六經史也。古帝王之世，左史記事，右史記言。記事者春秋，而敘事者文祖焉。記言者尚書，而議論之文祖焉。故文章之體，必以敘事、議論立法。而真西山先生《文章正宗》、陳繹曾氏《文筌》以下，悉遵焉。"

此處荻生徂徠將《文筌》與《文章正宗》相提並論，可見荻生徂徠對《文筌》的重視[①]。除文學體類見重於荻生徂徠以外，《文筌》在日本最爲人稱道的要數有關文章結構的觀點。有關文章結構，《文筌》首倡"起、承、鋪、敘、過、結"六結構説，並比以人體部位。

> 起 貴明切，如人之有眉目。
> 承 貴疏通，如人之有咽喉。
> 鋪 貴詳悉，如人之有心胸。
> 敘 貴轉折，如人之有腹髒。
> 過 貴重實，如人之有腰膂。
> 結 貴緊快，如人之有手足[②]。(據朝鮮刻本)

---

①荻生徂徠在其"古文辭學"的理論中進一步將"敍事"視爲高於"議論"的概念，賦予了新的涵義。已超過作爲文章體裁的"敍事"和"議論"的範疇，可以看作是一種發揮。

②據朝鮮刊本。《文章一貫》引作"結 貴緊切，如人之有足"，與元刊本同。應從朝鮮刊本。和刻本與朝鮮刊本同。

首先，伊藤東涯在《作文真訣》(元禄庚午三年自序)裏就已經引用①：

體段之制 見《文章歐冶》
起 貴明切，如人之有眉目。
承 貴疏通，如人之有咽喉。
鋪 貴詳悉，如人之有心胸。
叙 貴轉折，如人之有腹髒。
過 貴重實，如人之有腰脊。
結 貴緊快，如人之有手足。

事實上，伊藤東涯對《文筌》文章體段的借鑒並没有停留在單純的引用。他在《操觚字訣》(明治十二年［1879］刊)裏，還進一步試圖調和文章體段的六分法與三段説(同見《文筌》所收《古文矜式》)，形成了獨自的文章體段的理論。

篇首 起承
篇中 鋪叙
篇尾 過結

不但如此，伊藤東涯還在《操觚字訣》中，吸收了來自《文筌》的“養心、養力、養氣、識體、家數”等有關篇法的觀點。

此外，林義端《文林良材》(元禄十四年［1701］刊)在大量引用《文體明辨》的同時，在“立意、養氣、篇法、章法、句法、字法”(見卷一)、“起端、叙事、議論、引用、譬喻、含蓄、形容、過接、繳緒”(見卷二)等處通過《文章一貫》間接地接受了《文筌》的内容。還從《文説》引用了“抱題法”的内容。

《文林良材》一書，在扉頁上以書賈的口吻宣稱：“是編博閲群籍，凡有資于作文者，摘精會粹，備極苦心。俾操觚者繩墨資材，有所準則。誠爲幼學鴻寶，藝苑津梁。”全書採用日文體，讀者亦下自童蒙，上至學者，影響很大。

①此書最初以鈔本流傳，於元禄十四年(1701)，文會堂主人林義端將其編入《文林良材》卷首刊行。後收入《刊謬正俗》作爲附録。據伊藤善韶《重刻刊謬正俗序》(明和六年［1769］序)稱，爲重刻時據舊本增入。

六、總結

下面，我們把上面的論述做一個總結。

陳繹曾，生卒年不詳。于至治二年與吴炳等十餘人同時被徵。此後，曾于國子監任助教，至少到後至元(1336)二年二月。此後，于至正三年四月至四年三月參與修遼史，時任國史院編修。陳繹曾除戴表元外，還曾師從敖繼公，出入于王士點門下。活動時期至少在大德二年(1298)與至正四年(1344)之間或稍後。

陳繹曾不但有文名，還有書名。擅長各體書法，精通書法理論。

陳繹曾所著《文筌》一書，四庫全書僅存其目，傳本亦不多見。這導致了長期以來研究元代文學批評以及修辭學史的文獻或言必稱《文説》以偏概全；或以和刻本《文章一貫》(寬永二十一年版)所引用《文筌》之一斑欲窺全豹的現象。只有個别的研究參照了和刻本《文章歐冶》。事實上，《文筌》成書晚于《文説》十五六年，而且内容豐富、體系縝密，應視爲陳繹曾文學批評以及修辭學的集大成之作。其意義是遠非“體例繁碎，大抵妄生分别，强立名目，殊無精理”(《欽定四庫全書總目》)云云所能概括的。

在《文筌》的現存的版本中，臺北“國家圖書館”藏《增入文筌諸儒奥論策學統宗》本雖是元刊本，書名和序都經過書賈篡改，且刊刻欠精，訛誤頗多，難稱善本。《文筌》在明代，曾有甯獻王朱權刊刻本，刊行于洪熙元年(1425)。並將書名改爲《文章歐冶》，附朱權《文章歐冶序》一篇。此書後來于嘉靖年間在朝鮮刊行。現在傳世的朝鮮刻本有兩本。一本爲韓國延世大學藏本，一本爲日本國會圖書館藏本，二者係同一版本。在日本，江户時代由伊藤東涯校勘的和刻本《文章歐冶》于元禄元年(1688)刊行。由於此本所據朝鮮刊本的鈔本欠精，脱字、錯字不少，除保留了現存朝鮮刊本所没有的光州本《文章歐冶》的刊刻情況的資料以外，版本價值不高。通過對比現存的幾個版本，我們認爲，在現存的幾個版本中，只有朝鮮刊本堪稱善本。李氏鈔本次之。

《文筌》在體例上明顯借鑒了竇蒙《述書賦字例》，但有所創新。

《文筌》有關創作心理的内容，上承曹丕“文以氣爲主”的思想，並有所發展。《文筌》將“神”的内涵限定爲作爲創作主體的人的純潔的心理狀態和認識能力。揚棄了唐宋時代以“神”論文中多以“神”爲風格的傳統。《文筌》“古文譜一　養氣法”的内容層次分明，體系縝密，於文章心理、創作過程、美學思想，都是獨樹一幟的，對美學史、文學批評史、修辭學史都有較大的貢獻。

《文筌》的文學體類上承真德秀《文章正宗》，增加了大量文體。《文筌》的文學體類經過吴訥《文章辨體》，在徐師曾《文體明辨》裏進一步得到發展，《文體明辨》在增益

《文章辨體》的過程中，參考了《文筌》。

在日本，荻生徂徠(1666–1728)最先提到《文筌》的文章體類，“故文章之體，必以叙事議論立法。而真西山先生《文章正宗》、陳繹曾氏《文筌》以下悉遵焉。”(《風流使者記》)此外，《文筌》以《文章歐冶》之名在日本流行頗廣。除《文章體段》對伊藤東涯的《作文真訣》(元禄庚午三年自序)、《操觚字訣》(明治十二年刊本)等書産生深刻的影響外，還在文章作法上影響了《文林良材》(文會堂主人林義端編，元禄十四年刊)等漢文作法書。但對《文章歐冶》引用，除直接引用和刻本外，也有轉引自《文章一貫》的現象。《文章一貫》所引《文筌》似源於元刊本，不無以訛傳訛之處，這是值得注意的。

參考文獻：

安大會2000《尹春年與詩話文話》，韓國·曉明出版。

陳青之1936《中國教育史》，商務印書館。

顧易生、蔣凡、劉明今1996《宋金元文學批評史》上、下，上海古籍出版社。

郭紹虞1927《中國文學批評史上之“神”“氣”説》《照隅室古典文學論集》上編，上海古籍出版社，1983年，46–79頁，原載1927年《小説月報》第十九卷第一期。

李長波2001《陳繹曾の〈文筌〉とその周辺—著者、書誌、その他—》、Dynamis,Vol.5（京都大学大学院人間·環境学研究科文化環境言語基礎論講座），2001年10月，113–141頁。

李長波2002《江户時代における中国の文章作法書の受容—〈文筌〉と〈文章一貫〉を中心に—》文部科学省科学研究費補助金特定領域研究（A）“古典学の再構築”《ニューズレター》第十二号，“古典学の再構築”総括班，2002年9月、31–46頁。

李熙宗、劉明今、袁震宇、霍四通1998《中國修辭學史》(明清卷)，吉林教育出版社。

羅根澤、于北山1962《文章辨體序説·文體明辨序説》,人民文學出版社。

杉山正明1999《元代蒙漢合璧命令文の研究（二）》，《内陸アジア言語の研究》VI，神户市外国語大学外国学研究所，35–55頁。

施畸1933《中國文體論》，北平立達書局，1933年。

王水照1998《陳繹曾：不應冷落的元代詩文批評大家》，《半肖居筆記》，東方出版中心，68–72頁。

陶秋英、虞行1984《宋金元文論選》，人民文學出版社。

鄭奠、譚全基1980《古漢語修辭學資料彙編》，商務印書館。

周振甫1991《中國修辭學史》，商務印書館。

附記

感謝平田昌司先生、張伯偉先生爲作者提供了向國内專家學者求教的機會。會議期間，承卞東波先生指教，得知國内刊物上還有三篇陳繹曾研究的最新研究成果，内容大致與本文第一節有關。本文的有關章節是以舊作整理而成，加之本文已經過長，此稿除改正幾處筆誤以外，一仍其舊。以此就教于海内外專家學者。並對未能及時將國内專家的最新成果整理消化表示歉意。

獨往性幽與《蟄聲詩集》：黄檗宗與復明運動的一個側面

廖肇亨

一、關於日本内閣文庫藏本《蟄聲詩集》

《蟄聲詩集》甲午（順治十年，1654）序刊本四卷本一書原藏日本内閣文庫，今中研院史語所與臺北國家圖書館藏有日本高橋情報影印紙燒本一册。首頁有“日本政府圖書”、“淺草文庫”、“内閣文庫”鈐印，末頁有“昌平坂學問所”、“日本政府圖書”、“内閣文庫圖書”鈐印。作者爲獨往性幽，有周子伯邦殿序與作者自序，有良印跋文一篇。首頁有“郭正夫、嚴白海兩先生論定”，校者卷一爲“獨耀子性日較”、卷二爲“周子伯邦殿”、卷三爲“古艸子如有”、卷四有“子日氏王烶”。

本書作者獨往性幽乃明末清初黄檗宗隱元隆崎禪師傳法弟子，本名歐琪。《閩侯縣志》卷八六《節義》有傳，曰：

> 歐琪，字全甫，諸生，少過目成誦。年十七，府縣試不售，乃自署天下奇童歐某向學使者投試，學使奇之，試以七藝。一午立就，補弟子員冠軍。爲人慷慨激昂，工詩飲酒，嘗擊劍彈棋。及丙戌，與齊巽、江不空同事，後乃變姓名，入東粤，削髮爲僧。①

這段話大抵襲自《福建高士傳》卷四，文字略有改易。其曰：

> 歐琪，字企（當作“全”）甫，侯官人，諸生。少英偉，過目成誦。年十七，府、縣試不遂；乃詣試院，自署“天下奇童歐琪”投試，提學奇之，試以七藝，日午立就；拔第

①歐陽英修，陳衍纂：《閩侯縣志》（臺北：成文出版社，1966），卷76，頁363。

一，補諸生。及唐王敗，與齊巽、江不空同起事，被獲。逸出，變姓名，隱福清黄檗寺，依隱元和尚爲僧．後有人過山中，臨别曰："爲我寄語林愓善，清明重九，勿忘隻雞尊酒奠吾先人墳前，足見師弟之情，如此而已。"後卒於都督謝鼎舟中。①

兩相對照，可以看出《閩侯縣志》省略的痕跡，曰"人東粤，削髮爲僧"，則誤。其依止於福清黄檗山萬福寺（《福建高士傳》作"黄檗寺"，不確）隱元隆琦和尚座下出家明矣。另外據林雪光等著《黄檗文化人名辭典》"獨往性幽"項下曰：

道號獨往，法諱性幽。俗名歐全甫，福建福州府三山人。順治八年（永曆五年），從黄檗山萬福寺隱元出家。隱元命其編《獅子巖志》，同年四月，編《黄檗山志》②。

兩相對照，大抵可以知其生平概略。獨往性幽，俗名歐琪，字全甫，别號金潤道人③。福建侯官人。諸生。慷慨有奇氣，曾參與抗清運動，在隱元隆琦禪師門下出家。編有《獅子巖志》、《黄檗山志》等。

歐琪名位不顯，故而相關資料中疵錯互見。其著作中土又不見流傳，是以其生平不爲人知亦屬情理之常。本文將以《蟄聲詩集》爲基礎，就歐琪其人其事略加考詮，並參較其他相關資料，就黄檗宗在復明運動的角色中加以考察。

二、《蟄聲詩集》作者傳略與成書動機

前已言之，方志中所見歐琪生平資料往往語焉不詳，雖然歐琪另外編有《獅子巖志》與《黄檗山寺》，然此多爲資料之彙集，難以見出作者心志。現階段關於歐琪之生平，較爲可靠之資料，仍然首推《蟄聲詩集》。

前述資料中，皆未載明歐琪生卒年，《蟄聲詩集》刊行於順治甲午年（1654），作者自序言"今且行年逾四十"，可知其必生於1605至1615年之間。其父"名燁，性端介，善古文辭，鍾伯敬（惺）先生舉侯官茂才"④，其没時"尚不知人世有今日之變"，足見其父没於

①轉引自陳衍纂：《福建通志列傳選》（臺北：臺灣銀行經濟研究室，1969），《臺灣文獻叢刊》第195種，卷6，頁389。

②大槻幹郎、加藤正俊、林雪光編著：《黄檗文化人名辭典》（京都：思文閣出版，1988），頁45–46，頁271–272。

③見獨往性幽：《蟄聲詩集》，自序。

④獨往性幽：《夢父子華一府君·引》，《蟄聲詩集》，卷1，頁25b。

鼎革之前。

從周子伯的序言來看，歐琪在當地頗爲知名，既曾割股療親，又與其兄同鼎而食[①]，但最膾炙人口的應該是歐琪補弟子員的經過，極具傳奇色彩。各家記載多言其經過，或可視爲流傳一時之佳話。又詩集中嘗稱夏允彝爲師，考夏允彝乃崇禎十年（1637）進士，翌年（1638），授長樂知縣，歐琪必於其間就庠縣學。這也是歐琪及其友人屢稱其"聖賢之徒"故也。

另外關於歐琪出家的時間諸家說法不一，《閩侯縣志》曰其"入東粵，削髮爲僧"，不確，《福建高士傳》稱其從隱元出家，而未注明年月。林雪光曰其於順治八年（辛卯）披緇，當本於《隱元禪師年譜》。然《隱元年譜》一卷本與二卷本，記此事有一年之差。二卷本《隱元禪師年譜》順治八年（1651）下曰：

> 爲三山歐全甫薙染。法名性幽，字獨往。幽素有節操文名，命修《黄檗志》八卷。

一卷本《隱元禪師年譜》在順治九年下曰：

> 夏，爲三山歐全甫諱琪者圓頂，法名性幽，字獨往。初令監收，琪素有節操文名，秋，重修《黄檗志》，即令編閲董成其事[②]。

兩説不同，然其語意皆曰其修《黄檗山志》在薙染之後，考《黄檗山志》性幽序在辛卯[③]，故其出家絶不可能晚於辛卯。

又其卒年，諸家亦皆不見記載，然隱元禪師在《讀〈黄檗志〉有懷獨往子》一詩中有"志在人已亡"一句，據平久保章先生繫年，《讀〈黄檗志〉有懷獨往子》前後諸作皆作於萬治二年（1659，順治十五年），此詩當亦作於是年，也就是説：性幽於1659年已不存人世。雖然隱元遠在日本，但與中土音問不斷，對於性幽的生死消息當有一定程度之掌握才是。

至於《蟄聲詩集》書名的來由，性幽在自序中説：

①周子伯：《蟄聲詩集》序。

②能仁晃道編著：《隱元禪師年譜》（京都：禪文化研究所，2000），228–229。能仁晃道是根據獨耀性日所編年譜一卷本與二卷本加以比對校訂。

③獨往性幽：《黄檗山寺志·序》（揚州：江蘇廣陵古籍刻印社，1996），頁33。

從古聖賢意有所鬱結，不得直行其道，而皆託於龍蛇之蟄，以自見志。故曰“潛龍勿用”，又曰“龍蛇之蟄”，以存身也，又曰：身安而後天下國家可保也。此固《易》教哉，通於詩也。

據此可知，其託跡禪隱實乃爲存其身也。其存身非爲一己，乃是爲了保“天下國家”。因此蟄聲可視爲其禪隱時期心志之發露。又其禪隱既爲利於奔走，則其所見亦多與當時政局有關，其刻意存之相關史事史料甚詳，直可視之爲“詩史”。又曰其生平：“於古人所歷險阻艱難，皆實試之，凡有長歌短詠，無非自寫其不平又不敢過爲刺言以快吾筆，權愈信詩之爲聲，多出於蟄，其於作《易》憂患之旨果有合也。”①是以此書乃一託身禪隱的節義之士在憂患時局當中的不平之鳴。雖然從《蟄聲詩集》一書來看，歐琪對於空境禪理的認識極爲有限，然其不得已潛蹤空門，亦必有待於黃檗山，特別是來自隱元隆崎（1592–1673）禪師②的支持乃爲可能。因此，我們有必要進一步就其與隱元禪師之間的關係加以檢視。

三、隱元、性幽法門因緣

歐琪出家之後，法號獨往性幽，然其出家，幾可斷言與佛理無關，大抵出於現實的需要，也就是便於奔走抗清事業。其亦曾爲清軍所執，性幽記下他與當時清廷福建巡撫的對話。

張曰：“汝既爲官，如何削髮爲僧？”余曰：“做大事人，豈惜數根頭髮？”③

---

①見獨往性幽：《蟄聲詩集》，自序。

②隱元隆琦，俗姓林，福建福清人。生於萬曆廿年，卒於寬文十三年（1673，康熙十二年）。萬曆四十八年出家。天啟四年，從金粟山之密雲圓悟開悟，旋充侍者，隨侍之黃檗山。後密雲圓悟退之，其弟子費隱通容繼之。費隱通容請爲西堂，後嗣法密雲圓悟主黃檗法席，大彰臨濟禪法於八閩。順治十一年（1654）應日本長崎方面之請，東渡日本，開創日本禪宗第三大宗派黃檗宗。黃檗宗同時也是日本江户時代輸入中華文化最重要的文化媒介，儼然成爲當時日本知識圈中國文化的象徵。相關的研究可以參見：高橋竹迷：《隱元隆琦·木庵·即非》（東京：國書刊行會，初版1906，1978重印）；平久保章：《隱元隆琦》（東京：吉川弘文館，1962）；能仁晃道編著：《隱元隆琦禪師年譜》（京都：禪文化研究所，2000）；Helen Baroni，*Obaku Zen:the mergence of the third sect of Zen in Tokugawa: Japan*（Honolulu：University of Hawai'i Press，2000）；柳田聖山：《隱元隆琦の東渡と日本黄檗禪》，收録於源了圓、楊曾文編：《日中交流史叢書》（東京：大修館書店，1996），册4《宗教》，頁277–295。

③獨往性幽：《留復張學盛·序》，《蟄聲詩集》，卷4，頁7a。

從這段對話當中，不難看出歐琪的出家完全只是一種不得不爾的姿勢。因此雖然性幽也有“半學從軍半學禪”[①]、“潦倒忘懷游佛國”[②]此等文句，但此皆一時意興激發，非其本懷。隱元對此深有所感，曾對此拳拳再三，其曰：

若詩文一事，是吾徒舊行的熟路；“父母未生之前”、“死了燒了”，後一著子乃吾徒未到之生地也。冀力參就此事，勿舍閒忙，孜孜爲念，自然生處弄得熟，熟處不待放而自生矣。倘于不知不覺處打破漆桶，踏斷生死路，則衲僧面門畢露，真成大丈夫之事也。[③]

隱元希望性幽能夠致力禪修，而不徒只以詩文爲念。看似對於明清以來叢林尚詩之風的反響。性幽出家以後似乎没有時間精進修行，單從《蟄聲詩集》來看，性幽恐怕更多時間奔走江湖。對隱元而言，諄諄告誡性幽精進禪修恐怕還有其他考量。隱元又說：“仍扯舊時葛藤，曷有了期，恐未免眩耀見聞之誚，累及老僧亦不少。”[④]這句話明顯是警告性幽：對於禪修必須用功精進，否則大事不成，勢必對於隱元禪師以及黄檗山造成困擾。從張學聖與性幽的對話來看，隱元果然洞燭機先，性幽的説法確實可能株連其法門師友。

隱元對性幽確實青眼有加，雖然黄檗山在隱元禪師長年的經營之下龍象輩出，但性幽似乎是隱元特意挑選的壯士。性幽《初游黄檗寺謁和尚之二》一詩云：

曾尋劍客遍人間，莫大塵心到此刪。出世誰爲高慧眼，得師方可重名山。堂開蟒洞猶聞偈，缽入龍潭可作竿。十二峰頭都踏破，不知何處覓禪關。[⑤]

第一二句説明性幽是隱元刻意尋找的“劍客”人選，而性幽顯然也經過長久周詳的觀察與考慮之後投入隱元門下出家，末尾透露對於披緇空門的不安與陌生。事實上，終其一生，性幽對於佛門始終不覺親切。其曰：“秋風吹落檗山花，飛入屠龍劍客家”[⑥]、“得志爲帝股肱，不得志則爲佛弟子，夫復何求哉。但念學圃久荒，未得爲聖賢之徒而謬附於龍

①獨往性幽：《留復丁士元·序》，《蟄聲詩集》，卷4，頁13b。

②獨往性幽：《和尚以偈贈用前韻答之》，《蟄聲詩集》，卷1，頁23a。

③隱元隆崎：《示獨往禪人》，《隱元全集》（東京：開明書院，1979），卷3，頁1460–1461。

④同上，頁1461。

⑤獨往性幽：《初遊黄檗寺謁和尚之二》，《蟄聲詩集》，卷1，頁8b–9a。

⑥獨往性幽：《偶成呈本師和尚》，《蟄聲詩集》，卷2，頁4b。

蛇之蟄，是爲媿耳"[①]。"龍蛇之蟄"，即爲託跡禪隱之謂。以託跡空門爲愧，即同時人常言"有託而逃"、"不得已也"[②]心情之一種寫照。

隱元對於性幽此種心情有深刻的體會，屢屢有詩贈答，例如《示金潤道人出家》一詩云：

> 杖藜撥轉水天秋，掃卻青山一帶愁。怪石擎頭沖碧漢，古潭徹底映高流。直超九品蓮花土，獨覆三千桂子洲。此日登臨解脱地，縱横何處不悠悠。[③]

金潤道人乃性幽别號，"掃卻青山"乃抗清運動之隱喻也。"直超九品蓮花土"原意本指禪家"頓超直入如來地"，此處恐有暗示性幽若能黽勉節義，則不須拘泥於佛家嚴格的戒律。末兩句頗堪玩味，本爲解脱無礙之意，此處恐有暗示性幽僧裝便於奔走之意。

雖然隱元大力鼓勵提攜，性幽對於佛法仍然有隔。隱元座下與抗清勢力最重要的聯繫管道，一爲獨往性幽，一爲獨耀性日（姚翼明）。性日在致隱元的書簡中説："獨往已同定西侯往北"[④]，足見性幽參與戎務至深。因此，一六五九年，隱元得知性幽的死訊之後，寫下《讀黄檗志有懷獨往子》、《閲蟄聲詩集有懷》兩首詩來懷念其與性幽的一段機緣。

《讀黄檗志有懷獨往子》：

> 同子脩山志，志在人已亡。偶讀檗山賦，賦傳子有光。海國徵文獻，美名流遠方。山堂一夜夢，大地幾滄桑。千秋皆幻化，不死獨文章。幸有孤筇在，愈挑愈遠揚。英花現玉嶼，並作碧曇香。見者離塵網，聞之卻醒狂。苟明棒下旨，在處是蓮坊。可入毘耶室，平分大法王。[⑤]

《閲蟄聲詩集有懷》：

---

①見獨往性幽：《蟄聲詩集》，自序。

②屈大均、歸莊都有類似的説法，見屈大均：《歸儒説》，《翁山文外》，卷5，《續修四庫全書·集部》，册1412，頁129；歸莊：《冬日感懷和淵公韻，兼貽山中諸同志》之六，《歸莊集》（上海：上海古籍出版社，1984），上册，卷1，頁49。

③隱元隆崎：《示獨往禪人》，《隱元全集》，卷3，頁1486。

④獨耀性日致隱元之書信，收在陳智超編：《旅日高僧隱元中土來往書信集》（北京：中華全國圖書館文獻縮微複製中心，1995），頁97，釋文在頁99。

⑤隱元隆崎：《讀〈黄檗志〉有懷獨往子》，《隱元全集》，卷6，頁2665–2666。

> 詎意三山子，尋流獨往還。我愁滄海闊，子樂汨羅灣。心其龍蛇蟄，眼同日月環。文章涣水國，詩賦翠雲山。開卷昭心膽，微吟墳玉潺。乾坤收不住，老倒復奚攀。丈室空諸有，唯斯獨遣閒，軒知世外物，久不住人間。細閲興亡傳，誰爲子共班。永存不死志，壽世豈閒閒。①

這兩首詩除了深切的懷念之思之外，還透露出一些值得注意的訊息。首先，從第一首中“海國徵文獻，美名流遠方”兩句來看，性幽著作的收集與刊刻極有可能是在日本進行，而且絶對與黄檗宗有關。隱元寫作第一首詩時可能並未注意到性幽有《蟄聲詩集》此一著作，是以復有後者之作。今本《蟄聲詩集》雖然有作者自序，其付梓刊行仍有可能是在日本進行，是以中土久不見流傳。《檗山賦》指性幽《登黄檗山賦》，收於《黄檗山志》卷七，全文充滿銅駝麥秀的興亡之感。“幸有孤筇在，愈挑愈遠揚”兩句化用禪家“櫛栗横挑”的意象，意味承擔道義重任。從隱元對性幽“久不住人間”、“細閲興亡傳”、“永存不死志”，也就是節義高古的頌揚來看，獨往性幽極有可能在遁跡潛蹤一段時間殉節。嚴格來説，性幽與隱元的關係不甚密切，遠不如獨耀性日。然而他那豪情萬千的俠情，也深深感動了隱元。隱元掛心的不只是愛徒的安危，也是南明政權的走向。

四、從《蟄聲詩集》看明清之際福建政局

自從陳智超先生整理黄檗山萬福寺舊藏隱元中土往來書信問世，隱元參與抗清運動已經獲得充分的證實，接下來則是進一步就各種不同的資料之間相互比對，以便進一步查訪其間的細節。何齡修先生曾綜合相關資料，就隱元與性幽之間的關係説道：

> 據慧門辛丑年（1661）信，“《唐詩選集》獨往兄當時帶去。”此可以見僧人在軍中生活的一個側面。隱元、獨往師徒一往情深，關懷、掛念。隱元在《復太守戒庵林居士》中叮囑：“獨往子聞有定蹤，便一知我，何如？”這也反映出隱元的政治立場，但如果不是隱元信件中還保有獨耀甲午年信，便不能理解隱元對林戒庵這一關照的含意，並用來分析歷史問題。獨往參加北伐，是癸巳年八月的事，前軍定西侯張名振等水師奉鄭成功命恢復浙直地方，離福建北上，獨往隨行。次年（甲午），張名振軍三入長江。獨往有怎樣的表現，值得進一步發掘史實，進行研究。②

①隱元隆崎：《隱元全集》，卷6，頁2672。

②何齡修：《隱元信件的史料價值》，收在陳智超編：《旅日高僧隱元中土來往書信集》，頁590–591。

若要研究“獨往有怎樣的表現”，目前爲止，最具史料價值的資料或當首推《蟄聲詩集》。不過，一如預期，《蟄聲詩集》中儘管充滿了失敗的戰役、陣亡的將領、破敗的戰艦，然而也盈蕩著“人非忠孝不成禪”①、“整頓乾坤須鐵漢，安全君父即金仙”②、“一路霜風催劍氣，更無兒女戀征衣”③的豪情慷慨。

至於性幽的“表現”，在天時地利人和具居下乘的情況，委實不應苛責賢者。《蟄聲詩集》卷四收録了性幽爲清軍所執以後寫下的作品。詩前往往有序，叙其經過至詳。甚具史料價值，對於認識明清之際的政局時勢别有助益。例如性幽有詩贈敵方將領丁士元。詩云：

> 賣書買劍學從軍，三比遭擒强綴文。海内虚名知誤我，人間俠氣自推君。丁公存漢心猶望，曹氏無官意欲焚。大節凌霜誰作主，長留明月逐溪雲。

此詩前有長序，曰：

> 士元，虜游擊也。與余戰於大□（漫漶難識），余以趙元焕來使遭緝，具告虜虚實，從間道擊余中軍，余師敗績，爲虜所擒。士元曰：“汝夙有才名，能詩乎？”余時談笑自如，索筆立成。士元遂不敢害，己丑年十一月。

己丑年乃順治六年（1649），此年鄭成功與清軍在福建等地展開猛烈的戰事，雙方互有斬獲④。性幽應該就是在此際爲清軍所虜，此際顯然尚未於隱元座下正式出家，卻已作僧裝打扮（詳後）。明清之際漢人軍士多作觀望，於此詩又得一明證。性幽雖然爲丁士元所俘，但兩人彼此之間亦能相互欣賞。這段經歷當是性幽與隱元相識之前。丁士元是清廷張學聖的屬下，性幽亦有詩贈張學聖。序文甚長，顯是性幽刻意爲之，甚富史料價值。且其經歷十分曲折，頗富趣味，今不厭其詳，全文録之：

> 士元擒余到省，已夜半矣。初見僞參段，次見僞大廳馮。皆抗對，不屈如故。張左

①獨往性幽：《碧居像贊》，《蟄聲詩集》，卷1，頁13b。

②獨往性幽：《贈獨鳴》，《蟄聲詩集》，卷1，頁17a–17b。

③獨往性幽：《從軍行》，《蟄聲詩集》，卷3，頁14b–15a。

④是年十月十日鄭成功率軍破漳浦、雲霄，隨後進圍詔安城。十一月，清軍復得雲霄，鄭成功軍攻詔安失敗，解圍去。見何齡修編：《清初福建軍事政治大事記》，收在陳智超編：《旅日高僧隱元中土來往書信集》，頁537–556。特别是頁543。

右强余跪，余曰：“我大臣也，亦烈士也，可殺不可辱。”左右擊余首出血，余觸石欲死，張令寬之。余曰：“好漢不怕死，怕死不好漢，令我盡言而死，以正君臣之義，明華夷之分，固所願也。”張曰：“我取天下於李闖之手，與汝何干？且弘、隆已非正統，汝安得爲官？”余曰：“汝，胡也。吴三桂拒虎進狼。即取我燕京，不宜犯我金陵，况福京乎？今我皇上正位粤西，猶有天下之半。正統猶在，我安得非官。”張曰：“汝既爲明官，如何剃髮爲僧？”余曰：“做大事人，豈惜數根頭髮？”張曰：“汝弟亦授何職？”余曰：“恢復乃英雄所爲，吾弟弄筆書生，豈可謀此。”張曰：“汝既自稱英雄，弘、隆時何不出來？”余曰：“彼時馬士英、鄭芝龍爲之，既皆爲汝所愚，鄭彩又爲之，究成畫餅。故我出來撑持一番耳。”張曰：“此時大勢在我，縱爲之，徒取死，何益？”余曰：“父母縱病危莫救，凡爲人子，豈有不下藥之理。孔明六出祁山，伯約九伐中原，蓋爲此也。”張曰：“恐汝無此大才。”余曰：“水不可斗量，人不可貌相。我兵未會，故爲汝擒，非汝之能也。若使再寬月餘，揭重熙、曹大鎬、金簡臣兵合，未知鹿死誰手。”張曰：“誇詞也，丈夫在世，亦求立大功名耳。在齊事齊，在楚事楚。有何不可，而愚執若是，汝亦識洪宰相乎？”余曰：“此我同鄉，豈有不識？但忘君事仇，不忠不孝，徒貽萬世笑柄。我何人哉？與彼同稱（朱批：肯爲君）。”張曰：“汝果矢心歸我，我爲汝奏請。如黄澍今且爲督學矣，汝獨不聞乎？”余曰：“人各有志，且問汝：方國安、馬士英今有存者乎？”張曰：“彼亦懷二心，故自取誅僇也。”余曰：“鄭芝龍賣關與汝，可謂從賊之誠者矣。即如張利輔、林玉今猶有存者乎？”張曰：“鄭公固自無恙，張、林虐害百姓，人多訟之，汝是個好秀才，且未嘗有害於民，又何顧慮之有。汝其爲我招趙元焕乎？”余曰：“豕！皇上與敕者八閩江浙不止數百，受我札者且數千，安能一一爲汝招乎？况忠孝性成，我其肯教人以背叛耶？”張曰：“我亦不强汝，汝可自理機宜。”余曰：“汝勿迫我。”張遂呼左右去余鎖，令孫旗鼓以禮待。士元進曰：“歐琪就擒之就，幾欲就經。老爺既留此人，恐孫旗鼓不解其意，某願領去曲喻焉。”張然之，遂館余于丁衙之側，解衣衣之，每食必豐，設余性不喜飲，夜必設茶品。令二小豎供使，令二兵守之，余時欲自盡，則思用未足而不忍。欲僞從之，恐無以自解于士君子。憂愁幽思，頭髮白半，自作六傳以寄意焉。一夜，士元入，告曰：“都爺將宴汝與林雪中于教場觀操，可喜可賀。”余聞之，其心如刺。有木匠鄭五者，故曾草書兵也，與林六同爲士元修飭馬房，具知余事。余誑小豎他往，密告之：以衣遺汝，其爲我辦三鎖鑰來。五曰：“機倘不密，小人僇矣，且累及老爺。彼新釘門，小人爲宛轉其間，老爺乘間拔之，可以行矣。”余從其計，果得哄群奴逸去。因留書一封，並詩一絶。云：“曾有文章傳海國，豈無節義著閩山。東南殺氣今朝盡，不在區區片紙間。”①

這篇長序刻意描寫其與清軍將士對話的細節。歐琪不愧是節義傳中人物，整段話大義凜然，不由得令人聯想到黄道周、瞿式耜等南明大臣。性幽是時尚未正式於隱元座下出家，卻已作僧裝打扮。丁士元曰孫旗鼓“不解其意”，自是暗指其觀望之心。性幽後來得從清軍的監管中逃脱，從而入黄檗山隱元門下，一方面有避禍之心，一方面便於奔走。值得注意的是：對於鄭芝龍的態度，與其他諸人明顯不同，特别是與洪承疇形成强烈的對比。這段記載是目前關於理解獨往性幽在抗清運動中的“表現”最爲詳實的資料，同時也是認識明清之際福建政局的絶佳門徑。

五、代結語：黄檗宗與復明運動再省思

獨往性幽對於佛理並没有深刻的認識，《蟄聲詩集》應該視爲一個在抗清運動中壯烈犧牲的義士的天鵝輓歌。雖然獨往性幽親炙隱元的時間不長，但由於兩人同時崇尚節義，以致隱元時時以性幽爲念。現存《蟄聲詩集》中的抗清運動相關資料雖然多作於性幽投入隱元門下以前，但其精神與隱元等人一脈相承，自然不在話下。隱元在答覆江户武士詢問爲士之道時説道：

> 生死雖難，當生不得不生，當死不得不死。能審其當，則不虚生浪死，忠義全矣。蓋忠義在我，孝友在我，佛法在我，何往而不自得者也。②

對隱元來説，忠義、佛法都是出自個體價值主觀的抉擇，如此自然能夠穿越生死的考驗。對於隱元而言，性幽應該也是其價值信念的具體呈現。

最後仍然要追問的是：黄檗宗與復明運動之間的關係究竟有怎樣的關連。就筆者目前所及的資料，從黄檗宗僧人與明清之際文人的著作中略可見出數端（當然都是很隱晦的），盼就教於在座方家。

一、《隱元全集》收有《謁皇陵》一詩，詩云：“普被恩光民日新，陰施德澤愈通津。靈明列座人間主，感應來朝海外賓。松竹青蒼渾不改，廟堂崇奉儼如神。自兹安享三摩地，

①獨往性幽：《留復張學盛有序》，《蟄聲詩集》，卷4，頁6b–11a。

②隱元隆崎：《復松井五郎右衛門》，《隱元全集》，卷5，頁2268。

永祚邦家一體仁。”[①]對古詩稍有概念的人，都知道“謁皇陵”之詩不得妄作。且從詩中“靈明列座人間主，感應來朝海外賓”可知隱元所謁定爲明宗室海外陵墓，黄檗山萬福寺爲當時日本復明勢力的活動基地應無可疑，且崇禎三太子化名張振甫流亡日本，在此詩得到進一步的證實[②]。

二、明清之際著名的逃禪遺民今釋澹歸（俗名金堡）《遺興詩》之六十三云：“海客漫傳君子國，山翁閒摘道人頭。僧來爲説念黄檗，賊退誰憐元道州。玩月聞雷犀與象，避風唤雨雀和鳩。即且逐帶蚵蛂至，拍手三家一笑休”[③]。從此詩可以得知在隱元禪師渡日以前（1654），黄檗宗已經與日本方面就抗清一事常有往來，就黄檗宗研究而言，可謂極其珍貴之史料。澹歸詩中的“三家”，或許指三股不同的抗清勢力。澹歸此詩作於庚寅（1650）年，翌年，性幽即爲清軍所獲。此詩第一句必指日本乞師一事。今考性幽詩集序乃周子伯其人，性幽在一首詩的贈序中説周子伯：“乃叔平夷公。”今考“平夷公”當即周瑞，乃與周崔之同爲乞師日本的關鍵人物，周子伯乃周氏族人。從澹歸的詩意來看：當時到桂林傳達日本乞師行動的正是黄檗僧人。

三、明清之際在閩浙沿海從事抗清運動的張煌言，其文集中有《同姚興公、萬美功過訪陳齊莫小酌》、《送姚興公北還》、《得姚興公書，以〈舫音集〉見寄（法號獨耀公）》等詩作。張煌言的自注説明獨耀性日頻繁地出入張煌言的部隊。前已言之，獨耀性日是隱元與抗清部隊之間重要的連絡管道，張煌言也嘗有日本乞師之舉，或許這也是黄檗宗僧人頻繁出入張煌言部衆的原因之一。然而考張煌言乞師日本之舉，在丁亥年（1647）[④]，時性日亦尚未正式皈依隱元[⑤]。易言之，姚翼明與歐琪在入隱元門下之前都只是僧裝打扮，以便於奔走。隱元初次面見二人恐怕是在順治八年（1651），在此之前，二人已以黄檗宗僧人的身分奔走江湖，再次證明黄檗宗支持抗清運動[⑥]。從上面的材料不難推測：性幽帶領軍隊從事實際的戰鬥任務，而性日則奔走於各部之間聯繫相關資訊（特别是日本乞師的相

①隱元隆崎：《謁皇陵》，《隱元全集》，卷10，頁4933。

②明清之際，傳説明思宗三子朱慈烺化名張振甫，流亡日本。隱元隆琦可能在此一集團中扮演極重要的角色。京都宇治黄檗山萬福寺後建有“威德殿”，可能與復明運動有關。此一説法相關的材料可以參見徐堯輝：《明太子、福王亡命在日本——化名張振甫、張壽山》（臺北：臺灣中華書局，1984）一書。

③今釋澹歸：《遺興詩》之六十三，《遍行堂集》，卷34，頁26。

④這是根據石原道博的説法。見石原道博：《明末清初日本乞師の研究》（東京：富山房，1945），頁16–17。

⑤性日與性幽同時皈依隱元。參見《隱元禪師年譜》。

⑥根據明清之際嚴格的僧官制度，僧人必須隨時攜帶度牒以備查驗。因此至少可斷言的是：黄檗宗曾經協助獨耀性日、獨往性幽等人取得必要的身份證明文件。

關情報）。

綜上所述，黄檗宗（以隱元禪師爲首）或明或暗地支持復明運動，其背景是當時東亞海上往來的經貿網絡（包括日本、台灣、安南等地）。獨往性幽《蟄聲詩集》記録的是一個曾經投入空門的義士心聲，嚴格來説，性幽雖然薄有文名，但在名家並峙的明清之交，其詩作亦未必迥出時賢之上。獨往性幽雖然並未跟隨隱元隆琦禪師東渡日本，然而其生平無疑相當程度體現黄檗宗的價值信念，也保存了一部分珍貴的史料，讓我們對於明清之際福建地方的政局有更細緻的認識，同時對於理解黄檗宗與復明運動的關係，更是一個絶佳的綫索。也再次提醒我們：黄檗宗對於明清之際的政局、佛教，乃至於文化交流等不同層面都具有不容忽視的重要性。

漢文學史上的1764年

張伯偉

一、引言

本文所説的“漢文學史”，指的是以漢字撰寫文學的歷史，也就是歷史上漢文化圈地區的文學史，除了中國，其範圍還包括當時的朝鮮、日本、琉球、越南等國家和地區。突破國家和地區的限制，以更爲廣闊的眼光來審視漢文化的發展和變遷，是近年來學術界不斷呼籲的課題。這將在我們面前拓開一個全新的視野，是毋庸置疑的。本文即試圖以漢文學整體爲背景，討論其在不同地區勢力消長過程中的一個轉捩點。

從整體上研究漢文學史，人們首先會注意到中國文學與周邊國家和地區文學之間的關係，但同時也應注意周邊不同國家和地區文學之間的關係，並進而審視漢文學在相同或不同時空間的展開。一般而言，周邊國家對中國文學的普遍認同是其常態，但周邊國家之間對彼此文學的看法就不能一概而論。同時，這種看法的改變也會對中國文學的評價産生連鎖反應。

漢文化圈範圍内的文學交流，可謂由來已久。唐代詩人與在華外國人士多有詩文贈答[①]，這早已成爲文學史上的佳話。而此下的使臣往來，每多唱酬，也是史不絶書。宋代有《高麗詩》、《西上雜詠》，乃高麗使臣與宋代君臣的唱和詩[②]。至明代使臣出使朝鮮，形

①參見謝海平《唐代詩人與在華外國人之文字交》，臺北：文史哲出版社，1981年版。

②孫猛《郡齋讀書志校證》卷二十《高麗詩》：“元豐中，高麗遣崔思齊、李子威、高琥、康壽平、李穗入貢，上元宴之於東闕下。神宗製詩賜館伴畢仲行，仲行與五人者及兩府皆和進。其後，使人金梯、朴夤亮、裴某、李絳孫、盧柳、金花珍等，塗中酬唱七十餘篇，自編之爲《西上雜詠》，絳孫爲之序。”上海：上海古籍出版社，1990年版。

成"詩賦外交"，而有《皇華集》之編印[①]。至於在周邊國家之間，雖有語言障礙，卻不妨詩文酬答。麗末鮮初的權近（1352—1409）在《送日本釋大有還國》中云："情懷每向詩篇寫，言語須憑象譯通。"[②]江户時代石川貞《呈朝鮮國副使書記元玄川》云："不愁相值方言異，清興熟時揮彩毫。"[③]即指出漢詩對於各自語言的超越。特别是明代《皇華集》的編印與流傳，形成了漢文化地區外交場合中的典範，已不限於中國使臣之出使外邦。正如中村榮孝指出："在外交場合以漢詩唱酬筆談，乃中國文化圈的同文諸國間習慣化的國際禮儀。"[④]而朝鮮通信使與日本文人間的唱酬，其淵源雖可遠溯春秋列國之賦詩言志，但其心中的樣板則是《皇華集》[⑤]。

朝鮮王朝建立以後，以"事大交鄰"爲基本國策，其原則是事大以精誠，交鄰以信義，所以向明、清王朝派遣朝天使或燕行使，而向日本派遣通信使。所謂"通信"，一指傳通音信，一指敦睦信義[⑥]。"通信使"原是朝鮮王朝派往日本使臣的稱呼之一，前後多有變化。自仁祖十三年（1635）以後恢復此稱，遂成定名[⑦]。在德川幕府時代，朝鮮從宣祖四十年（1607）到純祖十一年（1811），先後向日本派遣了十二次外交使團，學術界也往往統稱爲

①現存自明景泰元年至崇禎六年的《皇華集》共二十三種。

②《陽村集》卷二，《韓國文集叢刊》本。

③《星槎餘響》卷上。韓國國立中央圖書館藏。

④《朝鮮の日本通信使と大坂》，《日鮮関係史の研究》下，東京：吉川弘文館，1969年版。

⑤元重舉《書那波孝卿東游卷後》云："歲甲申，吾四人者（案：即製述官和三書記）從三大夫（案：即正使、副使、從事官）後，東浮入難波（案：即今之大阪）。……一念所冀，唯是皇華往事得親見於眼前。"成大中《東游酬唱録序》云："君子結二國之好，必先之以誠信，成之以禮樂。然無辭令不可以達其意，故有文章以飾之。辭令之所未及也，又咏謌以盡棄歡。是故春秋列國大夫交相獻酬，必以風雅之咏終之。其可以言、可以群者，顧不在詩乎？……惟皇明使价之來於我者，多通經習詩之士，所與儐接者，亦皆典則莊敬，足以鳴一代之盛，通二邦之情。故流風餘韻至於今，道之不衰。信使之東渡，必文學之士與俱，其亦有倣於皇華故事歟？"又日本石川丈山呈權菊軒詩云："日本朝鮮隔海瀛，不圖相遇結文盟。使星明日留兹地，唱和皇華歌鹿鳴。"（《新編覆醬續集》卷十六）

⑥雨森芳洲《橘窗茶話》上云："朝鮮來聘稱通信使，'通信'者傳通訊問也。或爲'通國'之'通'者，誤。'通國'字出《孟子》。"（《雨森芳洲全書》二《芳洲文集》，大阪：関西大學出版部，1980年版。）孫承喆《朝鮮時代對日交鄰體制和通信使》指出："通信使是朝鮮王朝實現對日交鄰政策的、具有外交目的的信義使節。"（韓國震檀學會等主辦"東北亞諸地域間의文物交流"國際學術大會論文，第一册。2004年11月19日—20日，首爾大學校教授會館）即分别指出了上述兩方面的含義。

⑦關於"通信使"名稱的變遷，以趙曮《海槎日記》所述最爲簡明，其書於肅宗三十九年（1763）八月初三日記："丙午（1606）以吕祐吉、慶暹、丁好寬爲三使。自前凡使日本者，皆稱通信使。至是朝廷以通信之稱爲嫌，且不可以奏聞天朝，議改使號。或謂當稱刷還使，刷還俘口之意也；或謂當稱通諭使，竟以諭字不可施諸隣國，稱回答兼刷還使。……丙子（1636）因馬島主平義成與副官平調興相訟事，請信使。以任絖、金世濂、黄㦿爲三使，復稱通信使。……此前後通信之梗概也。使名之變易，使事之難易，不勝殫論。"《海行摠載》四，朝鮮古書刊行會，大正三年（1914）版。

“通信使”。關於朝鮮通信使及其與日本文人的唱和筆談，韓國和日本學術界已經有了一些先行研究[①]，爲後人的繼續探索奠定了良好的基礎。

朝鮮通信使團是一個龐大的組成，人數一般在四百多[②]。主要人員有正使、副使、從事官（原名書狀官，以上總稱三使）、製述官（原名讀祝官）、書記、寫字官、畫員、醫員以及軍官、譯官等。而負責文字應酬的主要是製述官和書記（共三名）。申維翰（1681—1752）《海槎東游録》卷一云：“倭人文字之癖，轉近益盛，艷慕成風。呼以學士大人，乞詩求文，填街塞門。所以接應彼人言語，宣耀我國文華者，必責於製述官。是其事繁而責大。”[③]因此朝鮮方面每次都會派出富有倚馬之才的文士擔當此任。此外，三使書記的人選也同樣須是文采斐然。而日本方面也會派出一些文學之士來接應，在彼此唱和之間，展示本國的漢文化水平，同時也在較量高低。所以，雖然出席的人數或有多少，卻足以充當國家的代表。從某種意義上説，唱和雙方内心對彼此文學的評價，也就在相當程度上代表了對兩國文學水平的評價，其變化也就透露出文學風氣的轉移和創作水平的昇降。

本文所要討論的，就是通過甲申1764年（清乾隆二十九年，朝鮮英祖四十年，日本寶曆十四年、明和元年）朝鮮通信使在日本的唱和筆談活動，考察其在漢文學史上的意義。從漢文學史的發展來看，這一年的唱和筆談具有歷史性的轉折，似爲前賢所忽略，有待發覆闡微。

二、甲申行唱酬筆談之特徵

此行朝鮮通信使以趙曮（1719—1777，號濟谷）爲正使，李仁培（號吉庵）爲副使，金相翊（號弦庵）爲從事官。掌管文事的有製述官南玉（號秋月），書記成大中（1732—1812，號龍淵）、元重舉（1719—1790，號玄川）、金仁謙（1707—1772，號退石）。他們於英祖三十九年癸未（1763）十月初六離開釜山，至次年甲申（1764）正月二十日抵達大坂城，二月十六日入江户（今東京），三月十一日自江户返程，四月初五回到大坂城，五月初

①以李元植的《朝鮮通信使》爲例，其書主體是第二部分“通信使行與文化交流”：第一章“概況”，第二章“初期之交流”，第三章“壬戌年（1682）使行”，第四章“辛卯年（1711）使行”，第五章“戊辰年（1748）使行”，第六章“甲申年（1764）使行”，第七章“辛未年（1811）使行”，皆以筆談唱和爲中心展開。首爾：民音社，1991年版。又可參見仲尾宏《朝鮮通信使と壬辰倭亂》之第九章“朝鮮通信使使行録概説”、第十章“朝鮮通信使研究の成果と課題”，東京：明石書店，2000年版。

②除了仁祖二年（1624）和純祖十一年（1811）的使團爲三百多人，肅宗三十七年（1682）的使團爲五百人以外，其餘都在四百多人。

③《青泉集續集》卷三，《韓國文集叢刊》本。

六離開大坂，六月二十二日回到釜山[①]。此行文獻衆多，正使趙曮有《海槎日記》，製述官南玉有《日觀記》，正使書記成大中有《日本録》，副使書記元重舉有《乘槎録》、《和國志》，從事官書記金仁謙有《日東壯游歌》（諺文），譯官吴大齡有《癸未使行日記》，軍官閔惠洙有《槎録》等。從唱和筆談來看，此行之特點首先在於參與的人數和唱酬筆談的數量都頗爲驚人，因此遺留下的文獻也很多[②]。

元重舉《書那波孝卿東游卷後》云："筑之東，武之西，三四月之間，揖讓一千餘人，酬唱二千餘篇。"[③]壹岐島在筑前之東，江户在武藏之西，這概括了朝鮮通信使在日路途。而趙曮《海槎日記·筵話》載此行歸國後向國王英祖覆命時的對話云：

> 上曰："南玉得名云矣，何者多作乎？"對曰："四人所作之數略同矣。"上曰："南玉作幾篇乎？"玉對曰："作千餘首矣。"上曰："壯矣。汝得彼人詩來乎？"對曰："彼人先作，然後和之。故彼作果爲持來矣。"趙曮曰："彼人之詩大抵無圓成之篇，無足可觀也。"上曰："三使臣亦作之乎？"對曰："自在待勘之後，不復酬唱，渠以爲恨。"上曰："成大中何如？"對曰："非常矣。元重舉、金仁謙亦作千餘首矣。……"上曰："南玉比洪世泰、申維翰何如？"對曰："詩與文皆有所長，而倉促所作，皆能善成矣。"上曰："彼以謂朝鮮人文武才皆難以云乎哉？"對曰："然矣。"[④]

按照這樣推算，製述官加上三書記，在日所作唱酬詩總數約在四千餘首。洪世泰（1653—1725）雖出身寒微，但擅長詩筆，且氣宇軒昂。肅宗八年（1682）以副使裨將的身份赴日，"蠻人持彩牋縑乞求詩墨，……公倚馬揮掃，驟若風雨，詩思騰逸，筆亦遒妙，得者皆藏弆以爲寶。傾慕喧嘷，至户繪其像焉"[⑤]，爲朝鮮國赢得榮譽。有《海東遺珠》和《柳下集》存世。申維翰爲肅宗四十五年通信使團製述官，文名甚高，在日本與諸人唱酬，乃有筆掃

①以上日程據趙曮《海槎日記》所録。

②李元植《朝鮮通信使》第四部"通信使之資料"第五章"筆談唱和集"列舉各年度的資料，此行達36種之多，而實際數量尚不止於此。

③原件藏那波利貞家，那波孝卿爲其五世祖，此據那波利貞《明和元年の朝鮮國修好通信使团の渡來と我國の學者文人との翰墨上に於ける応酬唱和の一例に就きて》引，文載日本《朝鮮學報》第四十二輯，朝鮮學會，1967年1月。

④《海行摠載》四。

⑤鄭來僑《墓誌銘》，《柳下集》附録，《韓國文集叢刊》本。案：今日本雨森芳洲文庫藏人見鶴山所繪"滄浪洪世泰肖像"，最爲有名。洪氏《倭京》詩寫他在日本京都觀感，有"自笑風流非衛玠，市門投果溢行車"（《柳下集》卷十一），雜用《世説新語》中衛玠和潘岳之典，可知他不僅才華出衆，且貌美風流。

千軍之概。著《海游録》及《海游聞見雜録》，爲人所重，成大中《日本録》中就有《青泉海游録抄》。英祖以此二人與南玉相比，亦顯示出對此行“文戰”的關注。而趙曮對日本人詩“大抵無圓成之篇，無足可觀也”的評價，以及對英祖“彼以謂朝鮮人文武才皆難以云乎哉”之問的肯定答覆，可能更多是爲了投君王之所好，以滿足其虛榮心，未必是客觀之論①。

通信使此行一路唱和，不僅人員和作品數量衆多，而且也結識了一批日本的英髦之士，南玉、成大中、元重舉等人對之皆印象深刻。瀧長愷《長門癸甲問槎》記録與南玉的問答云：

> 鶴臺：諸君東行浪華、江都及其它處處，藻客髦士抱藝求見者定多矣，才學風流可與語者有幾人乎？
>
> 秋月：江户諸彦中，井太室、木蓬萊，僕輩尤所惓惓者。……浪華木弘恭之風流，合離之才華，平安那波師曾之博學，釋竺常之雅義，尾張州源正卿之偉才，岡田宜生之詞律，二子之師源雲之豐望，皆僕輩所與傾倒。而那波與之同往江都，情好尤密。足下若與從容，當知僕輩此言非阿好之比，幸爲致意②。

大典禪師《萍遇録》卷下録成大中《復蕉中禪師》云：

> 僕入貴境以來，接韻士文儒多矣，而於筑州得龜井魯，於長門州得瀧彌八，於備前州得井潛，於攝津州得木弘恭、福尚脩、合離，於平安城得那波師曾，於尾張得源雲、岡田宜生、源正卿，於江户得澀井平、木貞貫，而最後得蕉中師③。

元重舉《和國志》地卷“詩文之人”條云：

> 以今行所見詩文言之，在江户則柴邦彦文氣頗健，而但其爲人清淺褊僻；其次岡明倫也。在名護屋則岡田宜生、源正卿年少夙成，俱受業於源雲；雲温厚，有老成之風。西

①這種情況並不罕見，可能與正使的身份也有一定關係。比如仁祖朝副使金世濂在其《海槎録》丁丑（1637）三月初九日記載回朝覆命，“上問：‘彼國之人，有能文者乎？’上使對曰：‘不成文理，詩則尤不好。’臣世濂對曰：‘召長老璘西堂行文儘好，國中惟道春之文爲最，沿路及江户多有來問者，皆以理氣性情等語爲問，不可以蠻人而忽之。’”（《海行摠載》二）這種差別值得注意。

②此書爲李元植家藏本，未見，引自其《朝鮮通信使》，頁220。

③韓國國立中央圖書館藏本。

> 京則岡白駒、播摩清絢、芥煥，號爲“西京三傑”，而實不知（案：疑爲“如”）其名。大坂則永富鳳似優，而合離次之；木弘恭以詩畫標致，開蒹葭堂，以交四方游學之人，而但地太微、名太盛，恐不能自容也。備前州則井潛、近藤篤，俱以江户游學，辟爲記室。潛贍敏，篤沉靜。長門州則龍長凱、草安世，而凱頗老成，且有人譽；安世稍清秀。筑前州龜井魯，年少有逸才，亦聲名太早，恐不能見容也。……余於唱酬之席，如得可語之人，則輒曰：“天道自北而南久矣，觀貴國人聰明秀敏，此誠文化可興之日。”①

以上舉到的人物，在江户有澀井平（1720—1788，號太室）、木貞貫（1715—1765，號蓬萊山人）、柴邦彦（1724—1807，號栗山）；在浪華有木村弘恭（1736—1802，號蒹葭堂）、合離（1727—1803，號斗南）、福原尚脩（1735—1768，號石室）、永富鳳（1732—1766，號獨嘯庵）；在平安有那波師曾（1727—1789，號魯堂）、釋大典（1719—1801，號蕉中）、岡白駒（1692—1767，號龍洲）、清田絢（1719—1785，號儋叟）、芥川煥（1710—1785，號養軒）；在尾張有源正卿（1737—1802，號滄洲）、岡田宜生（1737—1799，號新川）、源雲（1696—1783，號君山）；在筑州有龜井魯（1742—1814，號南溟）；在長門有瀧長愷（1709—1773，號鶴臺）、草安世（號大麓）；在備前有井上潛（1730—1819，號四明）、近藤篤（號西涯）。從地域來講，他們從東到西，分佈在今日的自福岡到東京之間；從年齡來看，多數人在三四十歲，都是當時在儒學和文學上頗有造詣者，多有著述傳世，其傳記可見於《先哲叢談》及《續編》、《後編》中。

朝鮮通信使對日本文人予以如此大規模的好評，可謂空前。這成爲此行唱酬筆談中最突出的特徵。即便如正使趙曮對日本的學術和文學頗有苛評，但也還是有這樣的基本認定：

> 蓋聞長崎島通船之後，中國文籍多有流入者，其中有志者漸趨文翰，比戊辰酬唱頗勝云。②

①《和國志》，首爾：亞細亞文化社，1990年版。

②《海槎日記》六月十八日，《海行摠載》四。又同上記：“陽明之術汎濫天下，而朱子之學獨行於朝鮮。群陰剝盡之餘，一脈扶陽之責，豈不專在吾東多士耶？日本學術則謂之長夜可也，文章則謂之瞽矇可也。……以今行所聞見於文士者言之，則别無學術之可稱，略有文字之稍勝者。……此後此輩果能因文而學道，漸入於學問境界，則雖是島夷，可以進於中國，豈可以卉服而終棄之哉？但千年染污之俗，非大力量大眼目，則猝難變革，恐不可以區區詩語把作先示之兆也。”其中涉及到的日本人物與元重舉類似，而評價偏低。這可能與其正使之身份有關，故不免端起架子作官樣文字。

戊辰爲英祖二十四年（1748），即十六年前。值得注意的是，這裏明確將此行酬唱與上一次作比較，從而得出“頗勝”的結論。我們有理由相信，此行通信使對日本詩文的評價，既是一種直接的印象，也是在與以往的對比中得出的。此行出發時，趙曮曾攜帶歷來的使行日記，其《海槎日記》十月初六日記載：

> 前後信使，毋論使臣員役，多有日記者。洪尚書啟禧廣加蒐集，名以《海行摠載》，徐副學命膺翻謄之，題以《息波録》，合爲六十一編，以爲行中考閲之資。……余固未及詳覽，而概見之。……前後之日記若是夥然，殆無言不有矣。[①]

而“行中考閲”諸家日記，也不是正使的專利，他人亦得以瀏覽。例如在成大中的《日本録》中，既有《青泉海游録抄》，包括“文學”、“理學”、“禪家”等條目；《槎上記》又提及仁祖十四年（1636）副使金世濂（東溟）的《海槎録》[②]。可以確定地說，朝鮮通信使此行對日本詩文的評價與過去迥異，是在對比中産生的。我們不妨也對此略作回顧。

早期的日本行紀對於其文學皆不著一字，直到宣祖二十三年（1590）副使金誠一（1538—1593）的《海槎録》卷二《贈寫字官李海龍并序》中，提及宣祖臨行之教曰：“聞倭僧頗識字，琉球使者亦嘗往來云。爾等若與之相值，有唱酬等事，則書法亦不宜示拙也。”於是有寫字官李海龍同行，到日本後大受追捧，“求者雲集，館門如市”。金誠一感嘆道：“當初海龍之行也，國人皆以家雞視之，豈料其見貴異邦至於此耶？”[③]這裏流露出的當然也是在文化上對日本的藐視。自光海君九年（1617）正使吴允謙的《東槎録》開始，出現了朝鮮使臣與日本僧人的詩文酬唱紀録。但朝鮮方面往往流露出不屑之意，有時甚至對日本首唱拒不應和。由僧人執掌文事的現象，直到孝宗六年（1655）從事官南龍翼（1628—1692）的筆下才有所改變。其《聞見别録·文字》條載：

---

①《海行摠載》四。案：關於今本《海行摠載》的編者及篇目問題，學術界通常採用日本學者中村榮孝先生的意見，他認爲今本的編者是成大中，其篇目少於趙氏《海槎日記》所列舉者，是因爲在活版印刷時已散佚的緣故（見《國史大辭典》第三卷“かいこうそうさい 海行摠載”條）。我以爲值得商榷，據元重舉《和國志》人卷“我朝通信”條云：“右通信條只録送使年月與事之梗概，便略而不詳者，蓋各家《日録》皆有該載，而寒井徐公命膺一皆謄書爲《海門（行）總載》 卷，而濟庵趙公曮方欲删繁就要，編爲一統卷袠。余且俟其成焉，姑存其大略如此耳。”可知今本《海行摠載》的編者爲趙曮，而篇目的多寡，則出於趙氏的“删繁就要”。而今本的最後完成，將趙曮之《海槎日記》作爲壓卷，則當出於成大中之手。

②《槎上記》甲申正月十二日記：“福禪寺之勝，曾於金東溟《日記》知之。”辛基秀、仲尾宏編《大系朝鮮通信使》第7卷，東京：明石書店，1994年版。此一文獻承童岭學弟代爲複印，謹致謝忱！

③《鶴峰集》卷二，《韓國文集叢刊》本。

> 僧徒外稱爲文士者，必剃髮，或稱法印，而實非僧人也。所謂行文頗勝，而猶昧蹊徑。詩則尤甚無形，多有强造語。寫字則無非鳥足。皆學《洪武正韻》，而字體輕弱横斜，不成模樣。畫則最勝，無讓於我國。[①]

又《人物》條列“古來文士二十人”，自大友皇子至藤斂夫；又列“稱爲文士者八人”，如林道春，“觀其所爲詩文，則該博富贍，多讀古書。而詩則全無格調，文亦猶昧蹊徑”；林恕，“稍解詩文，性質冥頑”；林靖，“言語文字比厥兄頗優”；林春信，“亦能寫字綴句”[②]。林道春是日本太學頭之始，當時人稱許他“最爲我國之儒宗也”[③]，南龍翼與他也有詩歌唱和，見於其《扶桑録》。而在他看來，林氏詩作亦不過爾爾。在朝鮮通信使臣日記以及各種唱和筆談文獻中，需要釐清官樣文、應酬語和由衷言的區别。比如仁祖十四年（1636）吏文學官權侙（菊軒）與日本詩仙堂主石川丈山（1583—1672）的筆談，評石川的詩“意圓而語新，法古而格清”，許以“貴邦詩家之正宗”，時而説其詩“真與大曆諸家互爲頡頏”，時而又推爲“日東之李杜”[④]，顯然屬於隨口敷衍的恭維之詞。在我看來，朝鮮人真心讚美的日本詩人，首推新井白石。肅宗三十七年（1711）正使趙泰億、副使任守幹、從事官李邦彦、製述官李礥紛紛爲其《白石詩草》撰寫序跋，並有高度評價。若結合雨森芳洲（1668—1755）所述“新井白石大有詩名，朝鮮人索其詩草，陸續不已”[⑤]數語來看，應該是真實可信的。正是由於日本詩文水平的提高，此後即便是才華傑出之士出使日本，也被提醒不可掉以輕心。申維翰於肅宗四十五年（1719）以製述官身份赴日，行前拜訪崑崙居士：

> 公時以病閣筆研，出架上《白石詩草》一卷示余曰：“此乃辛卯使臣所得來日東源璵之作也，語多卑弱，差有聲響。君今與此人相對，可以褊師敵之。然余意日東地廣，聞其山水爽麗，必有才高而眼廣者，不與使館酬唱之席，而得君一二文字雌黄之，有如葵丘之盟，不無一二心背者，則是可畏已，君勿謂培塿無松柏而忽之。即千篇萬什，驟如

---

②《海行摠載》三。

③石川丈山《與朝鮮國權學士菊軒筆語》，《新編覆醬續集》卷十六，富士川英郎、松下忠、佐野正巳編《詩集日本漢詩》第1卷，東京：汲古書院，1987年版。

④《與朝鮮國權學士菊軒筆語》，同上。案：權侙云“不佞願以尊公爲貴邦詩家之正宗”，而石川（大拙）答曰“以不佞稱我詩林之宗匠，誰謂當其選。雖然，道眼所照，無處迴避”。石川錯解“不佞”一詞，且筆於紙上，權侙在當下恐不免竊笑腹誹。

⑤《橘窻茶話》下。

風雨，可使鉅鹿諸侯惴恐，不可使一孟獲心服。”[①]

申氏此行，雖然也遇二三可其心之人，但對日本文學的總體評價仍然不高，所謂“使之爲歌行律語，則平仄多乖，趣味全喪，爲我國三尺童子所聞而笑者”；“人人自謂欲學唐音，而無一句畫虎於古人”；“與余對坐酬唱者，率多粗疎遁塞，語無倫序”[②]；等等。即使考慮到申氏的恃才傲物，有時不免有過激之言[③]，但當時日本的詩文在整體上還不能入其眼，恐怕也是事實。值得注意的是以下的觀察：

其人率多聰敏明辨，與之爲筆談短簡，則倉卒應對，或有奇言美談。國中書籍，自我國而往者以百數，自南京海賈而來者以千數。古今異書、百家文集刊行於闤闠者，視我國不啻十倍。[④]

國中文才，多在童稚。大坂之水足童子，年十四；北山童子，年十五。倭京之明石景凰，年十八。江都之河口皞，年十七。無論所讀述已富，皆貌如玉雪，視瞻端正，言動安詳，似禮法中人。[⑤]

可見，甲申年朝鮮通信使對日本詩文現狀的評論，實爲一重大轉折。即由此前的基本否定轉變爲基本肯定，由此前對個别人的欣賞轉變爲對群體的稱讚，由對自身文明程度的驕傲轉變爲對自身的反省。當然，從歷時性的角度看，這一重大轉折的發生也是其來有漸的。

朝鮮學人的印象與日本詩人對詩史的回顧也是可以相互印證的。廣瀨淡窗（1782—1856）在《論詩贈小關長卿中島子玉》中這樣叙述：

---

①《青泉集續集》卷三。

②《青泉集續集》卷八。

③例如，《海游聞見雜録》下《文學》記載“林信篤爲日本第一耆碩，其門徒輩與余筆談時，皆稱學問之純粹，道德之淵深，我整宇先生一人而已，其爲國人推崇如此。然余見其狀貌，謹厚有餘，而詩文則無一可觀”。這樣的評價未免過苛，所以日本人對他亦不願多提及。這尤其可與辛卯年（1711）製述官李礥作對比，《韓人筆談·酬唱卷》載成大中之問：“李東郭（礥）之來已過半百年，猶有稱道之者。申青泉文章非東郭之比，年又較近，稱道不及，何也？”那波師曾回答説：“東郭隨人應酬，千篇不休。青泉忽略俗士，交擇其人者。”似乎也能透露其中的一二消息。關於李礥在日本所受到的歡迎，松田甲《日本に名を留めたる李東郭》有詳述，載其著《韓日關係史研究》，首爾：成進文化社據朝鮮總督府本影印，1982年版。可參看。

④《青泉集續集》卷八。

⑤同上，525。案：文中所説的“水足童子”，申維翰曾賜號“博泉”，才華出衆，惜天不假年，二十六歲卒。參見松田甲《水足博泉と申維翰》，《韓日關係史研究》。

> 昔当室町氏，禮樂屬禪緇。江都開昭運，數公建堂基。氣初除蔬筍，舌漸滌侏儷。猶是螺蛤味，難比宗廟犧。正、享多大家，森森列鼓旗。優游兩漢域，出入三唐籬。……[①]

可知正德（1711—1716）、享保（1716—1736）以前的詩尚有五山僧侣文學之餘習，在荻生徂徠（1666—1728）的倡導下，强調古文辭，特别推崇明代的李攀龍，形成“蘐園學派”或稱“古文辭學派”，“遂使家有滄溟之集，人抱弇洲之書”[②]。不僅在詩風上受其影響，文風遂而興盛，而且在“高自誇許”的精神氣度方面也得其仿佛。這在日本文人對朝鮮詩文的評價上也能有所反映。

概括地説，在甲申1764年以前，日本對朝鮮的詩文書畫，皆以一種仰慕的態度追捧之惟恐不及。以近五十年前的申維翰所記爲例，其《海游聞見雜録》上《風俗》載：

> 日本人求得我國詩文者，勿論貴賤賢愚，莫不仰之如神仙，貨之如珠玉。即舁人、廝卒目不知書者，得朝鮮楷草數字，皆以手攢頂而謝。所謂文士，或不遠千里而來待於站館。一宿之間，或費紙數百幅。求詩而不得，則雖半行筆談，珍感無已。蓋其人生長於精華之地，素知文字之可貴。而與中華絶遠，生不見衣冠盛儀，居常仰慕朝鮮。故其大官、貴游則得我人筆語爲夸耀之資，書生則爲聲名之路，下賤則爲觀瞻之地。書贈之後，必押圖章以爲真蹟。每過名州巨府，應接不暇。[③]

這種狀況是舉國皆然，不分貴賤，亦無區域差别，已成爲一種“風俗”。他們視朝鮮爲“小華”，是先進文明的代表，這在稱呼上也有所反映。朝鮮人語及日本，往往呼“倭”稱“蠻”，而日本人卻以“唐人”尊之。申維翰曾記録他與雨森東（芳洲）的問答云：

> 余又問：“貴國人呼我曰‘唐人’，題我人筆帖曰‘唐人筆蹟’，亦何意？”東曰：“國令則使稱客人，或稱朝鮮人。而日本大小民俗，自古謂貴國文物與中華同，故指以唐人，是慕之也。”[④]

到了甲申年，固然仍有延續以往的情形在，而其變化之處則是驚心動魄的。趙曮《海

①《遠思樓詩鈔》卷上，《詩集日本漢詩》第11卷。

②俞樾《東瀛詩選序》，《東瀛詩選》卷首，東京：汲古書院，1981年版。

③《青泉集續集》卷七。

④同上卷八。

槎日記》甲申正月十一日記：

> 彼人如得我國人筆蹟，則毋論楷草優劣，舉皆喜踴，求之者絡繹不絕。不但於寫字官，行中之稍解書字者，亦不堪其苦請。至於乘船隨後，叉手拜乞。①

粗看此記載，似乎與此前無别，但需要注意的是，這裏的記載，其地僅爲島嶼地區，而非"名州巨府"；其人則是邊地百姓，而非搢紳文士。至於學士文人的表現，則已另有一番風景。例如，撰於甲申春三月的山根清《長門癸甲問槎序》云：

> 余及覯韓使四修聘也，閲其所唱酬者，辛卯幕中李東郭超乘矣，爾後此行南秋月、成龍淵亦爲巨擘焉。然而皆操其土風，蘇、黄末派之雄耳。如夫筆語者，應酬敏捷，頗似得縱横自由者也。是其生平之所業，習慣如天性，而唯是應務而已，何有文章之可觀。蓋韓土取士之法，一因明制，廷試專用濂、閩之經義，主張性理，以遺禮樂。故文唯主達意，而修辭之道廢矣，宜乎弗能知古文辭之妙，而列作者之林也。此邦昌明敦龐之化，有若物夫子勃興，唱復古之業，五六十年來，多士炳蔚，文者修秦、漢已上，詩亦不下開、天。吾藩之設校也，先得其教者也。觀辛卯以來唱酬集梓行於世可見矣，矧乎此行以鶴臺氏之業蒞焉。與彼曷爭晉、楚之盟，吾小兒輩亦從行，如執旗鼓而周旋，則報泜水之捷，亦何難焉。雖然，韓使修聘，固大賓也，……唯恐違國家柔遠人之意也，以故柔其色，孫其言，而不相抗，從容乎揖讓於一堂上，固君子無所爭，亦可以見昌明敦龐之代而已矣。②

對朝鮮詩文的如此評論，亦可謂得未曾有。山根清曾四次遇見朝鮮通信使，當爲正德元年辛卯（1711）、享保四年己亥（1719）、寬延元年戊辰（1748）和寶曆十四年甲申（亦即明和元年，1764），親眼目睹、親身經歷了這五六十年來的變化，從而得出了一番全新的見解：第一，就歷次朝鮮使臣在唱酬中的表現而言，能夠得到肯定的首推李礥（東郭），其次是南玉（秋月）和成大中（龍淵）。其餘似皆碌碌輩，不堪齒及。而即便如上述三人，也不免"操其土風，蘇、黄末派之雄耳"之譏。所學者蘇、黄，亦非盛唐可比。第二，朝鮮文人在唱酬筆談間惟一擅長的是"應酬敏捷"，但這主要得之於平日的訓練，"習慣如天性"而已，卻無"文章之可觀"。第三，朝鮮以科舉取士，惟重濂洛性理之學，其文章不識修辭之

①《海行摠載》四。

②《古事類苑·外交部》十一《朝鮮四》，東京：吉川弘文館，1978年版。

道，不知古文辭之妙，故其人亦不得“列作者之林”。第四，日本自物徂徠提倡古文辭，人才輩出，皆從“復古之業”，文學秦漢，詩傚盛唐，在“辛卯以來唱酬集”中已可見日本詩文主盟的地位。第五，因爲朝鮮通信使是國家之“大賓”，所以儘管日方在文學上已佔有優勢，但也依然要秉承“君子無所爭”之訓。這樣的評論，一改以往之仰慕步趨，完全是足以分庭抗禮甚至有些居高臨下的語氣和姿態。

然而這並不是孤立的現象。甲申夏五月奥田元繼跋其所輯《兩好餘話》云：

> 余詳察朝鮮人作爲文章，固不爲韓、柳、歐、蘇，又不爲李、王，實有方土俗習。而一守其師承，不復少變矣。固陋之甚，閲古今筆話可知也。今玆甲申聘使同行四百八十有餘人，其中筆翰如流，語言立成，間有奇妙可評者，唯秋月一學士而已，龍淵猶可謂具品也。其他則元、金二書記，良醫（案：指李佐國慕庵）、醫員（指南斗旻丹崖、成灝尚庵）之屬，雖稍構短辭作筆語，然遲澁鈍拙，爲秋月、龍淵之下遠矣。又雲我者雜言數條，伊人逸才英發，學士之言固不罔矣。余與夫徒所討論方俗同異或文變詩話，隨得輯録，尚唱酬之詩若干首，悉具别集。然要之共無用，亦無足觀者。唯以異國異音而同文之妙無意不通爲奇會，則此册亦幸不可棄矣。①

奥田元繼是那波師曾的弟弟，《兩好餘話》是他在通信使一行從江户返回到浪華（大坂）時，與南玉、成大中、李彦瑱（1740—1766，號雲我）等人筆談酬唱的記録。他的印象是：第一，朝鮮人的文章不學唐宋八大家，也不學李攀龍、王世貞，所以有“方土俗習”。而這恰恰是當時日本人習文的入門讀物②。第二，朝鮮人的文章固陋而缺乏變化。第三，此行文才可稱道者僅南玉和成大中，其他如元重舉、金仁謙等人不免“遲澁鈍拙”。第四，總體而言，這些筆談酬唱“無用亦無足觀者”，僅僅是因爲“異國異音而同文之妙無意不通”的“奇會”，此書尚有其存在價值。

同樣值得注意的是，山根和奥田的評論也是在歷觀數十年來日鮮雙方唱酬筆談的基礎上提出的，所謂“觀辛卯以來唱酬集梓行於世可見矣”，“閲古今筆話可知也”。日方將與朝鮮使臣的唱酬筆談刊行於世，是在十七世紀中葉以後，特别是從天和二年（1682）開始，

①明和元年刊本，日本京都大學附屬圖書館藏。此一文獻承日本京都大學人文科學研究所永田知之學弟代爲複印，謹致謝忱！

②申維翰《海游聞見雜録》卷下《文學》：“日本爲文者，皆以《八大家文抄》讀習專尚，故見其長書寫情，則或有理贍而辭暢者。詩則人人自謂欲學唐音，而無一句畫虎於古人。夫以海外兜離之鄉，聲律全乖，韻語之難，百倍於敍述之文故也。間有人以書來問皇明王、李諸家與歐、蘇孰賢云云，而渠輩之學習明人者，亦未之見也。”

其刊印者不僅數量多，而且速度快[①]。將這些“文戰”的記録公之於世，也許隱隱地表達了這樣一番意思，即日本的文學水平與朝鮮已堪對話，並具有應戰乃至分庭抗禮的能力。所以，到甲申年山根和奥田提出上述意見，形成一個大轉折，也是從自身的不斷進步中獲得的信心。

日本文壇從正德（1711—1716）、享保（1716—1736）至明和（1764—1772）、安永（1772—1781），大致是在李攀龍、王世貞的詩風籠罩之下。廣瀨淡窗《論詩》指出：

> 獨怪正、享時，唐宋分天淵。……御使王、李舌，謾握生死權。……一詩孕千句，千詩出一肝。[②]

時人倣傚李攀龍，號稱“字字擬唐人，句句同唐人，自以爲得唐正鵠”[③]，而就其本質言，惟摹擬是務，所得也僅僅是明詩體格。其風氣之發生根本變化，是在安永末、天明初，由山本北山（1752—1812）振臂一呼，展開對李攀龍及其僞唐詩的追隨者的批判。正如菊池侗孫（1769—1849）《五山堂詩話》卷一云：“山本北山先生昌言排擊世之僞唐詩，雲霧一掃，蕩滌殆盡。都鄙才子，翕然知嚮宋詩。”[④]甲申年恰值寶曆（1751—1764）、明和之際，正是王、李詩風甚囂塵上的時候，日本文人持此爲衡，自然就會對朝鮮詩文感到不滿甚至產生輕視。上文所録山根、奥田的兩段話，無一例外地都批評朝鮮詩文“不爲王、李”，“弗能知古文辭之妙”，其背景正在於此。然而同時值得注意的是，日本的某些先覺者，此時重新提倡宋學，在與朝鮮通信使的唱酬筆談中，又得到了進一步鼓舞，並加强了自身的信念。其代表人物就是那波師曾（魯堂）。琴臺東條《先哲叢談後編》卷八“那波魯堂”載：

> 明和甲申歲，韓使來聘，魯堂與其學士南秋月唱和賓館。又請阿波侯從其東行，相與到江户，屢詣旅舍筆語。秋月喜魯堂精於理學，稱爲“日東儒學第一人”。魯堂以旅笥中所攜《劍南詩鈔》一帙贈之，秋月固喜陸務觀詩，因賦一律謝之。[⑤]

---

①申維翰《海槎東游録》十一月初四日之下記載：“湛長老以大坂新刊《星槎答響》二卷示余，此乃余及三書記與長老答贈諸什，而所刊在赤關以前之作，余未卒役。然計於一朔之内，剞劂已具。倭人喜事好名之習，殆與中華無異。”（《青泉集續集》卷六）

②《梅墩詩鈔初編》卷二，《詩集日本漢詩》第11卷。

③山田宗俊《作詩志彀序》，趙鍾業編《日本詩話叢編》本，首爾：太學社，1992年版。

④富士川英郎等編《詞華集日本漢詩》第2卷，東京：汲古書院，1983年版。

⑤江户書林文政十三年十月版，日本京都大學附屬圖書館藏。

現在保存下來的《韓人筆談》，就是魯堂與南秋月、成龍淵、元玄川等人的筆語記録，其中頗涉明人詩風和日本當代詩壇。略舉如下：

詩格

中華詩格，唐後屢變。明人浮靡，固亦可厭，敝邦人往往有學之者。而中華今復宗香山髯蘇，間取義山西崑用之。余頗愛之。詩唯宜煆字鍊句而後入格而已。其以眼前江頭論之，該蓋回護飾陋也。（魯堂）詩論正矣。然徒效西崑，組織纖濃，反失大雅之本意，不如且熟看三唐、草堂，傍取香山、劍南，是近體之指南。（秋月）

明人詩

明人詩如大聲而語，此成學士之語。雨芳洲謂，其咀嚼則無味之謂而已。如何？（魯堂）成學士何歲來此？（龍淵）辛卯歲。（魯堂）成嘯軒學士，僕之從祖也。一生用功於詩，其定論僕之家世守之矣。（龍淵）①

朝鮮英祖（1724—1776）、正祖（1776—1800）朝的詩風，從總體上看是兼採唐音宋調，其標誌之一就是正祖親自編纂了杜甫、陸游的詩選（《杜律分韻》、《陸律分韻》、《杜陸千選》）②。南玉的一番意見，“熟看三唐、草堂，傍取香山、劍南，是近體之指南”，反映的也是唐宋兼顧的審美思想。至於謂“明人詩如大聲而語”，其實並不是出於已亥歲（1719）副使書記成夢良（嘯軒），而是辛卯歲（1711）製述官李礥（東郭）③。成大中對於明人之作無好感，認爲其意淺而無味④，這個觀念與上述意見還是一致的。元重舉也發表過類似的觀感，他在指出日本文壇多傚李、王諸子後云：

①轉引自那波利貞《明和元年の朝鮮國修好通信使団の渡來と我國の學者文人との翰墨上に於ける応酬唱和の一例に就きて》，《朝鮮學報》第四十二輯，頁32—33。

②正祖《群書標記》四《詩觀》義例云：“宋詩蓋能變化於唐，而以其所自得者出之，所謂毛皮盡落，精神獨存者是也。嘉、隆以還，哆口夸論者輒訾之以腐，是何異於談龍肉而終日餒者哉？”（張伯偉編《朝鮮時代書目叢刊》第二册，北京：中華書局，2004年版）此可代表官方的主張。又柳得恭《秋室吟序》云：“若曰學唐勿學宋，又曰學宋勿學唐，此欲以一草一石投今人之病，而自詡古方，非愚則妄。故曰焉學焉不學。參以合之，本諸性情；神以化之，玩其歸趣，如斯而已矣。此余二十年前與二三同志言者，而今日舉以相贈。”（《泠齋集》卷七）此可代表民間的意见。

③雨森芳洲《橘窻茶話》下：“李東郭謂余曰：‘明詩如人大聲語。’此譏其咀嚼則無味也，可謂善知詩者矣。”成夢良（嘯軒）亦文學之士，爲肅宗四十五年（1719）通信使副使書記，非“辛卯歲”。以上當爲魯堂誤記。

④李德懋《耳目口心書》四録成大中語：“大明人諸文集觀之則無味，以其意淺故也。”《青莊館全書》卷五十一，《韓國文集叢刊》本。

> 大凡明無文章，又無理學。拋擲明代文章，做文做詩，有何不可哉？[①]

這些人的意見，對於那波魯堂而言，無疑是一個强烈的支撑和鼓舞，從而更加堅定其信念。在《問槎餘響序》中，他把這一點表現得透徹淋漓：

> 歲甲申有韓國聘使，其製述官曰南氏時蘊，記室官曰成氏士執，曰元氏子才，曰金氏子安皆從焉。……其爲詩也，翻窠换臼，不勦不襲；横心所出，筆受腕運；變態觸發，唯其所適。……嗚虖！世方貴嘉、隆之僞體，乞腐嚇鼠，爛熟溢目。余所以特喜諸學士者，以其新也。……蓋詩新者，歲月之後，第取而讀之，其色鮮妍如旦晚脱稿，墨斗而煙，無論工不工，即使人思其笑語，思其志意。腐則纔離筆研，即已陳芗，將從何處尋其生靈耶？詩道貴新賤腐，爲此也。[②]

將當時日本詩壇的摹擬之作斥爲“僞體”，顯然是後來“僞唐詩”説的先驅。魯堂當時“專唱性理説，以排擊古學以（爲）己任，遂以是名於當世”[③]。所以，從日本漢文學史的發展來看，此後二十年山本北山等人對追隨李攀龍之詩風的批判，導致天明朝以下的文學風尚轉向宋詩，其淵源實可推溯至甲申年那波師曾等人與朝鮮通信使的唱酬筆談。

文明的進步往往是整體性的，甲申朝鮮通信使不僅對日本的詩文有高度評價，對其書畫篆刻收藏也投以驚異的目光[④]。如中村三實、平鱗（1732—1796）、木弘恭、福原脩等人，都曾爲南玉等人篆刻私印。成大中《槎上記》五月十五日載：

> 日本人雅善圖章，所謂一刀萬像者名於天下。而今行所見，則三實爲最，江户平鱗、西京長公勳次之，浪華木弘恭、福尚脩又其次也。[⑤]

又有韓天壽（1727—1795）者，字大年，多蓄中國古碑法書，“自禹碑以下篆隸楷行之碣二十有五，鍾、王以來小楷帖三十有五，六朝行草帖十有八，梁武以後帝王名臣帖十有七，

①李德懋《觀讀日記》，《青莊館全書》卷六。

②平安書林明和元年甲申九月版，韓國國立中央圖書館藏。

③《先哲叢談後編》卷八。

④參見李元植《朝鮮通信使》第二部第四章“甲申年（1764）使行”第二節之二“日本人之篆刻印章”及第三節“韓天壽醉晉齋書帖題跋”。

⑤《大系朝鮮通信使》第7卷。

有唐六臣法書三十有一帖，名臣書二十有一帖"[①]，名其齋曰"醉晉齋"。此外，如木弘恭之藏書，平鱗之蓄金石，收藏之富之精，皆引起朝鮮通信使的驚詫。而平鱗所贈《嶧山碑》搨本，由成大中攜歸朝鮮，後爲金正喜（1786—1856）所得，復以之贈送給翁方綱，翁爲賦長詩《秦嶧山碑舊本》，成爲東亞文化交流史上的一段佳話[②]。

總之，甲申年朝鮮通信使在日本的唱和筆談具有明顯的特徵，雙方對彼此文學的評價發生了翻天覆地的變化。從數十年來的總體趨勢上看，這一變化是在朝鮮方面對日本詩文水平的逐步肯定，以及日本方面對本國漢學日益提高之自覺的雙重作用下産生的結果，從而使得1764年成爲漢文學史上富有重大意義的歷史關捩。

三、甲申行在朝鮮文壇之反響

成大中、元重舉等人結束使命，回到朝鮮，此行對日本的印象和觀感尚縈繞心頭，不能自已。元重舉將此行日本人的贈答之作帶回朝鮮，又撰寫了《和國志》一書；成大中則口陳筆撰，稱道日本人及其文學。這直接導致了朝鮮第一部日本詩選的編輯，孕育了朝鮮文壇对日本詩文的第一次高度評價。

朝鮮文學史上第一部日本詩選，就是由李書九（1754—1825）、柳得恭（1749—1807）、朴齊家（1750—1805）、李德懋（1741—1793）等人參與編纂的《日東詩選》，又名《蜻蛉國詩選》。據柳得恭《日東詩選序》云：

> 日本在東海中，去中國萬里，最近於我。……風俗儇利，多淫技巧匠，而獨不能工詩。歲癸未，前任長興庫奉事元玄川重舉膺是選（案：指書記之職）。……玄川翁雅篤厚，喜談程朱之學，彼中益重之，必稱老先生。其能文之士，率多醫官、釋流，而合離、井潛、那波斯曾、富野義胤、岡田氏兄弟，尤爲傑然，皆與之深相交。及其歸後，薑山居士鈔其《海航日記》中贈別詩六十七首，名曰《日東詩選》，屬予爲之序。其詩高者模擬三唐，下者翱翔王、李，一洗侏僑之音，有足多者。按日本之始通中國，在後漢建武中，而後……輒爲中國所擯，絶不與通，文物因之晼晚。編次屬國詩者，置之安南、占城之下，訖不能自奮。比聞長碕海舶往來杭浙，國人稍解藏書，學爲書畫，庶幾彬彬焉。三代之時，國小不能自達於上國者，附於大國曰附庸，今以此集流布廣遠，爲採風者所取，則

①南玉《書韓大年醉晉齋書帖録後》，原件爲李元植收藏，此據其《朝鮮通信使》引，頁256。

②參見藤塚鄰《清朝文化東傳の研究》"歸東篇"第四章第四節，東京：國書刊行會，1975年版。

我東諸君子之所不敢辭。[①]

綜合上述言論，乃謂日本自來“獨不能工詩”，近年由於長崎與中國交通，大量書籍傳入，使其國人“解藏書，學爲書畫”。元重舉於癸未年（1763）赴日，歸後將日本文人的贈别詩編爲二册，李書九（薑山居士）從中抄出六十七首爲《日東詩選》[②]。其詩已非昔日之比，“高者模擬三唐，下者翺翔王、李”。而在柳得恭看來，編纂此書的另一個意義，是要讓中國人瞭解日本的詩文水平，不再將他們置於安南、占城之下，並以春秋時小國附庸大國以進於上國之例，把這項工作當作朝鮮人義不容辭的責任。

可見，《日東詩選》的底本實出於元重舉甲申行所攜歸之贈别詩，參與編選之事者，實不止李書九一人。在李德懋致成大中的信中，就有“昨日柳、朴二寮果來書局，日本人詩略加抄選”[③]云云，當指柳得恭和朴齊家。又《清脾録》卷四《蜻蛉國詩選》云：“柳惠風《巾衍外集》載《蜻蛉國詩選》，……余又抄載若干首，摘若干句。”[④]補抄了合離等人的七首诗和守屋元泰等人的六聯句。所以，首部日本詩選的編成，屢經李書九、柳得恭、朴齊家、李德懋之手，而這四人就是朝鮮文學史上所稱的“後四家”，是當時文壇上的傑出代表。

在柳得恭看來，日本人詩文水平所發生的變化在當時尚未爲中國人所知，故編輯屬國之詩，日本往往在安南、占城之下[⑤]。而他已認識到日本詩文水平的今非昔比，所以在其編纂的當代詩選《並世集》（此書編於正祖二十年丙辰，1796）中，首先録中國，其次是日本、安南、琉球，根據的就是他自己認識和理解。其卷二所收日本詩人及作品如下：

1.木弘恭《題蒹葭堂雅集圖》

2.合離《題蒹葭堂雅集圖》

3.岡田宜生《席上（上）賦贈玄川元公》

①《泠齋集》卷七，《韓國文集叢刊》本。

②李德懋《清脾録》卷四《蜻蛉國詩選》引用柳序，作“及其歸也，抄其日本文士贈别詩，編爲二册，李薑山從而選之爲六十七首，名曰《蜻蛉國詩選》（原注：日本地形似蜻蛉，故自稱蜻蛉國）”。依此説，則乃元氏先編爲二册，李書九復選其六十七首而成其書。李德懋與元氏爲姻親，且其文出於柳氏之後，當是有據而改。兹從之。

③《青莊館全書》卷十六。

④《青莊館全書》卷三十五。

⑤這種情形並不一定，如錢謙益《列朝詩集》，其屬國部分的次序是朝鮮、日本、交趾、安南、占城，而朱彝尊編《明詩综》，其次序則是高麗、朝鮮、安南、占城、日本。

4.岡田惟周《奉别元玄川》

5.富野義胤《晚過興津》

6.那波師曾《早行偶興》

7.草安世《懷元玄川》

8.源叔《奉送玄川元公》

9.岡明倫《奉送玄川元公》

10.田吉記《送别玄川詞伯》

以上十首詩來源有三，其一是《日東詩選》（亦即《蜻蛉國詩選》），分别是3、8、9、10，其二是李德懋補抄《蜻蛉國詩選》，分别是4、5、6、7，其三是成大中所攜歸的《蒹葭雅集圖》。柳得恭在木弘恭（世肅）名下有一段附記云：

> 世肅構蒹葭堂於浪華之渚，貯圖史，與越後片猷字孝秩、平安那波斯曾字孝卿、合離字麗玉、浪華福常脩字承明、岡元鳳字公翼、葛張字子琴、淡海僧竺常、伊勢僧淨王相唱酬。甲申通信，時成龍淵舟過浪華，世肅見之托契，臨别寫《蒹葭雅集圖》以贈之，筆意淡沲，學元人。①

《並世集》所選兩首與蒹葭堂有關的詩，當是直接從該圖中抄録下來。可知此書的日本部分，凝聚著柳得恭等人文學團體的意見，也都與成大中、元重舉的甲申之行有關。

成大中對其在日本所獲之《蒹葭雅集圖》是頗爲珍視的，《青城集》中有《詠蒹堂雅集圖》詩，李德懋曾致書借閱，有“天下之寶，當與知者共鑑賞，亦千古勝絶。惠假如何？少選即當奉還”②云云。這種珍視不僅在於書畫本身的價值，而且還藴含著兩國文人之間的友誼。李德懋《耳目口心書》四載：

> 木弘恭字世肅，日本大坂賈人也，家住浪華江上，賣酒致産，日招佳客賦詩。購書三萬卷，一歲所費數千餘金。以故自筑縣至江户數千餘里，士無賢不肖，皆稱世肅。又附商舶得中華士子詩數篇，以懸其楣。構蒹葭堂於江濱，與竺常、淨王、合離、福尚修、葛張、罡元鳳、片猷之徒作雅集於堂上。甲申歲，成大中士執之入日本也，請世肅作雅集圖，世肅手寫，諸人皆以詩書軸，竺常作序以予之。竺常，釋也，深曉典故，性又深沉，

①林基中編《燕行録全集》第60卷，首爾：東國大學校出版部，2001年版。

②《青莊館全書》卷十六。

有古人風。淨王，常徒也，清楚可愛。合離亦奇才。[1]

又録竺常之序云：

> 迺今會朝鮮諸公之東至也，如世肅者，皆執謁館中，諸公則悦世肅如舊相識。及其將返，龍淵成公請使世肅作《蒹葭雅集圖》，同社者各題其末曰：齎歸以爲萬里顔面云爾。嗚呼！成公之心與夫寘身蒹葭之堂者，豈有異哉？則世肅之交一鄉一國以至四海固矣。……余也文非其道，然亦辱成公之視猶世肅也，其感於異域萬里之交，不能無鬱乎内而著乎外也。[2]

在元重舉、成大中等人的影響下，李德懋在其詩話隨筆中首次對日本詩文作出較高的評價。

考察李德懋的文學批評，人們一般會較多注意其《清脾録》，這雖然較爲集中，但卻是不够的。《青莊館全書》中有不少篇章，如《瑣雅》、《觀讀日記》、《耳目口心書》、《盎葉記》、《寒竹堂涉筆》等，都有相關内容，當作綜合考察。而就對日本的詩文批評而言，還應注意其《蜻蛉國志》。

關於李德懋的日本觀察及評隲，已有學者作了較爲全面的論述[3]。本文著重就其對日本詩文的評價繼作探索。

李德懋本人並未去過日本，他對於日本文學的印象受到元重舉、成大中的很大影響。就其與元重舉的關係而言，他們之間屬於姻親，《清脾録》卷三《功懋詩》云："（元）若虚名有鎮，玄川之子，余之妹壻也。"[4]故其《輓元玄川》詩云："賫咨仍痛哭，不獨爲姻親。"[5]元氏癸未（1763）年赴日本，李德懋以詩相贈。元氏歸國後，他們也常常互相酬唱論詩[6]，其中自然會講到日本詩文。《觀讀日記》甲申（1764）十月癸未載：

---

①《青莊館全書》卷五十二。案：李德懋《耳目口心書》撰於乙酉（1765）至丁亥（1767）之間，其中既已抄録《蒹葭雅集圖》詩並序，可據以推知他借閲該詩畫軸的時間。

②同上。

③參見河宇鳳著、井上厚《朝鮮実學者の見た近世日本》第二章第三節"李德懋の日本觀"，東京：ぺりかん社，2001年版。

④《青莊館全書》卷三十四。

⑤《青莊館全書》卷十二。

⑥趙寅永《青城集序》談及甲申之行諸公特點，特別提到"元玄川喜言詩"。

余近與遜庵元丈談文章陞降，遜庵曰："余新游日本來，其文士方力觀白雪樓諸子文集，靡然成風，文章往往肖之。大凡明無文章，又無理學，拋擲明代文章，做文做詩，有何不可哉？"①

李德懋顯然接受了這種觀察，《清脾録》卷一《日本蘭亭集》云：

《蘭亭集》日本人詩也，命詞奇健，駸駸於雪樓之餘響。……門人杵築山維熊子祥著《墓誌》曰："……自物夫子倡古文辭，彬彬作者，不可枚舉，而擅詩名於海内者，特先生與南郭服先生二人焉耳。於詩專門，初沿②唐人體，後刻意于鱗，而能得其體。"……癸未歲，元玄川之入日本也，與彌八筆談，嘗稱博學謹厚，風儀可觀云。③

《蘭亭集》作者是高野惟馨，而"雪樓之餘響"，就是元氏所謂"其文士方力觀白雪樓諸子文集"，"文章往往肖之"的意思，實即指明代李攀龍等人的影響，這與元玄川的意見一脈相承。李有《白雪樓詩集》④，《墓誌》中説高野"刻意于鱗而能得其體"，也是同樣的意思。又《蒹葭堂》云：

善乎元玄川之言曰："日本之人，故多聰明英秀，傾倒心肝，炯照襟懷。詩文筆語，皆可貴而不可棄也。我國之人，夷而忽之，每驟看而好詆⑤毁。"余嘗有感於斯言，而得異國之文字，未嘗不拳拳愛之，不啻如朋友之會心者焉。⑥

元重舉最爲人重視的著作是《和國志》，又名《和國記》、《和國輿地記》。他又有《乘槎録》，部分内容與《和國志》接近，而後者内容更加豐富⑦。在《乘槎録》中，有兩處"懋

①《青莊館全書》卷六。

②此字原本作"沈"，兹據抄本及《續函海》本改。

③《青莊館全書》卷三十二。

④河宇鳳先生將此處的"雪樓"理解爲清代詩人黎恂之字（見《朝鮮実學者の見た近世日本》頁214），誤。

⑤此字原本作"訛"，兹據抄本改。

⑥《青莊館全書》卷三十二。

⑦柳得恭《古芸堂筆記》卷四《倭語倭字》條云："玄川翁素篤志績學，癸未通信以副使書記入日本。……翁歸著《和國輿地記》三卷及《乘槎録》三卷，詳載其國俗。"首爾：亞細亞文化社，1986年版，頁377。案：《乘槎録》今藏韓國高麗大學校六堂文庫。

官云”的案語，在《和國志》的相應位置上也同此[①]，這應該是李德懋的閱讀痕跡。《和國志》中有對日本文學及文人的評論，這些大都被李德懋所接受。例如，《清脾録》卷二《倭詩之始》條，多本於寺島良安《和漢三才圖會》卷十六“藝能篇”，與《和國志》（李引作《和國記》）地卷的“文字之始”和“詩文之人”等條。除了以《和國志》作校勘以標出異文異説者之外，李德懋評論日本早期詩作云：

> 樸澹高真，不冶之鑛，不琢之璞。元玄川曰：“氣機初斡之際，穿開昏蒙，透露微萌。”[②]

此言亦見於“詩文之人”條。李德懋又有《蜻蛉國志》，其《藝文》有云：

> 大抵日本之人，聰明夙慧。四五歲能操毫，十餘歲咸能作詩。[③]

這同樣見於《和國志》。即便不是評論日本詩文，而與元重舉在日活動有關，他也往往徵引其言[④]。

甲申年成大中的日本之行也同樣給李德懋的文學評論帶來很大影響。成大中初識李德懋之名，就是癸未出使時讀到一篇贈送元重舉的詩並序，“光铓射人，不可狎視。驚問其誰製，則乃懋官也。及歸，即就之”[⑤]。李德懋任奎章閣檢書官時，成大中爲秘書，曾一起監揭正祖御定之《八子百選》。一度又前後比鄰而居，“朝夕過從，若形影之相隨，一日不見，曠若三秋”[⑥]。交談的内容當然也包括其日本之行，《耳目口心書》三記載：

> 南遂安玉，癸未以製述官入日本牛窻，井潛持百韻律求和，時適夜矣，時韞二更始草，手不停筆，篇訖鷄未鳴矣，潛驚其神速。使行未及江户，詩已先到矣。……成士執與

①見《乘槎録》卷一，《大系朝鮮通信使》第7卷；《和國志》天卷。

②《青莊館全書》卷三十三。

③《青莊館全書》卷六十四。

④如《清脾録》卷二《柳醉雪》條云：“柳醉雪逅字子相，……丁卯充通信書記入日本，莊重有儀，日本人士皆敬憚。癸未之行，日本人問其安否，舌人妄對‘已仙去’，其人汪然垂淚。元玄川詳説曰：‘今清健無恙，日哦詩，人稱地行仙。’其人遂收淚而喜。”

⑤成大中《李懋官哀辭》，《青城集》卷十，《韓國文集叢刊》本。

⑥同上。案：《青城集》卷三又有詩題《青莊屋後紅桃即我堂前也，花開正供吾玩，信筆書奉青莊》。

> 南同入日本，目見其事，爲余言之如此。[①]

成大中雖年長德懋九歲，但欽佩其學問，故經常討論學術文章，並互相批評[②]。所以，他對於日本的觀感和印象也給李德懋很多刺激。

從來朝鮮人對日本人的觀感，若以一字而蔽之，則曰“詐”，李德懋也不例外。他在《奉贈書記遜庵元丈重舉隨副使之日本》中写道：“島俗多狙詐，外面待朝鮮。揖讓陞降際，忠信當勉旃。”[③]希望元玄川到日本後，在揖讓之際能勉之以忠信。但自甲申通信使歸來後，受其影響，李德懋的觀念也發生了轉變。例如，成大中《書金養虛杭士帖》云：

> 吾嘗觀日本，其人亦重交游，尚信誓。臨當送別，涕泣汍瀾，經宿不能去。孰謂日本人狡哉？愧我不如也。[④]

又《書東槎軸後》云：

> 吾蓋以文采勝也。……然彼中文學，非昔日之比，安知無從旁竊笑者耶？[⑤]

元重舉《和國志》“詩文之人”條云：

> 混竅日鑿，而長碕之書遂通見。今家家讀書，人人操筆，差過十數年，則恐不可鄙夷而忽之也。……雖謂之海中文明之鄉，不爲過矣。[⑥]

李德懋《清脾録》卷一《蒹葭堂》云：

---

①《青莊館全書》卷五十。

②《青莊館全書》卷十二《成秘書士執大中寄詩要和仍次其韻》自注云：“士執著《揣言》、《質言》、《醒言》各一篇，要余評批。”又《耳目口心書》四記録丙戌（1766）三月十一日成大中來訪，提及“癸未入日本時，於龍仁驛舍與元子才各閱贐章，始見君文矣。其序中‘藹藹春雲之詩態’，知用韓退之詩‘君詩多態度，藹藹春空雲’之語，而‘滚滚秋江之筆頭’出於何處耶？余意‘態’字屬春雲甚緊，而‘筆頭’二字不襯於‘秋江’，何不改‘筆頭’以‘文瀾’耶”，李德懋則答以“黄山谷詩曰‘筆頭滚滚懸秋江’”。

③《青莊館全書》卷二。

④《青城集》卷八。

⑤同上。

⑥《和國志》地卷。

> 歲甲申，成龍淵大中之入日本也，請世肅作《雅集圖》。世肅手寫橫綃爲一軸，諸君皆記詩於軸尾。書與畫皆蕭閑逸品。……嗟呼！朝鮮之俗狹陋而多忌諱，文明之化，可謂久矣。而風流文雅，反遜於日本。無挾自驕，淩侮異國，余甚悲之。[①]

其態度的根本性轉折，無疑是受到了成大中等人甲申之行的影響。

甲申通信使之行，對日本詩文高度評價，對日本人物由衷讚賞，從而影響到朝鮮文壇對日本文學的整體改觀[②]。第一部日本詩選由此應運而生，文學評論界也一改過去對日本詩文不屑齒及的面貌，出現了整體性的高度評價。雖然此前的通信使對日本文學也偶有讚美，但或爲應酬語，或僅限於個别，因而未能在朝鮮文壇引起迴響[③]。所以，從使行之言轉化爲文壇認識，其關鍵性的轉折也是在1764年。

不僅是日本文學，李德懋對於朝鮮文學和中國文學的評論，也有與甲申通信使相關之處。其中比較重要的一點，是對女性詩文的關注。

朝鮮人對女性的文學創作向來不提倡，間或有之，亦不甚關注。在此之前的洪萬宗（1643—1725），其《小華詩評》卷下云：

> 我東女子不事文學，雖有英姿，止治紡績，故婦人之詩罕傳。[④]

與李德懋同時代的洪大容（1731—1783），在英祖四十一年（1765）赴中國，在北京與潘庭筠（蘭公）、嚴誠等人見面筆談云：

①《青莊館全書》卷三十二。

②河宇鳳先生認爲，李德懋對於日本文章學術的看法，在同時代人物中屬於例外，因而值得注目（見《朝鮮実學者の見た近世日本》，頁216），並舉出甲申年通信正使趙曮《海槎日記》中對日本學術文章的酷評作對比（見頁231）。這一觀點是值得商榷的。李德懋的日本觀，既受到元、成等人的影響，也代表了當時的新趨勢，不是甚麼孤明先發，亦非孤掌難鳴。他們所形成的一個輿論氛圍，在當時具有較大影響。而趙曮對日本文章學術的酷評，恰恰僅是一種特殊語境中的官樣文章，反而是缺乏代表性的。

③例如，肅宗三十七年（1711）副使任守幹《贈白石源公璵》云："投我新詩格最高，瑩似明珠轉玉盤。中華正音在海外，三復令人起長嘆。"（《遯窩遺稿》卷二）可謂推崇備至。但其後李瀷、安鼎福等人評論日本學術文章，不僅很少涉及，偶爾提到，也未見好評。如安鼎福《橡軒隨筆》下"日本學者"條，言及伊藤維楨，則曰"不意海島之中、蠻貊之邦，能有此學問人也"，局部褒揚中隱含整體貶抑；又評藤明遠之書信，"語不成説，文理未暢"；評其國執掌文衡的林羅山，"文詞與識見雖無可稱道者，而以文學鳴於一國"（《順庵集》卷十三）等等。在這一則中，他提到仁祖癸未（1643）和英宗戊辰（1748）通信使。

④趙鍾業《修正增補韓國詩話叢編》本，首爾：太學社，1996年版。案：此語本於徐居正《東人詩話》卷下："吾東方絕無女子學問之事，雖有英資，止治紡績而已，是以婦人之詩罕傳。"洪萬宗重複此語，也表示了他的認同。

蘭公曰："東方婦人有能詩乎？"余曰："我國婦人，惟以諺文通訊，未嘗使之讀書。況詩非婦人之所宜，雖或有之，内而不出。"蘭公曰："中國亦少，而或有之，仰之若慶星景雲。"……余曰："君子好逑，琴瑟和鳴，樂則樂矣，比之慶星景雲，則過矣。"蘭公曰："貴國景樊堂，許篈之妹，以能詩入於中國詩選。"余曰："女紅之餘，傍通書史，服習女誡，行修閨範，是乃婦女事。若修飾文藻，以詩得名，終非正道耳。"①

這裏提到的景樊堂，即許蘭雪軒（1563—1589），她的詩在中國非常流行，但朝鮮人似並不以此自喜。反之，當柳如是揭發《蘭雪軒詩集》中多陰襲中國人詩句，朝鮮文人卻津津樂道。其心理背景，恐怕與壓抑女性的詩文創作有關②。以洪大容這樣對北學、西學都深感興趣的人物，尚且認爲女性"以詩得名，終非正道"，遑論他人？然而在元重舉的《和國志》中，卻觀察到日本"女子之能詩能書者甚衆，殆若唐人之詩外無餘事"③，又列舉"人君詩文自天武天皇始，釋氏詩自智藏始，女子詩自大伴姬始"④，這些話，都被李德懋原封不動地搬進其《蜻蛉國志·藝文》中。很可能是在日本"女子能詩"的刺激下，李德懋也特别留意起朝鮮、中國和安南的女性作品，對以往東國文學評論中對女性作品較爲輕視的態度有所改變。

首先是對女性作品的評論，如《清脾録》中有七則與女性創作相關的條目，涉及到士大夫家室、妓女以及中國女性的詩歌及書法之作，其評價用語亦多屬正面。如評金高城副室李氏詩"多有警句"，評福娘詩"婉韶堪選"，評雲江小室李玉峰"能大書，東國所罕"，評中國三閨人詩"甚雅正"，評妓女一枝紅"能詩，撓筆支頤，斯須而成"，等等。而在"芝峰詩播遠國"條中，他也忽然岔出一筆，評論起安南的閨秀詩。他引用李恒福的話：

幼從申公，得見權參判叔强朝京詩帖，與安南使臣武佐酬唱者，且附本國閨秀送武佐之作數十篇。如淳于鶯鶯、褚玉蘭、徐媼之詩，皆清健豪爽，蓋亦駸駸乎古烈士擊筑之遺音。⑤

①《湛軒書》外集卷二，《韓國文集叢刊》本。

②安往居《蘭雪軒傳略》云："嗟乎！夫人遺響能大鳴中國，而在本邦反爲寥寥者，厥亦有由焉。蓋東俗以婦人能文，視以爲不祥，誰知風詩之《葛覃》、《卷耳》亦出於閨房之歌咏也哉？"（《蘭雪少雪軒集卷首》，辛亥吟社，1913年版）

③《和國志》地卷。

④同上。

⑤《青莊館全書》卷三十五。

在朝鮮文學史上，對女性詩歌創作如此的關懷，是有些異乎尋常的。而結合李德懋的交游及思想，這又是不難理解的。

其次是對於洪大容言行的糾正。《清脾録》卷三《潘秋庫》條謂其“妻湘夫人亦工詩，有《舊月樓詩集》，幾欲出示，湛軒莊士也，不喜談詩，次以婦人能詩爲不必佳，遂憮然而止”①。而李德懋則致書潘庭筠曰：

> 前因湛軒聞先生賢閣湘夫人有《舊月樓集》，閨庭之内，載唱載和，真稀世之樂事。詩品與桐城方夫人、會稽徐昭華何如也？似有刊本，願賜一通，留爲永寶。②

又潘庭筠與洪大容筆談女性能詩時，曾舉到朝鮮的景樊堂詩，洪大容義正詞嚴地説：“此婦人詩則高矣，其德行遠不及其詩。”而李德懋對此評論道：

> 嘗聞景樊非自號，迺浮薄人侵譏語也。湛軒亦未之辯耶？中國書分許景樊、蘭雪軒爲二人，其誣亦已甚矣。蘭公若編詩話，載湛軒此語，豈非不幸之甚者乎？且其詩爲錢受之、柳如是指摘瑕纇，無所不至，亦薄命也。③

對洪大容頗爲不滿，而對蘭雪軒卻抱有同情。

第三，積極蒐羅女性作品。《清脾録》卷三《高麗閨人詩只一首》條，其内容與技巧皆不足論，但因爲是僅有的高麗女性詩而獲登載，顯然有保存文獻的意識。李德懋在正祖二年（1778）入燕，與朴齊家往琉璃廠抄書目，“只抄我國之稀有及絶無者”④，除了通常的經史子集外，還特别留意禁書以及女性創作，其中就有《名媛詩鈔》和《名媛詩歸》。

《通航一覽》曾記載甲申之行使團中的少年金雲龍爲一日本少女的美貌吸引，與之唱和，乃至行道遲遲⑤。此事既然已進入日本方面的文獻記載，則在朝鮮使團中必然流傳頗

---

①《青莊館全書》卷三十四。

②《青莊館全書》卷十九。

③《天涯知交書》，《青莊館全書》卷六十三。

④《入燕記》下，《青莊館全書》卷六十七。

⑤《通航一覽》卷百十一：“甲申之春，韓使來聘，竣事歸國，經品川驛，行中少年金雲龍者，見兒女皎美，俾人問其庚。自傍答曰：‘已向破瓜。’雲龍熟視云：‘洵美且艷。’因援筆立書一絕贈之曰：‘顔色如桃李，春秋十五年。君無王上點，我作出頭天。’兒女赧羞誦之。卒和之曰：‘海外西方客，翩翩美少年。縱成千里別，猶望釜山天。’雲龍屢唱賡歌，次旦不能進，從者叱馬，乃行。”案：“王上點”爲“主”，“出頭天”爲“夫”。

廣，並很可能爲李德懋所耳聞。這一近在眼前的故事，便是日本女性擅長寫詩的實例，這些都會給李德懋以刺激和影響，從而使他改變對女性詩文的態度，注意並反省朝鮮、中國和安南的女性創作。

李德懋在當時雖官階較低，但在文壇上的影響很大，去世後由正祖特賜錢印製《雅亭遺稿》，"進獻七件，家藏八件，諸處分傳一百四十二件"①，可謂文人之殊榮。他的《蜻蛉國志》，柳得恭曾勸人"讀之以知海外諸國之情狀"②。他的《清脾録》則流傳於中國，李調元爲之刻入《續函海》中；又傳入日本，引起文壇上的反響。所以，他和他的文學同好，以其鮮明的理論主張，在當時的知識文化界刮起的"北學風"，其勢力和影響是不可低估的。

四、甲申行唱酬筆談之文學史意義

一個時代文學觀念的形成乃至流行，總是由多種因素綜合作用的結果。這裏，我想僅就甲申唱酬筆談影響及朝鮮、日本漢文學史上某些觀念的演變繼作申論，這也能夠在相當程度上揭示其文學史意義。

就朝鮮方面而言，此時有了一個較爲普遍的認識，即日本文明之進步，與大量中國書籍之輸入長崎有著密切關係。元重舉《和國志》"詩文之人"條云：

> 其後混竅日鑿，而長崎之書遂通見。③

李德懋《蜻蛉國志》"藝文"云：

> 近者江南書籍，輻湊於長碕，家家讀書，人人操觚，夷風漸變。④

又《天涯知交書·筆談》云：

> 日本人通江南，故明末古器及書畫、書籍、藥材，輻湊於長碕。日本蒹葭堂主人木世肅，藏秘書三萬卷，且多交中國名士，文雅方盛，非我國之可比。⑤

①李光葵《先考積城縣監府君年譜下》，《青莊館全書》卷七十一。

②《蜻蛉國志序》，《泠齋集》卷七。

③《和國志》地卷。

④《青莊館全書》卷六十四。

⑤《青莊館全書》卷六十三。

柳得恭《古芸堂筆記》卷五“我書傳於倭”條云：

倭子慧竅日開，非復舊時之倭。蓋緣長碕海舶委輸江南書籍故也。①

這種看法已成爲趨勢，稍後的金正喜（1786—1856）《雜識》云：

今見東都人篠四本廉文字三篇，一洗弇陋僻謬之習，詞采煥發，又不用滄溟文格，雖中國作手，無以加之。噫！長崎之舶，日與中國呼吸相注，絲銅貿遷尚屬第二，天下書籍無不海輸山運。②

又李尚迪（1803—1865）《讀〈蒹録〉》云：

近來中國書籍，一脱梓手，雲輸商舶。東都西京之間，人文蔚然，愈往而愈興者，賴有此一路耳。③

如果説，日本能够由“蠻俗化爲聖學”④，是由於大量吸收了清代的文章和學術，那麽，朝鮮是否依然能够以“小華”自居，而以“夷狄”視清呢？以往所堅持的華夷觀是否又有改變的必要呢？誠然，李德懋等人在當時是屬於强調“北學”的，但這種觀念卻是後起的。英祖三十五年（1759），十九歲的李德懋曾與漂流到朝鮮康津縣的福建人黄森問答，發出了如下的感嘆：

顧今六合之内，渾爲戎夷，薙髮左衽，無一乾淨地。獨我東尚禮義而冠帶之，於今覺幸生東國也。⑤

而當他目睹日本文明之進步，就不僅不再以“蠻”視之，同時也很容易聯想到不能以“虜”視清。他在甲申年七月所寫的《瑣雅》中説：

①《雪岫外史》外二種，首爾：亞細亞文化社，1986年版。

②《阮堂全集》卷八，《韓國文集叢刊》本。

③《恩誦堂集》續集“文”卷二，《韓國文集叢刊》本。

④李德懋《盎葉記》五“日本文獻”，《青莊館全書》卷五十八。

⑤《青莊館全書》卷三。

今清之文章，李漁笠翁爲翹楚，而五六十年前人也。日本文章，物徂徠茂卿爲巨擘，而專尚王元美、李于鱗，閃爍倏幻，時有可觀。①

便是將清代文章與日本文章相提並論。顯然，李德懋對這個問題進行了深刻的反省，從而改變了過去的認識，成爲那個時代的先覺者之一。在其與趙衍龜的信中説：

東國人無挾自恃，動必曰“中國無人”，何其眼孔之如豆也？②

又云：

世俗所見，只坐無挾自恃，妄生大論，終歸自欺欺人之地。只知中州之陸沉，不知中州之士多有明明白白的一顆好珠藏在袋皮子。只獨自喃喃曰“虜人”、“夷人”，何其自少乃爾。其爲不虜不夷之人，行識見識果如中州人也乎不也？③

朴齊家《北學議》外編《北學辨》指出：

下士見五穀，則問中國之有無；中士以文章不如我也；上士謂中國無理學。果如是，則中國遂無一士，而吾所謂可學之存者無幾矣。……夫載籍極博，理義無窮。故不讀中國之書者，自劃也；謂天下盡胡也者，誣人也。④

而成大中在正祖十四年（1790）《送徐侍郎浩修以副价之燕序》中説：

夫集天下之禮樂而折衷之，是之謂大成。如其可采，夷亦進之。……况彼中土，實三代禮樂之墟也，故器遺制，猶有可徵。書籍則宋、明之舊也，測候則湯、利之餘也。若其兵刑田郭之制，簡勁易守。建酋之所以并諸夏也，取彼之長，攻吾之短，不害爲自强之術也，在吾人博采而慎擇之耳。⑤

①《青莊館全書》卷五。

②《青莊館全書》卷十九。

③同上。

④《楚亭全書》下册，首爾：亞細亞文化社，1992年版。

⑤《青城集》卷五。

儘管此處仍然以“酋”呼清，但核心思想是要“博采而慎擇”，不可“自劃”。從整體上看，這是“華夷觀”的改變。以文學來説，是就要虚心向清代學習。可以説，朝鮮人是先認識了日本文學的價值，從中受到刺激而反思，然後纔認識到清代文學的價值。李德懋《寒竹堂涉筆》上指出：

> 至若昭代則人文漸開，間有英才，雖無入學之規，年年陸行，文士時入，而但無心悦之苦，誠如夢如睡，真成白癡。無所得而空來，所以反遜於新羅之勤實也。大抵東國文教，較中國每退計數百年後始少進。東國始初之所嗜，即中國衰晚之所厭也。①

要改變這種現狀，就是要“心悦”中州文學，不能概以“胡人”而藐視之。李德懋在正祖元年（1777）致李調元的信中説：

> 不佞樗櫟賤品，瓦礫下才，只是秉性迂直，愛人信古。只自恨口不飲江河漢洛之水，足不蹈吴蜀齊魯之地，枯死海邦，有誰知之？每誦亭林先生“九州歷其七，五岳登其四”，未嘗不泫然流涕也。②

這與十多年前以“幸生東國”而自慰的觀念相比，相去如霄壤。李書九云：

> 東國人心粗眼窄，類不能知詩，而至於清，則不問其人之賢否、詩之高下，動輒以“胡人”二字抹摋之。……如貽上（王士禛）者，至今猶不識其爲何狀人也。……余酷嗜貽上詩，嘗以爲非徒有明三百年無此正聲，求諸宋元，亦罕厥儔。③

將清人作品淩駕於明人之上，這在朝鮮真是破天荒的議論。因爲要特别關注當代文學，柳得恭《並世集》遂應運而生。其序云：

> 言詩而不求諸中國，是猶思鱸魚而不之松江，須金橘而不泛洞庭，未知其可也。……讀陳其年《篋衍集》、沈歸愚《國朝詩别裁》，益覺中土人文之盛，而獨未知不先不後與我同時者爲何人也。十數年來，同志數子，莫不涉馬訾踔遼野而游乎燕中，所與游者，皆二南

①《青莊館全書》卷六十八。

②《青莊館全書》卷十九。

③《清脾録》卷三。

十三國之地之人。……言詩而不求諸中國，惡乎可哉？輒録其唱酬篇章及因風寄聲流傳海外者，手自點定爲二卷。①

此書編於正祖二十年(1796)，言詩必“求諸中國”，已成爲他堅定的信念。從文壇趨勢來看，這種認識也愈來愈普遍，且愈來愈强化。如洪奭周(1774—1842)云：

近世我國文人如丁洌水、金秋史輩最稱博學，其外亦無多人。然向余入燕，訪見太學貢生諸人，與之談論書史，皆隨問應答，輪筆遞寫。……是不過遠方赴舉，失第未還，旅食京師之無名小生也，而以余觀之，無非丁洌水、金秋史也。我國人才學，其能當中州人三四分乎？②

又徐有素《燕行録》(寫於純祖二十三年，1823)卷二“文學筆翰”云：

中國人非惟天姿穎悟，聞見極博，且有積工一生從事於文學。……其規模工程，決非我國之文所可跂及也。遠省舉人之來留候選者，作小説鬻於市肆，即不過稗官鄙俚之作，而其運意排鋪之法，操縱短長之手，亦非我國能文之士所可能也。③

至此，朝鮮人對清代文章學術的看法，亦可謂徹底改觀。而要追溯這種改觀的起因，則不得忽略甲申年朝鮮通信使在日本的酬唱筆談活動。衡論其文學史意義，此可謂其一。

其次，與第一點相聯繫的，由於日本文學的迅速成長，在朝鮮人眼中已成爲不可忽略的存在；進而反省自身對於清代文學的認識，從而又是一番改觀，形成了漢文學圈整體視野的雛形。比如柳琴曾編李德懋、柳得恭、朴齊家、李書九四家詩爲《韓客巾衍集》，並於英祖五十二年(乾隆四十一年，1776)攜帶入燕，請李調元、潘庭筠撰序評點。其後，柳得恭編《巾衍外集》，李德懋爲之補充，其内容分別是中國和日本詩：

湛軒編陸(飛)、嚴(誠)、潘(庭筠)三公筆談、書尺爲《會友録》，又於録中抄鐵橋(嚴誠)語及詩若干首，使余校勘，藏於家。柳惠風又輯三人詩爲《巾衍外集》。④

---

①《燕行録全集》卷六十。

②洪翰周《智水拈筆》，首爾：亞細亞文化社，1984年版。

③《燕行録全集》卷七十九。

④《清脾録》卷二。

絛飲齋（陸飛）詩一卷一百三十八首，柳泠庵選五十一首爲《巾衍外集》，余又抄若干首。[1]

柳惠風《巾衍外集》載《蜻蛉國詩選》。……余又抄載若干首，摘若干句。[2]

内外結合，就是一個具體而微的漢文學圈。柳氏又編輯《並世集》，其書以酬唱詩爲主，既録中國詩，又録日本、安南和琉球之作，其視野顯然是整體性的。又李德懋《清脾録》卷四“芝峰詩播遠國”條云：

萬曆丁酉，李芝峰睟光朝京，逢安南使臣唱和。……芝峰又逢琉球使臣，芝峰撰《贈答録》，跋其尾曰：“琉球國使臣蔡堅、馬成驥並從人十七人，皆襲天朝冠服，狀貌言語，略與倭同。願得所製詩文，以爲寶玩，故略構以贈。而堅等短於屬文，不足與酬和耳。”[3]

值得注意的是，李德懋在指出芝峰之作“播遠國”，以至於安南文理侯鄭勳“以硃圈批”、“儒生人人抄寫誦之”的同時，也載録了安南使臣馮克寬及琉球使臣蔡堅、馬成驥等人詩，並評論道：

馮克寬詩固圓熟贍富，而蔡、馬詩亦真實。鍾（惺）、譚（元春）見之，應圈字眼而評曰：“靈厚”。[4]

作爲明代竟陵派的文學觀念，鍾惺（1574—1625）等人主張“詩爲清物”[5]，强調詩的“靈”與“厚”[6]。詩而至能“靈”且“厚”，可謂“無餘事矣”。李德懋以“靈厚”評蔡、馬之作，與李睟光的評價似有天壤之别。其揄揚雖或不免過分，但其視野卻是開放的。李德

①《清脾録》卷一。

②《清脾録》卷四。

③《青莊館全書》卷三十五。

④同上。

⑤《簡遠堂近詩序》：“詩，清物也。”《隱秀軒集》卷十七，上海：上海古籍出版社，1992年版。案：李德懋名其書曰《清脾録》，雖出於唐僧貫休“乾坤有清氣，散入詩人脾”，但顯然與鍾惺的意見也是一貫的。其《瑣雅》指出：“鍾伯敬、譚元春所緝古詩、唐詩二歸，頗費精力，選家鮮能及焉。”（《清莊館全書》卷五）可見他的趣尚確有與鍾、譚相近者。

⑥《與高孩之觀察》：“詩至於厚而無餘事矣。然從古未有無靈心而能詩者，厚出於靈，而靈者不即能厚。……必保此靈心，方可讀書養氣，以求其厚。”《隱秀軒集》卷二十八。

懋把李睟光比作“東國之升庵”，把李書九比作“東國漁洋”，又留意朝鮮、中國和安南的女性詩歌，在在體現出以漢文學圈整體爲背景的思考路徑。在二百多年前的朝鮮，他們已有這樣的胸懷和眼光，是值得我們讚賞並加以發揚光大的。

集中體現李德懋文學思想的是《清脾録》一書。此書初稿完成後不久，就由他本人在正祖二年（1778）帶到中國，遍示祝德麟、唐樂宇、潘庭筠等人，最後由李調元爲之刊刻於《函海》和《續函海》中[①]。不僅如此，李調元在其《雨村詩話》中還加以引用，因而其書在中國頗有名氣。中國人對於周邊國家和地區文學的關注，雖説由來已久，但在文學批評中予以正面評價，卻頗爲罕見。《雨村詩話》多有對安南、琉球、朝鮮人詩的評論，可能也受到《清脾録》的刺激。

就日本方面而言，在其平安時代的文學史上，文人間就有了“鬭詩”活動，且認爲這是日本文人的創造性活動[②]。本來，文人間的詩歌唱酬，就是既交流情感又彼此較量的“文戰”，而在兩國之間文人的唱酬中，這種試比高下的因素往往更爲加强。石川丈山在寬永十五年戊寅（1638）所寫的《與朝鮮國權學士菊軒筆語跋》中云：

> 寬永十三年丙子十一月，朝鮮國貢獻，三官使……來朝，……歲丁丑正月中旬還京師，館於本國寺，余爲試其才識行而往候焉。其徒有中直大夫詩學教授權學士者，出而與余臆對矣。……余此行也，不設難問，啻記取會次之風雅，以爲文戰之徵矣。[③]

判定“文戰”之勝負，往往是以速度來決定。朝鮮方面派出的人員，就特別挑選那些具備倚馬之才的文人充當製述官或書記，以應付此類場面。權伬（菊軒）給人留下的印象是：

> 學士雄贍博識，詞才敏速，文不加點，詩不停筆，辯論如流，吾邦之騷人墨客，誰獲當其詞鋒哉？[④]

---

①參見李圭景《五洲衍文長箋散稿》卷二十一“《清脾録》大小刻本辨證説”。首爾：東國文化社，1959年版。

②《天德三年八月十六日鬭詩行事略記》云：“遠稽唐家，近訪我朝，初自彼會昌好文之時，至於元和抽藻之世，雖馳淫放之思，未有鬭詩之游。”（《群書類從》第九輯卷百三十四）天德三年爲後周顯德六年（959），可知此類活動由來已久。其後又演變出“詩歌合”的活動，兩人相對，以詩爲左，以歌爲右，詩歌相合，以決勝負。

③《新編覆醬續集》卷六，《詩集日本漢詩》第1卷。

④《覆醬集》卷上，同上。

日本的漢文學史上，堪稱第一捷才的當數祇園南海（1676—1751），十八歲時曾有一夜百首的創作記録。肅宗三十七年辛卯（正德元年，1711）朝鮮通信使製述官李礥（東郭）爲其詩集作序，嘆賞其才，又贈詩稱他爲“詩仙”①，南海則將彼此的唱酬詩編爲《賓館縞紵集》。不過此後的日本人記載中，竟然出現在臨別之際，“南海仗劍立賦《贈別二十四章》以寄之，東郭逡巡，不能和一詩，大慚恨而去。相傳東郭至釜山海，嘔血猝死”②的故事，其産生背景就是日本人希望自己在酬唱之際能够以速度戰勝對方。既然無此可能，不妨向壁虚構，以求心理滿足③。甲申年朝鮮通信使之行，儘管亦有捷才隨行，且贏得榮譽④，但面對日本詩文水平的迅速提升，有識之士也會有所反省。那波師曾云：

> 時藴嘗謂余曰：“貴邦人競進不已，不得不用行雲流水法，中夜思之，愧汗沾背。”士執亦曰：“草卒屬篇，雖使李、杜當此，未必能盡作《清平三疊》、《秋興八首》。”益知其所蓄有淵源矣。⑤

上文所引山根清、奥田元繼對此行朝鮮通信使酬唱筆談的議論，惟一覺得其尚有優勢的方面，就在“應酬敏捷”，“筆翰如流，語言立成”。朝鮮通信使再度赴日，已是純祖十一年（文化八年，1811）。松崎復《接鮮瘖語》卷上記林衡對朝鮮使臣語云：

> 兩國相交業已二百年，各宇靖寧，得與諸公遇於一堂上，真是太平樂事也。從前縞紵相贈，動輒强辨詩辭，更相爭競，恐非君子相待之道。

又云：

> 舊時貴价入境，所在小有詞藝者，雜然而前，布鼓嘈嘈，一概以拙速相抗。如此陋

①參見松下忠《江户時代の詩風詩論》，東京：明治書院，1969年版。

②西山拙齋《閑窗瑣言》。原文爲日語，此撮譯其大意。

③李礥在肅宗三十八年（1712）二月回到朝鮮，肅宗四十四年染疾去世，門人趙泰億撰寫祭文云：“曩余泛海，屈公偕逝。有蔚文采，聳彼椎髻。蠻牋百幅，日所清製。信手揮灑，酬應無泥。名章傑句，磊落盈睇。華國之譽，其永無替。歸來斂跡，偃息江澨。醒吟醉睡，閑眺倦憩。雖則衰晚，罔愆榮衛。不謂康旺，遽厄役癘。”（《謙齋集》卷四十，《韓國文集叢刊》本）

④ 此行第一捷才爲李彦瑱（虞裳），他作爲漢語翻譯官隨行赴日。《清脾録》卷三《李虞裳》條載：“先王癸未，隨通信使入日本。大坂以東，寺如郵，僧如妓，責詩文如博進，虞裳左應右酬，筆飛墨騰。倭皆瞠目呿舌，詫若天人。”（《青莊館全書》卷三十四）

⑤《問槎餘響序》，韓國國立中央圖書館藏本。

習，識者固已哂之。然今廢之，又何用叙情？

朝鮮正使金履喬回答道：

盛教拙速相抗，識者哂之，果是知言。況文章不係遲速乎，往復足以叙情。[①]

“巧遲不如拙速”原來是中國兵法上的話[②]，用到詩文酬唱上，顯然也是“文戰”用語，早爲中國有識者所譏[③]。日方提及以往的“强辨誇辭，更相爭競”、“一概以拙速相抗”乃爲“陋習”云云，首先浮現在心中的應該是最近一次的情形。審其語氣，雖較山根、奥田更爲從容，骨子裏卻更爲高傲。如將朝鮮使團中的文章之士視作“小有詞藝者”，而“拙速”二字，也只能屬於速度快的一方。從整體趨勢來看，日本文壇對朝鮮文學的貶低更甚，這可以説是一個基本動向。

上文已述李德懋《清脾録》中對日本詩文的肯定性意見，此書完成不久便傳入日本，西島長孫（1780—1852）在二十歲前後所寫《弊帚詩話附録》[④]中加以引述並評論道：

觀此二節，則韓人之神伏於本邦可謂至矣。如高蘭亭、葛子琴易易耳，若使一見當今諸英髦，又應嘆息絶倒。[⑤]

不止在文學方面自傲，日本人在藝術方面也不再對朝鮮那麽恭敬了。純祖十一年辛未朝鮮通信使之行，在對馬島接應他們的有古賀精里（1750—1817）、草場佩川、以酊庵長老等。兹舉古賀的三段文字爲例如下，《題岡本豐洲韓客唱和詩帖》云：

豐洲以計屬供辦韓客於對島，偶有以其詩什示彼者，嘆賞不已，懇求相見，而法不

①以上均見《古事類苑·外交部》十一《朝鮮四》。

②《太平御覽》卷一百三十二引《梁書·侯景傳》云：“兵法曰：巧遲不如拙速。”北京：中華書局，1960年版。

③李東陽《麓堂詩話》云：“‘巧遲不如拙速’，此但爲副急者道。若爲後世計，則惟工拙好惡是論，卷帙中豈復有遲速之迹可指摘哉？”丁福保《歷代詩話續編》下册，北京：中華書局，1983年版。

④《弊帚詩話附録》之附語云：“右附録十數則，是不系（疑當作‘佞’）少作，近日所漫著也。”又其《弊帚詩話跋》云：“余幼學詩，好讀近人詩，遂有所論著。裒輯作編，名曰《弊帚詩話》，實在廿歲左右也。”可知此書寫在1800年前後，與林衡語正可互相印證。

⑤《日本詩話叢編》本。

可。因寄數首，獲豐洲和章而去。韓客乞和詩，實爲僅事。事傳播遠近，操觚之士多欽仰其詩名。①

朝鮮人對岡本豐洲的詩“嘆賞不已”，乃至首倡“乞和”，這樣的殊榮致使國人“多仰其詩名”。此爲文學。又《題爾信畫》云：

向余赴對，與韓客接也，丹邱草場生從行。生有文才，傍善繪事，韓客爭求，陸續寄紙絹。發帆之前，至累日廢他事應付之。是時爾信隨聘使來，余偶得其畫，示之生。生云：“韓畫無法，不足觀矣。”②

以往是日本人爭求朝鮮人畫，現在是朝鮮人爭求日本人畫。更有甚者，在日本人的眼中，“韓畫無法，不足觀矣”。此爲繪畫。又《題韓人皮生帖》云：

蓋彼中書法，從前爲松雪（案：指趙孟頫）優孟，使人厭惡。辛未來者，正副使則襲故態，而製述以下，則往往步趨玄宰（指董其昌）。清國主多摹倣玄宰，韓業爲其屬國，納歲貢，字畫亦不免倣颦也邪？③

以往日本人那麽熱衷追求朝鮮人書法，得片紙寸楮皆以爲寶，而現在的評價是“使人厭惡”。即便摹擬董其昌字，亦不免“纖佻有習氣”。此爲書法。這種論調，主要根植於自身水平的提昇，故其視朝鮮的文學藝術漸由仰視、平視乃至俯視了。

與此同時，就是日本文壇對中國文學的批評，有時幾乎達到放肆的程度。此前日本人學習寫詩，根據他們的普遍認識，訣竅就是要多讀詩話，這當然主要指讀中國詩話④。以此爲背景，導致了江户時期大量中國詩話的傳入與翻刻，並激發了日本人寫作詩話的熱情。而在此時，就出現了對中國詩話的全面批判之著。古賀精里之子古賀侗庵（1788—1847），在文化十一年（1814）撰寫了《非詩話》，對中國歷代詩話作了高調門的叱責：

詩話之名昉於宋，而其所由來尚矣。濫觴於六朝，盛於唐，蔓於宋，蕪於明，清無

①《精里三集·文稿》卷二，《詩集日本漢詩》第7卷。

②《精里三集·文稿》卷四，同上。

③《精里三集·文稿》卷五，同上。

④《橘窗茶話》卷下云：“或曰：學詩者須要多看詩話，熟味而深思之可也。此則古今人所説，不必覼縷。”

識焉。其嵬説謬論，難一一縷指。[①]

撇開其個人因素不論，這種批判與當時日本文壇的大勢是一致的。他們擁有的愈來愈强的自信心和優越感，使他們在評論中國和朝鮮的文學藝術之際，有時不免肆無忌憚。雖然這還是在自家門内説話，但也正因爲如此，這些話是他們真實觀念的自然流露。

五、結語

本文的基本結論如下：

1.甲申1764年朝鮮通信使在日本的唱酬筆談活動是漢文學史上的一個轉捩點。

2.這個轉捩點表現在朝鮮方面，是使臣對日本文壇整體的全新認識和高度評價，在日本方面則是對朝鮮詩文開始流露出貶抑之情。

3.通信使將其對日本文壇的印象和評價帶回朝鮮，從而在朝鮮文壇引起反響，不僅改變了他們對日本文學和人物的態度，而且影響到對本國文學及中國文學關注點的轉移。

4.甲申唱酬筆談具有重要的文學史意義，它促使朝鮮人從日本文明的進步中轉變了其對清代文章學術的認識，並刺激他們形成了漢文學圈整體視野的雛形；而日本文人也從自身文學的不斷進步中獲得自信和優越，對朝鮮乃至中國文學日漸輕視。

對於十八世紀中葉到二十世紀初期東亞文化的走向，我曾經有過這樣一個基本判斷，即一方面是是朝鮮學術與清朝文化的日益接近，而另一方面，是日本開始對中國、朝鮮的逐步輕視，强調日本中心主義，以東洋之英國自負，主張“脱亞入歐”[②]。本文討論漢文學史上的1764年，似乎也可以從一個方面加强以上的判斷。因此，就其在漢文化圈内的影響和意義而言，1764年不僅是漢文學史上，更是漢文化史上的一個重要標誌。

二〇〇七年七月二十五日於百一硯齋

①《侗庵非詩話》卷一，東京：崇文院，1927年版。

②參見張伯偉《清代詩話東傳略論稿》“餘論”，北京：中華書局，2007年版。

關於朝鮮後期文人的《虞初新志》閱讀與其接受

金榮鎮

一、序論

就目前韓國的朝鮮朝漢文散文的研究現狀而言，有很多論文皆注目於朝鮮後期的散文文風新的變化形勢①，因此，“小品文”已經引起了韓國學界的關注。② 而最近多種有關小品著作的大衆讀物之類的翻譯出刊③，就是韓國學界这种現象的反映。但説實話，其研究成果，迄今還走不出初步的處境，所以仍然有不少問題還未解決，例如，小品的概念、範圍、特徵、作家以及朝鮮後期小品與明清小品的比較研究等等就是。因此，我認爲，在這方面的初步階段，該從實證的考察方法來進行研究，譬如説，哪些類型的明清小品對朝鮮後期文

①金聲振發表《朝鮮後期小品體散文研究》（釜山大學博士學位論文，1991）以来，有關小品文研究的主要成果，皆收録於安大會編《朝鮮後期小品文의实體》（太學社，2003）。其後又有：金榮鎮《朝鮮後期의明清小品受容과小品文의展开樣相》（高麗大學博士論文，2004）、李鍾默《朝鮮時代卧游文化研究》（《震檀學報》98，2004）、安大會《18、19世紀의住居文化와想象의庭園》（《震檀學報》97，2004），《平壤妓生의人生을描寫한小品書〈綠波雜記〉研究》（《漢文學報》14，2006，6），《朝鮮後期小品文創作과明清小品文》（《韩國中國语文學會2007上半期學术大會發表提綱》，2007，6）、鄭珉《18世紀朝鮮知识人의發見》（《휴머니스트》，2007）等。

②20世紀30年代初期中國也是由周作人、林語堂等人極力提倡小品文運動，但因爲現代政治的各種原因，導致了一度消沉，可是，近10餘年以來，重新開始關注，其代表成果有歐明俊主編《明清名家小品精華》(安徽文藝出版社，1996)，吳承學著《晚明小品研究》(江蘇古籍出版社，1998)，尹恭弘著《小品高潮與晚明文化》(華文出版社，2001) 等等。

③主要是从2000年开始鄭珉、安大會所主編的“太學散文选”系列（太學社）的譯書，“实是學舍古典文學研究會”所翻譯的《趙熙龙全集》（全6册，한길사，1999）、《譯注李鈺全集》（全3册，소명출판，2001）。

人産生了影響，並有多少作品在朝鮮後期流行等等[①]。

因此，首先要注目的作品，是袁宏道（1568–1610）的散文、鄭元勳（1608–1644）《媚幽閣文娱》、陸雲龍（大約1586–1644）《皇明十六家小品》、陳繼儒（1558–1639）《眉公秘笈》、張潮（1650–1707以後）《虞初新志》，《檀几叢書》，《昭代叢書》[②]等。

在朝鮮正祖年間（1777–1800在位），“稗史小品”受到了有可能産生社會問題的嫌疑，還有，在所謂追求回歸於醇正的文體的“文體反正”的美名之下，也不得不接受了連帶的處分。

關於張潮及《虞初新志》的研究，首先就中國而言，即使對《虞初新志》所收録的各個作品的研究頗多，可是總體的研究成果又不多且有偏向。只有幾部小説史研究書簡單的介紹了幾篇作品的概況、編者張潮的生平考證、《虞初新志》的版本及傳播等。第一、在小説史方面的研究成果，主要有侯忠義、劉世林《中國文言小説史稿》（1993），陳文新《中國文言小説流派研究》（1993），《中國傳奇小説史話》（1995），《文言小説審美發展史》，吴志達《中國文言小説史》（1994），寧稼雨《中國文言小説總目提要》（1996），薛洪勣《傳奇小説史》（1998），趙明政《文言小説》（1999）等，這些都説到《虞初新志》，但只不過是概論的水準。第二、在張潮生平研究方面，主要有顧國瑞、劉輝《尺牘偶存》、《〈友聲〉及其中的戲曲史料》（《文史》15輯，1982，9）、鄧長風《〈虞初新志〉的板刻與張潮的生平》（《明清戲曲家考略續編》，上海古籍出版社，1997），此二篇是比較早期的論文，已經提供豐富的文獻資料。另外，陸林也有二篇文章：《簡論張潮的小説批評》（《藝譚》，1986，5），《歙人張潮與〈虞初新志〉》（《古典文學知識》，2001，5），這比較具體地介紹張潮的小説批評和《虞初新志》。還有考察“虞初”系列的歷史演變的秦川《明清“虞初體”小説總體的歷史變遷》（《明清小説研究》，2002，2），把《虞初志》與《虞初新志》的評點進行比較的陳清茹《明清傳奇小説評點的審美差異：以〈虞初志〉和〈虞初新志〉之評點比較爲例》（《中州學刊》，2003，5），從《虞初新志》來考察當時文人的心理狀態的王意如、李元秀《從〈虞初新志〉看明清之際士人的文化心態》（《重慶

①從朝鮮後期的文獻，可以考知當時文人所接受的明清書籍的龐大書目。參見金榮鎮博士學位論文（同上）及《朝鮮後期中國使行과書册文化》（《19世紀朝鮮知识人의 文化地形圖》，漢阳大學校出版部，2006）等。

②張潮所編撰的《昭代叢書》有甲集（1697年刊）、乙集（1700年刊）、丙集，不過，丙集的刊行部數不多，當時已成爲稀貴本。其後，由楊復吉（1747–1820）出刊了丁集、戊集、己集、庚集、辛集，又由沈楙德出刊了壬集、癸集，然後還被刊行了《昭代叢書合刻》（世楷堂刊）。還有，張潮與其友王晫（1636–1710以後）一起編撰而刊行《檀几叢書》（初集、二集、餘集）。上述的這些書籍都現存於韓國各個圖書館，由此可知朝鮮後期所流傳的書籍已經不少。

教育學院學報》，2005，1），討論《虞初新志》對“虞初體”小説所作的貢獻的張小明《論張潮〈虞初新志〉對“虞初體”的貢獻》（《黄山學院學報》，2007，1）等。最近劉和文從張潮文集和其他資料來鑽研張潮的生涯、著作、交游、作品，主要有《張潮年譜簡編》（《安徽師範大學學報》，2003，6）、《張潮著述綜考》（《合肥學院學報》，2004，8）、《論張潮對文獻學的貢獻》（《圖書與情報》，2005，2）、《文多時賢事多近代：〈虞初新志〉所表現的士人心態及其文化意蘊》（《明清小説研究》，2005，2）、《張潮與康熙文壇交游考》（《明清小説研究》，2007，2）。另外，還有研究張潮小品文叢書的薛貞芳《略論張潮和他的小品文叢書》（《大學圖書情報學刊》，2000，1），並最新的論文有朱青紅《文言小説集〈虞初新志〉研究》（南京師範大學碩士學位論文，2007），此篇論文主要探討《虞初新志》的編刊過程及其内容和藝術風格與張潮的小説批評理論。

下面再看韓國的研究情況。《虞初新志》是“虞初”系列的基礎，也是清初文言小説的代表之一，那麼它何時流傳於韓國？從韓國現存的《虞初新志》版本（所藏在奎章閣、澗松文庫、國立中央圖書館、梨花女大、檀國大[①]等）的刊年來看，我們可以考知它至少18世紀初中期已經流入於韓國。由此還可見，18世紀以來，《虞初新志》在朝鮮已經流傳而且爲當時文人所愛讀，可是，有關這方面的研究，幾乎没有。但目前漢文學界對朝鮮後期小品文的格外的關注，已經促使其與明清小品文的影響關係研究，而自然而然對《虞初新志》也産生了頗多的關心[②]。即主要有了金榮鎮《〈虞初新志〉版本研究》（《書志學報》第25辑，2001）及其增补的《〈虞初新志〉版本과朝鮮后期文人의明清小品閱讀》（安大會編，《朝鮮后期小品文의实體》，太學社，2003）。韓國的中文學界尚没有《虞初新志》的研究成果，只見有朴桂花博士學位論文《清初文言小説的叙事特徵研究》（延世大，2004），此文把《虞初新志》看爲清初文言小説六種代表之一。不過，令人注目的是，韓國幾位年輕學者正在翻譯《虞初新志》的全文[③]。

而且，曾有複刻《虞初新志》的日本而言，对張潮及《虞初新志》的研究，主要有合

①退溪中央圖書館淵民(李家源)紀念館所藏，全20卷10册，中國木版本(袖珍本)，但現在檀國大學移轉校庭，還未閲覽。

②韓國沈慶昊教授曾在《朝鮮時代漢文學의位上과中國文學의批判的受容》一文説：朝鮮後期文人、學者对清代詩文大抵坚持比較否定的立场，但他们比較喜欢《虞初新志》所録的散文那種具有抒情的人生和人间的个性之类的新文體，以及止揚格调説而重现产生出来的神韵詩風。（《朝鮮時代漢文學和詩經論》，一志社，1999，頁75），“《虞初新志》所録的文章，是以明末清初人物的奇態和奇情爲題材，可以説成爲奇文的一個風格”（同上，頁78–79），並且，他還提出了丁若鏞、李用休、朴趾源、金鑢的有些文章與《虞初新志》所録作品的關係。

③李玟淑、朴桂花、鄭민暻翻譯連載於《中國小説研究會報》（67號；2006.9开始)

山九《小品文學と張潮》(《幽夢影》, 明德出版社, 1977), 还有讨論《虞初新志》在日本的流传及其影響的李進益《〈虞初新志〉在日本的流播及影響》(1993), 關於《虞初新志》与日本小説《雁》之比較研究的林淑丹《森鷗外における'奇'と中國の明清小説:《〈雁〉と〈虞初新志〉との關联を中心に》(2002)。

《虞初新志》繼承了明代中葉所刊行的《虞初志》的傳統①, 但《虞初志》以唐傳奇爲主要的收録範圍, 而《虞初新志》則是全收録了同時代人的作品, 其自序曰: "其事多近代也, 其文多時賢也。" 該書總共有151篇②作品, 主要選録了以明末清初的混亂時期所産生的廣泛題材爲主要情節的佳作, 簡直堪稱具有五光十色之面貌。

《虞初新志》的大部分内容是對人物的"傳"和"記事", 也有一些的"記"、"雜録"、"游記"等。收録的作家一共有八十多個人, 大抵是張潮的友人或者曾有交游的長輩文人(有些文人恪守對明的節義而不仕清朝③)。其中, 二十二名文人都有收録兩篇以上的作品, 主要有陳鼎④(13篇)、周亮工(9篇)、鈕琇(9篇)、徐芳(8篇)、陸次雲(6篇)、王猷定(4篇)、魏禧(4篇)、侯方域(4篇)、毛奇齡(4篇)等。

張潮爲了編撰這一部書, 有的作品是從各個作家直接收到, 有的作品是從文人别集及散文選集抄寫來。最短作品的是《孝賊傳》(135字), 而最長的作品達到一萬多字。

1802年鄭澍若所編撰的《虞初續志》, 顯然接受了《虞初新志》的影響, 其自序曰: "山來張先生輯《虞初新志》, 幾於家有其書。" 由此, 《虞初新志》已經有了廣泛的流傳, 特别, 針對當時處在異族清朝的支配之下的漢族來説, 《虞初新志》有時作爲鬱憤和

---

①"……此《虞初》一書, 湯臨川稱爲小説家之珍珠船, 點校之, 以傳世, 洵有取爾也。獨是原本所撰述, 盡摭唐人軼事, 唐以後無聞焉。臨川續之, 合爲十二卷, 其間調笑滑稽離奇詭異, 無不引人著勝, 究亦簡帙無多, 蒐采未廣, 予是以慨然有虞初後志之輯。"(張潮, 《自敍》) 不過, 《虞初志》、《虞初新志》、《虞初續志》、《虞初支志》、《虞初近志》、《虞初廣志》這六種曾刊行爲《虞初志合集》(上海書店, 1986)。其中, 張潮《虞初新志》的影響最大。但很遺憾的是, 《虞初志合集》不收録湯顯祖編《續虞初志》(美國國會圖書館所藏)、鄧喬林編《廣虞初志》(4卷, 北京大學圖書館所藏), 黄承增編《廣虞初新志》(40卷, 1803年刊, 奎章閣所藏)、楊復吉編《虞初餘志》(12册, 臺北"國立中央圖書館"所藏)。

②《虞初志合集》其二所録的《虞初新志》, 就是1935年開明書店所刊行的新式活字版的複印, 把張潮初刊本以來的《虞初新志》諸本總結編撰, 一共收録了150篇的作品。但此本還遺落高麗大學晚松文庫所藏袖珍本所録的侯方域《賈生傳》, 假如, 再加此一篇, 《虞初新志》總共151篇。可是, 此151篇中, 有些作品是張潮初刊本以後才收入的。有關這個問題, 參見下面第二章。

③例如有魏禧、王猷定、宋曹、徐士俊、彭士望、嚴首昇、李焕章、余懷、杜濬、徐芳、朱一是、吳肅公、傅占衡、毛先舒、張惣、李清、來集之、黄周星。(參見謝正光編, 《明遺民傳記索引》, 上海古籍出版社, 1992)

④陳鼎寫有《心齋居士傳》, 而張潮曾寫《留溪外傳》的序文(1698)。張潮從《留溪外傳》選抄很多作品, 而收録於《虞初新志》。他們從1696年開始交流。

鄉愁的對象，其中較有興趣的傳奇、志怪之類，不少作品有時作爲消遣的讀物，由此可見它已爲時所重[①]。

自18至19世紀，東亞三國都喜歡閱讀[②]的《虞初新志》，但近年以來，幾乎没有進行深刻的研究。只有幾篇傳奇作品在傳奇小説史研究方面上稍有論到了。究其原因，主要是《虞初新志》原來混有散文、文言短篇小説以及其他雜文，但比之重要的原因是《虞初新志》所産生的時間，這正是以金聖歎、袁宏道、湯顯祖、馮夢龍爲代表的晚明小品極爲流行的時期，甚至，《虞初新志》剛出刊之後，又有問世了一部傑出的文言短篇小説集《聊齋誌異》（蒲松齡撰），因此，《虞初新志》一直没機會受到現代學者的關注。張潮《幽夢影》已經翻譯成幾種外語，反而，對《虞初新志》的深刻的研究成果，幾乎没看見[③]。

茲主要介紹探討韓國現存的《虞初新志》諸版本，而簡單地討論朝鮮後期文人的閱讀和接受的面貌。

二、《虞初新志》諸版本簡介

《虞初新志》被廣泛閱讀，那麽，其版本亦有多種出現也就不奇怪了，不過，錢謙益（1582–1664）也收其中之一，而且，由於1769年清朝所宣佈的毁板之命，其後《虞初新志》的出刊顯出了比較複雜的狀態。首先，茲考察一下《虞初新志》的最早編撰和刊行過程。

有關《虞初新志》版本的既往研究，主要有鄧長風的成果[④]，這已經考證了許多問題。鄧長風糾正了王重民的《中國善本書提要》（上海古籍出版社，1983）所記的美國國會圖書

①不過，《虞初新志》一時成爲禁書之一。李夢生，《中國禁毁小説百話》，頁363–364："而所收文章的作者，很多是明末的愛國志士，如李清、黄周星等；作品在清代列入禁毁的就有周亮工、侯方域、杜濬、宋犖、李清、毛際可、錢謙益、南懷仁、魏學洢等；甚至在後世因有違法悖語遭禁的周亮工的《因樹屋書影》、鈕琇《觚賸》……。"

②李進益，《明清小説對日本漢文小説影響之研究》(中國文化大學博士學位論文，1993)有介紹《虞初新志》流傳日本及受到其影響的日本作品《日本虞初新志》、《奇文觀止本朝虞初新志》。

③中國戲曲專業的幾位專家已經探討作爲戲曲作家的張潮，但没有關注以散文選集的《虞初新志》特徵。據我所看，侯忠義、劉世林《中國文言小説史稿(下)》(北京大學出版社，1993) 的"清代小説"項目，有介紹《虞初新志》的主要特徵及其傳奇小説作品。不過，張潮已經以清言隨想録《幽夢影》爲中外聞名。此書原收録在《昭代叢書》，由民國初主導小品文運動的林語堂（1895–1976）已經廣泛介紹。參見林語堂《*The Importance of Living*》(Reynal & Hitchcock，New York，1937）。《幽夢影》已經有法語、日語譯本，韓國也有全譯（鄭珉）。日本即使还没有鑽研張潮研究，但1977年合山九已经翻譯出版《幽夢影》，并在其前言《小品文學と張潮》中比較詳細的探讨張潮及当時小品文學的特徵。

④ 鄧長風，前揭論文。

館本《虞初新志》提要的錯誤。

即王重民主要依靠美國國會圖書館本上的張潮在1683年所寫的自序，認定其爲康熙本，還定爲善本。但是，鄧長風重新發見了王重民尚未看到的其書尾所附載的張潮在1700年所寫的總跋，而又注目到自序與總跋之間有17年的距離，並且，還檢討了同所並藏的張潮與其友人之間來往的書信選集《尺牘友聲》和《尺牘偶存》①，從而得出了幾件值得矚目的事實。

其結果，鄧氏指出了初刻本（康熙本）《虞初新志》是寫完其自序之後，即1684年前後，才有八卷的刊行，其後，每次加以四卷而再被增刊，於1700年寫完總跋以後，即大概到了1704年，才有刊行出版現存的20卷完本。（《昭代叢書》、《尺牘友聲》也是同此等到作品的採録之後，再增補刊行的。）其主要證據是在初刊本卷八裏未見1683年以後的作品；卷九的第一作品是王士正《劍俠傳》，這就是1688年以後之作；卷十四的王謙《平苗新異記》大概寫於1702年。另外，鄧氏又指出了美國國會本並不是康熙本的證據：（1）美國國會本記爲“王士正”（本名士禛，這是雍正皇帝的“胤禛”之避諱。雍正帝即位於1723年）。（2）收録在卷六的方苞《孫文正黄石齋兩逸事》之尾，還附有生活在乾隆年間的金宗亭（1718–1789以後）②的評語③。

鄧長風在其論文中還説到除了張潮之康熙年間的初刻本（未發見）和由自己辨認的乾隆年間所刻的美國國會本之外，另有在1760年所刊行的詒清堂重刊袖珍本，該本現藏在臺灣大學等，可惜他未親眼看見其本，没法再進行進一步的考證了。

①依據前揭的顧國瑞、劉輝的論文，《尺牘友聲》有録全國人士寄給張潮的書信約1000件，而《尺牘偶存》有録張潮的回信450餘件。現在北京大學圖書館所藏兩種（16册本、22册本）版本，都是乾隆庚子（1780）重刊本，據陳甎的序，張潮是以十干之編次收録《尺牘友聲》，還附録《尺牘偶存》，但當時《尺牘友聲》才編到庚集，而《尺牘偶存》只有4卷。現存《尺牘友聲》有甲集到癸集，也附有《友聲新集》5卷，還有，《尺牘偶存》全有11卷。

②前揭的周妙中《清代戲曲史》有介紹對金兆燕的生平和他的傳奇《旗亭記》、《嬰兒幻》。

③即使由鄧長風考證美國國會本不是康熙本，但王重民的説法仍然一直被採用。（前揭李夢生，《中國禁毁小説百話》、“古本小説集成”内《虞初新志》（上海古籍出版社，1994）、《(點校本)虞初新志》（河北人民出版社，1985）等都還誤認爲美國國會本是康熙刻本。）尤其侯忠義、劉世林，《中國文言小説史稿(下)》頁187：“《虞初新志》……今所見最早的康熙庚辰本，凡收録錢謙益的作品，皆有目無文。乾隆庚辰張繹所校巾箱本比康熙本又增加了《南遊記》、《姜貞毅先生傳》、《孫文正黄石齋兩逸事》、《紀周侍御事》、《板橋雜記》五篇作品。”由此可見把美國國會本誤認爲康熙庚辰本，另外，這裏所説的“凡收録錢謙益的作品，皆有目録無文”（韓國現存梨花女大所藏本如此），並不合真相，還説“乾隆庚辰張繹所校巾箱本比康熙本又增加了《南遊記》、《姜貞毅先生傳》、《孫文正黄石齋兩逸事》、《紀周侍御事》、《板橋雜記》五篇作品”，其實，這也是指小嫏嬛山館藏板咸豐元年(1851)重刊袖珍本，而不是指乾隆庚辰張繹所校巾箱本。

朝鮮後期文人之中，有俞晚柱已經看見了多種的《虞初新志》，由此顯見，《虞初新志》的多種版本早已流入韓國。現在韓國不僅有與美國國會圖書館所藏的乾隆本和臺灣大學等所藏的詒清堂重刊袖珍本的同一版本，而且，還有其他種類的袖珍本。下面主要介紹一下韓國現存的《虞初新志》的版本現狀與其删改的情況。

[1]中國木版本

（1）康熙年間的初刊本：依據上述的鄧長風的研究，該本是全八卷，大約1684年刊行。不詳現存與否。

（2）康熙年間的補刻本：由張潮多次增補而刊行，是全20卷，大約1704年刊行。不詳現存與否。依據下面的版本（3）有張繹識曰："兹集薈萃，俱國初名流撰著軼事奇文，尤海内所共賞者。歲久，舊刻漫漶，繹閑居寡營，重加校字，易以袖珍，付之剞氏。"由此可見，這卻不是袖珍本。

（3）張繹所重刊的袖珍本：1760年刊，木版本20卷（10册），9行20字，半廓7.8×10.5㎝。張潮之從孫張繹所重刊的袖珍本，現藏在臺灣大學等。（也有見於孫殿起《販書偶記》，上海古籍出版社，1999。）

第一章寫有"重刊袖珍虞初新志"、"詒清堂[①]藏板"，另外，右下有刊行所朱印，上面寫著"揚州丁家灣古歡樓發兑，翻刻千里必究'（參見書影1）[②]。還有從孫張繹之識（參見書影

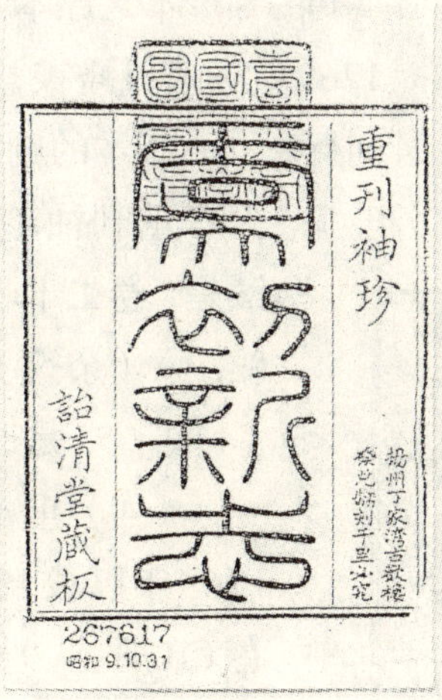
重刊袖珍
虞初新志
詒清堂藏板
揚州丁家灣古歡樓發兑 翻刻千里必究
267617
昭和 9.10.31

(書影 1) 臺灣大學 所藏本

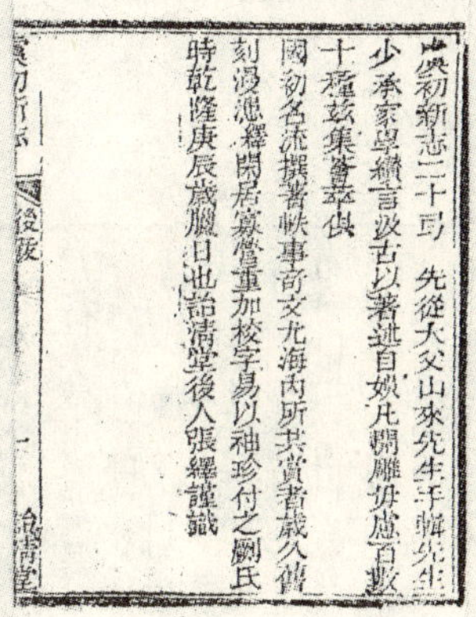
虞初新志二十卷先從大父山來先生手輯先生
少承家學積言汲古以著述自娛凡閱雕搜慮百數
十種茲集薈萃俱
國初名流撰著軼事奇文尤海内所共賞者歲久舊
刻漫漶繹閑居寡營重加校字易以袖珍付之剞氏
時乾隆庚辰歲臘日也詒清堂後人張繹謹識

(書影 2) 梨花女大 所藏本

①詒清堂是揚州的張潮家宅，原來張潮父張習孔(1606—1670前後)的齋號。張習孔有《詒清堂集》(不傳)。

②梨花女大本缺此第一張，因此，兹影印臺灣大學本。下面書影5也是由於高麗大學晚松文庫本不全，所以影印泰東古典研究所本。

2）。總共收録146篇。

不過，此本還有一本所藏在韓國梨花女子大學。但該本與臺灣大學所藏本有一些不同之處，這值得重新矚目。即梨花女大本的目録（參見書影3）記爲卷一第一《徐霞客傳》（錢謙益），則本文已删之，而替爲《大鐵椎傳》（魏禧）。由於前面的作篇被删除，所以，在《大鐵椎傳》第一章的版心頁數上寫著“一至六”字，這有點古怪（參見書影4）。因爲，從一章至五章的《徐霞客傳》已經被毁掉（臺灣大學本全録），所以，“六”頁前面加刻“一至”兩字。並且，目録已經故意被毁滅錢謙益作品《徐霞客傳》（卷一）和《書鄭仰田事》（卷六）的出處和著者名。（但《書鄭仰田事》還收録在本文。因爲，錢謙益所作的《徐霞客傳》收録在第一，所以不得不删除，而《書鄭仰田事》收録在第六，所以悄悄留存。）

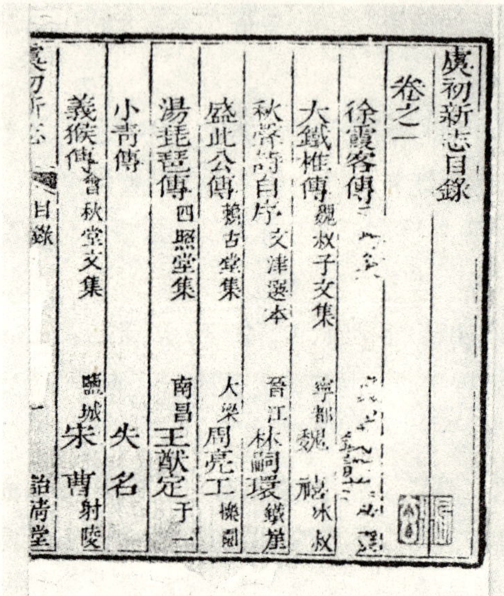
虞初新志目錄
卷之一
徐霞客傳
大鐵椎傳 魏叔子文集 寧都 魏禧冰叔
秋聲詩自序 文津選本 晉江 林嗣環鐵崖
盛此公傳 賴古堂集 大梁 周亮工櫟園
湯琵琶傳 四照堂集 南昌 王猷定于一
小青傳 失名
義猴傳 會秋堂文集 虞城 宋曹射陵
虞初新志 目錄 一 詒清堂

(書影 3) 梨花女大 所藏本

綜上所説，臺灣大學所藏本是1760年詒清堂所重刊的袖珍本之原本，而梨花女大所藏本是1769年清朝對錢謙益文集的毁板令之後所刊行之同一版本的删節本。另外，張繹重刊袖珍本的主要特徵是，卷二十收録有《板橋雜記》（余懷）（下面版本（4）、（5）是遺落此篇）。

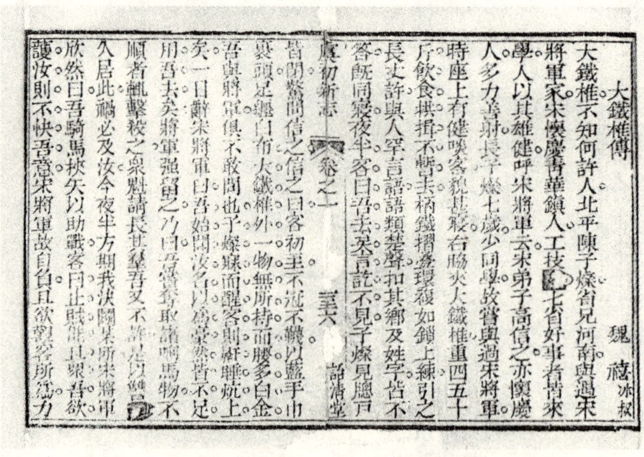
大鐵椎傳 魏禧冰叔
大鐵椎不知何許人北平陳子燦省兄河南與遇宋
將軍家宋懷慶青華鎮人工技擊七省好事者皆來
學人以其雄健呼宋將軍云宋弟子高信之亦懷慶
人多力善射長子燦七歲少同學故嘗與過宋將軍
時座上有健啖客貌甚寢右脅夾大鐵椎重四五十
斤飲食拱揖不暫去柄鐵摺疊環復如鎖上練引之
長丈許與人罕言語語類楚聲扣其鄉及姓字皆不
答既同寢夜半客曰吾去矣言訖不見子燦見牕戶
虞初新志 卷之一 一至六 詒清堂
皆閉驚問信信之曰客初至不冠不襪以藍手巾
裹頭足纏白布大鐵椎外一物無所持而腰多白金
吾與將軍俱不敢問也子燦寐而醒客則鼾睡炕上
矣一日辭宋將軍曰吾始聞汝名以爲豪然皆不足
用吾去矣將軍強留之乃曰吾數擊奪取諸響馬物不
順者輒擊殺之衆魁請長其羣吾又不許是以讎我
久居此禍必及汝今夜半方期我決鬬某所宋將軍
欣然曰吾騎馬挾矢以助戰客曰止賊能且衆吾欲
護汝則不快吾意宋將軍故自負且欲觀客所爲力

(書影 4) 梨花女大 所藏本

（4）重刊袖珍本：1769年以後刊，木版本20卷（10册），9行20字，半廓7.8×10.5㎝。本文第一章記有“新安張潮山來氏輯”，其左邊還有並記“新安羅興堂舜章氏校”。現藏在高麗大學晚松文庫及韓國泰東古

典研究所等。(參見書影5、6)

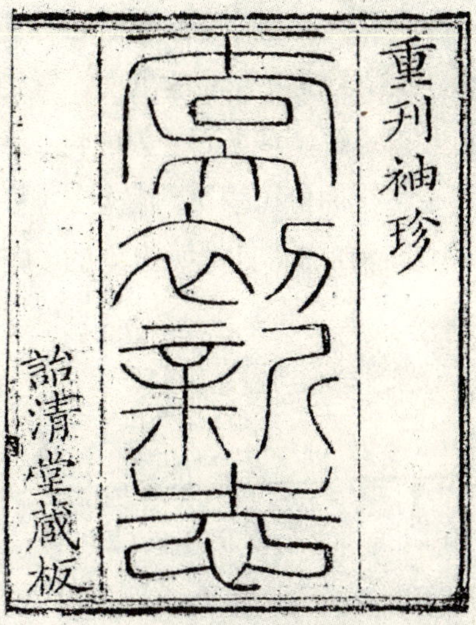

重刊袖珍

虞初新志

詒清堂藏板

(書影 5) 泰東古典研究所 所藏本

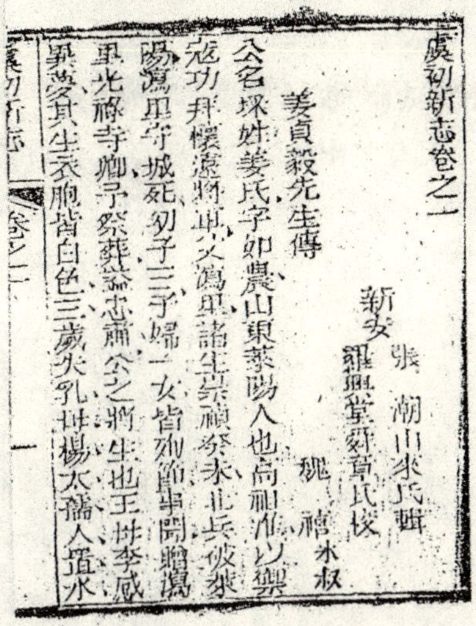

虞初新志卷之一

新安 張 潮山來氏輯

姜貞毅先生傳 魏 禧冰叔

公名埰姓姜氏字如農山東萊陽人也高祖淮以禦寇功拜懷遠將軍父瀉里諸生崇禎癸未北兵破萊陽瀉里守城死一子三子婦一女皆殉節事聞贈瀉里光祿寺卿予祭葬諡忠肅公之將生也王母李感異夢其生衣胞皆白色三歲失乳母楊太孺人舐水

(書影 6) 高麗大學晚松文庫 所藏本

該本與版本(3)有相似,但並不是複刻本①,比版本(3)還晚一點。但没有版本(3)那麽精巧,還遺落了張繹之識。所收録的作品的特徵來看,卷一《徐霞客傳》替爲《姜貞毅先生傳》(魏禧),卷五《柳夫小人傳》(徐芳)替爲《賈生傳》(侯方域),卷六《書鄭仰田事》替爲《孫文正黄石齋兩逸事》(方苞)。版本(3)所録的《板橋雜記》也被遺落②,一共收録有145篇的作品。

(4-1)1769-1784年刊,附有新序本(未發見):如前所述,俞晚柱(1755-1788)早已看見附有新序的該版本,其序曰:"己丑(1769)秋奉詔銷燬錢謙益《初學》、《有學》二集,而《新志》第一卷中《徐霞客傳》,第六卷中《鄭仰田事》,皆從删去。以《姜貞毅傳》、《孫文正事》補刊云"(《欽英》,1784年3月23日條)。由此可見,該本自1769至1784年之間所刊行的新版本,但是未詳其現存與否。是與版本(4)非常相似。不過,版本(4)未附同此的新序。也許是有人把新序抄寫而附加以版本(4)的前面而刊此本。

---

①此本與版本3的比較來看,大小、行數、字數以及目録都有作品出處和作家,這是全同。但是,不難知道此本卻不是版本3的複刻本,例如,從目録來看,該本《奇女子傳》刻爲《奇大子傳》,《王翠翹傳》刻爲《三翠翹傳》,《乩仙記》刻爲《亂仙記》。

②關於《板橋雜記》被遺落的原因,因爲是清朝禁書之一,還是它有許多版本,這不太詳細。但依我來看,把這作品收録的梨花女大本第10册(卷19卷20)的分量比較多,因此有可能爲了各卷的均等編撰,所以才删掉。

（5）1769年以後的乾隆年間本，木版本20卷（5册，8册，10册等），半廓12.6×18.4㎝。現藏於韓國國立中央圖書館①、澗松美術館②、首爾大學中央圖書館（8册落帙本）、高麗大學華山文庫（零本1册）、中國上海圖書館③及山東省圖書館④、美國國會圖書館等（參見書影7、8）。收録張潮"凡例十則"，這没見其他版本。目録上没録作品的出處。一共有143篇，但有些出入：卷一遺落《姜貞毅先生傳》，卷五遺落《賈生傳》而《魯顛傳》（朱一是）代爲第一，卷六收録《孫文正黄石齋兩逸事》，卷七《紀周侍御事》（陸次雲）替爲《象記》（林璐），卷二十遺落《板橋雜記》。另外，該本成爲1823年日本所複刻的《虞初新志》（參見書影12）的底本。

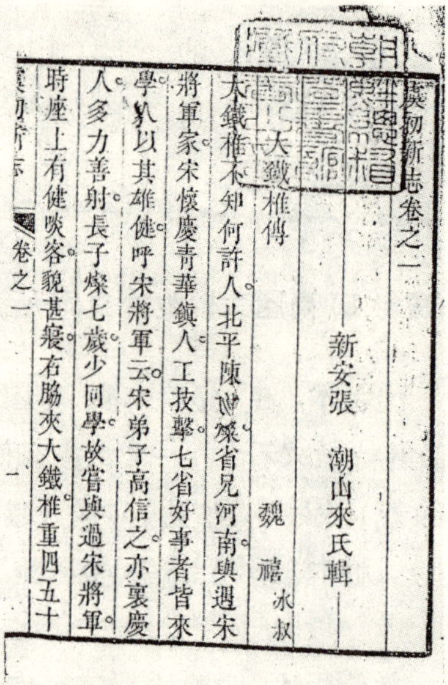
虞初新志卷之一
新安張　潮山來氏輯
魏　禧冰叔
大鐵椎傳
大鐵椎不知何許人北平陳子燦省兄河南與遇宋將軍家宋懷慶青華鎭人工技擊七省好事者皆來學人以其雄健呼宋將軍云宋弟子高信之亦懷慶人多力善射長子燦七歲少同學故嘗與過宋將軍時座上有健啖客貌甚寢右脅夾大鐵椎重四五十

(書影 7) 韓國國立中央圖書館 所藏本

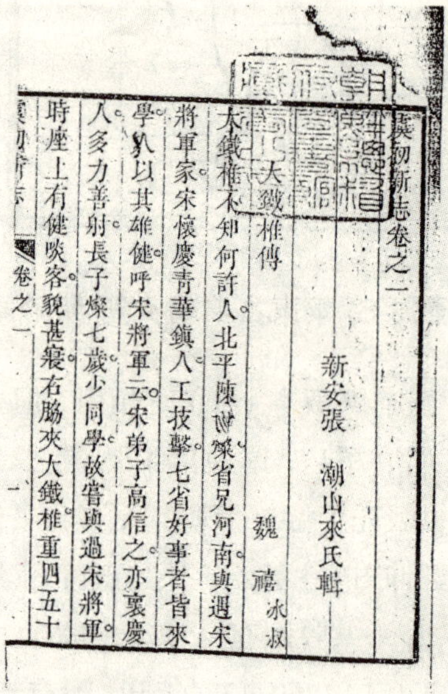
虞初新志卷之一
新安張　潮山來氏輯
魏　禧冰叔
大鐵椎傳
大鐵椎不知何許人北平陳子燦省兄河南與遇宋將軍家宋懷慶青華鎭人工技擊七省好事者皆來學人以其雄健呼宋將軍云宋弟子高信之亦懷慶人多力善射長子燦七歲少同學故嘗與過宋將軍時座上有健啖客貌甚寢右脅夾大鐵椎重四五十

(書影 8) 韓國國立中央圖書館 所藏本

①韓國國立中央圖書館本第一張（書影7）看見"大知堂圖書"的朱印，但不知這是刊行所印還是所藏者印。

②澗松美術館不許參看，所以還未見此本，但《所藏漢籍目録（1968）》（全16×25㎝，半廓12.8×18.5㎝）來推測，這是同一版本。並且，此有正祖年間的名筆直庵尹師國(1728—1809)的所藏印章，由此可以推知其刊行年代。即使尹師國何時入手此本，但他1783年去燕行，而其翌年除義州府尹(參見鄭元容撰，《判敦寧府事尹公神道碑》，《經山集》卷十四)。

③《古本小説集成》系列的上海古籍出版社所影印（1994年）的《虞初新志》（上下）是上海圖書館所藏本。上海圖書館另有同一版本。（參見，前揭的鄧長風論文）

④《山東省圖書館海源閣書目》(山東省圖書館編，齊魯書社，1999) 海源閣是藏書家楊以增(1788—1855)的書庫。這有記録云："《虞初新志》20卷，6册 1函，1700年刻本，9行 20字，18.6×13.9㎝。"

（6）1803年，木版本20卷，嘉慶癸亥寄鷗閑舫刊巾箱本（韓國未發見）：見於袁行霈、侯忠義編《中國文言小説書目》（北京大學出版社1981），在韓國還未發見。但是，韓國奎章閣藏有同樣的嘉慶癸亥寄鷗閑舫刊巾箱本《廣虞初新志》（40卷，黄承增撰）。①

（7）1851年，木版本20卷8册，咸豐元年重刊袖珍本，半廓7.9×11.5㎝。記有“小鄉嬛山館藏板”。現藏在首爾大學奎章閣及嶺南大學②（參見書影9、10）。没有凡例。目録的

咸豐元年重刊
虞初新志
小鄉嬛山館藏板
奎39570

(書影 9) 奎章閣 所藏本

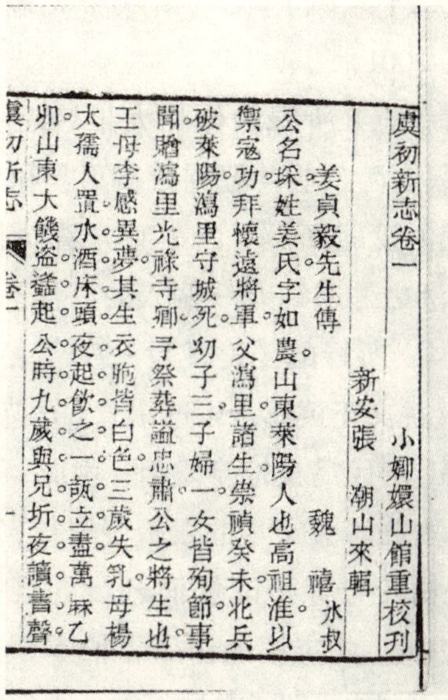
虞初新志卷一　　小瑯嬛山館重校刊
新安張　潮山來輯
姜貞毅先生傳　　魏　禧冰叔
公名埰姓姜氏字如農山東萊陽人也高祖淮以
禦寇功拜懷遠將軍父瀉里諸生崇禎癸未北兵
破萊陽瀉里守城死幼子三子婦一女皆殉節事
聞贈瀉里光祿寺卿予祭葬謚忠肅公之將生也
王母李感異夢其生衣胞皆白色三歲失乳母楊
太孺人置水酒床頭夜起飲之一瓿立盡萬曆乙
卯山東大饑盜蠭起公時九歲與兄圻夜讀書聲
虞初新志　卷一

(書影 10) 奎章閣 所藏本

前面記録了作品出處，可是從卷十四中半以後已全遺落。一共有147篇的作品。卷一收録《姜貞毅先生傳》、《徐霞客傳》（作者：王思任，原典：文津善本）。卷五收録《柳夫人小傳》而未録《賈生傳》。卷六收録《孫文正黄石齋兩逸事》。版本（3）卷六《書鄭仰田事》轉録爲卷十六收録。卷七收録《紀周侍郎事》而未録《象記》。卷八未録《孝賊傳》。卷

①《廣虞初新志》的編者黄承增是張潮的同鄉，即安徽省歙縣人，1803年刊行此書。《廣虞初新志》模擬《虞初新志》的編撰體裁，主要收録人物記事文類的文章，另外，此本令人矚目的是還收録了雜著類的文章，主要是從《檀几叢書》、《昭代叢書》抄録的《更定文章九命》(王晫)、《岕茶彙抄》(冒襄)、《將就園記》(黄周星)、《宣爐歌註》(冒襄)、《怪石贊》(宋犖)、《漫堂墨品》(宋犖)、《硯林》(余懷)、《蘭言》(冒襄)、《飯有十二合説》(張英)、《兵仗記》(王晫)、《出山異數記》(孔尚任)、《廣州遊覽小志》(王士正)。

②袁行霈、侯忠義編，《中國文言小説書目》未收録咸豐元年本，而收録咸豐六年鄉嬛山館刊本。這“六”也許是“元”的錯字，或者，指咸豐六年的複刻本。另外，奎章閣藏有咸豐元年小鄉嬛山館藏板《虞初續志》(鄭澍若編，12卷6册)，嶺南大學藏有嘉慶七年(1802) 養花草堂藏板《虞初續志》(12卷4册)。

十五未録《乩仙記》。卷十七補録《南游記》（孫家凎）。卷十九遺落《七奇圖説》①的圖畫。卷二十收録《板橋雜記》。張潮總跋（1700年作）被遺落。

（8）民國初，上海文明書局，石印本，20卷（4册）：朴現奎所藏（參見書影11）。該本的底本是版本（7）。因此，主要特徵與版本（7）相同。一共收録有147篇。影印於《筆記小説大觀（二十三編）》、《清代筆記叢刊》（齊魯書社，2001）②。

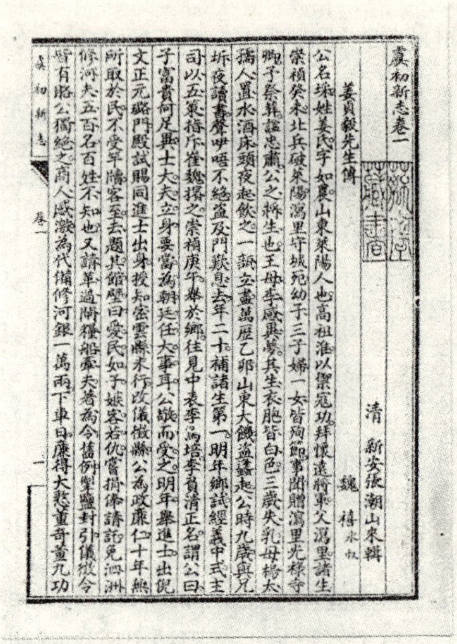
虞初新志卷一

清　新安張潮山來輯

姜貞毅先生傳　魏禧冰叔

公名埰姓姜氏字如農山東萊陽人也高祖淮以禦寇功拜懷遠將軍父瀉里諸生崇禎癸未北兵破萊陽瀉里守城死幼子三子婦一女皆殉節事聞贈瀉里光祿寺卿予祭葬謚忠肅公之將生也王母李感異夢其生衣胞皆白色三歲失乳母楊太孺人置水酒床頭夜起飲之一旣安盡萬歷乙卯山東大饑盜蜂起公時九歲與兄圻夜讀書聲咿唔不絕盜及門歎息去年二十補諸生第一明年鄉試經義中式主司以五策語斥崔魏擯之崇禎庚午舉於鄉往見中表李爲培李負清正名謂公曰子富貴何足異士大夫立身要當爲朝廷任大事耳公瞿然受之明年舉進士出倪文正元璐門殿試賜同進士出身授知密雲縣未行改儀徵縣公爲政廉仁十年無所取於民不受羊牘客至去題其館壁曰愛民如子嫉客若仇嘗捐俸請豁免泗洲修河夫五百名百姓不知也又請革過閘糧船牽夫著爲令舊例掣鹽封引儀徵令皆有賂公獨絕之商人感激爲代備修河銀一萬兩下車日廉得大憝董奇董九功

虞初新志　卷一　一

(書影 11)《筆記小説大觀》影印本

《虞初新志》所録的作品大抵皆有張潮的簡評。（只有陸次雲《紀周侍御事》和余懷《板橋雜記》没記簡評，而王晫《看花術異記》除了張潮之外還録有三個人的評注。）但是，版本（4）所録的《姜貞毅先生傳》（魏禧）、卷六《孫文正黄石齋兩逸事》（方苞）未有張潮之評，則代爲金棕亭之評。由此，可以推測1769年對錢謙益文集的毀板令以後，《虞初新志》是由於金棕亭改修而刊行的可能性比較大③，因此，此二篇的作品恐怕本來未收録在張潮的原撰本。即《虞初新志》八卷本大

①《七奇圖説》是由西洋传教士南懷仁(1623—1688，原名 Ferdinand Verbiest)所編的，有巴比倫（Babylon）城、宙斯(Zeus)像、羅馬鬥獸場（Colosseum）、金字塔(Pyramid)、巨人铜像、西洋商船等西洋代表的七个奇圖及其解題（原載於《坤輿圖説》），版本（7）、（8）之外，其他版本都刻有此圖畫。

②依據袁行霈、侯忠義編《中國文言小説書目》，以上的刊本之外，還有1926年上海梁溪圖書館鉛印的沈子英校點本，1932年上海開明書店的鉛印本(1986年上海書店複印)，1935年上海大達圖書供應社的鉛印本，1954年文學古籍刊行社的鉛印本等。

③金兆燕的傳見於《清史列傳》及《(民國)全椒縣志》(《中國地方志集成》安徽府縣志輯35卷10《人物志·文苑》)等。《清史列傳》："金兆燕，字鍾越，安徽全椒人。乾隆三十一年(1766)進士，官國子監博士，改揚州教授。兆燕幼稱神童，與張鵬翀齊名，工詩詞，尤精元人院曲。王昶嘗稱其遊黄山諸作奇崛可喜。偶作《旗亭畫壁記》，盧見曾愛而刻之。性不耐靜坐，多言笑，時目爲喜鵲。官揚州時開壇坫，號召名士，每風月佳夕，聯舫於紅橋白塔間。吳錫麒謂其分箋角勝落筆如飛，蹴躡追之不能及也。著有《棕亭古文鈔》十卷，《駢體文鈔》八卷，《詩鈔》十八卷，《詞鈔》七卷，總名《國子先生集》。"(《清史列傳》卷七一《文苑傳》二《張鵬翀傳》附，上海中華書局，1928年) 在此值得矚目的是，金兆燕的老家全椒與揚州很近，而且，他在揚州做官。揚州是張潮的故鄉，也是江南出版文化的主要地方，《虞初新志》也在揚州刊行。

概在1684年初刊，但那時候，方苞才17歲。依據《方望溪全集·方望溪先生年譜附録文目編年》（中國書店，1991），《高陽孫文正逸事》和《石齋黄公逸事》都是方苞30–35歲所作的，因此，可以説至少1697年以後所作的作品。並且，金棕亭《姜貞毅先生傳》有評曰："……以魏公文姜公事，作《新志》壓卷，足令全書皆生赤水珠光。"由此，可以推斷金棕亭把此篇收録爲《虞初新志》的第一作品。

還有，只有版本（4）的侯方域《顧生傳》和版本（7）的孫嘉淦《南游記》記有張潮之評。這也表明此篇作品本來未收録在張潮的原撰本。尤其，後者是可以確定，那麼，這恐怕是後代的僞作。孫嘉淦（1683–1753，1713年進士）在《清史别傳》（卷15）、《清史稿》（卷303）各有其傳，《南游記》是1721年旅游江南地方而作的作品。那時，張潮已經去世之後。

[2] 日本木版本

（1）1823年刊木版本20卷（5册，10册），半廓12.5×17.9㎝。現藏在韓國國立中央圖書館及韓國精神文化研究院（參見書影12）。一共收録有147篇。荒井公廉《翻刻虞初新志序》（1823年）曰："……其書有前後二刻，以康熙癸亥張潮所刻爲初出，乾隆庚辰張繹所校巾箱本，則係重鐫，但重鐫增五篇，而闕三篇，增者爲《徐霞客傳》，爲《柳夫人小傳》，爲《書鄭仰田事》，爲《紀周侍御事》，爲《板橋雜記》。闕者爲《孫文正黄石齋逸事》，爲《象記》，今用初出原本翻刻之，更追補重鐫内四篇，獨《板橋雜記》，東都書肆既刊行之，故除。"兹所説的初刻是指版本（5）。此本比張繹重刊袖珍本更晚一些，可荒井公廉把它誤認爲初刻本。

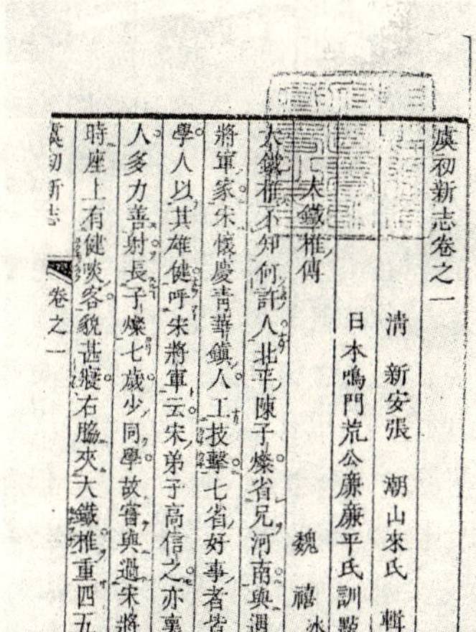
虞初新志卷之一
清　新安張　潮山來氏　輯
日本鳴門荒公廉廉平氏訓點
大鐵椎傳　　魏　禧　冰叔
大鐵椎不知何許人北平陳子燦省兄河南與遇宋
將軍家宋懷慶青華鎮人工技擊七省好事者皆來
學人以其雄健呼宋將軍云宋弟子高信之亦懷慶
人多力善射長子燦七歲少同學故嘗與過宋將軍
時座上有健啖客貌甚寢右脇夾大鐵椎重四五十
虞初新志　卷之一

(書影 12) 韓國國立中央圖書館 所藏本

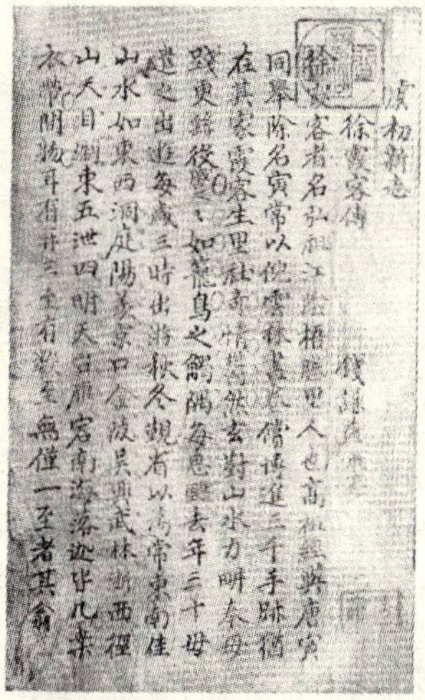
虞初新志
徐霞客傳

(書影 13) 姜景勳 所藏本

[3] 韓國抄寫本

（1）《虞初新志》抄寫本20卷10册，韓國國立中央圖書館（古貴3738-9，返還文化材）一共收録有145篇。該本把中國乾隆年間的木版本（版本[1]-（5））作爲底本，也參照高麗大學晚松文庫本（版本[1]-（4））而抄寫。所以，版本[1]-（5）的143篇之外，還收録版本[1]-（4）所録的二篇作品：《姜貞毅先生傳》、《賈生傳》。

（2）《虞初新志》抄寫本1册（162張），姜景勳所藏本，15.6×24.6㎝，一共收録有44篇。該本把張繹重刊袖珍本（版本[1]-（3））作爲底本（後尾有抄寫的張繹之識）。收録錢謙益《徐霞客傳》，因此，它可能是從1760年未毁删之前的版本抄寫①（參見書影13）。書尾記有“癸巳（1773）初夏謄出，書於清聞堂中”，也記有“清聞堂藏書”，可見該本之藏處。而且，最後有一張以眉叟體字寫云：“諸公所作，史則非矣，文則得。某之名稱者，可見不虛。”

該本是原來晉州柳氏清聞堂所藏本，後來，傳給女婿豹菴姜世晃②。參與抄寫的文人有柳慶種（1714-1784）及其姪柳賫(1748-1790)，還有柳慶種之姐夫姜世晃(1713-1791)及其子姜寅(1729-1791)、姜俒(1739-1775)、姜儐(1745-1808)和李用休(1708-1782)等。（另有“兒筆”。）③ 主要句子畫有紅點或青點，這是精讀之證據。該本是從張繹重刊袖珍本（一共有146篇），抄寫了大概1/3的作品，另外，對選文的意義，往後待考詳論。不過，由此足知，

①有關此本，主要參見姜景勳，《重菴姜彝天文學研究》(《古書研究》15號，韓國古書研究會，保景文化社，1997)。這裏所收録的44篇作品如下：《徐霞客傳》、《小青傳》、《大鐵推傳》、《瑤宮花史小傳》、《名捕傳》、《補張靈崔瑩合傳》、《柳夫人小傳》、《狗皮道士傳》、《劒俠傳》、《女俠傳》、《汪十四傳》、《冒姬董小宛傳》、《焚琴子傳》、《丁葯園外傳》、《顧玉川傳》、《紀盜》、《髯樵傳》、《秦淮健兒傳》、《再來詩讖記》、《湯琵琶傳》、《烈狐傳》、題目已缺(案：《因樹屋書影》中的一段)、《書戚三郎事》、《武風子傳》、《戴文進傳》、《髯將軍傳》、《曼殊別誌書缶傳》、《姍姍傳》、《太恨生傳》、《人觚》、《事觚》、《三儂贅人廣自序》(姜世晃的《怪石圖》)、《圓圓傳》、《記老神仙事》、《海天行記》、《嘯虹筆記》、題目已缺(案：《板橋雜記》)、《張繹後識》、題目已缺(案：《吳觚》)、《核工記》、《核舟記》、《板橋雜記(選)》、《陳老蓮別傳》、《記吳六奇將軍事》、《王翠翹傳》、《寶婺生傳》、《林四娘記》。(張繹的後識之下，也有作品收録，由此可見，後識之後的9篇作品，後來再加録。還有，目録把《板橋雜記》放在最後，而本文的《板橋雜記》下面還收録了5篇作品。)

②清聞堂是朝鮮後期的四代萬卷堂(參見三溟姜浚欽《讀書箚記》，柳命天、柳命賢、李廷龜、李寅曄的後代家門)之一，就是晉州柳氏靜齋柳命賢(1643—1703)的齋號，柳慶種是其從孫。已经報告學界的雜録《博聞》（鈔本）(姜景勳，《筆寫本雜録《博聞》에 대하여》，《文献과 解释》7号，1999夏。) 亦是由於抄寫《虞初新志》的諸文士（李用休之外），於1766年抄寫，原藏在清聞堂。此本上的“季侖”之印是姜彝文的字。姜彝文是姜俒的次男，其兄是重菴姜彝天(1769—1801)，他与金鑢、金祖淳有交流，曾借看他們的作品集《虞初续志》。

③承蒙姜景勳先生的確認。

該本把主要作品已經都收録。

（3）《虞初新志選》，抄寫本1册（77張），袖珍本，韓國國立中央圖書館（古3638-24）8.5×14.7㎝。標紙上面寫有"蹈齋讀本"，"手寫珍藏"，"庚戌仲秋"(按：1790年或1850年)之記。一共收録有29篇[①]。該本把1851年的袖珍本（版本［7］）所遺落的《孝賊傳》、《七奇圖説》的圖片都予收録，而且，作品題目之下都有其出處，從這點來看，該本的底本卻不會是1851年的版本（1）-（7）袖珍本和版本(1)-（5）乾隆本（這未録作品出處）。其收録作品大概偏重於志怪、記異之類。

（4）《虞初新志》，鈔本20卷10册，日本宫内廳所藏本，18.3×25.8㎝。這不是韓國現藏本，但是，朝鮮後期被抄寫的[②]。記有1760年所寫的張繹之識，由此，可以推測該本是從1760年張繹重刊袖珍本抄寫的。

三、朝鮮後期文人的《虞初新志》閱讀

1802年清鄭澍若曰："幾乎家有《虞初新志》。"由此可見《虞初新志》已經廣泛流傳而極受歡迎，有關記録也見於朝鮮文人的文集。南公轍（1760-1840）在洪大容（1731-1783）與潘庭筠、嚴誠之間的親筆詩牘紙尾的題跋，已經顯出了朝鮮文士的愛讀《虞初新志》的情況："(前略) 書牘學晉人，蕭散懇款，清人集中亦罕見如斯墨妙矣。於書無所不覽，尤嗜《虞初志》諸書，真風流佳士也。"(《潘嚴二名士詩牘紙本》，又《金陵集》卷23，1815年以前) 而且，金貞益是1843年以燕行的軍官去中國，從中國文人贈受《虞初新志》而回來，有關記録還見於他的燕行録[③]。由此可見，從18世紀至19世紀中葉，《虞初新志》是一部普遍的讀物，仍然受到清代文人的重視。中國的這些現象，自然而然影響到朝鮮文士，《虞初新志》也流行於朝鮮，而産生了愛讀之熱風。那麽，有多少朝鮮後期文人喜歡閱讀《虞初新志》？玆追蹤一下其閱讀的痕跡。

（1）俞晚柱(1755-1788)

①此29篇如下：《大鐵椎傳》、《秋聲詩自序》、《義虎記》、《賣花老人傳》、《换心記》、《秦淮健兒傳》、《雷州盗記》、《郭老僕墓誌銘》、《五人傳》、《曲全節義》、《趙希乾傳》、《孝賊傳》、《劒俠傳》、《毛女傳》、《皇華記聞》、《王義士傳》、《雌雌兒傳》、《核舟記》、《狗皮道士傳》、《圓圓傳》、《記縊鬼》、《記同夢》、《乩仙記》、《中泠泉記》、《髯將軍傳》、《記吳六奇將軍事》、《姚江神燈記》、《因樹屋書影》、《七奇圖説》。

②參見《海外典籍文化財調查目録——日本宫内廳書陵部韓國本目録》(韓國海外典籍調查研究會，2001) 頁125-126。

③見於《北征日記》(鈔本 2册，個人所藏本)。但沒見具體的書志内容。不過，由此足知當時對《虞初新志》的重視比較大。

京華閥閱家出身的俞晚柱曾有13年間的讀書日記《欽英》①，從這部日記我們不難得知明清稗史小品群書在朝鮮後期如何流通，這簡直堪稱爲小品書籍的一部寶庫②。他1775年最早接受《虞初新志》之後，有5年多的閱讀，1784年又接受新刊本《虞初新志》。有關記録，見於《欽英》如下：

"閱《虞初新志》(十册)。虞初，漢武帝時小吏，衣黄乘輜，采訪天下異聞。新志之名，蓋以是也。""尤倜有《瑶宫花史小傳》，其所載《太華行》一篇甚奇。其辭曰……"(以上，《欽英》1775年3月4日條)"故紙中見《新志》自叙……。(以下，《虞初新志自叙》全文轉載)"(1779年5月14日條)陸次雲《陳圓圓傳》全文轉載。(1780年 8月24日條)"…閱余澹心《板橋雜記》三十四板云云"(1784年2月3日條)"……出《虞初新志》，共爲賞訂。是謝恩使所得新本也，凡二十卷。其新序云，'己丑(1769)秋奉詔銷燬錢謙益《初學》、《有學》二集，而《新志》第一卷中《徐霞客傳》，第六卷中《鄭仰田事》，皆從删去。以《姜貞毅傳》、《孫文正事》補刊'云。"(1784年3月23日條)"中原人一技一藝，無一非雅致，觀於吴梅村所傳《張南垣事》可知也。"(1784年 7月17日條)

（2）柳得恭（1748–1807）

柳得恭在《送人赴燕求虞初新志》詩中，委託燕行使臣求得"絶妙"《虞初志》。其詩曰："送君渡鴨水，戎服折風巾。燕市三韓客，齊莊一楚人。聞鴻紫塞夜，躍馬玉河春。絶妙虞初志，無忘寄袖珍。"柳得恭的詩集（《泠齋集》）以創作時年來編，此首是1776年之作③。

（3）朴趾源(1737–1805)

朴趾源曾有燕行於1780年。接受北京鳴盛堂所發行的群書目録之後，其中，抄寫70餘種的主要書籍。《虞初新志》也在其内。他有貶義之説，這都只不過是小品書，但他可能已經讀完之。而且，朴趾源手澤本"燕岩山房"之版心的絲欄空卷有《虞初新志》所載的陸次雲《圓圓傳》的抄録④。朴趾源在18世紀90年代常常利用此稿。

---

①此本影印收録在奎章閣資料叢書(全6册，1997，朴熙秉解題)之内。其後，針對此叢書所録的稗史小品、錢謙益、漢文短篇及記事文的論文陸續有發表。

②關於俞晚柱所閱讀的明、清小説及小品書，参見金榮鎮，《俞晚柱의 漢文短篇과 記事文에 대한 一考察》(《大東漢文學》13輯，大東漢文學會，2000)。

③李德懋(1741–1793)文集沒見有關《虞初新志》的紀録。但是，李德懋與柳得恭等結成"白塔同人"("燕巖一派"、"北學派")而密切交流，還有他親自閲讀了《虞初新志》所收録的《因樹屋書影》(周亮工)、《筠廊偶筆》(宋犖)、《留溪外傳》(陳鼎)、《湖壖雜記》(陸次雲)、《笠翁一家言》(李漁)等的單行本，由此，可以推知他是已經看見《虞初新志》。

④檀國大學校所藏。

（4）金鑢(1766—1821)

金鑢非常喜愛《虞初新志》，他曾與其友人金祖淳(1765—1832)寫作了類似的作品而編撰成書，命名爲《虞初續志》。

"余少時與楓皋金相公(金祖淳)讀《虞初新志》，甚喜之，相與收拾所著五十餘首，爲一卷。厥後姜左視借一卷，未及索還，余坐左視飛語獄，謫寧城(1797年——筆者注)，一卷借寧城士人姜祥國鷹野。未幾，余被逮下錦衣，旋配嶺南(1801年)，及解歸(1806年)，貽書鷹野，求之甚懇。鷹野二千里專人送之，而盡蹷缺，又逸其半。文章之厄，苦哉！兹分兩家所著，爲二卷云。"(金鑢《藫庭遺稿》，《題古香屋小史卷後》)

"余於壬子年(1792)間，與楓翁收拾所著文字，爲《虞初續志》。未幾，余北竄南謫，遺亡太半，其謫中所著數十首，金穆如希天持去。癸酉(1813)希天没，問諸其孤，已失之矣，可勝惜哉！兹又搜取兩家文字，爲二卷。一曰《古香屋小史》，一曰《丹良稗史》云爾。戊寅仲夏下澣藫叟書。"(《藫庭遺稿》，《題丹良稗史卷後》)

金鑢從1818至1821年所編的《藫庭叢書》（全34卷17册，個人所藏，鈔本）①的《古香屋小史》中已經收録有金祖淳的《李景明先生傳》、《吕夫子傳》、《李生傳》、《五臺劍俠傳》、《李彦瑱傳》、《申生傳》，而在《丹良稗史》中，還收録有金鑢的《李安民傳》、《砲手李士龍傳》、《安黄中傳》、《賈秀才傳》、《琉球王世子傳》、《索囊子傳》、《蔣生傳》、《韓淑媛傳》，由此，我們可以窺知各篇作品的一些特徵。

（5）近畿小北、南人系文士

豹菴藏書本《虞初新志(抄)》(鈔本1册，姜景勳所藏本)是由劉慶種(1714—1784)、姜世晃(1713—1791)、李用休(1708—1782) 及其子弟傳抄完成(成書於1773年夏)的，由此可知，《虞初新志》不僅在京華老論集團，而且，在近畿小北、南人系集團已經流行閱讀。② 並且，奎章閣藏有《小海》（鈔本 1 册），這一直以爲編者未詳，但我重新發見該本是南夏行（1697–1781，號潛翁）之親筆本，他曾經與劉慶種、姜世晃等有緊密來往。該書也有抄録《虞初新志》的《趙希乾傳》、《啞孝子傳》、《嘯翁傳》、《秋聲詩自序》、《髯樵傳》、《柳軒叢録》等。另外，也記有吴尚濂之散文、李瀷《星湖僿説》、李孟休《碾臼餘録》、

①關於此本，參見朴晙遠，《藫庭叢書 研究》(成均館大 大學院 博士學位論文，1995.2)。

②丁若鏞(1762–1836)也是接受《虞初新志》的可能性比較大。《與猶堂全書》有《跋曼殊傳》，這是對毛奇齡《曼殊傳》的批評，由此推測丁若鏞已經看了毛奇齡的《西河全集》，但《虞初新志》(卷13)已經收録《曼殊傳》題爲《曼殊別誌書缶尊》，由此可見，這已經成爲有名的作品之一。由此看來，丁若鏞是接受《虞初新志》之後，才有可能寫了《跋曼殊傳》。而且，丁若鏞也在《題黄裳幽人帖》中論及到黄周星(1611–1680)的《將就園記》。黄周星是張潮的前輩文人，此篇收録於《昭代叢書》，由此又可知，他還有可能已經接受《昭代叢書》。

柳慶種《海巖雜録》①。由此可見，此書由安山的南人、小北系文士傳抄而編撰。②

還有，近畿南人的代表學者丁若鏞(1762—1836)也是接受《虞初新志》。他在《慶興宋帝爐辨》(1796作)引用《虞初志》的紀録，即是《虞初新志》卷十六的《記古鐵條》（詹鍾玉作）。《雅言覺非》(1819年作)“豆腐”條、贈給金基敘的書信《與鼎山》（1822年作）中也都有提到《虞初新志》③。

（6）其他文人

漢城和近畿之外，忠清地區的文士也喜歡閱讀《虞初新志》。《日録》（奎章閣所藏，鈔本零本6册）是宋來熙(1791—1867，號錦穀)所寫的日記。他是同春堂宋浚吉的從孫，哲宗在位年間被除判書，時年十八（1808年）前後，他非常喜歡閱讀多種中國小説，包括《虞初新志》④。

還有，19世紀馳名的閭巷詩人柳最鎮(1791—1869)在1846年把自己平時喜歡的明清小説選抄而題爲《學山手抄》，其中主要是《虞初新志》的作品⑤，有七篇：《秋聲詩自序》、《小青傳》、《冒辟疆影梅庵憶語》、《南懷仁海舶説》、《賣花老人傳》、《花隱道人傳》、《黄履莊小傳》等。

另外，徐有榘(1764—1845)《林園經濟志》，李圭景(1788—1856)《五洲衍文長箋散稿》等百科辭典之類的著書也有引《虞初新志》的紀録。

---

① 劉慶種有一首詩：“薄有著述，令兒輩執筆數日，滿一卷而止。豈《玉盃》、《繁露》之爲乎，不過爲《於於野談》耳。戲成十韻”(1763年作，《海巖稿》第5册，後代家長抄本)。由此可見他有雜録類的著述。况且，同年2月也作一首詩《二月初六日早起》云：“虞初二酉搜奇怪，可已不已閒著述”，可見他對雜記類的關心比較大。

②其中，最晚的作品是南夏行、南泰普辨疑《直提學南敬齋墓碣銘辨疑》（1772年作）。這是對櫟泉宋明欽(1705—1768)《直提學南敬齋墓碣銘》（1767年作）所作的辨疑。

③ “昔干寶作《搜神記》，近世張潮輯《虞初新志》。其中所載諸説，驟看似若邪正相錯，然靜究理奥，質之於堯舜三王之禮，則摠可謂之邪怪亂神。”(《與鼎山》)

④依据筆者的考證，奎章阁所藏《日録》(古4655-2)是恩津宋來熙之作，玆記有1806—1812年，1835—1836年所寫的日記，其中，有記録他所閱讀的書目。除了《虞初新志》、《昭代叢書》，還有《西遊記》、《水滸傳》、《今古奇觀》、《文苑楂橘》、《情史》等。有關《虞初新志》的記載：“閱《虞初新志》數十板”(1808年3月31日條)，“……只看《虞初新志》日數十板而已。蓋其文出於明末清初，而其説如稗官小説之類，頗有可采，而如《霞客》之高操，《小青》之幽怨，《换心》之虚怪，《核工》之奇巧，亦可謂千古絶調。”(同年 5月2日) 關於《日録》，參見金榮鎮解題(《奎章閣韓國本圖書解題續編·集部》，2003)。

⑤韓國國立中央圖書館葦蒼文庫所藏本。除了《虞初新志》以外，也有《佛化孫陀羅難陀入道經》、《慟哭古人》、《留贈後人》、《雨村詩話》、《灤陽消夏録》。

四、朝鮮後期文人的《虞初新志》接受

朝鮮後期文人的《虞初新志》的接受特徵，主要有幾個方面。首先，值得思考的是，《虞初新志》較之《聊齋誌異》，在朝鮮更爲流行[①]。究其原因，一般朝鮮文人大概對小説文學有否定的認識，尤其，以奇異爲主的《聊齋誌異》之類，對朝鮮文人來説，並不新鮮。反而，《虞初新志》是明末清初實存的傳、記事文已佔有十分之七以上，而有正統漢文散文文體的特徵，這點就促使《虞初新志》在朝鮮廣泛流行。並且，其主要情節，在明清之際的激變之下所産生而具有一定的歷史意義，因此，通過這些作品，可以瞭解時代的事件，所以，朝鮮文士的關心越來越增加。還有，文藝美比較高，主要情緒比較强調對明的節義，也對朝鮮文人産生了深刻的印象。另外，幾部有興趣的傳奇小説或《七奇圖説》的神秘因素，也是《虞初新志》流行的主要原因之一。下面思考一下朝鮮文人接受《虞初新志》的主要特徵。

（1）注目稗官小説的興味因素和正統散文文體的多彩特徵，例如，宋來熙："蓋其文出於明末清初，而其説如稗官小説之類，頗有可采，而如《霞客》之高操，《小靑》之幽怨，《换心》之虛怪，《核工》之奇巧，亦可謂千古絶調。"(《日録》1808年5月2日條)

（2）立傳人物的廣泛化，尤其是市井人(平民、下層民)的立傳: 朴趾源[②]、李鈺[③]、金鑢等。

（3）奇人、藝人的立傳比較流行: 朴趾源、李鈺、金鑢等。

（4）在傳奇小説史上來看，對愛情傳奇及義俠傳奇産生影響：李鈺、金鑢、金祖淳、李安中等。有關這點，玆值得提醒的是奎章閣所藏《外史續英華》(筆寫本1册)一書。該書模擬《太平廣記》，以主角之名爲題目，從《虞初新志》選録27篇作品，主要有《汪十四》、《武風子》、《焚琴子》、《劍俠》、《愛鐵道人》、《陳圓圓》、《張靈崔瑩》等。但此書不説明其出處，也不紀録各篇的作家名。小説的趨向非常濃厚。

（5）對愛情詩文發展産生了影響：金鑢《思牖樂府》，韓在洛《綠波雜記》[④]等。

---

①關於朝鮮後期的《聊齋誌異》閲讀，參見崔溶澈《〈聊齋誌異〉在韓國的流轉與研究》(《聊齋學研究论論集》，中國文聯出版社，2001)。18世紀後半的有關《聊齋誌異》的閲讀記録，只見於俞晚柱的文集。

②《燕巖集》的《放璚閣外傳》等。

③李鈺的有些作品與明清散文有直接的關係：《市奸記》、《柳光億傳》開端與沙張白《市聲説》、《聽南鶴歌小記》有關係，《遊梨園聽樂記》與余懷《寄暢園聞歌記》有關係，《湖上觀角力記》與彭士望《九牛壩觀觝戲記》的前端叙事有密切關係。

④這是受到余懷《板橋雜記》的影響之後，記録平壤妓女的。李鈺和柳得恭也曾引《板橋雜記》的故事。

明代小説對當時文學的影響相當廣泛。《板橋雜記》描繪明末清初文人才士與江南美麗的妓女之間的愛情，這是已經普遍的文學主題。冒襄、龔鼎孳、吴綺、吴偉業、錢謙益、毛奇齡等當代馳名文人都有以妓女題材的愛情詩文及豔詩集。(陳維崧有《婦人集》，袁枚有《女弟子詩選》)。《虞初新志》所録的張明弼《冒姬董小宛傳》及其附録的冒襄(1611—1693)《影梅菴憶語》也是引人注目的作品。《影梅菴憶語》是一篇明末文人才士冒襄與當代名妓董小宛（本名白，有關事蹟也見於《板橋雜記》）之間的愛情故事，董小宛死後，懷想記録過去相愛的九年之事。比之更早，19世紀初期，沈復也有《浮生六記》，這在當時文學史上的意義已經相當高。

在東亞古典文學上，男女愛情故事的文學風格已經逐漸發展，但至明代，重新出現"手記式"小説文學。1797年金鑢由於姜彝天飛語獄事件，徙貶咸慶道富寧。那時他與衙前、武班、獵人、商人、妓女等有交往，以作詩充分描繪自己的體驗，其中，有關妓女的作品，令人矚目。（不過，他此時受到嚴重的痛苦，因此，大部分的詩文已經散佚，可是有幸的是，現在仍然留存其作品的篇名。）至1801年金鑢由於辛酉事獄再移送到漢城，接受審問，又去慶尚道鎮海，在此，他懷想過去富寧的許多事情，還作了一共290首的連作詩《思牖樂府》。其中，約50首描繪與富甯妓女蓮姬的愛情故事[①]。甚至，他還作了《蓮姬言行録》，這是懷想對她的感謝及勸誡。金鑢還跟蓮姬和她的友人及親族關玉、娥蟾、(盧)心紅、寧山玉等，一起作詩會、賞春，已經深刻地體會她們的日常生活。他在富寧時所作的妓女相關之詩文，有《心紅小傳》、《鄭雪豔傳》、《雪豔墓誌》、《貞鴈傳》、《謝盧心紅送雲錦褙子歌》、《蘇蕙娘小傳》、《京仙傳》、《玉京仙彈李月沙石上桐歌》等。朝鮮朝文人所立傳的妓女，大抵都是宣揚忠、孝、烈之思潮，可是，金鑢所作的五名妓女傳並不是同此。即對蓮姬的戀歌及《蓮姬言行録》等從冒襄的《影梅菴憶語》之類的手記文學接受了深刻的影響[②]。（《虞初新志》還有收録毛奇齡《曼殊别誌》等作品。丁若鏞曾經對毛奇齡的這篇作品作了極其殘酷的批評。）於此可見，金鑢是非常喜歡閱讀《虞初新志》的朝鮮文人之一。

（6）對明義理的强調，提供有關明遺民的資料：成海應(1760—1839)爲代表(李德懋也

①如前所述，金鑢在鎮海作了一共290首的連作詩《思牖樂府》。其中，約50首是描寫妓女蓮姬，在朝鮮朝漢文學上獨一無二的，玆引第149首：問汝何所思，所思北海湄。六月流頭月似甕，蓮姬沐髪玉瀑洞。洞中蒼壁繞似屏，瀑水噴飛建萬瓶。水色澄清澈底冷，上有雲氣一道青。我先脱衫跳水内，蓮姬匊手澆我背。蓮姬端坐水邊石，水中月色照翠黛。(《思牖樂府》下)

②金鑢和李鈺文學的主要特徵是，對封建禮教的反抗、比較如實地描寫情感。但金鑢和李鈺及余懷的作品有些差距。《板橋雜記》是接受"青樓 風俗志"(唐孫棨《北里志》之類)的傳統，而加以自己的體驗，並且作爲明遺民的作家情感充分的表現出來，而其主要内容是以感傷爲主。反而，金鑢主要描寫淺民妓女和沒落或不遇之士之間交流，主要内容是對封建權勢的反抗。

是其中之一)。成海應《皇明遺民傳》選抄了《虞初新志》所載的無名遺民）活死人，雌雌兒，孝丐，髯叟，雲間道人，愛鐵道人等)的内容。《虞初新志》本來具有對明意識的强調，但成海應比較偏偏地接受《虞初新志》的片面。（並且，《皇明遺民傳》在其引用書目上故意遺落了《虞初新志》的書名。）

（7）風俗及微物、身邊雜記的紀録：李鈺《鳳城筆》[①]，《白雲筆》[②]。

（8）從中國的記録抽出有關朝鮮的記事：朴趾源、李德懋等[③]。

五、結論

本文主要探討韓國現存《虞初新志》的諸種版本及其版本上的特徵，還討論它在朝鮮後期文學史及思想史的意義，並思考了朝鮮後期文人閲讀和接受《虞初新志》的面貌。總之，《虞初新志》版本上的特徵有如下：

（1）康熙年間所刊行的《虞初新志》初本八卷本和完本二十卷本還未發見。

（2）1760年張繹在揚州重刊了袖珍本《虞初新志》。但1769年由於清朝對錢謙益文集的毁板令，其後此本産生了許多删節。

（3）有了對錢謙益文集的毁板令之後，重新出現了兩種修改本：一是袖珍本（羅興堂校），一是一般版型本。曾經擔任揚州教授的金兆燕（1718–1789以後）可能參與了這修改本的刊行。此二本都是出刊於乾隆年間，但其正確的時間不太明確，因此，無法考知此二本之間的關係。該本都删掉錢謙益的二篇作品及有關錢氏的作品（《柳夫人小傳》），並且，錢謙益的號、名也都被削掉，代爲其他另外的作品。因此，重新選録的作品原來未收録在張潮的原撰本。

（4）1851年所刊的小嫏嬛山館藏板袖珍本比較多些作品的出入，其中，重新被選録的孫嘉淦(1683–1753)《南游記》(1721年作)原來未收録在張潮的原撰本。

（5）民國初所刊的石印本《虞初新志》是1851年小嫏嬛山館藏板袖珍本的改版本。

（6）1862年日本複刻的《虞初新志》把乾隆年間的一般版本作爲底本，又參見張繹重

①李鈺《鳳城文餘》是在從軍地區三嘉縣見聞而寫的65篇的短文筆記雜録，主要描繪當時社會的真相，《乘轎賊》、《石窟盜鑄》等，都是有價值的資料。在内容方面來看，這是與徐芳《諾皐廣記》、東軒居士《述異記》(李鈺已見此書)等明清筆記類有些關係。

②延世大學現藏抄本二册。參見金榮鎮，《白雲筆研究》(《漢文學研究》20輯，啓明漢文學會，2005)。在翻譯中。

③參見金榮鎮，《朝鮮後期實學派의 叢書編纂과 그 意味》，《三韓叢書》，《小華叢書》를 中心으로，《韓國漢文學研究의 새地平》，李慧淳外編， 소명出版，2005.4。

刊袖珍本，而再附加補遺4篇（除了《板橋雜記》之外），荒井公廉在其翻刻序文上把乾隆年間的一般版本誤認爲初刊本。乾隆年間一般版本是1769年以後所刊行的修改本。

（7）韓國現存的鈔本《虞初新志》有兩種的全本，兩種的鈔本，其中，豹菴藏書本《虞初新志》是1773年由劉慶種、姜世晃等幾位文人傳抄的精寫本，其文獻價值比較高。

總之，《虞初新志》版本的刊年次序如下：

1684年前後八卷本 → 1704年前後二十卷完本(初刊) → 1760年張繹重刊袖珍本(揚州丁家灣古歡樓刊) → 1769年以後金兆燕改修本(袖珍本和一般版型本兩種) → 1803年寄鷗閑舫刊袖珍本 → 1851年小嫏嬛山館藏板袖珍本 → 民國初石印本。

本文的主要目的在於《虞初新志》版本研究，但中國及日本現存的《虞初新志》還未看見，往後非得補充不可。而且，目前還没有具體分析張潮文集《聊復集》和書信集《尺牘友聲》、《尺牘偶存》[①]等，因此，許多問題尚待考。待補充資料後，我還打算寫“張潮的作家論”。因爲，與張潮有來往的先代文人周亮工（1612–1672）對當時藝術界作了頗大的貢獻[②]，張潮亦是對當時江南出版、文學界作了不少貢獻，並且，他的文集在明清小品史上有很大的意義，況而，他對朝鮮後期文學也産生了不少影響。因此，對於張潮及其文集，我們還要進一步展開研究，期待續稿。還有，張潮與金鑢的比較研究也值得探討，金鑢的著作與張潮有相當類似[③]。另外，我還打算進一步探討自18世紀末至19世紀中葉從燕巖(朴趾源)集團到金鑢、李鈺文士群，而再繼承於秋史(金正喜)集團的漢城、近畿文人的文學史的位置及其意義。

最後，我還希望《虞初新志》的校勘、譯注本的出版能順利完整，爲了這一工作，有必要參看對照爲張潮所用的别集、選集等的一些文獻資料。

（朴貞淑譯）

---

①2003年承蒙高麗大學崔溶澈先生提供資料，看見復旦大所藏本《聊復集》的一部；2007年承蒙漢陽大學鄭珉先生提供資料，看見美國普林斯頓（Princeton）大學所藏本《尺牘友聲》、《尺牘偶存》。兹謹表示衷心的感謝。

②參見HONGNAM KIM，“The Life of a Patron—ZHOU LIANGGONG(1612–1672) AND THE PAINTERS OF SEVENTEENTH–CENTURY CHINA”(《China Institute in America》，New York，1996)。張潮是除了周亮工之外，也接受前代文人尤侗的影響。

③金鑢(1766—1821)在晚年所編撰的野史《漢皋觀外史》、《倉可樓外史》已经受到了學界的注目(參見安大會，《朝鮮後期野史叢書編撰의 意味와 过程》，(《民族文化》15，民族文化推进會，1992)，《漢皋觀外史解題》(韓國精神文化研究院，2002)等。但《潭庭叢書》是更重要的書籍。把其中收録的散文抽出來彙編的話，我們能編撰比較完整的朝鮮後期的作品選集。由此可見，金鑢的文學眼光比較高。《潭庭叢書》1818–1821年間集中地編撰成書，並其之前已有編撰一部尺牘集《周旋集》。

試論桐城派文論在明治漢學界的影響

陶德民

明治時代（1868–1912）的漢學家們不僅繼承了德川時代（1600–1867）的漢學傳統，對古代與近世中國的學問有很精深的研究，由於日清邦交的建立，他們與中國學者的交流不斷增多，因而對清代的學問也産生了極大的研究熱情。對桐城派文論的介紹和研究就是他們在這方面所作努力的表現之一。

然而，在桐城派文論是否對明治漢文界産生過重要影響這一問題上，日本學者之間尚未形成定論。比如，早稻田大學教授牧野謙次郎（号藻洲，1862–1937）的遺著《日本漢學史》(1938年)提到，由於黎庶昌在擔任駐日公使期間的影響和當時日本漢文界領袖人物重野安繹和川田甕江的推崇，不少日本漢文作家接受了桐城派的文論並效仿其文風①。與這種觀點截然相反，千葉大學教授緒方惟成在1961年則認爲，黎庶昌的影響只限于藤野海南和龜穀省軒這幾位漢文作家。雖然重野安繹和川田甕江對桐城派文論表現出欽佩之情，但是他們實際上並没有受到很大的影響。另外，依田學海（1834–1909）等一些漢文作家主要效倣的是侯方域等清初文人的文章②。

本文並不想通過調查統計來對桐城派文論在“多大程度”上對明治日本産生影響做出判斷，而是试圖探討桐城派文論是“爲什麽”和“怎麽様”被當時的日本漢學界吸收的。換句話説，通過對桐城派文論在日本傳播過程中的一些相關人物（包括像黎庶昌、張裕釗這樣的“輸出者”以及重野安繹、藤野海南、龜穀省軒、岡千仞、星野恒和宮島詠士這樣的“輸入者”）的考察，筆者試圖揭示出日本漢學家吸收桐城派思想的潛在動因和直接動

①牧野謙次郎《日本漢学史》（東京：世界堂書店，1938 年），頁317–318。最近三浦叶稱他作爲助手協助牧野寫了這本書，並實際上起草了於明治漢學相關的部分。參看三浦叶《明治漢文学史》（東京：汲古書院，1998年）。

②緒方惟成《日本漢文学史講義》（東京：評論社，1961年），頁201。

力，並探討日本漢學家在理解桐城派文論方面的一些特點。

（一） 傳播的背景

桐城派文論在明治日本的傳播絶不是偶然的，而是由多種因素導致的一個結果。首先，1871年日本與清朝建立外交關係後，明治漢學界開始意識到深入瞭解清代學術的迫切性。由於種種原因，德川時代的漢學家們把研究的重點放在明代的學術上，而不是同時代的清朝的學術上。例如，明朝的遺民朱舜水等流亡到日本後，得到了日本當權者之一德川光圀的信任，從而對當時的日本漢學界産生了很大的影響。與此相反，從關外入主中原的清朝統治者在當時日本則被視爲富有侵略性的蠻族而加以提防。雖然日本還能向來長崎做生意的中國商人不斷購買中國書籍，但是，德川幕府的鎖國政策切斷了日清兩國的人員往來，致使兩國的學者之間無法建立直接的聯繫。這種情況在1871年日本與清國建立外交關係之後才逐漸得以改變。

例如，藤野海南（名正啟，1826–1888）在直屬幕府的最高學府昌平黌學習時，他在中國古文的鑒賞和寫作上所取得的成就受到了其他同學的高度讚賞，而他本人也一直以漢文界的第一人自居。但是在明治維新之後，他發現自己已經落在了一些年輕的漢學者後面，甚至連在舊雨社中的領袖地位都岌岌可危，儘管這個文會是由他本人所創立的。這是因爲他對中國明清時期的散文家知之甚少，無法參與那些年輕學者們的討論的緣故①。

一本題爲《文海指針》的作文指南也同樣證明了這一點。川田甕江（1830–1896）在1876年把收在《清名家集》中的侯方域、魏勺庭、汪堯峰和朱竹垞等十位散文家的名作各選一篇加以注釋，編成此書，借以向日本的年輕學者展示清代散文寫作的基本技法和近期的發展趨勢。重野安繹（1827–1910）爲這本書作序，説明學習“清文”的重要性：“學書者不貴刻帖而貴墨蹟，相人者不於寫影而於睹面，孔子不夢堯舜禹湯而夢周公，無他，時世近者精神易接。是故，學左國史漢，不如學韓柳歐蘇；學韓柳歐蘇，不如學明清諸家。清之與我，其人或可相及，是猶授受乎几席間也。則其聲貌可擬，步驟可循，莫如清文焉。”②這本書在當時成了暢銷書，對明治日本的漢文寫作風格的變化發生了一定影響。

1879年6月，重野安繹在東京學士會院（戰前“帝國學士院”以及戰後“日本學士院”

①藤野海南《海南手記》，重野安繹編《海南遺稿》（東京：敦復堂，1891年）。

②川田甕江評《文海指針》（東京：小薬昌造，日下寛發行，1876年）。

的前身）發表演講時，建議“日本應該選派少年秀才到清朝去接受正規的漢學教育”[①]。他用“正規”這個詞來强調這種教育與傳統上通過訓讀方法來讀漢文的“非正規”教育不同，目的是要通過在中國直接接受漢學教育，掌握中國學者那種漢文直讀的方法。他認爲，在長期閉關鎖國之後，日本在與中國的學術交流上發生了嚴重的問題，應該通過留學中國、培養新一代的漢學家來解決問題，以便從整體上改變日本漢學的面貌，並滿足兩國間日益增長的外交、貿易以及學術交流的需要。

如果説在日本方面，明治早期漢學界已經做好了接受清代學術的準備，那麽在中國方面，桐城派則處於向日本傳佈影響的最佳位置。由於晚清政治家及文章家曾國藩（1811–1872）的影響，桐城派在十九世紀中期到二十世紀初期在中國學術界有著舉足輕重的地位，包括重野安繹在内的許多日本漢學家都意識到了這一不容置疑的事實。

1897年在東京舉行的地方學校漢文教師講習會上，重野對當時的中國文學界做過如下介紹：

> 今之清人崇尚桐城派體裁，以爲文章非如此不可……此派至今流傳頗盛。其次又有惲子居的一派，稱爲陽湖派（陽湖是惲子居的居住之地）。……雖然有桐城派和陽湖派兩個派别，但是陽湖派的學者極少，實在微不足道。這樣，桐城派幾乎佔據了所有位置。最近有一位桐城派人物，名叫曾國藩，是個大人物。……此人文集名曰《曾文正公集》。讀其文集，可知其不愧爲桐城派。如上所述，桐城派有流於枯淡之弊，然而曾國藩的文章無此流弊。作爲桐城派，其文章華美而明晰。他不僅深於經學，而且是一位事業家。……此人的文集在支那受到推崇，所以桐城派自然盛極一時。現今所存學者，江南有大儒俞樾，北方有張之洞其人，即所謂“南俞北張”。……此二人亦爲桐城派。[②]

雖然重野的描述未能十分准確地把握曾國藩、俞樾（1821–1907）和張之洞（1837–1909）的學術傾向，但是很明顯，他確實抓住了清代文章學的大致輪廓。這在一方面也意味著日本漢學家們並不是盲目地接受桐城派的文論的。

---

①重野安繹，《漢學宜しく正則一科を設け少年秀才を選み清國に留学せしむべき論説》，《增訂重野博士史學論文集》（東京：名著普及会，1989年），第3卷，頁345–352。

②重野安繹，《漢文講義》，存于大阪大學圖書館懷德堂文庫。

（二）"輸出"的媒介

一般來講，一個學派的影響，既可以通過該派學者的著作流布，也可以通過該派學者的對外交往進行傳播。其實，在明治維新之前，桐城派的影響就已經通過該派的著作傳到了日本。比如，《方望溪全集》在1783年和1786年傳到了日本，《劉海峰全集》在1850年，《惜抱軒十種全書》在1845年，《古文辭類纂》在1845年、1846年和1853年分别流傳到了日本①。這些書籍自然會引起日本學者對桐城派的興趣。

事實上，傑出的幕末作家鹽谷宕陰的弟子，同時也是重野安繹好友的星野恒（1839–1917），早在19世紀70年代便以《唐宋八大家文鈔》爲典範編寫了《明清八大家文》一書。這本文集一共八卷，都是由星野選定的作品，而其中有兩卷選自方望溪的作品，可見他對方的推崇。1879年著名記者王韜（1828–1897）訪問日本時，星野請他對該文集所收文章分别撰寫評語以備出版。雖然王韜回到中國後抱病認真地寫完了評論，并寄還星野，遺憾的是，該書卻一直没有出版②。

在通過個人交往向明治日本傳播桐城派的影響方面，黎庶昌（1837–1898）無疑是一位先驅，起到了不可替代的作用。他與張裕釗、吴汝綸、薛福成並稱爲"曾門四弟子，"還以姚鼐的《古文辭類纂》爲範，編寫了《續古文辭類纂》一書。19世紀80年代，他曾兩次出任駐日公使（1881–1884，1887–1890），結交了許多日本漢學界的朋友，與他們交流詩作，並爲其文集撰寫序言和後記。第二次公使任内，他曾爲第一次公使任内結識的亡友藤野海南的遺著撰寫前言。他深情地回顧了他與宫島誠一郎、元田永孚、重野安繹、岡千仞、中村敬宇、島田重禮、三島中洲以及川田甕江等人的交往，而這些人都是在當時日本頗有影響力的學者。黎特别提到，這些學者和他交往，多是因爲他推崇古體散文，並能欣賞和訂正其作品③。

如果説黎庶昌在向日本傳播桐城派思想方面起到了主要作用，"曾門四弟子"中的另一位，同時也是黎氏親家的張裕釗也在這方面起到了積極的作用。

張裕釗（字廉卿，號濂亭，1823–1894）受到曾國藩、李鴻章的知遇，曾主持過多個書

---

①大庭脩《江户時代における唐船持渡書の研究》（吹田：關西大学東西学術研究所，1967年）。關於《方望溪全集》參閱415頁，664頁;《劉海峰全集》參閱549頁，556頁;《惜抱軒十種全書》參閱482頁，633頁;《古文辭類纂》參閱483頁，495頁。

②陶德民，《明治漢文界における清代文章学の受容—星野恒編王韬評"明清八大家文"について—》，浙江大学日本文化研究中心编《江户明治期の日中文化交流》（东京：農山漁村文化協会，2000年）。

③黎庶昌《海南遺文序》，重野安繹編《海南遺稿》。

院，其中包括北京附近的保定蓮池書院。張裕釗之子張沆是黎庶昌的女婿，在黎第一次赴任駐日公使時隨其東渡，將父親的文集帶到了日本。許多日本學者與張沆成爲了好友，有些人甚至專程去中國拜訪了張裕釗。其中一位就是上面提到的岡千仞。

岡千仞（1833–1914）是一位知名的漢文作家和旅行家，也是王韜1879年旅日的贊助人之一。岡在五十歲之際實行了其精心策劃的中國之旅。在大約半年的時間内，他走訪了包括上海、餘姚、北京和香港在内的許多城市和地區。帶著當時仍在日本的張沆的介紹信，他還到蓮池書院拜訪了張裕釗。儘管張很欣賞岡在介紹西方國情方面的貢獻，也應他的請求對其文章進行了修正，甚至爲其將在日本出版的文集寫了序，但張最終還是很委婉地拒絕了岡所提出的入門爲徒的請求①。

不過，張裕釗在1887年確實收了一個叫宮島彦（字詠士，通稱大八，1867–1943）的年輕日本人爲徒。宮島彦的父親宮島誠一郎（1839–1911）在黎庶昌第一次出任駐日大使時即與黎和張沆成爲了好友。由於頻繁來往，他們之間留下了許多筆談記録，這也是當時中日學者之間進行思想交流的主要方式。誠一郎把這些記録裝裱在了一起，作爲紀念品加以珍藏，以向他的兒子展示自己與黎和張的關係②。誠一郎也知道張裕釗的文集，並多次通過黎向張表示自己的仰慕之情。在黎第一個大使任期結束要返回中國時，他最終决定把自己的兒子送到中國去師從張裕釗。宮島彦在興亞會經營的漢語學校和東京外國語學校學過漢語，有較好的基礎。他被黎庶昌送給父親誠一郎的張的文集和書法作品所吸引，自己也立志要成爲張裕釗的學生。

從1887年到1894年這七年間，宮島彦在中國陪伴張裕釗度過了其人生最後的一段日子。在張的指導和幫助下，他得以克服了日常學習中的困難，並在後來成爲了日本漢語教育和書法方面的一流學者。

從宮島彦1891年1月25日給他父親誠一郎的一封信中，可以看出他學習上的强烈願望和不懈努力。“我近來無病康健，修業未停，敬請安心。至今每日練習古文寫作，最近則倣曾姚二家之古文類纂，在做古人文章拔萃，現已經寫取二百余枚。其文上自《六經》，下至桐城派，估計有數百篇，千二三百枚，皆用恩賜之薄紙。”③從某種意義上説，他是在模倣張裕釗的學習方法。張在晚年習慣於每天抄寫兩頁《古文辭類纂》中喜歡的文章。因爲他太愛讀這部書了，以至於每天都不能釋手。這也是他堅持練習書法的一種方式。

①張裕釗《日本岡鹿門千仞藏名山房文鈔序》，《濂亭文集》（蘇州：查氏慕見齋，1882年），卷1，9頁。

②同上，11頁。

③漁住和晃《張濂亭と宮島詠士における信義について》，《張濂亭　宮島詠士師弟書法展覧図録》（東京，1984年），138頁，146頁。

（三）“输入”者的消化

如上所述，還在明治前期，有鑒於德川時期傳統漢學存在的問題，漢學界已經認識到培養一批有能力與中國學者直接对话的專家的必要性，并在加强研究清代學術一事上達成了共識。如果這是明治日本的汉学界接受桐城派影響的大背景的話，那麽，此外還有導致這一結果的一些特殊原因。

日本接受桐城派的影響，可以説是符合了漢文界的兩個内在要求。首先，明治維新後，日本的漢文界出現了一股注重散文的體裁和風格，以使其更加優美、精緻並更有影響力的新趨勢。姚鼐在《古文辭類纂》一書中將文章分成十三種體裁，包括論辯、序跋、碑誌、箴銘和辭賦等，而這些文體又含有神、理、氣、味、格、律、聲、色等八個要素[①]。這種精巧的散文寫作理論自然對試圖打破德川時代傳統散文風格的明治學者有著極大的誘惑力。

據説在充滿政治危機和流血衝突的幕末時代，只有用慷慨激昂的語言寫出的散文才能鼓舞人心和赢得读者，以至于連序跋和碑誌的写作也不免用语激烈[②]。這種狀況在一定程度上持續到明治前期。比如1884年竹添進一郎在東京出版的和刻本《古文辭類纂》中，只選了一些論辯體的散文而已。這很清楚地反映出了此書編者的側重點和興趣所在[③]。

雖然不少散文家都認識到了讲究散文體裁和風格的重要性，藤野海南和龜穀省軒無疑是其中最好的詮釋者。例如，關於桐城派的“陽剛陰柔”说，藤野曾對姚鼐（姬傳）和曾國藩的所論作了深刻的比較：

> 曾氏國藩論文，頗主張姚姬傳説。姬傳始發文有陽剛陰柔之二派，多取譬山水人物以爲諭。曾氏承之。實以古人之文某爲陽剛陰柔，其意益明。然猶有可疑者。韓文屬陽。歐文屬陰，固當人心矣。太史公之文，氣勢雄偉如彼，而以屬陰柔。且歐文紆徐低徊，真有陰柔之趣，而如與范司諫高若訥書，意氣軒昂，何曾爲柔。於是曾氏又因文體分剛柔，以爲建白議論宜陽剛，而序記題跋宜陰柔，又云噴薄而出爲陽剛，吞吐而出爲陰柔。觀此而後二者之辨始明矣。史公之文雖雄偉，非噴薄而吞吐，伯夷屈原諸傳可以徵。歐文雖紆徐，至論駁則噴薄言之，亦有陽剛之處。曾氏之論可謂備矣。學者以是説存于心，

①相關的概念可參考The *Indiana Companion to Traditional Chinese Literature* (Bloomington: Indiana University Press, 1986); Stephen Owen, *Readings in Chinese Literary Though* (Cambridge, MA: Harvard University Press, 1992), pp.583–95.

②三浦叶《明治漢文学史》，88–89頁。

③竹添進一郎選編《古文辞類纂》（東京：啓文堂，1884年）。

於讀古文并以屬文，必有益焉。[①]

藤野通過比較發現，曾國藩關於“陽剛陰柔”的論法更加縝密，是對姚的理論必不可少的補充和修正。因爲同一個作者可以既有陽剛類的作品，又有陰柔類的作品，只有通過作品的體制和内在風格來判斷其類型，得出的結論才會更加切合實際。

藤野的文才和文風受到了黎庶昌的高度評價。在上面提到的藤野遺稿的前言中，黎表達了對藤野海南的仰慕之情。所謂海南“文章頗趣響桐城，亦取曾文正陰柔陽剛之説以自輔，爲文醇實有法度。設異日有嗜古好奇之士，欲蒐輯日本古文成一編，如俞曲園編《東瀛詩選》故事者，則海南其名家也。”[②]

龜穀省軒（1838–1913）也是一位傑出的散文家，並對桐城派有很深的了解。在他看來，桐城派的興起是對明代文學潮流的一種反動。這些潮流包括李攀龍和王世貞的擬古主義以及袁宏道關於個性和内在情感的主張，這使得明代文學變得過於做作和不自然。龜谷也把重視優雅和簡潔的桐城派作家的興起看成是對考證派學者寫作風格的一種反抗，因爲他們在進行考證研究時傾向於寫非常冗長的文章。至於桐城派的作家，他推崇堅持“義法”的方苞和具有“丰韻”的姚鼐，但是也批評他們的後繼者們缺乏活力[③]。

龜穀指出，“夫文有宜簡潔者，有宜贍博者，有宜曲折者，有宜直達者。相題命意。未可執一而論也。曾文正之於文，素推崇桐城。而雄偉博大，别開生面，不啻一洗鉤棘纖佻之弊，駸駸乎與唐宋名匠並驅。蓋文貴氣，氣不充則不能博大，文正撥亂反正，浩氣充盈，直發諸文，宜哉其文超絶諸家也，然文正學德崇隆，功烈烜赫，如文抑餘事耳。”[④]

其次，對桐城派文論的接受也得到了一項官方歷史研究和編纂工程的推動。明治初期，政府建立了修史館，以收集史料並編纂一部官方的大日本編年史，史學家同時也是漢文作家的重野安繹負責主持這一工作。川田甕江在一段時間裏也是這個項目的負責人之一。根據重野的提議，這部編年史要用漢語文言文編寫，以傳承中國歷史和日本歷史的主要著作的傳統。爲了改進歷史研究和編纂的方法，重野對當時中國和西方的學術成果進行了研究。在中國這方面，他推崇姚鼐的的主張，即把學術分成經義、考據和詞章等缺一不可的三個方面。從重野在讀了《惜抱軒全集》（姚鼐的文集）之後所寫的一篇文章中，可以看出他對方苞（望溪）、劉海峰、和姚鼐（姬傳）等桐城派三大家，以及曾鞏（南峰）、蘇

①藤野海南《讀論文遺纂第五編》，重野安繹編《海南遺稿》卷3，43頁。

②黎庶昌《海南遺文序》，同上所收。

③龜穀省軒《讀曾文正公文鈔》，《省軒文稿》（東京：榊原友吉，1902年），卷4，16頁。

④同上。

洵（老泉）和歐陽修（廬陵）等宋代三位大師的深刻理解和大力推崇：

> 桐城諸子之文，亦各有所長。方望溪邃于學，故其文精深渟蓄，如源泉出山，流委曲折。劉海峰壯于氣，故其文跌宕飄逸，如奇巖怪石，猙獰逼人。姚姬傳豐于才，故其文遒秀婉約，如野花幽草，色香可人。比之宋文，望溪似南峰，海峰似老泉，姬傳似廬陵。但以揀擇出之，則桐城文派第一主義。此其所以異于宋三家也，姬傳親炙海峰，私淑望溪，其初作兼有海峰之氣；及晚年，皮毛擺脱，刓方爲圜，理義之精，可逐望溪。其言曰：經義考據文章，三者闕一不可。且曰：斯言之行，當期乎五十年之後。其自信如此。後世學者，以文章正宗歸之，有以也夫。①

重野不僅主持修史館長達二十年（到19世紀90年代初爲止，修史館先後改名爲“史志編纂委員會”和東京大學的“史料編纂所”），而且還曾擔任史學會的會長和帝國學士院的副會長。作爲大學教授，他與他的同事久米邦武和星野恒共同編寫了《國史眼》一書。這本書展示了日本史考證的範例，多年以來一直是大學史學科學生的基本教科書。從以上這些事實可以看出，重野對姚鼐把學術分爲三個領域的主張的推崇，對明治漢學界和史學界有非常重要的影響②。

（四）結束語

在考察了桐城派文論對明治日本影響的幾個方面之後，現在可以比較放心地來對這方面已有的研究成果作一些概括和補充了。

首先，桐城派的影響在明治維新以前就已經通過18世紀晚期到19世紀中期中國書籍的輸入傳到了日本。儘管這種早期的影響非常有限，但是卻爲明治時期日本漢學界正式接受桐城派的文論打下了基礎。

其次，明治維新和中清外交關係的建立爲日本漢學家重新思考和審視清代學術創造了一個新的内外環境。這也許是日本接受包括桐城派文論在内的清學的最重要的原因。

第三，作爲一個學者型的公使，黎庶昌在推動清學在日本的傳播方面起到了非常重要的作用。他本身就是傑出的學者，爲日本提供了很好的學習榜樣，並在清學的傳播過程進行多種協調。張裕釗和吴汝倫等其他的桐城派學者也起到了很重要的作用。爲了使這方面

①重野安繹，《讀惜抱軒文》，《成齋文二集》，卷3，26頁。

②參看陶德民(De-min Tao)，《Shigeno Yasutsugu as an Advocate of Practical Sinology in Meiji Japan,》in Helen Hardacre & Adam Kern, eds., *New Directions in the Study of Meiji Japan* (Leiden: E.J. Brill Publishers, 1997)。

的總體圖景變得更清晰，他們的作用也應得到認真的關注和研究。

第四，作爲接受了江户時代晚期教育和訓練的漢學家，重野安繹、藤野海南和龜穀省軒在古典散文文學和唐宋大家作品方面都有很深的造詣，並且熟知明清兩代的文學潮流。因此，他們對桐城派理論的推崇和理解與宫島詠史等年輕一代的學者截然不同，並比後者更加深刻。不過，桐城派對這些晚輩學者的影響也是應加以認真探討，而不應該加以忽視。

有一個例外是重野安繹的學生和同鄉西村天囚（時彦，1865–1924）。他與張之洞和其他許多晚清學者都有私交。因爲在古體散文鑒賞和寫作上的造詣，他受到狩野直喜的邀請，在1910年代晚期鈴木豹軒暫時離開京都帝國大學到中國留學時，到京大代課教授《古文辭類纂》和《楚辭》。值得一提的是，當新文化運動在中國興起的時候，他站在桐城派的立場上，對陳獨秀和胡適進行了批判，並對中國傳統的修辭學的未來表示了深刻的憂慮。筆者將在今後的研究中對西村這一案例進行仔細探討。

第五，明治日本對桐城派影響的接受是近代中日文化交涉史上一個非常重要的案例。在研究這樣的案例時，應該有更開放的態度。一個很好的例子就是1929年出版的《桐城文學淵源考》一書，作者劉聲木在書中把宫島彦（詠史）包括在“師事”張裕釗和吴汝倫的弟子名單中，並把藤野正啟（海南）包括在“私淑”桐城派大家們的弟子名單中。這裏的關鍵就是這種“包括”和包容的精神。唯有如此，偉大的東亞文化才會被看成是東亞地區内外的許多人士通過共同努力和創造性活動而獲得的一種歷史積累。

麻六甲印刷所與《察世俗每月統記傳》中的史地漢文文獻

鄒振環

學界關於域外漢籍的研究多注意日本、朝鮮和越南等國作者所著或所藏所刻的漢籍，而很少注意到其他國家和地區的此類漢文文獻，其實，除了上述三國外，早在17世紀初在菲律賓已有過多明我會教徒所刻印的漢文西書；19世紀初期新教傳教士在東南亞地區陸續興辦過一些印刷所，如在麻六甲、巴達維亞、新加坡都先後創辦過印刷所，也刻印出版過漢文文獻，如《察世俗每月統記傳》這樣重要的漢文雜誌，和出版過《東西史記和合》、《古今萬國綱鑒》、《猶太國史》等重要的史書。本文研究的是麻六甲印刷所及其出版的第一份中文期刊《察世俗每月統記傳》（下或簡稱《察世俗》），指出該刊收録了大量宗教文獻和部分地理和歷史的文獻，對於瞭解早期外國傳教士所輸入的西學知識具有重要的價值。遺憾的是由於這一漢文雜誌存世很少，長期以來没有受到史學研究者的足夠重視，早期中國報學史研究中關於該雜誌的研究存在着諸多錯誤[①]，至今尚無論著從西方史地知識輸入的角度研討過這一漢文雜誌。筆者不揣淺陋，從出版該刊的麻六甲印刷所及其主辦者馬禮遜、米憐在該刊所輸入西學史地知識的角度切入，對該刊作一初步的分析，以就正于方家。

一、馬禮遜、米憐與麻六甲印刷所

馬禮遜（Robert Morrison，1782—1834）是19世紀初最早來華的新教傳教士，也是中

①如曾被國内報刊史研究者反復引用的戈公振的《中國報學史》（三聯書店1955年）一書，其中轉抄的《察世俗每月統記傳》序言錯訛之處甚多；近期較爲深入的研究系新加坡學者卓南生的《中國近代報業發展史：1815—1874年（增訂版）》一書的相關章節（中國社會科學出版社2002年，第15–32頁）；該書收録的該刊部分影印頁也爲之後研究者討論該刊的主要資料依據，參見楊勇《近代史上第一刊：〈察世俗每月統記傳〉探微》，載《出版科學》2004年第4期。

西文化交流史上的一個重要先驅。他在聖經漢譯、華英字典和英漢詞典的編纂、爲西人編寫漢語教科書方面，都作出過開創性的貢獻。同時，他也是最早爲中國人引介西方近代出版業和印刷術輸入中國的先驅者。1804年倫敦會決定在中國設立傳教團後，就把出版印刷作爲皈依異教徒的重要輔助手段，多方打聽在中國從事中文出版的可能性。1807年馬禮遜來華後，對中國的印刷和出版非常關注。但1811年在廣州出版一百本的《路加福音》及《使徒行傳》受禁之後，他深感在中國内地出版之困難[①]。作爲他傳教助手的米憐（William Milne，1785—1822），出生在美國Kennetmont Aberdeenshire，六歲喪父，年幼時即外出放羊。在牧場他結識了本區的牧師，經教會方面推薦接受委任前往中國。1812年9月他攜妻起程，在船上每日獨自依靠馬士曼編著的初級讀本研究中文，於1813年7月4日到達澳門[②]。但7月9日澳門總督就派人通知馬禮遜（Robert Morrison，1782—1834)米憐不能留居澳門，馬禮遜向總督懇求，甚至下跪，但總督絲毫不爲所動，命令米憐必須在18天内離開，於是米憐在澳門當局驅逐下被迫來到廣州，但在廣州的英國人對米憐也十分冷淡，米憐在一個炎熱和不舒服的房間裏專心致志地學習漢語[③]。

米憐無法長期留居廣州，於是他們就開始考慮在南洋一帶活動並設立印刷出版機構。在馬禮遜的幫助和勸導下，六個月後米憐離開廣州轉赴馬來半島的爪哇以及Archipelago的中國人居住地進行考察。1814年2月14日從廣州起程，他乘坐的是一艘擁有獨立自主權並被許可與東印度公司貿易的“公船”前往班加（Banca）、巴達維亞、爪哇、麻六甲等地，攜帶着準備到那裏散發的馬禮遜新近剛剛譯成漢語的《新約》和其他宗教性的勸世文小册子。與他同行的還有他的指導教師兼助手——侯葉車，一個北京科舉未第的秀才；一個能印刷各種各樣材料的、中英文排字技術均好的印刷工人和一個僕人。他在爪哇用了將近五個月的時間來收集情報和瞭解當地居民，尤其是中國居民。他還四處旅行，1814年8月他到達麻六甲[④]。

從公元1世紀到15世紀初，馬來半島南部境内一直處於分散割據狀態，政治上不統一。麻六甲（Malacca，又譯滿剌加、麻剌加、嗎喇呷、馬六加等）位於馬來半島西海岸南部，南臨全球海運交通要道麻六甲海峽，距離馬來西亞首都吉隆玻約147公里，是馬來西亞

①李志剛：《基督教早期在華傳教史》，臺灣商務印書館，1985年，第169頁。

②[英]海恩波著，簡又文譯：《傳教偉人馬禮遜》，基督教文藝出版社2002年，第75–77頁。

③[英]偉烈亞力：《基督教在華傳教士回憶録》（*Memorials of Protestant Missionaries to the Chinese: Giving a List of their Publications, and Obituary Notices of the Deceased*），上海1867年英文版，第12–19頁。參見譚樹林：《馬禮遜與中西文化交流》，中國美術學院出版社，2004年，第146、286–287頁。

④李穎姿：《出師未捷身先死——米憐評傳》，載雷雨田主編：《近代來粵傳教士評傳》，百家出版社，2004年，第166–171頁。

歷史最爲悠久的古城，1400年前後自漁村成爲滿剌加王國京城，躍居馬來世界的政治與宗教中樞。15世紀初，來自蘇門答臘的印度王子帕拉麥斯瓦拉創建了滿剌加王國，以麻六甲爲中心的崛起，發展成爲當時東南亞地區主要的國際貿易中心。麻六甲的歷史、文化和習俗受到中國的深刻影響。1405年鄭和下西洋，曾將其總部駐紮在麻六甲，他承諾幫助抵禦來自北方的侵擾。1459年，明朝永樂皇帝將他的女兒漢麗寶公主許配給麻六甲王朝首位統治者蘇丹滿素莎。中國人帶來了金銀、瓷器和絲綢，印度人帶來了紡織品和銅器，阿拉伯商人帶來了香料、珍珠、胡椒和鴉片。麻六甲迅速繁榮起來。麻六甲因其扼守全球最長海峽（麻六甲海峽）的咽喉位置，爲東西方貿易、交通要衝，歷來商貿十分繁盛，爲兵家必爭之地，控制麻六甲通道實際上也是控制了麻六甲海峽的"海上生命綫"。自16世紀初始，麻六甲及其周圍地區相繼遭到葡萄牙、荷蘭、英國等西方國家的侵略。1511年葡萄牙控制了該地，成爲天主教在印度以東的傳教中心，1641年麻六甲被荷蘭人攻陷，荷蘭被法國吞併後，英國爲防止荷蘭殖民地被法國佔領，1795年派兵代管麻六甲，1811年後英國佔領麻六甲①。

麻六甲是馬來西亞華人最早聚居的地方之一，這裏的唐人街坐落在流經市中心的麻六甲河北岸。唐人街內街道狹窄，街道兩旁的店鋪和住宅多爲平房和二層小樓，其中許多古樸的建築已有數百年的歷史。正是通過詳細的調查，米憐得知當時麻六甲的人口大約是17000人，而其中大約9000至10000人爲中國人。何況馬禮遜對已有五百年歷史的政治、商業和宗教名城的麻六甲心儀已久。早在1812年他就呼籲倫敦會建立麻六甲爲亞洲的基督教新教的中樞，成立培養傳教士的神學院，以及興建大規模的印刷所、亞洲各地傳教士聚會的中心等設施②。他與馬禮遜商量共同作出決定，在麻六甲建立一個主要面向華人，但也可以兼收並蓄的傳教團——恒河外方傳道團。並計畫在那裏建立一所研習中文、馬來文和"恒河以東地區其他各種語言"的書院。同時建立一印刷所③。

①Barbara W. Andaya and Leonard Y. Andaya：《馬來西亞歷史》（*A History of Malaysia*），London：Macmillan，1982年；Sarnia H. Hoyt：《古老的吉隆玻》（*Old Malacca: Kuala Lumpur*），Oxford University Press，1993年。第二次世界大戰期間，麻六甲被日本人佔領，戰後英國重新恢復其殖民統治。1957年馬來西亞獨立後，麻六甲才有了第一位由當地人擔任的市長。麻六甲現爲馬來西亞麻六甲州的首府。麻六甲州位於西馬來西亞西海岸，與林美蘭、柔佛兩州爲鄰，形狀似三角形，兩邊接陸，一邊瀕海。面積爲16576平方公里。該州大部分是平原，只是東境有一些殘存的丘陵，西部的寧宜河、中部的麻六甲河和東部的吉山河都流入海峽，各河流域均爲土壤肥沃的農業區。麻六甲盛產多種作物，其中以水稻和橡膠爲主，當地的亞沙漢山是馬來西亞橡膠種植業的發源地。

②蘇精：《中國，開門！馬禮遜及相關人物研究》，香港基督教中國宗教文化研究社，2005年，第141頁。

③李穎姿：《出師未捷身先死——米憐評傳》，載《近代來粵傳教士評傳》，第166–171頁。

他們都深信印刷品是代替傳教士突破封閉的中國社會的利器。1815年3月初，馬禮遜寫信給倫敦會，懇求在麻六甲成立一個倫敦會的中樞據點佈道站，擁有一些優秀的傳教士和一種或多種（中文、英文、馬來文）印刷所。1815年4月17日米憐及其妻子和孩子，與隨行的私人教師兼助手和梁發及數名印刷工人隨同前往麻六甲，開始了麻六甲教會的創辦工作，在信仰混雜的華僑中傳播新約。1815年8月5日在他自己的住處——一座小小的建築物裏開辦了一所專收男童的免費學校，設有數學、寫作等課程，由一位華人塾師擔任校長，並用福建話來授課，這可以看作傳教士舉辦中文教育事業的開端。1816年他又開辦了一所類似面向説粵語的學生開放的學校，兩所學校在1816年學生總數已上升到80人左右①。

麻六甲佈道站一建立就積極地印刷和出版。吴義雄稱，1816年1月米憐在麻六甲的Penang半島建立了一個印刷所，有了自己的地盤和儲存紙張的倉庫和印刷工的宿舍後，他們着手建立自己的印刷所。馬禮遜還積極向倫敦會要求給他們送來熟練的印刷工。1816年11月米憐也積極向印度的孟加拉方面引進了六個印刷工人、一台印刷機和許多套英語的與適用于馬來語和阿拉伯語的印刷活字。1817年馬禮遜從廣州給米憐送來了六個印刷工人，一大批金屬模版和大量供印刷用的紙張，米憐與他們一起先印刷了英文神學作品的新版本，1817年5月爲促進印度各處傳道團之聯合與合作，還創辦了來華傳教士最早的英文期刊《印中搜訊》（Indo-Chinese Gleaner，又譯《印支搜聞》、《印中搜聞》、《中英雜誌》、《印中拾聞》、《中印拾遺季刊》或《印度支那彙刊》等）②。而譚樹林則指出，1816年米憐幾經交涉，獲得了麻六甲西城門靠海濱的一塊土地，建立了傳教士住宅和辦公室，隨後又建立了印刷所，於1817年1月竣工。這個印刷所規模相當可觀，1818年8月米憐給倫敦會的報告中提到，此時該所有中外籍工匠18人，印刷 書刊以中文佔大部分，也包含英文及馬來文，印刷的方式以中國傳統木刻爲主，但活字也有一席之地，整個印刷所由一名英國籍專業印工負責管理③。李志剛所列出的時間與上述不同，認爲儘管1815年在麻六甲已經出版

①李穎姿：《出師未捷身先死——米憐評傳》，載《近代來粵傳教士評傳》，第172–173頁；參見譚樹林：《馬禮遜與中西文化交流》，第200頁。

②吴義雄：《在宗教與世俗之間》，廣東教育出版社，2000年，第50頁。米憐是該刊的編輯和大部分文章的作者，在該刊1818年第8號起，連載了米憐撰寫的《中國文獻》系列文章，其中他先後評介了《明心寶鑒》、《西方公據》、《聖諭廣訓》、《三字經》、《御制律暦淵源》、《三才圖會》、《高厚蒙求》、《佩文韻府》、《四書》、《五經》等等。該刊以英文讀者爲對象。雖然其發行量並不大，但是當時倫敦會亞洲各地傳教士的聯絡交流的工具。米憐等人對該刊十分重視，他在署名的發刊詞中説明該刊將包括各佈道站報導、各地基督教狀況、亞洲文史哲雜著或翻譯。該刊採用“印中”（Indo-Chinese）是爲了强調內容的廣泛性。（蘇精：《中國，開門！》，第154頁；李穎姿：《出師未捷身先死——米憐評傳》，載《近代來粵傳教士評傳》，第177–180頁。）

③蘇精：《中國，開門！》，第150頁。

了漢文雜誌，但麻六甲印刷所的正式建成是在1817年1月。其時主力人物爲米憐及梁發，其後復有麥都思之助，至麥都思（Walter Henry Medhurst，1796—1857）1820年赴檳榔嶼，米憐1822年6月去世，麻六甲英華書院的印刷所分别由高大衛、修德、台約翰（Samuel Dyer，1804—1843，又譯撒母耳·戴爾）諸人承乏，而台約翰曾經發明鉛鑄活字印刷更有助於麻六甲的中文出版事業①。葉再生稱這個印刷所最早是使用雕版印刷的，同時也在實驗活字排印。後來該印刷所獲得了兩副鉛活字。第一副是澳門東印度公司印刷所製造出第一批刻製的鉛活字後，曾挑選了一萬枚送給他們；第二副是由撒母耳·戴爾1835年到達該所後，採用先刻好雕版，然後利用雕版製成鉛版，將鉛版鋸開，修整好而獲得的一副鉛活字②。

1833年六七月間，英國倫敦會傳教士戴爾得到了麻六甲1827年木刻雕版印刷的中文《聖經》並以此爲藍本，雇傭數名中國工匠開始打造字範，澆鑄鉛版，再鋸成單個鉛字；這些鉛字因木材柔軟，澆鑄的鉛字字體粗俗；且只能使用五六年，又得重鑄，成本太高。因此，他在《中國叢報》上撰文，建議先鑄鋼模，再造活字③。由於鑄造經費昂貴，他除向南洋、印度和廣州的外國人募捐到100鎊外，還請倫敦會對其家户予以資助，並保證僅用425鎊便能刻鑄3000個鋼模。倫敦會爲其計畫打動，不僅資助100鎊，而且把他的計畫向英國公衆公佈，尋求到英國各地寄來的捐款多達200餘鎊，使經費得到了落實。經過長期的艱苦努力，戴爾在1835年報告稱正生産四副活字，至1838年已經完成3000個字範與字模。他用鋼模刻製的漢字字型美觀匀稱，没有將偏旁與原字分開的"疊積字"所形成的生硬而不平衡現象。1842年他還來到新加坡佈道站從事鑄字印刷④。戴爾的發明使麻六甲印刷機開始使用這種新的鉛活字製造法。戴爾還改用西方印刷機，逐步將該廠手工印刷改爲機械印刷。

麻六甲印刷所除印刷過若干中英文定期刊物外，也出版有多種漢籍的單行本，如僅在麻六甲佈道站最初的一年半時間内，即出版了馬禮遜的《古時如氐亞國歷代略傳》、《神道論贖救世總説真本》、《問答淺注耶穌教法》；米憐的《救世者言行真史記》、《崇真實棄假謊略説》、《進小門走窄路解論》等六種書。此外，還有西文版的馬若瑟《中國語言札記》、高烈翻譯的《四書》等，都是在該所印刷的⑤。蘇精指出：從1815到1822年米憐病逝的七年間，生産了40種書刊（含一書不同版本），如果計至1843年佈道站封閉爲止，總共108種，産量最多的一年（1819）出版多達17種。在這些書刊中，工程最大也最重要的無疑

①李志剛：《基督教早期在華傳教史》，臺灣商務印書館，1985年，第170頁。

②葉再生：《中國近代現代出版通史》第一卷，華文出版社，2002年，第93-94頁。

③韓琦：《十九世紀上半葉西方人對中文活字之研製》，載《活字印刷源流》，印刷工業出版社，1990年，第267頁。

④譚樹林：《馬禮遜與中西文化交流》，第307-308頁。

⑤同上，第173頁。

是馬禮遜、米憐合譯的《神天聖書》(即《新舊約全書》)21册，從麻六甲佈道站建立開始刻印，直到米憐死後一年才於1823年全部完成，成爲中國基督教史的一件大事①。

1818年在麻六甲佈道站的土地上建立了英華書院(Anglo-Chinese College)，由米憐具體負責。佈道站印刷所(*The Mission Press*)的名稱也被改成英華印刷所(The Anglo-Chinese Press)，並出現在後來的書刊上②。1825年起曾在麻六甲英華書院就讀的袁德輝，入學前曾在檳榔嶼的一所天主教學校裏學習過三年拉丁語，因此在學期間曾將凱思(Keith)的《天體論》(*Treatise on Globes*)從英文譯成中文，還將一部拉丁語的希伯萊詞典譯成中文。他還協助科力編纂了一本名爲《英華學生口語手册》(*English and Chinese Students' Assistant, or Colloquial Phrases*)③。該書中英文對照，1826年有麻六甲倫敦會刊本，曾被采作麻六甲英華書院的課本，顯然也是由該印刷所印製的。

二、最早的中文雜誌《察世俗每月統記傳》

馬禮遜和米憐在廣州所經歷的終日蟄居的日子，使他們對中國官方直至民間的“天朝自大”(Ethnocentrism)的心理，留下了深刻的印象。馬禮遜居於廣州十三行的夷館内，因靠江岸，地勢低窪泥濘，常常會爲水淹所困。洋行所雇庸僕，皆須爲洋行所准，洋人既不能坐轎出行，又不得在江中划船運動。西婦不能在廣州逗留，馬禮遜個人在廣州，深受與家庭分離的孤寂之苦。他説自己“孤獨，完全處在陌生人當中，没有朋友卻有許多敵人”④。要讓中國人接受西方的基督教，首先得打破中國人的自我中心主義，讓他們了解産生基督教的地方，要使他們懂得那裏所産生的文明足以與中國相匹敵。口頭説説不解決問題，中國的方言太多，只有利用中文出版物，因爲中國的書面文字是統一的，在這一點上馬禮遜與米憐達成了共識。米憐在《在華基督新教第一個十年的回顧》一書中指出：在傳播有關人或神的知識方面，不管運用何種簡練的語言，都比不上文字出版更有力量。從深入理解出發，漢文書籍的重要性要超過其他任何媒體，因爲閲讀漢文的人口在世界上要遠遠超過

①蘇精：《中國，開門！》，第149頁。

②同上，第164頁。

③[意]馬西尼著、黄河清譯：《現代漢語辭彙的形成——十九世紀漢語外來詞研究》，漢語大詞典出版社，1997年，第21頁；參見吴義雄《在宗教與世俗之間——基督教新教傳教士在華南沿海的早期活動研究》，第323-333頁。

④[英]洛弗特(Richard Lovett)：《倫敦會史1795-1895》(*The History of the London Missionary Society 1795-1895*)第2卷，牛津大學出版社，1899年，第425頁；李志剛：《基督教早期在華傳教史》，第161頁。

任何其他民族①。

麻六甲印刷所出版的目標首先是以傳播福音爲主，同時也兼顧介紹一般的西學知識。1815年8月5日，由馬禮遜籌辦、米憐負責編輯的《察世俗每月統記傳》（英文名*Chinese Monthly Magazine*)在麻六甲正式創刊，這是第一份中文月刊。英華書院印刷所成立後，該刊成爲該所主要的出版物。作爲最早的漢文期刊，其內容編排、版式和裝幀形式都屬於開創性工作，没有現成的模式可以借鑒，惟一可以參考的就是傳統古籍的出版經驗。因此，該刊外觀類似中國的古籍，但性質上已經完全不同，是屬於中文定期刊物，基本上是每月發行一期，一直持續到1821年（道光元年），即米憐逝世（1822年）前夕。每期平均爲10至14頁，共7卷74册，計524頁②。該刊刊名很特别，序中强調“學者不可不察萬有，後辯明其施肥矣。總無未察而能審明之理，所以學者要勤功察世俗人道”③。“察世俗”一詞正是集中反映了新教傳教士要用他們的眼光來看待萬事萬物，並將他們的“審明之理”傳達給讀者。因爲是“月刊”，故名“每月統記傳”。《淮南子·泰族訓》有：“繭之性爲絲，然非得工女煮以日湯而抽其統紀，則不能成絲。”“統紀”亦作“統記”，則爲“絲緒的總束”之意。在此意謂將各類所察世俗後所獲的“審明之理”，連續不斷地彙編歸併在一起。

由於該刊所有稿件都不署作者姓名，哪些人參與撰稿現在已難澄清。主要撰稿人爲米憐，馬禮遜、麥都思和中國人梁亞發也參與了撰稿。該刊初印500本，1817年麥都思爲該刊設計了小銅版開本、適於此類雜誌和小册子的版本。雜誌發行量逐步上升，據麥都思記録，1815年每月725份；1816年每月850份；1817年每月800份；1818年每月520份；至1819年初每期增至1000本，1820年和1821年每月都是2000份。分發地區除麻六甲、檳榔嶼、新加坡外，還遠及爪哇、澳門和廣州等地④。至1819年5月共印3萬余本，曾印有合訂本。陰曆月初出版，免費贈閱。願讀者可于初一至初四日間來米憐處領取，外地華人需要，函索即寄⑤。據説“每逢粤省縣試、府試與鄉試時，由梁亞發攜往考棚，與宗教書籍一同分送；餘則藉友人游歷船舶之便利，銷售於南洋群島、暹羅、交趾支那各地華僑薈萃之區”⑥。米憐在該

①[英]米憐：《在華基督新教第一個十年的回顧》（*A Retrospect of the First Ten Years of the Protestant Mission of China*），麻六甲英華書院1820年，第153-154頁。

②[新加坡]卓南生：《中國近代報業發展史1815—1874》（增訂版），中國社會科學出版社，2002年，第18頁。

③《察世俗每月統記傳序》，《察世俗每月統記傳》嘉慶丙子（1816）年全卷卷首。

④王慷鼎：《新加坡華文報刊史論集》，新加坡新社，1987年，第17頁。

⑤方漢奇主編：《中國新聞事業通史》第1卷，中國人民大學出版社，1992年，第256-257頁。

⑥李穎姿：《出師未捷身先死——米憐評傳》，第166-171頁。戈公振：《中國報學史》，三聯書店，1986年，第66頁。

刊的編輯上耗費了最多的心思，該刊前後發行了七年，一直是由米憐負責編輯，同時他還是主要的撰稿人，在很長一段時間裏，他幾乎是唯一的撰稿人。1821年他的肺病加重，不能繼續工作，麥都思也已離開了麻六甲，《察世俗》同年停刊，共出七卷，歷時七年之久。

《察世俗》是近代中國第一份中文雜誌，主要是宗教，其次才是世俗的內容。米憐在《察世俗每月統記傳序》中說得很明白："要進學者不可不察萬有後辯明其是非矣，總無未察而能審明之理。所以學者要勤功察世俗人道，致可能分是非善惡也。看書者之中有各種人，上中下之品，老少、愚達、智昏皆有。隨人之能曉，隨教之以道。故察世俗書必載道理各等也。神理、人道、國俗、天文、地理、偶遇，都必有些，隨道之重遂傳之。最大是神理，其次人道，又次國俗，是一樣多講，其餘隨時順講。"①馬禮遜和米憐正在翻譯的《聖經》也就成了該刊宗教內容的主要材料來源。上述米憐的不少中文神學方面著述，也都曾在《察世俗》刊物上先行刊載。爲了打破單純宣教的單調感，該刊刊登有少量的詩歌，如1819年刊出的《六月察世俗總詩》等文藝作品。該刊從第二年開始刊載了一些有關天文學和地理學的內容，如八九月刊有長文《天文地理論》等。該文分五回，第一回論日居中；第二回論行星；第三回論侍星；第四回論地爲行星；第五回論地周日每年轉運一輪②。介紹通俗易懂的天文學知識，有論文稱該刊的最重要貢獻是第一次完整地向中國人介紹了日心説③，其實，席澤宗、江曉原等人在研究中早已指出，明末修訂的《崇禎曆書》中已經譯出了《天體運行論》中有關地球自轉來說明天球的周日視運動，介紹了哥白尼的日心説④。該刊傳播西學知識的重要貢獻主要是在米憐自稱該刊所介紹的"可資教訓的歷史傳記選粹和重大政治事件的解説"⑤。關於世界史地的內容雖然不多，但由於是在19世紀西學傳播史出現最早的漢文雜誌，因此其價值不容低估。該刊中所謂史地漢文文獻最集中的代表是包括了地理、歷史、朝政、語言文字等內容的長篇作品《全地萬國紀略》。

三、《全地萬國紀略》所介紹的四大洲和米憐的歷史觀

《察世俗》中連載的《全地萬國紀略》一文没有明確記録作者姓名，但根據英國傳教

①《察世俗每月統記傳序》，《察世俗每月統記傳》嘉慶丙子（1816）年全卷卷首。

②關於該刊輸入西方地理學方面的知識，詳見鄒振環：《晚清西方地理學在中國——以1815至1911年西方地理學譯著的傳播與影響爲中心》，上海古籍出版社，2000年，第64–67頁。

③胡浩宇《〈察世俗每月統計統記傳〉刊載的科學知識述評》，載《自然辯證法通訊》2006年（第28卷）第5期。

④參見鄒振環：《晚清西方地理學在中國》，第50頁。

⑤[新加坡]卓南生：《中國近代報業發展史1815—1874》（增訂版），第26頁。

士偉烈亞力所著《基督教在華傳教士回憶録》一書中稱，該書的作者是米憐，正像他的不少神學方面的中文著述，先行在《察世俗》連載，然後單獨出版小册子，《全地萬國紀略》也是1820至1821年連載後，1822年在麻六甲出版了單行本，共30頁①。

《全地萬國紀略》分載於《察世俗》的卷六和卷七，分《論有羅巴列國》、《論亞西亞列國》、《論亞非利加列國》、《論亞默利加列國》等四部分。在《論有羅巴列國》一文中簡要介紹了28個國家：如波耳土加勒（今譯葡萄牙），其京曰利士本（今譯里斯本）；士扁，即大吕宋國（今譯西班牙），其京曰馬得利得（今譯馬德里）；法蘭士，即佛郎機國，其京曰巴耳以士（今譯巴黎）；應蘭得，即英吉利國，其京曰倫頓（今譯倫敦）等二十八國，指出："除此二十八國外，還有甚多小國；又此二十八國中，一大半都有屬國，今不得記其數也。至論有羅巴列國之朝政，大概算之，則有君主二十八位。在其二十八位中，有三位稱皇帝者，有十一位稱王者，又有十四位稱君者也。……且不論是王是君，都有自發政之權，不用奏其三皇帝之何一也。但因十四位君之各國不爲大，而難得保存，所以其中數位，或與其三皇之一，或與其十一王之一而立約，以致有外國來犯其境界時，其所與約之皇或王者，乃出軍助之拒敵保國也。……各國不論大小，都有公、侯、伯、子、男等爵，又有各部與各品之官員，又有取餉稅，又有出兵等事，如中國一般，只名有不同耳。"②

米憐特别强調了歐洲在整個世界歷史中的重要地位，在《論有羅巴列國》一文中他指出："查現今普天下之史，則知有羅巴；此分爲勝於餘三分。蓋此一分現今文學、百工、建造、禮儀等事，俱爲超出其那三大分之上也。"這裏突出了歐洲文化對世界歷史發展的貢獻，同時强調歐洲在法律制度和教育制度方面的優越性："至論有羅巴列國之禁，除了交戰時禁人交往外，在平時則不拘何國人到其地，俱准他在國内出入、往來、學藝、游觀等事。人若在其地不犯法，則無禁之有也。因有羅巴之方爲寬大，又國數爲多，所以其人之居住、飲食、穿衣、行作、交接之規模，皆各略相異也。""現今在有羅巴之地，甚重學校，蓋有縣、府、省、國等學，又有家學、鄉學、義學，又在學校中有四等選士之級，如中國有秀才、舉人、進士、翰林之由下而上者一般。其學校中除學習六藝外，還有學醫、學文、學武、學道等學，大概其各地甚重學校之事也。"③

在《論亞非利加列國》一文中，米憐抨擊了奴隸貿易，指出："亞非利加地雖廣大，而其人數卻少，且内中有好幾種人爲蠻的，不居於屋，不穿衣，不識字也。亞非利加列國中，

---

①[英]偉烈亞力：《基督教在華傳教士回憶録》，第18頁；卓南生一書將"萬國"一詞誤寫爲"萬圖"，同上書，第27頁。

②《察世俗每月統記傳》嘉慶庚辰年（1820）卷六15帙。

③同上卷六22帙。

有的甚被他國所害，蓋曾有人發船至斯地，特爲暗地偷亞非利加人，或强奪之，欲帶之到別地，賣之爲奴才，正如賣馬牛一般，真真爲大罪大罪！而其至義之神天必重罰行如此之人也。今此大惡事略止息，而我甚願在乎普天之下總不復有一個奴才至永久也。蓋上帝初生人在地時，乃立之爲萬物之靈，萬類之首，而我世人若擅自把何國男女老幼之人當爲貿易之物，則豈非大逆上帝乎？又也，我們自己亦非願他人行如是向我身、我親、我子、我友。則知若行之與別人，真真是以己所不欲施於人也，而此豈可乎。”[①]米憐儘管抨擊了萬惡的奴隸貿易，但他不敢在文中直接指明幹了這些傷天害理的“此大惡事”者，實際上就是被歌頌的歐洲的殖民者，他害怕將這些惡行與歐洲聯繫起來會給中國人留下不好的印象。

在《論亞默利加列國》一文中，作者除介紹美洲地理外，還特別介紹了地理大發現史上哥倫布的功績：“亞默利加分之地乃約長三萬三千餘里，而寬一萬一千餘里也。此地之分爲甚大，差不多有全地之一半，然其中壙無人居之地亦甚大也。此亞默利加分稱得新世界，因爲古人總不知有此地。至明朝，約在成化王之時，有一個占奴亞國人，事大吕宋王，而名叫戈龍布士，爲個大明曉海道與天文者，因看地之形爲圓如球，所以其心中思想五印度與中國，雖在有羅巴列國之東，然若由有羅巴開水路而向西直行，則船可到五印度等國。主意既定，乃以三隻船而開行，不上三十三日其卻偶見山地，其近前而上岸，見有居人住之。其地名巴下馬島。戈龍布士又進水路，而行不數日再見山與旱地。近前上岸時，見其地爲盛，其民爲和，乃名之曰‘希士板以阿拉’島也。戈龍布士遂放下其尋東方五印度等國之意，而既留下幾人在彼地後，乃回大吕宋奏王知道。王與全國人大喜，而以高爵加以戈龍布士也。王下令備十七隻船，與一千五百兵卒，又文武官員大小幾十位，又諸樣器皿之類，乃封戈龍布士爲衆船衆人之首，又爲其所將遇各新地新島之總督，且又命他將其幫船與人及物，皆帶至巴下馬，及希士板以阿拉，而在彼開地築城也。戈龍布士領命而去。且各事既成，如王所命之後，其又由巴下馬等處去往尋新地。乃至古巴島，而因見此島爲甚大，又不明知還是海島，還是一連之旱道，所以沿着其岸邊而行船，以至遇着另外許多島，爲都有居人及盛地者也。史曰：在一日間其見着大小島共一百六十個。戈龍布士因遇不平之海路乃回希士板以阿拉。夫在大吕宋多有官員，因見戈龍布士之名大揚于國之內外，遂生嫉妒之心，四下尋計害他，造出謠言譭謗他，欲爲自得上已名之路者也。戈龍布士聞時，乃回吕宋辯白己事，既辯白後，其再去尋新地，迨久尋而未遇之後，其一日看見海浪大相攻激，又其水活動之貌爲比往日不同，不知是何緣故，細思良久，乃想必是有甚麼大河之浪與海之浪沖激，以致其貌活動會如此。其遂直前行，而不久就見果有淡水，且因見其盛

①《察世俗每月統記傳》嘉慶庚辰年（1820）卷六63帙。

多，則想必此盛淡水，諒必不由何島出來，蓋至寬大島之河未有如此之大，一定是由一連之旱道而出也。戈龍布士又前進，果遇著亞默利加分之大旱道，而其遠在海面，而曾所見那大淡水乃爲阿羅援戈之大河流入海者也。因船上之食物缺了，不得已而回希士板以阿拉。於是亞默利加初被見遇也。那上説爲妒戈龍布士之人，乃越尋計害他，造出多少惡端而告他，致他之敵捉他煉他，而解他回吕宋被審問。既審問明白，則見戈龍布士爲無罪，而其遂復得王之恩典如前。且王又命他行船另尋新地，但此一行爲不吉，海上遇多少不便，故回來而既已五十九歲之年紀，乃死于吕宋也。夫戈龍布士之名，與其所遇各新地之事，既揚聞于有羅巴列國人中，則伊等亦發那去尋新地之意，故當時大西洋國人，亦尋着了百耳亞西勒地，今爲伊最盛之地者，而在彼開地、築城、立國。又英吉利國之一人名加不者，行船而尋着亞默利加之北邊，且英吉利國之人亦在彼開地築城也。又義大利亞國之弗羅耳言士城（今譯佛羅倫斯），有個大謀之商人，行船至亞默利加之南邊，而他雖實非爲初尋着亞默利加之人，然因其爲伶俐，所以使衆人想他是初遇着亞默利加之地者，故以他之名而呼此地。蓋他之名曰‘亞米利我’（Amerigo Vespucci，1454—1512，今譯亞美利哥），所以名其新地曰‘亞默利加’也。然至今無一人不明知初遇着亞默利加之大地者，實是戈龍布士也。有話説得好，此人勞苦而他人受贊也。”①這是筆者所見到的繼明末艾儒略《職方外紀》關於“閣龍”之簡單介紹後，在19世紀漢文文獻第一次出現的關於哥倫布探險事蹟，和經過實地考察確認美洲爲“新大陸”的義大利航海家亞美利哥事蹟的詳細描述。

在卷七《論亞默利加列國·論北亞默利加之列國》一文中還第一次較準確地介紹美洲“新國”美利堅合衆國：“花旗國，其京曰瓦聲頓。此國原分爲十三省，而當初爲英國所治。但到乾隆四十一年，其自立國發政，而不肯再服英王。……蓋初立國時，其人數未有三百萬口，而至今其人數卻約有八百萬之口。在四十五年之間，此算得爲甚大之加增也。花旗國今分爲南、北、中三地，而共有十八省也，日後此國諒必爲亞默利加全地之最大者。蓋其人有智有力，其今所有之地爲寬大，好爲耕種，又盛生各物，又其海邊之港爲多。……如此照其勢看來，則雖未有先知之才而亦可預早料度，此國於後之世代必爲大也。”②這種據地理環境對美國的未來所做的估計，今天看來也是頗富遠見的。關於美國政治結構的介紹是非常值得注意的，《論亞默利加列國·論亞默利加之朝政》一文指出“花旗國之朝政”“無王，乃爲國内大富大才之人所治，其有兩個大議會，屬其第一會者有一位尚書，或曰總理者，又出每省有兩位大官，其總理者，在任只四年，每四年，必立一新總理者，其各大官在任六年，然後致職而他人當之也。其總理及大官等皆爲衆百姓所選而

①《察世俗每月統記傳》嘉慶庚辰年（1820）卷六，71帙。

②《察世俗每月統記傳》嘉慶辛巳年（1821）卷七。

立者也。屬其第二會者，有大官二百位，即全國内每四萬人中出一人以入此會，若日後國内之民生多，則每五萬人中必出一人以入此會。屬第二會之官都只兩年在任，伊等亦爲各省之百姓自所選也。凡國内之大事，要先送之到第二會，此會各官商量後，又要送之到第一會，然後可定諭。既定諭明白了，則總理乃簽之，而就發之通於全國也。這樣的朝政雖然爲似乎不治，到底其甚有次序，而花旗國少有作亂，少有暴虐也。"①

米憐本人對各國語言文字似乎有着濃厚的興趣和相當的研究，在《全地萬國紀略》的連載文章中他專門討論過世界各地的"列國之話"，如《論有羅巴列國》中他寫道："至論有羅巴列國之話，其爲甚多，不能細說，只可說其大概而已。一、西洋話；二、佛郎機話；三、士扁話；四、義大利亞話。（此四樣之話，俱由拉定話而出，又俱用拉定字，但其聲音與文法，則俱各别耳。又其每國中有各省各府各縣之土音，如中國一般。）又有：五、者耳馬尼話；六、法利米寔話；七、何蘭話；八、喘話；九、黄旗話；十、英吉利話；十一、撒旬以話；十二、那耳歪話；十三、嗳士蘭話；"此九樣話都由歌氏革話而出，又有人言，其俱由丟多尼革而出也。此丟多尼革字甚古的，今人不用之。十四波蘭話；十五、利土亞尼亞話；十六、波希米亞話；十七、得耳安西勒反以亞話；十八、摩耳亞腓亞話；十九、今之萬大利安話；廿、革耳瓦氏亞話；二十一我羅斯話；二十二、加勒謨格話。此九樣話是由斯格拉分以亞話而出，斯格拉分以亞原本之意，言奴才之話，因上古在有羅巴之北，有買奴才爲東邊各國來者，後來此奴才漸次生多，迨得權勢時，遂爲横行而散開於此，北方之各國往居而其話亦遂流行焉，但此斯格拉分以亞現今之意言尊也、貴也。"又有：二十三、加力，即以耳士話；二十四、未勒寔話；二十五、咴耳以寔話；（此三話俱在英吉利國額外人說的。）"此四樣自色勒的而出"。又有：二十七、土耳其話；二十八、今之厄利革話，"此一樣由古厄利革話而出"。又有：二十九、希比留話；三十、古厄利革話；三十一、拉定話；"此三樣話現今少有人說，但在國學中，文墨人爲學此古話，希比留（今譯希伯萊）一話，原本不屬有羅巴，乃屬亞西亞，而因爲聖書本爲在此話而寫的，所以此話得入有羅巴也。"接着他將歐洲的語言文字與漢字進行了比較，指出歐洲字母雖然不如漢字爲多，但表達的方式並不比漢字爲弱，甚至還有明顯的優點："除了此三十一樣話外，還有三十二樣土話，爲在有羅巴東北各地與近乎他之亞西亞地而說的，又現所說的三十一樣，每一樣亦有其土話，其字之形象不過有七八樣不同，但其話之聲音則甚多樣也。非是每一國有一樣話，蓋有三四國共一樣話的，又有一國而用三四樣話的。至於此各樣話則與中國的話大不同。蓋中國的文字大概有四萬九千餘，但此有羅巴列國話中每樣文字皆在三十之内耳。像厄利革話有二十四字母，拉定話有二十二字母，斯格拉分以亞話有二十七字母，何蘭

①《察世俗每月統記傳》嘉慶辛巳年（1821）卷七。

話有二十六字母，大吕宋話有二十七字母，義大利亞話有二十字母，英吉利話有二十六字母。此字母互配而成話。凡萬國言語、萬事萬物，俱可由此而説出，但此字母不是每字有聲音，比如英吉利話二十六字中只六字有聲音，即如曰亞、以、咴、阿、汝、威者。其餘字要説出，則須借此六字之一方能説出。用此二十六字互配成文，則能有四萬餘言，足爲世用而不窮矣。以西邊之字與中國之字相比，則爲甚少，但以其成出之聲音，則又比中國爲更多也。”①

在《論亞西亞列國·論亞西亞列國之話》一文中，米憐將亞洲的語言文字分爲一、土耳其話；二、現今之厄利革話；三、俄羅斯話；四、希比留話；五、之阿耳至亞話；六、亞耳米尼亞話；七、西利亞話；八、亞拉比，即回回話；九、彼耳西亞話；十、西耳加是亞話；十一、布寔都話；十二、古士耳亞氏話；十三、巴耳西話；十四、馬下拉大話；十五、根亞拉話；十六、大母勒話；十七、姓下拉，即錫蘭話；十八、得令加話；十九、阿耳以撒話；二十、由士革力話；二十一、榜葛剌話；二十二、五印度話；二十三、巴厘，即西藏話；二十四、母革話；二十五、爪哇話；二十六、門即比古話；二十七、太，即暹羅話；二十八、勞國話；二十九、安南話；三十、中國話；三十一、滿洲話；三十二、韃靼話；三十三、朝鮮話；三十四、日本話；三十五、琉球話；三十六、臺灣話；三十七、大加拉話；三十八、比帥話；三十九、南海各島話；四十、布其士話；四十一、地耳拿地話；四十二、波羅尼話；四十三、巫來由話；四十四、牙瓦話；四十五、巴大話；四十六、尼可巴耳各島之話；四十七、馬勒弟腓各島之話。“此各樣話之文字歸二樣，一樣是由字母而生者，一樣由字部而生者，其由字部而生者，像中國字，其字部二百十四，其字總數約四萬九千餘，且每一字有個意思在内，不必須常用二三字以成個意思也。我中國字之聲音非由其文字而生，蓋看字者不得由字之形樣，而知其聲音，乃只由先生之口而學之。且今中國話音，由西邊字母切音之法而借來的也。安南、東京、日本等，都用中國之文字，但其聲音，其文法，則各别，又有寫字時，用筆劃或多或少俱有。然其筆劃盡皆爲如中國的，比如安南人寫天字，是寫丕，其音‘大味’；地是寫坦，其音‘大革’等。看此二字之筆劃則知其爲由中國字來的也。除中國外，其餘各樣話大概都由字母而生。其每一樣話之文字都爲少，不過二三十字母而已。此字母中，大概要二三四字合攏，方可成音，又成個意思。其字母互配成文，則能盡事物而無窮也。”②在《論亞非利加列國》一文中列出非洲的九種語言文字，一、亞比西尼亞話；二、以弟呵比亞話；三、以至比多話；四、非土話；五、摩羅戈話；六、回回

①《察世俗每月統記傳》嘉慶庚辰年（1820）卷六22帙。

②《察世俗每月統記傳》嘉慶庚辰年（1820）卷六49帙。

話；七、何頓多得話；八、加弗拉利亞話；九、尼革利氏亞話[①]。在《論亞默利加列國·論亞默利加列國之話》一文中指出："有羅巴中那最大各國之話，像法蘭西、大吕宋、荷蘭、大西洋及英國等之話，皆通行于伊在亞默利加所治之地，其土人之話各各不同，有好幾十樣。"[②]

在《全地萬國紀略》一書中透露出些許進步史觀，如在《論有羅巴列國》的最後部分的簡要介紹中，留下有18世紀開始流行在歐洲的進步史觀之痕跡："上古有羅巴列國人爲樸陋、無學無文、無禮儀，不習技藝，蓋在其中有的不居屋，乃掘地住在穴洞等處，有的穿畜獸之皮爲衣，有的出戰時乃畫其身以禽獸星宿之樣都有。但今大變了好。他古時亦有一最惡的規矩，即每年一次或二三次，殺人爲祭獻之與其菩薩，其所獻之人或爲戰時而所虜之人，或爲人父母自獻其子，想必爲大家之好，或是犯國法之人，或是國主所不喜之人，亦都有，此大不好之規矩，約二千年已息了，而今在普天之下，無有守人倫，重人生命，過於有羅巴列國之人也。"[③]在《論亞西亞列國》一文中米憐也指出："亞西亞列國中有文華的、有質樸的，有順民、又有蠻民。然若以其現今之勢而比上古之勢，則知其皆越順越文也。"[④]但這種歷史的進步，在米憐看來還是受到上帝意志的支配，在介紹歐洲宗教狀況的同時，他特别將歐洲人信仰基督教説成是一種巨大的歷史進步："論有羅巴人所從之教，上古大概都是拜各菩薩、各偶像，如現在中國一般。但今其大概都信於耶穌，惟在數處尚有回回之教還未除去。又在數處有些如大那種人尚從其古教，即摩西所設者，而還未轉向神天者也。"[⑤]而在討論亞洲、非洲和美洲的歷史與風俗時，則對那裏的人民不信仰基督教而"服事"偶神表示抨擊，如指出亞洲"其國甚多，其民甚繁，其物、其事，俱不勝數，而神天亦主宰之養之，而施恩與之也。雖然如此，在亞西亞分多有人不知此大神天，又不敬之，乃反自專背道、棄神天而敬山川風雨等神，與人手所作之偶神，甚爲可惡可惜也。諸位朋友，爲屬亞西亞列國者，豈非該猛悟，而歸其大上帝神天乎？因何如此輕慢天地萬有之大本，而敬重古今愚人所設之各虚物哉！"[⑥]非洲列國中"多有奉回回教，又有奉神天耶穌之真教，又還有其之多人至今日背天而服事世人手所作之偶像等物者也"[⑦]。在《論亞默利加列國》一文中指出："亞默利加列國人所奉之教，大概有二：其人之大半

①《察世俗每月統記傳》嘉慶庚辰年（1820）卷六63帙。

②《察世俗每月統記傳》嘉慶辛巳年（1821）卷七。

③《察世俗每月統記傳》嘉慶庚辰年（1820）卷六22帙。

④《察世俗每月統記傳》嘉慶庚辰年（1820）卷六49帙。

⑤《察世俗每月統記傳》嘉慶庚辰年（1820）卷六22帙。

⑥《察世俗每月統記傳》嘉慶庚辰年（1820）卷六49帙。

⑦《察世俗每月統記傳》嘉慶庚辰年（1820）卷六63帙。

已奉耶穌之教，而只敬其造化天地萬物之止一神天，即上帝，爲萬有之主宰者也。其餘者乃敬假神，像太陽太陰、山川風雨土等神，及菩薩諸般偶像各類，此諸樣神爲古今背逆上帝之人自專而立者，此爲伊等所敬、所事，且此諸樣神雖然一一盡爲虚物而不能見、不能聞，又不能絲毫助人，而其亞默利加之人亦依靠他，因其錯想世人噁心所設、世人手工所造之神類，爲能保佑人。惜哉惜哉，世人之無智也！”[①]按照米憐的邏輯，篤信上帝的歐洲是世界上最文明的地方，信仰基督教就是一種歷史的進步。因此，亞洲、非洲和美洲的進步，無一例外都應該以放棄“可惡”的“偶神”而信仰基督教，是否信仰基督教也就成了亞洲和非洲文化進步的重要標誌了。米憐在全書的結論部分中特別指出：“夫《全地萬國紀略》書既看畢，則知此地上各旱道之國爲多，及此海道之各島爲多，又知其國其島之居人爲多，又知其土其話、其俗其法，皆各别。雖然如此，而其各地各國各島，亦皆爲一上帝原本所造，日日所宰治者，又其之居人各種，亦爲此一上帝原本所造，日日所宰治也。故而全地萬國之人，都該合心而敬、合口而贊、合力而事此一全能之上帝，爲無所不在、無所不知、無始無終者也。”[②]可見該書中充滿了對歷史解釋的神學史觀，即使介紹歐洲流行的進步史學，米憐也還是將其歸之於上帝的旨意。

四、《法蘭西國作變復平略傳》中所反映的法國大革命和拿破崙

關於法國大革命史在中國的介紹和影響已有多篇論文進行過闡述，將記述法國大革命的漢文文獻追溯到了19世紀40年代魏源完成的《海國圖志》和70年代王韜完成的《法國志略》[③]。而討論法國大革命又與拿破崙緊密地聯繫在一起，據黄時鑒考證，早在丁酉年（1837）《東西洋考每月統記傳》中就有不少篇文提及了拿破崙，如連載于丁酉（1837）十月、十一月、十二月三期《法蘭西國志略》，丁酉六月《破路斯國略論》；丁酉九月的《峩羅斯國志略》都有内容涉及拿破崙。特别是丁酉十月、十一和十二月連載了《譜姓：拿破

①《察世俗每月統記傳》嘉慶辛巳年（1821）卷七。

②同上。

③張芝聯：《清末民初政論界對法國大革命的評議》，端木正：《法國革命史的研究在中國》，兩文載《法國史論文集》，三聯書店1984年；俞旦初：《二十世紀初年法國大革命史在中國的介紹和影響》一文認爲中國近代最早介紹法國大革命的專著是1900年底連載在《開智録》上的日本澀江保的《法國革命史》（該文原載《近代史研究》1989年第4期，後收録氏著《愛國主義與中國近代史學》，中國社會科學出版社1996年）。

戾翁》，可以看作是中文書刊中首見的拿破崙傳記[①]。因此，似乎最早關於法國大革命的記述也可以追溯到19世紀30年代。

漢文文獻中是否還會有關於法國大革命和拿破崙更早的記述呢？答案是肯定的。筆者所見的最早的關於法國大革命和拿破崙的叙述，是見載於《察世俗每月統記傳》嘉慶年（1820）第36帙所載的《法蘭西國作變復平略傳》一文。作者不詳，很有可能也是米憐。該文是以"暴亂"的性質來認識和描寫法國大革命的："於乾隆五十四年（1789）七月十四日，法蘭西或稱佛郎察國民作大變，迨於五十五年（1799）正月二十一日，國王號盧義第十六代者（今譯路易十六），在該國京城巴厘士被亂臣擬斬而弑也。至斯朝復位有二十六年之久。"該文認爲"法蘭西國之大變亂之緣由非易詳，大概傳説是因其國政不公也。然其第十六代之盧義王，並非虐政，惟在國内有爵位大權者多壓下民，又有其國之儒教人不好，調引國人上不畏天，下亂世，以美政爲名，乃致大敗仁義，其變之故不一，其事凶至極矣。"然後開始講述拿破崙，："於那二十六年間，亂臣武官之盛名不少，只是有一個蓋世之名從古至今罕有可比者，其名呼破拿霸地，又呼拿破戾翁，兩名可單使，又可雙用云：拿破戾翁·破拿霸地。他自稱云大皇帝拿破戾翁也。"將其譯名中第一次用了"拿"、"破"的字樣，而"拿"、"破"、"戾"、"霸地"在漢語辭彙中都含有貶義。"乾隆二十六年（1761）間，此破拿霸地乃生在中地海内一海州名呼戈耳西加。他父爲訟師，或云其母與武官苟合受胎而生他。拿破戾翁年輕時到法蘭西國京城，攻武學，十幾歲時做守大炮小武職。法蘭西國民作大變時，亦想招四面各國民悉皆學伊等同作變故，此友羅巴之列國合攻法蘭西國，意欲平其亂，不想占其地，此後其國内亂臣相殺，外軍相擊，流血如江，史傳之不忍細詳，只長歎可惜世人不畏神天，則似虎相害也。破拿霸地數年交接亂臣，令出邊外，率軍屢次獲勝，漸成大名。後回巴厘士京城，以武勢自立爲亂臣之首，令殺一位公爺名呼丹堅，其爲已經被弑王之親。殺公爺七日後，破拿霸地即僭自稱法蘭西大國皇帝。此後其屢次親率大軍攻周圍各國，多次獲勝。占荷蘭國，以親兄立爲國王；又占以西把尼亞，或稱大吕宋國，以自弟立爲國王；又因想占波耳都基，或稱西洋國，乃派大將軍出去攻伐之。其時有英吉利國將軍，姓威嶺頓者，率軍防範該國地方而屢次獲勝，將法蘭西兵趕逐，護救了西洋國。"拿破崙的全面失敗是從他攻打俄羅斯開始的，文中這樣寫道："當時破拿霸地要攻俄羅斯國皇。其皇名阿賴山德，該地冬天天甚冷，于嘉慶十八年（1813）間，拿破戾翁自率大軍四十九萬三千，想攻伐侵佔俄羅斯國。該國皇自率大軍防範，時彼此屢戰，惟法蘭西多勝。時俄羅斯各將軍相議漸退，且退時其盡燒房屋食物，致敵兵進發時無居處無糧食。俄羅斯一城名叫斯摩連士戈先被法蘭西兵攻破，惟俄羅斯未出之先，乃盡燒着

①黄時鑒：《〈譜姓：拿破戾翁〉序説》，載氏著《東西交流史論稿》，上海古籍出版社，1998年。

城内房屋，敵兵無所掠。俄羅斯次將其國之古京没斯溝盡燒之。且當時冬冷已至，敵兵無居無食，冷餓，日死多人，又被俄羅斯兵合與塔塔兒之哈薩克種人回頭復攻亂殺，日夜趕逐，時該法蘭西兵退去逃走，其所受之苦，字[自]不勝言，意不勝念之。發其兵原有四十九萬餘，而得回本國之兵，不過二萬之數。惜哉，世人任情無道，若好勝而尚高位，則何凶不致也！此後拿破戾翁即逃回法蘭西京城，惟南有威嶺頓率軍進其邊界，北有俄羅斯皇與布路西亞國王各親率軍進其邊界夾攻，屢勝。直至京城，即令破拿霸地退位出國外，給之以海島居住。遂以前被弒國王之兄登位。”但很快就有了拿破崙的復辟以及失敗而被流放：“時列國之各君想今已幸復得太平，乃以各軍退散，誰知過一年之久，破拿霸地復到法蘭西京城，逐國王，自復簒位，集兵成軍，復攻北邊。其邊外列國合軍，時威嶺頓率所合軍約七萬五千人，兩軍用有二百門大炮，三日間交戰，殺人難數。至十八日晚，破拿霸地大敗退逃。當下布路西亞國有名將軍姓布路基耳者，率助軍即至，星夜趕着敗軍廝殺，次日威嶺頓合軍同趕至法蘭西京城。又有布路西亞國王，與俄羅斯皇各親率軍趕至巴厘士京城，復立其國王。破拿霸地無軍可使，只得獨身逃避，自願往米利堅國當爲民過日，亦無船可駕，背後怕國王追趕，面前有大洋，進退兩難，忽望見海上有英吉利戰船，即定意投誠，遂下船帶同數人以便使喚。時英吉利國王年老，身病傳位於太子代政，破拿霸地寫書云：英吉利向爲我最强、並最義之敵，兹情願投誠正是等語。英吉利國太子不答，乃諭令將破拿霸地帶到海島名叫三得喜禮拿安置勿害等諭。遂揚帆順至該島，即令破拿霸地上岸，給以大屋，供食，限十許里路，任便騎馬納涼，止派一位武員相陪，免其逃走，現在不許復稱皇，乃以將軍稱之。”於是普魯士與俄羅斯、英國一起商量法國的前途與命運：“布路西亞國王同俄羅斯皇及公爺威嶺頓在巴厘士議妥法蘭西國王事後，彼兩國過去英吉利京，拜會英吉利國太子，看國内書院、山水各處，才彼此握别，回本國乃畢其事也。荷蘭與大吕宋等，現已得復國發政如前，且友羅巴列國亦太平安享。”

拿破崙在對整個歐洲進行南征北戰中獲得了大批珍寶，源源不斷地運到巴黎，使1793年成立的、設在盧浮宫内的中央藝術博物館的藏品大大豐富，1815年復辟王朝開始清算前政府留下的博物館，各國政府也開始索回被拿破崙搶奪的古董，該文寫道：“友羅巴列國甚重古畫與古國石像、古典等，於破拿霸地雄旺時節，其侵佔列國，多掠此物，盛集於其京城大古典堂内，其敗了之後，各國到京城各取回其前掠之各樣古物。”所謂“京城大古典堂”顯然就是巴黎盧浮宫，這可能是漢文文獻中最早的“巴黎盧浮宫”的譯名。

文章的作者在末尾再次表示了對法國大革命的否定，認爲“惟前二十六年之久當亂世時節，多喪人命，現有父母兄弟孤寡多憂，雖武功盛大則從何慰之哉！”作者將拿破崙比作亂世之梟雄曹操：“有人看破拿霸地實比得三國之曹操，爲甚有才無德之人。”但作者似乎還頗能辯證地認識拿破崙的歷史作用："又云：天用之爲罰淫惡世界，此樣看來頗是也。作亂之前，居上者以下民當爲無物，現在清議甚重，現其國内連國外悉不准以人爲奴，不得以錢易人，又現不以拜神教門而罪人。倘人無逆無賊，及似此不法之事，則任人自意見而拜神天也。此數件算因禍而致福也。以此大變之凶事而看，則知在各國做君王者該憐憫下民，做臣僚者該忠事君王，做百姓者該爲順道善良，果能遵上務業、敬天之人，則國有太平，而闔家世代無事矣。"①

五、小結

19世紀初年兼用中西印刷術的機構只有兩家，即麻六甲的倫敦會佈道站印刷所與印度的雪蘭坡的英國浸信會印刷所。雪蘭坡以印刷英文和梵文書刊爲主，中文僅出版過馬兹曼的聖經、《論語》和《中國言法》；而麻六甲則以出版漢籍爲主，英文和馬來文書刊爲輔②。麻六甲印刷所是19世紀來華新教傳教士所創辦的一家重要的印刷所，對於傳播西方新知識和近代印刷術做出開創性的貢獻，同時，該所也是當時最爲重要的海外出版漢籍的機構。特别是該所印製的《察世俗每月統記傳》，作爲19世紀來華的新教傳教士所創辦的第一份中文期刊，其中不僅刊載有大量屬於傳佈基督教教義的宗教文獻，也有部分文章涉及到世界天文地理，特别是世界歷史方面的内容。所載《全地萬國紀略》在明末清初耶穌會士所輸入的世界自然地理和人文地理的基礎上，又爲中國讀者提供了關於世界地理和歷史的新知識，如關於"皇帝"、"王"和"君"的區别；在介紹美洲歷史的過程中，該文較之艾儒略的《職方外紀》更詳細地討論了哥倫布的貢獻和亞美利哥的事蹟，同時也抨擊了歐洲殖民者所進行的奴隸貿易。米憐還在該文中詳細地研究了各國各地區的語言文字，這是漢文文獻中最早一篇關於世界語言文字比較全面的論述。尤其值得提出的是，該刊在1820年就比較詳細地介紹了法國大革命和拿破崙的事蹟，較之目前學界所認可的關於法國革命漢文文獻的記述之時間要早20年；較之目前學界所知關於拿破崙的記述也要早17年。該刊所載《全地萬國紀略》儘管充滿了對世界歷史解釋的神學史觀，但我們也要指出，該文在宣揚歐洲人信仰基督教是一種巨大的歷史進步的同時，也通過片言隻語的分析，透露出了歐洲流行的進步史觀的影響。

學界關於域外漢籍的研究多注意日本、朝鮮和越南等國作者所著或所藏所刻的漢籍，而很少注意到其他國家和地區的此類漢文文獻，其實，除了上述三國外，從漢籍刻印的角

①《察世俗每月統記傳》嘉慶庚辰年（1820）卷六36帙。

② 蘇精：《中國，開門！》，第150頁。

度着眼，早在17世紀初菲律賓等地已有過多明我會教徒所刻印的漢文西書；19世紀初期新教傳教士更是在東南亞地區陸續興辦過一些印刷所，如在麻六甲、巴達維亞、新加坡等地先後創辦過刻印漢籍的印刷所，出版過多種漢文文獻，本文嘗試通過麻六甲印刷所和《察世俗每月統記傳》的研究，爲大陸地區方興未艾的域外漢籍研究在空間上提示一個研究範圍的新增長點。

附記：本研究係復旦大學"985工程"哲學社會科學創新基地2007年度研究項目《晚清外語教科書譯刊研究：歷史與文獻》（07FCZD004）的階段性成果。本文初稿曾提交2007年8月18日至19日由南京大學文學院、南京大學人文社會科學高級研究院、南京大學域外漢籍研究所主辦的"域外漢籍研究國際學術研討會"，並在會上報告，承與會中外專家評議指正，促發了作者的進一步思考，特此鳴謝。

朝鮮—韓國漢籍研究

李奎報《東國諸賢書訣評論序并贊》小議

馮翠兒

一、引言

《東國諸賢書訣評論序并贊》一文，歷代引用頗多，特别是現代介紹韓國文化、藝術的著作，一提到韓國古代書法，過半都介紹了書法四賢，相信所據的就是該文，略引數則如下：

曹伸(1454–1528)[①]《謏聞瑣録》云：

> 李文順公評論東國書訣，以金生處神品第一，僧坦然居第二，晉陽公崔瑀爲三，柳伸第四。又以學士洪灌，宰相文公裕，宗室僧仲曦、道休，侍郎朴孝文，宰相柳公權，郎城侯金居實，宰相奇洪壽，學士張自牧，山人悟生、了然爲妙品、絶品之次序焉。且云：予有未見其書者，故不得優劣之。吾東方少文雅，罕傳書畫。文順公時猶有未見其書者，今則無一留跡，可勝歎哉！

《朝鮮文學藝術大辭典》"高麗的書法"[②]條云：

> 書法方面出衆的人很多，其中最著名的有柳伸、洪灌、坦然、柳公權、李岩、韓修等。尤其是柳伸、坦然、崔瑀和新羅的金生被稱爲神品四寶，深受人們的尊敬。

①據《韓國歷代人物傳集成》第五册，頁4069轉載《國朝人物考》所録許筠撰曹伸《遺稿序》云："曹伸者，梅溪之庶弟，生同年，月日後於偉……年七十五卒於金山家。"且曹伸曾爲曹偉編寫《年譜》，故當卒於曹偉之後。按《梅溪集》所載，曹偉生卒年爲1454—1503，以此判定曹伸的生卒爲1454—1528。

②吉林教育出版社，1992年7月版，頁147。

書中所説最著名者，跟神品四寶並不相配，顯然亦是受李文所影響。

吴焯著《朝鮮半島美術》“高麗美術·書法”①一節寫道：

> 這一時期名家輩出，最著名的如釋坦然、崔瑀、柳伸，與新羅的金生，合稱書法中的“神品四賢”。

即使是具代表性的書史著作——原谷《韓國書藝史》東方書藝研究院，2006年10月第二版（1975年3月初版），也將該文完全抄録，未有表示任何懷疑或作深入探究。

就是研究性的專著也不例外，如楊渭生《宋麗關係史研究》第六章，題爲“宋與高麗：源遠流長的文化交流”②，其中談到書法交流時寫道：

> 交流之中，高麗出現了不少書法名家，如顯宗時的金巨雄，歷事文、順、宣、獻、肅宗五朝，官至尚書右僕射，政堂文學的柳伸，肅、睿宗時的洪灌，仁宗時的大鑒國師坦然，高宗時的崔瑀，忠宣王時的李嵒等。

其注腳3云：“鄭麟趾《高麗史》卷九十三，《柳伸傳》；同書卷一一一，《李嵒傳》；同書卷一二一，《洪灌傳》。影印本下册，第126，423，646頁。”實則金巨雄無傳，書名也不大，只寫有《居頓寺圓空國師勝妙塔碑》③。《柳伸傳》在卷九十五而非卷九十三，頁數則是對的，但傳内並無一字提及其善書或工書。崔瑀傳則附在《叛逆傳·崔忠獻》後，亦没有工書之載。由此推論，楊説也是直接或間接受“東國諸賢書訣評論”所影響。

以上所述，既與李奎報《東國諸賢書訣評論序並贊》有關，且該文又是現存新羅及高麗兩代唯一可見的完整論書文章，其珍貴程度便不言而喻了。究竟此文所論是否公正持平、客觀地反映了當時的書壇情況，下文就以這前提作一深入的探究。

李奎報，號白雲居士（1168－1241），據《高麗名臣傳》載：

> 李奎報，字春卿，初名仁氐，黄驪縣人……幼聰敏，九歲能屬文，時號奇童。稍長，經史百家，佛老之書，一覽輒記。其赴監試也，夢有奎星報以居魁，果中第一，因改今名。

①中國人民大學出版社，2004年10月版，頁213。

②杭州大學出版社，1997年版，頁310。

③《東國金石評》評曰：“居頓寺碑魯公體，枯。”又《書鯖》云：“勝妙塔，頗有典型。”

李奎報一生著作甚豐，《高麗史》本傳載："有集五十三卷行於世。"按《東國李相國集序》云：

其生平所著，不蓄一紙，嗣子監察御史涵，收拾萬分之一，得古賦古律詩箋表碑銘雜文並若干首，請爲文集，公可其請，分爲四十一卷[①]，號曰《東國李相國文集》。

李奎報雖著作甚豐，但非書法家，因其既無墨蹟流傳後世，名又不爲《槿域書畫徵》[②]所收。有所謂"善鑒者不寫，善寫者不鑒"[③]，所以即使李奎報非書家，也可能有鑒賞的能力；況且在《東國李相國文集》内收録了不少評論書畫的詩文。如《謝墨竹》云：

予於玩好中，取最不取亞……取書必鍾王，取樂必韶夏……

可見他自稱對藝術玩賞的眼界和品位甚高。又如《統軍尚書幕觀金上人草書》曰：

其間細黠何所況，飛蘿走葛倒掛枯松上。或豎點若輕雲湧岫直奔天，或落晝(畫)如飛石放下山萬丈。或將斷而復縈，或方縱而旋横。上人之筆信神授，不是臨池費墨學所成。幕中之人殊未知，皆言熊虎方爭何暇草書爲。

其中，描寫草書形態數句就模仿了崔瑗《草書勢》的手法[④]；至於"何暇草書爲"則是張芝語[⑤]。《安處士墨竹贊》亦有"手爲心使，嘗以心傳，心指手應，物何逃焉"之評，這是演自王羲之"意在筆先"的理論[⑥]。

可見李氏自覺有鑒賞能力，而且熟讀中國書論，故此下文就對《東國諸賢書訣評論序並贊》作深入分析，探討李奎報是否真的是"善鑒者"，進而評析該文在東國書史上的價值。

---

①《韓國文集叢刊》除《東國李相國文集》41卷外，有《後集》12卷，合共剛好是53卷。

②《朝鮮文學藝術大辭典》"吴世昌條"："《槿域書畫徵》集朝鮮最早的歷代書畫家於大成，是書畫界的權威著作。"

③衛爍《筆陣圖》。

④《草書勢》："……方不中矩，圓不副規。抑左揚右，望之若欹。竦企鳥跱，志在飛移。狡兔暴駭，將奔未馳。或黝黚點黤，狀似連珠，絶而不離。畜怒怫鬱，放逸生奇。或凌邃惴栗，若據槁臨危，旁點斜附，似螐螗抱枝。絶筆收勢，餘綖糾結，若山蜂施毒，看隙緣巇，騰蛇赴穴，頭没尾垂。"

⑤按衛恒《四體書勢·草書勢·序》云："弘農張伯英者，而專精其巧，凡家之衣帛，必先書而後練之。臨池學書，池水盡墨。下筆必爲楷則，常曰：'匆匆不暇草書'。"

⑥《題衛夫人〈筆陣圖〉後》："凡書貴乎沉静，令意在筆先，字居心後，未作之始，結思成矣。"

二、　列晉陽公崔書於神品乃阿附權貴非公論

首先要注意的是《東國諸賢書訣評論序並贊》題下有“晉陽公令述”數小字。那麽，究竟該文内有多少是晉陽公的意見，李奎報的又佔多少？其客觀及公允程度又如何？這是該文最有問題而讓當世及後世産生爭議的一項。文中李奎報評晉陽公曰：

> 晉陽公崔書，於真行草無所不兼，草則如迅鶻飛空，輕風卷霧。真行則如陣馬齊首，步驟閑舒，無不中規。然中有奔逸蓊雲之氣，少放則自亦不能遽遏也。公嘗書大觀殿額，時奇相國亦能書額，見公所書，愕然自服，信可謂神品矣。但聞公於某品皆不欲居，令漏脱之，此謙德也。美則美矣，然此非私意，迺一國之公望也。若以謂吾今當國，人或面諛，則其中亦有正直之士，豈皆取一時之媚，傳爲萬世之所謗耶？決不然矣，今雖不爾，後世之評者，亦如今議。公雖欲避之得乎？請處之神品之第三。

從“但聞公於某品皆不欲居，令漏脱之……雖欲避之得乎？請處之神品之第三”,可見列晉陽公崔書於神品第三乃純屬李奎報之意。

晉陽公，即崔怡，初名瑀，晉康公崔忠獻之子，《高麗史・崔忠獻》云：

> 怡初名瑀，累樞密副使……（高宗）八年封晉陽侯……自皇考御宇，寡人即祚以來，晉陽公怡左右輔弼。

由此得知崔瑀、崔怡、晉陽侯、晉陽公同是一人。其傳附於《崔忠獻傳》内，未有一字提及他善書或工書。李氏評其書而置於神品，理由是：

> 真行草無所不兼，草則如迅鶻飛空，輕風卷霧。真行則如陣馬齊首，步驟閑舒，無不中規。然中有奔逸蓊雲之氣，少放則自亦不能遽遏也。

説的是他各種書體皆擅，無甚特殊或過人之語。隨之舉出另一理由是“時奇相國亦能書額，見公所書，愕然自服，信可謂神品矣”。“奇相國”相信指的是奇洪壽，他無任何書跡留於後世，李氏亦只稱其“亦能書額” 和評其爲“妙品絶品之選”。若奇相國見公書愕然自服，便何謂神品，那實在理據不足。再考察崔瑀與書法有關的記載則只見於《高麗史・熙宗世家》：

丙寅（1206），王命忠獻子將軍書“洪範”於宣慶殿，“無逸”於大觀殿以迎北使。

北使非中土天朝使臣，文化修養想不甚高，且高麗高宗時期，朝廷對北使不太尊重，接待只爲進行和談或應酬而已，故請崔瑀書“洪範”、“無逸”，不代表他就是當時的著名書家。像崔瑀如此地位顯赫和執政三十年的人物，真能工書的話，絶不會無任何文獻留下的可能。儘管崔之書名爲政名所蓋，但要進行神品的評選，也不能忽視公論。就如李奎報自行辯説把崔瑀列於神品實非私意道：

此非私意，迺一國之公望也。若以謂吾今當國，人或面諛，則其中亦有正直之士，豈皆取一時之媚，傳爲萬世之所謗耶？決不然矣，今雖不爾，後世之評者，亦如今議。

究竟真的是“一國之公望”嗎？且看當時或較晚的一些文獻記載以作分析。李仁老(1152–1220)在其《破閑集》中云：

本朝唯大鑒國師，學士洪灌擅書名，凡寶殿花樓額題及屏幛銘戒，皆二公筆也……固非崔楊輩，豊肌脆骨者之所及。

對崔楊二人之書有所批評，但崔和楊指的是何人，難以查考；若結合徐居正（1420–1488）在《筆苑雜記》的不客氣指斥，應可證以上所論：

我東國筆法，金生爲第一，姚學士克一，僧坦然、靈業亞之，皆法右軍。李奎報嘗評論：以崔忠獻爲神品第一，坦然爲第二，柳伸爲第三，阿附權貴，非公論也。

徐氏之言不知是另有所本還是指該文，若指該文則是誤記；如另有所本，李奎報“阿附權貴”之跡就更爲明顯了。查與李仁老同時的書家，並未見有楊姓者，若結合徐居正之言，筆者推測：崔者所指是崔瑀，而楊則是楊柳互稱，指的有可能是柳伸，那就是針對該文而言的了。崔忠獻是崔瑀之父，兩父子確實是當時之權貴，而且有“挾天子以令諸侯”之勢，操朝野生殺升黜之大權。《高麗史·神宗世家》云：

史臣贊曰：“神宗爲崔忠獻所立，生殺廢置皆出其手，徒擁虚器立於臣民之上如木偶人耳。惜哉！”

《熙宗世家》則云:

史臣贊曰:“是時忠獻執國命已有年矣,廣植黨羽專擅威福,熙宗雖欲有爲,何以哉!爲王之計當以正自處,任賢使能,王室自强,雖有跋扈之臣無由肆其惡矣。”

《高麗史·崔忠獻》本傳是列於《列傳》卷第四十三“叛逆三”的,可明史家之論了。傳内載其父子皆死後:

宰樞奏崔忠獻罪盈惡積,崔瑀專權擅命,宜削去圖形罷廟庭配享。從之。

《朝鮮史略》亦載:

崔忠獻死,史臣曰:忠獻起於微賤,專執國命,貪財好色,鬻爵賣獄,至於放逐二主,多殺朝臣,元惡大憝,上通於天而得保首領,天道之不可知乃如此耶?

可見徐居正“阿附權貴,非公論也”之譏頗有依據而非妄語。

按筆者之考察,李在《東國諸賢書訣評論序并贊》中評崔瑀爲神品,除有阿附權貴之嫌外,還牽涉有“情”的元素。若翻查《東國李相國文集》,便可發現李奎報與崔瑀(晉陽公)的關係非比尋常:

《上崔相國并序》下題有小字“晉康公嗣也”,這崔相國便是崔瑀無疑。序曰:

某本乏吏能,出爲郡守,政尤未滿,汲汲然求見代者,似爲大早。然僕居省五年,忽因非罪,被有司所彈,賴閣下盡力營救,然後不落散地,受此方州之任矣。幸今閣下當國,凡内外官寮之名不廉者,既盡懲之矣。夫清者濁之對,激其濁則必有揚清之議。如吾礪節奉公者,雖未蒙大賞,又何必三年而見代。伏惟諒之。

在詩後有小字注:“明年以起居注見召。”《李奎報年譜》内亦詳記此事,可兹印證:

己卯(貞祐七年)公年五十二。春,公被劾免官。前年十二月日,外方八關賀表有不及進呈者,公欲彈之,琴相國固止之。至是月,晉康侯考其由,即劾相國及公,相國見原而公獨免官。四月,出爲桂陽都護府副使兵馬鈐轄,五月,赴桂陽。庚辰(貞祐八年)公年五十三。夏六月,以試禮部郎中起居注知制誥見召。七月,至自桂陽。前年九月,晉康公薨,嗣子相國代秉政權,故有是命。十二月,遷試太僕少卿,仍起居注,作謝表。

可見崔瑀對李奎報有營救與提拔之恩。兩人的私交亦甚篤，李氏經常參與崔瑀之宴請，《東國李相國文集》内酬答之作不少，如《晉陽侯集其日上番門客之姓爲韻命門下詩人輩賦冬日牡丹，予亦和進一首傍韻自押》等，可見一斑。在生活上李又常得崔家之恩惠，如：

《上崔相國二首并序》：

某昨蒙鈞慈許參兩府一會華筵，仍賜斑犀鞓帶一腰令帶之。親臨觀焉，枯瘦之姿，爛生光彩，真分外之榮也。又僕在陳久矣，兼令别頒月俸，以救垂死之命。退思厚眷，不勝感荷。謹成惡詩二首，奉謝萬一云。

《又謝晉陽公送白粲并序》：

某本窮薄人也，名爲宰官，貧甚匹夫，受禄亦疎，在陳日久，忽蒙令慈惠送白粲十斛，一家喜抃。同祝令壽萬年，恩固不貲，感何更詰，涕流於外，情動於中。因課成謝詩一首云云。

崔對李奎報如此照顧、厚待，便可推知兩人已超越上司下屬之關係了。
《謝晉陽公送龍腦及醫官理目病并序》：

某值目瞳有膜，醫云非龍腦難理。此藥非人間所常得也，以是雖甚惶懼，不得已仰黷令鑒。伏蒙邸下既賜以千金難覓之藥，又特遣名醫仇郎中來理，此實天地父母之恩也。曷勝道哉，感至揮淚，因成謝詩三首，奉呈左右云云。

《李奎報年譜》更載有：

秋七月，寢疾。晉陽公聞之，遣名醫等問診不絶。乃取公平生所著，前後文集凡五十三卷，募工雕印，其督役甚急，欲及公之眼見，以慰其情也。

上數例可證，無論在公在私，崔對李都多有照顧，李即使不是"阿附權貴"，也很有爲感恩而將崔瑀評作神品第三之可能。

三、 漏評者甚多，非善鑒者

除神品四人外，在妙品絶品中，李奎報舉出了學士洪灌，宰相文公裕，宗室僧統沖曦，首座道休，士郎朴孝文，宰相柳公權，邵城侯金居實，宰相奇洪壽，學士張自牧，山人悟生了然等。只是提名而無任何評贊語，現就今天能見之文獻資料分述如下：

> 洪灌，《高麗史》本傳："力學善書，效新羅金生筆法。"①
>
> 文公裕，寫有《普賢寺創寺碑》和《探密宏闊二祖師記》，《書鯖》亦稱其："書法匀熟有餘，腕力亦不弱，但風韻少遜。"
>
> 柳公權，《高麗史》本傳："少好學，工草隸。"寫有《瑞峰寺玄悟禪師碑》。

以上三位應當是知名的書家。

奇洪壽：《高麗史》本傳："素善書，工文，及壯，從武班，後引年乞退，琴書自娱。"

張自牧與悟生，無傳。悟生的書法如何，透過《東國李相國集·寄山人悟生書》可見一斑，該書是李奎報修函向悟生求書，信中極力稱讚其草書及爲人云：

> 素聞足下善草書，每有南人至者，求之不獲，當歉然也。蓋凡書皆象其爲人，觀顔魯公之書，凜乎若諳盧杞而擊希烈。則以足下豪邁拔俗之姿而知之，亦可髣髴其書矣。然終欲見其真蹟，山中想多暇日，其一爲揮灑，毋靳固之。

從信中提到向悟生索書的人甚衆，相信其書藝及書名都不錯，肯定的是李確很欣賞悟生的草書，可惜的是别無他證。

同樣的，李奎報亦非常讚賞張自牧的草書，《賀張侍郎自牧致仕啟》云："襟期倜儻，氣度汪涵。書是張芝之後身，文爲燕國之大手。"又在《祭張學士自牧》讚曰："詩既奔放，草復縱横。"在《東文選》中可找到李仁老對張的評論，《題張學士雙明齋額題後》②云：

> 書之理一而其體則百變，不可以得窮也。苟知其本，雖龜龍魚鳥之書，鍾王虞褚之法，隨所揮灑無不可者。比如良馬奔駕於蟻封曲垤之間，縈策如飛，終無蹶躓。則其在於康衢也，必能追躍風電，一抹萬里可知矣。故東坡云："真如立，行如行，草如走，未有能行立

①尚有善書之載，請參本文第四節。

②徐居正《東文選》，民族文化刊行會，1994年版，第五册，頁249。

> 而不能走者也。”僕徃於屏幛之間，見張學士飛草，即謂人曰：“草亦尚爾，真則可不問而知。”今見雙明齋題額，點畫精强，力出於外而得徐家之風骨，則有以喜吾言之不妄也。

由此可見，張自牧不獨草書不凡，亦精於楷書，應是書家無疑。故評以上數人爲妙品、絶品，應無任何爭議之處。

至於朴孝文、金居實、沖曦、道休、了然等，在今天可見之文獻中，未見有提及此數人工書或寫有作品之記載，本文可説是提供了填補真空的貢獻。

李奎報在文末云：“其中而予有未見其書者，故今不得優劣之。”若細考今天能見的文獻資料①，與李奎報同時或之前的書家，比崔瑀和柳伸優勝的，實大有人在。李文之不選他們，相信正如他所言的“未見其書，故今不得優劣之”，這可見李不諳書壇情況，所見不廣；亦有可能其中隱含了私人喜惡之元素。

李氏所選的神品四人，除金生一人是羅代人外，其餘三人都是高麗本朝人。若細查新羅朝，書法不凡者尚有徐居正讚譽的姚學士克一及僧靈業；翁方綱也盛讚過吴彦侯的楷書；除此外還有一位不亞於金生的書法名家金陸珍。玆分述如下：

姚克一：《三國史記》附於金生傳内載：“仕至侍中兼侍書學士，筆力遒勁，得歐陽率更法，雖不及金生，亦奇品也。”書有《大安寺寂隱禪師碑》。《三國史記》爲高麗仁宗時金富軾（1075–1151）所撰，是現存最古的韓國史書，成書於1145年。李奎報在《東明王篇並序》中提到：“越癸丑四月，得《舊三國史記》”②，故兩本《三國史記》他都應讀過，不應忽略對姚克一的善書記載。如以認真、公正的態度去寫該文，便應詳細地搜尋並審查各方材料。

僧靈業：寫有《斷俗寺神行禪師碑》。李匡師《圓嶠書訣後編》云：“羅僧靈業書，亦瘦勁可取。”劉喜海《東海金石苑·序》稱其：“斷俗神行，靈業擅倚天之筆。”其下自注曰：“靈業書品與致遠、金生相伯仲。”《東海金石評》：“神行碑行書，澹而踈。”《書鯖》：

> 佛法肇興於法興王，伊後大德迭作，名刹林立。式至於麗季，故羅麗遺墨，率多寺塔文字，今所傳者，唯神行碑最近古。

可見靈業的書法很不錯，不應被忽略。

①載於《槿域書畫徵》内的新羅書家共17人；高麗書家141人（年代在崔瑀前的有61人）。

②載於《東國李相國全集》卷三，頁315（《韓國文集叢刊》第一册）。

吴彦侯：官工部侍郎，書有《靈通寺大覺國師碑》。翁方綱跋此碑云：

> 是碑立於乙巳，在宋宣和七年。所云大覺國師，即東坡詩三韓王子西求法者也。此正楷專歐陽率更，結體逼肖，中華石墨，唐宋書家，如此純用歐法者罕矣。

從神品四人的評贊中，可看到李奎報是偏愛草書和行書的，即使他目睹過吴彦侯的作品，因乃楷書之故，相信也不會把他選入品中。

金陸珍：書蹟有《鍪藏寺碑》①，《海東金石總目》載："鍪藏寺碑年泐，金陸珍撰並書，在慶州。"翁方綱認爲此碑乃集右軍書，其《唐新羅鍪藏寺碑跋》云：

> 碑行書，雜用右軍蘭亭及懷仁大雅所集字。蓋自咸亨開元以來，唐人集右軍書，外國皆知服習，而所用蘭亭字皆與定武本合，乃知定武本實是唐時所刻，因流播於當時耳。

劉喜海亦贊同此説，《海東金石録·序》云："鍪藏麟角，碎金集右軍之書。"其下小字注："新羅鍪藏寺碑，高麗麟角寺碑，俱集晉王右軍行書，頗具典型。"金正喜（1786-1856）在《與金東籬書》卻肯定地説：

> 鍪藏碑果是弘福字體②，非集字如麟角碑矣。金陸珍是新羅末葉之人③，而碑之年代，今不可考矣④。

①《槿域書畫徵》用此名；《海東金石苑》名之爲《唐新羅鍪藏寺碑》；《朝鮮金石考》名之爲《慶州鍪藏寺阿彌陀如來造像事蹟碑》，三者同爲一碑。

②筆者疑"弘福"應爲"宏福"，所指乃"宏福寺"，此寺是僧懷仁集王羲之書而成《聖教序》之地。黄長睿《東觀餘論》云："書苑言：唐文皇製《聖教序》時，都城諸釋諉宏福寺，懷仁集右軍行書，勒石累年方就，逸少劇跡咸萃其中。"又王澍《竹雲題跋》云："《聖教序》有二本：一褚遂良書；一則僧懷仁集羲之諸行字所成也。二本皆爲後學宗楷，學羲之書者，必自懷仁始。"故推測文中所謂"弘福體"，指的是"王右軍體"。

③據翁方綱跋云："《舊唐書》新羅王敬信貞元十四年卒，其子先亡，立其孫俊邕爲王，十六年俊邕卒，永貞元年册其子重興爲王。元和四年遣使金陸珍來朝貢，即此碑系銜者也。以鍾氏建元考證之，敬信在位十三年，重興在位十二年，惟俊邕在位二年，故此陸珍爲中宫造象作碑殘闕不具歲月。《舊唐書》貞元十六年册俊邕母申氏爲太妃，妻叔氏爲王妃，此碑所謂中宫者，即王妃叔氏也。元和三年遣金力奇來朝，力奇上言貞元十六年册俊邕爲新羅王，母申氏爲太妃，妻叔氏爲王妃。册使韋丹至中路知俊邕薨，其册卻回在中書省。今臣還國伏請授臣以歸勑金俊邕等册，宜令鴻臚寺於中書省受領至寺宣授與力奇令奉歸國，是以明年即遣金陸珍入朝也。據此則此碑是俊邕卒後，其王妃爲造佛象資冥福者，當即此時所作也。"按俊邕卒於唐貞元十六年，故是碑應立於貞元十七年或稍後。請參《海東金石苑》或《翁方綱題跋手札集録》，廣西師範大學出版社，2002年版，頁165。

④《阮堂先生全集》卷四。

《東國金石評》評其："鍪藏寺碑，行書，逸。"洪良浩《耳溪集·題鍪藏寺碑》云："考其文，即新羅翰林金陸珍書也，陸珍以詞翰顯於羅。傳者見其姓，誤稱金生也。"又在《題金角干墓碑》云：

> 余觀鍪藏寺碑，有右軍之風。角干碑，似歐率更之法，皆爲書家珍品，而東方古跡，莫先於此者。在中國則其岣嶁石鼓之亞乎？余嘗論羅代人物，推金公（生）爲第一，今見是碑，重有曠世之感云。

《海東金石苑》所載《唐新羅鍪藏寺碑》一章中有"丁丑四月金正喜題識：此石書品當在白月碑上"[①]。衆多評論家均高度評價金陸珍書，可想見其書藝絶非一般。加之據翁方綱《唐新羅鍪藏寺碑》跋所言"而所用蘭亭字皆與定武本合"[②]，不正合乎李奎報選取神品的條件嗎？由李奎報對前朝書法名家的脱漏情況推斷，李對新羅書壇的認識有限。

至於高麗朝的書家，能名播中土的亦大有人在，清代所編《御定佩文齋書畫譜》卷三十六載：

> 洪灌，字無黨，力學善書，效新羅金生筆法；李仁老，字眉叟，能屬文，善草隸；金恂，字歸厚，工隸書，爲密直副使；金方慶，字本然，志學善書，官至兵部尚書；郭預，字先甲，善屬文，書法瘦勁，成一家體；金晅，字用晦，密直學士，善隸書；李穎，博聞强記，工草隸，爲翰林學士承旨；李嵒，字古雲，工隸書，爲左承旨；成石璘，字自修，善書；史彦旼[③]，聰悟過人，善書畫，爲尚食奉御。

他們的書名能遠播中土，相信書藝應非比一般，但除洪灌外，其他人均未見列入任何一品。這有可能因部分人出道較晚而不爲李奎報所識，但李仁老比李略長，而且同朝爲官，

①按在此碑前有白月碑二：一爲集金生字而成之《新羅朗空大師白月棲雲塔碑》；一爲崔致遠撰，從弟崔仁滾書之《新羅朗慧和尚白月葆光塔碑》。李奎報《東國諸賢書訣評論序並贊》云："學士洪灌齎其（金生）書入宋，其朝諸賢見之，嘆曰：不意今日見王右軍真蹟。灌答曰：不是右軍書，迺我國金生書。屢言之終不信焉。則金生之書與右軍無異明矣。"故指的應是《新羅朗空大師白月棲雲塔碑》。

②翁方綱《跋蘭亭（宋拓本）》："而究必以定武爲圭臬。"金正喜《與金黄山書（五）》："蘭亭定武本，最稱蘭亭之真焉，歐陽所摹，經有歐陽筆意，猶神龍本有河南筆意。今以定武爲右軍書，必全如是，未足深據，昭陵原來，有誰見之耶？"

③按《高麗史》應爲"尹彦旼"，其傳載《高麗史·尹瓘傳》內："彦旼聰悟過人，仁宗朝爲尚食奉御。"《韓國金石全文》頁725有墓誌。

常一起聚會唱和。《高麗史·李仁老》本傳載："自幼聰悟，能屬文，善草隸。"可見李仁老是當時頗有名的書家，亦未見李奎報把他列入品中，頗值得作進一步考查。

崔滋（1188–1260）《補閑集》[①]中隨手可翻見李仁老及李奎報唱和之記載，如：

> 己未仲夏，晉康公第千葉榴花盛開，公邀致李翰林仁老、金翰林克己、李留院湛之、咸司直淳、李先達奎報請賦之，席上拈韻禽字最强。李翰林云：錦幄朝遮日，金鈴曉起禽。李先達云：爇香晴引蝶，散火夜驚禽。次曰：輕投憐巧蝶，惡踏禁閑禽。次曰：蘂繁難結子，枝弱不勝禽。次曰：襲香風檻客，弄影午庭禽。次曰：碧桃空伴鶴，青李謾來禽。以錦幄聯爲第一……又請李仁老、李奎報及金君綏、李公老、金良鏡、李允甫作記，皆當時名儒，以李奎報所述爲最，遂勒板於亭上。

又李仁老是當時號稱"東國七賢"成員之一，李奎報青年時便常參與七賢之聚會，《高麗史》本傳云：

> （李奎報）幼聰敏，九歲能屬文，時號奇童。稍長經史百家，佛老之書，一覽輒記……時李仁老、吴世才、林椿、趙通、皇甫抗、咸淳、李湛之等，自以爲一時豪俊，結爲友號稱七賢。每飲酒賦詩，旁若無人，世才死，湛之謂奎報曰：子可補耶？

説明李奎報常參與當時"七賢"飲酒賦詩之聚會。那麼爲何李奎報不爲李仁老列品？筆者懷疑他們之間存有着嫌隙。其一是二李早已認識而常一起聚會唱和，别人尚且記下了他們的唱和之作，但在二李留下的文集或筆記中卻未見一字提及對方或收入任何文字。其二是李奎報似對"七賢"不大尊重，《李相國集》卷二十一載有《七賢説》云：

> 先輩有以文名世者某某等七人，自以爲一時豪俊，相與爲七賢，蓋慕晉之七賢也。每相會飲酒賦詩，旁若無人，世多譏之，然後稍沮。時予年方十九，吴德全許爲忘年友，每攜詣其會。其後德全游東都，予復詣其會。李清卿目予曰："子之德全，東游不返，予（疑爲子）可補耶？"予立應曰："七賢豈朝廷官爵而補其闕耶？未聞嵇阮之後有承之者。"闔座皆大笑。又使之賦詩，占春人二字。予立成口號曰："榮參竹下會，快倒

① 《補閑集·序》云："李學士仁老略集成編，命曰《破閑》。晉陽公以其書未廣，命予續補。"

> 甕中春。未識七賢内，誰爲鑽核人①。”一座頗有愠色。即傲然大醉而出。予少狂如此，世人皆以爲狂客也。

以晚輩身份，卻借賦詩之機，用《世説新語》中“儉嗇、小器”之典來作弄“七賢”，實是大不敬之舉。

從以上之蛛絲馬跡看，二李間很有可能存在點私人恩怨，若因而不把李仁老列品，更能證明《東國諸賢書訣評論序并贊》的撰寫，存在私心而有欠公允了。

四、未能全面評價選評者的成就和貢獻

金生是新羅、高麗兩朝，絶無僅有的，終生專心從事書法藝術的人。《三國史記》本傳載：

> 金生父母微，不知其世系，生於（唐睿宗）景雲二年（新羅聖德王九年，即771年）。自幼能書，平生不攻他藝，年逾八十，猶操筆不休，隸書、行草皆入神，至今往往有真蹟，學者傳寶之。

李仁老在《破閑集》則評：“雞林人金生，用筆如神，非草非行，迥出五十七種諸家體勢。”又曰：“雞林人金生，筆法奇妙，非晉魏時人所跂望。”可知金生並非獨仿右軍，而是筆法奇妙，千變萬化。高麗以後頌讚金生書法的也不少，如朝鮮世祖時成俔（1439–1504）《慵齋叢話·論筆法》云：“我國善書者雖多，而有楷範者蓋寡。金生能書，細而毫忽皆精。”宣宗時許穆（1595–1682）《跋許上舍珣家藏金生真蹟》云：

> 初見古經金生書，後雖多見之，皆印本，不如古經真墨。今於同宗上舍生叔玉處，又見京綃古本真手蹟，字體奇怪如神，非筆力所幾也。

但至朝鮮肅宗時金生的真跡已不能得見，李匡師（1705–1777）《圓嶠書訣後編》云：

> 東國筆法，新羅金生爲宗。今絶無真蹟之傳，拓本亦奇偉有法，非高麗以後人可及。

①《世説新語·儉嗇》第4則：“王戎有好李，賣之，恐人得其種，恒鑽其核。”

洪良浩（1724—1802）《耳溪集·題白月寺碑》亦云：

> 夫金生，東方書家之祖也，嘗入雞林石湖窟中，摘木葉寫字，四十年不出，書乃通神……當時書碑版必多，而今無傳者，惟白月碑尚在，而是亦集字，則非真跡也。

現能見到的金生書跡，只有崔仁滾撰，釋端目集金生書《奉化太子山朗空大師白月棲雲塔碑》拓本[①]，據《海東金石總目》載：

> 《奉化太子山朗空大師白月棲雲塔碑》崔仁滾文，釋端目集金生書，於景明王（917—923在位）之時，因世亂未豎，至高麗光宗（950—975在位）時乃建。

李匡師所言拓本可能就是指此。

歷來金石和書法研究者都甚重視此碑，中、日、韓學者對其集金生書的評價亦頗隆。中國清·劉喜海跋此碑云：

> [唐]《新羅朗空大師白月棲雲塔碑》……崔仁滾撰，釋端目集金生書……元趙文敏（孟頫）嘗跋金生所書《昌林寺碑》曰："字畫深有典型，雖唐人名刻未能遠之，洵非虛譽也。"

日人葛誠末治在《朝鮮金石考》中對此碑評曰："字乃七分乃至一寸之行書，筆力頗爲勁拔，字體雅致。"[②]那便是讚譽金生的書法剛柔兼濟了。《東國金石評》亦評其："白月碑行書放縱，奇品。"

綜合各方資料，可印證金生被譽爲東國書聖，實是名實相符的。若如李奎報般只以"神筆"和"金生之書與右軍無異"來評金生書法，豈非未能全面頌揚金生的書法造詣而把他的成就貶低了？

其次要論的是坦然。據高麗明宗二年(1172)李之茂撰《斷俗寺大鑑國師塔碑》云："師諱坦然，俗姓孫氏……師生有異質，志氣不群，年甫八、九歲，解屬文，作詩有驚人語，又工於書，時以爲千里駒。十三學六經，粗通大義，十五補明經生，有聲於世，老儒無不

---

①《槿域書畫徵》用此名；《海東金石苑》名爲《唐新羅朗空大師白月棲雲塔碑》；《朝鮮金石考》名之爲《榮川太子寺朗空大師白月棲雲塔碑》，三者同爲一碑。

②葛城末治《朝鮮金石考》，亞細亞文化社，1978年版，頁328。

推重。肅王在藩邸，雅聞其賢，招致宫中，俾侍世子，不令一日離去，世子即睿宗也。師蚤有出塵之志，視身世如浮雲，棄名利若弊屣。嘗與師素、保玄二高士游，洎聞師安（素）先已披剃，則潛出宫，經（徑）往京山安寂寺從寺主落髮，時年十九也。”[①]據《海東金石總目》所收，坦然寫有《真樂公重修文殊院記》、《祭清平山真樂公文》[②]、《僧伽窟重修記》及《北龍寺碑》。

李仁老在《破閑集》云：

> 本朝唯大鑒國師，學士洪灌擅書名，凡寶殿花樓額題及屏幛銘戒，皆二公筆也……常有評者曰：引鐵爲筋，摧山作骨，力可伏螭，利堪穿札。宋人有以精縑妙墨，求國師筆跡者，請權迪作詩，寫以附之。

崔滋（1188–1260）《補閑集》亦云：“大鑒國師坦然，筆跡精妙，詩格高澹，所過多題詠。”可推知坦然的書名相當大，廣受釋、儒各界的尊重，甚至名傳中土。

李奎報對坦然之評則爲：

> 王師坦然書，於行尤所長，每一披閱，精彩爛發，如芙蓉之出池，中含骨鯁，掩以瓊肌。如巧工之施材，穩當相禦，亦無雕鑿之痕矣。此豈學而得之，必受之天者歟？然則當以坦然居神品之第二。

無甚特别之處，大概只認爲他的書法特長行書，剛柔並濟，自然天成而無雕鑿之痕跡，非力學之所能至。實則坦然亦善其他書體，如《東國金石評》云：“僧伽寺碑額篆，勻而秀；文殊院碑額，顔柳。”又李祖默《羅麗琳瑯考》云：

> 文殊院記碑文行書，碑額大楷，沙門坦然書，寶文閣學士金富轍記，行毫如翻身鳳凰。雖極傾倒。

申緯（1769–1845）《警修堂集·真樂公重修文殊院碑》（題下有小字：僧坦然書。真樂公，高麗處士李資玄）云：“楷書率更令，行書聖教序。坦然亦麗人，豈有别機杼。”合而觀

①許興植編著《韓國金石全文》中世下卷，亞細亞文化社，1984年版，頁820–823。括號内文字爲筆者擬改之字。

②爲《真樂公重修文殊院記》碑陰。

之，坦然除精行書外，篆書秀麗勻稱，兼善歐陽詢、顔真卿、柳公權各體楷書，殊不簡單。

相信李評坦然爲神品第二是由於坦書名氣很大，且書風亦像右軍；當然坦乃“王師”亦是重要原因。從英祖、高宗時的書論家李匡師《圓嶠書訣後編》所評：“麗僧坦然專象聖教序，而實啟東人團挼之畫。”可見其不但工書，且筆法能爲後世宗，有開創之功。將其置於神品第二，實是名副其實，理所當然的；遺憾的是李奎報未能全面評價坦然在高麗書壇和東國書史上的地位和價值。

再要論的是洪灌，除《高麗史》本傳稱其“力學善書，效新羅金生筆法”外，其名亦被收於清代所編之《御定佩文齋書畫譜》内，又據《宣和奉使高麗圖經》卷六載：

> 延英殿閣，在長齡之北，制度小大略如乾德，王於此親試進士。又其北曰慈和，亦爲燕集之處，前建三閣，曰：寶文，以奉累聖所錫詔書；西曰清燕，以藏諸史子集。嘗構得其燕記文曰：開府儀同三司守太保兼門下侍郎兼修國史上柱國江陵郡開國侯食邑一千三百户實封三百户臣金緣奉教撰，通奉大夫寶文閣學士左散騎常侍上護軍唐城郡開國男食邑三百户賜紫金魚袋臣洪灌奉教書并篆額。王以聰明淵懿篤實輝光之德，崇尚儒術，樂慕華風，故於大内之側，延英書殿之北，慈和之南，别創寶文清燕二閣，以奉聖宋皇帝御製詔敕書畫。

能書奉宋帝御製詔敕書畫的寶文清燕二閣記的，其書必爲當世的表表者。李仁老在《破閑集》亦云：

> 本朝唯大鑒國師，學士洪灌擅書名，凡寶殿花樓額題及屏幛銘戒，皆二公筆也。

況且李奎報在其《次韻丁秘監而安和前所寄詩，以墨竹影子親訪見贈並序》中對洪亦大加讚賞：

> 書者藝也，藝必爲世所嗜，故藝之能奪詩名久矣。先朝學士洪灌，能詩亦能書，世皆以能書洪灌呼之，不以詩名，洪君嘗憤之。予以謂若洪君者，詩與書相敵，故藝能混而掩之矣。如學士之詩，絶勝無二，雖藝之工也，又豈有奪之之有耶。

若從柳伸之贊詞：“其人漸遠，其書益翔”分析，這亦與事實有所出入。翻閲《高麗史·柳伸》本傳，並無一語提及其善書或工書，即使書法造詣不錯，想必不是當時最有名的書家之一，他的傳世作品亦不多，僅有《松廣寺佛日普照國師碑》。對其作品有評價的文獻只有二處，其一乃《東國李相國文集》中録有《謙師方丈觀柳紳[①]乞米書書其後》一詩，詩題下且有“柳書今第一”的小字注：“子是誠懸孫，字法夙熏習。請君繼家聲，立朝冠岌岌。侍書清燕間，文彩敷暐暐。乃反學真卿，而作乞米帖。食粥雖云窮，魯公猶可襲。”詩意主要是嘲柳伸姓柳而不學柳公權而學顔，有開玩笑的成份，並無嚴肅的書論色彩。其二是《槿域書畫徵》内録有“匪懈堂”[②]贊：“柳伸書深有法度。”想柳書應有一定水平，但置其於神品而將洪灌壓在他之後，實有委屈了洪灌之感。

五、雖以中土書論標準爲評書準則，卻未透切理解中國書論的精神和意蕴

李奎報在文章的開始便簡略地介紹了書體演變的簡史云：

> 夫書契之興，尚矣。自倉頡制字以代結繩，然後鳥跡蝌蚪篆籀隸書之法作焉。寖及後代，踵事增華，於是真行草飛白之制，各體互興，若秋菊春蘭俱不可廢。

這與東漢崔瑗《草書勢》、西晉成公綏《隸書體》、西晉衛恒《四體書勢》、西晉索靖《草書狀》、劉宋虞龢《論書表》、北魏江式《論書表》等均是一脈相承，可見是模仿中土書論無疑。

隨之讚揚王羲之爲第一，並以國人配對之曰：

> 且古之聞人韻士之工於書者，不可勝算。有工一體者，有兼之者。遠至於晉，以王羲之爲第一，前則梁武帝評其體曰：龍跳天門，虎臥鳳閣。後有唐文皇贊之曰：煙霏露結，鳳翥龍蟠，心慕手追，此人而已。向所謂古之聞人，不爲不多，而獨舉逸少者，蓋我國之第一人者，有與逸少無異者，故先舉其偶者矣。

可見李評是以中土的評論標準作爲其評選準則，而且李奎報在評論金生、坦然及柳伸時，用了不少中國書論，其中有其獨特之見解，卻亦有與中土書論精神不大相符之處。下文只

①按《高麗史》應爲“伸”。

②李瑢，字清之，號匪懈堂，世宗第三子，太宗十八年生，授安平大君，後被貶爲庶人。成俔《慵齋叢話》：“匪懈堂以王子好學，尤長於詩文，書法奇絶，爲天下第一，又善畫圖琴瑟之技。”

作比較分析，並不是作對與錯的判斷。

李氏評金生云：

> 第一者其誰，金生是已，此迺神筆也。何以言之，世傳嘗有人忽至金生前，請寫帝釋經，寫畢，問所從來，其人曰：我帝釋使者也，命我請書故來耳，因忽不見。又書安養寺額，隔數年，其釘額之屋南傾側，即請書屋北，然後其屋還平。又寫青龍寺額，常有雲霧籠焉。又學士洪灌齎其書入宋，其朝諸賢見之，嘆曰：不意今日見王右軍真蹟。灌答曰：不是右軍書，迺我國金生書。屢言之終不信焉。則金生之書與右軍無異明矣，然則當以金生處神品之第一。

贊曰：

> 朝露結方夕煙霏，努虯挐兮靈鳳騫，金生耶？羲之耶？身雖異兮手則同焉。心手相應，付之者天。神哉異哉，言所難傳。

先舉出了南朝梁武帝和李世民①對王羲之評論而定其爲歷代書法第一，因而以東國的金生作爲配對。須知二王書法之高下，歷代並不一致，而南朝時人往往更推崇獻之。梁武帝雖推崇羲之過於獻之，但並不以羲之爲第一，他在《觀鍾繇書法十二意》中云："子敬之不迨逸少，猶逸少之不迨元常；學子敬者如畫虎也，學元常者如畫龍也。"把鍾繇置於王逸少之上。至唐太宗李世民，因他愛書，尤推崇王羲之書，廣徵其墨蹟，編目、拓印，廣爲流傳；更爲他撰寫《晉書·王羲之傳論》，這樣王羲之書聖的地位才得以確立。可見李奎報對羲之的評價是受到了唐太宗李世民的影響。

在評選金生爲東國書法神品第一時，李奎報用了四點：

> 一、有帝釋使者請書；
> 二、書寺額，能令傾屋還平；
> 三、寫青龍寺額，常有雲霧籠焉；
> 四、金生之書與右軍無異。

①李世民《晉書·王羲之傳論》原文應是：煙霏露結，狀若斷而還連；鳳翥龍蟠，勢如斜而反直。玩之不覺爲倦，覽之莫識其端。心慕手追，此人而已。

首三項爲新羅書史保留了寶貴的軼事材料，無疑是該文的一項貢獻，而且都涉及神怪，可推測當時人推崇金生書法，已達神聖的地步。至於“金生之書與右軍無異”，亦見李氏以酷似右軍爲書法的最高標準。但洪良浩在《耳溪集·題白月寺碑》曾云：“金生之書，蓋自閉門户，未嘗學鍾王，而暗合古人如此。”應是偶合而非刻意模仿學習，又或是筆法之妙能及右軍，未必是酷似。即使與右軍無異，亦跟中國歷來評書之標準不太相符，略論如下。

南朝宋羊欣《采古來能書人名》記載了兩位書法極肖大王書家之事蹟：

> 太原王濛，晉司徒左長史，能草、隸。子修，琅琊王文學。善隸、行，與羲之善，故殆窮其妙。早亡，未盡其美。子敬每省修書云：“咄咄逼人。”……晉穆帝時，有張翼善學人書，寫羲之表，表出，經日不覺，後云：“幾欲亂真。”

劉宋虞龢《論書表》及唐張懷瓘《書斷》[①]也記有張翼一事。另南朝齊王僧虔《論書》云：“康昕學右軍草，亦欲亂真，與南州釋道人作右軍書贊。”以上所述三人在庾肩吾《書品》的評品都不算高：“王修，敬仁……清舉，致畏迫之詞[②]……允爲中之中……張翼善效宋帝[③]，康昕，希秀孤生……允爲中之下。”王羲之在《書品》中被評爲“上之上”，如以李奎報的評書標準，那麽前述三人就應列在上品而不應只列於“中中”和“中下”了。其實中國傳統文藝批評思想都有著同樣標準，如：

> 《李北海集·附録：遺事》云：“李北海書當時便多法之，北海笑云：‘學我者拙，似我者死！’”

唐張懷瓘《書斷上》亦云：

> 獻之常白父云：“古之章草，未能宏逸，頓異真體；今窮僞略之理，極草縱之致；不若稿行之間，於往法固殊也，大人宜改體。”……善學者乃學之於造化，異類而求之，固不取乎原本，而各逞其自然。

①張懷瓘《書斷》云：“羲之曾自書表與穆帝專精任意，帝乃令索紙色類長短闊狹，與王表相似，使張翼寫效，一毫不異，乃題後答之。羲之初不覺，後更詳看，乃歎曰：‘小人亂真乃爾！’”

② 就是説“咄咄逼人”之事。

③應是晉穆帝，指的就是仿寫羲之表事。

惠洪《石門文字禪·昭然禪師序》亦云:

> 李北海以字畫之工而世多法其書,北海笑曰:學我者拙,似我者死。當時之人不知其言有味,余滋愛之。蓋學者所貴其知意而已,至於蹤跡繩墨,非善學者也。

以上所引數則,説明了學書,若只重形似而忽略神采意韻,那不算善學;即使形神兼備而缺乏個性,也只能説是善書,而稱不上是書法家。中國書史上,有不少已創出個人風格,被世人公認爲書法家者,若在書寫作品時欠缺變化,那也不能稱爲藝術品。就以王羲之《蘭亭集序》爲例,文中二十多個"之",書寫無一相同,一直爲後世所稱頌。

至於評柳伸則云:

> 柳員外伸書,大抵好合行草二體書之。昔王子敬好爲此體,人謂之非草非行,亦謂之行草。伸之於子敬,雖所書之體不同,亦其遺法也。其體純尚筋骨,以壯士拔劍將赴戰場比之可也;以驥馬瘦立,益露駿骨況之亦可也。此亦通神,非一生所習,當居神品之第四。

贊曰:

> 軒乎悍蛇之昂首,嚴乎長戟之森張。何努兮惟拳是揮,何戰兮惟力斯揚。鋒鑽稜生,純是鐵鋼。其人漸遠,其書益翔。

列柳伸爲神品第四,李所持之理由有二:

> 一、好合行草二體書之,昔王子敬遺法也;
> 二、純尚筋骨。(贊辭表述得更爲清楚)

所持之點亦跟中國書論有所出入。據張懷瓘《書議》云:

> 子敬才高識遠,行草之外更開一門,非草非行,流便於草,開張於行,草又處其中間,無藉因循,寧拘制則,挺然秀出,務於簡易,情馳神縱,超逸優游,臨事制宜,從意適便,有若風行雨散,潤色開花,筆法體勢之中,最爲風流者也。

所謂“好合行草二體書之”，指的就應是子敬所創之行草，但從“純尚筋骨”及贊辭看，便知柳書根本與王獻之的書風相去甚遠，應無姸媚風流之氣。雖然衛鑠《筆陣圖》云：

> 善筆力者多骨，不善筆力者多肉；多骨微肉者謂之筋書，多肉微骨者謂之墨豬。多力豐筋者聖，無力無筋者病。

但傳爲王羲之所撰的《用筆賦》已提出“藏骨抱筋，含文包質”的要求。南齊·王僧虔《論書》更云：

> 書之妙道，神彩爲上，形質次之，兼之者方可紹於古人……骨豐肉潤，入妙通靈。

所謂“神彩”有近於《詩品》所謂之“滋味”，是綫條運動彰顯出來的墨趣。要達“神彩”之境，就要“骨豐肉潤，入妙通靈”，即剛柔並濟而非單慕筆力。蕭衍在《答陶隱居書》亦有相同見解：

> 拘則乏勢，放則少則；純骨無媚，純肉無力；少墨浮澀，多墨笨鈍；比并皆然，任意所之……肥瘦相和，骨力相稱。

他追求的最高書法境界與王羲之、王僧虔的主張相一致，都是要求骨肉兼備的。所以“純尚筋骨”的柳書，若以中國的書法評論準則去品評的話，是否能勝於别的書家而佔神品一席呢？今天已無法得見柳氏之書跡，故不宜下判斷，但李奎報的評書標準則實與中土不太相同。

五、小結

經過探討分析後，可得出以下結論：

《東國諸賢書訣評論序并贊》是羅、麗兩朝現能得見的唯一專文，本應可爲研究羅、麗兩朝的書法和書論情況提供寶貴的材料。遺憾的是，李奎報雖自視眼界甚高，但限於他以文人評書，不諳書壇情況，加之歷史條件、社會風氣等因素影響，使他未能廣泛涉獵前賢書跡，至令漏評者甚多；對已選者的優點和貢獻，亦未能作出全面、具體的評價。若以今天的研究標準來審視，李奎報應不算是一名善鑒者。最不堪者乃其評選滲入了私人好惡和情感因素，並非當世及後世的書壇公論，這是很令人感到惋惜的！爲此，我們只能視該文爲一篇應酬性的文章，期盼有意從事海東古代書藝與書論的研究者，在參閱該文和處理文獻資料時，必須作深入的考察，不宜輕信引用。

其次是李奎報雖有其獨到的評書準則，若綜觀全文，可見他未能透徹理解中國書論的精神和意蘊；但從其遍讀中國的書論文獻及以王右軍書法爲其評選標準，便表現出高麗士人不但在文學領域，在書法藝術方面，大體上也是以中華作其範式。

最後擬就李文選取神品書家的評論，僅提一問："物論殊不爾？"若李奎報能回答的話，不知會否是："世人那得知！"①

①梁·虞龢《論書表》："謝安嘗問子敬：'君書何如右軍？'答云：'故當勝！'安云：'物論殊不爾！'子敬答曰：'世人那得知！'"

從《高麗史》的編印看鮮初史學

王小盾

《高麗史》是朝鮮半島上最重要的一部官修史書。它從朝鮮建國之初（1392）開始編纂，經幾代人遞修，到文宗元年（1451）完成，歷經60年時間。期間太祖、太宗、世宗等君主親自過問，具體指導；諸大臣圍繞正名分、重禮儀、謹天譴等焦點，作過往覆辯難。《高麗史》的編纂于是成爲朝鮮史上一個重要的政治事件。對於這一過程，《朝鮮王朝實録》有詳細記録，韓國學者也作了多方面研究[①]，其基本事實已經明朗。不過，若放在一個較寬闊的背景上——例如域外漢籍比較研究的背景上看，則關於此書的編印及其傳播，仍然有許多勝義可以闡發。今故擬將其分爲"《高麗史》的編纂過程"、"《高麗史》的印刷和傳播"、"鮮初史學的若干特點"等三個問題，再作討論。

①參見以下論著：

申奭鎬：《高麗史編纂始末》，載《黄義敦先生古稀紀念史學論叢》，東國大史學會，1960年。

李基白：《高麗史解題》，載東方學研究所刊《高麗史》，1972年。

閔賢九：《高麗史에反映된名分論의性格》，載同上。

金烈圭：《高麗史世家에 나타난中的神聖王權의意識》，載同上。

鄭求福：《朝鮮前期의歷의史叙述》，載《創作과批評》第41期，1976年。

金根泳：《"高麗史"解題》，載《韓國學》14輯，韓國學研究會，1977年。

韓永愚：《朝鮮初期의歷史叙述과歷史認識》，載《韓國學報》第7輯，1977年。

韓永愚：《高麗史와高麗史節要의歷史認識》，載《韓國史論》第6輯，國史編纂委員會，1979年。

韓永愚：《朝鮮前期史學史研究》，韓國文化研究叢書第22種，1981年。

邊太燮：《高麗史의研究》，漢城：三英社，1982年。

朴傑淳：《朝鮮初"高麗史"의編纂過程과葛藤》，載《韓國史學史研究》，于松趙東傑先生停年紀念論叢刊行委員會，1997年。

一、《高麗史》的編纂過程

通常認爲,《高麗史》的編纂經過了五個階段。其成果,可以分别稱作"高麗國史"、"高麗史竄定"、"讎校高麗史"、"高麗史全文"和"高麗全史"。

第一階段,即鄭道傳、鄭摠等撰寫《高麗國史》的階段,始於朝鮮太祖元年(1392)十月,成於太祖四年(1395)正月。前一個日期是朝鮮太祖下令編纂高麗史的日期,後一個日期是鄭道傳、鄭摠等進呈《高麗國史》三十七卷的日期。從《太祖實録》卷七"四年正月庚申"條所載"教鄭道傳"、"教鄭摠"等兩段文字,可見此書撰作的指導思想。其宗旨即太祖所謂"備一代之典章","重萬世之勸戒",記"興衰治亂之跡,善惡得失之端",以"補政教之施"。而其撰作體例則是所謂"以公羊三世之事,法司馬編年之規",亦即編爲編年體史書。

《高麗國史》之所以能在兩年另三個月編成,是因爲它有一定的資料基礎。據《東文選》卷九二所載鄭摠《高麗國史序》,除歷代實録的殘存部分以外,這些資料包括高麗恭愍王朝李齊賢所撰《史略》(止於肅王),李仁復、李穡所撰《金鏡録》(止於靖王)。同樣根據鄭摠的這篇陳述,《高麗國史》的編寫有"正名"、"謹禮"、"重求賢"、"著忠臣"、"尊天王"、"謹天譴"、"戒逸豫"等重點,具體説來是:

> 謹按自元王以上,事多僭擬。今以其稱"宗"者書"王",稱"節日"者書"生日","詔"則書"教","朕"則書"予",所以正名也。朝會祭祀常事也,而有故則書,親祭則書,所以謹禮也。書宰相除拜,所以重其任也。蓄設科取士,所以重求賢也。臺諫伏閣,其事雖闕必書,所以著忠臣也。上國之使往來雖煩必書,所以尊天王也。災異水旱雖小必書,所以謹天譴也。游畋宴樂雖數必書,所以戒逸豫也。

其中"正名"和"尊天王",主要關於同中國的外交;另外幾項,則關於國政。這些重點是同《高麗國史》用於"御覽"[①]、用於外交的功能相關的。事實上,這部《高麗國史》編成以後,也只有極少數人才能閲讀它。關於這個"閲覽"問題,目前看到的記載是以下幾條:

> 《定宗實録》卷一,元年(1399)正月庚寅:"御經筵,諸公侯與宦寺擊毬於内庭,喧嚣不已。上顧謂史官李敬生曰:'如擊毬事亦書諸史乎?'敬生對曰:'君舉必書,況

①鄭摠《高麗國史序》云:"若機政之暇,賜以覽觀,則於善惡取捨之端,爲政治民之道,庶幾有補矣。"

擊毬乎？'上曰：'吾欲觀前代君臣行事之跡，其將《高麗史》以進。'知春秋館事趙璞進《高麗史》。"

《太宗實録》卷一，元年（1401）正月庚午："封貞嬪閔妃爲靜妃。""太宗覽《高麗史》，謂我殿下曰：'汝母后之功，比之柳氏提甲尤重矣。'"

《太宗實録》卷一，元年四月癸未："命監春秋館事河崙進《高麗史》。初，上謂趙璞曰：'予欲覽前朝之史，以爲勸戒何如。'璞對曰：'誠然。'"

《太宗實録》卷七，四年（1404）十二月丙戌："命領春秋館事河崙、知館事權近，考前朝官制於《高麗史》。"

在這些資料中，《高麗國史》的閱讀者只有太宗和幾位史官。

太宗十四年（1414）五月，領春秋館事河崙、知館事韓尚敬、卞季良等受命"竄定"《高麗國史》，《高麗史》編修于是進入第二階段。關於這次改修的動機，據《太宗實録》，主要是太宗認爲原書"紀太祖之事，頗有不實"，或者説是"恭愍王以下，事多不實，宜更竄定"[①]。而通常不説的理由則是鄭道傳因"贊成康氏奪嫡之計"已作爲亂臣誅滅。這項改修工作，前期由河崙負責——河崙曾與韓尚敬、卞季良"三分《高麗史》，修改于其家"；其事亦因河崙在太宗十六年的去世而中斷[②]。但在世宗即位之年（1418），改修事業就得到了繼續，並在世宗三年（1421）正月完成。從史籍記載看，世宗在這件事情上發揮了積極的推動作用：

《世宗實録》卷二，即位年十二月庚子："御經筵，上曰：'《高麗史》恭愍王以下，鄭道傳以所聞筆削，與史臣本草不同處甚多，何以傳信於後世？不如無也。'卞季良、鄭招曰：'若絶而不傳於世，則後世孰知？殿下惡道傳增損直筆之意乎？願命文臣改撰。'上曰然。"

《世宗實録》卷五，元年九月辛酉："御經筵，上謂尹淮曰：'近日覽《高麗史》，多牴牾處，宜改修。'"

《世宗實録》卷五，元年九月壬戌："上命藝文館大提學柳觀、議政府參贊卞季良等，改修鄭道傳所撰《高麗史》。"

《世宗實録》卷七，二年二月辛酉："視事，御經筵，上問柳觀以《高麗史》讎校事。觀對曰：'史者萬世之龜鑑也，而《高麗史》舊本凡災異皆不書。今并録之。'上

①《太宗實録》卷二十七"十四年五月壬午"條；卷二十八"十四年八月丁未"條。

②《太宗實録》卷三十一"十六年六月庚辰"條。

曰：‘凡善惡皆録，所以鑑後。豈以災異而不録乎？’”

《世宗實録》卷八，二年五月乙未：“視事經筵，卞季良録《高麗史》災異以進。上曰：‘前後《漢書》所載災異，朱子於《綱目》不盡載。今讎校不必加録也。’”

《世宗實録》卷十一，三年正月癸巳：“前此，以鄭道傳所撰《高麗史》，間有與史臣本草不同處，且稱‘制敕’、稱‘太子’之類，語涉僭踰，命柳觀、卞季良讎校。至是，書成乃進。”

由上述記録可見，這是一次技術性的修改，主要涉及三個問題：其一，是否和史草相牴牾；其二，是否語涉僭踰；其三，是否盡録災異。所謂“三分《高麗史》修改于其家”，説明此書的結構並未改動。

《高麗史》編纂的第三階段，同樣出現在世宗年間，史稱“讎校高麗史”，也就是對《高麗史》作再次改修。此事始於世宗五年（1423）十二月，至次年八月完成。《世宗實録》卷二二“五年（1423）十二月二十九日丙子”條記載其事，談到這樣幾個重點：

（一）起於世宗命右議政柳觀、藝文館大提學卞季良、同知春秋館事尹淮改修《高麗史》。

（二）改修的原因仍然是對鄭道傳、鄭摠等所修高麗史不滿。其一不滿于鄭道傳對僭擬之事的改書，即稱“宗”者改書“王”，稱“節日”者改書“生日”，稱“朕”者改書“予”，稱“詔”者改書“教”，等等，認爲這種改書是“以没其實”。其二不滿於鄭道傳爲其父鄭云敬立傳。其三不滿於鄭道傳對鄭夢周、金震陽等忠臣的貶黜。河崙曾説鄭道傳心術不正，這一看法得到了繼續。

（三）鄭道傳的問題在第二階段並没有解決。戊戌年（世宗即位之年），受命讎校《高麗國史》的卞季良曾説過：“麗史既經仁復、穡、道傳之手，不可輕改。”其觀點頗不同於世宗，因此，及其撰修，仍舊書“太子太傅”、“少傅僉事”爲“世子太傅”、“少傅僉事”，書“太子妃”爲“世子嬪”，書“制敕”爲“教”，書“赦”爲“宥”，書“奏”爲“啟”。世宗對此甚不以爲然，作了一個經典的批評：

> 若孔子之《春秋》，則托南面之權，成一王之法。故吴、楚僭王，貶而書“子”；賵葬成風，王不稱“天”；筆削與奪，裁自聖心。及左氏作《傳》，則荆、吴、於越，一從其自稱而書“王”，未嘗有改。若朱子之《綱目》，雖曰本《春秋》書法，而其分注，則僭僞之邦，盗竊名號者，亦皆因其實而録之。豈記事之例，不容不爾也？今之秉筆者，既不能窺聖人筆削之旨，則但當據事直書，褒貶自見，足以傳信於後；不必爲前代之君，欲

掩其失，輕有追改，以没其實也。其改“宗”稱“王”，可從《實録》廟號謚號，不没其實。凡例所改，以此爲準。

此後卞季良作過爭辯，所據理由是高麗史臣李齊賢、李穡等人已實行改書之法（對“僭擬之事”加以改書），如果再作回改，則會引起史臣記録的混亂。但世宗不爲所動，堅持命令柳觀與卞季良“讎校”《高麗史》。

世宗六年八月癸丑日，尹淮等人進上《讎校高麗史》。其序文談到《高麗史》的編修過程，從鄭道傳、鄭摠等人修《高麗國史》三十七卷之事，説到世宗下令“重加讎校”時定“凡例”之事。序文説：

臣等恭承明命，遂將元宗以上實録，比較新史，如改“宗”爲“王”、“節日”爲“生日”、“詔”爲“教”、“朕”爲“予”、“赦”爲“宥”、“太后”曰“太妃”、“太子”曰“世子”之類，復從當時實録舊文。編摩既訖，事蹟粗完，開卷瞭然，勸懲斯在。①

也就是説，第三階段的讎校《高麗史》，主要解決了一個“改書”的問題。

這部讎校《高麗史》問世以後，似乎並未公佈，而是立即束之高閣了。《世宗實録》卷四十二“十年十月辛巳”條記載：世宗召群臣“議所以敦孝悌厚風俗之方”，判府事卞季良提出“廣布《孝行録》等書”，而直提學偰循則進言：

孝乃百行之原，今撰此書，使人人皆知之甚善。若《高麗史》，藏之春秋館，外人不得考閲。請令春秋館抄録以送。

這似乎是説，《高麗史》修成四年之後，連副本也没有。《高麗史》寢而不用，一方面是因爲朝中仍有關於“改書”、“直書”的爭議，另一方面，從世宗對相關事宜的態度看，是因爲他對此書仍然不滿意。比如《世宗實録》卷三十“七年十一月甲子”記世宗以鄭麟趾、偰循、金金賓“三人分讀諸史，以備顧問”。這説明，世宗仍然在爲重修《高麗史》作準備。

事實上，對於《高麗史》的編寫，世宗是一直耿耿於懷的。例如《世宗實録》卷三十“七年十二月壬申”記世宗重提“改書”“直書”的爭議云：“今季良强請如此。參贊卓慎

①序文又載《東文選》卷九三。

之議，亦與季良同。予何必止之乎？且予之所言，今之史官，豈不悉書？尹淮所製序文勿書，姑從季良之言。”《世宗實録》卷五十“十二年十一月庚申”條又記載了世宗對卞季良等人的批評：“受常參，輪對經筵。……（上）又曰：‘李崇仁之才，權近、卞季良，皆溢美之。’”世宗對卞季良的這種推推拉拉的態度，正好説明了他對《高麗史》的編纂不能忘懷。他大概是想親自主編一部高麗史。所以《世宗實録》卷三四“八年十二月己巳”條記世宗自稱“予於理學，雖未能通，然既遍閱矣；獨史學未熟”。這表明他有深究史學的意願。《世宗實録》卷五七“十四年八月丙申”條又記載世宗關於《高麗史》體例的意見，云：

上嘗覽《高麗史》，傳旨春秋館曰：“以綱目法修撰，則於小事重疊，難以悉記；然便於觀覽。以編年法修撰，則觀覽雖難，叙事則詳。何以處之？”孟思誠、權軫、申穡、鄭麟趾、金孝貞、偰循等議啟曰：“大抵史記，有編年而後有綱目。”上曰：‘予意亦然。以編年撰之，寧失於煩，毋令疏略没實。”

這些話，似乎强調了世宗在史學上的話語權力。

于是，世宗在二十年（1438）三月，發動了《高麗史》編纂的第四階段，即命申概、權踶、安止等人實施了《高麗史》修纂。此書至二十四年（1442）八月完成並頒布[①]，時稱“高麗史全文”。現存記載並未談到此次修纂的過程，但顯示了圍繞《高麗史》編纂方法的一些討論。這主要是世宗二十年三月，許詡提出的關於《高麗史》體例的討論；同年七月，春秋館提出的關於僞朝名分的討論；次年正月，世宗提出的關於“以王氏爲龍孫”的討論。資料表明，這次修纂仍然采用了編年之體，對僞朝人物采取了直書名號（照史料原貌書名）的方式，並全面記録了神化帝王的種種傳説。這三點，是符合世宗的意願的：

《世宗實録》卷八十“二十年三月乙巳”條：“上御經筵，承旨許詡侍講。詡啟曰：‘臣常爲編修官，竊見本館所撰《高麗史》體例，恐有未安。自古作史有二體：左氏年經國緯，班馬國經年緯。歷代作史者皆倣班馬，獨温公依左氏者，以其有本史也。高麗李齊賢修國史，名曰《史略》，乃略述理亂興衰之大概，欲爲當世之龜鑑耳。然具藁而書未成。至國朝，鄭道傳、權近、河崙、尹淮等，相繼撰修，皆襲齊賢之舊，失於疏略，故更命增添。然猶未免疏略之弊，且不似歷代修史體例。迄依班馬，更作紀傳表志，以爲本史。仍將尹淮所撰以爲史略，則庶合古人作史體例。’上即召知館事權踶問曰：‘許詡

①《世宗實録》卷九七“二十四年八月己亥”條：“監春秋館事申概，知春秋館事權踶等，進所撰高麗史。”

所言何如？’踶對：‘詡所言臣亦嘗聞。但麗史本草疏略，若分紀傳表志，則殊不似史記體例。’”

《世宗實録》卷八十二“二十年七月庚寅”條：“春秋館啟：‘史臣鄭道傳等修《高麗史》，至僞朝辛禑父子，皆斥書禑、昌。臣等謹按：漢吕后立他人子爲惠帝後，漢史既書帝，而《資治通鑑》及《綱目》亦以帝書之。宋蒼梧王始終事跡悉與禑同，而南史稱廢帝，《資治通鑑》標題稱蒼梧王；及叙事則皆書帝，《綱目》亦例書宋王。至如凡盜據僭號者，猶得稱某王，而未嘗斥名，蓋傳其實也。又《綱目》，非正統者，兩行分注，必書名，如魏文帝曹丕、吴大帝孫權之類；無常謚者亦書名，如晉海西公書帝奕太和元年之類，此其變例也。今禑雖旽子，恭愍王名爲己子，付托大臣，而至受帝命，在位十四年，則尤非他盜據僭號者比，不可不成之爲君也。然禑、昌既非正統，又無封謚，似不得專以蒼梧王比也。其標題所稱，依魏帝曹丕、晉帝奕例，稱廢王禑、廢王昌。至叙在位時事，則依蒼梧王例，因當時臣民所稱、史氏所書，或稱王，或稱上，不没其實何如？’從之。”

《世宗實録》卷八十四“二十一年正月辛卯”條：“御經筵，上謂檢討官李先齊曰：‘爾今職帶春秋，參修《高麗史》，以王氏爲龍孫，其説甚怪。昔忠宣王入元朝，元學士問其所以，雖事涉荒誕，然不可不傳於後，須備載史册可也。’”

這部史書既然稱作“全文”，在《高麗史》的編纂史上，便應該是一部具有關鍵意義的書——是從37卷本的《高麗史》到139卷本的《高麗史》之間最重要的橋梁。但這樣的《高麗史》修纂卻仍然未使世宗滿意。下文將要談到，世宗甚至以“筆削不公”的名義，將史臣權踶、安止等人“除名”。這樣就孕育了再一次《高麗史》修纂。作爲準備，1446年十月，世宗囑咐李季甸、魚孝瞻“與諸史官，詳考史草，上自度祖、桓祖，至于太祖行事之跡，搜索以啟”。其理由是説：

《高麗史》，初撰甚略，後更添入，然多有遺漏之事，遼賜高麗世子冕服之事，尚不書之，可知其餘矣。今可更校。且桓祖以萬户赴朔方臺諫請止之事，因《龍飛詩》添入；太祖昇天府接戰之狀，雖有諺傳，不載于史。以此觀之，必有遺漏。①

三年以後，1449年正月，世宗明確下令改修《高麗史》，同時重複了以上理由：

①《世宗實録》卷一百十四“二十八年十月乙巳”條。

《世宗實録》卷一百二十三“三十一年正月乙酉”條：“傳旨春秋館：‘前撰《高麗史》，失於疏略，令更撰之。逮賜世子冕服之事，又逸焉。今復讎校，雖一字一事，脱漏而可改者，並皆付標以啟。’”

同上“三十一年正月己酉”條：“召集賢副提學鄭昌孫，議改撰《高麗史》。仍傳旨春秋館：‘高麗史，頗失疏略，今更考閲，備悉添入。’遂命右贊成金宗瑞、吏曹判書鄭麟趾、户曹參判李先齊及昌孫監掌之。”

“雖一字一事，脱漏而可改者，並皆付標以啟”，似乎是説《高麗史》的每一字增删，都要經世宗過目。這樣一來，《高麗史》編纂工作便進入第五階段，即由世宗親自監管，金宗瑞、鄭麟趾等受命修纂的階段。一年之後（1450），世宗薨，仿佛加快了這項工作的進程。再過一年，文宗元年（1451）八月二十五日，新纂的《高麗史》——時稱“高麗全史”——便宣告完成了。這的確是一部嶄新的《高麗史》，因爲它最終改用了紀傳之體。不過從記載看，這是一個曲折的過程，大致經歷了以下事件：

（一）確定體裁。春秋館受命改纂《高麗史》之時，就提出了采用何種史學體裁的問題。較響亮的一種聲音是强調詳備，主張采用紀傳體作爲“本史”。另一種聲音是説紀傳體“功不易就”，仍然主張編年體。主編金宗瑞、鄭麟趾將兩種議論上奏世宗，世宗贊成後説。後來，由于東宫太子的努力，世宗同意試用紀傳體。其事見《世宗實録》卷一百二十三“三十一年二月丙辰”條，云：

春秋館議改撰《高麗史》，議論不一。史官辛碩祖、崔恒、朴彭年、李石亨、金禮蒙、河緯地、梁誠之、柳誠源、李孝長、李文炯議曰：“作史之體，必有紀傳表志，備載事跡，各有條貫。遷、固以來，皆襲此體，無有改者。若編年之法，則櫽括本史，以便觀覽耳。今不作本史，乃於編年，欲令備載，鋪叙甚難；至别有世系地理，贅莫甚焉。且《凡例》内，如朝會、祭祀、街衢經行、春秋藏經道場、生辰受賀、王子誕生、賜教禮物、人日頒禄、燕享中國使臣之類，皆以常事，略而不書，只書初見。若有本史而作編年則可也，今無本史而略之如此，殊失史體。乞依歷代史家舊例，作紀、傳、表、志，無遺備書；然後就令已撰編年，更加删潤，别爲一書，與本史竝傳：庶合古人修史之體矣。或以爲高麗事跡，本多疏缺，欲爲紀傳表志，難以就緒。然前史列傳，有一人之事，只書數行，亦有當立傳而史失行事，不得立傳者。事跡不備者，雖闕之，亦未爲害。苟制作得體，事之難易遲速，不必復論。”

魚孝瞻、金係熙、李勿敏、金命中議曰：“作史之體，必立紀傳表志，固是常例，但恐功不易就，非數年之内所可必成。又體例闕略，不似古人之作，雖或成之，反不堪觀也。以宋朝之事觀之，本史之外，有全文，又有續編。乞依《宋史》全文之例，今撰《高麗史》，更加校正，仍舊頒行。其記傳表志之作，如不得已，姑（得）〔待〕後日。"

知館事金宗瑞、鄭麟趾將二議以啟，從孝瞻等議。宗瑞、麟趾入見東宫曰："欲於編年，備記時事，例多不通，願從碩祖等議。"東宫入啟，上命以記傳表志改撰。

（二）懲處史官。僅在"命以記傳表志改撰"《高麗史》的十七天之後，世宗開始了對史官的懲處。他首先以"失於疏略"、"任情減削"的理由，懲處了前任知館事權踶；又以"同心贊成"、"阿附堂上"的理由，懲處了藝文館大提學安止和稟性耿介的郎廳南秀文。司憲執議朴仲孫對此多次提出異議，但都被世宗否決。權踶、安止、南秀文于是被剥奪了一切職務和身份——"追奪告身"，"永不叙用"。

《世宗實録》卷一百二十三"三十一年（1449）二月癸酉"條："傳旨吏曹：'前者《高麗史》失於疏略，命權踶等改撰。今觀其書：踶任情減削，或聽人請囑，或自己干係緊關節目，皆没其實。安止與踶同心贊成，汎濫莫甚。其追奪踶告身及謚，亦奪止告身，永不敘用。郎廳南秀文專掌史事，阿附堂上，其罪亦同，並追奪告身。

"踶删潤舊史頗詳。然蔡河中之母，龍崗官婢也。史官悉書其事，尹淮亦紀之，踶亦載初稿，聽崔士康之請而終削之。又踶父近私坼聖旨事，踶迂曲其辭書之。又史草貶書權溥、權準、權臯行實，踶又不録。且溥，守平後也，曾修《高麗實録》。守平卒，以未詳世系書，而踶以守平爲太祖功臣權幸之後。踶罪雖不專在是，所爲如是，其及也宜。止性懦，牽制於踶，同受罪責。

"初，上知踶等筆削不公，召止詰之，又召其時史官李先齊、鄭昌孫、辛碩祖問之。魚孝瞻言於金宗瑞、鄭麟趾曰：'歲庚申，與南秀文同修史，問曰："蔡河中之事，何以墨抹？"秀文曰："豈我所能爲耶！秖從堂上命耳。吾即從本草書之，但異其筆跡，不令人知吾書也。"'宗瑞等即令入啟。乃召宗瑞、麟趾議之，且留孝瞻以問，自酉至亥而罷，乃有是命。秀文淹通經史，爲文有古氣，初欲倣司馬遷撰史，爲衆論所抑，不果。踶所撰史，秀文筆居多，然性褊剛，史事多自專，輩流心忌之。止亦惡秀文專，嘗於坐中罵辱之。"

同上"三十一年三月丙子"："司憲執義朴仲孫啟：'今論權踶、安止、南秀文之罪。夫修史，非一二人所爲也，此必舉司與聞而不禁也。請皆推劾。'上曰：'年月已久，屢經赦宥。然此是大事，故予已考覈，審知情僞而處之。且此史事，爾等亦不當與聞也。’仲孫更請，不允。”

（三）確定僞朝人物的書名之法。亦即按《漢書·王莽傳》的成例，把僞朝辛禑父子降入列傳，不稱王，而直斥其名。其事見《世宗實録》“三十一年四月乙卯”條。這其實是討論過多次的一種政治史學的方式。

總之，在文宗即位之後一年多，《高麗史》這部煌煌巨著最終編成了。其修纂過程所經歷的五個階段，其中有四個階段出現在世宗時代。可以説，世宗執政的32年，是《高麗史》痛苦的難産時期。這個時期，顯然是因世宗的離世而得以結束的。正因爲這樣，文宗元年（1451）八月末，朝鮮政府舉行了較隆重的頒獎儀式。據《文宗實録》卷九“元年八月乙未”條，這一儀式參照了兩個較重大的歷史事件：唐朝房玄齡等撰成周、梁、陳、齊、隋五史之事，宋朝司馬光等修成《資治通鑑》之事。此外人們提到：在朝鮮太祖朝，鄭道傳等修成《高麗國史》三十七卷時，曾有過這種獎賜；在世宗朝，權踶等修成《高麗史》之時，亦曾頒發獎賜，但其實際卻是明褒暗貶：“堂上無賜物，三品以下文官加資。”而現在，文宗朝廷作出了明朗的決定：

賜左贊成金宗瑞、工曹判書鄭麟趾、右參贊許詡、藝文提學李先齊等，各鞍具馬一匹；副提學辛碩祖，馬一匹；漢城府尹金銚、大司憲鄭昌孫、副提學崔恒等，嘗預修，亦各賜馬一匹。其時仕纂修及嘗預修三品以下官，令各加一資。

二、《高麗史》的印刷和傳播

《高麗史》編纂之時，正是朝鮮半島的印刷技術臻於成熟之時。早在朝鮮建國之時，太祖就按高麗舊制，設立書籍院掌管經籍印出之事[①]。太祖四年（1395），即三十七卷本《高麗國史》完成之年，書籍院曾用木活字印出《大明律直解》等書[②]。太宗三年（1403，明永樂元年），又因“慮本國書籍鮮少，儒生不能博觀”，命置鑄字所，遂造就朝鮮印刷史上一大事件[③]。權近曾撰文記録這一重大事件，云：

①《太祖實録》卷一“元年七月丁未”條。

②《大明律直解》世宗二十八年（1446）重刊本金祇跋：“付書籍院，以白州知事徐贊所造刻字，印出無慮百餘本，而試頒行。”

③《太宗實録》卷五“三年二月庚申”條。

永樂元年春三月，殿下謂左右："……吾東方在海外，中國之書罕至，板刻之本易以剜缺，且難盡刊天下之書也。予欲範銅爲字，隨所得書，必就而印之，以廣其傳。……"於是悉出内帑，命判司平府事臣李稷、驪城君閔無疾……校書著作郎臣朴允英等掌之。又出經筵古注《詩》、《書》、《左氏傳》(以)〔爲〕字本，自其月十有九日而始鑄。數月之間，多至數十萬字。[1]

正是在這一背景下，出現了世宗二年的庚子字、十六年的甲寅字、三十二年的庚午字，以及端宗、世祖禪代之際的乙亥字。史籍對這段時期印刷術的發展有如下描寫：

徐居正《筆苑雜記》卷一："太宗始作鑄字，模樣有未盡善。歲庚子，世宗命李蕆以中國善書字樣改鑄，比舊尤精，是謂庚子字。甲寅，世宗命爲善陰陽字樣改鑄，極爲精緻，是謂甲寅字。庚子字小而甲寅字大，其所印書册極好。世宗末年，用瑢所書樣及姜希顔所書字樣改鑄，其所印書册，漸不如舊。今則銅字盡爲工匠所盜，而兼用木字。字之大小生熟不同，行列不齊，視舊印册本，迥然不侔矣。"

《正祖實録》四十五卷"二十年(1796)十二月丙戌"條："教曰：'我東之印行經籍，自國初，因勝國舊制，置校書館以掌之。而勝國時謂之秘書省，弓裔時謂之禁書省，則其最初建置之在於禁中，可知也。太宗三年，別置鑄字所於宫中，用古注《詩》、《書》、《左氏傳》爲本，範銅爲字，廣印典籍。此又鑄字之所由始。而世宗朝有庚子字、甲寅字，文宗朝有壬申字，世祖朝有乙亥字、乙酉字，成宗朝有辛卯字、癸酉字。如《龍飛御天歌》、《治平要覽》、《朱子大全》等書，皆即宫中印校，謂以秘府。本國初板本之類，皆精好便觀，蓋有以也。……'至是，命仍用國初建置時舊號，稱之曰鑄字所。"

這裏説到的"乙亥字"，就是《高麗史》最初刊印所用字。

不過，《高麗史》的刊印，正像它的編纂一樣，也是經歷了曲折過程的。

據《成宗實録》卷一三八"十三年(1482)二月壬子"條，梁誠之當日上疏，曾提到刊印《高麗史》之事，云：

臣竊觀春秋館，有一件《高麗史》，或稱"權草"，或稱"紅衣草"，或稱"全文"。世宗戊辰，下鑄字所印出，命臣監校，印畢世宗聞修史不公，命停頒賜，秉筆史

① 《陽春集》卷二二《鑄字跋》。

臣，以此得罪。至戊寅年，世祖御思政殿，臣與權擥入侍，親稟上旨，改正本稿，仍署擥與臣名，至今可考。右《高麗史》，實《麗史大全》也，誤錯之處，今則改正。伏望命春秋館搜出本稿，下典校署印頒，幸甚。

這就是説，世宗戊辰年（1448）曾有過刊印《高麗史》的舉動，但印畢立即收回了。所印《高麗史》即第四階段，由申概、權踶、安止等人修纂的《高麗史》。值得注意的是：這部《高麗史》是在世宗二十四年（1442）修成的，但遲至六年之後再刊印；而一旦刊印，就造成“秉筆史臣，以此得罪”的事件。

梁誠之並且説到：成宗十三年，他奏請“下典校署印頒”的《高麗史》，是以世祖戊寅年（1458）改正的“本稿”爲模本的。他的説法，和以下兩條記載略不相同：

《端宗實録》卷四“即位年（1452）十一月丙戌”條：“春秋館啟請印《高麗史》，從之。”

《端宗實録》卷十二“二年（1454）十月辛卯”條：“檢詳李克堪將堂上議，啟曰：‘《高麗全史》，人之是非得失歷歷俱載。皇甫仁、金宗瑞懼《全史》出，則人人皆知是非，故但印《節要》頒賜，而《全史》則少印，只藏内府。吾東方萬世可法可戒之書，莫如《高麗史》。請印《全史》廣布。’從之。”

根據這兩條記載，端宗年間（1452–1455）已經刊印過《高麗史》了。

梁誠之之所以未提及以上一事，原因是：在成宗時代，有兩部《高麗史》。一部是“高麗史全文”，即由權踶等人修纂而成的編年體《高麗史》，又稱“權草”；另一部是紀傳體的《高麗史》，由鄭麟趾等人修纂而成。前者大約包以紅衣，故稱“紅衣草”；其規模較大，故稱“全文”或《麗史大全》。梁誠之曾經在世宗戊辰年（1448）監印此書，又在世祖戊寅年（1458）改正此書，有私愛，故建議典校署印頒。在成宗十三年二月壬子的疏文中，梁誠之另外説了兩段話，可爲證據：

臣竊惟書籍，不可不深藏以備萬世也。如《三國史記》、《東國史略》、《高麗全史》、《高麗史節要》、《高麗史全文》、《三國史節要》……，各備四件外，三史庫不緊雜書，竝皆刷出。又緊關書籍，春秋館及三史庫，各藏一件，永傳萬世。幸甚。

近日永安道觀察使請《高麗史》以教境内之人。臣意以謂《高麗史》備記戰攻勝敗，固不輕示於人。況本道山川懸遠，境連野人，前有卓青、趙輝之事，後有逆賊施愛之變。凡事不可不預防而曲圖之也。乞命還收《麗史》，藏之史館，仍加賜四書、五經各一件。幸甚。

前一段話，説到"《高麗全史》、《高麗史節要》、《高麗史全文》"等三部關於高麗的史籍。同李克堪的話相印證，可知它們分别指的是以下三書：

金宗瑞、鄭麟趾等人修纂的紀傳體《高麗史》，
金宗瑞、鄭麟趾等人修纂的編年體《高麗史節要》，
權踶等人修纂的編年體《高麗史》。

後一段話則證明紀傳體《高麗史》（又稱《麗史》）已經刊印，故他"乞命還收"。他提出的編年體《高麗史》"印頒"之舉是否實行了呢？今不可知。可以知道的是，此事遭到了典校署的反對[①]；另外，即使按梁誠之的意思印頒了，也只是"春秋館及三史庫各藏一件"。無論如何，這是一部流傳不廣的史書。正因爲這樣，此書後來就銷聲匿跡了。

但李克堪建議"廣佈"的《高麗全史》，卻確實就在不久以後刊印了。這就是世祖元年（1455）的乙亥字本《高麗史》。這並不是《高麗史》的第一次刊印；在此之前，端宗即位之年，亦曾有過"少印，只藏内府"的《高麗史》。但從傳播的角度看，這卻是具有較大規模的，因而具有真正意義的刊印。以下資料表明，正是由于這一次刊印，《高麗史》成了相當普及的書籍：

《世祖實録》卷三"二年（1456）三月丁酉"條載梁誠之上疏，曰："乞《武經七書》外，只講《將鑑》、《兵鑑》、《兵要》、《陣説》；文科則四書、五經外，只講《左傳》、《史記》、《通鑑》、《宋元節要》、《三國史記》、《高麗史》……以新科舉之法。"

《世祖實録》卷五"二年（1456）九月戊辰"條載申末舟啟，曰："（金）富弼之祖旬爲臺官，緣麗史未行於世，時人未知故也。"

《世祖實録》卷五"二年（1456）十一月庚午"條載司諫院啟："本院職掌諫諍兼察庶務。緣無圖籍，凡諸奏事無從考閲。請賜亂臣家籍没四書、五經、《左傳》、《少

①按《成宗實録》卷一三八"十三年（1482）二月丁卯"（梁誠之上疏之後15天）條載："御夕講。講訖，李世佐、閔師騫啟曰：'梁誠之上疏，請刊《高麗全史》紅衣草，而該曹請勿令舉行。臣觀其書，至爲詳密，可刊行也。'上曰：'其書何如？'宋軼對曰：'誠之，臣之妻祖父也。誠之嘗與臣言："世祖重其書，命權擥與誠之刊行，旋命停之。"其書比今《麗史》頗詳矣。'上曰：'取其書以入。'"但史籍未言是否刊行。

微通鑑》、《宋元節要》、《通鑑綱目》、《通鑑續編》、《大學衍義》、《源流至論》、《陸宣公奏議》、《禮部韻略》、《玉篇》、《高麗史》……等書。”

這就是説，在1456年，亦即乙亥之次年，《高麗史》已經能夠滿足科場之需，是“亂臣”（丙子之亂中的儒臣）家中常備之物，其内容爲“時人”所知了。

其它資料也能印證以上事實。例如《慵齋叢話》卷七説：“乙亥年，世祖改鎔壬申字，命姜希顔書之，名曰乙亥字，至今用之。”金斗鍾《韓國古印刷技術史》羅列乙亥字所印書近150種，“世祖初”的印本有《高麗史》和《貞觀政要詳解》[①]。而韓國圖書館學研究會編寫的《韓國古印刷史》，則認爲世祖元年所印乙亥字書尚有《楞嚴經諺解》、《金剛經諺解》、《圓覺經》、《楞伽經》、《御製兵將説》等書（圖1）[②]。首爾大學奎章閣所藏5553號（A）、5554號（B）《高麗史》（圖2），以及奎章閣3467號（L）[③]的若干散頁，故被學者們定爲乙亥字本。[④]

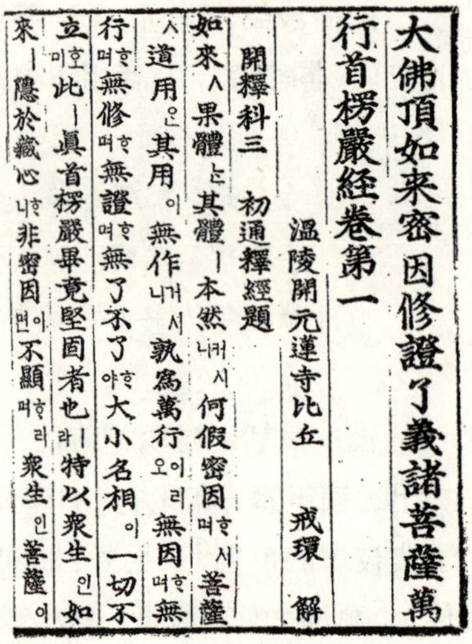
大佛頂如來密因修證了義諸菩薩萬
行首楞嚴經卷第一
溫陵開元蓮寺比丘　戒環　解
開釋科三　初通釋經題
如來ㅅ果體는 其體ㅣ本然니거시 何假密因며하시 菩薩
ㅅ道用은 其用이 無作니거시 孰爲萬行오이리 無因며하 無
行며하 無修며하 無證며하 無了不了야하 大小名相이 一切不
立미호 此ㅣ眞首楞嚴畢竟堅固者也ㅣ라 特以衆生인 如
來ㅣ隱於藏心니하 非密因면이 不顯며하리 衆生인 菩薩이

圖1：楞嚴經

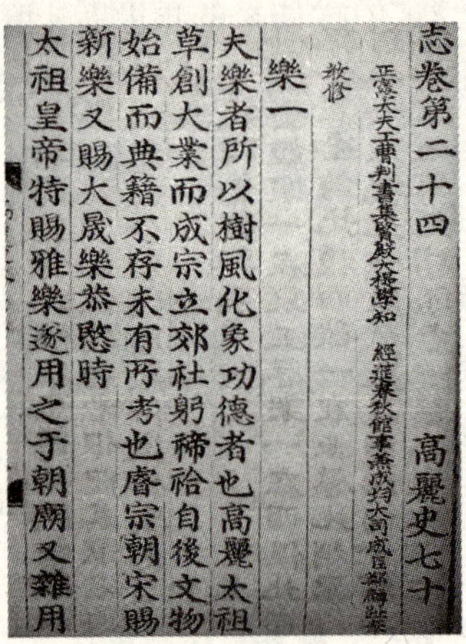
志卷第二十四　高麗史七十
正憲大夫工曹判書集賢殿大提學知經筵春秋館事兼成均大司成臣鄭麟趾奉
教修
樂一
夫樂者所以樹風化象功德者也高麗太祖
草創大業而成宗立郊社躬禘祫自後文物
始備而典籍不存未有所考也睿宗朝宋賜
新樂又賜大晟樂恭愍時
太祖皇帝特賜雅樂遂用之于朝廟又雜用

圖2A：奎5553號

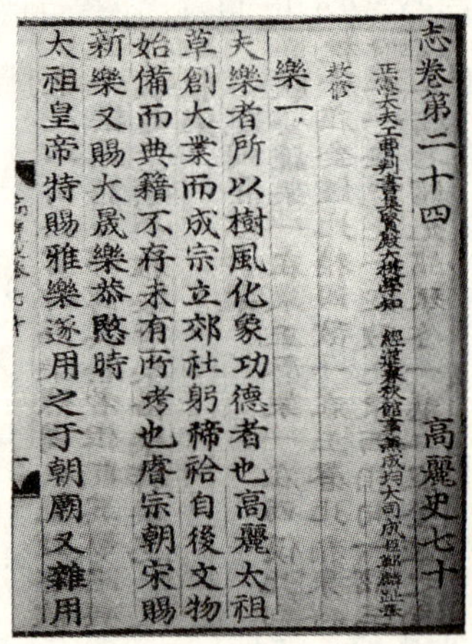
志卷第二十四　高麗史七十
正憲大夫工曹判書集賢殿大提學知經筵春秋館事兼成均大司成臣鄭麟趾奉
教修
樂一
夫樂者所以樹風化象功德者也高麗太祖
草創大業而成宗立郊社躬禘祫自後文物
始備而典籍不存未有所考也睿宗朝宋賜
新樂又賜大晟樂恭愍時
太祖皇帝特賜雅樂遂用之于朝廟又雜用

圖2B：奎5554號

①參見金斗鍾：《韓國古印刷技術史》，漢城探求堂1980年版，154頁至158頁。

②《韓國古印刷史》，漢城三和印刷株式會社1976年版，123頁。

③此處括號中的A、B、L等字樣，爲版本代號。

④參見《奎章閣圖書韓國本綜合目録》，漢城大學校出版部1981年版，86頁；金斗鍾《韓國古印刷技術史》，漢城探求堂1980年版，234頁。

總之，現存最早的《高麗史》，是在世祖初年，即1455年，用乙亥字刊印的。

上文幾次提到的梁誠之，是一個有爭議的歷史人物。現在韓國學者對他評價很高，認爲他積極推動朝鮮初期的書籍編纂和藏書制度的完善，是世宗至成宗五朝對書籍文化貢獻最大的官員[①]。但朝鮮時期的史家卻對他有另一番評論：

> 《成宗實録》卷一四二“十三年（1482）六月戊申”條：“誠之少好學，博覽強記，善屬文，然㬟詬無恥，怯懦無節。嘗在集賢殿，同列鄙之，擯不與語。……好上書建論，皆迂闊不可用。一日以封章十餘通，示春秋僚屬曰：‘是余平昔所奏也，可並載史。’諸僚以無據驗難之。”

這些話意味著，梁誠之缺少人緣，其言論在當時未必能得到廣泛贊同，也未必能夠施行。另外，梁誠之也缺少原則性，故其言論未必始終如一。在印頒《高麗史》這件事上就是這樣：世宗三十一年（1449），他建言修纂紀傳體《高麗史》；世祖二年（1456)，他主張文科科舉以《高麗史》爲教材；世祖十年（1464），他建議在成均館設理學、史學教官各十人，講《高麗全史》等書；睿宗元年（1469），他主張印頒紀傳體《高麗全史》；成宗十三年（1482），他主張印頒編年體《高麗史全文》[②]。但他卻在成宗十三年反對《高麗史》廣泛流傳，理由是所謂“《高麗史》備記戰攻勝敗，固不輕示於人”。爲什麽會出現這種情況呢？按《實録》“史臣”的評論是：“誠之……不過揣上之好尚，而爲之言耳。其獻諛甚矣。”也就是説，梁誠之自相矛盾的態度，《高麗史》刊印所經歷的曲折過程，實際上反映了朝鮮國王“懼《全史》出則人人皆知是非”的複雜心情。

從記載看，自世祖以後，《高麗史》就用爲朝鮮國王“御經筵”時的教材了。《世祖實録》卷四十“十二年（1466）十一月壬申”條載梁誠之上疏，可以反映《高麗史》在這方面的功用。疏文曰：

> 伏覩主上殿下，乃於聽政之暇，留神文教。以易學、詩文、韻書、字體、樂譜與夫天文、風水、醫藥、卜筮、農桑、畜牧等事，分命諸臣，撰次以進。……臣竊意《史記》，所以考前代之善惡，爲萬世之勸戒，最切治體，與性理之書，相爲體用者也。……

①鄭亨愚《朝鮮時代書誌史研究》有專篇討論“梁誠之的學問和生涯”。此書編爲“韓國研究叢書”第47輯，韓國研究院1983年出版。

②見《世宗實録》卷一二三“三十一年二月丙辰”條、《世祖實録》卷三“二年三月丁酉”條、《世祖實録》卷三三“十年六月辛亥”條、《睿宗實録》卷六“元年六月辛巳”條、《成宗實録》卷一三八“十三年二月壬子”條。

乞諸家兵法、《史記》、地圖，竝令輯録，以成一代之典。仍使殿講之日，或於請讌之暇，以《資治綱目》、《續編綱目》、《東國史略》、《高麗史》等書進講，于以考前代成敗，于以論當今治道，不勝幸甚。

成宗十二年（1481）三月，下令弘文館“朝講《資治通鑑》，講畢後，講《性理大全》；晝講《前漢書》，講畢後，講《近思録》；夕講《孟子》，講畢後，講《高麗史》”①。史籍表明，從此以後，《高麗史》就正式成爲“御夜對”的主要話題。史籍關於《高麗史》的記録，另有一個明顯變化：過去只有修史官和春秋館的官員引用《高麗史》，而自世祖以後，禮官和其他官員也曾引用《高麗史》。不過，同其他朝鮮史籍相比，《高麗史》的流傳仍然説不上廣泛。以下記録表明：在經筵之上，行用《高麗史》的時間不到一百年；其地位後來就被《高麗史節要》代替了。而其再次刊印，則是一百五十五年以後的事情：

《宣祖實録》卷五六“二十七年（1594）十月甲子”條記弘文館啟：“經筵爲之事，傳教矣。前日視事時，朝、晝講則《詩傳》，夕講則《綱目》進講。而《綱目》編帙浩繁，多事之時，似未易究覽。《唐鑑》一書，先賢以爲‘三代以下，無此議論’，且卷編簡便，姑爲進講。《詩傳》則依前進講宜當。敢稟。”傳曰：“今不可詠詩。朝講欲學《周易》，夕講欲講《東國通鑑》、《高麗史節要》中一書。言于領事。”（按次日弘文館上啟，選擇《高麗史節要》進講。並云：“夕講當進講《高麗史節要》，而本館收拾書册中，只有一件，亦多落編，他無可得之路。”宣祖遂下令曰：“《高麗史節要》及他《東國史》，兩湖中，下書廣求上送。不得然後，雖取用史庫中所藏，亦可矣。”②）

《光海君日記》卷三六“二年（1610）十二月壬午”條：“傳曰：‘《高麗史》，即爲下送，使之急速精印訖，與元本册，竝爲上送事，令校書館，各别分付。’”

《光海君日記》卷五四“四年（1612）六月丙寅”條：“校印都監啟曰：‘我國書籍先爲印出事，曾有傳教。《經濟六典》，亦在其中。而閭閻間絶無有處，弘文館亦無完帙。姑先以《高麗史》、《龍飛御天歌》、《輿地勝覽》等書，分刊於京外，故未及此書。今當更爲聞見，得其完本，然後印出何如？’傳曰：‘允。’”

①《成宗實録》卷一二七“十二年三月丁酉”條。

②《宣祖實録》卷五六“二十七年十月乙丑”條。

由此可知，在光海君三年（1611）或稍後[①]，曾對《高麗史》作過“急速精印”，由校書館實施。當時所印，另有《龍飛御天歌》、《輿地勝覽》等書。

以上三條資料，説的是壬辰之亂（俗稱“壬辰倭亂”）後的史籍利用和印刷。壬辰之亂對朝鮮的政治、經濟、文化破壞深重，其原因是這種破壞力不僅來自外部。據朝鮮史籍記載，在“賊初入城，宫闕燒盡”[②]之前，已經有内部的浩劫：

> 亂民大起，先焚掌隸院、刑曹，以二局公、私奴婢文籍所在也。遂大掠宫省、倉庫，仍放火滅跡。景福、昌德、昌慶三宫，一時俱燼。……歷代寶玩及文武樓、弘文館所藏書籍，春秋館各朝《實録》，他庫所藏前朝史草（修《高麗史》時所草）、《承政院日記》，皆燒盡無遺。[③]

這樣一來，壬辰之亂就不僅造成了史籍的缺乏，而且毁壞了整個活字印刷體系。此後26年，即自1592年至1618年，朝鮮所有書籍印刷，應當都是采用雕版之法的——因爲直到1618年，才有重設鑄字機構的舉動。以下記録表明了上述事實：

> 《光海君日記》卷二八“二年（1610）四月癸巳”條載李恒福啟：“關東數萬生靈，嗷嗷待盡，又有罔極之役，侵督如火。校書館字印板，無異於材木之害。”
>
> 同上卷一百六“八年（1616）八月己未”條載書籍校印都監啟：“鑄字都監，今若别設一局，則校印都監員役、工匠，將爲分送，不但糜費甚多，勢分力歧，方印書籍，難以成形。……鑄字之役，無非校印之事，雖不别設一局，只容入之物，依前磨錬，自校印都監，使之鑄成，則似爲便當。敢啟。”“傳曰：依啟。”
>
> 同上卷一百三十“十年（1618）七月戊申”條載鑄字都監啟：“自平時，書籍印出，專賴鑄字，而厥後庚辰，先王又命改鑄甲寅字，通行一國，爲萬世利。不幸一經兵燹，舊字蕩失，專用木刻，字體舛訛，刓缺亦易，旋刻旋刓，功費倍蓰。幸賴聖上，留心經籍，思復舊制，特命結局，繼述列聖右文之意，豈非今日之盛舉乎！顧其鎔冶細密，功役浩大，而前後次知郎廳，盡心監董，纔一年而畢役，極爲可嘉。似有依例酬勞之事，而繫干恩典，惶恐敢啟。”

---

①參考《龍飛御天歌》的印刷時間，可以推測，光海君二年十二月壬午的命令是在三年元月以後實施的。《光海君日記》卷三七“三年（1611）一月甲子”條云：“傳曰：‘今下《龍飛御天歌》，校印後還入。’”

②《宣祖修正實録》卷二六“二十五年(1592)五月庚申”條。

③《宣祖修正實録》卷二六“二十五年（1592）四月癸卯”條。

這三段話，第一段説光海君初年，校書館專掌雕版印刷，用材木之量甚鉅。第二段説一直到光海君八年，也只有校印局，而無鑄字局。第三段説鑄字、雕版之變，乃源於壬辰之亂。自宣祖庚辰（1580）改鑄甲寅字以後，迄未造字，而“專用木刻”。至光海君十年（1618）始設鑄字所，思復鎔冶之“舊制”。因此，光海君三年“急速精印”的《高麗史》，必是采用木板翻刻之法的。正因爲這樣，我們才能在現存古籍中，看到一大批《高麗史》的雕版印本。這些印本版式相近，基本上是四周單邊，有界，9行19字，版心爲内向黑1–3葉花紋魚尾的形式①：

編號	存册數	形式與内容特點	判斷
C. 高麗大學景和堂 B3A95G（圖3）	零33册	封面褙紙爲原本，乃17世紀典型用紙	光海君年間乙亥字複刻本
D. 高麗大學古籍部 B3A95A	零68册	同上，有李彦迪家族藏書印	同上
E. 高麗大學古籍部 B3A95D（圖4）	零17册	封面褙紙爲17世紀典型用紙	同上
F. 高麗大學古籍部 B3A95	全80册	褙紙背有天啟二至六年（1622-1626）文書（圖5）	同上
G. 高麗大學古籍部 B3A95B	全98册	經校勘，文字内容同上本	同上
H. 延世大學1972年影印本		第一册後補，餘爲原本	同上
I. 延世大學 951.4	71册		同上
J. 奎章閣 3539	全85册	扉頁署“萬四十一年九月日，内賜高麗史一件太白山史庫上”云云（圖6）	同上本，光海君五年（1613）印

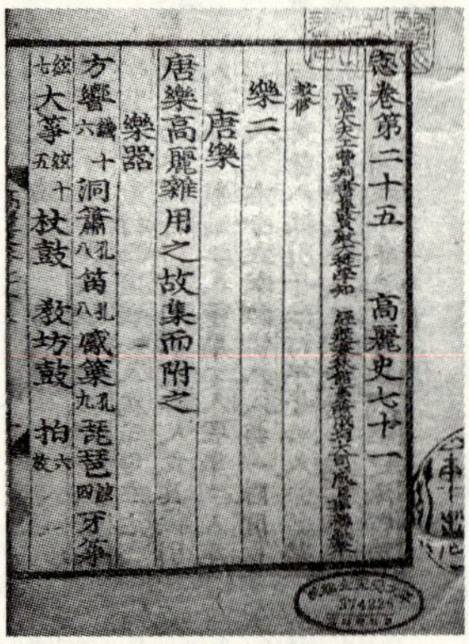

圖3：高B3A95G號

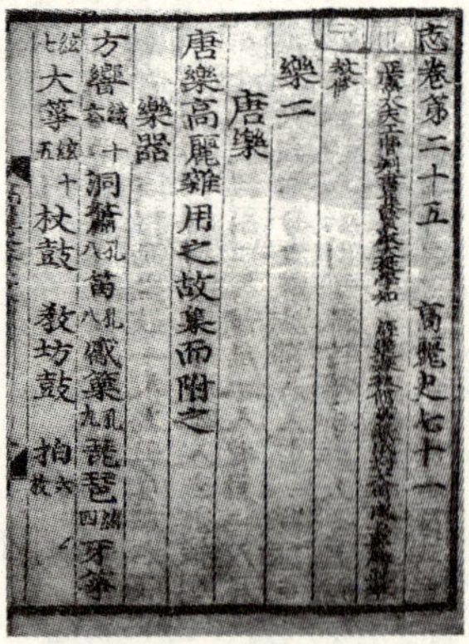

圖4：高B3A95D號

① 版本鑒別據各家圖書館目録，並請藏書家朴徹庠一一確認。

編號	存册數	形式與内容特點	判斷
K. 奎章閣 貴3579	同上	夾雜有再複刻本	主體爲光海君年間乙亥字複刻本
L. 奎章閣 3467	零23册	夾雜有15世紀的活字本和18世紀後期的鈔本	同上
M. 延世大學 951.4	全33册	褙紙爲18-19世紀	光海君年間乙亥字複刻本
N. 延世大學 951.4	零57册	同上	同上
O. 奎章閣 951.04 -J464GA	全89册	經校勘，内容同以上兩本；但字跡較不清晰（圖7）	上版的晚期印刷本
P. 延世大學 951.42	零11册	經校勘，内容同下本	光海君年間乙亥字複刻本
Q. 奎章閣 3269	全101册	字跡效果不佳，而魚尾卻很黑。藏書印：“春坊藏”	上版的晚期印刷本
R. 延世大學 951.41	零32册	經校勘，文字内容同下本	光海君年間乙亥字複刻本，17世紀後半印刷
S. 奎章閣 7157	全50册	有安鼎福（1713-1791）批注（圖8）	同上

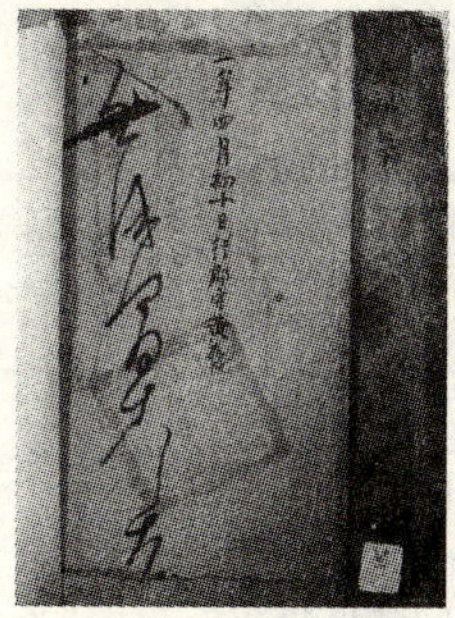

圖5：高B3A95號褙紙背

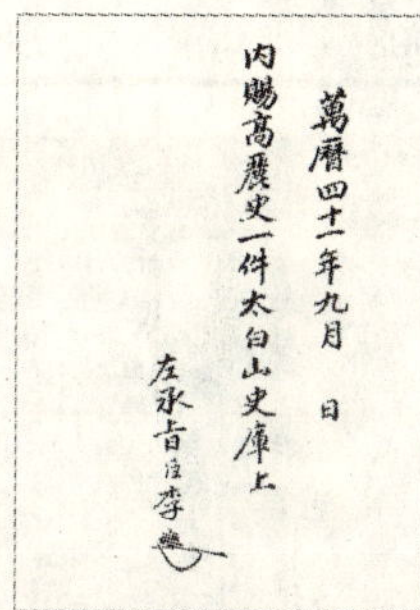

萬曆四十一年九月 日

内賜高麗史一件太白山史庫上

左承旨臣李(押)

圖6：奎3539號第二册扉頁

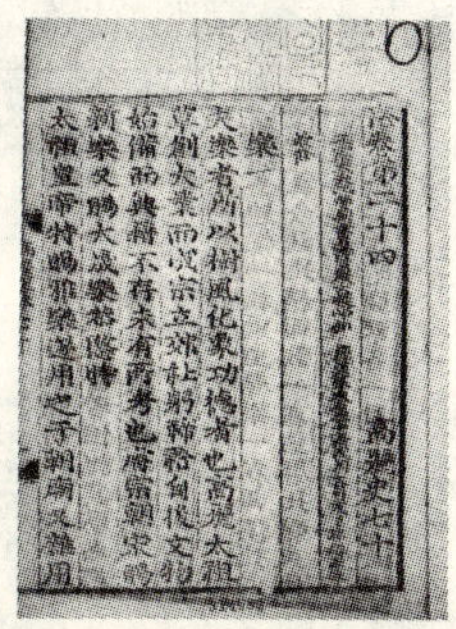

高麗史七十

志卷第二十四

樂一

夫樂者所以樹風化象功德者也高麗太祖草創大業而成宗立郊社躬禘祫自後文物始備而典籍不存未有所考也睿宗朝宋賜新樂又賜大晟樂恭愍時太祖皇帝特賜雅樂遂用之于朝廟又雜用

圖7：奎951.04-J464GA號

以上所列《高麗史》諸本，均爲較完整的雕版印本，亦即保存了《樂志》的《高麗史》雕版印本。在17本中，有13本是光海君年間的刊印本；其餘4本，則是光海君年間刊本的再印本。這説明，《高麗史》的刊印，主要是在光海君年間，由校印都監以“分刊於京外”的方式進行的。

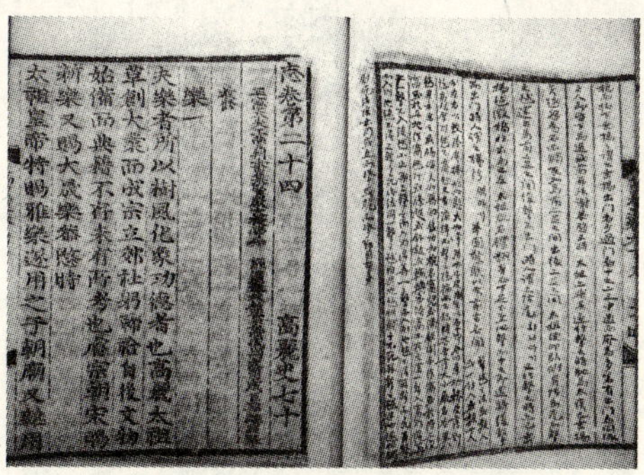

圖8：奎7157號

那麽，在官方印書之外，是否有由民間自行發動而傳播的《高麗史》呢？有。通過以下幾種手鈔本[①]，可以了解其概況：

T. 高麗大學古籍部 B3A95A	零96册（全101册）	四周單邊，有界，9行17字，内向花紋魚尾。藏書記："行縣監察，同福縣校"（圖9）	18世紀鈔本，鄉校藏本。産自全羅南道
U. 奎章閣 4720	全61册	四周單邊，有界，10行20字，内向黑魚尾。版心有象鼻，乃模仿中國版本（圖10）	從裱紙和象鼻看，抄寫於18世紀後半至19世紀前半
V. 延世大學 951.4B	全70册	上四周雙邊，有界，10行20字，上下向2葉花紋單魚尾（圖11）	從紙張看，抄寫於18世紀後半至19世紀前半
W. 奎章閣 5908	56册（缺1册）	無邊界，無框格，版心僅書頁碼；但格式同T本（圖12）	從紙張看，爲19世紀鈔本

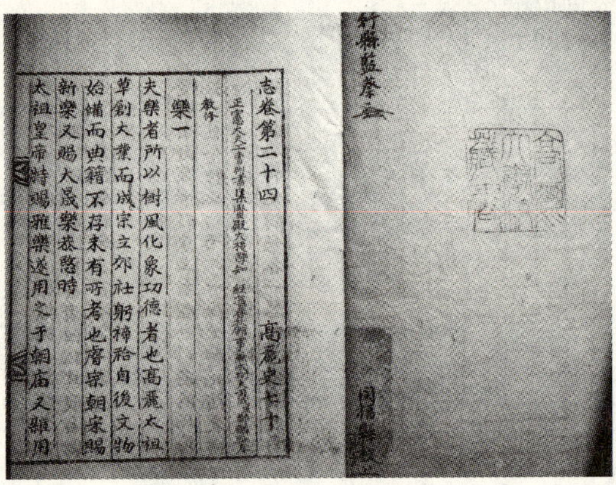
志卷第二十四　高麗史七十
樂一
夫樂者所以樹風化象功德者也高麗太祖
草創大業而成宗立郊社躬禘祫自後文物
始備而典籍不存未有所考也睿宗朝宋賜
新樂又賜大晟樂恭愍時
太祖皇帝特賜雅樂遂用之于朝廟又雜用
行縣監察
同福縣校

圖9：高B3A95A

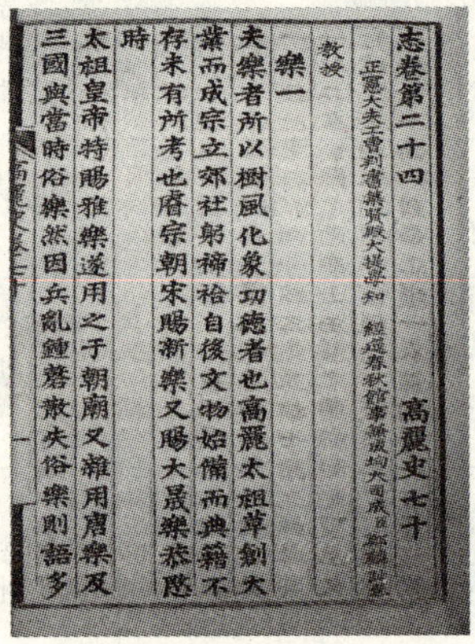
志卷第二十四　高麗史七十
正憲大夫工曹判書集賢殿大提學知經筵春秋館事兼成均大司成臣鄭麟趾奉教修
樂一
夫樂者所以樹風化象功德者也高麗太祖草創大
業而成宗立郊社躬禘祫自後文物始備而典籍不
存未有所考也睿宗朝宋賜新樂又賜大晟樂恭愍
時
太祖皇帝特賜雅樂遂用之于朝廟又雜用唐樂及
三國與當時俗樂然因兵亂鐘磬散失俗樂則語多

圖10：奎4720號

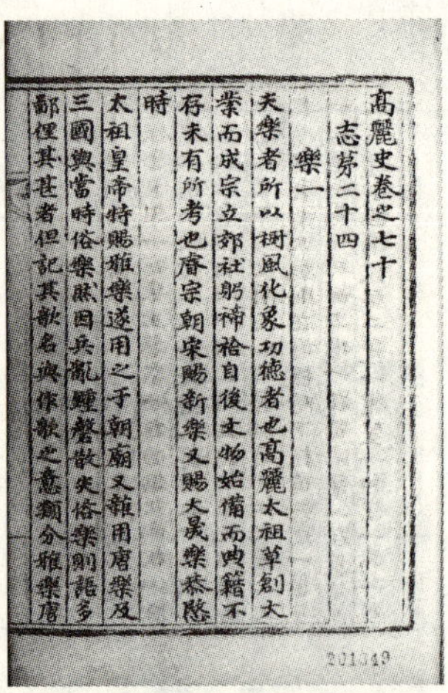
高麗史卷之七十
志第二十四
樂一
夫樂者所以樹風化象功德者也高麗太祖草創大
業而成宗立郊社躬禘祫自後文物始備而典籍不
存未有所考也睿宗朝宋賜新樂又賜大晟樂恭愍
時
太祖皇帝特賜雅樂遂用之于朝廟又雜用唐樂及
三國與當時俗樂然因兵亂鐘磬散失俗樂則語多
鄙俚其甚者但記其歌名與作歌之意類分雅樂唐

圖11：延951.4B號

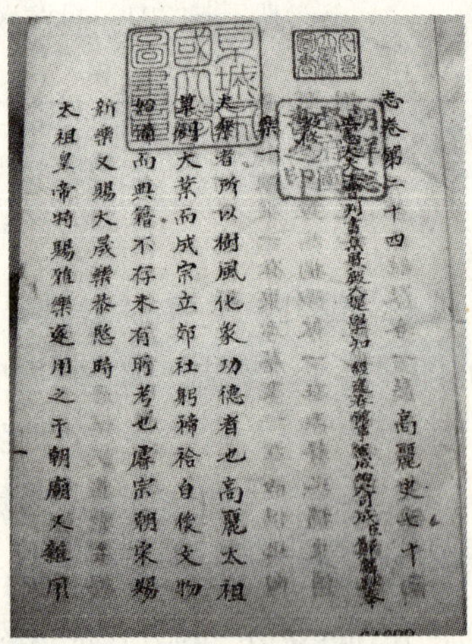
志卷第二十四　高麗史七十
樂一
夫樂者所以樹風化象功德者也高麗太祖
草創大業而成宗立郊社躬禘祫自後文物
始備而典籍不存未有所考也睿宗朝宋賜
新樂又賜大晟樂恭愍時
太祖皇帝特賜雅樂遂用之于朝廟又雜用

圖12：奎5908號

①據藏書家朴徹庠作年代判斷。

這些手鈔本，在格式上都模仿刊印本，顯然是作爲刊印本的代用品而出現的。其流行時代主要是18世紀後半至19世紀前半。朴徹庠説：這正是中國和朝鮮書籍交流的盛期。來自中國方面的進口《高麗史》的需要，促進了《高麗史》的抄印。這個判斷是有道理的。因爲中國典籍之稱引《高麗史》，其年代集中在17世紀後期以還，尤其多見於18世紀的典籍，例如：

毛奇齡（1623至1716）《古文尚書冤詞》；
朱彝尊（1629至1709）《經義考》、《曝書亭集》；
徐乾學（1631至1694）《讀禮通考》；
梅文鼎（1633至1721）《大統曆志》；
閻若璩（1638至1704）《潛邱札記》；
厲鶚（1692至1752）《遼史拾遺》；
姚之駰（1709年進士）《元明事類鈔》；
胡彦升（1730年進士）《樂律表微》；
《詞譜》，編成於康熙五十四年（1715）；
《皇朝通考》、《續文獻通考》、《續通志》、《四庫全書總目》，編成於乾隆十二年（1747）至四十六年（1781）之間。

總之，完整的抄寫本和不完整的抄寫本——用抄寫來補足缺漏的刊印本，很大一部分是因中國方面的閲讀需要而産生出來的。而從安鼎福批注本和T本藏書記看，在18世紀，《高麗史》也是朝鮮藏書家和鄉校教育所追求的對象。這是促進朝鮮書籍發展的幾個重要因素，反映了《高麗史》的多方面用途。不過，總體上説，在整個朝鮮時代，《高麗史》似乎都没有擺脱作爲文化奢侈品的身份。

三、鮮初史學的若干特點

以上概略地叙述了《高麗史》一書的編寫和傳播過程。在此基礎上，我們就可以討論這個過程的主要背景因素了。兩者相綜合，可以得出關於朝鮮初期史學特點的以下認識。

（一）朝鮮半島的史籍編纂是在中國文化的影響下發展的。這一事業始於漢字傳入的時期。《三國史記》卷二十《高句麗本紀》記載："國初始用文字時，有人記事一百卷，名曰《留記》。"同中國的修史風氣相對應，百濟近肖古王時代（316–375），有博士高興受命撰修《百濟書記》[①]；新羅真興王六年（545），有大阿餐居柒夫受命主持纂修《國史》[②]；高句麗嬰陽王十一年（600），有太學博士李文真受命删修《新集》5卷[③]。此外，被《三國史記》、《三國遺事》、《東國李相國集》所引用的古書，有《駕洛國記》、《高句麗秘記》、《古今郡國志》、《古典記》、《高句麗古記》、《百濟古記》、《新羅古記》、《新羅古事》、《新羅記》、《新羅雜記》、《角干集》（金庾信撰）、《花郎世紀》（金大問撰）、《帝王年代曆》（崔致遠撰）等多種[④]。

高麗時期，史籍編撰趨於自覺。除各王實録以外，這一時期出現了《三國史記》、《三國遺事》等斷代史著作，出現了《古今録》（朴寅亮、元傅撰）、《詳定古今禮》（崔允儀撰）、《海東高僧傳》（覺訓撰）、《編年通録》（金寬毅撰）、《編年綱目》、《世代編年節要》（閔漬撰）、《帝王韻紀》（李承休撰）、《國史》（李齊賢撰）等史書[⑤]。其中《三國史記》、《三國遺事》、《海東高僧傳》、《帝王韻紀》等書流傳至於今天，其體裁分别仿自中國的正史、野史、僧傳和詠史詩。

作爲對唐代史館制度[⑥]的模仿，高麗建國之初即設有史館監修國史。成宗九年（990）設修書院於西京，標志其制度趨於完善[⑦]。此館一度併入"藝文春秋館"，後又獨立爲"春秋館"或"史館"。其中史官之職是"各修史草二本，秩滿當遷，一納于館，一藏于家，以備後考"。同時，"京外大小衙門，凡所施爲之事，一一報館，以憑記録"[⑧]。這樣一來，實録編纂就成爲朝鮮半島史學的基礎。據記載，高麗顯宗時編纂了自太祖至穆宗七代實録36卷，此後又有德宗、肅宗、睿宗、仁宗、毅宗、明宗、神宗、熙宗、康宗、高宗、元宗、忠烈王、忠宣王、忠肅王等實録的編纂[⑨]。故鄭摠《高麗國史序》云："高麗氏自始祖以來，歷

①《三國史記》卷二四《百濟本紀》。《三國史節要》繫之於近肖古王二十九年。

②《三國史記》卷四《新羅本紀》。

③《三國史記》卷二十《高句麗本紀》。

④ 參見金約瑟：《羅麗藝文志》，1964年油印本。

⑤見今西龍：《王氏高麗朝に於ける修史に就きて》，載《藝文》第6編第7號，1915年7月；又載《高麗史研究》，1944年版。

⑥《舊唐書》卷四三《職官志》。

⑦申守楨：《高麗前期·史館制度》，載《誠信史學》第6輯，誠信女大史學會1988年編印。

⑧《高麗史》卷七六《百官志》。

⑨《高麗史》卷九五《黄周亮傳》云"周亮奉詔，訪問采掇撰集太祖至穆宗七代事跡共三十六卷"。《高麗史》卷五《德宗世家》李齊賢贊文提及《德宗實録》。《高麗史》卷十五《仁宗世家》二年三月云：尚書右僕射李德羽"嘗修《肅宗實録》"；即位年九月云："《乙亥》，命修《睿宗實録》，以寶文閣學士朴昇中、翰林學士鄭克永、寶文閣待制金富軾充編修官。"《高麗史》卷二十《明宗世家》十六年十二月云："辛丑，以上將軍崔世輔同修國史。"同書《崔世輔傳》云："世輔擅改事爲史，由是《毅宗實録》脱略，多不實。"《高麗史》卷一百七《元傅傳》云："忠烈初……同修《高宗實録》。"《高麗史》卷一百一《權敬中傳》："高宗朝……與奎報、俞升旦等撰《明宗實録》，分年秉筆。"參見今西龍《王氏高麗朝に於ける修史に就きて》。

代皆有實録。”[①]

從歷史著作方面看，對朝鮮半島影響最大的典籍，是宋代司馬光等人編纂的《資治通鑑》和朱熹編纂的《資治通鑑綱目》。早在明宗二十二年（1192）正月，高麗王即命寶文閣讎校《資治通鑑》，分送各州縣雕印，分賜侍從儒臣[②]。此後讀《通鑑》、講《通鑑》之事屢見於史書，《資治通鑑》實際上成了王室教科書[③]。至於《通鑑綱目》，則因其文約事備、重視名分書法而成爲高麗著述所模仿的對象，故在忠肅王四年（1317）産生了閔漬的《本朝編年綱目》，約三十年後又有李齊賢等人的《增修編年綱目》[④]。朝鮮初期人對編年體史書的推崇，對名分的講究，亦明顯表現了此二書的影響。世宗對史學的興趣以及他的史學主張，事實上也是以這兩部書爲依據的[⑤]。

（二）鮮初史學是爲論證建國的正當性而産生的，其最初性質是政治史學或君王史學。這一點，在鄭道傳等人所編纂的《高麗國史》中表現得很明顯。前文提到：鄭摠《高麗國史序》曾提出“正名”、“謹禮”、“重求賢”、“著忠臣”、“尊天王”、“謹天譴”、“戒逸豫”等編纂重點。這些重點不僅關聯於同中國的外交，而且是建國的規範。從後世的評價看，《高麗國史》最重要的苦心，是爲掩蓋麗末的政治史用盡了曲筆。其中包括如何評價禑王，如何評價李崇仁、鄭夢周、金震陽等人物。

朝鮮太祖李成桂事實上是在禑王傾全國之力攻遼之際，利用國內空虚而篡奪王氏政權的。他改朝换代的正當性，主要取决於兩個理由：其一説禑王並非恭愍王的骨肉，而是辛旽所生；其二説禑王與崔瑩發動攻遼戰爭，不符民意。但這兩條理由均被人們懷疑。崔昌大《昆侖集》卷十四《書麗史禑昌事答林彝好》即認爲：“麗季禑、昌辛王之辨，前輩所論不一，史牒所録雜亂，隱晦尤無可準，實爲千古未决之案。嘗取諸家文字參合而觀之，竊意當以恭愍子爲斷。”至於攻遼，則是民族主義者歷來的主張，很難從理論上判定其是非。但看史籍關於斬崔瑩的記載——“都人罷市，遠近聞者，至于街童巷婦，皆爲之流涕，屍在道傍，行者下馬”[⑥]——我們就知道，“不符民意”一説是非常勉强的。至於鄭夢周、金震陽、李崇仁之被殺害，其過程雖然很曲折，但其原因卻不複雜，即：他們都

①《東文選》卷九二。

②《高麗史》卷二十《明宗世家》。

③參見《高麗史》卷三十《忠烈王世家》、卷三三《忠宣王世家》、卷四二《恭愍王世家》、卷九九《崔惟清傳》、卷一百九《尹宣佐傳》。

④參見《高麗史》卷三四《忠肅王世家》、卷一百七《閔漬傳》、卷一百十《李齊賢傳》。

⑤參見金一焕：《“資治通鑑”과“資治通鑑綱目”이朝鮮初期歷史學에미친影響》，原載《弘益史學》，又載《朝鮮前期論文選集·史學史（二）》，三貴文化社1997年版。

⑥《高麗史節要》卷三三辛禑十四年十二月。

是禑王舊臣，都是因爲“欲立辛禑”，或接近欲立辛禑的李仁任，而最終被害的。

世宗十二年（1430）十一月庚申日，君臣之間有如下對話：

（上）曰：“吉再節操可褒，鄭夢周何如人也？”（侍講官偰）循起而對曰：“臣聞其忠臣，然春秋館既不移文，上亦不命，臣不敢請耳。”上曰：“夢周之事，太宗知其死於忠義，已曾褒賞，何必更議，宜録忠臣之列。”又曰：“李崇仁之才，權近、卞季良皆溢美之。初修《高麗史》之時，削近救崇仁之文，近、季良之改撰也，（遠）〔還〕書之。然其事過情，此史亦未成之書，若改修之，則當削之。近作《陶隱集序》稱譽之，又書追贈之意，乃虚事也。季良問於近曰：‘何以書不追贈之事？’答云：‘今以追贈書之，則後必追贈矣。’此甚失言。季良亦稱崇仁曰‘賢’，太宗覽之曰‘溢美矣’，季良對曰‘請改賢爲材’。近與季良皆以崇仁爲賢於穡矣。”

這段話説明：在鄭夢周、李崇仁等人死後三十八年，人們仍然在懷念鄭夢周這位忠義之臣，在想盡辦法給李崇仁以較高的歷史評價。權近甚至把自己所撰寫的救李崇仁之文，收入了《高麗史》。太宗、世宗兩代君主，對此亦耿耿于懷，認爲“其事過情”。由此可以知道，圍繞《高麗史》編纂的爭議，其焦點就是如何看待李氏篡國的那一段歷史。太宗所謂《高麗國史》“紀太祖之事，頗有不實”，“恭愍王以下，事多不實，宜更竄定”，無論其内涵如何，都説到了事情的關鍵。

（三）由於以上原因，鮮初史學的實用色彩比較强烈。這一點首先表現爲史學的政治化，即以史學爲政治權力。這可以從史官的委任見出。例如1392年至1395年纂修“國史”，原由右侍中趙浚、門下侍郎贊成事鄭道傳、藝文館學士鄭摠、朴宜中、兵曹典書尹紹宗五人任史館職。除鄭摠外，這些人都是李朝的開國功臣，在《高麗史》中均列入傳記：趙浚傳見《高麗史》卷一百十八，鄭道傳傳見卷一百十九，朴宜中傳見卷一百十二，尹紹宗傳見卷一百二十。而其施爲，也包括删改麗末鮮初的史實。如《太祖實録》卷三“二年（1393）一月戊午”條記趙浚坐春秋館，審查前朝史草，導致對史臣李行鞫問論罪一事：

司憲府上言：“前藝文春秋館學士李行，嘗爲恭讓知申事，職兼史官修撰，乃阿李穡、鄭夢周，誣書我主上殿下殺辛禑、辛昌及邊安烈。請收職牒，鞫問論罪。”上允之。先是，侍中趙浚坐春秋館，見前朝史草，至行所記，有曰：“尹紹宗忌李崇仁才，告於趙浚，欲害崇仁。”浚……進告上。上命進戊辰已後史草，遂親見行所記，以誅安烈及禑、昌父子等事，皆指斥上，以爲無罪被殺。上……乃許憲司鞫問。

其次也表現爲，鮮初史學的若干原則隨政治局面的變化而變化。比如所謂“改書”和“直書”。改書原是自高麗史臣李齊賢、李穡等人以來的史學書法，其宗旨是通過分辨名分來維護倫理綱常。關於這一點，太祖之時没有問題：一方面，一個尚未具有充分合法性的政權，需要用改書方式來博取中國方面的好感和支持；另一方面，一個新政權，需要改變舊政權時代殘存的名分。但到世宗時代，政權穩固了，政治資源不同了，看法就不一樣了。世宗遂從民族感情出發，或從王室利益出發，主張“直書”。與此相應的一個改變是：鄭夢周、金震陽等人重新被尊爲忠臣，世宗史學也改變了對鄭夢周、金震陽等人的評價。

（四）從以上角度看，鮮初史學實際上具有作爲政治哲學的作用，其地位相當於中國的經學。由於這一原因，圍繞史學，出現了君權與臣權的爭奪。朝鮮時期發生過多次君主窺伺史草的事件，發生過多次關於史官是否“入参”的爭執。這些事件起因不同，但都反映了君主對史學的控制心理，同時反映了史學的一種特殊功能，即對於君主及其權力的監督功能。所謂“謹天譴”、“戒逸豫”，説的就是史學對君主的“勸戒”或監督。兩種力量相互抗爭的極端情況是“史禍”。例如燕山君四年（1498）有戊午史禍，起因於修纂《成宗實録》時的是非，其結果是文士三十餘人遭害，受害方式非常激烈，以至於“剖棺”、“寸斬”[①]。史臣評論説：

> 國家自戊午史禍之後，士林殲盡，經學掃地。
>
> 自戊午史禍起，史官所記，不過王言出納。而反正後，人自膏火中出，惟事游宴，不(庇)〔曁〕職務，並與王言而不記。至過數年而後，始修史稿，如朝廷論議及賞罰等事，多有脱漏。[②]

在戊午史禍之後，五十年間，又有甲子（1504）史禍、己卯（1519）史禍、乙巳（1545）史禍，每次禍及士林出身的史官數十人[③]。由此可見，只有在君權與臣權達成某種平衡之時——只作和平鬥爭之時，才有所謂“史學”。

世宗在和平鬥爭方面，是有很高明的手段的。從記載看，他和權近、卞季良都有過史學觀的衝突。他懲處權近之子權踶等人，屢次否定《高麗史》編成稿，在書災異的問題上出爾反爾，其實也是鬥爭的手段。世宗所强調的那些史學原則，亦不妨看作君權原則。其

①表沿沫《藍溪先生文集》卷二《史禍首末》、《戊午黨籍》；鄭汝昌《一蠹先生遺集》卷二《史禍首末》；曹偉《梅溪先生文集》卷五《史禍事實（出野史）》。

②《中宗實録》卷三“五年（1510）十一月丁卯”條“史臣曰”，又“二年（1507）六月甲戌”條“史臣曰”。

③車長燮：《史官朝鮮前期士林派》，載《慶北史學》第8輯，慶北大學校人文大學1985年。

中一個原則是“直書”，第二個原則是“編年”。前者可以理解爲限制史臣們的改書權力，亦即限制史臣們利用改書而作褒貶的權力。後者則可以理解爲堅持王室中心，而防止出現其它人物的中心。至於説災異不必悉書，其目的也是防止史臣們借此濫説“天譴”。世宗的目標可以説基本上達到了，因爲在朝鮮時代的各種史書——包括歷朝實録——中，史臣們發表評論最少的著作，就是《高麗史》。而世宗放棄編年原則之時，則是他已經老邁，已把權力交給世子（文宗）之時。

（五）朝鮮史學家之間的衝突，除政治利益的衝突之外，還有意識形態的衝突。這兩者是相互聯繫的。前一種衝突也可以稱作黨派衝突，在編纂《高麗國史》、“高麗史竄定”等階段表現得非常明顯。例如鄭道傳等人代表的是通過政變而獲得利益的集團，其史學觀的核心是圍繞加强君權和宰相權的功利主義[①]。如果把這些人的傾向權且稱作“法家傾向”，那麽，河崙、權近等人便代表了“儒家傾向”，其史學觀的核心是儒家倫理。河崙是高麗舊臣，曾因反對攻遼而被放逐。朝鮮建國後，專典文翰及“事大”辭命——是較具傳統色彩的文臣[②]。權近則是科舉人才，禑王時因敢言直諫而知名。朝鮮建國後他受命往見明太祖，因誠實、善文詞而受到優禮——是士林的代表人物[③]。他們不滿於鄭道傳等人的《高麗國史》，所以先是合作撰寫了《東國史略》（1402–1403），後來又要求改纂這部《高麗史》。《太宗實録》卷二七“十四年五月壬午”條記載此事，説鑒於鄭道傳、鄭摠等人所撰於“僞朝以後之事頗多失真”，太宗“因崙之請”而下令“竄定《高麗史》”。其時文臣李膺説：“《實録》宜於數世後修撰，若然則必有公論矣。臣聞太祖之時命鄭道傳、鄭摠、尹紹宗修撰前朝《實録》。諸史官皆改書史草而納之，惟李行不然，故未免囚繫。”太宗亦頗同意。由此可見，這次改纂是“公論”使然；而這種公論則來自由傳統文臣所代表的政治力量。

從權近等人編纂的《東國史略》（又名《三國史略》）看，所謂“公論”，其基礎是重視倫理名分的性理史學。它在《東國史略》中的表現是：不用即位稱年法，而用踰年稱元法，以信守父子、先後之禮；對不符倫理的名稱作全面改書，即“女王”書“女主”，“太后”書“大妃”，“太子”書“世子”，以信守諸侯之禮；在年代上，“注中國紀年，以明其統”，以信守大小之禮。另外，按儒家傳統，“革其鄙俚，芟其繁蕪，誅絶譖亂，褒崇節義”，並且“以管見論其得失，以附其後”[④]。從《東國史略》的評論中可以窺見這些“管

①參見韓永愚：《朝鮮初期의歷史叙述과歷史認識》，《韓國學報》第7輯第34頁，1977年。

②《太宗實録》卷三二“十六年（1416）十一月癸巳”日“晉山府院君河崙卒于定平”。

③《太宗實録》卷十七“九年（1409）二月丁亥”日“吉昌君權近卒”。

④權近《三國史略序》，載《陽春集》卷十九。

見”的批評標準，説到底，這也就是儒家之“禮”[①]。

某些現代史學家在討論上述情況的時候，認爲這是缺乏主體性的事大主義，是奴隸思想[②]。這種批評過於膚淺，既没有審時度勢，也没有注意到歷史人物的多重身份：權近等人既是民族之人，又是文化之人。作爲民族之人，他們必須維護國家的利益和尊嚴。事實上，權近正是這樣做的。1396年，明太祖因表箋有戲侮字而“遣使徵撰表人鄭道傳”。當“一國憂危”之際，權近挺身而出，隨使赴京，用不卑不亢的言辭贏得了大國的尊敬。但朝鮮史學家同時也是儒士，是文化人，從小接受了綱常倫理的教育。在他們看來，這種倫理不僅是國家富足、民生安定的保證，而且是他們賴以安身立命的文化資源。在這種情況下，他們當然要堅持以儒家名份論爲核心的史學。

（六）由於以上原因，在朝鮮初期，最有代表性的史學觀是世宗的性理史學。其道理在於：一個穩定的君主國家，需要這種史學，也有能力建立這種史學。事實上，隨著時間推移，鮮初史學正是向這個方向變化的：從太祖時代到太宗時代，法家傾向的史學逐漸讓位於儒家傾向的史學；從太宗時代到世宗時代，史學的黨派色彩逐漸淡化。當世宗把原來分裂的兩種史學思想調和起來之時，他就建成了一個經學化的性理史學。

這種情況有一個象徵性的表現：在第二代史學家中，出現了特殊的合作——權近之子權踶同尹紹宗之子尹淮的合作。世宗十八年（1436），尹淮受命注釋元代初年曾先之的《歷代世年歌》，權踶則受命完成其下篇《東國世年歌》。此事恰好發生在《高麗史》編纂的第三階段和第四階段之間。前文説過：1424年，尹淮進上了他參預編纂的《讎校高麗史》；1438年，權踶等人開始了《高麗史全文》的編纂。這就是説，在世宗時代，兩種史學觀的代表人物都得到了使用，並且用於兩個階段的《高麗史》編纂。有人認爲，這是世宗進行政治平衡的手段[③]。

據史籍記載，世宗提出編寫《世年歌》的用心是“慮初學未能遍覩”[④]。其效果則是：通過普及歷史知識，而把史學納入了統一的意識形態。對於這一點是不難了解的；因爲這一時期編纂的普及本史學著作，另有世宗十八年（1436）的《綱目通鑑訓義》，以及世宗二十七年（1445）的《龍飛御天歌》。如果説印行《綱目通鑑訓義》的目的是“倡明道學，

①權近《東國史略論》，載《陽春集》卷三四。

②鄭求福《東國史略에대한史學史的考察》，載《歷史學報》第68輯，1975年。

③參見前引韓永愚：《朝鮮初期의歷史叙述과歷史認識》。

④《世宗實録》卷七二“十八年（1436）四月庚子”條。

垂世立教”，是建立一種新的經學①，那麽，印行漢、諺兩種文本的《龍飛御天歌》，其目的則是神化朝鮮開國史，以建立一種新的民族史觀。按《龍飛御天歌》是一部長達125章的史詩作品。它採用樂章形式，通過同中國歷史的比較，敘述了朝鮮開國後六代帝王的偉業。其主題見鄭麟趾《龍飛御天歌》序，云：

> 太祖以聖文神武之資，濟世安民之略，當高麗之季，南征北伐，厥績懋焉。天地鬼神之所佑，謳歌獄訟之所歸，用集大命，化家爲國。
>
> 太宗以聰明叡智之聖，高世絶倫之見，決策開國，靖難定社，神功偉烈，在人耳目。
>
> 於戲！我列聖龍潛之日，文德武功之盛，天命人心之歸，與其符瑞之作，超出百代。其悠遠之業，配諸覆載而無疆，可前知也。
>
> 周自后稷始封，公劉居豳，隣於戎狄之俗，忠厚爲德，養民爲政。大王、王季，又皆克修舊業。民賴其慶，有土千有餘年。而後文王、武王，誕膺天命，奄有四方，傳祚八百。周公制禮樂，於是有《緜》、《生民》、《皇矣》、《七月》之詩。皆原其王業之所由，以形歌詠，鏗鍧炳燿，垂若日星，猗與盛哉。
>
> 伏覩殿下，承祖宗之統，垂衣拱手，禮備樂和，頌聲之作，正在今日。

在這裏，世宗的基本思想得到了表達：其一，必須徹底解決朝鮮建國的合理性的問題，解決的辦法是不再糾纏禑王真僞等歷史舊案，而把朝鮮建國比擬爲殷周相代。此即所謂“用集大命，化家爲國”。其二，必須建立王室中心的史學觀，把大臣們的功過是非排除在史學問題之外。這種史學，其主體就是“原其王業之所由”。其三，自比爲周公。正因爲這樣，在世宗時代，朝鮮半島的禮樂建設達到最高潮。與之相應，史學面貌也通過意識形態化而趨於明朗。

（七）當然，世宗在《龍飛御天歌》中所實行的歌頌史學，無法照樣搬入《高麗史》。但世宗這種擱置爭論，以實踐中的兼收並蓄來解決矛盾的方式，卻可以看作鮮初史學的特色。因爲它同樣見於對史學體裁的爭論——這場爭論是在體裁多樣化的實踐中得到化解的。世宗二十年三月，許詡提出以紀傳體爲本史而以編年體爲史略，即是其先聲。此外權氏三代史學家著有一系列著作（權近著《東國史略》、權踶著《東國世年歌》、權擥著《應制詩注》），一方面意味著私人著史之風開始興起，另一方面也意味著政府向士林開放了

①見《世宗實録》卷七四“十八年（1436）七月壬戌”條。柳義孫《綱目通鑑訓義》序云：“朱文公《綱目》，祖《春秋》之筆，其文則史，而義則經也。上命集賢殿副校理李季甸、金汶等曰：‘凡爲學之道，經學爲本，固所當先。然只治經學，而不通乎史，則其學未博。欲治史學，無若《綱目》一書。……’”

新的史學體裁。與此同時，在世宗朝和世祖朝分别編成的兩部官方編年體史書——《高麗史節要》、《東國通鑑》——也減輕了《高麗史》體裁之爭的壓力。紀傳體的《高麗史》正是這種形勢下得以問世的。

另一個爭論是“直書”和“改書”。儘管世宗一直强調“直書”，世宗六年（1424）尹淮等人所進《讎校高麗史》也對所有改書作了回改，但我們現在看到的《高麗史》，卻是一部兼用改書原則和直書原則的《高麗史》。《纂修高麗史凡例》云：“按《史記》天子曰‘紀’，諸侯曰‘世家’。今纂《高麗史》，王紀爲‘世家’，以正名分。”“辛禑父子以逆旽之孽竊位十六年，今準《漢書·王莽傳》，降爲列傳，以嚴討賊之義。”這是改書的例證。而《凡例》又云：“凡稱‘宗’，稱‘陛下’、‘太后’、‘太子’、‘節日’、‘制’、‘詔’之類，雖涉僭踰，今從當時所稱書之，以存其實。”這是直書的例證。如果采用編年體，就不會有“王紀爲世家以正名分”和“降爲列傳以嚴討賊之義”兩條。可見紀傳體本身也有嚴正名分的意義。這就是説，今存《高麗史》事實上較好地體現了鮮初史學的精神，即在倫理、政治、史實之間作折衷的精神。這種精神，也可以稱之爲尊重實際。

在“事大”這件事情上，也有尊重實際的問題。前面説到，有人認爲，改書是“事大”的標志。其實事情並不如此簡單。改書是遵從性理名分，縱然可以説是在文化上事大，但它未必等於在政治上事大。例如采用改書原則的鄭道傳，反而是個暗中主張攻遼的人物；殺掉鄭道傳的太宗，反而是個“事大至誠”的人物[①]。對於朝鮮來説，“事大”的意義其實是兩條：一是睦鄰友好，二是發展文化教育。太祖三年（1394）司譯院上書，即反映了這一意義：

> 治國以人才爲本，而人才以教養爲先，故學校之設，乃爲政之要也。我國家世事中國，言語文字，不可不習。是以殿下肇國之初，特設本院，置禄官及教官，教授生徒，俾習中國言語、音訓、文字、體式，上以盡事大之誠，下以期易俗之効。[②]

而中國方面的看法也是：“自古及今，以小事大，至敬之禮，莫貴乎修辭。”[③]這樣一來，“事大”便造就了一批具文化修養的儒臣——當時的事大文書，都由他們掌管；也造就了朝鮮史學——撰寫史書的人物，都是精通古典的人物。事實上，世宗也是這樣的人物：“博洽經籍，至於本國歷朝事大文籍，無不觀覽。”[④]世宗時代制禮作樂，所製《聖澤呈

①《世宗實録》卷一“即位年（1418）八月辛卯”條。

②《太祖實録》卷六“三年（1394）十一月乙卯”條。

③《太祖實録》卷九“五年（1396）三月丙戌”條載明太祖詔書。

④《世宗實録》卷二二“五年（1423）十二月庚午”條。

才》有致語云:“殿下事大以誠,帝用嘉之,特遣使臣。國人歡忻,作是歌焉。”所製《歌聖德》樂章云:“事大惟謹,永世無愆,偉,三呼萬歲景何如?”[①]從表裏兩面看,這既可以看作事大的高潮,也可以看作文化建設的高潮。

朝鮮史學,正是在“事大”的名義下建立其主體性的。其中一種方式是提高民衆的歷史意識和民族意識。世宗命權踶等人作《東國世年歌》、《龍飛御天歌》,就有這樣的意義。《東國世年歌》依次叙述了東國地理和檀君朝鮮、箕子朝鮮、衛滿朝鮮、四郡、三韓、三國、高麗的歷史,上與《歷代世年歌》(上古至元代的中國史)相接,下與《龍飛御天歌》相接,實際上描寫了一個主權國家成長的過程。第二種方式是保存、整理、充實本民族的歷史文化資料。從高麗到朝鮮各代的實録編纂,本來就有保存民族史料的意義。而世宗所設想的直書方式的編年體史書,其性質和實録接近,亦可以理解爲一種充分保全歷史記録的史書體裁。正是出發於這一思想,世祖爲推動史書編纂而發出過一道詔書:

> 諭八道觀察使曰:
>
> 《古朝鮮秘詞》,《大辯説》,《朝代記》,《周南逸士記》,《誌公記》,《表訓三聖密記》,《安含老》,《元董仲三聖記》,《道證記智異聖母河沙良訓》,文泰山、王居仁、薛業等三人記録,《修撰企所》一百餘卷,《動天録》,《磨蝨録》,《通天録》,《壺中録》,《地華録》,道詵《漢都讖記》等文書,不宜藏於私處。如有藏者,許令進上,以自願書册回賜。其廣諭公私及寺社。[②]

因此,世祖以後出現了一種新的著述風尚,即通過史書編纂來尋找獨立的文化傳統。

從以上角度看,“高麗全史”之産生在文宗元年(1451),是有其必然性的。因爲只有在這個時候,才能擺脱麗鮮之交政治變動造成的黨派之爭,才能從不同史學觀的纏繞中得到相對的解脱,才能撰成一部既吸收歷代史學之精華又具備一定主體性的史書。今存《高麗史》充分注意了兩方面的歷史資料:一方面是來自官方的史料,或者説用文字寫成的史料;另一方面是來自民間的史料,特别是通過口傳而保存下來的史料。後者既包括《禪録雜記》、《三國遺事》、《道詵明堂記》、《三韓會土記》等怪異記録,也包括傳説、謡諺甚至神話故事。《高麗史》的這一特點,便反映了它在建立史學的文化主體性方面的努力。

(八)不過,在朝鮮前七世,即太祖至世祖之間,史學卻一直没有取得相對於政治的主體性。在這一點上,《高麗史節要》和《高麗史》有著相似的命運。

---

①見《世宗實録》卷四十“十年(1428)五月丁丑”條、卷四四“十一年六月癸未”條。

②《世祖實録》卷七“三年(1457)五月戊子”條。

《高麗史》是在文宗元年（1451）八月由金宗瑞等人進上的。僅半年之後，文宗二年二月，金宗瑞等人又進上了《高麗史節要》。有人認爲，這部《高麗史節要》出自南秀文之手①。不過金宗瑞《進高麗史箋》説過："此全史也，當節其煩文，編年紀事，庶可便於觀覽。"由此看來，此二書是有關聯的。值得注意的是，兩書的書法一致，都采用了直書和改書相結合的原則。

但這兩部書亦有明顯的區别。它們在形式上的主要區别是：《高麗史》爲紀傳體，篇幅較繁（139卷）；《高麗史節要》爲編年體，篇幅較簡（35卷）。而就其内容則可以説，《高麗史》是較富學術性的史書，更加客觀；《高麗史節要》是較富儒家意識形態色彩的史書，具有一定的主觀性。從前者到後者，反映了君權和臣權的消長②。《高麗史》基本上不對歷史人物和事件發表評論，除關於太祖的一則評論以外，只保留了李齊賢等高麗史臣的論贊，數量不多（共34則）；《高麗史節要》則相反：共有108則評論，以"史臣曰"名義的評論達56則，所論包括批判佛、道、圖讖等異端，以及强化宰相權、反對宗戚宦寺武臣政治等方面。除此之外，《高麗史節要凡例》談到自己的兩個特點：一是重視"事大"："上國之使，往來雖頻必書，尊中夏也。"二是重視警戒君王："災異之驗於事者，雖小必書，謹天譴也；游田宴樂，雖數必書，戒逸豫也。"顯而易見，這是一部更加强調性理的著作。

《高麗史節要》編成以後，金宗瑞立即提出了"宜速印之，頒諸中外"的要求，得到了文宗的許可③。次年（端宗元年，1453），又許私印，即印頒給"納私紙"之人④。但只過了三個月，情況改變了：首陽大君發動政變，殺掉顧命大臣皇甫仁、金宗瑞，掌握政權，鄭麟趾升任左議政（左相）。1454年十月，檢詳李克堪便提出了那個著名的批評："皇甫仁、金宗瑞懼《全史》出則人人皆知是非，故但印《節要》頒賜，而《全史》則少印，只藏内府。吾東方萬世可法可戒之書，莫如《高麗史》，請印《全史》廣布。"到首陽大君摇身一變而爲世祖，《高麗史》果然被廣爲印頒了；而《高麗史節要》則被打入冷宫，直到睿宗時才被人提起；至於其刊

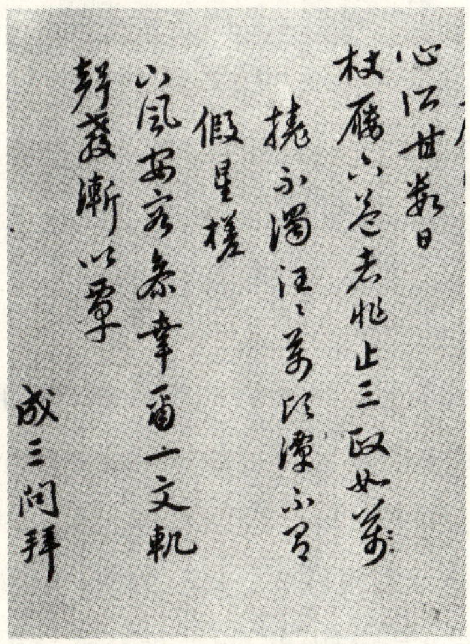

图13：成三問手蹟

①徐居正《筆苑雜記》卷一。又宋明欽《集賢殿直提學南公墓碣銘》，載《櫟泉集》卷十六。

②韓永愚：《高麗史、高麗史節要의比較研究》，載《震檀學報》第48號，震檀學會1979年編印。

③《文宗實録》卷十二"二年二月甲申"條。

④《端宗實録》卷七"元年七月丁丑"條。

印，則幾乎不見於記載[①]。

由此可見，《高麗史》等書的浮沉，雖然和它們的體裁、內容有關，雖然和造紙、印刷等物質條件有關，但更重要的，是取決於它們在政治上的屬性和作用。

總之，朝鮮半島的史學，其發展道路十分艱辛，甚至有點險惡。朝鮮史學家的處境也是這樣。其中一位史學家——端宗時的侍講成三問（圖13）——就是一位典型人物。世宗時期，他曾"撰定"朝鮮諺文。1453年七月丁丑日，他曾建議端宗加印《高麗史節要》，以求"廣布"，未被端宗聽從。而在三年之後，他卻因謀復上皇（端宗）不遂而被處死了，死狀非常壯烈：

> 上（指首陽大君，此時爲世祖）曰："若等何爲叛我？"三問抗聲曰："欲復故主耳。天下誰有不愛其君者乎？我之心，國人皆知之，何謂叛耶？進賜（指世祖）平日動引周公，周公亦有是否？吾之爲此者，天無二日，民無二主故也。"上頓足曰："受禪之初，曷不沮之？而乃於今日背我乎？"三問曰："勢不能也。吾固知進不能禁，退有一死，然徒死無益。忍而至此者，欲圖後效耳。"……上怒甚，令灼鐵穿其脚，斷其肱，而顏色不變，徐曰："進賜之刑慘矣。"時（申）叔舟在上前，三問叱曰："昔吾與汝在集賢殿時，世宗抱元孫謂諸臣曰：'寡人千秋萬歲後，卿等須護此兒。'言猶在耳，汝獨忘之耶？不意汝之惡至於此也。"叔舟慚而避去。……既死，籍其家。自乙亥（世祖登基日）以後，祿別置一室，書曰"某月之祿"。家無所餘，寢房有苫薦而已。三問號梅竹堂，性放浪，喜諧謔，外若無持守，而内操堅確，有不可奪之節。絶命詞曰："擊鼓催人命，西風日欲斜。黄泉無客店，今夜宿誰家。"[②]

當然，成三問並不是孤獨地前往黄泉的。三年以來，已經有兩批史學家——包括《高麗史》的編修者金宗瑞、許詡、朴彭年、柳誠源等——在"平亂"的名義下被剿滅了。這使我們覺得，成三問就好像是鮮初史學的象徵。這不僅因爲他堅定地稟承了來自儒家文化的學養和忠義觀念，具有外圓内方的性格；而且因爲他處在文化人缺少依附的時代。在這個時代，知識和學問只能被特權階級享用，不管哪種史學家，都無法擺脱被政治吞没的命運。

---

①《高麗史節要》的刊本，今有端宗元年本，即許私印之本，其零本藏在韓國國立圖書館一山文庫；又有成宗七年（1476）刊本，藏在奎章閣。關於其刊印的記載，《朝鮮王朝實録》中僅見一條，即《中宗實録》卷九八"三十七年（1542）七月乙亥"條載魚得江上疏："東國史記，有《三國史》、《高麗史節要》。《三國史》，刊行慶州，其板尚在；《麗史節要》鑄字印頒，儒者罕見。"參見中村榮孝：《高麗史節要の印刷と傳存》，載《青丘學叢》第11期，1933年。

②李炳憲《朝鮮史綱目》世祖惠莊王元年，漢城：亞細亞文化社1982年據手寫本影印。又參權鼈《海東雜録·成三問》。

《燕行録全集》考訂

左　江

朝天録或燕行録是明清兩代朝鮮使臣及隨從出使中國時的記載，涉及内容非常廣泛，包括政治、經濟、文化、文學，沿途風光、建築、風俗、故實等等，是研究兩國歷史與文化的重要資料，正越來越多地受到研究者的關注。林基中教授所編《燕行録全集》（東國大學校出版部，2001年10月）一百册，收朝天録與燕行録數百種，爲燕行録的研究提供了必要的资料基础。筆者在閲讀過程中發現其中存在一些問題，在一定程度上可能會影響到《燕行録全集》更好地發揮效用，因此將發現的問題進行整理，希望能對燕行録的使用者有一些幫助。

本文考訂對象主要爲燕行録作者、作者生卒年及使行時間。先列出《燕行録全集》卷册中的作者、作者生卒年、篇名等目録原文，並標明頁碼范圍；再以“按”字引出考訂内容①。

①夫馬進先生在其《日本現存朝鮮燕行録解題》（文載《京都大學文學部研究紀要》第42號，2003年3月）中已指出了《燕行録全集》的部分錯誤，如：第五十九册所收洪景海撰《隨槎日録》，非燕行使而是前往日本的通信使的記録（頁189、235）；第九十册收録的憲宗十五年（道光二十九年）撰者未詳的《燕行日録》，是編集的清朝的上奏文或上諭，并非燕行録（頁202）；李廷龜《東槎録》（第十一册所收）、鄭太和《西行記》（第十九册所收）等，是爲迎接中國詔使、僅在朝鮮國内的旅行記録（頁235）。撰者及燕行年代未詳的《燕薊紀略》（第九十八册），根據《同文彙考補編》“使行録”可知作者爲李容學，燕行年代爲高宗十三年（光緒二年，1876）（頁236）。此數條結論很明了，本文將不再一一考訂。另外數條，如：撰者及燕行年代未詳的《燕薊紀程（燕紀程）》（第九十八册所收），作者爲朴思浩（頁235）；第六十九册金相國《燕行贐行帖》爲金在魯燕行時他人的送别詩集，第五册李準《燕槎贐詩》爲英祖五年（雍正七年，1729）宋成明燕行時他人的送别詩（頁236），此數條本文將稍加論述，以證明夫馬進先生的結論。

一、《燕行録全集》卷四：裴三益（1534—1588）《裴三益日記》（頁53-169）

按：《裴三益日記》由兩部分組成，第一部分頁53-122爲燕行日記，第二部分頁123-169是作者任黄海道觀察使時的日記，非燕行記事。

二、《燕行録全集》卷四：金玏（1539—1612）《朝天録》（頁523-528）

按：此處金玏生卒年有誤。

據《栢岩先生年譜》記載，金玏生於嘉靖十九年庚子（1540）三月九日，卒於萬曆四十四年丙辰（1616）十一月十六日，享年七十七歲①。

萬曆三十年、宣祖三十五年壬寅（1602），金玏以冬至正使赴明，副使金時獻，書狀宋錫慶。

三、《燕行録全集》卷五：權悏（1542—1618）《石塘公燕行録》（頁1-107）

按：此處權悏生年有誤。

關於權悏的生年，《紀年便考》云："明宗癸丑（1553）生，……光海戊午（1618）卒，年六十六。"②趙絅《贈領議政吉昌府院君權公神道碑銘并序》云："戊午（1618）正月二十七日啟手足于正寢，距其生嘉靖癸丑（1553），壽六十六。"③二者一致，與《燕行録全集》目録中所標生年則相去甚遠。

四、《燕行録全集》卷五：李準（1545—1624）《燕槎贐詩》二種（頁507-600）

按：兩種《燕槎贐詩》都是宋成明赴燕時他人的送別之作，與李準無關。

燕行贐詩爲朝鮮使臣或從人赴燕時，他人的送別之作，據"奉贐宋學士君集令公燕行"（頁508）、"君集以吏部侍郎充謝恩副价"（頁543）所言，此行宋君集其人以謝恩副使赴燕。又送別時間都爲己酉仲秋或八月上澣，則使行時間爲己酉年八月。

在送行作品中有李時恒、蔡仲耆、吴光運等人的詩或序。李時恒，字士常，生於顯宗壬子（1672），卒於英祖丙辰（1736）④；吴光運，生於肅宗十五年己巳（1689），卒於英祖

①金玏《栢岩集》附《栢岩先生年譜》，《韓國文集叢刊》（50），頁150-155。

②朴羲成《紀年便考》卷一七，韓國精神文化研究院藏本。

③趙絅《龍洲遺稿》卷一九，《韓國文集叢刊》（90），頁353。

④見《人物考》，載李相殷編《韓國歷代人物傳集成》（4），民昌文化社，1990年，頁3064。

乙丑（1745）[①]。蔡仲耆，即蔡彭胤，字仲耆，號希庵，生於顯宗己酉（1669）[②]，卒於英祖辛亥（1731）[③]。由上述三人的生卒年，可知使行的己酉年爲英祖五年（1729）。據《使行録》[④]記載：是年八月初十日，有謝恩行，正使驪川君增，副使吏曹判書宋成明，書狀官兼執義尹光益[⑤]。《號譜》云："宋成明，字聖集，一字君集，號松石軒。"[⑥]則宋君集即宋成明，《燕槎贐詩》二種都是宋成明在1729年以謝恩副使赴明時親屬及同僚的送别之作。

五、《燕行録全集》卷七：許篈（1551—1588）《朝天録》（頁269-589）

按：此處所謂的許篈《朝天録》由頁271-426許篈的《乙丙朝天録》[⑦]與頁427-589許篈《荷谷朝天記》的一部分混雜而成。

六、《燕行録全集》卷八：黄汝一（1556—？）《銀槎録詩》（頁187-242）；黄汝一（1556—？）《銀槎録》（頁243-450）

按：黄汝一卒年應爲1622年。

黄汝一子黄中允（1577—1648）的《東溟先生文集》卷八附録，有金常壽所作《家狀》，言黄中允於"壬戌（1622）二月歸覲先府君……四月，丁先府君憂……"[⑧]，則黄汝一卒年當在光海君十四年壬戌1622年。

七、《燕行録全集》卷十三：許筠（1569—1618）《己酉西行録》（233-256）

按：此記行作品非燕行記事。

①趙顯命《歸鹿集》卷一六《贈吏曹判書吴公神道碑銘》云："公以肅廟十五年己巳八月二十三日生，……乙丑七月二十一日，以微疾卒于藥峴舊第，壽五十七。"《韓國文集叢刊》（213），頁9-11。

②《紀年便考》卷二八："蔡彭胤，平康人。……顯宗己酉生，字仲耆，號希庵，又恩窩。"

③《英祖實録》卷三〇英祖七年十二月戊午（二十九日）："前參判蔡彭胤卒。彭胤自六七歲以神童名，十九進士，二十一登第，以翰林選讀書堂。肅宗常使掖隸變服隨其後，每一篇出輒謄入大内，於是詩名震一世。中年以後屏居田野，益肆力文章，其詩汪洋壯嚴。英宗朝，官至藝文提學，六十三卒。有《希菴集》二十九卷行于世。"《朝鮮王朝實録》（42），頁293。

④《使行録》原載《同文彙考補編》卷七，收入《燕行録全集》卷二十七，下文引用《使行録》只標明其在卷二十七中的頁碼。

⑤《使行録》，頁261。

⑥載《朝鮮人名辭書》，景仁文化社，1989年，頁377。

⑦見崔康賢整理《乙丙朝天録》，國立中央圖書館，2005年。

⑧《韓國歷代文集叢書》（303），頁640-641。

八、《燕行録全集》卷十五：李景稷（1577—1640）《赴瀋日記》（頁383–447）

按：作者應爲李景嚴。

據日記記載，此次赴瀋之行在辛巳，正使元斗杓，副使李□，書狀郭聖龜（頁385–386）。考《使行録》：辛巳（1641年）九月二十一日，有節使兼冬至使行，正使右參贊元斗杓，副使判尹李景嚴，書狀官禮曹正郎郭聖龜①。使行名單與日記的記載一致，則此次使行在崇德六年、仁祖十九年辛巳（1641），副使爲李景嚴。《燕行録全集》目録以日記的作者爲李景稷，《仁祖實録》卷四一仁祖十八年（1640）七月戊戌（十九日）云："江華留守李景稷卒。"②則李景稷已於上年去世，不可能參加此次使行，更不會是日記的作者。

日記又云："朝食後，正使率弟前縣監斗樞、子老耈來會俺所館處，書狀及主倅萬古命齎閔渟亦同參。"（頁410）則日記的作者不是正使與書狀，"俺"即作者當爲副使李景嚴。李景嚴爲李好閔之子，襲封延川君③，日記最後附注云："元原平、郭司果後嗣幾人，二公與我祖延川君赴瀋路一千六百六十五里，所相善者，宜如何哉？延川君著赴瀋録，看此欲與原平暨司果子孫見而問之。"（頁447）明言延川君李景嚴著《赴瀋日記》。文中李景嚴的名字只書姓，當因此日記爲李氏後人刊印或抄録，爲避家諱缺省。目録中將李景稷與李景嚴混淆，與文中李□下的小注有關，注云："子陵，石門，己卯（1579）生。辛丑司馬。"（頁385）石門實爲李景稷號④。

九、《燕行録全集》卷十七：洪翼漢（1586—1637）《花浦先生朝天航海録》（頁109–323）

按：《燕行録全集》卷十七的目録缺此篇，當補。

十、《燕行録全集》卷十七：洪翼漢（1586—1637）《花浦西征録》（頁325–395）

按：《花浦西征録》非燕行作品。

十一、《燕行録全集》卷十八：吴（肅羽）（1592—1634）《燕行詩》（頁11–77）；
《燕行録全集》卷七十八：李承輔（1814—？）《燕行詩》（頁11–27）

①《使行録》，頁197。

②《朝鮮王朝實録》（35），頁95。

③見《榜目》，載《朝鮮人名辭書》，頁645。

④《紀年便考》卷二二："李景稷，德泉君厚生六世孫，郡守惟侃子，準八寸弟。宣祖丁丑（1577）生，字尚古，號石門。金長生門人，又學於李恒福，恒福視如子。辛丑生進壯俱中，乙巳登文科，歷翰林。……庚辰（1640）病疽，卒于沁留任所，年六十四，贈領相，謚孝敏。"

按：卷十八的《燕行詩》爲李承輔作，與吴（肅羽）無關。

在這組燕行詩作中有《和副使趙惠人寧夏韻》、《灣上次成竹澗仁鎬韻》（頁24），《迎水寺店次俞尚書章煥乙丑冬行時韻》（頁30）、《示硯農書狀》（頁44），則此次使行在乙丑俞章煥使行之後，同行者有副使趙寧夏號惠人，書狀號研農者，及成仁鎬號竹澗者。考《使行録》：同治三年（1864）十月二十日，謝恩兼冬至行，正使俞章煥，副使尹正求，書狀張錫駿。乙丑（1865）四月初八日復命[①]。此後以趙寧夏爲副使的使行爲同治八年己巳（1869）的冬至兼謝恩行，正使李承輔，書狀官趙定熙[②]。根據詩作的唱和情況，作者當爲正使李承輔。

卷七十八所收李承輔《燕行詩》，只有目録無詩作，目録與卷十八題爲吴（肅羽）的《燕行詩》完全一致。又題爲吴（肅羽）的《燕行詩》原載《石山遺稿》卷二，吴（肅羽），字肅羽，號天坡，有《天坡集》傳世，則《石山遺稿》非吴氏作品。卷七十八另有成仁浩《游燕録》，序云："《游燕録》即吾先祖考竹澗公，在昔己巳之年，從故尚書石山李公、惠人趙公燕行古跡，而歲久殘缺滿篇蠹蝕縝絡如篆，此皆公於路上隨事自抄之辭也。"（卷七十八，頁30）則成仁浩（鎬）曾隨李承輔、趙寧夏赴燕，李承輔號石山，可知《石山遺稿》當爲李承輔文集。由此亦可斷言《燕行詩》的作者爲石山李承輔。

十二、《燕行録全集》卷十九：作者未詳（？—？）《朝天日乘》（頁79-130）

按：作者爲李恒福。

此燕行録即將第八卷李恒福《朝天日乘》與《朝天記聞》合二爲一，内容相同，都只有叙述文字，無詩作。這一版本中稱清人爲"胡"的内容被删去。如十二月二十四日，第八卷爲"有董提督一元征胡大捷碑"（卷八，頁477）此處云："有董提督一元征　大捷碑。"（頁85）

十三、《燕行録全集》卷十九：鄭太和（1602—1673）《己丑飲冰録》（頁315-351）

按：即己丑朝天録，與同卷頁132-163鄭太和《陽坡朝天録》記載的己丑朝天内容相同，多一"使行名單"。順治六年、仁祖二十七年己丑（1649），鄭太和以進賀兼謝恩正使赴燕，副使尹汝鈺，書狀官睦行善，三月二十日辭行，六月二十九日復命。

---

①《使行録》，頁354。

②同上，頁357。

十四、《燕行録全集》卷十九：鄭太和（1602—1673）《壬寅飲冰録》（頁354-418）

按：即壬寅朝天録，與同卷頁164-221鄭太和《陽坡朝天録》記載的壬寅朝天内容相同，多一“使行名單”。康熙元年、顯宗三年（1662），鄭太和以進賀兼陳奏正使赴燕，副使許積，書狀官李東溟，七月二十六日辭行，十一月還。

十五、《燕行録全集》卷二十：李祚永、李馨郁（？—1605？）《燕行日記》（頁111-199）

按：作者爲李馨郁。

作者云：“萬曆三十三年乙巳（1605）四月二十一日，以千秋使奉辭燕行，書狀官俞昔曾，字而省。”（頁113）真正出發時間爲四月二十四日（頁116）。《宣祖實録》卷一八七宣祖三十八年五月丁丑（初四日）記載：“上御别殿，親行聖節、謝恩拜表禮。（聖節使禹俊民、謝恩使姜籤、書狀官俞昔曾）”①。這與作者自稱“以千秋使奉辭燕行”不同，俞昔曾此時爲聖節、謝恩兩行書狀官。日記又云：“（五月二十二日，留義州）聖節使禹俊民、謝恩使姜籤、書狀官申慄來到。”（頁127）可知是時千秋使、聖節使、謝恩使三行差不多同時出發，俞昔曾改派爲千秋使行書狀，而由申慄充當聖節、謝恩兩行書狀。作者又云：“萬曆三十三年四月二十一日以赴京未遠，大司諫遞差事入啟，傳曰允”（頁115），則此人在使行前爲大司諫。《宣祖實録》卷一八五宣祖三十八年三月丙戌（十二日）記載：“李馨郁爲大司諫。”②此後《宣祖實録》卷一八六宣祖三十八年四月丙寅（二十二日）記載：“以成以文爲大司諫。”③正與《燕行日記》的記載吻合，則日記作者當爲李馨郁，李祚永不知爲何許人。

《燕行録全集》此卷題爲李祚永、李馨郁的《燕行日記》即卷五所收李馨郁《燕行日記》。《紀年便考》卷十七云：“李馨郁，敬寧君裶五世孫，洪子，睟光族兄。明宗辛亥（1551）生，字德懋，號蘭皋。宣祖甲午登别試，歷大諫，階止資憲，入耆社。仁祖辛未（1631）卒，年八十一。子熽。”《燕行録全集》卷五載其生卒年爲1551—1630，略有不同。

十六、《燕行録全集》卷二十：鄭○○《庚戌朝天日録》上下（頁409-647）

按：作者爲鄭士信。

此燕行録即《燕行録全集》卷九鄭士信的《梅窓先生朝天録》。此處後附使行名單云：“正使俞大禎，副使鄭○○，書狀金時讓”（頁643），《梅窓先生朝天録》使行名單爲

①《朝鮮王朝實録》（25），頁62。

②同上，頁42。

③同上，頁57。

“正使俞大禎，副使鄭士信，書狀金時讓”（卷九，頁385），使行人員一致，朝天録的内容也一致，唯此處的朝天録比第九卷的少序跋及贈行詩。萬曆三十八年、光海君二年庚戌（1610）八月初三日，鄭士信以冬至副使赴明，正使俞大禎，書狀金時讓。

十七、《燕行録全集》卷二十一：許積（1610—1680）《燕行録》（頁111-255）

按：作者爲孟冑瑞。

此燕行録内題爲《曾祖考燕行録》。作者云：“九月二十日。丁酉。……曉起，詣闕謝恩。上使右議政許積、副使刑曹參判南翼龍先後來詣。”（頁115）以許積、南龍翼爲正副使的使行，據《使行録》記載：康熙五年丙午（1666），九月二十日謝恩兼陳奏行，正使右議政許積，副使右參贊南龍翼，書狀官掌樂正孟冑瑞①。又《顯宗實録》卷一二顯宗七年（1666）九月丁酉（二十日）云：“謝恩兼陳奏正使許積、副使南龍翼、書狀孟冑瑞如燕，上引見。”②與燕行録的内容完全吻合。作者云：“九月二十日。丁酉。……曉起，詣闕謝恩。上使右議政許積、副使刑曹參判南翼龍先後來詣。……上副使先發，余次第登途。”（頁115）可見作者非正副使，而爲書狀孟冑瑞。

十八、《燕行録全集》卷二十三：南龍翼（1628—1693）《曾祖考燕行録》

按：作者爲孟冑瑞。

此燕行録即《燕行録全集》卷二十一題名許積的《燕行録》，實爲孟冑瑞的《曾祖考燕行録》。詳見第十七條考訂。

十九、《燕行録全集》卷三十：李宜萬（1650—1736）《農隱入瀋記 上中下》（頁55-501）

按：作者非李宜萬，而爲李田秀。

《行中座目》記載的使臣名單爲：聖節兼問安正使李□，副使吴載純，書狀尹矆（頁59）。作者又云：“上之八年四月伯父承瀋陽問安使之命，以六月十三日癸酉發程，吾與仲兄陪行。”（頁71）考《使行録》：“乾隆四十八年六月十三日聖節兼問安行起居幸瀋，十月十五日復命：正使右議政李福源，副使吏曹判書吴載純，書狀官司僕正尹矆”③，二者使行名單一致，燕行録中李福源的名字只書姓，當是避家諱。時間上《使行

①《使行録》，頁220。

②《朝鮮王朝實録》（36），頁526。

③《使行録》，頁295。

録》爲"乾隆四十八年"即正祖七年(1783),《入瀋記》爲"上之八年",似有不同。正祖於乾隆四十一年(1776)三月即位[①],如從即位年算起,則爲"上之八年"。可見《入瀋記》即是對1783年問安行的記載。作者稱正使李福源爲"伯父",又多次提及"仲兄",《行中座目》又有李晚秀、李田秀二人(頁59–60)。如能證明李福源與李晚秀、李田秀之間的關係,則"吾、仲兄、伯父"各有對應,燕行録的作者也就迎刃而解了。

李福源《雙溪遺稿》卷八《先府君行狀》云:"先府君諱喆輔。字保叔。……男長福源前參判。女適奉事朴仁榮。二男祖承有才氣。七齡而夭。三男學源前縣監。福源子時秀生員,晚秀。女適金思義。朴仁榮子命圭,正圭,秉圭。女適金永年,李勉求。學源兩子幼。"[②]李福源有子二人:時秀與晚秀;福源弟學源亦有子二人,皆年幼。可確知李晚秀爲李福源之子,並在同輩中排行第二。

正祖《弘齋全書》卷六《内苑賞花釣魚并小序》云:"設閣既用天章故事,每春與閣臣賞花。昨歲領相洪樂性請以齒與是筵,許之,仍與約曰:明年有意須更來。是春季望,閣臣會于宙合樓,展審御真。予臨芙蓉亭,召諸人及其子若弟之曾與是游者。惟原任提學蔡領樞濟恭,原任直提學金判樞憙,鄭致愚最愚民始姪,徐有聲鼎修從姪,南星耉公轍從姪,金明淳祖淳從兄,李田秀福源姪,潞秀性源姪,趙鎮球璥子。……"[③]明言李田秀爲李福源之姪。同上《芙蓉亭賞花釣魚,迭前韻并小序》也注明"李田秀福源姪"[④]。李晚秀《屐園遺稿》卷九有《祭從弟田秀文》[⑤],則李田秀爲李福源姪,李晚秀從弟。所以伯父爲李福源,仲兄爲李晚秀,吾即作者爲李田秀。

《凡例》云:"是書草稿元有《西游記》、《萬泉録》二種,《西游記》乃吾所草也,自渡江後記日用凡事,《萬泉録》即仲兄所草也,自逢張裕昆後記往來酬醋(措)者。今此所録合以一,之《萬泉録》則不敢大有增損,而惟於余曰卯君曰處當爲换書,而三人鼎話之際,誰問誰答初無論序,且如論一事而仲兄問其首余問其尾之類甚多,故只於專屬其人則方稱仲兄曰余曰,其他則但書書問曰問曰,蓋兩人之言即同一意故也。"(頁67–68)則原書草稿有李田秀《西游記》與李時秀《萬泉録》二種,後合二爲一。《萬泉録》主要記載入瀋陽後與張裕昆等的交流酬應,現《農隱入瀋記》有《白塔堡次查古薌畫扇韻》(頁443)、《與卯君以一律四絶兼黄白花箋二十葉作小札送萬泉》(頁445)、《裕昆真贊並

①《正祖實録》卷一正祖即位年三月辛巳(初十日):"丙子,英宗薨,越六日辛巳,王即位于慶熙宫之崇政門。"《朝鮮王朝實録》(44),頁561。

②《韓國文集叢刊》(237),頁178。

③《韓國文集叢刊》(262),頁92。

④同上,頁99。

⑤《韓國文集叢刊》(268),頁383。

序》（頁447）、《重陽日小酌示張裕昆》（頁449）、《留別裕昆》（頁450）、《臨別又贈》（頁452）等李晚秀的詩作，以上作品也收入了李晚秀《屐園遺稿》卷一二《輶車集》，可知原爲《萬泉録》中的内容。

二十、《燕行録全集》卷三十四—三十五：洪致中（1667—1732）《燕行録》（頁455-539，頁11-104）

按：作者爲柳命天，非洪致中。

唯卷三十四頁457-487爲燕行詩作，其他非燕行作品。頁489以後爲《烏川録》，有《次洪重遠示韻兼寄大玉》一詩（頁507），後附作者原詩，署名洪致仲；頁512亦附署名致仲的詩作，雖然"洪致中"與"洪致仲"略有不同，亦可推想《燕行録》的作者不當爲洪致中。又燕行詩作多與書狀的唱和之作，則作者應爲正使或副使，考《使行録》所載使臣名單，並無洪致中其人。由以上兩點可大致斷定洪致中非此《燕行録》的作者。

燕行詩中有《酒席録呈海伯沈君涉橃》（頁458）一首，海伯是黄海道觀察使的别稱①，則沈橃其人此時爲黄海監司，據《肅宗實録》記載，沈橃於肅宗十九年（1693）九月十三日被任命爲黄海道觀察使，十八日辭朝赴任，至次年（1694）四月被遠竄②。則燕行録作者只能在此期間與沈橃在黄海道相見。又燕行録中有《正朝往參朝賀》（頁475）一詩，則使行可能爲三節年貢行，從朝鮮赴燕的時間應在1693年十月至十一月間。考《使行録》：1693年，即康熙三十二年癸酉十一月初三日有三節年貢行，正使左參贊柳命天，副使禮曹參判李麟徵，書狀官兼持平沈枋③。已知作者不爲書狀，則爲正使柳命天或副使李麟徵。

詩中又有《到松都録呈舍弟禮判》一首及其弟的和詩（頁457），可知作者之弟時爲禮曹判書。假定作者爲正使柳命天，《紀年便考》卷二八云："柳命賢，命天弟，字士希，號静齋。顯宗庚子進士，癸丑魁庭試。歷銓郎、舍人、副學、提學、吏判，官止判義禁。"則柳命天有弟柳命賢。柳命賢在肅宗十八年（1692）一月曾被任命爲禮曹判書④，後又曾任大司成、吏曹參判，至肅宗十九年（1693）十月十六日升義禁府判事，二十七日被任命爲弘

①《朝鮮人名辭書》附《官廳别號表》：黄海道觀察使又有監司、海營、海伯之稱。頁11。

②《肅宗實録》卷二五肅宗十九年九月甲寅（十三日）："以沈橃爲黄海道觀察使。"同上九月己未（十八日）："黄海道觀察使沈橃辭朝，引見勉諭而遣之。"（《朝鮮王朝實録》〔39〕，頁287）。《肅宗實録》卷二六肅宗二十年四月癸未（十六日）："遠竄者，金邦杰、金鼎臺、沈橃、鄭善鳴也。"（《朝鮮王朝實録》〔39〕，頁301）

③《使行録》，頁238。

④《肅宗實録》卷二四肅宗十八年正月丁卯（十七日）："以柳命賢爲禮曹判書。"《朝鮮王朝實録》（39），頁259。

文館提學[①]，《經國大典》云義禁府“堂上官四員，以他官兼”、弘文館“提學以上以他官兼”[②]，則二者都非實職。在禮曹判書、大司成、吏曹參判三職中，禮判爲正二品，後二者爲從二品，是以柳命天在此舉其最高職務，稱“禮判”，此爲一種可能。另一種可能，《肅宗實録》是年十一月十三日又有記載云：“命移囚營下，因禮曹判書柳命賢言，贈李壽慶當品文職。”[③]則在此日之前柳命賢又被再次任命爲禮判。柳命天十一月初三日出發，行至松都已得知柳命賢任禮判，所以詩題爲“呈舍弟禮判”。

柳命天另有《燕行日記》一種，收入《燕行燕全集》卷二十三，將日記與燕行詩參證，可提供更充分的證據。如：

例一：《燕行録》有《到平山主倅權處經受由上京，偶吟録呈》一詩（頁458），《燕行日記》云：“初六日，……金川主倅朴以興、平山主倅權處經受由上京，皆來見。（卷二十三，頁418）

例二：《燕行録》有《酒席録呈海伯沈君涉襏》一詩（頁458），《燕行日記》云：“初八日，……到黄之夕，海伯沈君燮來到，仍設小酌，未免沉醉。”（卷二十三，頁419）一爲“海伯沈君涉”，一爲“海伯沈君燮”，似有不同，但“燮”字字體明顯不同，可能是原文殘缺，後人補録，以致有誤。

例三：《燕行録》有《箕城録示李甥洪大玉》一詩（頁458），《燕行日記》云：“初十日，留平壤。……席間永柔洪大玉追到，與通判同宿。”（卷二十三，頁420）箕城爲平壤别稱，則詩與日記中的人名、地名一致。

如上面的例子在卷三十四署名洪致中的《燕行録》與卷二十三柳命天的《燕行日記》中還有很多，不再一一例舉。因此卷三十四的《燕行録》亦是柳命天的作品。

二十一、《燕行録全集》卷三十六：趙榮福（1672—1728）《燕行録》（頁139-442）

按：作者爲閔鎮遠。

此燕行録即《燕行録全集》卷三十四所收閔鎮遠（1664—1736）《燕行日記》，内容完全相同。康熙五十一年、肅宗三十七年壬辰（1712），謝恩行，謝停白銀豹皮，正使錦平尉朴弼成，副使禮曹參判閔鎮遠，書狀官執義柳述。二月二十二日辭行[④]。

①《肅宗實録》卷二五肅宗十九年十月丙戌（十六日）：“柳命賢陞拜判禁義。”同上十月丁酉（二十七日）：“以柳命賢爲弘文提學。”《朝鮮王朝實録》（39），頁288。

②《經國大典》卷一《吏典》，首爾大學校奎章閣，1997年，頁46、56。

③《肅宗實録》卷二五肅宗十九年十一月壬子（十三日）。《朝鮮王朝實録》（39），頁288。

④《使行録》，頁248。

二十二、《燕行録全集》卷三十七：李喆輔（1691--？）《燕槎録》（頁303–414）

按：李喆輔卒年爲1770年。

李福源《雙溪遺稿》卷八《先府君行狀》云："先府君諱喆輔，字保叔。……以辛未（1691）九月二十四日卯時生。……（庚寅）（1770）竟以六月十五日己丑辰時易簀于駱下寢。"[①]則其生卒年爲1691—1770。

李喆輔曾兩次赴燕，此《燕槎録》即爲兩次使行的詩作，頁304–399爲第一次燕行作品，乾隆二年、英祖十三年丁巳（1737），陳奏兼奏請正使府判事徐命均，副使司直柳儼，書狀執義李喆輔，七月二十五日辭朝，十二月二十八日復命[②]。頁399–414爲第二次燕行作品，乾隆十二年、英祖二十三年丁卯（1747），三節年貢兼謝恩行，正使洛豐君楙，副使禮曹判書李喆輔，書狀官執義趙明鼎，十一月初六日辭行，戊辰四月二十九日復命[③]。

二十三、《燕行録全集》卷三十八：金舜協（1693—1732）《燕行録》（頁165–480）

按：作者云："臣舜協猥參冬至謝恩使將赴燕京。當寧己酉八月初十日將拜表。"（頁170）考《使行録》："雍正七年（己酉）八月初十日謝恩行：正使驪川君增，副使吏曹判書宋成明，書狀官兼執義尹光益。"[④]與作者所言時間一致。又云"上使則又受別賞而起朝鮮宗室爲上使，則例有別賞"（頁411），上使爲朝鮮王室成員與驪川君增的身份亦吻合，可確知金舜協當是在雍正七年、英祖五年己酉（1729）隨謝恩使行赴燕。

金載石《五友堂金公遺稿序》云："英廟己酉（1729）海恩君吴公命恒以冬至使選任幕佐，非無其人，而特眷眷致書於五友堂金公舜協而帶行。"（頁166）據《英祖實録》卷十九英祖四年（1728）九月丁巳（十日）記載："右議政吴命恒卒。"[⑤]趙顯命《海恩府院君行狀》亦云："海恩府院君右議政吴公以戊申九月九日捐館。"[⑥]則吴命恒不可能參與此次使行。金載石之誤源於金舜協在《燕行録》中多次提及"海恩君"其人。如："初十日，曉起，與海恩叔詣闕肅拜，同被私覿。"（頁170）"臣以孤露餘生，惟兄弟叔姪相依而又且多疾病，遠入彼中或有疾恙之時，行中非無褊裨諸人，然其於顧護之道莫如同室中人，故敢以與海恩君同途之意猥越稟達矣。聖慈曲從，至有依施之

①《韓國文集叢刊》（237），頁173–177。

②《使行録》，頁267。

③ 同上，頁273。

④ 同上，頁261。

⑤《朝鮮王朝實録》（42），頁81。

⑥趙顯命《歸鹿集》卷一七《海恩府院君行狀》。《韓國文集叢刊》（213），頁41。

教，誠惶感激，罔知所措。”（頁171）則金舜協所言“海恩君”爲其親族，非海恩府院君吴命恒。

二十四、《燕行録全集》卷三十九：作者未詳（?—?）《燕行日録》（頁11–83）

按：此《燕行日録》作者爲鄭光忠。

據日録記載，此次使行於乙亥十一月二十九日至九連城（頁12）。又云：“聞彼人之言，則乾隆有子七人，第一第二早死，第三年二十，第四年十八，第五年十五，餘則幼。今九月第三四五三人以謁陵事來到瀋陽，畢謁後，因爲打圍，十月十三日自瀋陽還京云。”（頁23）則日録中所言“乙亥”當爲1755年，即乾隆二十年、英祖三十一年。考《使行録》：是年有謝恩兼三節年貢行，正使海蓬君橉，副使司直鄭光忠，書狀執義李基敬。十一月初八日辭朝，丙子四月初七日復命[①]。初八日辭行，二十九日至九連城，行程也大致吻合。

又作者一行於十二月二十八日至北京，“到朝陽門，則門外有一大刹，即東嶽廟云。入廟内坐歇，則上使、書狀次第來到。而謝行三使臣俄而出來，行中亦爲隨到。久離京國之餘，相逢故人於異域之中，其喜固不可量，而況上使之於謝恩上使即親兄弟也，其懷豈特如我而已哉。”（頁44）可知是年在三節年貢行稍前有謝恩行，二使團在北京相遇。《使行録》記載：“乾隆二十年十月十八日，進賀兼謝恩行，正使海運君槤，副使吏曹判書黄景源，書狀官兼執義徐命膺。”[②]海運君槤與海蓬君橉爲兄弟，與作者的記載一致，亦可證明此乙亥爲1755年。所以此《燕行日録》當是對乾隆二十年乙亥（1755）十一月出發的三節年貢兼謝恩行的記載。

日録云，使行至九連城，“飯後，與上使書狀各分陪行騎馬由南門出行五里到鴨緑江邊”（頁12）。丙子（1756）二月初八日，先至北京的謝恩行要回國，“謝使離發，故與上使同往朝陽門外握别三使而歸。書狀則以病不往焉。”（頁64）則作者應爲三節年貢行副使鄭光忠。

二十五、《燕行録全集》卷三十九：作者未詳（？—？）《閑閑堂燕行録》（頁187–274）

按：此燕行録的作者爲孟萬澤。

文中記載使臣在“辛巳九月二十九日”辭行，來送行者有閔鎮厚（1659—1720）、李台佐（1660—1739）、李健命（1663—1722）等人（頁188），據此三人的生卒年，則“辛巳”

①《使行録》，頁279。

② 同上，頁279。

當爲1701年，即康熙四十年、肅宗二十七年。考《使行録》：是年九月二十九日有告訃使（告仁顯王妃升遐）行，正使禮曹參判宋廷奎，書狀官兵曹正郎孟萬澤[①]。作者云"正發，余則以霧氣未收之故，恐有沾濕之患，日出後起行"（頁190），則作者應爲書狀官孟萬澤。

此種燕行録内容可能有殘缺，頁263關於辛巳十二月二十四丙子的記載不完全，頁264又轉到"十三日乙未"，疑爲壬午正月十三日，則中間内容有缺漏。

二十六、《燕行録全集》卷三十九：作者未詳（？—？）《燕行日録》（頁341-394）

按：此燕行録作者爲金始焕。

作者云："戊子十一月初一日辭朝。"（頁342）餞行者有領相崔錫鼎（1646—1715），判府事李頤命（1658—1723）等，則"戊子"當爲1708年，即康熙四十七年、肅宗三十四年。據《使行録》記載：是年十一月初一日有三節年貢行，正使閔鎮厚，副使金致龍，書狀官金始焕[②]。作者云："初十日，與上副使相會於順安。"（頁343）且燕行詩作中多有正副使作品，如《宣川次正使韻》、《次副使韻》（頁346），則作者應爲此行書狀金始焕。

二十七、《燕行録全集》卷四十一：金種正（1722—1787）《瀋陽日録》（頁177-223）

按：作者應作金鍾正。

《英祖實録》卷一〇三英祖四十年正月己巳（十七日）："以金鍾正爲鳳城參核使，以灣民前有潛越事也。"[③]《使行録》記載：乾隆二十九年、英祖四十年甲申（1764）三月初七日參覈行，會查殺越，使刑曹參議金鍾正，七月復命[④]。《乘槎録》記載：甲申使參議金鍾正參覈，三月初七日辭朝[⑤]。三者一致，則作者名字的正確書寫應爲金鍾正。

二十八、《燕行録全集》卷五十八-五十九：李在學（1745—1806）《燕行記事元亨利貞》（頁255-564，頁11-249）

按：作者爲李坤。

此燕行録即《燕行録全集》卷五十二—五十三所收李坤《燕行記事》，内容相同。

---

①《使行録》，頁243。

②同上，頁246。

③《朝鮮王朝實録》（44），頁156。

④《使行録》，頁285。

⑤《乘槎録》，《燕行録全集》卷二十七，頁459。

作者云："丁酉七月十一日政，冬至兼謝恩副使首擬受點。二十六日，與正使河恩君垙，書狀官李在學，行會同坐於惠民署。"（頁256）據《使行録》記載：乾隆四十二年、正祖元年丁酉（1777），有進賀謝恩陳奏兼三節年貢行，正使河恩君垙，副使吏曹判書李𡊠，書狀官兼執義李在學，十月二十六日辭朝，戊戌三月二十九日復命[①]。作者明言爲此行副使，當爲李𡊠，而非李在學。

李在學於乾隆五十八年、正祖十八年癸丑（1793）十月二十二日，以三節年貢兼謝恩副使赴燕，正使黄仁點，書狀鄭東規，甲寅三月二十日復命[②]。李在學此行另有《燕行日記》，已收入《燕行録全集》卷五十八。

二十九、《燕行録全集》卷六十：柳得恭（1749—？）《燕台録》（頁191-258）

按：與同卷的《燕台再游録》同。

柳得恭曾兩次赴燕，第一次在乾隆五十五年、正祖十四年庚戌（1790），是年五月二十七日，朝鮮有進賀兼謝恩行，正使黄點仁，副使徐浩修，書狀李百亨，柳得恭爲此行檢書，隨使團入北京。第二次在嘉慶六年、純祖元年辛酉（1801），是年二月十二日朝鮮有謝恩使行，正使趙尚鎮，副使申獻朝，書狀申絢[③]。柳得恭此次亦隨使團赴清，並有紀行詩，因是第二次赴燕，所以稱爲《燕台再游録》。

三十、《燕行録全集》卷六十一：作者未詳（？—？）《燕行日録》（頁11-83）

按：作者鄭光忠。

此燕行録即《燕行録全集》卷三十九所收《燕行日録》，作者爲鄭光忠。詳見第二十六條考訂。

三十一、《燕行録全集》卷六十一：李肇源（1758—1832）《黄梁吟》（頁112-534）

按：燕行之作爲頁258-355、頁406-428的部分，其他皆非燕行内容。

李肇源曾兩次赴燕。第一次在嘉慶二十一年、純祖十六年丙子（1816），爲冬至兼謝恩行正使，副使李志淵，書狀朴綺壽。十月二十四日辭行，丁丑三月二十八日復命[④]。《純祖實録》卷一九純祖十六年十月己亥（二十四日）亦云："召見冬至正使李肇源，副使李

①《使行録》，頁292。

② 同上，頁302。

③ 同上，頁300、307。

④ 同上，頁317。

志淵，書狀官朴綺壽，辭陛也。”[①]在頁286有《副使李心一志淵談夢，戲以一律嘲之》一詩，則頁258–355大略爲丙子（1816）燕行之作。第二次在道光元年、純祖二十一年辛巳（1821），李肇源以進賀兼謝恩行正使赴燕，副使宋冕載，書狀洪益聞。正月初七日辭行，六月初二日復命[②]。頁413有《遼陽次少行人洪多卿益聞》一首次副使洪益聞之作，則頁406《松京感吟》至頁428《憶遠人》當爲辛巳（1821）燕行之作。

三十二、《燕行録全集》卷六十二：作者未詳（？—？）《庚辰燕行録》（頁11–158）

按：此燕行録作者爲徐命臣。

作者云：“庚辰七月二十四日，……與正使海運君漣（槤），書狀官趙懣率諸譯官同肅拜”（頁12），則此行時間爲庚辰七月，正使海運君槤，書狀趙懣。考《使行録》：乾隆二十五年、英祖三十六年庚辰（1760），有進賀兼謝恩使行，正使海運君槤，副使禮曹判書徐命臣，書狀兼執義趙懣，七月二十四日辭朝，辛巳正月十六日復命[③]。使行時間及使臣名單都與作者的叙述吻合，則《庚辰燕行録》當爲此次使行的記載。

作者又云：“與正使海運君漣（槤），書狀官趙懣率諸譯官同肅拜。……上曰：副使衰矣，向來俞奉朝賀入瀋陽時，豈不有扶掖之事乎？似聞其喘聲而然矣。彼地則雨水如何？臣起對曰：臣得見出來賫咨官手本，則彼地連日經雨，川渠大漲，故處處留住，義州鴨緑江漲溢不得渡，故至於六日野處云矣。今日雨意又如此，方物恐有沾濕之患，以是爲慮矣。”（頁12）可知作者應爲此行副使，即徐命臣。

三十三、《燕行録全集》卷六十二：作者未詳（？—1798？）《燕行録（戊午燕録）》（頁349–447）

按：表題爲《燕行録》，内題爲《戊午燕録》，即同卷所收徐有聞（1762—？）《戊午燕録》，版本一樣。

嘉慶三年、正祖二十二年戊午（1798）十月十九日，朝鮮有三節年貢兼謝恩行，正使判中樞李祖源，副使禮曹判書金勉柱，書狀官掌令徐有聞，己未四月初二日復命[④]。

①《朝鮮王朝實録》（48），頁105。

②《使行録》，頁321。

③ 同上，頁282。

④ 同上，頁304。

三十四、《燕行録全集》卷六十五：金興慶（1766—1750）《燕行詩贈季君》（頁377-449）

按：金興慶卒於英祖二十六年（1750）[①]，其生卒年應爲（1666—1750）。此燕行詩的作者非金興慶，而爲金勉柱。

詩中有《鳳凰城次李譯光稷韻》（頁291）、《曹家牌樓次李譯光稷韻》（頁422）等詩。李光稷中乾隆三十年乙酉（1765）式年譯科[②]，至嘉慶四年己未（1799）即因私遞書簡被"施杖流之律"[③]，則其作爲朝鮮使團譯官往來於清的時間應在此期間。

頁383至頁387有以下數詩題：《到灣府》、《灣館次東岳韻》、《至日漫吟》、《灣館偶吟》，灣館指義州龍灣館，是朝鮮使團在國内的最後一站，此後就要渡鴨緑江進入中國境内，由數詩反映的情況，可知使團在冬至日尚滯留龍灣館，而從京城至龍灣館約需二十多天的時間[④]，則出發的時間當在十月間。使臣完成使命回國在次年的二三月間，行至柵門當在三月中下旬，遇朝鮮派出的進香使團，作者有《送進香副使》（頁441）一詩。考《使行録》，從乾隆三十年至嘉慶四年間，朝鮮只有兩次進香使行，一在乾隆四十二年（1777），使團出發時間爲四月十一日，慰皇太后崩逝，正使河恩君垙，副使李坪，書狀官李在學；一是嘉慶四年（1799），使團出發時間爲三月初三日，以慰乾隆崩逝，正使綾城尉具敏和，副使金履翼，書狀官曹錫中[⑤]。第一次進香使行四月中方出發，與作者在柵門遇見進香副使的時間不符，則作者所遇必是嘉慶四年三月出發的進香團，作者一行當是在上年十月派出的使臣。嘉慶三年、英祖二十二年戊午（1798）十月十九日，朝鮮有三節年貢兼謝恩行，正使李祖源，副使金勉柱，書狀徐有聞，己未四月初二日復命[⑥]。

燕行詩中另有《次正使韻》（頁408）、《次書狀韻》（頁423），則作者非正使與書狀。又頁446有注云："先王考亞使時詩聯。"最後有跋云："右高祖領相公燕行詩律。"

①《英祖實録》卷七一英祖二十六年三月己巳（二十六日）："致仕奉朝賀金興慶卒。"《朝鮮王朝實録》（43），頁366。

②《譯科榜目》卷一："乾隆乙酉（1765）式年，一等三人，二等五人，三等七人。……李光稷，字畊之，乙丑（1745）生，本廣州，漢學教誨正。"民昌文化社，1994年，頁163-165。

③《正祖實録》卷五二正祖二十三年十二月丁未（二十四日）："左議政沈煥之啟言：'使臣之出疆也，如有關於使事，則或不得不呈文禮部。而至於私書相交，邦禁至嚴，前後申明之飭教尤何等嚴重？而賫咨官李光稷以幺麽譯舌，借名首譯，私作書，至登於禮部咨文，事之無嚴莫此爲甚。其在申邦禁杜後弊之道不可尋常處之。李光稷亟下有司，姑爲減死，施以杖流之律。……'從之。"《朝鮮王朝實録》（47），頁226。

④參見左江《清代朝鮮燕行使團食宿考》，載《域外漢籍研究集刊》第三輯，中華書局，2007年5月。

⑤《使行録》，頁295、305。

⑥同上，頁304。

（頁449）則作者爲此行副使金勉柱。燕行詩的第一首爲《贈季君》（頁378），被誤書入整篇的題目。

三十五、《燕行録全集》卷六十七：李鳳秀（1778—1852）《赴燕詩》（頁107-199）

按：此燕行詩原載《襟溪先生集》，卷一爲詩作，卷二爲書信，唯卷一《歲乙丑，家大人奉使赴燕，余將陪往，而適發解南省將赴會圍，不得不落後，乃於榜出後追行，途中口占》（頁118）至《入白塔》（頁127）數首爲燕行之作。

襟溪爲李鳳秀的號[①]，則此《赴燕詩》的作者爲李鳳秀無誤。作者云："歲乙丑，家大人奉使赴燕，余將陪往，而適發解南省將赴會圍，不得不落後，乃於榜出後追行。"（頁118）則"乙丑"當爲嘉慶十年、純祖五年（1805）。考《使行録》，是年赴北京的李姓使臣有：六月十五日的問安使李秉模，此行只到瀋陽，非入燕。十月二十四日謝恩兼冬至使行正使李時秀；十月初三日出發的進賀兼謝恩使行，副使李始源[②]。正祖《弘齋全書》卷六《芙蓉亭賞花釣魚疊前韻并小序》云："内苑賞花，歲以爲課，而是歲之會，與筵者特多焉，識慶年而賁休象也。予御暎花堂，召諸臣入。……直赴李始源以文學特召之，而其父敏輔判敦寧，弟肇源承旨，子鳳秀、鶴秀，姪龍秀，亦與焉。……"[③]則李鳳秀爲李始源之子，以副使子弟於1805年隨父赴燕。

三十六、《燕行録全集》卷六十九：金相國（？—1783？）《燕行贐行帖》（頁287-340）

按：金相國指金在魯。

此是金相國其人使行時，他人的送别之作。頁304有尹鳳朝鳴叔送行詩，尹鳳朝的生卒年爲1680—1761；金相履送行詩又云"戊午七月下澣"（頁297），則使行時間當在乾隆三年戊午（1738）七月下旬以後。據《使行録》記載：是年七月二十五日有進賀謝恩兼陳奏行，正使金在魯，副使金始焕，書狀李亮臣[④]。金相履又云"貞谷相公以上价赴燕"（頁296），則此《燕行贐行帖》是給正使金在魯的贈别之作。金在魯即金相國，因其在英祖

①《朝鮮人名辭書》附《字號謚索引》，頁73。

②《使行録》，頁310-311。

③《韓國文集叢刊》（262），頁99。

④《使行録》，頁268。

十一年乙卯（1735）已官至左議政[①]，是以有相國之稱。《英祖實録》卷九四英祖三十五年（1759）十月壬辰（十五日）："奉朝賀金在魯卒。"[②]其卒年當爲1759年。

三十七、《燕行録全集》卷七十：作者未詳（？—？）《燕行録》（頁11–126）

按：使行時間在1784年，即乾隆四十九年，正祖八年。

文中有"乙巳正月初九日發瀋陽"（頁24）之語，即使團是日方離開瀋陽前往北京，則出發的時間當在甲辰年底。又此行清朝的大通官爲太平保，"通官太平保亦鳳城人也"（頁25），據《朝鮮王朝實録》的記載，太平保爲通官的時間約在1784—1799年之間，則此處的甲辰當爲乾隆四十九年、正祖八年（1784）。據《使行録》：是年十二月十一日有謝恩行，正使錦城尉朴明源，副使吏曹判書尹承烈，書狀官兼掌令李鼎運，乙巳四月十三日復命[③]。《燕行録》記載的行程爲：乙巳二月二十一日從北京發還，三月一日出山海關，四月一日出栅，二日渡鴨緑江，與《使行録》"四月十三日復命"基本吻合。作者又云"月出嘔血台東，陪副价尹公、行台李公散步"（頁29），則副使姓尹，書狀姓李，與《使行録》也一致。可確知此《燕行録》是對1784年十二月謝恩行的記録。

作者自言"余以一書生隨价游燕"（頁73），則非三使臣之一；在四月一日出栅時，"與李公作别，萬里同行，中路先歸，幕次判袂"（頁120），則作者當爲書狀李鼎運隨從，具體身份尚待考。

三十八、《燕行録全集》卷七十四：（1）金士龍（？—1791？）《燕行日記》（頁11–56）；（2）金士龍《燕行録、燕行日記 上下》（頁57–353）；（3）金士龍《燕行日記》（頁355–561）

《燕行録全集》卷七十五：金正中（？—1793？）《燕行録》（頁11–309）

按：這里要考訂的是卷七十四金士龍的三種燕行録與卷七十五金正中燕行録的關係。據考，金士龍即金正中，四種燕行録是同一人對同一次使行的記載。

首先金士龍的（1）與（3）是同一種燕行録，版本雖不同，但叙述文字相同，唯（1）的記載不完整，只到壬子正月初七日。其次金士龍的（2）與金正中的《燕行録》完全相同，版本亦一樣。下面先看看金士龍的（2）與（3）的關係，如：

①《英祖實録》卷四〇英祖十一年（1735）十一月乙卯（二十日）："以金在魯爲左議政，宋寅明爲右議政，金興慶序陞領議政。"《朝鮮王朝實録》（42），頁487。

②《朝鮮王朝實録》（44），頁23。

③《使行録》，頁297。

（2）“二十九日，臈，晴有風。松園又訪朱君而去。余汩於日記，不得隨後。可歎也。”（頁185）

（3）“二十九日，松園又訪朱君，而余汩於日記未果。”（頁427）

又如：

（2）“初七日，早陰晚晴。余則以日記之役不得出門，松園著黑笠青道服訪朱司務。竟日還館，袖朱君叔姪詩藁披示燈下。二詩皆有淵源，亦可愛也。是日，使家以十兩朱絲銀賜余買筆硯等屬爲教，而日前松園之惠我亦如其數，可謂知仲之貧也。食後，使家心鬱痰滯，寒咳間作，良苦良苦。松園出銅爐，插龍涎香，香煙滿室，襲之衣袖，薰之眉宇。少焉，使家藿然而起，語松園鼻孔開豁，心竅疏朗。香之爲效，殆勝於陳方俗醫多矣。”（頁218）

（3）“初七日，余則以日記之役不得出門，松園著黑笠青道服訪朱司務，竟日還館，袖朱君叔姪詩藁披示燈下。二詩皆有淵源。是日，使家以十兩細緑銀錫余，買筆硯等屬爲教，而日前松園之惠我亦如其數。”（頁457）

二種燕行録記載的内容基本一致，“余”在文中的身份地位擔任的工作也一致，則可證明這是同一人對同一次使行的記録。其間叙述的詳略差别，或者因爲（3）是使行時所作，比較簡略；（2）是使行後增補完成的定稿，比較詳備。

金士龍的（3）與金正中的《燕行録》完全相同，金士龍與金正中是否爲同一人？（3）有程嘉賢《燕行日記序》，此序同樣見於金正中《燕行録》，亦稱“東海金君士龍”（卷七十五，頁46）。李德懋《青莊館全書卷九·雅亭遺稿一》有《贈金士龍正中歸平壤》一詩，詩注云：“金正中字士龍，集功令詩，目曰點睛，曾若批之，余作弁語。”[①]可知金正中字士龍，則金士龍與金正中爲同一人。

作者記録使行名單云：正使金履素，副使李祖源，書狀沈能翼；使行時間：辛亥十月至壬子三月。考《使行録》：乾隆五十六年、正祖十五年辛亥（1791）十月二十日冬至兼謝恩行，正使判中樞金履素，副使禮曹判書李祖源，書狀官兼掌令沈能翼[②]。金正中爲正使金履素隨從，“十六年冬十一月，庸菴金相公以冬至正使兼謝恩使銜命出疆，携季氏松園居士與之作萬里之役。……是役也，余以一布衣亦與從者之末。榮耀大矣，能事畢矣。”（卷七十五，頁49）。

---

①《韓國文集叢刊》（257），頁154。

②《使行録》，頁301。

三十九、《燕行録全集》卷七十五：柳厚祚（1798—1876）《燕行日記》（頁311–454）

按：作者非柳厚祚。

文中云："大清同治五年丙寅四月初九日，以柳丞相厚祚爲中宫殿嘉禮後册封王妃奏請正使……是月初九日自京城離發，至六月初六日始到皇城。"（頁312）據《使行録》記載：同治五年丙寅（1866年）四月初九日，進賀、謝恩兼奏請行，正使柳厚祚，副使徐堂輔，書狀官洪淳學。至八月二十三日復命①。二者一致，則《燕行日記》是對此行程的記載。作者又云："余以丞相府從事官陪行。"（頁312）則作者非柳厚祚，而爲柳氏從事官，姓名已不可考。

四十、《燕行録全集》卷七十六：朴齊仁（？—1800？）《燕行日記、燕槎録 天地人》（頁11–352）

按：作者爲朴齊寅。

作者云："（庚申二月）初十日拜聖節進賀兼謝恩副使正使任判書百經、書狀李校理後善。"（頁12）考《使行録》：咸豐十年、哲宗十一年庚申（1860）閏三月三十日聖節進賀兼謝恩行，正使判中樞任百經，副使禮曹判書朴齊寅，書狀官兼掌令李後善②。二者一致，可知副使爲朴齊寅，即此燕行録的作者。關於副使的名字，《乘槎録》的記載爲：庚申，陳賀正使行判書任百經，副使户參朴齊寅，書狀僕正李後善③。《哲宗實録》卷一二哲宗十一年閏三月甲子（三十日）："召見陳賀兼謝恩使（正使任百經，副使朴齊寅，書狀官李後善），辭陛也。"④數家的記載一致，則爲朴齊寅無疑。

四十一、《燕行録全集》卷七十六–七十七：李遇駿（1801—1867）《夢游燕行録 上下》（頁353–491、頁11–151）

按：作者爲李有駿。

據文中所云："書狀官兼執義尹哲求，伴倘進士李有駿。"（頁359）則作者爲李有駿，是書狀尹哲求伴倘。道光二十八年、憲宗十四年戊申（1848），冬至兼謝恩行，正使判正樞府事姜時永，副使禮曹判書宋持養，書狀兼執義尹哲求。十月二十二日辭朝，己酉三

①《使行録》，頁355。

②同上，頁350。

③《乘槎録》，《燕行録全集》卷二十七，頁497。

④《朝鮮王朝實録》（48），頁638。

月二十七日復命[①]。

四十二、《燕行録全集》卷七十七：作者未詳（？—？）《西行録》（頁377–476）

按：此《西行録》非燕行之作，而是作者由高陽到黄州的紀行詩。

四十三、《燕行録全集》卷九十一：朴顯陽（？—1855？）《燕行日記》（頁387–441）

按：此處標明的作者可能的卒年有誤。

據使行名單：咸豐五年、哲宗七年丙辰（1856），朝鮮有進賀兼謝恩行，正使朴齊憲，副使林肯洙，書狀趙翼東。朴顯陽以朴齊憲子爲上房子弟軍官。二月初七日辭行，六月十一日復命，則作者卒年絶非1855年。

四十四、《燕行録全集》卷九十二：作者未詳（？—？）《燕行日記》（頁129–316）

按：作者爲朴齊寅。

此《燕行日記》即卷七十六題爲朴齊仁實爲朴齊寅的《燕槎録》，内容一致，但這一版本分卷與卷七十六不同。

四十五、《燕行録全集》卷九十四：權復仁（？—1882？）《天游稿燕行詩》（頁11–151）

按：此處標明的作者可能的卒年有誤。

《北程課述小序》："余之行以歲壬午七月廿六日發漢師，九月二十二日抵玉河館，十一月廿七日還家，恰計爲一百二十日。"（頁14）《燕行録全集》將文中提及的壬午視爲1882年，所以在作者的卒年中標出1882。文中有《次上价芝雲丈重陽見示韻》一詩，"芝雲"旁注云"南履翼號"（頁131）。據《使行録》記載：道光二年、純祖二十二年壬午（1822年）七月二十六日，朝鮮有謝恩使行，正使南履翼，副使權丕應，書狀林處鎮。十一月二十八日復命[②]，正與《北程課述小序》相符。可以推知作者所説的壬午當爲1822年。另外作者在北京交往的清人有陳沆（1785—1826）、龔自珍（1792—1841）等，由二人的卒年亦可證明作者是在1822年隨使團赴北京。

---

①《使行録》，頁341。

②同上，頁323。

四十六、《燕行録全集》卷九十五作者未詳（？—？）《燕中聞見》（頁11–215）；《燕行録全集》卷九十六作者未詳（？—？）《燕中聞見》（頁279–378）

按：這兩種《燕中聞見》都不是對一次燕行的記録，而是多次燕行的集輯。卷九十五是二十六次燕行的簡單記録，卷九十六是十三次。

其中有的使行時間與使臣名單與《使行録》、《乘槎録》略有差別，在此亦簡單説明：

庚午（1690，康熙二十九年）六月，謝恩兼進賀陳奏使全城君濬，副使權愈，書狀金元燮（卷九十五，頁85），《使行録》正使作全城君混。

丁酉（1657，順治十四年）十月冬至正使尹絳，副使李晳，書狀官郭齊華（卷九十五，頁144），《使行録》爲順治十三年丙申1656年。

九月謝恩正使申景禛，副使許啟，書狀官趙錫胤（卷九十五，頁149），缺年份，《使行録》爲崇德四年己卯1639年。

十月謝恩正使崔鳴吉，副使金南重，書狀官李時楳（卷九十五，頁150），缺年份，《使行録》作崇德二年丁丑1637年。

戊子（1648，順治五年）四月，謝恩副使林墰，書狀官李惕然（卷九十五，頁157），缺正使名字，據《使行録》，正使爲李行遠。

辛酉（1681，康熙二十年）九月，謝恩正使昌城君佖，副使尹堦，書狀李三錫（卷九十五，頁205），《使行録》書狀爲李三碩[①]。

壬戌（1682，康熙二十一年）二月，問安使正使閔鼎重，副使（名字缺），書狀尹世紀（卷九十六，頁330），因是問安行，只有正使與書狀，無副使。

四十七、《燕行録全集》卷九十五：作者未詳（？—？）《燕轅日録》一、二、三（頁217–483）

按：使行時間在光緒十四年（1888）。

作者云：三月初九日"皇上明日卯正進宫，至孝貞顯皇后聖容前行禮"（頁425），孝貞顯皇后，指咸豐之后，東太后慈安（1837—1881），因此作者赴北京的戊子年爲1888年，光緒十四年。戊子（1888）十一月十三日到高陽（頁218），當在十月辭行。是年十月有陳賀謝恩兼冬至行，正使行判書李淳翼，副使户參金綺秀，書狀執義宋榮大[②]。作者又云："至慕華館少歇於大廳，到申牌時候三使始拜朝而去。"（頁218）則作者非三使臣之一，具體爲何人尚待考。

---

①《乘槎録》中亦作"李三碩"，《燕行録全集》卷二十七，頁415。

②《乘槎録》，《燕行録全集》卷二十七，頁507。

四十八、《燕行録全集》卷九十八：鶴山（？—？）《燕行贐章》（頁135–207）

按：此是金致一赴燕時他人的送別之作。

《燕行録全集》卷六十九的《燕行贐行帖》，是乾隆三年戊午（1738）七月二十五日金在魯以進賀謝恩兼陳奏行正使赴燕行時衆人的送別之作，《鶴山贐行》當是《燕行贐行帖》的附録，是衆人送別金致一赴燕的詩作，時間亦爲戊午孟秋下澣。其中無名子《送金司職燕行序》云："晴沙金相國之赴燕也，請於朝，而以其長胤司職吏充幕府以從。"（頁186）晴沙爲金在魯的號，則金誠之爲金在魯長子，在戊午（1738）年隨父赴燕。李天輔有《送金誠之致一燕行，乞購錢牧齋集》[①]，則金致一字誠之。

四十九、《燕行録全集》卷九十八–九十九：作者未詳（？—？）《燕紀程》天、地、人（頁209–553，頁11–199）

按：作者應爲朴思浩。

内題《燕薊紀程》，此即《燕行録全集》卷八十五朴思浩《心田稿》之《燕薊紀程》，在卷九十八的"地"卷比《心田稿》多一行總録、入栅報單、衙官姓名、方物歲幣式，三使臣日供、留館時公役、賞賜物件、道里幾個部分。卷九十九的"人"卷比《心田稿》多關河詠懷、遼瀋紀行、東槎酬唱、南館題詠、金台詩集、外藩賡詩、出塞別章幾個部分，少回國後與清人的書信。

道光八年、純組二十八年戊子（1828），謝恩兼冬至使行，正使判中樞洪起燮，副使禮曹判書柳鼎養，書狀官兼掌義朴宗吉，十月二十五日辭行，己丑四月初四月復命。[②]作者朴思浩爲正使從事。

五十、《燕行録全集》卷九十九：作者未詳（？— ？）《燕行録》（頁282–381）

按：作者爲姜銑。

此燕行録即《燕行録全集》卷二十八、二十九所收姜銑（1645—？）《燕行録》，版本一樣，内容一樣。其中頁281–346即卷二十八頁501–566的内容，頁348–381即卷二十九頁11–45的部分。

因爲此燕行録前面殘缺不全，文中亦未明言作者與使行時間，不妨先看看其作者是否確定爲姜銑。作者云："初五日……正使有病，日出後，三行偕發，行四十里歷沙河堡到白塔堡，與書狀同會朝飯。"（頁285）則作者爲此行書狀。又"庚辰正月初一日"使行在北

①李天輔《晉庵集》卷一，《韓國文集叢刊》（218），頁137。

②《使行録》，頁330。

京，則出發時間應在己卯十月、十一月間。庚辰正月初十日，“皇帝因坡臨公主病重，自海子急還。坡臨公主即順治之妹，今皇帝之姑母也”（頁315），則皇帝當爲康熙，朝鮮使團的時間爲康熙己卯。考《使行録》：康熙三十八年、肅宗二十五年己卯（1699）十一月初三日有謝恩兼三節年貢行，正使東平君杭，副使左參贊姜銑，書狀官執義俞命雄[①]。作者又云“上使則以宗戚之故，仍詣御榻殿坐之前”，與《使行録》正使爲東平君的記載亦相符，則燕行録作者爲此行副使姜銑。

卷九十九頁348-361（卷二十九頁11-45同），包括部分隨行成員名單、清通官名單、部分行程日記、給朝鮮國王的狀啟及途中見聞等。狀啟有《十二月初七日瀋陽狀啟》（頁360），與燕行日記部分所云“初七日，……方物交付瀋陽後狀啟修上，且付家書”（頁286）一致，可以證明此部分亦爲姜銑所作。

這一部分的行程比較複雜，前面的日記記載到三月初五日，使團回程至遼東（頁344），這部分應是對此後行程的記載，初六日從甜水站發行至連山館，初七日至通遠堡，初十日出栅，十一日至義州（頁354-356），這正是朝鮮使團回程的路綫[②]，一直至二十日回朝復命（頁353）。記載雖然清晰，但因爲有錯簡，增加了閱讀的難度，關於此部分行程記載的正確頁碼順序應爲：頁346後接頁354至357，轉頁350至353。

五十一、《燕行録全集》卷九十九：作者未詳（？—？）《燕行日記》（頁384-482）

按：作者爲洪昌漢。

此燕行録即《燕行録全集》卷三十九所收洪昌漢（1698—？）《燕行日記》，内容一樣。

此燕行録記載的時間從正月初二日滯留北京始至四月初六日回朝復命止，内容並不完整，文中也没有交待使行的具體年份與使臣名字，則作者是否可確定爲洪昌漢？

作者云“訪副使閑話”、“上使來話”（頁384），可知作者爲一行書狀。頁431云“二月初一日”，則按時間順序頁384出現的初二日爲“正月初二”，此時滯留北京，則使行時間爲上年的十月十一月間。文中云“張廷玉招首譯要接面三使，……狀貌極精明而衰白矣”（頁451），張廷玉（1672—1755），于乾隆十三年（1748）自請致仕，不允，至“十四

①《使行録》，頁242。

②參見左江《清代朝鮮燕行使團食宿考》，載《域外漢籍集刊》第三輯，中華書局，2007年5月。

年（1749）正月，命如宋文彦博十日一至都堂議事，四五日一入内廷備顧問”[①]，則朝鮮使臣得見張廷玉的時間當在此之前。使團一行於三月十六日入栅進入朝鮮境内，二十三日，作者“初與江西金誠之約會游於寧邊東臺，忽聞方伯尹淳病重，罷巡來寧邊，中止，書報誠之”（頁478），寧邊屬平安道[②]，則尹淳時爲平安道觀察使，尹淳於英祖十六年（1740）十一月二十二日被任命爲平安道監司，至次年（1741）三月二十七日左右卒[③]，則燕行録中所云三月二十三日當爲英祖十七年（1741）年三月二十三日，則使團於上年十月十一月間出發。考《使行録》：乾隆五年、英祖十六庚申（1740）十一月初四日，有謝恩兼三節年貢行，正使洛豐君楙，副使吏曹判書閔亨洙，書狀官司僕正洪昌漢，辛酉四月初六日復命[④]。則此《燕行日記》的作者爲書狀洪昌漢無疑。

除了以上考訂内容，筆者在閲讀《燕行録全集》的過程中，還發現其中有錯頁、重頁之處，亦附録於此。

一、《燕行録全集》卷九：鄭士信（1558—1619）《梅窓先生朝天録》，頁268後有缺漏，頁269與271重。

二、《燕行録全集》卷十五：李景稷（1577—1640）《赴瀋日記》，頁414-417有重頁。

三、《燕行録全集》卷十九：仁興君李瑛（1604—1651）《燕山録》上下，頁537-538與頁535-536重。

四、《燕行録全集》卷二十三：朴世堂（1629—1703）《西溪燕録》，頁346-347與頁350-351重。

五、《燕行録全集》卷二十八：金海一（1640—1691）《燕行日記》，頁205-206與頁203-204重。

六、《燕行録全集》卷二十八：洪受疇（1642—1704）《燕行録》，頁281-289錯頁。

七、《燕行録全集》卷三十一：金昌業（1658—1721）《燕行日記》，頁283-288錯頁，成爲頁283-286-287-284-285-288……。

八、《燕行録全集》卷七十二：金景善（1788—？）《出疆録》，全文錯頁。

---

①《清史稿》卷二八八《列傳》卷七五《張廷玉》，中華書局，1986年，頁10239。

②《朝鮮人名辭書》附《官廳別號表》，頁10。

③《英祖實録》卷五二英祖十六年（1740）十一月己丑（二十二日）：“尹淳爲平安道觀察使。”（《朝鮮王朝實録》〔42〕，頁688）《英祖實録》卷五三英祖十七年（1641）三月壬辰（二十七日）：“平安監司尹淳卒。”（《朝鮮王朝實録》〔43〕，頁10）

④《使行録》，頁269。

九、《燕行録全集》卷八十五：朴思浩（？—1828？）《燕蓟紀程》，頁319–324錯頁，應爲頁319轉322–323轉320–321轉324。

十、《燕行録全集》卷九十：權時亨（1811？—1851？）《石湍燕記 天》，頁425–33錯頁。

十一、《燕行録全集》卷九十四：權復仁《天游稿燕行詩》，頁103–151錯頁。

論李退溪的圖説觀及其學術淵源

——以圖式與義理的關係爲中心

吴正嵐

修訂、製作和闡釋性理圖説，是朝鮮時代大儒李退溪（1501–1570）學術思想的重要内容和特色所在。退溪在六十八歲之年（1568）將修訂前賢之作和獨立創制的圖説彙爲《聖學十圖》，呈給宣祖，此著在朝野上下産生了極大影響。次年（1569），退溪門生柳成龍（1542–1607）出使中國時，便向中國學者新安吴京展示《聖學十圖》[①]，由此事不難窺見朝鮮學者對《聖學十圖》引以爲傲的情形。

在李退溪之前，中國和朝鮮都已有多篇性理圖説問世，但李退溪在東亞性理圖説的發展史上仍佔有極其重要的地位。這不僅因爲他在性理圖説的傳承和創制方面傾注了大量心血，更由於他系統闡述了性理圖説的淵源，指出了圖書易學對性理圖説的影響[②]，揭示了性理圖説在居敬窮理中的獨特意義。關於李退溪的性理圖説，以往的研究已經揭示了《聖學十圖》中藴涵的以敬爲主等義理[③]，本文試圖從圖式與義理之關係的角度，考察李退溪性理圖説的思想史意義。

一、海東性理圖説的源流

中國性理圖説的撰著當以宋周敦頤（1017–1073）《太極圖説》爲開端，此圖説問

①《西厓集》附録《西厓先生年譜》卷一，第5頁，《韓國文集叢刊》第52册，景仁文化社1990版。

②關於圖書易學對性理圖説的影響，參見拙作《退溪論易圖對性理圖説的影響》（待刊）。

③參見廉永英《退溪聖學圖之思想體系再探》，吴錫源《退溪聖學考——〈聖學十圖及其他〉》，載《退溪學在儒學中的地位——第十一屆退溪學國際學術會議論文集》第143–164頁，165–175頁，中國人民大學1993年版；張立文《李退溪思想研究》第二章第二節《〈聖學十圖〉與〈啟蒙傳疑〉》，東方出版社1997年版，第35–45頁；周月琴《退溪哲學思想研究》，杭州出版社1997年版。

世後，遭到陸象山等人的激烈批駁，幸賴朱熹的注解和辯護，才得以廣泛流傳[①]；朱熹（1130–1200）本人亦作有多種圖説，李退溪《聖學十圖》收録其《仁説圖》；其後南宋王柏（1197–1274）著有《研几圖》，元程復心（1257–1340）撰《四書章圖》，明程敏政（1444–1499）《心經附注》録有多幅性理圖。宋元以來朱子後學之性理圖的製作算不上十分興盛，但也堪稱綿綿不絶。

朝鮮性理圖説的流行當是從麗末鮮初開始的。一般認爲，朝鮮性理圖説發端于權近《入學圖説》。權近（1352–1409）字可遠，謚文忠，安東人，有《陽村集》[②]。權近《入學圖説》收有圖説四十餘種，是退溪性理圖的重要先驅之一。退溪在其詩歌和書信中，多次提到《入學圖説》[③]。雖然他在1551年對《入學圖説》之《天人心性合一之圖》還不無微辭，認爲此圖"恐不免杜撰牽合之病"[④]，但1568年呈給宣祖的《聖學十圖》採用了權近《入學圖説》之《大學指掌之圖》，這是《聖學十圖》中唯一出自退溪之外的海東學者的圖説，足證晚年退溪對此圖的認同。

實際上，麗末鮮初製作性理圖説者絶不止權近一人。比如，鄭道傳[⑤]著有《學者指南圖》。此圖已佚，今本《三峰集》中有目而無圖。權近《鄭三峰道傳文集序》謂此圖令"義理之精，瞭然在目"[⑥]，由此可以推測這是闡釋性理的圖式。權近《入學圖説》引用的鄭氏《十二月卦之圖》，可能就出自《學者指南圖》[⑦]。在退溪前後致力於性理圖説的學者就更多了。首先，李仲虎作有《心性情圖》。據《海東名臣録》，履素齋李仲虎，字風后，完山人，"所述《心性圖》與《性理明鑒》及《自警詩文》數百篇藏於家"。退溪在《論李仲虎碣文示金而精》中提到自己曾見過李仲虎《心性情圖》[⑧]。其次，李球的性理圖式也爲退

①參見黄宗羲原本、黄百家纂輯、全祖望修定《宋元學案》卷十二《濂溪學案》下（《黄宗羲全集》第三册第610–619頁，浙江古籍出版社2005年版）。李退溪亦述此事曰："後來諸儒果謗濂溪圖説者，紛紛而起，向非朱子論著發明之力，其廢而不行，久矣。"（《答奇明彦論四端七情第二書·後論》，《退溪集》Ⅰ卷十六，第42頁，《韓國文集叢刊》第29–31册，以下所引退溪著述，除非特别説明，皆據此本）。

②其《入學圖説》不見收于《陽村集》（《韓國文集叢刊》第7册），《韓國經學資料集成》（成均館大學出版部1989年版）收其《入學圖説》之《中庸首章分釋之圖》、《大學指掌之圖》。

③《退溪集》Ⅰ卷二《閒居次趙士敬具景瑞金舜舉權景受諸人唱酬韻十四首》，第4–5頁；《退溪集》Ⅰ卷十一《答李仲久别紙》，第8頁；《退溪集》Ⅱ卷二十八《答金惇叙》，第1頁；卷三十八《答趙起伯大學問目》，第14頁。

④《退溪集》Ⅰ卷二《閒居次趙士敬具景瑞金舜舉權景受諸人唱酬韻十四首》自注，第5頁。

⑤鄭道傳（？–1398）字宗之，號三峰，李穡弟子，著《三峰集》（參見權近《陽村集》卷十六《鄭三峰道傳文集序》，《三峰集》〔《韓國文集叢刊》第5册〕所附申叔舟《三峰集後序》）。

⑥《陽村集》卷十六，第8頁。

⑦參見李丙燾《韓國儒學史略》第83頁，亞細亞文化社1986年版。

⑧《退溪集》Ⅱ卷二十九，第24頁。

溪所關注。李球，字叔玉，號蓮坊，受業尹鼎，卒業于徐敬德①。退溪曾与門人討論其《理氣圖》（説詳下）。再次，與退溪同時的曹植（1501–1572）著有多幅性理圖。曹植字楗仲，號南冥，與退溪並爲儒學大家，其門生鄭仁弘所著《行狀》述其致力於儒學圖説："嘗作神明舍圖，繼爲之銘，内以著操存涵養之實，外以明省察克治之功。表裏無間之體，動静交養之理，按圖了然，有目皆可見。此先生所自得而手摹畫者也。以至先儒所論天道天命心性情理氣等處，與爲學次第入德路脈，手自圖畫者非一二，而皆極分明。"②南冥研究院出版的《南冥集》（四種）録有圖式二十餘種。這些圖式多是對程復心《四書章圖》的承襲和修訂，但也不乏自製之作③。最後，退溪研治性理圖的直接契機，是鄭之雲著《天命圖説》。鄭之雲（1509–1561），字静而，號秋巒居士，隱居不仕，先後師從思齋金正國（1485–1541）和慕齋金安國（1478–1543）④，所作《天命圖説》曾得到兩位先生的首肯。1553年，時在京城任職的退溪從其姪李□處見到《天命圖説》，經過尋訪，才知道作者是同樣寓居於漢陽西城内的鄭之雲。與鄭氏相識後，在鄭氏的要求下，退溪爲之修訂《天命圖説》⑤。顯然，退溪的研治性理圖，雖然首先是受到了明程敏政《心經附注》的啟發（説詳下），但也與上述海東學人的影響密不可分。

二、研治性理圖説的歷程

關於退溪研治性理圖説的過程，《退溪先生年譜》只記載了1553年改訂鄭之雲《天命圖》、1568年上《聖學十圖并札子》等數事，事實上，退溪的相關活動遠比《年譜》所記載的豐富得多，今據《退溪集》、李恒《一齋集》、李楨《龜岩集》、洪仁祐《耻齋遺稿》、趙穆《月川集》、奇大升《高峰集》、金富倫《雪月堂集》、李珥《栗谷全書》等史料，稍作梳理如下：

（1）中宗十八年癸未（1523）游學漢中時，由閲讀《心經附注》而得見程復心《心學圖》，對此圖頗感興趣。

退溪曾自述得見《心經附注》的經過曰："滉少時，游學漢中，始見此書於逆旅而求得

①參見鄭逑撰許曄《行狀》和黄下廬《道學源流》（許曄《草堂集》附録，《韓國文集叢刊》第36册）。

②《南冥集》卷首，第7頁（《韓國文集叢刊》第31册）。

③關於曹植圖式，參見李似珍《曹南冥圖式的易學意義》，《周易研究》2004年第6期；劉學智《曹南冥對宋儒"心統性情"説之圖式詮解》，《中國哲學史》2004年第2期。

④《秋巒居士鄭君墓碣銘并序》，《退溪集》Ⅱ卷四十七，第7–9頁。

⑤《天命圖説後叙》，《退溪集》Ⅱ卷四十一，第2頁。

之"[①]，他在《答李叔獻》中則云："《心學圖》……滉少時得《心經》而愛此圖"[②]，可見退溪是在都城游學期間開始研習《心經》並關注《心學圖》的。又李德弘《溪山記善録》記此事曰："先生嘗游泮宫，……適訪上舍姓黄人，肇見《心經附注》，心甚愛之，授紙求得一本"[③]，由這段記載不僅可以確認退溪于1523年游泮宫時得見《心經》[④]，而且所見《心經》是程敏政《心經附注》本，是退溪從一位姓黄、任上舍之職的士人那兒抄得的。

（2）明宗四年己酉（1549），退溪《答金惇叙》論及權近《入學圖説》，認爲此圖説極有證據但未免穿鑿傅會之弊[⑤]。

（3）明宗六年辛亥（1551）作詩和詩注評論權近《入學圖説》。其詩云："陽村圖説盡爲奇，狀到天人合一時。只恐猶多强牽綴，恨無真眼訂吾詩。"詩注則認爲此圖説的長處在於説理細密，但不足之處是以"心"字表示天人合一之理，未免牽强傅會；而且其畫卦從外開始，令人費解[⑥]。

（4）明宗八年癸丑（1553）十月，改訂鄭之雲《天命圖》，著《天命圖説後叙》，並與洪仁祐[⑦]論《天命圖》之不足。從《天命圖説後叙》可知，退溪的改動主要有二：一是吸收了湖南士人李恒[⑧]的"情不可置氣圈"之説，二是鄭之雲原圖的次序是依據"河圖"、"洛書"而開始於下，退溪則遵照周敦頤《太極圖説》的次序，改爲發端於上。大概在同一年，退溪致信洪仁祐[⑨]，糾正自己的心有善惡之説，指出鄭之雲《天命圖説》"所差亦在於

①《心經後論》，《退溪集》Ⅱ卷四十一，第11頁。

②《退溪集》Ⅰ卷十四，第36頁。

③《艮齋集》卷五，第1頁，《韓國文集叢刊》第51册。

④《退溪先生年譜》載是年始游太學。案：周月琴《退溪哲學思想研究》第70頁認爲退溪19歲時初讀《心經》，但《退溪先生年譜》明言23歲時始游大學。

⑤《退溪集》Ⅱ卷二十八《答金惇叙》，第1頁。案：金富倫（1531–1598），字惇叙，退溪弟子，有《雪月堂集》（《韓國文集叢刊》第41册）。《雪月堂集》中無金惇叙原信。《雪月堂集》中金惇叙致退溪之信始於論"不可有一事"者，《退溪集》序退溪的相關回信於癸丑（1553）年，而有關《入學圖説》的答信序於該信之前，由此可以推測《雪月堂集》未收癸丑論"不可有一事"者之前的致退溪信。

⑥《退溪集》Ⅰ卷二《閒居次趙士敬具景瑞金舜舉權景受諸人唱酬韻十四首》，第4–5頁。

⑦據洪可臣作《神道碑銘并序》，洪應吉（1515–1554）名仁祐，應吉是其字，號恥齋，曾向徐敬德問學，友盧守慎、許曄，與退溪爲師友，有《恥齋遺稿》（《韓國文集叢刊》第36册）。

⑧據盧守慎《有明朝鮮國中訓大夫掌樂院正一齋先生李公墓碣銘》，李恒（1499–1576）名恒之，學者稱一齋先生，有《一齋集》（《韓國文集叢刊》第28册）。《一齋集》有《戲贈鄭秋巒之雲》詩一首。

⑨《與洪應吉》，《退溪集》Ⅰ卷十三，第7頁。此信在《退溪集》中次於《答洪應吉癸丑》之後，且信中有"近得鄭静而《天命圖》"之説，可以推測寫於是年；又《恥齋遺稿》未收洪仁祐回信，但録有退溪原信（卷一，第15頁），比《退溪集》多"重陽後日滉"數位，可知退溪此信寫於是年九月十日。

此”。此信還論及王柏《危微圖》[①]和趙師夏（字致道）《誠幾圖》。

（5）明宗十五年庚申（1560），由鄭之雲《天命圖》引發了退溪與奇大升[②]的“四端七情”之辯。所謂“四端”，出自《孟子·公孫丑上》：“惻隱之心，仁之端也；羞惡之心，義之端也；辭讓之心，禮之端也；是非之心，智之端也。人之有是四端也，猶其有四體也。”可見，“四端”是指作爲仁義禮智之端緒的惻隱之心、羞惡之心、辭讓之心和是非之心。“七情”出自《禮記·禮運》：“何謂人情？喜、怒、哀、懼、愛、惡、欲，七者弗學而能。”又《中庸》“喜怒哀樂之未發，謂之中；發而皆中節，謂之和”之説，也是人們論述“七情”的理論依據。關於“四端”與“七情”的關係，鄭之雲《天命圖》原作“四端發於理，七情發於氣”[③]，退溪改爲“四端之發純理，故無不善；七情之發兼氣，故有善惡”[④]。奇大升反對鄭、李之説的理由是：四端七情本無兩義，只不過子思、孟子“所就以言之者不同”，即强調的側重點不一樣，因而有四端七情之別。李、奇兩人關於四端七情的論辯有多次往復。值得注意的是，這次論辯還涉及《天命圖》將“四端”與“七情”分置兩端的安排是否合理。

（6）明宗十七年壬戌（1562），退溪致信申沃[⑤]，回應金公所謂《天命圖》不應涉及修爲之方的質疑，此信還肯定了趙師夏《誠幾圖》[⑥]。

（7）明宗二十年乙丑（1565）與李楨、[⑦]趙穆[⑧]論《天命圖》、《心學圖》、《人心道心圖》。在《答李剛而》中，解釋《天命圖》以“欲”屬“土”的原因[⑨]；同年，在《答趙士敬別紙》中，稱讚程復心《心學圖》“規模位置，甚精審的當”[⑩]；針對趙穆對程復心《心學圖》的批評，退溪闡述了程圖在心圈四周對置“良心本心”、“赤子心大人心”、“人心道

①此圖在王柏《研幾圖》中名爲《人心道心圖》，《心經附注》同名，但退溪此信名之爲《危微圖》，未知何據。

②據鄭弘溟《行狀》，奇大升（1527–1572）字明彦，自號高峰，幸州人，於學無所師承而能自奮發，有《高峰集》（《韓國文集叢刊》第40册）。

③ 據退溪《答奇明彦論四端七情第一書》，《退溪集》Ⅰ卷十六，第8頁。

④據退溪《答奇明彦論四端七情第一書》後所附《奇明彦四端七情分理氣辯》，《退溪集》Ⅰ卷十六，第13頁。

⑤申沃生平待考，李恒《一齋集》附録《挽詞》之一署名“童蒙訓導申沃”，可知與李恒有交游。

⑥《退溪集》Ⅱ卷三十八，第22–27頁。

⑦據許穆《墓碣銘並序》，李楨（1512–1571）字剛而，學者稱龜岩先生，師從圭庵宋麟壽，有《龜岩集》（《韓國文集叢刊》第33册）。

⑧趙穆（1524–1606）字士敬，號月川，退溪弟子，有《月川集》（《韓國文集叢刊》第38册）。

⑨《退溪集》Ⅱ卷二十二，第18頁。《龜岩集》未收李楨原信。

⑩《退溪集》Ⅱ卷二十三，第23頁。

心”等六種心的用意，以及列“養心”於“心思”之後的道理所在①。又退溪認爲王柏《人心道心圖》多有疏脱之處，與趙穆三次修改此圖②。

（8）明宗二十一年丙寅（1566），與趙穆、禹性傳③論《心統性情圖》和其他圖説。退溪在《與趙士敬》中論述四七分理氣問題時，援引程復心《心統性情圖説》爲證：“至四七分理氣，本非吾説。乃考亭原有説如此。近又見程林隱《心統性情圖》，正用此説，亦録在别紙。”④程氏圖説中有關四七理氣的説法，當是以下一段話：“所謂心統性情者，言人稟五行之秀以生，於其秀而五性具焉，於其動而七情出焉。”⑤《月川集》所附《月川年譜》亦記此事，但細節疑誤⑥。這一年，對於禹性傳信中所論及的程復心圖、李球《理氣圖》，退溪指出前者有“以中圈爲氣”之失，後者“不見一理二氣之實”⑦。

---

①《退溪集》Ⅱ卷二十三，第27–29頁。

②参見《退溪集》Ⅱ卷二十三，第24–31頁；《月川集》卷四，第6–8頁。

③據《東儒師友録》，禹性傳（1543–1592）字景善，號秋淵，丹陽人，退溪弟子，有《易説》、《理氣説》等（轉引自《韓國歷代人物傳集成》第2117頁，民昌文化社1990年版）。

④《退溪集》Ⅱ卷二十三，第43頁。

⑤《退溪集》此信後所附别紙並無程復心之説，疑闕。

⑥《月川集·月川先生年譜》“嘉靖四十五年丙寅”條下有“五月，上退溪先生書，論心經程林隱心統性情圖。答書有曰：心經考訂甚詳，苟依此流布，豈不爲學者之幸云”。按：《月川集》未收趙穆原信，據《退溪集》Ⅱ卷二十三第43頁答信可知，《月川先生年譜》這段記載有誤：論及程氏《心統性情圖》的是退溪而非趙穆，《心統性情圖》出自程復心《四書章圖》而非《心經附注》。其理由是：其一，尋繹退溪答信之意可知，退溪先説：“近又見程林隱《心統性情圖》，正用此説”云云，然後才説“至如心經，考訂甚詳，改正加減，務欲令此一卷書，無疵而盡善，……苟依此流布，豈不爲學者之幸”，由此可以推測，是退溪答書而不是趙穆原信論及程圖。《月川先生年譜》所引退溪答書中“心經考訂甚詳”云云，乃爲趙穆之《心經》考訂而發，本無關乎程氏《心統性情圖》。其二，程氏《心統性情圖》不見於四庫存目叢書本《心經附注》，也不大可能見收於退溪等人所見的《心經附注》。不但趙穆有關《心經》的論述中未及《心統性情圖》，《退溪集》中退溪與崔應龍（字見叔）、李珥、黄俊良（字仲舉）、金富弼（字彦遇）等人討論《心經》時（分别見《退溪集》Ⅰ卷十二、卷十四、卷二十、卷二十七），也不曾談論此圖。其三，程氏此圖出自其《四書章圖》。退溪《答趙士敬乙丑别紙》提及《心學圖》見程復心《四書章圖》中卷（《退溪集》Ⅱ卷二十三第23頁），由此可以推測，退溪可能是從《四書章圖》中見到《心統性情圖》的。關於退溪得見《四書章圖》的時間，寫於1570年的《答李叔獻》稱十餘年前得《心學圖》本圖本説（《退溪集》Ⅰ卷十四），那麽退溪當於16世紀50年代得見《四書章圖》；然而，1565年《答趙士敬别紙》先説“《心學圖》，……恨不著作者姓名耳”，接著又“更按：圖乃新安程林隱復心所作，見林隱《四書章圖》中卷”，這又説明退溪於1565年才見到《四書章圖》。未知孰是。

⑦《退溪集》Ⅱ卷三十二，第9–12頁。

（9）宣祖元年戊辰（1568）上《進聖學十圖札并圖》，又與李湛[①]、趙起伯[②]等論及玉堂本《心學圖》、《入學圖説》。是年十二月，退溪所上《聖學十圖》分别是《太極圖》（周敦頤圖説）、《西銘圖》（張載《西銘》，程復心圖）、《小學圖》（朱熹《小學題辭》，退溪圖）、《大學圖》（權近圖）、《白鹿洞規圖》（朱熹《洞規後序》，退溪圖）、《心統性情圖》上中下（程復心説，程復心和退溪圖）、《仁説圖》（朱熹圖並説）、《心學圖》（程復心圖並説）、《敬齋箴圖》（朱熹箴，王柏圖）、《夙興夜寐箴圖》（陳柏箴，退溪圖），計十種十二幅圖，其中五幅爲退溪所作[③]。值得注意的是，退溪曾與友人反復論及、修改的《天命圖》、王柏《人心道心圖》、趙師夏《誠幾圖》未收入《聖學十圖》。原因何在呢？可能是退溪認爲《人心道心圖》不夠完善，趙師夏《誠幾圖》已爲《天命圖》所吸收（説詳下），而《天命圖》又曾招致太多非議[④]。

是年，李湛以玉堂本《心學圖》示退溪，退溪轉述金就礪[⑤]之説，認爲其作者可能是錢塘李氏元綱字伯紀[⑥]。又退溪回答趙振關於《大學》的疑問時，引用權近《入學圖説》來解釋《大學》“此謂身不修不可以齊其家”[⑦]。

（10）宣祖二年己巳（1569），與奇大升等人論及《聖學十圖》的版式太大，與李咸亨[⑧]談及《心學圖》，又與奇氏、金就礪等討論《心統性情圖》的方位問題。

退溪於《聖學十圖》，頗致憾於其版式過大，不便於作帖玩閲。是年在致奇大升、金就礪、柳成龍信中皆有類似説法[⑨]。

關於退溪與奇大升論《心統性情圖》的時間，《退溪先生年譜》系於隆慶四年庚午（1570）十月，而《退溪集》Ⅱ卷三十中作於己巳年（1569）的《答金而精》中已有“示及

①據李宜顯《墓碣銘》，李湛（1510–1574）字仲久，學者稱敬存先生，龍仁人，師處士柳藕，著《讀書鉛朱》、《静存隨筆》等（轉引自《韓國歷代人物傳集成》第2718–2721頁）。

②據《東儒師友録》，趙振字起伯，楊州人，嘗游嶺南，因事退溪（轉引自《韓國歷代人物傳集成》第4152頁）。

③《退溪集》Ⅰ卷七，第4–35頁。

④《答趙士敬》曰：“向以天命一圖，招拳惹踢非一。”（《退溪集續集》卷五，第4頁）

⑤據《東儒師友録》，金就礪字而精，號静庵，慶州人，從退溪學（轉引自《韓國歷代人物傳集成》第855頁）。

⑥《退溪集》Ⅰ卷十一，第47頁。

⑦《退溪集》Ⅱ卷三十八，第14頁。

⑧李咸亨（字平叔）生平待考，奇大升《高峰集》附録《祭文》之一有自稱“門人李咸亨”者，可知爲奇大升弟子。

⑨《答奇明彦别紙》，《退溪集》Ⅰ卷十八，第12頁；《答金而精》，《退溪集》Ⅱ卷三十，第20、23頁；《答柳而見》，《退溪集》Ⅱ卷三十五，第14頁。

《心統中圖》智、禮字位置，奇承旨之言果有理。……須以别紙所寫，更稟於奇承旨”之説[①]，可見奇氏的質疑早在1569年已經提出，又同年稍後所寫《與金而精别紙》附有《心統性情中下二圖改作説》；而1570年《答奇明彦論改心統性情圖》提及“改圖小説”，説明此信確實寫於上述《答金而精》之後。由此可以推測，退溪與奇大升關於《心統性情圖》的討論從己巳年（1569）一直持續到庚午年（1570）。

退溪在回答李咸亨關於“心經贊，戒懼屬道心，謹獨屬人心”的疑問時，引用程復心《心學圖》爲證：“凡遏人欲事，當屬人心一邊；存天理事，當屬道心一邊，可也。程林隱《心學圖》意正如此。”[②]

又據《年譜》，這一年三月，退溪向宣祖乞退時也論及《聖學十圖》。他向宣祖强調《聖學十圖》皆先賢所作，自己只是補作一二圖而已。宣祖問及《心統性情圖》中下圖是否爲退溪所作、“心統性情”的含義、虚靈在上而知覺在下的原因等問題，退溪一一作答。

（11）宣祖三年庚午（1670）與奇大升、李咸亨、李珥[③]論《人心道心圖》、《心學圖》、《心統性情圖》。

退溪答復奇大升關於修改《心統性情圖》的信中解釋了此圖的方位不同於河圖洛書的原因，駁斥了奇氏“圖爲不知反求吾身”的觀點[④]。李退溪在給李咸亨的信中論及《心統性情圖》，是因爲咸亨轉述了奇大升“信無端”之説，退溪對此十分贊同，表示將在圖下加細字注：“臣謹按，程子云信無端，此有信之端，竊恐當從程子説。”[⑤]此信還透露了退溪對自作的《心統性情中下圖》也多有修改。

李珥對《心學圖》多有批評，退溪頗不以爲然，並批評李珥治學有朱熹所謂“隨看便有是非之心”的毛病[⑥]。不過，退溪接受了李珥有關《仁學圖》當在《心學圖》之前的建議。退溪還與李珥論及王柏《人心道心圖》。

綜上所述，退溪對性理圖説的最初興趣，當是由明程敏政《心經附注》所收程復心《心學圖》引發的；1553年改訂鄭之雲《天命圖説》是其第一次真正致力於性理圖。1568年退溪呈給宣祖的《聖學十圖》有十種十二幅之多，但他與同道討論得最多的還是《天命圖》、《道心人心圖》、《心學圖》和《心統性情圖》。

①《退溪集》Ⅱ卷三十，第21頁。

②《退溪集》Ⅱ卷三十七，第28頁。

③李珥（1536–1584），字叔獻，有《栗谷全書》（《韓國文集叢刊》第44–45册）。

④《退溪集》Ⅰ卷十八，第26–29頁。

⑤《退溪集》Ⅱ卷三十七，第47頁。

⑥《退溪集》Ⅰ卷十四，第35–41頁。

三、性理圖說在窮理修身中的作用

退溪如此重視性理圖說，是因爲他認爲這種形式極有裨于學者窮理。具體來說，性理圖的作用一在於使得深奥的義理變得明白易懂，二是圖說可以製成帖子或屏風，便於時時觀覽。

退溪多次論及性理圖說以有形的圖解，將無形的義理闡發得平易明白的作用。比如他在《進聖學十圖札》中點出了圖說令義理顯明平實的特點："夫心具於方寸，而至虚至靈；理著於圖書，而至顯至實。以至虚至靈之心，求至顯至實之理，宜無有不得者。"[①]所謂"至顯至實"，就是退溪所說的"顯明平實"[②]。正因爲明白易懂，圖說又可作爲入門之階："揭之以爲圖，指之以爲説，以示人入道之門，積德之基"[③]。與此相類似，對於易圖的闡明易理的作用，退溪也多次予以肯定。比如，他曾經指出河圖洛書揭示了天道的奥妙："臣伏以道無形象，天無言語，自河洛圖書之出，聖人因作卦爻，而道始見於天下矣。"[④]他認爲黄敬甫《易範圖屏》的作用是："凡理數之原委，舉皆了然於心目之間。"[⑤]又《啟蒙圖書切要》也以其明白易懂而堪爲"初學之指南"[⑥]。

性理圖說不僅使得義理明白易懂，而且還便於學者隨時觀覽。對此，退溪在《進聖學十圖札》中説得很清楚："乞以此本，下諸經筵官，詳加訂論，改補差舛，更令善寫者精寫正本，付之該司，作爲御屏一座，展之清燕之所。或別作小樣一件，粧帖爲帖，常置几案上，冀得于俯仰顧眄之頃，皆有所觀省警戒焉。"[⑦]原來，他呈進《聖學十圖》的用意，是希望君王將十圖製爲屏帖，隨時觀省。退溪認爲，這一做法是弘揚古代帝王工誦器銘之流風餘緒："古之聖帝明王，……立師傅之官，列諫諍之職，前有疑後有丞，左有輔右有弼，在輿有旅賁之規，位宁有官師之典，倚几有訓誦之諫，居寢有暬御之箴，臨事有瞽史之導，宴居有工師之誦，以至盤盂、几杖、刀劍、户牖，凡目之所寓，身之所處，無不有銘有戒。"[⑧]在論述每一幅圖的意義時，退溪又多次强調其便於觀覽的特點。如他本人作《白鹿

---

①《退溪集》Ⅰ卷七，第7頁。

②《答洪胖》有"此道理只在顯明平實處"之説（《退溪集》Ⅱ卷三十九，第24頁）。

③《進聖學十圖札》，《退溪集》Ⅰ卷七，第5頁。此文中，類似的説法還有："惟有昔之賢人君子，明聖學而得心法，有圖有説，以示人入道之門，積德之基者。"（第6頁）

④《進聖學十圖札》，《退溪集》Ⅰ卷七，第4頁。

⑤《書易范諸圖屏後》，《退溪集》Ⅱ卷四十三，第11–12頁。

⑥《書啟蒙圖書切要後》，《退溪集》卷四十三，第13頁。

⑦《退溪集》Ⅰ卷七，第7頁。

⑧同上，第5頁。

洞規圖》是爲了“以便觀省”[①]，又王柏《敬齋箴圖》“常宜體玩警省於日用之際、心目之間”[②]，同樣，他所修訂的《天命圖説》也是用來製成屏帖、朝夕玩味的：“於是，揭諸座右，朝夕潛心玩繹，庶幾因圖自牖，啟發其衷而有少進益也。”[③]

既然圖説必須用作屏帖才能充分發揮作用，那麽圖説的篇幅尺寸就應當恰到好處。正因爲如此，《聖學十圖》刊刻完成後，退溪才注意到圖本樣子太大、不便玩閲的問題，爲此他十分懊悔，在給奇大升、金就礪、柳成龍等人的信中多次談及此事，如他致信奇大升説：“初謂字不欲微細，其長廣皆要寬占，以致圖本樣子太大，其於作帖玩閲，殊有不便適者，未及改謀，而刊刻已了。今何得冒譏訕而欲改作乎？”[④]這是説，退溪起先只考慮到字體不能太小，否則閲讀不便；後來才發現版式太大又不便於作帖玩閲。但此時圖説已經刊刻，再作修改就可能引起非議，雖然追悔萬分，但也無可奈何了。從退溪對圖本作帖玩閲的重視，可以看出適合隨時觀覽是圖説的重要特徵。

隨時觀覽圖説的最終目的是對義理由深思熟玩到融會貫通。退溪描述持之以恒地觀覽圖説的功效曰：“至於積真之多，用力之久，自然心與理相涵，而不覺其融會貫通；習與事相熟，而漸見其坦泰安履。”[⑤]可見退溪認爲窮理是一個由漸修到頓悟的過程，這一過程的關鍵便是對義理的持久鑽研。退溪曾解釋程復心《心學圖》的旨趣道：“欲使學者，因其名目，而究其義意，玩味而體認之，久則衆理融會，而心之全體在是矣。”[⑥]這同樣是主張，堅持不懈地玩味圖説，有助於學者臻于義理融會貫通的境界[⑦]。

必須説明的是，退溪雖然極力推崇圖説這一形式對於融會貫通義理的意義，但他並没有將圖説視爲手到病除的秘方，相反，他十分强調學者主觀的努力，認爲學者只有積極思索並身體力行，才有可能真正領悟圖説中的義理。他在《進聖學十圖札》中詳細描述了觀覽圖説、領悟義理的步驟和方法：其一是因圖致思：“然而心之虚靈，若無以主宰，則事當前而不思；理之顯實，若無以照管，則目常接而不見。此又因圖致思之不可忽焉者然也。”所謂因圖致思，就是眼的觀察與心的思索相互結合。其二是思學互益：“抑又聞之，孔子曰：學而不思則罔，思而不學則殆。學也者，習其事而真踐履之謂也。蓋聖門之學，不求諸

①《退溪集》Ⅰ卷七，第22頁。

②同上，第33頁。

③《退溪集》Ⅱ卷四十一，第2頁。

④《退溪集》卷十八，第12頁。

⑤《進聖學十圖札》，《退溪集》Ⅰ卷七，第8頁。

⑥《答趙士敬》，《退溪集》Ⅱ卷二十三，第28頁。

⑦類似的説法還見於退溪《答李叔獻》對《心學圖》宗旨的論述：“欲人從這邊體認，從那邊潛玩，體認潛玩之多般，庶幾交相證驗，融會貫通。”《退溪集》Ⅰ卷十四，第36頁。

心，則昏而無得，故必思以通其微；不習其事，則危而不安，故必學以踐其實。思與學，交相發而互相益也。”退溪把“學”理解爲踐履，思學互益實際上就是知行互進。其三，退溪又把思學互益納入其“持敬”的工夫論體系中：“而持敬者，又所以兼思學，貫動靜，合内外，一顯微之道也。其爲之之法，必也存此心于齊莊靜一之中，窮此理於學問思辨之際。不睹不聞之前，所以戒懼者愈嚴愈敬；隱微幽獨之處，所以省察者愈精愈密。”其四，持敬的方法是從專思一圖、專習一事入手：“就一圖而思，則當專一於此圖，而如不知有他圖；就一事而習，則當專一於此事，而如不知有他事。朝焉夕焉而有常，今日明日而相續。或抽繹玩味于夜氣清明之時，或體驗栽培於日用酬酢之際。”其五，要正確對待義理上的困難：“其初猶未免或有掣肘矛盾之患，亦時有極辛苦不快活之病。此乃古人所謂將大進之幾，亦爲好消息之端。切勿因此而自沮，尤當自信而益勵。”[①]窮理持敬中遇到的困難正是領悟深入的徵兆，因此不必心生沮喪，而應更加自信自强，這樣才有可能達到融會貫通的境界。綜上所述，圖説這種明白易懂的説理形式，只有通過學者持之以恒、思學互進的努力，才有可能發揮最大效用。

以上的分析表明，退溪認爲性理圖説有助於窮理的觀點，實際上包含了他對窮理的具體程序的看法，即從義理的明白易懂處入手，堅持不懈，熟讀深思，以求融會貫通。

四、圖式如何詮釋義理

退溪認爲圖説可令義理明白易懂，那麼，圖説究竟採用了哪些形式來闡明義理呢？從退溪對《天命圖》、《人心道心圖》、《心學圖》、《心統性情圖》的詮釋和修改中可以看出，退溪不僅充分吸收了前人的作圖手法，而且在形式上多有創新：

一是層次。圖説經常運用空間的不同層次來説明本體和發用之分、從太極本原到萬物化生的不同階段。周敦頤《太極圖》採用了從上到下的結構，而退溪《天命圖》的層次卻是從外到内。退溪曾論述周敦頤《太極圖》和《天命圖》在結構上的似異實同曰：

> 有客艴然曰：子欺余哉？周子之圖，由太極而五行爲三層，氣化形化又爲二層，此圖則止塊然一圈子耳。……曰：……蓋太極圖始於太極，次陰陽五行而後，有妙凝之圈，妙凝之圈，即斯圖所揭天命之圈是也。……其自五行陰陽之上，則固具於天圓一圖。而太極之無聲無臭，又不待摹寫，而亘於穆不已於其中矣[②]。

①《退溪集》I卷七，第7–8頁。

②《天命圖説後序》，《退溪集》II卷四十一，第3–6頁。

這是説，《太極圖》用太極、陰陽、五行、氣化、形化等上下五個層次來闡釋太極本原生成萬物的過程（參見圖一《太極圖》），而《天命圖》乍看似只有一層，其實是由外層的“天圓一圖”和内層的“妙凝之圈”構成，並隱含了無聲無臭的太極之圈（參見圖二《天命新圖》）。换言之，鄭之雲和退溪是將《太極圖》的自上而下的多層結構，發展爲《天命圖》的由外到内的多層格局，使得性理圖的層次形式更爲多樣。

二是方位。方位也許是性理圖用得最多的一種形式，根據所要表述的義理的不同，方位又有上下、左右之别。退溪在繼承河圖洛書和《太極圖》方位的基礎上，提出了觀者與圖式的方位關係決定圖式方位的新見。

性理圖的上下方位可表示南北、天人、體用等多種意義。退溪認爲河圖洛書由下至上的方位象徵著陽氣始生於北方而漸長於南方：“陽氣始生於下，而漸長以極於上。北方，陽氣之始生也，彼圖書率以陰陽消長爲主，而以陽爲重，則由北而始於下，固當然也。”（見圖三《河圖洛書方位示意圖》）而《太極圖》的從上而下則意味著上天降命於人物：“至於《太極圖》則異於是。原理氣而發化機，示上天命物之道，故始於上而究於下，其所以然者，天之位固在於上，而降衷之命，不可謂由下而上故也。”①（參見圖一《太極圖》）與上述兩圖有所不同，《心統性情圖》中下圖的上下方位還包含了心的未發之體與已發之用的關係：“此圖，上面是心静未發之時，下面是性發爲情之次。”②（參見圖四《心統性情圖》）

圖式的左右方位多用於象徵東西陰陽關係和修身工夫的先後關係。河圖洛書和《太極圖》都是分别用左右代表陽和陰，與陰陽相對應的仁義也分居圖式的左右，正如退溪所説：“《太極圖》，左爲陽右爲陰，本於河圖洛書前午後子左卯右酉之方位。”③此外，一些詮釋工夫次序的圖式常以從右到左的順序表示工夫的先後。如權近《大學指掌之圖》中，《大學》之“誠意”至“平天下”的八條目，就是從右往左排列，以説明修身工夫的次第。

退溪在圖式方位上的重要創見是主張觀者與圖式的方位關係不同，則圖式的上下左右的方位也相應變化。退溪《天命圖説後叙》以主客問答的形式，比較《天命圖》與河洛的方位云：

客曰：子謂此于太極圖有所祖述者，是矣。然太極圖，左爲陽右爲陰，本於河圖洛書前午後子左卯右酉之方位，固萬世不易之定分。今圖，一切反是而易置之，不亦疏謬

①《天命圖説後序》，《退溪集》Ⅱ卷四十一，第5頁。

②《答金而精别紙》，《退溪集》Ⅱ卷三十，第22頁。

③《天命圖説後序》，《退溪集》Ⅱ卷四十一，第4–5頁。

之甚耶？滉曰：不然，此非方位之易置也。第因觀者之於圖，有賓主之異耳。何者？河洛以下，凡圖書之位，皆自北爲主，而觀者亦由北從主而觀之，是圖與人無賓主之分，故前後左右東西南北，皆不易也。今此則圖爲主在北，觀者爲賓在南，由賓而向主，自南而觀北，故其前後左右，由觀者之向背而互異耳，非天地東西南北之本位有變也。此其曲折之似殊，而意義則無不同也①。

這段話旨在説明：從《天命圖》本身來看，此圖的方位是上北下南左西右東，與河洛的下北上南左東右西截然相反。實際上，此圖只是將觀者與圖式的方位關係作了改動而已。以往的河洛圖書都是觀者與圖式無賓主之分，觀者與圖式都是自北向南，所見到的易圖方位自然是下北上南左東右西；而此《天命圖》將觀者與圖式的關係處理爲主賓兩分，圖式爲主在北，觀者爲賓在南，自南而觀北，於是所見到的圖式方位便與一般的河洛完全相反，但圖式實質上還是前午後子左卯右酉的方位。1670年修改《心統性情圖》時，退溪再次採用了《天命圖》的觀者與圖式賓主南北相對的辦法，將此圖的方位改爲上北下南左西右東②。觀者與圖式的方位關係這一觀念的提出，不僅有助於解決退溪製作圖式中的技術問題③，而且更深入地揭示了圖式的方位與義理的對應關係。

三是色彩。河圖洛書用黑白二色來代表陰陽，鄭之雲和退溪則進一步賦予黑白二色以新義。衆所周知，河圖洛書以黑爲陰白爲陽，《天命圖》的陰陽之圈也是黑白交錯的，不惟如此，《天命圖》還以白與黑的對比來象徵人物之氣的明暗不同：

今於人形，則必白其全體，以爲五性旁通；於禽獸，則必於性圈上下，白其一綫之路，以爲或通一路；於草木，則白其性圈而黑其全體。……然則其性之所以或通或塞者，乃氣有正偏之殊也；其形之所以或白或黑者，乃示氣有明暗之異也。④

《天命圖》的人形、禽獸、草木分别用全部白色、性圈上下的一綫之白、性圈白而全體黑三種黑白對比度來表示，是由於三者所秉受的氣質有從明到暗的不同。（參見圖五《天命新圖》局部）

四是字形。退溪學習和發展前人的作圖技巧，通過宋體與篆書的交錯運用、字形的

①《退溪集》Ⅱ卷四十一，第4–5頁。

②《答金而精》，《退溪集》Ⅱ卷三十，第22–23頁。

③參見拙作《退溪論易圖對性理圖説的影響》。

④《天命圖説》，《退溪集續集》卷八，第16頁。

順逆變化、字體的一分爲二等方式來闡釋義理。關於前兩種技巧，後文將加以詳論，就字體的一分爲二而言，圖説常以中間和兩旁兩種不同的位置，來表示性命本體之中正與形氣發用的邪惡。與此相適應，與發用、邪惡有關的文字常被一分爲二，分置於中正之體的兩旁，如《天命圖》中“惡幾”兩字皆被拆成兩半，分别處於“善幾”的左右兩邊（參見圖五《天命新圖》局部）。又如趙穆修改《人心道心圖》時，將“形氣”二字中分，分别放置在“性命”等概念的兩邊（參見圖六趙穆所改《人心道心圖》），退溪則進一步將“私”、“危”兩字也作同樣的處理（參見圖七退溪初改《人心道心圖》）。

以上的分析表明，退溪的闡釋和製作性理圖，使得用以闡釋義理的形式更加多樣，形式所象徵的意義越發深入，圖式和義理的對應關係進一步明朗，這一切都有助於增强圖説在窮理修身中的作用。

五、從性理圖説看退溪儒學的淵源和特點

關於退溪學術的淵源和特色，以往的研究已經深入考察了他對朱熹學術的繼承，剖析了他的有關“四端七情”的理氣論和以敬爲主的工夫論①。退溪無疑是服膺朱子學的，其門生李德弘所謂“（退溪）謂朱子吾之師表也，非朱之言不敢言，非朱之行不敢行”②，是對退溪尊朱的最好概括。同時，四端七情之辯和居敬説也確實是退溪思想中的重要問題。但是，值得注意的是，退溪接受朱熹思想的具體途徑頗爲複雜，宋周敦頤、李侗、元程復心、明程敏政等人從不同層面對退溪的影響，實際上成爲退溪接受朱子學的中介。與此相適應，退溪所接受的朱子學也不僅僅是理氣論和主敬論。

本節擬從退溪對性理圖説的重視，考察其與李侗、程敏政等人的思想淵源，揭示退溪重視治學修身的具體程序的特點。退溪之重視性理圖説與其思想特色的關係，可以從以下兩方面加以考察：就圖説這種形式本身來説，明程敏政《心經附注》收録多幅性理圖説，是退溪重視圖説的最初推動力；從圖説這種形式所包含的從道理平實處入手的工夫論來

①參見楊憲邦《李退溪和朱熹性情觀的異同》，《韓國退溪學報》第56輯，1987；成中英、伍至學《李退溪的“四端七情説”與孟子、朱熹思想》，《學術月刊》1988年第1期；高令印《李退溪在理氣關係上對朱熹思想的繼承和發展》，《廈門大學學報》1992年第2期；Tomoeda Ryū tarō，“Yi T'oegye and Chu Hsi:Differences in Their Theories of Principle and Material Force”;Tu Wei-ming,“Yi T'oegye' s Perception of Human Nature :A Preliminary Inquiry into the Four -Seven Debate in Korean Neo-Confucianism” Wing-tsit Chan,“How T'oegye Understood Chu His”, all collected in *The Rise of Neo-Confucianism in Korea*, Columbia University Press,1985.

②《記善總録》，《艮齋集》卷六，第23頁。

看，李侗“此道理全在日用處熟”的思想當對退溪產生了很大影響。

必須肯定的是，重視圖説和提倡從平實的義理出發這兩個層面，都是朱熹思想中的固有成分。就性理圖説這種形式而論，如前所述，朱熹對易圖推崇備至，十分推尊周敦頤《太極圖説》，他本人也作了不少圖説；就工夫的程序來説，朱熹反復强調由淺入深、由積累到貫通。在其著作中，主張義理明白易懂的概念，如“日用”、“平實”、“明白”、“易曉”；强調長期積累的説法，如“真積力久”、“熟”、“久”，可謂俯拾即是。以《朱子語類》爲例，卷十四《大學·綱領》、卷七十八《尚書·綱領》、卷七十九《尚書·禹貢》分别5次、11次、8次稱讚《大學》、古文《尚書》的“易曉”，而對“熟”强調得最多的分别是卷十《讀書法上》（32次）、卷十一《讀書法下》（28次）、卷十九《論語·語孟綱領》（28次）、卷一百二十《朱子·訓門人》（28次）。

但是，本文所要强調的是，從退溪的學術歷程來看，雖然他19歲時就通過《性理大全》廣泛瞭解到宋代理學諸家的思想，但就窮理修身之次序的深入探索來説，他30多歲開始研讀程敏政《心經附注》，52歲得見李侗《延平答問》（説詳下），其後才著手研讀《朱子大全》[①]，他是通過作爲朱熹先導的李侗和朱熹後學的程敏政這兩個思想中介，來接受朱熹上述思想的。

1．退溪對李侗之學的接受

李侗（1093–1163）字愿中，福建南劍州劍浦人，因久居延平，學者稱爲“延平先生”，是對朱熹早年思想影響最大的老師。由退溪《延平答問後語》可知，退溪先是從《四書章句集注》、《四書或問》中接觸到李侗的片言隻語[②]，真正全面瞭解李侗思想，是在1552年于京城結識朴希正[③]，獲見《延平答問》之後[④]。《延平答問》一書令退溪獲益匪淺，他在詩中描寫了自己深受此書啟發的情形道：“師尊百世李延平，秋月冰壺徹底清。自我遺編憑子得，從前昏醉恍如醒。”[⑤]於是他與朴希正、李楨等人共同促成了此書的刊刻。退溪還作有《延平答問後語》（1553）、《延平答問跋》（1554）。退溪經常勸誨學生研讀《延

①據《朱子書節要序》，退溪是“因病罷官”後才開始研習《朱子大全》的（《退溪集》Ⅱ卷四十二，第3頁），又據《延平答問後語》，退溪在得見《延平答問》之前讀過朱熹《四書集注》、《四書或問》（《退溪集》Ⅱ卷四十三，第9頁），由此可以推測研治《朱子大全》當在得見《延平答問》之後。

②今本《四書章句集注》中似無李侗説，《四書或問》中僅有延平“凡遇一事，即當且就一事反復推尋”一段而已。

③據朴枝華《行狀》，朴民獻（1516–1586）字希正，號正庵，咸陽人，師從徐敬德，有詩若干卷藏於家（轉引自《韓國歷代人物傳集成》第1180–1182頁）。

④據退溪《韓士炯胤明往天磨山讀書，留一帖求拙跡，偶書所感寄贈》詩自注，《延平答問》一書本爲南時甫（名彦經）所藏。（《退溪集别集》卷一，第67頁）。

⑤《韓士炯胤明往天磨山讀書，留一帖求拙跡，偶書所感寄贈》，《退溪集别集》卷一，第67頁。

平答問》，如1555年他向趙穆推薦此書曰："延平書看否？此老言語，一味親切，警悟人處多。"①

對於李侗之學，退溪最爲推崇其儒釋之辨和日用工夫。退溪在著述中多次引用李侗之説，涉及到李侗學術的各個方面，如有無之説：退溪不止一次地援引李侗的"積下一團私意"之説②，來説明過分罪己責躬也是一種私意，應當設法以理排遣之；對於有事、無事問題的最合適的態度，是李侗所謂"非著意非不著意"③。又如理一分殊之説：退溪在《答禹景善》中徵引了李侗"若槩以理一而不察乎其分之殊，此學者所以流于疑似亂真之説而不自知也"一説，强調既要領會理一，又應悟得分殊④。不過，退溪最重視的還是李侗有關儒釋之辨和日用工夫的思想。儒釋之辨其實是李侗思想的基本出發點，上述有無之説、理一分殊之説，以及下文將要論及的静坐工夫、日用工夫等命題，都是從不同層面對儒釋之辨所作的闡發。退溪在《延平答問後語》和《延平答問跋》中都提到了李侗闡明儒釋之辨的功績，認爲從《延平答問》可以領悟"吾學與禪學，似同而實異之端"⑤；而朱熹也正是在李侗的教誨下才真正擺脱釋老而歸於道學。對於李侗有關日用工夫的思想，退溪更是再三强調，其説云："而其用功親切之處，常不離於日用酬酢動静語默之際，此先生静坐求中之説，所以卓然不淪於禪學，而大本達道，靡不該貫者也。"⑥退溪認爲李侗有關日用工夫的思想是其静坐説的重要内涵，是其明辨儒釋之分的重要依據。

2. 李侗"此道理全在日用處熟"的影響

與退溪對李侗思想的上述認識相適應，李侗"此道理全在日用處熟"一説，爲退溪講究窮理修身的具體程序、推崇性理圖説提供了思想依據。

對於李侗"此道理全在日用處熟"一説，退溪既從動静合一的本意上加以理解，又將其引申爲從義理明白處入手的工夫次序。

李侗在《與羅博文宗禮書》中提出"此道理全在日用處熟"一説，本意是借朱熹學風的轉變，説明静坐工夫須與動處工夫相結合：

---

①《答趙士敬乙卯》，《退溪集》Ⅱ卷二十三，第3頁。

②見《答金惇叙癸丑》，《退溪集》Ⅱ卷二十八，第4頁；《與琴聞遠丁巳》，《退溪集》Ⅱ卷三十六，第30頁。此説出自《延平答問》："某竊以謂有失處罪己責躬固不可無，然過此以往，又將奈何？常留在胸中，卻是積下一團私意也。"

③《答金惇叙丁巳》，《退溪集》Ⅱ卷二十八，第19頁。此説出自《延平答問》："又云因看必有事焉而勿正、心勿忘、勿助長數句，偶見全在日用間非著意非不著意處，才有毫髮私意便没交涉。"

④《退溪集》Ⅱ卷三十二，第2頁。

⑤《延平答問後語》，《退溪集》Ⅱ卷四十三，第10頁。

⑥《延平答問跋》，《退溪集》Ⅱ卷四十三，第14頁。

此子别無他事，一味潛心于此，初講學時頗爲道理所縛，今漸能融釋，於日用一意下工夫，若於此漸熟，則體用合矣。此道理全在日用處熟，若静處有而動處無，即非矣。

顯然，李侗所説的“此道理全在日用處熟”，是作爲“静處有而動處無”的對立面而提出來的，强調的是日常躬行踐履的工夫。與此説相類似，李侗還曾經説過：

蓋尋常於静處體認下工夫，即於鬧處使不著。蓋不曾如此用功也。元晦於此更思看如何？唯於日用處下工夫，或就事上便下工夫，庶幾漸可合爲己物，不然，只是説也。①

此説也表明了李侗的“日用處”是指日常的動處工夫，是對静坐之本的補充。

退溪對李侗“日用”説的本意是了然於心的，他曾經解釋此説道：“延平之學，以静爲本，而今告晦庵曰，静處工夫，鬧處使不著，且使之就日用下工夫，斯乃貫動静一顯微之道。”②又退溪曾以動静合一解釋李侗之“此道理全在日用處熟”曰：

然亦不當厭博約之煩，而塊然以主静。延平曰：此道理全在日用處熟。若静處有而動處無，即非矣。蓋静有而動無，無他，厭博約而徒主静故耳。須是兩致其功，熟之又熟，而至於動静一體用合，方爲究竟處耳。③

在此，退溪援引李侗此説，仍是旨在强調動静合一，反對單純主静而厭博約的傾向。值得注意的是，退溪也將李侗此説理解爲窮理修身的次序和方法，即從明白易曉的義理著手：

但向來所講，大率多墮於渺茫汗漫之域。蓋此理洋洋於日用，只在作止語嘿之間，彝倫應接之際，平實明白，細微曲折，無時無處無不然，顯在目前，而妙入無眹。初學舍此，而遽從事于高深遠大，欲徑捷而得之，此子貢所不能，而吾輩能之哉。所以徒有推求尋覓之勞，而於行處，茫茫然無可據之實矣。延平曰：此道理全在日用處熟。旨哉言乎。④

①《延平答問》，文淵閣四庫全書本。

②《退溪集》Ⅱ卷二十八，第5頁。

③《與金而精》，《退溪集》Ⅱ卷二十八，第30頁。

④《答南時甫别紙》，《退溪集》Ⅰ卷十四，第10頁。

由這段論述可知，退溪是爲了救治學人急於追求“高深遠大”的弊端，而提出了從日用處開始窮理的主張。在此，退溪把李侗的“日用”理解爲“作止語嘿之間，彝倫應接之際，平實明白”云云，可見他是從關乎日常的人倫生活和平實明白兩方面來詮釋李侗此説。從這個意義上來説，此處的“日用”是側重于平實明白一端，是主張以平實明白來糾正好高騖遠的毛病。對於李侗此説的類似理解，還見於退溪批評金就礪論“神”失之過深的信中：

> 大凡爲學，雖曰以類而推，亦不貴如此徑就杳茫不可知處，窺測影像，推求異同，轉使心路少明多惑，須先從義理顯然明白平實處做將去，積之既久，漸解漸明，以馴至於精粗隱顯一時融徹，乃佳耳。①

這同樣是主張以“顯然明白平實”的義理爲切入口，深思熟慮，以求融會貫通。在此，退溪雖然没有直接引用李侗的“此道理全在日用處熟”的説法，但無疑是隱含在其中的。退溪還曾説過“窮理須就日用平易明白處，看破教熟”②，此説將“日用”與“平易明白”並提，同樣折射出退溪從平易的意義上理解李侗“日用”之説的實質。

退溪不僅多次援引李侗“此道理全在日用處熟”來證成其有關工夫次序的思想，而且還强調朱熹的相關觀念是受李侗影響的結果：“夫晦庵夫子，未見先生之前，猶出入釋老之間，及後見先生，爲學始就平實，而卒得夫千載道統之傳。”③所謂“爲學始就平實”，其内涵是非常豐富的，但無疑包含了從明白處入手的觀念。既然退溪認爲這一觀念是朱熹得之于李侗的，那就更説明了李侗此説在退溪心目中的重要地位。

退溪將李侗“日用”理解爲從平易處入手，與其重視性理圖説有著内在聯繫。如前所述，退溪認爲圖説的意義正是便於學者從明白處入手、熟讀深思。從這一意義上來説，退溪之推崇圖説，乃受惠于李侗有關窮理修身之次序的思想。

3. 退溪對程敏政《心經附注》的推崇

程敏政（1444–1499），字克勤，號篁墩，徽州休寧人，成化二年（1466）進士及第，授翰林編修，以學問該博著稱。弘治十二年（1499）被捲入“鬻題案”，出獄後憤恚而死④。《心經附注》是程敏政爲南宋真德秀《心經》所作的附注。從學術傾向來看，程敏政《道一編》主張朱熹早年反對陸象山而晚年服膺象山的“尊德性”之説，被陳建（1497–1567）

①《論李仲虎碣文示金而精别紙》，《退溪集》Ⅱ卷二十九，第24–25頁。

②《答南時甫别幅》，《退溪集》Ⅰ卷十四，第2頁。

③《延平答問跋》，《退溪集》卷Ⅱ四十三，第14頁。

④《明史·文苑傳》。

《學蔀通辨》斥爲“彌縫陸學”，實際上，敏政本人對這一批評深感委屈，他在《答汪僉憲書》中反復重申自己尊崇朱子的本意，指出朱熹晚年之重視“尊德性”，與自己的《道一編》、《心經附注》一樣，都是爲了糾正當世學人忽視身體力行的弊端，絕不意味著對象山之學的臣服。因此，從程敏政自身的學派認同而論，他可以算是明代朱子後學[①]。

退溪對程敏政其人的看法經歷了從奉若神明到頗有微辭的變化，但對《心經附注》的尊崇卻是始終如一的。自從三十多歲開始研習《心經附注》以來，退溪對程敏政一直十分崇敬，用他自己的話來説是“昔日尊仰，不啻如山斗如神明”[②]。然而，1566年前後，趙穆從《皇明通紀》中瞭解到程敏政爲人爲學的情況，轉告退溪之後[③]，退溪對敏政的看法有所改變。退溪從趙穆處瞭解到的程敏政之事有三：一是“賣題案”，二是汪循之認爲敏政於勢利“未能擺脱得去”，三是敏政《道一編》主張朱陸早異晚同。對此，退溪認爲朱陸有此儒而彼禪的根本差别，故《道一編》有陷於陸禪之失。由其學問之失，退溪對敏政的人品也産生了懷疑。

儘管如此，他始終主張《心經附注》值得尊信。本來，退溪借用程敏政《心經附注序》之説，將《心經附注》推尊爲指南之車[④]。作於1556年的《靜齋記》則有“因朱子之訓，參以篁墩之書”的説法，將《心經附注》與朱熹的著作相提並論，可見退溪對前者尊崇的程度。退溪還指出《心經附注》的要義有二：一是闡述朱熹“尊德性爲本，兼修道問學之意”[⑤]。是主張敬靜相須，即“近世篁墩程氏論夜氣主靜之旨，而卒亦歸重於敬”[⑥]。敏政主靜歸敬的思想，當是退溪以敬爲主説的重要來源之一。在瞭解程氏之爲人爲學之後，退溪堅持《心經》不可廢，其理由是：其一，此書經注皆彙集聖賢之言：“其經則自詩書易以及于程朱説，皆聖賢大訓也。其注則由濂洛關閩，兼取後來諸賢之説，無非至論也。”[⑦]其

①陳寒鳴《明代朱學述論》也認爲程敏政屬於明代朱學（《中華文化論壇》2001年第4期）。

②《與趙士敬》，《退溪集》Ⅱ卷二十三，第43頁。

③趙穆《月川集》未收趙穆原信，退溪答信次於乙丑年（1565）信之後（《退溪集》Ⅱ卷二十三，第43–44頁），又1566年《心經後論》有“頃者，横城趙士敬，因讀《皇明通紀》”云云（《退溪集》Ⅱ卷四十一，第12頁），可以推測此事發生在1566年前後。

④程敏政《心經附注序》稱賞真德秀《心經》曰：“若此編者，豈非障川之柱，指南之車，燭幽之鑒，大有功於斯道。”（《篁墩文集》卷三十）退溪《閒居次趙士敬具景瑞金舜舉權景受諸人唱酬韻十四首》有“若事真經與程注，指南應不歎亡羊”之説（《退溪集》Ⅰ卷二，第4頁），又《答鄭子中》云：“更宜以一部心經，爲早晚誦習夾輔用功之地，則所謂障川之柱，指南之車，燭幽之鑒，皆可於吾身親見其實矣。”（《退溪集》Ⅱ卷二十六，第15頁）

⑤《閒居次趙士敬具景瑞金舜舉權景受諸人唱酬韻十四首》自注，《退溪集》Ⅰ卷二，第4頁。

⑥《靜齋記》，《退溪集》Ⅱ卷四十二，第23頁。

⑦《心經後論》，《退溪集》Ⅱ卷四十一，第15頁。類似説法還見於《與趙士敬》，《退溪集》Ⅱ卷二十三，第44頁。

二，雖然，《心經附注》末章注認爲朱子對尊德性道問學的看法有早晚之分，此説不夠準確，但朱熹學説，尤其是晚年思想中確有尊德性以糾正口耳之學的成分，程敏政引用此説來針砭當世俗學的弊端，其救世之深意值得嘉許；同時《心經附注》又未嘗一言及于陸氏之學，因而並無陷於異端的嫌疑，與《道一編》有著根本區别[①]。

4.《心經附注》之圖式的啟發

《心經附注》所收性理圖説對退溪的影響更值得注意。如前所述，退溪自叙其最先關注的性理圖説是《心經附注》所收程復心《心學圖》（見圖九）。實際上，除了《心學圖》之外，《心經附注》還收有王柏《人心道心圖》、趙師夏《誠幾圖》、范蘭溪《舜蹠圖》等性理圖[②]。可以説，重視性理圖説是《心經附注》的重要特色。

退溪對《心經附注》所收性理圖都十分關注，曾詳細討論各圖在圖解義理方面的得失。正因爲如此，這些性理圖説從不同層面加深了退溪有關圖式的思考。就程復心《心學圖》而論，據汪幼鳳所作《程教授傳》，程復心，字子見，婺源人，號林隱，師朱文公從孫洪范，友雲峰胡炳文，以三十餘年時間作成《四書章圖》[③]，圖以朱熹《四書章句集注》爲依據，又折衷黄氏、輔氏等諸家學説，分章爲圖，間附己意[④]。《心學圖》便是其中之一。程復心《心學圖》由兩層構成，上層是在“心圈”的上端放置“本心”和“良心”，下端爲“道心”和“人心”，左右分别是“大人心”和“赤子心”；下層是以“敬”爲中心，右半圈按順時針順序依次爲“慎獨”、“克復”、“心在”、“求放心”、“正心”、“四十不動心”，左半圈按逆時針順序依次爲“戒懼”、“操存”、“心思”、“養心”、“盡心”、“七十而從心”，上下兩圈的銜接是“惟精擇善”和“惟一固執”。退溪從《心學圖》中體悟到了圖式將義理平易化的作用。比如，他指出《心學圖》之“心圖”排列六個心的意義是：“蓋以六心兩下分説，其理趣脈絡，自然分明貫穿。”這是説，《心學圖》使得觀者對六種心的邏輯關係一目了然。

王柏《人心道心圖》在圖式技巧方面影響了退溪等人。據《宋史·何基傳》、《宋元

①有趣的是，退溪對《心經附注》如此重視，而此書在中國似乎影響不大，以至於《天禄琳琅書目》卷九“心經附注”條誤以爲此書爲敏政未刊之書。其實李東陽《懷麓堂集》卷六十四《篁墩文集序》已明言“先生所輯有《道一編》、《心經附注》、《程氏統宗譜》、《貽範集》共百餘卷别行於世”，又《篁墩文集》卷四十六《汪承之墓誌銘》也述及汪氏“刻余所編《心經附注》以傳”。此外，《天禄琳琅書目》所録者當爲朝鮮刊本，因此本有“李滉《心經論》”，只是書目作者不明乎此，但云李滉爵里未詳。

②四圖分别見《心經附注》卷首第5頁、卷一第4頁、卷二第7頁、卷四第5頁（四庫存目叢書本）。

③朱彝尊《經義考》（文淵閣四庫全書本）卷二百五十五稱《四書章圖》存，但筆者未見，今從續四庫全書本元倪士毅輯釋、程復心章圖之《四書輯釋》中摘出程氏《心學圖》（見圖十）。

④《新安文獻志》卷七十一（文淵閣四庫全書本）。

學案》卷八十二《北山四先生學案》等史料，王柏字會之，號魯齋，是金華朱學傳人“金華四先生”之一。《人心道心圖》出自其《研幾圖》①。退溪對此圖頗爲不滿，曾經説：“《人心道心圖》，誠有可疑處，其自叙説，亦殊未瑩。”②在其生命的最後一年，他甚至對李珥説：“大抵此圖説，多有説不出、曉不得底，故此間諸友相與勘定，以爲不必看。”③但他與趙穆先後三次修改此圖④，並闡述了修改的理由。這些論述證明了《人心道心圖》的作圖技巧其實是具有啟發性的。比如，用篆書來突出圖式中的核心概念。王柏原圖最下端的“心”字是該圖的中心概念，故用篆書加以突出，趙穆和退溪在修改此圖時，吸收了這一手法，將“中一”、“精”、“正”“性命”等關於本體的字眼都改爲篆書（參見圖六趙穆所改《人心道心圖》、圖七退溪初改《人心道心圖》、圖八退溪後定《人心道心圖》）。

程敏政等人對趙師夏《誠幾圖》的肯定態度也爲退溪所接受⑤。據《宋元學案》卷六十九《滄州諸儒學案上》，趙師夏，字致道，號遠庵，紹熙元年（1190）進士，師從朱熹。其《誠幾圖》⑥意在發明周敦頤《通書》“誠無爲，幾善惡”之説。朱熹肯定了趙師夏之説並爲之改定圖式。程敏政《心經附注》收録此圖，明確指出了其作用是“此圖極有益於誠意之學者”。朱熹、程敏政等人先後對《誠幾圖》予以肯定，必然强化了退溪有關圖式有益於窮理的觀念。不惟如此，他從儒學義理和圖式結構兩方面汲取了《誠幾圖》的因素。他非常讚賞此圖中的“善幾”、“惡幾”之説，認爲此説爲心無善惡之理提供了依據，因此他在與學人的通信中不止一次地援引⑦。《天命圖》則不僅吸收了“善幾”、“惡幾”之説，而且採納和發展了《誠幾圖》以字形的方向變化來表示義理的作圖技巧。《誠幾圖》將“善幾”與“惡幾”分别直出和旁出，從而表示兩者的主賓關係（參見圖十三《誠幾圖》）。退溪《天命圖説》論述了《天命圖》對《誠幾圖》的吸收：“善之發也，原於固有，故直遂而順；惡之萌也，出於本無，故旁横而戾。此趙致道《誠幾圖》之所爲作，而於此取以爲説者也。”⑧值得注意的是，退溪和鄭之雲還由此發展出用字體的正、横、逆三種方向來説明義理的方法。退溪《天命圖説》云：

①四庫館臣以《研幾圖》爲僞（參見《四庫總目提要》卷九十五）。《研幾圖》今有四庫存目叢書本。《心經附注》與《研幾圖》之《人心道心圖》分别見圖十一、圖十二。

②《退溪集》Ⅱ卷二十三，第31頁。

③《退溪集》卷十四，第33頁。

④三次修改的結果分别見圖六、圖七、圖八。

⑤《心經附注》所收《誠幾圖》見圖十三。

⑥見朱熹《晦庵集》卷五十九《答趙致道》（文淵閣四庫全書本）。

⑦ 參見《與洪應吉》，《退溪集》Ⅰ卷十三，第7頁；《答申啟叔沃》，《退溪集》Ⅱ卷三十八，第25頁。

⑧《退溪集續集》卷八，第18頁。

人物之形所以異者，亦陰陽二氣之所致也。蓋陽之性，順而平；陰之性，逆而倒。故人爲天地之秀子而爲陽，故頭必如天，足必如地，而平正直立；物爲天地之偏塞子而爲陰，故形不類人，而或横或逆；然禽獸則乃爲陰中之陽，故生不全倒而爲横；草木乃爲陰中之陰，故生必逆而爲倒。①

由此可見，《天命圖》中關於人形、禽獸、草木的字形有正、横、逆三種方向，是爲了象徵三者由氣稟上的偏正之殊導致的外形差異（參見圖五《天命新圖》局部）。這一形式當是受到了《誠幾圖》將字形分爲直出和旁出的啟發，很直觀地説明了人物的差異。

概言之，《心經附注》所收的性理圖式及程敏政的相關説明，揭示了圖説這一形式有益於窮理修身的意義，提供了用空間關係、字形變化來表現義理的範例，是退溪研治性理圖説的重要借鑒。

六、餘論：“圖不盡理”的思想史意義

在退溪有關性理圖説的詮釋中，一個值得注意的現象是，圖説常常成爲學術思想爭論的導火索，產生這一現象的主要原因是圖式所採用的各種形式與義理之間往往不能完全對應，本文套用魏晉玄學中的“言不盡意”之説，姑且將這一現象稱爲“圖不盡理”。“圖不盡理”的思想史意義頗耐人尋味。

退溪與友人之間關於性理圖説的爭論，常常是由“圖不盡理”導致義理的歧義而引發的。從這些爭論來看，“圖不盡理”的表現主要有二：其一，一些概念之間的邏輯關係具有既對立又統一的複雜性，而圖式很難同時表現概念的離與合。於是，當圖式將一對對立統一的概念分置兩個區域時，常使人誤以爲這兩個概念之間只有區别而没有聯繫。如前所説，退溪與奇大升關於四端七情的辯論，正是由《天命圖説》引發的。在兩人的第二次論辯中，大升針對《天命圖説》提出了以下看法：“泛論曰，四端發於理，七情發於氣，固無不可。著圖而置四於理圈，置七於氣圈，離析太甚，誤人甚矣。”這是説，從理論上將四端七情分屬於理與氣，尚可以接受，而在《天命圖》中，四與七分别屬於理圈和氣圈，這就過分强調了理與氣之間的對立，而忽視了理氣之間的相輔相成，即發於理的四端也有其氣，發於氣的七情也可以合於理。大升的質疑實質上揭示了圖式解釋義理時常有的局限：主要由空間、綫條關係構成的圖式，往往很難兼顧到概念之間既有所區别又相互聯繫的關係。對於大升的這一質疑，退溪首先指出《天命圖》中四端七情其實是在同圈的，只不過分别

① 《退溪集續集》卷八，第16頁。

位於上下兩端而已。(參見圖五《天命新圖》局部)《後論》中退溪又進一步援引周敦頤《太極圖説》來説明這種位置的分隔是無妨的:

> 但於四七之分,則不過憂其位置之離析,將使不知者認作二情。……然而鄙見以爲凡建圖立説,固爲知者而作,不當爲不知者而廢也。若爲不知者而慮其分析之弊,則濂溪之圖,不應挑出太極圈在陰陽之上矣。既有在上之太極,不應復有在中之太極矣。五行之圈,又不應置在陰陽之下矣。……試玩朱子圖解後論定諸人辯詰處,則可見不妨分析之意,何必過憂於流俗之弊乎?①

退溪認爲,周敦頤《太極圖説》將對立統一的太極、陰陽、五行分屬三層,朱熹對此圖給予了充分肯定。可見,建圖立説是爲知者而作,觀者不會因爲太極、陰陽、五行等處於不同層次而忽視三者的歸一,同樣,觀者早已懂得四端與七情的離合關係,所以不會因爲四端與七情位置的離析,而忽視兩者之間的密切聯繫。其實,"固爲知者而作"一説已表明,對於不知者來説,《天命圖説》分置四七的確可能導致四七絶對對立的誤解。

事實上,對於離合關係上的"圖不盡理",退溪是多少有所體認的。這從他在論及圖式的"不得已"之説中可以看出。他曾經承認,周敦頤《太極圖》將太極、陰陽、五行、氣化、形化這五個歸於一源的概念分爲五層,是不得已而爲之:"五行,一陰陽也;陰陽,一太極也,而二之化,即一之爲也。故渾淪言之,只一而已矣。顧周子爲圖以示人,不得不分而爲五爾。"同樣,他在論述《天命圖》中心與情的分置時也承認:"曰:然則情在心圈之外,何耶?曰:五行本當在陰陽之圈,而濂溪之圖,出於圈外。蓋爲圖以别之,不得已而然爾。"這又是援引《太極圖》將陰陽與五行分屬兩層的做法,説明情在心圈之外,也是不得已而爲之(參見圖五《天命新圖》局部)。所謂爲圖之不得已,其實就是"圖不盡理"即圖式與義理的不完全對應。

其二,圖式中概念的上下、前後、左右等空間關係,常被誤認爲與概念之間的先後、對立等邏輯關係完全對應。這一問題在程復心《心學圖》中較爲突出。對於此圖的位置安排,趙穆、李珥先後提出了質疑,其理論前提就是圖中概念之間的位置關係與其邏輯關係應該是嚴格對應的。其中,趙穆的批評包括以下幾方面:一是良心本心、赤子心大人心、人心道心之間的邏輯關係不同,因而不應一律分置左右兩邊。二是"求放心"不當位於"克復"、"心在"之後,"養心"不當置於"心思"之下②。李珥認爲《心學圖》的問題

①《退溪集》I卷十六,第41–42頁。

②《心經稟質》,《月川集》卷四,第2頁。

在於概念的次序不合理，具體來説是：一，作爲聖人之心的大人心何以置於道心之前？何以不經用功而自有？二，遏人欲存天理，不當分兩邊功夫。三，“心在”與“心思”似應互換。四，“求放心”是工夫之粗，克己復禮是工夫之精，兩者不可混爲一談。五，“盡心”屬涵養、“正心”屬省察的設置也應顛倒過來①。

退溪反駁兩人的質疑時，雖然也涉及到“求放心”在工夫中的次序之類的問題，但其核心思想卻是强調此圖並非意在精確地展示概念之間的離合、先後等邏輯關係，而是僅僅羅列心性的多種層面和工夫的多種形式，使得學者通過多方體會而融會貫通。關於《心學圖》中六種心的位置關係，他回答趙穆的疑問曰：“蓋林隱於心圈上頭對置良心本心，兩旁對置赤子心大人心，非欲以此分類于人心與道心，同其精擇而去取之也。要以見心之爲物，渾然全體之中，隨其所發所就地頭分劑，而有如此般樣名目，欲使學者，因其名目，而究其義意，玩味而體認之，久則衆理融會，而心之全體在是矣。”這是説，《心學圖》的作者無意深究六種心的異同，而是旨在提供領悟心之全體的多種途徑。退溪對李珥的相關解釋把這層意思表達得更爲顯豁：“程圖意非謂大人之工夫地位當在此，只謂心之爲物，在赤子如何，在大人如何，以見聖賢論心如此如此，欲人從這邊體認，從那邊潛玩，體認潛玩之多般，庶幾交相證驗，融會貫通，而識心之體用，以爲精一以下用工之地爾。”②

對於《心學圖》之“敬圖”的工夫論，退溪也多次强調其上下順序並不嚴格對應於工夫的先後，而只是羅列工夫的大概進程和“心法”的多種層面。其説云：“其從上排下，只以淺深生熟之大概言之有如此者，非謂其工程節次，如致知誠意正心修身之有先後也。”③“敬圖”從上到下排列了“慎獨”、“克復”、“心在”等條目，只是説明工夫的大致趨勢而已，不能等同于《大學》三綱八條目那樣逐層遞進的先後順序。他在《答李叔獻》中進一步申論此意曰：

> 所以必歷舉其餘而言之者，是豈謂必由於此一層，而至於彼一層，又以彼一層爲梯級，而又上至第幾層耶？蓋以爲聖賢論心法處，不止一端，或以爲如此，或以爲如彼，歷指而示人，以爲皆不可不知，皆不可不用力云爾。④

對於圖式與義理在這方面的不協調，退溪同樣有不得已之説：“其從上排下，亦以其作圖

①《上退溪先生問目》，《栗谷全書》卷九，第12–13頁。

②《退溪集》I卷十四，第36頁。

③《進聖學十圖札》，《退溪集》I卷七，第29–30頁。

④《退溪集》I卷十四，第37頁。

之勢有不得不然者，非謂其如大學條目之有工程先後也。”這是説，圖式這一展示義理的形式決定了圖式中的概念無不處於空間關係之中，即便是没有嚴格先後關係的概念，也只能用從上到下的位置關係來表示它們之間的聯繫。這一説法實際上承認了圖式的空間關係可能導致的另一種誤解。

值得一提的是，退溪對“圖不盡理”採取了不必深究的態度，這也折射了他從明白平實處入手的觀念。在反駁趙穆對於《心學圖》的上述懷疑時，退溪曾批評其失之過深的毛病：“其精思至此，雖若可喜，竊恐思之過，而或反害于趣尚也。”①而在駁斥李珥有關《心學圖》的質疑時，退溪更是明確提出了從明白平實處入手、不必過於懷疑成説的主張：“爲見叔獻前後論辯，每把先儒説，必先尋其不是處，務加貶斥，使你更不得容喙而後已。至於尋覓得個是處，要從這明白平實正當底道理，朴實頭做將去意思，殊未有見得。”②

與此相聯繫，對於圖式與義理之間對應的程度，退溪不象奇大升等人那樣苛求，這也折射了退溪學風的獨特之處：退溪在文本和思想的詮釋中，往往主張“活看”，而其他學者則未免有“按圖索驥”之嫌。退溪在解釋“氣之始無不善”時，强調隨處活看：

> 然氣有一日之始，有一月之始，有一時之始，有一歲之始，有一元之始。然此亦槩舉而言之耳。推來推去，其變無窮，當隨處活看，不可執定爲某氣之始。③

所謂“活看”，是指不拘泥于文本和定規，盡可能完整、靈活地把握義理的治學方法。退溪對“圖不盡理”的不予深究，正是其“活看”説在圖式詮釋中的體現。與此相反，奇大升看到《天命圖》中四端與七情分置兩端，就認爲其含義是四七完全離析；趙穆、李珥煞費苦心地分析《心學圖》中六個心的邏輯關係是否完全一致，以及從“慎獨”到“四十不動心”的工夫次序是否準確的問題，都或多或少難逃拘執之譏。

另一方面，如果從退溪等人的問題意識中抽出身來，從海東思想史發展的客觀意義來説，重要的並不是圖式是否能夠“盡理”，而是圖式在客觀上彰顯並强化了不同學術思想之間的對立，爲思想的碰撞提供了助力。比如，在奇大升與退溪的爭論中，奇大升認爲《天命圖》的四七分置於理圈與氣圈的做法，比起理論上的以理氣分四七，更顯得“離析太

①《退溪集》Ⅱ卷二十三，第27頁。

②《退溪集》Ⅰ卷十四，第40頁。

③《答鄭子中别紙》，《退溪集》Ⅱ卷二十四，第7–8頁。類似的説法還見於《鄭子中與奇明彥論學不合以書來問考訂前言以答如左》，《退溪集》Ⅱ卷二十五，第7頁；《答金而精》，《退溪集》Ⅱ卷二十九，第7頁。

甚”，這就暗示《天命圖》强化了四端有别於七情的觀念，以至於主張四七並無二義的奇大升不得不直面這一挑戰。

綜上所述，從圖式與義理的關係來看，退溪對性理圖説的詮釋揭示了圖説在窮理修身中的作用，説明了圖式如何用形式來詮釋義理，反映了退溪重視窮理修身之具體程序的思想特色，折射了他與李侗和程敏政的學術淵源。“圖不盡理”有著不可忽視的思想史意義。

附 圖

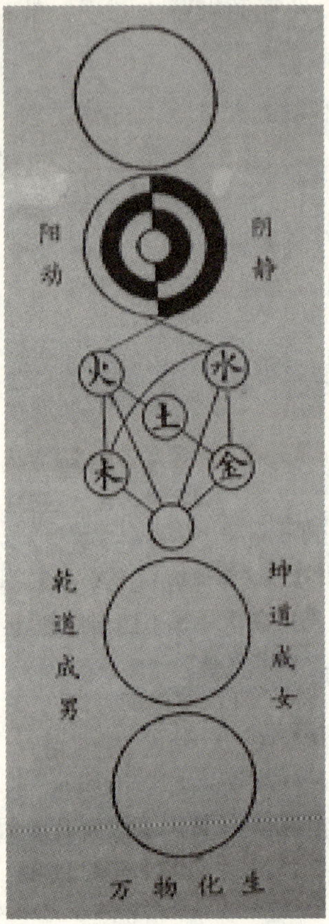

圖一《太極圖》

圖二《天命新圖》

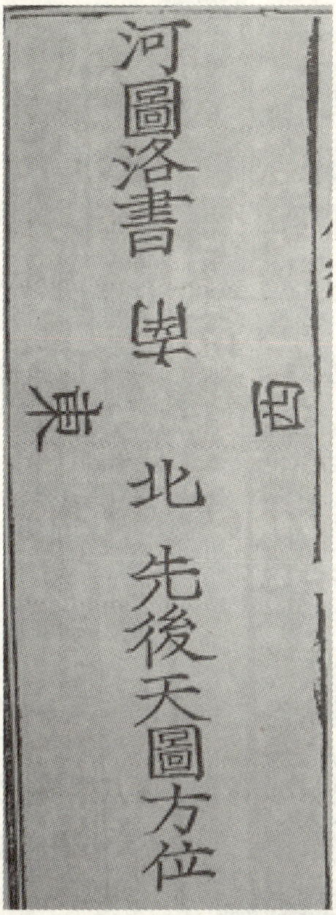

圖三《河圖洛書方位示意圖》

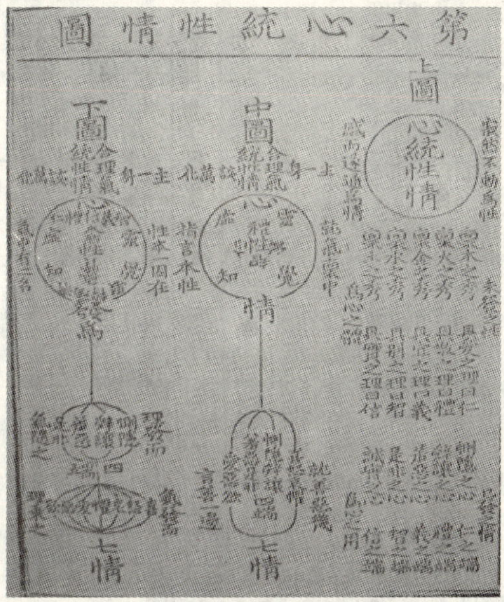

圖四《心統性情圖》

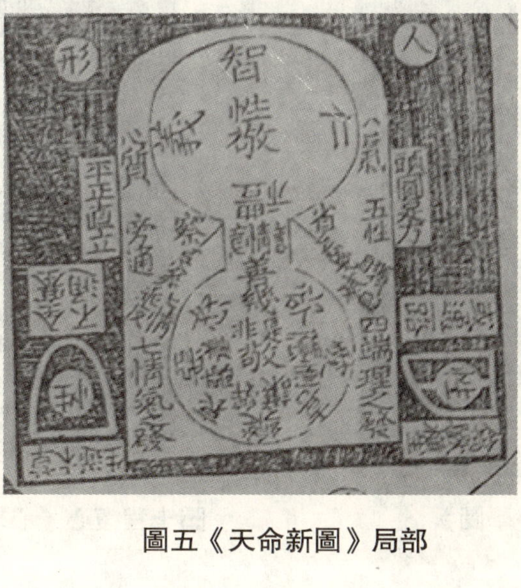

圖五《天命新圖》局部

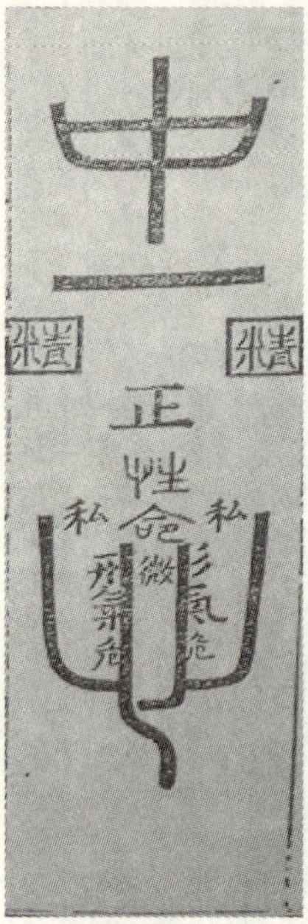

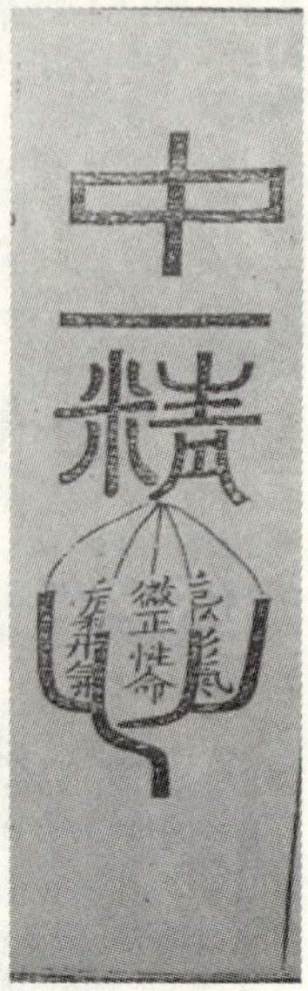

圖六趙穆所改《人心道心圖》 圖七退溪初改《人心道心圖》 圖八退溪後定《人心道心圖》

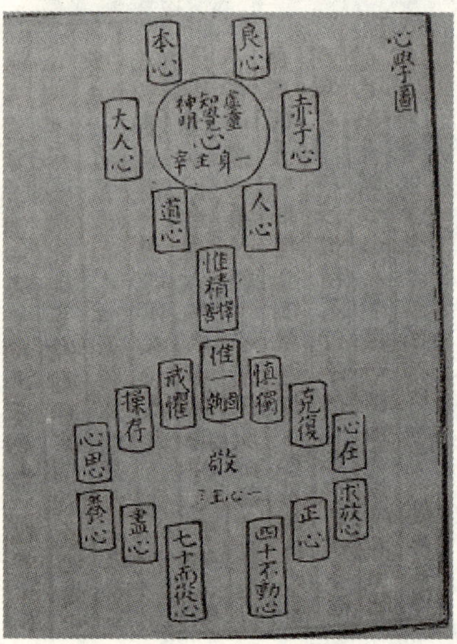

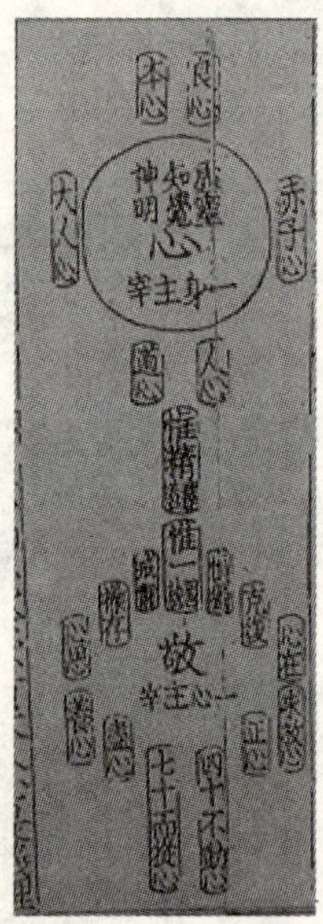

圖九程復心《心學圖》 圖十程復心《心學圖》

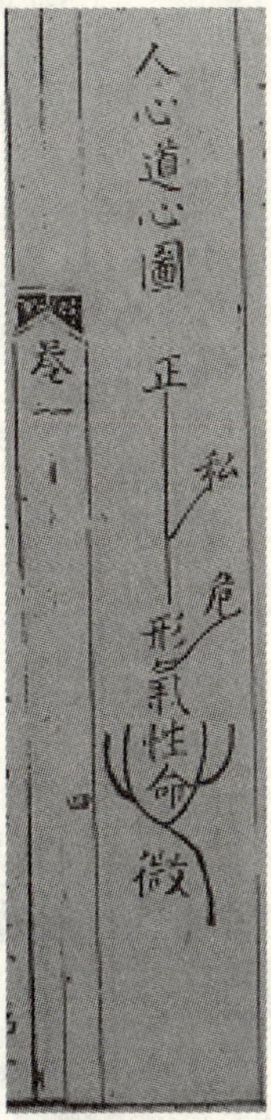

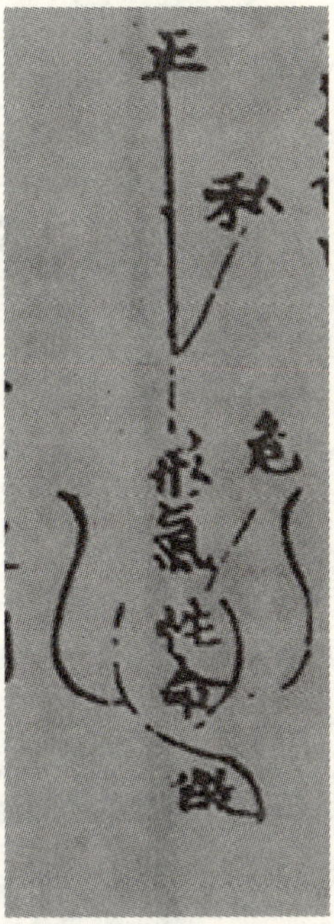

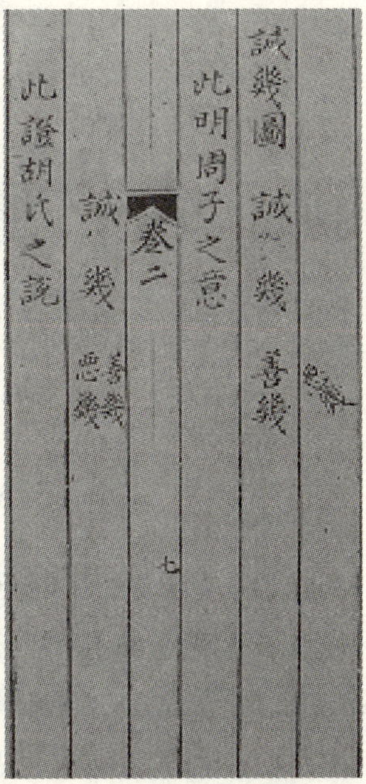

圖十一王柏《人心道心圖》　圖十二王柏《人心道心圖》　圖十三趙師夏《誠幾圖》

注：以上十三圖分別出自：圖一，《周敦頤集》第1頁，嶽麓書社2002年版。圖二，《退溪集》Ⅱ卷四十一，第11頁。圖三，《退溪集》Ⅱ卷三十，第21頁。圖四，《退溪集》Ⅰ卷七，第22頁。圖五，同圖二。圖六，《月川集》卷四《心經稟質》，第7頁。圖七，《月川集》卷四《心經稟質》，第8頁。圖八，同圖七。圖九，《心經附注》卷首。圖十，《四書輯釋》。圖十一，《心經附注》卷一。圖十二，《研幾圖》。圖十三，《晦庵集》卷五十九。

關於《朱子語類》尤菴宋時烈作成"小分"

趙鍾業

《朱子語類》者何? 朱子語録140卷之集大全者也。

正似孔門諸子集孔門言行, 以爲《論語》一書,《朱子語類》, 始於朱子44歲時,李道傳蒐輯33家, 收録者如: 潘時舉、葉賀孫、黄幹、廖德明、全去僞、秀札、余大雅等數十家, 参與焉, 所以刊本有池録、語録、續録、婺録、饒録、别録、蜀類、徽續録等等數十家。

語類傳成過程如是也, 故問題之發生多, 語類始於朱子44歲, 至於卒年72歲, 即38年間與門人講論者也。是以初年、中年、晚年之語不能同, 又雖曰諸人考證而正之, 終不能完全是正而編成者, 即140卷之朱子語類大全也。

由是後學之於《朱子語類》,不能無起疑。韓國尤菴宋時烈先生,篤信朱子,雖書字之此小, 曰必以朱書爲本, 模倣朱子書体, 其餘可知也已。

尤菴先生在語類中, 發見二大問題, 其一是朱子言論之同異, 其二要校正者甚多。此尤菴先生亦不能勘耐者, 使弟子南塘韓元震, 作《朱子言論同異考》6卷, 又有"小分"者, 由語録而進"語類", 盖語類之稱, 亦類别之意, 尤菴不滿於此, 再加考證, 然校正者甚多, 吾之所得校正者亦一千多点, 玆舉其重要:

(1) 後, 本作侯。

(2) 妾, 恐作妄。

(3) 蜜, 宜從山。

(4) 佛, 從冫。

(5) 極民, 爲拯。

(6) 霎下, 落時字。

（7）又曰止新見，當删。

（8）斷改瑞，了改流，是改其，蓋改箇。

（9）卷14，12枚，1行，此條删之如何。

（10）小注他録，印本作池録，更考。

（11）底刊本，作道。

（12）十二之二，本一三祀上，本有十有三字，今輒依《尚書》，改之如此。

（13）近着胡氏，着疑是看字之誤。

（14）卷三，鬼神魂魄:虹霓是氣條。

（15）同11行，附箋，此下當移書於理氣下編，虹非能止雨之上。

（16）卷12第5枚第4行，自異端學，至不可不察，(第 6行)當移入釋氏。

（17）卷41第6枚:邗家、顔子當連善，宜圈而分之。

（18）卷59第9枚5行，連上假。

（19）卷15第15枚7行，此兩假之連書，宜圈而分之。

（20）特如下脱二十字，且脱四段，皆下是別段。

明末中國典籍誤題蘭雪軒詩及其原因考論

俞士玲

今本《蘭雪軒詩集》，有蘭雪軒詩210首[①]。明末中國人所輯蘭雪軒集、朝鮮詩選和女性詩文選中，有十數首詩不見於《蘭雪軒詩集》，有十數首蘭雪軒詩誤題他人。明末中國人選朝鮮人詩，屢有所選逸出其别集者。如《列朝詩集》許筠《感遇》"君好堤邊柳"詩，朝鮮《荷谷詩集續補遺》指出"不見於遺稿中"，補遺者處理這首詩時頗感躊躇，一方面以爲"未可考信"，一方面以爲"《詩集》所付《牽情引》及《鏡囊》等詞，俱在文集，此可爲證"[②]，所以録以存遺。中國典籍中誤題蘭雪軒詩情況如何呢？何以會出現此類情況呢？今人整理研究蘭雪軒時，當如何看待和處理這類問題呢？本文意欲在已有研究成果的基礎上[③]，對這一問題加以全面深入地揭示和剖析。

①《蘭雪軒詩集》版本較多。朴周鍾《東國通志·藝文志第十下》"文集·閨秀集""《蘭雪軒集》一卷"下小注："許氏，副提學曄女，嫁正字金誠立，（早夭。）遺集流入中國，刊行板本亦多。"（張伯偉編《朝鮮時代書目叢刊》册6，中華書局，2004年，頁2851）有宣祖末年改鑄甲字本、東萊府重刊本等。李仁榮《清芬室書目》"《蘭雪軒詩》"解題曰："宣祖末年改鑄甲寅字印本。……四周雙邊，有界，每半葉十行，行十七字，匡郭長二六點二厘,廣一八點零厘。"（同書册8，頁4692）筆者所見有活字初刊木板刊行重印本（奎章閣藏，《韓國文集叢刊》本据此影印）、東萊府重刻本、大正二年（1913）辛亥吟社發行《許夫人蘭雪軒集》本（韓國精神文化研究院藏），雖版本不同，但詩歌數量及文字未見差别。本文所引均出初刊重印本。

②《荷谷集·詩集續補遺》，《韓國文集叢刊》册58，頁386。

③此問題朴現圭《明末清初文獻所録朝鮮蘭雪軒作品之實況》（張宏生編《明清文學與性别研究》，江蘇古籍出版社，2002年）已提及，但此文主要介紹收録蘭雪軒詩的中國典籍及版本情況。之後發現《亘史》許蘭雪軒詩集《元倡》，發表"Ju sha yuan chang(聚沙元倡) :Another chinese edition of the collection of He Nansul-hen(許蘭雪軒)"（《韓國漢文學研究》，2000年第1期）一文，對《元倡》作了推介,認爲它有重要的資料價值。"A study on the text of HEO NANSEOI-HEON' s "（《民族文學史研究》2004年第1期）一文，指出（1）中國典籍中有非蘭雪軒詩而誤題蘭雪軒者，這些錯誤主要來自于藍選。（2）有些題名蘭雪軒詩乃其兄之作，其兄之作出自蘭雪軒。

一、明末典籍誤題蘭雪軒詩考

明末中國典籍誤題蘭雪軒詩主要有三種情形：（一）他人詩誤題蘭雪軒者；（二）蘭雪軒詩誤題他人者；（三）蘭雪軒一詩爲二詩或二詩爲一詩者。

（一） 他人詩誤題蘭雪軒者。

將明末中國人所編朝鮮詩選吴明濟《朝鮮詩選》[①]（下稱"吴選"）、藍芳威《朝鮮詩選》[②]（下稱"藍選"）、蘭雪軒詩集《聚沙元倡》（下稱"《元倡》"）、女性詩文選本《名媛詩歸》[③]（下稱"《詩歸》"）、《名詩彙詩》[④]（下稱"《彙詩》"）、《古今女史》[⑤]（下稱"《女史》"）、明代詩選《列朝詩集》[⑥]等與今本《蘭雪軒詩集》[⑦]加以對照，中國典籍中，非蘭雪軒作而誤題蘭雪軒者有16首：《望仙謡》、《古别離》、《鳳臺曲》、《山嵐》、《映月樓》、《宫詞》"宫牆處處"、《送伯兄篈朝天》、《次仲兄篈》、《登樓》、《望仙曲》"去住樓臺""忘卻教人"二首、《怨情》"夕殿下珠簾""郎作千里行"二首、《有所思》、《弄潮曲》、《山鷓鴣詞》。有文章已指出後3首爲許篈作[⑧]，可考者尚有：

1、《望仙謡》爲崔慶昌《感遇十首，寄鄭季涵》其九。

《望仙謡》：王喬呼我游，期我昆侖墟。朝登玄圃峰，遥望紫雲車。紫雲何煌煌，玉浦正渺茫。倏忽淩天漢，翻飛向扶桑。扶桑幾千里，風波阻且長。我欲舍此去，佳期安可忘。君心知何許，賤妾徒悲傷。（藍選"五言古詩"、《元倡》、《詩歸》卷二十九、《彙詩》卷三、《女史》卷二）

①吴明濟編；祁慶富校注《朝鮮詩選校注》，遼寧民族出版社，1999年。下引吴選均本此。

②北京大學圖書館藏。北大本書名題簽作《朝鮮古詩》一卷，"清鈔本"，一册。當爲刻本，不似朝鮮刻本。版心題"朝鮮詩選"，黑、單魚尾，頁9行，行20字。無序跋、目次。刊本精美，字體勁麗。潘之恒《亘史》（《四庫全書存目叢書》子部册193，齊魯書社，1998年。下引《亘史》均本此）"外編"卷三《仙侶》"元倡""亘史云：辛丑（1601）之春，藍總戎萬里爲方外游，過海陽，晤於屯山之遵晦園，首出朝鮮卷示予，……乃彼國老青川子李盤七十五歲時書，其字遒媚，無一敗筆。所選多與予合。"（頁23）此本或仿李盤字刊刻。下引藍選，均本此。新近李鍾默在伯克利大學發現藍芳威《朝鮮詩選全集》，有《關於伯克利大學藏本藍芳威編〈朝鮮詩選全集〉》（張伯偉編《域外漢籍研究》第四輯）文介紹此書，文云《全集》選詩多北大本一倍有餘。惜筆者未見此書，本文關於藍芳威全集資訊，皆出李文。

③《詩歸》三十六卷，題竟陵鍾伯敬點次，萬曆刊本。

④《彙詩》二十卷，題閩中鄭文昂卿甫編輯，張正岳泰昌元年（1620）刻本。

⑤《女史·文集》十二卷，《詩集》八卷，趙世杰輯，崇禎問奇閣刻本。

⑥《列朝詩集》，上海三聯書店據順治九年毛氏汲古閣本重印本，1989年。

⑦《蘭雪軒詩集》，《韓國文集叢刊》册57。

⑧朴現圭《明末清初文獻所録朝鮮蘭雪軒作品之實況》，頁423。

《感遇》：王喬呼我游，期我於昆墟。朝登玄圃峰，遥望紫雲車。紫雲何容與，玉簫正微茫。徑度淩天河，翻飛向扶桑。扶桑幾千里，風波阻且長。我欲舍此去，深恐負所期。君情定何許，我心終不移。（崔慶昌《孤竹遺稿》，《韓國文集叢刊》册50，頁27）

兩詩僅少數異字，爲同一首詩。此詩見《孤竹遺稿》，不見於《蘭雪軒詩集》，當爲崔慶昌詩而誤爲蘭雪軒詩。

2、《古别離》爲崔慶昌《古意二首》其一。

《古别離》：轔轔雙車輪，一日千萬轉。同心不同車，别離時屢變。車輪尚有跡，相思獨不見。（藍選"五言古詩"、《元倡》、《詩歸》卷二十九、《彙詩》卷三、《女史》卷二）

《古意》：轔轔雙車輪，一日千萬轉。同心不同車，别離時屢變。車輪尚有跡，相思人不見。（《孤竹遺稿》，頁28）

兩詩僅一字之差，顯爲同一首詩。詩見《孤竹遺稿》，閔百順、洪大容編《大東詩選》作崔慶昌《古意》[①]，此詩不見《蘭雪軒詩集》，當爲藍選誤書作者。

3、《鳳臺曲》爲金宗直作。

《鳳臺曲》：秦女侶簫史，日夕吹參差。崇臺騎彩鳳，渺渺不可追。天地以永久，那識人間悲。妾淚不可忍，此生長别離。（藍選"五言古詩"、《亘史》）

《鳳台曲》：秦女儷簫史，日夕吹參差。崇臺遺鏡匳，巾袖雲披披。暮伴鳳凰宿，那識人間悲。妾淚不可忍，此生長别離。（金宗直《占畢齋集》卷十九，《韓國文集叢刊》册12，頁350）

兩詩有兩句餘不同，此詩不見《蘭雪軒詩集》，可見許筠整理其姊詩集時，並不以此詩爲其姊作。

4、《映月樓》爲崔慶昌《映月樓》其四。

《映月樓》：玉檻秋風露葉青，水晶簾冷桂[②]花明。鸞驂未返銀橋斷，惆悵仙郎白髮

①首爾大學校奎章閣《大東詩選》，2001年。

②《詩歸》作"枉"，與"桂"形近而誤。

生。(《元倡》、《詩歸》卷二十九、《彙詩》卷十二、《女史》卷六)

《映月樓》：玉檻秋來露氣青，水晶簾冷桂花明。鸞驂不至銀橋斷，惆悵仙郎白髮生。(《孤竹遺稿》，頁14)

兩詩當爲一詩，崔慶昌《孤竹遺稿》有載而不見於《蘭雪軒詩集》，可見《詩歸》訛誤。

5、《宮詞》爲李達同題之作。

《宮詞》其三：宫牆處處落花飛，侍女燒香對夕暉。過盡春風人不見，殿門深鎖緑生衣。(《元倡》、《詩歸》卷二十九、《彙詩》卷十二、《女史》卷六)

《宮詞》：宫牆處處落花飛，侍女燒香對夕暉。過盡春風人不見，院門深鎖緑生衣。(《蓀谷詩集》卷六，《韓國文集叢刊》册61，頁36)

兩詩僅有異字一，當爲同一首詩。此詩見《蓀谷詩集》，不見於《蘭雪軒詩集》，屬誤題作者。

6、《山嵐》爲鄭希良《瀟湘八景》之四《山市晴嵐》。

《山嵐》：暮雨侵江曉初辟，朝日染成嵐氣碧。經雲緯霧錦陸離，織破瀟湘秋水色。隨風宛轉學佳人，畫出雙娥半成蹙。俄然散作雨霏霏，青山忽起如新沐。(見《元倡》、藍選、《詩歸》卷二十九、《彙詩》卷三、《女史》卷三)

鄭希良《瀟湘八景》之一《山市晴嵐》：江山青山玉一朵，曉日染成嵐縷碧。經雲緯霧錦陸離，織罷瀟湘秋水色。隨風宛轉學佳人，畫出文君半成蹙。俄頃霏微散作雨，青山忽起如新沐。(《虚庵先生遺集》卷一，《韓國文集叢刊》册18，頁13)

兩詩雖有些差異，但大致可視爲一首詩。此詩不見於《蘭雪軒詩集》，當屬誤題作者。

7、《送伯兄篈朝天》爲許篈《送舍兄朝天詩》。

《送伯兄篈朝天》：六年離思倦登樓，落日涼風又别愁。湘浦淚痕還入楚，帝鄉行色早觀周。銅壺暗促雞人曉，紫塞寒飛野夢秋。歸路正看萱草碧，函關西畔繫驊騮。(《元倡》、《詩歸》卷二十九、《彙詩》卷十六、《女史》卷八)

《送舍兄朝天》：六年離思倦登樓，誰料西風又别愁。湘浦淚痕還入楚，帝鄉行色後觀周。銅壺暗促雞人曉，玉塞驚飛雁陣秋。怊悵急難無伴侣，幾回延佇立沙頭。《荷

谷集·詩鈔》,《韓國文集叢刊》册58, 頁363)

兩詩頗有異文, 但詩題、詩意皆同, 與篈謫甲山之經歷合, 當爲篈作。

8、《次仲氏篈》或爲許篈《次舍兄韻》詩。

《次仲氏篈》: 甲山東望鬱嵯峨, 遷客悲吟意若何。孤雁忍分清漢影, 朔風偏起大江流。關榆曉角征衣薄, 塞路驚心落葉多。銀燭夜闌戎帳立, 庭闈歸夢好經過。(《元倡》、《詩歸》卷二十九、《彙詩》卷十六、《女史》卷八)

《次舍兄韻》: 夢闌薑被意如何, 回望嚴城候曉過。孤雁忍分清渭影, 朔風偏起漢江流。關河死棄情曾任, 稼圃生成寵已多。只恨庭闈無路入, 淚痕和雨共滂沱。(《荷谷集·詩鈔》, 頁363)

檢《荷谷集》,《次舍兄韻》爲篈在謫所甲山次許筬韻而作, 與《詩歸》詩韻字同者三, 異者一, 位置異者一, 勉强算得上次同一首詩, 可以理解成許篈、蘭雪軒同時次長兄詩韻, 但詩三、四兩句雷同, 壬辰之亂時, 文集流散, 一些詩得之於個人記憶, 因而異字甚多, 此詩不見於《蘭雪軒詩集》, 或即許篈此詩之誤記?

9、《登樓》爲李淑媛《樓上》詩。

《登樓》: 紅欄六曲壓銀河, 瑞霧霏霏濕翠羅。明月不知滄海暮, 九疑山下白雲多。(《詩歸》卷二十九、《彙詩》卷十二、《女史》卷六)

《樓上》: 紅欄六曲壓銀河, 瑞霧霏微濕翠羅。明月不知滄海暮, 九疑山下白雲多。(《大東詩選》卷六, 頁436、《箕雅》[1]卷四題李淑媛)

此詩不見於《蘭雪軒詩集》, 朝鮮諸詩選均以此詩屬李淑媛, 當非蘭雪軒作。

10、《游仙曲》二首爲曹唐《小游仙》[2]。

《游仙曲》: 去住樓臺一任風, 十三天洞暗相通。行雲侍女炊何物, 滿竈無煙玉炭紅。

---

①南龍翼編《箕雅》, 亞細亞文化社影印, 1980年, 頁278。

②李睟光《芝峰類説》(乙酉文化社, 1994年)卷一四云: "《游仙詞》中二篇, 即唐曹唐詩。"李氏所云"二篇"或指《游仙曲》"冰屋珠扉"、"新詔東妃"二首。同條又云: "《送宫人入道》一律, 則乃明人唐震詩也。"(頁540)此皆針對《蘭雪軒詩集》中詩, 非爲中國典籍誤題蘭雪軒詩而發。《列朝詩集·閏集》(三聯書店上海分店, 1989年)第六"朝鮮""許氏妹"下指出蘭雪軒《游仙曲》中有馬浩瀾詩等, 此亦不屬中國典籍誤題蘭雪軒詩的範疇, 筆者將另文探討。

忘卻教人鎖後宫，還丹失靈玉壺空。嫦娥若不偷靈藥，爭得長生在月宫。（《元倡》第132、134首。頁32）

曹唐《小游仙》第58首：去住樓臺一任風，十三天洞暗相通。行厨侍女炊何物，滿竈無煙玉炭紅。（洪邁輯《萬首唐人絶句》卷六十一，文學古籍刊行社，1955。頁1876）

第38首：忘卻教人鎖後宫，還丹失靈玉壺空。嫦娥若不偷靈藥，爭得長生在月中。（同上。頁1870）

《元倡》此二首與曹唐詩僅各有一異字，《蘭雪軒詩集》無此二首，當爲曹唐詩而竄入蘭雪軒集中。

11、《怨情》爲謝朓《玉階怨》詩。

《怨情》：夕殿下珠簾，流螢飛復没。寒夜縫征衣，殘燈映羅幙。（《元倡》第60首。頁28）

謝朓《玉階怨》：夕殿下珠簾，流螢飛復息。長夜縫羅衣，思君此何極。（徐陵編、吴兆宜注、程琰删補、穆克宏點校《玉臺新詠箋注》卷十，中華書局，1985年。頁488）

12、《怨情》爲南齊釋寶月《估客行》詩。

《怨情》：郎作千里行，儂無千里送。拔儂頭上釵，與郎資路用。（《元倡》第61首。頁28）

釋寶月《估客行》：郎作十里行，儂作九里送。拔儂頭上釵，與郎資路用。（郭茂倩《樂府詩集》卷四十八，中華書局，1979年。頁700）

（二）蘭雪軒詩而誤題他人者。

今本《蘭雪軒詩集》有而明末中國典籍題爲他人之詩共15首，它們是：《竹枝詞》"空舲灘口""瀼東瀼西""楊柳寒煙"、《楊柳枝》"楊柳含煙""青樓低畔""按轡營中""條妬纖腰"、《步虚詞》"九霞裙幅"、《鞦韆詞》"蹴罷鞦韆"、《貧女吟》"夜久織未休"、《賈客行》"朝發宜都渚"、《秋恨》"絳紗遥隔"、《春日有懷》"章臺迢遞"、《出塞曲》"烽火照長河""昨夜羽書飛"。上注朴現圭文指出後二首蘭雪軒詩誤爲許筠作，可考者尚有：

1、《竹枝詞》三首誤作成氏詩。

成氏《竹枝詞》：空舲灘口雨初晴，巫峽蒼蒼煙靄平。長恨郎心似潮水，早時才退暮時生。（《詩歸》卷三十、《彙詩》卷十二、《女史》卷六）

其二：滾東滾[①]西春水長，郎舟已去向瞿塘。巴江峽裏猿啼苦，不到三聲已斷腸。（《詩歸》卷三十、《彙詩》卷十二、《女史》卷六）

其三：楊柳含煙灞岸春，年年攀折贈行人。東風不解傷離别，吹卻低枝掃路塵。（《詩歸》卷三十）

《竹枝詞》：空舲灘口雨初晴，巫峽蒼蒼煙靄平。長恨郎心似潮水，早時才退暮時生。（《蘭雪軒詩集》、吴選、《元倡》）

瀼東瀼西春水長，郎舟去歲向瞿塘。巴江峽裏猿啼苦，不到三聲已斷腸。（《蘭雪軒詩集》、吴選、《元倡》）

《楊柳枝詞》：楊柳含煙灞岸春，年年攀折贈行人。東風不解傷離别，吹卻低枝掃路塵。（《蘭雪軒詩集》、吴選、《元倡》）

《蘭雪軒詩集》有此三首，朝鮮載籍無此三詩爲成氏作之記載，當屬蘭雪軒詩。

2、《楊柳枝》二首誤作成氏詩。

楊柳含煙灞岸春，年年攀折贈行人。東風不解傷離别，吹卻低枝掃路塵。（《彙詩》卷十二、《女史》卷六）

楊柳含煙灞岸春，年年攀折贈行人。東風不解傷離别，吹卻低枝掃路塵。（《蘭雪軒詩集》）

青樓低畔絮飛揚，煙鎖桑條拂檻長。何處少年鞭白馬，緑陰來繫紫游繮。（《彙詩》卷十二、《女史》卷六）

青樓西畔絮飛揚，煙鎖桑條拂檻長。何處少年鞭白馬，緑陰來繫紫游繮。（吴選，頁229、《蘭雪軒詩集》）

兩詩皆見於《蘭雪軒詩集》，第1首無異文，第2首有異字一。吴選收第2首，亦作蘭雪軒詩。

3、《楊柳枝》二首誤爲俞汝舟妻詩。

按轡晉中占一春，藏鴉門外曲絲新。生憎灞水橋頭樹，不解迎人解送人。（《彙

①二"滾"字當爲"瀼"形近而誤。《女史》作"瀼"。

詩》卷十二、《女史》卷六)

按轡營中占一春，藏鴉門外曲絲新。生憎灞水橋頭樹，不解迎人解送人。(《蘭雪軒詩集》)①

條妬纖腰葉妬眉，妬風愁雨盡低垂。黄金穗短人爭挽，更被風吹折一枝。(《彙詩》卷十二、《女史》卷六)

條妬纖腰葉妬眉，怕風愁雨盡低垂。黄金穗短人爭挽，更被東風折一枝。(《蘭雪軒詩集》)

兩詩皆見《蘭雪軒詩集》，第1首無異文，第2首有異字二。吴選收第1首，亦作蘭雪軒詩。

4、《步虚詞》誤作俞汝舟妻詩。

九霞裙幅六銖衣，鶴背淩風紫府歸。瑶海月明星漢落，玉簫聲裏露雲飛。(《彙詩》卷十二、《女史》卷六)

九霞裙幅六銖衣，鶴背泠風紫府歸。瑶海月明星漢落，玉簫聲裏露雲飛。(《蘭雪軒詩集》)

詩見《蘭雪軒詩集》，有異字一，朝鮮典籍無俞汝舟妻作"步虚詞"之記載，當屬蘭雪軒。

5、《鞦韆詞》誤作成氏詩。

成氏《鞦韆詞》：蹴罷鞦韆整繡鞋，下來無語立瑶階。蟬衫細濕輕輕汗，忘卻教人拾墮釵。(《詩歸》卷三十、《彙詩》卷十二、《女史》卷六)

《鞦韆詞》：蹴罷鞦韆整繡鞋，下來無語立瑶階。蟬衫細濕輕輕汗，忘卻教人拾墮釵。(《蘭雪軒詩集》、《元倡》有異文)

此詩見《蘭雪軒詩集》，朝鮮載籍無此詩爲成氏作之記載，當屬蘭雪軒。

6、《貧女吟》誤作俞汝舟妻詩。

俞汝舟妻《貧女吟》：夜久織未休，戛戛鳴寒機。機中一匹練，終作阿誰衣。(《詩

---

①吴選此詩爲："按轡營中次第新，藏鴉門外幾翻春。生憎灞水橋邊樹，不解迎人解送人。"(吴選，頁229)異字頗多。

歸》卷三十、《彙詩》卷六、《女史》卷四、《列朝詩集》"閏集"卷六）

《蘭雪軒詩集》有此詩，無異文；《大東詩選》卷四選此詩，屬蘭雪軒。朝鮮載籍無此詩爲俞汝舟妻作之記載，當屬蘭雪軒。

7、《賈客行》誤作俞汝舟妻詩。

俞汝舟妻《賈客行》：朝發宜都渚，北風吹五兩。船頭各澆酒，月下齊蕩槳。（《詩歸》卷三十、《彙詩》卷六、《女史》卷四、《列朝詩集》"閏集"卷六）

《蘭雪軒詩集》有此詩，無異文，朝鮮載籍無此詩爲俞汝舟妻作之記載，當屬蘭雪軒。

8、《秋恨》誤作李淑媛詩。

李淑媛《秋恨》：絳紗遥隔夜燈紅，夢覺羅衾一半空。霜冷玉籠鸚鵡語，滿階梧葉落西風。（《徐氏筆精》卷五"朝鮮詩"條云選自汪伯英集朝鮮古今詩四卷[①]、錢謙益《列朝詩集》閏集第六，頁684）

《蘭雪軒詩集》有此詩，無異文，朝鮮載籍無此詩爲李淑媛作之記載，當屬蘭雪軒。

9、《春日有懷》誤爲李淑媛詩。

李淑媛《春日有懷》：章臺迢遞斷腸人，雙鯉傳書漢水濱。黄鳥曉啼愁裏雨，緑楊晴拂望中春。瑶階寂历生青草，寶瑟淒涼閉素塵。誰念木蘭舟上客，白蘋花滿廣陵津。（《詩歸》卷三十、《彙詩》卷十六、《女史》卷八）

章臺迢遞斷腸人，雙鯉傳書漢水濱。黄鳥曉啼愁裏雨，緑楊晴嫋望中春。瑶階羃曆生芳草，寶瑟淒涼閉素塵。誰念木蘭舟上客，白蘋花滿廣陵津。（《蘭雪軒詩集》，《元倡》略有異文）

①徐𤊹《徐氏筆精》（崇禎五年邵居中刻本，藏國家圖書館；四庫全書八卷本無此條。《徐氏家藏目録》著録《徐氏筆精》十卷）卷五"朝鮮"條，引自祁慶富《朝鮮詩選解題》，頁32。

此詩情形有些複雜，别本《東文選》[①]卷七、《箕雅》卷十皆屬李媛，然《别本東人詩話》指出《箕雅》誤録作者名姓，“閨秀李玉峰《春日有懷》一律，即蘭雪軒許氏詩也”[②]。未知孰是，但《蘭雪軒詩集》有此詩，或屬蘭雪軒。

此外《夢作》“横海靈峰壓巨鼇”，《詩歸》卷二十九蘭雪軒詩下有選，卷三十李淑媛下重出，僅有少許異字。此詩見於《蘭雪軒詩集》，《大東詩選》卷十一、别本《東文選》卷七、《箕雅》卷十有選，亦作蘭雪軒詩，當爲蘭雪軒詩。

（三）一詩爲二詩或二詩爲一詩。可考者有：

1、五古《感遇》“梧桐生嶧陽”取《蘭雪軒詩集·遣興》“梧桐生嶧陽”一句而与同題“鳳凰出丹穴”詩拼合。

梧桐生嶧陽，鳳凰翔其傍。文章爛五色，喈喈千仞岡。稻粱非所慕，竹實乃其飡。奈何桐樹枝，棲彼鴟與鳶。（吴選“五言古詩”，頁77、《元倡》）

梧桐生嶧陽，幾年傲寒陰。幸遇稀代工，劚取爲鳴琴。琴成彈一曲，舉世無知音。所以廣陵散，終古聲堙沈。（《蘭雪軒詩集》，頁5）

鳳凰出丹穴，九苞燦文章。覽德翔千仞，噦噦鳴朝陽。稻粱非所求，竹實乃其餐。奈何梧桐枝，反棲鴟與鳶。（同上）

吴選詩第一句與《蘭雪軒詩集·遣興》其一第一句同，然自第二句起，皆爲《遣興》其二詩意。

2、五絶《雜詩》三首是五古《遣興》三首的縮略。

梧桐生嶧陽，斲取爲鳴琴。一彈再三歎，舉世無知音。（吴選，頁184）

我有一端綺，今日持贈郎。不惜作君袴，莫作他人裳。（吴選，頁184—185）

我有一端綺，試拂淩光亂。對織雙鳳皇，文章何燦爛。幾年篋中藏，今朝持贈郎。不惜作君袴，莫作他人裳。（《蘭雪軒詩集》，頁5）

精金明月光，贈君爲雜佩。不惜棄道傍，莫結新人帶。（吴選，頁185）

精金凝寶氣，鏤作半月光。嫁時姑舅贈，系在紅羅裳。今日贈君行，願君爲雜佩。不惜棄道上，莫結新人帶。（《蘭雪軒詩集》，頁5）

①首爾大學校奎章閣别本《東文選》，1998年。

②趙鍾業編《修正增補韓國詩話叢編》（太学社，1996年）册6，頁187。

《蘭雪軒集》"梧桐生嶧陽"見上引，絶句四句從五古中輯出，而冠以《雜詩》之名，吴選"五言古詩"、"五言絶句"卷同時收上引六詩，《元倡》同，《蘭雪軒詩集》有此三首五古，無五絶，《詩歸》、《彙詩》、《女史》同。

3、"七言絶句"《塞上曲》"煙塵晚卷孤城出"爲《蘭雪軒詩集》七律《次仲氏高原望高臺韻》"巃嵸危棧切雲霄"之後四句。

> 煙塵晚卷孤城出，苜蓿秋肥萬馬驕。東望塞垣鼙鼓急，何時重起霍嫖姚。（吴選，頁226）
>
> 巃嵸危棧切雲霄，峰勢侵天作漢標。山脈北臨三水絶，地形西壓兩河遥。煙塵晚卷孤城出，苜蓿秋肥萬馬驕。東望塞垣鼙鼓急，幾時重起霍嫖姚。（《蘭雪軒詩集》，頁9）

《蘭雪軒詩集》爲七律詩，吴選截後四句爲七絶，七律卷不收此詩，明末中國其他載籍均以此詩爲七律，當以七律爲是。

綜上所考，中國載籍中，他人詩誤題爲蘭雪軒者共16首（本文考出13首），蘭雪軒作而誤題他人者15首（本文考出13首），一詩成二詩者5首（本文所考）。待考者尚有《游仙曲》"未央宫闕已黄花"1首、《翠袖啼痕》"輕籠雪腕裁青練"1首（2首見《元倡》）。從異文的情况看，一般來説，中國載籍間異文遠遠少於中朝載籍間的異文。

二、藍芳威、吴明濟《朝鮮詩選》的關係以及誤題蘭雪軒詩的原因

誤題作者原因，從動機上看，可分爲有意作僞和無意而誤兩種。明自嘉靖始，流行搜集、整理、傳播女性詩作①，亦有男性故意僞造女性創作，以戲謔當時的流行趨勢②，但據上文，明末典籍中，既有他人之作誤題爲蘭雪軒者，亦有蘭雪軒之作誤題他人者，故可大致排除明人出於某種動機而故意作僞。如果結合蘭雪軒詩流傳中國的情形，考知各書的編纂時間、材料來源和相互關係，或可揭示各種典籍誤題蘭雪軒詩的原因。此章主要就藍芳

①可參拙文《論明代中後期女性文學的興起和發展》，《文學評論叢刊》第4卷第1期，2001年3月。Grace S. Fong, "Gender and the Failure of Cannonization: Anthologizing Women' s Poetry in the Late Ming", Chinese Literature: Essays, Articles, Reviews 26(2004), p.131。

②錢謙益著《列朝詩集小傳》（上海古籍出版社，1983年）"鐵氏二女"條（頁740）、"女郎羽素蘭"條載"小青"事（頁773）。

威《朝鮮詩選》、吴明濟《朝鮮詩選》而論之[①]。

蘭雪軒詩才，爲其仲兄許篈、弟許筠所歎服。許筠《鶴山樵談》云："姊氏詩文俱出天成。……仲兄嘗曰：'景樊之才不可學而能也，大都太白、長吉之遺音也。'"[②]蘭雪軒在世時，在家族和兄弟詩友圈中已詩名甚著。許筠云蘭雪軒《步虚詞》，"仲氏、李益之[③]皆擬作而率不出其藩籬，姊氏可謂天仙之才"(頁37)。明神宗萬曆十七年（朝鮮宣祖二十二年，1589年），蘭雪軒早逝。在喪姊之痛中，許筠開始整理亡姊遺稿，許筠示《蘭雪軒稿》于柳成龍以求跋，萬曆十八年仲冬，柳跋成。跋中，柳成龍多方喻説蘭雪軒詩玲瓏、瑩澈的美質，並將之與中國經典文學（"高處出漢魏，其餘步驟乎盛唐"）、中國經典女性文學（"《柏舟》《東征》，不得專美於前矣。"[④]）相提並論，給予了極高的評價。萬曆二十年（1592），日本侵略朝鮮，朝鮮進入爲期八年的"壬辰之亂"時期。柳成龍《蘭雪軒集跋》失於亂日[⑤]，《蘭雪軒詩集》亦當部分失于亂時。吴選"七言絶句"許氏妹《游仙曲》題下注曰："凡三百首"[⑥](頁220)。今存《蘭雪軒詩集》，《游仙詞》僅87首，集總詩數210首，附録文3，可見已非完帙。許筠再次收集、整理蘭雪軒詩，當與藍芳威、吴明濟等搜集朝鮮詩文有關。

藍選、吴選，表面上選詩差别頗大，然尋繹其裏，兩者實關係甚近。首先，兩選所選詩與今存各家别集比照，皆有很多異文，可見吴明濟所云其詩出於朝鮮士人"憶""誦"之説的可信。按理説，各人所記之詩應千差萬别，而藍、吴兩選的相同之詩幾乎全無異文，可見兩者有共同的詩歌來源。第二，兩選主體部分相同。藍選自箕子《麥秀歌》至當時在世之尹根壽、許筠，吴選無崔慶昌、白光勳、李達、許篈等作品，許筠、李秀才、藍秀才以與己唱和者的身份出現，最後爲蘭雪軒詩。比較兩選重疊，藍選所存較完整的"五古"、

---

①上引徐𤊹《徐氏筆精》卷五"朝鮮詩"條云："新都汪伯英從萬中丞經略朝鮮，集其國中古今詩四卷。"同卷"朝鮮許氏"條又云："新都汪伯英曾刻朝鮮詩。"同條又云："近程將軍相如有輯《四女詩》行於世。"《徐氏家藏書目》卷二"外夷"類著録"《朱之蕃使朝鮮録》"（馮惠民、李萬健選編《明代書目題跋叢刊》，書目文獻出版社，1994年，頁1671），未見藍芳威、吴明濟、汪伯英、程相如朝鮮詩選，亦未見蘭雪軒詩集。汪伯英書亦有誤題現象，見上考。二書因《徐氏筆精》而略有所窺，難以比對，故僅在相關部分論及。

②稗林本《鶴山樵談》，見收《韓國詩話叢編》册2，頁22。

③《鶴山樵談》"本朝詩學"條下注曰："益之，名達，號蓀谷，洪州雙梅堂（李詹）之庶裔。"許筠《惺所覆瓿稿》卷八有《蓀谷山人傳》。

④柳成龍《西厓集·别集》卷四，《韓國文集叢刊》册52，頁483。

⑤許筠《上西崖相》（甲辰[1604]八月）書云："辛卯歲（1591），辱制亡姊詩集序文以惠，……致失於亂日。"（頁302）

⑥《元倡》《游仙曲》下注曰："藍萬里云：《游仙曲》凡三百首，余得其手書八十一首。"（頁30）

“七古”、“五律”[①]部分，結果是：“五古”部分，兩者重疊詩人（除許氏兄妹，下同）之作，吴選18首詩，藍選37首，吴選皆在藍選範圍之内；吴選選許筠與己唱和詩3首，題爲《平壤送吴子魚大人還天朝》、《又》、《送吴參軍子魚大兄還天朝》，藍選選前2首，題爲《平壤送南士還天朝》；吴選選蘭雪軒詩7首，不出藍選範圍。“七古”部分，兩者重疊詩人之作，吴選19首，藍選25首，除李崇仁一首外，吴選詩皆在藍選範圍之内；吴選選許筠與己唱和詩2首，藍選許筠《江天曉思》（亦誤題作者），换頁接“歎離别，掩面卻悔相見遲”，實爲李氏《古别離》，知《江天曉角》後有缺頁，藍選當有數首許筠詩，二首或亦在藍選範圍之内；吴選選蘭雪軒詩7首，不出藍選範圍。“五律”部分，兩者重疊詩人之作，吴選50首，藍選63首，除蔡璉《簾》、僧雪岑《山中》外，餘皆不出藍選範圍；吴選選許筠《陪吴參軍子魚甫登義城》，附諺書，藍選題作《登義城》，亦附諺書；吴選選蘭雪軒詩4首，與藍選同。

藍、吴二選同源關係是如何建立的？又如何最終變得面目相異的呢？考察藍、吴二氏及其編書情境，或可獲得較清晰的認識[②]。

（一）藍芳威本人文化程度不高，但其地位高，交游廣，有文化旨趣，幕中有一儒士班底。

藍芳威本爲景德鎮陶丁，萬曆十幾年，率衆暴動，爲鄱陽令程朝元、江西僉事顧雲程討平後，貸死戍邊而漸爲名將[③]。《宣祖實録》“宣祖三十一年正月”庚戌日，因蔚山之戰，宣祖慰問了副總兵佟養正、李汝梅後，繼而慰問游擊藍芳威，此爲藍芳威首次在王京亮相[④]。宣祖三十二年（1599）三月，朝鮮戰事基本結束，藍芳威兵留下善後。《宣祖實録》“三十二年三月”壬午載：“天使萬世德曰：‘聖天子憐貴國無辜被兵，不計勞廢，興

①李宜顯《陶谷集》卷二十八《陶峡叢説》曰：“明萬曆中有藍芳威者，隨大司馬東來，采東詩，裒成六編，名曰《朝鮮詩選全集》。起自箕子《麥秀歌》，止于景樊詩，凡六百首。”（（《韓國文集叢刊》册181，頁455）北大本藍選僅存詩240首，摘聯7。其中五古67首（起箕子《麥秀歌》，有蘭雪軒詩），七古存40首（祁慶富《朝鮮詩集校注》統計爲39首，許筠《江天曉思》後一首，爲李氏《古别離》，自“歎離别，掩面卻悔相見遲”始，知此前有缺頁，現存40首，當不止此數（據李鍾默文，《全集》42首）。以他卷編排詩人順序看，許筠詩當在脱頁中。有蘭雪軒詩），五律83首附排律2首（有蘭雪軒詩），七律16首（無蘭雪軒詩），五絶32首（無蘭雪軒詩）。五絶至白光勳止，前五古、七古、五律後崔慶昌、白光勳後尚有數人，則五絶部分亦非完帙；《全集》七律84首，五绝49首，七絶126首。

②李德懋《青莊館全書》卷三十四《清脾録》卷三“朝鮮詩選”條（《韓國文集叢刊》册258，頁37）承認吴選，並云藍選非善本，學術界多囿於此説。鑒於學界未對兩選編選情形多加注目，故此節主要關注於此。

③據康熙朝修、雍正重修《江南通志》卷一百四十《人物志》“蘇州府”“顧雲程”條、一百四十七《人物志》“徽州府”“程朝京”條。文津閣四庫全書，商務印書館影印本，册173，頁254、311–312。

④《宣祖實録》（《朝鮮王朝實録》册23，下引《宣祖實録》，除特别標明外，均出此册），頁365。

師來援，今者凶賊已退，而聖天子更以善後爲憂，方議留兵，屯守將則總兵李承勛、游擊茅國器、解生、陳蠶、藍芳威等其人也。"（頁587）同年七月，藍芳威回國。同書"三十二年七月"丙辰日載："上幸藍游擊所館。……上曰：'大人留住，小邦恃而無恐，今將西歸，不勝缺然。'"(頁644)又《亘史》云藍芳威言己"督戎朝鮮二年"①。

藍芳威在朝鮮口碑頗佳，《宣祖實録》"三十二年三月庚寅""上幸藍游擊芳威館"記事下小注曰："藍芳威，水路將官，能鈐束下人，無所擾害。"(頁589)同年四月丙寅日，"上接見藍游擊芳威"下小注曰："芳威持身廉簡，處事嚴明。"(頁599)公州《明藍芳威種德碑》贊其"仁而有制，嚴而有容"②。明援朝之將官，多有文化旨趣。如《宣祖實録》"三十一年十月"乙卯載："《輿地勝覽》、《東事撮要》等册，天將多數持去。"(頁516)又"三十三年二月"己卯日載弘文館啟："丁應泰……又將不正之學，序于褚魏所纂之書，披閱之際，令人失色，然此書，……其中不無切于養蒙之語，豈可以應泰之故，並其書廢之乎？削其序而用之，恐無不可。"傳曰："允。"③丁應泰爲東征贊畫軍事。藍芳威亦如此，其在朝鮮時，曾募儒士入幕。《宣祖實録》"三十一年二月"己未日保存了他開拔稷山前的一張揭帖：

> 伏以建邦啟土，冕旒錫遐方以稱尊；航海梯山，車書通上國而盡節。禮樂永承於堯世，山河常保其箕封。曩以關酋肆逆，遂致聖嗣遭殘，遺宫已見黍離，故土每傷麥秀。乃龍章煒煒，未足厭其狼心；兹虎纛颺颺，直欲掃其豕跡。天威赫震，神武播昭。一將登壇，鵲印明三山之夜月；六軍出塞，魚圭動八道之春風。威也職在援枹，志存裹革。未聞俎豆，濫事干戈。擁節西來，壯膽直欲蕩乎妖氛；分麾東指，雄心未足攝乎游魂。敢借儒臣，庶旌旗能生五彩；輒求向導，俾戎馬不迷二途。(頁378)

可見，藍芳威是有條件贊助編選一部朝鮮詩選的。

（二）吴明濟爲有文士，積極搜羅朝鮮詩，其先從徐中素，復來朝鮮時或從藍芳威，藍芳威當爲其編輯《朝鮮詩選》的贊助者。

吴選"序"曰：

---

①《亘史·外編》"仙侣"卷三"亘史云"，頁23。

②朝鮮總督府編《朝鮮金石總覽》卷下，頁803。見張忠植編《韓國金石總録》（東國大學校出版部，1984年），頁80。

③《宣祖實録》（《朝鮮王朝實録》册24），頁36。

> 丁酉之歲（1597），徐司馬公以贊畫出軍東援朝鮮，濟以客從。次歲戊戌（1598）季春，涉鴨緑，軍於義州。孟夏，……值雨，休於村舍，有朝鮮李文學者能詩，解華語，坐語久之，因賦詩相贈。……於是，文學輩稍又引見。……濟因訪東海名士崔致遠諸君集，皆辭無有，小國喪亂，君臣越在草莽間，幾七載，首領且不保，況於此乎？然有能憶者，輒書以進，至一二百篇。及抵王京，聞多文學士。……濟乃出館于許氏。許氏伯、仲三人：曰葑，曰筬，曰筠，以文鳴東海間。葑、筠皆舉狀元，筠更敏甚，一覽不忘，能誦東詩數百篇。於是濟所積日富，復得其妹氏詩二百篇。……頃之，司馬公以外艱歸豫章，濟亦西還長安。①

吴明濟行止以及積極與朝鮮士人交往等事，亦爲朝鮮士人言論所證實。尹國馨《甲辰漫録》曰："余於戊戌（1598）在京時，不知某將軍幕下有所謂吴明濟者，能文人也。與余所寓相近，時或來見者數三度矣。"②"徐司馬公"爲徐中素。《王人姓名記》"徐中素"下云其"以欽差禦倭東路監軍兵備山東按察使司僉事贊畫主事出來"③，與吴"序""徐司馬公""以贊畫出軍"合。吴明濟雖丁酉歲爲徐中素客準備東援，實際上次年二、三月方至朝鮮④，五月由平壤至王京⑤。《宣祖實録》五月癸卯日："上幸慕華館⑥，迎徐主事（仲素）。"（頁440）七月，徐中素離開王京回國。《宣祖實録》七月壬辰日載："徐主事

---

①《朝鮮詩選校注》頁55–61。祁慶富"校注"，考"徐司馬公"爲"徐觀瀾"（頁250）。誤。理由有二：1、徐觀瀾以給事中身份至朝鮮調查楊鎬功過，與吴明濟"序"所云"徐司馬以贊化出軍東援朝鮮"性質不合；2、《宣祖實録》"三十一年九月"壬寅日有"徐給事新膺簡命"（頁598）語，次年正月壬寅徐觀瀾被劾辭歸，自言"身上有病，不得不往"，宣祖頗爲不解，譯官趙安仁云："通報入來，旋有西還之計。未知其故云矣。"徐觀瀾透露云："俺東來日久，豈無誤事。再度被參，以點軍查勘之誤也。"（頁561–562）徐觀瀾萬曆二十六年九月至二十七年正月在朝鮮，其時間與吴"序"所言時間不合。上引朴現圭文云"徐中素"。是。

②《大東野乘》本。

③吴慶元編《王人姓名記》，見收李光濤編《朝鮮壬辰倭禍史料》册五"附録"，"中研院"史語所，1970年。頁2107。

④《宣祖實録》"宣祖三十一年二月"己未日："陳御史接伴使李好閔啟"載："近日二萬餘兵，又爲出來，待此兵畢集，並前來兵馬可用者，約於三月間再舉，臣問曰：'二萬新兵，何將官領來？'答曰：'漢土兵一萬，劉總府帶來，已到遼東，兵部郎中徐中素領三千，又有舉人三人，各領兵，合一萬餘。'"（頁378）

⑤《宣祖實録》是年五月庚子日載："水兵陳璘軍九千餘名，四月二十七日到遼東，……徐主事平壤離發兵馬三千。"（頁439）

⑥"慕華館"在漢城，《新增東國輿地勝覽》（景仁文化社影印本，《韓國地理風俗志叢書》册305，頁47）卷一《京城上》"國都"下有"慕華館設於坤麓"语。

中素接伴使閔夢龍啟曰："主事明日定爲起身。"（頁464）次日："上幸慕華館，餞别徐主事。"（頁465）徐中素回國原因乃父喪，《宣祖實録》載"史曰："徐中素，聞其父死，不即奔赴，淹延旬月，緩緩起身。"[①]（頁464）與吴"序"所叙之原因合。

不久，吴明濟復至朝鮮，自云"館于李德馨家"（吴選"序"）。李德馨是壬辰之亂期間中國將領、使節與朝鮮王朝的重要聯絡人之一，吴明濟能館于其家，如之前館于許筠家一樣，當有一種官方的身份。吴選"序"云："搜諸名人集，前後所得，自新羅及今朝鮮共百餘家。披覽之，凡兩月不越户限。"（頁55–62）吴選"序"作于朝鮮，時間是萬曆二十七年四月之望，知吴選成于萬曆二十七年三、四月間。此間援朝中國將兵已大部分撤回，留守將官只有"總兵李承勛、游擊茅國器、解生、陳蠶、藍芳威"等，從《宣祖實録》所載之談吐和活動看，此數人中，藍芳威似最有文化旨趣，也最有可能贊助文化事業。藍芳威在朝鮮的二年中，其行跡主要在王京、公州稷山之間，其中萬曆二十七年三月至七月，藍芳威一直居住王京"藍芳威館"，與吴明濟同在王京。啟人聯想的是，藍芳威與徐中素同鄉。藍芳威爲江西人，藍選自稱"昌江藍芳威"，吴選"序"云徐中素"外艱歸豫章"。又上引《宣祖實録》，知藍芳威、徐中素同爲水軍將領。《宣祖實録》稱"浙兵游擊藍芳威"，知其所領兵爲浙江人，浙江水兵因有抗倭經驗，是援朝水軍的重要力量，吴明濟爲浙江會稽人，可作將兵溝通的中介。

綜上所述，吴明濟萬曆二十七年三、四月成《朝鮮詩選》時，其身份極可能爲藍芳威幕僚，如果將藍選、吴選近似性考慮在内，可以確定藍芳威一定以某種方式參與了《朝鮮詩選》的編輯事業，吴明濟不能抹去藍芳威之名，因而有藍芳威《朝鮮詩選》的出現和存在。另一方面，藍選必有吴明濟的參與，最重要的内證是藍選中出現許筠送吴明濟詩三首，藍秀才、李秀才送吴明濟詩一首，藍選或抹去吴明濟姓字，或以"南士"稱之，此數首詩必與吴明濟有關（詳下），但吴明濟顯然不甘心埋没長期搜集朝鮮詩作的付出，所以對藍選作了一定的删削，從而有吴選的出現和存在[②]。

（三）藍選誤題蘭雪軒詩的情形。

據上考，北大本藍選，有他人詩誤題蘭雪軒者7首，蘭雪軒詩而誤題他人者2首，李德

①《王人姓名記》云徐中素"戊戌五月……出來，六月，聞父喪回去。""五月"就徐中素至王京時間而言，"六月……回去"，與《實録》不合。當以《實録》爲准。

②尹国馨《甲辰漫录》云："所謂詩選（指吴選）者非但選詩而已，其卷首目録，書我東歷代易姓始末，崔致遠以下至於今日，宰樞、朝士、閨秀、僧家百餘人，列書姓名，且疏出處等事。"由尹氏記事，知吴選前有目録，然此目録非僅詩選中之詩人小傳，或即錢謙益所云之"《高麗世記》"。《列朝詩集》"朝鮮"下："明濟又撰《高麗世記》一卷，記朝鮮終始最詳，蓋隱括東國史而爲之也。"（頁680）此或即吴選之繁本。今本吴選有一百十二位詩人入選，與《甲辰漫録》"百餘人"正合，何況其目録小傳諸人，從尹氏語意推測，可能有逸出被選之詩人者。

懋曾見藍選，云其“多訛誤，非佳本”①，從誤題作者的角度論，這一判斷是正確的。反復推究其致訛之由，發現原因相當簡單，一是偶爾脱漏作者。如“五言律詩”卷《宿德淵院》漏題作者“李奎報”，“五言古詩”《有所思》漏題作者“月山大君婷”，《鳳臺曲》漏題作者金宗直。二是錯頁。藍選標注作者的體例是，一行上書詩題，下書作者名，一人數首，第二及之後詩皆不題作者，所以如果發生錯頁，就會出現大量誤題作者的問題。兹列現存藍選“五言古詩”下題名蘭雪軒詩及鄰近詩作以及已考知之作者如下：

	藍選作者		已考知之作者
晨霜	崔慶昌	晨霜	崔慶昌
……		……	
斑竹怨	趙媛妾李淑媛	斑竹怨	趙媛妾李淑媛
采蓮曲		采蓮曲	
有所思	許景樊	有所思	月山大君
望仙謠		望仙謠	崔慶昌
鳳臺曲		鳳臺曲	金宗直
古别離		古别離	崔慶昌
感遇		感遇	許景樊
又		又	
又		又	
《宿（當爲“寄”之誤）伯氏篈》		《寄伯氏篈》	
《莫愁樂》		《莫愁樂》	
《築城怨》		《築城怨》	
《貧女吟》		《貧女吟》	
《又》		《又》	

月山人君婷②被藍選誤爲女流，因而置於李淑媛之下，其《有所思》詩因脱漏作者而著作

①見李德懋《青莊館全書》卷三十四《清脾録》卷三“朝鮮詩選”條（《韓國文集叢刊》册258，頁37）。藍選地位高，在中土刊刻，中土流傳較多，但“多訛誤，非佳本”，不爲朝鮮士人所重；吴明濟地位低，吴選在朝鮮刊刻，復經錢謙益《列朝詩集》等的推介，頗爲朝鮮士人所重。之後潘庭筠欲續編東國詩，洪大容立刻想到的是吴明濟的《朝鮮詩選》（見《湛軒書·外集》卷一《與秋庳書》，《韓國文集叢刊》册248，頁116），而非藍書。

②南龍翼《箕雅》“本朝”下有“月山大君婷”條：“字子美，號風月亭。成宗大王之兄，諡孝文。”

權歸於他人。崔慶昌本有詩三、四首，其位置不僅在閨秀詩之前，且在許篈、許筠之前，但抄録其第二首《望仙謡》、第三、第四首詩之一紙産生錯頁，後置於題名蘭雪軒之《感遇》詩之前，依慣例，崔慶昌這幾首詩皆未署名，所以，藍芳威再次抄録或刊刻《朝鮮詩選》時，遂將李媛以下漏題作者之月山大君《有所思》詩和崔慶昌數首詩皆歸入了後鄰蘭雪軒名下。藍選《鳳臺曲》處於崔慶昌《望仙謡》、《古别離》之間，当爲崔氏之作，然《孤竹遺稿》不見此首[①]。

現存藍選可爲這一判斷提供旁證。吴選大致按照生卒年次序編排，對照兩選詩作，可知藍選本亦依此順序，但藍選"五言律詩"、"五言絶句"卷次序出現紊亂，可以想見，藍選在編輯完之後，出現散亂，産生了不少錯頁，藍芳威再次抄録和刊刻時又未請精通朝鮮詩作者加以整理，所以有了不少的作者誤題，甚至出現低級錯誤。如將"七言律詩"卷第一首崔致遠《秋日再經盱眙寄李長官》誤置於"五言排律"卷最後，現"七言律詩"第一首《送吴進士巒歸江南》本爲崔致遠七律第二首，故不署作者，因第一首錯置於前，現"七言律詩"第一首成了無名氏之作。次首本爲崔承祐詩，又漏題作者，因而亦成爲無名氏之詩等。

（四）吴選令人疑惑之處以及删削原則。

吴選中收録許筠贈己詩十五首，不見於許筠《惺所覆瓿稿》。又吴選收芐獻、藍秀才、李秀才贈己詩各一首，但芐獻詩與李奎報《四時詞·秋》、藍秀才詩與卞仲良《鐵關道中》太过相似，李秀才詩與鄭允宜《書江城縣舍》詩僅一字之差[②]。又吴選收尹國馨贈别詩一首，尹國馨明確表示"實無是事"。此詩見《東文選》卷十二，爲崔國裕《長安春日有感》詩[③]。吴選以二十首贈己詩（尚有梁亨遇《游龍山呈吴子魚先生》等）入選，從選本的

①此亦可合理解釋何以上文所考誤題蘭雪軒之詩往往發生在許篈、許筠、崔慶昌、白光勳、李達和其他女性詩人之間，即因性别相同或年代相接，總是編排在一起。

②參李鍾默文。李、鄭詩見《東文選》卷二十、卞詩見卷二十二，民族文化刊行會，1994年，頁376、384、420。

③尹國馨《甲辰漫録》曰："壬寅（1602）仲夏，余省親于黄崗。成泳公赴京還，相遇打話間，以爲在朝廷見新印《朝鮮詩選》，乃吴明濟所纂，其中有令公别吴一律云。追思則余於戊戌（1598）在京時，不知某將軍幕下有所謂吴明濟者，能文人也。與余所寓相近，時或來見者數三度矣。至如别章，余所不能，實無是事。聞其册在書狀官趙誠立處，求見則堅藏橐中，到京當示之。余還京取見，題曰《懷感呈子魚吴參軍》：'麻衣偏拂路歧塵，鬢改顔衰曉鏡新。上國好花愁裏豔，故園芳樹夢中春。扁舟煙月思浮海，匹馬關河倦問津。七載干戈歎離别，緑楊鶯語太傷神。'余心竊怪之，問諸知舊間，或云：'此是《東文選》所載。'而'七載干戈'之語，適與今時事相近，故吴也攬取爲某别渠作，以詫示於中原而然也。吴之浮浪如此，深恨其邂逅識其面也。"今本吴選有此詩。《東文選》卷十二收崔國裕《長安春日有感》詩曰："麻衣難拂路歧塵，鬢改顔衰曉鏡新。上國好花愁裏豔，故園芳樹夢中春。扁舟煙月思浮海，羸馬關河倦問津。只爲未酬螢雪志，緑楊鶯語太傷神。"（頁219–220）尹國馨對中朝人士頗多指責。如其《聞韶漫録》指責朝鮮經略使宋應昌曰："其所制詩有曰：'驅車入平壤，恢復朝鮮國。'又有謁箕子墓詩，至於刊印而歸，意必誇張于上國，其浮誕乃如是。"又云："中朝人物亦可想見。"（《韓國詩話叢編》册2，頁267–268）

體例上看，可視爲對王逸整理《楚辭》、徐陵編《玉臺新詠》以己作附入的一種模仿和變通，但其中數首誤題作者的情形既與上云朝鮮士人因“記”“誦”而出現異文情形不同，也與上云藍選誤題作者的情形有別，必吴明濟有意所爲。何以如此？

據吴選“序”，吴明濟曾館于許筠家，吴選選詩340首，其中蘭雪軒詩58首，占全書1/6强，是録詩最多的詩人，但未選許篈詩。從許篈、蘭雪軒詩的藝術成就看，篈詩並不比蘭雪軒詩遜色，七古、七律似過之；從吴明濟搜集兩家詩的自然條件看，許筠也能記誦許篈詩。許筠《上一松相》（乙巳二月）云：“亡兄詩文，散失殆盡。僅以臆記若干篇參以人傳誦者，勒爲二編。”(頁303)所以吴明濟不選許篈詩是令人奇怪的。又許筠曾學詩于李達，能記誦李達並欲傳播李達詩。許筠《蓀谷集序》云：“不佞少日以仲兄命，問詩于翁，賴識途向，及其死也，惜其遺文泯没不傳，爲裒平日臆記者詩二百餘首。”[①]許筠曾追述朝鮮詩壇盛二唐詩潮流，以爲朴淳“晚得崔、白，遂長大楚”，故對崔慶昌、白光勳詩也甚重視，但吴選既不見李達詩，也不見崔、白詩，亦令人疑惑。

吴選以上令人迷惑之处，我以爲出於几種考慮：1、爲了顯示與藍選的不同。吴明濟當然知道藍芳威已將《朝鮮詩選》攜歸中土，但爲不埋没自己，又不觸怒他人，只有在内容上加以區分。2、編入二十首朝鮮士人與己唱和之作，既不違背詩選傳統，又顯示自己是《朝鮮詩選》的唯一編者，與藍選爭正宗。尹國馨將之歸結爲“以詩示于中原”，其實也詩示于朝鮮，從後來的影響看，吴明濟達到了預期目的。3、體現對稱原則。吴明濟對藍選主要採取斬頭去尾法，去掉箕子、高勾麗、新羅女主等久遠時代之詩，將崔致遠作爲朝鮮詩歌的第一人[②]，去掉時代甚近（去世時間不超過二十年）的詩人，這樣就將崔慶昌、白光勳、李達、許篈都排除了出去。4、凸現蘭雪軒的創作。蘭雪軒創作應放在明代推重唐詩，特别是前、後七子倡導復古以及朝鮮詩壇對這一思潮的回應這一大的背景上加以觀照，方可作出合理的解釋和估量，而且蘭雪軒詩歌取材、創作方式、詩歌風格與崔、白、李達、許篈輩彼此呼應，倘若較多選入崔、白、李達、許篈之詩，該創作集團的總體風格和詩歌旨趣會加强，而蘭雪軒個人風格特色將大爲削弱。吴選“序”云其萬曆二十六年初秋回京時，“長安縉紳先生聞之，皆願見東海詩人，詠及許妹氏《游仙》諸篇，見者皆喜曰：‘善哉！吴伯子自東方還，槖中裝與衆異，乃纍纍琳琅乎！’”吴明濟保存蘭雪軒詩而删削同類詩是吴選的編選策略，是對中土士人反映的回應，亦與嘉靖以來明人搜集、整理、出版女性作品的流行趨勢有關。

---

①《蓀谷詩集》卷首，頁3。

②吴選“五言古詩”、“五言律詩”、“七言律詩”、“五言絶句”、“七言絶句”都以崔致遠始，惟“七言古詩”前有三首早于崔致遠詩，或可看作是吴選删削未盡者。

與今本《蘭雪軒詩集》相校，吴選所選蘭雪軒詩都可在蘭雪軒集中找到依據。據上文所考，吴選5首蘭雪軒詩存在拼合、縮略現象，可證吴選蘭雪軒詩不少確出於時人的記憶。藍、吴二選另有兩誤值得一提：（一）蘭雪軒兄弟齒序之誤。依許篈《岳麓集》、許篈《荷谷集》、許筠《惺所覆瓿稿》及《蘭雪軒集》等，許氏兄弟長幼排行是：筬、篈、筠；蘭雪軒爲許篈妹，許筠三姊[①]。然吴選吴"序"云"曰篈曰筬曰筠"，兄弟排行失次，《亘史》引藍芳威云："聞許慧女事甚悉，兄篈、筠皆登狀首。"（頁23）故吴選中蘭雪軒詩凡贈篈詩皆題爲"贈伯氏"，凡題爲贈仲氏，則題爲"筬"。如兩選"五言律詩"蘭雪軒《寄伯氏篈》，《蘭雪軒詩集》作《寄荷谷》。吴選"七言律詩"《送兄筬謫甲山》，《蘭雪軒詩集》作《送仲氏謫甲山》。吴選"序"云"得其妹氏詩"、"許妹氏"，皆就許筠言。（二）以吴選計，蘭雪軒詩58首中40首有異字、異句，其中七古差異最大，七律次之，大致是全詩字數越多，異字、異句越多。

三、中土各蘭雪軒集的關係以及《聚沙元倡》誤題蘭雪軒詩的原因

蘭雪軒詩以《朝鮮詩選》爲媒介流傳，隨後之數年間，蘭雪軒名聲藉甚，本土、中土皆如此。許筠《上柳西坰》（乙巳三月）書云："聞方選東詩云，幸以亡兄之作，多載之其中，敢以刻本一帙呈上。"許筠急於推薦其兄詩，卻發現其姊詩入選率更高，所以同年九月他作另一書抱怨道："見南窗，言亡兄詩則入選甚少，而姊氏則稍多。……亡兄七言歌行最妙，而無一篇收入者，此尤不可曉也。"(頁304) 在中土，潘之恒稱蘭雪軒"誇于華夏"[②]。所以中使之朝鮮，最欲得者即蘭雪軒詩文。許筠似也預作準備。如萬曆三十四年（1606），翰林學士朱之蕃、刑科都給事梁有年使朝鮮，遠接使柳根帶許筠行，許筠《丙午紀行》記録此行甚詳。《紀行》記是年三月二十七日：

①筠有長姊，其《潛官紀行》有"見長姊及姊兄朴司禦舜元於槎灘"（頁287）語。朴趾源《熱河日記》（朱瑞平校點本，上海書店出版社，1997年）指出"《詩綜》闕謬"（實沿明末載籍之誤），如以李廷龜號月沙而誤爲栗谷，疑月山大君婷爲女子，蘭雪軒爲女冠，其號爲景樊堂等（卷二《太學留館録》，頁128），然卷四《口外異聞》"《東醫寶鑒》"條云："許又世族，萬曆間篈、筬、筠兄弟三人，俱以文鳴，女弟景樊，才名復出厥兄之右。"（頁293）許氏兄弟排行沿中土載籍之誤。

②潘之恒《吴門范趙兩大家集叙》，黄宗羲編《明文海》卷三百二十六，文津閣四庫全書，册487，頁186。

上使先到控江亭，余跟往，上使招余入，問家姊詩，即以詩卷進，上使諷而嗟賞。……兩使求石峰書，余適有玉樓文二件，分進之。（頁290）

朱之蕃首問蘭雪軒詩。《玉樓文》即蘭雪軒《廣寒殿白玉樓上梁文》之簡稱，許筠預備二件即爲送人之用[①]。

蘭雪軒詩以《朝鮮詩選》流傳的同時，蘭雪軒集應該也在流傳。當時流傳蘭雪軒集可能有如下幾種：

（一）吴明濟所抄者。吴選"序"言萬曆二十六年"得其妹氏詩二百篇"，"長安縉紳"有見。"二百篇"之數，已接近現存《蘭雪軒詩集》的規模。

（二）沈無非《景樊集》一卷本。

《亘史·外篇》卷三"仙侣"《朝鮮慧女許景樊詩集序》："潘之恒曰：曩沈虎臣娣氏曾梓《景樊集》一卷。""序"作于"萬曆戊申（1608）春日"(頁23)。此集是時或已刻出。項鼎鉉《呼桓日記》卷二"（壬子六月）二十九日"下記："欲完先室沈無非氏行狀。憶其生平酷情研筆，朝夕讀書不休，所著詩文成帙。歲丁未悉被於火，點檢無十之一，泣下潸然。尤喜臨池，絶肖褚河南《九成宫》，有手書所撰《朝鮮許士女集小序》一首，先爲其兄沈景倩臨上木，今記之以爲兒輩存手澤云。"[②]"沈景倩"即沈德符。"丁未"爲萬曆三十五年（1607）。"先"指沈無非《小序》臨摹上木在"丁未"前。由此日記，知沈無非詩文集未刊刻，其《小序》能上木，或因梓于《景樊集》之故。《呼桓日記》所録《小序》題署爲"無非氏題於密雲之深深齋。"據《萬曆野獲編》卷十六"覆試"條，項鼎鉉爲"辛丑

---

①朱之蕃主要求韓石峰書。韓石峰名濩，石峰乃其號。許筠《祭韓石峰文》曰："右軍吴興，千載拍肩。太倉（王元美）擊節，賞以奔驥。……惟我仲氏，交公莫逆。仍辱縮帶，即爲鍾伯。我家輦下，公客於京，頗數相從，恨俗務嬰。一麾遼山，果踐宿諾。邀公於館，沖天之閣。以觴以詠，月檻風欞。爲我金書，般若心經。……"（頁267）韓濩字爲中土士人激賞，許葑、許筠與韓濩交往特深，"一麾遼山"，時當萬曆三十年（宣祖三十五年），是年二月至四月，許筠爲遠接使李廷龜從事官至遼山。許筠《西行紀行》載："（閏二月）八日，……車五山暨韓石峰來問。"因中使所帶員役甚多需裁革等原因，淹延至二十一日，兩使方渡江，故許筠有較長時間與韓濩盤桓。經《朝鮮詩選》的流傳，本土、中土皆甚重蘭雪軒詩，許筠請韓濩書《玉樓上梁文》或在此時。又《亘史·外篇》卷三《仙侣》《朝鮮慧女許景樊詩集序》"潘之恒曰"："黄上珍在金陵藍總戎萬里宅出高麗繭一卷，精寫《白玉樓上梁文》。"（頁 23）好書、好文，方稱二絶，可見時人對蘭雪軒上梁文的珍視。

②《呼桓日記》，《北圖古籍珍本叢刊》册20，書目文獻出版社。頁453。沈無非丁未（1607）火災時尚在世，壬子六月二十九日，項鼎鉉"無非氏行狀"尚未完成，知無非氏去世年數應不太久。然同年六月十九日夕新"室人産一女"，其迎娶新室至少約一年，以夫爲妻服喪一年之例，無非氏當卒于萬曆三十六、三十七年（1608、1609）。

（1601）進士"[①]，選庶吉士，後"以考館被議覆試而以病辭者""然終被譴"[②]。《呼桓日記》卷四曰："（壬子八月二十九日）吾奉命爲穆考卜地於西山，……今葬之六年矣。"（頁494）知項鼎鉉父葬于萬曆三十四年（1606），項鼎鉉爲父守制，不久"抱夢鳳之疾""近亦五載"（頁431），回家鄉秀水養疾，項鼎鉉自萬曆三十七年（1609）頻繁出現在李日華《味水軒日記》中，活动地点都在家乡，所以項鼎鉉的密雲之任當在萬曆三十四年前。沈無非《景樊集》當刻于萬曆三十至三十四年間。此與上引潘之恒萬曆三十六序稱沈無非《景樊集》爲"曩"集意合。倘如此，沈無非之《景樊集》當刻于朱之蕃攜《蘭雪軒詩集》入中土之前。沈無非爲沈德符姊，項鼎鉉妻。沈德符喜書，交游甚廣，珍稀秘笈亦能入手[③]。又據朱彝尊《曝書亭集》卷五十三"書萬歲通天帖舊事"條，項鼎鉉，秀水人，三世進士，家富收藏，有著名之萬卷樓。《呼桓日記》有乙未（1595年）正月薊門官舍"先室沈坐草"（頁443）的記載，夫婦年輕時侍父在京畿一帶，鼎鉉爲進士後，選爲庶吉士，亦在京，所以，沈無非有第一時間得吴明濟所抄蘭雪軒詩、《朝鮮詩選》的便利[④]。沈無非《景樊集》一卷，有可能抄自吴明濟早年攜回之蘭雪軒"詩二百篇"，亦有可能抄自全集藍選。

（三）許筠再次整理《蘭雪軒詩集》本。萬曆三十四年（1606），許筠已整理好《蘭雪軒詩集》，並請朱之蕃爲蘭雪軒詩集作序。筠《丙午紀行》載：

> （四月二十日，上使）因制陽川世稿序及亡姊詩引以給。……（二十五日）余請副使以世稿序，副使許之。……（二十七日，）副使招余面給世稿序。（頁292）

今本《蘭雪軒詩集》前有朱之蕃《小引》，文末署"萬曆丙午孟夏廿日"，與筠《丙午紀行》正合。錢謙益《列朝詩集》、黄虞稷《千頃堂書目》皆言朱之蕃使東國得《蘭雪軒詩

①朱保炯、謝霈霖編《明清進士題名碑録索引》（上海古籍出版社，1979年）同。《碑録》載項鼎鉉，浙江秀水人，本屬錦衣衛籍，以官籍應試，三甲206名。李日華《味水軒日記》（《北圖古籍珍本叢刊》册20，書目文獻出版社）卷六萬曆四十二年（1614）八月二十三日載："有人乞言壽項孟璜四十。"（頁279）《呼桓日記》卷六壬子"八月二十五"下載"爲余初度"（頁490）。知項鼎鉉生於萬曆三年（1575）八月二十五日，二十七歲成進士。

②《萬曆野獲編》，《明代筆記小説大觀》本，上海古籍出版社，2005年，頁2328。

③如《萬曆野獲篇》卷二十五"《金瓶梅》"條（頁2584）。

④《呼桓日記》，項鼎鉉稱焦循爲"座師"；又卷四："以緘從焦漪園座師借《獻徵録》。"（頁488）焦竑作有《國朝獻徵録》三百六十卷，見《千頃堂書目》（黄虞稷撰，瞿鳳起、潘景鄭整理，上海古籍出版社，1990）"傳記"類（頁663）。朱之蕃與焦竑關係極密，從這一意義上，沈無非亦有第一時間得朱之蕃攜回之《蘭雪軒詩集》的便利。

集》而歸[①]。朱之蕃《小引》云："以手足之誼，輯其稿之僅存者以傳，予得寓目，輒題數語而歸之。"(頁1)"歸之"似當理解成歸還詩集。但副使梁有年《蘭雪軒集題辭》曰："許副正出其世稿索余言，而稿目中有蘭雪集，則其故姊氏所著云，會趨程，未及録示。"(頁2)倘若四月二十日朱之蕃已歸還《蘭雪軒詩集》于許筠，二十五日，筠似可將此詩卷呈梁有年而不必再録。可見，朱之蕃可能未歸還蘭雪軒集，而將之帶到中土。即使非如此，最晚是年冬，朱之蕃、梁有年即已得到許筠整理好的《蘭雪軒詩集》。梁有年《題辭》云："余既歸朝，端甫寄余一帙。"(頁2)"題辭"作于"萬曆丙午嘉平既望"，即是年臘月。

朱之蕃歸朝後，極力揄揚蘭雪軒詩，所以中土人士索蘭雪軒集甚急。萬曆三十六年（1608），劉太監出使朝鮮，舉人山陰徐明爲主文書諸事，另有田、楊等人隨行，許筠爲遠接使從事官。許筠《己酉西行紀》載：

> （五月初十日，）徐明來言，在北京見陶庶子望齡，言曾見朱官諭之蕃，道東國有許某者，其姊氏詩，冠絶天下。你之彼，須求其集以來，都監乃斯人也。有集在否？余即出橐中一部以給。……（十一日，）徐相公曰："蘭雪軒集，劉公亦欲得之，俺亦請一件也。"余只餘一卷，出給之，令致於使，其一件該給徐者，約於京。田、楊亦請之，俱以京爲期。（頁296）

陶望齡亦山陰人，所以托同鄉徐明索書。劉太監等人不免有湊熱鬧之嫌，然由此正可見蘭雪軒詩在中土的流行。許筠《蘭雪軒詩集跋》書于"萬曆紀元之三十六載孟夏上浣"日，云"爰災於木，以廣其傳"，此跋作于伴天使劉太監途中，離徐明索書僅一月，則其"橐中"之物可能還是鈔本，其承諾贈送之數部或已爲刻本[②]。今本爲許筠初刊重印本或東萊府重刻本，或題《蘭雪軒集》，然皆以"附録"收蘭雪軒文，可見許筠當初所刻確爲《蘭雪軒詩集》。

（四）朱之蕃刻《蘭雪軒詩集》。《詩歸》卷二十九"許景樊"下注曰："金陵朱太史蘭嵎出使朝鮮，得其集，刻以行世。"《詩緯》亦云："朱狀元之蕃出使朝鮮，得其集，刻行於世。"[③]《詩歸》所選蘭雪軒詩較多，或曾參照許筠再次整理之《蘭雪軒詩集》（詳

①《列朝詩集·閏集》第六"朝鮮""許氏妹"下："金陵朱狀元奉使東國，得其集以歸，遂盛傳於中夏。"（頁684）

②據許筠《己酉西行紀》，筠是年二月十五爲遠接使從事官，一行於五月二十三日至王京，許筠復爲有都司餞慰使之任，送劉使回國，六月二十二日離開王京，七月二十五許筠回京復命，則許筠承諾贈送之數部《蘭雪軒詩集》爲剛刻出之書。

③《名媛詩緯初編》卷二十八。康熙六年（1667）清音堂刻本。前有錢謙益序。

下），或即朱之蕃所刻？朱之蕃頗爲關注東人集的刊刻。如宋時烈《孤竹集序》曰："華使朱給事之蕃，歎賞不已，並與鄭圃隱諸賢之作，刊佈於中朝。"①又許筠《丙午紀行》記朱之蕃，"因問公之作，亦入梓否？余對以未敢"。(頁292)後朱之蕃"求其全集"，許筠寄一部于朱之蕃並托其請人爲序，朱之蕃熱心地求李廷機爲之作序②。然朱之蕃刻本，未見書目著録。錢謙益指出《蘭雪軒詩集》由朱之蕃傳入中土，然未言其有刻本。《絳雲樓書目》重古本，只著録宋、元槧版本，又很少著録明人之作（曹溶《序》已指出），但"詩總集類"著録了"《朝鮮詩選》"，陳景雲補注云："會稽吴明濟子魚司馬之客也，從軍至平壤，因采詩于其國，作後序者許筠，東國之以文學鳴者。"③錢曾《讀書敏求記》、《也是園書目》"詩文集總"亦著録"《朝鮮詩》四卷"④，或因其爲朝鮮本而爲錢氏所重。三書目皆未著録《蘭雪軒詩集》，錢氏藏書中當無朝鮮刻本《蘭雪軒詩集》。又《列朝詩集》所選蘭雪軒詩以及柳如是評所涉之詩皆不出各詩選的範圍（詳下），錢謙益似亦未見朱之蕃刻《蘭雪軒詩集》。如果朱之蕃確實刊刻了《蘭雪軒詩集》，其面目應同于或近似于許筠再次整理之《蘭雪軒詩集》。

（五）潘之恒《元倡》本。據潘之恒《朝鮮慧女許景樊詩集序》，《元倡》本與潘之恒、丘坦、黄上珍有關。潘之恒較早接觸沈無非《景樊集》；黄上珍從藍芳威，故對蘭雪軒詩文既熟悉又讚賞；丘坦辛丑、壬寅（1601—1602）間隨顧天埈出使朝鮮，李廷龜爲接伴使（後李公閔代之），許筠爲接伴使從事官，事見許筠《西行紀》。李廷龜《寄丘游擊坦》云："顧、崔《皇華集》一本，奉付來使，照入否？……記辛丑冬，不佞實忝儐接之任，來候灣上五個月，至壬寅仲春，客裏得病，……承命迎慰于平壤，伊時得拜左右于幕中，且睹筆跡詞翰。"⑤丘坦雖與朝鮮君臣唱和，但對朝鮮君臣"日耽游詠，按節悽楚"，頗有微辭，以爲"多亡國之音"，認爲蘭雪軒爲朝鮮詩文第一人。所以三人"謀傳"蘭雪軒集。上引潘之恒"許景樊詩集序"作于萬曆戊申年（1608）。辛亥年（1611），潘之恒遇藍芳威，藍芳威"首出朝鮮卷示予，……所選多與予合"，顯然指藍芳威以所編《朝鮮詩選》示潘之恒。綜上所述，潘之恒《元倡》本最有可能的詩歌來源一是沈無非《景樊集》，一是藍芳

①《韓國文集叢刊》册50，頁4。據此語，朱之蕃此刻似爲詩選類，《朝鮮古書目録》著録焦竑編《朝鮮詩選》，應與朱之蕃有關。

②李廷機《悝所覆瓿稿序》，頁103。

③《稿鈔本明清藏書目三種》本，北京圖書館出版社，2003年，頁578。

④錢曾撰，瞿鳳起編《虞山錢遵往藏書目録彙編》，上海古籍出版社，2005年，頁220。

⑤李廷龜《月沙集》卷三十四，《韓國文集叢刊》册70，頁85。壬寅《皇華集》（鄭麟趾等編纂《皇華集》册7，珪庭出版社有限公司，1978年）無丘坦詩，有許筠送别正副二使詩四首，筠自云有代李好閔酬副使詩一首（見《西行紀》）。《西行紀》無筠與丘坦交往的記載。

威《朝鮮詩選》。而從時間上看，上述數種朝鮮詩選和許景樊集本，也都可能爲其詩歌來源。《元倡》本有蘭雪軒詩168首，《上梁文》1篇，從規模上看，確如潘之恒“序”所言，“欲傳其集”，而非詩選的性質[1]，倘如此，則潘之恒似又未得見許筠再次整理之《蘭雪軒詩集》本和朱之蕃刻《蘭雪軒詩集》。

分析《元倡》的詩歌及其編排次序，發現其與藍選關係緊密。《元倡》一般先抄録藍選，其間以類相從增補詩作，再續抄藍選詩，復增補詩作。如“五言古詩”類，第1至6首與藍選次序相同；第7首，藍選（吴選亦如此）爲蘭雪軒《感遇》兩詩的拼合詩，《元倡》對之加以改正；因詩題等與《感遇》近，故第8、9首以類從之；第10首與《朝鮮詩選》一致；其後4首，超出北大本藍選之外，爲增補者。“七言古詩”類，第1、2首與藍選同，第3、4首增補，應與1、2詩命名方式及詩歌性質同，故以類從之，之後第5至11首與藍選次序同。又“五言律詩”類，1、2、3、4首與藍選次序同，第5、6首《出塞曲》，藍選作許筠詩，《元倡》改正之，入第4首之下。藍選蘭雪軒五言律詩數量少，《元倡》亦如此。

從異文的角度看，一般來説，藍選有選的詩，《元倡》多同藍選，然亦有少數有意的改動。如七言古詩《秋歌》後半部分：

> 金壺玉漏生西風，簷前唧唧鳴寒蛩。金刀剪取機上素，玉關夢斷羅帷空。縫作衣裳寄遠客，蘭燈熒熒明暗壁。含啼卻寫别離輕，驛使明朝發南陌。（《元倡》，頁25）
>
> 金壺漏徹生西風，珠簾唧唧鳴寒蟲。金刀剪取機上素，玉關夢斷羅帷空。縫作衣裳寄遠客，蘭燈熒熒明暗壁。含啼自草别離難，驛使明朝發南陌。（藍、吴選。吴選頁100-101）
>
> 丁東玉漏響西風，簾外寒多啼夕蟲。金刀剪下機中素，玉關夢斷羅帷空。裁作衣裳寄遠客，悄悄蘭燈明暗壁。含啼自草别離難。含啼寫得一封書，驛使明朝發南陌。裁封已就步庭中，耿耿銀河明曉星。寒衾轉輾不成寐，落月多情窺畫屏。（《蘭雪軒詩集》，頁7）

三者相較可見，《元倡》從《朝鮮詩選》來，然亦有異文。其改“漏徹”爲“玉漏”從而與之前的“金壺”對仗；“珠簾唧唧”有不詞之嫌，所以改爲“簷前唧唧”，又以“寒蛩”

[1] 潘之恒以“聚沙元倡”名集，我想至少包括兩方面的含義：一、從蘭雪軒夙慧這一角度言。“聚沙”出《法華經》，其《方便品》曰：“乃至童子戲，聚沙爲佛塔，如是諸等人，皆已成佛道。”二、從自己、丘坦、黄上珍倡“傳”蘭雪軒詩文、“聚沙成塔”以成之這一角度言。倘如是，則“聚沙”名本身即表明了此書的編輯方式和性質。

雅化“寒蟲”；“含啼草書”已有“自”草意，己含啼草書見別離於己之難，但爲寬慰對方，“卻寫別離輕”，以現閨中女兒婉轉心曲。又如《冬歌》，《朝鮮詩選》“侍婢金瓶瀉鳴玉”句，亦有不詞之嫌，《元倡》改爲“雙耳金瓶瀉鳴玉”。此類不同有理路可尋，絶非無意爲之。

《元倡》沿襲藍選之誤，然訂正了數首藍選之誤。如上文提到的對《感遇》1首、誤爲許筠的《出塞曲》2首的改正等。《元倡》還增補了很多蘭雪軒詩，特别是《宫詞》（18首）和《游仙曲》（55首）等七絶部分的份量。《元倡》《游仙曲》題下注曰：“藍萬里云：《游仙曲》凡三百首，余得其手書八十一首。”藍芳威《朝鮮詩選全集》確足81之數[①]。上文已述，潘之恒與藍芳威有接觸，具備抄録蘭雪軒手書81首的條件，但潘之恒既以“傳”蘭雪軒集爲目的，而其集中題爲《游仙曲》者50首，題爲《步虚詞》而今本《蘭雪軒詩集》作《游仙曲》者5首，其中有竄入詩2首，異文甚多者1首，可見《元倡》的《游仙曲》、《宫詞》，非來自于藍選或許筠再次整理《蘭雪軒詩集》、朱之蕃所刻者，當另有來源。

這一來源或者就是沈無非的《景樊集》。上引吴選“吴序”云京中縉紳皆願見“許氏妹游仙諸篇”，可見萬曆二十六年（1598），蘭雪軒詩初入中土時，中土人的接受傾向。又此時江浙女性詩人有不少擅作李賀體式，如徐媛[②]。徐媛長沈無非一輩，項鼎鉉《呼桓日記》稱徐媛丈夫范長白爲“年伯”，徐媛曾爲項鼎鉉“外母”作歌，亦是“游仙”一派，項鼎鉉對徐媛詩文集的情況很瞭解[③]，沈無非姊妹都擅長作此類詩。沈季友《檇李詩系》保存了嘉興一地詩人小傳和詩作。卷三十四“沈瑶華”條曰：“進士項鼎鉉妻，秀水人。鳳華妹。”又“沈翠華”條：“文學屠懋和妻，嘉興人。瑶華妹。”[④]二人下分選《游仙詩》1首和2首。可以想見，沈無非見蘭雪軒詩時最關注的也是她的《游仙曲》，故稱蘭雪軒爲“絳仙”“儔侶”。她一方面敏感地見出蘭雪軒《游仙曲》“間剽古人‘冰屋絳扉’一二語”處，一方面指出“其肖景處故不害爲畫師後身”[⑤]。“冰屋絳扉”二句出自曹唐《小游仙》，也見於蘭雪軒《游仙曲》中。

《元倡》有16首詩不見於今本《蘭雪軒詩集》，其中屬誤題者13首，3首作者待考（1首襲自藍選）。其誤題之詩及誤題作者原因如下：1、襲藍選之誤。有《望仙謡》、《山嵐》、《有所思》、《鳳臺曲》、《古别離》、《弄潮曲》、《山鷓鴣詞》、《次伯氏篈》、《送伯氏篈朝天》、《塞上曲》“宫牆處處”、《映月樓》11首。2、誤襲沈無非《景樊集》或自身

①參上引李鍾默文。

②拙文《論明代中後期女性文學的興起和發展》曾揭出此點。

③《呼桓日記》卷四，萬曆壬子八月二十二日日記，頁489。

④文津閣四庫全書本，册493，頁555。

⑤《呼桓日記》卷二，萬曆壬子六月二十九日日記，頁453。

新增之誤。有《怨情》"夕殿下珠簾"、"郎作千里行"、《游仙曲》"忘卻教人"、"去住樓臺"4首。待考《翠袖啼痕》、《游仙曲》"未央宫闕"2首。蘭雪軒深受前、後七子摹擬漢魏古詩、唐詩的創作方式影響，所以大部分詩皆可找到追摹的源頭。如樂府詩題系列詩對古樂府的追摹；《感遇》詩出陳子昂、張九齡《感遇》詩傳統；《游仙詩》出曹唐《小游仙》七絶統緒而非郭璞《游仙詩》系統；《宫詞》出王建等《宫詞》等；七律仿杜甫、杜牧等，其中又以游仙、宫詞、樂府摹擬之跡最明顯。所以讀其詩者，不免聯想到她追摹的母體，有時會在詩旁寫録數首。如其《游仙曲》仿曹唐《小游仙》，若沈無非或其他讀者録數首曹唐《小游仙》在旁，後人以之爲底本時，是極易將旁注羼入正文的。蘭雪軒亦有《賈（估）客行》、《閨怨》詩，或亦因此而竄入謝朓、釋寶月之詩。

四、明末中國女性詩文選的關係以及誤題蘭雪軒詩的原因

萬曆後明人所編女性詩文選本《詩歸》、《彙詩》、《女史》等都選有蘭雪軒詩文。《詩歸》三十六卷，題竟陵鍾伯敬點次，王士禎以爲坊賈所託名，四庫館臣也以爲"不出惺手"①。書中無具體刊刻時間，一般籠統稱爲"萬曆刊本"②，選蘭雪軒詩一卷（第29卷），共68首。《彙詩》二十卷，《歷代婦女著作考》録有朱之蕃序。該書以詩體分卷，選蘭雪軒詩41首。《女史·文集》十二卷，《詩集》八卷，選蘭雪軒詩文41首，文1篇，詩40首。一般以爲錢謙益輯《列朝詩集》"閨秀"類出柳如是之手，故一併及之③。爲方便論述，將諸書所選蘭雪軒詩詩題、次序、今本《蘭雪軒詩集》中有無以及各體詩數量附表於後。比照各家所選蘭雪軒詩，可得出如下結論：

（一）《女史》蘭雪軒詩抄自《彙詩》，《彙詩》抄自《詩歸》，《詩歸》最早將蘭雪軒作品選入女性詩文選中。三書刊刻前後順序當爲《詩歸》、《彙詩》、《女史》。《詩歸》以人聚詩，《彙詩》、《女史》以五古、七古、五絶、七絶、五律、七律之體編排，《女史》除未選蘭雪軒五律《寄女伴》外，餘詩及次序皆同《彙詩》，兩書少異文，可見《女史》抄

①永瑢等撰《四庫全書總目》，中華書局，1965年。頁1759。

②如胡文楷《歷代婦女著作考》"附録二《總集》"，商務印書館，1957年，頁40。1614年和1617年間，鍾惺刊刻出版了《古詩歸》和《唐詩歸》，兩書都很暢銷，書商出於商業目的當不久就推出《名媛詩歸》與"古、唐詩歸併行"（四庫館臣語）。從以下比較可見，《詩歸》出版時間當在1620年《彙詩》編輯出版前。

③又王端淑爲明末清初人，其《名媛詩緯》初編卷二十八選蘭雪軒詩7首，有蘭雪軒詩誤題他人者4首，不出《詩歸》範圍，故略而不論。

自《彙詩》，《寄女伴》一詩，或爲偶然漏抄，似無特别用意。《彙詩》所選蘭雪軒詩，無一首出《詩歸》的範圍。如《詩歸》五古6首，《彙詩》即選其前4首；《彙詩》七絶所選4首《宫詞》、12首《游仙詞》與《詩歸》全同，可見其淵源關係，但《詩歸》誤以許筠爲蘭雪軒仲兄，故詩題"仲兄"後，往往加一"筠"字，《彙詩》詩題皆去"筠"，可見《彙詩》已知蘭雪軒兄妹排行的錯誤。《女史》"仲兄"後加"篈"字①。《四庫全書總目》"名媛彙詩二十卷提要"云："詳閨秀著作，明人喜爲編輯，然大抵輾轉剿襲，體例略同。此書較《詩歸》等書，不過增入雜文，其餘皆互相出入，訛謬亦復相沿，魯衛之間，固無可優劣也。"②四庫館臣對諸書輾轉抄録的判斷基本正確，但《彙詩》不收文，又《詩歸》與《女史》詩評旨趣有不同。

（三）《詩歸》選蘭雪軒詩或未參考吴選。《詩歸》選蘭雪軒詩與吴選同者共22首，但此同者或爲《詩歸》所本之書與吴選之重合者。《詩歸》與吴選之異更爲明顯，如上引吴選"七言絶句"《塞上曲》"煙塵晚卷孤城出"，爲《詩歸》所選七律《次仲氏筠高原望高臺韻》"巃嵸危棧切雲霄"之後四句。又如七絶《宫詞》，吴選選4首，《詩歸》選6首，同者1首，《游仙詞》，吴選選14首，《詩歸》選16首，同者僅1首。

《詩歸》或未參考《元倡》。《元倡》有詩168首，從編輯刊刻時間上看，《詩歸》亦有參照《元倡》的可能，然兩者似關係較遠。《元倡》出現的新增誤題作者的篇目，皆未見於《詩歸》。《詩歸》出現蘭雪軒詩而誤題他人詩8首：《春日有懷》、《竹枝詞》"空舲灘口"、"瀼東瀼西"、"楊柳含煙"3首、《鞦韆詞》"蹴罷鞦韆"、《貧女吟》"夜久織未休"、《賈客行》"朝發宜都渚"、《夢作》兩出，此類誤題均未見於《元倡》。

《詩歸》最主要的詩歌來源或爲藍選。上文所述藍選致誤之由乃錯頁，所以必然是詩歌本身不變，而作者或脱、或誤，而在作者脱、誤中，甲詩誤爲乙詩和乙詩誤爲甲詩的機率應大致相當，上考他人詩誤爲蘭雪軒詩和蘭雪軒詩誤爲他人詩分别为16和15首，亦支援這一判斷。《詩歸》題蘭雪軒詩而不見於今本《蘭雪軒詩集》共10首，已知爲誤題者有《望仙謡》、《山嵐》、《有所思》、《古别離》、《弄潮曲》、《次仲氏》、《送伯兄篈朝天》、《塞上曲》"宫牆處處"、《映月樓》、《登樓》10首。其中《望仙謡》、《有所思》、《古别離》、《山嵐》4首皆從藍選而來。同樣藍選誤蘭雪軒詩爲他人詩的數量也大致與此數持平，則《詩歸》、《彙詩》、《女史》誤蘭雪軒詩爲他人詩可能亦襲自藍選。當然在未得藍

①《詩歸》對蘭雪軒仲兄爲誰頗混亂，五古中有《寄仲氏篈》，然更多作"仲兄筠"。《女史》"姓氏""許景樊"云："其兄許筠狀元，次許篈，正郎。"雖知許篈爲蘭雪軒仲兄，但誤以筠爲長兄，可見許筠、許篈作品在中國較少流傳，更多得之于傳聞。

②《四庫全書總目》，頁1766。

選全集比對之前，這還是一種推測。

《詩歸》當參照了許筠再次整理之《蘭雪軒詩集》。《詩歸》有見於今本《蘭雪軒詩集》而逸出《朝鮮詩選》、《元倡》者3首①。一些異字、異句亦表明了這一點。如《湘弦謠》：

蕉花泣露湘江曲，九點秋煙天外綠。……閑撥神弦石壁上，花鬟月鬢啼江姝。瑶空星漢高超忽，羽蓋金支五雲没。（《詩歸》卷二十九）

薰花泣露湘江曲，點點秋煙天外綠。……神弦聲徹石苔冷，雲鬟霧鬢啼江姝。瑶空星漢高超忽，羽蓋金支五雲没。（吴選、藍選）

蕉花泣露湘江曲，點點秋煙天外綠。……神弦聲徹石苔冷，雲鬟霧鬢啼江姝。瑶空星漢高超忽，羽蓋金光五雲没。（《元倡》）

蕉花泣露湘江曲，九點秋煙天外綠。……閑撥神弦石壁上，花鬟月鬢啼江姝。瑶空星漢高迢忽，羽蓋金支五雲没。（《蘭雪軒詩集》）

《詩歸》、《彙詩》、《女史》“蕉”、“金支”、“花鬟月鬢”、“九點”“閑撥神弦石壁上”皆同于《蘭雪軒詩集》，而與《朝鮮詩選》、《元倡》不同。但“蕉”“薰”、“金支”“金光”、“高超”“高迢”可理解成形近而誤，“九點”、“點點”，前者出李賀《箜篌引》，《詩歸》評曰：“煙著九點，字虚妙。”或可理解成《詩歸》編者的修改，但“閑拔”一句差異太大，只能理解成《詩歸》參照了今本《蘭雪軒詩集》系統之書。又《遣興》：

仙人乘彩鳳，夜下朝元宫。絳幡拂海雲，霓裳舞春風。邀我瑶池岑，飲我流霞鍾。借我綠玉杖，登我芙芙峰。（《詩歸》）

仙人騎白鶴，夕下朝元宫。絳幡拂海雲，羽衣鳴春風。邀我瑶池潯，飲我流霞鍾。借我綠玉仗，登我芙蓉峰。（《元倡》）

仙人騎彩鳳，夜下朝元宫。絳幡拂海雲，霓衣鳴春風。邀我瑶池岑，飲我流霞鍾。借我綠玉杖，登我芙蓉峰。（《蘭雪軒詩集》）

雖然彼此互有異文，但《詩歸》顯然更近於今本《蘭雪軒詩集》而遠于《元倡》。又

①《游仙曲》“瑞露微微”、“蓬萊歸路”、“閑解青囊”三首，第1首有異字三，第2首異字一，第三首全同。

上引《楊柳枝》"按轡營中"，《彙詩》、《女史》與今本《蘭雪軒詩集》全同，而與吴選異字頗多，亦可證女性詩文集編者對別本有所參照。綜上所述，《詩歸》蘭雪軒詩主要來源於藍選，少數詩篇參照了今本《蘭雪軒詩集》系統的本子，其誤題之由多踵藍選之誤，而《彙詩》、《女史》多踵《詩歸》之誤。

（三）《列朝詩集》蘭雪軒詩材料來源有：1、吴明濟《朝鮮詩選》。上文已述，錢謙益絳雲樓藏吴選和吴明濟《高麗世紀》一卷。《列朝詩集·閏集》第六朝鮮詩前引吴選自"序"，"許筠"下引筠《朝鮮詩選後序》，選吴明濟與朝鮮人唱和詩9首，可見吴明濟《朝鮮詩選》爲《列朝詩集》朝鮮部分的重要來源。2、《徐氏筆精》或汪伯英朝鮮古今詩。《徐氏筆精》卷五曰："今拔其（指王伯英朝鮮古今詩）尤者載之。……許氏《塞下曲》：'寒塞無春不見梅，邊人吹入笛聲來。夜深驚起思鄉夢，月滿陰山百尺臺。'《西陵行》：'錢唐江上是儂家，五月初開菡萏花。半鬉烏雲新睡覺，依欄閑唱浪淘沙。'"此2首未見吴選、《詩歸》類女性詩文選和中土各蘭雪軒詩集，《列朝詩集》選此2首，當出自汪伯英朝鮮詩選或即輯自《徐氏筆精》此條。又上引《徐氏筆精》汪伯英誤題蘭雪軒《秋恨》1首爲李媛作，《列朝詩集》亦沿此誤①。3、藍選或汪伯英選。《列朝詩集》未提藍選，然所録朝鮮詩有沿襲藍選訛誤者。如許篈《感遇》本爲蘭雪軒詩、許筠《江天曉思》屬許篈，此誤僅見于藍芳威《朝鮮詩選》。關於蘭雪軒詩，可考爲訛誤者有《古離别》、《鳳臺曲》兩首，但前者亦見《女史》等，又汪伯英朝鮮古今詩選亦有作者訛誤現象，其書或亦與藍芳威書有關，故不能必然定爲沿襲藍選。4、女性詩文選。錢謙益《絳雲樓書目》"詩總集"類著録《詩女史》兩處，可能一爲田藝衡《詩女史》，一爲《女史》。《女史》以《楊柳詞》二首屬成氏，《貧女吟》"夜久"、《賈客行》"朝發"屬俞汝舟妻，《列朝詩集》亦有此誤。《列朝詩集》所選朝鮮詩人詩，亦蘭雪軒最多，但對衆選最爲讚賞的《游仙曲》、《宫詞》等卻頗爲不屑，無一首入選，顯示出獨立的詩歌旨趣。以錢謙益、柳如是之詩才和對明詩的獨特的理解，若有完整的《蘭雪軒詩集》，想必會有别開生面之選，《列朝詩集》所選多同於衆家，柳如是批評蘭雪軒詩所舉之例亦不出衆選範圍，可見其手頭未有完整的《蘭雪軒詩集》②，甚至未見《元倡》，儘管潘之恒與錢謙益有些交往③。

---

①錢謙益與徐㶿、徐熥兄弟關係不錯，有"暇日，互搜所藏書"（《列朝詩集小傳·丁集下》"徐舉人熥 布衣㶿"條，頁634）之約，或因徐氏兄弟而得以瞭解汪氏朝鮮古今詩。

②從《列朝詩集》選詩情況看，錢謙益手頭有《梅月堂詩》二卷、《蓀谷詩集》六卷，故所選兩家詩與藍選頗爲不同。

③參《列朝詩集小傳·丁集下》"潘太學之恒"條（頁631）。

五、《蘭雪軒詩集》補遺

今本《蘭雪軒詩集》可補以下三則：

（一）《采蓮曲》：秋淨長湖碧玉流，荷花深處系蘭舟。逢郎隔水投蓮子，恐被人知半日羞①。

（二）《閨情》：燕掠斜陽兩兩飛，落花撩亂撲羅衣。洞房無限傷春思，草綠江南人未歸。

李晬光《芝峰類説》云："蘭雪軒許，正字金誠立之妻，爲近代閨秀第一。早夭，有詩集行世。平生琴瑟不諧，故多怨思之作。其《采蓮曲》曰：'秋淨長湖碧玉流，荷花深處系蘭舟。逢郎隔水投蓮子，恐被人知半日羞。'中朝人購其詩集，至入于《耳談》。"②又曰："金誠立少時，讀書江舍，其妻許氏寄詩云：'燕掠斜簷兩兩飛，落花撩亂撲羅衣。洞房極目傷春意，草綠江南人未歸。'此兩作近於流蕩，故不載集中云。"③檢《蘭雪軒詩集》，確無二詩。《采蓮曲》，南龍翼《箕雅》有選，依明末之風習，此詩當爲明人所喜，但此詩既有流蕩之目，許筠或不願以此詩示中土人，吴選未收，藍選當亦未選，又不見於《蘭雪軒詩集》，故中國選本無緣及此。然洪淳泌《東洋歷代女史詩選》以此詩屬"妓疊名"④。《閨情》，《詩歸》、《彙詩》有選，此詩不見吴選、《蘭雪軒詩集》，很可能由藍選進入中國選家視野。

（三）《漁家傲》：庭院東風惻惻。牆頭一枝梨花白。斜倚玉欄思故國。歸不得。連天芳草萋萋色。　羅幙綺窗扃寂寞。雙行粉淚沾朱臆。江北江南煙樹隔。情何極。山長水遠無消息。

許筠《鶴山樵談》曰："（姊氏）其《漁家傲》一篇，總合音律而一字不合。此曰……

---

①此詩爲擬古之作，或與蘭雪軒生活無關。李達等亦有《采蓮曲》，又達《橫塘曲》意韻與此詩近。達詩云："家在橫塘南埭邊，常隨女伴采新蓮。逢郎一笑成佳約，繡户雕窗楊柳煙。"（《蓀谷詩集》，頁35）

②許筠《奉黄思叔》云："聞公得《耳談》于上國，中有一款載家姊事云，信否？頃觀此書幸州相許，則毋有此事,豈續撰添之否?"今檢王同軌《耳談》（孫順霖校注，中州古籍出版社，1990年），未見此條。

③《芝峰類説》卷十四"閨秀"下。頁540。

④洪淳泌《東洋歷代女史詩選》，寶文館，大正九年（1920）初版。頁116。

（引詞，見上）。'朱'字當用半濁字而'朱'字則全濁。才如蘇長公者，亦强不中律，況其下者乎？"①依詞譜，首句爲七字句，句中或脱漏一字。

結　論

通過以上考論，可得出如下結論：

藍選、吴選、吴明濟萬曆二十六"得其妹氏詩二百篇"保留了萬曆二十六七年朝鮮士人對蘭雪軒詩的記憶和想象，中土之《景樊集》、《元倡》是在這一基礎上編輯而成的。雖然萬曆三十四年後，許筠再次整理的《蘭雪軒詩集》也流傳中土，朱之蕃、梁有年、陶望齡、徐明、劉太監、田生、楊生至少七人得到了許筠所贈之《蘭雪軒詩集》的鈔本或刻本，其後的女性詩文選本仍以藍選作爲主要來源，對《蘭雪軒詩集》只略有參照。可以説，是藍選、吴選（特别是藍選）塑造了明末中國人對蘭雪軒詩的印象。

藍選、吴選關係甚密。藍芳威有條件也可能確實是《朝鮮詩選》一書的贊助人，藍選是吴選的底本，吴明濟以己之編輯策略使吴選與藍選呈現異貌，爭得正統。吴本在朝鮮刊刻，藍本刻於中土，藍選編成後産生錯頁（當在吴選産生之後、藍氏再次抄録和刊刻之前），造成了不少作者誤題。中國典籍中蘭雪軒詩誤題現象多自藍選而來，少數出自中國讀者和編者的誤攙。

蘭雪軒詩得以流傳中土，首先是自身詩歌成就使然，其弟、吴明濟、藍芳威、朱之蕃等整理、推介之功甚著，嘉靖以來明人搜集、整理、出版女性作品的流行趨勢是其中重要的推動力。從文獻的角度看，在整理《蘭雪軒詩集》時，對中國載籍中題名蘭雪軒而今本《蘭雪軒詩集》中不存之作，不宜收入正集，出現之異文，亦不宜據改。

①《韓國詩話叢編》册2，頁26。

附表

彙詩 （52首） （題爲蘭雪軒詩41首）（又誤爲他人詩11首）	詩歸 （78首）（題爲蘭雪軒詩68首）（又誤爲他人詩9首，重出1首）	女史（52首） （題爲蘭雪軒詩41首）（又誤爲他人詩11首）	北大本藍選 （25首）	蘭雪軒詩集	吴選 （58首）	列朝詩集 （24首） （題爲蘭雪軒詩19首）（又誤爲他人5首）
1（次序，下同）五古：有所思	2	1	1	無（已考）		
2望仙謡	1	2	2	無（已考）		
3古别離	3	3	4	無（已考）		1
4寄仲氏篈	4	4	8（寄伯氏篈）	題作“寄荷谷”	4（寄伯氏篈）	5（寄伯氏篈）
5七古：山嵐	7	5	21	無（待考）		
6湘弦謡	13	6	14	有	9	8
7洞弦謡	14	7		有		
8五絶：雜詩三首其一(梧桐生嶧陽)	33	8		有（已考）	29	
9其二（我有一端綺）	34	9		有（已考）	30	
10其三（精金明月光）	35	10		有（已考）	31	
11七絶：登樓	52	11		無（已考）		
12游仙詞十二首：其一（一春閑伴）	53	12		有76[1]		
13其二（樓鎖彤雲）	54	13		有23		
14其三(絳闕夫人)	55	14		有51		
15其四(焚香遥夜)	56	15		有5		
16其五(香寒月冷)	57	16		有12		
17其六(冰屋春回)	58	17		有58		
18其七(煙鎖瑶空)	59	18		有10	35	
19其八(瑞露微微)	60	19		有16		
20其九(瓊海漫漫)	61	20		有28		
21其十(瓊樹扶疎)	62	21		有60		
22其十一(蓬萊歸路)	63	22		有63		
23其十二(榆葉飄零)	64	23		有83		
24塞下曲（都護防秋）	45	24		有	47題作塞上曲	
25宫詞四首其一（披香殿裏）	39	25		有		
26其二(彩羅帷幙)	40	26		有	53	
27其三(宫牆處處)	41	27		無（已考）		

續表

彙詩（52首）（題爲蘭雪軒詩41首）（又誤爲他人詩11首）	詩歸（78首）（題爲蘭雪軒詩68首）（又誤爲他人詩9首，重出1首）	女史（52首）（題爲蘭雪軒詩41首）（又誤爲他人詩11首）	北大本藍選（25首）	蘭雪軒詩集	吳選（58首）	列朝詩集（24首）（題爲蘭雪軒詩19首）（又誤爲他人5首）
28其四(鸚鵡新詞)	42	28		有		
29閨情（燕掠斜陽）	49	29		無（已考）		
30映月樓（玉檻秋風）	50	30		無（已考）		
31竹枝詞（永安宮外）	47竹枝詞其一	31		有		
32秋恨（絳紗遥隔）	51	32		有		
33五律：效李義山體（鏡暗鸞休舞）	15	33	24	有	16	
	16其二（月隱驂鸞扇）		25	有	17	
34效沈亞之體（遲日明紅樹）	17	34		有		
35寄女伴（結廬臨古渡）	18		22	有	14	13
36七律：次仲氏篈（甲山東望）	28	35		無（已考）		
37皇帝有事天壇	21	36		有		
38次仲氏高原望高臺韻（巃嵸危棧）	25題中“仲氏”作“仲兄筠”	37題作“次仲氏篈”		有		
39次宫人入道	27	38		有	22	
40次仲氏見星庵韻（雲生高嶂）	23題中“仲氏”爲“仲兄筠”	39		有		
41又次仲氏高原望高臺韻（層城一柱）	24題中“仲氏”作“伯兄”	40		有	18次伯氏望高臺	15（“仲氏”作“伯兄”）
	5遣興（仙人乘彩鳳）			有		
	6少年行（少年重然諾）			有		
	8弄潮曲		19	無（已考）		
	9春歌		15	有	10	9
	10夏歌		16	有	11	10
	11秋歌		17	有	12	11
	12冬歌		18	有	13	12
	19出塞曲（烽火照長河）			有		
	20送伯兄篈朝天			無（已考）		
	22步虚詞（横海高峰）			題爲“夢作”		

續表

<table>
<tr><th>彙詩
（52首）
（題爲蘭雪軒詩41首）（又誤爲他人詩11首）</th><th>詩歸
（78首）（題爲蘭雪軒詩68首）（又誤爲他人詩9首，重出1首）</th><th>女史（52首）（題爲蘭雪軒詩41首）（又誤爲他人詩11首）</th><th>北大本藍選（25首）</th><th>蘭雪軒詩集</th><th>吳選（58首）</th><th>列朝詩集（24首）（題爲蘭雪軒詩19首）（又誤爲他人5首）</th></tr>
<tr><td></td><td>26望高臺次伯兄篈韻（幾載行跡）</td><td></td><td></td><td>有</td><td></td><td></td></tr>
<tr><td></td><td>29贈見星庵女冠（淨掃瓊臺）</td><td></td><td></td><td>題次仲氏見星庵韻</td><td>20贈星庵女冠</td><td></td></tr>
<tr><td></td><td>30宿慈壽宮贈女冠</td><td></td><td></td><td>有</td><td>21</td><td></td></tr>
<tr><td></td><td>31次孫內翰北堂韻</td><td></td><td></td><td>有</td><td>23</td><td></td></tr>
<tr><td></td><td>32相逢行</td><td></td><td></td><td>有</td><td></td><td></td></tr>
<tr><td rowspan="3"></td><td rowspan="3">36效崔國輔（妾有）</td><td></td><td></td><td>有</td><td>24</td><td></td></tr>
<tr><td></td><td></td><td>有</td><td>25又（池頭楊柳疏）</td><td></td></tr>
<tr><td></td><td></td><td>有</td><td>26又（卷雨暗西池）</td><td>17</td></tr>
<tr><td rowspan="2">有（誤題）</td><td rowspan="2">37貧女吟（豈是）有（誤題）</td><td></td><td>11</td><td>有</td><td>6</td><td></td></tr>
<tr><td>有（誤題）</td><td>12（夜久）</td><td>有</td><td></td><td>有（誤題）</td></tr>
<tr><td></td><td>38步虛詞（乘鸞夜下）</td><td></td><td></td><td>有</td><td></td><td></td></tr>
<tr><td></td><td>43宮詞其五（長信宮門）</td><td></td><td>4</td><td>有</td><td></td><td></td></tr>
<tr><td></td><td>44其六（新擇宮人）</td><td></td><td></td><td>有</td><td></td><td></td></tr>
<tr><td></td><td>46楊柳枝詞（灞陵橋畔）</td><td></td><td>6</td><td>有</td><td></td><td></td></tr>
<tr><td></td><td>48竹枝詞其二（家住江南）</td><td></td><td></td><td>有</td><td></td><td></td></tr>
<tr><td></td><td>65游仙詞其十三（閑解青囊）</td><td></td><td></td><td>有</td><td></td><td></td></tr>
<tr><td></td><td>66其十四（瓊樹玲瓏）</td><td></td><td></td><td>有</td><td></td><td></td></tr>
<tr><td></td><td>67其十五（閑攜姊妹）</td><td></td><td></td><td>有</td><td></td><td></td></tr>
<tr><td></td><td>68其十六（後土夫人）</td><td></td><td></td><td>有</td><td></td><td></td></tr>
</table>

續表

彙詩（52首）（題爲蘭雪軒詩41首）（又誤爲他人詩11首）	詩歸（78首）（題爲蘭雪軒詩68首）（又誤爲他人詩9首，重出1首）	女史（52首）（題爲蘭雪軒詩41首）（又誤爲他人詩11首）	北大本藍選（25首）	蘭雪軒詩集	吴選（58首）	列朝詩集（24首）（題爲蘭雪軒詩19首）（又誤爲他人5首）
有（誤題）	1春日有懷（误題）	有（誤題）	5	有	1五古感遇（盈盈窗下蘭）	2
有（誤題）	2步虚詞（與22重復）	有（誤題）	6	有	2又（古屋盡無人）	3
			7	有	3又（梧桐生嶧陽）	4
			9	有	5莫愁樂	
			10	有	7築城怨	
			13	有	8望仙謡（瑶花風細）	7
			23	題作“送荷谷謫甲山”	15送兄篋謫甲山	14
				題作“次仲氏高原望高臺韻”	19塞上次伯氏（侵雲石磴）	16
				題作江南曲	27江南春（江南風日好）	
				有	28又（紅藕間寶釵）	
				有4	32游仙曲其一（瑞風吹破）	
				有7	33其二（冰屋珠扉鎖）	
				有11	34其三（青苑紅堂）	
				有18	36其五（閑住瑶池）	

續表

彙詩（52首）（題爲蘭雪軒詩41首）（又誤爲他人詩11首）	詩歸（78首）（題爲蘭雪軒詩68首）（又誤爲他人詩9首，重出1首）	女史（52首）（題爲蘭雪軒詩41首）（又誤爲他人詩11首）	北大本藍選（25首）	蘭雪軒詩集	吴選（58首）	列朝詩集（24首）（題爲蘭雪軒詩19首）（又誤爲他人5首）
				有26	37其六（廣寒宫裏）	
				有27	38其七（催呼騰六）	
				有65	39其八（簾鈴）	
				有67	40其九（閑隨弄玉）	
				有87	41其十（六葉羅裙）	
				有1	42其十一（千載瑶池）	
				有44	43其十二（騎鯨學士）	
				有45	44其十三（玉帝初成）	
				有50	45其十四（琴高昨夜）	
				有	46塞上曲（前軍朝角）	
				有	48又（騂弓白羽）	
				有	49又（新復山西）	
				有（已考）	50又（煙塵暗卷）	
				有	51宫詞（千牛閣下）	

續表

彙詩（52首）（題爲蘭雪軒詩41首）（又誤爲他人詩11首）	詩歸（78首）（題爲蘭雪軒詩68首）（又誤爲他人詩9首，重出1首）	女史（52首）（題爲蘭雪軒詩41首）（又誤爲他人詩11首）	北大本藍選（25首）	蘭雪軒詩集	吴選（58首）	列朝詩集（24首）（題爲蘭雪軒詩19首）（又誤爲他人5首）
				有	52又（絳紅袱裹）	
				有	54又（寶爐新落）	
有（誤題）	3（誤題）	有（誤題）		有	55竹枝詞（空舲灘口）	
				有	56楊柳枝詞（楊柳青青）	
		有（誤題）		有	57又（青樓西畔）	有（誤題）
有（誤題）	10（誤題）	有（誤題）		有	58又（按轡營中）	
有（誤題）	4竹枝詞（瀼東瀼西）（誤題）	有（誤題）		有		
有（誤題）	5竹枝詞（楊柳含煙）（誤題）	有（誤題）	3鳳臺曲	有（有考論）		6
有（誤題）	6鞦韆詞（誤題）	有（誤題）	20山鷓鴣詞	無（已考）		
有（誤題）	8賈客行（誤題）	有（誤題）		有		有（誤題）
				有		18塞下曲（寒塞無春）
有（誤題）	9楊柳詞（條妬纖腰）（誤題）	有（誤題）		有		有（誤題）
				有		19西陵行（錢塘江）
有（誤題）		步虚詞（九霞裙幅）（誤題）		有		
						秋恨（誤題）
		白玉樓上梁文		有		

類比之風與主流意識

——許蘭雪軒詩歌新論

張宏生

一、問題的提出

許蘭雪軒是朝鮮著名女詩人。她的詩在1600年即被明人吴明濟編於《朝鮮詩選》中，選篇達58首之多。在吴明濟之後，分别有藍芳威的《朝鮮詩選》、汪世鍾的《朝鮮古今詩》、程相如的《四女詩》等相繼問世，至1606年其弟許筠編纂的《蘭雪軒詩》出版，許蘭雪軒的詩更加廣爲人知。明代末年鍾惺的《名媛詩歸》，清代初年錢謙益的《列朝詩集》和朱彝尊的《明詩綜》，都爲許氏在中國的接受推波助瀾，使得許氏在中國詩名遠揚，綿綿不絶①。

許蘭雪軒作爲"朝鮮第一才女"，不僅"擅譽朝鮮"，而且"誇于華夏"②，在中國一直有着很高的評價。不過，在這種評價的背後，還有另外一種聲音，即認爲她的創作有着很重的模仿之跡，甚至言其剽竊。這當然是非常負面的説法，和前面的肯定性評價恰成對照，也頗有矛盾。這個問題涉及到許蘭雪軒本身的創作價值，也涉及到中國古代女性創作的處境及其社會定位等，因此，應該予以討論③。

①參看楊玉《朝鮮才女許蘭雪軒的詩作及其在中國的流傳》，《煙臺大學學報》，1999年第2期。

②潘之恒：《吴門范趙兩大家集叙》，黄宗羲：《明文海》，卷326，《景印文淵閣四庫全書》，第1456册，頁590。

③關於這一問題的討論，朴現圭曾有《許蘭雪軒作品的剽竊實體》一文，發表在《韓國漢詩研究》2000年第8期，惜未能覓得。

二、從《列朝詩集》説起

在文學史上，最早明確提出這個問題的是柳如是，她在受錢謙益委託而選的《列朝詩集》閏集四中，選録了許蘭雪軒的19篇作品，其小傳作了大段議論，引之如下：

許景樊字蘭雪，朝鮮人，其兄篈、筠皆狀元。八歲作《廣寒殿玉樓上梁文》，才名出二兄之右。適進士金成立，不見答於其夫。金殉國難，許遂爲女道士。金陵朱狀元奉使東國，得其集以歸，遂盛傳於中夏。柳如是曰：許妹氏詩散華落藻，膾炙人口，然吾觀其《游仙曲》"不過邀取小茅君"、"便是人間一萬年"，曹唐之詞也；《楊柳枝詞》："不解迎人解送人"，裴説之詞也；《宫詞》："地衣簾額一時新"，全用王建之句。"當時曾笑他人道，豈識今朝自入來"，直鈔王涯之語。"絳羅袱裹建溪茶，侍女封緘結采花。斜押紫泥書勅字，内官分賜五侯家。"則撮合王仲初"黄金合裏盛紅雪"，與王岐公"内庫新函進御茶"兩詩，而錯直出之。"間回翠首依簾立，閑對君王説隴西"，則又偷用仲初"數對君王憶隴山"之語也。《次孫内翰北裏韻》："新妝滿面頻看鏡，殘夢關心懶下樓。"則元人張光弼《無題》警句也。吴子魚《朝鮮詩選》云：游仙曲三百餘首，余得其手書八十一首，今所傳者，多沿襲唐人舊句，而本朝馬浩瀾游仙詞，見《西湖志餘》者，亦竄入其中。凡塞上、柳枝、竹枝等舊題皆然。豈中華篇什，流傳雞林，彼中以爲琅函秘册，非人世所經見，遂欲掩而有之耶？此邦文士，搜奇獵異，徒見於外夷女子，驚喜讚歎，不復考其從來。

這段話，對許蘭雪軒的詩"膾炙人口"很不以爲然，因此舉出不少例子，批評其剽竊前人，以爲己作。觀其所舉，大概分爲兩類，一類是直用前人成句，一類是用前人詩意而變化其語言。先看第一類。

許蘭雪軒的詩裏面，確實有徑用古人成句者，不必爲之諱。請看下面兩篇作品：

自誇歌舞勝諸人，恨未承恩出内頻。
連夜宫中修别院，地衣簾額一時新。

——王建《宫詞》①

①《全唐詩》（北京：中華書局，1960），卷302，頁3432。

采羅幃幕紫羅茵，香麝霏微暗襲人。
明日賞花留玉輦，地衣簾額一時新。
——許蘭雪軒《宫詞》

許詩末句，全同王詩，如果從獨創性的角度看，確有可議。不過，這個問題也應歷史地看，因爲自從宋代以來，人們在從事創作的時候，自創新詞越來越困難，所以有時候面對前代遺産，也會選擇性地使用。關鍵看效果。晏幾道著名的詞："落花人獨立，微雨燕雙飛。"這一名句完全挪自五代翁宏的詩，連一個字都没有改，可是歷來評論家都對晏詞讚賞有加，對於他拿來翁詩，也從未有人指責其剽竊，反而認爲比起翁詩來，這兩句在晏詞中效果更好[①]。可見，在詩歌創作中，也並不是完全不可以"拿來"，關鍵在於效果如何。我們試看上引二首，王建寫一位宫女雖然色藝兩全，可是不得承恩，頻頻出看，有所冀望，卻徒然看到别院的地毯簾額修飾一新，可見又是一番失望。許詩則寫一位宫女得知皇帝將來賞花，希望他能留下，於是急忙更换地毯簾額，表現出心中的渴望。一個寫失望，一個寫渴望，取向並不相同；不僅如此，從風格上看，王建的某些宫詞，怨意刻露，前人已經指出[②]，許氏的這一首，沿其傳統而來，卻更加温婉了，也算小有變化。像這一類的作品，還是應該作具體分析爲好。

第二類是用前人詩意而變化其語言的，這一種更不能簡單處理，一概貶斥。請看下面的例子：

黄金合裏盛紅雪，重結香羅四出花。
一一傍邊書敕字，中官送與大臣家。
——王建《宫詞》[③]

絳羅袱裏建溪茶，侍女封緘結采花。

①如沈祖棻説："我們拿晏詞和翁詩作一比較，就不難看出，它們之間，不僅全篇相比，高下懸殊，而且這兩句放在詩中，也遠不及放在詞中那麼和諧融貫。……在翁詩裏，這麼好的句子，由於全篇不稱，所以有句無篇，它們也隨之被埋沒了；而由於晏詞的借用，它們就發出了原有的光輝，被人稱道。由此可見，我們如果對某一句詩進行評價，除了它本身所達到的藝術高度外，還必須看其與全篇的有機聯繫如何。"載其《宋詞賞析》（上海：上海古籍出版社，1980），頁56。

②如賀貽孫《詩筏》引鍾惺語云，王建《宫詞》中"樹頭樹底覓殘紅，一片西飛一片東。自是桃花貪結子，錯教人恨五更風"一首，"頗有怨意"。郭紹虞編：《清詩話續編》（上海：上海古籍出版社，1983），頁176。

③《全唐詩》，卷302，頁3443。按，此詩一作花蕊夫人詩，見《全唐詩》，卷798，頁8980。

斜押紫泥書勅字，内官分賜五侯家。

——許蘭雪軒《宫詞》

鸚鵡誰教轉舌關，内人手裏養來奸。

語多更覺承恩澤，數對君王憶隴山。

——王建《宫詞》[①]

鸚鵡新詞語未齊，金籠鎖向玉樓西。

閑回翠首依簾立，卻對君王説隴西。

——許蘭雪軒《宫詞》

如果從描寫的内容來看，區别確實不大，詩歌的邏輯結構也大略相同。能不能簡單地説許詩是抄襲呢？其實，自從唐代王建寫作宫詞，博得重名以後，他所創造的模式已經成爲經典，後人有所撰作，大體上不出其範圍，往往不過是在字句上有所變化而已，能夠既變化字句，又新創立意者，卻是少之又少。賀裳所記載的與胡仔在這個問題上的分歧，可以從一個角度説明這個問題："漁隱曰：王建《宫詞》云：'御廚不食索時新，每見花開即苦春。白日臥多嬌似病，隔簾教唤女醫人。'花蕊夫人《宫詞》云：'廚船進食簇時新，侍宴無非列近臣。日午殿頭宣索膾，隔花唤取打魚人。'花蕊之詞工，王建爲不及也。余謂花蕊盜王建語，然不及王建遠甚，惟'隔花唤'三字，頗能領全首生動耳。"[②]將王建與花蕊夫人二作相比，語意頗有相似之處，但胡仔認爲花蕊勝王，賀裳則認爲花蕊竊王。兩個人都是在藝術鑒賞上有造詣的人，結果卻如此大相徑庭。但是，即使賀氏對花蕊夫人所作不以爲然，也不能不承認，"'隔花唤'三字，頗能領全首生動"，也就是説，即使花蕊夫人的這篇作品在整體上與王建有雷同之處，仍然有自己的獨特之處，無法否定。從這個角度來看許蘭雪軒的這二篇作品，前者寫宫中新得貢茶，皇帝賜與大臣，後者寫借鸚鵡之言，説邊關之事，都是一個既定的寫作模式。許氏所作固然沒有自出新意，但如果我們仔細比較這些作品，則不能不承認，許氏寫得更加生動，語言也更加整飭，顯然，她在創作這種傳統題材時，是刻意向前人借鑒的，同時卻也有自己的某些思考。

所以，柳如是指出許蘭雪軒的某些詩與前人創作的關係是沒有問題的，但是，由此得出結論，認爲那是"中華篇什，流傳雞林，彼中以爲琅函秘册，非人世所經見，遂欲掩而有

①《全唐詩》，卷302，頁3444。

②賀裳：《詩筏》，郭紹虞編：《清詩話續編》，頁176–177。

之”，卻是過於主觀了。説這番話的時候，她可能没有意識到，當時的朝鮮，對中華文化並不陌生，許蘭雪軒看到的東西，也並不是什麽“琅函秘册”，朝鮮其他讀書人也能看到，如果許蘭雪軒有意識地抄襲，難道能盡瞞天下人耳目？像柳如是舉出的 “新汝滿面頻看鏡，殘夢關心懶下樓”二句，全用元代張光弼成句，這對於當時的朝鮮人來説，可能更不是什麽僻書，因爲這兩句見於瞿佑《歸田詩話》[①]，而瞿佑其人，以其《剪燈新話》正在朝鮮紅透半邊天[②]，他的著作廣泛流傳，原是題中應有之義[③]。

至此，我們可以對柳如是評論中所提出的現象作一個解説，許蘭雪軒的詩中或明或暗地用了前人主要是唐人的語句，應該是她在學習中華文化過程中的某種狀態的體現，她在創作中直接使用了某些資源，並不完全是簡單地沿襲，也有再創造的考慮。否則，就無法解釋她還有許多藝術價值非常高的詩，卻並没有刻意沿襲前人，也就是説，她完全有獨立創作的能力和才力。如果承認這一點，則對她就能有一個全面理解了。

其實，關於這一段評語，雖然有學者認爲出自柳如是之手[④]，並不是錢謙益假託柳如

①瞿佑《歸田詩話》卷下“光弼詩格”條：“張光弼詩：‘免胄日趨丞相府，解鞍夜宿五侯家。玉杯行酒聽春雨，銀燭照天生晚霞。世亂且從軍旅事，功成須插御筵花。漢王未可輕韓信，尚要生擒李左車。’又云：‘西樓柳風吹晚涼，石榴裙映黄金觴。纖歌不斷白日速，微雨欲度行雲涼。笑看席上賦鸚鵡，醉聽門前嘶驌驦。早晚平吴王事畢，羽書飛捷入朝堂。’蓋時在楊完者左丞幕下，故所賦如此。又云：‘峽蝶畫羅宫様扇，珊瑚小柱教坊箏。’又云：‘玉瓶注酒雙鬟緑，銀甲調箏十指寒。’又云：‘新汝滿面猶看鏡，殘夢關心懶下樓。’多爲杭人傳誦。其一時富貴華侈，盡見於詩云。”《叢書集成》，第2576册，頁46。

②趙潤濟曾指出：“《剪燈新話》是明初傳奇小説中的傑作，當時在中國文壇引起極大轟動，《剪燈餘話》、《聊齋誌異》、《虞初新志》等模仿之作續出不斷。其影響甚至波及日本，使那裏也出現《牡丹燈記》、《餞湯新話》、《船頭新話》等效仿作品。這部《剪燈新話》傳入韓國輾轉于韓國文壇的確切時間已不可考，但它傳入後即給醖釀著、等待著大發展的韓國小説文學以巨大衝擊，使之出現了《金鰲新話》等傳奇體小説。”趙潤濟：《韓國文學史》（北京：社會科學文獻出版社，1998），頁52。

③關於這一點，朝鮮金萬重（1637–1692）的《西浦漫筆》曾經有一個解釋，認爲許蘭雪軒集子裏的元明人之作，是其弟許筠添入的，目的是張大聲勢，蒙混朝鮮人。但是，按照我們的理解，有不少漢籍文獻，當時的朝鮮人並不難看到，像瞿佑的文字，就不能如此武斷地加以論定。所以，金氏之説，姑且存疑。

④如陳寅恪在其《柳如是别傳》中説：“寅恪案：《牧齋遺事》所言河東君勘定《列朝詩集》閨秀一集事，可與相證。至王沄《輞川詩鈔》陸《虞山柳枝詞》十四首之十云：‘河梁録别久成塵，特倩香奩品藻新。雲漢在天光奕奕，列朝新見舊詞臣。’及自注云：‘錢選列朝詩，首及御制，下注臣謙益曰云云，歷詆諸作者，托爲姬評。’則甚不公允。蓋牧齋編《列朝詩集》，河東君未必悉參預其事，但《香奩》一集，揆以錢柳兩人之關係及河東君個人興趣所在，諸端言之，乃謂河東君之評語出於牧齋所假託，殊不近情理也。又勝時詩末兩句即指《列朝詩集》乾集之上‘太祖高皇帝’條所云‘臣謙益所撰集，謹恭録内府所藏弆御制文集，冠諸篇首，以著昭代人文化成之始’等之類，夫牧齋著書，借此以見其不忘故國舊君之微旨。勝時自命明之遺逸，應恕其前此失節之愆，而嘉其後來贖罪之意，始可稱爲平心之論，今則挾其師與河東君因緣不善終之私怨，而又偏袒于張孺人，遂妄肆譏彈，過矣！”見該書第五章《復明運動〈附錢氏家難〉》，上海：上海古籍出版社，1980，頁984–985。

是而作的發言，但是，我們當然都知道，錢謙益才大學博，其著名的《錢注杜詩》以勾稽本事、深挖出處爲能事，柳如是的這一段處處追根尋底的論述，顯然在旁邊也有錢謙益的影子。另外，還有非常重要的一點，柳如是這段話中所指責的許氏之作，有好幾篇都見於鍾惺的《名媛詩歸》，而且評價都很好。如評"絳羅幃幕"一詩："鋪叙清宛。"評"鸚鵡新詞"一詩："是賦是比，王龍標諸人有不及也。"[①]我們知道，錢謙益在明代滅亡之後，總結其中的教訓，矛頭直指鍾惺、譚元春爲代表的竟陵詩派，以其詩爲亡國之音，以其創作爲空疏[②]，因此，他對鍾氏大力表彰的許蘭雪軒，特别指出其空疏無學，也是别有深意在。

三、許蘭雪軒的"盛唐風"

無論柳如是的評價有什麽具體動機，她對許蘭雪軒詩歌淵源的理解還是準確的，許的學唐，應該是明清之際學人的共識，其中陳子龍的看法尤其值得重視。陳説："許氏學李氏而合作，有盛唐之風，外藩女子能爾，可見本朝文教之遠。"[③]陳子龍更爲關心的是"本朝文教之遠"，這與他面對衰微的國勢，在大動亂的前夜，希望激發民族自信心有關，是另外一個問題。我們更爲關心的卻是前面一句："許氏學李氏而合作，有盛唐之風。"李氏指李攀龍，是明代後七子的代表人物。

明代嘉靖（1522–1566）中期，李攀龍和王世貞爲代表的後七子，進一步發展此前已經逐漸衰微的前七子的主張，重新舉起了復古的大旗。認爲"文自西京，詩自天寶而下，俱無足觀，於本朝獨推李夢陽"[④]。其聲勢，正如《明史》所總結："世貞始與李攀龍狎主文盟，攀龍歿，獨操柄二十年。才最高，地望最顯，聲華意氣，籠罩海内。一時士大夫及山人、詞客、衲子、羽流，莫不奔走門下。"[⑤]如我們所熟知的，一個文學潮流的出現，之所以能夠發生重大影響，除了理論的感召之外，引導潮流者的創作實績也是重要因素。很難想像，如果領袖人物不具備超越一般的心思才力，而能得到衆多成員的追隨。李攀龍當然也是如此。他當時特别享譽文壇的是其七言律詩，前人評價甚高，或曰"極高華"[⑥]，或

①《名媛詩歸》，《四庫全書存目叢書》，集部，第339册，頁335。

②如錢謙益曾諷刺批評竟陵派詩風："抉擿洗削，以淒聲寒魄爲致，此鬼趣也；尖新割剥，以噍音促節爲能，此兵象也。""其所謂深幽孤峭者，如木客之清吟，如幽獨君之冥語，如夢而入鼠穴，如幻而之鬼國"。《列朝詩集小傳》（上海：古典文學出版社，1957），丁集中，《鍾提學惺》，頁570。

③朱彝尊：《明詩綜》，卷95，《景印文淵閣四庫全書》，第1460册，頁888。

④張廷玉等：《明史》（北京：中華書局，1974），卷287，《李攀龍傳》，頁7378。

⑤《明史》，卷287，《王世貞傳》，頁7381。

⑥王世貞：《藝苑卮言》，卷7，《續修四庫全書》，第1695册，頁520。

曰“有明三百年來一人”[①]，甚至推爲“千古絶調”[②]。如其《登黄榆馬陵諸山是太行絶頂處》(四首選三)：

太行山色倚巑岏，絶頂清秋萬里看。
地坼黄河趨碣石，天回紫塞抱長安。
悲風大壑飛流折，白日千崖落木寒。
向夕振衣來朔雨，關門蕭瑟罷憑欄。

西來山色照邢襄，北走并州擁大荒。
巨麓秋陰沙渺渺，石門寒氣雨蒼蒼。
天邊睥睨懸旬注，樹杪飛流掛濁漳。
摇落故人堪極目，朔風千里白雲翔。

千峰郡閣望嵯峩，此日褰帷按塞過。
落木悲風鴻鴈下，白雲秋色太行多。
山連大陸蟠三晉，水劃中原散九河。
回首薊門高殺氣，羽林諸將正横戈。[③]

此爲秋日登高之作，既見景色之壯闊，又見胸襟之高遠，是學杜有成之作。這一類作品，當時非常轟動，引起了學習的熱潮，正如王世貞的弟弟王世懋所總結的：“李于鱗七言律俊潔響亮，余兄極推轂之。海内爲詩者，爭事剽竊，紛紛刻鶩，至使人厭。”[④]“使人厭”，無疑是後來的史家眼光，當時的衆家模擬，卻是對新的時代經典的體認。在這些體認者中，也有許蘭雪軒。如其《次伯兄高原望高臺韻》：

層台一柱壓嵯峨，西北浮雲接塞多。
鐵峡霸圖龍已去，穆陵秋色雁初過。
山回大陸吞三郡，水割平原納九河。

---

①陳子龍、李雯、宋徵輿：《皇明詩選》(上海：華東師範大學出版社，1991)，卷11，頁751，宋徵輿評。

②同上，陳子龍評。

③李攀龍：《李攀龍集》(濟南：齊魯書社，1993)，卷8，頁191。

④王世懋：《藝圃擷餘》，《叢書集成初編》，第2584册，頁4。

萬里登臨日將暮，醉憑青嶂獨悲歌。

前引李氏第三首有"山連大陸蟠三晉，水劃中原散九河"二句，許氏"山回大陸吞三郡，水割平原納九河"二句顯從此出，看得出來是刻意學習李攀龍。至於風格，也氣象宏大，可以看出李攀龍的影響。類似的作品，還有《次仲兄筠高原望高臺韻》①等。

對於許蘭雪軒詩歌的這種特色，清人就已經注意到了，如毛先舒說："許景樊，朝鮮女子耳，諸體略放温、李，而七律獨祖七子之風，'層臺一柱'，全學于鱗《登黄榆作》，見有明文章誕敷之遠。"②他關注的仍然是中華文化對朝鮮的影響，以滿足其天朝上國的優越意識。其實，如果從文學史的角度看，"獨祖七子之風"的判斷更值得注意。這是因爲，女性的詩歌創作，雖然每個時代都有傑出之人，但是，總的來説，她們都是處在邊緣。所謂邊緣，不僅指的是她們的地位，也指的是她們的詩歌取向和風格。古代的詩歌選本爲什麽把女性詩歌另闢一類，現當代的文學通史爲什麽往往把古代女性詩歌作爲附録，除了思想觀念上問題之外，也和女性詩本身不能"入流"有關。我們經常看到的是，不管詩壇上怎樣風起雲湧，流派紛呈，絶大多數的女性仍然還是按照既定的創作套路，從事非常個人化的寫作。這當然有其值得理解的原因，因爲她們的生活形態本來就決定了，這是一些無法和外界發生密切聯繫的人，所以她們只能站在詩壇的主流之外，甚至也没有參與詩壇主流的意願。可是，隨着中國古代女性的文學創作高峰的到來，這種狀況發生了重大的變化。許蘭雪軒追隨七子的創作經歷告訴我們，明清兩代的女性已經有了比較自主的創作意識，她們自覺介入創作主潮的做法，反映了一種新的創作傾向，即她們已經意識到，她們是詩人，而並不僅僅是傳統所謂女詩人。因此，如果説，今人所謂"重寫文學史"，或者是"重認文學經典"的意圖需要得到具體事證的話，則將明清女詩人的創作放在文學主流中考慮，無疑是一個具有挑戰性的課題。在這方面，許蘭雪軒的詩歌創作可以給我們不少啟示。當然，傳統觀念的固守者可能對這個現象無法理解，像朱彝尊就曾這樣説過："吾于許景樊之詩，見其篇章句法，宛然嘉靖七子之體裁，未應風教之訖符合若是，不能無贋鼎之疑也。"③朱彝尊見許蘭雪軒所作酷似七子，不相信出於一個女子之手，因而懷疑是他人之作摻入其集，正好從反面看出，一般來説，女子之作，確實是與主流文壇較爲疏離的。

從這一點出發，我們也就可以更好地認識上一節提出的問題了。許蘭雪軒在創作中，

①詩云："崔嵬雲棧接青霄，峰勢侵天作漢標。山脈北臨三水絶，地形西壓兩河遥。煙塵暮卷孤城出，苜蓿秋深萬馬驕。東望塞垣鼙鼓急，幾時重起霍嫖姚。"

② 毛先舒：《詩辯坻》，卷3，《清詩話續編》，頁59。

③朱彝尊：《明詩綜》，卷95，《景印文淵閣四庫全書》，第1460册，頁888。

有時用前人成句或稍加變换而用之，這並不僅僅是她個人的取向，同時也是時代的風氣，是七子復古思潮所提出的某些思路。如李攀龍曾有《陌上桑》一詩，是擬漢樂府《陌上桑》之作，除了個别語句之外，幾乎照抄原作。其中“來歸相怨怒，但坐觀羅敷”，李改爲“來歸但怨怒，且復坐斯須”[①]，雖然也有自己的考慮，模仿的痕跡仍然非常明顯。所以，錢謙益譏諷道：“易五字而爲《翁離》，易數句而爲《東門行》。《戰城南》盜《思悲翁》之句，而云烏子五、烏母六；《陌上桑》竊《孔雀東南飛》之詩，而云‘西鄰焦仲卿，蘭芝對道隅’。影響剽賊，文義違反，擬議乎？變化乎？”[②]即使是與他一起主盟詩壇的王世貞，也不能不客觀地指出：“于鱗擬古樂府，無一字一句不精美，然不堪與古樂府並看，看則似臨摹帖耳。”[③]如果説，許蘭雪軒的創作在這一點上有可議之處的話，那也與她推崇李攀龍、仿效李攀龍有關，於此，更可見出她努力追隨時代風氣的用心。

説到許蘭雪軒追隨時代風氣，還應該特别提出的是，朝鮮詩壇與中國詩壇的關係，以往都是要晚一個時代。正如金台俊所説：“學習和模仿外國文學進行創作，猶如在漠漠荒野播種耕耘一樣，比起中國來説遲延一個時代自屬自然。新羅末葉時值中國唐代，但那時仍在流行中國六朝時期的四六句。高麗與中國宋元同時，但盛唐時的詩歌卻正處在全盛期。”[④]所以李朝時的李德懋就作過這樣的總結：“東國文教較之中國大抵每退計數百年後始少進。東國始初之所嗜者，即中國衰晚之始厭者。如岱峰觀日，雞初鳴，日輪已躍，而下界之人尚在夢中。又如峨嵋山雪，五月始消。”[⑤]可是，這個規律到了許蘭雪軒的時代被打破了。當時朝鮮與明朝交往密切，書籍傳播及時，李攀龍、王世貞諸人的詩作東傳，很快就引起了極大的學習熱潮，像有“三唐”美譽的崔慶昌、白光勳（玉峰）、李達（蓀谷）就都是當時湧現出來的以學盛唐而著稱者。如李達就受到這樣的評價：“學杜蘇詩，其吟諷響亮純熟。……供奉根本，出入右丞隨州，氣温趣逸，茫麗語澹，豔如西子明妝，和似春陽百卉，……如在開元大曆年間，必側身於五嶺之列，比肩於國朝之名家，使之瞠然而退避三舍。”[⑥]這説明，在明代，朝鮮的詩人已經能夠及時跟隨由中國而來的詩歌思潮，而一向處於文壇邊緣的女詩人，竟然也加入了這個行列之中，不能不説是一個特别突出的現

①《李攀龍集》，卷1，頁13。另外，如這一首《陌上桑》最後記載羅敷的話云：“起家府小吏，拜爲朝大夫。稍遷郡太守，出入專城居。月朔朝京師，觀者盈路衢。爲人既白皙，鬑鬑有髭鬚。四十尚不足，三十頗有餘。座中數千人，皆言夫婿殊。”也是明顯地重複漢樂府《陌上桑》。

②錢謙益：《列朝詩集小傳》，丁集上，《李按察攀龍》，頁428。

③王世貞：《藝苑卮言》，卷7，《續修四庫全書》，第1695册，頁521。

④金台俊著、張璉瑰譯：《朝鮮漢文學史》（北京：中國社會科學出版社，1996），頁4。

⑤轉引自金台俊著、張璉瑰譯：《朝鮮漢文學史》，同上。

⑥許筠《蓀谷集序》，轉引自金台俊著、張璉瑰譯：《朝鮮漢文學史》，同上。

象。值得提出的是，許蘭雪軒正是李達的弟子，她在這樣的創作氛圍裏，加入了當時的詩壇主流，也不是奇怪的事。

四、游仙的追求

明代前後七子提倡“詩必盛唐”，許蘭雪軒也加入了這一風潮，已如上述。不過，她向唐人的學習，並未止步在盛唐，儘管追隨時代，許氏也還體現出了一定的個人特色。其中特別突出的，是她對中唐詩人李賀的喜好。

李賀是唐代元和年間的天才詩人，雖然是宗室之後，但生活上坎坷曲折，特別是由於父名晉肅，爲人所攻擊，以避諱爲由，不得參加進士考試，最後只能靠蔭舉，做了一個地位卑微的從九品的奉禮郎。這種生活遭際，使得他的心靈充滿苦悶，在短短的生命歷程中，將全部的才華和精力都投入到詩歌創作中，在一個虛幻的世界中，寄託着自己的追求和嚮往，所以多有游仙之作，往往創造出非常奇幻的神仙境界。晚唐詩人杜牧曾爲李賀的集子作序，指出：“時花美女，不足爲其色也；荒國陊殿，梗莽丘隴，不足爲其恨怨悲愁也；鯨呿鼇擲，牛鬼蛇神，不足爲其虛荒誕幻也。”[①]準確地揭示了李賀詩歌的特色。如《天上謠》、《夢天》等，都是這方面的代表。

許蘭雪軒非常喜歡寫游仙詩，據記載，她曾有作有三百多首，可見對這一境界的嚮往。而在創作游仙詩的時候，李賀的詩風是她刻意模仿的對象。試比較下面兩篇：

筠竹千年老不死，長伴秦娥蓋湘水。
蠻娘吟弄滿寒空，九山靜綠淚花紅。
離鸞別鳳煙梧中，巫雲蜀雨遥相通。
幽愁秋氣上青楓，涼夜波間吟古龍。

——李賀《湘妃》[②]

熏花泣露湘江曲，點點秋煙天外綠。
水府涼波龍夜吟，蠻娘輕戛玲瓏玉。
離鸞別鳳隔蒼梧，雨氣浸江迷曉珠。
神弦聲徹石苔冷，雲鬟霧鬢啼江姝。

① 杜牧：《杜牧全集》（上海：上海古籍出版社，1997），卷10，頁94。

② 王琦：《李長吉歌詩匯解》，卷1，《李賀詩集箋注》（上海：上海古籍出版社，1977），頁57。

遥空星漢高超忽，羽蓋金支五雲没。

——許蘭雪軒《湘弦曲》

在許詩中，水府、涼波、龍吟、蠻娘、離鸞、别鳳、蒼梧等意象都是來自李賀，更重要的是，她運用這一類語彙，經過重新組合，創造出了和李賀的詩相似的藝術境界，也帶有相似的藝術風格。這一類的詩有模仿的痕跡，但仍可以見出作者個人化的藝術構思。

再看下面兩篇：

天河夜轉漂回星，銀浦流雲學水聲。
玉宫桂樹花未落，仙妾采香垂珮纓。
秦妃捲簾北窗曉，窗前植桐青鳳小。
王子吹笙鵝管長，呼龍耕煙種瑶草。
粉霞紅綬藕絲裙，青洲步拾蘭苕春。
東指羲和能走馬，海塵新生石山下。

——李賀《天上謡》[①]

瑶花風細飛青鳥，王母麟車向蓬島。
蘭旌蕊帔白雉裘，笑倚紅欄拾瑶草。
天風吹擘翠霞裳，玉環金佩聲琅琅。
素娥兩兩鼓瑶瑟，玉花珠樹春雲香。
平明宴罷芙蓉閣，碧海青童來白鶴。
紫簫聲裏彩雲飛，露濕銀河曉星落。

——許蘭雪軒《望仙謡》

李賀詩想像天上群仙的生活，想像豐富奇特，“銀浦流雲”而能學水之聲，運用通感，體察入微；瑶草之種植，乃是以龍爲馭，耕作于雲煙之中，也是天外落筆。至於末句，瀉羲和駕日，時間流駛，天上人間，轉瞬千年，與他著名的“遥望齊州九點煙，一泓海水杯中瀉”[②]互相印證，更是來去無跡的奇特之筆。與之相比，許作没有那麽大開大合，也不如李詩中如此深邃的思理。但是，她所想像的，是王母娘娘的一次仙島宴飲，從向晚赴宴，到

①王琦：《李長吉歌詩匯解》，卷1，《李賀詩集箋注》（上海：上海古籍出版社，1977），頁70。

②李賀《夢天》，同上，頁57。

平明歸來，過程非常完整，中間穿插仙姬拾草，素娥鼓瑟，玉女吹簫，也是仙家的生活。最後“露濕銀河”一句，寫到天明時的情形，想像力也很豐富。如果説李賀詩中曾有“玉輪軋露濕團光”的描寫，讓露水把月光打濕，創造了一種奇妙的情境，則許蘭雪軒受到啟發而讓露水把銀河打濕，寫得亦真亦幻，也並不是單純的模仿之筆。

早在戰國時期，詩歌中就有了游仙題材，至於以“游仙”名篇，則始于曹植。關於游仙詩的創作傾向，清人朱乾曾有論述：“游仙諸詩嫌九州之局促，思假道於天衢，大抵騷人才士不得志于時，藉此以寫胸中之牢落，故君子有取焉。若始皇使博士爲《仙真人詩》，游行天下，令樂人歌之，乃其惑也，後人尤而效之，惑之惑也。詩雖工，何取哉？”①他認爲，游仙詩的創作傾向有兩個方面，一是寫人生坎坷，有志難申，寄託苦悶情懷，二是欣羨仙家，想像其生活，嚮往其情境。在中國文學史中，兩種傾向並存着，但是，傑出的詩人往往都能借助游仙的形式，寫出自己豐富複雜的内心世界。唐以前的郭璞、曹植，唐代的李白、李賀，都是其中的顯例。

郭璞寫游仙，“辭多慷慨，乖遠玄宗”，“坎壈詠懷”②，抒發苦悶；李賀寫游仙，感慨人生短暫，痛切懷才不遇，本質上是“悲時俗之迫厄兮，願輕舉而遠游”③，因而可以稱得上是“《騷》之苗裔”④。那麽，許蘭雪軒的游仙詩，如果並不僅僅是追求神仙的生活，其立意又體現在什麽方面呢？

許蘭雪軒出生在一個世代官宦的書香門第，她和父親、三個兄弟，當時都以善辭章而聞名，可見她從小接受了良好的教育。但是，她的個人生活非常不幸，15歲嫁給安東名門之後金誠立，卻琴瑟不和，又“不得于其姑”⑤，因此，生活上自然是鬱鬱寡歡。許蘭雪軒爲什麽與丈夫無法諧和？爲什麽得不到婆婆的喜愛？史無明文記載，莊秀芬推測是“許蘭雪軒的過人才華加上她思想中對封建禮教的叛逆成了夫家人嫌棄她的理由，丈夫又平庸無才，和她在思想情趣上毫無共同之處”⑥。這或許不無道理⑦，類似的情形也出現在中國的清代，一個是閨秀作家吴藻，嫁與商人，全無共同語言，只能在文學的情境裏自我滿足；另

①朱乾：《樂府正義》，卷12。

②鍾嶸：《詩品》，卷中，何文焕：《歷代詩話》（北京：中華書局，1981），頁12。

③屈原：《遠游》，洪興祖：《楚辭補注》（北京：中華書局，1983），卷5，頁163。

④杜牧：《李賀集序》，《杜牧全集》，卷10，頁94。

⑤許筠：《惺所覆瓿稿》，以上兩條，轉引自朴延華《許筠與〈《閒情録》〉》，載《東疆學刊》，第19卷第2期，2002年2月。

⑥莊秀芬：《論許蘭雪軒的自我藝術形象》，《東疆學刊》，第23卷第4期，2006年10月。

⑦如她曾寫有《鳳臺曲》：“秦女侶簫史，日夕吹參差。崇臺騎彩鳳，渺渺不可追。天地以永久，那識人間悲。妾淚不可忍，此生長別離。”對簫史神話，無限嚮往，感歎人間不復有此，就可以讓我們隱約觸摸她的内心世界。

一個是農婦作家賀雙卿，喜弄文事，夫暴姑惡，也只能靠着文學創作得到舒緩。如果説，黄崇嘏的“速變男兒”之説，還有一種事到臨頭的無奈①，則吴藻以男裝扮作名士，就有一種自覺而强烈的憧憬了②。許蘭雪軒藉游仙表達其對心靈自由的追求，其中是否也有對社會不公、性别壓抑的不滿呢？請看她的兩篇樂府詩。其一，《相逢行》：“相逢長安陌，相向花間語。遺卻黄金鞭，回鞍走馬去。相逢青樓下，系馬垂楊柳。笑脱錦貂裘，留當新豐酒。”其二，《少年行》：“少年重然諾，結交游俠人。腰間玉轆轤，錦袍雙麒麟。朝辭明光宫，馳馬長樂阪。沽得渭城酒，花間日將晚。金鞭宿娼家，行樂爭流連。誰憐揚子雲，閉門草《太玄》。”或寫少年游俠，意氣籠罩；或寫書生無用，寂寞生涯，雖然是樂府常套，也算仿作，但其中或許也有和她的游仙詩一樣隱微的内心活動。

女子寫詩，學習李賀者原不多見，不過晚明時期卻有了一些變化，李賀的風格引起一些閨閣詩人的興趣，如徐媛，“其於詩也，絶不喜唐以後言。凡爲五七言近體者五之一，爲五七言絶者五之三，其氣局神澤，微開元諸名家弗師也；爲樂府、爲五言古、爲七言歌行者亦五之三，則獨規摩于長吉王孫賀。”③如吴綃，“冶情雋筆，得之玉谿爲多。樂府詩亦間師昌谷，仿其譎豔，緯以風情，如《十二月詞》‘玉匙開鎖通新客，朱門戟帶吹嚴風’等句，大自有致，不似《絡緯》之撏撦荒澀矣。律體尤多善篇，題《香月舫》、《香樓》二排律，綺麗妍冶，即令元相操翰，殆無以加。七絶工妙至到，有回雪流風之美；鮑家百願，時復浸淫。亦才思所溢，不能自檢也。”④許蘭雪軒在這方面的創作，也和當時的大環境有關。正是獨特的身世經歷，加上獨特的審美取向，以及時代氛圍的影響，才使許蘭雪軒對那位“一生衰謝如枯蘭”的短命詩人有了深深的理解。有一個巧合也不能不提出來，即李

①清朝人吴任臣的《十國春秋》有這麼一段記載，説的就是這個黄崇嘏：“黄崇嘏者，居恒爲男子裝，游歷兩川。周庠從高祖于邛南，權知邛州。會臨邛縣送失火人於州，崇嘏即其人也。庠令頌系獄中。崇嘏上詩得召見（詩曰：偶離幽隱住臨邛，行止堅貞比澗松。何事政清如水鏡，絆他野鶴向深籠），稱鄉貢進士，年三十許。祗對詳敏，隨命釋放。後數日，復獻長歌，庠益奇之，召於學院，與諸子姪同游。雅善琴奕，妙書畫，未幾，薦攝司户參軍，胥吏畏服，案牘一清。庠既重其英明，又美其風采，居一歲，欲以女妻之。崇嘏乃爲謝狀，仍貢詩一章以見意。（詩曰：一辭拾翠碧江湄，貧守蓬茅但賦詩。自服藍衫居板椽，永拋鸞鏡畫蛾眉。立身卓爾青松操，挺志鏗然白碧姿。幕府若容爲坦腹，願天速變作男兒。）庠覽詩殊驚駭，亟召見詰問，故黄使君女也。幼失父母，與老嫗同居，元未字人，庠益嘉其貞潔，已而乞罷歸臨邛，不知所終。”《景印文淵閣四庫全書》第465册，頁409；又，郎瑛《七修類稿》（北京：中華書局，1959）卷四十‘崇嘏’條也有類似記載，頁590。

②吴藻男裝一事，見其創作的《喬影》；又，參看拙作《吴藻〈喬影〉及其創作的内外成因》，載《南京大學學報》，2000年第4期。

③ 董斯張：《徐姊范夫人詩序》，見徐媛《絡緯吟》，《四庫未收書叢刊》本，第7輯，第16册，頁300。

④轉引自胡文楷：《歷代婦女著作考》，卷5，頁105–106。

賀和許蘭雪軒都只活了27歲，難道是冥冥中有什麽必然？

五、結論

通過上面的論述，有兩點認識值得特别提出來。

第一，明代後七子的活動主要在嘉靖（1522–1566）後期，李攀龍是後七子群體的前期領袖人物，卒於穆宗隆慶四年（1570）。對照許蘭雪軒，她生於朝鮮明宗十九年（1563），卒於朝鮮宣祖二十二年（1589）。也就是説，後七子興起於文壇之後，很快就傳到了朝鮮，而且在一個女性作家的手裏有着如此明確、具體的呼應。這一事實，爲中華文化在周邊國家的傳播提供了鮮活的例證，足以讓我們更加細化地去看待漢文化圈中的文學互動。

第二，在中國古代文學的傳統中，女性的創作往往處在邊緣，女性也往往没有加入主流的意願。但是，這一傳統到了明清時期，應該有了比較大的變化。許蘭雪軒只是一個外國的女子，尚且如此自覺地追隨詩壇的潮流，從理論上來説，中國的女性更加應該有着這樣的願望。只是，雖然明清女詩人的研究已經有不少學者在從事，但從這個角度進行的探討還比較少見。許蘭雪軒可以作爲一個具體的例子，促使我們更加關注中國古代女性文學的主流和邊緣問題，從而開拓更爲廣闊的學術空間。

《東廂記》之體裁與其含義

李昌淑

一、緒言

《東廂記》是朝鮮時代唯一的漢文劇本。其形式是中國之北雜劇，其内容是朝鮮實在人物金喜集和申氏女的婚姻故事。1791年二月，正祖(1776–1800在位)公布了朝廷主辦已過婚齡男女相嫁互娶之勸婚措施。當時，漢城府人金喜集二十八歲，申氏女二十一歲，而皆家貧如洗，無人願與他們爲親。此年六月，朝廷臣僚奉王命來幫助兩人成婚爲夫妻了。之後，内閣檢書李德懋(1741–1793)奉命撰寫《金申夫婦傳》來記録了此婚事之詳細始末。

《東廂記》也在此年六月創作了。作家聽到金喜集和申氏之婚事，而採取元雜劇的形式來作出一篇雜劇作品了。《東廂記》之總體裁符合於元雜劇形式，並且所用曲牌都是北曲的，但是其聯套形式多半不合於北曲套式。這樣體裁，可以説：一半是北雜劇，一半是脱胎於北雜劇之新形式。這篇文章，分析《東廂記》之體裁，以究明其體裁所含之意義。

二、作者和板本

《東廂記》之板本有如下五種:

①《東廂奇書》：韓國學中央研究院所藏，楷書寫本，1册23張。册名爲"東廂奇書"，書首收録李德懋所撰之《金申夫婦傳》，其後有《賜婚記題辭》。戲曲題名爲"金申夫婦賜婚記"，《題辭》和戲曲的作者署名爲"梅花癡儂題"。

②《東廂記》：國立中央圖書館所藏《而也其》裏所與《愁城志》同載，行書寫本，16

張。標題爲“東廂記”。卷首亦收録李德懋之《金申夫婦傳》,其後有“梅花宕癡儂題”《金申賜婚記題辭》。戲曲題名爲“東廂記”,作者署名爲“汶陽散人弄題”。

③《東廂記纂》:白斗鏞纂,1914年翰南書林懸吐鉛活字本,17張。作者署名爲“梅花宕癡儂題”。《東廂記纂》6卷1册,卷之首收録《金申夫婦傳》、《金申賜婚記題辭》、《東廂記》。其餘第1卷到第5卷收録筆記80則,都是有關婚姻之人物故事。《東廂記》作者署名爲“汶陽散人弄題”。

④《東床記》:首爾大學校奎章閣韓國學研究院所藏가람本《青邱野談》所載,原稿紙縱書,19張。標題爲“青玉堂第七才子書”,卷首有《東廂小識》。《東廂小識》不題作者,其内容與《賜婚記題辭》相同。其後有《金申夫婦傳》。戲曲題名爲“東床記”,戲曲作者署名爲“完山李鈺著”。

⑤《譯注李鈺全集》(全3册):實是學舍古典文學研究會以《東廂記纂》爲底本,參考其他板本加以校注。第二册收録韓文譯注,第三册收録漢文原文和校注。2001年,首爾召命出版刊行了。

前4種板本之間,結構、人物、故事、曲牌無有不同,而文字有若干出入異同。

關於作者,自古認爲李鈺(1760–1813)或李德懋,現在幾乎確定爲李鈺。李鈺,字其相,號文無子、梅史、梅庵、梅谿子、絅錦子、花石子、菁華外史、桃花流水館主人等。他是正祖“文體反正”措施的最大受害人。正祖十四年(1790),他考中了增廣試而成爲生員。兩年後,他爲成均館儒生的時候,正祖以他的應制文指爲稗官小説體,而譴責他了。正祖十九年,他的科文也被指爲小品體,因而受停舉處分。以後,他數次遭到充軍流配,而堅持自己的文章,終於仕路上失意。因此,在他死後,文集未能編成。他的文章大多收録於親友金鑢(1766–1821)的《藫庭叢書》,其他遺篇以寫本形態流傳。2001年,實是學舍古典文學研究會蒐集李鈺的文章,而且加以韓文譯注來編成爲《譯注李鈺全集》(共3册)。

三、《東廂記》之體裁及其含義

中國戲曲歷代有多種形式,例如:元明時代之北雜劇、南戲,明清時代之傳奇、崑曲,清代以後之京劇等各種地方戲。戲曲所用之音樂就是決定戲曲形式的最重要的因素。北雜劇用北曲,南戲用南曲。爲了辨别戲曲作品之曲種,首先應該明白曲牌、套式、聲腔、板式等音樂因素之性質。《東廂記》所用之曲牌都屬于北曲,但是其曲牌排列多半不合于北曲套式,因而可説其體裁一半是北雜劇,一半是其新體。

下面，分析《東廂記》體裁之各因素。

1、 正目、楔子和四折

《東廂記》題名之下有“正目”，如下：

窮措大南洞竊歎　　老處女北闕徹聞
諸尚書西城主婚　　好夫婦東床感恩

正目是題目和正名的合稱，寫在劇本的序頭或末尾。《東廂記》之正目，以七言四句概括全劇的內容，相符於北雜劇之常例。

《東廂記》由一個楔子和四個折構成，在劇本上，有分折標識，例如“第一折”、“第二折”等等。但是楔子没有標識，而包括在第一折之內。構成楔子的曲牌有[賞花時]和[後]。雜劇往往没有標識“楔子”而包括在某一折的楔子。雖然在劇本上没有楔子和折的區分，兩種因素顯出楔子和折的界綫。第一，楔子專用特殊曲牌。[賞花時]屬於仙吕宫，在雜劇不用在仙吕套曲而只用在楔子。第二，在楔子結束而下一折開始的節段，大體扮演楔子的角色都下場，接而扮演下一折的角色上場。但《東廂記》楔子和第一折之間，人物没下場而直接連演第一折。

2、角色與一人主唱

《東廂記》的上場人物如下；

楔　子：金禧集。
第一折：金禧集，任掌。
第二折：大吏，小吏。
第三折：户曹書吏，宣惠廳書吏。
第四折：金禧集，三生(三個青年)，小奚。

《東廂記》不用角色名，而直接用人物名字指示他們的唱科白。第一折和第四折，由“金禧集”唱；第二折由“大吏”唱，第三折由“户曹書吏”唱。雖然在劇本上《東廂記》没有運用角色，但是四折都由一人獨唱。所以各人物可以配當於角色：“金禧集”、“大吏”、“户曹書吏”可由正末扮演；“任掌”可由外末或丑扮演；“小吏”和宣惠廳書吏可能是外末二末；三生各相當於淨或丑，小奚該當倈兒。

在第一、二、三折，只有兩個人物上場，到第四折才上六個人物。這一點傍證《東廂記》的情節没有甚麽大的葛藤或對決，而比較簡單。《東廂記》可以説是戲劇性不强的戲曲作品。

《東廂記》的情節如下:

楔　子: 金禧集上場，介紹自己，恨歎今年二十八歲，還没婚姻。

第一折: 金禧集繼續恨歎自己淒涼的身世。任掌上場，告訴他配合過時未婚之男女成爲夫妻的國家措置，而且登記他的名字。

第二折: 兩個胥吏上場，讚揚朝廷的善政，詳細説明周旋婚姻的節次。他們看未婚人名簿來，發現金禧集和申氏女還無配合。

第三折: 兩個書吏上場，發表配合金生與申氏女成爲夫妻的決定。他們仔細説明婚需與婚姻節次。

第四折: 三個青年引小奚上場，恭賀金禧集婚姻。他們依照"四百年"古來之婚俗逗弄新郎。他們把新郎邊打邊問婚日之事。以后，大家都喝酒，唱歌，跳舞。

上面考察的《東廂記》之總體裁與北雜劇形式十分相符。任何戲曲作品至小具有上面的體裁，都不能不説是一篇北雜劇作品。

3、曲牌運用及其含義

可是，北雜劇的最重要的特徵就是採取曲牌聯套體來演唱一個故事的結構形式。《東廂記》之曲牌排列如下:

楔　子: (仙呂)賞花時　後

第一折: [(仙呂) 點絳唇　混江龍] (商調)金菊香 (中呂)粉蝶兒 (正宫)端正好

第二折: (雙調)錦上花　後　鴛鴦煞　後

第三折: (般涉調)[耍孩兒　四煞　三煞　二煞　一煞　收尾]

第四折: (中吕)小梁州　後 (仙呂)鵲踏枝 (越調)調笑令 (仙呂)天下樂 (雙調)太平令

在一楔子和四折裏採用7種宫調之12種23個曲牌了。北曲套曲，在首曲之前一般表記宫調名，但《東廂記》没有表記宫調名。雖然没有宫調名，一看曲牌，就明白該套曲屬於什麽宫調。這一點不能説是甚麽缺點。

《東廂記》也採取北曲之曲牌聯套體，但其曲牌排列多半卻不合於北曲套式。只有第三折，僅能算是北曲套曲。此外，楔子的[賞花時-後]是雜劇楔子之常用曲牌，而且第一折之第一、二曲牌[點絳脣-混江龍]構成仙呂宮套式之開端。其他曲牌排列, 都不能看做北曲套曲。《東廂記》的曲牌運用有兩個方式: 一是以《西廂記》爲準的; 二是作家獨特的曲牌運用方式。

1) 以《西廂記》之曲牌用法爲準

《東廂記》之題名示其創作受《西廂記》的影響很大。十九世紀以前, 流傳朝鮮的中國戲曲並不多。到現在確認的作品只有三種; 雜劇《西廂記》和傳奇《荆釵記》、《五倫全備記》。《東廂記》的作者採取北雜劇的形式來創作它,《西廂記》的形式自然影響到《東廂記》了。在曲牌運用上,《東廂記》之作者學習《西廂記》之曲牌用法了。四個關聯事實證明兩篇作品之間曲牌用法之影響關係。

第一, 用在《東廂記》的曲牌, 都在《西廂記》用過。《東廂記》運用7種宮調之15種曲牌,《西廂記》5本一共運用7種宮調之89種曲牌, 而《東廂記》的15種曲牌都在《西廂記》出現了。其15種曲牌之在《西廂記》的位置如下:

楔子:	[賞花時 後]
	1-x1
	3-x1

第一折:	[點絳脣 混江龍]	金菊香	粉蝶兒	端正好
	1-1	5-1	1-2	2-2
	3-1		2-3	
	4-1		3-2	
			5-2	

第二折:	錦上花 後	鴛鴦煞 後
	1-4	1-4
	3-3	4-4
	4-4	
	5-4	

第三折:	[耍孩兒 四煞 三煞 二煞 一煞 收尾]
	1-2

2–3

3–2

4–3

5–2

第四折:	小梁州	後	鵲踏枝	調笑令	天下樂	太平令
	1–2		2–1	1–3	1–1	5–4
	2–3		4–1	2–5	2–1	
	3–2			3–4	3–1	
	4–3			4–2	4–1	
				5–3		

第二,《東廂記》和《西廂記》都用曲牌名[後]。在北曲套曲, 重復連用同一曲牌的時候, 從第二曲起一般稱爲“[幺(篇)]”或“[前腔]”。然而《東廂記》的作家不用[幺]或[前腔]而用[後]了。在《東廂記》, [後]前後用五次。 在中國戲曲, 用[後]的作品有金聖嘆批評《第六才子書西廂記》。《第六才子書西廂記》流傳朝鮮以后, 朝鮮文人非常愛讀它。《東廂記》的作家採用曲牌名“[後]”, 一定出于《第六才子書西廂記》之[後]。

第三, 兩篇作品都用[錦上花]。[錦上花]是雙調曲牌, 在雜劇套曲裏, 其用例很少。元雜劇233篇裏只用11次, 明雜劇168篇裏只用9次。其中,《西廂記》5本裏用過4次。全體作品群裏用例很少的曲牌,《西廂記》卻用過了4次,《東廂記》的作家也採用了。這一點也足够證明《東廂記》的作家參照了《西廂記》的形式。

第四,《東廂記》之一些曲牌之句法或内容與《西廂記》的同一曲牌相似。這一點, 在後章仔細叙述。這一點也説明《東廂記》之作者分明是在徹底了解《西廂記》的形式和内容的基礎上, 撰寫《東廂記》。

2) 曲牌運用之新方式

《東廂記》之作者不遵守北曲套式, 而決不是隨意選取曲牌來排列的。他是備有自己獨特的選取曲牌標準的。爲了明白他獨特的選牌標準, 應該在與《西廂記》的關聯之下, 仔細分析《東廂記》之曲牌名字和其曲詞句法和内容。

① 第一折

北雜劇的第一折幾乎都用仙吕宫套曲, 其序頭總是[點絳脣–混江龍–油葫蘆–天下樂]。

《東廂記》的第一折以[點絳唇-混江龍]開始，相符于仙吕宮套式。但是中間用雙調[錦上花]和中吕宮[粉蝶兒]，末尾不用[尾聲]而以正宮[端正好]結束了。這樣的曲牌排列不合於仙吕宮套式。在第一折，"金禧集"唱[點絳脣-混江龍]來自歎不能娶妻的淒涼處境。其内容如下:

【點絳脣】多少童蒙，花轎繡鞚相迎送。阿只氏十五乘龍，都令主十四漂鸞鳳。

【混江龍】況是妻家尊奉，新郎好事政丞同。披御紫紗章服，騎的白雪花驄。斗里黄囊垂繡帶，僧頭青扇擺香風。鴛鴦並宿緑波深，桃花早結紅心動。似俺的論其年歲，合做公公。

當時，早婚流行，男女到十四五歲就有室有家了。"金禧集"已二十八歲，入室四壁空，還未成家。他如及時娶妻，當已做"公公"。

他接着恨歎:

【金菊香】半成還甲白頭翁，君子好逑猶未逢。何等妻宫這樣凶，心火焦胸，長太息，又生風。

【粉蝶兒】環顧家中，冷蒲團，誰與伴夢。短中衣，誰與裁縫。没向方相思病症危重，若撞着月下仙翁，扯斷他紅絲，打他青腫。俺也不是北漢山城老丈首座，也不是壯義洞知事令翁。

按照仙吕宮套式，[點絳脣-混江龍]之後，應該連接[油葫蘆-天下樂]。《東廂記》的作者，在第一折的開端，充實遵守北曲套式來採取[點絳脣-混江龍]。這個曲牌排列，《西廂記》五本中三本用過。他自然認識到雜劇第一折有以曲牌[點絳脣-混江龍-油葫蘆-天下樂]開始的傾向。反而他應該想不能以[油葫蘆-天下樂]接着下去。唱[點絳脣-混江龍]以後，"金禧集"繼續恨歎自己處境。在此段情節，作者大概認爲[油葫蘆-天下樂]曲牌不合於劇情。原來，曲牌的功能只在指定音樂旋律和文學格律，與曲詞内容卻全然無關。可是，對於朝鮮文人，曲牌的這樣功能根本不能起其作用。他無法聽得中國北曲音樂，因而曉不得[油葫蘆-天下樂所指旋律之情調。縱然他肯定曲牌的音樂功能，卻在朝鮮無法演奏北曲。换言之，只有曲牌之文學格律對朝鮮文人才能起有效作用。而且在朝鮮曲牌獲得另一個功能，就是曲牌名字的意義。[金菊香-粉蝶兒]之曲詞内容與[天下樂]之字義正相反。[油葫蘆]之字義是一個蟲名，與"金禧集"的孤單身世不合適。在字義上, [金菊香-粉蝶兒]比[油胡蘆-天下樂]更切合表出這段劇情。《東廂記》之作者考慮曲牌之字義來選取和劇情相宜的曲牌。這是他獨特的選牌標準之一。

[金菊香]之字義代表傲霜孤節。十五歲人家男女都如春花齊放而有室有家, 他一個人"半成還甲白頭翁, 君子好逑猶未逢", 年年獨宿空房, 就是落木寒天之際孤獨的菊花身世。[粉蝶兒]之粉蝶代表四顧無親的孤獨身世或蜂蝶探花的願婚熱望。《東廂記》之作者李鈺, 在"癸亥(1803年)春暮, 適見有彩蝶爲風飄墮池水而死, 余哀而憐之, 作詞以弔之", 就是《哀胡蝶》賦。他哀悼蝴蝶之孤獨夭折了:

> …… 胡蝶兮隨風, 終然夭兮水之中。山花兮未落, 爲誰兮紛紅。繩飛兮靃靃, 游蜂兮鑿鑿。蜻蛚兮薄薄, 阜螽兮躍躍。衆皆樂兮得所, 女獨爲兮飄泊。誰怨兮誰尤, 既自輕兮復好游。江有波兮日已春, 目渺渺兮使余愁。胡蝶兮歸來, 與落花兮同流。……

《哀胡蝶》賦所描寫的蝴蝶代表絶對孤獨。蝴蝶的另一意想就是天定配匹。一雙蝴蝶就是一對夫妻。祝英臺透入梁山伯之塚, 從塚裹蝴蝶翩翩飛上。《夾注名賢十抄詩》所收羅鄴《蛺蝶》詩之夾注引用了《梁山伯祝英臺傳》:

> …… 英臺跪拜哀哀哭, 殷勤酹酒向墳堂。祭曰: 君既爲奴身已死, 妾今相憶到墳傍。君若無靈教妾退, 有靈須遣塚開場。言訖塚堂面破裂, 英臺透入也身亡。鄉人驚動紛又散, 親情隨後援衣裳。片片化爲蝴蝶子, 身變塵滅事可傷。

《東廂記》[粉蝶兒]之曲詞充滿不能娶妻的悲哀和憤懣。這種感情, 與[天下樂]之字義恰恰相反, 作者應該以爲不能採取[天下樂]來表出"金禧集"的心思。就曲牌名字的字義, [金菊香]和[粉蝶兒]非常符合於這段劇情。

[端正好]和[錦上花]也是採取字義的。"金禧集"唱了[粉蝶兒]而後, "任掌"上場而通知他: 漢城府布告援助已失婚齡人成婚之措施。"金禧集"非常高興地說: "嘘。近來, 夢兆頗好, 今日食前, 不知那裹來的好鵲向俺也啼了可可, 果然今日聽得好消息。"這豈不是正好! 所以作家採取[端正好]。

> [端正好] 聽分付還如夢, 今朝也吹了何風。便同四柱單兒送, 已是春心動。

"任掌"已調查自己的四柱八字去, 他想早晚一定會結婚。

② 第二折

第二折開始,“大吏”和“小吏”上場來讚揚朝廷的善政。他們强調其最盛德之事,就是幫助未婚男女宜其家室的措施。當“方春和時,草木群生,花開也滿發,虎蝶兒翩翩,金鶯兒栗栗”朝廷施行未婚男女婚姻政策,誠是錦上添花!在曲牌名字的意義上,[錦上花]最相稱於這段劇情。

[錦上花] 爾莫道夫婦因緣天生點指,天外又天人君是。已恁牽合隨人婚姻流水,今日分女嫁男婚,朝家呵視民如子。

到第二折的末尾,未婚男女幾乎都結婚了。“大吏”和“小吏”發現了“金禧集”和“申氏女”還無配匹。由于國家之政策,“金禧集”已訂婚,但是女方發現其家極貧而破婚了。幾天後,他兩人要做夫妻,但是現在還不成爲鴛鴦。分明是妨礙婚姻的凶煞還離不開他們的。這個凶煞可以叫做[鴛鴦煞]。

[鴛鴦煞] 方今高突伊盡得新娘子,佳酸兒並化阿只氏。譬這神仙天上也去時,屋兒亦昇,雞兒亦去,狵兒亦至,混家兒没數化羽,老鼠獨自墜地。可憐八字,爾雖以喜爲名,原來是未集喜。

……

[後] 冬月明雪裏人嫌冷,秋花妍春去誰稱美。一叢香愁令人脹死不問可知。蠶老了猶能室,花老了尚能子,處女老了奈何爾。

③第三折

第三折的曲牌排列決不遜色於北曲套式。[耍孩兒–四煞–三煞–二煞–一煞–收尾]之形式是主要在中吕宫或正宫套曲之後半部多用。明代出現了除去[耍孩兒]以前的曲牌,而只用[耍孩兒–煞–收尾]之排列來構成套曲的方式。例如:

李逢時,《酒懂》2; 耍孩兒 五煞 四煞 三煞 二煞 一煞 煞尾

祁麟佳,《錯轉輪》4; 耍孩兒 三煞 二煞 一煞 尾

元雜劇没有這種套式。在明代中期以後,雜劇形式出現了一些變化,這種套式也是其變化之一。《東廂記》第三折的曲牌運用,與明雜劇之套式符合。

④第四折

在第四折,三個青年對"金禧集"進行"東床禮"。此折第一、二曲牌是[小梁州-後],而"梁州"是一個地名或大曲名,曲牌字義和劇情之間不能有任何關聯性。三個青年追問婚禮的次序,而"金禧集"唱[小梁州-後]來叙述婚禮行事。在這段情節選取[小梁州-後],大概取源于《西廂記》第二折"紅娘"唱[小梁州-後]來描述"張君瑞"的外貌的。《西廂記》的[小梁州-後]曲詞如下:

[小梁州] 則見他叉手忙將禮數迎,我道不及"萬福,先生"。烏紗小帽耀人明,白襴淨,帶鬧黄鞓。

[後篇] 衣冠濟楚那更龐兒整,休説引動鶯鶯。據相貌,憑才性,我從來心硬,一見了也留情。

"張君瑞"依靠"杜確"將軍敗退了賊徒,"崔夫人"設宴而致謝他。"張君瑞"妄想與"鶯鶯"舉行婚禮,就穿戴了婚姻禮服。"紅娘"所述的是他的新郎穿戴。《東廂記》的曲詞如下:

[小梁州] 遮日屛風奠雁廳,"拜"、"鞠躬"、"興"。俺的再拜,致精誠,低頭另拜了我朝廷。

……

[後] 固知今夜可詳訂,不耐多情乍轉晴。婚難定,俺將何福力伏侍了這般娘。

兩篇作品之間,曲牌[小梁州-後]共有相似内容和句法。在《西廂記》"紅娘"唱之以描述"張君瑞"的新郎穿戴,在《東廂記》"金禧集"唱之以自述自己的婚姻典禮。曲詞中間同有引用句:"萬福,先生"和"拜"、"鞠躬"、"興"。《東廂記》的作者採取[小梁州],無疑是出於《西廂記》[小梁州]之曲詞内容和填詞方式的。選用[鵲踏枝]和[調笑令]也是出于與採取[小梁州]之同一想法。《東廂記》之作者取《西廂記》第二折[鵲踏枝]之曲詞句法來表現喝三杯合歡酒的光景,亦取《西廂記》第四折[調笑令]之曲詞句法來描述在初夜洞房"金禧集"迎接新娘的光景。兩篇戲曲同一曲牌之曲詞相比之下,《東廂記》作者採用兩種曲牌之原因就明白了:

[鵲踏枝]不但字兒真,不但句兒匀,我兩首新詩,便是一合回文。誰做針兒將綫引,

向東牆通個殷勤。(《西廂記》2)

[鵲踏枝] 一飲了遐齡, 再飲了公卿, 這三次來杯, 另是三個添丁。若教爾言無誕妄, 並杯呑長醉不醒。(《東廂記》4)

[調笑令] 是花宫夜撞鐘, 是疏竹瀟瀟曲檻中, 是牙尺剪刀聲相送, 是漏聲長滴響壺銅。我潛身再聽在牆角東, 元來是西廂理結絲桐。(《西廂記》)

[調笑令] 是花枝倚風行, 是雲捲青天明月升, 是天上仙娥對粧鏡, 是觀音菩薩顯神靈。我擡頭細看面分不生, 原來俄間拜我娘。(《東廂記》)

考慮《西廂記》曲牌之内容和句法, 選取相同曲牌來表達與《西廂記》之那段情節類似的内容, 就是《東廂記》作家之另一獨特先牌標準。

最後之兩個曲牌[天下樂]和[太平令], 亦考慮曲牌名的字義來採取的。在東床禮之結局, 新郎置酒待賓。三個青年和"金禧集"一同飲酒跳舞, 歌頌聖德, 祝願太平。此時, 就曲牌名之字義來看, 絶無比[天下樂]和[太平令]更合之曲牌。兩個曲牌之曲詞如下:

[天下樂] 今日小臣酒一觴, 誠心祝我王. 我王恩終身不可忘。地茫茫碧海深, 天高高紅日長, 願東國聖人萬壽無疆。

……

[太平令] 元子官小官家一般, 二聖上天降福無疆。 享壽富康寧, 歌四重, 星輝海潤, 祝千歲日升月恒, 從此去萬世太平, 熙熙如煙花好景。

《東廂記》作者之獨特選牌標準, 歸結爲兩種: 第一, 考慮曲牌名的字義, 採取最相稱于劇情的曲牌, 第一折之[金菊香]、[粉蝶兒]、[端正好], 第二折之[錦上花]、[鴛鴦煞], 第四折之[天下樂]、[太平令]等就是; 第二, 考慮《西廂記》曲詞之内容和句法, 採取最合適于自己所表達的内容的曲牌, 第四折之[小梁州]、[鵲踏枝]和[調笑令]就是。

四、結語

《東廂記》整篇由兩種方式構成: 一邊充實遵守北雜劇之體裁, 一邊積極適用作家自己創造的新方式。作家之新方式, 反映朝鮮文人之戲曲創作條件。中國戲曲音樂, 朝鮮文人不會聽也不會奏。朝鮮文人非常愛讀《西廂記》，卻幾乎無有閱讀其他中國戲曲的確證。《東廂記》之作者徹頭徹尾了解《西廂記》，因而可能明白北曲套式，也可能不明白北曲套式。反正如何，曲牌之音樂功能，對他全無意義而不能起作用。他能享受中國戲曲的方式只有劇本閱讀。閱讀劇本的時候，每個曲牌的名字代表其曲詞的內容，讀者更容易了解戲曲的內容。《東廂記》之作家開闢了曲牌的新功能。中國戲曲的曲牌，進來朝鮮，喪失了一個功能，獲得了一個功能。

《東廂記》之雜劇含有兩種體裁：中國北雜劇之正體和朝鮮之新體。一個文學藝術形式成立以後，其生命力往往非常堅强，傳到後代，波及遠地，還能保持原形。但是受方的條件不同，有時積極改變原形而創造新形式。通過《東廂記》，可以確認北雜劇形式之生命力非常堅强，也可以確認朝鮮受用外來文化而創造新文化的創意力。此乃《東廂記》體裁所含之最大意義。

參考文獻

朴善英：《東床記研究》，梨花女子大學校國文科 碩士學位論文，1984。

實是學舍古典文學研究會譯注：《譯注李鈺全集》，首爾：召命出版，2001。

박유경：《〈東廂記〉之形成與其戲曲特性》，釜山大學校國文科 碩士學位論文，2002。

余世柱：《東廂記》，首爾：푸른사상，2005。

楊家駱主編：《全元雜劇初編》(13册)，臺北：世界書局，1984，三版。

《全元雜劇二編》(5册)，臺北：世界書局，1965，二版。

《全元雜劇三編》(6册)，臺北：世界書局，1965，二版。

《全元雜劇外編》(8册)，臺北：世界書局，1965，二版。

明 臧懋循 輯：《元曲選》(全4册)，臺北：臺灣中華書局，1983，臺四版。

隋樹森 編著：《元曲選》(上下)，臺北：宏業書局，1982，初版。

隋樹森 編：《元曲選外編》(全3册)，北京：中華書局，1959。

楊家駱主編：《全明雜劇》，臺北：鼎文書局，1970。

高麗 釋子山 夾注，查屏球 整理：《夾注名賢十抄詩》，上海：上海古籍出版社，2005。

《貫華堂第六才子書西廂記》，南京：江蘇古籍出版社，1986。

崔瑆焕《性靈集》考

琴知雅

一、序論

清代康熙後期和乾隆年間在思想界和文化界廣泛形成了反理學、反漢學、反復古、反詩教的現實傾向。與之遥相呼應，詩歌領域内以强調自然真情、追求個性解放、宣揚主體意識爲主要旗幟的性靈詩説也發展成熟，而其中心人物之一即是袁枚(1716–1797)。

在朝鮮，“性靈”這一用語散見於諸多資料當中。但作爲詩歌創作的核心概念，“性靈”正式出現在批評史上還是大概始自於17世紀以後，當時金昌協、漢詩四家(後四家)①等吸取明代公安派和清代袁枚的性靈説，展開了“性靈爭論”。

19世紀是朝鮮實學思想集大成的時期，文學領域的多種變化促使文學的擔當階層有所擴大。17、18世紀時委巷文人賴以存在的理論基礎“天機論”得以被重新闡釋，故而再次成爲委巷文人開展各種文學活動的理論依據，他們這些中人層的文學的主體自覺也開始被論及。

這一時期，“性靈”這一用語主要出現在金正喜(1786–1856)和一群中人出身的文人的文獻當中，如崔瑆焕(1813–1891)、鄭芝潤(1808–1858)、張之琬(1806–1858)等。與崔瑆焕有

①可考證，當時也不過只是由和袁枚約相差一代的漢詩四家介紹了一部分性靈派詩人的部分作品。漢詩四家利用幾次燕行的機會和當時被稱爲性靈派的詩人們直接交往，並將他們的作品收録到了自己的詩話集和詩選集中。但遺憾的是，他們所收録的作品大部分都是迎合自己詩話集或詩選集收録原則的作品，而不是體現清代性靈派性靈論的作品。對於生活在18世紀的他們來説，確實需要一定的時間來接受性靈論，這是可以理解的。但是漢詩四家之後，也仍然很難找到專門研究性靈詩論及性靈派詩人的資料。(申載焕，《朝鮮後期清代性靈派作者介紹小考》，《中國語文學》，2002)

至交之情的張之琬曾說："詩出性情，世無性情之人。"[①]崔瑆煥也曾編纂了龐大的詩選集《性靈集》，並强調"今體詩得性靈之爲最近"，"專主性靈而後格調捨氣魄"。鄭芝潤也曾指出"最玲瓏處性靈存，不下深功不易言"[②]。這些主張均以金正喜的"各從其性靈以所近，不可得以拘泥於一段"[③]中所提及的性靈爲依據。雖然它們彼此之間也存在著理解上的差異，但從整體來看，可以看出"性靈"已發展成爲用來闡釋詩歌創作特點的核心概念之一。

但是縱觀以往的研究成果，可以發現大部分文章都將之統稱爲委巷文人而進行總體研究，而幾乎没有文章對其中某個人的文學論的内容和本質特點進行研究。爲填補這一研究空白，筆者特别關注崔瑆煥及其編寫的《性靈集》。崔瑆煥在編寫龐大的中國詩選集《性靈集》時主要以自然真情、自然而真實的心靈爲評價詩歌的重要尺度。本文將通過分析此詩集來探討崔瑆煥所主張的性靈論的核心内容，同時也將力圖闡明清朝袁枚的性靈論是怎樣爲19世紀朝鮮文壇所接受、吸納乃至評價。

二、崔瑆煥的生平

崔瑆煥(1813–1891)，忠州人，字星玉，號於是齋。生於純祖十三年，卒於高宗二十八年，終年79歲。衆所周知，崔瑆煥爲中人出身[④]。其家譜中有助於了解其身世的資料有《忠州崔氏大同譜》和《蕊城崔氏世繼》，此外還可以參考譯科、云科、律科等雜科榜目等[⑤]。縱覽這些資料，可發現一個有趣的事實：崔瑆煥的兄弟及其近親中有很多人都是雜科及第者。崔瑆煥家中及第雜科的人共有15人，其中２人及第譯科，４人及第律科，９人及第云科。這些人都是崔瑆煥祖父潤祥的子孫，也就是崔瑆煥的堂兄堂弟們。這足以表明崔瑆煥一家爲中人出身。

但對於崔瑆煥本人，似乎更偏於將其視爲武人，而很少言及他的中人身份，這一點可在諸多資料中見到。如哲宗时的南秉哲(1817–1863)在为崔瑆煥编纂的《視民要訣》所写的跋文中介绍崔瑆煥为"武人崔君瑆煥"，李圭景(1788–？)在《五洲衍文長箋散稿》裏的《士小節分編刻本辨證説》中也稱崔瑆煥为"武人"。而事實上，崔瑆煥不僅曾及第武科，

①張之琬,，《枕雨堂集》，《書自庵和陶邵集》，閭巷文學叢書3。

②鄭芝潤，《夏園詩鈔》，《作詩有感》，閭巷文學叢書5。

③金正喜，《阮堂先生全集》，《雜識》卷8。

④李佑成，《金秋史及中人層的性靈論》，《韓國漢文學研究》5輯, 1980。

⑤白賢淑的《崔瑆煥其人及其著作》(《歷史學報》103輯, 1984)裏對根據這些資料所勾畫的世系圖有詳細介紹。

而且所任多個官職也全爲武官。爲此，筆者認爲將崔瑆焕稱爲中人出身的武人要更爲妥當一些。

一般史書裏都記載崔瑆焕的官職爲“都事”。此外1859年(哲宗十年)進行的“增廣生員進士試辦”的榜目中也有所記載。崔瑆焕之子崔圭輯通過了這一年的生員試辦，其榜目中記載其父崔瑆焕的官職爲“前宣略將軍行中樞府都事”。所有這些指的都是崔瑆焕的最終官職。

關於崔瑆焕何時辭官，可以通過以下兩個文獻得以瞭解。崔瑆焕的著述《顧問備略》的序文[①]中有張之琬的“近致官東歸，耕于嘉陵山下”一句話。另外，崔瑆焕編纂的《性靈集》的自序中有更爲有具體的記録：集始於東歸甲寅(哲宗五年，1854年)之歲，迄今戊午(哲宗九年，1858年)而成。由此可知，崔瑆焕辞官之时为1854年(哲宗五年)，此时他为官才不过短短12年。但就在這短短的爲官生涯期間，他結交了很多朋友，並撰寫了諸多書籍。崔瑆焕辭官後一直專注於著書寫作。他編寫書籍有教化書《覺世新編八鑒常目》(11卷6册，1856年編刊)，奉憲宗之命編寫、以闡明當時體制的問題並提出改良方法爲主要内容的《顧問備略》(4卷2册，1858年著，親筆手稿本)，漢城府及八道的地理書《輿圖備志》(20卷20册，編纂年不詳)，勸善書《太上感應篇圖説》(5卷5册，1880年刊行)，爲《孝經》加注的《孝經大義》(卷册不詳，1882年著)等等。由此可見崔瑆焕確實是一位具有相當水準學術見解之人。

崔瑆焕所結交的朋友當中可以首推張之琬和鄭芝潤。張之琬(1806–1858)，中人出身，1825年(純祖二十五年)及第律科，是朝鮮後期代表性的委巷詩人。他以自己的號爲名組建了“斐然詩社”，引導了中人層的文學活動。張之琬曾爲崔瑆焕的著述《顧問備略》書寫過序文，而崔瑆焕也曾爲張之琬的詩集《斐然箱抄》撰寫過序文，由此可見他們之間的友情甚爲密切。鄭芝潤(1808–1858)，中人出身，及第譯科，當時的著名詩人，參加過張之琬的斐然詩社。崔瑆焕刊行其詩集《夏園詩鈔》時曾在詩集的題辭中這樣傾吐道：雖於晚年之時才與鄭芝潤相遇，但其友情卻更爲至深至切。崔瑆焕與當時的兩位著名詩人保持著深厚的友誼，這説明他也有文人的一面。但事實上他從未參加過張之琬的斐然詩社，也没有任何記載表明他曾寫過詩。雖然他留下了很多著作，但卻没有留下任何一首詩。儘管他可能不曾寫過詩，但有一點可以肯定，就是他很關注詩歌，並具有很高的鑒賞水準。

這一點可以從他1858年所編纂的《性靈集》（39卷20册）中看出，《性靈集》是他根據性靈派的主張從中國歷代詩歌中進行篩選編輯而成的詩選集。因而，與其説他是詩人，

①崔瑆焕：《顧問備略》(國立中央圖書館筆寫本〔手稿本〕，合綴東京大學圖書館筆寫本；西江大學校人文科學研究所影印，1984)。

莫不如稱他爲詩歌評論家或者詩論家要更爲妥當。除《性靈集》以外，他還編纂了收録摯友鄭芝潤詩集的《夏園詩鈔》(1册）和《東國雅集》(1册)。崔瑆焕可能是在編纂完收録中國詩歌的《性靈集》之後又想到了要以同樣的方法來整理、收録朝鮮詩歌。《東國雅集》編纂年代不詳，共收録有40餘篇朝鮮詩歌。體系不夠清晰、明確，可能是詩集成書之前的草稿。

三、關於《性靈集》

（1）版本現況

筆者主要查閱了《韓國所藏中國漢籍總目》(全寅初主編)①、韓國古典籍綜合目録系統(http://www.nl.go.kr/korcis)、韓國歷史情曆統合系統(http://koreanhistory.or.kr/)、《韓國古書綜合目録》(韓國國會圖書館編) 中崔瑆焕的《性靈集》收藏現況，具體如下。

性靈集

蘇武(漢)等 著, 崔瑆煥(朝鮮) 編

木活字本 / [刊地未詳] [刊者未詳] [刊年未詳] / 39卷20册 四周單邊 半郭 17.4×12.5cm 有界 10行20字 上白魚尾; 25.3×16.1cm.

印記 : 崔氏章, 崔宗奐印, 集義齋書

[韓國國立中央圖書館]

性靈集

崔瑆煥 匯選, 崔圭輯 校字

木活字本 / 合20册 四周單邊 半郭 18.0×13.0cm 有界 10行20字 上白魚尾 ; 25.0×17.5cm.

①筆者參與編纂的《韓國所藏中國漢籍總目》6册(2005，全寅初主編，學古房刊)收録了從近30種古書目録中挑選出的與中國相關的12,500餘種漢籍。“與中國相關的漢籍”是指流傳至韓國的中國版本、在韓國刻印的中國典籍以及由韓國人添加注解的中國典籍加注本。韓國所收藏的大量與中國相關的漢籍中既有從中國流傳來的版本，也有在韓國刻印的中國典籍，此外還有同屬漢字文化圈的日本等其他國家刊行的版本。當然其中也包含有大量的筆寫本和韓國人編纂的收録中國人作品的書籍（韓國本中國詩選集）。雖然這些由韓國人編纂的書籍的編者都是朝鮮人，且又是在朝鮮刻印的，但通過這些書籍可以瞭解到中國詩選集的傳入和刊行情況，而且所收録的内容又都是“中國歷代詩歌”，所以也就將這些書籍也都收録到了本書當中。

序 : 戊午 崔瑆煥

[延世大]

性靈集

崔瑆煥(朝鮮) 編

木活字本 / 哲宗九年(1858) / 20册 四周單邊 半郭 17.4×12.4cm 有界 10行20字 上白魚尾 ; 24.8×15.7cm

序 : 集始於東歸甲寅之歳迚今戊而成集……崔瑆煥

[奎章閣]

性靈集

崔瑆煥(朝鮮) 匯選, 崔圭輯 校

木活字本 / 39卷20册(現存 22卷11册) 四周單邊 半郭 12..7×18.0cm. 有界 10行20字 上白魚尾 ; 25.3×16.3cm

[澗松文庫]

性靈集

崔瑆煥(朝鮮) 匯選, 崔圭輯 校

木活字本(張混字)① /[1858]/39卷20册 四周單邊 半郭 17.4×12..4cm. 有界 10行20字 上白魚尾; 25.4×15.9cm.

[嶺南大]

①和張混一起常被提到的就是“張混字”。“張混字”一詞最初由尹炳泰提出。尹炳泰以前，金斗鐘曾將此活字命名爲“小型筆書體木活字”。朝鮮時代的活字大都以活字被創制出來的那一年的干支爲名，如癸未字、庚子字、甲寅字等。之后也以活字字本书寫人的名字来命名。尹炳泰將此活字稱之爲“張混字”是因爲張混收藏過該活字。但是没有任何史料可以證明該活字是由張混創制的。據稱1813年用“張混字”刊行的金光益詩集《伴圃遺稿》中記載有這樣一句話：“‘癸酉(1813年)孟秋，活藏於家。”該書是由金光益之子金載明出版刊行的，這也就是説當時活字應該由金載明所藏，而非張混。金載明也是委巷人。如果他是活字的主人的話，那麽也就是説他用自已的活字印刷了張混編纂的書。金載明和張混曾互通詩文，有過交往。那麽這些活字最初是由誰創制的呢？這些活字和《御定奎章全韻》的小字版字體很相似，《日省録》等文獻記録中記載這本書的書寫者是正祖時的寫字官金明藝。將用張混字刊行的書籍和《御定奎章全韻》中的幾個文字進行比較，發現兩者一致。也就是説，這些活字是以李明藝的字體爲藍本製作而成，並由金載明收藏。若應以活字字本書寫者的名字來爲活字命名的話，那麽顯然張混字這個命名是有誤的。(朴徹庠,《張混的出版活動和張混字》，《文獻與解釋》，2006，再引)

性靈集

崔瑆煥(朝鮮) 匯選

木活字本/ 20册 四周單邊 半郭 17.5 ×12.3cm, 有界 10行20字 上白魚尾；25.3×16.2cm

[高麗大]

性靈集

崔瑆煥(朝鮮) 匯選

木活字本/11册 四周單邊 半郭 17.4×12.3cm. 有界 10行20字, 上白魚尾；25.0×16.0cm.

[啟明大]

性靈集

崔瑆煥(朝鮮) 匯選

寫本/哲宗9年(1858) /39卷

[翠菴文庫]

性靈集

寫本 / [刊年未詳] / 1册 無界 11行20字 無魚尾; 34.3×20.6cm

[雅丹文庫]

性靈集 摘句

寫本 / 1册 四周單邊 半郭 14.0×11.0cm. 有界 8行字數不定 無魚尾；19.0×14.5cm

[筆者所藏]

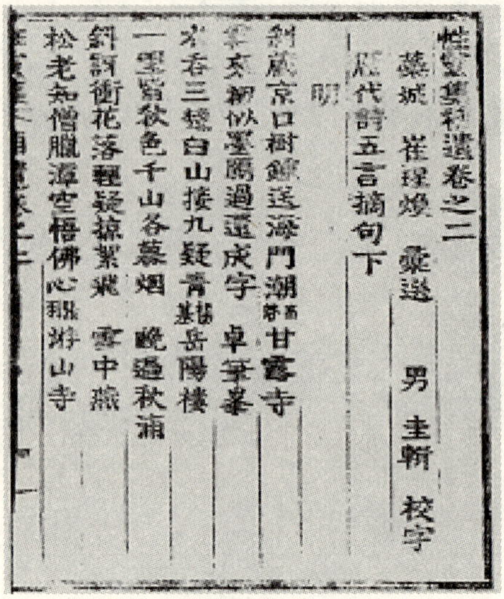

韓國國立中央圖書館，木活字本，第18册 補遺 卷2 書影

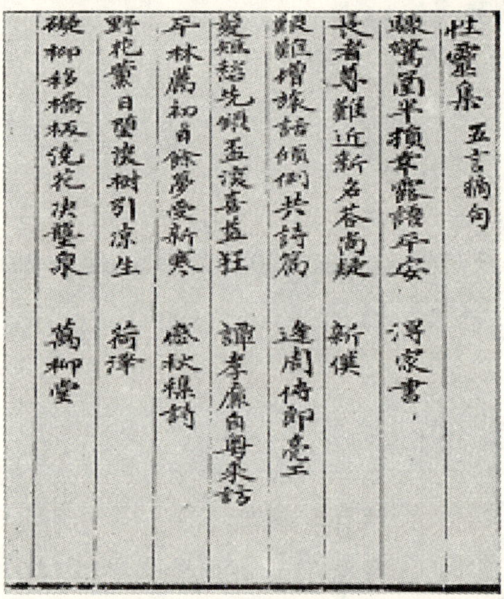

筆者所藏，寫本，1册 卷首面書影

根據上述資料來看，目前存有木活字本和筆寫本兩種版本 。

木活字本主要收藏在韓國國立中央圖書館、奎章閣、高麗大學、延世大學、澗松文庫、嶺南大學、啟明大學。委巷詩人張混(1759–1828)的重大貢獻就是製作木活字將衆多委巷詩人的詩集編輯刊行。這些木活字的寬高分別在12mm及8mm左右，是比較寬平的活字。

其字體爲筆書體，比其他官鑄活字要顯得小而且精美①。前面曾根據朴徹庠的論文引用指出，該活字的字本最初是由李明藝所寫，爲金載明所藏。可能之後又由張混收藏並用於出版。張混過世後，大約在1857年左右，崔瑆煥收藏了這些木活字，並利用它們編輯刊行了委巷詩人們的詩集以及道教方面的書籍。崔瑆煥收藏這些木活字的具體年代無從查考。只能從1857年春刊行的張之琬文集《斐然箱抄》中收録的崔瑆煥的序文中了解到，崔瑆煥是在收藏了這些木活字後才刊行這本文集的。第二年1858年編纂的《性靈集》也是用這些木活字印刷的。

筆寫本主要有翠菴文庫本(完帙）、雅丹文庫本(宋、金、元詩 1册)以及筆者個人所藏本(摘句1册)。此外還有以《歷代名媛詩》、《摘句詩》等爲名的藏本。

從上述藏本的卷數來看，既有完帙本(20册；韓國國立中央圖書館、延世大學、奎章閣、高麗大學、嶺南大學、翠菴文庫)，也有零本(啟明大學11册、澗松文庫11册、雅丹文庫1册、筆者所藏1册)。

20册完帙本的卷次基本一致，只有延世大學本略有不同。韓國國立中央圖書館等藏本的第15–17册爲續集，18–19册爲補遺。而延世大學藏本卻是第15–16册爲補遺，第17–19册爲續集。

（2）编纂体系及其特点

《性靈集》是崔瑆煥辭官後從42歲起開始編纂，歷經4年於其46歲(1858年，哲宗九年)②時刊行的中國歷代詩選集，共有39卷20册，1216張。其子崔圭輯負責了該詩選集的校正工作。以爲編者崔瑆煥編纂此詩選集時主要以“性靈”爲標準，所以便將其命名爲“性靈集”。該詩選集以時代、詩體爲序收録了漢魏至清的詩歌。其具體的編纂體系如下：

> 1集 卷{1~3} 漢魏六朝詩：五古，七古，五絶，五律，五排，七律，六絶，七絶；2集 卷{1~6} 三唐五代詩：五古，七古，五律，七律，五絶,七絶，五排，七排，六絶；3集 卷{1~6} 宋金元詩：五古，七古，五律，七律，五絶，七絶，五排 七排，六絶；4集 卷{1~6} 明詩：五古，七古，五律，七律，五絶，七絶，五排，七排，六絶；5集 卷{1~6} 清詩：五古，七古，五律，七律，五絶，七絶，五排，七排，六絶；續集 卷{1~6}名媛詩：五古，七古，五律，七律，五絶，七絶，五排，七排，六絶；補遺 卷{1~4} 歷代句：五言摘句，七言摘句；續集補遺 卷{1~2} 名媛句：五言摘句，七言摘句。

①尹炳泰：《朝鮮後期的活字和書》，339頁 (凡友社，1992)。

②序言結尾處的“集始於東歸甲寅之歲，迄今戊午而成集”這句話是唯一表明該詩集年代的記録。崔瑆煥是高宗時期的著名詩人，以此可以判斷這裏所説的“戊午年”可能指的是1858年(也有人認爲是1918年)。

《性靈集》收録了漢魏至清1200多年的詩歌，數量龐大，但其體系卻不失井然。本集5集以時代爲序，第1集含第1–2册，分3卷收録了漢魏南北朝的詩歌；第2集含第3–5册，分6卷收録了唐五代時期的詩歌；第3集含第6–8册，分6卷收録了宋、金、元時期的詩歌；第4集含第9–11册，分6卷收録了明代的詩歌；第5集含第12–14册，分6卷收録清代的詩歌。各集卷首均有目録，且均按照五古、七古、五律(附：五言排律)、七律、五絶(附：六言絶句)、七絶等詩體分類。續集中收録的是女流詩人的"名媛詩"，共6卷，也按照詩體將詩歌作了分類。補遺爲4卷，收録的是歷代句，分爲五言摘句上下、七言摘句上下。續集補遺收録的是歷代名媛摘句詩，共2卷，也分爲五言摘句和七言摘句，且每個摘句下麵都有對該詩句的題目和作者的介紹。

此詩選集的凡例中所體現的編纂體系及其特點如下：

第一，詩選集囊括了漢魏至清幾乎所有時代的作品。編者崔瑆焕儘量均等地收録了長達1200多年的各年代的詩歌，但還是相對多收録了一些自己所在時代的詩歌。另外，詩選集中没有收録先秦以前的古逸詩，只收録了五言、七言，編者稱長短句、三言、四言爲古逸而没有將其收録。將先秦以前時期的詩歌排除在外，這意味著編者是想要繼承中國最高水準的詩歌選集《詩經》，將其以後時代的作品收録編輯成册。這也可以説是自《詩經》以後第一次將各個時期的作品加以概括整理。所以，該詩選集裏没有選録《詩經》體作品，而只收録了漢魏以後的詩體(五言詩和七言詩），三言詩或四言詩等詩歌被視爲是先秦以前的詩歌形式而被排除在外。簡言之，《性靈集》是編者崔瑆焕按照始終如一的選取標準對《詩經》以後至作者所在時代期間所出現的大量中國詩歌作品進行篩選後編纂而成的詩選集。

像這樣的嘗試，清代的袁枚也曾爲之。袁枚曾就選詩的方法做過如此談論：

> 選詩如用人才，門户須寬，採取須嚴。能知派别之所由，則自然寬矣；能知精彩之所在，則自然嚴矣。余論詩似寬實嚴。①

袁枚將選詩比喻爲録用人才。録用人才可有兩種方法，一是注重派系和門户，一是不注重派系和門户而均等録用。袁枚贊同後一種方法。袁枚所在的年代很流行根據各門户派别編寫有體系的精華録取的這種選詩方式。舉例來説，這種方法不是像《唐賢三昧集》、《唐人萬首絶句選》、《古詩源》、《唐詩别裁》等那樣按照時代和淵源來選録詩歌，而是爲體現性靈説的基本理念而"博取"包括無名士在内的所有人的詩歌。這種方式所選録的

①袁枚：《隨園詩話》卷7–32，王英志 校點，鳳凰出版社，2000。

詩歌大部分都是袁枚所生活的清代中期的詩歌，也包括《詩經》、漢之樂府、唐之李白、杜甫、韓愈、白居易以及宋之蘇軾、黄庭堅、楊萬里、陸游和明之前後七子等的詩歌。只要是有助於闡明自己詩學理論的作品，不分年代，均選以録之。

第二，詩選集以時代爲序將詩歌分别收録在1至5集中。如漢魏南北朝時代的作品收録在1集，三唐五代的作品在2集，宋金元時代的作品在3集，明代的作品在4集，清代的作品在5集。所以一集當中有可能收録有多個王朝時代的作品，也有可能只收録一個時代的作品。1–5集以外還另有收録歷代名媛詩歌作品的續集補遺，但這裏不以時代王朝爲序。

需要特别指出的是，摘句詩[①]本是清代袁枚《隨園詩話》中所採用的方式。袁枚在詩話内選録5千餘首的詩歌，一方面是想用之來闡明自己的性靈詩論，另一方面則是希望此詩話也可作爲一本詩選集。詩話中共有2003個條目，而其中的1820個條目收録的全部都是詩歌。一般每個條目裏收録有兩至三首詩歌或佳句，且多是無名人士的作品。下面這段文章體現了袁枚對全詩和摘句的看法。

> 詩有有篇無句者，通首清老，一氣渾成，却無佳句令人傳誦；有有句無篇者，一首之中，非無可傳之句，而通體不稱，難入作家之選。二者一欠天分，一欠工夫；必也有篇有句，方稱名手。[②]

袁枚認爲，全詩雖好，卻無佳句，是爲天賦不足；而全詩不好，卻有佳句，是爲後天努力不足，只有全詩也好又有佳句的詩歌才可列入名家之列。因此，收録於詩話中的詩既有全詩，也有對偶句形式的佳句。

第三，詩選集收録了漢魏南北朝至清代的有名無名詩人的詩歌和歷代名媛的詩歌，但收録的近體詩要多於古詩，這是因爲編者崔瑆焕認爲近體詩更有利於發揮性靈。另外，編者還更多地收録了近於自己所在時代的詩歌，這是因爲他認爲越是離自己近的時代的詩歌越和自己的性靈相近。編者崔瑆焕的這種觀點與將傳統的盛唐詩作爲典範的復古主義儒學者

①其實，“摘句”一詞源自“摘句圖”(王士禎：《池北偶談》卷13，“摘句圖”)。清代的王士禎(1634–1711)很喜歡施閏章(1618–1683)的詩，所以摘録了82句五言律詩，由此便有了“摘句”一詞。受王士禎影響的李德懋(1741–1793)也在他的《清脾録》中大量收録了同時期詩人的聯句或摘句。金正喜(1786–1856)也受到這種影响，從翁方綱(1733–1818)詩歌中摘句編纂了《覃詩摘句》。由此可見，崔瑆焕之前在朝鮮已有了摘句的傳統。(金榮鎮：《Berkerey大學Asami文庫所藏‘五家詩摘句’》，《古典與解釋》創刊號[2006]，再引。)

②袁枚：《隨園詩話》卷5–56。

們的觀點成鮮明對比，他只以性靈爲評價詩歌的標準。每集中均按照古詩、律詩、絶句的順序排列，排律和六言絶句則附在其後。另外，越是距己甚遠時代的作品處理得越簡略，而越是離己甚近時代的作品介紹得越爲詳細。依據這種選録原則，所以越到後期時代，以一個王朝的作品獨自成集的居多；而越是之前的時代，則以多個王朝的作品拼合成一集的爲多。

第四，《性靈集》的編纂體系中最爲獨特的一點就是編者故意爲後人留有了餘地，以便於他們可以按照《性靈集》的體系繼續不斷地進行補充。

是集成於五集及續集及補遺及續集補遺而止。後之編詩者，欲嗣是而續成，則當編以六集七集，以至無窮可也。續集之續成者，則當曰再續集三續集，以至無窮亦可也。補遺之續成者，則當曰再補遺三補遺，以至無窮亦可也。續集補遺之續成者，則當曰再續集補遺，三續集補遺，以至無窮亦可也。此是集之所以分作一二三四五集，及續集及補遺及續集補遺也。①

如上所述，《性靈集》大體可分爲兩部分，一是以時代爲序編纂的部分，一是不按時代順序收録名媛詩和摘句詩的部分。1集到5集以時代爲序收録了漢魏南北朝至清代的詩歌，那麽後人就可以接著5集編纂收録之後時代的詩歌作品的6、7集等。收録名媛詩和摘句詩的部分也可如此，繼續編纂再續集、三續集或再補遺、三補遺以及再續集補遺、三續集補遺等。可見，《性靈集》的編纂體系使得此詩選集的編選範圍可以無限制地擴大。《性靈集》的這種方式可謂是史無前例的獨特的編纂方式。

第五，詩選集中只介紹了所收録詩歌的作者的姓名、時代以及理解詩歌作品時所必需的内容，而没有介紹作者的字或官職等。另外，編者崔瑆焕只以是否符合自己的選録標準選詩，而不關注詩人的知名度或身份等。這説明編者崔瑆焕只重視作品本身是否符合自己的嗜好和品味，而不重視作者的知名度、身份、顯貴等這些外在因素。

四、崔瑆焕的性靈論 ——“有我”

本文所考察的崔瑆焕的《性靈集》是一份非常寶貴的資料，因爲通過它可以闡明19世紀朝鮮以委巷詩人爲核心所展開的性靈論究竟視何種作品爲典範這一問題。可以説，像《性靈集》這樣明確標榜不重視外在因素而只關注内在精神層面的主觀性標準、並以周密有序的體系編輯而成的詩集是極爲罕見的。

①崔瑆焕：《性靈集》，“性靈集凡例”（韓國國立中央圖書館藏本）。

《性靈集序》可謂是集中體現了崔瑆煥的文學論，其所論及的最核心問題就是古與今的問題。該如何批判地繼承先前時代的文學遺産，該如何進行整理並使之與當時的創作相接軌、融合，便是《性靈集》編纂時編者所抱有的主要問題意識。

可推測，崔瑆煥是在整理完中國詩文學遺産之後才開始著手整理韓國詩文學遺産的。所留有的《東國雅集》(1册)可爲這一推測提供佐證。也就是説，崔瑆煥並不是只在單純地整理中國詩歌作品，而是想在整理完自中世以來就一直和韓國的詩歌創作活動保持著緊密關聯的中國詩歌創作的情況之後，再對韓國方面的情況加以整理。18世紀後期已經在朝鮮廣泛形成了對主張“詩必盛唐”和“文必秦漢”的復古主義進行批判的潮流。所以文壇也廣泛主張要擺脱先前時代的價值觀和典範，創立新的價值觀和典範。而崔瑆煥也繼承了這種創新主義。下面來具體看一下集中體現了崔瑆煥性靈論的《性靈集序》：

人亦有言，我口所欲言，已言古人口，我手所欲書，已書古人手者也。我何敢開口而著手哉？然而惟是一派性情，則人所以有各自具者，我何嘗與古人異哉？對景而寫，感物而興，亦有所不能自已者。然無奈已經古人之口手矣。腐心嘔血，自以爲工矣，誰知已蹈古人之習氣？窮慮秘搜，自以爲新矣，誰知已被古人之道破？顧何必窮爾慮腐爾心自苦之爲哉？①

“我口所欲言，已言古人口，我手所欲書，已書古人手者也”，該句引自袁枚《隨園詩話 》，是丁珠的詩句。意思是説，我想要説的和寫的都已是古人所説過和寫過的，所以這很難表現我自己的主體精神和個性。

接著崔瑆煥又主張：我根據我的性情喜好什麽和古人根據古人的性情喜好什麽是一樣的，所以詩歌創作和鑒賞中最關鍵的一點就是要看是否“有我”，是否符合我的性情（性靈）：

燈夕花朝，披閱古人卷，有寫景者，有言情者，有正直者，有婉媚者，有俊秀者，有博大者，有玄遠者，有真率者，有鬼怪者，有彫刻者，有奥峭者，有崛强者，有俳諧者，有富豔者，有芬芳悱惻者，有瑰瑋璀瓚者，以至司空表聖所謂二十四品者，萬象畢陳，眩我之心目。然未必皆合於我之性情矣。其或遇我之性相近者，則自然舞蹈之，既而感歎之，繼而恨不爲我之有，中心磈壘者，亦屢日矣。②

先前時代所留下的文學遺産非常豐富，而且形式也多種多樣。從描寫景物的作品到怪

①崔瑆煥：《性靈集》卷1，《性靈集序》（韓國國立中央圖書館藏本）。

②崔瑆煥：《性靈集序》。

異、璀璨的作品，再到司空圖的《二十四詩品》等，先前時代留下了非常豐富的、風格多樣的文學作品。但是，這些作品並非都符合審美主體的性情，並非都足以引起審美感興。也就是説，雖然前代留下了數不勝數的作品，足以讓人們頭昡目暈，但真正符合審美主體性情的作品卻爲數不多。這時所需要的就是進行主體轉移，即以生活在現今時代的我的觀點來重新評價、鑒賞先前時代的作品。以此觀點爲基礎，崔瑆煥又進一步深入提出了“古人的性（情）即是我的性（情）”這一主張：

> 古人之性，即我之性；古人性之所好，即我性之所好。以古人之性道古人之所好，直不過如是也；以我之性道我之所好，亦直不過如是也。是古人之所言者，即我之言也。豈可以不經我口，遂謂之非我之心哉？然則我心之所合者，固我之言也；我心之所不合者，非我之言也。取其所合之言，而以爲我言，則其言之發爲文章者，即亦我之文章也。其誰曰不然？此我《性靈集》之所以撰也。①

我根據我的性情喜好什麽和古人根據古人的性情喜好什麽是一樣的。從這一認識出發，崔瑆煥又進一步指出，以相對的觀點來審視古人的性（情），於其中發現我的性（情），進而將古人的性（情）視之爲我的性（情）。這並不是説要毫無區别地將古今混爲一談，而是强調要憑藉主體精神來自覺發現審視“古”的“我”。

符合我心的話才是我的話，當它被表述成文章時，這文章也就是我的文章。鑒賞、評價作品時關鍵不在於是否進行了作品創作，而在於是否能找到符合我性（情）的作品——不管這作品是自己直接創作的還是别人創作的。只要符合我的性（情），即使是别人的詩文、古人的作品，也不會有什麽問題。所以整理編輯中國歷代詩歌也並不單純只爲整理、介紹前代的作品，而是因爲只要是符合我性（情）的作品就可以成爲我的話、我的文章。

崔瑆煥將《性靈集》的本質概括爲“然則是詩也，雖曰百代之詩，而是集也，宜爲我一人之集也”。他這種“將既是古人詩選集又藴涵有我創作精神的《性靈集》看成是我一人的文集”的看法是一種非常獨特的批評觀。根據他的這種觀點，他所編纂的《性靈集》就是根據他自己的“性（情）”重新創作的自己的“文章”，是他自己的“文集”。這種再創作過程同樣也可以出現在後之編詩者的身上，所以如前面所提到的，崔瑆煥也就是根據這一點採用了以時代王朝爲序的編纂體系。

---

①崔瑆煥：《性靈集序》。

這裏還有一點不可忽略，就是中國歷代詩選集《詩宗》(1810年左右刊行)[①] 和《性靈集》(1858刊行)之間有著彼此共同的詩意識：

詩之言志也，凡觸於物，而感於心，而發爲詩，而所稱豪壯也，沈鬱也，閑澹也，峭奇也，穠麗也，纖致也，千變萬殊，横説竪説，夫莫非臻其妙者，猶松柏草花之各得其天，不可偏廢。[②]

張混在説明《詩宗》編纂凡例的上述引文中指出，詩歌作品的多種風格反映著詩人不同的個性，所以不可以只關注某一特定的風格。張混基本上認爲詩出於“天機”，並强調要尊重每個詩人的個性表達。此外，從“詩是天機出,繁蕪且莫删”[③]、“魏晉以還,業翰墨者,專不專講究義理,率多尋摘章句……鬥一字之巧,較一韻之奇,不但文氣之不古,詩脈亦從以索矣”[④]等這些簡短的言語中也可以看出他很重視詩歌創作中詩人的個性的發揚。張混和崔瑆煥均屬中人層，他們所編纂的詩選集所收録的也都是中國歷代詩歌作品，所以筆者認爲可以説崔瑆煥的《性靈集》繼承發展了前一時代張混《詩宗》天機論的詩意識。

五、結論

編纂動機甚爲獨特的《性靈集》具有著與以往詩選集所不同的特點，這也是闡明崔瑆煥文學論的重要依據。

本文從五個方面分析了《性靈集》的編纂體系和特點。第一，詩選集囊括了漢魏至清幾乎所有時代的作品。第二，1–5集以時代、王朝爲序收録詩歌，而收録歷代名媛詩歌作品的續集補遺篇則不考慮時代王朝之序。第三，詩選集收録了漢魏南北朝至清代的有名無名詩人的詩歌和歷代名媛的詩歌，但收録的近體詩要多於古詩，此外還更多地收録了近於編者所在時代的詩歌。第四，《性靈集》的編纂體系中最爲獨特的一點就是編者故意爲後人留有餘地，以便於他們可以按照《性靈集》的體系繼續不斷編纂續集。第五，詩選集中只

①張混(1759–1828)的《詩宗》是他歷經20多年編纂的一部龐大的中國詩選集，共24卷13册。張混在他的《詩宗儀禮》中明確説明了他的編纂理由。他説，《文選》不能稱爲近體，《詩紀》的選取範圍也止于隋朝，而《唐詩品彙》又只收録一個時代的作品，所以爲彌補這些不足，編寫了這本詩選集。該詩選集以時代、詩歌形式爲序收録了自上古時代至明代共1130餘名詩人的作品。

②張混：《詩宗》，《詩宗儀禮》閏集（韓國國立中央圖書館藏本）。

③張混：《而已廣集》卷6，《秋懷雜詠寄衍夫》第15首。

④張混：《而已廣集》卷13，《上尹正言鶴山書》。

介紹了所收録詩歌的作者的姓名、時代以及理解詩歌作品時所必需的内容。

通過上述分析，可以將性靈論的本質内容概括爲“有我”。崔瑆焕認爲，即便自己不作詩，也可以通過性靈來找到古人與自己的匯合點，憑此超越古今，共用詩歌。崔瑆焕正是以這種匯合點爲標準篩選詩歌，編纂了《性靈集》，也正是這種觀點使得這本詩選集具有了與以往詩選集所不同的特點。《性靈集》既是古人詩選集，同時又蘊涵有編者的創作精神。

由於篇幅所限，本文只對凡例和序文進行了分析。有關《性靈集》具體選入了哪些作品以及對這些作品的分析，筆者將在今後的研究中加以闡釋。此外，對《性靈集》木活字本（韓國國立中央圖書館本、奎章閣本等）和筆寫本（嶺南大學本）的完帙本的文字校勘研究，也是一項有待於著手的課題。

泠齋柳得恭的“時調漢譯”與其意義

金允朝

一、序言

近代以前，漢字是在東亞世界普遍使用的一種文字，並且以漢字所寫的漢文文學也是東亞普遍的一種文學樣式。從歷史發展的階段來看，這不僅是東亞，而且整個世界所普遍出現的共同現象，就是東亞的漢字相當於西方的拉丁語。韓國也是至19世紀末期，國文纔代之作爲公用文字，漢字是一直被認爲主要文字。

不過，在韓國文學史上所用的“詩歌”之概念，有些不易解開的矛盾。韓國歷代的主要詩歌有“鄉歌”、“麗謡”、“時調”、“歌辭”，這些國文詩歌與漢文詩歌，即“漢詩”、“詞賦”截然不同。也就是説，對韓國文人來説，中國的漢詩或詞賦不是容易依聲歌唱的樣式，只能作一些吟詠而已。因此，自從新羅開始，韓國也有自己的歌唱文學，新羅鄉歌、高麗歌謡及朝鮮時調與歌辭等就是。韓國古代國文詩歌的形成之因，可以説主要在於歌唱的要求。

那麽，在韓國文學史上，國文詩歌與漢詩文學，如何相互交流而發展的呢？我認爲，通過“國詩的漢譯”這一過程，能夠窺知國詩與漢詩之間相互交流而融合發展的一個面目。也就是説，高麗末期益齋李齊賢的“小樂府”是一個典型的例子，他把麗謡藉以七言絶句來譯成漢詩。當然，比其更早，羅末麗初也曾有把鄉歌譯成的漢詩。

接著益齋，至17世紀，已經出現了時調漢譯詩，一直到19世紀，不斷地發展。據前人研究，朝鮮時代的時調漢譯詩已達到一千多篇①，主要有如下：

①金文基、金明淳：《朝鮮朝 漢譯詩歌의類型的特徵과展开樣相 研究（1）》，《大東漢文學》，第七輯，大邱：大東漢文學會，1995，頁20。

申欽(1556-1628)《放翁詩餘》30首、李民宬（1570-1629)《聞人唱俚歌，韻而詩之》12首、南九萬(1629-1711)《翻方曲》11首、李基休(1650-1710)《短歌》19首、李衡祥(1653-1733)《今俗行用歌曲》55首《浩皤謳》16首、南夏正(1678-1751)《桐巢樂府》9首、南肅寬(1704-1781)《短謡》13首、洪良浩(1724-1802)《青丘短曲》40首、黃胤錫(1729-1791)《古歌新翻》29首《古歌新翻續》14首、金養根(1734-1799)《東調》64首、金載瓚(1746-1827)《時謡》15首、柳得恭(1748-1807) 15首、申緯(1769-1845)《小樂府》40首、權用正(1801-？)《東謳》30首、李裕元(1814-1888)《小樂府》45首、李裕承（1835-？）《續小樂府》10首、元世洵(1864-1906)《續樂府引》17首。

如上所看，時調漢譯在18世紀極其發展。南九萬、柳得恭等主要作家都是18世紀的代表文人。至19世紀，大抵由小樂府作家來承擔漢譯工作。大概而論，朝鮮時代的時調漢譯詩有兩個主要特點，第一、就其形式上來看，19世紀的漢譯詩以七言絶句爲主，而其以前都是藉以雜言、古詩的形式來翻譯，相對來說，五言絶句是非常罕見。並且，“時調”是六句的定型詩歌，其譯詩大概歸納爲兩種，是四句近體或者六句古體，即六句古體的譯詩是著重於時調本身的形式，而四句近體的譯詩是著重於漢詩的主要形式。第二、在内容方面來看，17世紀以山水自然、道德啟蒙爲主，而後來逐漸發展變化爲愛情、離别等比較生動活潑的内容。

我很久以來一直研究泠齋柳得恭的文學世界。目前，我比較關注柳得恭《古芸堂筆記》[①]一書之中，重新發現了兩種新的版本，即已有影印出版的兩個版本：一是韓國國立中央圖書館所藏本，一是日本天理大學圖書館所藏本，另外，還有兩本分别藏在於美國柏克萊加州大學東亞圖書館、日本天理大學韓國朝鮮學系裏面。特别，日本天理大學韓國朝鮮學系所藏本《古芸堂筆記》記録了柳得恭所翻譯的時調漢譯詩15首，它不僅是别有獨創，也是在朝鮮後期的時調漢譯上，頗有價值。因此，下文擬談這15首的時調漢譯詩的主要特徵與其意義。

①一共六卷三册。分别藏於美國柏克萊加州大學圖書館（第一册殘本兩種）、韓國國立中央圖書館（第二册）、日本天理圖書館（第三册）。另外，韓國奎章閣也藏有第三册謄寫本（20世紀初版本），日本天理大學韓國朝鮮學系也有兩種版本。根據第二、三册筆體，可能是柳得恭親筆寫本。有關詳細的内容，參見金允朝：《〈古芸堂筆记〉異本에 关한 研究》，《大東漢文學》第26輯，大邱：大東漢文學會，2007，6。

二、泠齋的時調漢譯之背景與其理論

日本天理大學韓國朝鮮學系所藏本《古芸堂筆記》“第一則”泠齋有如下一段話：

> “詩以六經三史爲根本”
>
> 詩非讀漢魏六朝唐宋金元明詩而後可能也。以六經三史爲根本，稗官齊諧爲府庫，本艸書畫金石鼎彝爲羽翼，然後可能，而性之清濁，才高之下，又可論。夫詩也者，集字成句，集句成篇，不復解散，流傳千古，感發悱惻，有益於性情，然後始謂之詩。不然則徒費紙墨，不須學，世間許多好事可學。或曰：“三百篇作者，何必盡讀書哉？”余曰：“三百篇雅頌，率皆朝廷士大夫之作，不可謂之不讀書人也。其十三國風，多出於民間，此如後世之歌謡詞曲，不必讀書而後可能也。”雖以我東之歌言之，皆思婦蕩子閭巷鄙俚之詞，而聽之令人感發，無板本而至今傳，勝於朝刻暮朽之詩集遠矣。君欲爲可傳之道，勿作詩而作歌可也。我東人元不易爲詩，略解華語，有極妙處，大有益於七絶。然則傳奇又不可不看，老乞大、朴通事，又不可不讀，中國又不可不一二番往來。

柳得恭認爲詩並不是模擬前人，而作詩的關鍵在於獨創，但獨創之秘，於以讀書爲本。因此，不僅是六經、三史，而且必須要讀本艸、書畫、金石、鼎彝之類。但是，不管如何，對於朝鮮人來説，創作漢詩，並不是容易，因此，柳得恭提出一個方法，就是“略解華語”，所以，他説不可不讀傳奇與老乞大、朴通事，又不可不去中國一兩次。

自18世紀開始，朝鮮與清朝兩國文人之間的交流，確實很頻繁。並且，燕行的體會，給予朝鮮文壇以新鮮的影響。譬如，燕岩朴趾源（1737–1805）有一次燕行時，隨身帶去友人羅傑的幾篇漢詩，清代文人奇豐額見之曰：“固多名句，而間不成律。”燕岩對此云：“蓋吾東音韻，或與華音相異，故間有不合於律者耳。”[①]

不過，朝鮮文人對於時調文學也有不少的關心，柳得恭也是早已特別關注國詩與漢詩的不同風格與其價值，因此，他曾編撰有《三韓詩紀》。不過，柳得恭的時調學習，可以説師從先祖柳自新（1533–1612）。柳得恭在《先府君墓誌》特意詳細紀録自新的事蹟，由此可説，泠齋不會不知先祖所留下的時調作品。還有，兹比較值得注意的是，對於時調，比較熱心關注的朝鮮文人，主要是“北學派”人物，有李書九、朴明源、金用謙等，也是包括柳得恭在内。但其中，有關時調漢譯的資料，只有現存柳得恭所作的15首。因此，這些漢譯詩，不僅是對於柳得恭的文學研究，而且對於“北學派”的文學研究，也會提供實證的價

①《熱河日記·避暑録》。

值。也就是説，下面所引用的柳得恭之一段評論，與“北學派”的文學觀念，並無大相徑庭：

> “東人之歌”
>
> 屈平楚人，不作風雅，作《九歌》。東人填詞者，甚可笑，依其字句，效其平仄曰：“此《如夢令》也，此《滿庭芳》”，適足見其陋而已。東人之歌，即東人之詞也。其或出於士大夫之口者，援引前事，剽襲古詩，反不如街童巷婦之純以俚語，道其性情之爲可喜。余不能多記，翻其十餘首，略以意點綴而韻之，使東人見之，知此爲東人之詞，而不復作《如夢令》、《滿庭芳》也。

三、泠齋的漢譯詩與其元時調

泠齋的時調漢譯詩共有15首，但是，“其二”、“其三”的漢譯詩的元時調[①]已經散失，如今無法知道。因此，目前我們能所看到的元時調只有13首。依據《古芸堂筆記》所録的記載，泠齋所漢譯的元時調都分別記載於如下的“時調集”：

其一：《青六》

其四：《青珍》《海一》《詩歌》《青嘉》《青六》

其五：《青珍》《海一》《詩歌》《青嘉》

其六：《青珍》《詩歌》《青嘉》《青詠》《青淵》《青六》

其七：《青珍》《海一》《詩歌》《青詠》《青淵》《青六》

其八：《青嘉》《青詠》《青淵》《青六》

其九：《海一》《青六》

其十：《海一》《詩歌》《青嘉》《青詠》《青淵》《青六》

其十一：《青珍》《詩歌》《青嘉》《古今》《青六》

其十二：《青珍》《海一》《詩歌》《青嘉》《青詠》《青淵》《青六》

其十三：《海一》《詩歌》《青嘉》《青詠》《青淵》《青六》

其十四：《青珍》《海一》《詩歌》《青嘉》《青詠》《青淵》《青六》

其十五：《青珍》《海一》《诗歌》《青嘉》《青詠》《青六》

① “元時調”：所漢譯的原來時調之義。

如上所看，各本時調集所收録情況；《青珍》：8首、《海一》：9首、《青嘉》：10 首、《青詠》：8首、《青淵》：7首、《青六》：12首。《古芸堂筆記》見泠齋自己所標的編號。另外，這些元時調也有記載於《屏窩歌曲集》（有13首）、周氏本《海東歌謡》（有1首），朴氏本與一石本《海東歌謡》（各有9首）等。

那麽，下面主要介紹一下泠齋漢譯詩與其元時調，然後要深刻地考慮泠齋漢譯詩的主要特徵與其韓國文學史上的意義。爲了方便起見，按照漢譯詩的篇次，從時調集①把每個元時調抽出來，附於其後，以比較閱讀。

其一：蛺蝶青山去,相隨虎蛺蝶。日暮花間宿,花嗔宿於葉。

나뷔야 청산 가쟈, 범나뷔 너도 가쟈.
가다가 져무러든 곳듸 드러 자고 가쟈.
곳에서 푸 졉 거든 닙헤셔나 고 가쟈.

其二：城上布穀鳥,問爾何故鳴? 梧桐舊葉落,萋萋新葉生。

其三：今日何寥寥,且爲行軍樂。卿去復卿去，城上孤生木。

其四：非二非三生,無四無五身。生借身是夢,游戲在何辰?

人生이 둘가 셋가 이 몸이 네 다섯가
비러온 人生이 에 몸 가지고셔
平生에 사롤 일만 고 언제 놀녀 니.

其五：今日是今日,明日是今日。朝朝復暮暮,今日只是一。

오 이 오 이쇼셔 매일에 오 이쇼셔
졈그지도 새지도 마르시고
새나마 晝夜長常에 오 이 오 이쇼셔

其六：莫踐波底沙,沙纖跡還沈。卿言甚愛我,我何知卿心。

물아래 細가랑모 아모리 밟다 발 최 나며
님이 날을 아모만 괸 들 내아옵더냐

①主要参見於沈載完：《定本時調大全》，首爾：一潮閣，1984。

님의 情을 狂風에 지부친 沙工 치 기픠를 몰나 노라.

其七: 滄波汎汎鳥,汎汎鴛與鴦。莫言知深淺,深淺誠難量。

萬頃滄波之水에 둥둥 는 불약금이 게오리들과 비솔금셩증경이 동당강상너시 두루미드라

너 는 물 기픠를 알고 둥 는 모로고 둥 는

우리도 의 님 거러두고 기픠를 몰나 노라.

其八: 魚入我池中,可憐誰驅汝? 魚言無人驅,一來不復去。

압못세 든 고기드라 네 와 든다 뉘 너를 모라다가 너커늘 든다

北海淸沼를 어듸 두고 이 못세 와 든다

들고도 못나 情이야 네오내오 다르냐.

其九: 綠陰芳草谷,有一端坐鶯。可憐聲相似,似我佳人聲 。

綠陰芳草 우거진 골에 꾀꼬리㗒 우는 져 리 야

네 소 어엿 다 마치 님의 소 도 틀시고

아마도 너 잇고 님 겨시면 아모긘 줄 몰 라.

其十: 屛間缺齒貓,相對小香鼠。人言貓狡獪,蹲蹲思捕汝。

屛風에 압니 근동 부러진 괴 그리고 그 괴 알 됴고만 麝香쥐를 그려시니

고 요 괴 부론 양 야 그림에 쥐를 믈냐고 좃니 고나

우리도 새님 거러두고 좃니러 볼가 노라.

其十一: 此身化爲鵑,梨花深處藏。夜半苦苦叫,必能斷君腸。

이몸이 싀여져셔 졉동새 넉시 되야

梨花 퓐 가지 속닙헤 혓다가

밤中만 하져 우러 님의 귀에 들니리라.

其十二: 荳田烏犢子,打打不知去。休踢衾底郎,今夜去何處?

콩밧 드러 콩닙 더 먹는 감은 암소 아무리 츤들 그 콩닙 두고 제 어듸 가며

니불 아 든 님을 발로 툭 박차 미젹미젹 며 어서 나가소 들 이 아닌 밤에 날

바리고 제 어듸로 가리.

　　아마도　호고 못니즐슨 님이신가　노라。

其十三：纏情復纏情，一擔上高嶺。寧爲情壓死，棄之本不肯。

　　랑을　얽동혀 뒤 설머지고

　　泰山峻嶺을 허위허위 넘어갈제 그 모른 벗님네는 그만　야 리고 가라　건마

　　가다가 자즐녀 죽을만졍 나 아니 바리고 갈가　노라.

其十四：別後當相思，相思詎無病？病者所不活，莫如今夜竟。

　　오늘도 져무러지게 져믈면은 새리로다 새면 이 님 가리로다

　　　가면 못 보려니 못 보면 그리려니 그리면 病들려니 病곳 들면 못 살리로다

　　病드러 못살 줄 알면 자고 간들 엇더리.

其十五：今夜與君歡，君歸問何時？畫屏雄黃鷄，鼓翼唱咿咿。

　　노　노　每樣長息 노　밤도 놀고 낫도 놀

　　壁上에 그린 鷄 숫닭이 홰홰쳐 우도록 노　노

　　人生이 아츰이슬이니 아니놀고 어이리.

即使主要參見於《定本時調大全》，但各個時調的版本比較，讓我們可以知道泠齋自己所依據的版本，例如，就拿“其四”、“其十二”而言，通過各種時調集所記載的元時調比較，我們能推知柳得恭是依據《海東歌謠》來翻譯。時調各種版本比較，並不是本文的主要內容，玆不贅述，全略不談。

四、泠齋“時調漢譯”之主要特徵

泠齋時調漢譯詩的主要特徵歸納爲六個方面如下：

第一、十五篇均爲五言絶句。時調漢譯大概以雜言爲主，即使有五言，但一般都是六句古詩的形式。僅據洪良浩的《青丘短曲》四十首中，全爲長短句的六句，而五言四句只有一首。

第二、詩意的表現非常整齊。15首都爲2–3式的句子。還有，一次也不用虛詞。而且，他要把元時調的原意，都生動地描繪出來，令人感到元時調的原味。

第三、15首均爲古絶或者樂府絶。雖然五言絶句，但這並不是近體律絶。首先看一下押韻的情況：

	韻字	韻目		韻字	韻目
第一	蝶，葉	平聲 葉	第九	鶯，聲	平聲 庚
第二	鳴，生	平聲 庚	第十	鼠，汝	上聲 語
第三	樂，木	入聲 覺 入聲 屋	第十一	藏，腸	平聲 陽
第四	身，辰	平聲 真 去聲 寘	第十二	去，處	去聲 御
第五	日，日，一	入聲 質	第十三	嶺，肯	上聲 梗 上聲 迥
第六	沈，心	平聲 灰 平聲 侵	第十四	病，更	上聲 敬
第七	鴦，量	平聲 陽	第十五	時，咿	平聲 支
第八	汝，去	上聲 語 去聲 御			

由此可見，泠齋的漢譯詩一般以仄聲爲押韻，平聲押韻只有五篇："其二"、"其七"、"其九"、"其十一"、"其十五"。並且，"其四"、"其八"是换韻的例子，"其三"、"其六"和"其十三"都是韻目不同。由此可見，他的漢譯詩不是近體詩。

還有，近體詩律絶有平起與仄起的區分，也需要有一定的格律。但是泠齋的漢譯詩15首中，一次也不遵守這些規則。先看第二、第九：

第二：

城上布穀鳥　○●●●●
問爾何故鳴　●●○●○
梧桐舊葉落　○○●●●
萋萋新葉生　●●○●○

第九：

緑陰芳草谷　●○○●●
有一端坐鶯　●●○●○
可憐聲相似　●○○○●
似我佳人聲　●●○●○
（○：平聲，●：仄聲）

由此可見，此兩首都不遵守"二四不同"的近體詩規則。再看第一：

第一：

蛺蝶青山去 ●●○○●
相隨虎蛺蝶 ○○●●●
日暮花間宿 ●●○○●
花嗔宿於葉 ○○●○●

這首譯詩也不合近體的諸種規則。

那麽，泠齋爲何不遵律絶的規則呢？尤其，他是一個精通漢詩的文人。如上所看，柳得恭在《海東之歌》一文中，已經説過："略以意點綴而韻之"，因此，海東文人都看見泠齋漢譯詩説："知此爲東人之詞，而不復作《如夢令》、《滿庭芳》也。"也就是説，朝鮮時代的時調相當於中國的詞，但詞與近體詩的律格並不一樣，因此，他在時調漢譯上，可能不在乎近體的規則，藉樂府或者古絶來作翻譯的吧。

第四、他有元時調未詳的漢譯詩。朝鮮時代的時調漢譯，一般都是以退溪、栗谷，或者松江、黄真伊等的著名作品來作翻譯，柳得恭卻有兩首元時調未詳的漢譯詩。究其原因，這兩首可能是當時新流行的時調，只不過不記載於現存時調集而已。更何況，"其二"、"其三"漢譯詩所出現"城"的詞語，在朝鮮時調作品上，是非常罕見的。而且他已經多采取了比較晚出的"辭説時調"。

第五、當代流行時調來翻譯。因此，他不取退溪、松江等所作的著名作品，反而比較多地選取了朝鮮後期才産生的"辭説時調"。即他所漢譯的元時調當中，除了"其二"、"其三"之外，"平時調"只有四篇："其一"、"其四"、"其五"、"其十一"，反而"辭説時調"共有九篇："其六"、"其七"、"其八"、"其九"、"其十"、"其十二"、"其十三"、"其十四"、"其十五"。

第六、這十五篇都是一個同樣的愛情主題。雖然，有些地方會産生異見，但依我看來，這是一部愛情之歌，越來越描繪得比較濃厚，令人津津有味。

另外，他特意多用"人稱代詞"，也多用比喻，成功地描繪出來元時調的獨特風格。

五、小結

柳得恭之前的時調漢譯主要以山水自然爲主的内容，而至19世紀，逐漸發展變爲以愛情、離别等爲主的各樣各色内容。由此可見，在朝鮮時代的時調漢譯史上，柳得恭有重要的位置，他不僅是比較完整地體現出了五言絶句的漢詩風格，而且，他已經打破了清一色的内容，展開了内容範圍。這可以説他所提倡的“東國之詞，即東國之歌”之詩文觀念所産生的一種創作實踐。茲再值得一提醒的是，泠齋這些時調漢譯詩與他的漢詩風格，一脈相通，全然一樣。這就是泠齋時調漢譯的主要意義所在。

（朴貞淑譯）

韓國漢文笑話集《破睡椎》初探

王國良

一、引言

15世紀末16世紀初，韓國文學史上出現了第一批漢文笑話集，像徐居正（1420–1488）《太平閑話滑稽傳》、姜希孟（1424–1483）《村談解頤》、宋世琳（1479–1519）《禦眠楯》等，前後相繼，蔚然成風。17、18世紀，則有成汝學（1563–1630？）《續禦眠楯》、洪萬宗（1643–1725）《蓂葉志諧》、佚名《笑囊》、佚名《利野耆册》、副墨子《破睡録》、張漢宗（1768–1815）《禦睡新話》等傳世。19世紀以來，仍陸續有佚名《陳談録》、《醒睡稗説》、《奇聞》、《攪睡雜史》、《破睡椎》等撰出，並流傳至今[①]。

在編纂年代可能晚至19世紀中葉的《破睡椎》一書，雖未收録於1953年韓國民俗學資料刊行會編印《古今笑叢》第一輯，目前卻有數種抄寫本收藏於韓、日圖書館中，載録的古今笑話約有一百二三十則，與現存的中、韓笑話集也有不少關連，值得加以留意探討。本文即打算從此部作品的文獻學問題、形式特徵、内容概況等方面進行初步探討。由於個人語文能力的限制，臺灣取得相關資料不便，撰稿時間也比較緊迫，文章必然存在不少疏漏及未盡周到之處，尚請與會方家同好提供高見，不吝指教，是所企盼。

①上述笑話書，除了《笑囊》、《利野耆册》、《破睡椎》三種之外，其他十一種並已收録於韓國民俗資料刊行會編《古今笑叢》（漢城：民俗苑，1953年2月）。

二、《破睡椎》的文獻學問題

（一）書名釋義

梁元帝蕭繹（508–544）《金樓子·雜記上》嘗載："有人讀書握卷而輒睡者，梁朝有名士呼書卷爲黄嬭。此蓋見其美神養性如嬭媪也。"①

宋佚名《風土歲時記》謂："唐人呼晝睡爲黄嬭。"②詩人范成大（1126–1193）《不寐》詩云："奏牀不得眠，耿耿到明發。黄嬭共住久，來夢乃其職。睡魔吾故人，曩是不速客。"③更以之爲典實。

到了清康熙年間，揚州石成金（1660–1740？）撰《笑得好》，第二集收録《瞌睡法》一則，其文云：

> 有一乳母哺養小兒，因兒啼哭不肯安睡，乳母無奈，驀然叫："官人快拿本書來！"官人問其何用？應曰："我每常間見官人，一看書便睡著了。"④

石氏在原題下，注云："笑懶讀書的。"可見讀正經書，時間一長，想不打瞌睡還真不容易。其景況，則古今中外皆然。韓國文人學士有見於此，爲破閑醒睡而搜録爲數衆多的俳諧趣話，或雅或俗，或古或今，不分中國、朝鮮所産，滙爲一編，"禦眠"、"禦睡"、"破睡"、"醒睡"、"攪睡"等詞彙，成了既寫實又聳動聽聞的流行語。"破睡椎"一名，顯然意在以笑話之"椎"撞擊那些精神不濟的讀者，"破睡"的效用可立待乎！

（二）版本狀況

《破睡椎》一書目前僅有抄寫本存世，分别藏於韓國首爾國立中央圖書館、高麗大學校圖書館六堂文庫、日本東京静嘉堂文庫，三個文本之間有相同處，也有歧異處，今試依其編纂年代先後〔相關論證詳（四）：編纂年代蠡測〕介紹如下：

---

①梁元帝：《金樓子》（臺北：世界書局，1959年），卷6，葉1B。

②明張自烈：《正字通》女部"嬭"引《風土歲時記》，詳細來源待查。

③參見范成大：《石湖居士詩集》（《四部叢刊初編》本，臺北：商務印書館，1975年），卷1，頁7下。

④石成金：《傳家寶全集·涉世方略·笑得好二集》（北京：北京師範大學出版社，1992年12月），頁407。

1. 韓國中央圖書館本

該館藏書目録編號“古3649. 134”。全書30葉，每半葉十二行，行28至32字上下，審其筆跡當由二人合抄。本書無序跋，未記載抄寫年代。每一則有二字至五字篇題，共有124則。其中，第65則無標題，然内容與第117則《别格風月》全同。因此，本書實際抄録123則笑話。

2. 静嘉堂文庫本

封面“破睡椎”題名下有“金光順”三字，疑爲原收藏主人姓名，其後流散，今藏於日本静嘉堂。1998年1月，韓國國立中央圖書館有複製本，編號“古3649. 199”。全書37葉，每半葉15行，行22字，行中有注語，雙行小字，字數同。本書無序跋，卷末有“歲閼逢困敦黄鍾書”八字，可知抄寫於甲子年十一月，據推測最可能的時間爲朝鮮李太王元年（1864年）。每一則有二字至六字篇題，共有110則，比韓國國立中央圖書館本少了13則，篇題大致相同。不過静嘉堂藏本幾乎每則都有注語暨篇後評論。同時，在第73則《蠅風流》末尾“蚤聞之，驚羡一躍矣”下，注云：“一本云：‘蚤之躍，自此始。’”爲我們留下此編纂注釋者在當時所見傳本不止一種的明確記録。

3. 六堂文庫本

全書有25葉，第1葉爲目次，將收録作品篇目分四段列舉。第2葉起爲正文。目次中載有62個篇題，但在第48則《請吏寫祝》下漏記了《僧换押吏》，實應有63個篇題。卷末附録“古談”，共收録13則笑話。因此，本書實收76則笑話。此書封面内頁有“六堂文庫”印章，第1葉右上角蓋有“亞細亞問題研究所藏書印”。全本字跡一致，應係由一人抄寫完成，但無抄録者及相關年代記述[①]。此書當爲崔南善（六堂，1890–1957）所捐贈。

（三）資料來源

屬於通俗文學一支的笑話集，往往雜採古今排調素材，甚或收録國外相關諧謔故事以成編。《破睡椎》既纂於19世紀中葉前後，當然會吸收朝鮮時期漢文笑話甚或中國笑話資料，又加上編緝者新採録的作品，然後重組問世。本節擬以韓國中央圖書館藏本爲主，參照静嘉堂文庫、六堂文庫本之條次，並羅列與《破睡椎》關係較密切的《陳談録》，以及其他韓國笑話集、中國歷代笑話集所見内容相同或近似的篇目，製成對照表。再者，六堂文庫本的後半部與其他兩本有比較大的歧異，亦另附出處一覽表，提供追尋資料來源的參考。

① 參見前川達哉：《六堂文庫本〈破睡椎〉の特徵》（《朝鮮學報》，180輯，2001年7月），頁132。

一、《破睡椎》主要版本暨作品關係對照表

典據 版本 目次	韓國中央圖書館本	静嘉堂文庫本	高麗大六堂本	陳談録	韓國笑話集	中國歷代笑話集
1	一言一未言	5	1			
2	學靈字	6	2			解愠編・蕫字如寶塔；笑林評下；笑府・訓子；笑林廣記・蕫字塔；一笑
3	相告移舍	7	3			笑府・好静；精選雅笑・遷居；絶纓三笑・時笑・遷居；笑林廣記・浼匠遷居
4	手招罪人	8	4			
5	掩目避杖	9	5			
6	酒商二葉錢	10	6		破睡録・朱五金三	
7	青紅旗	11	7			
8	懸羊脚	12	8			
9	一家四聾	13	9			
10	在喪豬	14	10			
11	暗笑食性	15	11			
12	畏針兒	16	12		破睡録・童子狡詐	
13	泣父之孫	17	13			
14	留女婿	18				
15	八代刑房	19	14			
16	破網巾	20	15			精選雅笑・破網巾
17	新網巾	21	16			應諧録・同病；笑林廣記・賣弄
18	死生書	22	17			
19	雌雄親	23	18			
20	僧浮卵	24	19			
21	假傀儡	25	20			
22	别文字	26	21			
23	喪制將軍	27	22			
24	假神主	28	23			

續表

版本 目次 \ 典據	韓國中央圖書館本	靜嘉堂文庫本	高麗大六堂本	陳談録	韓國笑話集	中國歷代笑話集
25	請借曆書	29	24		攪睡雜史・因忌父死	笑林評下；笑倒・風水；笑府・風水；浮白主人笑林；絶纓三笑・時笑2風水；笑林廣記・信陰陽
26	留别詩	32	25		禦睡新話・十七字詩；奇聞・文字狼貝	七修類稿・十七字詩；續笑林評；古今譚概・十七字詩
27	南辛問答	30	26			啟顔録
28	識字憂患	34			禦睡新話・痛臀以文；奇聞・文字狼貝	
29	地府辭					
30	推讓放氣	35	27			
31	自歎歌	33	28			
32	曲會翁	36	29			
33	孝道喪制	37	30			
34	甏商九九	101	31		醒睡稗説・瓮筭	解愠編・因夢致爭；雪濤小説・妄心；雅笑・甏筭；絶纓三笑・昔笑・甏筭
35	五脚驢	39	33			
36	饅頭羹	40	34			
37	五霸論	41	35			
38	錢環髻	103				
39	樓船柱檣					
40	蚊獸辭	42				
41	雜技禁虎	102				
42	别人事	43			鍾離葫蘆・性緩	笑府・快揖；（浮白）笑林・快揖；洒洒篇・性緩；時尚笑談・性疾；三笑・時笑・性緩；笑林廣記・作揖；一笑
43	里正貪慾	99				

續表

典據 版本 目次	韓國中央圖書館本	靜嘉堂文庫本	高麗大六堂本	陳談録	韓國笑話集	中國歷代笑話集
44	銘旌書					
45	鼠警吝人	100				
46	華東正韻					
47	萬年桃	70				
48	五畜論				攪睡雜史·豬願就死	
49	溺婦詞	44				
50	文房四友	45				
51	獻酌辱	46				
52	良善盜	48		11		
53	風月郎	71				
54	冠工利口	49		18		
55	畏天威	50				
56	喫西南瓜	51				
57	夢僧辭	52			蓂葉志諧·僧換押吏	應諧録·僧在；解慍編·財酒誤事；笑贊·和尚；笑林評下；笑倒·我何在；笑府·解僧卒；絶纓三笑·時笑·解僧；笑得好·我不見了
58	假張飛	110		36		
59	杖傷神藥	53				
60	小學勸農	54				
61	偷隣鷄	55				
62	以臀問面	56				
63	學弔喪禮	31		46		邯鄲淳笑林；絶纓三笑·昔笑·傖人行弔
64	求婚鋤	57			禦眠楯·齒腕成媒	
65	別格風月	58		8		
66	燧人氏火	60		12		
67	詠雉	61				
68	新世上			13		

續表

典據 版本 目次	韓國中央圖書館本	静嘉堂文庫本	高麗大六堂本	陳談録	韓國笑話集	中國歷代笑話集
69	人粒牛蟻	62				
70	逢獨亂	63				
71	有婦驛卒					
72	文武問答	106		19		
73	瞞盗賊	64		21		
74	神主移安	65			醒睡稗説·抱似狗雛	
75	懸板解	66				
76	大言兒	67				
77	識字山獐	68				
78	肘舞	69				
79	髮字解	72				
80	孫子梨	105		26		
81	拜皮服	4		31		
82	蠅風流	73				醉翁談録·嘲人好色；解愠編·自誇癖性
83	糞計				禦睡新話·文先放糞	
84	牛羊篇	2		33		
85	掃雪詞	3		34		
86	多男多惧	74		43		
87	東西辯	75		38		四書笑·是知也；絶纓三笑·儒笑·是知也
88	舌戰術者	76				
89	頑奴辭	77				
90	懼假虎	107				
91	破寂笑	78			醒睡稗説·終日大笑	
92	主客序	79				
93	割腎序	80				
94	自願刑訊	82				

續表

典據 版本 目次	韓國中央圖書館本	靜嘉堂文庫本	高麗大六堂本	陳談録	韓國笑話集	中國歷代笑話集
95	孫先達傳					
96	舞草琴	83				
97	杏如拳	84				
98	并得妻妾	85			破睡録·原州李氏女	
99	畏世啞	86				
100	衾蚤	87				
101	文字是欠	88				
102	人狗	89				
103	女兒簽丁					
104	詭計	90				
105	網巾商九九	91				
106	玉帝問				鍾離葫蘆·造人	笑府·造人；三笑·時笑·造人
107	鐵環棺				鍾離葫蘆·遺命	精選雅笑·風水；三笑·時笑·遺命
108	爲文王泣				鍾離葫蘆·愁文王	艾子後語·講道；笑林評上；笑府·愁文王；三笑·時笑·愁文王
109	愼戒頑奴	93			鍾離葫蘆·戒馬尾	笑林評下；笑府·守楊芊；三笑·時笑·守楊芊
110	明耐畏寒	94			鍾離葫蘆·怕放屁	續笑林評；三笑·時笑·怕冷；笑林廣記·怕冷
111	貪食犬客	95			鍾離葫蘆·犬客	笑林評上；笑倒；笑府·屬犬；浮白笑林·屬犬；洒洒篇·共席；三笑·時笑·共席；笑林廣記·喜屬犬
112	請遠神	96	36		鍾離葫蘆·請神	笑林評上；笑府·不請客；三笑·時笑·請神；笑林廣記·請神
113	擔負僕	97	37		鍾離葫蘆·擔僕	解慍編·秋蟬；笑林評上；三笑·時笑·擔僕

續表

典據 版本 目次	韓國中央圖書館本	靜嘉堂文庫本	高麗大六堂本	陳談録	韓國笑話集	中國歷代笑話集
114	夢酒悔	98	38		鍾離葫蘆・夢酒	笑府・好飲；三笑・時笑・夢酒；華筵趣樂談笑酒令；笑林廣記・夢美酒
115	竟笑妓詩					
116	鬩雉詞	104				
117	別格風月	58		8		
118	問鐘兒	59		10	鍾離葫蘆・泥鐘	應喈録・寡聞；笑林評下；笑府・醃蛋附；三笑・時笑・醃蛋附
119	奸人曹瞞	109				
120	責夫人	81				
121	爭飯弟					
122	蘿菖菜	38	32			
123	全大風傳	1			蓂葉志諧・長談娶婦	
124	客説	47				

二、六堂文庫本《破睡椎》後半部（第39~63則）暨“古談”13則①出處一覽表

典據 目次		蓂葉志諧	東洋文庫本古今笑叢	韓國其他笑話集	中國歷代笑話集
39	捩杖覆麵	14			
40	説夢餉餅	12			
41	櫨櫃擇婿	5			
42	槌腰燃燭	4			
43	寒食歲拜	23			
44	佯辭指環	29			
45	疑婦無腳	31			笑府・摸腳；絶纓三笑・時笑・摸腳；笑林廣記・捎腳
46	贊郎熟手	32			

①參照前川達哉論文，頁142、154–157。又《古談》所録13則笑話，原無篇題，今據文義新擬。

續表

目次	典據	蓂葉志諧	東洋文庫本古今笑叢	韓國其他笑話集	中國歷代笑話集
47	婦説古談	33			
48	請吏寫祝	42			
49	僧換押吏	18		中央圖書館《破睡椎》57；靜嘉堂文庫本《破睡椎》52	應諧録·僧在；解愠編·財酒誤事；笑贊·和尚；笑林評下；笑倒·我何在；笑府·解僧卒；絶纓三笑·時笑·解僧；笑得好·我不見了
50	厠間讅語	66		攪睡雜史·讅語粧撰	
51	鼓背樂貧		46		
52	願課三中		22		
53	前孔後孔		15	於于野談110	絶纓三笑．時笑．借書
54	右丈都都	76			四書笑·郁郁乎文哉；絶纓三笑·儒笑·郁郁乎文哉
55	呼僧止醎	58			
56	請加四吹	61			
57	對客附頦	22		於于野談109	
58	面印麵器		18	於于野談35	
59	當危猶戲		30		
60	牛皮蒙面	24		破睡録·牛皮蒙面；奇聞·頭皮足納官	
61	荷印衿爵	25			
62	店中奇談				
63	偷銀還主			奇聞·見善回心	
64	古談				
（1）	楊義達			中央圖書館《破睡椎》8；靜嘉堂文庫本《破睡椎》12	
（2）	宰相求乳				
（3）	宗廟令買狗醬				
（4）	武弁佩囊			覺睡録10；破寂録11	
（5）	入弔治喪				

續表

目次 典據		蓂葉志諧	東洋文庫本古今笑叢	韓國其他笑話集	中國歷代笑話集
(6)	宰相性直				
(7)	作詩别妹				
(8)	僧談鷄卵				
(9)	牖户題句				
(10)	推索標紙				
(11)	武倅名題				
(12)	高節度使			雜記古談19	
(13)	别格風月			陳談録8；中央圖書館《破睡椎》65、117；静嘉堂文庫本《破睡椎》58	

（四）編纂年代蠡測

以編纂素樸形態來加以考察，韓國國立中央圖書館藏本《破睡椎》的年代比較早，静嘉堂文庫本次之，六堂文庫本最晚①。其中，韓國國立中央圖書館本所載，有十七則與《陳談録》相同；静嘉堂文庫本，也有十六則相同（《新世上》一則，静嘉堂文庫本未録入）。兩本皆承襲了《陳談録》的部分内容。至於六堂文庫本唯有卷末“古談”最後一則《别格風月》見於《陳談録》而已。前川達哉撰《破睡椎》研究相關論文，曾推定《陳談録》纂成時間爲1811年，静嘉堂本《破睡椎》抄録於“甲子”年，最可能的年代應是1864年，韓國中央圖書館本在此之前，六堂文庫則在其後（19世紀後半以降）②。當然，這只是一種假説，其確實情況仍有待進一步的考索論證。

三、《破睡椎》之形式特徵

目前所見的三種抄寫本《破睡椎》；内容雖然各有出入之處，不過體裁上皆是以筆記體爲主，傳奇體爲輔的形態。細加分别，則韓國國立中央圖書館所藏爲白文本，静嘉堂文庫、六堂文庫所藏者乃加注帶評本。今試舉一二事例，以觀其異同。

①參考前川達哉論文，頁157注（2）、頁161注（32）。

②參照前川達哉論文，頁142、154–157。

（一）韓國中央圖書館本第3則《相告移舍》原文：

士大夫家前有鍮匠家，後有錫匠家。而士大夫聞其匠色等鍛錬磨造之聲，晝夜不撤，心甚苦之。一日，兩匠色來告曰："俺等并皆移舍，故告之耳。"士夫佯驚曰："齟齬甚矣！"仍賜酒食。食訖，問曰："搬往何處，而幸無路遠之歎歟？"鍮匠曰："俺移於錫匠家。"錫匠曰："俺移於鍮匠家矣。"士夫内心雖不勝憤怒，强作喜而答曰："甚幸！甚幸！"俗所謂翠僧之上土也。

（二）靜嘉堂文庫本第7則《告移舍》云：

士大夫家前是鍮匠家，後是錫匠家，士大夫心苦之。一日，兩匠來告曰："俺（音奄，我也）等并皆移舍去，故來告之。"士夫佯驚曰："齬齟甚矣！"仍賜酒食。食訖，問曰："搬往何處，而幸無路遠之歎歟？"鍮匠曰："俺移于錫匠家。"錫匠曰："俺移于鍮匠家。"士夫聞移去之説，幸甚而賜酒食，今聞則相携買。

（評）然而後則士夫家必從容矣。

（三）六堂文庫本第3則《告移舍》云：

士夫家前是鍮匠家，後是錫匠家，士夫心常苦之。一日，兩匠來告曰："俺等皆舍去，故來告之。"士夫佯驚曰："齟齬甚矣！"仍賜酒食。食訖，問曰："搬往何處，而幸無路遠之嘆歟？"鍮匠曰："俺移錫于匠家。"錫匠曰："俺移于鍮匠家。"（注）然而後則士夫家必從容矣。

按：韓國中央圖書館本於故事完結之後，添加了一句"俗所謂翠僧之上土也"，算是感慨評論的意見。靜嘉堂本則在"俺"字下加注，及故事之末加上一段古今人聞移舍後的不同反應描述，而且文字也稍有減損，同時在文後附了一句略帶反諷的評語，"加工"的痕跡十分明顯。六堂文庫本字句與靜嘉堂本最接近，少了"俺"下注語及"士夫聞移去之説……"云云，其"注"則與靜嘉堂本"評"文字完全相同，兩者關係之密切，可以由此闚知一二。

（四）韓國中央圖書館本第122則《蘿葍菜》云：

新郎夜間問新婦曰："夕飯時白片片而味酸者，是何名飯饌也？"新婦曰："蘿葍沈菜也。"曰："今在何處？"曰："在於鼎廚間，白缸是也。"曰："吾當往偷食矣。"即攝衣下廚，以一手納於缸中，滿握一掬而拔之。則缸口甚狹，不得容拳，碍而不出。仍以其樣携之而回來之際，其翁方醉宿於階上矣。新郎誤見其翁額，惟知礎石，即以缸撞於其上。翁乃昏醉朦朧之中，大驚惧怯，握其婿手而高叫曰：“盗賊也！盗賊也！”新婦聞此事狀，跳身出來，而見此無措之狀，即以白狗换握翁手而笑曰：“雖是泥醉之中，不分人狗乎？何握狗足而謂之盗賊耶？”翁曰：“狗何能撞吾額哉？”新郎失魂落膽，未及覓得房門，尚爾抱壁彷徨之際，翁妻亦聞翁叫之急，驚駭出來。見其新郎之繞壁躕躇之狀，怪而問曰：“郎何以抱壁而立耶？”新婦卒然替對曰：“如彼爲之，則賊漢足痛，不能走去云耳。”

（五）静嘉堂文庫本第38則《蘿葍菜》云：

夜新郎問新婦曰：“夕飯時片片白而味酸者，何名盤饌也？”新婦曰：“蘿葍沈菜也。”（猶不知此，新郎可知。）曰：“今在何處?”曰：“在於釜鼎間白缸中也。”曰：“吾當竊喫也。”即攝衣下廚，以一手納于缸中，滿握一掬而出之。則缸口甚狹，不得容拳，礙而不出。仍以其樣携之而來。言不拔其手，而携之其缸也。時其翁醉宿於階上。新郎見其翁額，唯知礎石，而即以缸撞於其上。翁大驚，握其婿手高叫曰：“盗賊也。”（能保其頭。）新婦見其事狀，跳身出來，即以白狗换握翁手，曰：“狗手也。何握狗足而謂之盗賊也？”（新婦之周旋特矣，新郎何顔?）翁曰：“乃狗能撞吾額耶？”猶未醒矣。時新郎失魂，未及覓得房門，尚爾抱壁而有惶忙之際，翁妻聞翁之高叫，驚駭而出來。見新郎之抱壁，怪而問之曰：“汝則何狀？”（言非但翁也，汝亦何故也？）新婦猝然替對曰：“如彼爲之，則賊漢足疼未走云。”（疼，痛也。言抱壁而立者，疼其賊足之方術也。此翼覆新郎之言。）

（評）此女也，周旋新郎則固善，欺誑父母則不可也。曰：“不然。周旋新郎則仁也，欺誑父母則權也。其於勢迫何哉？不得已也，豈有本心而欺之哉？”

（六）六堂文庫本第32則《蘿葍菜》云：

右（有）新郎初日夜問新婦曰：“夕飯時片片白而味酸酸者，何飯饌也？”新婦曰：“此蘿葍沈菜也。”（猶不知此，新郎爲人可知）。曰：“今在何處?”曰：“在釜鼎間白缸中也。”曰：“吾當往竊喫也。”即攝衣下廚，以右手納于缸中，滿握一掬而出之。則缸口甚狹，不得容拳，礙不得出。仍以其樣携之而出。時其翁醉宿於階上。新郎見其翁額，唯知礎石，而即以缸撞於其上。翁大驚，握其婿手，高叫曰：“盗也！盗也！”新婦見其事狀，跳身出來，即以白狗换握翁手，曰：“狗也。何握狗足而謂之盗賊也？”翁曰：“乃狗能撞吾額耶？”猶未醒矣！時新郎失魂，未及覓得房門，尚爾抱壁惶忙之際。

翁妻聞翁之高叫，驚駭而出來。見新郎之抱壁，怪而問之曰："彼則何狀？"新婦猝然替答曰："如彼爲之，則賊漢足疼未走云耳。"（疼，痛也。抱壁而立者，疼其賊足之方術也。此翼覆新郎之言也。）

按：以上三種版本，韓國中央圖書館本文字稍詳；靜嘉堂本、六堂文庫本，字句相似度頗高，又皆有注。不過，靜嘉堂本注文較多，（共有七處，六堂本僅有三處，文字大同小異。）又有評論，對於閱讀了解原作，助益頗大。這是一個新娘子袒護糊塗新郎官的傳奇故事，看似充滿著機智，卻被認爲胳臂往外彎，有失兒女本分了。

四、《破睡椎》内容淺探

目前存世的《破睡椎》三種抄寫本，韓國國立中央圖書館本所收録的124則，比靜嘉堂本110則完足。至於六堂文庫重纂本僅76則[①]，内容與前兩本出入稍多。今日欲探析《破睡椎》，勢必面臨不同文本的問題。在尚未能整理出定本之前，此節僅能先據韓國中央圖書館本進行討論。

已故的臺北中國文化大學姚一葦(1922–1997)教授，在其大作《美的範疇論》第五章"論滑稽"，曾將滑稽的言詞分爲：殘陋、淫褻、機智、幽默、弔詭及諷刺六類[②]。由於淫褻一類在《破睡椎》未出現，因此本文僅就其他五類重行調整，分成：癡愚、魯莽、荒謬、機巧、善辯、諧謔、嘲誚、諷刺八小類，每類先開列其於韓國中央圖書館本所載作品編號(詳上節附表一)，然後再選録一二則笑話予以分析。

（一）癡愚類

人的愚昧笨拙，有時是天生的，但更常見的情況是不明事理，不切實際，甚或迷戀任性所造成。本類作品，依序有：5、6、10、25、26、34、36、46、49、60、62、63、70、75、77、78、85、89、96、101、108、109、114、116、118，共25則。其中，例如：

第25則《請借曆書》原文云：

①金埈亨《〈破睡椎〉的存在狀態》（《古典文學研究》，23輯，2003年），頁267–272，所記録總數僅74則，與前川達哉説法不同。蓋六堂本第72則《有一僧乞糧村家》（《牖户題句》）原係三則故事混而爲一，金氏未能予以離析，遂缺録《推索標紙》、《武倅名題》2則，故而造成落差。

②姚一葦《美的範疇論》（臺北：開明書店，1978年），頁230–238。

翁婿同行，過於危岸。適值岸頹，而翁爲崩岸所壓。婿奔往前村，喘喘急問曰：“曆書何家在否？”村人曰：“緣何事忙覓曆書？”曰：“吾之聘父被壓頹岸，方在死生未分中矣。”村人驚曰：“然則曆書何用？”曰：“不可不動土。未知今日非土王用事之時，故是以覓也。”

按：靜嘉堂文庫本第29則，篇末有評語云：“爲人塞也。雖親父見壓，亦必覓曆，豈獨泛於聘父而不然也？唯一啬夫而已。”六堂文庫本第24則，篇末注（評）曰：“主人聞猶驚，而其婿欲知動土日，塞莫甚焉。”兩種版本的評論者，均對這位女婿的愚昧不知變通，深表無法苟同之意。當然，我們不難發現這個故事原型來自中國。明清笑書，像《笑林評》、《笑府》、《笑倒》、《絶纓三笑》、《笑林廣記》等，或作“風水”，或作“信陰陽”，文字大同小異，堪稱熱門話題。

又第46則《華東正韻》云：

(主)人者性本怪癖，每責其女婢之語音矣。一夜，賊漢偷去穀物。婢子見之，驚懼，疾言曰：“盜賊也！盜賊也！”主人聽其叫聲，嫌其聲音之疾言，即高聲責之曰：“汝之所云‘盜賊’之語音，何其輕短耶？”仍以緩聲諭之曰：“盜賊也。”又解其高低曰：“‘盜’字，去聲；‘賊’字，入聲。如是重長其音可也。汝速持來韻册，吾當考之。”

按：這是一個迂腐的書生的絶妙樣本，卻也間接反映出朝鮮時代韓國士大夫積極閲讀漢籍，努力學習漢語的部分現象。

（二）魯莽類

平日言行輕率莽撞，不只無法漂亮完成任務，獲得掌聲，還有可能因個人的無心之過，造成遺憾。本類作品，計有：4、8、44、61、74、93、98，總共7則。例如：

第8則《懸羊脚》云：

出身求仕人有楊義達者，詣兵判家請謁，傔人入告曰：“楊義達來。”兵判曰：“既來則懸之。”少頃，入朝之路見其在懸，問曰：“何故懸耶？”對曰：“俄者，因分付懸者也。”兵判大笑，即令解之，曰：“吾以謂祭膰肉羊脚，固懸之而欲肴。”若令爲烹，則幾至無罪就烹之境矣。

按：這是一個糊塗兵判搞的烏龍事件。文末兩句，似有輕微自責之意。靜嘉堂文庫本第12則，篇後評語："一時就懸，須勿冤恨。膰肉，生肉也，若令即烹，則無故就烹，危哉！悚哉！"可是明白地譏刺在朝爲官者草菅人命。至於六堂文庫本第64則《古談》之一，所載楊義達誤被懸置事件，文字稍詳，情節也更加曲折，似乎别有所出，或係經由編纂者改撰而成。

（三）荒謬類

比起癡愚、鲁莽更甚，其人言行極端不合情理，造成荒唐錯誤的結果，在本集内，計有：9、15、16、17、42、43、69、78、94、103，共爲10則。例如：

第15則《八代刑房》云：

> 刑房吏告課民訴題詞，中有"串"字而不能書之，回回摇筆，官曰："書'口'字二，穿一畫而下。"刑房依教雙書二"口"字中劃"一"而抽下，字形極怪。官見之，拊掌大笑曰："吾經八道守令，如此字則初見矣。"刑房曰："小人即八代刑房，如此怪形字，亦今始初見。"

按：擔任官吏，卻識字不多，在古今中外也常有所聞。靜嘉堂文庫本第19則、六堂文庫本第14則，對此位"八代刑房"的評語相同，並是"豈不愧哉！"這個故事若被收録到明代馮夢龍（1574–1646）《笑府》，當然會放在"腐流部"，跟那些不學無術的老童生、監生、塾師、教官等合夥了。

（四）機巧類

機敏巧慧本是值得讚美的事，唯一旦被心思狡詐者予以誤用，則難免陷入不受歡迎，令人頭疼的一方。屬於此類的作品，計有：14、18、21、29、32、38、40、65、67、71、72、73、80、83、104、105、117、119，一共18則。例如：

第14則《留女婿》云：

> 人有優游於妻家者，聘父甚苦之。自外而入，見其婿，公然發怒曰："世上多有孟浪人也。"其婿曰："何故？"聘父曰："非汝所知。"其婿强問不已，聘父猶不息怒，曰："同里人之所爲，極甚孟浪矣。汝之久留於吾家，何關於渠輩，而是非紛紜耳！"其婿聽罷，愕然良久，瞋目大言曰："吾正欲明日還歸矣。同里漢之所爲可痛，吾復來，故

欲限三四年，更爲留連而去矣。”

按：翁婿之間的關係，通常不致於弄得太僵太緊張，除非女婿實在不爭氣或欺人太甚。像此個案例，岳父受不了女婿長久的白吃白喝，暗生逐計，反被趁機逆勢操作，揚言久住不歸，只能悔嘆“魔高一丈”了。

又第32則《曲會翁》云：

翁與衆少年方曲會，少年等相議曰：“切肉當如拳如掌，使老人不能喫矣。”衆曰：“諾。”及進盤肉，臠甚大難齧。翁心知少年之計，或含嚼而以示難吞之勢，或舌舐而佯作嘗味之狀，還吐而積置者，巋然成堆。盤肉已盡，衆皆投筯退坐。翁曰：“何不加喫？”衆曰：“吞吐之肉，何可喫也？”翁含笑將其肉裹之，曰：“吾之長日飯饌，足矣！”

按：靜嘉堂文庫第36則、六堂文庫本第29則，篇末評語並曰：“少年乖望，空失一盤之肉；老策成矣，剩得數日之饌矣。”老少雙方相互鬥智，最後大家才發現“薑是老的辣”！

（五）善辯類

能説善道，反應敏捷，固然是一種本領，但在日常生活中，如何用得恰到好處，卻非易事，稍有不慎，可會變成損人不利己了。本集屬於此類者，有12、54、66、95、97、99、100、110、122、123，總計10則。例如：

第12則《畏針兒》原文云：

一人出行，迷其前路。欲問之際，有一小兒坐於田畔。行人問曰：“吾從此路去，可乎？”兒答曰：“去之，可也；不去，亦可也。”行人駭曰：“汝年幾何？”兒曰：“於十除三，於五加二。南斗之儔，北斗之友也。”客曰：“汝居何處？”兒曰：“居於朝鮮。”客曰：“然則居於何村？”兒曰：“住於太叢下。”客佯怒曰：“當賜針矣。”兒曰：“若賜針，則并賜針桶。”客曰：“針桶何爲？”兒曰：“但賜針，則或恐易失。”客瞋目曰：“當割腎食矣。”兒仰視頗久，曰：“非但兒腎，居常必多食壯丁之腎，可知。”客曰：“何以知之？”兒曰：“客之口唇，多塗陰毛，是以知之。”

按：讀此故事，很容易讓人聯想到《世説新語·言語》裏的孔融、鍾毓兄弟、梁國楊氏子等多位早慧的小孩。不過，他們的機伶善於對答，還是比較得體，不像本文中的朝鮮小兒，“幼而能通奸巧”（静嘉堂本第16則評語），難免駭人聽聞矣。

（六）諧謔類

日常生活中，倘若用輕鬆詼諧的語言，進行戲弄揶揄，只要懂得掌握分寸，能製造歡樂愉悦之氣氛而不傷人，實非壞事。本集屬於此類者，有：3、20、22、23、24、37、47、50、51、53、55、56、59、84、91、102、104，總共17則。例如：

第37則《五霸論》云：

諸生方製述工夫，有好辯者適至。諸生笑曰：“於此亦有謔者”。好辯者曰：“五霸在座，何可以弄謔耶？”諸生曰：“何謂五霸？”曰：“不思窮究，但稱題難者，是謂‘題患公’。莫知解題，問之又問者，是謂‘進問公’。方聚精神，張目正心者，是爲‘瞋目公’。專事借作，優游度日者，是爲‘送陽公’。隱匿其稿，不示傍人者，是爲‘草藏王’。此非五霸而何也？”

按：本篇以春秋五霸齊桓公、晉文公、鄭穆公、宋襄公、楚莊王的諧音，從事謔弄，所挖苦者乃這批不學無文的儒生文士，頗具現實意義。

又第56則《喫西南瓜》云：

好謔者與盲人偕往瓜田，買食西瓜。好謔而自吃西瓜，而又以一個南瓜，切出一片，假作啖食之聲，曰：“西瓜尚未向熟，味甚不美也。”仍與之盲人，曰：“第爲嘗之。”盲人信之不疑，受而啖之，口逆還吐，回首蹙額，扣顱閃目曰：“寧食南瓜爲愈也。”

按：《詩經·淇奧》曰：“善戲謔兮，不爲虐兮。”倘若像這篇故事中的“好謔者”，就有些明眼人欺負瞎眼人，不足爲訓了。

（七）嘲誚類

利用語言文詞譏誚對方，似乎是人類的攻擊性本能之一，分寸拿捏得宜，既可突顯自我，又無傷大雅；唯過度放肆，無所節制，則不免要惹火對方，小心爲是。在本集裏屬於此類者，有：1、2、7、11、13、19、22、27、30、31、35、41、45、64、76、79、86、90、92、111、112、115、120、121，總計24則。例如：

第11則《暗笑食性》云:

座中諸人，各言食性。一曰:“恐咳喘，不喫麵。”一曰:“恐冷症，不喫餅。”一曰:“恐口逆，不喫酒。”一曰:“恐滯症，不喫肉。”一人笑而不答。衆曰:“不言食性，何以笑也?”曰:“自笑食性。”衆曰:“君何食性?”曰:“但不食山豬肉。”衆曰:“緣何症，不食?”對曰:“少無忌症，今欲喫之，有豬?”

按:靜嘉堂文庫本第15則、六堂文庫本第11則,“有豬”並作“有諸”。其評(注)語則曰:“飽則當飫烹宰，飢則當不厭糟糠，豈食性之有定?”可謂一語擊中要害。

又第19則《雌雄親》云:

三人逐日同游。其中一人，過數日而來。兩人問曰:“緣何數日不來?”其人以文字答曰:“雄親有疾矣。”兩人捧腹大笑曰:“無識甚矣。雄親之稱，何説也?”其人無聊，曰:“稱母曰雌親，稱父曰雄親，有何欠耶?”兩人又聞“雌親”之説，轉轉呵呵，幾乎腰折。其人又無聊，因即起身而還。後數日復來，恐其嘲笑，不敢即入，盤桓於庭畔。兩人適坐堂上，見其人之來，一時擊膝大笑，指點疾言曰:“雄親來耶?雌親來耶?”

按:故事中的誤言者，顯然將漢語裏的“慈親”弄錯成“雌親”，因此以“雄親”指稱其父親。此固然是不學無識之過失，卻也突顯了韓國士大夫讀漢籍學華語過程的艱辛不易。從這個角度來看，誤言者的兩個朋友對他疾言指責，似乎顯得有些過份了。

(八)諷刺類

人們使用委婉隱晦的語言文字，進行譏刺或規勸，有時是嚴肅的，有時則顯得突梯滑稽。本集屬於此類者，計爲:28、33、39、48、52、57、58、68、81、82、87、88、106、107、113，總共15則。例如:

第48則《五畜論》云:

牛馬鷄犬豬，相論得食之功。牛曰:“春耕秋收，糞田輸薪，皆吾之功，所以得食於人也。”馬曰:“代步涉之難，移貨物之重，皆吾之功，所以得食於人。”鷄曰:“吾能司晨而得食也。”犬曰:“吾能守賊而得食也。”豬垂頭瞬目而若有所思者，良久曰:

“吾則當死水沸而已矣。”

按：佚名《攪睡雜史·豬願就死》一篇，其主角爲牛、狗、鷄、豬，少了馬，而故事以人畜對答的方式呈現，尤覺精彩。它描述“豬蹙首合眼曰：‘吾無可紀之功，只有主人之恩，無事可活，願請殺食。’”似乎也可轉移到人類中的寄生蟲頭上，頗有醒世意味。

又第52則《良善盜》云：

> 群盜會於深密處，以其所偷物財方將分衿之際，其中一物忽無所在。衆皆疑訝曰：“吾儕之中，豈有心志不良，欺人取物之者乎？今方在此之物，忽不知去處，可怪！可怪！”

按：國有國法，行有行規。諷刺的是盜賊居然也談起心志良不良的問題，難怪静嘉堂本第48則之評語要大嘆：“此而爲良，孰不爲良？”又云：“賊中心腹，此之謂也。”

五、結語

韓國一位無名氏在李氏朝鮮憲宗在位（1835–1849）前後，根據中、韓口傳與書承材料所編纂而成的漢文笑話集——《破睡椎》，雖未正式刊印出版，卻在往後數十年間，有了注解評論本以及重編本出現。20世紀以來，韓國的漢文文學進入比較冷清低潮的時期，有不少漢籍未能受到重視收藏，甚至流落海外，不知所終，令人慨嘆。

很幸運的，《破睡椎》不同内容之抄寫本，目前所知仍有三部留存韓、日兩國圖書館。又拜現代科技之賜，我們也有機會看到韓國國立中央圖書館及相關研究人員攝製的複印本，可以直接閲讀與研究。同時，透過日、韓學者辛勤的勞動，發掘比對各種文本，考證推斷其相關文獻問題，讓世人可以大致掌握該書的編纂背景，該作品與其他李朝漢文笑話集、筆記雜録之間的關係①。至於它與中國歷代笑話書的淵源所在，以及所收録作品的深入分析探討，仍然需要更多的學界同好投進精神力氣，開發本書的多面向内涵，並評估其時代意義與價值。

①目前所知相關研究論著，已有前川達哉：《〈破睡椎〉研究》，韓國慶熙大學校碩士論文，2000年；同人：《六堂文庫本〈破睡椎〉の特徵》，《朝鮮學報》，180輯，2001年7月；金埈亨：《〈破睡椎〉的存在狀態》，《古典文學研究》，23輯，2003年。

日本漢籍研究

《文鏡秘府論》卷次考

盧盛江

一

《文鏡秘府論》的卷次有二説：（一），天、地、東、西、南、北；（二），天、地、東、南、西、北。日本小西甚一《文鏡秘府論考·考文篇》的編次用第（一）説，中國周維德校點本、王利器校注本、日本興膳宏譯注本的編次用第（二）説①。

第（一）説的一個根據是《文鏡秘府論》天卷空海自己寫的“序”，其中記述到細目的順序：聲譜，調聲，八種韻，四聲論（天）；十七勢，十四例，六義，十體，八階，六志（地）；二十九種對（東）；文三十種病累，十種疾（西）；論文意（南）；論對屬（北）。恰好符合天、地、東、西、南、北的順序。

這一説的又一根據是《文筆眼心抄》，作爲《文鏡秘府論》的略本，《文筆眼心抄》的内容排列也符合天、地、東、西、南、北的順序：序，調四聲譜，調聲，八種韻（天）；六義，十七勢，十四例，二十七種體，八階，六志（地）；二十九種對，七種言句例（東）；文二十八種病，筆十病，筆二種勢（西）；文筆六體，文筆六失，定位四術，定位四失（南）；句端（北）。

這一説還有研究者提出，從内容看，天地東西南北的卷次比較合理，因爲西卷以上大致是講述詩的外在結構和創作方法，到南卷，則轉到詩的意興的培養，格調的高下以及條理、修辭等一般性要點，而北卷，可以説是一個附録。

其實還有研究者認爲，空海是日本人，日本人的習慣，就是天地東西南北。筆者拜訪

①小西甚一《文鏡秘府論考·考文篇》，大日本雄辯講談社1953年。周維德校點《文鏡秘府論》，人民文學出版社1975年。王利器《文鏡秘府論校注》，中國社會科學出版社1983年。興膳宏《文鏡秘府論譯注》，《弘法大師空海全集》第5卷，日本築摩書房1986年。

小西甚一，曾請教過，問他在寫《文鏡秘府論》時，是怎樣考慮卷次問題的。小西先生説，他當時並没有太多考慮這個問題，因爲日本人的習慣，就是東西南北。

第二説也提出過一些理由。木下良范先生提出[①]，十三經之一的《周禮》，是按照“天官、地官、春官、夏官、秋官、冬官”的順序構成 。這就相當於六合的“天、地、東、南、西、北”。他認爲，儒教的中國，這個順序是絶對的。他實際是認爲，空海是按照中國人的習慣來編排《文鏡秘府論》的卷次的。

木下良范先生還提出，序文的記述和本文的順序不一定一致。他提出兩個根據，一是空海自已的别的著作，就有前面文章記述的内容和後續文章内容順序不一致的情況，比如他的《大日經開題》和《法華經開題》。又一個根據是劉勰《文心雕龍》，也是序文的記述和本文的順序不一致。後來，興膳宏先生也舉出《文心雕龍》爲例證説明這一點。

爲什麼《文鏡秘府論》總序和《文筆眼心抄》要這樣排列？興膳宏先生認爲，《文鏡秘府論》序文可能是基於形式整齊的想法，因此幾種以數位起頭的篇名仍接以西卷同樣形式的篇名。而《文筆眼心抄》則先主要講“文”的技法，後主要講“筆”的技法，因此無法完全等同于《文鏡秘府論》。

興膳宏先生還提出一個根據。他認爲，《文鏡秘府論》東、西二卷都冠有“小序”，卷題“論對”“論病”又以互相呼應的形式命名，而南、北二卷卷題“論文意”“論對屬”各爲三字，也相對應，在編撰形式上也是這樣，東與西，南與北，顯然是各相呼應。興膳宏先生認爲，空海腦海裏也許曾有曼荼羅的構圖，圍繞中央大日如來，順列東、南、西、北四如來，可以説，《文鏡秘府論》是一部置天地於中央，配其他四卷於四邊，在曼荼羅的構圖之上成立起來的書[②]。

二

筆者傾向于第一説。《文鏡秘府論》總序的叙述和《文筆眼心抄》的内容編排當然仍是有力的根據。有序文記述與本文不一致的例子，但恐怕更多的是兩者相一致，何況《文鏡秘府論》是總序和《文筆眼心抄》的順序都一樣。説《文筆眼心抄》要先講“文”的技法，後講“筆”的技法，因此要這樣編排，那爲什麼《文鏡秘府論》就不可以也同樣先講“文”的技法，後講“筆”的技法，象《文筆眼心抄》一樣的順序編排呢？

①木下良范《文鏡秘府論小考——關於卷的配列》，東京大學《印度學佛教學研究》32卷2號，1983年。

②興膳宏《文鏡秘府論譯注》附“解説”。

《周禮》的構成順序似不足以説明問題。因爲《文鏡秘府論》編入的是中國人的東西，但空海自己是日本人，他可以按照中國人的習慣，也可以按照日本人的習慣。

至於曼荼羅的構圖，似無多少聯繫。空海明確講的是“配卷軸於六合”，而不是配卷軸於曼荼羅。從《文鏡秘府論》的内容看，似也看不出天地二卷處於中央的位置，而其他四卷圍繞它而配置展開。從形式上説，空海可能用對稱的方式，也可能用層進方式，用層進的方式可能會更嚴密一些。即使對稱，也可以把對稱的二卷作爲一組放在一起而不是分開。

筆者還認爲，要解決《文鏡秘府論》的卷次問題，最好還應該有傳本上的根據。從傳本看，有不同的卷次編排。

已佚的行願《文鏡秘府論冠注》編爲十五卷[①]，大約是根據《文鏡秘府論》總序“總有一十五種類”那句話。但《文鏡秘府論》原本不當是十五卷，而應該是配六合的六卷，因爲此外没有發現《文鏡秘府論》有任何古寫本是十五卷。《文鏡秘府論冠注》雖然已佚，不能直接看出它的編排次序，但十五卷合於“總序”“總有一十五種類”的話，《文鏡秘府論冠注》的編排順序也應與“總序”這十五種類的排列順序一樣。

維寶《文鏡秘府論箋》編爲十八卷[②]。這也找不到任何根據，《文鏡秘府論箋》的每一卷卷題都有“維寶編輯”的字樣，可以知道所謂十八卷顯然是自編。但從這十八卷看，順序是天、地、東、南、西、北。

其他本子。天海藏本六卷分訂成三册，第一册天、地卷，第二册，東、西卷，第三册，南、北卷。其順序是東西南北。宫内廳本分訂六册，拍照本作了編號，也是東西南北。醍醐寺本天卷裹貼紙有“秘府論天東西南四帖在之……弘治三年九月”字樣，也記著當時的順序。弘治三年爲1555年，時爲室町時代[③]。

傳本自身有順序標記的，有江户時代刻本[④]。這個刻本，不但每卷卷首分别有“文鏡秘府論 天”“文鏡秘府論　地”之類的字樣，而且每卷末分别有“卷一”“卷二”……“卷六”字樣。它的順序是天（卷一）、地（卷二）、東（卷三）、南（卷四）、西（卷五）、北

①山城小野實持院學僧行願（1751—？）的《文鏡秘府論冠注》十五卷已佚，只是《琦玉名家著述目録》有著録。

②維寶《文鏡秘府論箋》作於1736年，有日本高野山持明院藏古鈔本（現藏日本高野山大學圖書館）；《真言宗全書》第41卷版刻本，日本真言宗全書刊行會，1936年。

③《文鏡秘府論》天海藏本，全六卷，藏日本京都延暦寺叡山文庫，抄于江户末期。《文鏡秘府論》宫内廳本，全六卷，藏東京宫内廳書陵部，抄于平安末保延四年（1138）或稍前，有日本東方文化學院1927年影印本公開發行。《文鏡秘府論》醍醐寺甲本，殘天東西南四卷，藏日本京都醍醐寺，抄于平安末鐮倉初。

④《文鏡秘府論》江户刊本，江户寬文、貞享（1661—1684年）間刊。

（卷六）。明治時代翻刻本仍有這個標記。《日本詩話叢書》本天卷末標："按古本此下有卷一終三字今削之後效之"①。所謂古本，當即是江户刻本。中國周維德校點本、王利器校注本的編次所據的也是這個江户刊本。

還有一個本子也有明確的順序標記，這就是高山寺本。關於高山寺本標有明確順序標記的情況，就我所知，中、日兩國學術界都還没見披露過，而情況又比較複雜，需要多説幾句。

高山寺藏《文鏡秘府論》有三種本子②。這幾個本子，爲平安時代最晚是鐮倉時代寫本，屬日本重要文化財，不但中國國内無法看到，即使在日本，非經特别許可，一般也不讓看。收藏這三個本子的拇尾高山寺一年只有三天時間開放一次它的經藏本，這樣，能看到它的機會就更少了。

蒙高山寺方面特别許可，筆者于1995年7月14日和1996年7月22日二次前去看到了這三個本子。這三個本子，地卷内標有"長寬三年三月十六日書之"的長寬三年（1165年）寫本，即一般説的高山寺甲本；没有訓點的無點本，即一般説的高山寺乙本；殘簡本，即一般説的高山寺丙本，都蠹蝕極甚，須極仔細才能翻看。

甲本如小西甚一先生50年前去看的那樣，經西寬道澤先生恢復原狀後，已不見錯簡現象，但缺頁不少。乙本則不止五帖，而有了六帖，有了南卷一帖。而丙本不僅仍有南卷的殘卷，還有了天卷（殘一頁，自"妙響金鏘"至"斯人而已"），地卷（殘第一頁，但已僅能看清"文鏡秘府論　地"字樣），東卷（殘封面和第一頁），西卷（殘4頁，自"朝雲晦初景"至"同乘此載北游後"）。不過，丙本每卷新包裝的封面上，都記著這是"57函7號"（即乙本的收藏編號）某卷的一部分，而校對其文字，亦恰恰爲乙本所缺，字體、墨蹟、紙質均與乙本一樣，丙本的這些卷，實際由乙本散落而成，與乙本應是同一個本子。只有南卷，字跡遜於其他各卷，封頁有批注，當爲後人補寫。

這幾個本子都有收藏者的編號，順序均爲天、地、東、西、南、北。這裏主要要説的是乙本，即無點本，不僅有收藏者的編號，而且自身封頁上也有"卷一""卷二"……的順序標記。

天卷封面是"文鏡秘府論卷第一"字樣。地卷是"文鏡秘府論卷第二"，乙本東卷無封面，而丙本東卷有封面，當是乙本散落後收入丙本。封面字樣爲"文鏡秘府論卷第□"，

①《日本詩話叢書》，池田蘆洲編，日本東京文會堂書店1920年刊。

②《文鏡秘府論》高山寺甲本，亦稱長寬寫本，全六卷，抄于平安末長寬三年（1165）；高山寺乙本，亦稱無點本，殘天地東西北五卷，南卷僅存封面，被用作後來補寫的丙本南卷封面，抄于平安末鐮倉初；高山寺丙本，殘南卷，抄于平安末鐮倉初。均藏日本京都拇尾高山寺。

"第"字後的字已殘。北卷缺封面。

重要的是西卷和南卷。西卷封面字樣爲"文鏡秘府論卷第□"，"第"字後的字被墨筆塗掉，而在被塗處的右側標一"五"字。

南卷封面是"文鏡秘府論卷第□"，"第"字後面的字也被墨筆塗掉，而同樣在被塗處的右側標一"四"字，被塗掉的字，因只用一斜筆劃掉，因此大致可辨認出是個"五"字。

發現這個情況後，筆者有意比較了一下，覺得無點本（即乙本）的這幾個標有順序標記的封面（包括南卷的）與這個本子天、地、東、西、北這五卷正文的紙的紙質和破舊程度看不出有什麽區别，作爲順序標記的"文鏡秘府論第……"這幾個字，與這個本子天、地、東、西、北這五卷正文的字跡、墨蹟（濃淡程度、褪色程度）也看不出有什麽區别。至於西、南二卷"第"後"□"字被塗掉後補寫的字，西卷那個字還看不出什麽，南卷補寫的那個字（"四"字），其字體、墨蹟比較明顯看出與南卷補寫的正文較爲拙劣的字的字體、墨蹟一樣，墨蹟比原有的字濃些，因而顯得新些。

高山寺本身作爲古寺院，整個寺院就被標爲"重要文化財"，不論其内部還是其外部都不讓拍照，寺内的經藏本就更不允許拍照。筆者因此無法取得攝影圖版（即使拍照，其紙質、墨蹟的異同也無法從攝影照片看出），因此只有把所見所感情況記録在此，以俟方家來日用更精確、科學的方法辨正。筆者在日本所見《文鏡秘府論》傳本關於卷次標記的情況大致如上。

三

那麽這些情況怎麽看？

維寶《文鏡秘府論箋》的編次不可以作爲根據。因爲明顯是維寶自編。行願《文鏡秘府論冠注》也當除外。那些寫本自身没有順序標記的也可以不管，因爲這些本子現在所見的先後編次，有可能是自有這一寫本以來歷代相傳如此（如果是這樣，那也可以作爲根據），但更可能是在流傳過程中由某一收藏者所爲。

醍醐寺本天卷於弘治三年（1555）標寫的字樣值得注意。雖然不是寫本自身本有的標記，但至少反映了室町時代人們對《文鏡秘府論》卷次的看法，即"天東西南"，西卷在南卷之前。這也可能正是自有這一寫本以來流傳到當時的順序編次。

需要着重討論的是江户刊本和高山寺無點本（即乙本）所作順序標記的情況。

先説江户刊本。這個刊本每卷後有"卷一""卷二"……之類的標記。這樣標記有没有根據，特别是更古的寫本的根據？如果有，其根據又是什麽？是根據哪一個古寫本？這都不清楚。看不出它有什麽根據。江户以前的古寫本，留存至今的很多，没有一種卷末標有這樣明確的標記。當然也可能它所利用的某個本子只流傳到江户時代，恰好江户以後就失傳了。但這也需要證明。如果找不到根據，那麽 它本身也就無法作爲卷編次的根據。江户時代離今天較近而離空海的平安時代尚遠，很難説這個時代的刊本與古寫本的原貌不會有什麽距離。

再看高山寺藏無點本（即乙本）。這個本子有些情況值得注意。

如上所述，就筆者去高山寺看這個本子時所見所比較辨别而得出的判斷，這個本子標有順序標記（“卷一”“卷二”……）的幾個表紙（包括南卷的表紙），與天、地、東、西、北這幾卷正文的紙質和破舊程度看不出有什麽區别，作爲順序標記的“文鏡秘府論卷第……”的這幾個字與天、地、東、西、北這幾卷正文的字跡、墨蹟也看不出有什麽區别，而西卷、南卷“第”字後被塗掉的字右側寫著的那個數字，特别是南卷封面塗改後補寫的那個“四”字，比較明顯看出與後人補寫的南卷正文的字跡、墨蹟相近而與其他卷正文字跡、墨蹟不一致，也與南卷封面“文鏡秘府論第……”幾個字不一致。

如果這個判斷不錯的話，那就説明，這個本子的幾個封面，都是無點本原有的。包括南卷那個封面。因爲南卷的正文字跡没於其他各卷，當是後人補寫（即使補寫，據日本學者研究，也當在鐮倉初期，仍緊靠平安時代）。但現在看來，這一卷被後人補寫的只是，而其封面和其他幾卷的封面一樣，是無點本原有的。就是説，這幾個表紙（包括南卷的）所保留的，特别是表紙上保留的“文鏡秘府論第……”（塗改後補寫的字除外）這個標記，應該是無點本原有的面貌，它所標記的順序（卷一、卷二等），應該是無點本抄寫正文時同時便一起寫下並留存下來的。南卷表紙塗改後補寫的那個“四”字，與南卷補寫的正文的字體、墨蹟一樣。從這個情况看，表紙卷序的塗改是南卷正文補寫者（時爲鐮倉時代）所爲，塗改後在右側補寫的那個序數（西卷爲“五”，南卷爲“四”）並非無點本的原貌，而被塗掉的那個序數（南卷可看出是“五”），才是無點本抄寫時的序號。

那麽，從這幾個表紙的情況看，無點本原有的卷次是什麽?

現在清楚看到的是，天卷爲“卷一”，地卷爲“卷二”，東卷序數字殘，北卷無封面。

關鍵是西卷和南卷。南卷被塗掉的那個序數字可看出是“五”。西卷被塗掉的那個字已看不清楚，但既然南卷被塗掉的是“五”字，補加的是“四”字，西卷補加的是“五”字，那麽，被塗掉的也就是無點本原有的那個序數字，應該是“四”字，西卷應該爲“卷四”。

這樣，無點本自身所標記的卷序就應該是：天卷（卷一）、地卷（卷二）、東卷（卷三）、西卷（卷四）、南卷（卷五）、北卷（卷六）。東卷和北卷的卷序是不需要證明的。

有没有錯簡的可能？當然不能排除。但是，從高山寺幾個本子保存的情況看，都只是在同一卷之内錯簡（錯頁），没有卷與卷之間互相亂簡的情況，因此無點本的一些錯落之頁，仍能在殘簡本即丙本時準確標出這一頁或幾頁原屬無點本即乙本的哪一卷。筆者看這幾個本子時一一核實過，並無錯誤。這就是説，無點本的幾個表紙和正文之間不可能錯亂，不大可能會把這一卷的表紙錯置於另一卷之上。另一個情況也説明這一點，即天卷、地卷的表紙分別是“卷一”“卷二”，並没有錯亂，因此西卷和南卷的表紙不大可能錯亂。

那麽，高山寺無點本（即乙本）所標記的這個卷序應該怎麽看呢？

當然還需要别的根據才能斷言這就是《文鏡秘府論》卷序的原貌。但是，較之江户刊本，高山寺本無點本的卷序應該可靠得多。

第一，它的年代早得多。江户刊本刊于寬文、貞享（1661—1684）間，而高山寺無點本寫于平安末鎌倉初，比江户刊本早得多，應該更接近於原貌。

第二，它與《文鏡秘府論》總序的記述和《文筆眼心抄》的内容順序一致。無點本、總序和《文筆眼心抄》這三者，如果只有其中一項根據，顯然説服力不足，但現在有三個完全一致，互相支撑的根據，而且三個根據中，二個直接來自原本（總序和《文筆眼心抄》），一個來自距原本最近的古鈔本，都年代久遠。而江户刊本只是孤證，又距原本年代那麽遠。相比之下，高山寺無點本即乙本和總序、《文筆眼心抄》的根據要可靠得多。

第三，醍醐寺本天卷於室町時代批注的幾段話也是一個旁證。它表明至室町時代，人們心目中（也可能有今天已看不到的寫本根據）還是無點本、總序、《眼心抄》的那個順序，只是到江户刊本，才變了過來。

就是説，《文鏡秘府論》的卷次應該是天、地、東、西、南、北，而不應該是天、地、東、南、西、北。筆者所著《文鏡秘府論彙校彙考》就是用的這個卷次①。

論證《文鏡秘府論》各卷順序，不僅僅是一個簡單的卷次編排問題，實牽涉到空海寫作《文鏡秘府論》時的心態和思維方式的問題，只要細想，可以引發很多問題的思考。比如，假如能夠證明空海當時的編次構想確是天地東西南北，而不是聯想曼荼羅構圖的東南西北，那麽就可以説在這個問題上它没有受佛教的影響，而《文鏡秘府論》與佛教的關係便是一個人們討論不多而實際很重要的問題。又比如，在方位觀念上，中國古代可能有東西南北的觀念，但至少《周禮》系統的方位觀念是東南西北，是環狀稱呼。日本人方位觀念則普遍是東西南北。既然如此，空海當時則是按日本人的思維習慣來構想《文鏡秘府論》的。在這個問題上可以這樣，在别的問題上會不會也是這樣呢？這種思維習慣在多大程度上影響到《文鏡秘府論》的撰寫思想呢？這都是值得進一步思考的問題。

①拙著《文鏡秘府論彙校彙考》，中華書局2006年。

日本傳存的唐尚齒會詩斷簡

後藤昭雄

日本有一種資料叫作“古筆切”，爲平安、鎌倉時代著名書法家所書詩集之斷簡。“絹地切”爲其中之一，上面書有唐詩。小松茂美編《古筆學大成》（講談社，1993年）對之有所介紹，稱之爲“傳小野道風筆未詳唐詩集切”，從内容來看，可稱之爲“唐尚齒會詩斷簡”。

現存唐尚齒會詩斷簡今知僅有二葉，我們先來看一下它的本文：

I

a

許身是大官
遁跡豈労登遠岫
垂糸何必坐渓磻
詩聯六韻猶応易
酔飲三盃未覚難
毎況襟懐同宴懐
共將心事比波瀾
風吹野柳垂羅帯
日照庭花列綺紈
此席不煩别障
斯筵堪作畫圖看
前御史供奉范陽盧真

b

三春已盡洛陽宫
天氣初晴景像通
千朵嫩桃開曉日
萬株垂柳逐江風
非論官位皆相及
至年高亦共同
對酒歌聲猶覚妙
翫花詩思豈能窮
先時盡作三朝貴
今日相攜七老翁
但願緑壺常滿酌
煙霞萬里命飛沖
前慈州刺史廣平劉真

Ⅱ葉如次:

c

東洛優閑日暮春
邀勧多是白頭賓
官班朱紫多相及
年紀高低次第匀
聯韻每言松竹意
停盃多説古人今
更無外事來心脊
空有清虚入思神
酔舞両廻迎勧酒
狂歌一曲樂餘身
今朝何事情偏重
同作明時列位臣

衛尉卿致仕馮翊吉

殘存者如上。

此詩爲白居易會昌五年（845）三月二十一日在洛陽履道里邸宅所主辦的尚齒會上所作之詩。白居易詩收於《白氏文集》卷71，詩題和後注於詠作之事情所述甚詳：

> 胡、吉、鄭、劉、盧、張等六賢，皆多年壽，余亦次焉。偶於弊居，合成尚齒之會。七老相顧，既醉甚歡。靜而思之，此會稀有。因成七言六韻以紀之，傳好事者。
>
> （詩略）
>
> 前懷州司馬安定胡杲，年八十九
>
> 衛尉卿致仕馮翊吉皎，年八十六
>
> 前右竜武軍長史滎陽鄭拠，年八十四
>
> 前慈州刺史廣平劉真，年八十二
>
> 前侍御史内供奉官范陽盧貞，年八十二
>
> 前永州刺史清河張渾，年七十四
>
> 刑部尚書致仕太原白居易，年七十四
>
> 已上七人，合五百七十歳。會昌五年三月二十一日，於白家履道里同宴。宴罷賦詩。

所謂“尚齒”，是指慶賀長壽之事，尚齒會爲自我祝賀的敬老集會。“七老”之名亦很明確，白居易以外的六人詩作收於《唐詩紀事》卷49及《全唐詩》卷463。與此唐尚齒會詩斷簡對照，首先可以確定“絹地切”所書爲此尚齒會之詩。另外，詩作的排列順序，脱去作者名的a、c作者也可確定如次：

a爲張渾詩。次爲b盧真（白居易詩注記爲盧貞）。在劉真詩之后。a末行爲作者表記，此後應當有詩。Ⅱc爲鄭拠詩。最末行是下首詩的作者表記，以“吉皎”的“吉”爲結尾。即，此二葉在前述白居易詩後注所寫的七老：1胡杲、2吉皎、3鄭拠、4劉真、5盧貞、6張渾、7白居易之中，存有6、6、3詩與4、2的作者表記，是按此順序來書寫的，與白居易所記七老順序相反。因此，a前當書白居易詩，吉皎詩後當書有胡杲詩。

如上所述，“絹地切”二葉書寫的是白居易所主持的七老構成的尚齒會詩作。

由白居易等七老構成的尚齒會傳入日本，也曾以其爲先導舉辦過尚齒會。

最早的日本尚齒會，是元慶元年（877）三月大納言南淵年名在小野山莊舉行的。七位老人仿照中國的先例集會詠詩。

接下來是安和二年（969），在大納言藤原在衡的主持下進行。近年其存在始爲人知，名古屋市徳川美術館藏有《尚齒會詩》殘篇五首。

至平安後期，天承元年（1181），則是在大納言藤原宗忠主持下進行的。七老中的藤原基俊、藤原敦光、藤原実光、菅原時登詩作收録於《本朝無題詩》。

這樣，尚齒會傳入日本，在平安朝期間歇地舉辦過數次，作爲文學傳統固定下來，並具有了詩文創作場合的功用。日本的尚齒會不只是七老，還有"垣下"的陪席者，他們也要站在觀賞的立場賦詩。此類詩保存最多的是安和尚齒會，在前述徳川美術館所藏《尚齒會詩》發現以前，作爲安和尚齒會詩知名的是《粟田左府尚齒會詩》（《群書類從》所收），幾乎均是垣下之詩。

這種垣下（陪席者）的參加，中國的尚齒會未見，應當是日本尚齒會所獨有的。尚齒會更爲廣泛的展開，則是在日本特有的傳統文學和歌世界中進行的。

> 嘉保三年（1096），行願寺，主持者未詳。
> 承安二年（1172），白河宝莊嚴院，藤原清輔主持。
> 養和二年（1182），賀茂重保主持，會場未詳。

以上共3次。其中最早的和歌尚齒會爲嘉保尚齒會，早於第三次的漢詩尚齒會天承之會。

這樣，在日本最初舉辦的是漢詩尚齒會，接下來是和歌尚齒會，成爲漢詩、和歌創作的場合。作爲其先例的，是白居易主持的尚齒會。這次尚齒會詩，七老之中，雖然白居易詩收録於《白氏文集》，其他六人詩收於《唐詩紀事》以及《全唐詩》中，但均未能保存尚齒會詩的本來面貌。《白氏文集》僅收白居易詩，《唐詩紀事》、《全唐詩》則爲後世所編。與其相對，"絹地切"卻傳達了白居易主持的尚齒會詩的本來面貌。在這一点上，"絹地切"頗有文学史之意義。"絹地切"表明，曾經存在過書有白居易舉辦的"尚齒會詩"的詩卷，是此類詩作傳入日本、爲世人所接受的實物證據。

（金程宇譯）

《參天台五臺山記》研究史綜述

郭萬平

《參天台五臺山記》（以下略稱《參記》）又稱《善惠大師賜紫成尋記》，是宋神宗熙寧年間來華的日本天台僧成尋（1011～1081）①所撰日記體旅華記録，凡八卷，十二餘萬字。成尋在日記中，詳細地記録了自熙寧五年（日本延久四年，即1072年）三月十五日於松浦郡出發赴宋，至熙寧六年六月十二日於明州送弟子回國期間一年零三個多月的所見、所聞、所爲、所思。成尋幾乎每天勤記不綴，共撰寫了464篇日記，文字或長或短，内容則涉及佛教義理、典章制度、歷史地理、風俗習慣、日常生活諸方面。儘管成尋本人漢語水準不高，在他初到宋朝期間，曾聘請明州海商陳詠爲通事，但其日記自始至終用漢文寫成，其中還抄録不少宋朝官方文書和北宋文人的詩文。日本學者森克己曾將成尋的《參天台五臺山記》與來唐日僧圓仁的《入唐求法巡禮行記》共譽爲“日本僧侶中國旅行記中的雙璧”②，它是研究宋史、中日關係史、中日佛教交流史等重要的第一手史料，具有極高的史料價值。但由於在中國僅有《大日本佛教全書》收録本，而該叢書一般又難以見到，中國學者對於《參記》的利用和研究甚少③，故筆者在此予以簡要介紹，並對其研究史略作回顧與展望，錯誤和疏漏之處，敬請方家指正。

①關於成尋生卒年，學界尚有異議，尤其是卒年。由於成尋在宋朝的相關史料甚少，無法從中國史籍得以佐證。詳見石井正敏：《成尋生没年考》，《中央大學文學部紀要·史學科》44號，1999年。

②森克己：《關於參天台五臺山記》，《駒澤史學》5號，1956年。

③參見夏應元：《從成尋所著〈參天台五臺山記〉看宋代中日關係》，《中國日本史學會第二屆學術討論會：日本史論文集》，遼寧人民出版社，1985年。

一、關於作者

成尋俗姓藤原氏。關於其家世，學界至今尚無定論，在成尋所撰赴宋日記《參記》中並無明確記載，而在中國史籍中，有關成尋的史料甚少，僅在《續資治通鑑長編》、《宋史》、《文獻通考》、《宋會要輯稿》等史籍中有零星記載。其中，《宋史》卷四九一《日本傳》中有如下記載：

> 熙寧五年，有僧誠尋①至台州，止天台國清寺，願留。州以聞，詔使赴闕。誠尋獻銀香爐，木槵子、白琉璃、五香、水精、紫檀、琥珀所飾念珠，及青色織物綾。神宗以其遠人而有戒業，處之開寶寺②，盡賜同來僧紫方袍。是後連貢方物，而來者皆僧也③。

在日本今存古文獻中，如《續本朝往生傳》、《明匠略傳》、《元亨釋書》④、《東國高僧傳》⑤、《本朝高僧傳》⑥等，均有成尋的傳記，但關於其家世，記載不一，尤其是關於其生父，日本學者的爭議更大。

日本學者玉井幸助最早對《大雲寺緣起》⑦中的相關記載提出質疑，並開始全面研討成尋的家世⑧。之後，永井義憲⑨、島津草子、⑩平林文雄⑪等均對這一問題進行探討。目前，多數日本學者認爲，成尋之父爲藤原貞叙，其母爲源俊賢之女，二人均與當時的日本皇室有血緣關係。

成尋幼年喪父，其兄律師很早便出家入仁和寺爲僧。成尋在七歲時進入大雲寺爲僧，師從文慶。文慶爲當時名僧，兼通顯密二道，四十八歲時以少僧都的身份充當三條天皇的護持僧，1046年7月2日卒，成尋承師繼任，爲大雲寺的別當（相當於中國佛寺的住持），先

①中國史籍中僅《宋會要輯稿》作“成尋”，其餘史料均作“誠尋”。二者日語發音相同。

②據《參記》卷四、《宋會要輯稿》道釋二之五，成尋在開封期間的住處應爲太平興國寺傳法院。

③另見馬端臨：《文獻通考》卷三二四，中華書局，1999年。

④虎關師煉：《元亨釋書》，佛書刊行會，1912–1922年。

⑤《東國高僧傳》，佛書刊行會，1912–1922年。

⑥卍元師蠻：《本朝高僧傳》，佛書刊行會，1912–1922年。

⑦塙保己一、太田藤四郎：《大雲寺緣起》，續群書類從完成會，1957年。

⑧玉井幸助：《成尋阿闍梨的家世》，《文學》11卷7號，1943年。

⑨永井義憲：《仁和寺的律師是成尊嗎》，《大正大學研究紀要》52輯，1967年。

⑩島津草子：《成尋的家世與家族》，《成尋阿闍梨母集・參天台五臺山記研究》，大藏出版，1959年。

⑪平林文雄：《成尋阿闍梨的家世》，《參天台五臺山記校本與研究》，風間書房，1978年。

後在任31年。據《參記》可知，成尋抵宋後，曾與弟子一起遥祭其師文慶。

成尋從少年時代便有入宋志向，在《參記》卷一所載成尋呈交給杭州知府的申文中，有“從少年時有巡禮志”，《大雲寺緣起》記載其“誦持法華四十餘年，專求現證期極樂，其德其行，敢非凡人。自少年之時有入唐之志”，成尋在1070年給後三條天皇的申文中，更明確其入宋目的：“某性雖愚魯，見賢思齊，巡禮之情，歲月已久矣。”①

宋神宗熙寧五年，成尋在等待大宰府（古代日本負責對外事務的機構）的入宋申文無望的情況下，帶領七名弟子，乘坐宋商曾聚之船，偷渡入宋。三月十五日，成尋一行從肥前國松浦郡壁島（今日本佐賀縣壁島）出發，於三月二十五日到達蘇州大七山（今蘇州大戢山②），四月，進入杭州，取得赴天台山牒文。然後，過越州三界縣、新昌縣等地，到達天台山。成尋一行巡禮天台山諸寺時，與國清寺僧衆進行了深入、廣泛的佛教交流，八月，開始沿大運河赴汴京，十月，覲見宋神宗，十一月，在宋朝官員和士兵的護送下，赴五臺山巡禮，在五臺山真容院等地巡禮後，十二月返回汴京，居太平興國寺傳法院。翌年三月，成尋受神宗之托，在内廷瑶津亭祈雨，祈雨成功後，被神宗賜予紫衣和“善慧大師”之號。五月，在求得新譯大藏經等宋朝典籍後，仍沿大運河至明州，六月，送五名弟子攜帶文獻典籍、宋朝國書等回國，成尋本人則留宋不歸。元豐四年（1081），成尋圓寂於汴京開寶寺③，後敕葬天台山國清寺，神宗賜額“善慧大師之塔”。除《參記》外，成尋還撰有《觀心論注》、《法華經注》、《法華實相注》等，今均佚。

二、關於版本

成尋所撰《參記》稿本，最初由其弟子帶回日本大雲寺（大雲寺遺址位於今日本京都北郊岩倉），但因日本後奈良天皇天文十八年（1549）發生大火，大雲寺化爲灰燼，稿本遂燒毀不存，但在此之前，已有鈔本傳世。今存《參記》有三個版本系統：鈔本、複製本、活字本，詳見附表。

今存最早鈔本爲東福寺本。東福寺的開山禪師爲南宋時期著名禪僧圓爾辨圓，他曾攜帶成尋的《參記》鈔本入宋，返日後留於東福寺。在東福寺本第一卷末跋文中，有“承久二年卯月（即農曆四月）八日一校了”，第三卷跋文有“書本云，以善惠大師手跡比校之了云

①三善爲康：《朝野群載》卷二〇，吉川弘文館，1999年。

②齊藤圓真：《善慧大師成尋的參天台行路考》，《佛教文化的展開：大久保良順先生傘壽紀念論文集》。

③今日開封鐵塔公園内還保存有1943年侵華日軍所立的《日本成尋阿闍梨顯彰奉贊之碑》。

云，　一校了"，第五卷跋文有"承安元年八月五日癸未依仰續筆功也，承久二年姑洗（即農曆三月）十三日一校了"。承安元年爲宋孝宗乾道七年（1171），承久二年爲宋甯宗嘉定十三年（1220）。據此可知，今存東福寺本爲成尋卒後九十年、以成尋稿本爲底本的鈔本，其書法符合當時日本人的書寫習慣，學界已確認其爲最接近原稿的鈔本，是今存《參記》善本。據平林文雄等日本學者的考證，其他幾種鈔本基本上以東福寺本爲底本，但西來寺本和學習院本爲殘本，尚無法確定其成書年代和版本系統。

附表 《參天台五臺山記》版本一覽表①

版本		書名	成書時間	收藏地或出版社	卷册數	備注
今存抄本	東福寺本	五臺山記	1220	京都東福寺	八卷八册	内題爲"參天台五臺山記"
	京都大學本	參天台五臺山記	1911	京都大學史學研究室	八卷八册	東福寺本影寫本
	尊經閣文庫本	巡禮五臺山記	1813	尊經閣文庫	八卷四册	
	高野山大學本	參天台五臺山記	1813	高野山大學圖書館三寶院文庫	八卷八册	
	早稻田大學本	巡禮五臺山記	1813	早稻田大學圖書館	八卷八册	
	大阪大學本	成尋參天台五臺山記	1813	大阪大學圖書館	八卷八册	
	築波大學本	參天台五臺山記	1826	築波大學圖書館	八卷四册	
	靜嘉堂文庫本	參天台五臺山記	1826	靜嘉堂文庫	八卷三册	
	松浦本	參天台五臺山記	1825	松浦史料博物館	八卷八册	
	學習院本	參天台五臺山記	1899入館	學習院大學圖書館	五卷五册	缺六、七、八卷
	天理大學本	參天台五臺山記	1935入館	天理大學圖書館	四卷二册	缺一、二、七、八卷
	無動寺本	北岩倉大雲寺成尋渡宋巡禮記	1829	比叡山無動寺	一卷一册	存第一卷
	西來寺本	五臺山巡禮日件	?	津市西來寺	一卷一册	存第二卷
複制本	東洋文庫本	參天台五臺山記	1937	東洋文庫	八卷八册	東福寺本複製本

①本表据日本学者的相关研究成果制成。

續表

<table>
<tr><th colspan="2">版本</th><th>書名</th><th>成書時間</th><th>收藏地或出版社</th><th>卷册數</th><th>備注</th></tr>
<tr><td rowspan="5">活字本</td><td>改訂史籍集覽本</td><td>參天台五臺山記</td><td>1968</td><td>すみや书房</td><td></td><td></td></tr>
<tr><td>大日本佛教全書本</td><td>參天台五臺山記</td><td>1972</td><td>講談社</td><td></td><td></td></tr>
<tr><td>島津草子校注本</td><td>對校譯注參天台五臺山記</td><td>1959</td><td>大藏出版</td><td></td><td></td></tr>
<tr><td>平林文雄校本</td><td>參天台五臺山記校本與研究</td><td>1978</td><td>風間書房</td><td></td><td></td></tr>
<tr><td>齊藤圓真譯注本</td><td>參天台五臺山記I、II</td><td>1997
2006</td><td>山喜房佛書林</td><td></td><td></td></tr>
<tr><td></td><td>衣川强譯注稿</td><td>參天台五臺山記（1）</td><td>2004</td><td>京都橘女子大學研究紀要</td><td></td><td>第一卷</td></tr>
<tr><td></td><td>藤善真澄譯注本</td><td>參天台五臺山記（1）</td><td>2007</td><td>關西大學出版部</td><td></td><td>第一～四卷</td></tr>
</table>

三、關於文本解讀與研究

自20世紀30年代以來，中國、日本、美國、法國等中外學者對《參記》的利用、研究日益重視，除了對《參記》文本本身進行點校、校譯、譯注（見附表）外，也有不少專題性研究。擇其要者有：

夏應元：《從成尋所著〈參天台五臺山記〉看宋代中日關係》，《日本史論文集》，遼寧人民出版社，1985年；

王麗萍：《宋代中日交流史研究》（日文），勉誠出版，2002年；

王麗萍：《關於宋代外國人住宿設施——以〈參天台五臺山記〉爲史料》，《日本研究》22號，（韓國外國語大學校），2004年；

王麗萍：《〈參天台五臺山記〉所載宋人陳詠軼事考》，《文獻》，2005年3期；

王麗萍：《入宋僧成尋與道教》（日文），《亞洲游學》73號，2005年；

曹家齊：《〈參天台五臺山記〉中的驛傳與牒文》，《文獻》，2005年4期；

曹家齊：《略談〈參天台五臺山記〉的史料價值》，《域外漢籍研究集刊》第2輯，2006年；

蔡毅：《從日本漢籍看〈全宋詩〉補遺——以〈參天台五臺山記〉爲例》，《域外漢籍究集刊》第2輯，2006年；

蔡毅：《從日本漢籍看〈全宋詩〉補遺——以〈參天台五臺山記〉爲例》，《域外漢籍究集刊》第2輯，2006年；

郭萬平：《日本僧成尋與〈參天台五臺山記〉》，榮新江、李孝聰主編《中外關係史：新史料與新問題》，科學出版社，2004年；

郭萬平：《來宋日僧與中日相互認識的發展》，《日本思想文化研究》第6期，2005年；

郭萬平：《來宋日僧成尋與寧波商人陳詠》，《寧波與海上絲綢之路》，科學出版社，2006年；

郭萬平：《從入宋僧的日記、記録看宋代兩浙路的社會生活》（日文），《東亞海域交流史實地調查研究》第1號（東京大學），2006年；

森克己：《關於〈參天台五臺山記〉》，《駒澤史學》5號，1956年；

森克己：《入唐、入宋僧侶的旅行記》，《佛教史研究》6號，1972年；

森克己：《增補日宋文化交流諸問題》，國書刊行會，1975年；

木宫泰彦：《日華文化交流史》，富山房，1955年；

塚本善隆：《從成尋的入宋旅行記看日支佛教的消長——天台山卷》，《塚本善隆著作集》卷六，大東出版，1974年；

藤善真澄：《日宋交通路的再探討——〈參天台五臺山記〉研究札記》，《文化史論叢：横山健一先生古稀紀念》，創元社，1987年；

藤善真澄：《成尋帶回的典籍——日宋文化交流的一側面》，《佛教史學研究》23-1；

藤善真澄：《成尋與宋人：成尋與蘇東坡——參記札記2-1》，《關西大學東西學術研究所紀要》26號，1993年；

藤善真澄：《文書、記録中的文化交流——博多書與〈參天台五臺山記〉》，《關西大學東西學術研究所紀要》32號，1999年；

藤善真澄：《成尋周邊的宋人——參記札記2-2》，《關西大學東西學術研究所紀要》32號，1999年；

藤善真澄：《成尋與杭州寺院——參記札記3-1》，《關西大學東西學術研究所紀要》33號，2000年；

藤善真澄：《宋朝的賓禮——關於成尋的朝見》，《關西大學東西學術研究所紀要》36號，2003年；

(以上論文後收録在藤善真澄論文集《參天台五臺山記研究》, 關西大學出版部, 2006年)

石井正敏:《〈參天台五臺山記〉研究所感——虛心研讀史料》,《日本歷史》600號, 1996年;

齊藤圓真:《成尋見聞的天臺山——以飲茶之風爲中心》,《天台學報》40號, 1998年;

齊藤圓真:《成尋在開封(一)》,《天台學報》45號, 2003年;

齊藤圓真:《成尋在開封(二)》, 載《天台入唐入宋僧事蹟研究》, 山喜房佛書林, 2006年;

村井章介:《天台聖教的還流——以〈參天台五臺山記〉爲中心》, 王勇等《奈良平安朝的日中文化交流——從書籍之路的視點來看》,農文協出版, 2001年;

森公章:《〈參天台五臺山記〉研究與古代土佐國——從入唐、入宋弟子視點來看》,《海南史學》41號, 2003年;

遠藤隆俊:《宋代中國的通行證——日本僧成尋的巡禮》,《史學研究》237號, 2002年;

遠藤隆俊:《成尋與義天——11世紀東亞國際環境與入宋僧》,《大阪市立大學東洋史論叢》特集號, 2006年;

中島亮一:《〈參天台五臺山記〉的問題點》,《印度學佛教學研究》27—1, 1978年;

原美和子:《從〈參天台五臺山記〉看寒山説話》,《學習院史學》32號, 1994年;

井上泰也:《解讀成尋日記——〈參天台五臺山記〉的金錢出納》,《立命館文學》577號, 2002年;

井上泰也:《續·解讀成尋日記——〈參天台五臺山記〉的人物群像》,《立命館文學》584號, 2004年。

(美)羅伯特·巴根:《日本民族主義的起源與發展——以日本僧成尋爲中心的考察》,《元史及民族史研究集刊》16輯, 2003年7月。

從以上所列先行研究成果可以看出, 中國學者的《參記》相關研究, 起步較晚, 數量也較少, 但具有自己的鮮明特色。中國學者在充分吸收日本學者研究成果的基礎上, 結合中國文獻, 靈活運用《參記》, 在宋日關係、宋代地域社會、歷史地理、《參記》中的文書等領域, 取得了突破性進展, 也爲今後中國學界廣泛利用《參記》開拓了廣闊的學術研究空間。

與中國學者相比，日本學者在《參記》的研究和利用方面，起步更早，成果尤豐，研究領域也更廣泛。從森克己、木宮泰彦等學者的概略性研究，到藤善真澄、石井正敏、井上泰也、齊藤圓真、遠藤隆俊等學者的專題性系列研究，日本學者對《參記》的研究逐步深入，遠藤隆俊等日本學者更將研究視點投向整個東亞視野，不少觀點具有啟發意義。但無庸諱言，由於《參記》涉及衆多宋代典章制度、人名地名、佛學辭彙等，加上成尋使用不太規範的漢語寫作，語意艱澀，日本學者也常常感到《參記》文本自身的難以解讀，在研究過程中，也不時出現常識性錯誤。因此，僅靠一國學者的一己之力，是無法解讀《參記》文本的，中日學者的共同研究，已成爲當務之急。2008年9月，日本"寧波研究計畫"課題組與高知大學將聯合主辦"宋元時期東亞交流史料·外交史料"國際學術研討會，浙江工商大學也計畫於2009年下半年召開"《參天台五臺山記》與宋代中國"國際學術研討會，屆時將有多位中外學者發表最新的《參記》研究成果，這些學術會議將進一步促進中外學者共同研究《參記》。

四、研究史回顧與展望

根據時代與研究內容的不同，《參天台五臺山記》研究史大致可分爲三個時期：20世紀30～80年代、90年代、90年代末至今。其中前兩個時期多爲日本學者，他們多從佛教史、文學史等角度進行研究，研究重點側重於《參記》的點校、譯注以及以成尋爲代表的入宋僧研究。進入90年代後，不少日本學者開始擴大研究視野，運用《參記》探討唐宋變革背景下的宋日關係、宋代政治制度史、宋代社會經濟史、宋代文化史、日本佛教史、東亞國際關係史等，並取得了可喜成績。

20世紀90年代，以旅日學者王麗萍教授爲代表的中國學者，也開始致力於《參記》的研究，發表了不少具有較高學術價值的研究成果，在中國宋史學界引起了較大反響。《參記》作爲域外漢籍，其史料價值越來越受到中國學者的重視，浙江工商大學日本文化研究所等學術機構特意組織《參記》讀書班，共同研讀這一珍貴資料。但遺憾的是，迄今爲止，在中國尚未出版《參記》的點校本或校注本，中國學者利用的《參記》文本依然是日本出版的諸版本。不過，這一狀況很快將得到改觀。據悉，王麗萍教授窮數十年之功而整理的《參記》點校本即將在日本出版，白化文先生主持的點校本也即將問世，筆者也正積極籌備出版校注本。筆者相信，隨著《參記》中文版的陸續問世，必將推動中國學者對於《參記》的利用和研究，促進中國域外漢籍的研究熱潮。

清朝帆船漂到日本之筆談史料

松浦章

一、緒言

江户時期的日本處於“鎖國”時期，人們的出航海外受到禁止。但由於日本沿海海運業的繁盛，屢屢發生遭遇海難漂流到國外的事例。尤其是漂流到中國或東南亞地區的日本人只有借助活躍於海外貿易圈中的中國帆船，才能搭乘得以回國[①]，因此，幕府調查、聽取他們本人的描述而作成的報告文書等相關記録，也留存衆多。

明治維新以後，江户時期日本人的海外漂流情況受到關注，石井研堂[②]、荒川秀俊[③]等學者收集有關資料，出版發行了異國漂着資料集等著作[④]。曾對留日清朝學生的相關問題，付梓作出開拓性業績的實藤惠秀先生，依據這些資料集，以漂流到中國的日本人爲著眼物件展開了研究[⑤]。其後，相田洋先生又進一步系統整理了漂流到中國的日本人的記録[⑥]。

如果轉换上述研究的角度，我們可意識到對漂流至日本的中國漂流船員的研究，長期被忽視。因此，大庭修先生在關西大學東西學術研究所之資料集刊十三上籌畫了《江户時

①松浦章《搭乘清代沿海帆船之日本漂流民》，《或問》第12號（近代東西言語文化接觸研究會），2006年12月，頁59–68。

②石井研堂校訂《校訂漂流奇談全集》，博聞堂，1900年7月，1911年9月三版。石井研堂編《異國漂流奇譚集》，新人物往來社，1971年12月。

③荒川秀俊《異國漂流記集》，吉川弘文館，1962年。《日本漂流漂着史料》，地人書館，1962年。《異國漂流記續集》，地人書館，1964年。《近世漂流記集》，法政大學出版局，1969年。

④近年的研究成果如下：加藤貴校訂《漂流奇談集成》，國書刊行會，1990年5月。山下恒夫編《石井研堂珍藏江户漂流總集》第一卷～第六卷，日本評論社，1992–1993年。

⑤實藤惠秀《漂流記映照的中國》、《近代日中交涉史話》，春秋社，1973年7月，頁55–87。

⑥相田洋《近世漂流民與中國》，《福岡教育大學社會科紀要》31–32，1982年2月。

期唐船漂着資料集》的編著，著眼並力圖收集江户時期漂流到日本的中國船隻有關史料。可以毫不誇張地説，提出這樣的規劃在學術界是第一次。

本論文立足于江户時期漂流到日本的中國船隻情況，通過漂流船隻漂到日本後的日方記録，以及被護送至長崎過程中中國漂流船員與日本官方接待人員進行交流的筆談記録，試論述中國境外保留的漢字史料情況。

二、《江户時期唐船漂着資料集》

在近世日中文化交流史的研究領域中，關西大學大庭修教授獨樹一幟。他編著的《江户時期唐船持渡書之研究》①一書，於1967年由關西大學出版部出版發行，在學術界引起了極大的反響。該著作從江户時期的日本進口了多少來自中國的漢籍這一視角出發，認識到因各藩購買的這些書籍，所以不可能漠視客觀存在的長崎對華貿易；況且，今日的國立公文書館内閣文庫中保留下來的幕府紅葉山文庫資料中還發現了當時最大求購者——德川幕府的有關資料；加之，通過對長崎縣立圖書館館藏貿易資料的充分應用、研究，解讀了江户時期日本接受、吸收漢籍的實際情況。這些都成爲研究江户時期的日本接受並吸收中國學術研究的一個重要基礎性研究。

大庭修教授編集的資料集，闡述了當時的中國文化是如何傳播到達東亞、特别是日本國内的情況，其研究觀點和宗旨至今仍然非常重要。其中，《近世日中交涉資料集》②作爲史料集之一，凸現了江户中期的幕府將軍德川吉宗接受、吸收中國文化這一特徵，是一部具體反映接受、吸收程度的資料集。吉宗本人積極求購大量的中國法典和地方志等書籍，尤熱衷於《大清會典》一書，並命令手下學者進行翻譯，據此或許可解讀出，他對比鄰而居的大清國有敬畏之心。吉宗的這種做法，對幕府法典的制定與實施，産生何種作用和影響，迄今爲止，尚未明晰，成爲今後的重要研究課題。吉宗命令積極購買的大量漢籍，作爲現國立公文書館内閣文庫中的珍藏品，佔有重要地位；同時，各種特色迥異的《中國地

①大庭修《江户時代唐船持渡書之研究》，關西大學東西學術研究所，1967年9月。

②大庭修編著《唐船進港回棹録・島原本唐人風説書・割符留帳》（《近世日中交涉史料集一》），1974年3月。

大庭修編著《享保時代之日中關係資料一・近世日中交涉史料集二一》，1986年3月。

大庭修編著《享保時代之日中關係資料二・朱氏三兄弟集》（《近世日中交涉史料集三一》），1995年3月。

大庭修編著《享保時代之日中關係資料三・荻生北溪集》（《近世日中交涉史料集四一》），1999年11月。

大庭修編著《江户時代之日中關係資料・蘭園雞肋集 》（《近世日中交涉史料集五一》），1997年4月。

大庭修編著《長崎唐館圖集成》（《近世日中交涉史料集六一》），2003年11月。

方志》藏書是否爲日本國内殖興産業政策提供了一定的參考價值，也將成爲今後的重要研究課題之一。

關西大學東西學術研究所出版發行的史料集中，還有《江户時代唐船漂着資料集》這一重要史料。它收録了江户時期漂流到日本的中國船隻的相關記録文獻。按照大庭修先生每艘漂流船出版發行一本書的宗旨，迄今爲止已有①~⑦，共刊行了7本，如下所示。

①大庭修編著《寶曆三年八丈島漂着南京船資料》，關西大學東西學術研究所資料集刊13-1，關西大學出版部，1985年。

該書記録的是寶曆三年（1753），赴長崎進行貿易的一艘中國商船，途中遭遇暴風雨，受難漂流至今東京都八丈島後的有關情況。收録了中方船員與日方一名叫關修齡的接待人員，筆談交流彙總而成的《巡海録》，以及運往長崎的大量漢籍之簡介書《戌番外船持度書大意書》，還有狩野春潮描繪的船員肖像圖也囊括進去。船中搭載的書籍共計441種、12082本[①]。

《戌番外船持度書大意書》這部簡介書詳實細緻，引用原文起始部分如下。

一　十三經注疏　　三部　各二十套貳百本　但脱紙無シ
右ハ明ノ崇禎年中汲古閣毛子晉カ蔵版ノ書ニテ御座候[②]
一　大清律集解附例箋釋　　壹部壹套十本　但脱紙無シ
右ハ順治四年ノ舊刻ヲ康熙十八年ニ增删考定スル所ニテ、卷首ニ五刑圖獄具圖服制圖律母釋義律眼釋義贓圖納贖例圖收贖圖、同ク諭、同ク釋ヲ載セ、本論ハ名例ト六部ト共ニ七律ニ五十門ヲ分チ本律四百五十餘條附例四百六十本餘條ヲ類從シテ箋釋シ、三十卷トシテ後ヘニ服制類抄律類抄例類抄ヲ附シ申候フ書ニテ御座候。[③]

譯文：

一 十三經注疏　三部 各二十套二百本 無脱頁
右據明崇禎年間汲古閣毛子晉藏版之書

①大庭修"簡介"，大庭修編著《寶曆三年八丈島漂着南京船資料》，關西大學東西學術研究所資料集刊13-1，關西大學出版部，1985年3月，頁469。

②同上，頁294。

③同上，頁339-340。

一 大清律集解附例箋釋　一部一套十本 無脱頁

右據順治四年之舊刻康熙十八年增删考訂，卷首載五刑圖獄具圖服制圖律母釋義律眼釋義藏圖納贖例圖收贖圖、同諭、同釋、本論名例與六部共分七律五十門本律四百五十餘條附例四百六十本餘條類書注釋、三十卷後附抄服制類抄律類抄例類之書籍。

復旦大學歷史地理研究所的周振鶴教授利用該史料，在2006年9月杭州召開的“書籍途徑與文化交流——日本漢學之源流”國際研討會上，發表了題爲《中日書籍史中的持渡書之意義——以“戌番外船持渡書”爲例》的論文。

②田中謙二、松浦章編著《文政九年遠州漂着得泰船資料》，關西大學東西學術研究所資料集刊13-2，關西大學出版部，1986年3月。

該書記録的是文政九年（1826），赴長崎貿易的中國商船得泰號，漂流到了今静岡縣後的有關情況。收録了日方接待人員野田笛浦同船員進行交流的筆談記録——《得泰船筆語》等有關資料。

③松浦章編著《寬政元年土佐漂着安利船資料》，關西大學東西學術研究所資料集刊13-3，關西大學出版部，1989年3月。

該書收録的是安利號這艘赴長崎貿易的商船，漂流到今四國高知縣後，船員和護送他們到長崎的地方官員之間的筆談記録——《護送録》。

④松浦章編著《文化五年土佐漂着江南商船郁長發資料》，關西大學東西學術研究所資料集刊13-4，關西大學出版部，1989年3月。

該書收録的是文化五年（1808），漂流到今高知縣的崇明縣沙船郁長發號船員與當地官員之間進行交流的筆談記録——《江南商話》。

⑤大庭修編著《安永九年安房千倉漂着南京船元順發資料》，關西大學東西學術研究所資料集刊13-5，關西大學出版部，1991年3月。

該書收録的是安永九年（1780），長崎貿易商船元順發漂流到了時稱房總半島、今千葉縣東端突進海裏的地方後，船員和日方官員之間進行的筆談記録——《游房筆語》等。

⑥藪田貫編著《寬政十二年遠州漂着唐船萬勝號資料》，關西大學東西學術研究所資料集刊13-6，關西大學出版部，1997年11月。

該書收録的是寬政十二年（1800），欲赴長崎進行貿易的萬勝號商船漂流到今静岡縣西海岸，船員和日本人之間的筆談記録——《寧波船筆語》。

⑦松浦章編著《文政十年土佐漂着江南商船蔣元利資料》，關西大學東西學術研究所

資料集刊13–6，關西大學出版部，2006年11月。

該書收録的是文政十年（1827），漂流到今高知縣（時稱土佐藩）的長江河口附近沙船蔣元利號，船員和當地官員之間進行的筆談交流記——《送舶録》。

探究此類筆談記録爲何能留存至今的原因，是由於當時的日本，經常能聽到、聽懂並使用漢語的人基本上只限於長崎通事，同時還有衆多能理解漢字並可進行書面交流的知識分子，因此，對中國漂流船隻的處理、應對，首先就由漂流地的官員、漢學者負責，這樣就保留了很多以筆談的形式進行交流的史料記録。這些原始史料留存在各地，長期未得到人們的關注。但是，自從大庭修先生和我本人開始關心、並開始收集相關資料以後，也得到了藪田貫[①]先生和山岡泰造[②]先生的協助，編集了這套獨具特色的資料集。

大庭修先生以這些資料集的出版發行爲基礎，付梓了《江户時代的日中秘話》、《古代中世之日中關係史的研究》[③]、《漢籍輸入的文化史：從聖德太子到吉宗》[④]、《德川吉宗與康熙帝——鎖國下的日中交流》[⑤]、《漂着船物語：江户時代的日中交流》[⑥]等書籍。

關於江户時期的日中貿易情況，山脇悌二郎先生[⑦]從日方角度出發，研究了長崎的對華貿易實況；我本人則是從中方角度出發來研究這一問題，著有《清代海外貿易史的研究》[⑧]，對中方的貿易商人體系和商船的航運情況進行了解讀。

三、清朝帆船漂到日本筆談史料

《江户時代唐船漂着資料集》中收録的不只是文獻資料，還包括有畫像資料[⑨]。特別是所看到的船員肖像畫，留存下了清時普通老百姓的面貌，是極其寶貴的資料。

---

①藪田貫編著《寛政十二年遠州漂着唐船萬勝號資料》，關西大學東西學術研究所資料集刊13–6，關西大學出版部，1997年11月。

②山岡泰造收録了既是元順號船員、又被稱作是畫匠的方西園畫作69件。大庭修編著《安永九年安房千倉漂着南京船元順號資料》，關西大學東西學術研究所資料集刊13–5，關西大學出版部，1991年3月，頁165–237。

③大庭修《古代中世之日中關係的研究》，同朋舍出版，1996年2月。

④大庭修《漢籍輸入的文化史：從聖德太子到吉宗》，研文出版，1997年1月。

⑤大庭修《德川吉宗與康熙帝——鎖國下的日中交流》，大修館書店，1999年12月。

⑥大庭修《漂着船物語：江户時代的日中交流》，岩波書店、2001年8月。

⑦山脇悌二郎《長崎的唐人貿易》，吉川弘文館。

⑧松浦章《清代海外貿易的研究》，朋友書店、2002年1月。

⑨松浦章《江户時代之清朝中國人的畫像資料》，《或問》第11號（近代東西言語文化接觸研究會），2006年6月，頁1–13。

通過這些資料，既可獲知清時船員的一些鄉情民俗，還可更進一步了解當時的社會風貌，其史料價值不容忽視。

文政四年（道光元年1821），一艘隸屬于長江河口崇明縣的沿海商船漂流到紀州，今和歌山縣熊野。該船的有關情況，已在《清代沿海商船之紀州漂着》①一文中作了介紹。文中《文政四年熊野漂着崇明船》的筆談記録是根據畔田翠山所著《翠嶺軒日鈔》裏收録的《清人漂着譚》内容。該筆談記録收録了令人頗感興趣的各種内容，而船員王壽珍回答對方問題的誠懇態度，無疑地又進一步肯定了該筆談的史料價值。現舉出下述兩點，予以説明。

《清人漂着譚》的起首部分記述如下：

文政四年《清人漂着譚》

文政四年辛巳春二月臣益奉命會江南崇明縣漂民於鹽津筆語

二月十一日

僕紀國文學，姓鳴澤名益，承官命，來面你們，貴船幾個人命，去危迫，就安穩，真是天大造化了。

王壽珍　漂流貴國，蒙各大人恩厚如山，有今日安穩。

鳴澤益和王壽珍的筆談記録中，對王的籍貫這樣記述道：

益（鳴澤益）　合船十七名，俱是崇明縣人乎？就縣那鄉里住下來麽？其鄉名如何？

壽（王壽珍）　俱崇明縣小陰沙人。

益　施姓都是船主的枝屬乎？

壽　多是一家。

根據上文可知，王壽珍是崇明縣小陰沙人。該筆談内容成爲確定無疑的依據，還因爲鳴澤益就王壽珍故鄉官吏的情況進行詢問時，王的答復是明確且具體的。

益　貴府大總兵，其姓名官位如何？

壽　姓趙名春曉，品位穩重。

①松浦章《關於清代沿海商船的紀州漂着》，《關西大學東西學術研究所紀要》第20輯，1987年3月，頁39–62。

看來，王壽珍答復的崇明縣總兵趙春曉是有一定名氣的。據史料記載，趙春曉，嘉慶十六年（1811）至嘉慶二十四年（1819）歷時8年，兼任崇明縣總兵，亡于任上①。王回答鳴澤益的問題時，趙已死去。但對王壽珍這樣的普通百姓來説，没有忘記趙這樣的親民官吏並不難理解。因此，他在筆談中仍説是趙春曉，我個人認爲是合情理的。儘管與趙的實際任期有些許偏差，但卻準確無誤的答復了有關人員的姓名。這種能肯定無疑地答復身邊有關官員具體姓名的情況，一方面提高了該筆談的價值，另一方面也可判斷出他的應答是符合事實真相的。

王壽珍等人的故鄉是崇明縣，以及曾任該縣總兵一職的趙春曉等等的應答事實，都得到了論證，因此該筆談雖篇幅短小，但我認爲它是經營江南沙船航運業的一海商之筆談記録。在拙作《清代上海沙船航運業史的研究》②中，已經明確了該海商的具體情況。

以下，列舉文政十年、道光七年、1827年漂流到土佐的船員名單，僅作參考。

道光七年丁亥江南蘇州府元和縣沙船，漂到浦户港人數十六，各船工王玉棠人票此准

王玉棠	江南蘇州府南通州吕泗場街上住	祖仙寺大廟置
彭耀曾	同街東住	祖仙寺發倫寺置
高福林	同街上住	祖仙寺發倫寺置
陳扣保	同街上住	祖仙寺發倫寺置
張扣寶	江南蘇州府靖江縣住	祖仙寺本置
徐聖林	同 同住	同
高華廷	江南蘇州府南通州街東住	祖仙寺發倫寺置
趙斌	江南松江府上海縣本城住	祖仙寺城隍廟置
曹老老	江南蘇州府吕泗場西住	祖仙寺佛廟置
彭福堂	同街上住	祖仙寺大廟置
卞錦堂	同街西住	祖仙寺發倫寺置
盧有龍	同 同住	祖仙寺同置
吴貢廷	同街東住	祖仙寺同置
俞鳳群	同街上住	祖仙寺王經堂置

①松浦章《文政四年“清人漂着譚”——紀州漂着中國商船》，《關西大學東西學術研究所紀要》第38輯，2005年4月，頁16–17。

②松浦章《清代上海沙船航運業史的研究》，關西大學出版部，2004年11月。南京大學范金民教授在《史林》2005年第3期（6月），頁111–115中，發表了題爲《觸手屆珍構洪篇——松浦章〈清代上海沙船航運業史的研究〉述評》一文。

彭大乾 同街東住　　　　　　　　　祖仙寺發倫寺置

以上共十六名

船主

蔣 炳　　　　　　　　　　　　　　江蘇湖州住

發倫寺　　　　　　　　　　　　　在南通州吕泗場街上

佛 殿　　　　　　　　　　　　　　同

王經堂　　　　　　　　　　　　　同

大 廟　　　　　　　　　　　　　　同

城隍廟　　　　　　　　　　　　　江南蘇州府上海縣城内

右彭耀曾所寫出

上述名册是蔣元利商船的舵工彭耀曾替代該船負責人王玉堂答復日方調查時，記録下的花名册。

蔣元利船主蔣炳被認爲是“江蘇湖州住”，是擁有蔣元亨、蔣元利、蔣元貞、蔣恒生、蔣泰生、蔣肇生、蔣聿生、蔣太生、蔣德生、蔣天生、蔣同生、蔣甯泰、蔣榮泰、蔣復泰、蔣震泰、蔣全泰、蔣福安、蔣福康、蔣大昌，以及蔣福源、蔣福來另外兩艘木材貿易船隻，共計二十一隻帆船的船主。那麽，船名是否信實可靠呢?

蔣元利船向官府申報、並在船體側面登記的番號是“江南蘇州府元和縣壹伯陸拾捌號蔣元利商船”，故該船籍明顯屬元和縣。迄今爲止，還未見到中國船籍登記的相關史料，而蔣元利船漂流到土佐是文政十年正月、中國道光七年。作爲參考依據，能了解這一時期沙船船籍情況的是道光六年實施海運時所用的一五〇〇艘沙船的船籍[①]。據《江蘇海運全案》卷十、卷十一中的船册記載，與蔣元利船同樣的蔣姓船名，且以“元”字型大小注册、估計屬元和縣船籍的船名，已判明是如下表所示的沙船名。

①松浦章《清代上海沙船航運業史的研究》，頁244–259。

道光六年實施海運之元和縣籍蔣姓船一覽

卷丁行	縣	字型大小	船籍縣	船名	長江口出帆月日	天津到達月日	長江口返航月日	與蔣炳所屬船同名船
102209	吴縣	120	元	蔣元貞	228	326	812	○
115509	江陰	109	元	蔣元利	215	326	627	○
115506	江陰	106	元	蔣恒生	215	319	620	○
105804	昭文	160	元	蔣合盛	519	606	806	
118016	太倉	134	元	蔣恒泰	427			
115605	江陰	119	元	蔣聚盛	210	310	501	
100708	長洲	171	元	蔣聚盛	605	707	917	
113303	青浦	118	元	蔣全泰	223	326	729	○
117908	太倉	108	元	蔣大昌	303	330	809	○
115510	江陰	110	元	蔣大生	217	327	808	
106203	昆山	132	元	蔣泰生	228	415	811	○
115604	江陰	118	元	蔣長盛	210	310	501	
107302	新陽	102	元	蔣肇生	305	405	812	○
100702	長洲	165	元	蔣長盛	603	615	809	
102904	吴江	117	元	蔣長泰	210	315	521	
110807	奉賢	140	元	蔣長泰	608	716	915	
106910	新陽	135	元	蔣德生	228	404	812	○
115511	江陰	111	元	蔣寧泰	217	326	813	○
105412	昭文	112	元	蔣福安	217	327	728	○
115508	江陰	108	元	蔣福康	215	315	606	○
115507	江陰	107	元	蔣復泰	215	312	521	○
111805	金山	135	元	蔣復泰	609	718	928	○

注：《江蘇海運全案》的卷數用六位數表示，分别代表卷數、丁數和行數。頭兩位數表示卷數，中間兩位數表示丁數，行數則表示的是出現船名的行數。
縣，指委託運送的縣。字型大小，指船籍號數。船籍的“元”是元和縣的略稱。月日是用三位數，表示舊曆的月份和日子。

上表合計的二十二艘蔣姓商船中，船名重複、相同的是蔣聚盛、蔣長盛、蔣長泰和蔣復泰四艘。根據這四艘船的航行時間來看，估計它們在長江口和天津之間航行過兩次，故推測是同一艘船，所以實際上是十八艘。這十八艘蔣姓商船中，與蔣炳所有的二十一艘船船名一致的計十三艘（因蔣復泰船名重複兩次），所以實質上是十二艘。多半數的海運商船都和蔣炳的船完全相同。這種情況决不是偶然現象，説明這十二艘船屬於蔣炳，且極有可能就是道光六年在長江口至天津運送税糧的沙船。這種假設成立的可能性較大，所以漂流到日本土佐的蔣元利船就應該是道光六年運送税糧的船隻。

蔣元利船于道光六年二月十五日離開長江口，三月二十六日到達天津，六月二十七日返航回到長江口岸，其後就行蹤不明。而道光六年十一月十六日出航長江口前往山東途中遭遇海難，于文政十年（道光七年）正月七日漂流到了土佐的浦户。從道光六年六月下旬至十一月中旬這期間，它或是在長江口附近暫泊，或是從長江口至山東方向有過短暫航行，兩者在時間上都是有可能的。因爲沙船一般一年航行四次並不少見，甚至還有航行五次的情況①。

接下來要叙述的是安政二年（咸豐五年，1855），漂流到宮崎縣的另一艘中國沿海商船。這艘商船史料收藏在宮崎縣立圖書館，標題名稱是《阿萬文書　清國江南沙太壽商船漂到日記》，是1855年五月漂流到宮崎市日向市沿海附近，隸屬長江口北岸海門的船舶。史料記録如下：

清國江南沙太壽漂到日記

五月十一日

安政二年五月十一日晡時，忽報異船一隻，到折生迫港。官命余往探其動勢。余乃投袂起。疾走趣之，到則黄昏。余乃棹漁船，往到異船。船傍題江南太字第一百三十號沙太壽商船，船後額題順風口相送［船長十五間，幅可二間餘］，辮髮人在船上，招々余乃登之。觀其動静，船上無有兵器銃炮。彼欣余來，拜頓畢，舉手動口，爲漂蕩流離之狀，有請哀永憐之意。余乃賦詩贈之。

其詩曰

一發江南愁復愁，紫波洲外駐孤舟。相逢欲語情千緒，爲問此情君識不。

清商三四名相與吟詠如盡解其意者，既而稟告如左。

吾問此地何地。

答

此地是日本日向州折生港也。一名紫波洲崎。

稟

吾們還香要到長係港，如何者乎。行走吾們漂到此不仁至路素如何行走。

余返復看之，僅解得要長係港，如何者乎。其餘卒不可得解。卻問。

長係港，不知果何地，非長崎港否?

復

長崎港是是。

此時筆出一紙書示之。余電覽畢，欲懷之遠，彼不可乃止。後數日停泊外浦譯史應接時節，彼又示之，乃寫歸記如左。

照得清國江南省通州海門縣人民，沙大壽商船舵工吴邵廷、副茅獻陽等十一名，咸

①松浦章《清代上海沙船航運業史的研究》，頁330–331。

豐四年十一月二十日，即墨縣金口開洋，洋中遇颶風，漂到此地。柴米闕之，不能還鄉里。此地政府特加恩恤，允本船在那安奥裏停泊，送米水必需諸物。查考儞們所有米水，不諳海性不熟風候，縱能疾走，萬一洋中會風不順，再漂到此地，政府爲費心記，乃更議定于東風起日，發牽船數十隻，導本船，駛往長崎。長崎係江南生意互市之馬頭，儞們前去那地方，跟從商船，刻日開洋，本船安妥，遠即還鄉。看得儞們跂圖日切，政府爲仰官吏，俟風發程。今諭儞們，體悉此意。

安政二年乙卯春三月。

是蓋土佐州浦户港應接官員所報告也。及後究其顛末，知之。余雖未得其要領，量知逢颶漂到此地，無他虞，乃書報之官。

十二日

余乘漁舟、又到沙太壽船上，筆語往復如左。

往

昨夜相接，既知江南商船，未審發江南，以何月何日乎？逢颶漂到此地乎？知船上有所乘十一名，未審船號者何？

船主者何？

船中所裝載者何？

船中所闕乏者何？

復

吾船裝豆餅豆油。

船名沙太壽。

本船十一名，舵工吴邵廷，副茅獻陽。水主姓顧氏、張氏、茅氏、施氏、朱氏、蔡氏、陳氏、陸氏、曹氏。

稟

要到長崎港，自此地到他港，遠近如何。

復

自此地到長崎，海陸有二：一則右邱山，西南走，此曰薩摩洋又右邱山，北走，以到長崎、是蓋近而易。一則左邱山，北走，又左右邱山，西北走，此曰長州峽，又左邱山，西走。此曰玄海洋，又左邱山，西南走，以到長崎，是蓋遠而難。（以下略）

這艘船如史料所載那樣，船身長和船幅是“十五間和二間餘”，是一艘細長型船隻，而且隸屬南通州海門所有，是江南特有的平底型海船之一——沙船。

類似這樣的沙船航運記録文獻，雖史料稀少，但由於漂流到達地區屬漢字文化圈，所以才能夠較大可能地保留下“筆談”這樣形式的交流記録。

四、小結

如上所述，江户時期有數量不少的中國帆船漂流到了當時的日本，留存下應用漢字來進行意思表達及傳遞的“筆談記録”。這些記録如實地反映出了鮮見的清朝沿海地區社會風貌，尤爲重要的是作爲清朝的海上交通史料，它詳細的記録了海船的航運形態，以及迄今爲止，清史中罕見的普通老百姓的生活樣態。這些都進一步的提高了此類史料的價值。

由於江户時期，和當時的中國人能接觸的機會只限於長崎一地，故漂流到日本的中國船隻甫一出現，有關人員就在嚴守“鎖國”這一國法的宗旨上，認真對待、謹慎調查，因此也就留下了筆談記録。這些記録作爲域外史料，對中國本土來説是極其寶貴的。

清朝中國商船船員之日本觀
——以漂流史料爲中心

張新藝

一、序言

日本的對外交流進入18世紀後，按照已定的“海禁”[①]政策，進一步的充實並加强了長崎的對中貿易體系。受此影響，中國也不得不針對新體制的實施，重新制定對策，强化對日貿易的管制與統轄。這樣，江户幕府時期的日本和當時的清朝間的交往受到了極大的限制，雙方的接觸只能在極狹小的範圍内進行，接觸就被限制在相當狹窄的範圍内，瞭解雙方國情的方式也就只能依靠駛往長崎的清朝貿易商船[②]。

衆所周知，江户幕府時期的長崎，是18世紀後的日本獲得清朝資訊的唯一管道。當時的清朝商船入港後，由唐通事（在長崎擔任翻譯並處理一切有關清朝商船業務的翻譯官）、風説役（記録海外資訊，並呈報給幕府的長崎地方官員）、通事目付（主要負責監督來航中國商船情況的地方官員）等官員負責相關具體事項。他們基本上聽取的是船長的彙報，内容主要涉及清朝及其它諸國的國内情況、航海途中的狀況、商船及其所有船員的有關情況，當然也包括嚴格的例行檢查。這些情況，都被事無巨細、一字不漏地記載下來，先提交給長崎奉行（統管長崎通商、外交、司法的最高級别官員），經唐通事翻譯成日文後，再由奉行進呈幕府。這些原始記録後都收集在《華夷變態》[③]和《唐人風説書》[④]中，

①“海禁”，自從朝尾直弘先生首次提出應立足于“東亞世界”這一視角來重新定位日本與西方各國關係的建議以來，“海禁”就被定位在了爲實現國家希望的對外關係，制定並實施國家統轄區域内禁止普通百姓個人出海和海上貿易的一種政策體系。近世日本外交，體現出了通過長崎、對馬、薩摩、北海道的松前這四個視窗，將荷蘭、中國、朝鮮、蝦夷作爲“夷”，將自己本身作爲“華”，形成差距，並重新進行等級制劃分而形成的新型“華夷秩序”這一特點。

②山脇悌二郎《長崎の唐人貿易》，吉川弘文館1964。松浦章《清代海外貿易史の研究》，朋友書店2002。

③林春勝、林信篤《華夷變態》上、中、下册，東洋文库(1958年再版)，東方书店1981。

④大庭修《唐船進港回棹録・島原本唐人風説書・割符留帳》，關西大学東西學術研究所1974。

隨著時代的推移，記録内容呈現出逐漸簡略化和形式化的特徵。如在書中常多能看到“大清諸省靜謐”、“無別事”、“同前”等記述類型，但從整體來看，明朝滅亡、清朝建立，和後來的三藩之亂，康熙帝平定準葛爾部落叛亂等重大事件，也都收録其中。毫無疑問，這些事關清朝發展、變化動態的資訊，在當時都準確、迅速地上報到了幕府，而它們理所當然的是直接來源於入港的清朝商人。下面以《華夷變態》中1699年（康熙三十八、元禄十二）第69號入港清朝商船帶來的資訊情況爲例，予以説明：

大清之儀十五省共に彌寧謐之儀に御座候，然者舟山に罷有候総兵之官監理と申者、北京へ致奏申，奥国より浙江省へ商売に参候船共、舟山湊へ招寄せ、商売爲仕申候，私共出船之節迄、奥船五、六艘舟山へ致着船申候，尤此度私共船にも、奥国暹羅より出産之荒物、少々積渡申候、且又当年は及第年に而御座候に付、兼而文武之志有之者共、諸省北京へ赴申候様子（中略）、右之旨可申上外、別に他説無御座候。

大清國十五省共靜彌寧謐無亂。然舟山總兵、呈報北京奏聞。自奥國等地有商船至浙省買賣，集湊舟山港。我等商船出海之際、奥船五、六艘泊於舟山。此次我等之船荷載奥國暹羅土特産品、欲於出港。另當年及次年之際、文武有志之士、自諸省奔赴北京。（中略）上述之外、別無他事①。

從摘抄的上述原文中，我們可看到日方根據清朝商船的彙報，記録下清朝國内穩定、舟山當地官員向北京報告商船進行交易的前因後果，以及即將舉行科舉這樣的資訊。行文記録雖然簡潔，但内容略顯單薄、貧瘠。因此，除上述管道獲得有關清朝的資訊之外，漂流到日本的中國漂流民也無疑成爲瞭解清朝國情的另一條重要管道，與他們交流所獲知的廣泛、生動、詳實的資訊，對幕府來説更像是一部栩栩如生、活靈活現的“唐人風説書”。本文通過分析保留至今的筆談史料，即圍繞江户時期漂流到日本的中國船員滯日期間，與被指定的日方接待人員之間進行的交流實況，試圖對他們的日本觀進行考察。

二、有關清朝漂流民的研究概述及相關史料的介紹

據有關記載，江户時期，兩國船員的漂流次數不少，從18世紀60年代起至19世紀中

①林春勝、林信篤《華夷變態》下册，東方書店1981，頁2098。

葉，僅飄到日本的清朝船隻就達到了180次以上，日本飄到中國沿海各地的也有52次[①]。

日本研究者圍繞著兩國對漂流船員採取的處理措施這一中心，試圖解明江户幕府定位下的對華關係，以及清朝與周邊諸國的對外關係[②]，其研究取得了極大的突破。另一方面，實藤惠秀[③]、佐藤三郎[④]、相田洋[⑤]等研究者，則將焦點專注於記録日本漂流民在清朝國内所見所聞的“漂流記”方面，探討了江户時期日本普通民衆的對華印象。同時，通過與漂流到日本的清朝漂流民交流的筆談史料，我們也可勾勒出江户幕府時期日本知識分子的對華觀。上述基於民衆認知層面上的研究和基於國家層面上進行的研究，都非常重要，但都是從日方角度出發而展開的研究；從中方角度出發，目前爲止還幾乎未看到清朝、特别是清朝普通老百姓的對日觀。然而，清朝漂流民與日方的筆談史料，可以説是相當清晰的刻畫出了當時兩國普通民衆對雙方的互相認知情況。長期以來，以關西大學松浦章教授爲首的多位研究學者，就開始不辭辛苦的實地考察、孜孜不倦的挖掘原始筆談史料，對雜亂無章、數量龐大的史料進行整理、歸納，並收集成册、出版發行，付出了極其艱辛的研究勞動，取得了令人矚目的業績。作者本人也承蒙松浦章教授指點所賜，能夠較順利的閲讀到原始史料。本論文擬以現有的史料爲基礎，考察筆談史料中所表現出的18世紀中葉至19世紀中期，清朝漂流民的日本觀。

首先，根據史料，將清朝商船按照漂流到日本的時間順序，整理列表如下。

表一 漂流到日本的清朝商船一覽表[漂流地點欄中的（　）内地名是今日的稱呼]

年代	漂流商船名	漂流地點	漂流商船的性質	引用據典
1753年 乾隆十八年 寶曆三年	南京船	伊豆八丈島（東京都八丈島）	長崎貿易之清朝商船	①
1780年 乾隆四十五年 安永九年	元順號	安房千倉浦（千葉縣安房郡千倉町）	長崎貿易之清朝商船	⑤
1789年 乾隆五十四年 寬政一年	安利船	土佐羽根浦（高知縣羽根浦）	長崎貿易之清朝商船	③

①中村質《日本来航唐船一覧·明和元一文久元年（1764—1861）》《九州文化史研究紀要》41号，九州大学文化史資料室平成9年。

②荒野泰典《近世日本と東アジア》，东京大学出版会1988。

③さねとうけいしゅう《漂流記と中国–江戸時代の日中關係》1、2《中国语杂志》4卷4号，5号，帝国书院1949。

④佐藤三郎《近代日中交涉史の研究》，吉川弘文馆1984。

⑤相田洋《近世漂流民と中国》，《福岡教育大学紀要》2分册社会科編，31，1981。

續表

年代	漂流商船名	漂流地點	漂流商船的性質	引用據典
1800年 嘉慶五年 寬政十二年	萬勝號	遠州沖之須村（靜岡縣磐田郡福田町、淺羽町至小笠郡大須賀町一帶）	長崎貿易之清朝商船	⑥
1808年 嘉慶十三年 文化五年	郁長發	土佐奈良志津（高知縣室户市浮津附近）	清朝國内沿海商船	④
1826年 道光六年 文政九年	得泰船	遠州下吉村沖（靜岡縣榛原郡勝間田川河口）	長崎貿易之清朝商船	②

引用據典如下：

①大庭修編著《寶曆三年八丈島漂著南京船資料》，關西大學東西學術研究所資料集刊13–1，關西大學出版部，1985年。

②田中謙二、松浦章編著《文政九年遠州漂著得泰船資料》，關西大學東西學術研究研究所資料集刊13–2，關西大學出版部，1986年。

③松浦章編著《寬政元年土佐漂著安利船資料》，關西大學東西學術研究研究所資料集刊13–3，關西大學出版部，1989年。

④松浦章編著《文化五年土佐漂著江南商船郁長發資料》，關西大學東西學術研究研究所資料集刊13–4，關西大學出版部，1989年。

⑤大庭修編著《安永九年安房千倉漂著元順號資料》，關西大學東西學術研究研究所資料集刊13–5，關西大學出版部，1991年。

⑥藪田貫編著《寬政十二年遠州漂著唐船萬勝號資料》，關西大學東西學術研究研究所資料集刊13–6，關西大學出版部，1997年。

據表一可看出，除一艘是清朝國内沿海商船外，其餘都是欲赴長崎進行貿易的清朝商船。按照幕府的"海禁"政策方針，接觸漂流民的人員受到嚴格的規定，正如松浦章教授在諸多相關著述和論文研究中指明的那樣，負責與漂流民進行筆談的日方人員基本上都是漂流地當地的漢學者，具有很高的漢學造詣，他們與漂流民接觸後的筆談記録，真實地反映出了當時當地的實際情況；而經歷濤風駭浪、死裏逃生的漂流民到達日本、得到救助後，負責進行交流的基本上都是船長或財副或總管，他們没有理由也不可能在人生地不熟的異國他鄉故意隱瞞實情，答非所問。所以，毋庸置疑，保留至今的筆談史料不僅真實，而且是詳細、生動地再現了舊情舊景，似乎將我們帶入到了歷史言談的畫卷中。

三、江户時期漂流到日本的清朝人之日本觀

筆談史料内容包羅萬象，涉及到了兩國的歷史、地理、文化、政治、經濟、軍事、貿易、社會狀況等各個方面，現舉出其中一例略作説明分析。

以中方的話語作爲a,以日方的話語作爲b,（下同。涉及到的筆談者姓名，將在其下方以標示。另外，爲了方便閱讀，作者在史料原文上加注了句讀點。）摘抄清朝國内沿海商船郁長發船的部分史料如下。

a: 請問寶國尊名。

b: 大日本土佐國①。

中略。

a: 范（郁長發船船長，下同。）曰：岸上可有剃刀買乎?

b: 余（漂流地當地筆談人員的自稱）曰：本邦不許與刀類於異國人。

（中略）

b: 船内有明錢乎?

a: 范曰：洪武、萬曆、寛永。

b: 寛永是大日本錢也。

a: 范曰：今知之②。（郁長發船，引用據典④）

郁長發船的船長和日方的筆談交流次數，前後總計只有極少的七次，主要是詢問漂流地地名、求購剃刀等内容，由此可看出普通清朝老百姓對當時的日本缺乏了解。特别是清政府因造幣所需，遣船日本長崎進行貿易，將日本貨幣“寛永通寶”運回國内通用於市街之情況，該船船員竟然一無所知。雖然對貿易商人來説，其行業性質具有與三教九流、各類人物打交道，可輕而易舉獲取大量資訊這一特點，但通過該船船員直到被告知日本貨幣也在清國内流通一事的筆談記録，就可推測出清朝普通老百姓對當時日本的無知程度。該船的筆談記録中，不管是得知“寛永通寶”産自日本也罷，還是船員想求購日用品之一的剃刀也罷，都説明了當時幕府實施的嚴厲“海禁”措施都不被清朝國内沿海貿易商船所

①松浦章《文化五年土佐漂着江南商船郁長發資料》，關西大学出版社1989，頁8。

②同上，頁23。

了解。

然而，其他五艘赴長崎的貿易商船和當地營救的日本人接觸，得知漂流地是日本之後，基本上都是即刻提出護送至長崎的要求。相關原文摘抄如下。

國王弘開天地之德，滋澤萬國之恩，速賜來船。使山（南京船船主高山輝，筆談人員。下略）等得渡長崎，早歸故鄉①。（南京船，引用據典①）

伏望盛德至仁政施及殊俗，使送我至長崎②。（元順號，引用據典⑤）

稟貴司官，速令雇船，先將通船人衆及諸具行裝送至長崎，兩全其美。而浸濕餘貨。（中略）載長崎交待，則感恩不淺矣③。（萬勝號，引用據典⑥）

而元順號就不僅僅只限於提出護送至長崎的要求，更是圍繞著信牌和長崎的關係，與漂流地的官員進行了如下的交涉，保住了只有在長崎才能進行貿易的證明物——信牌：

余（兒玉琮，號南柯，日方筆談者。下同。）曰（中略）知尹命同成以繳信牌。一欲若長崎例。

沈敬瞻（元順號船長）曰：例長崎進港繳上，其他漂流各港曾無繳者。非敢拒命，惡其無例也。

余甚然之④。（元順號，引用據典⑤）

另外，下述的安利船和得泰船的筆談史料中，還能直接看到船員對江户幕府“海禁”措施的解讀：

況僕至崎五次，已知貴國森命。然灰物之敬，不足掛齒⑤。（安利船，引用據典③）

可可恨恨貴邦邦禁森嚴。不能一游其地也⑥。（得泰船，引用據典②）

如果説漂流船隻——安利船船員雖然稍微瞭解一點日本嚴厲的“海禁”政策，但横遭

①大庭修《宝暦三年八丈島漂着南京船資料》，關西大学出版社1985，頁19。
②同上，頁5。
③藪田貫《寛政十二年遠州漂着唐船萬勝號資料》，關西大学出版社1997，頁99。
④大庭修《安永九年安房千倉漂着南京船元順號資料》，關西大学出版社1991，頁11。
⑤松浦章《寛政元年土佐漂着安利船資料》，關西大学出版社1989，頁165。
⑥田中謙二、松浦章《文政九年遠州漂着得泰船資料》，關西大学出版社1986，頁293。

飛禍之際卻能得到異國他鄉之人的救助而大難不死，情理之間自然產生贈送土特產品以報答救命之恩的想法並欲付諸行動，我們可讀解出他們似乎對日本"海禁"的嚴厲並未引起足夠的重視。然而，進入19世紀後，漂流商船即使得到救助、被護送到長崎，筆談中也未見到贈送土產一事，而是出現了如得泰船筆談記録中那樣船員因不能游覽名勝古蹟，直接表達出來的牢騷、抱怨、不滿心情的話語了。

正由於是遣往長崎的貿易商船，所以船員多多少少瞭解一些日本國内情況。比如，只可在長崎同外國進行貿易的"海禁"規定；還有，明顯違背日方禁止的剃刀等刀具類的個人私下交易，寬永通寶等原産日本的貨幣等等話語，都未在這些商船的筆談史料中發現。所以，與國内沿海商船郁長髮船相比較，可以説長崎貿易商船對日本國内的瞭解比較清晰；同時，我們也可看出隨著時代的推移，19世紀的漂流商船船員比之18世紀的日本觀，其認知情況也更加鮮明。

其次，根據漂流受損的商船被牽引、護送之際的記録，來探討當時清朝船員的另一日本觀。以安利船爲例，筆談記録如下：

> 本船行長崎之路，必須小牽船有力者六七十艘方得妥協。再船司帶水手六十名，在本船住歇，方得妥協①。（安利船，引用據典③）

不言自明，飽經漂流之苦的漂流民在商船好不容易被牽引、護送之際，都希望不要再發生使商船受損的意外事故。故爲了穩妥起見，向日方要求更多的牽引船隻和盡可能多的當地船員，力圖將損失降低到最低程度的做法是符合常情，可以理解的。儘管18、19世紀的清朝漂流船數量只是長崎貿易商船中的滄海一粟，但從漂流民對日方船隻、人員等數量的具體要求這一點分析，不僅表現出對日方載貨量，特别是救助能力持有一定的懷疑、不安心態，而且也不能不説對日本海運，尤其是船隻運輸方面的實際情況有了一定的瞭解，能夠較自信地作出窺一斑而知全豹的決定。即一艘長崎貿易商船的載貨量相當於60—70艘日本船隻的載貨量。這恐怕就給赴長崎的清朝商人留下了日本落後於清朝的印象吧。

筆談内容廣泛而又雜亂，包羅萬象，不可能一一列舉。下面通過統計雙方問與答的次數和分析筆談的具體内容，大體劃分、歸納爲兩種類型。其一是有關漂流船隻的救助、護送、載貨等情況，以及與船員有關的飲食、祭祀、疾病及其治療情況等等的内容；其二是上述内容以外、涉及到中日兩國各方面的話題。將兩者列表如下，其一中的日方話語用A表示、中方話語用B表示，其二中的日方話語用A'表示、中方話語用B'表示。

①松浦章《寛政元年土佐漂着安利船資料》，關西大学出版社1989，頁154。

表二 筆談史料中的中日雙方的問與答次數一覽表（阿拉伯數字表示問與答次數；每船對應橫欄内的百分比數字，左邊的是與縱向合計數的比值，右邊的是與橫向合計數的比值。）

<table>
<tr><td rowspan="2">船名</td><td colspan="4">日　方</td><td colspan="4">中　方</td><td rowspan="2">合計</td></tr>
<tr><td colspan="2">A</td><td colspan="2">A'</td><td colspan="2">B</td><td colspan="2">B′</td></tr>
<tr><td rowspan="2">南京船</td><td colspan="2">16</td><td colspan="2">50</td><td colspan="2">76</td><td colspan="2">0</td><td rowspan="2">142</td></tr>
<tr><td>6%</td><td>11%</td><td>33%</td><td>35%</td><td>23%</td><td>54%</td><td>0</td><td>0</td></tr>
<tr><td rowspan="2">元順號</td><td colspan="2">20</td><td colspan="2">38</td><td colspan="2">35</td><td colspan="2">0</td><td rowspan="2">93</td></tr>
<tr><td>8%</td><td>14%</td><td>25%.</td><td>41%</td><td>11%</td><td>38%</td><td>0</td><td>0</td></tr>
<tr><td rowspan="2">安利船</td><td colspan="2">36</td><td colspan="2">12</td><td colspan="2">90</td><td colspan="2">1</td><td rowspan="2">139</td></tr>
<tr><td>14%</td><td>25%</td><td>8%</td><td>9%</td><td>27%</td><td>65%</td><td>6%</td><td>0.7%</td></tr>
<tr><td rowspan="2">萬勝號</td><td colspan="2">87</td><td colspan="2">30</td><td colspan="2">60</td><td colspan="2">5</td><td rowspan="2">182</td></tr>
<tr><td>35%</td><td>61%</td><td>20%</td><td>17%</td><td>18%</td><td>33%</td><td>28%</td><td>3%</td></tr>
<tr><td rowspan="2">得泰號</td><td colspan="2">91</td><td colspan="2">21</td><td colspan="2">69</td><td colspan="2">12</td><td rowspan="2">193</td></tr>
<tr><td>36%</td><td>64%</td><td>14%</td><td>11%</td><td>21%</td><td>31%</td><td>67%</td><td>6%</td></tr>
<tr><td>合 計</td><td colspan="2">250</td><td colspan="2">151</td><td colspan="2">330</td><td colspan="2">18</td><td>749</td></tr>
</table>

通過表二中的對照，可看出以下特點:

第一、遇難漂流的清朝漂流商船，每一艘船員對自己在日本獲救並被護送至長崎的待遇，包括此過程中的飲食、祭祀、疾病的治療，還有船上的載貨等方面，都表現出了極大的不安、擔心、關切之情，此類話語（即B）占了相當大的比重，比B’的比值明顯的高出許多，説明清朝漂流民只傾注於和長崎貿易有關的事項，對其他事項，包括對日本國情的瞭解，是抱著漠不關心的態度。其次比較B與A，可看出漂流民們在18世紀的提問話語次數較日方多，而19世紀後則剛好相反，日方超過了清朝，兩者之間在數量上的消長情況，似乎預示著雙方都抱持有認爲對方的技術、國力不如己方的觀點。再進行A’和B’的比較，看兩者的變化是A’的次數呈漸次減少的趨勢，而B’次數呈漸次增加的特點。兩者的一減一增可得出筆談雙方持有的對方國家觀念已發生變化這樣的結論。A’與本論文没有直接關係，故省略不論。但是B’的逐漸增多這一特點，也就是説從初期對日本的漠不關心態度，到積極向其詢問日本國内情況的這一變化結果，説明了清朝漂流民不僅感受到了日本的變化，還逐漸對其産生了莫大的興趣。因此可以説，清朝漂流民明白、瞭解了兩國的差異和以前對日認知上的不足後，才成爲促使他們思想觀念發生變化的轉機。

爲了明確説明這種變化，以最後一艘漂流商船——得泰號的筆談史料爲例，摘抄原文如下。其中，a代表中方船長——朱柳橋，b代表日方筆談者——野田笛浦。

a: 日本人少，故衣食多足。我邦人衆，故貧乏之人多。

b: 我邦富則富矣，人不必少矣。唐山貧則貧矣，人不必衆矣。自古稱爲繁富，而今歎貧乏，何矣。

a: 我邦雖繁富，而近歲貧乏之人居多，蓋古禮勤儉之風漸靡，人流奢侈，是以致衣食不足。

b: 我邦以實質立國，故不用儉而不得不儉矣，貴邦以文華立國，故不用奢而不得不奢侈矣。儉奢判我邦及貴邦之貧富，抑未也。

a: 恐有此理①。（得泰船，引用據典②）

從上述的筆談記録中，可看出中日雙方圍繞著“貧乏”與“繁富”進行一番論爭後，漂流民才被説服，達成了共識，即清朝漸趨“貧乏”、日本漸趨“繁富”。可以説這就是赴長崎貿易的清朝漂流民在19世紀時的對日觀念。可以説，這些對日觀念的形成，是從18世紀開始起，就不斷積累起來的。

第二，比較A’與B’的合計數字可知，儘管日方詢問漂流民的總次數（151次）幾乎是後者詢問前者次數（18次）的8倍多，然而漂流民向對方詢問次數的穩步增多，特别是筆談史料中甚至能看到他們對日本國内一些情況，具有一定的認知度，例如，有關將軍御苑内的動物、徐福墓地、筆墨紙硯、相關書籍、圍棋等文人常用物品，還有自然風景以及前文論述的“貧乏”“繁富”之爭等等。這些内容基本是出現在19世紀的筆談史料中，突出呈現了該時期筆談史料的一個特點。這也正如前所述，是由於18世紀的清朝漂流民對貿易之外的事項漠然處之，而19世紀以後表現出的積極詢問日方國内情況，開始關注日本的意識、願望高漲起來，有一定的關聯。

江户時期的日本實施嚴厲的“海禁”政策，導致有關日本的資訊情況，一般都是通過長崎貿易商船進行傳遞。它一方面使赴日貿易的清朝商人最先成爲對日本觀産生變化的源頭，這已在前文中論述過；另一方面則在無形中促進了商船間日本資訊的交流，這在筆談史料中也能看到相關記録。如，前文論述的商船逐漸認識到的“海禁”嚴厲程度而徹底放棄贈送土産來報答救命之恩意識的變化過程，就體現出漂流民們對日本的認識，呈逐漸細緻化的趨勢。再比如，南京船獲救、被牽引進當地的港口後，漂流民要求將船載貨物運往江户銷售、彌補損失，遭到拒絶。以後的漂流船筆談史料中就再也看不到同樣的要求。而同樣是該艘南京船，因商船受損嚴重，無法載貨前往長崎，請求焚燒，後得到日方許可的這一資訊，在其後的元順號筆談史料中就看到了有關記載，摘抄如下：

①田中謙二、松浦章《文政九年遠州漂着得泰船資料》，關西大学出版社1986，頁252–253。

a: 敬瞻聞。三十年前弊地有船，遇難至於八丈島，亦貴國之地也。幸行人安穩，貨物無恙。船亦破壞，知其難再用，因而焚化之。（中略）今誠能率由舊例。

b: 八丈焚船，蓋是當時權益，豈可常而例之也[①]。（元順號，引用據典⑤）

而1789年漂流到日本的安利船船長朱心如不僅提到了1780年的元順號情況，還進一步地表現出了對日本國情具有相當高的認知度。摘抄筆談史料如下：

昔日子年，有唐船沈敬瞻，漂流房州，亦係大日本所管。後日本船乘坐至崎，亦是七十七人。而護送官同船主沈敬瞻，船首至船尾看視游戲[②]。（安利船，引用據典③）（中略）

貴國五百餘員，爲唐船七十餘人，一則足下之義氣，二則將軍之命[③]。（安利船，引用據典③）

綜上所述，無論是元順號船長沈敬瞻提出與漂流到八丈島的南京船同等處置的焚船要求，抑或是安利船船長朱心如話語中的元順號具體情況，還是朱本人直接點明的握有日本實權的將軍，都説明了赴長崎貿易的清朝商船之間，其資訊交流並不少。正是通過各種資訊的交流，才加深、加寬了漂流清商們對日本國情的進一步瞭解，增多了認知量，使自己的頭腦中逐漸勾勒出清晰、完整、豐滿的日本形象，逐步形成他們本人的日本觀；而這是否也可以說，他們代表了所有清朝赴日貿易商人的對日觀呢！

四、結語

筆談史料中常看到，漂流到日本的清朝船員在18世紀，要求日方增加對漂流受損商船的牽引船數量，對飲食及其供給的擔心，甚至發牢騷、抱怨的情況，這也許是站在漂流船員本身的立場上看，認爲日本比清朝落後的心理表象之一，其根據就是日方對漂流船員提出各類問題，而他們卻只對自己的處境和貨物擔憂，完全不向日方詢問其他問題這樣的態度和具體言行中可看出；也就是説，除了貿易，對日本没有值得關心的事情存在，這也許是拘囿於固有的“天朝上國”思想觀念的圈圍之中。因此漂流到外國的清朝漂流船員自

①大庭修《安永九年安房千倉漂着南京船元順號資料》，關西大学出版社1991，頁17。

②松浦章《寬政元年土佐漂着安利船資料》，關西大學出版社1989，頁187。

③松浦章《寬政元年土佐漂着安利船資料》，關西大學出版社1989，頁177。

然就帶有這種“天朝上國”的意識觀念。據此可解讀出，在18世紀漂到日本的清朝漂流船員所表現出的一系列行爲，都是基於清朝先進、處於上位，日本落後、處於下位這樣一種“天朝上國”意識觀念上形成的優越感；同樣，清朝漂流民對日本情況完全無知，且漠不關心的一系列言行，也從另一層面上反映了當時清朝普通老百姓的日本觀。

進入19世紀後，感悟到本國漸次貧窮，日本漸次富裕這一質變發生的漂流船員，開始主動地詢問日本情況，呈現出漸對其産生興趣的特色。他們固有的“天朝上國”觀念受到外界的挑戰和衝擊而開始動摇，但從冒生命危險、遠涉重洋的海外貿易商人具備的開拓稟性這一角度考察，可窺視出，也許是他們自己首先勇敢的砸碎了束縛在脖子上的舊觀念枷鎖，重新開始建構自己的對日觀，即清朝面臨優越地位的喪失，已開始要品嘗淪落爲劣等地位的滋味了。因此可以指出的是，從19世紀初葉起，在意識觀念上，清朝人對長期形成的“天朝上國”這一思想觀念的認同度日趨淡薄，自古以來對日本抱持的優越意識行將崩潰，並逐漸演變成和其對等、甚至還有産生劣等感的可能性。

以漂流民爲媒介的筆談，一方面成爲中日兩國進行互相瞭解的溝通橋梁，另一方面也成爲重新理解並認知對方國家的一個契機，或許這才是和中日兩國歷史有關的筆談本身的特質。

角田簡之《世説》仿作初探

錢南秀

筆者研究《世説新語》及其仿作，注意到僅日本江户（1603–1867）、明治（1868–1912）時代，便有七種“世説體”作品問世[①]。

日本世説仿作

1	服部南郭 (1683–1759)	《大東世語》，5卷。江户：嵩山房，1750年出版	31世説門類
2	太田南畝（太田覃）(1749 – 1823) 今井久助 (1786 – 1829)	《假名世説》，2卷。署杏花園蜀山編，文寳堂散木補。序署1824年。東都書肆，1825年出版	27世説門類
3	同上	《假名世説後編》，未見[②]	
4	太田南畝	《世説新語茶》，署名山の手の馬鹿人，約編於1770年，洒落本	4仿世説門類
5	角田簡 (角田九華，1784–1855)	《近世叢語》，8卷。角田簡序署1816年；東京：書林，1828年出版	29世説門類
6	同上	《續近世叢語》，8卷。東京：書林，1845年出版	27世説門類
7	太田才次郎 (1892年前後在世)	《新世語》。東京：書林，1892年出版	未分類

這些作品以《世説》的分類形式編寫日本的士人軼事，其中以服部南郭 (1683–1759) 的《大

①關於德川/江户時代《世説》仿作，參閲大矢根文次郎《江户時代におけろ世説新語について》，原載於《學術研究》9（1960），收於大矢根文次郎《世説新語と六朝文學》（東京：早稻田大學出版部，1983），頁102–105；馬興國《世説新語在日本的流傳及影響》，《東北師大學報》1989年第3期，頁79–83；王能憲《世説新語研究》（南京：江蘇古籍出版社，1992），頁253–255。

②據大矢根文次郎《江户時代におけろ世説新語について》，《世説新語と六朝文學》，頁102。

東世語》和角田簡 (1784–1855) 的《近世叢語》、《續近世叢語》最具規模。筆者前此已有專文介紹《大東世語》①，本文擬對角田的兩部仿作再略加探討。

角田簡，字大可，號九華，江户後期程朱學派儒者②。所著《近世叢語》八卷、《續近世叢語》八卷分别刊行于文政十一年(1828) 與弘化二年 (1845)。兩書之作，雖間隔有年，因後者乃“攟摭其[前書]遺漏以續之”③，故兩書所涵蓋的歷史時代 (桃山末年至江户後期，約1568–1840之間) ④、撰寫宗旨、成書體例，大體相同。本文討論時，擬將兩書合而論之，其間的細微差别，留待後叙。

本文將從以下三個方面，對《近世叢語》與《續近世叢語》作一初步考索。一、兩書撰寫目的，二、對《世説》傳統的繼承與嬗變，三、書中所呈現的江户時代日、中、韓三國的文化關係。因角田仿作，兼祧中日《世説》傳統，故本文力圖從縱向文化傳承與横向文化比較的雙重角度，來涵蓋諸論題。

一、角田簡仿作《世説》的目的

目前有關角田簡的研究仍甚寥寥，論述專文僅搜得賴惟勤《角田九華の〈続近世叢語〉をめぐって》一篇，討論此書的資料來源⑤。故本文探討角田仿作《世説》的目的，主要依靠角田仿作所弁自叙及友人序跋爲據。

角田自叙，謂其編寫《近世叢語》乃供“尚友之玩”，他道：

> 余嘗罹病屏處書室，俯仰寂寞，門無來人。於是湯藥之暇，自近時文集，旁及稗乘，一一頌讀，尚論其人。諸名家而至旁枝委流，標望雅尚、風韻氣象，各有精神面目矣！嗚呼！邈焉斯人，謦欬不可聞，鬚眉不可見，獨至於尚友之熟，則怳然若或見焉，若

①參閱拙作，Nanxiu Qian, Daitô Seigo: An Alien Analogue of the *Shih–shuo hsin–y ü*,” *Early Medieval China* 4 (1998): 49–82; 錢南秀《〈大東世語〉與日本〈世説〉仿作》，域外漢籍研究集刊1(2005, 北京): 頁251–268。

②《思文閣美術人名辭典》http://www.shibunkaku.co.jp/biography/12088: “角田九華 つのだき ゅうか 江戸後期の儒者。程朱学派。豊後生。角田東水の養子。名は簡、字は大可、のち廉夫、通称を才次郎、九華は号。中井竹山に学ぶ。岡藩儒臣。禄二六十石。安政二年（1855）歿，72才。” 檢索日期: 2007–7–26。

③川田興 (約1833至1845前後在世)《〈續近世叢語〉》序，葉一上。

④角田簡《〈近世叢語〉凡例》謂：“此編之作，全爲抑揚近世人文，故斷自偃武爲率（即戰國之後，從桃山至德川後期 —— 筆者按）”（一上）。

⑤賴惟勤《角田九華の〈続近世叢語〉をめぐって》，《文學》第三十三卷第十期，頁40–49。

或聞焉。旦暮相遇，妙諦奇晤，使人不覺忭躍。竊謂余獨樂之，不若與衆。且也今不排纂而標著之，則天下後世，孰得窺名賢堂壺者乎？乃值奇蹤勝踐，一言一行，瑰偉奇特可愕之事，意味雋永可喜之狀，則假《世説新語》目，以類彙集。又詳注人人履歷，綱目互發，…名以《近世叢語》。①

由角田此《叙》看來，他仿作《世説》的目的，頗受明清《世説》體著作影響。江户士人，對明清《世説》仿作似相當熟悉。諸如何良俊 (1506–1573)《何氏語林》、王世貞 (1526–1590)《世説新語補》、李紹文 (約 1600–1623)《明世説》、王晫 (生於 1636)《今世説》等主要"世説體"著作，在角田自叙及其所附諸家序跋中均有提及②。而此數種仿作，多以尚友爲其主要目的之一，如王世懋 (1536–1588) 序其兄世貞之《世説新語補》："至今諷習之 [《世説新語》] 者，猶能令人舞蹈，若親睹其獻酬。"③王晫《今世説》自序謂："至於今，讀其書 [《世説》]，……惟恨不得身親其際，與爲酬酢。假得王、謝、桓、劉，群集一室，耳提面命，其心神之怡曠，抑何如耶？"④ 丁澎 (1622–1686) 序王晫《今世説》："今王子丹麓[晫]……所采緝皆一時名流，披卷展玩，有如晤對。昔人命千里之駕，作永夕之譚，今得於寸楮遇之，詎非快事哉？"⑤ 此數例與上引角田自叙對照，行文語氣，如出一轍。

而角田《世説》仿作尚友的具體内容，則與明清仿作相符契而有所擴展。明清"世説體"著作多以繼承魏晉竹林餘韻、王謝遺風爲其歸趣。如王泰亨跋《世説新語補》，謂其書："使人讀之，宛然面接嵇阮之清狂，耳聆劉許之玄理，目觸王謝之琳琅。"⑥ 蓋因明清仿作者，普遍將"世説體"作爲反抗程朱理學束縛個性的話語載體⑦。同樣，服部南郭仿《世説》，作《大東世語》，乃爲表述其師荻生徂徠（1666–1728）學術理念。荻生是古學派

①角田簡《〈近世叢語〉叙》，一上下。

②如角田簡《〈近世叢語〉凡例》，三上："劉義慶創造《世説新語》，單辭隻行，妙盡風韻，使覽者穆然深思，鞹然頤解。是以操觚之士，嘖嘖賞之，到於今不衰。李紹文《明世説》、王丹麓[晫]《今世説》，又其次也。我邦服南郭亦仿作《大東世語》……。" 佐藤坦《〈近世叢語〉序》亦提到華亭何氏 (何良俊) 與雲間李氏 (李紹文) 的《世説》仿作 (二上)。

③王世懋《世説新語補》序,明萬曆十三年 (1585) 張文柱刻本，一下。

④王晫《今世説》（上海：古典文學出版社，1957），頁 6。

⑤王晫《今世説》，頁 4。

⑥王泰亨《〈世説新語補〉跋》，張文柱1585版, 一上.

⑦有關明清《世説》仿作研究，參閱拙作，Nanxiu Qian, *Spirit and Self in Medieval China: The Shih-shuo hsin-yü and Its Legacy* (Honolulu: the University of Hawaii Press, 2001), 第七章。

中最爲激烈的徂徠學派創始人[①]，尤其反對朱熹以理養性之説，主張“氣質不變化論”[②]。《世説》體現尊崇自我的魏晉精神，正與徂徠學説相合，故《大東世語》旨歸，與明清仿作十分接近。

角田既仿作《世説》，首先當然是對《世説》精神的繼承，表現在對《世説》理想人格的企慕，《〈近世叢語〉叙》所謂：

> 思古人而不得見，是昔人所爲作“風雨”詩也。今也平居所欽慕博學有道者、奇偉磊落者、淵清玉潔者、逸韻飄蕩者、奇行玩世者，及高僧、賢婦、孝子，紛然相望乎此書，亦足以自喜。同志之士，當孤燈黯黯，風雨淒淒也，持茗讀此書，則如與古人會于一室，把臂相從，親聆其緒言，睹其行事，使心中怡怡、鼻間栩栩，未可知者也；休明之德、人才之富，見萬一於此，亦未可知者也[③]。

然而生當江户後期，朱子理氣爲其時顯學，角田本身又爲儒者，便不免受其制約。朱子學的影響，在其他幾篇序中有更明確的呈現。如賴襄 (1780–1832)[④]《〈近世叢語〉序》謂：“士之氣概議論，如無關係於世，而有大不然者，是可與知者道。角田九華之著《近世叢語》，有見於此哉！雖仿體劉氏《世説》，而意自有在。”[⑤] 意在何處呢，在於令讀者讀此編可見“前輩氣韻風尚，躍躍欲出，足以起懦敦薄”[⑥]。佐藤坦 (1772–1859)[⑦]《〈近世叢

①古學派旨歸爲：“儒學真藴非由宋儒詮釋，而需由古代學者著作中直接領會”(Mikiso Hane, *Premodern Japan: A Historical Survey* [Boulder: Westview Press, 1991], 頁164)。

②可能因爲這個原因，荻生徂徠對《世説新語》極爲推崇；見Yoshikawa Kōjirō (吉川幸次郎), “The *Shih-shuo hsin-yü* and Six Dynasties Prose Style,” Glen W. Baxter譯, *Harvard Journal of Asiatic Studies* 18 (1955), 頁125注2。此文爲吉川《世説新語の文章》的英文縮寫，原文載《東方學報》10.2 (1939), 頁 86-109。關於古學派及徂徠學説，參閲德田武《大東世語論——服部南郭におけろ世説新語》(その一)，《東洋文學研究》17 (1969)，頁83–86、95–98。

③角田簡《〈近世叢語〉叙》，一下二上。

④賴襄，字子成，通稱久太郎，號山陽，别號三十六峰外史。江户後期著名學者、詩人。生卒年及生平事蹟簡介見豬口篤志《日本漢詩》，全二册 (東京：明治書院，1972)，上册，頁234–37；《日本漢文學史》(東京：角川書店，1984)，頁360–362。

⑤賴襄《〈近世叢語〉序》，一下二上。

⑥賴襄《〈近世叢語〉序》，二上。

⑦佐藤坦，字大道，通稱舍藏，號一齋，别號愛日樓，老吾軒。江户人。江户後期大儒者。其學術調和朱熹、陸象山。表面標榜朱子，實則推崇陽明，時人譏爲陽朱陰王。生卒年月及生平事蹟簡介見豬口篤志《日本漢詩》，上册，頁341–342；《日本漢文學史》，頁392–393。

語〉序》認爲“世説體”應羽翼正史，“見夫風俗人心之徽醜”[①]。川田興(1833至1845前後在世)[②]《〈續近世叢語〉序》有更明確的闡述，他説：

……蓋此編體例摹仿臨川王《世説新語》，然《世説》所載，大率簡傲高虛，爭雄於口舌間。究其歸趣，則或出於柱下，或源於葱嶺，不啻無補於世綱民彝，殆將有害於名教者，往往在焉。東晉之不振，其以此歟？《叢語》所載，則不然。其純正者，固皆學術精博，忠厚敦篤。其未純者，亦或以經世功利，或以文藝技能。其不能然者，亦猶蕭散雅尚，逍遥自適，未嘗至[致]害於名教。要之皆足以有補於世綱民彝。則較之《世説》所載，奚翅天壤！抑夫國家雍熙二百有餘年，隆化之所蒸，沛澤之所被。[③]

從《世説新語》，到明清仿作，到《大東世語》，無論各自的具體思想資源如何——魏晉玄學於《世説》，陽明心學於明清仿作，還是徂徠學於《大東世語》——張揚個性，以人性自然對抗名教束縛，是“世説體”形成的起因。川田興卻以名教爲準則，將角田《世説》仿作與《世説》相對立，如此悖論，當然是其時整體思想環境使然，所謂“國家雍熙二百有餘年，隆化之所蒸，沛澤之所被”。故除角田自叙仍延續《世説》傳統，《叢語》與《續叢語》的其他三篇序文，一律以宣揚儒家道德教化、識别人心徽醜加諸角田仿作。處於如此尷尬境地，角田該如何周旋彌縫于自然名教兩造之間？角田自叙中下一段文字應是對川田興等的回復：

或曰：“子之業，勤則勤矣！然古人有言，《世説》害於名教，不可使子弟讀之。子無乃效尤與？”余應曰：“予所著者，所謂説鈴耳。言之與行，不論美惡，舉置之度外，而獨供于尚友之玩耳。故作者無犁舌罪，而讀者含笑絶倒，是乃臨川氏之意，而予所望於神領領解人也。雖然，至夫假譎、汰侈、讒險等害名教者，則予既芟薙不存。且也，國家無清談曠蕩之弊，而有聖學隆興之美矣！”[④]

---

①佐藤坦《〈近世叢語〉序》，一下。

②臺灣大學圖書館所藏和刻、和鈔本流籍中有海内外孤本《易學啟蒙圖考》一卷（鈔本），日本佐藤一齋（1772–1859）撰，川田興抄補。另附録川田興《啟蒙説》一卷，日本天保四年（清道光十三年，1833）稿本。見臺灣大學圖書館網站http://libftp.lib.ntu.edu.tw/eastasia/page_006.htm，檢索日期：2008–3–29。而川田興《〈續近世叢語〉序》作於1845年，據此斷其在世時間。

③川田興《〈續近世叢語〉序》，二上至三上。

④角田簡《〈近世叢語〉叙》，二上下。

角田堅持尚友爲其撰寫世説仿作的目的，並賡續臨川搜集素材、規模《世説》的標準。但他也無法規避江户時代道德訴求的整體氛圍，故芟薙《世説》中所謂有害名教的門類，從而違背臨川"不論美惡"原旨。故角田雖以自然爲基礎，來構想"士"的生存姿態，卻時時需將名教規範，點綴一二，而形成《叢語》、《續叢語》叙述中的矛盾緊張，使描畫人物，無法"妙盡風韻"，達到他所企盼的境地。

二、對《世説》傳統的繼承與嬗變

角田仿作對《世説》傳統的繼承與嬗變，首先表現在《叢語》、《續叢語》的門類建立。收集士人言行，以其才性特質，分門别類，以呈現一代人物精神風貌，是《世説新語》自成文體的根本特徵。而搜集與分類的標準，誠如角田所謂"不論美惡"，這點可從《世説》中找到佐證，如下條:

> 殷中軍[浩]問："自然無心於稟受。何以正善人少，惡人多?"諸人莫有言者。劉尹[惔]答曰："譬如寫水著地，正自縱横流漫，略無正方圓者。"一時絶歎，以爲名通。(4/46)

"名通"者，通曉名理之謂也。名理學是魏晉玄學的重要組成部分，是魏晉人倫鑒識的理論基礎，用以辨析人物内心與其外在表現之間的精微聯繫[①]。而《世説》便是魏晉人倫鑒識的産物，其門類劃分正體現了其時名理學家對人性的看法。魏晉玄學秉承老莊自然之道，認爲人性自然無名，故無可分類，無可定義，恰如上述劉惔所謂"寫水著地，正自縱横流漫，略無正方圓者"。另一方面，人物個性的獨特又須通過命名分類，加以辨别；名稱越多，分類越細，越顯造物之豐富多彩，包容萬象。《世説》門類便是這種矛盾張力的結果。三十六門形成人性分類的一個開放系統，可酌情增減。門類之間，並無高下優劣之别[②]。其後《世説》仿作分類，有多至上百者，亦有不足三十者，可算是領會了原作者的分

①有關後漢至魏晉人倫鑒識産生及其演變，請參閲拙著 *Spirit and Self in Medieval China: The Shih-shuo hsin-yü and Its Legacy*, 第二章與第四章。

②論者有謂《世説》開首四門，《德行》、《言語》、《政事》、《文學》，是爲"孔門四科"，所列人物言行最優，其後各門，等而下之；參閲饒宗頤《楊勇〈世説新語校箋〉序》(香港: 大衆書局, 1969)，頁1。然而著名的魏晉士族領袖"竹林七賢"，在第一門"德行"中固然佔有顯著地位，但也同時爲第二十三門"任誕"和第二十四門"簡傲"中主要人物；詳細討論見拙著*Spirit and Self in Medieval China*, 第四章。

類意旨[①]。服部南郭作《大東世語》，按《世説》體例分門别類，但僅有三十一門，比原有三十六門少“自新”、“檢嗇”、“汰侈”、“讒險”、“惑溺”。對此服部南郭解釋道：“本因事而附標，不援標而選事，故亡者缺焉。竊竊依仿，非吾志也。”[②] 服部這一原則應與《世説》分類宗旨相符。

角田自叙既指出“言之與行，不論美惡，舉置之度外”，則與《世説》、《大東世語》的分類精神一致。但他隨即强調，“雖然，至夫假譎、汰侈、讒險等害名教者，則予既芟薙不存”，明確判别美惡，並以此爲標準，釐定《近世叢語》門類：“此編條目，闕容止、假譎、儉嗇、汰侈、讒險、尤悔六事。夫假譎、汰侈、讒險等，最足害人心術，假令有其人，一概不存而可。”[③] 這一矛盾心態，如上文所述，乃受其時整體思想環境影響。如德田武指出：

> 《世説》門類，廣爲人知，其後半由任誕、簡傲、排調至汰侈、讒險、惑溺、仇隙，摒棄道德標準，活畫人間諸像，提倡人性直白，遂成不受道學者歡迎的人性主題。[④]

這一矛盾心態，也體現在《叢語》、《續叢語》的言行選録與人物描述上。總體説來，角田繼承了《世説》人性自然的主旨，在其《〈近世叢語〉凡例》中有如下説明：

> 匹夫匹婦有偉行者，急采之，不嫌乎其遠且賤也。是則以目不知一丁字，而至性發于自然，使人最興起也。[⑤]

“至性發于自然” 因而成爲角田“采偉行”、“知佳話”的最高標準。以第一門“德行”爲例，《叢語》、《續叢語》均以孝道爲主，占三分之一强，且往往以孝母爲先。下引三例：

> 安藝有孝子將出，母曰：“雨後土濕，穿木屐而行。”孝子 曰：“唯。”乃著屐。父睹之曰：“天既晴，草履可也。” 孝子謹脱屐。母又曰：“何不穿木屐？”則又屐。父復曰：“草履。”則又履。且脱且穿數四，竟左右各著一隻而行。(《近世叢語·德行》，卷

①見拙著，*Spirit and Self in Medieval China*，第四章。

②服部南郭《〈大東世語〉序》，二上。

③角田簡《〈近世叢語〉凡例》，一上。

④德田武《〈大東世語〉論——服部南郭における世説新語》(その一)，頁98。

⑤角田簡《〈近世叢語〉凡例》，一下。

一，十下）

伊藤介亭 [1685-1772] 夙喪父，孝于母，友于兄。母性怖雷，異爨後，每雷，無論晝夜，匍匐往省焉。（《近世叢語·德行》，卷一，十六下）①

中江藤樹 [1608-1648] 恒患痰咳，每疾累數枕而臥，從愈去之。病革時，其母問之，藤樹懼母之憂，力疾手自去一枕，曰："小愈。"母曰："然則不日必起。"悦而出。藤樹則死矣！（《續近世叢語·德行》，卷一，一上）

在儒家父權社會中，孝父或因道德訓條，孝母則更基於天性，而且《叢語》、《續叢語》中所述孝行，較少服喪守制的禮法行爲，而多爲生活細節，發乎情性。比如上述諸例：伊藤介亭是古學派中之古義學創始人伊藤仁齋 (1627–1705) 第三子，本身亦爲古義學者，以人情而非朱子天理解釋道德②。中江藤樹是江户時代初期日本陽明學創始人，故他的孝行在學理上亦與人之本性良知密切聯繫③。

角田筆下，即如政事，最與儒家道德政治相關者，亦披上濃厚自然色彩。如吉益東洞 (1702–1773) 諫阻山崎侯謁浮屠師求治道，認爲這樣做"是所謂緣木求魚之類也"，理由是："浮屠師斷親戚，棄妻子，以爲道也。政者，在親親也，在御妻子也。浮屠師何知其情？"（《近世叢語·政事》，卷二，十八上）④治道以情不以理，明顯是以自然爲本。以情治世，且惠及鳥獸：

河野恕齋事蓮池侯，……聞侯有籠鳥之玩，曰："不樂和諧自然之音，而悦號哭悲

---

①《思文閣美術人名辭典》http://www.shibunkaku.co.jp/biograpby/1432："伊藤介亭，江戸後期の儒者。京都生。名は長衡、字は正蔵、別号に謙々斎。仁斎の三男で、仁斎と兄東涯に古義学を学ぶ。高槻藩儒臣。安永元年（1772）歿、88才。"檢索日期：2008-4-3。

②伊藤仁齋 (1627–1705)，名維楨，字源佐，號仁齋，京師人，日本江户時代古學派創始人之一。仁齋反對朱子理學，主張以"人情"而非政治手段來樹立道德。生卒年及生平事蹟見《近世叢語·雅量》"後德大寺親王好學"條後注 (卷四，二上下)；參見豬口篤志《日本漢詩》，上册，頁124–25；《日本漢文學史》，頁260–62。仁齋學術參閱張崑將《日本德川時代古學派的王道政治論：以伊藤仁齋、荻生徂徠爲中心》東亞文明研究叢書16 (臺北：臺灣大學出版中心，2004)。

③中江藤樹 (1608–1648)，名原，字惟命，近江高島郡小川村人。所居庭中有大藤木，故弟子呼之爲藤樹先生。江户時代早期學者，日本陽明學開山祖。生卒年及生平事蹟簡介見《近世叢語·德行》"中江藤樹仕大洲侯"條後（卷一，三上下）；參見豬口篤志《日本漢詩》，上册，頁117–18；《日本漢文學史》，頁246。藤樹學術參閱李甦平《中江藤樹的儒佛融合思想》，《中華文化論壇》2002年第2期，頁116–117。

④吉益東洞 (1702–1773)，名爲則，字公言，號東洞，安藝人，著名醫學家，江户古學派中古方學派代表人物。生卒年及生平事蹟簡介見本條後注。東洞學術參閱廖育群《古方派的代表人物吉益東洞》，載《大韓經絡診斷學雜誌》2005年第2期，頁158–180。

哀之聲，用此而助興，用此而侑酒，其忍不亦已甚乎？”（《續近世叢語·規箴》，卷五，二十上下）①

士人與自然和諧相處，惑溺于花、石、美女，耽食豆腐，因皆近于自然（《近世叢語·惑溺》，卷八，十六上下）。此中情懷，訴諸文字，追求的亦是自然之意。詩人雨森芳洲(1668–1755)曰：

> “凡詩出於天才者，藹然有自然之意，讀之使人心爽神怡。若夫安排摹擬而後得者，雖曰巧妙，終令人厭倦思睡。”故於案上所置詩集，以陶淵明爲首，李、杜爲第二，韓、白爲第三，東坡爲二之下，三之上。優游吟詠於其間，不知老之至。（《近世叢語·文學》，卷三，七上下）②

雨森芳洲爲江户中期著名詩人，與荻生徂徠交往，互相敬重，創作思想上亦受徂徠古學派人性論之影響，宜其以自然爲作詩宗旨③。

士人浸潤于自然，便形成飄灑出塵的風度，故角田每以“風格清貴”、“自然有高貴”描繪筆下的理想人格（《續近世叢語·容止》，卷六，十上）。其人格表現的最高境界，是處變不驚、臨危不亂，與自然相終始，如下述數例：

> 三浦竹溪 [1699-1756] 嘗與諸友游西郊。道有拔刀叫呼者，人皆避之。獨竹溪徐徐歌詠而進，以扇打墜其刀，其人即止。（《近世叢語·雅量》，卷三，五下至六上）④
>
> 澤村琴所 [1686-1739] 浮於湖，風暴濤怒，殆覆没。舟人皆恐，而神色自若，鼓枻而歌。（《近世叢語·雅量》，卷三，六上）⑤
>
> 望月雷山，良醫也。年老好禪。其將終也，使孫女在側鼓琴，曲闋，奄然眠，就之，

①河野恕齋，桃園天皇寶曆七年(1757)前後在世。見豬口篤志《日本漢文學史》，頁378。

②雨森芳洲(1668–1755)，名東，一名誠清，字伯陽，號芳洲，京師人。生卒年及生平事蹟簡介見《近世叢語·德行》“雨森芳洲曰：‘吾平日祠堂香火’”條後注(卷一，十三上)；參見豬口篤志《日本漢文學史》，頁257。

③雨森芳洲與荻生徂徠交游及對其推崇見《近世叢語·德行》“雨森芳洲曰：‘吾平日祠堂香火’”條後注(卷一，十三上)；參閱豬口篤志《日本漢文學史》，頁257、273。

④三浦竹溪(1699–1756)，名義質，字子彬，江都人，從徂徠學。生卒年及生平事蹟簡介見《近世叢語·方正》“三浦竹溪意思高遠”條後注(卷三，二十上下)。

⑤澤村琴所(1686–1739)，名維顯，字伯揚，近江人。古學派學者。生卒年及生平事蹟簡介見《近世叢語·雅量》“澤村琴所浮於湖”條後注(卷四，六上下)。

則已逝矣。(《近世叢語·雅量》，卷三，六下)

“世説體”既以品鑒人物爲務，其人格理想往往凝聚於若干名士之身，是爲一代士人楷模。如《世説》有“竹林七賢”，唐仿作有魏徵、張説，宋仿作有蘇軾，明仿作有李贄，女《世説》有謝道蘊，王晫《今世説》甚至自我褒揚，頗受其時人詬病。角田亦道：“王丹麓《今世説》……雖自己事亦采入，幾於兒戲矣！”①

角田爲《叢語》《續叢語》所設立的理想人物，似以江户中期古學派學者爲主。有古學派創始人伊藤仁齋，仁齋弟子荻生徂徠②，加上徂徠弟子服部南郭等③。其中描寫伊藤仁齋，極盡尊崇，如稱其人品，“風格清貴，容止可觀”(《續近世叢語·容止》，卷六，十上)；稱其學問文章，“日本翹楚”，“中夏以文鳴者，亦無過之也”；稱其爲人，“如泰山岩岩，可親而不可動也”(《近世叢語·賞譽》，卷四，十上、十二上下)。如此完美，幾臻聖境，但僅此抽象褒揚，致使伊藤仁齋形象，較少具體呈現，如泥塑木雕然。

相比之下，荻生徂徠形象更爲鮮活，顯然是角田最著力者。《世説》門類中，“識鑒”“賞譽”“品藻”三門直接反映人倫識鑒活動。而《叢語》、《續叢語》中，此三門均以徂徠爲中心；無論爲品鑒主體或客體，徂徠所占條目均遠遠超逸旁人；《叢語》、《續叢

①角田簡《〈近世叢語〉凡例》，二上下。

②有關荻生徂徠生平及學術，《近世叢語·德行》“物徂徠壯時貧窶”條後有詳注，其略云：“物徂徠，名雙松，字茂卿，後來有所避，以字行，又號蘐園，江都人。其先居參河荻生，因氏焉。建武時有奉仕南朝爲物部者。物部，官也。以官爲族，故有物部氏，以是又單拆稱物。……徂徠幼有大志，從父謫居讀書研究。……於是下帷芝浦，講洛閩學，修古文辭。……前是伊藤仁齋倡古學於平安，徂徠乃著《蘐園隨筆》，拒絶古學，時年五十矣。既而讀李[攀龍]王[世貞]之書，倏有所感發，盡棄舊學，以古文辭爲古經階梯，創立一家言，自稱復古學，曰：‘古言不與今言同。徧采秦漢以上古言，玩味六經，則宋儒之妄，章章乎明矣！’遂不復寓目於東漢以後書焉。又言：‘道者文章而已矣。六經亦此物。捨此而他求，是後儒之所以不知道也。’又言：‘孔子之道，先王之道也。其教則詩書禮樂四術。自子思、孟子與諸子爭，而降爲儒家者流。’乃鋭意以復聖學自任。著《論語徵》、《辨道》、《辨名》等書，大詈宋儒，詆思、孟，務張皇門户。詩文專宗李、王，視彼宋元，不啻如仇讎也。安藤東野、山縣周南、服部南郭、平金華之徒從而鼓蕩之，弟子大進，聲號藉甚，震撼一世。”(卷一，十三下至十四上)參見豬口篤志《日本漢詩》，上册，頁131–33；《日本漢文學史》，頁271–276。

③有關服部南郭生平及學術，《近世叢語·文學》“加茂真淵謂服部南郭曰”條後有注，其略云：“服部南郭，名元喬，字子遷，平安人。幼穎敏，善和歌。……及壯，見物徂徠，大悦其學，晝夜切劘。徂徠稱以妙才無雙。三十四而致仕，專脩詩、古文辭，下帷授徒。南郭爲人，沖雅拓落，交驩之際，談笑怡怡如也。其學雖博也，深自韜晦。未嘗挾師儒之重。居恒以雅致自居。……南郭專攻詞章，年老剪裁益精，詩文益富，矯矯乎物門。故後世語文辭，則必先稱南郭，到於今不衰矣。著有《南郭文集》四編、《大東世語》、《燈下書》、《遺契》、《文筌小言》。”(卷三，十一下至十二上)參見豬口篤志《日本漢詩》，上册，頁163；《日本漢文學史》，頁281–282。

語》三門共一百一十五條，徂徠一人二十九條，占四分之一强。這些條目所呈現的徂徠，是偉人，但毛病不少。中江藤樹所謂“博學文章，海内無雙，第憾於大綱上有虧矣”（《近世叢語·品藻》，卷五，二上）。虧於何處？應是太宰春臺 (1680–1747)① 所謂：“伊藤仁齋之教人也，望以君子；物徂徠則望以豪傑”（同上，五上），明顯背離了儒家原則②。學問方面，並河誠説他：“人所皆知，爲己獨知，是其一癖”（同上，四下）。五井蘭洲 (1699–1762)③ 也説：

> 物徂徠杜門讀書，不與世相涉，時有詰問者，輒曰：“習異，不置對，是我家法。”是以雖英邁有餘，亦終不免於獨學孤陋。（《近世叢語·品藻》，卷五，六上下）

而徂徠尤爲人所詬病處，是他的孤高自許，目無下塵，時人謂其“氣宇雄豪，卑視一世”。徂徠亦嘗自謂“伊藤仁齋道德，熊澤了介 (1619–1691) 英才④，與余之學術，合而爲一，則可謂聖人矣！”（《近世叢語·品藻》，卷五，四上）又謂，“若我學術者，神武天皇而來，其有幾人？”（《近世叢語·簡傲》，卷八，八上）徂徠自負如斯——

> 而獨以伊藤東涯爲一勁敵，歉然恒抱爭衡之志。有自京師來者，必先問東涯事業何如。東涯謙遜自牧，夷然視物徂徠。每值東人，未嘗有談及徂徠也。於是人定二子神宇。（《近世叢語·品藻》，卷五，三上下）

伊藤東涯 (1670–1736)，徂徠之師伊藤仁齋長子，江户時代中期學者⑤。徂徠於東涯雖懷

①太宰春臺 (1680–1747)，名純，字德夫，號春臺，信濃人。幼從徂徠問學，遂爲門徒，致力於古文學。但春臺個性，峭刻嚴毅、進退以禮，于徂徠弟子之放縱頗爲不滿，此言當因此而發。生卒年及生平事蹟簡介見《近世叢語·言語》“關仲機曰：‘今之諸侯’”條後注 (卷二，八上至九下)；參見豬口篤志《日本漢詩》，上册，頁146–147。

②仁齋、徂徠在王霸觀上顯然有分歧，參閱張崑將《日本德川時代古學派的王道政治論：以伊藤仁齋、荻生徂徠爲中心》，第三章《古學派王道政治論及革命觀》。

③五井蘭洲 (1699–1762) 生卒年見豬口篤志《日本漢文學史》，頁311。

④熊澤了介 (1619–1691)，名伯繼，字了介，號蕃山、息游庵，尾張人。江戶時代初期陽明學者，中江藤樹弟子。生卒年及生平事蹟見《近世叢語·政事》“熊澤了介仕備前侯”條後注 (卷二，十三上至十五上)；參見豬口篤志《日本漢詩》，上册，頁118。

⑤伊藤東涯 (1670–1736)，名長胤，字源藏，號東涯，仁齋長子，從父學。生平事蹟簡介見《近世叢語·雅量》“後德大寺親王好學”條後注 (卷四，三上至四上)；生卒年及生平事蹟簡介參見豬口篤志《日本漢詩》，上册，頁142–143；《日本漢文學史》，頁262–263。

瑜亮情節，《叢語》、《續叢語》中，並不見徂徠詆毁東涯之詞。反之，東涯雖曰“謙遜自牧”，但人前數度攻擊徂徠，如對弟子評論徂徠送覽《菅神童序》，“似大人著鬼臉，以恐怖小兒”（《近世叢語·品藻》，卷五，三下）；又批評徂徠學風，“蓋明末也”（同上，四下）。可見角田實則表現徂徠之率性任真，不似伊藤東涯矯揉造作。

角田另一著力描繪人物是服部南郭，相比于乃師徂徠的個性張揚，南郭沖淡平和，似更能體現角田順應自然的理念。如平金華與玄海上人書曰：“服部南郭諄諄不已，動比吾老彭。”（《近世叢語·品藻》，卷五，五下）又高蘭亭曰：“服部南郭風韻灑落，喜愠不形於色。”（同上）南郭爲人如此，其風格影響及於辭章，故能調和鼎鼐，取衆家之長，江村北海 (1707–1782) 嘗論各家文詞特色[①]，曰：

> 新井白石 [1657- 1725] 天授超凡，辭藻絶塵，誠不可及，然清雅秀婉，絢彩溢目；而悲壯沉鬱，渾雄蒼老者，集中無幾。祇園南海 [1677-1751] 唯是一味綺麗。後勤超脱，卻屑屑乎纖巧矣。梁田蜕巖 [1682-1757] 天縱之才，奇正互用，變幻百出，神工鬼警，孤高獨立於古今之間；惜乎用才太過，有傷風雅。服部南郭天授不及白石，工警不及蜕巖，富麗不及南海，而能守地步，不求勝於一章一句，而全功於一卷一集，竟頡頏於三子。（《近世叢語·品藻》，卷五，六下七上）[②]

詩人新井白石、祇園南海、梁田蜕巖並稱三大家，其中梁田蜕巖更有“詩豪”之名，其驚世之作爲：“琪樹連雲秋色飛，獨憐細菊近荆扉。登高能賦今誰是，海内文章落布衣。”[③]而服部南郭竟與此三子頡頏，足見角田之推重。

南郭沖默，卻不乏活潑機趣。如下例：

①江村北海 (1707–1782)，名綬，字君錫，號北海，江户中期著名詩人、學者，主要著作有《日本詩史》。生卒年及生平事蹟簡介見豬口篤志《日本漢文學史》，頁308–309。

②新井白石 (1657– 1725)，名君美，號白石，江都人。江户三百年詩文開拓者木下順庵（1622–1698）門下高足，學者、政治家。生卒年及生平事蹟見《近世叢語·言語》“韓使見新井白石”條後注 (卷二，五上至六下)；參見豬口篤志《日本漢詩》，上册，頁126–129；《日本漢文學史》，頁253。祇園南海 (1677–1751)，名正卿，一名瑜，字伯玉，號南海，江戸中期日本儒學者、漢詩人、文人畫家。生卒年及生平事蹟簡介見《近世叢語·文學》“祇園南海有俊朗才”條後注 (卷三，八下至九上)；參見豬口篤志《日本漢文學史》，頁258。梁田蜕巖 (1682–1757)，名邦美，初名邦彦，字景鸞，號蜕岩，武藏人。文人、畫家、漢詩人。生平事蹟簡介見《近世叢語·文學》“梁田蜕巖抱才不偶”條後注 (卷三，七下至八上)；生卒年及生平事蹟簡介參見豬口篤志《日本漢文學史》，頁287。

③見豬口篤志《日本漢文學史》，頁259、287–288。

> 綾部絅齋同山本友石造服部南郭家，席上同賦從軍行。絅齋詩曰："老將談兵夜高枕，轅門不鎖月如霜。"友石詩曰："鼓聲未斷還命酒，鐵騎提來血髑髏。"群彥愛友石之雄駿，求斷于南郭，南郭哂曰："幕中有高枕之將，而後部下有提髑髏之士。"（同上，五下六上）

南郭個性如此，宜乎其所作《大東世語》，比其他任何仿作更接近於《世説》風格。而角田之仿作《世説》，應是同時受到《大東世語》及南郭人格魅力的影響感召，故能曲盡桃山、江户時代名士的風貌。

但也正是從角田對徂徠、南郭等古學派學者的描繪中，可以看出他掙扎于古學派與朱子理學之間的矛盾與尷尬。如他記徂徠鄙視理學：

> 物徂徠曰："世儒醉理，而道德仁義、天理人欲，沖口以發。予每聞之，便生嘔噦。乃彈琴吹笙，否則，關關雎鳩以洗其穢。於是愧柳樹下惠之不可及也。"（《近世叢語·輕詆》，卷八，十二下）

但他同時又記："加島宗叔性褊急，每講説經書批注，有愜己意者，則號曰：'朱子大明神，徂徠大菩薩。'"（《近世叢語·任誕》，卷八，六上）①將徂徠與朱子並列，比之於佛教神祇，體現了角田欲圖彌縫古學派與朱子學派的努力，和江户時代佛學對儒學的持續干擾束縛②。又如他借永富獨嘯菴之口品鑒服部南郭"常言功名非吾事，該似不任名教者。故其言寓託無痕，幽深難測。窺其識度，蓋物徂徠門下第一流"（《近世叢語·品藻》，卷五，六下）。同時卻藉南郭之口弘揚朱子學説，如記南郭曰："宋儒窮理學，豈易極其宗旨乎？我邦得朱之意者，其唯山崎闇齋乎？"（《近世叢語·賞譽》，卷四，十七下）然而山崎闇齋 (1618–1682) 系江户早期朱子學之主理派代表，其學術正是南郭及其師徂徠所主古學派的批評對象。③

角田彌縫自然名教，也表現在他對婦女的描寫。《世説》有"賢媛"門，記述婦女參與

①加島宗叔，生平簡介見此條後注。

②參閱李蘇平《朱舜水》（臺北：東大圖書公司，1993），頁164–165。

③山崎闇齋 (1618–1682)，名嘉，字敬義，京師人。生卒年及生平事蹟簡介見《近世叢語·文學》"山崎闇齋性强記"條後注 (卷三，一下至二下)；參見豬口篤志《日本漢文學史》，頁247；與朱子學的關係參閱李蘇平《朱舜水》，頁162。

魏晉人倫鑒識，崇尚竹林七賢的自然風尚[①]。故“賢媛”門中人，多以才識稱。僅一例爲寡婦矢不再嫁，但爲夫婦情愛，非爲遵從儒家道德規範。角田仿作亦有“賢媛”門，基本繼承了《世説·賢媛》的精神。《叢語·賢媛》十九條，五條記婦女才學，四條記賢母教子成立，六條記孝女孝婦事親勤謹，兩條記貞婦烈女，兩條記婦女矢志事佛。《續叢語·賢媛》十四條，有才女四，有識見者二，有尊嚴者一，賢母二，孝女孝婦三，貞婦烈女五（三條兼爲孝女孝婦）。按才女、賢母、識見、尊嚴等是《世説·賢媛》原有之義；角田添加孝女孝婦與貞婦烈女這數類婦女，應是彰顯儒家道德影響；而婦女矢志事佛則有鮮明江户日本的印記。

角田雖配合其時總體思想趨勢，寫婦女卻注意保留其主體意旨，故他筆下，無論才女、孝女、烈女，均個性顯著，獨行不羈。如下例：

> 龜，長崎人，傳父業，善鑄香爐。奉行嘗承執政之意，使之制香爐，踰半歲不成。奉行任滿將還，乃使鄉吏促之。期僅而成，猶未肯進。鄉吏懼，遣卒數人守其家，而督責嚴急。龜不以措意矣。一日，置其所制於案上，踞床，持大管吹煙，熟視數刻，風致不愜意，乃舉大斧一喝打碎，追奉行東上，香爐竟不隨矣。（《續近世叢語·賢媛》，卷七，九下）

角田在此條注中亦道：“龜爲人豪放，好酒，常與丈夫游。其家單乏，然未肯急意於治生也。”龜沉迷製造技藝，堅持藝術完美，爲此藐視權貴，疏於理家。另可注意者，角田寫才女，除傳統擅長詩詞書畫者，亦植入龜這樣新的才能種類，既體現了他在《近世叢語·凡例》中所謂“匹夫匹婦有偉行者，急采之，不嫌乎其遠且賤也。是則以目不知一丁字，而至性發于自然，使人最興起也”，也表現了江户社會市民階級的崛起。

又如寫大休了然尼：

> 少奉仕東福門院皇后。皇后崩後，歸居江都，爲武田壽庵妻，生二子。了然雅有出家之志，爲壽庵買妾。去見鐵牛，請爲弟子，了然雖有子，容色猶盛，鐵牛見之曰：“是法魔也。”使弟子出之門。了然乃至白鷗，白鷗又不受。了然將歸，過市中，有銅斗盛

①有關《世説·賢媛》研究，參閲拙著 Nanxiu Qian, “Women's Role in Wei-Chin Character Appraisal as Reflected in the *Shih-shuo hsin-yü*.” In *Studies in Early Medieval Chinese Literature and Cultural History, In Honor of Richard B. Mather and Donald Holzman*, edited by Paul W. Kroll and David R. Knechtges. Provo, Utah: T'ang Studies Society, 2003. pp. 259-302；及錢南秀《魏晉婦女與人倫鑒識》，將收入《周勛初先生八十壽辰紀念文集》。

> 火，借見之，覆火自炙其面，一市大驚。遂爲白鷗弟子。乃爲詩曰："昔游宫裏燒蘭麝，今入禪林燎面皮。四序流行又如此，不知誰是個中移。"（《近世叢語·賢媛》，卷七，一下二上）

了然是才女，也是烈女，她皈依佛門的努力或許過於極端，但仍是出於個人意志。

角田注重婦女主體意志，源於他的男女平等觀。如他記大阪懷德堂祭酒中井甃庵（約1730年前後在世）言："松有丈夫之節，宜雪宜風；竹有婦女之操，宜露宜雨"（《續近世叢語·品藻》，卷五，四上），將男女的人格理想平行並舉。又記中井履軒（1733–1817）評六詩仙，將平安朝女詩人小野小町（約834–877在世）與其他五位男性並列，無性别歧視；並比小野于唐代大詩人韋應物，足顯尊重（《續近世叢語·品藻》，卷五，六下）①。又如下例：

> 山僧嗜茶，有樵夫日過焉，僧輒茶之。樵夫曰："茶有何德，而師嗜之甚也？"僧曰："飲茶有三益焉，消食一也，除睡二也，寡欲三也。"樵夫曰："師所謂三益者，皆非小人之利也。……小人有妻，能與小人共貧窶者，以有同寢之樂也。若嗜寡欲之物，是令妻不能安貧也。"（《近世叢語·言語》，卷二，七上下）

此條深入到對婦女性需求的承認，足見角田對婦女的重視，仍歸結於他對人性自然的追求。

三、日、中、韓三國的文化關係

《叢語》、《續叢語》中，於日、中、韓三國文人學者的交流互動，多有記載。這與江户時代的文化氛圍，和"世説體"本身的文體特徵，有密切聯繫。

江户時代爲日本漢文學的全盛期，此爲學者共識。究其原因，德川幕府執政之初便"建立了以朱子思想爲基礎的國家體制，也使朱子學變成了江户時代的'官學'"②。幕府的重視，必然導致學者潛心儒學，而1659年明末大儒朱舜水 (1600–1682) 定居日本，無疑對江户初年的儒學發展有極大的推動，角田對舜水明亡後流寓日本事有詳細記載：

①中井履軒爲中井甃庵次子，江户中期朱子學者。見豬口篤志著《日本漢文學史》，頁330。

②鄭清茂《海内文章落布衣——談日本江户時代的文人》，東華人文學報第一期（1999年7月），頁21。

> [舜水]進退失據，於是熟察時勢已去，不可復振，乃抗仲連之節，懷不王秦之義，遂來居長崎，實我萬治二年 [1659] 也。流落海外幾十五年，數來我邦，漂泊交趾、暹羅之間，艱苦萬狀。往而復還，蓋志有爲而[復國]事竟無成也。寬文五年 [1665]，水户侯[德川]光國聞其學植德望，厚禮聘之，以爲賓師，禮遇甚隆。舜水爲人，嚴毅剛直，動必以禮，棱棱風望，觀者敬畏焉。每進見談論，依經守義，啟沃備至，教授學者，亹亹不倦，雖老而疾，手不釋卷，學務適用，自凡古今禮義大典，至於宫室器用之制、農圃播植之業，靡不通曉。生平潔居，不妄言笑。惟以邦讎未復爲憾，至切齒流涕。明室衣冠，始終未改。……舜水不得遂其志，天和二年 [1682] 死于江都駒龍之邸，年八十三，葬于常陸久兹郡大田鄉瑞龍山下。水户侯私謚“文恭”，親題其墓曰“明徵君”，以成其志也。又親編輯其遺文，自署卷首曰“門人光國輯”。①

朱舜水影響之大，江户時代幾大學術流派的發展，如以經世濟民爲其主要宗旨的日本朱子學主氣派、批評宋明理學的古學派、重史崇史的水户學派，都源自朱舜水的思想②。學派林立，必然吸引更多的儒者參與，而儒者往往賦詩明志，則推動了江户時代漢詩創作的繁榮，凡此皆與中國文化密切聯繫③。

江户時代，日本與朝鮮亦有頻繁交流。日本於朝鮮，自古以來心態複雜，但對朝鮮的學者和文化，卻一直持尊敬態度，這應與朝鮮接近中國，多受漢文化沁潤相關。江户時代漢學大盛，兩國學者之間就漢文化展開的交流亦日趨熱烈。如據羅麗馨《十九世紀以前日本的朝鮮觀》所載：

> 確立江户時代儒學基礎的藤原惺窩 (1516-1619) 和林羅山，兩人的學問都深受[朝鮮學者]李退溪 [1501-1570] 的影響。李退溪門下弟子姜沆 (1567-1618)，在豐臣秀吉侵略朝鮮時，被俘虜至日本，惺窩和姜沆相識，並受其教。惺窩的學問基礎可以説是李退溪的朱子學。慶長五年 (1600) 關原之役後，惺窩被德川家召爲御前講讀。此時惺窩開始模仿朝鮮，穿“深衣道服”，使用朝鮮版漢文書籍。他篤好唐制和朝鮮之禮，衣服飲食必欲仿唐和朝鮮。林羅山比惺窩更傾慕朝鮮學問，他在儒學、歷史、文學、醫學、兵學等各

①朱舜水 (1600–1682)，名之瑜，字魯璵，明浙江餘姚人。此節引自《近世叢語 · 賞譽》“朱舜水稱伊藤仁齋曰：‘學問文章，日本翹楚’”條後注 (卷四，九下至十一上)。

②參閱李蘇平《朱舜水》，頁161–163。

③有關江户漢文學勃興的原因，參閱豬口篤志《日本漢文學史》，頁231–236；鄭清茂《海内文章落布衣——談日本江户時代的文人》，東華人文學報第一期（1999年7月），頁19–32。

方面的學問，均得自朝鮮書籍。與惺窩一樣，在朝鮮學者中，他特別尊敬李退溪。①

除這兩位朱子學奠基人外，江户時代尚有大批李退溪追隨者②。而自1607年始至 1811年，朝鮮十二次對日派遣通信使，更加强了兩國的文化學術交流。朝鮮通信使所到之處，日本文人學者與之傾心交歡：漢詩唱和，書畫互贈，並通過手談進行學術討論③。

角田既仿中國“世説體”以品鑒描述日本士人，而日本士人又深受中國文化影響，品鑒過程便不免中日文化比較。江户時期中日文化交流又往往以朝鮮人士爲中介，故而《叢語》、《續叢語》中，於中、日、韓文人學者的交往，多有記載。但角田之《世説》仿作，畢竟爲表現日本士人，故其具體描述便有兩大特點：一是在日中和日韓雙邊比較時，以日人爲主體；二是在牽涉三方時，角田每借韓人之口，品鑒日本士人的文化造詣，而品鑒標準，往往以漢文化爲准的。

就雙邊比較而言，日中之間，是中方佔文化優勢。即如日韓之間，其時相關記載，亦多爲日方對朝鮮文化的追捧。如明和元年 (1764) 朝鮮通信使正使趙曮 (1720–?)《海槎日記》記述：

> 標旗所書、站上屏風所書、或單子物件細書者、文士輩詩軸唱和者，則筆法或有奇妙，而彼人如得我國人筆跡，則無論楷草優劣，舉皆喜踊，求之者絡繹不絶。不但於寫字官，行中之稍解書字者亦不堪[其苦請]。④

但角田筆下，則一律是中、韓人士 對日本文人學者的褒揚肯定，如下列數例：

> 新井白石大有詩名，韓人索其詩草，陸續不已。（《近世叢語·文學》，卷三，六下）
>
> 山縣周南 [1687-1752] 少年與韓使筆語唱酬。韓使指盆梅求詩，以梅、開、杯爲韻。周南立賦曰：“赤水橋頭一樹梅，卻從瓶裏趂春開。分明認得東君意，要照嘉賓夜宴杯。”韓使觀之，交口嗟賞，於是周南才名顯著一時。（《近世叢語·文學》，卷三，

①羅麗馨《十九世紀以前日本的朝鮮觀》，《臺大歷史學報》第38期 (2006年12月)，頁188–189。

②見羅麗馨《十九世紀以前日本的朝鮮觀》，頁189–190。

③有關江户時代朝鮮通信使訪日行程及參與人員，參閱朴贊基《江户時代の朝鮮通信使と日本文學》(京都：臨川書店，2006)，頁128，表6；有關日本文人與朝鮮通信使交歡樂事，參閲該書頁16–20，及羅麗馨《十九世紀以前日本的朝鮮觀》，頁190–194。

④引自朴贊基《江户時代の朝鮮通信使と日本文學》，頁18。朴注明此爲趙曮一七六四年十一月十一日所記。方括號中三字據羅麗馨《十九世紀以前日本的朝鮮觀》頁204補。

十二下)①

高暘谷 [1719-1766] 聰朗奇拔，以詩學稱。嘗托舶來清人，贈詩于禮部尚書沈德潛 [1673-1769] 及其門下七子。德潛等得詩嘉尚焉，次韻酬之。……[高暘谷]聲號由是大顯。(《近世叢語·文學》，卷三，十三下)②

朝鮮姜沆見藤原惺窩，出語人曰："君子哉！我朝鮮三百年來，未有若人！"(《近世叢語·賞譽》，卷四，八上)③

堀杏庵 [1585-1643] 有詞藻，朝鮮使稱曰："文苑老將。"(《近世叢語·賞譽》，卷四，八下)④

朱舜水稱伊藤仁齋曰："學問文章，日本翹楚。"(《近世叢語·賞譽》，卷四，十上)

北村雪山 [?-1697] 家貧，書大字無筆，乃拉蘆簾以爲筆揮掃。其字遒逸，風骨神妙，清人見之，歎賞不已，曰："雖我邦能書者，亦無過之也。"(《近世叢語·賞譽》，卷四，十二上)⑤

朝鮮人吴南老覽南部《南山懷環翠園詩》，至"雁歸塞北猶爲客，梅發江南暗憶人"，極口稱讚。(《近世叢語·賞譽》，卷四，十四上)

而日、中、韓的三方交流攀比，則以下述數例最爲典型：

正德元年 [1711]，韓使來聘，覽新井白石詩草，大賞異之，各爲其序跋論之。制述官李東郭(名礥字重叔)曰："其詩格清而響亮，語新而趣遠，往往有與唐人相肖者。"通信正史趙大年(名泰億 [1675-1728])曰："華絢而實茂，格高而趣雅；豪健而不流於

①山縣周南 (1687—1752)，名孝孺，字次公，長門人。荻生徂徠弟子，古文派學者，生卒年及生平事蹟見《近世叢語·德行》"山縣周南仕長門侯"條後注 (卷一，十五上至十六上)。

②此條後注："高暘谷，名彝，字君秉，本氏渡邊，肥前長崎人。少學乎僧大潮。年未强仕，詩學遒上。以老杜爲表準，名噪一時。"生卒年據《思文閣美術人名辭典》http://www.shibunkaku.co.jp/biography/9226高暘谷條，謂其"明和三年(1766)歿、48才。"查閲日期2008-4-3。

③藤原惺窩 (1561-1619)，名肅，字斂夫，播磨人。江户時代儒學奠基人。生卒年及生平事蹟見《近世叢語·方正》"藤原惺窩逃佛歸儒"條後注 (卷三，十四下至十五下)；參見豬口篤志《日本漢詩》，上册，頁113-114；《日本漢文學史》，頁236-238。

④堀杏庵 (1585-1643)，名正意，字敬夫，又號杏隱，近江人，受業藤原惺窩，篤行博學。生平見此條後注 (卷四，八下至九上)。生卒年見豬口篤志《日本漢文學史》，頁242。

⑤北村雪山 (?-1697)，名三立，肥後人，陽明學者，工書法。生平及卒年見《近世叢語·雅量》"北村雪山少時清貧"條後注 (卷四，四上下)。

> 麤硬，婉麗而不泥於纖巧；駸駸有盛唐人口氣。……李美伯（名邦彥）曰："……雖使公生於中華之盛際，得與鴻工巨匠屬鍵而周旋，余恐其不再下風也。"（《近世叢語·賞譽》，卷四，十五下至十六上）

> 石川丈山 [1583-1672] 才尤長於詩。朝鮮權式稱爲日東李、杜。物徂徠亦云："東方之詩傑。"（《近世叢語·賞譽》，卷四，九上）①

> 朝鮮人覽伊藤仁齋送浮屠道香序曰："中夏以文鳴者，亦無過之也。其論儒佛最允當。"（《近世叢語·賞譽》，卷四，十二上）

既有比較，必有鑒别，中日韓文化孰爲優劣、難易，便成爲題中應有之義。如下例：

> 瀧鶴台 [1709-1773] 飲於一權貴。酒酣，主人問曰："凡爲治，和漢孰難孰易？"鶴台曰："漢難哉！"曰："何也？"曰："彼使不學之人，秉持鈞衡，則下必恥受其制。我則雖不學之人，下不恥受其制。是所以漢難和易也。"一坐失色。其人以告君，君曰：'諷刺公等，唯是此老！'"（《近世叢語·規箴》，卷五，十五上下）②

要之，儘管角田爲其文體需要，突出日本士人成就。但就其仿作整體而言，仍可看出江户時代，漢文化爲日本士人奉爲圭臬，而韓國士人亦受日人尊重，三國的文化，應是處於一種和諧互動的關係。

當然日本士人也並非一味以中華文化爲務，他們同時也注重發展自身文化的特質。見下例：

> 新井白石少時，冬日過林學士家。主人書"容奇"二字索詩。蓋"容奇"者，雪字國譯。白石解其意，故句句采故事於我邦。輒援筆立賦曰："曾下瓊鉾初試雪，紛紛五節舞

---

①石川丈山 (1583–1672)，名凹，初名重之，參河碧海郡人，游藤原惺窩門，與林羅山、堀杏庵等諸名士文詩相歡。生卒年及生平見此條後注 (卷四，九下至十上)。參見豬口篤志《日本漢文學史》，頁241–242。

②瀧鶴台 (1709–1773)，名長愷，字彌八，徂徠古學派學者。生平見此條後注 (卷五，十五下至十六上)。

容閑。一痕明月茅渟裏，幾片落花滋賀山。提劍膳臣尋虎跡[①]，捲簾清氏對龍顔[②]。盆梅剪盡能留客，濟得隆冬無限艱。"一坐服其敏警。（《近世叢語·文學》，卷三，五上）

雖然仍用漢詩七言律，但句句用日本典故，以切"容奇"(yuki)之題，可謂巧構。

德川幕府時代，武士道精神甚爲張揚，角田雖對此有抵觸，如謂"使東洋無武弁之氣習，必與縉紳貴胄同，自然有高貴"[③]，但在理想人格的設定上，難免受其影響。因而在接受《世説》自然人格的基礎上，添加了幾多日本本土特色。如下述二例：

某侯新作鐵甲，欲試之。函人曰："君必試之，臣以身當之。"乃擐甲向射者立。侯命善射者，强弓利鏃射之，中胸鏗然矢躍。侯撫手稱善，曰："但未知其背，試之而可。"函人釋甲跪曰："臣未慣作怯者甲。"（《近世叢語·言語》，卷二，五上）

永田政純博聞强記，旁悟修武器，時人稱曰"武用辨略"，蓋假書名，而褒其精詳。（《續近世叢語·賞譽》，卷四，十八上）

角田甚至記述了日本士人以武士道精神反駁《論語》（《續近世叢語·方正》，卷三，二十四上），凡此種種，體現了角田有意識的文化自主與自立。

簡言之，角田簡以一人之力，畢臨川、孝標之功，效何良俊《語林》與服部南郭《大東世語》例，親爲各條加注，考訂江户文人學者生平，精審詳覈。數百年之下，能睹桃山、江户士人風貌，角田有力焉。誠然，限於時代思想氛圍，角田不可能盡以魏晉精神規模後世言行。然而文情系乎世變，《叢語》、《續叢語》中，自然名教的共存，正反映了其時思想界的真實情形，以及角田本人雖崇尚自然，卻不能擺脱名教約束的矛盾處境。在這種意義上，角田雖不可能全面繼承《世説》精神，卻確乎繼承了"世説體"的精神，即每一時代的《世説》仿作者，均以這一文體爲載體，以表達其時士之人格分野，思想交鋒，與知識構成。

二零零七年八月十日初稿於成都旅次

二零零八年四月六日修改

---

①《日本書紀私記》（甲本）《弘仁私記序》(平安初期弘仁三年／皇紀一四七二年之《日本書紀私記》之序文，該書爲《日本書紀》之講解書，或名《弘仁私記》："欽明天皇御宇之時，膳臣巴提便至新羅，有虎噬兒去也。提尋至岩岫，左手擎虎舌，右手拔釰刺殺。"

②《大東世語·賢媛》："永延帝雪後早坐宫中，顧乃云：'不知香爐峰雪奈何耳？'宫人清氏默起前褰御簾，帝賞其慧而有學"（服部南郭原注："白居易詩：'香爐峰雪撥簾看。'"）。

③《續近世叢語·容止》，卷六，十上。

試論日本漢詩的模仿與創新

徐有富

程千帆、孫望《日本漢詩選評》共選日本奈良時代（710–784）至大正時期（1912–1926）200位詩人的413首詩。這些詩人中包括天皇、皇子、公主、官員、一般文士，還有僧人、女詩人，以及無名氏等。該書大致反映了日本漢詩的寫作狀況。書中程千帆的評語共290條，孫望的評語共233條，此外吴錦等還爲全書做了注釋工作，對我們理解日本漢詩極有幫助。日本漢詩在語言、體裁、寫作方法，乃至内容上模仿漢詩是顯而易見的，然而本文將主要分析日本漢詩在創新方面的成就，因爲這才是日本漢詩的價值所在。

日本漢詩的主旋律無疑在於歌頌中日交流與中日友誼，這在作品中得到了鮮明的反映，如長谷允文（1810–1885）的《長崎雜詠》（292頁，爲該書頁碼，下同）：

> 幾隻唐船帆影開，霧羅雲錦爛成堆。
> 不知誰著新詩卷，卻載吴山楚水來。

前兩句寫物資交流，後兩句寫文化交流。從“唐船”一詞可見，這種交流在唐代就已頗具規模，因此留下了該專有名詞。程先生評曰：“想見嚮往之情”，作者是採取歌頌的態度來讚美這種交往的，因此詩中洋溢着嚮往與喜悦之情。

中日兩國人民之間的友誼一直延續着，這在詩中也有反映，如三島夫（1826–1915）的《重九，支那公使黎庶昌召都下名流開登高會於上野精養軒，余亦與焉，賦此博笑》（341頁）云：

> 千里秋風黄菊新，喜君高閣會群賓。

即今四海皆兄弟，休説家鄉少一人。

此詩顯然受到了王維《九月九日憶山東兄弟》的影響，但是將具有血緣關係的兄弟，擴大到“四海皆兄弟”，而且賦予了國際意義，則中日友誼溢於言表是可以體會得到的。後來，駐日參贊黄遵憲離任，宫島誠一郎（1838–1911）寫詩贈别，也情意綿綿，程先生評曰：“讀此詩，知中日友好舊有傳統。世代友好之願望，定可實現，此一切進步人類之福音也。”（370頁）

日本漢詩以抒情詩爲主，人與人之間的感情很豐富，有愛情、親情、友情等許多不同的内容，其中當以表達愛情的詩最值得注意，如安藤焕圖（1683–1719）的《子夜吴歌》（109頁）：

爲悔别郎日，與郎指逝川。
妾心長若此，妾貌不能然。

《子夜》與《吴歌》都是南朝時流行在首都建業（今南京）地區的五言四句體情歌，深受唐人喜愛，多有模仿之作，李白所作《子夜四時歌》，明嘉靖二十二年郭雲鵬刻本稱《子夜吴歌》。此詩與漢詩相較，不僅貌似，而且神似，還有所創新。人們常用“逝川”比喻時間，如“子在川上曰，逝者如斯夫。”（《論語·子罕》）比喻感情，如“思君如流水，無有窮已時。”（徐幹《室思詩》）而此詩同時將心與貌以“逝川”作比，心可以不變，而貌卻不能不變。這就在思念中又加上了後悔與擔心的成分。

悼亡詩寫的是夫婦之愛，由於感情真摯，所以通常都十分感人，如大窪行（1767–1837）的《哭内》（185頁）：

我理詩囊君繡床，一爐添火夜將央。
空齋今夜蕭蕭雨，無复人分燈火光。

孫望評曰：“昔年君繡我吟，夜深共爐；今宵空齋細雨，孑守孤燈。一意貫來，情致綿密。”此詩以夫妻倆共同享有爐火與燈光這樣一個日常生活細節表現夫婦之情，妻子在世時是那樣温馨，妻子去世後是如此孤苦。對比中，詩人的悲傷也就更深了。

日本閨秀詩人江馬多保（1787–1861）有首詩題爲《三月廿三日游嵐山，有憶山陽先生，依其曾題韻》（228頁），是抒寫師生之情的：

櫻花萬樹白分明，憶趁東風曾出城。
十五年前陪醉地，一溪猶作舊時聲。

山陽先生名賴山陽，是女詩人的老師。程先生評曰："與劉夢得'二十年前舊板橋'一絶，雖所懷不同，而情韻極似。"明人楊慎《升庵詩話》卷七《柳枝詞》稱："《麗情集》載湖州妓周德華者，劉采春女也，唱劉禹錫《柳枝詞》云：'春江一曲柳千條，二十年前舊板橋。曾與美人橋上别，恨無消息到今朝。'此詩甚佳，而劉集不載，然此詩隱括白香山古詩爲一絶，而其妙如此。"如果我們將劉禹錫與江馬多保兩詩加以比較，就會發現它們之間有一些明顯的不同。一是所懷的對象不同，劉爲男詩人懷念美人，江爲女詩人懷念老師山陽先生；二是告别的地點不同，劉爲春江，江邊長滿了柳樹，江爲嵐山，山上開滿了櫻花；三是難以忘懷的事物不同，劉爲"二十年前舊板橋"，江爲"一溪猶作舊時聲"。但是兩者在構思方法上卻是相同的：告别的時間均已很久很久，但是都對告别的情景記得清清楚楚，從而表達了對對方深切的思念之情。

還有的詩將所抒發的感情隱藏在形象中，難以確指，因而也更值得玩味，如林春信（1643–1666）筆下的《落葉》（84頁）：

朔風吹萬木，落葉滿牆陰。
猶有戀枝意，飄飄繞故林。

落葉戀枝具有象徵意義，但它表現的是何種情感卻没有挑明，讀者可以依據自己的具體情況，展開想像的翅膀。你可以把它理解成子女對父母的眷戀，也可以把它理解成游子對故鄉或故國的眷戀。

日本漢詩同樣也表達了作者們對自然環境的喜愛，此類佳作甚多，聊舉數首爲例。如廣瀨滿忠（生卒年不詳）的《澱水舟中》（261頁）：

春水百餘里，舟船一路通。
枕横蘋葉上，帆走菜花中。
楊柳鶯衣雨，蒹葭鷺羽風。
飽看新活畫，真個臥游同。

澱水發源於日本的琵琶湖，流入大阪灣。我們讀魯迅《好的故事》所描寫的船過山陰道，一路上所見到的美麗景色，讓人着迷。此詩所寫澱水兩岸景色，雖没有那麽豐富，但是也差可比擬了。孫先生評曰："泛舟澱水，風光入畫，信手拈來，别具天趣。"

日本詩人還能在日常生活中發現美、欣賞美，並歌頌之。如牧野履（1768-1827）的《初夏閒居》（189頁）：

> 殘花落盡送殘春，雨後葱蘢緑樹新。
> 謝客任荒林外徑，抛書懶掃几頭塵。
> 巢梁乳燕相呼母，浴水閒鷗不避人。
> 賴有老妻能釀酒，怡然對飲脱烏巾。

孫先生評曰："是善娱晚景者。"春暖花開固然好，夏天緑樹葱蘢也不錯。有客人來走動固然好，謝客在家則更自在。無事讀讀書當然不壞，但是懶得讀書則更輕鬆。頸聯寫和諧的周邊環境，尾聯寫家庭生活其樂融融，老妻不但能釀酒，而且還能高高興興地與詩人對飲。常言道生在福中不知福，詩人恰好相反，則其晚年生活美滿愜意也就可想而知了。

有些作者不僅能發現美，而且還能創造美，如藤井啟（1807-1866）的《岩桂》（278頁）：

> 手栽岩桂小成叢，屋兩三間地一弓。
> 但爲天香吹不斷，被人疑是廣寒宫。

顯然，桂樹爲詩人所栽，房屋爲詩人所建，則此人間仙境爲詩人自己所營造也。

愛美之心，人皆有之。就喜愛梅花而言，中國詩人與日本詩人頗有同好，都盼着早點看到梅花，於是出現了不少寫早梅的詩。如唐人張謂筆下的《早梅》："一樹寒梅白玉條，迥臨春路傍溪橋。不知近水花先發，疑是經冬雪未消。"其他梅樹均未開花，只有這株近水的梅花先開了，自然是早梅。還有更早的，如齊己筆下的《早梅》："萬木凍欲折，孤根暖獨回。前村深雪裏，昨夜一枝開。"宋陶岳《五代史補》卷三云：

> 時鄭谷在袁州，齊己因攜所爲詩往謁焉，有《早梅》詩曰："前村深雪裏，昨夜數枝開。"谷笑謂曰："數枝非'早'也，不如'一枝'則佳。"齊己矍然，不覺兼三衣扣地膜拜。自是士林以谷爲齊己"一字之師"。

一樹梅花只有一枝開放，當然比一樹梅花或數枝梅花要早一些。還有更早的，如陸游筆下的《早梅》詩："東塢梅初動，香來託意深。明知在籬外，行到卻難尋。"只聞到梅花的香氣，連一朵開放的梅花都未找到，則此欲開而未盡開的梅花當然更早了。下面讓我們再讀日本詩人岐陽方秀（1363–1424）的《立春探梅》（59頁）：

乍聞春色到山家，起看梅梢悉著花。
只怪無風遞香去，不知殘雪壓枝斜。

看來梅未開，詩人就去探梅了，則詩人愛梅心切也就不言而喻了。

詩言志也是日本漢詩的重要內容，他們也愛用象徵手法表達自己的願望，如木下貞幹（1621–1698）的《稚松》（76頁）：

稚松三四尺，直立影森森。
昂壑雖無勢，淩雲自有心。
相期霜幹老，不受歲寒侵。
佳樹勤封植，會成君子林。

從小松樹身上，不難看出想成爲君子，也即統治階級的一員，就是作者的淩雲壯志。再如藤森大雅（1799–1862）的《竹》（250頁）：

修篁何矗矗，高潔有餘清。
嫌傍人籬下，故穿幽徑生。

孫先生評曰："寥寥二十字，此君高風亮節畢見。"

當然最受讀者喜愛並關注的，還是那些比較適合自己的，經過努力能夠實現的奮鬥目標，如江村綬（1713–1788）的《有感》（1228頁）：

小蟹生江浦，營穴蘆岸下。
穴中不盈寸，自以爲大廈。
朝慮沙岸崩，夕怕江潮瀉。
物小識亦微，營營何爲者？

孫望評曰："我亦江浦一小蟹耳。"看來很多人都像這隻小蟹那樣，爲營造自己的安身立命之所而忙碌着、擔心着，因此這隻小蟹頗能引起人們的共鳴。

這本書的作者中，詩僧共37人，可見占了很大比重。這些詩僧們的人生觀也是值得注意的，試讀釋堯恕（1640–1695）的《絶句》（83頁）：

> 十月北風吹古木，破蒲團上足容身。
> 窗外山水皆詩料，我是人間富貴人。

看來作者所追求的不是物質上的富貴，而是精神上的富貴。物質上只要一個足以容身的破蒲團就夠了，精神上的富貴也非名利地位，而是只要能寫寫詩也就行了。作爲詩料，窗外山水既取之不盡，又與世無爭。就這一點而言，詩人當然是世上富貴人了。

説理也是日本漢詩的重要内容之一，而且通常都寓哲理於形象之中而富有理趣，如廣瀨謙（1807–1863）的《春寒》（275頁）：

> 梅枝幾處出籬斜，臨水掩扉三四家。
> 昨日寒風今日雨，已開花羡未開花。

孫望評曰："'已開花羡未開花'，物猶如此，人豈漠然。"看來這句詩反映了人們所普遍具有的體驗與心理狀態。再如左藤信古（1807–1879）的《驟雨》（284頁）：

> 焦葉懸泉荷轉珠，池亭驟雨乍來時。
> 頃間一掬新涼意，早有無心草木知。

左藤信古字子成，號蕉廬。程先生評曰："有理趣，亦如坡老之'春江水暖鴨先知'也。荷轉珠，古人已有。蕉懸泉，子成所獨。以蕉名廬，斯爲不負。"生物對氣候以及其他許多自然現象特別敏感，爲人們所熟知，"早有無心草木知"總結並突出了此點，詩人選擇入秋後的第一場突然到來的"驟雨"説明這一點也是非常恰當的。最耐人尋味的當推古賀樸（1750–1817）的《畫猴》（170頁）：

> 踞石看雲天趣長，山中芧栗足餱糧。
> 游嬉莫近人間世，恐被加冠弄一場。

《漢書·伍被傳》云："漢廷公卿列侯皆如沐猴而冠耳。"這首詩告訴讀者，人應當像畫中的猴子那樣享受自己本應具有的自由而快樂的生活，遠離名利場，以免被套上功名利祿的衣冠，遭到耍弄。程先生評曰："調侃語，警猴亦所以自警也。惜世人不悟者多，故沐猴而冠者，古今不絶。"

日本漢詩之所以取得突出成就，首先在於日本詩人認真地學習了漢詩。我們發現日本漢詩作者對漢詩，特别是對唐詩熟悉的程度是非常驚人的。如龍公美（1714–1792）的《幽居集句》（133頁），其中有孟冠，《全唐詩》中有詩一卷，我們已經很陌生；還有景池，《全唐詩》中僅存詩一首，竟也被詩人記住了。他們對中國某些詩人的生平事蹟，寫作特點也非常熟悉，如一曇聖瑞（生卒年不詳）的《贊孟東野》（70頁）：

龍鍾白首據吟鞍，棘句鉤章卒未安。
快意看花春一日，溧陽寂寞老微官。

程先生評曰："抵得上一篇東野傳。"孫先生評曰："前兩句可作東野先生小像看，如李洞'敲驢吟雪月'之爲浪仙寫像詞。所以'棘句鉤章卒未安'者，以見東野謀篇構想之不苟，掐擢胃腎，皆從肺腑出而不蹈尋常蹊徑也。後兩句一暖一冷，相去奚啻萬里。信非高手莫能出。"

漢詩對某些日本詩人的影響，可謂融化在血液中，滲透到骨髓裏。漢詩中的一些詞語、典故被他們隨手拈來用在詩中，往往恰到好處，而又了無痕跡。如伊藤維楨（1627–1705）的《嵯峨途中》（82頁）：

十里嵯峨路，往還天欲昏。
鐘聲雲外寺，樹色雨餘村。
相伴只筇竹，所攜唯酒樽。
阿旋與通子，雙立候柴門。

陶淵明《責子》詩云："阿宣行志學，而不愛文術。"复云："通子垂九齡，但覓梨與栗。"可見阿宣與通子都是陶淵明孩子的小名，詩人用以借喻自己的兒子。陶淵明《歸去來兮辭》有"稚子候門"句，這裏化用其意境。看來詩人以陶淵明自比，則一路上清微淡遠的風光，以及自然淳厚之人情，則更令人心嚮往之。

一些優秀的日本漢詩在學習漢詩時總能寫出新意。首先是煉意，如横山政孝（生卒年不詳）的《枕上作》（207頁）：

隔幮燈火小於螢，幽夢初回近五更。
蟲語滿庭元自樂，被人枉作恨秋聲。

北宋歐陽修寫有《秋聲賦》，其主旨爲“悲哉！此秋聲也。”而此詩卻寫秋夜蟲鳴之樂，孫先生評曰：“自歐陽公賦秋聲，秋夜蟲聲遂更與愁怨結不解緣。此則據其意而反之，有新意。”再如奧野純（1800–1858）的《牽牛花》（264頁）：

昨暮含胎如筆尖，碧杯勸飲露珠沾。
驕陽升處花皆謝，愛看渠儂不附炎。

孫先生評曰：“驕陽升，牽牛謝，抒失志憤世之情，與葵藿傾日之喻異趣。然托意不偶，殊有新致。”歌頌紅太陽、向陽花之類的詩讀多了，偶然讀到説驕陽壞話，並歌頌不趨炎附勢的牽牛花，自有新穎之感。

特别值得注意的是日本漢詩在寫作方法上也能不斷創新，傳説北宋時畫院招考畫師，出了個題目叫《深山藏古寺》，要考生依題作畫，有的考生畫了深山，並在深山中畫了一座寺廟；還有的考生畫了深山，只在深山中畫了古寺一角；只有一位元考生畫了深山，畫面上没有出現寺廟，僅畫一位老僧在深山的小溪中挑水，結果這位考生被録取了。試讀神吉主膳（1756–1841）的《山寺》（177頁）：

入山不見山，面面唯松樹。
暗聞鐘磬聲，知是僧庵路。

顯然，此詩寫的也是“深山藏古寺”，但是它没有寫山，没有寫廟或庵，也没有寫和尚或尼姑，但是通過鐘磬聲，讀者清楚地知道深山松林中藏着寺廟或尼姑庵。再如藤井啟（1817–1866）的《淩霄花》（280頁）

淩霄真有淩霄勢，纏到松梢百尺過。
更望青天天杳杳，問君此際意如何！

漢詩中也有不少寫淩宵花的，但是都寫得比較直白。如宋賈昌期的《詠淩宵花》："披雲似有淩雲志，向日寧無捧日心。珍重青松好依託，直從平地起千尋。"梅堯臣的《淩宵花》："一日摧作薪，此物當共委。"曾肇的《淩霄花》："淩波條體纖，柔枝葉上綴。青青亂松樹，直幹遭蒙蔽。不有嚴霜威，焉能辨堅脆？"藤井啟的詩顯然也是諷刺趨炎附勢的，但是比較含蓄，正如孫先生評語所説："貪婪勢力之心，寧有窮極，只問而不道破，卻妙。"

各種題材的詩歌往往都能反映日本漢詩的創造性，下面僅以題畫詩爲例作些探討。漢詩中有許多優秀的題畫詩，但是日本漢詩中有些題畫詩仍然寫出了新意。如希世靈彦（1404–1488）的《扇面麻雀》（63頁）：

竹從牆外出横枝，風裏低昂不自持。
暮雀欲棲心未穩，飛來飛去已多時。

孫先生評曰："寫竹雀風神宛然，忘其爲畫矣。"此詩妙在道出了畫家的藝術匠心，畫中的竹子，被風吹得動摇不定。畫中的麻雀顯然想棲息在竹子的横枝上，但是由於竹子動摇不定，以致於飛來飛去一直没有找到機會。如此生動獨特的畫面，被畫家捕捉到了，也被詩人發現了。畫家將風中的竹子與麻雀寫活了，詩人也將風中的竹子與麻雀寫活了。再如劉翥（1796–1869）的《寒山讀書圖》（243頁）：

絶靜讀仙書，寒雲山幾疊。
跫然若有人，歸鹿踏秋葉。

此詩描寫了一個寧靜的世界，圖畫自然是没有聲音的，但是此詩偏偏通過聲音來反映這寧靜的世界。畫面上没有行人，但是詩人通過想像，認爲讀書人聽到了行人的腳步聲，仔細一看原來鹿正踏着落葉歸來，顯然聲音來自鹿踏落葉，這種想像是合情合理的。孫先生評曰："有出塵拔俗之想。世濁則彌覺可貴，中外同然。"

他山之石，可以攻玉。中日文化交流應當是相互的。過去日詩人向漢詩學得很多很多，而中國詩人向日本漢詩學習得卻很少很少。程千帆、孫望的《日本漢詩選評》當時只印了三千册，二十年來似未産生多大反響，特撰此文作些介紹。

越南漢籍研究

越南文獻與碑誌資料中的李常傑

耿慧玲

一、前言

中國是一個好記載的民族，不僅僅是對於中國中原核心地區有豐富的記載，同時對於周邊的民族與政權也有相當程度的記載，這對於整個亞洲甚至歐洲部分地區的歷史研究也有相當的重要性。就歷史的發展而言，中國文化的發展是由北而南。廣大的南方土地，在中國中原文化尚未到達之前，原是百越民族聚居之區，但當中國文化的拓展，涵化了整個南方，中國文化圈的形成也就在這樣的狀況下逐漸成形。然而中國長期政治的發展均以北方爲主，政治與戰略上的考量，使得學術研究也偏向於長城内外。相對而言，對於中國南方的研究是目前可以有成長空間的一塊領域。

作爲一個長期以中國漢字爲書寫系統的國家，越南有與中國相似的記載習慣，無論是官方的史記或是地方的文獻，甚至於刊刻的碑銘，其數量都十分的豐富，然而，越南史籍本身也存在著許多論述、記載上的問題，畢竟她不如中國長期建立的文字記載系統那樣完善。因此，當進行越南歷史或文化的研究時，不僅僅是要運用中國或越南的資料，更需要針對内容去作參合考校。本文即欲運用中國與越南史籍及相關資料，尤其是屬於一手史料的碑銘資料，重現中越歷史上一位重要的人物。

二、一場改變歷史的戰爭

宋神宗熙寧八年（1075）十一月《宋史・神宗本紀》簡簡單單的記載了一件事：

戊寅，交阯陷欽州。[①]

此外，便没有對於這一個事件有所叙述，在同書列傳第二百四十七《外國四·交阯》中對於這個事件也没有一個清楚的記載[②]，《續資治通鑑長編》只簡單的説：

（十一月己巳）廣西經略司言，諜報交趾、廣源州集鄉兵，欲圖入寇，又言古萬峒爲蠻賊攻劫。詔："與賊戰有功人速以名聞，被焚略之家，量與存恤。"[③]

《宋會要·蕃夷四》也没有以很多的文字著墨：

八年，十二月五日，廣南西路經略司言："交阯以舟師駐湖陽鎮，謀以兩路入寇欽、廉州。"二十一日，以交阯入寇，攻陷郡縣，殺傷吏民，詔廣南路經略司嚴爲守禦之備，置安南路經略司預經制其事，將討蕩其巢穴也。[④]

只有《文獻通考·四裔考》對於這一次的戰役有較爲清楚的交代：

初，廣西屯北兵二十指揮，交人畏之，（劉）彝奏罷正兵而用槍仗手分戍。聽偏校言，以爲安南可取，大治戈船。交人來互市，率皆遏絶；表疏上訴，亦不得通。（熙寧）八年冬，遂分三道入寇，一自欽州，一自廣府，一自崑崙關，連陷欽、廉二州，廉土丁

①《宋史》（[元]脱脱等撰，臺北：鼎文書局影印中華書局本，1975~1981）卷十五《神宗二》，"熙寧八年十一月"條，頁289。

②在《宋史·外國傳》中，對於熙寧八年的戰役含糊籠統的記載著："（熙寧）五年三月，日尊卒。命廣西轉運使康衛爲弔贈使。予所奪州縣。詔報之曰："卿撫有南交，世受王爵，而乃背德奸命，竊暴邊城。棄祖考忠順之圖，煩朝廷討伐之舉。師行深入，勢蹙始歸。跡其罪尤，在所紬削。今遣使修貢，上章致恭，詳觀詞情，灼見悛悔。朕撫綏萬國，不異邇遐。但以邕、欽之民，遷劫炎陬，久失鄉井，俟盡送還省界，即以廣源等賜交州。"（頁14069），按，本段記載並未載明熙寧八年戰役，其所録詔書爲熙寧十年初事，見《續資治通鑑長編》卷三百四十九："初，熙寧十年，乾德言，乞詔回大兵，即遣使謝罪奉職貢。詔從其請，令安撫司遣人畫定疆界。"（頁8372）及《文獻通考》（[宋]馬端臨撰，臺北：世界書局景印摛藻堂四庫全書薈要本，史部第一四九册，1988年）卷三百三十《四裔考七·交趾》葉三十一（頁235-410）。

③《續資治通鑑長編》（[宋]李燾撰，上海師範大學古籍整理研究所、華東師範大學古籍研究所點校，北京：中華書局，1979-1995第一版）卷二百七十"神宗熙寧八年十一月"，頁6621。

④《宋會要輯本》（[清]徐松輯，臺北：世界書局，1977年再版），卷一萬一百二十二，《蕃夷四》，葉十七（頁7731）。

八十[①]守城，皆驅令負擔登舟，已而盡殺之。又陷邕州，殺守將蘇緘，屠其民五萬餘口。詔以趙卨爲安南道行營都總管、經略招討使，李憲爲副使，帥大軍南征。尋罷憲而以宣徽南院使郭逵爲招討使，改卨副之。[②]

這樣的記載方式，似乎如同中國其他的戰役一樣，並不是十分的特殊，然而，在越南的史記中，對於這一次的戰役，卻有完全不一樣的態度。在《大越史記前編·本紀》中，對於戰爭的傷亡是這樣的記載：

帝（李仁宗）怒，命李常傑、宗亶領兵十餘萬，分三道擊之……常傑連陷欽、廉州，殺土丁八千人[③]。宗亶……丙辰五年……圍邕州，知州蘇緘悉力固守，我軍攻之，四十餘日囊土傅城而登，城遂陷，緘令其家屬三十六人皆先死，藏屍于坎，乃縱火自焚。城中人感緘之義，無一人降者，於是盡屠其民，凡五萬八千餘口，並欽、廉死亡者幾十餘萬。常傑等俘虜三州而還。……三月，宋以郭逵爲招討使，趙卨副之，合占誠、真臘兵來侵。……命李常傑迎擊宋師于如月江，大破之，宋兵死者千餘人。郭逵引退，復取我廣源諸州。[④]

越南史家吴時仕對於這一次的戰役有如下的評價：

我國與北朝交兵多矣，南帝以前，勝敗不常，跡陳事往。其後吴先主白藤之捷；黎大行諒山之勝；陳仁宗之敗唆都，俘烏[⑤]馬兒，走脱驩，皆折强虜於方横，凜國事之難，犯勝克之烈，爲本國侈談，然皆敵至其國，不得已而應之，勞逸之形殊，主客之勢異，若夫堂堂之陣，正正之旗，十萬横行，深入客地，破三州之衆，如振槁然。在境無敢攖其鋒，還師無敢躡其後，如此用兵，非本國一曠事哉！[⑥]

且此次戰役不僅僅是一場值得誇耀的戰爭，對於李朝後來的發展，甚至於越南獨立於中國中央政權的直接統治有著相當重要的地位，因爲這一場戰爭，導致以下的後果：

①《大越史記前編》（[越]吴時仕、黎嵩等編撰，北城學堂藏板，景盛八年（1800）印，十七卷本，漢喃研究院書號A.2/1–7），作八千。

②《文獻通考》卷三百三十《四裔考》，葉三十（頁235–410）。

③《文獻通考》作八十人。

④《大越史記前編》卷三，葉十四～十六。

⑤原誤作“鳥”。

⑥《大越史記前編》卷三，葉十五。

按，是役我國能暢其兵威，宋人以我方强，思以恩義柔撫之，自是貢聘之遺，文書之式，皆不苛責，惟恐忤其意以生邊釁。至英宗時……我國書惟列大臣數名，其印文曰“南越國印”。後更用中書門下之印，宋人皆不能詰，輒以略遠之説自解。其後國名之賜，增壯天南，則李氏之所得于宋亦多矣。[①]

越南與中國南方從上古時期，即因山水相連而産生了密切的關係，這種關係，是在長期地理之間的自然融合，也是政治、經濟與文化上的相互涵化過程。自秦始皇征嶺南，設置象、南海、桂林三郡始[②]，中國即開始在自然的涵化過程中，加入了許多人爲的政治與軍事的推動力量，有計畫的將中國的各種力量拓殖到越南地區，尤其是越南北方地區；西漢以後，更在原本南越國的基礎上，設立了交趾、九真、日南等郡縣，使得越南北部内屬中國，成爲中國地方行政制度中的一環。這也就是越南歷史中的“北屬時期”。歷經一千多年政治上的直屬，越南在唐末五代時期，趁著北朝（中國）中央控制權力逐漸衰落之時，依據天險，起來擺脱中國中央政府的直接控制，其間歷經曲顥、楊廷藝、矯公羨、吴權等以節度使的身份建立起强固的地方勢力，自外於中國中原地區的政治範疇，也與十國時期的南漢逐漸形成對抗的局面，然而，内部權力的爭奪使得越南地區在吴權之後陷入群雄競起各據郡邑的割裂局面，也就是史稱的“十二使君”時期。最後由丁部領、黎桓、李公蘊遞代承襲，重新建立起統一的勢力。誠如吴時仕的評論，在熙寧八年，亦即李仁宗太寧四年之前越南地區有許多反抗中央政權的事件，例如：西元40年（東漢光武帝建武十六年）二徵夫人略定五十六城，自立爲王[③]；西元248年（東漢延熹十一年，三國吴赤烏十一年）九真趙嫗的起事[④]；西元541年（梁武帝大同七年）李賁在九德郡起兵，北逐蕭諮，南征林邑，自稱“南帝”，又建國號曰“萬春”，都龍編[⑤]；其後，趙光復據夜澤之險，在位23年（548–570）[⑥]；

①《大越史記前編》卷三，葉十五下～十六上。

②秦始皇設置的三郡中，象郡究竟有没有真正的統治到越南，一直是學者們研究的一個焦點，其間鄂盧梭與馬思伯樂兩人不同的見解引發了嚴重的爭執，之後，許多的學者依據新資料、新解釋對於秦始皇征嶺南的時間、將領、疆域重新檢討，但仍没有定論，其間論文甚多，請參考余天熾等著《古南越國史》，（南寧：廣西人民出版社，1988,1）。然而，雖説象郡是否包含今越南北方，學界尚有爭議，但如果秦始皇已於廣東、廣西地區設郡，越南北方欲不受到秦朝政治力之影響，恐非易事，因此，秦始皇的象郡設置，基本上反映出當時對於亞洲東南地區的影響。

③《校合本大越史記全書·外紀》（陳荆和編校，東京大學東洋文化研究所附屬東洋學文獻センター叢刊第四二輯，昭和59–61 [1984–1986]）卷三，頁126。

④同上注，頁138–139。

⑤同上注，頁147–149。

⑥《校合本大越史記全書·外紀》，頁149–151。

722年（唐玄宗開元十年）梅（枚）叔鸞起兵，自稱黑帝①；791年（唐貞元七年）唐林人馮興包圍州治②；931年（後唐明宗長興二年）楊廷藝攻殺南漢軍隊③；然而，這些建國立號的時間都不能長久，不旋踵重又受到中國中央政權的掌控，在歷史的洪流之中，只是中國邊境地區的一些可控制的民變而已。從1010年到1400年，越南從北屬時期走向獨立自主的時代，史稱“大越復興時期”④，而李朝正是這個走向獨立自主時期的關鍵時代。熙寧八年及其後因而發生的後續戰爭更是這個關鍵時代的關鍵戰役。在越南的歷史中，領導這次戰役的統帥，更被當作是神祇供奉，越南有一本“皇越神祇總册”記載著從古以來越南地區供奉的神祇，其中的“翊運廣威大王”，就是這次關鍵性戰役的統帥李常傑，《總册》對於李常傑是這樣敘述的：

奉按國史，王德縣太和坊，姓李名常傑，仕李官至太尉、上將軍，平國內寇賊。代宗時⑤，取欽、廉、邕三州，史氏稱其十萬橫行，深入客地，在境無攖其鋒，還師無敢躡其後，爲本國曠事第一武功，歷代褒封上等福神。⑥

越南史家潘輝注在其著作《歷朝憲章類志》卷九“人物志”亦稱其爲“古今武功第一”⑦。然而有趣的是，在中國的史籍中竟無一字提到李常傑這個人，或許有人認爲這次戰役中國記載不顯的原因，是因爲越南過於誇大戰役的規模，但若繼續觀看後續的記載，則發現宋朝在這一次戰役只能以“慘敗”形容，《文獻通考》卷三百三十：

（熙寧）九年（1076）十二月破蠻決里隘，次富良江，……富良去其國不遠，（郭）逵不敢渡，官軍八萬死者什六，得其廣源州、門州、思浪州、蘇茂州及桄榔縣而還，逵、禼皆得罪。詔改廣源爲順州，命西上閤門使陶弼知州事，餘皆即用其酋長。乾德（李

①《校合本大越史記全書·外紀》，頁159。

②同上注，頁160–161。

③同上注，頁170。

④根據越南史家的說法，越南歷史大致上可以分成幾個階段：一、民族起源時期；二、北屬時期（公元前111–938年）三、獨立自主時期（公元938年至19世紀末）1、獨立自主初期（10世紀）2、復興時期（11–14世紀）3、盛治之時期；四、南北分爭時期（1592–1788）五、越南封建制度末期（19世紀）。

⑤作者按，代宗應作仁宗。

⑥《皇越神祇總册》（不著撰人，後黎朝景興四十六年以後，越南漢喃研究院藏書，原書編號A.833,本資料來源爲法國遠東學院微卷影印，Paris EFEO MF I217）葉四十六。

⑦《歷朝憲章類誌》（潘輝注[一名潘輝浩]編撰，越南漢喃研究院藏書，館藏編號A.1551/1–8），卷九《人物誌》，葉一下～二。

仁宗）乞再修職貢，還所奪州縣。詔報之曰：……但以邕、欽、廉之民遷劫炎陬，久失鄉井，俟盡送還省界，即以廣源等賜交州……乾德初約歸三州官吏千人，久之才送民二百二十一口，男子年十五以上，皆刺額曰“天子兵”，二十以上曰“投南朝”，婦人刺左手曰“官客”，以舟載之而泥其户牖，中設燈燭，日行一二十里則止，而僞作更鼓以報，凡數月乃至，蓋以給示海道之遠也。……乃悉以四州一縣還之。然廣源舊隸邕管羈縻，本非交趾所有也。[①]

這麽重要的戰役，其領導者爲什麽在中國的史册中卻没有記載？瞭解了這一位領導者的相關資料，應該可以進一步瞭解越南與中國在那一段歷史中真確的互動關係。本文即欲以越南文獻及金石資料補充有關這一位重要戰役的領導者的生平。

三、找尋李常傑

在中越關係改變的歷史關係中具有重要地位的李常傑，没有在中國史書中出現，這是一件非常有意思的事，同樣的狀況，在中國的唐代歷史中也曾發生，那就是越南的另一位民族英雄——馮興。馮興在越南民間被稱爲“布蓋大王”，受到“十五社同奉事”，這種崇敬的狀況，較之於越南歷朝皇帝均爲隆重[②]，而“布蓋大王”的“布蓋”在越南語中即是父母的意思[③]，可見馮興在越南歷史與社會上的地位。其被崇祀的主要原因是馮興與其鄉人杜英翰反抗唐朝，攻入當時的安南都護府，據府即政，致使安南都護高正平憂憤而死。然而這件史事的記載也如李常傑的事跡一般，在中國與越南産生相當程度的落差。這當然可能因爲中國傳統史書對於中央政府的一些舉措，經常性的會採取一些技巧性的方式來解釋或做選擇性的記載[④]。因而在中國的史書中，可能的疏漏，將會造成對於真實歷史的誤解。在本人的《馮興考》一文中，利用越南的文獻——尤其是越南的碑銘資料，將馮興的事件做了一些考釋，本文將再利用越南的文獻，尤其碑銘資料，對李常傑的生平也作一些整理與分析。

在越南的歷史文獻中，《大越史記全書》與《越史略》、《越史通鑑綱目》、《越史綱

①《文獻通考》卷三百三十《交趾》，葉三十～三十二（頁235-410～235-411）。

②據《皇越神祇總册》的記載：“丁先皇帝，十四社村奉事……黎大行皇帝，九社村奉事；中宗皇帝，四社奉事；臥朝皇帝，三社奉事。李太祖神功助勝皇帝，五社奉事。”頁39。

③《大越史記前編·外紀》卷七《内屬隋唐紀》：“俗謂父曰布，母曰蓋。”葉九。

④請參見耿慧玲，《馮興考——未見於中國新舊〈唐書〉的一位越南英雄》，中國唐史學會，第六届唐代文化學術研討會發表。（已收入《越南史論》,2004,新文豐出版公司），頁201-223。

目節要》，都是非常重要的史料。其中《越史略》的記載内容主要是以李朝及其以前之歷史爲主，目前有兩個版本，一爲中國守山閣叢書所收之《越史略》，一爲經陳荆和先生校合的《校合本大越史略》。《越史略》的記載内容甚爲簡略，對於唐代以前的記載多以中國史書爲本，鮮少不同；然而從丁部領以後的記載，則多以越南本國立場著述，與中國史書頗有差異，其牴牾之處，可與中國史籍相參證，是研究越南李朝歷史重要的典籍[①]。

《大越史記全書》是越南歷代官方修史的集結，自陳太宗時即命史臣黎文休依據史料修撰《大越史記》，其内容自趙佗（趙武帝南越國）至李朝結束；後黎朝仁宗時，又命潘孚先修撰陳太宗至明人建國之間的歷史，亦名之曰《大越史記》；黎聖宗時，復命史臣吴士連編纂趙武帝之前的鴻龙紀及蜀氏紀，並合前述兩書成《大越史記全書》，其後歷朝皆有所增益，成爲越南歷史最重要的一部官方史籍。《大越史記全書》有各種不同的版本，現在通用的是陳荆和先生編校的《校合本大越史記全書》，由日本東京大學東洋文化研究所印行。陳荆和先生是越南史研究的大家，曾經整理過許多越南的文籍，對於越南歷史研究，有相當重要的地位，其編著之校合本《大越史記全書》與《越史略》可以説是漢文界研究越南歷史必讀的文獻資料。但是，在陳先生的校定編輯過程中，也常將一部分的越南史家論述省略，故在歷史研究的過程中，應該要將陳荆和《校合本大越史記全書》與北城學堂本《大越史記前编》；《校合本大越史略》與中國守山閣本《越史略》之記載作比較。

《欽定越史通鑑綱目》則是一部官修越南編年歷史，由阮朝國史館史臣潘清簡等人編纂，書籍編纂方式，採用朱熹《資治通鑑綱目》的編纂體例，注重所謂的“褒貶春秋筆法”，綱仿《春秋》，目仿《左傳》，綱舉目張，便於查閱。同時，針對舊史的錯誤，和相關資料之補苴，都可以與《大越史記全書》相參校。此外，鄧春榜著作之《越史綱目節要》，針對《越史通鑑綱目》再作疏注，亦爲重要之越南史籍，與《越史通鑑綱目》間亦有相互補苴的功能。以上爲主要史料之來源，他如潘輝注《歷朝憲章類志》、黎崱《安南志略》、不著撰人《皇越神祇總册》、黎貴惇《見聞小録》《芸臺類語》、高春育《大南一統志》等等，都是研究越南歷史重要之著作。

經查閲這些相關記載後，發現對於這樣一位重要的人物，越南史書的記載，亦十分的簡略。有關李常傑的生平，大約以潘輝注《歷朝憲章類志》卷七《名良將》之記載比較完整，兹録如下：

李常傑，昇龍太和坊人。少以資貌揚逸，清身充黄門祇候，侍太宗，累遷内省都

①參見《四庫全書提要》（引自叢書集成初編《越史略》篇首，中華書局，1985年北京新一版）。

知。聖宗，拜太保，授節鉞；天貺寶象二年，聖宗征占城，爲前鋒將軍，俘獲制矩[①]，以功拜輔國太傅、遥授諸鎮節度、同中書門下、上柱國、天子義弟、輔國上將軍、開國公。仁宗太寧四年[②]與宗亶伐宋，領十萬兵分進，攻欽州、廉州，陷之。宋廣西都監張守節將兵來救，常傑迎擊於崑崙關，大破之，斬守節于陣，屠邕州，俘虜餘民而還。是役也，提重兵入客地，宋人慴不敢動，聲勢震薄，爲古今武功第一。既還，總諸軍伐占城，畫三州圖以進，以功陞太尉[③]。五年[④]，宋遣郭逵總九將，合占、臘來侵，常傑迎擊于如月江，大破之。龍符元年[⑤]進兼内侍判首都押衙，行殿内外知事。三年[⑥]，演州人李覺叛，又討平之；覺亡入占，誘占主寇邊。四年，復伐占城，破之。五年卒，贈入内殿都知、檢校太尉、平軍國重事、越國公，食邑萬户。

常傑多謀略，有將才，歷事三朝，敗宋平占，勳望日重，親寵爲諸臣冠，卒後，其坊民祀爲福神，祈禱多應，累蒙歷朝褒封云。[⑦]

然而在這個記載中，很明顯的仍有許多需要填補的地方。

越南因爲中國文化的融滲，在越南中部以北地區有大量的漢文金石銘刻資料[⑧]，根據1998年《越南漢喃銘文彙編》第一集的研究，越南目前有金石拓片30000餘件，其中，有20979件爲法國遠東學院在1920至1930年之間所蒐集之拓片[⑨]，其餘則爲1958年以後越南

①《校合本大越史略》（創價大學亞細亞研究所叢刊第一輯，陳荆和編校，東京都，創價大學亞細亞研究所，1987）卷二，李聖宗神武二年夏："四月，元帥阮常傑俘獲第矩於真臘界。"頁60。

②仁宗太寧四年即宋熙寧八年，公元1075年。

③作者案，據《校合本大越史略》，仁宗神武四年夏四月八日，仁宗初即位以"大僚阮常傑爲檢校太尉"，頁61。

④五年，爲太寧五年，四月以後改英武昭勝元年，即宋熙寧九年，公元1076年。

⑤龍符元年即宋建中靖國元年，公元1101年。

⑥三年爲龍符三年，即宋崇寧二年，公元1103年。

⑦《歷朝憲章類志》，卷九"人物志"，葉一下～二。

⑧越南古代銘刻資料大致可以分成三個時期：1、銘刻初期：這個時期約從七世紀到十四世紀，現存77件金石銘刻資料，内容包括最早的隋大業14年《大隋九真郡寶安道場碑文》、丁朝的陀羅尼經柱、李朝的佛寺碑銘及豐富多樣（紀功、記事、宗教、詩文等）性質的陳朝碑銘。2、銘刻發展時期：從十五世紀到十八世紀，現存約6233件拓片，包括後黎時期的帝陵碑和進士題名碑；及莫朝以後多樣的宗教之寺觀碑記亭碑、市肆碑、文址等碑銘；3、銘刻興盛時期：從十九世紀～二十世紀約計有4020件拓片，這時期的銘文格式趨向一致，有規範化、簡單化的特色，大量的祠堂碑是其重要的内容。

⑨根據越南學者黄文樓的統計，1920–1930年法國遠東學院之蒐集與摩拓計調查了石碑、鐘銘10360件，共得約25000張拓片，其特色是針對當時越南全國所作的全面性的蒐集和摩拓，其缺點則是摩拓範圍只限於市鎮或大路附近，偏僻的地方離城市較遠之山區則未有組織性、大規模的摩拓。此次蒐集之拓片品質一般來説都很不錯。

國家之蒐集與摩拓[1]，同時，自1983年到1986年之間，河内文化所對河内市内和郊外之四郡四縣所有石刻、鐘銘進行摩拓工作，這些金石資料，充分反映出越南的歷史文化内涵[2]。1995年收藏越南拓片最主要的機構越南漢喃研究院與法國遠東學院、臺灣嘉義的中正大學文學院進行國際合作計畫，整理並按時代出版越南漢喃銘文，第一集共收録北朝至李朝間（B.C.111年至A.D.1226年）27篇銘文，第二集收集陳朝44篇銘文，是目前對於越南銘文整理最系統及完整的著録。根據第一集的資料，有五篇銘文與李常傑有關，可以做爲文獻資料之增補，這些銘文分别是李仁宗會豐九年（1100）的《安穫山報恩寺碑記》、李仁宗天符睿武六年（1125）《乾尼山香嚴寺碑銘》、天符睿武七年（1126）《仰山靈稱寺碑銘》、李英宗大定十八年（1157）《古越村延福寺碑銘》及大定二十年（1159）《鉅越國太尉李公石碑銘》。其中《安穫山報恩寺碑記》《乾尼山香嚴寺碑銘》與《仰山靈稱寺碑銘》均爲記載李常傑在九真地方建構佛寺的經過，對於李常傑與九真之間的關係，以及李常傑的生平歷世有相當重要的補充。《古越村延福寺碑銘》及《鉅越國太尉李公石碑銘》對於李常傑的生平資料較少，因爲這兩篇碑銘的主角是另一位歷史人物杜英武，但是因爲杜英武與李常傑家族有相當密切的關係，因此可以藉由這兩篇碑銘補充李常傑的家世。

由於碑銘的樹立是當時時、事、人的一項記載，碑銘的存在並不是爲了要滿足後世對於特定事實的研究，因此在記載内容上有其“一手”史料的重要性。碑銘的記載固然有其限制，正如同韓愈在千百年前所云乃“諛墓之文”，但仍然具有相當程度的可信性，諸如，碑銘若説誌主才德兼備、萬民擁戴，固不必信，但是叙説其擔任某官、某職、父某、母某則應該具有相當程度的可信度，因而碑銘是校證史料非常重要的資料。同時，碑銘具有自然採樣功能，運用不同時間、不同地點、不同記載人物的碑銘資料，其所呈現出的記載，可以作爲歷史統合研究的重要參考。

下面即運用《歷朝憲章類志·人物志》之外的其他的文獻與碑銘資料，對於李常傑這一位歷史人物作一些考補。

四、李常傑的生平歷世

根據上節《歷朝憲章類志》的記載，大致可以知道李常傑的生平歷事，不過對於一些

①從1958年以後，越南在國家的支持下又新摩拓約四千張拓本，然可惜因其多半與上述遠東學院所拓重複，效果不彰。

②見蘇爾夢、潘文閣主編，《越南漢喃銘文彙編》第一集——北屬時期至李朝（巴黎：遠東學院，河内：漢喃研究院，1998），《序言》，頁LXⅡ-LXⅢ；及耿慧玲、黃文樓主編，《越南漢喃銘文彙編》第二集——陳朝（臺北新文豐出版事業公司，2002），《前言》，頁Ⅴ-XIV。

關鍵性的時間或事蹟的記載，顯然並没有真正清楚的説明。下面根據現有的文獻與碑銘將李常傑的生平作一整理與補充：

李常傑乃細江句漏縣人①，其父郭盛溢，李太宗時太尉，天感聖武五年（宋慶曆八年，1048）奉命征廣源州首領儂智高②。常傑二十歲清身入宮侍太宗③，累遷至内省都知。聖宗即位，常傑擢遷檢校太保，受節鉞④；天貺寶象二年（宋熙寧二年，1069）⑤二月，李常傑隨聖宗征占城，爲前鋒將軍；四月，俘占城主制矩⑥，因功拜輔國太傅、遥授諸鎮節度、同中書門下、上柱國、天子義弟、輔國上將軍、開國公，經略清化、乂安兩地⑦，太寧元年⑧（宋熙寧五年，1072）四月八日李常傑任檢校太尉、同中書門下平章事，以伊霍之量，使攝大政⑨，太寧三年，占城復擾邊，王安石以爲越南爲占城所破，可計取之，遂聯絡蠻峒，禁州縣與越南貿易，逼使越南發兵侵宋，常傑蘊廟筭、統水軍，殲殛宋軍，成就輔佐仁宗的大功業；英武昭勝初知愛州九真郡清化鎮諸軍事⑩，七年（宋元豐五年，1082）仁宗特命

①《鉅越國太尉李公石碑銘》，《越南漢喃銘文彙編第一集——北屬時期至李朝》（[越]潘文閣、[法]蘇爾夢主編，河内漢喃研究院、巴黎遠東學院，1998，頁163–171），頁189；據頁192注15，細江句漏縣即今北寧省順城縣。目前所有文獻均記載李常傑爲昇龍太和坊人，當是後來改籍。

②有關此次戰役，《通鑑綱目》云"討之不克，智高攻宋邕州，陷之"，餘本皆云"智高降"。《校合本大越史記全書·本紀》卷二，頁236；《校合本越史略》卷二，頁55–56；《越史通鑑綱目》卷三，葉十三（頁643–644）。

③《仰山靈稱寺碑銘》《越南漢喃銘文彙編第一集——北屬時期至李朝》（[越]潘文閣、[法]蘇爾夢主編，河内漢喃研究院、巴黎遠東學院，1998，頁163–171）："公弱冠之初擢入禁闈。"頁165。本文作者案，《彙編》誤釋作"禁闉"。

④《類志》作"拜太保，授節鉞"，《仰山碑》作"擢遷檢校太保"，頁164。

⑤按，聖宗天貺寶象二年即宋熙寧二年，公元1069年，七月以後改神武元年，見《校合本大越史記全書·本紀》（東洋學文獻叢刊第四二輯，陳荆和編校，東京：東京大學東洋文化研究所附屬東洋學文獻中心，1984年）卷三，頁244。

⑥《大越史記全書》天貺寶象二年記載李聖宗征伐占城的事件時，並没有李常傑的事蹟出現在内，唯《類志》云常傑任前鋒將軍，從征占城；又，《越史略》卷二，李聖宗神武二年夏："四月，元帥阮常傑俘獲第矩於真臘界。"頁60。案，阮常傑即李常傑，陳太宗建中八年六月"改李朝爲阮朝，且絶民之望李氏也"。此後李姓在陳朝均改爲阮姓，《大越史略》陳朝時著録，故終篇以李作阮。

⑦《校合本大越史記全書》卷三，頁255：有"經訪清化、乂安吏民。"又，《大南一統志》（高春育等編，日本印度支那研究會影印，昭和十六年[1941]第二輯）卷十七，《清化省下·廟祠》："在永禄縣午舍社，神姓李，諱常傑，……李聖尊朝常經略清化、乂安等處，因建寺于伊社之仰山，曰靈稱寺，後人思其德，立祠祀之。"，葉七下（頁1764）。

⑧案，《仰山碑》與《大越史略》均云神武年，然聖宗神武四年正月以後爲仁宗太寧元年。

⑨《仰山碑》："神武中拜太尉、同中書門下平章事，贊襄國政。"頁165；又，《校合本大越史略》卷二："（神武四年四月八日）是日，以大僚阮常傑爲檢校太尉。"頁61。

⑩《仰山碑》，頁165。

李常傑爲清化一軍，賜封邑，此後駐守清化十九年[①]。其間，李常傑廣修廟宇，如仰山靈稱寺、乾尼山香嚴寺、安穫山報恩寺等皆是。靈稱寺建於英武昭勝年間，乃李常傑初至九真不久，因靈仁太后師懷信長老之託，於仰山建靈稱寺[②]，廣祐三年（宋元祐二年，1087）李常傑應太傅劉慶譚之請，共修九真乾尼山香嚴寺[③]。會豐八年（宋元符二年，1099）復率民人建報恩寺於古戰縣，歷時約一年[④]。龍符元年，常傑回都城，授内侍判首都押衙、行殿内外都知事[⑤]；龍符三年（宋崇寧二年，1103）李覺反，李常傑受命討之，覺敗，出亡占城；龍符四年（1104）常傑伐占城，擊破之，占城主制麻那復納二月所取地哩等三州[⑥]。龍符五年（1105）六月，太尉李常傑卒[⑦]。

在這樣的生平歷事中，有幾點值得討論，其一，李常傑出身太尉之家，世襲簪笏，但是李常傑入宮卻被淨身，且根據記載，李常傑死後襲爵的弟弟李常憲，也被淨身，他們兩人還被視作典範，《大越史記全書·本紀》卷五：

> 冬十月，賜范應夢錢，使自閹入侍。初，帝夢出游，見神人指一人謂曰："此人可爲行遣。"夢覺不知何人。一日朝罷幸城外，見一男子從學于城之南門，形貌酷似所夢人，召問之，應對如夢中間所語。欲授以行遣而難之，仍賜錢四百鏹，使之自閹，賜名應夢，後累遷爲行遣，蓋倣李朝用李常傑、李常憲舊例也。

加上與李常傑一同修建乾尼山香嚴寺的劉慶譚，也是淨身的太尉，亦具有地方豪强的基本特色，可見"中官"在李朝特殊的地位[⑧]。

---

①《安穫山報恩寺碑》，《越南漢喃銘文彙編第一集——北屬時期至李朝》（[越]潘文閣、[法]蘇爾夢主編，河内漢喃研究院、巴黎遠東學院，1998，頁163–171），頁83–84。

②《仰山碑》，頁165；又，《大南一統志》卷十七《清化省》，葉七下（頁1764）。

③《乾尼山香嚴寺碑銘》，《越南漢喃銘文彙編第一集——北屬時期至李朝》（[越]潘文閣、[法]蘇爾夢主編，河内漢喃研究院、巴黎遠東學院，1998，頁163–171），頁153–155。

④《安穫山報恩寺碑》，頁83。

⑤《校合本大越史記全書·本紀》，卷三，頁254。

⑥同上，卷三，頁254–255。

⑦同上，卷三，頁255。

⑧相關論述，請參考作者《越南李朝的中官研究》，《2004年漢學研究國際學術研討會論文集》（斗六：雲林科技大學，2005，12，），pp.323–350；及1999，7，《越南李朝太傅劉氏兄弟墓誌考證及其歷史意義——中越政治文化比較研究》，《朝陽學報》第五期（臺中霧峰），pp.151–192（已收入《越南史論》，2004，新文豐出版公司），2003，12，《李英宗婚姻關係與權力結構研究》，《中外關係史——新史料與新問題》（北京：科學出版社），pp.481～498（2002，11，"古代中外關係史：新史料的調查、整理與研究國際學術研討會"發表）（已收入《越南史論》，2004，新文豐出版公司）。

其二，有關李常傑授太尉的相關事宜，太尉官職的任命，可以充分反映出李常傑在李朝的權力結構。按越南李朝之官制，所謂太尉、同中書門下平章事，就是宰相[①]，鄧春榜在《越史綱目節要》中對於李常傑任太尉一事，注解道：

李懲前黎諸王擁兵之禍，中外事權總於太尉，太尉内贊機務，外總戎機，無事則居中輔政，有事則銜命出征。[②]

可見太尉一職的重要性。李常傑授太尉的時間在史料中有兩個説法，一在李聖宗神武年間，一在李仁宗太寧四年。若照《大越史記全書》與《通鑑綱目》的記載，李常傑的授太尉，應該是與太寧四年占城之役有關，然而仔細觀察那一次的戰役，李常傑在這一次的戰役中是失敗的：

命李常傑總諸軍伐占城，不克，常傑乃畫布政、地哩、麻令三州山水形勢爲圖而還。[③]

既然没有成功，因何會授太尉這樣的職任？這個時間是值得商榷的。若看《仰山碑》與《大越史略》的記載，則李常傑授太尉在聖宗神武末、仁宗太寧初，這個時間正是李朝改朝换代的時刻，常傑封太尉正可以如《仰山碑》中所述：

太寧初，今上明孝皇帝握圖即位，公遂以伊霍之量，使攝大政，可屬社稷。[④]

證之以《安穫山報恩寺碑記》所謂“信乎六尺之孤可托，百里之命可寄”，説明仁宗即位之時，李常傑受到聖宗遺命，輔佐尚在幼年即即位的李仁宗，這時候授李常傑以“太尉”重職，是可以理解的，因此，李常傑任太尉的時間應該是依照《越史略》《仰山碑》《安穫山碑》的記載。

---

①《歷朝憲章類志》卷十四《官職志·官名沿革之制》：“宰相之任，丁前名稱不可詳考，黎大行命官始以總管知軍民之職，總統國事，蓋其任也。李太祖初立，以陳鎬爲相公，職名甚野；太宗嗣統始以輔國太尉秉政，均衡之任，即爲宰相；至於仁宗，加以“檢校平章軍國重事”等字，則其名爲雅馴，而職任亦重矣。”葉一下～二上。

②《越史綱目節要》卷二“李紀”，葉二上。

③見前注。

④《仰山碑》，頁165。

其三則是李常傑與九真地區的關連。根據記載，李常傑在聖宗天貺寶象二年即從征占城，爾後即開始經略清化、乂安兩地，此後在太寧年間因爲占城“復擾邊”所引發的越占衝突，導致中越關係也産生變化，在結束了中越之間的武力衝突後，李常傑在英武昭勝年間開始駐守九真地區，此後李常傑在九真經營十九年之久，基本上李常傑在九真的經營，與對占城地區的控制似乎有密切的關係。

在有關的記載中，和李常傑有關的占城戰役有三次：一次發生在聖宗天貺寶象二年；這一次戰役《大越史記全書》、《越史通鑑綱目》以及《通鑑綱目節要》皆失載李常傑隨聖宗征占城事，而《越史略》、《歷朝憲章類志》及《仰山碑》則記載常傑在此戰役，因擒制矩而授“輔國太傅、遥授諸鎮節度、同中書門下、上柱國、天子義弟、輔國上將軍、開國公”。是役，占城主制矩“以地哩、麻令、布政三州贖罪”。第二次占城之役在仁宗太寧年間，這一次的戰役，《越史略》、《仰山碑》不載，《校合本大越史記全書》（含《前編》）和《歷朝憲章類志》均置於太寧四年四月侵宋戰役之後——是年的八月；然《通鑑綱目》與《綱目節要》則認爲應該依據中國史書記載，將伐宋戰爭改爲四年十一月，占城之役則在戰爭之前的四年八月。第三次戰役是在仁宗龍符年間，李常傑因演州人李覺叛變，詔李常傑討伐李覺，李覺敗，逃入占城，引占城寇邊，取回制矩所獻三州地，龍符四年二月李常傑擊破占城軍，收回三州地。這一則記載除《越史略》、及碑文外，其他文獻資料均有録①。在這三次戰役中，第二次的占城之役之後不久，李常傑即開始駐守九真，而在他駐守九真的十九年中，文獻資料中没有越南李朝與占城之間的衝突；更有趣的是，當李常傑回都城之後（龍符元年），占城又開始有了李覺之亂（龍符三年），由此可推見李常傑鎮守九真的重要性。同時，由碑誌中的記載，也可以知道李常傑與九真地方勢力的結合。而這個結合更可以説是李朝後期歷史發展的主要關鍵②。

五、結論

在中國的記載中真的没有李常傑的記載嗎？《夢溪筆談校證》卷二十五“雜誌二”有

①《校合本大越史記全書·本紀》卷三，頁255；《越史通鑑綱目正編》卷四，葉三下～五上（頁720–723）；《越史綱目節要·越史正編節要》（[越]鄧春榜輯，越南漢喃研究院圖書館編號VHv02738）卷二〈李紀·仁宗皇帝〉，葉七（頁80–81）。

②有關這方面的論述，請參考耿慧玲，1999,7,《越南李朝太傅劉氏兄弟墓誌考證及其歷史意義——中越政治文化比較研究》，《朝陽學報》第五期（臺中霧峰），pp.151–192（已收入《越南史論》,2004,新文豐出版公司）；及2003,12，《李英宗婚姻關係與權力結構研究》，《中外關係史——新史料與新問題》（北京：科學出版社），PP.481–498（已收入《越南史論》,2004,新文豐出版公司）。

一則記載:

> 自公蘊據安南，始爲邊患，屢將兵入寇。至日尊，乃僭稱“法天應運崇仁至道慶成龍祥英武睿文尊德聖神皇帝”，尊公蘊爲“太祖神武皇帝”，國號大越。熙寧元年，僞改元寶象。次年，又改神武。日尊死，子乾德立，以宦人李尚吉與其母黎氏號鸞鶯太妃，同主國事。熙寧八年，舉兵陷邕、欽、廉三州。①

又，《文獻通考》卷三百三十“四裔考”:

> 神武五年②日尊卒，子乾德嗣，來告哀，詔遣使弔，贈授乾德襲封如故。乾德幼，母黎氏號太妃，與宦人李尚吉同主國事。③

又，《續資治通鑑長編》卷二百七十九“起神宗熙寧九年十一月盡是年十二月”:

> 始，趙卨與郭逵言:“交賊怵於李尚吉、李繼元之謀，故叛。”④

在這三則記載中，都提到李仁宗乾德即位時，有一位“宦者”李尚吉，與黎氏太后共掌國事，同時在熙寧八年“舉兵陷邕、欽、廉三州”，但是在越南的史籍中卻只有《大越史記本紀》卷三，提及李尚吉:

> (英武昭勝六年)冬十月，太師李道成卒。初，靈仁垂簾，李尚吉以御宙被親寵，干預政事，道成與不協，遂補外。⑤

案，文中的御宙，據原注乃“李朝中官別名”；再看同書對於仁宗即位之初相關的記載:

---

①《夢溪筆談校證》卷二十五“雜誌二”，頁818–819。

②按，據越南史書的記載，並無神武五年，李聖宗卒于神武四年，即公元1072年，歲次壬子，春正月，皇太子即位柩前，故而是年二月即改元爲太寧元年，並無神武五年。見《校和本大越史略》頁61；及《校合本大越史記全書》頁246。

③《文獻通考》卷三百三十，《四裔考》葉二十九～三十(235-409-235-410)。

④《續資治通鑑長編》卷二百七十九〈起神宗熙寧九年十一月盡是年十二月〉，頁6830。

⑤《大越史記本紀》卷三“李紀”，葉二十。

（神武四年）太子乾德即位於柩前，改元太寧，年七歲，尊生母倚蘭元妃黎氏爲皇太妃，嫡母上陽太后楊氏爲皇太后，垂簾同聽政，太師李道成夾輔之。①

又，太寧二年：

幽皇太后楊氏，尊皇太妃爲靈仁皇太后。靈仁性嫉妒，以生母不得預政訴于帝，……帝年幼不能辨，乃幽皇太后及侍女七十六人于上陽宫，逼令殉于聖宗陵。……太師李道成以左諫議大夫出知乂安州。……三年……以李道成爲太傅平章軍國重事。②

綜合以上的記載，可以推論仁宗初立之時，因年幼故由太后與顧命大臣同輔政，而太后有仁宗生母靈仁太后（倚蘭太妃）與嫡母上陽太后，顧命大臣則爲宗室李道成；接踵而來的是靈仁太后的一次奪權行動，將上陽太后及其侍女七十六人逼死，同時行動的可能是御宙李尚吉，李道成因此被排擠出朝廷，出任乂安州，朝政由靈仁太后與李尚吉共同掌理。太寧四年（宋熙寧八年）在靈仁太后與李尚吉的主政下，起兵侵宋。若是將《仰山碑》對於李常傑的記載作比較，可以發現，碑銘中的李常傑是這樣的：

太寧初，今上明孝皇帝握圖即位，公遂以伊霍之量，使攝大政，可屬社稷。頃者宋境窺窬國家，公運廟筭之圖，統軍殲殛，三州四寨，倏如拉朽。未幾，宋師亟臨如月長江，誓報三州之讎。再勒軍以禦之，以辯士而議之，無勞渠魁，縱施血衅，而保寧宗祏。地愛其永，彌加寵敬。英武昭勝初褒天子義弟，知愛州九真郡清化鎮諸軍事，封食越裳萬户。③

因而，碑銘中的李常傑與中國史書中記載的李尚吉，有相當類似的境遇。李尚吉是不是就是李常傑呢？若多一分的推論，或許我們可以説這樣的巧合未免太過巧合，因此，中國史籍中的李尚吉或許就是越南史籍中的李尚吉，而越南史籍中的李尚吉也許就是越南碑銘中的李常傑。但是李常傑在越南史籍中也同時出現，爲什麽會有不一樣的名字，或者何時改的名字，因爲没有進一步的證據，目前也只能是一種推測，不敢肯定的説死，只能在本文中留下一些懸念，期待有更明確的證據出現，解決這個問題。

①同上，葉九。

②《大越史記本紀》卷三“李紀”，葉九～十三。

③《仰山碑》，頁165。

越南號稱小中國，較之同屬中國文化區的朝鮮，越南因爲語言結構的關係，與中國文化更減少了一些隔閡。然而政治上的取捨，或許影響到中越對於歷史内容的記載，在李常傑的事蹟中，可以看到一個重要關鍵人物在歷史舞台上的消逝或誤釋，這些或許是因爲中越因爲政治上的隱諱、避忌、偏見等等因素所造成，唯有靠著文獻的相互校證才能還原部分的史實，而透過對於李常傑的認識，也才能夠真確的瞭解真正的越南究竟是一個怎樣的面貌，在相對於中原的遥遠南方究竟發生了一些怎樣的事實。而這種事實的還原，才能真正的反思中國歷史發展的動能，及其極限在怎樣的地方，歷史的借鏡才能夠給予後世真正的啟發。

《大越國李家第四帝崇善延齡塔碑》校考①

程章燦

《大越國李家第四帝崇善延齡塔碑銘》是研究越南李朝歷史最爲重要的一篇石刻文獻。此碑立于越南李朝仁宗天符睿武二年（1121），碑石今存，在越南河南省維先縣隊山社龍隊山嶺之龍隊寺碑亭内。碑文長達4200字，是“現存的李朝銘文中文字最長，内容最豐富的贊文”②。《越南漢喃銘文彙編》（以下簡稱《彙編》）以漢喃研究所所藏此碑拓本（編號爲32724–32725）爲依據，遇闕文及字跡模糊處，參據*Tha van Ly Tran*所用之鈔本（簡稱“A鈔本”）進行訂補，同時參照《隊山寺碑》A.854所用之鈔本（簡稱“B鈔本”）進行校勘③，從而提供了一個迄今爲止最爲全備的碑銘録文。同時，整理者還對此碑文作了一些簡單的注釋，爲閲讀此碑提供了一些幫助，這是應該充分肯定的。但是，另一方面，我們也必須看到，《彙編》所作校注有待增補訂正之處尚多④，其文字考釋及文章斷句等方面也存在不少問題，不利於對此碑文本内涵的理解以及對其文獻價值的闡釋。有鑒於此，本文擬從文獻學角度，先對碑文釋文進行校理；進而結合傳世文獻，對相關史實作一些考辯，

①本文提交2007年8月在南京華東飯店召開的域外漢籍國際學術研討會並在會上宣讀，承耿慧玲教授惠予講評並提供此碑拓本之電子本，謹此致謝。

②潘文閣、蘇爾夢主編，《越南漢喃銘文彙編》第一集（北屬時期至李朝），（法國）遠東學院、（越南）漢喃研究院，巴黎、河内，1998年，頁132。

③關於《隊山寺碑》一書的情況，王小盾、劉春銀、陳義主編《越南漢喃文獻目録提要》（臺北：臺灣中研院中國文哲研究所，2002年）頁335著録爲：“《隊山寺碑》，阮公弼撰，今存鈔本一種，24頁，高28公分，寬16公分”。

④例如碑文中有“雖有淵、雲之才”，《彙編》校注第105條云：“淵：即王褒（西元前73–49年），後漢蜀人，字子淵，工於賦。”按：王褒是西漢人，非後漢人。

以彰顯此碑的文獻價值；最後側重從駢文與碑誌文體的角度，分析論述此文的文學價值。由於筆者手頭僅有不甚清楚之電子本拓本，未能見到拓本原件，更無緣到碑石所在地作實地踏勘，故校考之時不能採用“對校”的方法，校理工作亦由此平添許多困難。幸而這篇碑文是用嚴格的駢體寫成的，我們可以利用這一文體形式特點，採用“理校”的方法，發現並解決碑文校理中的一些問題。

一、釋文校理

本節依據《越南漢喃銘文彙編》第一集（北屬時期至李朝）頁133–141所録《大越國李家第四帝崇善延齡塔碑銘》碑文文本，參考其注釋中所列諸本文字異同，進行比勘，間及其文本斷句及文字辨識問題。謹按原碑文順序，先列《彙編》録文，再依次校理如下：

1. 皇越李家第四帝龍隊山崇善延齡寶塔碑銘。

《彙編》云：“‘家’，A鈔本無此字，B鈔本作‘朝’”。今按：此是碑題，在碑文首行，惟拓本亦模糊不可辨識，然此碑額作“大越國李家第四帝崇善延齡塔碑”，則題中似亦當作“家”。《彙編》又云：“李家第四帝，即李仁宗（西元1072–1127）。”按：李仁宗名乾德，見[越]陳重金著、戴可來譯《越南通史》，頁71①。

2. 雖斡運造化樞機，彼端更然；從推蕩陰陽舒豫，秘要偏幽。

《彙編》云：“然，A鈔本作‘在’。”今按：此諸句爲扇對；據駢文平仄規律來看，“彼端更然”句應以仄聲收，則“然”字似當從A鈔本“在”。又，從文意來看，頗疑“雖”字當作“隨”，“隨”與後文“從”對應，作“雖”或系音近而訛。

3. 上下之綱紀既立；埏埴之規模事興。

《彙編》云：“埏埴，B鈔本作‘挺植’。”今按：此處“挺植”不辭。埏音山，埏埴意爲和泥製作陶器。語出《老子》：“埏埴以爲器，當其無，有器之用。”魏源注曰：“埏，和也；埴，粘土也。和水土而燒爲匋也。”②此節文字言宇宙秩序之成，有如和土成陶，後亦用以喻世治之道。《管子·任法》云：“昔者堯之治天下也，猶埏之在埴也，唯陶之所以爲。”③則此處不可從B鈔本。又按：頗疑“事興”二字爲“聿興”，與上句“既立”相對，或因形近而訛。

4. 雜遝萬類；叢挫衆緣。

①北京：商務印書館，1992年。

②清魏源撰，《老子本義》，北京：中華書局《諸子集成》第三册，頁9。

③清戴望撰，《管子校正》，北京：中華書局《諸子集成》第五册，頁255。

按："叢挫"當作"叢脞"，意爲瑣細、細碎。《尚書·益稷》："元首叢脞哉！"①唐陸龜蒙《唐甫里先生文集》卷十六《叢書序》："叢書者，叢脞之書也。叢脞，猶細碎也。"②此處"叢脞"正與上句"雜遝"相對，互文見義。"脞"蓋因字有磨泐而訛作"挫"。

5. 十號備具百福粧嚴；究彼精微明玆純粹。

按：據駢文聲律要求，此二句應斷作："十號備具，百福粧嚴。究彼精微，明玆純粹。"

6. 俾浪心之天真得定；遣妄性之蓬行立安。

《彙編》："妄，B鈔本無。"按：此二句前後對稱，"妄"字不可無。

7. 住塵世七十九歲；權設法八萬千門。

《彙編》："塵，B鈔本無。"按：此二句前後對稱，"塵"字不可無。

8. 跡謂既合塵；身寧隨避幻。

《彙編》："跡謂，B鈔本作'謂跡。"'"避：B鈔本無。"按：依拓本，則此爲兩句五言對仗；依B鈔本，則此爲兩句四言對仗（"跡既合塵，身寧隨幻"），'謂'爲逗字，領起二句，揆以語意，似B鈔本較爲順暢。

9. 信心戀慕，奉栴檀而作薪；覺性靈通，應闍維而火化。

《彙編》："火化，B鈔本作'化大'。"按："火"、"大"二字形近，則"化大"字當系"化火"字之訛。"化火"可解爲"化於火"，與"火化"並無區别，從前後對仗對穩而言，"化火"亦較優於"火化"。

10. 荼毗煙了，舍利凝成。

《彙編》："荼毗煙，B鈔本作'煙荼昆'。荼毗即巴厘語jhapeti,原爲印度葬法之一，即焚燒屍體。"按：荼毗，亦作荼毗，梵語作jhapita,意爲焚燒，特指僧人死後屍體焚化。《翻譯名義集》卷五《名句文法篇第五十二》："闍維：或耶旬，正名荼毗，此云焚燒。"③毗，亦寫作"昆"，B鈔本作"昆"，蓋以形近而誤。然據B鈔本懸揣，碑拓原本此字應作"昆"。碑文下文有"祖考匡昆"，"毗"即寫作"昆"，可爲旁證。此二句句式前後對應，則前句應作"荼毗煙了"，B鈔本不可從。

11. 類明月之産蚌胎。

《彙編》："蚌，B鈔本作'胖'"。按：此句謂舍利之成，有如産於蚌胎之明月珠，

①北京：中華書局1980年影印阮刻《十三經注疏》本，上册，頁144。

②《四部叢刊初編》本。

③宋釋法雲撰，《翻譯名義集》，《四部叢刊初編》本。

“胖”字不通，蓋因形近而誤釋。

12. 或五彩而照耀，或九色而澄澈盈盤滿斛……

按此句斷句應作：“或五彩而照耀，或九色而澄澈。盈盤滿斛……”

13. 恭唯李家

《彙編》：“家，A，B鈔本並作‘朝’。”按：《彙編》據拓本録文，應可信，然鈔本二種並作“朝”，或有他故。

14. 堪與鍾粹，日月儲精。

按：“堪與”，蓋“堪輿”之誤。堪輿者，天地也。《漢書·揚雄傳》載揚雄《甘泉賦》：“屬堪輿以壁壘兮，梢夔魖而抶獝狂。”顔師古注引張晏曰：“堪輿，天地總名也。”①《文選》卷七揚雄《甘泉賦》李善注引漢許慎曰：“堪，天道也；輿，地道也。”②

15. 景星瑩現，銀河應眉月之光。

《彙編》：“應，B鈔本作‘印’”。按：揆以文意，似當作“印”。

16. 慶雲曉飛，丹陛舒霜綃之彩。

《彙編》：“慶，B鈔本作‘鄉’。”按：“鄉”（鄉）蓋“卿”之訛也。卿雲即慶雲，五色雲，古人視爲喜慶祥瑞。《竹書紀年》卷上：“十四年，卿雲見，命禹代虞事。”③《史記·天官書》：“若煙非煙，若雲非雲，鬱鬱紛紛，蕭索輪囷，是謂卿雲。卿雲見，喜氣也。”④《漢書·天文志》録此節文字，“卿”即作“慶”⑤。疑拓本或當作“卿”。

17. 異香散靄于宫圍。

按：“圍”字拓本作“闈”。

18. 雕金牌以置梵宫，鐫翠琰以貽道觀。

《彙編》：“琰，B鈔本作‘珠’。”按此二句謂李仁宗常爲佛寺道觀題寫牌榜碑石，刻碑傳世。此處“琰”喻貞石，“鐫翠琰”即鐫石之意，“珠”字不通，B鈔本不可從。今按拓本，亦正作“琰”。

19. 雉扇維於兩際，銀綱護於四圍。

《彙編》：“維：B鈔本作‘擁’。”按：“擁”字與下句“護”字相對，詞義較優，B鈔本可從。“擁”字泐壞，致誤認作“維”。

20. 蓋天上之皃態；豈塵世之嬌姿。

①《漢書》，卷八十七上，北京：中華書局排印校點本，頁3523。

②南朝梁蕭統編，唐李善注，《文選》，卷七，北京：中華書局1977年影印胡刻本，頁111。

③南朝梁沈約注，《竹書紀年》，《四部叢刊》本。

④《史記》，卷二十七，北京：中華書局排印校點本，頁1339。

⑤《漢書》，卷二十六，頁1298。

按："皃"當作"皃"，以形近而訛。"皃"即"貌"之古字。按諸拓本，亦可得印證。又按：《彙編》此二句之下另起一段，揆以文章，似應與上一段聯結，不必分立。

21. 向崇臺而回陸地，背贔負以載三山。

《彙編》："回，B鈔本作'向'。"按：前句已有"向"字，與"背"相對，"回"字似不應再作"向"，B鈔本或涉本句前文而訛。

22. 對朱盤而招頭，將安身而曳尾。

《彙編》："招：B鈔本作'抬'"。"招"、"抬"二字形近。招頭是一船之長。陸游《入蜀記》："有嘉州人王百一者，初應募爲船之招頭。招頭蓋三老之長，顧直差厚，每祭神，得胙肉倍衆人。"①范成大《釣池口阻風迷失港道》："回風打船失西東，柁癡櫓弱無適從。三老號呼鐵纜墜，招頭撾鼓驅魚龍。"②即此義。范成大《吴船録》卷下又云："蓋天下至險之地，行路極危之時，傍觀皆神驚，余已在舟中，一切付自然，不暇問，據胡床坐招頭處，任其蕩兀。"③揆以碑文句意，"招頭"似當作"抬頭"。

23. 厲聲驅以進帝前，築場闈而守獵界。

按："闈"當作"圍"。

24. 虯弓出而捧金蓮；縫紗籠而获蘭焰。

《彙編》："虯，B鈔本作'虬'。"按：二字同，惟前者爲異體字，碑文中所書當如此。"虯弓出"與下句"縫紗籠"結構句意皆不相對，其意不明，疑有誤字，拓本模糊，亦莫能詳。《彙編》又云："获：B鈔本作'護'。"按：揆以文意，此處作"護"是。"護"、"獲"形近，蓋"護"先訛作"獲"，"獲"又訛作"获"。

25. 蘊機微於地下，圓轉如輪；爍光彩於天中，瑩煌似日。

《彙編》："瑩，B鈔本作'粧'。"按："瑩煌"一詞常見，湯顯祖《玉芝堂談薈》卷三"宫室土木之侈"條："則天長壽三年，徵天下銅五十餘萬斤，鐵一百三十餘萬斤，錢二千七百貫，於竇鼎門鑄八棱銅柱，高九十尺，徑一丈三尺，題曰'大周萬國述德天樞'，……上施雲蓋。蓋上施盤龍以抵火珠，珠高一丈，圍三丈，金彩瑩煌，光侔日月。"④文意與碑文尤爲近似。"粧煌"於此處似不辭，或因碑拓字劃模糊而致訛。然按之拓本，"瑩"似作"熒"，"熒煌"義同"瑩煌"，碑文下文得有"煒煒熒煌"之句，則此處似亦當作"熒煌"。

①宋陸游撰，《渭南文集》，卷四十七，《四部叢刊初編》本。《三國志》卷三十《魏志·倭人傳》："其風俗不淫，男子皆露紒，以木綿招頭。"北京：中華書局校點本，頁855。按：此"招頭"别是一義。

②宋范成大撰，《石湖居士初集》，卷十五，《四部叢刊初編》本。

③宋范成大撰，孔凡禮點校，《范成大筆記六種》，北京：中華書局，2002年，頁218。

④文淵閣《四庫全書》本。

26. 復有嚴彰寶聖；金殿珍寶叢。就睿意妝成；坐金色相門。狀寫靈文；形鋪奇麗。

按：拓本此處字形模糊，難以辨識，所可見者，“寶聖”實作“保聖”，蓋涉下句“寶”字而訛。《彙編》：“狀寫，B鈔本無此二字。”未言A鈔本，則A鈔本當有此二字。據文意推測，“狀寫”與下句“形鋪”正相匹對，似不可無。頗疑此諸句當作：“復有嚴彰保聖，金殿珍寶叢就；睿意妝成，□坐金色相門。狀寫靈文，形鋪奇麗。”若碑文中實無“狀寫”二字，此末二句或可斷作：“相門靈文，形鋪奇麗。”疑有文字訛脱，亦莫能定。

27. 刻釋子而體掛田衣；運幽機而播捶如擊。

《彙編》：“運，B鈔本無。”按：此二句前後相對，“運”字似不可無。

28. 更次，則鳥文二座。

按：“鳥文”當作“烏文”。蓋“鳥文”爲篆書之一種，《春秋運斗樞》：“瑞章曰‘天章帝符璽’五字，廣袤各三寸，深四分，鳥文。”“烏文”則指烏文木，亦稱烏木。晉崔豹《古今注·草木》：“翳木出交州，色黑而有文，亦謂之烏文木也。”唐蘇鶚《蘇氏演義》卷下：“烏文木出交州，色黑有文。”[①]烏木既爲越南當地物産，塔碑前文又有“其次，則白銀二座”云云，則此處“鳥文”可確定爲“烏文”之訛，其所指即“烏文木”亦可無疑。

29. 棑棱雕絲玉之英；間隙剪靈犀之角。

《彙編》“靈，A鈔本作‘群’。”按：傳説犀絶愛其角，墮角則埋之。王粲《游海賦》：“群犀代角，巨象解齒。”[②]此處作“靈犀”抑或“群犀”，不能遽定。

30. 可謂絶古今之制度；超造化之生成。

《彙編》：“超，B鈔本作‘迢’。”按：揆以前後文意，作“超”是。

31. 向西禁之名園；廣延佑之光寺。

《彙編》：“延佑寺，一名一柱寺，建于李朝崇興大保元年（即西元1049年），龍符元化六年（西元1106年）重修。參《大越史記全書》（本紀3：37a;4:15a）。其寺位於升龍城西，廣德縣清保村，今屬河内市巴亭郡玉河坊地分。”按：《大越史記全書》“延佑”作“延祐”[③]，《越史略》龍符元化元年、五年兩見“延祐寺”之名。疑作“延祐”是。

32. 鑿靈昭之芳池；而池中湧一石幹。

《彙編》：“靈昭池，亦建于龍符元化六年。”又引《大越史記全書》（本紀3：15a）：“靈昭池之外繚以畫廊。廊之外又疏碧池，並架飛橋以通之”。按：筆者所見陳荆和編校

①參看《漢語大詞典》（縮印本）頁4095“烏文木”條。按：《詞典》引蘇鶚書，“交州”原作“交川”，非是，今據文淵閣《四庫全書》本是正。

②俞紹初輯校，《建安七子集》，北京：中華書局，2005年，頁98。

③陳荆和校定，《大越史記全書》（校合本），本紀，卷三，東京：日本東京大學東洋文化研究所附屬東洋學文獻中心，1985年，頁250、254、255。

《大越史記全書》（校合本），“靈昭”作“靈沼”。

33. 幹上拆千協蓮花。

《彙編》：“協，B鈔本作‘葉’。”按：作“葉”是。據《越南俗字：簡體字與慣用漢字對照表》，“協”字可俗寫爲“葉”[①]，則B鈔本所作蓋是因俗字寫法而致訛。

34. 裝精禁之相於五衆，或袒露進退以爲容；作天王之隊于四方，齊擎器徘徊而獻舞。

《彙編》：“於五衆，B鈔本無。”又云：“進退，B鈔本無。”按：此四句爲扇對，“於五衆”、“進退”皆不可無。B鈔本蓋誤脱。

35. 復製降雲仙子而歌舞響亮，贊哲後之元功；出蓮寶婺而弱質蹁躚，慶深仁之美化。

按此四句亦爲扇對駢句，其標點應作：“復製降雲仙子而歌舞響亮，贊哲後之元功；出蓮寶婺而弱質蹁躚，慶深仁之美化。”

36. 神龍二九，光復於寶殿龍舟；雪象一十，呈祥於瑶墀禁御。

按：此四句爲扇對駢句，應標點爲：“神龍二九光復，於寶殿龍舟；雪象一十呈祥，於瑶墀禁御。”乃合乎前後句平仄要求，亦方能與上下文平仄諧調。

37. 驗文彩而清淨有除；稟聰明而炤彰無外。

《彙編》：“除，B鈔本作‘餘’。”按：據駢對原則及上下句文意推測，作“餘”者文意優長。

38. 揭四美無窮；示垂鴻有慶。

《彙編》：“四美：B鈔本作‘錫羡’。”按：據前後文語意，“四美”與下句“垂鴻”不甚匹對，亦未明其所指。“錫羡”則典出《文選》卷七揚雄《甘泉賦》：“恤胤錫羡，拓跡開統。”李善注引應劭曰：“錫，與也；羡，饒也。……時成帝憂無繼嗣，故修祠泰畤、后土，言神明饒與福祥，廣跡而開統也。”[②]碑文作者頗稔于《甘泉賦》，前文“堪輿鍾粹”一句，亦典出《甘泉賦》，與此句出典相去僅數句。且李仁宗亦如漢成帝，有子嗣之憂，故碑文言“揭錫羡無窮”正相適宜。此處當從B鈔本作“錫羡”。

39. 龜五色而千點；蓮兩鏡而一莖。

《彙編》：“蓮，B鈔本作‘擎’。”按：此處“擎”是擎蓋之省稱，代指荷蓋。“兩鏡”則不知所云。此二句前後駢對，“五色”與“兩擎”相對，前仄後平，不僅語意較優，聲調亦更諧調。竊以爲下句應作“蓮兩擎而一莖”，B鈔本前後錯序，然其釋字固不誤也。

---

①《大越史記全書》，本紀，附録一，頁1213。

②《文選》，卷七，頁111。

40. 故天象效祥；幽源舊祉。

《彙編》："舊，B鈔本作'薦'。"按：此處用"舊"字不通；從上句來看，此位置亦當爲一動詞。《舊唐書》卷三十一《音樂志》四載《儀坤廟樂章二首·迎神》："瑶臺薦祉，金屋延祥。"①與此二句句式結構類同，可證應作"幽源薦祉"。"舊"、"薦"字形相近，容易致訛也。B鈔本可從。

41. 飄素霙之盈尺；徵一世之三登。

按：檢字書，未見"霙"。"霙"當是"霙"之訛。霙，音英，雪花也。《埤雅·釋天》："雪寒甚則爲粒，淺則成華，華謂之霙。"②《歲時雜詠》卷四白子儀《季冬立春後有雪呈諸公》："南畝先曾集素霙，繽紛又拂歲崢嶸。"③

42. 白慈烏而[並見]至；皓鵲鷊以爭翔。

按："烏"是"烏"之訛。慈烏反哺，古人以爲孝感嘉瑞。《彙編》："皓鵲鷊，B鈔本作'鵲皓鳱'。"據上下句句式結構，"皓"似應在"鵲"前。"鵲鷊"連文，似未見其例，《重修廣韻》卷一"鳱"："鳱鵲，鳥名，知未來事，噪則行人至。'鵲'字或作'鵲'。"④則"鵲"、"鳱"可以連文。疑此處下句應作"皓鵲鳱以爭翔"。又，此二句駢對，然非扇對，二句中之分號可改爲逗號。此類問題，《彙編》中所見甚多，舉此爲例，恕不一一校正。

43. 彰返哺之精勤感至孝之純厚。

此句應斷作："彰返哺之精勤，感至孝之純厚。

44. 檳榔啣珠；楊枝酒玉。

按："酒"字當是"灑"（洒）之訛。

45. 斯山，常以春品，旦覃，恒雨以潤黔黎。

按：此句"春品旦覃"數字，不可解，疑有誤字。《彙編》："覃，B鈔本作'車'。"然亦似不可解。

46. 面對涇江，風靜百長舒練碧；背分疊岫，雨消而濃緞藍光。

《彙編》："緞，B鈔本作'綴'。"按：後二句與前兩二句文意及句法結構相對稱，作"綴"是。"緞"蓋形近致訛。

47. 戴詔公輸，中分繩墨。

---

①《舊唐書》，卷三十一，北京：中華書局排印校點本，頁1142。

②宋陸佃撰《埤雅》，《叢書集成初編》本。

③宋蒲積中編《歲時雜詠》，文淵閣《四庫全書》本。

④文淵閣《四庫全書》本。

按：“戴詔”疑“載詔”之訛，此句承應上文“聖情允可，乃命日者”之句，“載”爲語助，無實義；“詔”爲皇帝之命令。宋吕祖謙《東萊集》卷十三《宋郴州墓誌銘》：“逮公之幼，載教載詔。”[①]薛季宣《浪語集》卷三十五《祭姪溶》：“義方之教，賴有叔父。矜我孤惸，視我猶子。載撫載育，載詔載語。”[②]此二例中“詔”字意爲教導訓誡，雖與詔令不同，然亦可證“載詔”構詞可以成立。

48. 施財以明功德，顧民資竭力林衡；運財材以盡神崇草，鳩磚成城，群匠鏤貞珉而作斗；琢翠碱以爲楹。

《彙編》云：“草，B鈔本作‘阜’。”揆以上下文，作“阜”語意較勝。“林衡”爲古官名。《周禮·地官·林衡》：“林衡掌巡林麓之禁令，而平其守，以時計林麓而賞罰之。”[③]後常以指寺廟等建築工程中木料供應之官。唐楊炯《少室山少姨廟碑》：“旁求祀典，載垂天漢，始制（詔）林衡，俄成壯觀。”[④]“林衡”職司運材，似應連下句讀，而不應在上句句末。若“財”字，頗疑乃涉上句而衍。“群匠鏤貞珉而作斗；琢翠碱以爲楹”二句，既以“群匠”二字領起，又對偶工整，自成一體，則“鳩磚成城”後自應施句號。准以駢文文體，此節前四句平仄既不諧調，語意亦不成對偶，故頗疑其間有文字脱訛。

49. 弘深願力；寧泯全身。

按：“全”疑爲“金”之訛。此句應作：“弘深願力，寧泯金身。”

50. 次級左建四角穹舍盤雙龍而鎮也；負八將以朝天。

按：“也”字蓋是“地”之訛，因碑泐而誤釋。《北齊書·文宣紀》：“舉廢極以立天，扶傾柱而鎮地。”[⑤]偶對結構與此碑略同。此處應斷作：“次級左建四角穹舍，盤雙龍而鎮地；負八將以朝天。”

51. 前道三寶雲車；後輾一人金輅。

按：“道”通“導”，疑碑文原本或即作“導”。

52. 華字前横；鷲臺中敞。

按：“華宇”與“鷲臺”音義皆堪偶對，“字”是“宇”之訛，乃形近而致，殆可無疑。

53. 以最上功力；無邊福田。

按：“無邊福田”句前疑脱一字，否則二句不成對偶。

54. 草偃多方；傾葵萬國。

---

①文淵閣《四庫全書》本。

②同上。

③《十三經注疏》，上册，頁747。

④宋李昉等編，《文苑英華》，第六册，北京：中華書局，1966年，頁4634。

⑤《北齊書》，卷四，北京：中華書局排印校點本，頁49。

按：據駢對原則，“傾葵萬國”似應作“葵傾萬國”，與上句“草偃多方”乃相匹配。

55. 臣民受戴；祖考匡毘。

《彙編》：“受，B鈔本作‘愛’。”按：B鈔本是。

56. 精勵幽貞燮和内治。

按：此句斷作“精勵幽貞，燮和内治”，似較好。

57. 佇降前星，葉吹綢律。

《彙編》：“佇降，B鈔本作‘停隆’。”按：《漢書·五行志下之下》引《星傳》曰：“心，大星，天王也。其前星，太子；後星，庶子也。”①後代辭章家乃以前星指太子。如沈約《胤雅》云：“前星北曜，克隆萬壽。”②唐劉禹錫《賀册皇太子表》云：“前星位定，拱宸極以昭彰；蒼震氣宣，與天地而長久。”③蓋李仁宗當時正如《二刻拍案驚奇》卷五《襄敏公元宵失子 十三郎五歲朝天》中之宋神宗，“此時前星未耀，正急的是生子一事”④，故建寺立碑，祈願太子降生，則此處正應作“佇降”。“停隆”不辭。越南漢字俗寫“降”爲“𨹹”⑤，與“隆”極爲相似，故易相混。又按：“綢律”語義不明，疑是“調律”之訛。

58. 末願黎民富庶；寰寓肅清。

按：“寓”蓋是“寓”之訛，因形近而誤釋。“寓”同“宇”。荀子《雲賦》：“大參天地，德厚堯、禹，精微乎毫毛，而大盈乎大寓。”注：“寓，與‘宇’同。”⑥“寰寓”，即“寰宇”。

59. 紀事之成；實聖之巧。傾天亘地之功。

《彙編》：“聖之，B鈔本作‘當明’。”按：後二句當是對句，然字數不等，語意亦不匹對，此處疑有訛脱。“聖之”、“當明”孰是，未能遽斷。

60. 强秉鈞毫，敢伸叙述。

《彙編》：“鐘，A鈔本作‘鈞’。”按：“鐘”字不見碑文，《彙編》此條校記似當作：“鈞：A鈔本作‘鐘’。”

61. 澹泊靡待，先天地生。

《彙編》：“泊，B鈔本作‘怕’。”按：作“泊”是。又按：除最後一條外，以下諸條文字皆出碑之銘文。銘文以四言體寫成，計88句，其韻式結構與衆不同，整理者於此未能理

①《漢書》，卷二十七下之下，頁1513。

②南朝梁沈約撰，陳慶元校箋，《沈約集校箋》，卷九，杭州：浙江古籍出版社，1995年，頁254。

③唐劉禹錫撰，《劉禹錫集》，卷十四，上海：上海人民出版社，1975年，頁127。

④明淩濛初撰，石昌渝校點，《二刻拍案驚奇》，南京：江蘇古籍出版社，1990年，頁104。

⑤《大越史記全書》，附録一，《越南俗字：簡體字與慣用漢字對照表》，頁1220。

⑥清王先謙撰，沈嘯寰、王星賢點校，《荀子集解》，卷十八，北京：中華書局，1988年，頁474。

解，致其標點斷句産生訛差。詳見本文第三節。

62. □□傷□。

《彙编》：“此行B鈔本無。”按銘文結構及其韻式，此句不可無。説詳本文第三節。

63. 師奉慈顔，拯濟既行。

《彙编》：“拯，B鈔本作‘極’。”按：作“拯”是。

64. 浮漚冰熯，厭舛人寰。

《彙编》：“舛，B鈔本作‘處’。”按：作“處”是，“舛”蓋是形近致訛。

65. 或顯九彩，燁燁熒煌。

《彙编》：“燁，B鈔本作‘燸’。”按：檢字書，無“燸”字。作“燁”是。

66. 寰宇天宫。

《彙编》：“宇，B鈔本作‘寓’。”按：碑文原本當作“寓”，同“宇”。B鈔本以形近而誤釋。參看本文第58條校理。

67. 逮我哲後，傳獲尤貴。

《彙编》：“獲，B鈔本作‘獛’。”按：二字相同，惟後者是當時所流行的俗體字，參看陳荆和編校《大越史記全書》（校合本）附録一《越南俗字：簡體字與慣用漢字對照表》[1]。

68. 仿斯前志，向龍隊山。

《彙编》：“山，B鈔本作‘岸’。”按：揆以文意，似應作“山”。

69. 輻輳朝樓，雲臻山頂。

《彙编》：“頂，B鈔本作‘定’。”按：揆以文意，似應作“頂”。“定”或是音近而訛。

70. 臣忝紀事，學無三冬。

《彙编》：“冬，B鈔本作‘盡’。”按：《漢書·東方朔傳》：“年十三學書，三冬文史足用。”顔師古注引如淳曰：“貧子冬日乃得學書，言文史之事足可用也。”[2]“三盡”不辭，不明所謂。“盡（盡）”字俗寫或草體，字形與“冬”相近，故致誤釋。

71. 總開户牖，四海會同。

《彙编》：“總開，B鈔本作‘强關’。”揆以文意，似當作“總開”。按越南俗字寫法，“關”字可寫爲“開”[3]，故“開”、“關”二字易混。

---

①《大越史記全書》，頁1217。

②《漢書》，卷六十五，頁2842。

③《大越史記全書》，附録一，《越南俗字：簡體字與慣用漢字對照表》，頁1219。

72. 右侍郎尚書、工部員外郎、同知審刑院事、上輕車都尉、紫金魚袋李寶弓臣奉敕書。

《彙編》："袋，B鈔本作無。" 按：以前後文意論，"袋"字不可缺。又，"李寶弓臣"似應作"臣李寶弓"。碑文作者阮公弼自署，亦作"臣阮公弼"云云。

二、文獻考證

此碑以大量篇幅讚頌李仁宗，故叙及李朝仁宗史事甚多，多可與傳世史籍相證，尤其是可與域外漢文史籍相證。其中最爲重要的是作者佚名的《越史略》和《大越史記全書》。此二書皆越南籍作者所撰，前者收入《四庫全書》，是《四庫全書》中收録的少數幾種域外漢籍之一。今試拈出如下數事，略作考證。

1. 關於李仁宗的尊號

碑文云："聖憲體道、聖文神武、英格民物、萬靈照應、永隆元化、聰明廣運、仁智懿義、純誠明孝皇帝陛下"，按：此是李仁宗之尊號。《彙編》："李仁宗皇帝（西元1072–1127）之美號。據《大越史略》（陳荆和編校，1987：61）：上尊號爲'憲天體道、聖文神武、崇仁懿義、純誠明孝皇帝。"按《大越史略》即《越史略》，收入《四庫全書》時改題《越史略》。《彙編》所引，見其卷中《阮紀·仁宗》："以神武四年春正月即位於柩前，尊母猗蘭元妃爲太妃，上尊號曰'憲天體道、聖文神武、崇仁懿義、純誠明孝皇帝'。"① 此次上尊號似在即位之初，故其所記尊號與碑文有異同。《大越史記全書》記李仁宗加尊號二次，前一次在天符睿武元年（1120）正月朔日，"群臣上表，勸加上尊號，仍請改元，允之"②。惜未詳列尊號名目。《大越國李家第四帝崇善延齡塔碑》立于天符睿武二年（1121），其所記尊號或即前一年所加上者。後一次在天符慶壽元年（1127年）二月，"群臣上尊號，加'寬慈聖壽'四字"③。此四字亦不見於碑文所記尊號。從目前所知見的文獻材料來看，李仁宗至少三次加上尊號，《越史略》所記爲第一次，《大越史記全書》所記爲第二、三兩次，碑文所記蓋爲第二次所加上尊號。换言之，三種文獻所記之所以互有出入，乃是由於歷次加上尊號不同所致，而無關於正誤也。

---

①佚名著，《越史略》，文淵閣《四庫全書》本。今按：《四庫全書總目》卷六十六《越史略》提要："中卷、下卷皆曰阮紀，則自李公蘊得國後諸王事蹟，紀述特詳，惟以李爲阮，與史不合。案黎崱《安南志略》稱陳氏代立，凡李氏宗族及齊民姓李者，皆令更爲阮，以絶民望，則此書當爲陳氏之臣所作。"見清永瑢等撰，《四庫全書總目》，北京：中華書局，1865年版，頁589。

②《大越史記全書》，本紀，卷三，頁261。

③同上，頁266。

2. 李仁宗之降生及其形象

碑文記李仁宗“降誕之徵”云：“十月處胎而週期，三陽建寅而誕聖。”《彙編》注云：“三陽建寅：三陽即指春天，建寅即正月也。”則李仁宗誕辰在正月。《大越史記全書》更詳記其生日在龍章天嗣元年正月二十五日①，當時稱爲“誕聖節”②。

關於李仁宗的形象，碑文有一段頗爲詳細的描寫：“龍睛鳳目，玉潔冰姿；眸澄而青白分明，異重瞳於舜帝；耳壽而輪郭修廣，嗤三漏于夏王。形頎而長，足方而厚，玉理含其潤，珠庭耀其華。”這樣多方面突出“陛下天表端嚴”，當然是爲了諛頌皇帝“誠千載之英明，冠百王之奇秀”。所謂輪郭，即輪廓。古人以爲耳廓寬大爲長壽之徵。夏王，指夏禹。《淮南子·修務訓》：“舜二瞳子，是謂重明，作事成法，出言成章。禹耳參漏，是謂大通。”高誘注：“参，三也；漏，穴也。大通天下，摧下滯之物。”③《越史略》和《大越史記全書》並記李仁宗“日角龍顔，手垂過膝”④，也是爲了突出其聖明之相，雖然較爲簡單，但與碑文所記可以互補。

3. 李仁宗即位之歲。

碑文云：“悼歲而甫登大寶”。《彙編》：“悼歲，即七歲之意。”按：此典出《禮記·曲禮上》：“八十九十曰耄，七年曰悼。悼與耄，雖有罪，不加刑焉。”⑤《越史略》卷中《阮紀·仁宗》：“諱乾德，聖宗長子也，母猗蘭元妃，黎氏，以龍彰天嗣元年正月生王于洞仙宫，即日立爲太子。……以神武四年春正月即位於柩前。”《大越史記全書》記仁宗繼位當年即“改元太甯元年，時方七歲”。按：龍彰天嗣元年（1066年）歲次丙午，神武四年（1072年）歲次壬子，則仁宗即位時七歲。又，《越史略》記仁宗即位翌年，始改元大寧（1073–1076）⑥，與《大越史記全書》不同。

4. 李仁宗之文學造詣與音樂修養。

碑文云：“詩思撮陶鈞萬化；樂譜和唐梵同音。”按：此二句言李仁宗之文學造詣與音樂修養。仁宗能詩，有作品傳世。《全越詩録》卷一録李仁宗近體詩二首：《贊覺海禪師通玄道人》、《贈萬行禪師》，皆爲五絶⑦。《皇越詩選》卷一亦録存其《僧萬行》（即《贈

①《大越史記全書》，本紀，卷三，頁246。

②同上，頁262。

③漢高誘注，《淮南子》，卷十九，北京：中華書局《諸子集成》第七册，頁337。

④《越史略》，卷中，《阮紀·仁宗》；《大越史記全書》，本紀，卷三，頁246。

⑤《禮記正義》，卷一，《十三經注疏》，下册，頁1232。

⑥《越南通史》記仁宗年號，“大寧（西元1072–1075年）”，則亦以改元太寧在繼位當年。越南陳重金著，戴可來譯，《越南通史》，頁71。

⑦越南黎貴惇輯，《全越詩録》，越南河内漢喃研究院藏鈔本A.1262。

萬行禪師》）五絶一首："萬行融三際，真符古讖詩。鄉關名古法，掛錫鎮王畿。"[①]按：萬行是當時有名詩僧，《皇越詩選》卷二録選其《示弟子》一首，並附小傳云："姓阮氏，古法鄉人，幼超異，該貫三學，出家事六祖，精於禪，所發語多爲符讖。黎大行嘗召問，李祖拜國師。"此亦可證李仁宗與僧侣交往之密切也。此外，廣祐三年（1087年）冬十月，仁宗"幸覽山寺，夜宴群臣，親製《覽山夜宴詩》二章"[②]，亦可爲其文才之證。至其音樂修養，則有《越史略》卷中《阮紀·仁宗》所記可證："尤通音律，凡樂工所習歌曲，皆王所親製。"

5. 李仁宗之書法

按碑文云："精飛帛以通神；運御毫之絶妙。龍躍鳳翔之勢，法從玉手；鸞迴鵲返之形，體出宸心。雕金牌以置梵宫，鐫翠琰以貽道觀。"此諸句謂李仁宗能書，尤精飛帛書，常爲梵宫道觀題寫牌榜碑石。《彙編》："飛帛：即飛白，一種漢字書法，筆劃中留白，似以枯筆書之，相傳後漢蔡邕所創。"此碑碑額即其以飛帛書所題。又，史籍記會祥大慶九年（1118年），李仁宗曾"手書'天下太平聖躬萬歲'八字於碑，命工鐫之"[③]，正可落實"雕金牌以置梵宫，鐫翠琰以貽道觀"二句，惜未能見其拓本。

6. 李仁宗之崇佛

《皇越詩選》卷一李仁宗小傳稱其"天資仁孝，廣祐、會豐之治，號爲李朝稱首"。《大越史記全書》本紀卷三亦稱其"明哲神武，睿智孝仁，大畏小懷，神助人應，通音律，製樂歌，俗臻富庶，身致太平，爲李朝之盛主"，但同時也批評他"慕浮屠，好祥瑞，爲盛德之累耳"[④]。仁宗崇佛，修寺建塔，與僧侣往來密切，不僅見於史籍記載，這篇碑文也提供了許多重要的材料。所謂"内典經書，精窮玄要"，是説他精通佛典，窮其玄要。所謂"著殿塔之嘉號，懸照古今"，是説他爲殿塔命名，題名牌匾。據碑文記載，會祥大慶九年五月，仁宗駕幸龍隊山，"詔從駕之群僚而謂之曰：'朕欲以兹山而經營梵福，可得之乎？'"寺塔竣工後，"御題曰'崇善延齡寶塔'"。也就是説，龍隊寺的這個崇善延齡塔不僅是由仁宗倡儀建立的，而且也是由其命名並題額的。碑文中還寫到他建廣昭台，廣延佑寺，鑿靈昭池，塑金玉之佛像，陳浴佛之禮式，乃至"優曇騈芳，舍利玉現"，這一些，都可以在《越史略》和《大越史記全書》中得到印證，顯然，這也正是其崇佛的具體表現。

碑文中特别提到，仁宗"制梵刹以祈福壽"，這當然是以其崇佛爲大背景的。對仁宗

①越南裴輝璧編，《皇越詩選》，越南河内漢喃研究院藏明命六年（1825）刊本A.608。

②《大越史記全書》，本紀，卷三，頁251。又見《越史略》卷中《阮紀·仁宗》。

③陳荆和編校，《大越史記全書》（校合本），卷三，頁260。

④《大越史記全書》，本紀，卷三，頁246。

尤其是晚年的仁宗而言，“祈福壽”有一個最重要的、也是最具體的内容，那就是祈子。碑文云：“益贊皇綱，等圓方而共永；將祈寶運，與日月而長清。早誕元娠，永膺歷數。期本支百世，冀社稷億齡。”又云：“佇降前星，葉吹綢律”，都是指祈子之事。實際上，仁宗在位期間多次進行祈子活動。如龍符二年（1102）“命皇后妃嬪齋戒設醮祈嗣”①，五年（1105）春，“祠高禖”②，秋，駕幸靈沼（昭）池，“設祈祚之儀，陳浴佛之式。歲以爲常”③。所謂“祈祚”，實際上即是求嗣帝祚之人，亦即祈求皇嗣。直到會祥大慶三年（1112），因爲仁宗“春秋已高，無嗣”，不得已之下，才“詔擇宗室子立爲嗣”④。儘管如此，仁宗在此後也並没有放棄求嗣的努力，會祥大慶六年（1115）春正月，“封蘭英、欽天、震寶三皇后，三十六宫人。時帝無嗣，故多立皇后及宫人，設醮以禱之”⑤，便是他繼續努力的證明。兩年之後，亦即會祥大慶八年（1117）十月，詔立姪子陽煥爲皇太子，終於解決了皇儲的問題。崇善延齡塔碑之立，雖然已在立儲之後四年，但其中仍然多次以祈求皇嗣爲言，這是頗值得注意的。

7. 李仁宗之好祥瑞

《大越史記全書》本卷三引史臣吴士連之語，對李仁宗之好祥瑞提出了批評：“古大順之世，人君能體信達順，以致中和，於是天不愛道，地不愛寶，降甘露，出醴泉，産芝草，而龍鳳龜麟諸福之物，莫不畢至。仁宗之世。祥瑞一何多耶！蓋由人君所好，故人臣妄獻之也。”⑥其實，迷信祥瑞的思想早在李仁宗即位之前就已流行了。碑文中寫到李仁宗入胎之時的祥瑞，“慶兆先符，休徵預啟。父皇入夢，殊邦獻雪象六牙；母后有娠，飛閣廕黄龍五彩”。在仁宗之後繼位的神宗皇帝，也與仁宗一樣“酷好祥瑞，崇尚浮屠”⑦。可見在十一、十二世紀的越南，祥瑞迷信是相當盛行的。

上有所好，下必甚焉。李仁宗在位期間，各地獻祥瑞特多。碑文中有一段專門鋪叙李仁宗朝的祥瑞：

> 德同高厚，則五緯昭符；惠及飛潛，則萬靈薦祉。神龍二九，光復於寶殿龍舟；雪象一十，呈祥於瑶墀禁御。彰大寶之可久，符純嘏之優隆。故林顯奇姿，天昭靈狀。復

①《大越史記全書》，本紀，卷三，頁254。

②同上。按：陳荆和校記云：“按‘嗣高禖’出於《禮記·月令》，及（乃）天子求子之祭典。”

③《大越史記全書》，本紀，卷三，頁255。

④同上，頁257。

⑤同上。

⑥同上，頁267。

⑦同上，頁268。

現神象一頭，形質而魁梧異等，鼻額而輝顯神光。驗文彩而清淨有除，稟聰明而炤彰無外。御號曰“超群神象”。優曇騈芳，舍利玉現。草木效祉，神物舒光。揭四美（錫羨）無窮，示垂鴻有慶。靈草兩現，皓鹿六臻。素麋獨來，玄麈雙至。昭長承上帝之命，契永保旻天之休。紛糾呈妍，聯鑣顯麗。龜五色而千點，蓮兩鏡而一莖。澤及淵泉，物方薦瑞。感黎氓之寧謐，昭社稷之益隆。日重輪於層霄[1]，金發彩於幽澗。明照臨於有截，彰宰斷於無垠。故天象效祥，幽源薦祉。紫檳孤幹，繁長靈苗。俾衆國以衛中邦，類普天而扶元首。辰光九十，節届五陽。鼠變霜毛，松生偃蓋。擬鶴巢而厲異，期玉兔以照符。葉寰海之宴清，契兆民之輯睦。瓊鳩白雀而屢集，素鷸玉龍而始呈。舒潔淨之容儀，顯惟精惟一；或真常之舊質，效克寬克仁。招摇淪精白驥生，距柔毛晶犖牛現。群雁集而觀光率賀，猛虎猾而顯世畏威。鳳子成雙，瑞雪成積。飄素霙之盈尺，徵一世之三登。綽異狀之九苞，著成行之群鷺。白慈烏而[並]至，皓鵠鷸以爭翔。彰返哺之精勤，感至孝之純厚。念經終軸而非四，祝聖萬歲而是常。檳榔啣珠，楊枝灑玉。繞九龍之寶，禎奪好珠；長繁岐（歧）之姿，祥超異畝。[2]

碑文中所提到的這些祥瑞，大多數都能在史籍中得到印證。今檢《大越史記全書》本紀卷三，將其所記李仁宗朝之祥瑞抄録依年代先後抄録如下（以天符睿武二年即塔碑所立之年爲下限）[3]，以資對照，並作互證：

太寧三年（1074年）春，“有白雀集於禁庭。”

英武昭勝四年（1079年），“諒州獻白象。”

英武昭勝五年（1080年）八月，“甘露降”。

英武昭勝六年（1081年）春，“日有重光”。

英武昭勝八年（1083年）春，“黄龍飛自紫宸殿，至會龍殿”。

廣祐二年（1086年）春，“阮遠獻六足龜，背上有圖書”。

廣祐七年（1089年）十一月，“黎全義獻五色龜”。

會豐二年（1093年），“優缽曇花開”。

會豐八年（1099年），“神龍降于梅”。

---

①《越史略》卷中：“會祥大慶二年夏四月，清化府獻檳榔，一本生九株。獻白雀至禁庭，日重輪，大熟，留守張延福獻白雀。冬十一月，日重輪。”

②本段文字吸取了筆者上文所作的校理結果，與《彙編》録文小有出入。

③按：《越史略》亦有類似記載，爲避繁冗，不再臚列。

龍符二年（1102年）立春日，“瑞雪降”。

會祥大慶元年（1110年）春，“有婦人獻鳳雛，具五色九苞”。“徐文通獻白虎、白馬生距，檳榔一本十二莖”。八月，“占城獻白象”。

會祥大慶二年（1111年）春，“清化府獻檳榔一本九莖”。秋，“日重輪”。

會祥大慶三年（1112年）春，“甘露降”。“占城獻白象”。

會祥大慶五年（1114年）春，“瑞雪降”。

會祥大慶八年（1117年）正月，“守太堂人獻白鹿。甘蔗甲人獻玄鹿”。三月，“有黄龍見”。五月，“員外郎吴紹獻夏田禾一莖九穗。駙馬郎揚景通獻白鹿。司農州首領何永禄獻赤馬生距。霅作火頭黎兵、曹兒並獻白鹿，直邪甲人獻白麞。”六月，“黄龍見於洞靈祈禱寶台”。十月，“月重輪”。“占城獻金花三朵”。

會祥大慶九年（1118年），“甘露降”。

會祥大慶十年（1119年）正月，“帝幸快場，捕白象”。四月，“都曹潘田獻白鹿”。五月，“龍見於京師茶肆”。是年，“成慶侯獻六哞龜，胸上有王字”。

天符睿武元年（1120年）六月，“漆作甲主都鄧安獻白雀”。九月，“黄龍見”。

天符睿武二年（1121年）三月，“僧王愛獻檳榔一本七莖。太史陳度上言此物不足爲瑞，罷之”。七月，“紫草蕃人何午獻白麞”①。

將碑文與史籍對照，可知碑文所記祥瑞，皆爲據實而書，而不只是追求辭采誇飾的文字修辭而已。碑文中所述“優曇駢芳”、“皓鹿”、“素麋”、“玄麔”、“月重輪”、“紫檳孤幹，繁長靈苗”、“白雀”、“鳳子成雙，瑞雪成積”、“招摇淪精白驥生，距柔毛晶犖牛現”等，皆于史可徵。其他祥瑞，如“靈草兩現”、“龜五色而千點，蓮兩鏡（擎）而一莖”、“鼠變霜毛，松生偃蓋”、“白慈烏”等，亦非虚飾，《大越史記全書》不載，只是史家闕文而已。徵之其他史籍，往往可得印證，如《越史略》卷中《阮紀·仁宗》記會祥大慶三年夏四月，“獻芝草、優曇花及白鴉”，即可與碑文“靈草兩現”相證，其不見於史籍者，則可補史之闕。要之，此碑雖爲駢儷體，而所書則爲信史，可以援據，《大越史記全書》記靈沼（昭）池一段，明顯援引碑文，即是一例，説詳下文。

8. 建廣昭燈檯與鑿靈昭池。

按碑文云：“建廣昭之登（燈）台；向端門之廷上。”《彙編》引《大越史略》（陳荆和編校：1987：68）云：“丙申會祥大慶七年（西元1116年）春正月，設廣照燈於大興門外，制木僧擊鐘。”按：《越史略》卷中《阮紀·仁宗》：“庚寅，會祥大慶元年春正月，設廣昭燈

①《大越史記全書》（校合本）陳荆和校記：“引本‘番’作‘藩’。”見頁261。

檯於大興門外。”則燈檯之名，《越史略》一作“廣照”，一作“廣昭”。《大越史記全書》三處皆作“廣照”[①]，而碑文作“廣昭”。昭、照字義可通，似當以碑文爲准。

碑文又云：“鑿靈昭之芳池；而池中湧一石幹。幹上坼千協蓮花；花上而橋安紺殿。殿中坐金相之能仁。池之外周繞畫廊，環廊之外又疏碧池，每架飛橋以通之。前橋之庭，左右甃琉璃寶塔。以月之朔旦，以年之游春，親乘玉輦，來啟清筵。花香設祈祚之儀，盆盥陳浴佛之式。”考《大越史記全書》頁255叙述靈沼（芳）池之形貌云，“池之外繚以畫廊，廊之外又疏碧池，並架飛橋以通之。庭前立寶塔，以月之朔望及夏之四月八日，車駕臨幸，設祈祚之儀，陳浴佛之式，歲以爲常”。碑史相較，字句多同。顯然，史書中的此段文字乃襲自碑文。

9. 崇善延齡塔碑完成之時

碑文云：“其塔經始于會祥大慶九年之夏；畢工于天符睿武二年之秋。”《彙編》引《大越史略》（陳荆和編校，1987：68）：“崇善延齡塔完成于天符睿武三年春二月：即西元1122年。”其意蓋以碑史所記相牾。今按《越史略》卷中《阮紀·仁宗》記：“天符睿武三年春二月，隊山崇善延齡寶塔成。”《大越史記全書》則系“設慶成隊山崇善延齡寶塔會”一事于天符睿武三年春三月。三個時間互有出入，實質上並不矛盾。考《越史略》一書，“自唐以前，大抵全襲史文，自丁部領以下，則出其國人之詞，與史所載殊有同異。蓋史臣但承赴告之辭，故如薨卒之類，往往較差一年，至名號官爵，或衹自行國中，而不以通於大朝，故亦有所錯互。其抵牾之處，頗可與正史相參證。”[②]易言之，《越史略》雖然“出其國人之詞”，但仍有種種缺漏和訛誤。必須指出的是，《越史略》所記李朝塔碑落成時間與碑相差一年，卻並不屬於這一類訛誤。事實是：崇善延齡塔之竣工在天符睿武二年秋，但其落成盛會則延至次年春季方才舉行。縱觀李仁宗一朝之歷史，慶祝寺廟宮殿落成之盛會大多安排在春季，如會祥大慶八年（1117年）三月設慶成萬豐成善寶塔會[③]，會祥大慶九年（1118年）二月有慶成七寶塔會[④]，天符睿武二年（1121）三月設慶成寶天寺重明殿會[⑤]，天符睿武四年（1123）二月設慶成奉慈寺會，三月設慶成仙游廣教寺會[⑥]，諸如此類，其例甚多。至於《越史略》與《大越史記全書》所記落成時間相差一個月，孰是孰否，由於文獻不足，難以遽斷。可以肯定的是，碑文所記天符睿武二年秋七月初六日，是指塔

①《大越史記全書》，本紀，卷三，頁261，265，266。

②《四庫全書總目》卷六十六《越史略》提要，頁589。

③《大越史記全書》，本紀，卷三，頁258。

④同上，頁259。

⑤同上，頁261。

⑥同上，頁263。

竣工的時間；而史籍所載天符睿武三年春二月或三月，則是落成盛會舉行的時間，碑史各得一端，正可相輔相成。

10. 兩個碑別字

除本文第一節所涉及的一些俗字外，本篇碑文還有兩個碑別字，皆多次出現，亦值得提出並附論於此。

一個是"竟"，此字在碑文中多次出現，爲"競（竞）"的俗字。《新修龍龕手鑒》卷四《立部》："竟，俗；競，正。"[①]

另一個"豉"，此字在此篇碑文中三次出現："千艘而中流電速；萬豉而溢水雷鳴"、"豉鐘喧沸；鐃磬匉訇"、"鐘豉喧闐，沉檀紛紜"。竊以爲這不是避諱欠劃字，而是"鼓"字俗寫。據《越南俗字：簡體字與慣用漢字對照表》，"樹"字可俗寫爲"樹"（頁1218）。依同類偏旁理推，"鼓"字自亦可寫作"豉"。

三、文學價值

李朝（1010–1224）時代，安南脱離中國統治，但其政治、文化都深受北方的中國的影響。當時的中國正當宋代，李仁宗在位五十六年（1072–1127），歷經北宋神宗、哲宗、徽宗、欽宗、高宗五帝。有意思的是，李朝皇帝的廟號和年號，也往往追步北宋。李朝頭二帝李太祖、太宗，廟號及其順序皆襲用宋太祖和宋太宗之式。第四帝李仁宗與第五帝李神宗，亦襲取宋仁宗、宋神宗之廟號。李仁宗所用的幾個年號，大多是仿襲北宋的。北宋有熙寧（1064–1067），李仁宗有太寧（1072–1075）；北宋有嘉祐（1056–1063），李仁宗有廣祐（1085–1091）；北宋有元豐（1078–1085），李仁宗有會豐（1092–1100）；北宋有元符（1098–1100），李仁宗有龍符（1101–1109）；北宋有大中祥符（1008–1016），李仁宗有會祥大慶（1110–1119）和天符慶壽（1127），諸如此類，亦步亦趨的痕跡甚爲明顯。

李仁宗朝向漢文化學習，不僅表現在這些比較形跡化、表面化的方面，更表現在採取了一些産生了實質性的重大影響的政治措施上。太寧四年（1075年），"詔選明經博學及試儒學三場，黎文盛中選，進侍帝學"[②]，這是越南歷史上"最早的一次科試"[③]，具有重大的歷史意義。次年，又"立國子監，延請文學之士任教。至丙寅年（西元1086）開科試，選

①遼釋行均撰，《新修龍龕手鑒》，卷四，《四部叢刊續編》本。

②《大越史記全書》，本紀，卷三，頁248。

③《越南通史》，頁71。

有文學者入翰林院，莫顯績中式，授翰林學士。”越南“儒學自此開始興盛”①。實際上，這些措施不僅促進了越南儒學的興盛，也促進了越南漢文學的繁榮和發展。如上所論，李仁宗本人又儒雅好文，能詩善書，又爲這一時期漢文學的發展提供了一個良好的氛圍。

鄭永常在《漢文文學在安南的興替》一書中，將李朝列入第三篇《藩屬時代——漢文文學的成長期》，並在第二章《李朝漢文文學》中，分兩節對李朝詩和李朝文分別作了論述②。在論到李朝文章的時候，他指出，由於李朝的不少文學作品“大都亡殘訛缺”，“因此要研究李朝文風只可從一些詔誥碑刻之類的作品探求”③。在詔誥方面，他舉李仁宗《遺詔》等篇詔誥爲例，認爲《遺詔》“辭藻典雅絢麗，……句法工整，與前期古樸之風有别”④，從而指出，“及至李仁宗臨終之世，文風已轉向絢麗之途，吾人可從其《遺詔》見之”⑤。在碑刻方面，他舉海照禪師所撰、刻於1126年的《仰山靈稱寺碑記》爲例，稱其“辭藻絢麗有致，亦可佐證李朝中葉時文章的風格矣”⑥。遺憾的是，他竟然没有提到《大越國李家第四帝崇善延齡塔碑》。而實際上，在“辭藻典雅絢麗”、“句法工整”等方面，《大越國李家第四帝崇善延齡塔碑》較《仰山靈稱寺碑記》有過之而無不及。

很顯然，《崇善延齡塔碑》是一篇體式嚴格的駢文，對偶工整，辭藻典雅絢麗。例如下面這一段：

> 中秋清景，萬務休時。孝誠展而潔珍羞，盛禮陳而祠聖考。復於三旦，大啟駕儀。乘寶輦而出九重，陟金輅而馳黄道。雉扇擁於兩際，銀綱護於四圍。黄蓋浮空，彩旗慧日。星馳柳陌，斗轉花衢。向長瀘之碧川，御靈光之寶殿。千艘而中流電速，萬鼓而溢水雷鳴。玉廊宴方伯之會同，丹陛奏仙吏之章表。波心蕩漾，浮金鼇以負三峰；水面夷猶，露甲文而敷四足。轉眸瞥岸，呀口噴津。向冕旒而仰觀，對當空而俯察。望嵯峨之峭壁，奏洋溢之雲韶。洞户爭開，神仙並出。蓋天上之皃態，豈塵世之嬌姿。翹纖手以獻迴風，頻悴眉而歌休運。珍禽作隊，盡率舞以趨蹌；瑞鹿成群，自著行而踴躍。及金烏西照，賓輅將還。到如砥之途中，留廣天之境外。向崇臺而回陸地，背贔負以載三山。對朱盤而招頭，將安身而曳尾。梟過雲而嘹亮，虎下磴而生獰。奮迅雄威，噬齧小獸。會上林子弟，持翟羽朱竿。厲聲驅以進帝前，築場圍而守獵界。彎弧趨射，拔劍馳循。人奮勇於片辰，

①《越南通史》，頁72。

②臺北：臺灣商務印書館，1987年。

③《漢文文學在安南的興替》，頁81。

④同上，頁85。

⑤同上，頁83。

⑥同上，頁85。

士爭迎於當日。懷鄰國而攜耆提幼，來列士而登拽緣牆。屬目觀光，翹心願見。處處之盡妝羅綺，年年之三日懽娛。躋人世于壺天，置兆民于樂國。斯則陛下撥覽而新制金鼇也。

在工整的駢對之外，不同句式參差錯落，有效地調整句子的節奏，讀來琅琅上口。能夠結撰這樣一首長篇駢文，足以表明作者在漢語辭藻、典故及聲律等方面具備全面的知識和嫺熟的運用技巧。即以這一段引文爲例，其中的“波心蕩漾，浮金鼇以負三峰；水面夷猶，露甲文而敷四足”，“望嵯峨之峭壁，奏洋溢之雲韶”不僅描寫生動，對偶工整，辭采絢麗，而且“蕩漾”與“夷猶”、“嵯峨”與“洋溢”，都是疊韻對雙聲，足以體現作者獨具之匠心。再如，在“中嚴黼座彌高，豁聰睿明之遐鑒；旁展繡例光燦，廣列嬪媛之親倍”這一扇對中，“倍”字音陪，即古陪字。《穆天子傳》卷六：“喪主即位，周室父兄子孫倍之。”郭璞注：“倍，倍列位也。倍，古陪字。”[①]《敦煌變文集》卷五《維摩詰經講經文》：“居士曰：‘比欲相隨，今願倍（陪）從。’”[②]作者通過使用古字古音，使這一聯平仄諧調，足以證明其文字學修養。又如，文中描寫靈昭池一段，也很值得注意：“鑿靈昭之芳池，而池中湧一石幹。幹上坼千協蓮花，花上而橋安紺殿。殿中坐金相之能仁。池之外周繞畫廊，環廊之外又疏碧池，每架飛橋以通之。”由池而幹，由幹而花，由花而殿，再到池外之畫廊，這幾句描寫靈昭池四周環境，環環相套，聯綿相接，層次清楚，也具見作者的精巧用心。

除此之外，這篇碑文在寫作上還有一個顯著的特點，即兼用賦頌的鋪叙筆法，鋪陳縷述，井然有條，正可印證古人所謂“碑文似賦”之説[③]。碑文前半依次叙述宇宙形成、佛舍利之生成、仁宗入胎、降生、外表、才藝、金鼇、御舶以及修燈檯、建梵刹、武功文治、神機妙算等等，後半叙述崇善延齡寺建立之緣起，歸結到對仁宗的歌頌。集中讚頌李仁宗的各段，分别以“斯則陛下入胎之兆也”、“斯則陛下天表端嚴也”、“斯則陛下撥覽而新制金鼇也”、“斯則陛下新制御舶之巧也”、“斯則陛下巧制勝緣之功也”、“斯則陛下制梵刹以祈福壽也”、“期則陛下耀武通規也”、“斯則陛下修文至德也”、“斯則陛下之大妙算也”之類的排比句式收結，臚列有序，尤其近於賦中的鋪陳。總之，這是一篇讚頌體的碑文，而賦頌一家，故碑文採用賦體亦無可怪。從某種程度上説，正是由於採用了賦體寫

①《四部叢刊初編》本。

②王重民、王慶菽、向達、周一良、啟功、曾毅公編，《敦煌變文集》，卷五，北京：人民文學出版社，1986年，頁555。

③參看拙撰《論“碑文似賦”》，載《東方叢刊》，2008年第1期。

法，這篇長達四千餘言的碑文才能那麼綱目分明，脈絡條貫。

作者才思雄厚，筆力强勁，貫穿全篇，至篇末銘文部分，亦不露絲毫顛躓之跡。在內容上，這篇三百多字的銘文濃縮前文精華，編列成韻，加以詠歎，筆力豪健。在形式上，這篇碑銘文也有特別值得我們注意的地方。古代碑誌銘文一般多爲四言韻文，至其韻式，則以偶數句入韻爲常。《彙編》整理此篇碑銘文，當亦作如是觀，故其標點，大抵遵循奇數句後加逗號、偶數句後加句號之常例：

銘曰：

至妙至寂，無象無形。
强自立名，希夷必在。
澹泊靡待，先天地生。
涅而不淄，磨而不磷，
純粹惟精。粤有金仙，
降跡竺乾。十號俱備，
四弘廣敷。六度齊修，
究斯元味。□□傷□，
覺逐浮僞，設清淨教。
道歸真性，俾竫如山。
三界瞻仰，十方迴向。
師奉慈顔，拯濟既行。
浮漚冰㶖，厭外人寰。
白虹騰耀，雙樹拂衣。
金容晦影，蘭膏潤身。
栴檀作薪，化火煙通。
荼毗涣互，舍利凝成。
盈盤溢皿，或炫五色。
或顯九彩，熚熚熒煌。
陰界冥中，寰宇天宫。
四種國王，時皆篚集。
並奮雄强，各自名將。
金函五重，龍輪平秘。

崇塔嚴置，自玆已降。
歲月延長，無不崇奉。
逮我哲後，傳獲尤貴。
仿斯前志，向龍隊山。
疊甃雄奇，高出重雲。
上層韜藏，獰湧神光。
作瑞明君，山水清秀。
煙霞氤氳，迥隔塵氛。
御題嘉號，崇善延齡。
壽祈彌夐，穀旦佳辰。
福場圓滿，甫成相慶。
輻輳朝樓，雲臻山頂。
澄心瑩淨，猊台高陟。
潮音贊申，集會天人。
鐘鼓喧闐，沉檀紛紜。
錦繡爭春，承玆福慧。
囹圄拘系，咸脱幽屯。
臣忝紀事，學無三冬。
才非五車，帝功昭著。
總開户牖，四海會同。
共贊吾皇，天長地久。

然而，此篇銘文韻式實超越於常例之外[①]，若以常例視之，則不僅看不清原作韻文形式之美，其錯誤的標點斷句亦不免誤導讀者，增加閱讀理解方面的困難。考此篇銘文之韻式，大體上三句一韻，九句一换韻。我們亦可以根據其韻式，將這篇銘文分爲十章，除了第三章和最後一章各爲八句外，其餘各章都是九句。全篇共88句。爲了更直觀地凸顯其形式特點，今試綜合前文校理結論，對銘文重新標點，並在章末標識其用韻情況如下：

銘曰：

①自唐以降，碑誌銘文韻式頗有新變之例，詳情請參看拙撰《漢語詩律學研究的新材料與新問題——論唐代碑誌銘詞韻式之革新》，臺北"中央大學"《人文學報》，第31卷（2007年），頁34–67。

至妙至寂，無象無形，强自立名。

希夷必在，澹泊靡待，先天地生。

涅而不淄，磨而不磷，純粹惟精。（平聲八庚：名、生、精）

粤有金仙，降跡竺乾，十號俱備。

四弘廣敷，六度齊修，究斯元味。

□□傷□[①]，覺逐浮僞。（去聲四寘[備僞]、五未[味]通押）

設清淨教，道歸真性，俾竫如山。

三界瞻仰，十方迴向，師奉慈顔。

拯濟既行，浮漚冰㵸，厭處人寰。（平聲十五删：山、顔、寰）

白虹騰耀，雙樹拂衣，金容晦影。

蘭膏潤身，栴檀作薪，化火煙通。

荼毗涣互，舍利凝成，盈盤溢皿。（上聲二十三梗：影、皿）[②]

或炫五色，或顯九彩，燁燁熒煌。

陰界冥中，寰宇天宫，四種國王。

時皆篷集，並奮雄强，各自名將。（平聲七陽：煌、王、將）

金函五重，龍輪平秘，崇塔嚴置。

自玆已降，歲月延長，無不崇奉。

逮我哲後，傳獲尤貴，仿斯前志。（去聲四寘：置、志）[③]

向龍隊山，疊嶝雄奇，高出重雲。

上層韜藏，獰湧神光，作瑞明君。

山水清秀，煙霞氤氳，迥隔塵氛。（平聲十二文：雲、君、氛）

御題嘉號，崇善延齡，壽祈彌夐。

穀旦佳辰，福場圓滿，甫成相慶。

輻輳朝樓，雲臻山頂，澄心瑩淨。（去聲二十四敬：夐、慶、淨）

猊台高陟，潮音贊申，集會天人。

鐘鼓喧闐，沉檀紛紜，錦繡爭春。

承玆福慧，囹圄拘系，咸脱幽屯。（平聲十一真[人春]十三元[屯]通押）

①按B鈔本無此句，今按其韻式，似不可缺，且此處有此一句，語氣轉换亦較自然。

②按：此章“化火煙通”一句，“通”與“影”“皿”二字皆不諧韻，意亦不甚通，疑“通”當作“迥”，“迥”屬上聲二十四迥，與二十三梗通押。

③按：此章“無不崇奉”句與前後“置”、“志”不諧韻，疑亦有訛誤。

臣忝紀事，學無三冬[①]，

才非五車，帝功昭著，總開户牖。

四海會同，共贊吾皇，天長地久。（上聲二十五有：牖、久）

如果不是作者對碑銘文形式十分熟悉，對唐以來的碑銘文韻式創新了然於心，這樣精緻的形式是不可想像的。無疑，這篇碑文完全有資格成爲李朝散文的代表作。然而，我們對它的作者、“朝列刑部尚書、兵部員外郎、同知藩工院諸事臣阮公弼”的事蹟卻一無所知[②]，殊可嘆惜！

①按：此章只押牖、久二韻，“學無三冬”句不入韻。

②《彙編》：“阮公弼：貫址與生平未詳。”

從敦煌和越南的民間文本看“俗文本文獻學”的建立

劉玉珺

上個世紀初，隨著敦煌藏經洞的打開，敦煌遺書這批特殊的文獻資料得以重見天日。從文學的角度而言，敦煌遺書的特殊性在於容納了一大批中國文學史上已經失落了的品種和作品，而從傳播方式而言，它的特殊性在於容納了一大批完全不同於傳統四部經典的、雜抄成書的民間文本。經過一個世紀的學術發展，敦煌遺書在文學、歷史、語言、宗教、藝術等學科方面的價值得到了充分的發掘和利用，不僅導致了敦煌學這個國際性學科的建立，而且大大的修改了這些學科的傳統描寫。然而讓人遺憾的是，這批以民間文本爲主的文獻資料，卻沒有能像促進其他學科一樣，促進中國古典文獻學的飛躍發展。究其原因，在許多研究者眼中，敦煌文獻特殊的物質形態和傳播方式往往被視作特例。現今，主流古典文獻學所遵循的是以乾嘉學派爲代表的中國古典學術傳統，其研究的主要對象是以刊本爲主要流通形式的四部經典文獻，無疑其學術觀念主要建立在印本書籍基礎之上。而隨著學術視野的擴大，我們發現在越南也保留了一批類似於敦煌寫卷的漢文本①，使我們有機會對這兩種民間文本進行一次比較研究，進而提出一些新的文獻學認識，即主要關於“俗文本”——民間形態的文本或鈔本形態的文本——的認識，並通過這些認識完善和修正已有的古典文獻學理論。

一、民間文本的文獻特點與學術意義

自從宋代印刷術廣泛應用於書籍生産以後，正式的書籍成爲了人們心目中最重要的知識傳播的工具。“所謂正式的書籍，就是指用文字寫在或印在具有一定形態的專用材料上

①王小盾師最早總結了敦煌文獻與越南漢喃文獻的相似性，詳細論述參見《從越南俗文學文獻看敦煌研究和文體研究的前景》，載《中國社會科學》2003年第1期。

以借人閲讀爲目的的著作物"[①]。以這樣的定義來看待書籍，那麽民間文本就只能説是一種未具完全形態的書籍。它與正式書籍相比，具有如下特性：第一，二者在用途上有著根本性的區别：民間文本以供個人誦讀爲主要目的，正式書籍以供他人閲讀爲主要目的。第二，民間文本不似正式書籍那樣面貌整飭，往往具有形制短小、内容無定式的特點。徐俊先生則非常恰當的描述了敦煌詩歌寫卷的文獻特徵："除了少量的經典文獻傳鈔本，敦煌詩歌寫本的絶大多數是以個人誦讀爲功用的民間文本。這種民間文本，因爲以鈔寫者個人閲讀爲目的，所以只在很小的範圍内流通。又因爲受個人文學視野、認識程度和閲讀興趣的限制，作爲社會下層普通讀者群中文學傳播載體的詩歌寫本，大多表現出明顯的偶然性和隨機性特徵。"[②]在越南流傳的民間文本也表現出了相同的文獻特性，如越南漢喃研究院所藏的VHv.623號鈔本，依次抄録了賀弔對聯、"集翹"對聯、范光璨的《方言賦》、河内尚德藥房舉辦的賽詩會所作之詩、對聯選、自叙體及雜詠的喃文文章、越南文的祭文與詩。不僅抄録的作品涉及多種文體，没有一定的内在聯繫，而且作品還涉及漢、喃、越三種文字。

具有完整形態的印本書大多有一定的編輯體例、書名、目録、序跋、卷次等。民間文本卻恰恰相反，它們不僅没有一定的結構體系，缺漏各種書籍要素，有的甚至連作品名、抄手名也没有留下。並且由於所抄録的作品完全取決於抄手的個人偏好，儘管在各鈔本中會有相同的作品出現，卻不會有完全相同的本子。例如，在敦煌寫卷中，《太公家教》是最多見的一種文獻，至少佔到了35個寫卷；《織錦迴文》及其喃文譯作則是越南鈔本中最常見的作品之一，也至少出現在14種鈔本之中。但是抄録這些作品的文本没有一種是完全相同的。

有少數民間文本是以定本書籍爲底本傳抄而成的，這些鈔本仍然保留了民間文本的特性，即習慣對底本作主觀取捨，從而消解了原書的編輯體例和成書目的。這種情況可以稱作"局部反映定本書籍"，是一種特殊的"未具完全形態的書籍"。若對流傳於敦煌和越南的《昭明文選》作一比較，可以明瞭這兩種"未具完全形態的書籍"的異同。今存於越南的《文選》是摘鈔本，如VHv.974號鈔本，抄手不詳，其抄寫的順序爲從卷十逆抄至卷四，然後又按卷十一、卷十二、卷十六、卷十五、卷一、卷二、卷三、卷十三、卷十四的先後順序依次抄寫，這些卷次並不是《文選》本身的卷次。鈔本卷十抄録的是《文選》卷三十八張士然《爲吴令謝詢求爲諸孫置守塚人表》、卷三十七陸士衡《謝平原内史表》、劉越石《勸進表》、卷三十八任彦升《爲蕭揚州作薦士表》、卷三十四曹植《七啟》等内容，而且

①劉國鈞著，鄭如斯訂補《中國書史簡編》，書目文獻出版社，1982年版，頁20。

②徐俊《敦煌詩集殘卷輯考》前言，中華書局，2000年版，頁16。

每一篇作品又只抄録其中的部分内容。如《謝平原内史表》選抄了“塵洗天波，謗絶衆口，臣之始望。尚未至是，猥辱大命，顯授符虎，使春枯之條更與秋蘭垂芳，陸沈之羽復與翔鴻撫翼”；《勸進表》選抄了“社稷靡安，必將有以扶其危；黔首幾絶，必將有以繼其緒”等佳辭儷句。今見於敦煌寫本的《文選》有十餘種，每種抄寫《文選》一書的部分篇章。例如，伯2527抄録了《文選》卷四十五的《東方曼倩》、揚子雲《解嘲》；伯2525依次抄録了沈休文《恩倖傳論》、班孟堅《史述贊述高紀》《成紀》《述韓英彭盧吴傳》、范蔚宗《光武紀贊》。可以説，越南本《文選》是對若干作品的局部反映，敦煌本《文選》則是對《文選》全書的局部反映。它們的共同點是用自由選擇的態度面對定本《文選》，既瓦解了定本書籍的内容完整性，也瓦解了書籍的結構。

在各種特點之中，民間文本最重要的特點是雜抄，亦即罔顧古典文獻學的書籍概念和分類概念，作即興抄寫。這樣一來，在較富文學内容的俗文本中，便出現了一批介於别集與總集之間的書籍文體。“集”是一個根據正式書籍的物質形態而産生的文獻學概念。人們爲“集”溯源時，往往祖述到劉向父子的校書。姚振宗云：“别集始於何人，以余考之，亦始於劉中壘也。中壘《詩賦略》五篇，皆諸家賦集、詩歌集，固别集之權輿。”①而歷來認爲以集命名的個人别集出現於東漢。《隋書·經籍志》云：“别集之名，蓋漢東京之所創也。自靈均以降，屬文之士衆矣，然其志尚不同，風流殊别。後之君子，欲觀其體勢，而見其心靈，故别聚焉，名之爲集。”②隨著别集的發展，又出現了總集。《隋書·經籍志》又云：“總集者，以建安之後，辭賦轉繁，衆家之集，日以滋廣，晉代摯虞苦覽者之勞倦，於是採摘孔翠，芟剪繁蕪，自詩賦以下，各爲條貫，合而編之，謂爲《流别》。是後文集總鈔，作者繼軌，屬辭之士，以爲覃奥，而取則焉。”别集和總集産生後，迅速成爲文學作品流傳的主流物質形式，並在目録學上取得了相應的地位。梁阮孝緒編撰《七録》設立了《文集録》，並云：“竊以頃世文詞中，總謂之集。變‘翰’爲‘集’，於名尤顯，故序《文集録》爲内篇第四。”③《隋書·經籍志》將書籍分爲經、史、子、集四部，集部又分楚辭、别集、總集類。至此，“集”在圖書當中的地位也得到了鞏固。集的出現使文學典籍的形式走向了定型，而印刷術的推廣則爲這種定型提供了必要的生産技術的支持，“集”也幾乎成爲了文學典籍的代名詞。然而通過越南和敦煌的民間鈔本，我們可以看到：文學作品除了别集和總集兩種流傳形式以外，更多的是以一些部類不居、没有編輯體例的雜鈔本在民

①［清］姚振宗《隋書經籍志考證》卷三十九《楚蘭陵令荀況集一卷》，《師石山房叢書》，開明書店，民國二十五年（1936）版，頁629。

②《隋書》卷三十五，中華書局，1973年版，頁1081。

③［唐］釋道宣：《廣弘明集》卷三，《四部叢刊》初編子部，上海書店1989年據商務印書館1926年版重印本。

間廣爲傳播。它們既不屬於别集，也不屬於總集，卻又兼具兩者的部分文獻特徵。比如越南漢喃研究院所藏VNb.3、VHv.1453等鈔本，均以阮秉謙（1491—1585）的詩作爲主體，同時又雜抄了喃文《太平歌》、《程國公記》、《馮尚書記》、《老園稔語歌》等其他作品。又如敦煌伯2492與俄藏Дx.3865拼合卷，其主要内容是白居易的新樂府，卻又抄有兩首元稹的詩歌、一首李季蘭的詩歌，以及白居易的《歎旅雁》、《紅綫毯》和岑參的《招北客詞》。這些鈔本曾經遭受誤會，分别被判作阮秉謙和白居易的别集[1]。誤會的原因，即在於這些文本的著述體式，已超出了古典文獻學的文集範疇。

無論是别集還是總集，文學作品一旦經過人爲的編輯、修訂成定本之後，形制固化，一般都能夠起到一個推動流傳、防止散佚的作用。而這種作用是相對的。被收録的作品固然是不易散佚，與此同時也帶來了一個負面影響：即哪些作品得以編輯成定本加大傳播範圍和力度，取决於編者的個人興趣愛好、人生經歷、學識修養等，具有較强的主觀性，未必符合作品在當時社會傳播的實際情況。如韋莊的成名之作《秦婦吟》，在唐末名噪一時，卻失載於其别集《浣花集》和《全唐詩》。直到敦煌藏經洞的打開，人們纔在那些由僧人、普通學仕郎傳抄的俗文本中找到了它塵封近千年的身影。關於《秦婦吟》的失載，五代孫光憲《北夢瑣言》云：

> 蜀相韋莊應舉時，遇黄寇犯闕，著《秦婦吟》一篇，内一聯云："内庫燒爲錦繡灰，天街踏盡公卿骨。"爾後公卿亦垂訝。莊乃諱之，時人號"《秦婦吟》秀才"。他日撰家戒，内不許垂《秦婦吟》障子，以此止謗，亦無及也。[2]

雖然學者們對韋莊的真實諱因各有己見，不過可以肯定的是，正是由於韋莊諱言此詩，有意防止擴散，纔使得其弟韋藹編《浣花集》時不收入此詩。《秦婦吟》在敦煌存有九個寫卷與世無傳本的情形，形成了一個極爲鮮明的對比。而在越南現存的民間鈔本當中，至少有半數以上的作品既没有刊刻成集，也不曾見載於越南各種古代書目。這提醒我們，在雜亂無章的俗文本當中，包藏著被定本書籍所掩蓋的另一種形式的文學傳播史，這段傳播史不僅可以填補主流文學作品的傳播空白，而且更真實的展現了社會最基層的庶民文化狀況。

由於民間文本常常有不題作品篇名及作者姓名的情況，因而考定作品出處、來源成了

---

①王小盾、陳義等主編《越南漢喃文獻目録提要》將VNb.3、VHv.1453等鈔本著録於别集類中；王重民《敦煌古籍叙録》將伯2492視作白居易的别集，著録作"白香山詩集"。

②孫光憲撰，賈二强點校《北夢瑣言》卷六，中華書局，2002年版，頁134。

整理民間文本最重要的環節之一。而在目前已有的整理實踐中，常常會出現以定本書籍觀念，習慣用互著例判定作者的情況。如敦煌伯2567、伯2552拼合殘卷所抄詩作均未題作者姓名。殘卷卷首所抄，經羅振玉考爲李昂的《戚夫人楚舞歌》，其後所接的《題雍正崔明府丹竈》、《睢陽送韋參軍還汾上此公元昆任睢陽參軍》二詩，也被羅振玉定爲李昂之作；《題淨眼師房》一詩抄於王昌齡的《長信怨》之後，王重民《補全唐詩》據而收作王昌齡詩；《詠青》一詩因緊接於孟浩然的《寒食臥疾喜李少府見尋》之後，《補全唐詩》收入孟浩然的名下，《弔王將軍》一詩抄於陶翰的《古意》之後，《補全唐詩》定爲陶翰之作。而據《敦煌詩集殘卷輯考》一書考證，《詠青》實爲荆冬青所作，《弔王將軍》應爲常建的作品。

將散見於寫卷中相同體裁的作品分類輯録成面貌整飭的作品專集，是一種比較常見的敦煌文獻整理方式。這種整理方式，在某種程度上爲專項研究者提供了一定的便利。然而，由於此舉破壞了敦煌作品“雜抄”的原有流傳形態，不僅極大的影響了研究者對其傳播方式、文體功能等方面的研究，甚至於還有可能得出某些錯誤的研究結論。1996年由江蘇古籍出版社出版的《敦煌文獻分類録校叢刊》有《敦煌賦彙》一書，此書收録了敦煌寫卷當中所有以“賦”名篇的作品，包括敦煌《文選》寫卷中的《西京賦》、《嘯賦》、《恨賦》等；包括又名爲《高興歌》的《酒賦》；包括敦煌本《王績集》中收録的三篇賦文。此書的校録者爲此提出了“敦煌賦集”的説法，所謂的“敦煌賦集”只是一個今人以敦煌寫卷所載作品爲來源，按照一定的體例編輯而成的賦集，體現的是今人的輯録原則和目的，與唐人的編選觀念無涉。然其校録者不僅將個人輯校的賦集視作唐代敦煌人所編定本賦集的還原，而且還演繹出了四點實際上根本就不存在的唐人選賦標準①。顯然，受定本書籍慣有思維模式的局限，忽視民間文本的文獻特點，是造成這類謬誤的根本原因。

因此，在瞭解了民間文本的文獻特點以後，需要我們在剥離刊本或定本書籍觀念影響的前提下，尋找出能夠全面如實反映民間文本形式、完整保留其所包孕的歷史信息的文獻校勘整理方式。

二、敦煌、越南民間文本的口頭傳播特性

1994年王小盾師在《中國社會科學》上發表了《敦煌文學與唐代講唱藝術》一文，

①張錫厚《關於〈敦煌賦集〉的幾點探索》，《敦煌本唐集研究》，新文豐出版公司，1995年版，頁409–498。徐俊先生最早對張作當中的“唐集”概念提出有意義的批評意見，詳見《唐研究》第二卷，北京大學出版社，1996年版，頁486。

此文提出了依傳播方式來區分敦煌文學的意見，按照唐代流行的俗講、轉變、説話、唱詞文、韻誦、論難、曲子、吟詩八種講唱伎藝，將敦煌文學分爲講經文、變文、話本、詞文、俗賦、論議、曲子辭、詩歌八種體裁。這篇文章在否定了人爲學科三分法（詩學、詞學、俗文學）的基礎上，明確了敦煌文學（至少是主體部分）作爲口頭文學的重要性質，使文體的概念與事物的本質相吻合。此後王小盾師又提出並關注敦煌文學中普遍存在的雜抄現象和兼類現象（一篇作品兼具幾類體裁的特徵）①，以上論述勢必提出了如下問題：既然俗文學具有口頭文學的性質，既然民間文本的雜抄和文體兼類是俗文學當中普遍存在的現象，那麽口頭流傳與俗文學書面記録的結果——民間文本之間又有著怎樣的關係呢？下文我們將以敦煌、越南的唐詩鈔本爲研究個案，從口頭文學的立場繼續來探討這一問題。

據《聚奎書院總目册》、《新書院守册》、《内閣書目》、《古學院書籍守册》等越南古代書籍目録，歷史上至少有60餘種唐人詩文集流傳至越南；在越南文人的作品中也經常可以看到有關唐人詩文的評述之語。如范少游《國音詞調序》云："至於正氣演歌，寫孤臣之幽操；歸來度曲，傳處士之高風。進酒傾醉客之豪，水潮誌漁翁之信。田家雜興，儲光羲之逸韻；春江月夜，張若虛之豔辭。"②吴時位《艮齋詩集》跋曰："其荒寒蕭瑟如寡婦夜啼，羈人寒起……詩誠工矣，極至李杜元白而已矣。"③顯然，唐詩曾經在越南獲得過廣泛流傳，目前卻僅僅有《李太白文集》、《唐詩鼓吹》、《唐詩合選詳解》有越南刻本存世。其他詩文集流落到哪里去了呢？現存越南古籍表明：這些作品已經完全改换了面貌，變成存在於民間鈔本中的用喃文改譯的唐詩，以及用於越南傳統曲藝陶娘歌（又名歌籌，亦作"桃娘歌"）表演的漢文唐詩。所謂的喃字是越南的俗文字，關於喃字與漢字的關係及其構造，鄭懷德《嘉定城通志》作過描述："國人皆學中國經籍，間有國音鄉語，亦取書中文字聲音相近者，隨類而旁加之。如金類則旁加金，木則加木，言語則加口之類，仿六書法，或假借、會意、諧聲，以相識認。原無本國文字。"④這説明喃字是漢字與越南俗語、鄉語相結合的産物。這也就意味著，喃譯唐詩是一種與口頭傳播相關的俗文學作品。

唐詩一旦進入口頭文學，便會失去原來的著述體式，而被納入"雜抄"之體。現存的越南唐詩民間文本多爲陶娘歌本。進入到陶娘歌本的唐詩有三種情況：一是保持詩篇原貌的，如孟浩然《春曉》。二是喃譯唐詩，在陶娘歌鈔本中，漢文唐詩與被稱之爲"演音"的喃文譯作是共同存在的。白居易的《琵琶行》、《長恨歌》是陶娘演唱的經典歌辭。《歌調

①《從越南俗文學文獻看敦煌文學和文體研究的前景》，載《中國社會科學》2003年第1期。

②[越]范少游等《國音詞調》，越南河内漢喃研究院所藏AB.595號鈔本。

③[越]鄭懷德《艮齋詩集》，越南河内漢喃研究院所藏A.780號鈔本。

④戴可來、楊保筠校注《嶺南摭怪等三種史料》，中州古籍出版社，1991年版，頁178。

略記》鈔本（AB.456）將《琵琶行》的喃譯之作名之爲《沙漠並琵琶演音》，並有題下注："凡讀先吟詩一曲方合格。這曲一析中有南有北，而聲音翻轉，有三四五調方妙。末曲拽哰，今桃娘草草讀逆格也。"三是樂工、歌伎按調填詞，將唐詩原作加工、拼湊後再配入曲調演唱。這類唐詩曲辭又可分爲以下兩種情形，一是在唐詩原作之後另加上若干喃文詩句。試看這首曲辭：

蒲桃美酒夜光杯，欲飲琵琶馬上催。醉臥沙場君莫笑，古來征戰幾人回？醝醽吁渚騷埃哄，此𣅶征戰佘𠢟𢜠𡗶。①

二是打散原詩的順序，雜合多種作品進行拼湊。如：

滕王高閣，襟三江而帶五湖。臨帝子之長洲，秋水共長天一色。彭蠡響窮漁唱晚，衡陽聲斷雁驚寒。可憐日下望長安，相逢盡他鄉之客。回撫淩雲而自惜，閑雲潭影日悠悠，檻外長江空自流。②

這首曲辭雜合了王勃的詩歌《滕王閣》及其序言。曲辭首句"滕王高閣"源自詩歌首句"滕王高閣臨江渚"，二、三、四句即完全照搬序中辭句。五、六兩句"彭蠡響窮漁唱晚，衡陽聲斷雁驚寒"則化用序文中的"漁舟唱晚，響窮彭蠡之濱；雁陣驚寒，聲斷衡陽之浦"。七、八、九三句也分别取自序文"望長安於日下"、"萍水相逢，儘是他鄉之客"、"楊意不逢，撫淩雲而自惜"等句。曲辭的最後兩句則完全套用《滕王閣》的五、八兩句。

這種將詩歌拼湊入樂的情況，在唐代亦很常見。任半塘先生《唐聲詩》就曾指出：

至盛唐大曲，今日僅傳之《水調歌》、《涼州歌》、《伊州歌》、《陸州歌》、《大和》（一作《太和》）數套中，多有借用當時名家之五、七言絶律者，拉雜聯綴，不問内容，其中亦有割律爲絶之情事在，而被取之原作無不爲徒詩。此種或割或續之事，疑多出於當時樂工歌伎之手，但求一時諧聲了事，不計其餘，遂滋訛舛耳。③

對於這種爲了入樂而增改原詩的現象，越南典籍亦多有所涉，如《歌唱各調》鈔本在述及

①《歌調略記》，越南漢喃研究院所藏AB.456號鈔本。

②《歌譜》，越南漢喃研究院所藏AB.120號鈔本。

③《唐聲詩》上編，上海古籍出版社，1982年版，頁127。

陶娘歌“宫北”曲時云：

> 此曲且歌且舞，用六八字數，如國音傳。歌者隨意增損歌之，見後所抄之辭，錯舛頗多，意脈類皆不接，文義亦多不通者。[①]

以上所述表明，在古代爲了表演的需要，而對原詩進行删改、集合、拼湊是一種普遍存在的現象。這樣就在民間文本中造成了一批新“版本”、新“異文”，其變異的範圍完全超出了古典文獻學的慣例。事實上，即使是那些保持了詩篇原貌的作品，也在流傳過程中被人不經意的改篡過了。這種被改篡過的文人詩賦作品，在敦煌寫本中也有很多。敦煌書手對它們的改篡方法是：往往把不同作者的作品組合爲一個詩歌文本，或把不同體裁、不同作者的作品雜抄爲一個文本單元。對這些寫本加以分析，總能找到口頭講唱的影子。

伯3619是一個較爲典型的例子。此卷雖然存詩47首，但是卻只有44個詩歌單元。其中第18與第19首、第37與第38首、第39與第40首分别合抄在一起，我們選擇第37首高適的《九曲詞》與第38首周朴《塞上曲》的合抄作具體分析。它們的具體抄寫情況爲：高適的《九曲詞》題有作者，但未有詩題。按，《樂府詩集》卷九十一、《全唐詩》卷二百一十四收録的《九曲詞》共有三首，此卷抄寫的是第一首。在此詩後僅空一格，接抄有周朴的《塞上曲》詩歌正文，因而亦未有作者名及題署。爲了便於説明，我們將兩首詩歌按其抄寫狀況轉録如下(凡原卷未署之作者名和篇名，均加方括號以示區别，以下均同)：

［九曲詞］　　　　高適

> 鐵騎横行鐵嶺西，西看邏娑取封侯。清（青）海只金將飲馬，黄河不用更防秋。一隊風來一隊砂，有人行處没人家。陰山入夏仍殘雪，溪樹經春不見花。

對此，我們認爲這兩首詩歌的接抄是因爲它們曾以歌辭的身份一同流傳過。理由如下：其一，這兩首詩歌所詠内容相同，有組合在一起歌唱的可能。《樂府詩集》將高適的《九曲詞》收入《新樂府辭》，據郭茂倩解題所云，《九曲詞》三首是因哥舒翰收復黄河九曲而作，爲唐時邊塞詩。而周朴的《塞上曲》從内容上看，也是關於黄河九曲的邊塞詩。傳世文獻所載的《塞上曲》最後兩句爲“黄河九曲冰先合，紫塞三春不見花”，所描寫的正是黄河邊地的塞上風光。其二，詩題當中的“詞”、“曲”表明了它們入樂的身份。《隋唐五代燕樂雜言歌辭集》附録的《聲詩集》，依《唐聲詩》所理解的“聲詩”，著録了高適的《九

①越南河内漢喃研究院所藏AB.414號鈔本。

曲詞》。從内容來看，《九曲詞》應是配合邊地樂曲演唱的聲詩。其三，周朴之作與傳世文獻的記録存在著很大的文本差異，這種差異只有從口頭傳播的角度纔能得到合理解釋。書面的傳播，特别是定本書籍，具有相當的穩定性，而口頭傳播産生變異的可能性卻很大。對於表演者和傳播者來説，每一次表演和口傳都是一次創作行爲，他們爲了配合曲調歌唱或滿足口頭表達的需要，往往會對原作進行改篡。即使是同一位歌手在不同的場合或不同的時間演唱同一首歌，都有可能産生變異。换而言之，此寫卷的抄手並非是據定本書籍或傳世文獻抄録的，而是對口頭流傳的詩歌所進行的文字記録。《敦煌詩集殘卷輯考》提供的一些與《塞上曲》文辭相似的詩句，對以上所論可作爲旁證[①]。如下：

1、一陣黄風一陣沙，千里萬里無人家。四頭雪消不堪看，三眼和尚弄瞎馬。（《元史》卷五一《五行志》）

2、一隊風來一隊塵，萬里迢迢不見人。

3、一隊風來一隊香，誰家士女出閨堂。

4、萬里條亭（迢遞）不見家，一條黄路絶名（鳴）沙。

其中1爲至元十五年（1278）京師流傳的童謡，2爲敦煌伯3155《浣溪沙》首二句，3爲俄藏Дx.2153《曲子浪濠（淘）沙》首二句，4爲津藝134背曲子詞第十二首的首二句。顯然，無論是童謡還是曲子詞均是口頭流傳的作品，而且2、3、4亦同樣見於敦煌寫卷，它們均折射出了《塞上曲》曾經作爲口頭文學作品——歌辭的生存狀態。

瞭解這一點，有助於我們正確理解造成民間文本所記録的作品異文産生的原因。這些異文正是文學作品經過多次口頭傳播以後而出現的增益和改篡。相對於定本書籍來説，民間文本能夠在很大程度上保留文學傳播的原生形態，尤其是那些不同體裁作品的雜鈔本，更能折射出唐代文人詩作爲口語文學流傳的俗文學背景。如伯2976號寫卷，共抄有唐代各體詩文十篇，其具體篇目如下：

［下女夫詞］
咒願新女聟（壻）
［封作丘］　　　　　　　　［高適］
［闕題四首］
五更轉

①《敦煌詩集殘卷輯考》，頁315。

自薊北歸　　　　　　　　　［高適］
宴別郭校書　　　　　　　　［高適］
［詶李別駕］　　　　　　　［高適］
奉贈賀郎詩一首
温泉賦一首　　　　　　　　進士劉瑕

此卷抄有四首高適的詩歌，其中《封作丘》一詩又見於伯3862，《自薊北歸》、《宴別郭校書》、《詶李別駕》三首詩又見於伯2567與伯2552拼合卷。在不同的寫卷中，這些詩歌的身份也不盡相同。伯3862是一個高適詩歌選抄卷，伯2567與伯2552的拼合卷是一個以詩人爲序抄寫的唐詩叢鈔卷。在這兩種寫卷中，高適詩歌的身份比較單純，似未改文人之作的性質。而伯2976當中的詩歌，卻有可能具有超出案頭的功能。對此我們從以下幾個方面進行説明。

首先，與之合抄的其他作品均有吟誦、講唱的功能。《下女夫詞》與《咒願新女聟（壻）》是敦煌地區流行的婚禮説唱作品。四首闕題的詩歌按内容組合在一起，而且均不題作者。第一首寫景，第二首以“塞外蘆花白，庭前柰葉黄”二句相承，末句“兄弟在他鄉”與第四首的首句“兄弟不假多”前後呼應，儼然是一組聯章説唱辭。第三首是一首詩偈，又見於斯4658《如來身藏論一卷》所引。偈又稱“偈頌”和“偈贊”，“是配合梵唄之樂的一種文體，在印度用絃歌歎唱的方式表述，主要用於歌贊佛德。佛教傳入中國以後，它首先表現爲佛經中與長行相對應的一種翻譯文體，然後表現爲‘從文以結音’的一種創作文體。它的短篇協韻的形制，原是絃歌歎唱方式的遺跡”①。《五更轉》是一種分時組合的説唱藝術手段，《敦煌歌辭總編》稱之爲分時定格聯章。《奉贈賀郎詩》是一首具有講唱特性的白話詩，“不知何日辦”、“請問阿耶娘”等句顯現了這一特性。此卷最後是一篇吟誦體作品——《温泉賦》，此賦又見於伯5037，題《駕行温湯賦》。而高適的詩歌就夾抄在這些以口頭手段爲傳播途徑的各體作品之中。這些作品雖然體裁不同、作者不同，可是均反映了一個共同的功能——口頭傳播的功能，如果我們承認這一共同功能在寫卷所有作品之中具有完整性，那麽也就意味著高適的詩歌也曾經與寫卷中的其他作品同樣用於某種講唱的場合，同樣通過口頭的方式得到傳播。

其次，作品本身的抄寫也可以證明其俗文學的身份。《封丘作》夾抄於《咒願新女聟（壻）》與四首無題詩之間，未署作者及篇名；《自薊北歸》、《宴別郭校書》雖然連續抄

①王小盾《從敦煌本共住修道故事看唐代佛教詩歌文體的來源》，《中國俗文學研究》第一輯，巴蜀書社，2003年；修訂本載《清華大學古代漢文學論集》，中華書局，2005年版，頁216—254。

在一起，並有篇題，但是亦未署作者。而《詶李别駕》不但篇題與作者均未署，而且還接抄在《宴别郭校書》之後，僅在起訖處用“「”標誌。這表明此詩與前詩被編作一個單元共同流傳。這些均意味著它們可能已從作家個人之作轉變爲未有作家概念的群衆文學作品（關於題署問題的詳細論證詳見下文），表明它們亦可能被按照表演的需要而進行了内容編組。

第三，在敦煌寫卷中，高適是所存作品最多的詩人之一，不僅存在著詩歌叢鈔本，還存有專門的詩歌選鈔本。這説明高適作品曾經廣泛的在敦煌地區普通民衆當中流傳過。而只有具備一定群衆基礎的作品，纔會獲得被民間藝人配入樂曲或采入説唱表演的可能。

綜上所述，在民間文本中，不管是越南唐詩還是敦煌唐詩，都曾發生過功能的轉變，即作家文學作品通過口頭傳播轉變爲通俗文學作品。這説明文學的雅俗之分不取於作者的身份和篇章體制，而在於作品的傳播方式及其引起的文體功能的變遷。以口頭方式傳播的作品在文獻記録上往往表現出與案頭之作不同的特徵，民間文本中的接抄、雜抄、異文、作品編組等情形即是作品文體功能發生變化後在書面記録上的體現。

三、民間文本文獻特徵的文學透視

文本是文學活動的結果，相應地民間文本即是俗文學活動的書面反映。作爲口語文學與群衆文學的俗文學，由於其傳播方式和接受對象不同於經典的作家文學，又由於其記録方式——書寫的靈活性，所以在民間文本中保留了許多值得關注的特殊文學現象。我們有必要對其作一番考察。

（一）作品未署作者之名

在早期社會，寫作（更確切的説法是記録）是一種特權，也是一種神聖的行爲，故有左史記言，右史記事之分。文學家、文人、作者等都是後起的概念。南朝范曄撰《後漢書》立《文苑傳》，文學家纔首次在歷史典籍中得到集中記載。而别集在漢代的大興，則表明作家作爲獨立文化個體的身份得到强化。在作家文學中，作者是作品不可或缺的一部分。而在民間文本當中，關於作者的概念卻是模糊的，其中一個主要表現就是許多抄手抄寫作品時，不署作者之名。

在敦煌寫卷裏，那些屬於集體創作的典型俗文學作品——講經文、變文、詞文、話本、俗賦、論議等，自然不會署有作者名。但是民間文本所抄寫的有作者可考的文人詩，也常有不署作者的情況。如伯2640抄有虞世南《怨歌行》、《五言擬費昶秋夜聽擣衣》（作者待考）、梁簡文帝《詠雪》、王江乘《相送聯句》、李義府《大唐故使持節都督黔思費等十六州諸軍事黔州刺史贈左武衛大將軍上柱國武水縣開國伯常府君之碑》，除了碑文很正式的題作"中大夫守中書侍郎兼修國史弘文館學士廣平縣開國男李義府撰"以外，其餘的詩歌均未署作者之名。此外伯2687、伯2976、伯2567與伯2552、斯788、俄藏Дx.3871與伯2555正面等衆多寫卷均有此類情況。

作爲隨意性較大的民間文本，未署作者之名是合乎情理的。如果結合越南文獻作綜合考察，卻可發現這絶非是敦煌寫卷獨有的簡單現象。前文提過的AB.456號鈔本《歌調略記》，是中國古詩及其喃文演音、越南曲藝表演理論的合鈔本，收録有張繼《楓橋夜泊》、王昌齡《芙蓉樓送辛漸》（寒雨連江）、王維《渭城曲》、王翰《涼州詞》、賈至《春思》、王安石《夜直》、曹唐《劉晨阮肇游天台》等漢詩，除了卷末的六八體喃歌《南國地輿歌》模糊的題作"安堵阮先生撰"以外，其餘所有作品均未署作者名。此外，典藏號爲A.2262、AB.170、VNb.15、VNv.198等多種鈔本也具有這一文獻特徵。

顯然，民間文本的抄手並不注重作者的存在。作者是作家文學的重要要素，而作爲口傳文學和群衆文學的通俗文學，並不存在著獨立的創作個體。所以，這種不題作者之名的作法，正是作家文學走向通俗文學、由古雅轉變爲俗物的又一種書面反映。對此，越南的民間文本具有更强的説服力。越南的雅俗文學之分在語言上通常表現爲漢文與喃文之分。越南民間文本當中，未署作者之名的中國文人作品通常是與喃文講唱作品合抄在一起。並且，爲了符合曲調的自身演唱要求，這些作品往往還要加上若干喃文辭句，纔構成一首完整的曲辭。試看下面兩首曲辭：

> 月落烏啼霜滿天，江楓漁火對愁眠。姑蘇城外寒山寺，夜半鐘聲到客船。船埃杜渡姑蘇，姅胋瑥啃鐘廚寒山。
>
> 寒雨連江夜入吴，平明送客楚山孤。洛陽親友如相問，一片冰心在玉壺。洛陽伴固晦窮，𪡗冰心㐌掓䏧玉壺。

所加的歌辭均爲喃文韻文文體——六八體，這進一步表明了它們的俗文學作品的身份。可見抄手忽略作者的存在，並不是一種有意識的主觀行爲，而是這些作品在得到書面記録之前，功能已經發生了轉化——從文人詩轉化爲通俗歌辭，在轉化過程中就已經失去了原作者名下所含有的身份、地位、學識、仕宦等文人作品的所有規定性内涵。因而在抄手的眼中，或者説對於廣大普通民衆來説，它們與那些無主的、集體創作的民間作品是毫無二致的。這種現象甚至也出現在傳世文獻之中，郭茂倩《樂府詩集》卷三十九《相和歌辭》收録的梁簡文帝《煌煌京洛行五解》，卷四十五、卷四十七、卷四十八、卷五十《清商曲辭》分别收録的梁武帝《團扇郎》、顧況《烏夜啼》、釋寶月《估客樂》、梁簡文帝《江南弄三首》均未題作者名；卷七十八《雜曲歌辭》、卷九十四和卷九十五《新樂府辭》則分别將李白《舍利弗》、王建《擣衣曲》、元稹《採珠行》等當作無名氏的作品。這應當是郭茂倩採録這些詩作時，它們就通過在民間的流傳轉變成了無主詩。

（二）託名

在作家文學中，託名常常與“作僞”這個詞語聯繫在一起，而俗文學的託名卻另有深意。在敦煌衆多的文學作品中，王梵志通俗五言詩的寫本殘卷多達28種，是敦煌俗文學最重要的組成部分之一。1987年陳慶浩《法忍鈔本殘卷王梵志詩初校》、1989年項楚《王梵志詩論》相繼提出：所謂的“王梵志”確有其人，但是“王梵志詩”非一人一時之作，這種看法得到了學術界的認可。换而言之，王梵志詩實際上是許多無名白話詩的集合體，“由於王梵志已經成爲了白話詩人的傑出代表，這些不同來源的白話詩便如同江河入大海一樣，紛紛歸入了王梵志的名下”[①]。通俗詩這種出於衆手卻歸於一人名下的情況，從作家文學的角度而言，掩蓋了“古本之真”，但是卻體現了俗文學集體創作的特點和群衆文學的特性。這也表明俗文學的創作和傳播是一個文學積累的過程——不斷出現附益之作，其文化内涵不斷獲得增殖。

關於王梵志其人，晚唐馮翊子（嚴子休）《桂苑叢談·史遺》云：

> 王梵志，衛州黎陽人也。黎陽城東十五里有王德祖者，當隋之時，家有林檎樹，生癭大如斗。經三年，其癭朽爛。德祖見之，乃撤其皮，遂見一孩兒，抱胎而出，因收養之。至七歲能語，問曰：“誰人育我？”及問姓名，德祖具以實告：因林木而生，曰“梵天”，後改曰“志”；“我家長育，可姓王也”。作詩諷人，甚有義旨，蓋菩薩示化也。[②]

有學者認爲：通俗白話詩的作者之所以選擇王梵志來託名，是因爲他們“既不屬於農民階級，也不屬於統治階級及其附屬的知識階層，因而不享有這個階層的地位和立德立言的榮耀。但作爲民間傳説人物，他們又成爲群衆意願的集中代表，並逐漸染上神話色彩。在唐

①項楚《唐代白話詩派》，載《江西社會科學》2004年第2期。

②[唐]馮翊子《桂苑叢談》，掃葉山房，民國十九年（1930）石印本。

代具有這樣一種身分的人，主要是下層僧侶或流於民間的知識分子。雜史小説所載王梵志、寒山等人事蹟，恰恰符合這一身分"[①]。以上所述僅僅只代表了託名的一種形式，在敦煌與越南共同出現了另一種形式的託名，即普通民衆的創作託名於統治階層及其附屬的知識階層的人物，這同樣值得注意和思考。

敦煌存有六本《高興歌》寫本，其中有五本將作者託名爲"江州刺史劉長卿"[②]；而越南則有託名於陳興道的降筆詩，有託名於阮廌的祭文《祭夜澤祠》，有託名於阮秉謙的讖語喃詩，還有託名於中國官員黄福、高駢的堪輿書。陳興道原名陳國峻，陳朝宗室，曾兩次擊敗元軍，後人在其築營處立祠奉祀。阮廌爲黎朝（1428—1527）開國功臣，爵濟文侯，與阮廌同時代的阮夢荀贊他："黄閣清風玉署仙，經邦華國古無前。一時詞翰推文伯，兩道軍民握政權。白髪只閑天下慮，清忠留與子孫傳。"[③]吴時任《星槎紀行序》則給予了阮秉謙（别號白雲居士）崇高的文學地位："一部《全越詩》，古體不讓漢晉，近體不讓唐宋元明，戛玉敲金，真可稱詩國。就中求其機杼大段，可稱詩家蔡吕唐、白雲庵諸公，此外茫乎渺矣。"[④]這些屬於士大夫階層的人物也成爲託名的對象，表明託名並不是"下層僧侶和流於民間的知識分子"的專利，相反，託名是俗文學當中的一種普遍的現象，這是由俗文學的創作特性決定的。託名於士大夫階層，也從一個側面反映了庶民階層對士大夫階層的某種文化趨同。

敦煌文學中，還有第三種形式的託名，即文人作品在流傳過程中，被附於另一文人名下。其中最典型的例子莫過於敦煌寫卷中屢屢出現的"白侍郎作品"。白居易於大和二年（828）任刑部侍郎，後常以"白侍郎"自稱。《全唐詩續拾》卷二十八曾將伯3906與斯619中的"白侍郎"之作收爲白居易詩。黄永武先生曾考出《白侍郎蒲桃架詩》見於《全唐詩》卷五〇二姚合集，但是他依然認定爲白居易的作品[⑤]。然而徐俊先生考定出《全唐詩》編者所據爲宋史繩祖《學齋占畢》卷四《一字詩不始於東坡》條所引，此詩的作者確爲姚合而非白居易[⑥]。可見《全唐詩續拾》將敦煌署名作"白侍郎"的詩歌收入白居易名下的做法值得商榷。也同時提醒我們，在俗文學中，因託名的普遍存在，不能以作家文學的眼光等

①謝思煒《唐代通俗詩研究》，載《中國社會科學》1995年第2期。

②王小盾《敦煌〈高興歌〉及其文化意藴》一文指出：《高興歌》不是劉長卿的作品，"江州刺史"云云，乃嫁名。原載《上海師範大學學報》（哲社版）1987年第3期，又收入《中國早期藝術與宗教》，東方出版中心，1998年版，頁342—358。

③轉引自于在照《越南文學史》第一編第三章，軍事誼文出版社，2001年版，頁50。

④[越]潘輝益《裕庵吟録》附録，越南河内漢喃研究院所藏A.603號鈔本。

⑤《敦煌所見白居易詩二十首的價值》，見《敦煌的唐詩》，洪範書店，1987年版，頁123—124。

⑥徐俊《敦煌P.3597唐詩寫卷輯考——兼説"白侍郎"作品的託名問題》，《文獻》1995年第3期。

而視之。那些能夠得到託名的人物或因其文學作品在民間廣爲流傳，或者身爲廣被傳頌的重要歷史文化名人。他們的名字不單單是詩人、作家身份的指代，而具有文化“品牌”的社會效應。託名之作越多，意味著這種社會效應越大，在作家名字的背後所隱藏的文化意義也就越豐富。

（三）同作異名

民間文本中同作異名的現象有兩種情形：一是在俗文學作品中，相同的作品題目不同；二是民間文本與傳世文獻所記載的同一作品題目不同。

敦煌《高興歌》又名《酒賦》，共載於七個寫本之中，即伯2488、2544、2555、2633、3812、4993、斯2049。其中伯2555、3812題作《高興歌》，伯2488題作《高興歌·酒賦一本》，伯2633、斯2049、伯2544題作《酒賦》。在中國浩如煙海的文學作品中，同作異名的現象比比皆是，而傳抄的不穩定性更是容易導致這種情況，可並非所有的同作異名都是抄手訛誤等偶然原因所造成。王小盾師通過對《高興歌》抄寫時代以及所合抄作品研究後，指出高興歌名稱的變化，實際反映了它的身份變化。“在流傳早期，它以《高興歌》爲名，用作歌辭；嗣後以《高興歌·酒賦一本》爲名，用作説唱、韻誦兼用之辭；爾後抄入歌行集，用爲單純誦辭，此時篇名固定爲《酒賦》。”①換而言之，《高興歌》名稱的變化實際上是因其具有多種藝術功能而造成的。

無獨有偶，越南鈔本同作異名的情況也比較多見，其中又以第二種情況居多。我們選擇李白的《將進酒》作爲例子進行研究。漢鼓吹鐃歌十八曲，《將進酒》爲第九曲，原是一支敘飲酒放歌的鼓吹曲辭。李白的這篇作品見於敦煌伯2567與伯2552拼合卷以及伯2544、斯2049等寫卷中。伯2567與伯2552拼合卷題署爲“惜罇空”，而伯2554、斯2049兩卷均無題署。《文苑英華》卷三百三十六收此詩題作“惜空罇酒”，《李太白文集》卷二云“《將進酒》一作《惜空樽酒》”。在越南鈔本當中，《將進酒》的題署卻另有一番情形。此詩在越南的文人集當中，題名没有變化，仍舊爲《將進酒》，但是在歌籌鈔本當中，或稱之爲《進酒曲》（見《歌調略記》AB.456），或稱之爲《將進酒賦》（見《歌譜》AB.120）。當《將進酒》以《進酒曲》爲名之時，它是與白居易《琵琶行》、李賀《浩歌行》配合“喝吶”歌調進行表演的，其篇題下還注曰：“其吟調與《琵琶》同。”喝吶是一種歌籌曲調，如果管甲唱則稱之河南。當它名爲《將進酒賦》時，則與蘇軾《前赤壁賦》、《後赤壁賦》一樣，配入“河渭”歌調而表演。所謂“河渭”，“其節屬拍曉，句數上六下八，或上七下七，其辭

①《敦煌〈高興歌〉及其文化意蘊》。

是古曲，其調似今之《練山莊》。”[①]顯然，喝吶與河渭是兩種不同的歌籌曲調，其表演和演唱的方式也不盡相同。這表明《將進酒》的名稱變化是與其所配的歌調相聯繫的，當它名爲《進酒曲》時，它則與《浩歌行》、《琵琶行》等作品一樣，採用喝吶法而歌；當它名爲《將進酒賦》時，它與《前赤壁賦》、《後赤壁賦》等作品一樣，採用河渭法而唱。換而言之，《將進酒》名稱的變化，是表演形式的不同所造成的。

敦煌寫卷同作異名的情況還很多，如在伯4994和斯2049拼合卷、伯2544中，劉希夷《白頭吟》、高適《燕歌行》、丘爲《傷河龕老人》根據作品首句分別改名爲《漢家篇》、《落揚（洛陽）篇》、《老人篇》[②]。王小盾師從表演的角度對此作了解釋，認爲這些文人作品均有超出案頭的功能[③]。這一看法是富於創見的。據伯4994與斯2049拼合卷，跟這些詩歌合抄在一起的作品如下：

王朝（昭）君	安雅
古賢集	
落揚（洛陽）篇	
酒賦	
錦衣篇	
漢家篇	[高適]
[大漠行]	
[老人篇]	[丘爲]
[飲馬長城窟行]	[王翰]
[惜罇空]	[李白]
[闕題]	
老人相問嗟歎詩	
[闕題]	
藏駒（鉤）	
苑中牧馬思詩	
龍門賦	何（河）南縣尉盧竱撰
北邙篇	

①《歌譜》，越南漢喃研究院所藏AB.120號鈔本。

②丘詩《全唐詩》失收，在伯2567與伯2552拼合卷中題作《傷河龕老人》。

③《敦煌文學與唐代講唱藝術》，載《中國社會科學》1994年第3期。

伯2544卷抄有相同的内容。伯2544卷首殘缺，殘卷首篇《酒賦》缺前十餘句，自“百尺松”句始。與伯4994和斯2049拼合卷相比，此卷《酒賦》以後的内容完全相同，而且次序也一致。稍有不同的是，拼合卷末抄有《咒願文》，而伯2544抄有王羲之《蘭亭序》。這兩個寫卷並不是同一人所抄，徐俊先生認爲：“二卷不是派生關係，而是鈔自一個共同的母本。敦煌詩卷中，兩個寫卷所載作品幾乎完全相同者甚少，他們的存在，説明敦煌地區確實流傳有某些通行的詩歌選集。”[①]徐俊先生的看法無誤，兩個寫卷内容相同，也證明了這些不同文體作品的雜抄絶非偶然。聯繫這些作品的文獻特徵，我們可以補充：這些“通行的詩歌選集”並非通常意義上的文人詩歌選集，而極有可能是在民間藝人之間廣泛流傳的用作口頭表演的底本。只有如此，我們纔能合理解釋如下三點：其一，與這些詩歌合抄在一起的作品大多數都未署篇名及作者；其二，有篇名的作品中還包括《酒賦》、《龍門賦》等韻誦作品；其三，整個寫卷的性質爲不同文體、不同作者的作品叢鈔，顯然没有一定的編輯體例和選文標準。如果上述觀點成立，那麼會帶來這樣一個疑問——將如何解釋伯2544卷末抄寫的純書面作品《蘭亭序》？這是一篇無韻散文，顯然不符合口頭表演的要求。對此，寫卷本身可以作出合理的解釋：在《北邙篇》之後另空有二行，纔開始另抄《蘭亭序》，《蘭亭序》的字跡有明顯摹寫王羲之《蘭亭序》帖的痕跡。這説明《蘭亭序》與前面的内容没有必然和直接的内在聯繫，二者並不屬於同一個内容單元。

所以我們可以説，同作異名是文人作品社會功能轉變的產物，即由單純的案頭之作轉變爲講唱之作所自然衍生的一種特殊文學現象。對此，越南的文獻亦可以作爲旁證。如越南河内漢喃研究院所藏的《唐詩絶句演歌》鈔本，抄録了56首用越南俗文學體裁六八體喃譯的七言唐詩，其中崔護的《題都城南莊》被改題爲《無題》，羊士諤的《登樓》在某些鈔本當中，亦根據其首句“槐柳蕭疏遶郡城”題爲《槐柳》。而這些演歌正是民間歌籌藝術造就的文人擬作風尚的產物。對於這種特殊文學現象，我們也不能用“錯誤”一語而一概論之。

以上所述表明，未題作者之名、託名、同作異名等民間文本當中的特殊文獻現象，實際上都反映了俗文學作品的流傳方式——它們是傳播於口耳之間的；反映了俗文學作爲集體創作和群衆文學的本質——它們没有作家的概念，在傳播的過程中不斷獲得增益；反映了俗文學作品的藝術特點——它們往往具有多種藝術功能，因而具有體裁不固定的特點。

四、結語：俗文本文獻學的提出

民間文本諸多超出了古典文獻學慣例的文獻特徵，實際上反映的是口頭文本對書面文

①具體考證見《敦煌詩歌殘卷輯考》，頁465。

本的改造。這種改造還可以從另一個角度去理解，即理解爲功能的轉化——通過改造，把雅文學範疇中的作品，轉變成俗文學範疇中的作品。因此，我們可以通過作品的著述體式特徵，來確認它的功能和它的文化屬性：那些按接抄、雜抄方式抄寫的作品，那些總是同俗文學文獻聯合編組的作品，那些發生了重大的文字變異的作品，那些脱漏了篇名和作者名的作品，在某種程度上都可以説是俗文學作品。爲什麼這樣説呢？因爲這些特點正是俗文本的特點，而俗文學是以俗文本爲標誌的。也就是説，具有口頭傳播特質的俗文本，是俗文學作品的忠實載體。

《老子》説過："無名天地之始，有名萬物之母。"俗文本也通過"名"的取捨，對自己作了認定。這種取捨不同於傳統古籍，乃表現爲作品無定名，作者無定名，喜歡託名。這些特點其實在漢以前十分流行，它們是作家産生之前的著述觀念的産物，聯繫於口頭傳授而無定本的著述方式。漢以後，作家作爲文化個體的身份得到强化，篇名和作者名纔成了作品不可或缺的要素。但是在俗文本中，不署作者之名的情況仍然非常普遍；即使原有作者可考的詩作，也往往不題作者名，而且改篡篇名。在越南古籍中我們可以看到其中緣由——未題作者之名的中國文人作品通常是與喃文講唱作品合抄在一起的。可見作者之被忽略，原因在於作品的功能發生了轉化：作品從文人詩轉化成了通俗歌辭，作者也在轉化過程中失去了由署名所涵括的生平與經歷，而消解於一個俗文學方式的創作集體之中。託名其實是這種集體創作習慣的另一種表現：當一群創作者需要某種標誌的時候，便産生了託名。

在越南鈔本中，我們曾看到一種比較特殊的署名情況。這是一份民間傳本，未見於藏各家圖書館。全書72頁，原無書名。書中收録了各種民間請神唱詞，七言體，用於祭請窨王、陰陽南斗神、鎮國三郎、明月判官、水母、雷王、魯班、五色花娘等神靈。首頁原題署"書主鄧應榮"，但又有新筆跡塗去"鄧應榮"三字，改寫爲"黄禪彤"。可見此書曾易主，即原由鄧應榮抄寫，後由黄禪并彡使用。不過鄧、黄二人都不是本書的作者，而只是"書主"，即使用本書的巫師。但作爲"書主"，他們擁有唱誦這些請神祭詞的權利和義務，因而擁有署名的資格。這樣看來，"書主"二字乃反映了一種特殊的著作權觀念，即把表演者或講授者視爲口頭文本的主人。這使我們懂得，在口頭文學世界，寫作者的地位是遠遠不及表演者和傳述者的，這也正是《漢書·藝文志》當中出現《齊后氏故》、《齊后氏傳》①等書名的緣由。

總之，通過對敦煌寫卷、越南漢喃鈔本所作的對比研究，我們擬鄭重提出"俗文本文獻學"的概念。從書寫方式的角度看，它可以稱作"鈔本文獻學"；從功能的角度看，它也可以稱作"音樂文學文獻學"。這一概念代表了一整套不同於傳統文獻學的理論體系和學術方法。其一，它所面對的校勘學幾乎没有"定本"意識。每一種寫本都是對傳播過程中一定

①《齊后氏故》、《齊后氏傳》均爲漢代的《詩經》學著作。后氏指后蒼，齊人轅固的再傳弟子。

的口頭文本的記録，每一種異文都反映傳播過程中的一種表述。所謂勘誤，只能把文本同文本試圖表述的内容所比較，而不能僅作異文的比較。因此，它必須放棄對"古本"之真的追求，而去追求作品流傳的信息之真。其二，它所面對的目録學將重新審視書籍定名和分類問題，將採用新的方法來確認作者。它將重視一部雜抄文獻中作品内容和形式上的關聯，而不是作者信息的關聯。因爲前一種關聯可以反映作品的性質，而後一種關聯只能説明文本的遠源。它將放棄用"互著"的方式考定作者，因爲俗文本中作品的聯續，不同於傳統詩文集中以作者爲單位的作品排列。它將盡力改變傳統的書名觀念，一方面，它充分尊重諸文本的署名，把"同作異名"理解爲同樣内容的作品在流傳過程中發生了功能變異——例如把《樂府詩集》中的《將進酒》、敦煌寫本中的《惜罇空》、越南歌籌鈔本中的《進酒曲》、《將進酒賦》理解爲採用不同的歌唱方法或吟誦方法傳述的李白作品；另一方面，它不固執原始文本的定名，例如不把按"首章標其目"方式命名的《漢家篇》、《洛陽篇》、《老人篇》回改爲《白頭吟》、《燕歌行》、《傷河龕老人》。另外，它將盡力改變傳統的作者觀念，充分尊重創作集體中的每一人——特別是傳述者、表演者——的著作權，也尊重託名的方式，只是要謹慎辨别所託之人的彼此關係——例如在《胡笳十八拍》研究中辨明與作品相關聯的文學人物蔡琰、琴曲改編者董庭蘭、歌辭作者劉商和蔡翼的關係①。它將改變"别集"、"總集"等觀念，而據書籍的本來性質定名爲"吟誦作品選集"或"歌辭集"。其三，它所面對的辨僞學將改稱爲"文本的歷史比較研究"。它將重新清算辨僞學的所有成果，拋棄"僞"這一荒唐的判語，對因功能的轉變、傳述方式的轉變、著述習慣的轉變而發生的作者作品更名，作逐一分析。它不認爲每部作品都只能屬於一個時代，相反，它認爲經過一段時間的口頭流傳然後結集（如同佛經、《書》、《詩》、《論語》的結集），是古代著述的常態。正因爲這樣，它將致力於這樣一項工作：對一部作品中的不同的時代成份作逐層剥離。其四，它所面對的編纂學將尊重底本的自然狀態，以抄寫單位爲單元，而不依現代人的觀念割裂作品與文本的聯繫。在這方面，徐俊的《敦煌詩集殘卷輯考》已經建立了一個成功的範例。此書一反前人將敦煌作品分類輯校成集的做法，採取以寫本爲單位的叙録加全卷校録的整理體式，各寫卷内容的雜抄特徵得到了體現，並最大限度地保留了寫卷作爲民間文本的形式特點；既校録考訂出了符合事實之真的正確文本，又如實的反映了原卷的殘缺狀況、訛誤、異文、有無題署等，得以最大程度的保持原有形態。這些關於敦煌寫本校勘整理的實踐，也爲亟待開展的越南民間鈔本的整理提供了寶貴的經驗。

①参見王小盾《琴曲歌辭〈胡笳十八拍〉新考》，載《復旦學報》（哲社版）1987年第4期。

漢籍交流研究

關於興福寺藏《經典釋文》以及《講周易疏論家義記》

河野貴美子

現存於日本奈良興福寺的《經典釋文》第十四《禮記音義》之四，雖然是殘卷，但是還保留著唐代初期《經典釋文》的面貌，因此是非常珍貴的寫本。另外，現存於興福寺的《講周易疏論家義記》殘卷，也可謂天下孤本，具有很大的價值。現在，這兩份寫本都指定爲日本重要文化財。

近來筆者有機會得以親自閲覽這兩份寫本，並且詳細地調查從來没公開過的紙背面文書的書寫狀況。本文裏首先梳理這兩份寫本的流傳過程。

即，在這兩份寫本紙背面上，宿夐書寫了興福寺僧真興撰《因明纂要略記》以及《四種相違斷略記》（皆成立於天禄二年[971]，寬弘七年[1010]書寫）。本來，《經典釋文》和《講周易疏論家義記》是分别獨立的卷子本。然而宿夐用紙背書寫時，他把卷子本切斷成一張張的紙，並且只利用每張紙的一部分，這樣其他剩餘的料紙就失掉了。從此以後，這個寫本的紙背變爲表面（即表裏顛倒），改裝成了一個册子本。可是，到了昭和年代，該寫本的表裏兩面再次顛倒，分别以《經典釋文》和《講周易疏論家義記》爲表面復原了。本文想通過説明該寫本所經歷的這麽富於曲折的流傳過程，借以介紹傳存於日本的漢籍的一個案例。

最後，本論文列舉《經典釋文》殘卷，對其中含有的異文加以探討。在《經典釋文》寫本的異文中，有很多記載有助於校對、校勘鄭玄注《禮記》本文。這些異文，是版本中没有的。本論文力圖指出這種寫本特有的資料性意義。

一、《經典釋文》以及《講周易疏論家義記》的傳來過程

有關《經典釋文》殘卷及《講周易疏論家義記》殘卷事項年表是如下：

·天平勝寶年間（749–757）	《經典釋文》書寫[①]。
·八世紀末	《講周易疏論家義記》書寫[②]。
·天祿二年（971）	真興撰《因明纂要略記》及《四種相違斷略記》成立。
·寬弘七年（1010）七月二十六日	東大寺僧宿夐，用《講周易疏論家義記》的紙背面書寫《因明纂要略記》。
·寬弘七年（1010）八月三日	東大寺僧宿夐，用《講周易疏論家義記》及經典釋文》的紙背面書寫《四種相違斷略記》。
·十一世紀末-十二世紀初	該寫本由濟明所持。
·長享二年（1488）十月中旬	東大寺僧英憲，修復寫本，附加封面。
·天文三年（1534）正月二十八日	英憲死。東大寺上生院僧淨實傳領該寫本。
·天文二十四年（1555）	創建東大寺蓮乘院，此後該寫本收藏於蓮乘院經庫藏。
·享保三年（1718）六月二十七日	該寫本由蓮乘院僧性空所持，性空附加識語。
·明治年間初（1868-）	由於神佛判然令（廢佛毀釋），蓮乘院廢院。
·該寫本收藏於興福寺。	
·明治四十三年（1910）八月二十九日	由古社寺保存法，該寫本指定爲國寶（“四種相違斷纂私記一冊　背面ニ經典釋文斷篇アリ紙本墨書”）。
·大正十三年（1924）左右	狩野直喜，攝影時發現《講周易疏論家義記》的書名。
·昭和十年（1935）五月	京都帝國大學文學部景印舊鈔本第二集出版，收集《講周易疏論家義記殘卷》及《經典釋文殘卷》的影印。
·昭和三十年（1955）二月二日	由文化財保護法，指定爲重要文化財（“經典釋文 斷簡 一卷 紙背 因明私記”“講周易疏論家義記斷簡 一卷 紙背 因明私記”）。
·昭和三十一年（1956）三月-五月	基於文化財保護法修復（由田山方南），分成二卷。

①奈良六大寺大觀刊行會編《奈良六大寺大觀 興福寺一》補訂版第七卷解説（堀池春峰執筆），岩波書店，1999年版，頁67–68。

②同上，頁68–69。

對於《經典釋文》，大部分研究者認爲，這不是唐寫本，是奈良時代的寫本，不管怎樣，這個寫本真正地反映了唐代初期的《經典釋文》的原貌[①]。另一方面，《講周易疏論家義記》被認爲平安時代初期的寫本，不過具體的書寫年代及書寫者等尚不明白。現在，我們没有辦法能知道《經典釋文》殘卷及《講周易疏論家義記》殘卷本身的書寫時期和狀況。但是，到了寬弘七年（1010）東大寺僧宿憂用這兩份卷子本的紙背面，鈔録了在興福寺學習因明學的真興[②]所撰之書，所以我們可以推測，這兩份原來存在於東大寺或興福寺。

下面，按著時間之先後順序，而詳細講述該寫本的流傳情況。

（1）書寫紙背文書時（寬弘七年[1010]），切斷《經典釋文》、《講周易疏論家義記》

現存《講周易疏論家義記》紙背面上，鈔録真興撰《因明纂要略記》全文以及《四種相違斷略記》一部分，於《經典釋文》紙背面上，鈔録《四種相違斷略記》的剩下部分。紙背面的這兩個文書的卷尾各有如下題記[③]。

《因明纂要略記》題記（《講周易疏論家義記》殘卷第17紙紙背。[ ]内原文雙行）：

天禄二年十月七日興福寺釋真興私記耳 是則只爲身事 非敢盡理 後人異解嘲而已
寬弘七年[庚戌]七月廿六日寫了 東大寺三論宗僧宿憂之本
寔一本秘藏不出寺外 窺尋網緣竊所書寫也 雖自非其器 爲學此道後者而已
（異筆）濟明之

①大阪市立美術館編《唐鈔本》圖版解説（中川憲一執筆），同朋舍出版，1981年版，頁164-165。再者，昭和三十一年（1956）修復該寫本的田山方南先生把這個寫本看做“唐鈔本”。以後講述。

②關於真興（承平五年[935]-寬弘元年[1004]），參考《元亨釋書》卷一一、《本朝高僧傳》卷九等。作爲仲算和尚的弟子，先學習因明、唯識，然後從興福寺移到子島寺。子島流之祖。長保五年（1003）擔任維摩講師，翌年擔任權少僧都。著作有《因明纂要略記》、《四種相違斷略記》以外，還有《因明四種相違略私記》等很多著作。

③難讀的部分參考《奈良六大寺大觀 興福寺一》補訂版第七卷解説（岩波書店，1999年版，頁69）堀池春峰先生的翻刻。再者，“宿憂”的名字部分，寫本好像原來寫著其他人物的名字，把它塗抹後再寫“宿憂”的名字。情況未詳，待考。

《四種相違斷略記》題記（《經典釋文》殘卷第16紙紙背）①：

天祿二年九月廿三日記了 興福寺沙門真興 是只爲身事 後人見之 莫解頤而已
寬弘七年[庚戌]八月三日寫了 東大寺三論宗僧宿夐之本也
抑件文是秘書也 仍彼寺内 猶未普傳 況他門徒耶 憖傳得之 密々所書也
雖非自其器 爲令法久住 爲令此道修學後者耳 以此功德 廻向无上正等菩提

《因明纂要略記》是對唐慧沼撰《因明入正理論義纂要》附加注釋的注釋書。《四種相違斷略記》也是對唐慧沼撰《因明義斷》附加注釋的注釋書。我們可以想象，東大寺僧宿夐，得到寺外不出的那些秘藏書，肯定興高采烈地開始鈔録②。可是，他鈔録時利用的《講周易疏論家義記》和《經典釋文》，很隨便地切斷這些卷子本，結果原貌無存。

宿夐爲了準備書寫真興所撰書的料紙，把《講周易疏論家義記》及《經典釋文》切成一張張的紙。此時宿夐很有可能剪掉原來卷子本的每張紙的接口（抹糨糊的部分），所以現存的《講周易疏論家義記》和《經典釋文》，每張紙的左右兩邊缺損大約1釐米③。切斷後的每張紙的幅面，除了《講周易疏論家義記》的第17紙、第27紙、第28紙和《經典釋文》的第14紙以外，大概都是51.0–52.5釐米。

宿夐這樣準備幾十張紙（《講周易疏論家義記》共35紙。《經典釋文》共16紙），把原來的表面（書寫漢籍的紙面）顛倒裹面折疊一半，利用背面書寫真興的書④。那時，宿夐幾乎不顧原來的漢籍的每張紙的次序，很隨便地拿這些紙書寫。

《經典釋文》殘卷以及《講周易疏論家義記》殘卷和紙背文書書寫狀況如下：

---

①接著題記，有室町時代書寫的一首和歌（參考《奈良六大寺大觀 興福寺一》補訂版第七卷解説[堀池春峰執筆]，岩波書店，1999年版，頁68）以及後代人寫的“傳領 東大寺蓮乘院經庫藏”的注記。

②堀池春峰先生給予宿夐之書法高度評價，説：“草行書を交書した能筆”（《奈良六大寺大觀 興福寺一》補訂版第七卷解説，岩波書店，1999年版，頁69）。

③紙背文書，每張紙的左右兩邊整整剩下大約1釐米的空白書寫。因此，我們可以知道，現存的該寫本的一張張的紙，是由於宿夐切斷的。

④紙背文書，每張紙折疊的中央部分左右有大約1釐米的空白。再者，就書寫紙背文書以後的該寫本的裝訂，堀池春峰先生解釋説：“この時おそらく旋風葉裝に製本されたものと解される”（《奈良六大寺大觀 興福寺一》補訂版第七卷解説[堀池春峰執筆]，岩波書店，1999年版，頁69）。

表A《因明纂要略記》的書寫狀況

	《因明纂要略記》（大正新脩大藏經的該頁·段·行）	書寫《因明纂要略記》時利用的部分
1	393b–393c28 →（内題：因明纂要略記）	易·第31紙（三二 恒）
2	393c28–394b17	易·第34紙（三九 蹇）
3	394b17–395a16	易·第33紙（三八 睽）
4	395a17–395c11	易·第30紙（三二 恒）
5	395c12–396b5	易·第1紙（一乾）
6	396b5–396c29	易·第32紙（三三 遯）
7	396c29–397b26	易·第35紙（四〇 解）
8	397b27–398a16	易·第29紙（三一 咸）
9	398a16–398c4	易·第28紙★（三一 咸）→（内題：講周易疏論家義記釋咸第十）
10	398c4–399a25	易·第26紙（一乾）
11	399a26–399c14	易·第25紙（一乾）
12	399c14–400b6	易·第22紙（一乾）
13	400b7–400c28	易·第20紙（一乾）
14	400c28–401b17	易·第19紙（一乾）
15	401b17–402a6	易·第18紙（一乾）
16	402a6–402a21 →(包括卷尾題記) →（尾題：因明闕後二相纂略記一卷）	易·第17紙（一乾）→（只殘存半丁部分）

表B《四種相違斷略記》的書寫狀況

	《四種相違斷略記》（大正新脩大藏經的該頁·段·行）	書寫《四種相違斷略記》時利用的部分
1	375b–376a11 →（内題：四種相違斷略記）	易·第15紙（一乾）
2	376a11–376b26	易·第24紙（一乾）
3	376b26–377a17	易·第23紙（一乾）
4	377a17–377c6	易·第16紙（一乾）
5	377c6–378a5	易·第21紙（一乾）
6	378a5–378b24	易·第14紙（一乾）
7	378b24–379a11	易·第13紙（一乾）
8	379a11–379b11	易·第12紙（一乾）
9	379b11–379c17	易·第11紙（一乾）
10	379c17–380a27	易·第10紙（一乾）
11	380a27–380c19	易·第9紙（一乾）
12	380c19–381b7	易·第8紙（一乾）
13	381b7–381c25	易·第7紙（一乾）
14	381c25–382b16	易·第6紙（一乾）
15	382b16–383a11	易·第5紙（一乾）
16	383a11–383c3	易·第27紙★（二一 噬嗑·二二 賁）
17	383c3–384a26	易·第4紙（一乾）
18	384a26–384c18	易·第3紙（一乾）

續表

	《四種相違斷略記》（大正新脩大藏經的該頁·段·行）	書寫《四種相違斷略記》時利用的部分
19	384c19–385b12	易·第2紙（一 乾）
20	385b12–386a3	釋·第2紙◇（中庸第三一）
21	386a3–386b19	釋·第3紙 （中庸第三一·表記第三二）
22	386b20–387a7	釋·第1紙◇（中庸第三一） →（内題：經典釋文第十四 陸氏·禮記音義之四）
23	387a8–387c1	釋·第5紙 （表記第三二）
24	387c1–388a24	釋·第4紙 （表記第三二）
25	388a24–388c1	釋·第6紙 （表記第三二·緇衣第三三）
26	388c1–389a17	釋·第7紙◆（緇衣第三三）
27	389a17–389c9	※ 無該部分
28	389c10–390a28	釋·第8紙◆（問喪第三五·服問第三六）
29	390a29–390c19	釋·第9紙（服問第三六·間傳第三七·三年問第三八）
30	390c19–391b6	釋·第10紙（三年問第三八·深衣第三九）
31	391b6–391c23	釋·第11紙（深衣第三九·投壺第四〇）
32	391c23–392b10	釋·第12紙（投壺第四〇·儒行第四一）
33	392b10–392c23	釋·第13紙（儒行第四一）
34	392c23–393b5	釋·第15紙（大學第四二·冠義第四三）
35	393b5–393b11 →（包括卷尾題記） →（尾題：因明義斷略記一卷）	釋·第16紙（冠義第四三·昏義第四四）
36	“濟明之本”	釋·第14紙（大學第四二）→（只殘存半丁部分T）

*以上梳理，表明鈔録《因明纂要略記》和《四種相違斷略記》時，究竟利用了《講周易疏論家義記》（易）及《經典釋文》（釋）的哪部分料紙。表中還標出寫本《因明纂要略記》、《四種相違斷略記》和大正新脩大藏經（第六九卷）相吻合部分。“易·第〇紙”“釋·第〇紙”表示，相當於現在復原成卷子本的《講周易疏論家義記》及《經典釋文》的第幾張紙。還有，“易·第〇紙”的右邊的（）内，表示《講周易疏論家義記》的該部分記述是關於哪個卦，“釋·第〇紙”右邊的（）内，表示該《釋文》是關於《禮記》哪部分之《釋文》。

宿夐先開始書寫的是《因明纂要略記》還是《四種相違斷略記》不太明確。但是，《因明纂要略記》只用《講周易疏論家義記》的紙背面寫完，並且到了《四種相違斷略記》的後半部分才開始利用《經典釋文》的紙背面。因此，我們可以推測，宿夐用完《講周易疏論家義記》的紙背面以後，再用《經典釋文》的紙背面補充不足。

但是，還有如下疑問。現存的《講周易疏論家義記》一共有35張紙。不過，原有的《講周易疏論家義記》，不可能以這35張紙就完善。也有很大可能，其他部分没被利用，不知爲什麽就開始用《經典釋文》。

現存的《講周易疏論家義記》，第1紙至第26紙是對於“乾卦”的記載，第27紙就跳到對於“噬嗑卦”的記載，而且第28紙是對於“咸卦”的記載，以下到第35紙的“解卦”，按照《周易》六十四卦的順序，記述不連續[①]。

還有，第28紙的開頭部分有內題："講周易疏論家義記釋咸第十"。其他料紙上並沒有內題及尾題。可是，通過這第28紙上的內題的存在，我們可以知道，現存的《講周易疏論家義記》僅僅是原有整體的一部之殘卷而已。

再説，只有《講周易疏論家義記》的第27紙和第28紙，比其他料紙寬度短一點[②]。這也有可能，這個部分是原有的《講周易疏論家義記》的卷頭或者卷尾。可是現在，關於《講周易疏論家義記》的原貌，除此以外不太明白。

書寫《四種相違斷略記》時，宿覓爲什麽把《講周易疏論家義記》及《經典釋文》這兩份卷子本的料紙混在一起使用，其理由還不明白。但，《講周易疏論家義記》及《經典釋文》的料紙的縱長大致一樣[③]。因而，這兩個寫本，爲了連續地書寫同一本書的前半和後半使用比較方便。

下面，看看《經典釋文》的紙背利用狀況。

現存的《經典釋文》殘卷（共16紙）中，我們能夠看到，對於《禮記·中庸》第三一至《禮記·昏義》第四四的《禮記音義》。但是，上面的表B中附加◇、◆的部分，各有相當於一張料紙的缺損。即，現存的《經典釋文》第1紙和第2紙之間（《中庸》第三一的《釋文》），第7紙和第8紙之間（《緇衣》第三三後半至《奔喪》第三四的《釋文》），各欠缺相當於一張料紙的記載。

其中，第7紙和第8紙之間，按照前後的記載情況，我們可以推斷，本來有書寫《四種相違斷略記》（相當於大正新脩大藏經第六九卷頁389a17–389c9的部分）的一張料紙。但是，書寫紙背文書之後，不知道什麽時候，只有這一張料紙就失傳了。

還有，《經典釋文》的第16紙的紙背面有《四種相違斷略記》的卷尾題記。第14紙，很有可能接著這個題記部分（襯頁或者底封面），所以，只利用半張的尺寸[④]。第14紙的紙背面上，紙面的左下部分只有"濟明之本"的記載。"濟明"這個人物的名字，在《因明

①第26紙，第27紙和第28紙，這三張料紙的顏色不一樣。很有可能原來在於不同卷子本。再者，《講周易疏論家義記》各個部分是對於哪個卦的記載，今後應該再全面地探討。有關《講周易疏論家義記》的前人研究有，藤原高男《講周易疏論家義記における易學の性格》，載《漢魏文化》創刊號，漢魏文化研究會，1960年6月，頁42–63。同《江南義疏家の二派に關する一考察》，載《日本中國學會報》第12集，日本中國學會，1960年10月，頁17–31。

②一張紙的幅面，其他部分都爲51.0–52.5釐米左右，但是第27紙爲46.2釐米，第28紙爲48.1釐米。

③《經典釋文》殘卷的料紙縱長爲27.7釐米。《講周易疏論家義記》殘卷的料紙縱長爲27.9釐米。

④幅面爲25.7釐米。相當於《因明纂要略記》的卷尾和題記部分的《講周易疏論家義記》第17紙也只有半丁的幅面（25.9釐米）。

纂要略記》的卷尾，接著宿夐的題記，也有的（《講周易疏論家義記》第17紙紙背，"濟明之□"）。濟明的詳細來歷不明白。不過，長治元年（1104）八月二日的《東大寺大衆等解案》中有"傳燈大法師位　濟明"的記載[①]。如果他們是同一個人物，濟明可以説是相隔宿夐大概100年以後，傳領這寫本的人物。

以上，通過紙背文書的書寫情況，對《經典釋文》及《講周易疏論家義記》的殘缺狀況進行了梳理。

下面，將考察該寫本自宿夐、濟明以後到現在的流傳過程。

（2）英憲的修復（長享二年[1488]）和蓮乘院、性空

現存《講周易疏論家義記》殘卷卷尾，接著有後代附加的料紙，這張紙上留下了英憲和性空的識語[②]：

長享貳十月中旬之比　不慮相傳之 仍
加修復了　于時黄葉滿庭前　時雨叮
前窓而已　三論沙門英憲（花押）
（後筆）
享保三戊戌年六月廿七日感得之　後生堅守
不出院内矣　花嚴宗沙門性空（花押）

英憲是精通三論、俱舍的碩學。撰著除《俱舍論英憲鈔》以外，在東大寺圖書館裹還現存許多英憲書寫的有關因明、唯識的書，並且真興的其他著作《因明四種相違略私記》也有英憲親自書寫的寫本[③]。

上面的識語説，英憲繼承了宿夐書寫的寫本並加以修復。其實，《經典釋文》殘卷及《講周易疏論家義記》殘卷的每張料紙的左右兩端的上邊有3個，中間有2個，下邊有3個，一共有8個訂書時打的眼痕。這些痕跡很有可能，是長享二年（1488）英憲修復這個寫本，改裝爲折頁綫裝本的時候穿開的。

還有，在興福寺保存著長享二年英憲修復該寫本時候附加的封面。封面的左邊有墨書

①《大日本史料》第3編之7，東京帝國大學文學部史料編纂所，1935年版，頁633。

②幅面爲大約26.0釐米的這張紙原來在哪裏，情況不明白。筆者估計，昭和三十一年修復該寫本，把册子本改爲卷子本時，跟英憲附加的册子封面一起除去，放在《講周易疏論家義記》卷尾。

③識語説："于時文明十五年卯十一月五日令書寫畢　三論沙門英憲[生二十一]"。參考大正新脩大藏經第六九卷，頁375。

寫著外題“四種相違斷纂私記”,其下面有“子嶋”的朱書。而且，封面的右邊有“三論沙門英憲”“傳領 淨實[①]”的墨書，外題右下有“蓮乘院經藏”的墨書，外題左下有寫著“實第九十三號”的白色小紙條。

蓮乘院是創建於天文二十四年（1555）的東大寺的塔頭寺院[②]。《東大寺雜集録》卷一一引《蓮乘院演清記》天文三年（1534）正月二十八日條，有當天英憲去世的記載[③]。此寫本由宿夐書寫，經濟明之手，英憲修復，英憲死去以後，由淨實傳領，移到蓮乘院，在江户時代一直在蓮乘院經庫藏中收藏。接著英憲的識語，也寫識語的性空是蓮乘院的佛僧[④]。附帶説，《因明纂要略記》和《四種相違斷略記》的各個卷頭，現存有“蓮乘院”的朱印。

可是，蓮乘院，明治初期由於廢佛毀釋廢院，與上生院合併[⑤]。然後，到了明治年間後期，此寫本作爲興福寺所藏本再次出現。

（3）狩野直喜發現《講周易疏論家義記》，昭和年間進行的修復

到了明治年間，此寫本收藏於興福寺，根據古社寺保存法而指定爲國寶。其目録爲：

四種相違斷纂私記一册 背面ニ經典釋文斷篇アリ 紙本墨書（丙 明四三、八）[⑥]

這個題目是根據英憲附加的封面記載。當時人們還不知道裏面的《講周易疏論家義記》的存在。

發現隱在綫裝本裏面的《講周易疏論家義記》的書名者，是去攝影《經典釋文》的狩野直喜。同行調查的倉石武四郎這樣記述當時的情況：

> 奈良の興福寺で唐寫本經典釋文の寫真をとられたとき、はからずも講周易疏論家義記が現われたあの刹那、先生のお喜びようは大したものであつた。わたくしはその日、ち

①淨實（？–天正十八年[1590]）是東大寺的塔頭寺院上生院僧。參考平岡定海《東大寺辭典》新裝版，東京堂出版，1995年，頁228。關於上生院和蓮乘院之間的關係，以後講述。

②《東大寺雜集録》卷一一引《蓮乘院演清記》。江户時代（十七世紀）的《寺中寺外惣繪圖》中，“風呂屋（現大湯屋）”的北邊有“東西十五間半，南北十四間半”的蓮乘院，但是蓮乘院的建築現在都没有。參考《特別展 東大寺公慶上人 江户時代の大佛復興と奈良》，奈良國立博物館，2005年版，頁36–38。

③《大日本佛教全書》121，東大寺叢書第1，名著普及會，1980年版，頁354。

④《奈良六大寺大觀 興福寺一》補訂版第七卷解説（堀池春峰執筆），岩波書店，1999年版，頁69。平岡定海《東大寺辭典》新裝版，東京堂出版，1995年版，頁466。

⑤大屋德城《奈良に於ける神佛分離》，載辻善之助等編《新編明治維新神佛分離史料》第八卷，名著出版，1983年版，頁124。

⑥《日本國寶及特別保護建造物目録》，日本國寶全集刊行會，1927年版，頁107。

ようどお伴をしてそのお喜びのお裾わけをいたゞいた[1]。

還有，關於當天的情況，狩野直喜本人也有如下記述：

> 南都興福寺に臓する佛書に、因明相違斷纂私記といふものあり。其の背に「經典釋文」及び「易」に關する注釋書の如きものを謄寫しある事は、昔しより世の均しく知る所にして、余輩も十數年前、京都博物館に於て之れを見たり。然れどもこの佛書は一册子に綴られ居るを以て、唯手を以て紙背をそつとひろげて望見し、其の「經典釋文」と「易」に關する舊書たるを知るに過ぎざりしが、此の次我學部刊行の叢書中に入るゝ目的を以て、親ら南都に至り寫真を取れり。此の時初めて册子をばらばらにして、其の全部を見る事を得。……初めの方は殘闕して標題もないが、中に書名が出て居る。それは「講周易疏論家義記釋咸第十」といふ標題である[2]。

"我學部刊行の叢書"，就是京都帝國大學文學部景印舊鈔本。從明治四十四年（1911）逗留在京都的羅振玉，大正八年（1919）回國時，賣掉寓所得到錢財，羅振玉把那些錢都供給爲了出版在日本傳存的唐鈔本景印，這個景印叢書由羅振玉供給的這筆資金出版的[3]。《經典釋文》及《講周易疏論家義記》的景印，收載於昭和十年（1935）出版的第二集。

---

①倉石武四郎《シノロジストの典型》，載《東光》5號，1948年4月，頁13。

②狩野直喜《奈良時代鈔本周易疏及經典釋文考》，大正十三年（1924）年九月支那學會講演原稿，後載《支那學文藪》，みすず書房，1973年版，頁436–437。大正年間，裝訂爲册子本的該寫本每張紙的折疊部分，有的裂縫，可以"望見"裏面的記載。當時的該寫本狀況，通過影印本能夠看出。還有，昭和二年（1927）出版的《南都七大寺大鏡第六十三集　興福寺大鏡第十六册》（東京美術學校編，精精社印刷部，頁3–4。以後《南都十大寺大鏡第十五輯　興福寺大鏡第二册》，東京美術學校編，大塚巧藝社，昭和八年[1933]版）介紹該寫本，題爲"紙本墨書四種相違斷纂私記[一部，紙背]"。其解說："四種相違斷略記と因明闕後二相纂略記とを合せて一册と成す。……尚本書の紙背には周易注文が書寫されて居る。（講周易疏論家義記釋咸第十とある所あり）こゝに紙背とは言へ實はこの方が表であるべきので、濟明が本書を書寫するのに當つてそれの背面を利用したのである。平安朝初の古寫本で、これ亦珍本たるを失はない"。據此，可以知道，裝訂爲册子本的時候，把《四種相違斷略記》放在前面，《因明闕後二相纂略記》（《因明纂要略記》）放在後面。狩野直喜攝影後，也把該寫本因明書爲表面再裝訂爲册子本。

③《京都帝國大學文學部景印舊鈔本·第一集》（1922年）附載提供資金時的羅振玉寄給内藤湖南的書信，和狩野直喜的序文（1921年3月）。也參考《京都帝國大學文學部三十周年史》，京都帝國大學文學部，1935年版，頁77–78。關於逗留京都時候的羅振玉的寓所，參考錢鷗《京都における羅振玉と王國維の寓居》，載《中國文學報》第47册，京都大學文學部中國語學中國文學研究室，1993年10月，頁156–169。

時爲昭和三十一年（1956），該寫本過了大約1000年的時間，再一次恢復原來的面貌。昭和三十年（1955）二月二日，該寫本依據文化財保護法指定爲重要文化財，同時，該寫本以《經典釋文》和《講周易疏論家義記》爲表面修復，成爲兩份卷子本了。

現在，《經典釋文》卷尾有從事修復的田山方南[①]所寫紀録：

> 此の經典釋文零本は唐鈔本として海内に知られたる古典なり　平安時代寬平平平年年間其の紙背を利して因明の私記書寫せられ册子として長くこの唐鈔本を綴しこめたり　此度修理に際して周易殘本と分つて二卷として　文化財の面目を永世に傳へんとする者なり　昭和卅一年五月吉日　田山方南記了

那時，英憲附加的封面被除去，到現在跟兩個寫本一起保存下來的。現在包那個封面的包裝紙上也有田山方南的紀録：

> 經典釋文、周易疏が紙背となつてゐた册子本當時の表紙　修理に際し之を除けり三十一年五月田山方南記

現在，該寫本在重要文化財目録中如此著録[②]：

> ·經典釋文斷簡　一卷　紙背　因明私記
> ·講周易疏論家義記斷簡　一卷　紙背　因明私記

這樣，昭和三十一年以後，《因明私記》就變成“紙背”了。

（4）傳存於寺院的舊鈔本與紙背文書

從前奈良寺院所有的漢籍的紙背上，後代的人書寫佛書而留傳到現在的，除了《經典釋文》、《講周易疏論家義記》以外，還有《王勃集》及《趙志集》。這兩種寫本都有奈良時期到平安初期使用的“興福傳法”的朱方印。因此我們可以知道，這兩個寫本原來收藏

①田山方南先生此時屬於文化財保護委員會。參考田山方南《筆と土》，田山方南古稀記念刊行會，1973年版所載的年譜。

②國寶·重要文化財目録編纂會編《國寶·重要文化財總合目録　美術工藝品編》下卷，ぎょうせい，1999年版，頁1019–1020。

於興福寺。

兵庫上野氏所藏唐鈔本《王勃集》卷第28的紙背上，有平安時期人書寫的《大乘戒作法》。東京國立博物館所藏的《王勃集》卷第29、30紙背上，也有平安時期人書寫的《四分戒本略》①。

另一方面，《趙志集》是奈良天理圖書館裏僅有一卷古寫本的佚存書。這個寫本被認爲平安中期以前書寫的。其紙背上，還有長元三年（1030）興福寺僧經暹書寫的《唯識章》。在此值得注意的是，這個寫本也跟《經典釋文》和《講周義疏論家義記》一樣，到明治時代，一直以紙背的佛書爲表面傳存下來的②。

利用《經典釋文》和《講周易疏論家義記》的紙背，書寫佛典的宿復的態度，似乎對表面的漢籍的内容一點關心也没有，很隨便地切斷原來的卷子本。而且同一個時期，在興福寺也有人利用《趙志集》的紙背書寫佛書，此後原來在表面的唐詩集變爲紙背，人們不顧其存在了。這些事實意味著，平安時期以後，在寺院裏，到那時花了很長時間一本一本地收集起來的漢籍舊鈔本擁有的價值，已經喪失了。

可是，從别的角度來看，可以説，無論《趙志集》，還是《經典釋文》和《講周易疏論家義記》，這些寫本，在紙背上有了佛書、佛典，才能夠避免散失留傳到現在。並且，筆者認爲，這一方面足以説明日本文化史的漢籍傳來、傳存之狀況。

二、興福寺藏寫本《經典釋文》中所見的異文

下面以《經典釋文》殘卷爲對象，就其中所見的異文加以若干的探討。

陸德明撰《經典釋文》中，有很多記載，徹底地校勘“經典”各個文本之間的異同③。而且，中國國家圖書館藏宋刻宋元遞修本和通志堂本等版本《經典釋文》摘舉的經書、子書的本文和注文，與通行的注疏本等本文相比有所不同，還有，興福寺藏寫本《經典釋文》中，有不少版本中所見不到的特有異文。寫本《經典釋文》摘舉的《禮記》及《鄭玄注》本文，或《释文》中提到的“一本”“或本”的本文，雖然是原有的文本的一部分，但

①書跡名品叢刊《唐鈔本　王勃集》，二玄社，1970年版。大阪市立美術館編《唐鈔本》，同朋舍出版，1981年版。文化廳監修《國寶·重要文化財大全 七 書跡》上卷，每日新聞社，1998年版等。

②同上《唐鈔本》。同上《國寶·重要文化財大全七書跡》上卷。中田勇次郎《日本書道の系譜》木耳社，1970年版。《天理圖書館善本叢書漢籍之部》第二卷《文選 趙志集 白氏文集》解題（花房英樹、荒牧典俊執筆），八木書店，1980年版等。

③長澤規矩也《書誌學序説》改訂版，吉川弘文館，1972年版，頁10。

是还保留著隋唐時代的鄭注《禮記》的面貌[①]。下面看看幾個例子。

（1）寫本《經典釋文》摘舉的《禮記》本文跟版本《經典釋文》不同的例子

·興福寺本《禮記·中庸·釋文》：

裳絅，本又作潁。詩作褧，同。口迴反。徐，口定反。一音，口顈反。

·宋刻宋元遞修本《禮記·中庸·釋文》：

尚絅，本又作纇。詩作褧，同。口迥反。徐，口定反。一音，口穎反。

《禮記·中庸》（注疏本）中有“詩曰，衣錦尚絅”的記載。以上提到的《釋文》，是對其句中的“尚絅”的部分附加的異本注記。在此，興福寺本摘舉的本文和異本注記中提到的本文，都跟版本的記載文字不同。但是，尊經閣文庫藏寫本《秘府略》卷八六八《布帛部》三·錦[②]所引《禮記·中庸》的該字，跟興福寺本《經典釋文》作爲異本本文提到的“潁”字很相似。

《太平御覽》的藍本是《修文殿御覽》。《修文殿御覽》的更早藍本是梁徐勉等撰《華林遍略》。《秘府略》是以《華林遍略》爲主要材料而編撰於天長八年（831）的一種類書[③]。上面提到的《釋文》是《禮記》引《詩》的部分。這是包含中國經學史上非常重要的問題的部分。關於這部分本文異同之問題，興福寺本《經典釋文》中所見的記載，也有可能反映的不僅是隋末唐初，甚至是六朝以來的一種《禮記》的文本本文[④]。

①關於興福寺藏《經典釋文》殘卷和版本之間的異同，已有基本整理。如，狩野直喜《舊鈔本經典釋文挍記》，載京都帝國大學文學部景印舊鈔本第二集《經典釋文殘卷》，1935年版。黃焯《經典釋文匯考》，中華書局，1980年版。黃華珍《奈良興福寺藏舊鈔〈經典釋文〉殘卷再考》，載《岐阜聖德學園大學紀要》外國語學部編45，岐阜聖德學園大學，2006年2月等。

②滋野貞主等編纂的類書。尊經閣本被認爲平安中期以前的古寫本。前田育德會尊經閣文庫編《秘府略 卷八百六十八 附卷八百六十四》尊經閣善本影印集成十三，八木書店，1997年版。

③參考飯田瑞穗《〈秘府略〉に關する考察》1975年初出，後載《飯田瑞穗著作集》3，吉川弘文館，2000年版，頁161–199。森鹿三《修文殿御覽について》，載《東方學報》36，京都大學人文科學研究所，1964年10月，頁235–259。

④拙稿《奈良·平安期における漢籍受容の一考察—善珠撰〈因明論疏明燈抄〉を手がかりとして—》，載《國文學研究》第151集，早稻田大學國文學會，2007年3月，頁11–21。

此外，興福寺本《經典釋文》摘舉的字句跟版本不同的，還有如下例子：

興福寺本《禮記·中庸·釋文》（注疏本：君子依乎中庸遯世不見知而不悔唯聖者能之）：

遂世，本又作遯。徒頓反。

·宋刻宋元遞修本《禮記·中庸·釋文》：

遯世，本又作遁，同。徒頓反。

·興福寺本《禮記·昏義·釋文》（注疏本：父親醮子而命之迎……壻執鴈入……）：

聟，字又作壻。又作聟。悉計反。女之夫也。依字從士從胥，俗知下作耳。

·宋刻宋元遞修本《禮記·昏義·釋文》：

壻，字又作聟。悉計反。女之夫也。依字從士從胥，俗從知下作耳。

通過以上提到的寫本記載，我們能夠知道，只由版本和注疏本無法知道的作“遂世”或“聟”的本文的存在。還有，寫本《釋文》認爲“遂”和“遯”字，“聟”和“壻”、“聟”字，各字不同，作爲異字，異同一一指出。通過寫本《釋文》的這樣態度，我們可以知道，當時陸德明對漢字字體是如何認識的①。

（2）寫本《經典釋文》摘舉的字跟版本《經典釋文》不同，保留古字的例子

·興福寺本《禮記·深衣·釋文》（注疏本：短毋見膚）：

①其他有，寫本和版本之間，摘舉字和“一本”所載的字相反的例子，如：興福寺本《禮記·大學·釋文》“如磨，本又作摩”；宋刻宋元遞修本“如摩，本亦作磨”；注疏本《禮記·大學》作“如磨”。興福寺本《禮記·大學·釋文》“孋姬，本又作亦麗，作驪，同”；宋刻宋元遞修本“驪姬，……本又作麗，亦作孋，同”；注疏本《禮記·大學》鄭注作“驪姬”。還有，各個文本摘舉的字一致，但是作爲“一本”所載的字而摘舉的字不同的例子，如：興福寺本《禮記·表記·釋文》“以倦，本又作券”；宋刻宋元遞修本“以倦，……本又作勬”。更詳細全面的調查待考。

  拉毋，音無。下皆同。

·宋刻宋元遞修本《禮記·深衣·釋文》：

  短母，音無。下同。

以前有些學者認爲，以上部分寫本摘舉的“拉”字似誤，應該作“梪”[①]。但是，興福寺寫本摘舉的字不是木字旁，而是手字旁。慧琳《一切經音義》卷二四（高麗大藏經）有：

  長短：……文字集略，或從手作拉，與經本同。……

還有，同卷七八有：

  拉小，古文短字也。今作短也。

這樣的記載。對於這“拉”、“短”兩個字，《經典釋文》中没有異文注記。可是，慧琳《音義》有以上的記載，因此我們可以推測，也有可能隋末唐初時期有該部分作“拉”字的一種《禮記》文本。

還有，此外，興福寺寫本中能夠常常看到跟版本不同的字體，其中也有跟漢代碑文及敦煌寫本等古代文字資料一致的文字。

·興福寺本《禮記·表記·釋文》（注疏本：子言之歸乎君子隱而顯不矜而莊……）：

  不矜，居陵反。自尊大也。

·宋刻宋元遞修本《禮記·表記·釋文》：

  不矝，居陵反。自尊大也。

①狩野直喜《舊鈔本經典釋文校記》，載京都帝國大學文學部景印舊鈔本第二集《經典釋文殘卷》，1935年版，頁8。黄華珍《奈良興福寺藏舊鈔〈經典釋文〉殘卷再考》，載《岐阜聖德學園大學紀要》外國語學部編45，岐阜聖德學園大學，2006年2月，頁78等。

《説文解字》十四上·矛部"矜"段玉裁注有如下説明：

各本篆作"矜"。解云今聲。今依漢石經論語、溧水校官碑、魏受禪表，皆作"矜"，正之。

關於"矜"字已經有先行研究的指出，比如，敦煌出土的《禮記音義殘卷》（BD09523）和其他敦煌寫本中也常常"矜"字作"矜"①。

跟敦煌寫本相似的地方還有如下的例子。

·興福寺本《禮記·表記·釋文》：（注疏本：子曰……情疏而貌親在小人則穿窬之盜也……）

窮，音川。

·宋刻宋元遞修本《禮記·表記·釋文》：

穿，音川。

穴字頭下面寫"身"字的這個字體，《經典釋文》中可以看到兩條②。但是，在《禮記·表記》的這個部分作"窮"的本文，現在傳存的《禮記》文本中都没有。可是，敦煌寫本中，有記載可以推測隋末唐初也有可能該部分作"窮"的文本的存在。

Stein No.2053v.《禮記音·表記》第三二：

窮，川。

①參考許建平《BD09523〈禮記音義〉殘卷跋》，載《敦煌文獻叢考》，中華書局，2005年版，頁214–230。該音義寫本有從《禮記·檀弓上第三》至《檀弓下第四》部分的釋文。中國國家圖書館善本特藏部、上海龍華古寺、《藏外佛教文獻》編輯部合編《中國國家圖書館藏　敦煌遺書精品選》（2000年版，頁20）有部分影印。再者，興福寺本《經典釋文》中，也有記載把版本摘舉爲"我今"的詞，作"我令"（《禮記·表記·釋文》"我令，毛詩作我躬"）。

②《毛詩·召南·行露》"何以穿我屋"，《釋文》"穿，本亦作窮，音川"。《禮記·學記》"良冶之子必學爲裘"，《鄭注》"仍見其家錮補穿鑿之器也"，《釋文》"穿，字又作窮，音川"。

敦煌寫本《禮記音》被認爲是七世紀初期到中期的寫本[①]。這本從《禮記·表記》摘舉的該字，與興福寺本《經典釋文》一致，作“穿”。這明確地説明，興福寺本《經典釋文》的本文，是反映隋末唐初的一種《禮記》文本的非常寶貴的資料。

以上針對文化財早已馳名的興福寺藏《經典釋文》殘卷及《講周易疏論家義記》殘卷，主要以紙背面文書的調查結果爲依據，就其傳來過程再次進行了整理和探討。在日本，除了這些寫本之外，漢籍紙背上書寫佛典而傳存的文獻還有很多[②]。今後，對於那些文本的傳來背景和過程，也要進行調查。

還有，對於寫本《經典釋文》及《講周易疏論家義記》本身的内容，也需要更詳細地研究。與此同時，該寫本紙背上書寫傳存的《因明纂要略記》及《四種相違斷略記》，也包含著後世的寫本和活字本中没有的特有記述。爲了進一步全面地闡明該寫本具有的資料價值，需要繼續認真探討。

附記：日本奈良法相宗大本山興福寺，筆者閲覽、使用資料時提供了不少方便，特别是興福寺國寶館小西正文參事給予我諸多指教。在此謹致謝忱。本文日文版載《汲古》第52號，汲古書院，2007年12月。

①大島正二《敦煌出土禮記音殘卷について》，載《東方學》第52輯，東方學會，1976年7月，頁46–60。

②例如，2004年6月指定爲重要文化財的奈良寫本《晉書列傳卷第五十一零卷》的紙背上，也有平安前期書寫的《因明四種相違疏》。

王粲《登樓賦》及其對文學史的意義

曹 虹

一、引言

清初王士禎所撰《池北偶談》卷十八“朝鮮採風録”條，記“康熙十七年，命一等侍衛狼瞫頒孝昭皇后尊謚於朝鮮，因令采東國詩歸奏。吴人孫致彌副行，撰《朝鮮採風録》，皆近體詩也”。王士禎從中“擇其可誦者”加以登録，以示欣賞，内有金瑬《寄友》曰：“楊花落盡草萋萋，楚客傷離思轉悽。佳節一年寒食過，亂山千疊子規啼。虞翻去國身全老，王粲登樓賦漫題。想得天涯回白首，昭陽江上夕陽低。”①出於一位海東詩人之手，如此嫺熟地用到王粲題寫《登樓賦》的典故，將“傷離”與心繫家國之情烘托而出，情致感人。除了王士禎引録的這個詩例，更早的如高麗朝鄭道傳（？—1398）筆下已有“慷慨登樓王仲宣”的詩句②。

文學史上以賦《登樓》而一舉獲得典型意義的，確以王粲創作《登樓賦》爲最享盛名。不僅《登樓賦》享譽久遠，而且“王粲登樓”也凝結爲寓意獨特的文學形象，在這個意義上，王粲創作《登樓賦》的成功，不是通常的名家名作可比的。儒家經典稱古代士大夫的一個重要才能，是“登高能賦”③。王粲《登樓賦》的創題，是士大夫登高襟懷的一個

①《池北偶談》，第427—428頁。瑬，原作“流”，中華書局1982年版。按：金瑬（1571—1648）《北渚集》卷三存有此詩，題爲《奉寄申相公欽春川謫所》，唯“王粲登樓賦漫題”作“王粲登樓賦幾題”。《韓國文集叢刊》第79册，第29頁，景仁文化社1990—2002年版。

②《上遼東都司經歷都事兩先生》，《三峰集》卷二，《韓國文集叢刊》第5册，第318頁。

③班固《漢書·藝文志》謂：“《傳》曰：不歌而誦謂之賦，登高能賦可以爲大夫。”按，這裏的“登高”非泛指，據章太炎先生《國故論衡·辨詩》釋曰：“登高何謂？謂壇堂之上，揖讓之時。”《章氏叢書》本，浙江省立圖書館1919年版。

生動延伸，並體現著建安文學弘揚詩騷情韻、憂時進取的慷慨之志。這篇作品在題材題旨上的典範性，固然是由其文本自身決定的，同時也需要通過它對後世文學史形成的影響鏈而加以確認。此賦在文學史長河中激起的漣漪，還包括受到域外文人的傳誦。從金宗直開始，海東賦家一再加以仿效賡和，王粲所抒發的羈旅之悲與憂時之歎不斷得到認同與共鳴。這一"酬詠韻未窮"的現象，有助於在較深廣的視域中，證會王粲《登樓賦》對於文學史的意義。

二、《登樓賦》與詩騷情韻

謝靈運《擬魏太子鄴中詩序》稱："王粲，家本秦川貴公子孫，遭亂流寓，自傷情多。"[①]對王粲的生平特點是一個高度概括。至《登樓賦》寫作之際，王粲"遭亂流寓"已備嚐其味。他八歲時，黄巾之亂爆發；十四歲時，漢獻帝劉協遷徙長安；十六歲時，王允等殺董卓，隨即董卓部將李傕等又殺王允。西京長安大亂，王粲沉痛描述，記"李傕等相攻戰，長安中盜賊不禁，白日虜掠。是時穀一斛五十萬，豆麥二萬，人相食啖，白骨委積，臭穢滿路"[②]。王粲離長安往荆州避亂，依劉表達十六年。劉表時爲荆州刺史，不能盡賞王粲之才，致使王粲深懷壯志難酬之慨。《登樓賦》即作於依劉表的後期[③]。

王粲在賦中所抒寫的"流寓"人生，可以濃縮爲一個"憂"字。開篇"登兹樓以四望兮，聊暇日以銷憂"，爲什麼有憂待銷？以及最終無計銷憂，主要還不在個人的鄉愁上，而在無法施展才能以實現平生政治理想。他在登臨之際，自覺到對於寓居地的離異之感："雖信美而非吾土兮，曾何足以少留！"時間的迫促來源於對人生意義的追求，既然這裏片刻都不足以停留，卻不得不"遭紛濁以遷逝兮，漫逾紀以迄今"，在漫長的無奈中耗蝕生命，這種"明知"的無奈似乎是志士的宿命。他把真正的政治遇合留給了遠方的"舊鄉"，在那裏美志可遂："冀王道之一平兮，假高衢而騁力。"然而"悲舊鄉之壅隔兮，涕横墜而弗禁"。作者的憂懼之感在篇末更爲强烈："心悽愴以感發兮，意忉怛而憯惻。循階除而下降兮，氣交憤於胸臆。夜參半而不寐兮，悵盤桓以反側。"

這篇賦抒發羈臣憂慘之情，頗爲深入人心，這可以從初唐顔師古《匡謬正俗》卷一"忉"條所載的一個語言現象得到生動説明："《甫田篇》云：'勞心忉忉。'《爾

①蕭統編、李善注《文選》卷三〇，第1433頁，上海古籍出版社1986年版。

②王粲《英雄記》，吳雲、唐紿忠注《王粲集注》，第125頁，中州書畫社1984年版。

③《登樓賦》寫作時間，繆鉞《王粲行年考》認爲"當在建安十一二年間"，可參。見《讀史存稿》，第120頁，三聯書店1963年版。

雅音》'切切，憂也'。後之賦者叙憂慘之情多爲'忉怛'，王仲宣《登樓賦》云：'心悽愴以感發，意忉怛而憯惻。'諸如此類，皆當音'切'，字與'忉'字相類，'切'字從'刀''七'聲，傳寫誤亂，或變爲'忉'。今之學者諷誦辭賦皆爲'忉怛'，不復言'切'，失之遠矣。"[①]"忉"字的正音是否如此還可斟酌[②]，但在此可知"忉怛"之詞的流行，就與王粲《登樓賦》等辭賦深得後人"諷誦"傳播有關。順帶説明的是，《甫田》是《詩經》齊風中的一篇，首二章内容是："無田甫田，維莠驕驕。無思遠人，勞心忉忉。無田甫田，維莠桀桀。無思遠人，勞心怛怛。"按毛傳的定義，本詩是諷刺襄公"志大心勞"，譬如耕治大田而力不足，則草盛而已；思念遠人而人不至，則唯有心憂[③]。不難看出，王粲叙憂慘之情的"忉怛"一詞即從此篇融鑄而來，而且在文學形象的表達上，也是把"思遠人"的情感與寓意豐富化了。對於象徵著政治歸宿地的遠方，《登樓賦》的抒情主人公爲之付出了巨大的"勞心"："憑軒檻以遥望兮，向北風而開襟。平原遠而極目兮，蔽荆山之高岑。路委迤而修迥兮，川既漾而濟深。""遥望"而至於"極目"，有著《楚辭·招魂》"目極千里兮傷春心"的執著；這種一往情深的傷痛又凝結爲對荆山蔽目之怨，而荆山原本無辜，何焯《義門讀書記》釋曰："四海之内，各擅疆域。王路不通，故托於荆山蔽隔也。"[④]情路修遠，既迭合著屈原"上下而求索"的悲願，"川既漾而濟深"也源自《詩經》中知名的苦心之喻[⑤]。

三、《登樓賦》與游宦人生

《登樓賦》以其慷慨悲歌的情愫，體現著建安文學發揚詩騷精神的時代方向，其藝術上的成熟也得到了後世的充分肯定。在後人欣賞此賦的佳話軼事中，劉宋時代王華的一則故事值得注意，《宋書》載："華每閒居，諷誦王粲《登樓賦》曰：'冀王道之一平，假高衢而騁力。'"[⑥]賦中對"王道"理想與個人才華吻合無間的嚮往，具有相當的震撼力。這是儒家用世精神的再現。賦中還用到了"懼匏瓜之徒懸兮，畏井渫之莫食"之喻，這種感觸來源於孔子和儒家經典，《論語·陽貨篇》載："子曰："吾豈匏瓜也哉，焉能繫而不食！"

---

①劉曉東《匡謬正俗平議》卷一，第20頁，山東大學出版社1999年版。

②清代馬瑞辰認爲："忉，勞疊韻，勞亦憂也。《匡謬正俗》謂忉當作切，失之。"可參。見《毛詩傳箋通釋》，第306頁，中華書局1989年版。

③《毛詩正義》卷五，第353頁，《十三經注疏》本，中華書局1980年版。

④《義門讀書記》卷四五，第872頁，中華書局1987年版。

⑤《文選》李善注此句曰："《毛詩 》曰：'濟有深涉。'"《文選》卷一一，第490頁。

⑥沈約《宋書》卷六三，第 1677頁，中華書局1974年版。

《周易·井卦》曰："井渫不食，爲我心慨。"將聖人與自己的距離拉近，也反映了王粲通脱而敢爲的氣度。

王粲在賦中抒發的憂思，是懷抱道義理想的志士的苦悶。這種人生形態和創作形態，往往是文學得以成功的重要條件之一，至少古人是這樣看待的。宋代歐陽修總結出著名的"窮而後工"論[①]，對照王粲此賦在文學上的成功，不啻是一個印證佳例。王粲在劉表幕下不得施展其才，借登樓觀景而欲"銷憂"。外見近水遠山、原野沃土，睹其美景卻勾起内心之憂思感憤，借思鄉懷土之情寄寓人生遇合之期待。《登樓賦》以善道羈臣之浩歎而獲得了藝術上的成功，甚至它本身也成爲不甘於羈臣生涯的一個原型。

對於歐陽修的理論，南宋劉克莊又有所推衍，其《信庵詩序》把成功的文學家歸結爲兩種人："王公大人率貴重不暇爲，或高虚不屑爲，而山林之退士，江湖之旅人，遂得以執其柄而稱雄焉。"[②]這兩種人容易找回文學中的自我。中國文學中具有隱者情調的文學家頗多業績，這裏不暇枚舉；而"江湖之旅人"也許是劉克莊有意爲南宋江湖派詩人群體概括出的身份。不過，"旅人"文學也有更早的歷程，王粲的《登樓賦》就可説是一個突出的代表，此賦在《文選》中歸入"游覽"類[③]。

"旅人"的特點是身處異鄉，是心靈的流寓漂泊，因此思鄉之情和對於歸宿感的期待都相當敏鋭。古代士人因避亂，或求仕，或出使，或遭貶，也總是游宦不定。王粲《登樓賦》所詠"登兹樓以四望兮"，"兹樓"是游宦心境的見證物。王粲一方面寫出了游宦者憂時進取的人生方向，另一方面也寫出了身處異鄉的游離之悲。不僅如此，他的筆下調動起來的思鄉之情還是一個隱喻，與其政治遇合的理想追求相吻合。如果説中國古典文學的抒情力量主要來自於隱逸人生和游宦人生，那麽，王粲《登樓賦》所昭示的典範性，就可以作足夠的估價了。

四、《登樓賦》的異域同調

與王粲相距未及百年，西晉棗據（？—289?）作同題賦[④]，已似乎有王粲原篇的影子，

①《梅聖俞詩集序》曰："凡士之蘊其所有而不得施於世者，多喜自放於山顛水涯。外見蟲魚草木風雲鳥獸之狀類，往往探其奇怪，内有憂思感憤之鬱積，其興於怨刺，以道羈臣寡婦之所歎而寫人情之難言，蓋愈窮則愈工。"《歐陽修全集》卷四三，李逸安點校，第622頁，中華書局2001年版。

②《後村先生大全集》卷九七，《四部叢刊》本。

③按：以室宇樓閣爲題的賦篇，清代陳元龍編《歷代賦彙》歸爲兩類：一是"室宇"，一是"覽古"。前者偏於"居"，後者偏於"游"，王粲《登樓賦》歸入後一類。江蘇古籍出版社、上海書店1987年版。

④載於唐歐陽詢撰《藝文類聚》，第1132頁，中華書局1965年版。

賦中“懷離客之遠思，情惨惻而惆悵，登玆樓而逍遥，聊因高以遐望”，“懷桑梓之舊愛，信古今之同情。鍾儀惨而南音，莊舄感而越聲”等句與王粲舊作的情味如出一轍。但這是否出於主動靠攏，並無直接記叙可資驗證。王粲《登樓賦》後收入梁蕭統《文選》，無疑擴大了此類名篇的流布，且在更大的時空範圍内，仍有感人的共鳴之音出現。

作爲中國辭賦在東亞漢文化圈的流播，令人注意到王粲《登樓賦》屢屢爲海東賦家所取法擬效。其溝通的條件當然與《文選》的傳播有關。據考，《文選》之傳入海東，當在隋朝，亦即高句麗、百濟、新羅三國鼎立時期。自統一新羅時代以後，《文選》立爲國學教材，其在東國的傳播就更爲廣泛。《文選》所録諸文，在高麗朝已具有典範意義。徐居正（1420—1488）慕效《文選》而編成《東文選》，採録了從新羅到朝鮮初期的作品，佔絶大多數的是高麗朝的創作。《東文選》開篇即爲李仁老（1152—1220）《和歸去來辭》，陶淵明《歸去來辭》收入《文選》第四十五卷，在海東衆多的仿效之作中李仁老爲最早。《東文選》卷四還有他的《竹醉日移竹》詩云：“何必登樓吟，信美非吾土。”[①]這就是化用的《文選》中王粲《登樓賦》的名句：“雖信美而非吾土兮，曾何足以少留！”[②]《東文選》卷九録李岡（1333—1368）《次郭諫議韻送崔德成持平分司舊京》詩曰：“北闕彤雲遠，南州白日遲。仲宣初作賦，賈傅獨傷時。洛曲一杯酒，陽關三疊詩。相逢何日是，漂泊負前期。”[③]將王粲《登樓賦》的創作與漢初賈誼的“傷時”相提並論，以理解古人的“漂泊”感與人生抱負之間的關係。由此可知，王粲此賦知名於麗鮮文人間，後來也陸續出現了一系列模仿次韻之篇，其頻度可能僅次於陶淵明《歸去來兮辭》與蘇軾《赤壁賦》。

在一些海東人次韻之賦的序文中，王粲所抒發的羈旅之悲與憂時之歎不斷得到認同，如李安訥（1571—1637）《次王粲登樓韻》題下自注曰：“萬曆壬辰夏倭賊之亂，奔竄嶺北，流轉關西，癸巳春登成川降仙樓作。”在“神州既以陸沉”的苦難中，仍未放棄王粲詠過的“王道”理想：“致王道之正直兮，庶無反而無側。”[④]申晸（1628—1687）《次登樓賦》序曰：“余以儐接島價，銜命萊山，謙享酬應之暇，登覽釜城臺榭，俯仰今古，不能無羈旅傷感之懷。用次王仲宣登樓韻，以瀉幽鬱。匪敢曰效顰，覽者恕之。”[⑤]以自己的“羈旅傷感之懷”，選擇王粲《登樓賦》的韻式來步和，説明他對原作傷於“羈旅”之情的同感共鳴。再如任相元（1638—1697）《擬王粲登樓賦》也是一篇次韻之作，其序曰：“詩而步韻，俗矣；賦則尤不必步也。余讀王粲《登樓賦》，愛其辭旨愴恨悽切，能叙流離羈旅之

①《東文選》第一册，第51—52頁，民族文化刊行會1994年版。

②参張伯偉《〈文選〉與韓國漢文學》，載《文史》2003年第一輯。

③《東文選》第一册，第175頁。

④《東岳集》卷二五，《韓國文集叢刊》第78册，第514—515頁，景仁文化社1990-2002年版。下同。

⑤《汾厓遺稿》卷一，《韓國文集叢刊》第129册，第315頁。

懷，令人追想。余登寒碧而吟賞之餘，遂擬粲賦，仍次其韻。雖愉戚殊遇，古今異感，其托事摛辭，一也。若其蹈襲之誚，亦所不卹焉。”[①]對於王粲之賦在“叙流離羈旅之懷”上的典範性，給予了高度認定，其在創作行爲上不惜亦步亦趨之誚，也是爲了證明與王粲抒情方式的同條共貫。

正如申光漢（1484—1555）介紹自己步和《登樓賦》緣起時所説，“壬辰夏，寓雪城，登主人家樓作”。在客居他鄉的某個片刻，登臨某個不甚知名的小樓，這看起來不過是人生的偶然萍蹤，但是，由於與“王粲登樓”産生了聯繫，申光漢就詠出了“登兹樓於千載兮，悵獨倚以淹留”之句[②]，王粲《登樓賦》的召喚力使這位朝鮮人千載之下的“獨倚”變得厚重起來。個人的倚樓是孤獨的，但文學典範的傳承卻給人以精神的支持。這一點，稍後的申欽（1566–1628）在其《北按瓜滿又赴都元帥幕下贈趙都事守翼》詩曰：“擾擾緣何事，年年去未休。又爲南郡客，同上仲宣樓。”由於心同王粲，以至於把懸隔千載萬里的登臨行爲也當作是“同上仲宣樓”了[③]。洪宇遠（1605—1687）《擬登樓》首句曰：“後仲宣於千祀，登玉馬之北樓。”[④]可見他創作時的感知力之來源。任守幹（1665—1721）在其同題次韻賦的末段表述爲：“陟層構而騁眺兮，望辰極而長惻。懷愴悢而舒嘯兮，氣紆軫而填臆。感古人之先獲兮，賡詞題於楣側。”[⑤]在流離生涯中備嚐孤臣之苦心，但想到早有王粲“先獲”此心，心與心的溝通才是詞藻賡和的原動力。這用金榮祖（1577—1648）《題登樓賦後十韻》的詩句來説，就是：

心傳詞藻千年在，氣透晴虹萬丈騰。今古無窮游子恨，乾坤空拊丈夫膺。[⑥]

五、王粲與金宗直

在王粲與後世海東賦家的“心傳”譜録中，李朝初期的金宗直（1431—1492）可能是最應給予重視的。他寫有《擬登樓賦》，雖没有用次韻的方式，卻大約是現存最早的擬作文本。關於寫作緣起，其自序曰：“乙酉二月，余自密陽還京，道出沃川，渡赤登灘，登岸上樓。覽物傷懷，遂擬仲宣登樓之作。”這篇賦也成爲後世的一個範本，尹斗壽（1533—

①《恬軒集》卷三十，《韓國文集叢刊》第148册，第475頁。

②《企齋集》卷一，《韓國文集叢刊》第22册，第237頁。

③《象村稿》卷九，《韓國文集叢刊》第71册，第380頁。

④《南坡集》卷三，《韓國文集叢刊》第106册，第73頁。

⑤《遯窩遺稿》卷三，《韓國文集叢刊》第180册，第309頁。

⑥《忘窩先生文集》卷一，《韓國歷代文集叢刊》本。

1601）有《赤登津頭口占》一詩，題下自注曰：“津頭有樓基，佔畢齋《後登樓賦》，即此樓也。”①那麽此賦又以《後登樓賦》之題而聞名。此賦被收入《續東文選》卷一，可知也是作爲名篇而受到欣賞的②。這篇賦不依原韻，通篇换韻也多於原作，句式幾乎全是“聊書紳以自詔兮，庶日夜以乾乾”這樣的騷體，基本上同於原作，但原作内夾雜的少量四字句式則被放棄了。所謂“擬”，主要是在登覽傷懷之情上與王粲的合拍。賦開篇寫道：

後千載以登樓兮，心實獲乎古人。胡蓬華之側陋兮，希明揚於昌辰。囊孤騫而識路兮，依士師之清塵。

這是最早把自己當下的登樓看作是王粲心緒的傳遞。據洪貴達《神道碑銘》，乙酉年金宗直三十五歲在承文院檢校轉監察任上，因“入對忤旨，起爲嶺南兵馬評事”③。作爲人生的目標，他志於用世，“希明揚於昌辰”，將個人的才華貢獻於昌明的時代，這類似於王粲的“冀王道之一平兮，假高衢而騁力”。但世路崎嶇，作者歎曰：

慨余行之遲遲兮，矧道里之脩艱。朝余征而夕寢兮，逴日遠乎關山。水何深之不臨兮，樓何高之不攀。戾赤登而徑渡兮，忽茲宇之如跂。聊縶馬以徙倚兮，恍煙景之邐迤。俯湍瀨而窺魚兮，想故川之魴鯉。覽榮木於聚落兮，懷故園之桃李。擷芳新於野田兮，緬故山之蕨薇。膠余心而莫捨兮，羌中道而懷歸。孑起立而騁目兮，白雲藹其孤飛。復憑檻以假寐兮，魂佁儗而無所極。

王粲認定“人情同於懷土”，這裏對“懷土“之情的表達似又吸取了陶淵明的歸去之歎。作者一方面執著於用世理想，一方面向往潔身自好，對社會不能提供兩者的統一深懷愴惻。在傷懷之餘，作者跳開出處的表面選擇，引入《離騷》中的“僕夫”、“初服”等意象，表達了“縱阨窮而勿遷”的信念：

忽僕夫之喚醒兮，報黄粱之已熟。揮沃盥以延佇兮，駿烏奮迅其西昃。下階梯而據鞍兮，腸馮回而鬱塞。固行止之在我兮，何不斷而自惑。喟捧檄而動色兮，非尋常之可測。念乘田之爲貧兮，亦復獻欷乎接輿。苟自圖於封殖兮，人誰食乎吾餘。嫉世俗之洿

①《梧陰先生遺稿》卷二，《韓國文集叢刊》第41册，第525頁。

②崔淑生等編《續東文選》卷一，第48–49頁，太學社1975年版。

③《佔畢齋集》卷末，《韓國文集叢刊》第12册，第487、506頁。

濁兮，驕妻子於白日。椒蘭隨以變化兮，哀容長而無實。有蹈之如矢兮，羌群咻而衆唑。徵往哲之芳躅兮，信余命之多愆。顧初服其猶未悔兮，縱阨窮而勿遷。尚百歲之在後兮，懼誓言之不堅。聊書紳以自詔兮，庶日夜以乾乾。[①]

金宗直其人有"海東夫子"之譽，儒家性理學修養出衆，正如洪貴達《神道碑銘》所贊："德行、文章、政事，自孔門高弟，未有駢之者，况其外者乎！才優者行缺，性素者治拙，乃恒狀也。若吾文簡公（即金宗直）則不然，行爲人表，學爲人師。"可知是一位德高才優的志士。面對"阨窮"的命運，他自誓初心的"勿遷"。金宗直有一首題爲《送克己之任義城》詩曰："蠶課何須急，雞刀易爲功。北樓佳句在，酬詠韻應窮。"[②]勉勵門人俞好仁（字克己[③]）肅政安民，末句自注"鄭圃隱詩在北樓"，即高麗朝的大詩人鄭夢周（1337—1392，號圃隱，有《圃隱集》傳世）題詠過當地的北樓，一經前賢著筆，後來者難免"酬詠韻應窮"。回到《登樓賦》上來，金宗直刻意地把自己的"登樓"接合到"千載"前的王粲，而在"徵往哲之芳躅"時，又有心地汲取楚騷與陶詩的精神，顯現出汲深逢源的個性化理解。王粲的《登樓賦》名高千載，而金宗直的《後登樓賦》卻未必"酬詠韻應窮"。

六、《登樓賦》與外交

在保存至今的韓日鄰交史料中，甲申年（1764）朝鮮正使書記成大中與日本文人奧田元繼的唱酬詩稿提供了以"王粲登樓"比擬使節客居異國的用例。成大中，字士執，號龍淵；奧田元繼，字志季，號仙樓。奧田元繼《再和龍淵先生》曰：

> 夢遠春江萬里舟，不圖投木夜光酬。
> 知君王粲登樓郭，非土風光□□留。[④]

朝鮮使者海行萬里來日，作者感念與成大中結成的詩緣，並體察對方身處外邦的心境爲"知君王粲登樓郭"，淹留於此，恐怕容易惹起鄉愁吧。一個"知"字，豈非反映出這個中國典故在日本和朝鮮文人中的"知名度"呢！

①《續東文選》卷一，第397頁。

② 同上詩集卷二〇，第364頁。

③同上卷末《門人録》内有俞好仁簡況，第500頁。

④參李元植《朝鮮通信使》第二部"通信使與文化交流"第六章"甲申年（1764）使行"，本詩見第229頁，民音社1991年版。

在歷史上的外交場合，以“登樓”爲題的若干辭賦創作現象也值得關注。

由於中國使節的創作而引來朝鮮文人酬和的賦篇，最顯才華的莫過於明代倪謙《雪霽登樓賦》、祁順《太平館登樓賦》以及朝鮮人的和篇。這體現了中朝文人間的直接的文學交往，屬於以《皇華集》爲標誌的詩賦外交的傳統。倪謙於景泰元年（1450）出使朝鮮時創作了《雪霽登樓賦》，以顯示賦家體國經野的弘雅之才，正如朝鮮申叔舟（1417—1475）《和雪霽登樓賦》序中所言：“新天子即位，覃恩内外，於是翰林先生奉詔至弊邦，景泰初元後正丙午也。越六日壬子，登賓館之後樓，屬春雪之乍晴，俯仰抒懷，乃援筆賦之。筆勢縱横，氣象磅礴，出入乎三間，凌轢乎《兩都》，真罕世之傑作也。”[①]該賦及申叔舟和作的情調風格遠於王粲《登樓賦》，而較近於班固《兩都賦》。稍後，與這一情況類似的，還有明代祁順于成化十二年（1476）出使朝鮮時的《大平館登樓賦》和朝鮮徐居正（1420—1488）的《次韻祁户部大平館登樓賦》[②]。雖然都以“登樓”命篇，並不規仿王粲舊作。

另有一類與外交生涯相關的賦篇，則保持了王粲原作的體式，並且因視野蒼茫而筆致更其沉鬱，不失情隨境轉的文學生命力。先要提到的是申晸的《次登樓賦》，他是在釜山邊境接待日本使團之際，抒發“羈旅傷感之懷”的。由於縱目所觀，海天交匯，更容易觸發宇宙無窮、古今同慨之情：

> 顧羈旅以南征兮，登岑樓以舒憂。覽地形之沆茫兮，儘瑰觀之鮮仇。擁列岫而作鎮兮，匯巨海以爲洲。俯暘谷之東晢兮，臨望舒之西流。涉看廣瀆兮，埊視崇丘。莽莽皐隰兮，綺錯成疇。縱極覽以自恣兮，聊延佇以少留。察宇宙之無窮兮，懷往古而悲今。

當然，雖然傷感於孤懷寂寥，但爲國家分擔的外交責任則不敢懈怠，“宵耿耿以弗寐兮，對長檠於座側”[③]。

旅程更爲遥遠的，是出入國門的使節。趙泰億（1675—1728）與任守幹（1665—1721）作爲辛卯年（1711）出使日本的正、副使，都在蔚山郡開雲浦寫下了次韻《登樓賦》之篇。趙泰億《謙齋集》卷一有《開雲浦鎮館次登樓賦韻》，題下有轉抄手稿者附注曰：“當入於《東槎録》。”《東槎録》是趙泰億出使日本期間的詩文，相當於詩文體使行記，亦收

①《保閑齋集》卷一二，《韓國文集叢刊》第10册，第99頁。

② 徐居正《四佳集》卷一，《韓國文集叢刊》第10册，第231頁。

③《汾厓遺稿》卷一，《韓國文集叢刊》第129册，第315頁。

入《謙齋集》[①]。由王粲的"異鄉"而到這裏的邊浦，空間的遼遠感被無邊無際的海景填滿了："遵東海而弭節兮，聊遠游而寫憂。惟蓬萊之可樂兮，佇羨期之與仇。詹開雲之古館兮，臨絶影之通洲。狃天風而遐舉兮，視溟渤猶涓流。遠挹馬嶼，平壓釜丘。渚松被麓，岸蕪迷疇。"雖然"浩客思之不禁"，但他仍追懷前輩外交家的智勇[②]，吟出爲國分憂的熱情："及余齒之未暮兮，宜四國之宣力。思龍蛇之禍會兮，憤當時之肉食。捐天塹而畀敵兮，咸捧首而竄匿。瞻忠烈之巍廟兮，菀風雲之愁色。抽長釖而一擊兮，奮壯氣於冰翼。嗟穹鯨之未掣兮，空掩抑而太息。浮仙槎而欲濟兮，懷往跡而永惻。憑層檻而發嘯兮，氣憤懣而填臆。願一攄夫愊愉兮，貢孤忠於君側。"[③]任守幹的《開雲鎮次登樓賦》，其筆致則更爲高迴靈動，幾欲使讀者忘卻次韻的約束：

> 陟高軒而俯海兮，寫客子之幽憂。騁遐矚而靡垠兮，獨遠舉而誰仇。戒吾楫以木蘭兮，遭吾道夫蓬洲。勑飛廉使戢威兮，詔祝融而安流。税駕孤城兮，弭節高丘。天開溟渤兮，地窮原疇。伊余行之次絶徼兮，偶選勝而淹留。

他把王粲的"人情同於懷土"具體化爲："自京國之離違兮，浹時月而至今。嗟行路之多艱兮，慨望辰之難任。清暉憺於晚眺兮，羈思積於孤襟。鯨波湧以蕩海兮，馬島杳兮浮岑。仰鵬圖之摶扶兮，俯蛟窟之宅深。泛星槎而遠邁兮，豈土思之可禁。"日本的對馬島已進入視綫。深摯的家國之情，自然過渡到爲國效力盡職之願："唯臣子之策名兮，夷與險其齊心。觸炎瘴而南征兮，指虛無兮靡所極。懼王事之靡盬兮，竭股肱之忠力。自受命而飲冰兮，殆不遑於寢食。遵南溢而誓海兮，百怪遁而潛匿。憑古戍之危樓兮，候風雲之變色。悅金骨之化羽兮，指日域而奮翼。奉使慕於博望兮，征鑾嘉乎新息。"並以王粲"懼匏瓜之徒懸"之語自勵："匏瓜繫於一處兮，昔人爲之心惻。將遠游而離垢兮，聊奮藻而抒臆。冀行李之遄返兮，恐無人乎君側。"[④]趙、任兩位正副使都對王粲《登樓賦》情有獨鍾，各存有兩篇次韻之作。趙泰億的另外一篇題爲《永保亭次仲宣韻》，提到"續仲宣之

①《東槎録》上、中、下，見《謙齋集》卷六、七、八。關於《东槎録》這一類文獻的源流及特點，參仲尾宏《朝鮮通信使と壬辰倭乱》第九章"朝鮮通信使使行録概説"，第262—301页，明石書店2000年版。

②按：他所追懷的前輩外交家有兩位："昔圃老之使蠻兮，蠻亦懷夫好音。秋翁毅以誓神兮，動蛟窟之高吟。隨夷險而一致兮，寔先獲乎余心。"

③《謙齋集》卷一，《韓國文集叢刊》第189册，第4頁。

④《遯窩遺稿》卷三，《韓國文集叢刊》第180册，第308頁。

遺賦兮，爰紀蹟而攄臆。”[①]即注目於本題的紀行與抒懷功能。其實因此也易於顯現某些自傳色彩，如任守幹的另外一篇題爲《受降樓復次登樓賦》，“罹擯斥而北遷兮，聊憑危而寫憂”，受降樓地屬咸鏡道熊川甲山府，是古代流放地，作者回顧平生渡海外交歷險曰：“嗟孤臣之獨賢兮，經四方而宣力。曾抗槎於漲海兮，蛟鱷橫而覓食。幸全生之有天兮，跡飛遯而將匿。”[②]這一段經歷可與自己的前一篇賦作相對應，充滿感動與感慨。

不難看出，這些賦家的外交履歷和家國榮辱感，借王粲原作“紀蹟而攄臆”的結構，得到别具境界的展現，增添了文學與外交結緣的材料。

總之，創題之作的成功，既是後世的榜樣，也是後人的壓力。西晉賦家陸雲曾感到：“《登樓》名高，恐未可越爾。”[③]從金宗直開始，海東賦家有感於“王粲登樓”之勞心，一再出現仿效賡和之篇。這一“酬詠韻未窮”的現象，既是海東賦學成就的一定體現，也是中國古典名作産生文學史意義的有趣佐證。

①《謙齋集》卷一，《韓國文集叢刊》第189册，第4頁。

②《遯窩遺稿》卷三，《韓國文集叢刊》第180册，第309頁。

③語出西晉陸雲《與兄平原書》，《陸雲集》，第141頁，黄葵點校，中華書局1988年版。

《太公家教》流傳考

山崎誠

序《太公家教》概説

擁有四十二種寫本的敦煌本《太公家教》，其成書時間，内證(序文)以安史之亂(755~763)以後爲上限，外證以李翺《答朱載言書》(811~841)中提及的内容爲下限（有人據寫本P.4588題記“壬申年十月十四，學士郎張盈信紀書”，以爲作於唐德宗貞元八年〔792〕，然未得到學界普遍認可)。其内容[注1]爲蒙學著作，極爲鄙俗，但卻因此在中原廣泛流傳，影響甚至遠及域外。《太公家教》一書，大概是與《千字文》、《三字經》等書一樣，是在鄉塾授課場合下傳習的吧[注2]。以下所述諸事實，是在極爲廣闊的時空舞臺上展開的，爲方便起見，先製成年表以作參考[注3]。

Ⅰ敦煌本《太公家教》諸本概要

敦煌本諸本大概是在空間上流布極廣的文本群，屬於敦煌地域内的近親交配文本。《太公家教》與《千字文》等書不同，形式上的限制並不嚴格，是一種寬鬆的韻文結構中較爲自由的文本。與作者的無名性關聯，大家可以看到，敦煌寫本群文本内部已有許多單獨句式，外部則有作爲附録增補的《武王家教》（後來分離，單獨流傳）。如下所述，吐魯番本、《新集文詞九經抄》和《明心寶鑑》、西夏語版本《經史雜抄》所引的《太公家教》，與敦煌本的本文有稍許差異(差異是很小，然其意義絶對不小。下面将考察其緣由)。

張娜麗氏在《西域出土文書的基礎的研究——中國古代小學書、童蒙書的諸相》（2006年）一文中，注意到龍谷大學善本叢書《大谷文書集成》中的《太公家教》中的六則残簡(其中部分殘簡早見於小島憲之氏獨具慧眼的《學事閑日——以童蒙教訓書断片为中心》一文

(《短歌文芸あけぼの》55　1977年)。

○三一七五　文學關係文書(唐詩)斷片11.3×10釐米

欲防外敵,先須内防;欲揚人悪,先須自揚;傷人之語,/還是自傷。凡人不可貌相,海水不可斗量;茅茨/之家,或出公王;蒿艾之中,或出蘭香。助祭得食,/助闘得傷;仁慈者受(壽),兇暴者亡。清清之水,爲土所/傷,齊齊之人,爲酒所殃。聞人善事,/乍可稱揚;知人有過,密掩深藏;是故,罔談彼短,靡恃己長。→⑯

○三一六七　文學關係文書斷片9.6×9.2釐米

得安。治家信讒,家必敗亡;兄弟信讒,分别異居;/男女生分;夫婦信讒,朋友信/讒,必致死怨。夫婦信讒,天雨五穀,/荆棘蒙恩。抱薪救火,火必盛炎;揚湯止沸,不如/ 去薪;千人馮門,不如一人拔關;一人守隘,萬夫/莫當。→⑱

○三一六九　文學關係文書斷片9.5×7釐米

不羞乞食之恥。/貧不可欺,富不可恃,陰陽相摧,周而復始。/太公未達,釣魚於水;相如未遇,壳葡於市;巢/父居山,魯連赴海,孔明盤桓,候時而起。/鶴鳴九皋,聲徹於天;電裏燃火,煙氣成雲;/家中有悪,人必知聞;身有德行,人必稱傳。/悪不可作,→⑲ ⑳

○三五○七　文章抄寫練習斷片10.7×9釐米

余乃生逢亂代,長值危時;亡鄉失土,波/迸流移;只欲隱山學道,不能忍凍受飢;/只欲揚名於後代,復無晏嬰之機;才輕/德薄,不勘人師,徒消人食,浪費人衣;→㊆

○四三七一　性質不明文書小片4.3×5釐米

君子固窮,不擇官而事;厄之之人,不羞執鞭之仕;飢寒在身,不羞乞食之恥。貧不可欺,富不可恃,陰陽相摧,周而復始。太公未達,釣魚於水;相如未遇,壳葡於市;巢父居山,魯連赴海,→⑲

○四三九四　佛書斷片10.5×10.5釐米

意重則密,情薄則踈;榮則共樂,難/則相救,危則相扶。忍是無価之竇,學是明月神珠;積財千萬,不如明解經書;慎是龍宫海藏,學是明月神珠;積財千萬,/不如明解經書;良田三頃,不如薄藝隨身。香餌之下,/必有懸魚;重心則賞之下,必有勇力;功者可賞,過者可誅。慈父/不愛無力之子,只愛有力之奴。養男不敏,不如養奴;養女不教,/不如養豬。癡人畏婦,賢女敬夫。→㉓

由這些零星的斷片可得出以次結論。即,3175、3167、3169三則笔跡相同,故至少有三種寫本在阿斯塔那地区流傳。這説明與敦煌相同,蒙書的抄寫頗爲盛行。也説明現存“序文”原本存在,其中所述成書情況非後人所爲,可以信據。即使從爲數不多的斷片與敦煌本比較來看,二者間在文本上似乎存在異同(例3167)。

雖然吐魯番文書本是零碎的斷片,但卻是表明在邊境之地文字文化流傳廣泛的竇貴證據,雖説是微小的差異,但在屬於與敦煌本不同系統的文本方面,不容輕視。(由於該文本是不使敦煌本絶對化的有力物證，有必要對全部吐魯番出土文書進行更精細的考察〔注4〕。

下面來看敦煌本《新集文詞九經抄》。據先行研究〔注5〕，一般據P2598題記，認爲該書早於《太公家教》的成書年代，大概是在百年以内755（800）~883年左右成書的。

245-01-088太公曰：相命以定，鬼神不移。→《文詞教林》244-00-101，參照西夏本。

245-01-202太公曰：君子筆耕，小人力耕。245-02-59君子筆耕，小人力耕。懃耕之人，必豊穀食；懃學之人，必居官職。→⑬參照西夏本。

245-01-264太公曰：只解以糞糞其地，而不解以〔學〕糞其身。賜子千金，不如教一伎。→參照西夏本。

245-01-287・1太公曰：十言九中，不語者勝。→《文詞教林》244-00-199十言九中,不語爲默然。→⑪參照西夏本。

245-01-313太公曰：若人孝於親，子亦孝於身；身若不孝，子亦如之。→?《武王家教》

245-01-405太公曰：婦人之禮，言必細語，行必緩步；止則斂容，動則庠序；耳無塗聽，目無邪視；出無冶容，入無廃飾。245-01-406女有三從之儀：在家從父，出嫁從父，夫歿從子。→⑩ 245-02-72婦人之禮，言必細語，行必緩步，止則斂容，動則庠序，耳無塗聽，目無邪視，出則冶容，入無廃飾，無聚會□輩，不窺於户牖，恭敬君家，勿好戲笑，清潔自守，莫學歌舞。

在與敦煌本《太公家教》引用一致的另一面，上述例子《太公家教》中的“太公曰”在敦煌本中是没有的。它們是否早在8世紀原《太公家教》中已經存在，證明起來是極其困難的，但《新集文詞九經抄》所依據的“太公曰”，與敦煌本《太公家教》屬於不同的文本，還是有這種可能性的吧。

Ⅱ在日本的流傳

在20世紀初敦煌本爲世人所知以前，《太公家教》曾兩次傳入日本。第一次是在12世紀，已經發現了有若干證據〔注6〕。第二次是以《明心寶鑑》形式的間接傳來，故亦可確定知其大致傳來年代（第一次和第二次之間有相當長的斷絶時期，其間流傳情形未詳）。

第一次傳入是在院政期、鎌倉期。《太公家教》書名見於諸種古記録，這一事實已由太田晶二郎氏指出。尋找引用其本文的資料非常困難，但在菅原爲長所撰《管蠡鈔》(也稱《博覽古言》)中可見到有可能與《太公家教》有關係的句子。太田氏已經指出，該書第十“世俗”裏有“他弓不挽，他馬莫騎。大唐俗語要略”的記載。此外還可以舉出幾個《管蠡抄》可能與《太公家教》有關的的引文例子〔注7〕。

下面我們看一下通過《明心寶鑑》與《太公家教》的第二次接觸。林羅山所撰《童蒙抄》等書所引用《太公家教》，皆出於《明心寶鑑》（關於日本列島、朝鮮半島《明心寶鑑》的受容史，即與17世紀著作的關係，可述之處甚多，爲了不使主題涣散，本文限定於《太公家教》的問題）〔注8〕。

［勸學部］○太公曰:良田萬頃,不如薄藝隨身。→㉓

［德行部］○太公曰:家中有悪,外已知聞;身有德行,人自稱傳。→⑳

○太公曰:一行有失,百行俱傾。→⑨

［交義部］○太公曰:女無明鏡,不知面（上）精粗;士無良友,不知行步虧踰。→㉓

從這種傾向來看，近世著作中關於《明心寶鑑》的引用中，可能包含若干《太公家教》的内容。另外，與中國《增廣賢文》的情況一樣，以《明心寶鑑》爲媒介，《太公家教》的某些格言、諺語，還不爲人所知地潛存於20世紀初期的出版物中，這一點值得注目〔注9〕。

Ⅲ朝鮮本《明心寶鑑》諸本與所引本文

《明心寶鑑》編者，據説是范立本【遺憾的是這篇傳記不是很明瞭】，書序作於洪武二十六年（1393），與我國14世紀《太公家教》被廣泛閲讀的事實亦相吻合。《明心寶鑑》的明清版甚多（明版、朝鮮版經過增補節略），現存最爲保存古態的版本是李氏朝鮮的清州本“景泰五年甲戌”（1454年）刊本【忠清道〈五十四官〉清州…進修楷範、韋蘇州、三灘集、韓詩外傳、梅月堂、明心寶鑑、牛馬治療方（載張伯偉編《朝鮮時代書目叢刊》所收《考事撮要》）】，現存與其大體屬於同一文本的，有西班牙多明尼加會宣教師Juan Cobo 1592年用來作爲翻譯底本的明鈔本〔注10〕。它們在《立教篇》末均引用了《太公家教》的附録《武王家教》，這一形式可追遡到敦煌本（末尾有《武王家教》的是P2600。S479等），可推定它們所依據的是敦煌本系統的《太公家教》本文〔注11〕。

這個清州本系統版本有通行本明版《明心寶鑑正文》（日本有與其不同系統的和刻本寛永八年（1631）中野道伴刊本，讀者甚衆，一再板行）等書中未見的《太公家教》引文。由於周鳳五氏所據爲清代《粤東府城第七甫以文堂板》本，鄭何財氏所據爲《增注明心寶鑑》(翼化堂善書局印)本，故未發現筆者以下所指出之事實。

［孝行篇第四］

3太公曰:孝於親,子亦孝之。身既不孝,子何孝焉。○孝順還生孝順子,忤逆還生忤逆兒。不信但看簷頭水,點點滴滴不差移。

［正己篇第五］

6太公曰:勤爲無價之寶,慎是護身之符。→㉓《新集文詞九經抄》子曰:學如牛毛,成如麟角。勤是無價之寶,慎是護身之符。作是龍宫海蔵,學是明月神珠。良田萬頃，不如薄技随軀。

［安分篇第六］

11太公曰:欲量他人,先須自量（量自己）。傷（他）人之語,還是自傷。含血噴人（天）,先污自（其）口。→⑯《新集文詞九經抄》太公曰:欲求其長（短），先取其短（長）。欲求其圓，先取其方；欲求其剛（柔）；先取其柔（剛）；欲防外敵，先須自防；欲量他人，先須自量。揚人之悪，先須自揚；傷人之語，還是自傷。因風吹火，用氣不多；含血遜（噀）人，先惡（汙）其口。

［訓子篇第十］

17太公曰:男子失教,長大（必）頑愚;女子失教,長大（必）麄踈。○養男之法,莫聽誑語（誰言）,盲（育）女之法,莫教離母。男年長大,莫習楽酒;女年長大,莫教（令）游走。○嚴父出孝子,嚴母出巧女。○憐兒多與捧,憎兒多與食○憐兒無功，憎兒有力○桑條從小鬱長大,大（無）鬱不屈○人皆愛珠玉,我子愛孫賢。→⑧

［看心篇第十一］

18太公曰:凡人不可逆相,海水不可斗量。○勸君莫結冤,冤深難解結。一日結成仇（冤）,千日解不徹。若將恩報仇（冤）,如湯去潑雪;若得（將）冤報冤,如狼重見蠍。我見結冤人,盡被冤磨折。→⑯

21太公曰:治國不用佞臣,治家不用佞婦,好臣是一國之寶,好娘（婦）是一家之珍。○讒臣亂國,妬娘（婦）亂家。○斜耕敗於良田,讒（言）敗於善人。→⑱ ⑰《新集文詞九經抄》周朝云:理國不用佞臣,理家不用佞婦。《新集文詞九經抄》太公曰:斜耕敗於良田,讒敗於善人。理國信讒,必害忠臣,理家信讒,必疏其親。夫妻信讒,必見生離,朋友信讒,必至死怨。

22太公曰:人心難滿,溪壑易盈。○天若改常,不風即雨;人若改常,不病即死。

23太公曰:日月雖明,不照覆盆之下;刀劔雖快,不斬無罪之人。非災横禍,不入慎家之門。○讚嘆福生,作念禍生，煩惱病生。國清才子貴,家富小兒驕。○得福不知，禍來便覚。→⑰

［婦行篇第二十］

30太公曰:婦人之禮,語必細,○行必緩步;止則歛容,動則戛跙;耳無餘聽,目無餘視。出無諂容,廢飾裙褶,不規不觀牖户。早起後（夜）眠,莫憚勞苦。戰戰兢兢,常憂玷辱。○賢婦令夫貴,惡娘（婦）令夫敗（賤）,○家有賢妻,夫不遭横禍,○賢婦和六親,佞婦破六親。→⑩《新集文詞九經抄》前掲245-01-405,-406,02-72。

［立教篇第十二］

武王問太公曰：人居世上，何得貴賤貧富不登（等），願聞説之。欲知是矣。太公曰：富貴如聖人之德，皆由天命。富者用之有節，不富者家有十盜。武王曰：何爲十盜。太公曰：時熟不收爲一盜，收積不了爲二盜，無事燃燈寢睡爲三盜，慵懶不耕四盜，不施工力五盜，專行切害六盜，養女太多七盜，晝眠懶起八盜，貪酒嗜慾九盜，强行嫉妬十盜。武王曰：家無十盜，不富者何如。太公曰：人家必有三耗。武王曰:何名三耗。太公曰：倉庫漏濫不蓋，鼠雀亂食爲一耗，收種失時二耗，抛撒米穀穢賤三耗。武王曰：家無三耗，不富者何也。太公曰：人家必有一錯、二悮、三癡、四失、五逆、六不祥、七奴、八賤、九愚、十强。自招其禍，非天降殃。武王曰：悉願聞之。太公曰：養男不教訓爲一錯，嬰孩勿訓二悮，初迎新婦不行嚴訓三癡，未語先笑四失，不養父母爲五逆，夜起赤身六不祥，好挽他弓爲七奴，愛騎他馬爲八賤，喫他酒勸他人爲九愚，喫他飯命朋友爲十强。武王曰：甚美，誠哉是言也。

上述資料有敦煌本《太公家教》未見之引文，可能是《太公家教》的逸文。這些斷章引用的"太公曰"，它們究竟屬於原來文本的哪一部分，通過考證，"以文脈、四（五）言句形式，押韻爲綫索"來加以探討也並非没有可能。其辨别結果爲：（a）增補處可判明的有6、11、17、18、21、30，（b）位置難以確定的有3、22（不能斷言原本没有）〔注12〕。

又如以下所示，有另一種看法，《太公家教》也有令人生疑的用例，反過來説，有"太公曰"之處，也不能排除誤引他書的情況，可見該問題的處理頗有難度。

［孝行篇第四］

※老子曰:鑑明者,塵埃不能汚;神清者,嗜慾豈能膠矣。→《文詞教林》太公曰:鑑明者,塵埃不能汚;神清者,嗜慾豈能説。賢人君子，心□意□，情欲豈能染也。

［訓子篇第十］

※漢書云:黄金滿籯,不如教子一經;賜子千金,不如教子一藝。→《新集文詞九經抄》太公曰:賜子千金,不如教子一技。《太公家教》積財千萬,不如明解經書;良田一頃,不如薄藝隨軀。

［看心篇第十一］

※家語云:慈父不愛不孝之子,明君不納無益之臣。→《新集文詞九經抄》太公曰:慈父不愛不孝之子,明君不納無益之臣。寧愛有力之奴,不用無力之子。

反過來考慮，上面揭示的《新集文詞九経抄》與《明心寶鑑》的吻合，倒證明瞭除敦煌本以外其他《太公家教》的存在。有資料更能補充此處所提出的事實。

Ⅳ黑水城出土西夏本《經史雜抄》所引《太公家教》

關於《俄藏黑水城文獻11》所收西夏語版《經史雜抄》【僅存32葉零葉】所徵引的《太公家教》佚文，聶鴻音氏在其《西夏本〈經史雜抄〉初探》（《寧夏社會科學》2002,3;《人大宋遼金元史》2002，4）一文中有所言及。《英藏黑水城文獻5》中本應有同一版本的影印本，但似終未印行[注13]。

筆者不是西夏語專家，試將其翻譯爲漢語如下。我希望引起大家注意，西夏語版與敦煌本不同，而具有與上述《新集文詞九經鈔》、《明心寶鑑》等書近似的文本[注14]。

32–2–V4太公話:國未誤惑、則作皆安時節。故田種々皆粉成。<?

32–6–V1太公話:若人命定,鬼擠不換。<相命以定，鬼神不移。

32–10–2太公話:天下安楽,則天上甘露,如地上聖泉。<?

32–19–V1太公話:因風吹火，用氣不多；含血遜（噀）人，先惡（汙）其口。<因風吹火，用氣不多；含血遜（噀）人，先惡（汙）其口。

32–20–3太公話:子〈〉千両金給,勝於大種受指所。<賜子千金,不如教一技。

32–20–V7 太公話:君子以筆耕,小人以力耕。飲食著生,官職獲得,不愛牧耕,不努畜穀□□<君子以筆耕,小人以力耕。勤耕之人,必豊穀食;勤學之人,必居官職。

32–22–V2太公話:十言九中者,不勝一黙然 。<十言九中,不語黙然。

32–24–6 太公話:國主信讒,殺傷臣子。朋友信讒,相互結怨。<國信讒言,必殺忠臣;治家信讒,家必敗亡;兄弟信讒,分別異居;夫婦信讒,男女生紛;朋友信讒,必致死怨。

聶鴻音氏未言及此處所指出的與敦煌本《新集文詞九經抄》的本文異同。他說：“從以上所舉的例子不難估計,《經史雜抄》的漢文初稿並不是編者親手從漢文古書中逐條摘出的,而大多數是憑道聽途説或箇人的一些模糊印象寫成的,把書譯成西夏文時,譯者也並未取徵引的古書來核對。……今天當我們面對《經史雜抄》的時候,心中的感覚可以説是幸與不幸參半:所幸的是我們終於見到了一部明確反映西夏下層民衆教育水準的可靠著作,從而得以在某種程度上填補西夏教育史上的資料空白;所不幸的是書中絶大多數條文都與漢文原著相去甚遠,有些甚至錯得不知所云,要逐一確定每一條引文的出處從而徹底解讀這本書。那真是太難太難了”，該書是部分翻譯還是完整翻譯，雖已經無從得知，但與漢文《太公家教》有承襲關係卻是可以肯定的。

“草原之路”和“絲綢之路”相交錯的敦煌、吐魯番、黑水鎮燕軍司，有著濃厚的《太公家教》接受痕跡，其中的某種文本與《明心寶鑑》的撰者范立本（杭州人）所持本有密切的關係。他的《明心寶鑑》因江南與朝鮮半島自古以來的直接交涉而在清州傳播、出版。

（一百多年後，Juan Cobo在馬尼拉，是將與范立本原撰本相近的《明心寶鑑》作爲翻譯底本的）。

結語　流傳的要因與本文差異的産生

《太公家教》這部書具有顛覆舊有文本觀的魅力（從多數異本群構築系統圖stemma，追遡原典本文的這種Karl Lachmann方法，其方法上的局限顯而易見）。它具有以下特徵。（1）以作者的無名、匿名性爲特色，並没有保障内容的嚴密意義上的作者概念〔注15〕。（2）没有嚴密定型的文本，具有文本自身的可塑性。句子的任意替换、追加、省略等情況比較容易出現（甚至當代中國出版的《增廣賢文》諸本，也可認爲是同樣的現象）。（3）通過《明心寶鑑》等其他書的刊布，獲得更强的生命力，像生命體的遺傳基因一樣，將一千二百年前的姿容傳至今日。如果敦煌本没有出現，我們只能夠瞭解到關於此書的極小的資訊吧。可以推測，《太公家教》刊行後，在早期階段，開始了向增廣和節略這種兩極化的變容，具有生命力的不是敦煌本，而是已經消逝了的文本。

域外漢籍的研究從總體來説，往往容易將重心置於相隔數百年的令人感動的“回家”研究。鄙意以爲，這部《太公家教》不正是在東亞整體的視野中思考漢籍流通與變容問題的出發點嗎？在兩國視野中無法得出結論的問題，倘若將三個國家以上的相互比較作爲必要條件的話，是有可能加以解決，可以引出歐亞大陸所展開的文字文化的深層含義和關係性（《外台秘要方》與《醫心方》、《醫方類聚》的關係；《貞觀政要》之類的書籍翻譯爲女真語、滿洲語出版屬於事實，日本在鎌倉時代也有過翻譯文本）。我期待有學者發掘、提供滿文、女真語、越南語的資料和信息。

［注釋］

〔注1〕下面録出内容比較完整的P3764。另一個具有代表的本文是羅振玉本，見《鳴涂石室佚書》、《鳴沙石室遺書》等書,但目前其所在不明（入矢義高氏《太公家教》校釋的底本也是羅振玉本）。

太公家教一卷

序余乃生逢亂代，長值危時；望鄉失土，波迸流移；只欲隱山學道，不能忍凍受飢；只欲揚名後代，復無晏嬰之機；才輕德薄，不勘人師，徒消人食，浪費人衣；隨緣信業，且逐隨時之宜，輒以討論墳典，簡擇書詩，依經傍史，約禮時宜，爲書一卷，助誘童兒，流傳萬代，幸願思之。

①經論曲直，書論上下。易弁剛柔，詩分風雅。禮上往來，樂尊高下。得人一牛，還人一馬。往而不來，非成禮也。來而不往，亦非禮也。知恩報恩，風流儒雅。有恩不報，豈成人也。事君盡忠，事父盡孝。禮聞來學，不聞往教。捨父事師，必望功効。先慎口言，卻整容貌。善事須貪，惡事莫樂。真實在心，勿行虚教。

②孝子事父，晨省暮参。知飢知渴，知暖知寒。憂則共戚，樂則同歡。父母有疾，甘美不飡。食無求飽，居無求安。聞樂不樂，聞戲不看。不修身體，不整衣冠。父母疾瘉，整亦不難。

③弟子事師，敬同於父。習其道術，學其言語。有疑則問，有教則受。鳳凰愛其毛羽，賢士惜其言語。黄金白銀，乍可相與。好言善述，莫漫出口。臣無境外之交，弟子有束脩之好。一日爲君，終日爲主；一日爲師，終日爲父。

④教子之法，常令自慎，勿得隨宜；言不可失，行不可虧；他籬莫越，他户莫窺。他嫌莫道，他事莫知。他貧莫笑，他病莫譏。他財莫顧，他色莫思。他强莫觸，他弱莫欺。他弓莫挽，他馬莫騎。弓折馬死，償他無疑。財能害己，必須遠之；酒能敗身，必須戒之；色能致害，必須去之；忿能積惡，必須忍之；心能造惡，必須裁之；口能招禍，必須慎之。

⑤見人善事，必須讚之；見人惡事，必須掩之；隣有災難，必須救之；見人鬬打，必須諫之；見人不是，必須語之；好言善述，必須學之；意欲去處，必須審之；不如己者，必須教之；非是時流，必須棄之；惡人欲染，必須避之。羅網之鳥，悔不高飛；呑鈎之魚，恨不忍飢；人生悮計，恨不三思；禍將及己，悔不慎之。

⑥其父出行，子則從後。路逢尊者，齊腳斂手。尊者賜肉，必須拜受；骨不與狗；尊者賜菓，懷核在手。勿得棄之，爲禮大醜。對客之前，不得叱狗；對食之前，亦不得漱口。憶而莫忘，終身無咎。

⑦立身之本，義讓爲先。賤莫與交，貴莫與親。他奴莫與語，他婢莫與言。商販之家，慎莫爲婚；市道接利，莫與爲隣。敬上愛下，泛愛尊賢；孤兒寡婦，特可矜憐。乃可無官，不得失婚。身須擇行，口須擇言。共悪人同會，禍必及身。

⑧養男之法，莫聽誑語；育女之法，莫聽離母。男年長大，莫聽好酒；女年長大，莫聽游走。丈夫飲酒，揎拳捋肘。行不擇地，言不擇口。觸突尊賢，鬬亂朋友。女人游走，逞其姿首。男女雜合，風聲大醜。慚恥宗親，損辱門户。

⑨婦人送客，莫出閨庭；所有言語，下氣低聲；出行逐伴，隱影藏形；門前有客，莫出齊廳；一行有失，百行俱傾；能依此禮，無事不精。

⑩新婦事君，同於事父。音聲莫聽，形影不覩。夫之父兄，不得對語。孝養翁家，敬事夫主。汎愛尊賢，教示男女。行則緩步，言必細語；勤事女工，莫學歌舞。小爲人子，長爲

人母。出則斂容，動則庠序。敬慎口言，終身無苦。希見今時，貧家養女。不解糸麻，不閑針縷。貪食不作，好戲游走。

⑪女年長大，聘爲人婦。不敬君家，不畏夫主；大人使命，説辛道苦。夫罵一言，反應十句；損辱兄弟，連累父母。本不是人，狀同豬狗。含血（噀）人，先汚其口。十言九中，不語者勝。小爲人子，長爲人父。居必擇隣，慕近良友；側立齊廳，候待賓侶。客無親疎，來者當受；合食與食，合酒與酒。閉門不看，還同豬狗。

⑫拔貧作富，事須方寸。看客不貧，古今實語；握髮吐餐，先有常據。閉門不看，不如豬鼠。高山之樹，苦於風雨；路邊之樹，苦於刀斧；當道作舍，苦於客旅；不慎之家，苦於官府；牛羊不圈，苦於狼虎；禾熟不收，苦於雀鼠；屋漏不覆，壞其梁柱；兵將不慎，敗於軍旅；人生不學，費其言語。

⑬近朱者赤，近墨者黑；蓬生麻中，不扶自直；近佞者諂，近偸者賊；近愚者癡，近賢者德；近聖者明，近淫者色。貧人多懶，富人多力；勤耕之人，必豊穀食；勤學之人，必居官職；良田不耕，損人功力。養子不教，費人衣食。

⑭與人共食，慎莫先嘗；與人同飲，莫先把觴；行不當路，坐不背堂；路逢尊者，側立道傍；有問善對，必須審詳。子從外來，先須就堂。未見尊者，莫入私房；若得飲食，慎莫先嘗。饗其宗祖，始到耶孃。次霑兄弟，後及兒郎。食必先讓，勞必自當；知過必改，得能莫忘。

⑮與人相識，先整容儀。稱名道字，然後相知；倍年已長，則父事之。十年已上，則兄事之。五年已外，則肩隨之；三人同行，必有我師。擇其善者而從之，其不善者而改之。滯不擇職，貧不擇妻；飢不擇食，寒不擇衣。小人爲財相殺，君子以德義相知。

⑯欲求其短，先取其長；欲求其圓，先取其方；欲求其弱，先取其强；欲求其剛，先取其柔；欲防外敵，先須内防；欲量他人，先須自量；欲揚人惡，便是自揚；傷人之語，還是自傷。凡人不可貌相，海水不可斗量；茅茨之家，或出公王；蒿艾之下，或有蘭香。助祭得食，助鬪得傷；仁慈者壽，兇暴者亡。清清之水，爲土所傷；濟濟之人，爲酒所殃。聞人善事，乍可稱揚；知人有過，密掩深藏；是故，罔談彼短，靡恃己長。

⑰鷹鷂雖迅，不能快於風雨；日月雖明，不照覆盆之下；唐虞雖聖，不能化其明主；微子雖賢，不能諫其暗君；比干雖慧，不能自免其身；蛟龍雖聖，不能殺岸上之人；刀劍雖利，不能殺清潔之人；羅網雖細，不能執無事之人；非災横禍，不入慎家之門；人無遠慮，必有近憂。斜徑敗於良田，讒言敗於善人。君子以含弘爲大，海水以博納爲深。

⑱寛則得衆，敏則有功。以法治人，人則得安。國信讒言，必殺忠臣；治家信讒，家必敗亡；兄弟信讒，分別異居；夫婦信讒，男女生分；朋友信讒，必致死怨。天雨五穀，荆棘

蒙恩。抱薪救火，火必成災；揚湯止沸，不如去薪；千人排門，不如一人拔關；一人守隘，萬夫莫當。貪心害己，利口傷身。瓜田勿躡履，李下不整冠；聖君雖渴，不飲盜泉之水；暴風疾雨，不入寡婦之門。孝子不隱情於父，忠臣不隱情於君。法不加於君子，禮不下於小人。君濁則用武，君清則用文。多言不益其體，百伎不妨其身。

⑲明君不愛邪佞之臣，慈父不愛不孝之子。道之以德，齊之以禮。小人負重，不擇地而息；君子固窮，不擇官而事；屈厄之人，不羞執鞭之仕；飢寒在身，不羞乞食之恥。貧不可欺，富不可恃，陰陽相摧，終而復始。太公未遇，釣魚於水；相如未達，兲卜於市；巢父居山，魯連赴海；孔明盤桓，候時而起。

⑳鶴鳴九皋，聲聞於天；竈裏燃火，煙氣成雲；家中有惡，人必知聞；身有德行，人必稱傳。惡不可作，善必可親；人能弘道，非道弘人。孟母三思，爲子擇隣。不患人之不己知，患己不知人也。欲立其身，先立占於人；己欲求達，先達於人。立身行道，始於事親；孝無終始，不離其身；修身慎行，恐辱先人。己所不欲，勿施於人。

㉑近鮑者臭，近蘭者香；近愚者闇，近智者良。明珠不瑩，焉發其光；人生不學，語不成章。小而學者，如日出之光；長而學者，如日中之光；老而學者，如日暮之光；人而不學，冥冥如夜行。柔必勝剛，弱必勝强；齒剛則折，舌柔則長。凶必横死，欺敵者亡。女慕貞潔，男効才良；行善獲福，行惡得殃；行來不遠，所見不長；學問不廣，智慧不長。

㉒欲知其君，視其所使。欲知其父，先視其子；欲作其木，視其文理；欲知其人，小人窮斯濫矣。病則無法，醉則無憂；飲人狂藥，不得責人具禮；聖人避其醉客，君子恐其酒士。智者不見人之過，愚夫好見人之恥。兵將之家，必出勇夫；學問之家，必出君子。

㉓人相知於道術，魚相望於江湖。女無明鏡，不知面上之精麄；人無良友，不知行之虧餘；是以結交朋友，須擇良賢，寄死託孤；意重則密，情薄則疎；榮則同榮，辱則同憂；難則相救，危則相扶。勤是無價之寶，學是明月神珠；積財千萬，不如明解經書；良田千頃，不如薄藝隨軀。慎是龍宮海藏，忍是護身之符；香餌之下，必有懸魚；重賞之下，必有勇夫；功者可賞，過者可誅。不念無力之子，只愛有力之奴。養男不教，不如養奴；養女不教，不如養豬。癡人畏婦，賢女敬夫。孝是百行之本，故云其大者乎。

䦨占余之志也，四海爲宅，五常爲家。不驕身意，不樂榮華；食不重味，衣不純麻；唯貪此書一卷，不用黄金千車；集之數韻，未弁玼瑕；本不呈於君子，意欲教於童兒。

太公家教一卷

（附録）武王家教一卷

武王問太公曰:凡夫皆蒙天地覆載,何爲貴賤不等,貧富不同。願爲説之。太公答曰:天下萬物貴賤不等者何,由家有十惡。武王曰:何名爲十惡。太公曰:耕種不時爲一惡,用物無道爲二惡,早卧晚起爲三惡,廢作喫酒爲四惡,畜養無用之物爲五惡,不惜衣食爲六惡,蓋覆不勤爲七惡,井竈不治爲八惡,貸取倍還爲九惡,不作燃燈爲十惡。武王曰:家無十惡,不富者何。太公曰:家有三耗。武王曰:何名爲三耗。太公答曰：禾熟不收,苦於風雨爲一耗;蓄積在場,不早持治,苦於雀鼠爲二耗;盆瓮磑碓,覆蓋不勤,掃灑不浄爲三耗。武王曰:家無三耗,不富者何。太公曰:家有三衰。武王曰:何名爲三衰。太公曰:嗜酒健鬪爲一衰;子逐他婦,婦逐他夫爲二衰;手不執作,專爲盜賊爲三衰。武王曰:人命長短不等者何。太公曰:世人由家有一錯,二悮,三癡,四失,五逆,六不祥,七奴相,八賤,九愚,十狂。武王曰:何名爲一錯。太公曰:養子不教訓爲一錯。何名爲二誤。太公曰:貪酒逐色爲一悮;不擇師友,損辱己身爲二悮。何名三癡。太公曰:誹謗調戲爲一癡,未語先笑爲二癡,言語不善爲三癡。何名爲四失。太公曰:好挽他弓,好騎他馬爲一失,飽喫他酒, 勸他人爲二失;喫他飯,笑他人爲三失;借他物,轉借人爲四失。何名爲五逆。太公曰:不孝父母爲一逆,不愛師父爲二逆,事官不勤爲三逆,違上命教爲四逆,鄉黨不相脣齒爲五逆。何名爲六不祥。太公曰:與惡人交往爲一不祥,無事生嗔爲二不祥,輕慢師長爲三不祥,夜臥露形爲四不祥,非理求財爲五不祥,有過不改爲六不祥。何名爲七奴相。太公曰:跣腳下床爲一奴相,食不漱口爲二奴相,著鞋上床爲三奴相,起立著裩爲四奴相,坐起背人爲五奴相,露形洗浴爲六奴相,口面不浄爲七奴相。何名爲八賤。太公曰:行步匆匆爲一賤,跣腳立尿爲二賤,坐不端整爲三賤,你我他人爲四賤,唾涕汙地爲五賤,著雜色衣裳爲六賤,不自修飾爲七賤,著坐不擇地爲八賤。武王曰:何名爲九愚。太公曰:耽酒逐色爲一愚,求財不足爲二愚,好衣博與人爲三愚,自誇己善爲四愚,好説他人爲五愚,慳貪悋惜爲六愚,妬嫉勝己爲七愚,行惡不慮爲八愚,被辱不恥爲九愚。武王曰:何名爲十狂。太公曰:爲下忤上爲一狂,説他密事爲二狂,立身無志爲三狂,不修道業爲四狂,見善不習爲五狂,輕慢勝己爲六狂,嗔他行善爲七狂,同類相欺爲八狂,專習鷹犬爲九狂,讒説他人爲十狂。禮記云:君子不失色於人,不妄言於口。莊子云:吾比養汝,憐汝極深;汝今養子,當知吾心;汝今不孝,子亦如之;相續相報,是其常理也。武王曰:欲成益己如之何。太公曰:五穀養人,種之;六畜代人,畜之;家産生活,勤之;酒能敗身,去之;色能喪身,畏之;口能招禍,慎之;雖豐錢財,儉之;糧食少短,節之;尊長教誨,依之;勤奴健婢,憐之;若有愆過,罰之;自能帰首,恕之;惡人欲染,避之;恭勤孝養,習之;口欲出言,審之;無財與者,悦之;不自決處,問之;言語不典,正之;引道苦空,化之。武王曰:欲教子孫如之何。太公答曰:爲子慈孝,爲父威嚴,爲兄矜和,爲弟孝順,夫妻相敬,莫□□□□□□□□人莫與交通,淫人莫與相親;他奴莫與語,他□□□□□□□□家特可遠之。飲君酒莫嫌薄,食□□□莫嫌麤,受君賜莫嫌惡。孤寡莫近,小人莫欺。樗蒲六博,令汝家貧;貪淫嗜酒,豈不滅身。莊子云:窮巷莫立,他牆莫窺,他弓莫挽,他馬莫騎,他兒莫抱,他事莫知。窮巷莫立道理長爲,他牆莫窺自慎防,他弓莫挽豈自張,他馬莫騎量自傷,他兒莫抱豈驚忙,他事莫知無禍殃。男教學問,擬待明君;女教針縫,不犯七出。常莫用佞言,治家莫取婦語;憐子始知父慈,身勞方知人苦。慎莫多事,多事人憎;見事如不見,無言最爲能;莫爲無益事,莫居無益隣,莫聽無益人;此情可藏於金櫃也。

武王家教一卷。

〔注2〕可參《純陽帝君神游顯化圖》(山西永樂宫純陽殿壁畫1358年)。

〔注3〕《太公家教》年表:

755~763安史之亂。

792(852)~(912)唐德宗貞元八年P4588題記《壬申年十月十四,學士郎張盈信紀書》。

811~841李翺《答朱載言書》中,提及《太公家教》。

755(800)~883《新集文詞九經抄》成立年代。

850唐大中四年P2825題記"大中四年庚午正月十五日學生宋文顯讀,安文德寫"。

927後唐明宗天成二年P2418《父母恩重經講經文》題記"天成二年八月七日,一堂書"。

976北宋太宗開寶九年P3797題記"維大宋開寶九年丙子歲三月十三日,寫子文書了"。

1007(日)源爲憲《世俗諺文》寛弘四年成立。

1071~128北宋神宗熙寧四年至南宋高宗建炎二年《續傳燈録》十二《汝州香山法成禪寺示衆》曰,"……恰似三家村裹教書郎,未念得一本太公家教,便道文章賽過李白杜甫。"

《元史》藝文志小學類《女真字太公書》、《文淵閣書目》十八來字型大小第一廚《女真字太公書》。

1143(日)藤原頼長《台記》康治二年九月卅日條。

1241(日)大道一以《普門院経論章疏語録儒書等目録》。

1246(日)菅原爲長殁《管蠡抄》成立。

1304~1305(日)金澤文庫長井貞秀書狀。

1393明太祖洪武二十六年范立本撰《明心寶鑑》。

1454《明心寶鑑》(清州本"景泰五年甲戌十一月初吉奉直郎清州儒學教授官庾得和謹跋"一四五四年)所引《太公家教》。

1470~1494高麗成宗時代《經國大典》女真學《太公尚書》,《通文館志》申繼黯的項。

柳雲撰(1485~1528)《進修楷範》朝鮮中宗十四年刊(1519)上卷。

1582明神宗萬曆十年刊《殊域周咨録》六:"(安南國)如儒書則有……《五經》《四

書》……《翰墨類聚》《韓柳集》《詩學大成》……《太公家教》《明心寶鑑》《剪燈新餘話》等書”。

1592 Beng Sim Po Cam o Espejo Rieo del Claro Corazon.(Primer libro chino treducio en lengua castellana por Fr.Juan Cobo,O.P.Manila 1592,Carlos Sanz,ed.Madried,1959).

1645清世祖順治二年《八旗通志》阿什坦傳“阿什坦翻譯大學中庸孝經及通鑑總論太公家教等書刊行之”。

1666（日）《童蒙抄》（内閣文庫本寛文六（一六六六）年）。

1676 Tratados historicos,politicos ethicos y religiosos de la monarchia de china,por Domingo Fernandez de Navarrete (Madrid,1676)。

1777清乾隆四十二年朝鮮正宗時代李海觀撰長編小説《歧路燈》中“教子之法，莫教離父；教女之法，莫教離母”（《明心寶鑑》經由歟）?林東錫《朝鮮譯學考》。

1900（日）衣笠宗元《世諺叢談》。

1913羅振玉《鳴沙石室遺書》景印。

1941王重民《太公家教》載《周叔弢先生六十紀年論文集》。

〔注4〕關於大谷文書、吐魯番文書之間的關係,小田義久有《關於大谷文書與吐魯番文書之關聯》（《東亞古文書的史的研究》一九九〇年）,指出它們是從同一地區出土的。關於吐魯番出土文獻有《文物》六〇九期《新獲吐魯番出土文獻概説》概要。

〔注5〕先行研究有鄭阿財《敦煌寫卷新集文詞九經抄研究》（1988年），鄭阿財、朱鳳玉《敦煌蒙書研究》（2002年），王三慶《敦煌類書》1993年。《新集文詞九經鈔》之後《應機抄》、《新集文詞教林》等書中也有敦煌本裏没有的“太公曰”引文。由於也存在借用别書之名引用《太公家教》文本的情况,當加以更嚴密的論證，因對本文論旨影響不大（進行四句形式、押韻及意味、語彙語法上的檢討,須經過辨僞校勘）。

〔注6〕《太公家教》，在《五燈會元》和《明心寶鑑》書中也屢被引用，覆蓋了東亞漢字文化圈（也被翻譯爲西夏語和契丹語。據十世紀敦煌本識語，其書寫者非漢族，而似乎像是昭武九姓中的安氏幼童之名，已得到普遍認可。很可能是其中的一本傳入西夏而爲人翻譯的）,日本《普門院經論章疏語録儒書等目録》中有“《太公家經》一册”的記載,是藤原賴長的讀書生活中也出現的幼學書。

《世俗諺文》：“香餌之下必有懸魚。史記云:香餌之下必有懸魚,優賞之下必有怨夫。”【《玉函秘抄》作“香餌之下必有懸魚,重賞之下必有勇夫。黄石公三略。”】若將此段文字視作《太公家教》引文的話,則該書平安後期（11世紀）即已傳來。

鎌倉長井洒掃文庫中藏有一本的事實,可由《重文長井貞秀書状》（五八四七/二〇四〇）

判明，其云："一夜鶴庭訓抄//一常要三ケ事（異筆）返納候了//已上兩卷令返納候,//一家務簡要抄　一帖//一世間雑事抄　一帖//此又可申出候,//一太公家教　一卷//同前候//十月八日　貞秀"。

著名的《普門院經論章疏語録儒書等目録》所收本是由圓爾弁圓攜歸的,雖然可以推測出他巡游的地域,但如果認爲弁圓帶回的本子原封不動的刊登，這樣想是過於簡單化了。例如許紅霞氏指出,咸淳元年（1265）重刊的《橘洲文集》，圓爾歸國時（1241）尚未刊刻,那麽入藏時期是在大道一以編纂該目録（1353）以前、距刊刻之年約八十八年（《從南宋詩僧詩文集的刊刻流傳情况看南宋詩僧與日本五山詩僧的密切關係》）。但是,《太公家教》的情況,傳本自不用説,迄今爲止連確鑿引用的證據也未見有學者指出。

〔注7〕最古的寫本,有德治三年（1308）金泽貞顯自筆本残簡（"德治三歳二月廿五日点校畢/正五位下行越後守平朝臣（花押）/同三月二日重校合畢。菅相公爲長卿抄云云,貞顯"納富常天《金澤文庫資料の研究》一九八二年）。

第一擇近臣　不知其子,視其所友。不知其君,視其所使。《家語》

第二寬仁　寬則得衆,用賢則多功。信則人歸之。袁子正書（表子正喜、赤子）

家語曰,不知其子,視其所友。不知其君,視其所使。

第三文學　幼而學者如日出。老而學者如秉燭夜行。《顔子》

賞功　香餌〈之〉下,必有懸魚。重賞〈之〉下,必有勇（死）夫。故禮者士之所帰,賞者士之所死。同（三略記）

往來禮　禮尚往來,往而不來非禮。來而不往,亦非禮也。

賓主禮　尊客之前不叱狗。同（《禮記》）

飲食禮　食居人之左,羹居人之右。毋流歠,毋姙食,毋齧骨,毋投與狗骨。賜果君前,其有核者懷（之）其核。同《左傳》

第五擇友　傳曰,不知其君,視其所使,不知其子,視其所友。同（《史記》）

第七避嫌疑　瓜田不納履,李下不正冠。《文選》。

第八慎染習　蓬生麻間，不扶自直。白沙入涅，不染自黑。人久相與處,自然染習。《貞觀政要》

第十世俗　尊君之前不叱狗。同（《禮記》）

他弓不挽,他馬莫騎。大唐俗語要略。(太田氏已指出)

〔注8〕關於日本近世《明心寶鑑》的受容,成海俊氏《江户時代勸善書〈明心寶鑑〉的受容與變容》（《日本思想史——其普遍與特殊》一九九七年）一文有概述。《禪林句集》注釋及《天草版金句集》所引《明心寶鑑》是直接引用。其他日本人著作中引用的,著名的有小

瀨甫庵（一五六四～一六四〇）《明意實鑑》、《政要抄》,林羅山（一五八三～一六五七）《童蒙抄》（内閣文庫本寛文六[一六六六]年）,野間三竹（一六〇八～一六七六）《北渓含毫》所引《明心寶鑑》及《太公家教》,淺井了意[一六一二～一六九一]《浮世物語》、《堪忍記》等。林羅山《童蒙抄》（内閣文庫本寛文六年[一六六六]年）"寛文六〈丙午〉暦孟春吉辰/武村新兵衛刊行"。

〔注9〕例如明治刊本，20世紀初的刊本,在衣笠宗元的《世諺叢談》中,夾雜著諸勸善書的引用,可以認爲它們是通過寛文版本系統《明心寶鑑》的,其中四則乃從《明心寶鑑》間接引用（《國立國會圖書館藏書目録　明治期》）。

〇血を含みて人に噴く

《明心寶鑑》上卷"正己篇"曰：太公曰,欲量他人,先須自量。傷人之語,還是自傷。含血噴人,先汚自口。〔備考〕《五燈會元》第十八"崇覚空禪師章"："含血噀人,先汚自口。"

〇藝は身を助くる

韓文公《進學解》曰,占小善者率以録,名一藝者無不庸。

〔備考〕《明心宝鑑》卷下,《省心篇》云："太公曰,良田万頃,不如薄藝随身。"《顏氏家訓》卷上,《勉學篇》云："諺曰,積財千萬,不如薄技在身。"。

〇朱に交われば赤くなる

《明心寶鑑・交友篇》曰,太公曰,近朱者赤,近墨者黑,近賢者明,近才者智,近癡者愚,近良者德,近智者賢,近愚者暗,近佞者諂,近偷者賊。(略)

〇子を持ちて知る親の恩

《明心寶鑑》上卷《孝行篇》曰,養子方知父母恩,立身方知人辛苦。

如諸例所示,《明心寶鑑》作爲新的載體，使《太公家教》更具有强大的傳播力(古時《新集文詞九經抄》和西夏本《經史雜抄》的情況大概也是相同的吧)。

〔注10〕以最初翻譯爲西歐語的中國書而著名。

Beng Sim Po Cam o Espejo Rieo del Claro Corazon.(Primer libro chino treducio en lengua castellana por Fr.Juan Cobo,O.P.1592,Carlos Sanz,ed.Madried,1959)如書影D所示,Juan Cobo的手稿和漢文的原文對照進行對照（一般認爲卷五、卷六有錯簡，然並無脱葉）。

〔注11〕關於引用書的性質，包括清州本《明心寶鑑》所引"太公曰"用例,我將另行介紹。柳雲（1485～1528）撰《進修楷範》朝鮮中宗十四年刊（1519）上卷中也有"太公曰"。當是從《明心寶鑑》轉引的。參照書影E。

［正法］太公曰,婦人之禮,語必細（語）,行必緩步,止必斂容,耳無餘聽,目無餘視,不窺

牖户,早起夜眠,專勤紡績,勿好葷酒,供其甘旨,以奉賓客。

［好善］太公曰,見善如渴,聞惡如聾。又曰,見人善事,即須記之,見人惡事,即須掩之。

［隱惡］太公曰,傷人之語,還是自傷。含血噴人,先汚其口。

［修檢］太公曰,一行有失,百行俱傾。

〔注12〕關於原位置之推定,前揭敦煌本記有章段序號,請加以對照。

〔注13〕出版預告説："在《經史雜抄》徵引的古書中，《太公家教》是最值得注意的，《太公家教》是唐宋之際在下層民衆中頗流行的童蒙讀本之一，宋代王明清《玉照新志》論爲其作者是唐代的一個鄉塾先生。由於該書文辭淺陋鄙俚，爲上流學者所不齒，所以問世不久就在中原失傳了。（略）《經史雜抄》爲蝴蝶裝刻本，首尾均佚，未見書題和序跋，現用的書題《經史雜抄》是後人擬定的，書的現存部分去掉重復可以合併成32葉，已由上海古籍出版社於1999年刊布。（《俄藏黑水城文獻》，英國國家圖書館藏黑水城文獻》所收）。如果現在不爲人所知的零葉得到介紹，西夏《太公家教》的實態將更爲清楚。

〔注14〕其他西夏語揭示的原文（全十一條）。

〔注15〕文本不僅只是由表明作者的意圖的東西構成,與文本有關複雜要因常有可能會被改寫，這是Roland Barthes 在" Introduction a l' analyse structurale des recits "（1966）中所提出的"作者之死"以來的著名的思想。

［參考文獻］

①王重民《敦煌古籍叙録》三子部上所收《原本六韜》（商務印書館一九五八年）。

②太田晶二郎《太公家教》（《日本學士院紀要》7-1　一九四九年）。

③Beng Sim Po Cam o Espejo Rieo del Claro Corazon.(Primer libro chino treducio en lengua castellana por Fr.Juan Cobo,O.P.1592,Carlos Sanz,ed.Madried,1959)

④入矢義高《〈太公家教〉校釋》（福井博士頌壽記念《東洋思想論集》一九六〇年）。

⑤ З.И.Горбачева,Е.И.Кычанов "Тангутские рукописи и ксилографы" Москва: Издательство востчной Литературы, 1963.

⑥Lothar G.Knauth、白石晶子《明心宝鑑的流通和イスパニア譯の問題》（《近世亚细亚教育史研究》一九六六年）。

⑦游佐昇《敦煌文献中表现的童蒙庶民教育倫理——以王梵志詩、太公家教等为中心—》《大正大學大學院研究論集》4 一九八〇年。

⑧Paul Demiéville " Instructions Domstiques de L'aïeul(T'ai-kong kia-kiao)" Paris 1982。

⑨周鳳五《敦煌寫本太公家教研究》，明文書局一九八六年。

⑩松尾良樹《作为音韻資料的《太公家教》——異文與押韻》（《亚细亚·韩國语言語文化研究》17　一九七九年）。

⑪王泛舟《敦煌古代兒童課本》（敦煌文化叢書，甘肅人民出版社二〇〇〇年）。

⑫鄭阿財、朱鳳玉《敦煌蒙書研究》(敦煌學研究叢書，甘肅教育出版社　二〇〇二年)。

⑬伊藤美重子《敦煌寫本〈太公家教〉與學校》（《御茶之水女子大學中國文學會報》20　二〇〇一年）。

⑭黑田彰《太公家教考》（《日本敦煌學論叢》1二〇〇六年）。

⑮岡田美穂《太公家教的諸本生成和流動》（《中京大學文學部紀要》41-2　二〇〇六年）。

補記：口頭發表後，不斷接到反饋，又有一些新判明的事實，此處加以追記。對於慷慨賜教的諸位先生，謹致以深深的謝意。考慮到排版的問題，論文發表時所使用的圖版，此次均加以省略。

①關於越南本《太公家教》，已有學者對河南郊外所發現的啟定元年（1916）寫本加以報告（如王小盾《越南訪書札記》，載四川大學中文系《新國學》三）。該本書寫雖新，但與羅振玉1913年在《鳴沙石室遺書》所介紹的敦煌本十分接近，爲揭示此點，我們期待着全文的介紹。

②和刻本《明心寶鑑》（1631年刊）的底本太倉堠山王衡校、陳弼廷刊本，其明版常常在《正己篇》有缺葉，這一缺點在西班牙語版的底本Cobo的稿本中也可見到，可見這一系統的明版影響之大。Cobo稿本中同音異字的抄寫錯誤甚多，大概是由於其所據的是音讀版本的緣故吧。

③關於南越本《明心寶鑑》，2006年杭州舉辦的“書籍之路與文化交流”國際會議上，何成軒氏所提交的論文已有論及。另外，最近出版了李朝全據朝鲜清州本校點譯注的《明心寶鑑》（華藝出版社2007年）。（以上金程宇氏告知），該書附有范立本及《御製重輯明心寶鑑》的現代漢語翻譯。又，陳慶浩《第一部翻譯成西方文字的中國書——《明心寶鑑》》（《中外文學》21—4）及《Le Mingxin BaoJian（miroir précieux pour éclaire lesprit）,Premier livre chinois traduit dans une occidentale（lecastillan）》、《caiers de la société asiatique IV》。

④徐俊著《敦煌詩集殘卷輯考》（中華書局2000年）“孝經背題詩　李再昌”（斯

七二八）中有“學郎大歌張富千，一下趁到孝經邊，太公家教多不殘，嘍玀兒 [□]實鄉偏”，徐俊氏指出《太公家教》（伯三七九七）背題記中有“開寶九年（九七六）丁丑年四月八日王會長手書記，學郎大歌李延（下殘）”，認爲“與此詩首句相類，蓋學郎習用套語之一”（金程宇氏告知）。

⑤山西省應縣木塔是與西夏同時的遼代遺跡，其木像腹中所發現的典籍《雜抄》曾引用云：“太公曰：勤耕之人，必居穀食；勤學之人，必居官職。俗禮尚然，豈況佛經。在守衆生，勤勤上講，受戒、持課、念佛，如遠行人身有路糧；不樂聞法，譬如羸人行時無杖。無常經云：勝因生善道，惡業墮塗梨，凡夫之衆，無明山高峻，有漏海深，昇者万劫難登，□者千生莫出，奉勸善友□，自今後休生懈怠之心，勤念諸佛，世世生生，因爲善友，念世世”。（《應縣木塔遼代秘藏》文物出版社1991年所收，此承后藤昭雄氏賜告）此處的引用文字，也像越南本、西夏本那樣，與敦煌本的本文有所不同，是削弱敦煌本權威化的重要證據。我們的眼睛容易被版本的世界所遮蔽，而在另一面，我們應當注意鈔本的世界，在漫長過程中,下層社會的知識傳播是由抄寫和記録承擔的。

（金程宇譯）

关于敦煌文書（P 2610）中風角關聯條的一個考察

——參考《天地瑞祥志》等與風角有關的類目

水口幹記

引　言

在中国，“風”乃陰陽之氣動而生之[①]，被認爲是“天之号令”[②]，因此，能理解風之動，也就能領會天的意志，自古以來，積累了許多理解風的方法（候風法），編輯了許多推知風的意義（占文）的典籍，即風角書。《隋書·經籍志》最早收録了《風角集要占》十二卷、《風角要占》三卷（梁八卷，京房撰）等衆多風角書，《旧唐書·經籍志》、《新唐書·藝文志》雖不及《隋書》著録之數，然同樣著録了風角書，隋唐時代，有很多風角書存在是可以肯定的。

同時代的貴重史料——敦煌文書中，也存有爲數衆多的天文占、雲氣占文書，至今已積累了很多的研究，其中也能發現關聯風角的條目，但有關風角的詳細研究，據管見尚未得見。本稿以敦煌文書（伯希和二六一〇，以下簡稱P2610）所含風角関聯條目爲對象，參照中國傳存之《靈台秘苑》、《乙巳占》、日本傳存之《天地瑞祥志》[③]等書之關聯風角部分，意欲考察P2610在其中的位置和價值。

①《天地瑞祥志》第十二所引《（春秋）元命苞》曰：“陰陽怒爲風也。”同處引《五經通義》曰：“陰陽散爲風。”

②如《後漢書》卷60《蔡邕傳》所引《翼氏風角》，《靈台秘苑》卷5“風”之“序”等。

③關於《天地瑞祥志》的書志，請參考水口幹記、陳小法《日本所藏唐代佚書〈天地瑞祥志〉略説》（《文献》111、2007）。

一、P2610的風角記事

本稿的研究對象——史料P2610乃抄録各書而成，主要内容爲占文，其中，《太史雜占曆》、《地鏡》等已佚之史料也包含其中，理當受到重視。《太史雜占曆》，"史書""志"類未見此書名，是来歴不明的典籍，然亦殘存於P3288、S2729等文書中，是今後研究可用之材料。另一方面，《地鏡》，《隋書·經籍志》著録"一卷、亡"，現僅可見《開元占經》所引之《地鏡》等，已難窺其貌①。由此可見，P2610卷是了解当時占法、占書的貴重史料。

實際上，P2610還收載了上記以外的出處不明之占文，本稿關注的是其中關於風角的條目。除所含《太史雜占曆》部分外，有題为"候風法"②和"五音候風法"两处。兩條不算長，故首先載録、介紹全文，又分行等同原卷③（■爲漶漫不清文字，□爲缺字）：

【史料1】

候風法

酉戌亥子丑寅之風，宜先起不宜後。卯辰巳午未申之風，宜

後不宜先。二法異氣，急事急風，緩風（残）。

凡引軍，出營有順風送，此有天助，必大勝。

凡出軍，幡旗到直者，戰必勝。

凡戰，風逆者敗。從風異起軍，軍中當有反者。

若風雨異者起軍中，聲氣極成，成者亦當候之，風從

刑上来，當有賊入營。晨時晨上来，當有悪鬼及姦人在。

凡卒風暴雨来者，其来處皆欲有賊来，日数即以八方宫

期之。假令異風揚塵，卷樹飄葉，從南来者，是爲巽風，

其数因（四），賊當四日至，遠期卅日，中期十六日，他准此。恐不往。又亥

酉風，賊四日至乎。必不然也。又云，異風来之處兼有悪色，

取之即爲良也。驗若赤色者，大数二日至，成数七日當以七

至，他皆准此。若有蒙忩蘇定者四季色也，晨，青黄盛

①《玉函山房輯佚書》"子編五行類"有集佚。又，關於文書收載的《地鏡》，小林春樹、山下克明編《〈若杉家文書〉中国天文、五行占資料的研究》（大東文化大學東洋研究所、2007年）一書翻刻見載，並與《開元占経》所引《地鏡》合校。

② 敦煌研究院編《敦煌遺書総目索引新編》（中華書局，2000年）作"推風法"，當作"候風法"。

③對本史料的翻刻受到了浙江大学古籍研究所關長龍副教授很多幫助，謹致謝忱。

帯黑也，辰中有水土二墓，辰数五，他准此。若和風調暢，景色晴明者，必有喜吉事。和風從太歳上来者，必有制賜財物。餘以意消之。若正合戰，有急風從陳敵，即宜駐軍勿進，或須廻避，取其上風。又法，候風法之術是十二辰風從勝郷来擊弱郷，從而伐之，百勝千勝。假令風申酉地吹寅卯，是此之前往，但恐有西酉之風，東北之軍弱乎，此法踈也。若申酉上風来，豈有得専勝寅卯地軍裁（哉）。准前，此名剛風，宜起寅卯地，軍即後起，誰肯逆風往擊。交·以氣色占之，久瘵先。凡初欲出軍，或将軍陳，風塵掩喧者不吉，尋逐賊人弥不吉，當（残）。

占候，風氣温和，日月晴明，即以吉事處之。寒氣慘烈，風氣昏濁，以凶事處之。風雖爲災，日月晴明不昏濁，吉。大風之後，三五日内有大雨，至暮即爲災，日月解。若風雨倶起而雨先止，風後止者，爲災成。若風雨倶止者，有變，不可解。軍出而風，其氣温和，天清，是軍具解，發。其風若寒刻，日先治後不明，此無不解，必戰。

凡軍在外，營陣既成，旗敵既張，忽有暴風卒起，菴幕傾倒斜豎，此不祥也，主将失位，兵叛散。始出軍，風雨逆来而霑衣者，此名天泣之師，大（残）。

天泣軍没不還。

【史料2】

五音候風法。申子丑高日半陰〈六十甲子，角不出〉

當日風從子上来，左右有兵謀〈申子爲貪狼，水爲土財，故在奴僕有謀，在申爲子屋。他放此〉。

風從卯上来，戎兵来入邊，兵動從東方来〈亥卯處陰賊，木爲土鬼〉。

風從巳上来，大敵将至〈巳酉爲寛大，故爲大敵将至〉。

風從戌上来，有急兵攻，亡不相救〈丑戌爲攻，未不當巳，故知兵各宜自守〉。

風從辰上来，有伏兵，宜值之〈辰未爲奸耶，故辰爲土墓，必是近〉。

風從午上来，被人相親侯〈寅午爲廉直，言不未規求有，或交使〉。

候風從所来，皆以六情處之。

凡風從来處刻日辰者，必兵緩。伏日，及日辰刻之，必爲
降卒。此法大略，宜細思。又此中風不相迎，宜更推測此
中午廉寅未，以此之法例推之，前人秘之，故衆以
宫一日爲例。一云，不得納音，直以十二辰爲五音也。
六甲五音之父，有陰陽及有半陰半陽，唯角無陽，具
列名前，仍取陰陽爲義。假令陽羽日，譬如熱陽，有
風来處，還得水氣，主有謀反間与中通精常，捉捕
之可得，有木氣，有賊自敗，木能刻水鬼故也。他皆以
此例之。陰徵如炭，陰羽如寒水，陽商如熱鑊，
陰商如冷石，陽徵如猛火，［陰徵如炭火］，陽宫如乾土，陰宫如湿土。
木長則陰歎弥多，故無陽用，則無所不知也。風從歲刑
上来轉急者，大将死，与三刑合辰。風從上来者，坐者急
起，行者急走，大賊方至，至必交戰，戰必主人大敗，即宜固守。
三取謂茂（歲）刑月刑日刑，北辰亦同，春丙丁，夏戊己，
秋壬癸，冬甲乙，此日有暴風疾雨寒刻者，賊方入界。
風晝止夜動者，北者至三日大賊方圍城。注云，此時四日
入昏是子日，不應有圍城之禍，唯水刑在東，冬是甲乙，
是刑日，故應有不祥又（之）事。凡刑法，木刑在北方。

二、中国風角書的歴史

P2610的詳細討論置於次節，本節先簡單勾勒中国風角書的變遷。如前言所述，在中国，“風”被看作陰陽之氣動而生之，又被认为是“天之号令”，因此，能理解風之動，也就能領會天的意志，自古以來，積累了許多理解風的方法（候風法），編輯了許多推知風之意義（占文）之書，即風角書。

“風角”名称之由来，據《靈台秘苑》卷五“風”類之“序”有二説：一爲“先儒説”，因風從“四方四方隅”來故謂之角；一爲“世傳説”，以爲風有所屬（如在卦中，以“巽”爲風，在五行中，以“木”爲風），在八音中以“角”爲風，總之，一般稱風角包括候風法和占法，本文也是在這一意義上使用風角一詞。

史書中，“風角”一語，以《漢書》、《後漢書》、《三國志》爲中心至後代皆可見到，但其首次出現則很難斷定，因爲《漢書·郊祀志》、《翼奉傳》等所載“翼氏風角”，皆見

於注中（前者出自晉晉灼注，後者見於三國魏孟康注），《後漢書》成書於南朝宋，所以，“風角”一語被一般性使用，可能要遲至魏晉南北朝時期，但此並不意味行風角之技也晚至魏晉南北朝期。説起來，風占自古行之，卜辞裏，已可見“風”（作“鳳”）字，可以確定自殷代已行風占之事①。又坂出祥伸氏以爲風占與軍事関係甚大，因此在春秋、戰国的大動亂中，得到急速發展②，可見風角正切實地發展。

但是，持續至後代的風角技術的真正被体系化自漢代始，見于《漢書》的“翼氏風角”雖由後代命名，但翼奉實際行風角之事，此點可由《漢書·翼奉傳》加以確認③，可窺見翼奉修學風角并加以实踐。《隋書·經籍志》可見翼奉（翼氏）撰風角書三種：“《風角要候》十一卷，翼奉撰”、“《風角鳥情》一卷，翼氏撰”、“《風角雜占五音圖》五卷，翼氏撰。梁十三卷，京房撰。翼氏撰，亡。”又，同道的天文書中，有“《翼氏占風》一卷”④，可以揭示以何種形式基於翼奉對之加以体系化。風角書自翼奉始，《乙巳占》卷十序曰：“自翼奉已後，風角之書，近将百卷。”可以證明此説不誤。又和翼奉同時代的京房，有“《風角要占》三卷（梁八卷，京房撰）”等見於《隋書·經籍志》，“京房風角”也曾見《乙巳占》引用⑤，應該也顯示了漢代力圖使風角体系化。又漢代力圖体系化可能也受到當時興盛的讖緯説、天人感應説的影響。翼奉、京房皆爲《漢書》卷七十五“贊”称之为“漢興推陰陽言災異者”的術数家之一，可見以他们为中心编辑風角書，使風角成为体系化的存在。

“翼氏風角”爲《漢書》等引用，其他的史書也多少有些佚文，其比較集中地見於《天地瑞祥志》和《五行大義》。特別是《天地瑞祥志》第十二“風”类，是以“翼氏風角”为中心構成的，是保留很多与風角關聯條目的貴重史料。筆者曾以被認为保留了风角典籍古貌的《天地瑞祥志》所引之“翼氏风角”文为基礎，與《靈台秘苑》、《乙巳占》這類與占候有關的典籍的與風角有關的條目相比较，探尋中國風角書變遷的軌跡⑥，詳情見別稿，此處僅指出其要點。

---

①白川靜《神々的世界》（《白川靜著作集4 甲骨文和殷史》，平凡社，2000年，1972年初版。末次信行《氣象關係甲骨文字——氣象現象的種類》（同《殷代氣象卜辞的研究》，玄文社，1991年）

②坂出祥伸《風的観念和風占——中国古代的擬似科学》（新田大作編《中国思想研究論集——自欧米思想的照射》，雄山閣出版，1986年）。

③“乃正月癸未日加申，有暴風從西南来，未主姦邪，申主貪狼。風以大陰下抵建前，是人主左右邪臣之氣也”，翼奉行判断人的正邪之術時，也使用風召。

④《舊唐書·經籍志》僅收載“《風角要候》一卷〈翼奉撰〉”，“新唐書·藝文志”，有“《翼奉風角要候》一卷”，其他三書未見記載。又《風角要候》的卷数亦有異，隋唐時代可能有很多散逸。

⑤《晉書·天文志》有“漢京房著風角書”。

⑥水口幹記《風角書〈翼氏風角〉——以〈天地瑞祥志〉所引佚文爲中心》，同《〈風角書〉的變遷和書物的編纂》（同《日本古代漢籍受容史的研究》，汲古書院，2005年）。

1、比較八風名、占文的構成，庚季才參照與“翼氏風角”系統相異的風角書寫作了《靈台秘苑》的“風”的部分。這一考慮應該是妥當的。

2、風角書，既有“翼氏風角”系統的內容，也有《靈台秘苑》參照的系統（以下稱“《靈台秘苑》系統”）的內容，至少還有二系統以外的內容存在。

3、《乙巳占》利用“翼氏風角”和同系統的“京房風角”而成，可以説是參照“翼氏風角”系統而成的典籍。

4、在占文的構成中，《乙巳占》有與《靈台秘苑》幾乎相同的內容，可見《乙巳占》也利用了《靈台秘苑》系統的風角書。

5、但是，未必與《靈台秘苑》的文字完全一致，有微妙的差異存在，可見在同一系統中，也有变化产生。

6、《乙巳占》中，被認爲既不屬“翼氏風角”系統也不屬《靈台秘苑》系統的占文很多，《乙巳占》並非是一種統一體系的存在，其著述思路是收載所有風角書，是此前內容的集大成之作。

以上是所能列舉的諸点，關於第六點，李淳風在卷十“序”中已云：“自翼奉已後、風角之書、近将百卷，……集而録之。”參照集録了衆多此前的風角書。又云：“李淳風按、風角書與樂産本，多少不同，占驗又異，今輙総括，除煩略穢。”（“五音相動風占”類）叙述了其取捨，選擇風角書占文之事。也就是説，《乙巳占》中，包含了“翼氏風角”系統和《靈台秘苑》系統以外的風角書，如李淳風自身所述，他時有取捨選擇，因而諸系統書混雜在一起。

如上所述，風角書有多個系統，同一系統中的變化也層出不窮，《乙巳占》之後尚有持續不斷的編纂，但是，《靈台秘苑》、《乙巳占》差不多已窮盡其內容，之後被認爲只是模式化後具體例子的增加的程度[①]。將之視爲多樣化，還是視爲形骸化，因論者而異，筆者關注的是，基於這類風角書被重新編纂、訂正，風角之智被繼承和持續。在中国，風角並非僅天文占之類，實際上，行風角之術，是人們當中被認知的有持續歷史的事物。

兹舉實際行風角的管輅爲例，其能使多種占術，被評爲“管輅之術筮，誠皆玄妙之殊巧，非常之絶技矣”（《三國志》卷二九），《三國志》卷二九《管輅傳》中可見其行風角之事（評亦見同卷）。根据《管輅别傳》，管輅“明《周易》、仰觀、風角、占、相之道”，习得各种各样的占術，傳记中行此类占術的记載甚多（“仰觀”天文，“相”人相），其中亦有风角：

①前揭坂出祥伸論文。

輅至列人典農王弘直許，有飄風高三尺餘，從申上來，在庭中幢幢回轉，息以復起，良久乃止。直以問輅，輅曰，東方當有馬吏至，恐父哭子，如何。明日膠東吏到，直子果亡。直問其故，輅曰，其日乙卯，則長子之候也，木落於申，斗建申，申破寅，死喪之候也。日加午而風發，則馬之候也。離爲文章，則吏之候也。申未爲虎，虎爲大人，則父之候也。

此處，管輅至王弘直處時，占所起之飄風，並解説了他的占法。此時，"若夫列宿不守，衆神乱行，八風横起，怒氣電飛，山崩石飛，樹木摧傾，揚塵万里，仰不見天，鳥獸藏竄，兆民駭驚，於是使梓慎之徒，登高臺，望風氣，分災異，刻期日，然後知神思假幽，靈風可懼"（别傳）管輅因天上星星錯位，八風横吹等災異出現，使梓慎等專門官望風氣，説明了風乃"天之号令"的理由。此外，史書中，可確認行風角之事的人物衆多，可見風角確是中国傳統的占法之一。

三、P2610風角記事的討論

下面我們來討論P2610收載的風角関聯的條目。首先從分類名談起。"候風法"（史料1），未见于《靈台秘苑》、《天地瑞祥志》，《乙巳占》設"候風法"一類。另一方面，"五音候風法"（史料2）也非同一名称，《靈台秘苑》作"五音候風"、《天地瑞祥志》作"五音風"，《乙巳占》作"五音風占"，最初的分類名多附以"五音"，這些與P2610的"五音候風法"相當。

史料中所含的文章裏，可窺出處的文章散見其中。例如"急風緩風"（史料1），《乙巳占》有"凡風動，初遅後疾，其来遠，初急後緩，其發近"（"占風遠近法"類），《天地瑞祥志》所引"黄帝占""風初遲後疾，其風来遠；初急後緩，其風来近"，也有類似的表述。"凡引軍，出營有順風送，此有天助，必大勝"（史料1），相當於《天地瑞祥志》所引"對敵占"："順風者，軍引，風從後来，吹旗旛翩翩前指，此必勝得天助也。"這些文字並非完全一致，也可見與他書大致相同的文章。

"風從上来者，坐者急起，行者急走，大賊方至，至必交戰，戰必主人大敗，即宜固守"（史料2），《天地瑞祥志》所引"太公兵法"有"風從其上来者，坐者急起，行者急走,大賊方至,至必久戰，戰必宜固守"①，可見文字基本相同，同時也指出了P2610的相應部分可能出自於"太公兵法"。又"春丙丁□夏戊巳□□秋壬癸□冬甲乙□此日有暴風疾

①《五行大義》卷2論刑也有："故兵書云，刑上風来，坐者急起，行者急往。"

雨寒刻者賊方入界”（史料2），與《天地瑞祥志》“抱朴子曰,春丙丁,夏戊己,秋壬癸,冬甲乙，此日有大暴疾雨寒刻者,賊方入界也”一致；更有甚者，史料2的開頭部分以“當日風從子上来，左右有兵謀”始接下來的類似文字群，與《天地瑞祥志》所引“翼氏風角”[①]舉如“宫日,風從子日来,左右有兵謀”等,史料2插注部分“〈申子爲貪狼，水爲土財，故在奴僕有謀。在申爲子屋。他放此〉”等一致；以“翼氏風角”爲代表的各風角書中也數次出現關於“六情風”的用語。

因此，首先可判斷P2610收載的風角關聯條目，是引用各種典籍而成的，但從以上的論述，我想與其説P2610的筆録者是利用並抄録各引用書的原典（如“太公兵書”），不如説是利用抄録許多典籍的類書，從其記述的詳細性來看，考慮其引自《乙巳占》、《天地瑞祥志》等類書應該是妥當的。

但是，P2610文書收載的風角關聯條目，除上述與之前風角關聯條目一致處之外，也可見很多相異点，如其設立“候風法”一類。文書開頭有“酉戌亥子丑寅之風、宜先起不宜後；卯辰巳午未申之風，宜後不宜先。二法異氣，急事急風，緩風”一段文字，文章的出處不明。除此之外，通常稱“候風法”時，這樣的文句是不貼切的。如《乙巳占》“凡候風者，必於高迥平原，立五丈長竿，以雞羽八兩爲葆，屬於竿上以候風，風吹羽葆平直則占”所云，一般所謂“候風法“，是記述如何測量風的方法。《靈台秘苑》、《天地瑞祥志》等，也可見同樣的文字[②]。但P2610文書一概不記這樣的文章，僅占文被列舉。又史料1中所見“剛風”的説法也當引起注意。文書中從“申酉”（西南西）吹來之風稱“剛風”，本來“剛風”的名称未見於他書，只有“大剛（岡）風”和“小剛（岡）風”[③]之説，通常“大剛（岡）風是北風，小剛（岡）風是西風[④]，其方角也不同。

史料2中也可見奇妙之處。首先，“宮日”[⑤]是作爲例子记述从子、卯、巳、戌、辰、午方向吹来的風的意味（即占文）的開頭部分。此處文書中附插注，有“候風從所来，皆以六情處之”所謂“六情”。關於“六情”如上所述，乃翼奉説的特徵之一，首先作爲“翼氏風角”的各種各樣的史料而出現。如《漢書》卷75《翼奉傳》以“北方之情，好也，好行貪狼，申子主子”開始，詳述展開了東方之情、南方之情、西方之情、上方之情、下方之情的

①《天地瑞祥志》所引“翼氏風角”，前揭水口論文有摘録，請参照。

②《開元天寶遺事》的相風旌類亦曰：“五王宫中各於庭中豎長杆，掛五色旌於杆頭，旌之四垂綴以小金鈴，有聲，即使侍從者視旌之所向，可以知四方之風候也”，這裏也是候風法。

③參照前揭水口論文。

④《乙巳占》亦載稱東北風爲“小岡風”。

⑤文書中作“當日”，當爲“宫日”的誤字。其他被認爲誤字亦有數處，但本文抄録悉依原史料。

各自的論理①。《天地瑞祥志》所引"翼氏風角"也有同樣的記載，本文書語句與之重合的部分也同樣受到"翼氏風角"的影響。但是，也應注意到本文書的個別之處，與已述的此前典籍等相較，也有不同之處，那是用語的問題。《靈台秘苑》清晰地總括表述"六情"曰："申子爲貪狼，亥卯爲陰賊，寅午爲廉貞，巳酉爲寬大，辰未爲奸邪，丑戌爲公正。"②本文書未使用"公正"這一用語③。他書所有這些用語都被統一，以管見所及，僅本文書有異。關於六情，之後所有的典籍都受到翼奉説的影響，在此狀況下，本文書一方面雖受到"翼氏風角"的影響，然關於六情的表述又非完全一致，可見本文書的風角關聯條目，與他書相較，有內容相異之處。

更需要關注的是"六甲五音之父"以下的文字。這裏對語句作簡單地説明。"六甲"，《五行大義》卷2論配干支曰："十干有十二支相配，周畢還從甲子起，故六甲輪轉，止六十日。"十干十二支周期是六甲（甲子、甲戌、甲申、甲午、甲辰、甲寅）迴圈，六十日停止，然後開始新的周期，六甲也即顯示干支的（周期）。成为分类名的"五音"，如"按五音所主，以宫爲君體，象五行之内土爲也"（《乙巳占》"五音所主占"类）所说，其思想是以五行配五音，土爲"宫"、火爲"徵"、水爲"羽"、金爲"商"、木爲"角"。在風角中，採用五音作占的方法很多，此從風角書類中可以窺見，因而風角也成爲重要的思想。又本文書中，也有"有陰陽，及有半陰半陽"之類，有用陰陽對之分類的方法，以"陽宫"、"陰宫"等形式表現出來。但是，本文書中成問題的是繼之的"唯角無陽"部分。的确，以本文書所记，宫、徵、羽、商各备陰陽，唯有"角"，"木長則陰歎弥多，故無陽"，这一部分的意思不甚明了，（"木一生长，影则弥多"的意味吗？）"角無陽"，究竟是否见于其他史料，也成为问题。

《天地瑞祥志》中，載有與"五音風"類有關的"翼氏風角"文，在此，將六十干支以五音的陰陽加以分類，總結於下表。

	甲	乙	丙	丁	戊	己	庚	辛	壬	癸
陽商	子	丑					辰	巳	寅	卯
陰商	午	未					戌	亥	申	酉
陽徵	辰	巳	寅	卯	子	丑				

①《五行大義》卷4論情性中有詳細的論述，又《漢書》所收翼奉六情説與《靈台秘苑》、《乙巳占》等後世典籍的不同，前揭水口論文有詳説。

②六情是指人所具有的喜、怒、哀、樂、好、惡六種感情。人們進而將之歸爲貪狼、陰賊、廉貞、寬大、姦邪、公正的行爲，來作爲解釋萬事的方法。

③他如"寅午爲庶直"，"庶直"當爲"廉貞"的誤字。

	甲	乙	丙	丁	戊	己	庚	辛	壬	癸
陰徵	戌	亥	申	酉	午	未				
陽角					辰	巳	寅	卯	子	丑
陰角					戌	亥	申	酉	午	未
陽宫			辰	巳	寅	卯	子	丑		
陰宫			戌	亥	申	酉	午	未		
陽羽	寅	卯	子	丑					辰	巳
陰羽	申	酉	午	未					戌	亥

“角”也以陰陽分類，與其他五音一樣，陽角中，干支也被均等地分配，無“無陽”之説，在“翼氏風角”的階段已有陽角存在似可以確定。

與本文書成立差不多同時代的《乙巳占》，有“陰陽六情五音立成”之類。同樣請見下表。（“貪”爲“貪狼”，“陰”爲“陰賊”，“廉”爲“廉貞”，“寬”爲“寬大”，“姦”爲“姦邪”，“公”爲“公正”）

	甲	乙	丙	丁	戊	己	庚	辛	壬	癸
陽商	子·貪 午·廉						戌·姦			
陰商		丑·公 未·姦						巳·陰 亥·寬		酉·貪 卯·廉
陽徵	戌·公		寅·陰 申·寬		子·陰 午·廉					
陰徵		亥·陰		卯·公 酉·姦		丑·公 未·公				
陽角					辰·姦 戌·姦		寅·貪 申·廉		申·寬 午·陰 寅·陰 子·寬	
陰角						巳·貪 亥·陰	辰·公	卯·寬 酉·陰		未·公 丑·姦
陽宫			戌·陰 辰·寬				午·貪 子·廉			
陰宫				亥·廉 巳·貪	寅·寬	卯·貪		未·公 丑·姦		
陽羽	申·貪 寅·廉		子·公						辰·公 戌·姦	
陰羽		酉·寬 卯·陰		丑·貪						巳·貪 亥·廉

如果没有誤字的話，如上所列，並非均等地分配，與“翼氏風角”的分配方法完全不同，可見兩者的基準有别①。又《乙巳占》将“六情”与“五音”加以組合，“翼氏風角”則未加组合。本文書的開頭部分，因用“五音（正文）＋六情（插注）”形式構成，其思想背景与《乙巳占》可能相近，但是，有陽角存在，就不止是分配数最多的問題，而与本文書産生了根本上的差異②。又在《乙巳占》“地十二辰五音法”類中，十二支與陰陽、五音分配，在此，“巳”相當於“陽角”，可見陽角的存在③。

據上論，不能確定“角無陽”之説是否與他書有關④，本文書究竟以何爲根據而作如此表述，現在還完全不能假定，由此可見，本文書的風角關聯的條目，反映了與他書相異的論理和思想，此種可能性應該是很大的吧⑤。

結語

以上談清了P2610所載的風角關聯條目的特殊性，我想確認這一特殊性是否在《乙巳占》以降的風角書、類書中是否得到了繼承。

與《乙巳占》同時代的唐代編纂的《開元占經》卷91，也有“風占”類，應該也是從“候風法”開始的風占關聯類目的繼續，這一類目受《乙巳占》的影響十分明顯，文中出現“李淳風曰”“李先生曰”；它有與《乙巳占》同樣的“地十二辰五音法”類，内容與《乙巳占》幾乎相同；《乙巳占》中所無“納音”類，其寫法與上述表中“翼氏風角”相近，内裏與《乙巳占》的上列表相近（当然也有“陽角”）。可見，《開元占經》“風占”类受到《乙巳占》的强烈地影響，姑且不论《開元占經》里卻全然感觉不到P2610的影響。

①關於此點，在國際會議席上，討論人南京大学趙益教授對筆者的看法提出質疑，他認爲現存《乙巳占》在傳来的過程中曾産生過錯誤，另外，它的大部分符合談到“納音”問題最主要方法的“五音六属”法則。的確，趙氏的看法有一定道理，但從上表來看，也可知並不完全一致，況且本稿是爲確認“角無陽”的是否存在作爲例證而提出上述看法的。由於趙氏的看法與筆者主旨稍有偏離，故附記于此。

②在後世的《觀象玩占》中，“壬申”、“壬寅”變爲“陽商”，這裏從《乙巳占》。

③分配如次：子＝陽宫、丑＝陽徵、寅＝陽徵、卯＝陽羽、辰＝陽商、巳＝陽角、午＝陰宫、未＝陰徵、申＝陰徵、酉＝陰羽、戌＝陰商、亥＝陰角。

④《靈台秘苑》中，並未以陰陽分五音，《五行大義》亦如此。卷3論配聲音中，引《漢書·律曆志》：“角者触也、陽氣蠢動、万物触地而生也”，可知角最初是陽氣。

⑤黄正建《敦煌占卜文書与唐五代占卜研究》（学苑出版社，2001年）、張弓主編《敦煌典籍与唐五代歴史文化》（中国社会科学出版社，2006年）提出它與《乙巳占》的類似，這裏當要再思考。又，趙益氏認爲除了“角無陽”以外，它與舊有的風角極爲類似。由於趙氏對筆者在本稿中提示的相異点未作回答，另外“角無陽”並非只是可以認爲單純誤写程度的問題，故似無法得出“因類似而相同”的結論。

又《古今圖書集成曆象彙編庶徵典》第60~61卷所收之《觀象玩占》[①]中，也可見“李淳風曰”“李先生曰”的語句，書首的“風角候風之法”類，也是多少有點不同的《乙巳占》開頭部分的大致抄録；關於陽角的語句出現在“求日辰五音法”類中，與《開元占經》的“納音”類内容相同；又六情中，可見“公正”一語。又明崇禎十二年（1639）所撰《風角書》[②]中，也随处可见“李淳風曰”“李先生曰”之句，同样也可以确定受到《開元占經》的影響（如“風名状”类，引録《開元占經》“風名状”类）。

如此，《乙巳占》之後編纂的風角書，有關風角的類目，參照了《乙巳占》的記述，有時照録所立類目，也就是説，未被《乙巳占》收載的有關風角的條目，在依據《乙巳占》編纂的風角典籍的歷史上，完全消失其蹤跡的可能性很高，也可以説，《乙巳占》的編纂，對於“風角”這一自古行之的占法來説，是一個大的轉捩點。

因此，P2610收載的與風角有關的記事的價值之貴重就格外顯著，本文書與風角有關的條目，是唐以前所行風角的一種樣態，它有可能與主流的“翼氏風角”等在思想和方法上不同，它的風角世界有廣泛的多樣性。又本文書的有關風角的條目，如果是從專門類書中引用的，它是怎样的專門類書？其典籍也有已亡佚的可能性，此點也大有深味。又不限於風角的敦煌文書收載的占書類的討論，其中具有的特殊性也有待深化，這是今後研究的課題[③]。

（俞士玲譯 金程宇校）

①使用中国学術類編本（鼎文書局）。本書被稱李淳風撰，但據前揭坂出論文，是後世術数家的依託之作，坂出氏提出有明劉基作的可能性。

②使用京都大学人文科學研究所所藏本。

③鄧文寬、劉樂賢《敦煌天文氣象古寫本概述》（《敦煌吐魯番研究》9，2006年）進行的關於《玄象西秦五州占》研究，是今後的古書研究的一種啟示。又就本文書風角關聯條目而言，因軍占很多，是迫於敦煌地域的怎樣的情勢而被記載的呢？如鄧、劉論文指出的那樣，P2610的四宫占候後有“管内五州”，如果它是“西秦五州”，則也可考慮與敦煌地域關聯的可能性。這也是今後的研究課題。再有，趙益氏提示它具有敦煌地域傳承的民間占術的可能性，也是今後所要進行的課題。

中國國家圖書館藏本《廬山復教集》和《廬山蓮宗寶鑑》與高麗時期傳入的白蓮宗

朴現圭

一、緒論
二、《廬山復教集》和《廬山蓮宗寶鑑》的書志情況
三、白蓮宗的創建和發展過程
四、高麗忠宣王的白蓮宗開宗與傳播
五、結論

一、緒論

東亞的佛教傳播是發源于古印度，經中亞落户于中國大陸的。後再從中國大陸向東傳播至韓半島和日本列島。古代韓國佛教落户韓半島以後，一方面與中國佛教共同發展，另一方面創造了獨立的思想和文化。新羅元曉融合了當時中國佛教的華嚴、法相、淨土宗的思想，創造出了符合當時新羅世界的綜合性的佛教思想，高麗前中期佛教是從中國積極的引進和發行佛經，而在教理和修行方式上追求獨創路綫。

高麗末期，隨着與元朝特殊關系，形成了更多樣的佛教思想傳入高麗，高麗佛教崇仰元朝皇室而接受了西藏體系的佛教，從而在韓半島産生了用Lanthha文字和西藏文字撰寫的各種佛經。本論文中提及的高麗忠宣王時期傳入的白蓮宗及其經典就是例證之一。它證明了韓國佛教的多樣性。

白蓮宗是以念阿弥陀佛的淨土宗爲根據，但戒律和制度方面更接近民衆的獨立的宗派。南宋茅子元(法號慈照)要統合儒佛道三教，以淨土結社爲基礎創建了白蓮宗，進入元代，經過調整，一直徘徊在不法和合法的門檻上，明清以後成爲根深蒂固的民間信仰，韓國内佛教界對于白蓮宗與韓半島的關聯研究至今仍是一塊未開墾的處女地。中國國家圖書

館(以下簡稱國家圖書館)善本特藏室中有許多關于韓國學的珍貴資料. 高麗刻本《廬山復教集》和《廬山蓮宗寶鑑》就是其中之一，這兩本佛經闡明了元代白蓮宗的思想和歷史，而且是證明與韓半島關系的重要文獻，本論文中將以這兩本書作爲中心分析各種書志情況和各項特徵，並對白蓮宗的思想和發展及在韓半島的白蓮宗的引入和實體進行分析。

二、《廬山復教集》和《廬山蓮宗寶鑑》的版本情況

在國家圖書館善本特藏室中有高麗發行的白蓮宗經典，即《廬山復教集》和《廬山蓮宗寶鑑》。

現在先看元釋果滿編撰的《廬山復教集》的版本情況。書號是SB8321本，全2卷，1册。書整體大小28.6 18.5cm，版欄是左右雙欄，半廓大小19.0 15.0cm，行字數是10行17字，版口是白口爲主，間或有細黑口加入，魚尾是黑魚尾或1~3葉花紋魚尾等各種形態混載，版心題寫着“復教幾”，頁數不分卷上、卷下，連續記録。題署寫有“元本廬山復教集，勞健署”。書首載清末民國初的著名藏書家沈曾植、楊守敬、傅增湘的題識。沈曾植的題識中記載了《廬山復教集》是《廬山掌故》都遺漏的元代孤本。楊守敬在壬子年(1912)寫的題識中説到他本人在日本收集了一萬餘本佛經，但這裏的《廬山復教集》是其中不能外露的珍本。傅增湘分兩次寫了題識：第一次題識中簡略提及了《廬山復教集》的發行原委和價值及此書在蜀地購買所得，第二次題識是戊午年(1918)寫的，寫了與周叔弢等藏書緣分, 並想出版此書的心願。這本書的藏書印有“周/暹”(白方内有方格印)，“曾在周/叔弢處”(朱長印)，“北京/圖書/館藏”(朱方印)。

這本書的版本是高麗刻本，國家圖書館的目録卡也記録爲高麗刻本，但是民國初學者們錯誤地把此書鑒定爲元刻本，由于勞健的題署，就認定此書的版本是元刻本，沈曾植和傅增湘都認爲這本書是元刻本[①]。雖然此書没有具體的發行年度，但此書的版本特徵與高麗刻本《廬山蓮宗寶鑑》非常相似。且從内容來看，記録了高麗忠宣王滯留在大都(今北京)熱心閲讀並發行《廬山蓮宗寶鑑》。由此可見，此書是高麗刻本。

下面請看元釋善度編撰的《廬山蓮宗寶鑑》的版本情況。國家圖書館善本特藏室中藏着兩部高麗忠宣王一年(元延祐元年；1314)刻本《廬山蓮宗寶鑑》2部。一部書號是9845本，另一部是01555本。《廬山蓮宗寶鑑》，原有10卷本，9845本是北京圖書館時期采集號碼“採53899號”，總10卷中殘存的2卷(卷1~2)。全書大小是30.7 19.3cm，版欄是左右雙

① 國家圖書館藏本《廬山復教集》沈曾植題識：“元刻孤本，可貴也。” 同本傅增湘第一題識：“今《蓮宗寶鑑》已入《明藏》，獨此元槧元印《佛復教集》，僅存孤本。”

欄，半廓大小是20.0 15.5cm，行字數是10行16字，版口是白口爲主，間或摻有細黑口，魚尾混載黑,花紋等多種形態。上魚尾大多數爲黑魚尾，間或有花紋魚尾。下魚尾是2葉~3葉花紋魚尾。常21的上魚尾,1下魚尾，常57的下版口都有刻手名“文”字，版心題爲“監一 常幾”。頁數是序文和本文無區别，連接記録，常21相當于本文卷1第1頁，常37相當于本文卷2的第1頁。後來，爲了保存此書做了書套。書套題爲“元本蓮宗寶鑑，存卷一之二”，其中“元本”應改爲“高麗本”，由于後代收藏者錯誤考證此書版本爲元刻本，該書的藏書印有“國子監/祭酒盛/昱印信”(朱方印)，“周/暹”(白方内有方格印)，“北京/圖書/館藏”(朱方印)。盛昱是清末藏書家。北京圖書館時期修補此書時，因修補疏忽而丢失了數頁。丢失的頁數是常30–31,常48,常66。除了常31外，其他的都在01555號中可以找到。

《廬山蓮宗寶鑑》01555本和9845本是同一版本。這本書也是殘存2卷(卷1~2)，2册。國家圖書館善本特藏室的目録卡中，記述了01555號與9845號的殘存情況是同樣的，但核查後發現兩者有細微的差異。01555號的内封皮中附着北京圖書館的紙張，此紙張上記録各卷所録的頁數。册1中寫着“廬山蓮宗寶鑑，2册，元高麗刻本。第一序目，二十葉，全(外重序三葉)，卷一，十六葉，全(外重一葉)”。册2中寫着“卷二，三十葉，全(外二葉)”。這裏的(外幾葉)，就是其書(01555本)原有的紙，就是09845本的紙。大概是北京圖書館時期補修時誤訂的。

下面看一下01555本的版本情况。書衣是經過後來改訂爲包背裝，全書大小是27.6 18.0cm，藏書印捺有“國立/北平圖書館/收藏”(朱方印)的藏書印。書首載有《廬山蓮宗寶鑑綱目》,延祐甲寅年(元年；1314)沙門希陵的序文,皇慶壬子年(元年；1312)優曇普度的序文,助緣名單,至大四年(1311)高麗忠宣王的祝願文,《廬山蓮宗寶鑑目録》,名德題跋,大德九年(1305)優曇普度的《廬山蓮宗寶鑑叙》。

助緣是由高麗人士組成，[缺]是缺落部分。

高麗中郎將崔元茂

高麗上護軍崔玄

高麗密直司事權漢功

高麗松岩長老大禅師萬奇

高麗護軍朴從龍

高麗通憲大夫密直副使金廷美

高麗大匡西隱居士覺源朴虚中

高麗安定君許[缺]

[缺]子延[缺]

[缺]子[缺]

這些都是隨行忠肅王的高麗人士。權漢功在《高麗史·奸臣傳》中有傳；朴從龍、金廷美等也是在《忠宣王世宗》或《奸臣傳》中有名可尋；崔元茂、崔玄、松岩長老大禪師萬奇等没出現在《高麗史》中，可以幫助歷史考證。

後來《廬山蓮宗寶鑑》多次重刻，有明永樂十五年(1417),宣德四年(1429)等各種《廬山蓮宗寶鑑》重刻版本。又其書收録在各種藏經中，如萬曆十二年(1584)編撰的《大明三藏聖教北藏目録》,清順治四年(1647)編撰的《藏版經直畫一目録》,雍正十三年(1735)編撰的《大清三藏聖教目録》中，都收録了《廬山蓮宗寶鑑》①。

三、白蓮宗的創建和發展過程

白蓮宗的思想是以淨土宗信仰爲根源。淨土信仰是爲到達後世的淨土世界而修行，以拯救大衆爲思想宗旨，根據《淨土經》可知阿弥陀佛普度衆生,掌管着以無量的愛創造的名爲西方極樂的淨土。阿弥陀佛是有無量光含義的Amit bha，也是有無量壽含義的Amit yus，在世上絶對相信自己和淨土的人可以再次回到西方極樂。

中國佛教在發展初期大體分爲崇拜兜率天弥勒佛的弥勒淨土思想和崇拜西方極樂世界的阿弥陀佛(無量壽佛)的阿弥陀淨土思想，東晉以後弥勒淨土思想逐漸衰落，終于被阿弥陀淨土思想吸收了②。東晉時期慧遠法師以廬山東林寺爲基地，創建了名爲白蓮社的結社組織，他對信徒們發願：信阿弥陀佛就能升往西方極樂。而後，各種淨土思想均奉慧遠爲祖師。白蓮宗也强調了他們的思想教理是從東晉慧遠那裏繼承下來的③。

白蓮宗實際是在南宋紹興年間由吴郡延禪院茅子元創建的。他是天台宗第三世第十三代傳人——北禪淨梵的弟子。他自身通過參禪天台宗的修行方式得道，後來熱衷于慧遠的淨土思想，創建了在當時非常具有革命性的宗派，即白蓮宗。白蓮宗的信徒們口念阿弥陀佛佛號就能升往西方極樂，這點雖然與淨土宗的信仰相同，但在戒律和制度方面比傳

① 釋印謙:《略論元代白蓮宗對後世淨土之影響》，圓光新誌，52期，2002.7，頁106~107。釋印謙:《白蓮宗析論》，圓光佛教學報，5期，2002.12，頁82。

② 楊訥:《元代的白蓮教》,《元史論叢》，2輯，中華書局，1983.4，頁190~200。

③《廬山復教集》卷上優曇普度《上白蓮宗書》:“臣竊謂吾祖廬山東晉遠公法師，自太行恒山來止九江，睹匡廬之境勝，乃卜山陰，立精舍，隱居以樂其道…… 與之同修淨業，念佛爲宗，十八賢爲上首。乃種白蓮花，以顯佛性清淨無染故，締盟立誓，期生淨邦，因名蓮社焉。”

統佛教更爲簡便。白蓮宗思想以三皈(皈佛,皈法,皈僧)和五戒(不殺生,不偷盜,不淫邪,不妄語,不飲酒)爲基本戒律[①],僧侶和信徒以此爲基礎生活,每天早上要檢點懺悔自己的修行方式和生活態度。白蓮宗僧侶中,除了傳統佛教的出家方式外,還有不用出家而以在家弟子的方式。在家僧侶可以娶妻,並展開修行和傳教活動。這樣的思想和制度是茅子元把當時流行的儒、佛、道三教和佛教的禪淨教相融合,並順應了當時的時代潮流而形成的大多數信徒覺得容易接受的信仰方式就能達到西方極樂世界的思考方式。白蓮宗的傳教方式也比其他傳統宗派的傳教方式更爲開放,並以積極的方式使民衆們更容易地接受白蓮宗,因而得以快速發展和傳播。

但是這也遭到了傳統宗派的强烈非難。他們批判白蓮宗是墮落的温床,官府也將茅子元作爲邪教頭領抓捕,並流配到了江州。直到九江刺史的奏請才得以轉機,宋高宗把茅子元召入朝,聽了他對白蓮宗教理的闡訴後,賜他"慈照宗主,白蓮導師"的稱號。從此白蓮教成爲合法宗派的範疇,展開了傳教活動。

茅子元死後,白蓮宗繼續順利地進行它的信仰活動,一直到元朝仍徘徊在合法宗教和異端宗教的分界綫上,曾多次向朝廷傳教,也多次遭禁,但再一度大舉出現論爭。元代的國教是西藏的喇嘛教,但對其他宗派采取了比較寬鬆的政策,使得白蓮宗仍能在摸索中發展。在這個時期,白蓮宗陸續出現了東巖淨日、悦堂祖誾、優曇普度等高僧。東巖淨日是原臨濟宗無準師範的法統,但後來對白蓮宗思想投入了很多的關注。東巖淨日的弟子悦堂祖誾,兼具臨濟宗的看話禪和白蓮宗思想。他們長期担任白蓮宗道場的中心寺院——廬山東林寺的住持,特别是悦堂祖誾,他得到了元朝廷"白蓮宗善法法堂護持教法"和"白蓮宗主"的封號。後優曇普度繼悦堂祖誾担任廬山東林寺的住持,整頓了白蓮宗的教理,使白蓮宗大放異彩。他編撰了《廬山蓮宗寶鑑》,建立了白蓮教的思想體系,並使白蓮宗在元朝時期合法化,還得到了"江州廬山東林禪寺白蓮宗善法堂主"的稱號。

與此同時,作爲白蓮宗的另一個中心的在家弟子制度也已形成。與前所述,在家弟子們也形成各個獨立的宗教組織。但由于組織之間相連的環節非常的鬆散,所以無法形成統一的管理。在家弟子原來的宗旨是向大衆廣泛地宣傳佛教,但漸漸出現了一部分人士收斂財物或牟取私利的弊端,特别是他們借宗教的名義追逐不義之事,而且他們經常將教衆

---

①《廬山復教集》卷上《上白蓮宗書》:"殆至宋朝,有子元法師,憫蒙俗之幽昏,以此念佛之道平等勸修,撮集藏經,編成白蓮懺法流通于世,及以佛説優婆塞五戒經普化在家清信之士。初受三皈:一曰佛,二曰法,三曰僧。此則勸持五戒:一不殺生,二不偷盜,三不邪淫,四不妄語,五不飲酒。三皈者,即儒之三畏也。所謂畏天命,畏大人,畏聖人之言也。五戒者,即儒之五常也。蓋不殺,仁也;不盜,義也;不邪淫,禮也;不妄語,信也;不飲酒,智也。五者修則成其人,顯其親;有一而不修,則棄其身,辱其親。天下皆以此各修,而人人足成善;人人皆善而世不治,未之有也。"

從晚上聚集直到第二天解散，並男女信徒混住在一起，引起了社會性的問題。

另一方面，白蓮宗在社會各階層的蔓延，使得朝廷懷疑其會成爲政治性的集團勢力，而對其采取了抑制政策。至大元年(1308)武宗頒布了禁止白蓮宗結社的詔書，並毀了佛堂、佛像，解散了信徒。三年以後，通過優曇普度的積極活動而再次取得了合法宗派的資格。但是至治二年(1332)由于國家掌權者的交替和白蓮宗的社會問題再次遭禁，此後白蓮宗體系完全的不合法化了。

元末明初，白蓮宗由于進出于民間下層階級，使得教徒爆發性的猛增，教勢擴大，使其發展成了民間信仰的代表性團體。當時以“白蓮教”來作爲團體名稱，元末參加反元起義的人物彭瑩玉(後改名爲徐壽輝),紅巾軍的代表人物韓山童都是白蓮宗的信徒，朱元璋原來也是白蓮宗信徒郭子興的部下。當時紅巾軍和朱元璋後來提出的口號和將軍名都與白蓮宗的思想有密切的關系。朱元璋自稱爲“明王”，後來的“大明”也是出自白蓮宗信徒的口號“明王出世”①。

明清時期白蓮宗的傳統體系分爲兩部分。一部分是像白蓮宗在元末明初的情況下作爲民間信仰發展，在民間以白蓮宗教義爲基礎，更加擴收信徒,組織結社。他們這樣的結社日益從單純的宗教聚會向政治團體發展，盡管當時明朝的開國和國號都與白蓮宗有很大淵源，但朝廷仍對他們的組織結社和政治勢力存在很大担憂，也因此定論爲邪教並采取了强烈的鎮壓政策。特别是明末和清代，與白蓮宗相關的叛亂事件接連不斷，成爲朝廷的一大隱患。其中代表性的叛亂有明天啟五年(1625)王森、徐鴻儒之亂，清乾隆三十九年(1774)王倫之亂等。而且這些叛亂中有羅教、青陽教、混元教等其他宗派引起的各種叛亂都加在白蓮宗頭上。

另一部分白蓮宗的思想逐漸轉移到了正統宗派淨土宗思想上。在淨土宗文獻中就包含了白蓮宗宗派人物和教理，例如明道衍的《諸上善人詠》，袾宏的《往生集》，清代的《淨土晨鐘集》、《淨土聖賢録》、《角虎集》等都有白蓮宗開創者茅子元和中興者優曇普度的立傳，《淨土訣》、《淨土資量全集》、《念佛警策》等有《廬山蓮宗寶鑑》的內容。今天圓光佛門中，早上晚上都要念“自性衆生誓願度，自性煩惱誓願斷，自性法門誓願學，自性法門誓願成”的偈頌也是茅子元的話②。與此相同的情況成了自然而然的事。白蓮宗與淨土宗本是同根生，教理內容也是以淨土宗爲本. 而且由于白蓮宗的開宗者與繼承者也

① 楊訥:《元代的白蓮教》，同前論文，頁212~215。楊訥:《白蓮教與元末農民戰爭》，《文史知識》，1985年 3期，頁95~99。

②《廬山復宗寶鑑》卷7《念佛正願説》:“故我慈照集懺，恐人着事迷理，乃云: 自性衆生誓願度，自性煩惱誓願斷，自性法門誓願學，自性佛道誓願成。此四句直明真理，欲令一切人於自性中度了一切妄念，衆生所謂邪迷雜想、貪癡妲妬、嗔恚惡毒等心，故令發大誓願自性自度也。”

都是淨土宗派得道或者得到淨土宗的法統，所以淨土宗自然接受了白蓮宗的思想和人物。

四、高麗忠宣王的白蓮宗開宗與傳播

與上所述，至大元年(1308)白蓮宗被武宗禁教。三年後，武宗駕崩，仁宗繼位，其再次被承認爲合法性的宗派。仁宗不僅對佛教有很深的理解，而且對佛教各教派採取包容的政策，優曇普度也就是抓住了這次機會，直接上京，解除了過去3年中頒布的白蓮宗禁令。當時他也得到了正滯留在京的高麗忠宣王的帮助。

高麗忠宣王，名璋，蒙古名益知礼普花，與元世祖的女兒齊國大長公主結婚。他之前在元皇室政權爭奪戰中帮助武宗和仁宗取得了皇位.因而越升爲政權的主掌者。仁宗繼位的四年間，他在大都接見了優曇普度，看了他編撰的《廬山蓮宗寶鑑》後就與白蓮宗結下了緣。以下是十月爲白蓮宗開宗起草的發願文[①]。

《廬山復教集》卷下《高麗王開宗念佛發願文》中說:

> 維皇元至大辛亥十月戊辰朔十四日辛巳，崇佛三寶弟子高麗國王某，爰命六和真信之士，會于大都寓宇，恭對阿彌陀佛像前，嚴持香花，敬薦而誓焉。

忠宣王自稱爲佛弟子，篤信佛教，他篤信白蓮教，在大都的寓所聚集了僧人，在阿弥陀佛像面前舉行了白蓮宗的發願儀式。他認爲諸法之外存在着淨土世界。東晉慧遠法師和諸賢們創造了白蓮宗這個宗派，並且發現了白蓮宗的教理中存在着真正的佛旨，對存在着没有任何疑惑全心相信的信仰[②]，所以他起草了要求高麗百姓相信白蓮宗的上疏。同書卷下《高麗國王勸國人念佛疏》中說:

> 東晉遠公法師十八大賢士廬山東林結白蓮社，念佛修行，皆獲道果。某今依古德遺風，普願同修淨業，敬於本國創建壽光寺白蓮堂，普勸僧俗長幼各各志誠持念南無阿彌陀佛，共結勝緣。

①《廬山復教集》卷下《高麗王開宗念佛發願文》:“況見優曇現瑞，《寶鑑》開明。”

②《廬山復教集》卷下《高麗王開宗念佛發願文》:“於諸法之外別開淨土一門。欽惟東晉遠公祖師與諸賢士，洗心清向，託境西方，咸願超登者也…… 矧今慶逢嘉運，獲階王稱，得詢佛旨，大闢生途，既見告於秘文，誠深信以無惑，盲龜值於浮孔，墮芥投於針鋒，得不爲之難遇哉。詎可自昧勝緣，淪喪慧命。”

忠宣王提及了白蓮宗的由來，並希望本國(高麗)百姓都能與白蓮宗結緣。他爲了傳播白蓮宗，在本國的信徒中提倡以悟性念南無阿弥陀佛，並創建了壽光寺白蓮堂；白蓮堂是在高麗最早也是最後的白蓮宗道場。筆者曾想收集該寺有關資料而試着找過相關文獻及遺址，但結果並不令人滿意。

那麼，忠宣王真的創建了這個寺，並在韓半島广泛的傳播白蓮宗嗎? 這是個有趣的問題。高麗時代與白蓮宗同根的淨土宗思想和白蓮結社的有關資料多見，也能找到忠宣王沉迷佛教,舉行佛教儀式,刊行佛經並寫經給很多寺院的記録。但有關白蓮宗的資料卻完全與此相反。現存各種有關高麗的國内文獻中並没有白蓮宗傳入並落户韓半島的任何記録，研究韓國佛教的學者的論文中也没有具體涉及白蓮宗傳入韓半島的記録。

筆者認爲白蓮宗傳入韓半島後有過一定程度上的傳播，如前所述。忠宣王積極倡導高麗百姓加入白蓮宗，白蓮宗經典《廬山復教集》和《廬山蓮宗寶鑑》是高麗刻本，這些事實證明了白蓮宗曾在韓半島傳播過。但筆者認爲白蓮宗的傳播並不太長久。原因有二: 其一，是忠宣王政權影響力的變化。延祐七年(忠宣王七年；1320)元仁宗駕崩，英宗繼位，該年忠宣王遭英宗政治圈的相剋關係及宦官伯顔秃古思讒語，被流放吐蕃朵思麻，完全失去了對高麗和元朝政治的影響力。其二，是至治二年(1322)英宗對白蓮宗的全面禁止. 由于當時高麗受到元朝的强力干涉，估計韓半島的白蓮宗也難逃厄運。

與此同時，白蓮宗也傳入日本。文保元年(延祐四年；1317)日本留學僧澄圓禮訪廬山，全盤接受了優曇普度的《廬山蓮宗寶鑑》、《龍舒淨土文》等白蓮宗經典和相關教理。在元亨元年(至治二年；1322)歸國後創建了旭蓮社，傳播白蓮宗思想①。白蓮宗思想移入日本淨土宗，後來淨土宗在日本廣爲流傳。

五、結論

白蓮宗是南宋茅子元開宗的佛教宗派，該宗派的信仰方式是口念南無阿弥陀佛，追求西方極樂世界，與淨土宗思想並無差異。它以佛教戒律中的三皈五戒爲基本戒律，在組織運行上有着與傳統佛教截然不同的“在家弟子”的制度。這些特徵有助于其在民間階層的傳教，但也遭到了正統佛教宗派和社會人士的非難，被後世各朝當作邪教而禁止。

到了元代白蓮宗高僧輩出,編撰經典,建立思想體系，並一直徘徊在不法宗教和合法宗教的界綫上，其信仰活動經歷了極大的變化。該變化的中心就有高麗忠宣王，忠宣王自大

①釋印謙:《略論元代白蓮宗對後世淨土之影響》，圓光新誌，52期，2002.7，頁101~107。釋印謙:《白蓮宗析論》，圓光佛教學報，5期，2002.12，頁78。

都召見優曇普度後便沉迷于白蓮宗教理， 發願在韓半島開宗，並倡導本國的百姓信仰白蓮宗，且下令在本國建造白蓮道場壽光寺白蓮堂，這些事實在中國國家圖書館善本特藏室所藏的高麗刻本《廬山復教集》和《廬山蓮宗寶鑑》中都有明確的記載. 但也可以看出白蓮宗在韓半島的傳播並不太長，推測白蓮宗隨着忠宣王的失權和元朝的再次禁教而消失。最後簡略整理一下寫本論文時筆者的成果和心得：第一，這是在韓國内佛教學界也是在韓半島初次研究白蓮宗的傳播史實；第二， 韓國佛教與中國佛教同異共存；第三， 中國的各圖書館中藏有重要的韓國學資料，特别是國家圖書館中能保存着韓國學資料， 以後有必要進行更詳細的調查工作。

燁爀之樂室，癸未 陽五月 卅一日

參考文獻

釋果滿：《廬山復教集》，高麗刻本，中國國家圖書館藏本。

釋善度：《廬山蓮宗寶鑑》，高麗刻本，中國國家圖書館藏本。

楊　訥：《元代的白蓮教》，《元史論叢》，2輯，中華書局，北京，1983。

楊　訥：《白蓮教與元末農民戰爭》，《文史知識》，1985年 3期。

釋印謙：《略論元代白蓮宗對後世淨土之影響》，圓光新誌，52期，2002。

釋印謙：《白蓮宗析論》，圓光佛教學報，5期，2002。

"北宋本"《新雕入篆説文正字》考

李　慶

有許多中國的古代典籍流傳海外，這裏介紹的《新雕入篆説文正字》，便是其中之一。

考南唐徐鍇撰《説文解字繫傳》，開創全面注釋整理《説文解字》的先河。世稱"小徐"本。北宋初，徐鉉奉敕整理《説文》，成校定本《説文解字》三十卷，因徐鉉爲徐鍇之兄，世稱"大徐"本，爲現傳《説文》通行之本。《説文》雖有唐鈔本，但僅爲殘葉；大徐本現有元修宋本，小徐本僅存影宋鈔本。此書中引用了大、小徐本的《説文》，刻於北宋時代，在《説文》的流傳史上，是應當注意的本子。

此書,宿白在《現存釋典以外的北宋刊印書籍的考察》一文中曾有所涉及[①]。他根據的是1932年日本"蘇峰古稀紀念委員會"編的《成簣堂書目》所附的書影，所以在文中所列的表格中，對於該書的刻工、避諱等都打了問號,没有詳細論説。或可以説，國内的學界，對於此書，瞭解者尚少，故略作考釋。

（一）

首先，談此書的文本情況：

《新雕入篆説文正字》一卷一册,宋刊本,撰者不詳。現存日本東京的成簣堂文庫。

板式：白口，左右雙欄，單魚尾。半葉十一行，行十二字；小字双行，行二十五字。

板框11.5×16.8公分[②]。

①原載於北京大學考古系《考古學研究一》，頁328–380，文物出版社，1992。後收入所著《唐宋時期的雕版印刷》，文物出版社，1999。

②據影印本所量尺寸。

卷首題“新雕入篆説文正字一卷”，卷末題“新雕入篆説文正字一卷”。

書簽題“宋版説文正字”。

扉葉題“宋槧新雕入篆説文正字一卷”。

卷末有題簽:“高麗覆宋本之存於今日者,祕府有杜氏《通典》,文中子《中説》,帝國圖書館藏《姓解》,木村正辭收《御注孝經》,而予藏是書及《荀子》。而其捺‘高麗云云’圖章者,天壤間獨存《通典》、《姓解》、《荀子》與是書而已。後之獲是書者其寶之。明治己亥(慶按:明治二十五年,1899,清光緒三十二年)春二月島田翰記于小石川老柯山房,二十一歲”。

跋語“明治己亥初春獲之於琳琅閣,島田記”。

按:原書藏印不少。有“雙桂樓所藏記”(篆書,朱文長方)、“德富文庫”(楷書朱文長方)、“蘇峰珍藏”(篆書,朱文長方)、“菅原正□(慶按:此最後一字不明)印”(篆書白文圓形)。(以上在首頁)

“雙桂樓所藏記”(篆書,朱文長方)、“養安院藏書”(楷書,朱文長方)、“篁村島田氏家藏圖書”(篆書,朱文長方)、“島田翰讀書記”(篆書,白文長方)。(以上在最後)

“蘇峰清賞”(篆書,白文,正方)、“德富豬一郎之印(篆書,朱文,正方)、“須愛護,蘇峰囑”(楷書,朱文,不規則形)。(以上在題記頁)

又有小島寶素的題記:

“右此書卷末一印,文字隱然,彌不可辨。照北宋本《杜氏通典》所按,始得可讀焉。案,《朝鮮史略》,辛巳为肅宗六年也。卷首‘經延’印文,又见北宋本《御注孝經》及《文中子》,是亦高麗國印也。天保仲秋借録已毕,造匣呈還并題。”(最後數字及二方印章,印本不清,無法辨識)

此題記前有“高麗國十四葉辛巳歲藏書大宋建中靖國元年大遼乾統元年”長方楷書朱文印。

1951年,東京古典會,曾據成簣堂藏本影印,後附録了德富豬一郎《賀詞》,筆者解讀翻譯如下:

琳琅閣書肆與予二代親交。先代奇恣纵横,现代稳当平直。而現代兼(?)藏翁古書鑒識,實爲同業者所畏敬。比同業者胥謂,開古稀壽宴之際,求徵一言。顧二代君打包古書，往来予之青山草堂，實在明治晚期，當時君乃白面少年，予为不惑壯夫。人生如電抹。予今老齡,百僅減十，一切妄念皆消散。但愛書之執著與齡倍增，尚傾濃厚。予負於琳琅閣前後二主人之所，鮮可知也。仍应需呈荒言。昭和二十七年三月十一於熱海市伊豆山晚晴草堂蘇峰九十史（“豬印”[篆體，白文方型]“蘇峰”）

影印本有神田喜一郎的解説。

此後，1972年，臺灣的廣文書局又加以重印，後爲臺灣師範大學教授的著名學者黄錦鋐撰的跋文，他並把神田喜一郎的解説，翻譯成漢語。文長，不録。

（二）

根據上面的印章和題跋，談該書的流傳。

此書當是宋代流傳到朝鮮半島高麗國的。

1.宋代，最初，對書籍的流出管理的非常嚴厲，禁止把典籍带出。

朝鮮半島的李朝，在北宋神宗熙寧年間，恢復了中斷約四十多年的和北宋的交通[①]，派遣使者，從山東登州入境。

這之間兩國的關係，可待進一步研究，而其中有一項活動，就是高麗在中國購買書籍。當時的宋朝政府，在熙寧七年(1074年) 二月，曾允許賣《九經》等書給高麗：“庚寅，詔國子監許賣《九經》，子史諸書與高麗國使人。”[②]

到哲宗時，又再次派使者求書籍。元祐元年（1086）二月，“館伴高麗使者言，高麗人乞《開寳正禮》、《文苑英華》、《太平御覽》。詔許賜《文苑英華》。”[③]

以後，在元祐四年、七年、八年等，又多次派使者到中國求書，包括經、史、子、集各種書籍，宋皇室曾恩賜之，所以不少書流傳過去[④]。

在《高麗史》中，也有類似的記載，如《高麗史》卷十，宣宗七年（宋哲宗元祐五年，1090年）十二月，宋賜《文苑英華集》。《高麗史》卷十一，肅宗六年（徽宗七年，1101年）五月，宋帝賜其《太平御覽》一千卷。

可見，這數十年間，高麗曾從宋朝購入許多圖書。

①《宋史·外國傳》三: “絶不通中國者四十三年。” 北京，中華書局，標點本，1985。

②《續資治通鑑長編》卷二五〇，北京，中華書局，標點本，頁6100，1995。

③《續資治通鑑長編》卷三六五，頁8744。

④見《宋史·外國傳》三，《續資治通鑑長編》卷四三五、四八一、五〇五、五〇六等。不詳引。

從印章上看，方印“高麗國十四葉辛巳歲藏書大宋建中靖國元年大遼乾統元年”長方楷書朱文印當是高麗國的藏書印，可以確定爲高麗國王秘閣所藏。

這“辛巳”，即爲高麗肅宗六年（1101），所以，有的學者推斷，此書或是和《太平御覽》等書一起收入高麗秘閣[①]。

2.後來此書從朝鮮流入日本。

具體情況已經不詳，當是在豐臣秀吉侵入朝鮮半島時期。這一點可以從神田喜一郎的跋文中看出。他認爲是在“慶長之後”到日本的，慶長是年號，時間在中國明末時期。這也正是侵略朝鮮半島的時期。關於日本豐臣秀吉在明萬曆二十年(壬辰，1592年)入侵朝鮮，明朝派軍隊援朝，擊敗豐臣秀吉軍的經過，可參見鄭梁生《明日關係史研究》，該書對其原因、經過、結果等論述甚詳[②]。

此書當是由豐臣秀吉得自朝鮮，後恩賜給了曲直瀨家。

曲直瀨，乃是日本江户時代著名醫學世家[③]。

“曲直瀨養安陵”，是曲直瀨家的藏書印。曲直瀨曾仕奉豐成秀吉，文禄四年（1595年）因爲治好了宇喜多秀之妻的病，豐臣秀吉作爲謝禮，把數千卷在朝鮮得來的圖書賜給他。慶長五年（1600），因爲獻藥醫好了後陽成天皇的病，被賜于“養安陵”之號。宇喜多秀（うきたひで,1573–1655）,是日本战国、安土桃山时代的大名。宇喜多直家的嫡子，是最受豐臣秀吉喜愛的養子之一。豐臣秀吉病逝後，他成爲支持豐臣家最力的諸侯之一。

小島寳素當看過此書。寳素是小島尚質之號。小島尚質、尚真、尚絅的藏書，主要是醫書。後來散出，歸楊守敬所藏。楊守敬所藏的醫書約九成都購自日本，而其中大半，是小島寳素家的。現在很多都藏在臺北的“故宫博物院”。那也是非常有意思的一批書。

小島的生平情況不詳細，只有森鷗外爲他寫過傳記，但是非常簡單。順便説一下,《本草綱目》在日本的流傳，和小島一家有相當的關係。這是研究中醫學史的朋友可以關心一下的[④]。

他見到過此書。或是豐臣秀吉所賜的書中之一。

森立之的《經籍訪古志》：“蓋當時於朝鮮所開雕者也。”[⑤]他當經眼過。而他在此條下注明“懷仙樓藏”，“懷仙樓”，據神田喜一郎説：“此乃當時曲直瀨家之號。”

此後，該書流入了市場，被琳琅閣收得。琳琅閣是日本東京著名的中國古籍的書店。

---

①據成簣堂藏本影印本的神田喜一郎《解説》，東京古典會，1951。

②鄭梁生《明日關係史研究》第五章，頁464–550。日本，雄山閣，1985。又見宿白前引文。

③“曲直瀨”家的情況，可參見矢數道明《日本醫學中興之祖曲直瀨道三》，名著社，1985等。

④真柳诚《台湾故宫所蔵の日本关连古医籍》,载《日本醫史學雜志》第47卷3号頁544–545，2001。

⑤森立之《經籍訪古志》，頁110。廣文書局影印光緒十一年（1885）序刊本。

和島田家有密切關係。“雙桂”等印章是島田家的藏書印。

島田重禮是日本明治時期著名的漢學家。島田翰是他的兒子[①]。

德富蘇峰，是明治到昭和時期的政論家，作家。他從開始的“民主主義”轉换成後來的“國家主義”，乃至“皇權主義”，不同時期各有特點。他的思想在日本社會有相當的影響。他的《賀詞》，當是應琳琅閣主人所請所寫，和此《新雕入篆説文正字》並無特别的關係。

最後，在上一世紀的中期，日本學者曾關注到此書。神田喜一郎、倉田淳之助曾撰文中言及。

神田喜一郎的文章，就是該書的《解説》。神田是近代日本著名漢學家，所著《敦煌學五十年》，廣爲人知[②]。

倉田淳之助，曾爲日本京都大學人文科學研究所教授，是文獻學的專家。

1971年後爲臺灣師範大學教授的著名學者黄錦鋐曾撰跋文，在臺北影印。

以上是此書流傳和與此有關人物的大致情況。

（三）

再來談談此書的内容。

倉田淳之助的《説文展觀餘録》對此書有一段説明[③]，黄錦鋐在《跋》中，也指出此書中的一些問題。歸納前人所論，筆者也把此書和《四部叢刊》影印大徐本《説文解字》對照，其主要的不同或錯誤有如下一些：

1.殘缺。此書不全，缺第八頁，從“包”到“心”字，凡六十五字。

又，破損的地方，包括此本中没有收入，而《説文解字》中當有的“系”“䜌”等，共涉及五十多字，所以是一個殘缺不全之本。

省略。其中每個字下，都收有一些對這字的解釋和注音。和現行本有所出入。多有省略。

倉田在《説文展觀餘録》曾指出：此書是“從大徐本中，把注和反切抄下之作。注文往往有省略”。“从某某聲的聲字，全部被削除，成了从某某；从某某省聲的聲字也被削

①關於島田家的情況,筆者曾有所介紹,可以參見《東方論集》所載《黎庶昌和島田重禮節》一文，又見拙著《日本漢學史》第一部。上海外語教育出版社，2002。

②神田生平事蹟等可參見拙著《日本漢學史》第二部頁507以降，不贅。

③倉田淳之助《説文展觀餘録》，見《東方學報》，京都，第十册，第一分册，頁145–154。

除。”

黄錦鋐在《跋》中，也指出：“示”部、“田”部，“亡”“僅”多有省略，“不足以瞭解本字之原意”。

又如，“王”部，“王”（玉）字下，無前面的“石之美有五德”等等解釋，只有“陽冰曰”，也就是説，有所省略。

錯簡

如，在《説文解字》研究中，“歷來成爲問題的‘㕯’‘只’條，篆文是‘㕯’‘只’的順序，但是注，‘㕯’的注被放到了‘只’下。”

“只”此作“女滑切”而“㕯”此作“諸民切”，現行本正相反：“㕯”作“女滑切”，“只”作“諸民切”。現行本《説文》應當説是對的。

没有“㒸”部，而有並非部首的“叟”字。“臼”和“異”部的解釋互調。

錯字。

如“鬲”，“斗二升”此書作“斗二我”，當有誤。

除此以外，有如下一些情況也當注意：

1.其中收有徐鍇《繫傳》（小徐本）的注釋共有十五條：在牛、走、正、足、冎、工、虎、享、木、員、克、重、先、辰、我、糸等條下。

引用大徐《説文》“徐鉉等曰”十一條：在古、用、麥、弦等條。

此外還引用《春秋》兩條，《周禮》一條，《詩經》兩條，《山海經》一條。

2.據筆者核對，約有三十多處的注音和現行本不同。

如“八”“博拔切”，此本作“博技切”。

“足”“所葅切”，此作“所值切”。

其他如：晨、史、聿、百、習、予、角、左、巫、豐、青、會、之、㒸、貝、瓜、蟲、獸、了、西等字也都有出入。

3.字形狀不一

“禿”、“無”的字形和影印大徐本不同。

還有一些字，可以看出唐宋間篆書變化的情況，如“身”，此本“”就比影印大徐本“”來的簡單；還有“畐”上之一横,現在本爲“”而此本爲“”，此或可爲研究篆書變化者參考。

（四）

最後談有關此書的問題和它的價值。

1.關於此書的版本。

關於這個本子，究竟爲什麽本子，現在有兩種説法。

一是島田翰所主張的“高麗覆宋本”。

森立之《經籍訪古志》[①]：“蓋當時於朝鮮所開雕者也。”後島田翰也持此説。但是，傅增湘《藏園群書經眼録》卷七“《中説注》”，認爲乃是島田翰和森立之“故呈異説”，不可信。

而神田等則主張爲“宋本”。

在宿白的論文中,根據1932年《成簣堂書目》後面的書影，作了簡單的介紹。而此書的全貌，並不清楚。似可以進一步討論。

筆者比較傾向于當爲宋代所刻，其理由：其一，此書當是作爲理解《説文解字》的通俗本刊印的，所以比較粗糙。需要此書的前提，當是有《説文》大徐本，至少是《説文》的流傳，而現在好像還没有什麽證據説明，當時大徐本《説文》，或《説文解字》在朝鮮半島流行。

其二，退一步言，當時如果是翻刻，那麽，翻刻者自然是重視此書，不會對其中那麽明顯的錯誤，就全部仍其舊。

其三，如果是朝鮮半島的翻刻，恐怕朝鮮的王室，不會如此珍重地蓋上“經筵”等印章，如此保重。而此書和其他蓋有“經筵”等章的書，是在一起的，那些書如《通典》、《中説注》等，已經有考證，其中有相同的刻工名，當爲宋刻；又宋本《中説注》的版幅版框高5.4寸,寬3.65寸[②]，和此書相近，説明宋代當也有這樣版幅之書，這些，或可作爲視之爲宋刻本的參考證據。

當然，這只是推想之見。現在筆者也無法對此原件進行科學的測定，聊存此備考。

不管怎麽説，作爲南宋時代以前印刷的書籍，尤其是釋典以外的漢字刊本，在世界上是非常少的。從印刷史和文明史的角度來看，值得珍重。

2.關於此書在學術上的意義，

此書從文獻角度説，有值得我們重視的地方，比如在研究中國小學史，研究《説文解

---

①森立之《經籍訪古志》，廣文書局影印本,頁110。

②見傅增湘《藏園群書經眼録》卷七“中説注”條。《通典》，見尾崎康《關於通典北宋版以及諸版本》，日本，汲古書院，影印宮内廳所藏宋本《通典》，1981。

字》這部著作，這是一個值得重視的資料。

這部著作的出現，彌補了從二徐本到後來明代汲古閣重印《説文》之間的空白。考《宋史·藝文志》，除小徐《繫傳》以外，僅著録僧雲棫《補説文解字》三十卷。而雒竹筠遺作《補元史藝文志》，也只有周伯琦《説文字原》、吴睿《説文續釋》、吾衍《説文續解》三種和《説文》有關之作①。

此書的出現，或可以説明，在宋代，《説文解字》一度在民間是有流傳的，否則，就不會有這樣一種"通俗"本的出現。

從學術研究上説，此書和現行本對照，有一定的校勘和參考價值。

如對"一"的解釋，作"惟初太始"，而不是如《繫傳》做"太極"，清代鈕樹玉《説文校録》云："《玉篇》引同（太始），《繫傳》、《韻會》始作'極'。"這在中國哲學領域，對於研究"太極"概念的形成，當可參考②。

除了上述的具體内容以外，據筆者核對,約有三十多處的注音和現行本不同，這爲研究音韻學的朋友,提供了資料。尤其是在音韻學史中，對研究"反切"上下字，多可參考③。

如反切的上字，此本中"餘"多作"徐"：

"聿"，現本作"餘律切"，此本作"徐律切"。

"予"，現本做"余吕切"，此本作"徐吕切"。

由此可見，並非偶然的誤字。這對於研究當時的"喻紐"（余爲喻紐）"邪紐"（徐爲邪紐）的關係，或許是個資料。近年，有的語言學者主張古代喻紐、邪紐音近，可以相通，此可作爲一文獻的實例。

對於研究中國書法流變如篆書字形的變化，此書中，比如前引王"部、"王"（玉）字下的解釋，只有"陽冰曰"，可見對李陽冰説的重視，當是比較多地反映了唐代李陽冰本的本來面目。周祖謨曾撰有《李陽冰篆書考》，在這方面的研究中，也可參考。④

關於此書的價值，黄錦鋐説："該書想系爲初學孩童辯字之讀物，而從徐鉉説文本節略印成者，必非學者研究説文之作品，故在學術上並無若何價值，而誤字又多，校勘上亦無甚參考價值，"

對此，我有點不同意見，我比較贊同倉田淳之助的看法：

"與其説是通俗的小册子，不如説作爲宋版書，實值得珍重。""當視爲一種如後來

①竹筠遺作《補元史藝文志》頁88，北京燕山出版社，1999

②參見李慶譯《氣的思想》第四章，上海人民出版社，1990。

③如，周法高有《玄應反切字表》，香港崇基書店，1968。

④見周祖謨《問學集》，北京，中華書局，1966。

的部首讀本那樣的單行本。”

作爲一種八百年前的文本，總還是有其價值的吧。

3.此書的流傳，反映了在東亞地區文化交流的情況。書籍是一種知識的載體，而典籍的流傳，也是文化交流的反映。

八百年前，中國的典籍禁止出口，而此書或是皇家特許，或是其他的原因，流傳到了朝鮮半島。這和宋代的其他書籍，如《太平御覽》等，最早流入朝鮮半島等的情況一樣，反映了宋朝和朝鮮半島的文化交流情況。

六百年前，在日本諸島崛起的豐臣秀吉，入侵朝鮮半島，從朝鮮半島得此書。一直在日本流傳。也在一定程度上可以看到朝鮮半島、日本列島和中國大陸在當時的各種關係。

此書直到上一世紀前期，才被研究者注意，披露於世。

曾在日本佔領臺灣時，在臺灣大學任教的神田和臺灣的學者，在上一世紀的中期，對此書進行一些探討。這是否也顯現了近代東亞文化交流的一些動向呢？

要之，此書的經歷，在一個側面上，反映了東亞地區文化交流的狀況。反映了在近九百年間，東亞地區錯縱的相互關係。

因而，還是有必要介紹一下，不知方家以爲然否？

附記：

文中敬稱一概省略。

筆者在上海和臺北，十多年前曾兩次和黄錦鋐先生見面，在臺北，蒙賜宴款待，至今尚在念中。因文中涉及先生，故謹注此，遥祝安康。

2007年6月29日草

10月初，修改，11月再改。

朝鮮活字本李壁注《王荆文公詩》之文獻研究

卞東波

一、引言

在宋人注宋詩中，南宋李壁所作的《王荆文公詩注》（下簡稱《詩注》）與施元之、施禧、顧宿合編的《注東坡先生詩》及任淵所注的《山谷詩内集注》及《後山詩注》，並爲宋人注宋詩中的精品。李壁（1159—1222），字季章，號雁湖居士，丹稜（今屬四川）人，爲宋代著名史學家李燾第六子，於文史之學有良好的修養，《宋史·李壁傳》稱其"嗜學如飢渴，群經百氏搜抉靡遺，於典章制度尤綜練"[①]。他於貶謫撫州時，專力注王安石詩五十卷，成《王荆文公詩注》一書，《四庫全書總目》卷一百五十三稱此書："大致捃摭搜採，具有根據，疑則闕之，非穿鑿附會者比。"[②]

李注最早的版本爲宋眉州本及撫州本，眉州本亡佚已久，撫州本僅存十七卷，現藏於臺北故宫博物院[③]，宋本卷首題作：

王荆文公詩卷第×卷
眉山李壁注

宋本《詩注》主要由李壁注，以及他所作的"補注"與佚名的"庚寅增注"構成。前有魏了翁序，末有胡衍跋。

①元脱脱等撰《宋史》，中華書局，1977年排印本，第12109頁。

②紀昀等《四庫全書總目》，中華書局，1965年影印本，第1325頁。

③參見昌彼得《連城賓笈蝕無嫌——談宋版李壁注王荆公詩》，載臺北《故宫文物月刊》1992年第11期。又許媛婷《人生樂在心相知——談李壁注〈王荆文公詩〉》，載臺北《故宫文物月刊》2006年第12期。

《詩注》目前的通行本是元本，元本主要是經過宋末元初詩歌評點家劉辰翁删節的元大德五年（1301）王常刊本（下簡稱“王常本”），此本現藏於中國國家圖書館，已經影印入《北京圖書館古籍珍本叢刊》第87册[①]，此書卷首題作：

王荆文公詩卷之×
雁湖李壁箋注
須溪劉辰翁批點

王常本对宋本的李注进行了大量删節，數量據王水照先生估計有一半左右，同時删除了大部分“補注”，但仍保存了宋本部分“補注”[②]，而並非如一些學者所言的完全没有“補注”[③]。王常本前有劉將孫、毋逢辰序，末有王常刊記，另有劉辰翁的評點及宋詹大和所撰《王荆文公年譜》一卷。

王常本經過删節後，失去宋本李注原貌，其文獻價值也减損不少。上世紀80年代，日本學者高津孝先生在日本蓬左文庫發現一部朝鮮活字本的《詩注》，此本集合了宋本及元王常本《詩注》的特質，保存了宋本李壁注的原貌。朝鮮本保留了被劉辰翁删削的大量李壁原注及“補注”、“庚寅增注”，亦有劉辰翁的評點，前有劉將孫、毋逢辰、魏了翁序及詹大和《年譜》，然無胡衍跋及王常刊記[④]。後復旦大學中文系王水照教授將此本攜回國内，交由上海古籍出版社於1993年影印出版，定名爲《王荆文公詩李壁注》[⑤]，國内學人才有機會目睹到李壁《詩注》的原貌，此書卷首題作：

①書目文獻出版社，1986年版。

②關於《王荆文公詩注》的版本參見祝尚書《宋人別集叙録》卷七關於此書的叙録，中華書局，1999年版。又周焕卿《〈王荆文公詩注〉版本源流考》，載《古籍研究》2006年卷上，安徽大學出版社，2006年6月版。

③如王水照先生在朝鮮活字本《王荆文公詩李壁注》影印本前言中説：“元刻本對李注大加删節，且無‘補注’、‘庚寅增注’。”祝尚書《宋人別集叙録》卷七關於此書的叙録謂元大本“無‘補注’及‘庚寅增注’”，見該書第339頁。

④參見高津孝《蓬左文庫本〈王荆公詩注〉について》，載《東方學》第69號，1985年1月。

⑤關於《王荆文公詩注》的名稱，王先生定名爲此，而湯江浩先生認爲“全稱當作《王荆文公詩雁湖李壁箋注須溪劉辰翁評點》”，見其《蓬左文庫所藏朝鮮活字本李壁注荆公詩發微》，載《華中師範大學學報》2006年第2期，又其所著《北宋臨川王氏家族及文學考論——以王安石爲中心》下編第七章第五節《蓬左文庫本與宋、元王安石詩文集諸本之關係》，人民文學出版社，2005年版。我個人傾向於直接稱爲“王荆文公詩注”比較簡潔。

王荆文公詩卷第×卷
雁湖李壁箋注
須溪劉辰翁評點

朝鮮本與宋本、王常本皆有差異，朝鮮本有宋本所無的劉評及年譜，又有元本所無的大量李注及“補注”、“庚寅增注”。關於朝鮮本《詩注》的性質與特點，王水照先生在影印本《王荆文公詩李壁注》前言[①]中均作了深入研究。最近也有一些學者作了進一步研究，取得了可喜的進展[②]。不過，我注意到目前學界的研究，很少有學者將王常本與朝鮮本進行比較研究的；也鮮有學者注意到《永樂大典》殘卷中保存的《詩注》的價值。進行比較才能發現特質，也才能發現差異。本文在通覽王常本、朝鮮本、《永樂大典》本《詩注》的基礎上，對三者進行比較研究，並在此基礎上探掘朝鮮本的價值及其訛誤。

二、朝鮮本與元王常本《王荆文公詩注》之比較研究

朝鮮本注文多於王常本的情況，王水照先生已經做了分析，同時對劉辰翁删節李壁注也進行了研究，本文不再對朝鮮本多於王常本的情況進行探究，而是關注朝鮮本與王常本文本相異之處以及朝鮮本少於王常本的内容。

（一）朝鮮本與王常本文字之異

朝鮮本與王常本《詩注》不但注文有差異，就是正文也有不同之處，如卷二十二《重游草堂寺次韻三首》之一首句，朝鮮本作“垣屋荒葛藟”，並有注云：“‘垣屋’，疑是‘屋垣’。”而王常本此句正作“屋垣荒葛藟”。又如卷二十二《欣會亭》“猶憐妙斫琴”，王常本作“猶憐妙斫今”。朝鮮本注云：“琴，一作‘今’。”而王常本注云：“今，一作‘琴’。”再如卷四十六《張良》朝鮮本云“留侯當（一作‘於’）此每從容”，王常本作

①原載《文獻》1992年第1期，又收入氏所著《半肖居筆記》，東方出版中心，1998年版。

②如高克勤《〈王荆文公詩箋注〉（朝鮮活字本）史料價值初探》，載《中華文史論叢》第48輯，1991年12月，後收入氏所著《王安石與北宋文學研究》，復旦大學出版社，2006年版。又周煥卿《試論李壁對詩歌箋釋學的貢獻》，載《南京師範大學學報》2004年第2期。湯江浩《蓬左文庫所藏朝鮮活字本李壁注荆公詩發微》，載《華中師範大學學報》2006年第2期。王友勝《論〈王荆公詩箋注〉的學術價值與局限》，韓國東亞人文學會編《東亞人文學》第10輯，2006年12月。另外，李之亮先生將此書點校後，集合了李壁原注、“補注”、“庚寅增注”、劉辰翁的評點、沈欽韓的補注、劉承幹的辨正以及李之亮本人的“補箋”，定名爲《〈王荆公詩注〉補箋》出版，巴蜀書社，2002年版。

“留侯於（一作‘當’）此每從容”。造成差異的原因，可能是朝鮮本的底本直接承襲宋本，而王常本在刊刻時做了校勘和改動。

兩者注文的差異除卻删節之外，也頗有異同，相同的注有的是朝鮮本文字比王常本多，如卷三十四《平山堂》“壯觀當時有此不”，朝鮮本注云：“王琪君玉《平山堂》詩末聯云”，而王常本僅作“王琪君玉《平山堂》詩云”。大量的是二者文字上的差異，如卷二十六《歲晚懷古》朝鮮本注云：“時方作一經義。”而王常本作：“時方作二經義。”又如卷二十七《示江公佐外廚遺火》“王陽幸有囊衣在”，朝鮮本注云：“王吉，字子陽。”而王常本作：“王陽，名吉，字子陽。”再如卷四十《草堂一山主》“地瘦無黄獨”，朝鮮本注云：“獨，一作‘犢’，黄精也。”而王常本注云：“黄獨，黄精也。”又卷四十三《重過餘婆岡市》詩題朝鮮本注云：“公詩刻，市中有。”而王常本作：“公詩刻，市中今存。”這些異文，差别並不是很大，但正透露了兩本的底本的不同。雖然王常本經過删節，但有的注文於義爲勝，如卷三十八《次韻答陳正叔二首》其一“鬢有霜根面有埃”，朝鮮本注云：“鬢有霜根，喻白。”王常本作“霜根，謂鬢白也”。

（二）詩歌排序及詩注順序之異

朝鮮本有一些詩不見於王常本，可能王常本刊刻時刊落了，而且王常本與朝鮮本注文位置也多不同。王常本的注文是章節附注，即在每首詩的正文之後，評則爲雙行夾注，插在正文之間；而朝鮮本的注文爲内文夾注，注文在每句詩之下作雙行夾注，評語則標作“評曰”夾注於文中。可能正是這兩種不同的排版方式，導致二者注文的位置出現一些差異。大部分情況下兩者是對應的，有的則不對應，如卷一《題燕侍郎山水圖》標題下朝鮮本僅注：“燕名肅，以禮部侍郎致仕。”而王常本其下則有：“青州人，寇准客。嘗以工部郎中直昭文館，爲燕王府記室參軍”，但此段語見於朝鮮本此詩“燕公侍收燕王府，王求一筆終不與”之句注下。再如卷四十四《隴東西二首》朝鮮本詩題注：“唐人賦。歐陽詹詩”云云，按此注見王常本其二之注。

（三）朝鮮本少於王常本之注文

王常本對宋本的李壁注多有删節，但仍保存了宋本一些注文，且不見於朝鮮本李壁注。這些注文，據我統計約有9條，如卷五《酬王浚賢良松泉二詩》“溝蕩取土合兩山”，王常本注云：“溝蕩，《周禮·地官》：‘稻人以溝蕩水。’”又卷二十一《哀賢亭》“强埋非天爲”，王常本注云：“《馬融傳》：‘死國埋名。’”又卷二十四《江上二首》其二“西南雙病眼，落日倚扁舟”，王常本注云：“吕居仁詩：‘萬里長江一尊酒，故人何處倚扁舟。’疑仿此意。”再如卷四十一《長干釋普濟坐化》朝鮮本注云：“薪盡，見别注。”王常本注與此不同，云：“一本題作《哭慈照大師》。”又云：“公時已僦宅城中居。”以上之注皆不見於朝鮮本，而見於王常本。

（四）朝鮮本少於王常本之劉辰翁評點

王常本又保存了數十條朝鮮本未收的劉辰翁評點。這些評點與王常本及朝鮮本其他評點風格一致，簡潔精粹，基本上都是對具體詩句的文學鑒賞和評論。

值得注意的是，在王常本一些卷的卷末，附有一些評點，其中有兩條不見於朝鮮本。有的帶有對王安石詩總評性質，如卷三十九《送江寧彭給事赴闕》末王常本有劉辰翁評語曰：“公詩律甚嚴，得意亦少，及其拙也，有書生詞賦之事。”或是對李壁注的總體批評，而非對具體詩歌的評論，如卷三十六卷末有劉辰翁評語曰：“嘗見引同時或後人詩注意，不知荆公嘗見如此等否？不用看亦不能忘言。”

另有多條劉辰翁評點不見於朝鮮本，可能是劉辰翁評本原本的孑遺，而爲朝鮮本的刊刻者所漏刊。這些評點具有較高的文學批評價值，對於瞭解劉辰翁批點王安石詩歌的原貌有很大的參考價值，據我統計這些劉評有19條。綜觀這些劉評，既有對王安石詩歌風格的評論，如卷十八《書會别亭》，王常本劉辰翁評曰：“不特高古，纏綿之音，闊達之度，皆有可誦。”又同卷《題舒州山谷寺石牛洞泉穴》，王常本劉辰翁評曰：“甚似晉語，晉人乃不能及。”也有對王安石詩歌藝術技巧的點評，如對王詩用字、煉句的評論，卷三十五《留題微之廨中清輝閣》“宣室應疑鬼神事”，王常本劉辰翁評曰：“著得‘疑’字好。”卷三十六《寄王回深甫》“船底飄颻風送波”，王常本劉辰翁評曰：“月霧暗淡，語最淒塞，惟‘船底’二字，鄭重遂減。”

不過，朝鮮本亦有多於王常本之評，如卷二十七《雨花臺》“北尋難忘草堂靈”，朝鮮本有評曰：“自然。”此評王常本不見。可見，王常本與朝鮮本的劉評有互補之處。

（五）王常本保存了朝鮮本所無的注中之評

王常本還保存數十條未見朝鮮本而僅見於王常本注中之評。據我統計，這些注評有26條，它們在王常本中全部出現在注文部分，並用方括號列出。這些注評可以分爲三類：

一類是王安石詩的評論，以藝術鑒賞爲主，如卷十四《飛雁》注評云：“沙漠中賦飛雁，不怨自非，怨又誰爲，語言至淺淺許，有反復無窮之味。”可謂深得王安石詩意。

第二類是對李注所引内容的評論，而不是針對李注的，如卷二十五《擬和御制賞花釣魚》注引“李義山詩：‘渚蓮參法駕，沙鳥犯鉤陳。’”王常本注評云：“‘犯’不佳。”卷二十九《後殿朝次偶題》詩題注云：“嘉祐六年，御試進士、明經、諸科舉人《王者通天地人賦》、《天德清明詩》、《水幾於道論》。”王常本注評云：“三題皆可觀。”

第三類最多，主要針對李壁注的評論，並以批評性的意見居多，而且用語十分激烈，如卷十四《與平甫同賦槐》注云：“此詩八句而該四時，全不促迫而優游有餘，其妙如此。”王常本注評云：“强解語。”又卷三十六《次韻答彦珍》詩題注云：“吴彦珍，公舅家，故詩中用羊曇事。”王常本注評云：“可笑。”這裏使用了“强解語”、“可笑”之類的詞語來形容李注，可見注評者對李注的不滿。注評有的觀點與李注完全針鋒相對，如卷八《即事六首》李注云：“余嘗愛王逢原一詩，與荆公詩意類。”而注評直接説：“甚相遠也。”又卷十一《晨興望南山》注云：“末聯似言學能變化氣質，猶水得風，凝結爲冰，如美玉然。”注評曰：“詩無此意，與‘柱笏西山’、‘清曉卷書’同趣。”再如卷十四《老樹》注云：“此詩托意甚深，當是更張後作。”注評則完全否定了這點：“本無甚意，未必此時。”又如卷二十七《蓼蟲》，針對李注所引文獻，注評予以否定：“以食牛比膏粱，甚不類。”另外，有些注評還指出李注對典故解釋的錯誤，如卷三十三《奉酬永叔見贈》注云：“河東王儔尚友嘗爲予言：‘觀介甫“何敢望韓公”之語，是猶不願爲退之，且譏文忠之喜學韓也。’然荆公於退之之文，步趍俯仰，蓋升其堂，入其室矣。而其言若是，豈好學者常慕其所未至而厭其所已得耶？韓子蒼言：‘歐陽文忠公寄荆公詩云：“翰林風月三千首，吏部文章二百年。”吏部，蓋爲《南史》謝朓，于宋明帝爲尚書吏部郎，長五言詩，沈約嘗云：“二百年來無此詩也。”文忠之意，直使謝朓事，而荆公答之曰：“他日若能窺孟子，終身安敢望韓公。”則荆公之意，竟指吏部爲退之矣。’”王常本注評語云：“孟、韓皆譬。歐公上句是道義，下句是文章，有何不滿？謂‘吏部’指謝朓尤謬，誰知有謝朓哉？”

這些注評使用的語言在劉辰翁的評點中很少見到，所以這些注評有可能不是劉辰翁所作，而可能是王常本刊刻時刊入注文中的，並没有明顯的標識，以致於有的注評成爲《四庫》本《詩注》（《四庫》本的底本是張宗松的“清綺齋本”，亦屬於王常本系統）的一部分了，如卷二十五《擬和御制賞花釣魚》注引“李義山詩：‘渚蓮參法駕，沙鳥犯鉤陳。’”王常本注評云：“‘犯’不佳。”此評《四庫》本《詩注》作注文。

三、朝鮮本與《永樂大典》本《王荆文公詩注》皆承襲宋本

現存《詩注》除了宋殘本、元王常本及朝鮮本外，《永樂大典》殘卷中也引到《詩

注》。在《大典》中，王安石詩，一般被引作“王安石《臨川集》”，或“宋王安石詩”。現存《大典》引用了王安石詩十數首，有的詩歌有注，有的則無注。《永樂大典》編於明永樂三年（1405），所引用的文獻基本上是內廷所藏宋元舊籍，藉此爲我們提供了一個《詩注》在宋元時原貌的文獻來源。通過比較，我發現《大典》所收的《詩注》的底本是宋本，而非王常本，其文字與朝鮮本幾乎完全相同。

先以卷三十八《寄友人》一詩爲例，比較三本的異同：

王常本	寄友人 飄然羈旅尚無涯，一望西南百歎嗟。江擁涕淚流入海，風吹魂夢去回家。平生積慘應銷骨，今日殊鄉又見花。安得此身如草樹，根株相守盡年華。 元微之《寄樂天相憶淚》詩：“除非入海無由任，縱使逢灘未擬休。”○《劉琨詩序》：“排終身之積慘，求數刻之暫歡。”○《中山靖王勝傳》：“衆口鑠金，積毀銷骨。”
《大典》本	寄友人 元微之《寄樂天相憶淚》詩：“除非入海無由任，縱使逢灘未擬休。” 飄然羈旅尚無涯，一望西南百歎嗟。江擁涕淚流入海，《檀弓》：“主人深衣練冠，侍於廟，垂涕洟。”風吹魂夢去回家。平生積慘應銷骨，《劉琨詩序》：“排終身之積慘，求數刻之暫歡。”《中山靖王勝傳》：“衆口鑠金，積毀銷骨。”《鄒陽傳》亦有。今日殊鄉又見花。安得此身如草樹，根株相守盡年華。樂天詩：“在地願爲連理枝。”亦此意。《莊子·達生篇》：“吾處身也，若厥株枸。”
朝鮮本	寄友人 飄然羈旅尚無涯，一望西南百歎嗟。江擁涕淚流入海，《檀弓》：“主人深衣練冠，侍於廟，垂涕洟。”○元微之《寄樂天相憶淚》詩：“除非入海無由任，縱使逢灘未擬休。”風吹魂夢去回家。平生積慘應銷骨，《劉琨詩序》：“排終身之積慘，求數刻之暫歡。”○《中山靖王勝傳》：“衆口鑠金，積毀銷骨。”《鄒陽傳》亦有。今日殊鄉又見花。安得此身如草樹，根株相守盡年華。樂天詩：“在地願爲連理枝。”亦此意。《莊子·達生篇》：“吾處身也，若厥株枸。”

從上可見，《大典》本的李注與朝鮮本的李注完全相同，這説明了《大典》使用的底本可能是與朝鮮本同源的宋本。

再看卷二十七《示俞秀老》一詩：

王常本	示俞秀老 繚繞山如湧翠波，人家一半在煙蘿。時豐笑語春聲早，地僻追尋野興多。窣堵朱甍開北向，招提素脊隱西阿。暮年要與君攜手，處處相煩作好歌。 白詩：“年豐豈獨人，禽鳥聲亦樂。”○杜詩：“鷗泛已春聲。”《豳風》：“塞向墐户。”毛注云：“向，北出牖也。”○《吴都賦》曰：“開北户以向日。”劉逵曰：“日南之北户，獨日北之南户。”窣堵，梵言塔。○招提，寺別名。

續表

《大典》本	示俞秀老 繚繞山如湧翠波，杜牧詩："嵐嫩千峰疊海濤。"〇戴叔倫詩："繚繞古城東。"〇杜詩："閭閻繚繞接山巔。"人家一半在煙蘿。時豐笑語春聲早，白詩："年豐豈獨人，禽鳥聲亦樂。"〇杜詩："鷗泛已春聲。"地僻追尋野興多。窣堵朱甍開北向，《豳風》："塞向墐户。"毛注云："向，北出牖也。"〇《吴都賦》曰："開北户以向日。"劉逵曰："日南之北户，獨日北之南户。"窣堵，梵言塔。招提素脊隱西阿。招提，寺别名。暮年要與君攜手，處處相煩作好歌。《詩·何人斯》："作此好歌，以極反側。"
朝鮮本	示俞秀老 繚繞山如湧翠波，杜牧詩："嵐嫩千峰疊海濤。"〇戴叔倫詩："繚繞古城東。"〇杜詩："閭閻繚繞接山巔。"人家一半在煙蘿。時豐笑語春聲早，白詩："年豐豈獨人，禽鳥聲亦樂。"〇杜詩："鷗泛已春聲。"地僻追尋野興多。窣堵朱甍開北向，《豳風》："塞向墐户。"毛注云："向，北出牖也。"〇《吴都賦》曰："開北户以向日。"劉逵曰："日南之北户，獨日北之南户。"窣堵，梵言塔。招提素脊隱西阿。招提，寺别名。［庚寅增注］西阿：《真誥》第二卷："薛旅往學真道於鍾山北阿。"則鍾山有西阿、北阿也。暮年要與君攜手，處處相煩作好歌。《詩·何人斯》："作此好歌，以極反側。"

比較三本，我們依舊發現，《大典》本與朝鮮本李壁注完全相同，不同的是，朝鮮本有"庚寅增注"而《大典》本没有。這主要因爲，"庚寅增注"並不是隨文夾注的，而是排在每卷的卷末，《永樂大典》在編纂過程中，抄手在抄録《詩注》時，只抄録了正文，而没有注意到卷末的附注，因而漏抄了"庚寅增注"。這同樣證明了，《大典》本及朝鮮本的底本都承襲了宋本的版本形態。

四、朝鮮本《王荆文公詩注》"補注"與"庚寅增注"之研究

關於"補注"的作者，王水照先生推測是李壁本人，因爲在"補注"中多次透露出注者的信息，如卷四《獨歸》"補注"云："（陂農）諸本皆作'疲農'，余於臨川見公真跡，乃知是'陂'字。"李壁曾被貶撫州，"余於臨川"正與李壁的經歷相合，據真德秀《西山文集》卷四一《李公神道碑》及《宋史·寧宗本紀》記載，開禧二年（1206），韓侂胄誅，李壁爲御史葉時論參，謫居撫州。這也與正注部分内容相對應，如卷三《白鶴吟》李注云："余於臨川得公此詩刻本"，又如卷四十四《春江》李注云："元澤詩亦類公作，余於臨川得之附此。"所以，"補注"的作者可以確定爲李壁本人。

"庚寅增注"的注者身份一直有不同的看法，一説是曾極（曾景建），一説是李壁門人李西美，不過這些説法，王水照先生已經做了有力的反駁。在"增注"中注者也偶爾透露一些個人的信息，並直接表明了他的身份，卷四十五《涿州》"庚寅增注"云："余使燕，經其化城外，平沙細草，垂楊雜植，殊不類慘澹豪俠窟也。"據《宋史·寧宗本紀》

載，開禧元年（1205），李壁使金賀生辰。李注中經常出現的“余使燕”就是指這段經歷，如卷二十九《將次相州》，李注云：“余使燕過相州”。又如卷三十四《欲往淨因寄涇州韓持國》，李注云：“余使燕見虜中一文人集有《登涇州紫荆山》詩”。再如卷四十四《斜徑》，李注云：“近余使燕時”。“庚寅增注”的作者正好亦有“使燕”的經歷，又同時爲王安石詩作注，這樣與李壁經歷相重疊的人，在宋代亦很難找，所以我懷疑“庚寅增注”的注者很可能就是李壁①。

比較王常本和朝鮮本，我們發現，“補注”與“庚寅增注”的情況非常複雜。“補注”並不是朝鮮本所獨有的，王常本亦有“補注”，有時在卷末單列出來，有時朝鮮本的“補注”與王常本的正注相重合。朝鮮本的“補注”與“庚寅增注”亦有相重復之處，王常本正注也有同於“庚寅增注”的地方。這些都顯示了《詩注》版本的複雜。下面分而析之：

（一）王常本亦有“補注”

王水照先生在影印朝鮮本《王荆文公詩李壁注》的前言中說：“宋刻本保存李注原貌，並有‘補注’、‘庚寅增注’，元刻本對李注大加删節，且無‘補注’、‘庚寅增注’。”揆諸事實，此語前半段是正確的，後半段有待商榷，因爲元刻本亦有“補注”，據我統計，王常本的“補注”約有10處，如卷七《白溝行》“蕃使常來射狐兔”、“鋤耰”之“補注”，卷九《和王微之登高齋二首》朝鮮本“發揮春秋名玉杯”之“補注”，卷十三《送宋中道通判洺州》朝鮮本注引“許氏《説文》”云云、《貨殖傳》云云及“介甫既相”云云三補注，卷十四《信都公家白兔》“宫中老兔非日浴”之“補注”引《抱朴子》、《瑞應圖》及《拾遺記》，這些“補注”内容皆見王常本卷末所附之“補注”。儘管不是所有朝鮮本的“補注”都見於王常本的“補注”，但王常本之“補注”的内容與朝鮮本相對應的内容完全相同。這些“補注”的位置全部在王常本每卷的卷末，可能是王常本刊刻者參考宋本補充上去的。

（二）朝鮮本“補注”與“庚寅增注”之重複

朝鮮本中有的“補注”内容與“庚寅增注”幾乎相同，如卷二《寄蔡氏女子二首》“緑宛宛兮横逗”“横逗”之“補注”云：

①庚寅年，即紹定三年（1230），李壁已經去世八年，所以“庚寅增注”不可能是李壁親自所爲，而只可能是刊刻所爲。鞏本棟先生認爲：“紹定三年（庚寅）有增注的刻本則是嘉定十七年‘補刻本’的補刻本，因爲增注的内容較多，卷内修版已不能容納，故置於卷後。此是第三次印本，可稱爲庚寅增注本。”見先生惠示所著未刊稿《論〈王荆文公詩〉（李壁注）——從宋本到朝鮮活字本》。在此對鞏先生的指教謹表謝忱。

張衡《思玄賦》："亂弱水之潺湲，逗華陰之湍渚。"注云："郭璞注：'亂，横渡也；逗，止也。'"恐公合二字而用之。

"庚寅增注"云：

張衡《思玄賦》："亂弱水之潺湲，逗華陰之湍渚。"注云："郭璞注：'亂，横渡也；逗，止也。'"恐公合二字而用之。

二注完全相同，一方面可能是刊刻之誤，另一方面也可能"庚寅增注"的整理者參考"補注"而未及删削。

（三）朝鮮本之"補注"作王常本之正注

朝鮮本中的"補注"在王常本中已經成爲正注的一部分，這種情況據我統計約有18處，如卷二十一《白雲》"下無根蔕旁無連"，"補注"云："'根蔕'，一作'根著'。"卷二十九《詳定試卷二首》"文章直使看無纇"，"補注"云："無纇，猶言無病也。"卷三十二《送王蒙州》"使節猶占夜斗行"，"補注"云："《南史·顧歡傳》：'猶未識辰緯而意斷南北。'然則古固以辰緯而占南北矣。"以上"補注"皆見於王常本之正注。

朝鮮本刊刻形式依照的是宋本，正注、補注及庚寅增注是分開的，但"補注"出現的位置非常混亂，卷末、卷内、詩末、詩題，甚至詩中的空白處都有，往往"多有擠版挖補者"。造成朝鮮本"補注"與王常本正注相重的原因，極可能是王常本的編纂者或刊刻者對於混亂的宋本"補注"無法分清，而將其當作正注刻入。

（四）朝鮮本之正注作王常本之"補注"

與朝鮮本"補注"作王常本正注相關的是，王常本卷末所附的有些"補注"見於朝鮮本的正注中，如卷九《和董伯懿詠裴晉公平淮西將佐題名》"縱横代割據疆土"，朝鮮本注云："《周禮·夏官·職方氏》：正其封疆，無有爽離之地。"卷十六《次韻酬微之贈池紙並詩》注引《酈食其傳》；卷十九《寄贈胡先生》"先生天下豪傑魁"，朝鮮本注云："余嘗見公《題王昭素〈易論要纂〉後》（下略）。"這些注文見於王常本卷末之"補注"。

目前我們已知，王常本是經過劉辰翁删節的本子，而王常本的刊刻者並不一定是劉辰翁，刊刻者在刊刻時又參照了宋本，把劉辰翁删節而他又認爲比較重要的内容作爲“補注”附在卷末。而此“補注”與宋本的“補注”並非一回事，其實是宋本的正注。

（五）朝鮮本之“庚寅增注”作王常本之正注

不但朝鮮本的一些“補注”見於王常本的正注中，就是一些“庚寅增注”也見於王常本的正注，其原因很可能是王常本的刊刻者認爲宋本的“庚寅增注”有道理，從而擷取入王常本中①，如卷十一《前日石上松》“庚寅增注”引《莊子·庚桑楚》文，卷十五《寓言十五首》“欲富権其子”之“庚寅增注”，卷十六《答裴煜道中見寄》詩題之“庚寅增注”皆見於王常本之正注。又卷十二《秦始皇》“舉世不讀《易》”，“庚寅增注”云：“秦焚書，獨《易》以卜筮之書得存。既專事刑名，《易》僅免於焚而不一矣。”此注見於王常本之正注，文字雖小異，然内容相同：“秦焚書，既專事刑名，獨《易》以卜筮之書，雖免於焚而不讀矣。”朝鮮本之“庚寅增注”文字頗有訛誤，如“《易》僅免於焚而不一矣”意思不明，“一”當作“讀”。

總而言之，王常本的刊刻可能並非一次性完成的，剛開始時刊刻者參考了宋本，將宋本的一些“補注”與“庚寅增注”當作正注刊入，後來又將一些宋本的正注及“補注”當作“補注”附在卷末的空白版頁上。王常本刊刻態度的隨意與劉辰翁删節《詩注》的目的有關，其子劉將孫在王常本序中稱：“先君子須溪先生於詩喜荆公，嘗評點李注本，删其繁，以付門生兒子。”可見，此本僅是劉辰翁爲了方便“門生兒子”閲讀而删評的，並不是爲了傳世。

五、朝鮮本《王荆文公詩注》與宋代文學文獻之輯佚

朝鮮本《詩注》具有重大的文獻價值，一些學者已經做了初步的研究，但仍有待發之覆。我認爲朝鮮本《詩注》的輯佚價值更值得注意，由於此本的詩注乃宋人所作，所引用的宋代文獻亦皆出自宋人之手，其真實性不應懷疑；同時詩注所引的許多宋代文獻已經亡佚或僅見於此書，則其稀見性亦不可忽視。當然朝鮮本《詩注》的文獻價值與整個李壁注《王荆文公詩》是聯繫在一起的②，所以下面筆者試以宋代文學文獻（宋詩、宋文、宋代小

①南京大學文學院鞏本棟教授認爲：“此類情況，疑原爲補注，增注又重出，王常本不察，遂混入原注。”此見於鞏教授2007年8月16日致筆者電子郵件中。

②關於《王荆文公詩注》整體的輯佚價值，筆者有專文《南宋李壁〈王荆文公詩注〉的輯佚價值及其訛誤》（未刊稿）進行探討，此處不贅。

説）爲例，努力發掘王常本所未收的李注以及“補注”、“庚寅增注”的輯佚價值。

（一）朝鮮本《王荆文公詩注》中的宋人佚詩

《詩注》保存了一些王安石本人的集外詩，如卷三十九《初去臨川》李注云：“撫州金峰有公題字云：‘皇祐庚寅，自臨川如錢塘，過宿此。嘉祐戊辰，自番陽歸臨川，再宿金峰。詩云：‘十年再宿金峰下，身世飄然豈自知？山谷有靈應笑我，紛紛南北欲何爲？’此詩非庚寅歲作，即戊辰年也，集中無此詩。’”此詩即是荆公集外之詩，後《全宋詩》據《詩注》收入册十卷五七七頁六七八一。但朝鮮本所保存的王常本所删節的李注及“補注”、“庚寅增注”還留存了大量宋代詩人的佚詩或殘句，這些《全宋詩》的編者没有注意到，因而未能將這批宋人之詩輯入《全宋詩》中，這其中包括數位《全宋詩》未收的詩人，下面略作説明：

首先看朝鮮本保存的王常本删節部分李注中的宋人佚詩。如《詩注》編者李壁本人的佚詩，卷二《聞望之解舟》李注云：“予嘗謂原自投汨羅，此乃祖來傳襲之誤。往過秭歸，謁清列廟，嘗題詩辨正一事，漫附於此：‘檥舟石門步，敬款三閭祠。三閭楚同姓，竭節扶顛危。雖抱流放苦，愛君終不衰。烏乎義之盡，永世垂忠規。子胥固激烈，籍館鞭王屍。於吴實貔虎，於楚乃梟鴟。大夫視國賊，葅刃理則宜。詎忍形詠歎，黼藻嚴彰施。陋儒暗倫紀，解釋紛乖離。奢尚置弗稱，翻以胥爲詞。舍順而取逆，無寧汨民彝。高賢動作則，此道渠不思。回風惜往日，音韻何淒其。追弔屬後來，文類王與差。愚竊懷此久，聊抉千載疑。玄猿爲我吟，青兕爲我悲。徘徊廟門晚，寒日不中坻。’”按：李壁有《雁湖集》，已佚。其詩散見於《永樂大典》等書中，《全宋詩》卷二七四四收其四詩，然此詩失收。

王安石所作的《明妃曲》是宋詩中的名作，一時和者如雲，如歐陽修、梅堯臣、劉敞、司馬光、曾鞏皆有和詩，然朝鮮本《詩注》卷六還保存一首李樸的和詩：“犬馬猶懷報主心，妾身不恨丹青誤。春風掩淚别明光，萬里煙沙從此去。胡笳一曲塞塵清，何似尊前侍歌舞。”按：李樸（1063—1127？），字先之，虔州興國（今屬江西）人，有《章貢集》20卷，已佚。《全宋詩》卷一二七五録詩11首，此詩未收。

又卷三十四《即事》注引宋祁《和稚圭太尉》詩：“欲酬麗唱尤多懼，海内方推夢得豪。”卷三十八《午枕》注引宋祁《江南》詩：“朱户已開都水宅，鐵關猶鎖廣城樓。”按：宋祁（998-1061），字子京，開封雍丘（今河南杞縣）人，後徙安州之安陸（今屬湖北）。有《景文集》六十二卷，《全宋詩》卷二〇四至二二五録其詩22卷，此二聯未收。

再如，卷三十七《聞和甫補池掾》注引杜衍《送吴處厚》詩：“莫歎科名屈，難將力命爭。”按：此詩全文見吴處厚《青箱雜記》卷二：“公作詩送余曰：‘太學魯諸生，南州漢掾卿。故鄉千里外，丹桂一枝榮。莫歎科名屈，難將力命爭。他年重射策，詞句太縱横。’蓋公欲激余應大科故也。”杜衍（978—1057），字世昌，越州山陰（今浙江紹興）人。《全宋詩》卷一四四録其詩，此詩失收。

淮海居士秦觀（1049—1100）是宋代著名的詞人，其詩亦獨具風格，格調纖婉，被稱爲“女郎詩”，《全宋詩》卷一〇五三至一〇七〇存其詩16卷，然《詩注》卷四十一《秋雲》注中仍保存秦觀佚句一聯：“荒寒問前路，空闊檻增波。”可資補遺。

其次，“補注”中亦引了一些宋人佚詩，如《詩注》卷二十五《和子瞻同王勝之游蔣山》引宋祁《江南》詩：“離宫人去金蓮老，亡國歌沉玉樹休。”此聯《全宋詩》亦失收。

再次，“庚寅增注”中也存録了多首宋人佚詩。如卷四《擬寒山拾得二十首》“庚寅增注”引陳摶《自在歌》一首：“不修福，不造罪，不居中間及内外。”按：陳摶（？—989），字圖南，自號扶摇子，人稱白雲先生，亳州真源（今河南鹿邑）人。他是宋初比較有傳奇色彩的道士，有詩600餘首，已散佚。《全宋詩》卷一録其詩16首，此歌未收。

“庚寅增注”還保存了王益柔兩首完整的佚詩：（1）卷三十七《垂虹亭》“庚寅增注”引王益柔詩：“浩渺澄江杳若空，飛梁横絶與天通。深春氣豁前山暝，清曉潮乘漲海風。日月盡從金鑒出，乾坤都在玉壺中。明朝欲入空門去，俗事塵心未易窮。”[①]（2）卷三十七《松江》“庚寅增注”引王益柔《憶君》詩：“千里波濤蕩碧空，洞庭山腳遠相通。坐看紅日生蒼海，想見瓊樓出閬風。爽氣已侵春色外，清輝更待月華中。扁舟健羡漁翁樂，濁酒鮮鱗不歎窮。”按：王益柔（1015—1086），字勝之，河南（今河南洛陽）人。《全宋詩》卷四〇八録其詩6首，此二詩失收。

此外還有傅堯俞佚詩一首，卷四十四《暮春》“庚寅增注”引傅堯俞《題洛中薛氏園》：“竹下濺濺一水開，淺流縈帶傍樓臺。不知何處有風雨，無限落花隨水來。”按：傅堯俞（1024—1091），字欽之，鄆州須城（今山東東平）人。《全宋詩》卷六一九録其詩3首，此詩失收。又蔡確佚句一聯，卷四十五《和惠思聞蟬》“庚寅增注”引蔡確《退朝聞蟬》詩云：“萬年枝在九天上，何處飛來第一聲。”按：蔡確（1037—1093），字持正，泉州晉江（今屬福建）人。《全宋詩》卷七八三録其詩20首，此聯失收。

另外，“庚寅增注”還收録了兩位《全宋詩》未收詩人的佚作：（1）卷六《桃源行》“庚寅增注”引余易《和桃源行》：“驚湍奔注如白馬，玄光洞天在其下。南障種桃避秦人，花裏俄逢捕魚者。挽歸具黍傾甕春，老妻汲溪兒拾薪。常時藝秫役童孺，此外儲蜜煩蜂臣。酒闌移藤幾相近，人間時代猶能問。五胡扛鼎失中原，一馬化龍造東晉。仙家瞬息

①此詩又見《御選元詩》卷四十四，題作《吴江即景》，作者屬“王柔”，可見《御選元詩》誤署。

隔幾塵，痛飲不顧淋衣中。中峰琳宫許同住，何須六印誇蘇秦。”按：《淳熙三山志》卷三十一載，余易，字明一，長溪人，嘉定四年（1211）趙建大榜進士。疑即此人。此詩乃和王安石《桃源行》之作。（2）卷四十八《釣者》“庚寅增注”引亡友譚季壬之大父勉翁詩：“漁翁何事亦從戎？變化神奇抵掌中。莫道直鉤無所取，渭州一釣得三公。”按：譚季壬，字德稱，爲蜀中名士。其祖父譚望，字勉齋，號隆山先生。事見陸游《謂南文集》卷三十三《青陽夫人墓誌銘》。

（二）朝鮮本《王荆文公詩注》中的宋人佚文

2006年，上海辭書出版社和安徽教育出版社聯合出版了由四川大學古籍所編纂的《全宋文》，煌煌360册，總字數近1億，是“迄今爲止最大的斷代文學總集”[①]，《全宋文》體例是“巨細兼收，義取全備”[②]，兩宋文章網羅殆盡。《全宋文》的編者已經注意到李壁《詩注》中保存的王安石佚文，也從中輯録出《臨川先生文集》中未收的王安石佚作，如《全宋文》册六十四卷一三九七頁二五七載王安石《與陳祈東》一文，此文即從《詩注》中輯得。不過，編者並没有使用朝鮮本《詩注》，僅利用了張宗松的“清綺齋本”（即《四庫》本《王荆公詩注》的底本），而朝鮮本《詩注》中仍有一些宋文爲《全宋文》所失收，可資補遺。

如吕本中（1084–1145）的佚文《與徐俯書》。吕本中，字居仁，號紫微，學者稱東萊先生，壽州（今安徽壽縣）人。吕氏家族向有“中原文獻”之稱，吕本中是兩宋之際重要的詩人和學者。曾作《江西詩社宗派圖》，後人亦將其附入江西詩派。《詩注》卷十《惜日》注引吕本中《與徐俯書》云：“前輩言論風旨，無復傳聞，杜撰禪和，如麻似粟，汲日降意誘納，痛爲剖析，有大功於名教。”《全宋文》卷三七九七至三七九八收吕本中文2卷，此文未收。徐俯（1075–1141），字師川，洪州分寧（今江西修水）人，黄庭堅之外甥，亦爲“江西詩派”成員之一。吕本中《與徐俯書》的發現，讓我們知道《江西詩社宗派圖》的著者吕本中與江西詩派成員徐俯之間的互動關係，值得研究江西詩派學者的注意。

再如陳瓘佚文《與曾子宣書》，卷十一《日出堂上飲》李注引陳瓘《與曾子宣書》：“人生世間，如大海之一漚耳。計一漚之起滅，而忘天下之安危者，必見笑於大方之家。”陳瓘（1057–1124），字瑩中，號了翁，又號了齋、了堂，南劍州沙縣（今屬福建）人。《全

①見主編曾棗莊《〈全宋文〉是宋代百科的資料寶庫》，載氏所著《宋代文學與宋代文化》，上海人民出版社，2006年版。

②《四庫全書總目》卷一百八十九《宋文紀》提要，又見曾棗莊《論〈全宋文〉》，載氏所著《宋代文學與宋代文化》，上海人民出版社，2006年版。

宋文》二七八二至二七八五收其文4卷，此文未收。曾布（1036—1107），字子宣，南豐（今屬江西）人，與吕惠卿共創青苗、助役、保甲、農田法。陳瓘因政見不和，忤逆曾布，出知泰州。此文言“忘天下之安危者，必見笑於大方之家”，正是警告曾布不要執意推行新法，而破壞社會的安定。此文對於研究陳瓘的生平以及北宋的新舊黨爭有一定的價值。

又如，張澂佚文《題山莊圖》，卷四十三《示李時叔二首》詩題“庚寅增注”引建炎執政張澂《題山莊圖》云：“予渭陽李伯時德素既褫褐，相與隱舒之龍眠山。里人李元中少年邁往，人物如璧，而善言論，伯時招徠之，輒與山澤之游，號龍眠二李，一時聲聞出兩淮上，時人比之何氏大山、小山。王介甫以詩招伯時曰：‘能爲白下東南尉，藜杖緇巾得往還。’德素善山谷道人黄魯直，申以姻連，故數爲人排根隳官。元豐中亦登科，晚節顛沛，至不可道，視二李有遺恨焉。”按：張澂（？—1143），字如瑩，一字達明，號澹巖，舒城（今屬安徽）人。建炎三年，拜尚書右丞。《全宋文》卷三七七二録其文，此文未收。

（三）朝鮮本《王荆文公詩注》中的宋人小説

相比於對宋代話本小説，宋代的文言小説受重視的程度遠遠不夠，這對於瞭解宋代小説史的原貌極其不利。2001年11月中華書局出版了李劍國先生輯集的《宋代傳奇集》，全書近65萬字，以近千頁的篇幅幾乎將存世的宋代傳奇搜羅殆盡。之前，李先生已對宋代的傳奇文獻做了徹底的調查與研究，完成了《宋代志怪傳奇叙録》[①]一書。《宋代傳奇集》就是在《宋代志怪傳奇叙録》基礎上的文獻輯佚。據該書凡例稱，此書“所録作品其途有三：一爲單篇傳奇文，二是小説集中之傳奇體作品，三爲一般筆記中之格近傳奇者。”然未注意到李壁注中所引的宋人小説，如《詩注》卷四十五《送陳靖中舍歸武陵》“庚寅增注”引小説《續桃花源記》云：

> 陳靖，字唐臣，鉅野人，少倜儻有氣節。通《詩》、《易》。嘗從范諷、石延年、劉潛游。景祐五年，以進士特奏名，得三禮出身。薦爲邑佐，皆有能聲，稍遷孝感令。以公事忤太守，遂致所事而去，儀舟東下，隱於華山。未幾，詔下，以太子中舍致仕。值歲荒，徙家京師，賣藥自給。朝之公卿與故人踵門者輒避去。或遺金帛，即散道上丐者，未嘗有所蓄。與其妻孔氏皆學辟穀，往往經歲而不食。嘉祐四年，思武陵山水之佳，盡室往游。王介甫高其行，以詩送之，有“知君欲上武陵溪，水自東流人自西”之句。既至武陵，結庵於桃源高梧市。居數月，妻喪，自是不接人事，杜門稱疾，惟焚香誦《易》而

①李劍國《宋代志怪傳奇叙録》，南開大學出版社，1997年版。

已。六年七月，日亭午，命其子庠具紙作書，遺張郎中顒（顒字仲孚，頡字仲舉，兄弟武陵名士。顒終鴻臚卿，頡終户部侍郎、龍圖閣待制）曰："近上帝以靖平生無諂，俾主判地下平直司，候天符下，即之任矣。"顒時職江東漕運，以靖爲病心者，不復報。是日，又躬以書，緘封甚密，戒其子曰："張公歸，即以此書授之，不可他示及私發。違吾言，爾爲不孝。"其子謹藏之。是後爲歌詩，皆有脱去後患之意。七年十二月十二日平旦，謂其子曰："吾數盡矣，後事一托張秘丞主之。"言訖而没。時張秘丞頡將赴官益陽，前一日，與靖别，翌日，得其訃，亟爲辦喪事，□於耆闍山之側。治平元年七月，張仲孚自江東還，其子庠捧父書號泣以獻，緘封如初。發之，其始末皆叙訣之詞，中乃云："平直司必然矣，爲議皇嗣事，勿怪。草草。"明年秋，英宗由大宗正爲皇子，而靖於六年七月爲此書，已有選定之語。是知帝王之興，皆受命於天，默有符契，非偶然矣。

《續桃花源記》，未見任何典籍著録，《詩注》又云："此皆略取張仲舉所撰《陳靖傳》云。"可見，《續桃花源記》乃"略取"張顒所撰《陳靖傳》而來。張顒，字仲舉，武陵人[①]。陳靖的生平也僅見此傳。《桃花源記》，晉陶淵明所撰，以虚構的手法構造了一個與外間隔絶的理想世界，其叙事是以一個武陵漁夫誤入桃花源而展開的。這篇《續桃花源記》之所以命名爲此，可能跟陳靖隱居於武陵，"結庵於桃源高梧市"有關。其内容也不再表示對理想世界的追求，而是渲染其未卜先知的能力，文學成就也不能和《桃花源記》比[②]。

六、朝鮮本《王荆文公詩注》之脱誤

朝鮮本《詩注》版面清整美觀，字體漂亮，但其中亦有魯魚焉馬之誤，略舉數例如下：卷五《次韻約之謝惠詩》注引賈誼《鵩賦》。按："鵩"當作"鵩"，而王常本作"鵩"，無誤。又如卷五《酬王浚賢良松泉二詩》詩題注云："萬宗命溝井而合馬。"又注引樊宗師《終州園林記》。按："馬"王常本作"焉"，是。"終"當作"絳"。又如卷五《送惠思上人》注引《莊子·至樂篇》云："其大也以爲膳。"按："其大也"，當作"具大牢"。又如卷五《諸葛武侯》注引劉昆詩，又引《太白集》："比斗酌美酒。"按："劉昆"當作"劉琨"，"比"當作"北"。又如卷八《即事六首》其一引"淵默賦"："顯在晝而爲影，常依形而東西。"按：此陶淵明《閑情賦》。"默"當作"明"。又如卷十《韓持國從富并州辟》"雪宿天柱臘"注引《嚴延年傳》。按："嚴"當作"顔"。又如卷十《韓持國見

①沈括《長興集》卷九《萬春圩圖記》云："嘉祐六年，轉運使武陵張顒。"
②參見李劍國先生對宋代小説"缺陷"之一"平實化"有關論述，見《宋代志怪傳奇叙録》前言。

訪》注引傅休弈詩："運衣步前庭，仲觀南雁非過。"又引"死嗣宗詩"。按：據《文選》卷二九，"非過"當作"翔"。"死"乃"阮"之誤。又如卷二十六《段氏園亭》注引"惠對威詩：'遥知楊柳是門處，似隔芙蓉無路通。'"按：此乃劉威詩，見《全唐詩》卷五六二。又如卷三十四《呈柳子玉同年》注引"韓泿詩"。按："泿"當作"滉"。又如卷四十《臺上示吴願》劉辰翁評曰："不惟弗意體制，往來好其頓挫恨惋，蕭然晚悟，十字哥絶。"按："哥"當作"奇"，形近而誤。又如卷四十五《春日》注引"五雜"詩："還去復來梁上燕。"按："五雜"當作"王維"。

除了文字之誤外，朝鮮本注文中還有大量的文字脱落，如卷五《次韻約之謝惠詩》注引韓愈詩："以余經摧挫，固□發鉛槧。"按：脱字據《全唐詩》卷三三七當作"請"。又卷八《送程公辟之豫章》"鎮撫時有諸侯王"朝鮮本注云："本朝第六子元偓亦嘗爲鎮南節度、洪州管内觀察處置等使。"按：王常本"本朝"下有"太宗"二字，語意較朝鮮本完整而準確。又卷九《和王微之登高齋二首》"補注"引《新序》："君獨不聞海大魚能激水，能牽碭□□水陸居，則螻蟻得志焉。"按：脱字，據《新序》卷二可知爲"而失"。又卷十《寄吴沖卿》注云"賈充文案小才，乃居□國大任。"按：脱字，據《晉書》卷五十《秦秀傳》可補爲"伐"。又卷十一《結屋山澗曲》"掛瓢""補注"引□□□詩："雨仕皆生鮮，風嫌樹有瓢。"按：此詩見《天台續集》卷下，作者爲錢惟演，題作《懷天台進禪師》。脱文當作"錢惟演"或"錢文僖"。又卷十一《一日不再飯》引韓詩："腸肚□煎炒。"按：脱文據《全唐詩》卷三四〇當作"鎮"。又卷十一《道人北山來》引蘇子卿詩："征夫□遠路，游子戀故鄉。"按：脱文據《文選》卷二九當作"懷"。又卷十二《揚雄三首》注引曾鞏文云："觀雄之所□立，故介甫以謂世傳其投合者妄也，豈不猶孟子之意哉？"按：脱字據《元豐類稿》卷十六《答王深甫論揚雄書》當作"自"。又卷十四《馬上轉韻》注引古詩《□歌行》："憶昨去家此爲客，荷花初紅柳條碧。"按：此乃李白《豳歌行上新平長史兄粲》，見《全唐詩》卷一六六，脱字當作"豳"。又如卷十四《車螯二首》"庚寅增注"引韓詩："鯨鵬相摩□，兩舉快一噉。"按：此乃韓愈《送無本師歸范陽》，見《全唐詩》卷三四〇，脱字當作"窣"。又如卷十五《寓言十五首》注引"應□□詩：'下流不可處，君子慎厥初。'"按：此乃應璩詩《百一詩》，見《文選》卷二十一，脱文當作"休璉"。再如卷三十四《次韻平甫金山會宿寄親友》"庚寅增注"引山謙之《南州記》。按：《南州記》當作《南徐州記》，脱"徐"字。再如卷三十八《贈長寧僧首》注引李白詩："卻顧女□峰，胡顔見秋月。"按：此李白《贈韋祕書子春二首》其一，見《全唐詩》卷一六八，脱字當作"几"。再如卷三十八《太湖恬亭》注引戴叔倫詩："共待夜深聽一曲，□人騎馬斷腸回。"按：此戴叔倫《聽歌回馬上贈崔法曹》，見《全唐詩》卷二七四，脱字當作"醒"。再如卷四十三《九日賜宴瓊林苑作》注引□□詩："何日沾欲禄，歸山買薄田。終身恐不遂，把酒意茫然。"按：此杜甫《重過何氏五首》之一，見《全唐詩》卷二二四，脱文當作"杜甫"。再如卷四十八《中秋夕寄平甫諸弟》注引裴□然詩："遮莫咚咚鼓，須傾滿滿杯。"按：此裴脩然《夜醉臥街》，見《全唐詩》卷八五二。脱字當作"脩"。

又有既訛且脱的情況，如卷六《酬王詹叔奉使江東訪茶法利害見寄》"今十已毁九"注云："域當經玄涯，大耗什八九。"按：此注語意不明，文有脱漏，王常本注作："《漢宣紀》：畜産大耗什八九。"於意爲暢。又卷八《寄二弟》注："□設詩：'人生無離别，誰□恩愛重。'"按：此乃蘇軾詩，見《蘇軾詩集》卷五，詩中脱字爲"知"。

造成這些脱誤的原因，可能並不是底本的原因，而與活字刊刻有關。活字印刷由於時間過久，活字容易損壞或脱落，從而印刷時造成空白或墨釘。另外，又因爲朝鮮本《詩注》是朝鮮人翻刻本，在翻刻的過程中，亦會留下一些手民之誤，這些都不足爲奇。總體而言，朝鮮本《詩注》刊刻的質量還是非常高的。我想，如果以朝鮮本爲底本，參之宋本殘卷及王常本，再進行精校，應當會形成一個比通行本價值更高的王安石詩的李壁注、劉辰翁評本。

七、結語

在宋人注宋詩中，李壁《詩注》是一部資料豐贍，且有個人觀點的宋詩注本；他的個人經歷，如使金及被貶撫州之事在注中多次提及，使他接觸到許多原始材料（如關於王安石詩的石刻資料），也增加更多的人生歷練，從而對他注釋王安石詩有很大的助益。這與宋代一些只在書齋中、文獻中尋章摘句的學究是不同的。同時，我感到，李注的很多條目很像一則詩話，如卷十四《示平甫弟》"豈無他憂能老我，付與天地從今始"李注云："朱晦翁在史院，酒半，嘗爲余誦此二句，意氣甚偉。"短短數語，將朱熹誦讀王安石詩時的形象生動地展現在讀者面前，從而也證明了朱熹對王安石詩的喜愛[①]。雖然李壁現存的詩不多，他的文集《雁湖集》也已經亡佚，但他對詩歌的見解，對王安石詩的意見，在《詩注》中也有反映。至於李注與宋代詩學的關係，以及它的文學批評意義，我將有另文探討。

本文爲2008年國家社會科學基金青年項目"域外漢籍與宋代文學研究"（08CZW018）成果。

①近年余英時先生著《朱熹的歷史世界——宋代士大夫政治文化的研究》即將朱熹定位爲王安石精神上的繼承者，從李壁注所引的朱熹對王安石詩的喜愛似乎亦可以支持這一點。生活·讀書·新知三聯書店，2004年版。

佚存東瀛的方岳詩文集及其價值

金程宇

方岳（1199—1262），字巨山，號秋崖，歙縣人，南宋著名文學家。其詩文存世頗多，以明刊本《秋崖先生小稿》（有《宋集珍本叢刊》本）、四庫本《秋崖集》較常見。整理訂補的著作主要有《全宋詩》（第61册）、《秋崖詩詞校注》①、《全宋詩訂補》②、《全宋文》（第341、342册）。方岳詩文集宋代曾經三刻，一刻於開化，二刻於建陽，三刻於竹溪書院。前兩种國内已不存，日本所藏類編本方岳詩文集，有元刊殘本、室町鈔本，皆源於中土久佚之宋代建陽本，保存了不少詩文佚篇，極爲珍貴，惜未見國内學者利用。筆者經眼者共五種，兹略述其梗概及其價值③。

一、類編本方岳詩文集叙録

1.成簣堂文庫本

一函三册，函上貼簽“元槧秋崖文詩/廿三　蘇峰珍賞”，第一册封面書“秋崖文詩弍”“大德二年刊”、“共三”。扉頁内書“此刻元槧尤精者也蘇峰學人再讀記之/明治卅九年九月十三日”。第三册卷末有“德富護持”紅方印、“蘇峰”紅方印。第一册扉頁書“明治卅九年五月十五日”“蘇峰學人”。“此書大德二年刊行……大德二年爲西曆千三百九十八年，我國永仁六年北條貞時執政之時。此書要處於宋元槧刻中間，故自並具兩者之風韻面目也。”（原爲日文）後鈐“樂天天命復奚疑”、“蘇峰清賞”諸印。

《新修成簣堂文庫善本書目》著録：“分類秋崖先生詩稿　小稿别集”，元刊。大德二年刊。左右雙邊，有界十行十八字。匡郭内縱五寸五分，横三寸四分五釐，初印。卷七末有

①秦效成校注，黄山書社1998年版。

②陳新、張如安、葉石健、吴宗海等補正，大象出版社2005年版。

③清吳之振所編《方秋崖詩鈔》，曾傳入日本，有文化二年和刻本，因其源出國内傳本，本文不予討論。

"大德二年十一月十九日（下缺）"陰刻文。版心"秋詩（卷數）（葉數）"。卷一八末有牌記："取四景花卉拾遺律詩詞曲古風編爲後集繼此出售"，存卷四至一〇、卷一一至一八兩册。缺第一册（卷一至三）。第三册爲元代封面，有室町時期墨筆"分韻秋崖先生詩稿自四至十"①。《日本藏宋人文集善本鉤沉》②、《日藏漢籍善本書録》③集部著録，後者稍詳。

2.都立中央圖書館本

《（東京都立日比谷圖書館藏）特別買上文庫目録　諸家漢籍》著録④，此本半葉十行，行十八字。書號：特別買上文庫8078。書内貼簽："江田勇二（文雅堂）文庫424。"該書卷三有"江田文庫"紅長方印。江田勇二爲東京著名書商，以經營中國書畫著名。另有東京都立日比谷圖書館"昭和27.6.9"印。可知此本先後經周防國清寺、江田勇二、東京都立中央圖書館收藏。阿部隆一《本邦現存漢籍古寫本類所在略目録》亦著録："類編秋崖先生詩稿後集　九卷　欠末　宋方岳""室町寫'香山常住'印"，此本三册，今藏東京都立中央圖書館。該本前有目録，末尾至《謝兄編言仁求詩》之"吾衰甚矣將"止，後缺"奈何，欲共君談口荆棘"數字。

3.内閣文庫本

《四庫提要南宋五十家提要》首次言及該本，該書認爲成簣堂文庫所藏元刻本爲宋建陽本之翻刻，指出："内閣文庫所藏室町時代寫本《分類秋崖先生詩稿》十八卷、《後集》九卷、《小稿别集》十一卷，顯自前述元刻本鈔出。較之御茶之水圖書館所缺《詩稿》卷一之卷三與《後集》九卷，此本完整地傳達出元刻本的原貌。"⑤所言甚是。内閣文庫存寫本三部，以下分别稱作"甲本"、"乙本"、"丙本"。《四庫提要南宋五十家提要》所言之本實爲甲本，而乙本、丙本尚多出"秋崖先生小稿續集"十卷，更爲值得重視。

甲本

書號：别54–6。封面右上有"昌平坂學問所"墨印。首葉有"淺草文庫"、"述齋衡新收記"、"林氏藏書"、"日本政府圖書"等印。六册。書體長23cm，寬16.8cm。首葉題"類編分體秋崖先生詩稿大全目録"，另起行"建安耐軒馬世和　編集"，此後爲序：

"學詩如學仙，時至骨自换"，蓋讀多、做多，則好者多矣。秋崖方君雖爲天爵所

①川瀨一馬編著，石川文化事業財團、御茶之水圖書館1992年版，第996–997頁。

②嚴紹璗著，杭州大學出版社1996年版，第175頁。

③嚴紹璗著，中華書局2007年版，第1590、1591頁

④昭和四十六年版（1971），第88頁。

⑤筧文生、野村鮎子著，汲古書院2006年版，第365頁。

縻，然詩意沖澹，綽有山林野興，亦長於詩者也。是編雖巨，率皆圓熟，儘多警拔，未敢輕易去取，故類格爲前後耳。

按，此序未署名，當即編者馬世和所撰，馬氏生平未詳，《全宋詩》、《全宋文》並不載其人，俟考。此本尚有“類編秋崖先生詩稿目録　後集”。

乙本

書號：312-299。封面題“秋崖詩稿一之九”、“秋崖詩稿十之十八”、“秋崖詩稿續一之十”、“秋崖詩稿別一之十一”、“秋崖小稿后一之五”、“秋崖小稿六至九”。封面右上“昌平坂學問所”墨印。此本三册，原六册，合爲三本裝訂。5針眼裝訂。卷上右上方有“日本政府圖書”紅方印。長26.6cm，寬20cm。首葉序自下而上有“江雲渭樹”、“淺草文庫”、“日本政府圖書”、“林氏藏書”、“大日本帝國圖書印”。該本無目録，半葉十行，行十八字。其中封面所書“秋崖小稿六至九”，内容實爲“秋崖先生小稿　續集”，凡十卷。丙本亦同。《續集》中間有“小本作”字樣，尚保存了另一異本面貌，可據以校勘。

丙本

書號：312-281。秋崖詩稿，六册，外封有“昌平坂學問所”墨印。書體長20cm，寬13cm。内題“類編分體秋崖先生詩稿大全目録”。“建安耐軒馬世和編集”。此本半葉十行，行十八字。有目録。每册末葉有“文政戊寅”紅印。各册封面書題如次：第一册“秋崖詩稿目録”、第二册“秋崖詩稿　一之五欠　六之九”、第三册“秋崖詩稿　一之五欠　十之四”、第四册“秋崖詩稿　十五之八”、第五册“秋崖詩稿後集一之五　六之九欠”、第六册“秋崖詩稿續集　一之十　別集十一卷欠”。此本鈔手不佳，誤字極多。然該本所存續集目録，則爲諸本所無，所據元刊續集當有目録，而乙本略去。

又，《增訂帝國圖書館和漢圖書分類目録》（文學語學之部）著録一部鈔本：“分類秋崖詩稿大全　宋方岳著　马世和編　寫本”①，六册，然國會圖書館《和漢書函架目録》云此書“大正十二年八月返卻店主”，則此書非内閣文库所藏之本，今所在不詳，待訪。

二、類編本方岳詩文集之分類

類編本分類頗瑣碎，考慮到國内學者尚難見此書，故將該本卷次分類録在此處，以窺

①日本帝國圖書館編，明治四十年版（1907），第201頁。

一斑。

1.類編分體秋崖先生詩稿大全目錄:

卷一　五言絶句、六言絶句

卷二至卷八　七言絶句

卷九、卷一〇　五言律詩

卷一一　五言變體、五言古風八音體、五言古風短篇

卷一二　七言唐律體

卷一三至一六　七言律體

卷一七、一八　七言唐律（附古風）

2.類編秋崖先生詩稿後集目録:

卷一　七言律詩（春景類）

卷二　七言律詩（夏景類）

卷三　七言律詩（秋景類）

卷四　七言律詩（冬景類）

卷五　七言律詩（花卉類）

卷六　七言律詩（拾遺類）

卷七　五言古體

卷八　五言古風

卷九　七言古體

3.秋崖先生小稿别集目録:

卷一　太守

卷二　州官

卷三　書簡

卷四　親書

卷五　書札

卷六　惠貺、請召

卷七　贐行、祖餞、惠詩

卷八　詩文、碑刻、序跋、書扁

卷九　赴召、赴任、交篆、書考、致仕、見訪

卷一〇、一一　警段（頌德、期望）（叙别、瞻仰）

4.秋崖先生小稿别續集目録：

卷一　啟（六部）（尚書、侍郎、郎官）

卷二　啟（州官）

卷三　登第、漕舉、免舉

卷四　太學、童科、待補、學職

卷五　啟（赴任、太守回啟）

卷六　啟（賀正、幕職）

卷七　賀冬

卷八　慶壽

卷九　饋送

卷一〇　宴會

在類編本發現之前，我們探討方岳的版本系統，僅爲明刊、《四庫》本，後者保存了寳祐本的部分面貌，現在參照類編本可以得到更深入的認識。經過初步比對，可以發現明刊本基本上與類編本相同，可説爲同一系統，明刊本之成書頗有“百衲本”的性質，其詩文缺失部分實可由類編本窺見一斑。在開化本失傳的情況下，類編本作爲現存最早的版本極爲珍貴。

三、類編本詩文集所存方岳佚詩

類編本保存了不少方岳佚詩，今舉不見於《全宋詩》、《全宋詩訂補》者補次：

次韻梁權郡

一夜霜吹夢，江深煞欠杯。詩今寒似雪，人亦瘦於梅。

山自相容别，鷗須不見猜。丁寧沙渚雁，帶耿月明回。

（以上見《分類秋崖先生詩稿》卷九）

效簾引山園細路高詩

野眺風煙上，躋攀未覺勞。小園依寺古，細路貼山高。
花木通幽處，林泉接近皋。劣纔容屐齒，迥欲入詩毫。
雪立王猷竹，雲寒仲蔚蒿。籬根倉石老，小憩讀離騷。

（以上見《分類秋崖先生詩稿》卷一〇）

先公墓下

菀彼杉松合，悲哉仗屨藏。鑿云通峽路，披草立祠堂。
兒老今垂白，官卑幾燎黄。此來同誓墓，不敢具冠裳。

送趙宰

債縣不供爨，何曾一欠伸。支吾如鶴瘦，受用似僧貧。
小市牛羊夕，空庭草木春。人言不事事，祇此是吾仁。

其二

民自識吾心，三年祇舊琴。古廳欹雨過，春來入雲深。
歸及荷邊住，留將輦下吟。離亭朝野隔，何處寄書音。

（以上見《分類秋崖先生詩稿》卷一四）

書所見

蛙怒方爭道，蛇饞不避人。世間多爾類，造物一何仁。
童欲揮餘力，僧言是報身。陰陽爲此耳，吾子不須嗔。

寄衢倅王同年

憶昔別了巖，聞今已换禦。有仙留弈處，無蟹得州監。
詩屋吾堪老，書縢手自緘。寄聲徐廟石，早晚落江帆。

（以上見《分類秋崖先生詩稿》卷一五）

次韻山行

北嶺復南岡，山行未渠央。蘚厓陰欲雨，莽徑滑如霜。
煙水歸何晚，農桑話政長。亦知强健在，牛背有神光。

其二

有犢陟高岡，無貂對未央。家徒三逕月，鬢已十年霜。
山亦知人意，松今如我長。且容伸足卧，誰復説嚴光。

峽中憋忌

吾親到今日，未是八旬人。若斧悲長夜，垂弧記此晨。
霜毛兒輩老，湯餅舊時貧。但得長如此，何須置石麟。

久雨

天氣多爲雨，春風半是寒。落花平醉石，遠樹出漁竿。
酒熟知逢社，詩成勝得官。小奚如解事，留與牡丹看。

其二

夜半雨聲急，曉來花片深。春風如有語，造化本無心。
山挾茶煙溼，雲連釣石沉。登臨筋力少，老覺負山林。

（以上見《分類秋崖先生詩稿》卷一六）

山屋以詩遣其從子參秋崖而問焉次韻答之曰

接得白雲封，溪猿認墨蹤。雨深荒薜荔，秋思上芙蓉。
詩自寒於水，身今老似松。諸人休歇去，山屋是鄰峰。

雨不止

十日雨不止，一年秋又休。莽深埋葯徑，嵐重壓樵舟。
病減簞瓢樂，窮添畎畝憂。吾詩不堪煮，吾道轉悠悠。

中秋

今夕何夕秋政中，山翁有懷誰與同。魚鱗雲生忽破碎，兔窟月出終朦朧。
秋容已换楊柳碧，野意未放芙蓉紅。一笻飛上山頂顛，風禦予耶亭禦風。

轉孫初生程弟有詩次韻時予頭風適愈也

一庵深掩雨三峰，白髮從渠自不公。但有孫同開口笑，縱無檄亦愈頭風。

鳶肩火色非吾事，牛背煙霏在眼中。要識之無堪底用，歸鉏荷月且扶翁。

（以上見《分類秋崖先生詩稿》卷一七）

鄭直（省）倉夢余權直

興盡山陰雪夜船，爲誰牽挽不歸田。半山湖海乃如許，一夢邯鄲恐未然。

客路只添新白髮，行纏無復舊青氈。玉堂揮翰何如孏，遲日移花過幾塼。

除夜

亦笑微官何有哉，裴徊此夕意難裁。年華多在客中過，老色並從頭上來。

爆竹不驚鄉國夢，雪梅共守歲寒杯。燈花便管明年事，萬里春風一夜回。

其二

默坐焚香了百憂，石爐殘火護衣篝。歲堂堂去何堪守，春鼎鼎來殊未休。

梅到夜寒尤崛强，柳從明日便風流。春工不怕無紅紫，且放崇蘭出一頭。

（以上見《類編秋崖先生詩稿》後集卷四）

四、類編本詩文集所存方岳佚文

《全宋文》輯補方岳佚文八十四篇，主要來自《翰苑新書》、《秘笈新書》、《名公書判清明集》等書，据類編本，可補方文百餘篇（含斷章），可見輯佚價值之大。爲節省篇幅，此處僅列篇名：

《秋崖先生小稿别集》

卷一《代通集撰徐婺州》、《回趙瑞州》、《回陶守》、《回臨安陳守》、《回何滁州》，卷二《回何倅》（一）《回何倅》（二）、《回李添倅》（七首）、《趣徐倅》、《回高倅》，卷四《與吴總侍》、《代與郡司》、《代與史端明》、《與項曹》、《回葉秘書》，卷五《回王通州》，卷六《回惠石屏》、《回何倅惠硯》、《回許總幹惠蟹》、《回趙大卿見惠》、《陳吏部惠晲》、《送高倅風宜》、《李監惠瓜》、《回高倅送羊面》、《回送物》、《送鄰郡禮物》、《回林教見招》、《回潘宰見招》、《謝趙倅見招》，卷七《回丁將仕贐禮》、《送許總幹贐儀》、《回丘侍郎贐禮》、《代回送折俎》、《又聯》、《回制幕招别》、《不及餞沈簿入幕》、《回方華父惠詩》，卷八《與吴季時》（二首）、《與劉華村》、

《回趙尉惠文》、《李兄見示所作》、《高宰惠先賢帖》、《回鄭監丞求記》，卷九《回刑簿賀赴召》、《賀湯侍郎赴召》、《賀王尚書赴召》、《執政》（二首）、《諫官》（一首）、《給事》（一首）、《回賀交纂》（二首）《回宰謝書考》、《回朱丞》、《約江侍御》、《胡文學見訪》，卷一〇《自叙類》（二則），卷一一《叙别類》（九則）、《瞻仰類》（二則）。

《秋崖先生小稿續集》

卷一《回免舉王子和》《賀史吏部》、《賀姚刑侍》，卷三《賀趙恩及第》、《賀張狀元》、《答賀從子及第》、《又回饋送》，卷四《回榮王賀同孫》、《回丘漕》、《回待補人》、《盛學諭》、《陳齊諭》、《蔣學賓》，卷六《賀景獻邸》，卷八《回榮王》、《回徐寺丞》、《回縣官》、《回汪司法》、《回啟》、《答惠詩》、《回惠詩》、《回惠詞》、《回幕官》，卷九《回吴侍郎端午送物》、《回趙尉端午送物》、《回縣官七夕送物》、《回許宰重九送酒》、《回歲節送物》、《回余安吉送物》、《回許總幹送鹿》、《回謝大監饋送》、《回吴縱侍送物》，卷一〇《與陳建昌問候》、《與趙倅問候》、《回吴總侍》。

五、類編本詩文集在補録出處及校勘方面之價值

《全宋詩訂補》從《詩淵》等書補出不少方岳佚詩，多見於類編本，可增補出處，如：

題目	詩淵（册頁）	類編秋崖先生詩稿
得雉與魚小醉叠韻	1/112	卷一四
逢迎	1/294	卷九
寄王左藏	1/688	卷一四
松下	2/1121	卷一四
雲谷	3/2201	卷一一
尋龍用韻	3/2851	卷一六
聞鶴	3/2807	卷一六
癸丑人日	永樂大典卷三〇〇一	卷一六（人日癸丑）
吴學諭卷尾	6/4243	卷一四
答友人招引	2/939	類編秋崖先生詩稿後集卷四

《全宋文》所輯佚文，多出自《翰苑新書》，以有不少見於類編本，可據補出處。如：

題目	全宋文（卷/頁）	翰苑新書	秋崖先生小稿續集
回李司户	卷三四二/84	續集卷一八	卷二
回漕舉傅夢登	卷三四二/97	續集卷四一	卷三
回漕舉傅士龍	卷三四二/98	續集卷四一	卷三
回免舉王子和	卷三四二/99	續集卷四一	卷三

續表

題目	全宋文(卷/頁)	翰苑新書	秋崖先生小稿續集
回荀學諭啟	卷三四二/96	續集卷二五	卷四
回楊推官	卷三四二/81	續集卷一八	卷五
賀趙文昌	卷三四二/97	續集卷四二	卷八
回士友	卷三四二/99	續集卷四二	卷八
回朱高郵冬書	卷三四二/96	續集卷二七	卷八(回朱守冬至送物)

《翰苑新書》中亦有《全宋文》未收而見於《秋崖先生小稿續集》者:

題目	翰苑新書續集	秋崖先生小稿續集
回蔣教諭	續集卷二五	卷四
回何掌服	續集卷二五	卷四
回崔掌器	續集卷二五	卷四
回姚掌膳	續集卷二五	卷四
回高倅	續集卷一六	卷五
回李添倅	續集卷一六	卷五
回車判官	續集卷一八	卷五
回趙判官	續集卷一八	卷五
回朱縣尉	續集卷二一	卷五
回諸縣尉	續集卷二一	卷五
賀景獻邸	續集卷四二	卷八

從校勘方面來看,類編本亦甚具價值。如《全宋詩訂補》據《詩淵》輯録《吴學諭卷尾》一首,該詩見類編本詩集卷十四,題作《吴學諭以醫名攜諸公詩來次韻卷尾》,顯然較爲完整,知《詩淵》於標題有所删節。又如《全宋詩訂補》所輯《松下》詩,雖較《全宋詩》所收殘聯爲完整,然仍缺二字,據類編本知缺字爲“次舌”,可得完璧。

秦效成先生整理之《秋崖詩詞校注》,頗具功力,惜未利用日藏方岳文獻。這裹略舉異文如次:

卷一

《次韻方蒙仲高人亭》“邂逅兩相逆”之“相”,類編本作“莫”。

《鷺鷥》“但得魚磯無恙”之“魚”,類編本作“漁”。

《祈晴福善》其三“孰與侯邦年歲間”之“侯邦”,類編本作“邦侯”。

卷二

《題致堂新州坐石》“直不話頭傳不休”之“直不”,類編本作“直作”。

《中秋日社》“不是社公唤我起”之“唤”，類編本作“呼”。

《次韻程弟》其四“略於闻处见幾微”之“聞”，類編本作“閑”。其十“午窗一枕齁齁睡”之“枕”，類編本作“飽”。

《書維揚張君梅卷》“詩情更作故人看”之“更”，類編本作“便”。

《雪後梅邊》“莫與梅花筋力倦”之“梅花”，類編本作“花知”。其六“等得群花比並看”之“花”，類編本作“葩”。其九“老坡詩裏么么鳳”之“么”，類編本作“毛”。

《觀梅》其三“拈斷吟髭寸寸冰”之“拈”，類編本作“捻”。

《代贈》“碧玉香深冷翠篝”之“玉”，類編本作“宇”。“夢魂不到玉搔頭”之“魂”，類編本作“飛”。

卷三

《立春》“夢到謝池新雪盡”之“到”，類編本作“覺”。

《立春都堂受誓祭九宫壇》“不知春已轉蒼龍”之“已”，類編本作“色”。

《立春謝司法有詩次韻》題下類編本有作者自注“是日前一日雪”。

《春夜》“天寒莫到海棠瘦”之“到”，類編本作“道”。

《湖上八首》“自照清波整翠鈿”之“清”，類編本作“晴”。

《清明日舟次吴門》“篷窗恰受夕陽明”之“篷”，類編本作“蓬”。其二“春去春來燕子忙”之“子”，類編本作“自”。

卷四

《次韻謝兄立春戲擬春帖子》“内人初曉字参差”之“曉”，類編本作“暖”。

《春思》“煙草茸茸匝地齊”之“地”，類編本作“岸”。“大欠渠詩共品題”之“大”，類編本作“夫”。

《春詞》其五“衹恁風流衹恁愁”之後“衹”，類編本作“亦”。

《道中即事》其四“梅已飄零尚典型”之“型”，類編本作“刑”。其十一“晨光漏日鳥深春”之“深”，類編本作“聲”。

《農謡》其五“池塘水滿蛙成市”之“滿”，類編本作“暖”。

《觀天井》其三“幅巾道服篷船坐”之“坐”，類編本作“小”。

《夜大風》“賴渠自任修船费”之“任”，類編本作“認”。

卷五

《入村》其四“畫出江潮萬里横”之“潮”，類編本作“湖”（《永樂大典》本同）。

以上僅略加舉例，然已可見類編本具有極重要之校勘價值，值得重視。

另，《翰苑新書》續集卷二一收《繳還趙丞任滿謝制》署方壺山，然類編本續集卷一

○收此文，則當爲秋崖之作，《翰苑新書》誤題作者，可見對作品考辨也不無作用。

六、類編本詩文集在日本之流傳

首先可從藏書印來考察。日本東京都立中央圖書館本有“香山常住”印，這方印是周防國清寺的藏書印。該寺爲大内盛見1404年所建禪宗寺院，位於今山口市内。都立中央圖書館本當爲該寺僧侶所抄。現存成簣堂本無印記，原印或蓋於所缺之此前數卷。蘇峰珍本多出自名山古刹，此本當亦爲寺院藏書流出者。内閣文庫本上“江雲渭樹”爲江户漢學家林羅山（1583—1657）之印，“述齋衡新收記”、“林氏藏書”等印，爲大學頭林衡（1768—1841）之印。這些印章，透露出類編本詩文集流傳的消息。

其次可從後人徵引來考察。北静廬（1765—1848）《梅園日記》卷三“勸學院雀”條，夾注引方岳《獨立》詩“村夫子挾兔園册，教得黄鸝解讀書。能記蒙求之一句，百盤（般）嬌姹可憐渠”，並引方岳自注“蓋俗以其聲爲呂望非熊也”，按此自注僅見於類編本方岳詩集，中土現存諸本皆無此注，故北静廬所引之版本當即類編本。北静廬尚推斷此詩早已傳入日本，因爲“月舟《鶯誦蒙求詩》見《翰林五鳳集》”。按月舟壽桂（1460—1533）爲著名之五山詩僧，其《鶯誦蒙求詩》凡七絶三首，化用方岳《獨立》詩痕跡甚明：

> 蒙求一卷付黄鸝，吕望非熊花落時。夏木陰中諷聲變，斜陽蟬噪六朝詩。
>
> 何代遺宫草色薰，剪刀猶似製羅裙。青青若使吴王斗，采此寸芽防越軍。
>
> 鶯誦何書花滿溪，蒙求句入一聲啼。黄袍應是青衿子，吕望非熊日落西。

我們還注意到，五山時期，四六文頗爲流行，而方岳正擅長駢文，類編本文集中有大量的四六文字，考慮到前面提到類編本方岳詩文集在日本寺院的的入藏，以及月舟壽桂四六文集，它對五山時期的四六創作想亦不無影響，關於此點，我將另文論之。

丁亥夏初稿於金陵近江樓

戊子新春補訂於東京

附記：日本内閣文庫、成簣堂文庫、東京都立中央圖書館提供閲覽方便，專此布謝。

明代笑話《絶纓三笑》與朝鮮刊本《鍾離葫蘆》

崔溶澈

朝鮮中期文人柳夢寅(1559–1623)的《於于野談》中首次提到《鍾離葫蘆》的書名, 引起學者注目, 認爲此書應該是當時來自中國的新刊“小説”, 但柳夢寅在文中所引用的兩篇小故事, 實際上就是一種笑話:

> 今年春, 新刊中原書七十種, 目曰《鍾離葫蘆》, 自西伯所來, 淫褻不忍覩聞, 獨其二事可觀世教。其一曰: 有一夫病且死, 諸子請遺教。曰: 我死猶著銅環四箇柩傍, 爾輩聽風水言。這般那般, 不知幾遭。其一曰: 有呆人癡也, 失鋤於田。妻問在何所, 高聲曰: 在田第數畝。妻曰: 如是高聲, 或有人聞之, 先取去何。其人往於田, 鋤已亡矣。其人歸, 附耳謂妻曰: 鋤已亡矣。(《於于野談》卷三, 36 學藝篇)

《鍾離葫蘆》之名, 後來在鄭泰齊(1612–1646)的《天君演義》序文(1664)中, 重新被引用, 認爲此書與《禦眠楯》等同樣是朝鮮作品:

> 近世小説雜記, 行於世者固多, 而以其中表著者言之, 来自中國者《剪燈新話》,《艶異編》, 出於我東者《鍾離葫蘆》,《禦眠楯》等書, 非鬼神怪誕之説, 則皆男女期會之事, 其不及諸史遠矣, 況可與此書同日道哉, 覽者宜有以取舍之矣。(《懸吐天君演義》)。

由此可見, 當時朝鮮文人社會比較流行此書, 但後來没有踪跡, 一直無法證實此書的内容。近年筆者偶然發現漢城(首爾)雅丹文庫所藏的朝鮮木板刻本《鍾離葫蘆》, 雖然前後幾葉已經殘缺, 但可以知道此書爲收録78篇明代笑話的中國笑話選集, 由朝鮮文人選刊的。

鍾離葫蘆, 木版本, 朝鮮朝後期刊。1册(30張), 大小23×14cm, 半葉 7行15字, 内向二葉魚尾(書號 813.7-鍾298)。(雅丹文化企劃室,《雅丹文庫藏書目録(二)古書》, 1996年。)

筆者就把它翻成韓文, 附録影印原文, 公開刊行(《鍾離葫蘆》, 鮮文大學中韓翻譯文學研究所, 2002年), 引起韓國學界的注目。金埈亨以此研究朝鮮韓文笑話, 偶然發現金烋(1597–1638)的《海東文獻總録》中所收的《鍾離葫蘆》一文, 此書的來源及其刊行過程, 可以弄清楚了。原來此文即是《鍾離葫蘆》編者的《後序》:

《鍾離葫蘆》

自序其後曰: 絶纓三笑, 明人之笑具也。舊有四本, 今余增損筆削去三而爲一, 名之曰: 鍾離葫蘆, 凡七十八説, 雖不關於謨王斷國, 亦有裨於收斂精神。宰予免誅於朽木, 邵子不勞於周步, 此其大歷也, 豈曰小補之哉。天啟壬戌[1622]春笑山子, 壽于箕城之可村。(《海東文獻總録》)

由此可見,《鍾離葫蘆》的笑話來自中國明代笑話集《絶纓三笑》, 選録其中的78篇笑話作品, 天啟壬戌年(1622)刊行於箕城(即平壤)的可村。編者本名未詳, 只用了筆名笑山子。金埈亨曾推測此人可能是當時平壤觀察使朴燁(1570–1623), 但還没有確定。

至於《絶纓三笑》, 歷來中國公私藏書目上没有此書名, 後來知道了, 東京大學文學部圖書館珍藏室現存世界唯一的孤本, 是一部明刊本。此書由大塚秀高教授早在20世紀80年代初首次發現, 曾經發表了《關於絶纓三笑》一文(原文日文《絶纓三笑について》,《中哲文學會報》, 1983年), 介紹版本情況, 此後幾乎没有人繼續研究下去。此書影印本後來由臺灣天一出版社發行(明清善本小説叢刊續編[第一輯 短篇·總集·傳奇·笑謔]《絶纓三笑》, 1990年), 而一直没有受到學界的注目。

《絶纓三笑》卷首有萬曆丙辰年(1616)的胡盧生序文, 署名爲"開口世人輯, 聞道下士評", 還有"曼山館徐孟雅梓行"字樣, 如果説1616年爲此書的刊年, 我們可以説, 此書刊行不過六年之後, 已經傳到朝鮮, 在平壤由笑山子選編刊行《鍾離葫蘆》。此書題名中"絶纓"是來自序文所云"仰天而笑, 絶其冠纓"之句,"三笑"則來自此書所收的三種笑話。這三種笑話就是《時笑》(當時流行的笑話, 445則)、《昔笑》(關於古代歷史事件或人物的笑話, 149則)和《儒笑》(來自儒教經典句子的笑話, 132則)。實際上《儒笑》來自《四書笑》, 此書書名也是"開口世人輯, 聞道下士評", 全名爲《李卓吾先生批點四書笑》。由此可見,《絶纓三笑》也是當時流行的各種笑話的集大成者之一。

至於《時笑》，編者按照内容還分成六種，那就是澹語、舛語、調語、風語、影語、叙語等六品。考察《鍾離葫蘆》的内容，大部分的故事來自《時笑》，不過其中有些地方，已經考慮到朝鮮文化而適當地修改。《絶纓三笑》全部作品共有726則，按照《鍾離葫蘆》"後序"所説，删除其中四分之三，選録四分之一，但實際上所收録的是大略九分之一左右而已。

朝鮮初年，已經出現徐居正的《太平閑話滑稽傳》等笑話書，當時朝鮮文人對漢文笑話，持有肯定的態度，積極從事創作或接受海外作品。《鍾離葫蘆》爲明代笑話《絶纓三笑》的選集，而在朝鮮刊行之後迅速流傳，後來對朝鮮稗説文學笑話類，引起不少影響，據研究結果，《鍾離葫蘆》的78篇故事中，23篇的笑話收録於朝鮮後期笑話集《破睡椎》、《利野耆册》(故事集)、《醒睡稗説》、《笑囊》、《攪睡襍史》等書。

韓國的朝鮮時代和中國(明清代)文化交流，非常頻繁，在社會各方面都有不少痕跡，尤其古典小説方面的交流，更爲突出。例如《三國演義》、《剪燈新話》、《鏡花緣》、《型世言》、《紅樓夢》。

[附録]

《絶纓三笑》"時笑"	《鍾離葫蘆》	備　考
□時笑▲澹語(一)		
2)初婚女	1)初嫁女	
3)又(初婚女)	2)又	
7)再醮	3)再醮處女	*題目補充
8)醫乳	4)醫乳	
12)寡欲	5)寡慾	
18)性緩	6)性緩	
20)自家説	7)自己説	*題目修改
21)東邊伯母(正文爲東家伯母)	8)東家叔母	*題目修改
23)妙事	9)妙事	
34)夢酒	10)夢酒	
35)酒色	11)酒後行房	*題目修改
40)三千客	12)三千客	

46)公子	13)公子	
55)拿屁	14)拿屁	
59)蝦	15)僧蝦	*題目補充
65)易怒	16)易怒	
68)着靴	17)着靴	
73)學樣	18)獻臀	*題目改名
88)河鲀	61)食河豚	*次序, 題目變更

絣語(二)

1)初婚女	19)初婚女	*此書修改
14)誇猪	20)餙猪	*題目改名
20)跳窗	21)睡窓	*題目修改
35)亡鋤	22)亡鋤	*《於于野談》提及
59)睡妓	23)睡妓	
75)腿痛	24)腿痛	
91)作祭文	26)親家祭文	*題目修改
94)餘姚先生	27)餘姚先生	
99)藥鬪	28)藥鬪	
103)抄方	29)經驗方	
116)燒了	30)燒父	*題目修改
117)一字	31)一字兒	
118)愁文王	32)愁文王	
122)凍冰	33)凍冰	
123)穿肚皮	34)穿肚皮	
124)守楊芋(附:戒馬尾)	35)戒馬尾	
127)噴嚏	36)罵嚏	*題目修改
133)各爨	37)各餐	*題目修改
134)産兒	38)新婦産兒	*題目修改
135)餘慶	39)餘慶	
141)請翳子	40)請翳子*	*正文修正, 評語引用
144)搜牛	41)搜牛	

調語(三)

3)薄席	42)薄席	
11)相僧	43)相僧	
14)怕冷熱	44)怕放屁	*題目修改
16)弄童	45)弄童	*(以下 3篇 正文影印遺漏)
17)送客	46)三盃送客	*題目補充
18)共席	47)犬客	*題目修改
21)又(共席)	48)又(犬客)	
24)吃素	49)喫素*	
26)請神	50)請神	
28)擔僕	51)擔僕	
31)送扁	52)送扁	
34)妓夢	53)妓夢	
44)不勸酒	54)討還春色	*題目修改

風語(四)

1)囊螢(正文爲名讀書)	55)捉螢	*題目修改(目次同名)
7)遺命	56)遺命	*《於于野談》提及
8)要大眼	57)要大眼	
9)造人	58)造人	
12)孫真人	59)孫真人傳術*	*題目補充
13)打尿鼈	60)破尿鼈	*題目修改
28)堵子	63)堵子神	*題目補充
29)産喻	64)産喻	
36)豁拳妓	65)讓鴆酒	*題目變更
38)夜啼	66)夜啼	
44)春方	62)求春方	*次序, 題目, 内容修改
54)射虎	67)射虎	
55)新裙	68)穿新裙	*題目補充
56)節哀酒	69)節哀酒	

59)希網	70)稀網巾	*題目補充

影語(五)

46)齋字	71)齋字辨	*題目補充

敘語(六)

5)胖子	73)後推行房	*題目修改
未收録	25)泥鍾	
未收録	72)大小肚	
未收録	74)痔字解	
未收録	75)鎖妻寺中	
未收録	76)二人讓路	
未收録	77)溺門	
未收録	78)吕婦	

*表示者有後人評語

□昔笑 : 1)嘲知貢舉 外 (小題省略)

□儒笑 : 1)大學序 外 (小題省略)

越南漢文小説《花園奇遇集》與明代中篇傳奇小説

陳益源　李淑如[①]

一、前　言

越南漢文小説《花園奇遇集》現藏於越南社會科學院的漢喃研究院圖書館，藏書編號爲A.2829，劉春銀、王小盾、陳義主編的《越南漢喃文獻目録提要》著録如下：

> 今存鈔本一種
>
> 46頁，高27公分，寬15公分
>
> 關於男女情緣的漢文小説；此書講述景興年間（1740~1786）參政官次子趙轎，貌賽潘安，在碧溝橋邊花園邂逅御史官喬氏二女蕙娘和蘭娘，互生愛慕，後趙轎第解元，二女同嫁趙轎的故事。[②]

這段著録大致無誤，只是趙轎應作"趙嶠"才對。由於此一漢文書尚未公開出版，所以大家可能並不曉得這個鈔本首尾殘破（第46頁是空白頁，結尾不全），又多以行草抄寫，有些地方不太容易理解。不過，《花園奇遇集》這部小説的現代越文譯本，倒已在1977年11月出版過[③]，譯者潘文閣教授在"出版説明"中推斷這部作者佚名的小説大約成書於黎末

①本文爲成功大學"東亞漢文學與民俗文化之調查、整理與研究"計劃研究成果之一，在寫作過程中，曾經得到法國國家科學研究中心陳慶浩教授的指點，以及越南漢喃研究院鄭克孟院長、阮氏銀女士，以及成功大學博士後研究員徐錦成的協助，特此致謝。

②台北中研院中國文哲研究所，2002年12月，頁902。

③收入陳義主編《越南漢文小説總集》，河內：世界出版社。

（18世紀末）；他並在另一篇文章中推許《花園奇遇集》是“越南中代文學中唯一難得的性文學作品”①。

對於這部越南學者口中越南性文學先驅的《花園奇遇集》，我們不免産生許多的好奇與期待。然而，當我們在校點、整理這部越南漢文小説時，卻意外發現除了故事時代（“皇朝景興年間”）、主角籍貫（“南昌”）、奇遇地點（“碧溝坊”）之外，整部作品無論從形式到内容，乃至遣詞用字，都有很濃厚的明代中篇傳奇小説的影子。

以下，且先讓我們來看看《花園奇遇集》的内容提要，接著再來討論它跟明代中篇傳奇小説的關係。

二、《花園奇遇集》的内容提要

《花園奇遇集》一開頭介紹男主角趙嶠，説他是越南後黎朝景興年間南昌趙參政的二兒子，“性格軒昂，文詞艷麗，誠所謂才高七步、學富五車，兼以器宇超群、丰姿出衆”，自號“尋芳”。有一天，他在碧溝橋邊的花園之中，邂逅喬御史的兩個漂亮女兒蘭娘和蕙娘，自此神魂漂蕩，不能自持。

在趙嶠充滿愛意的詩詞的猛烈追求下，喬蘭娘已先以身相許；又適逢喬御史有意爲女擇婿，廣發考題要天下之士應策，趙嶠掌握機會參加考試，因“盈篇錦繡，滿卷珠璣”，深受喬御史賞識，獲邀留在府中讀書，以利求取功名。

趙嶠住進御史府以後，得近水樓臺之便，與蘭娘繼續約會，又私其婢女春花，而且“得隴望蜀”，覬覦起蘭娘之妹蕙娘的才色。

喬蕙娘有一婢女秋月，趙嶠刻意在她身上下工夫。秋月失身於趙嶠，開始當起他與小姐的紅娘，不斷居間傳遞詩詞，製造機會，不過蕙娘始終不肯答應。直到趙嶠相思成疾，病癒後又借酒澆愁，喝得酩酊大醉，蕙娘愛憐不已，態度軟化，這才接受趙嶠的求歡。

自此，趙嶠“或到蘭房，或移蕙室，或與春花相合，或與秋月交歡”，享盡齊人之福。後來，趙嶠登程赶考，與蘭娘、蕙娘暫别，姐妹倆曾依韻各作《閨怨》詩十五首，以寓相思之情。

最後，趙嶠高中解元，衣錦榮歸，經喬御史做主，終與蘭娘、蕙娘締結連理。

以上是越南漢文小説《花園奇遇集》大致的故事内容，全文長達一萬五千字，皆以淺近而流暢的文言文進行書寫，其中穿插了七八十首詩詞和兩封書信。越南潘文閣教授説：

① 潘文閣：《越南漢文小説中的女性人物形象初探》，收入《域外漢文小説國際學術研討會論文集》臺北：東吳大學中文系，1999年9月，頁144。

從文學角度看，這篇小説有兩個值得注意的特點：一、形式方面，小説中的人物作了不少詩篇，實際上是作者施展自已詩才的機會。……二、内容方面，作者大膽地塑造了一系列沖破禮教的才子佳人形象。[①]

潘教授所言甚是，只是《花園奇遇集》這樣的形式和内容，放在越南文學史上或顯特出，但若持與明代中篇傳奇小説相互比較，則會發現這兩個特點正是一大批明代中篇傳奇小説的共同特徵，而《花園奇遇集》從裏到外簡直就是明代中篇傳奇小説的翻版，而且處處留有借鑒、因襲的跡象。

三、《花園奇遇集》與《尋芳雅集》

跟《花園奇遇集》關係最爲密切的明代中篇傳奇小説，首推《尋芳雅集》。

《尋芳雅集》，又名《吴生尋芳雅集》、《（浙湖）三奇誌》、《（浙湖）三奇傳》或《三奇合傳》，文長二萬二千言，穿插詩詞、書信凡八十則，講述元末浙江湖州才子吴廷璋（字汝玉，號尋芳主人）與參府王士龍愛女嬌鸞、嬌鳳（以及她們的婢女春英、秋蟾）的喜劇情史。這個故事跟《警世通言》卷三十四《王嬌鸞百年長恨》的情節近似卻又有所不同，《王嬌鸞百年長恨》的男主角改作“周延章”，結局换以悲劇收場。《尋芳雅集》承繼《嬌紅記》、《賈雲華還魂記》、《鍾情麗集》一脈而下，約成書於嘉靖年間（1522～1566），它對後出的文言傳奇《李生六一天緣》、《傳奇雅集》、《雙雙傳》（兼及《情義奇姻》）有所啟迪，並影響了《王嬌鸞百年長恨》、《金雲翹傳》、《歡喜冤家》、《弁而釵·情貞紀》等白話小説和戲曲《鴛鴦記》（甚至包括《三奇緣》）[②]。如今，我們又發現它的影響還擴及到越南漢文小説《花園奇遇集》。

兹但舉數例，即可見《花園奇遇集》的作者十分熟悉《尋芳雅集》的故事，例如其開篇第1頁曾言男主角趙嶠：

凡今古奇書異記，無不盡看。一日，閒覽天□□□□□□□□□□□□□□□，喟然嘆曰：“吴廷璋所遇如此，不枉‘尋芳主人’之號也。□□□□□□□□□□□□□□□□□

① 潘文閣：《越南漢文小説中的女性人物形象初探》，收入《域外漢文小説國際學術研討會論文集》臺北：東吴大學中文系，1999年9月，頁144。

②詳參陳益源《元明中篇傳奇小説研究》第十一章“《尋芳雅集》研究”，香港：學峰文化事業公司，1997年12月，頁188～199。

也。倘□□有此良遇，不負此生矣。”遂以“尋芳”（爲號）……

又如，第2頁説趙嶠見到喬府：

畫檐粉碧繡户，宛然又一士龍之宅也，不知其中果有鳳鸞否？乃吟一絶云：“粉碧朱□色□浮，倚欄橋上士情悠。不知園裏奇花下，果有鸞姐鳳妹無？”

再如，第15頁寫到喬氏姐妹的對話：

蕙曰：“月白風清，如此良夜，何故而來？聊作雲軒對月矣。”蘭曰：“雲軒對月，奈無吴汝玉何？”蕙曰：“若有汝玉，我更不肯來。”

以上這些段落，都是《花園奇遇集》作者對《尋芳雅集》典故的直接引用。尤其趙嶠效法吴廷璋，自以“尋芳”爲號，模擬手法最是明顯。所以我們很容易可以看出《尋芳雅集》的吴廷璋變成了《花園奇遇集》的趙嶠，王嬌鸞、嬌鳳姐妹變成了喬蘭娘、蕙娘，而婢女春英、秋蟾則易名春花、秋月，許多文字與情節在兩書之中有很大程度的雷同，請參考下表數段對照[①]：

尋芳雅集	花園奇遇集
然王老見生舉止端詳，言詞温潤，接人待物，罔不曲盡理道，心甚愛之。雖夫人、二嬌之前，亦嘗以偉器目焉。（p.87）	生自居喬公之後，待童僕以和，事長人以禮，大有君子之風，喬公心甚愛之。雖於大夫、二嬌之前，亦常以美器期之。（p.14）
忽聞琴聲丁丁，清如鶴唳中天，急若飛泉赴壑，或怨或悲，如泣如慕，誠有耳接而心恰者。鸞即往，穿窗窺之，見生正襟危坐，據膝撫床而彈，清香裊裊，孤燭煌煌，望之若神仙中人。（p.88）	忽聞琴聲丁丁，如雨滴梧桐，如雁鳴九霄，或怨或悲，如泣如訴，誠有耳接而心動者矣。蘭乃穿壁窺之，見生正襟危坐，撫床而彈，青香裊裊，孤燭煌煌，望之若神仙中人。（p.4）
越二日，英獨至園亭採茉莉花，生揖曰：“露氣未收，採何早耶？”英曰：“遲恐爲他人所得。”生曰：“今採奉誰？”英曰：“鸞姐醋（惜）愛，方理妝候簪。”生笑曰：“然則惜花起早，誠然歟？但不知愛彼何如？”英曰：“愛其清香嫩素也。”生曰：“清香嫩素，子但知人愛花嬌雅温柔，獨不見花亦愛人乎？”英曰：“花無情，何能愛人？”生曰：“萬一有情者愛之，我子以爲何如？”英微笑不答，盒花而去。（p.88～89）	一日早作，倚欄而坐，見秋月來採海棠花，生曰：“秋花凜凜，寒氣侵人，娘子採花何早也？”月微啞，答曰：“遲久爲他人所得。”生曰：“風侵霜冷，不憚嚴寒，娘子愛花之心不□切矣。”月曰：“愛其清香馥郁也。”生笑曰：“清香馥郁，卿但知人愛花卓綽嬌嬈，獨不知花亦愛人乎？”月曰：“花無情，何能愛人？”生曰：“豈有愛花不愛人乎？萬一以情者愛之，吾子以爲何如？”月微〔笑〕，闔花而去。（p.19）

①各段引文出處，標於文末。《尋芳雅集》的頁碼，是採用通俗類書《國色天香》的選本，瀋陽：春風文藝出版社，1989年1月排印出版；《花園奇遇集》的頁碼則是根據漢喃研究院圖書館所藏鈔本。

續表

尋芳雅集	花園奇遇集
生曰："予豈不諒，第勢如累卵，信子之所言，猶輸萬里之米而救飢餓士也，事能濟乎！"英良久曰："鸞姐知詩，不若制一詞以挑之，何如？"生曰："善。"乃邀英至書閣中。方欲構思，見英侍立，星眸含俏，雲鬟籠情，彼此互觀，欲思交動。乃謂英曰："詩興不來，春興先到，奈何，奈何！"即挽英就枕。（p.90）	生曰："試如卿言，□猶輸萬里之米以救飢餓士也！"月默然良久曰："蕙娘識字，君作一詩以撥之，如何？"生曰："善。"乃與月至□中。生方索筆構思，見月星眸含露，雲鬟□睛，乃投筆曰："詩興不來，春興先到，子□吾之詩。"生乃挽月就枕。（p.21）
生得詞，喜溢顔色，恨不得揮太陽歸咸池，揭清光于石室。（p.90）	生見詞，喜動眉宇，恨不能揮太陽于咸洲，揭清光于石室。（p.9）
誰知鳳以宿妝起矣：雲鬟半□，夢態遲遲，何啻睡未足之海棠，霧初回之楊柳；獨倚窗欄，看喜鵲爭巢而舞。見生，問曰："舉家尚在夢中，兄何起之早耶？"生曰："孤幃清淡，冷氣逼人，欲使安枕，難矣。"鳳亦淒然無語。（p.97）	蕙娘初起，雲鬟半整，愈覺嬌姿，何啻睡未足之海棠，夢初回之楊柳。見生至，曰："舉家尚在夢中，郎君初（起）何早也？"生蹙然曰："半衾香冷，寒氣侵人，欲使安枕，難矣。"蕙聞生語，亦覺淒涼。（p.26）
翡翠衾中，輕試海棠新血；鴛鴦枕上，漫飄桂蕊奇香。……是夜，生爲情欲所迷，將五鼓才睡。當旭日紅窗，而生、鳳猶交頸自若。秋蟾恐懼人來，乃揭幔低聲曰："陽臺夢尚未醒耶？"生、鳳乃驚覺，整衣而起。（p.105）	芙蓉褥裏，血染海棠；翡翠衾中，香飄丹桂。……是夜，生爲情所迷，□烈日紅窗，而生與娘猶交頸自若。秋月掀帳依聲曰："陽臺未醒耶？"蕙始驚覺。（p.33）
相遜者久之。生不能主，乃曰："鸞娘不妒，鳳卿不私，既在兼成，尤當兼愛。"即以一手挽鸞頸，一手拍鳳肩，同入羅幃中。……殆不知生之爲生、鸞鳳之爲鸞鳳也。（p.111）	二嬌禮讓者久之。生亦不能自主，即以一手挽蘭肩，一手弄蕙乳，翡翠衾中肆情戲謔，曲盡人間之樂事，但不知生之爲生、蘭蕙之爲蘭蕙也。（p.34）

四、《花園奇遇集》與《國色天香》

如上所述，越南漢文小説《花園奇遇集》模擬、借鑑明代中篇傳奇小説《尋芳雅集》的文字與情節，極其顯著。以下續引一段《花園奇遇集》第26～27頁趙皭、喬蕙娘的對話，既可以再次説明它與《尋芳雅集》之間密切的承傳關係，也可以看出《花園奇遇集》作者參考諸多明代中篇傳奇小説的主要來源是——《國色天香》：

> 生見几上有《烈女傳》一部，謂蕙曰："此記不若《天香》可人。"蕙曰："《天香》，邪曲耳。"生曰："《劉生覓〔蓮〕傳》如何？"蕙曰："都是傷風敗俗，何足道哉！"生曰："《劉生》是風流話本，無容議也。至於鸞、鳳之於汝玉，瓊、奇之於景雲，雖其相見之初，私情苟就，而患難之際，不肯移心。雖不欲如刺目之房婦，而幙中琵琶一語，猶足以感後人。雖不能如斷臂之玉姬，而壁上猿鶴一詩，亦足以昭千古。若

夫《就（龍）會蘭池》、《鍾情麗集》，幾番吐辱，而蔣、王之義不忍忘，則瑞蘭之節爲何如？若以節義效之，則《天香》何殊於《烈女》？以風流論之，則《烈女》反劣於《天香》郎（耶）！子若以邪曲譏之，吾願爲之解矣。”蕙默然不答。

這段引文，鈔本錯字不少，不過我們從中可以確知《花園奇遇集》作者廣泛運用了一些明代中篇傳奇小説的典故：

（一）《劉生覓蓮記》：講述江東才子劉一春與佳人孫碧蓮及其侍女曹素梅（原名桂紅）的風流韻事，文長近四萬言，穿插詩詞駢體一百一十餘首。按：《花園奇遇集》第25～26頁寫秋月替趙嶠説情，喬蕙娘愠曰：“汝欲效桂紅，以碧連（蓮）待我乎？”即典出《劉生覓蓮記》。

（二）《尋芳雅集》：引文中“鶯、鳳之於汝玉”的用典，乃至整段情節的設計，仍是仿自上節所言之《尋芳雅集》無疑[①]。

（三）《花神三妙傳》：引文中“瓊、奇之於景雲”的用典，乃出自《花神三妙傳》。《花神三妙傳》講述元朝至正年間江南俊傑白景雲邂逅佳麗趙錦娘、李瓊姐、陳奇姐三位姨表姐妹的故事，全篇長約二萬五千言，穿插詩詞、韻文書信四十八則。按：《花園奇遇集》有若干文字（如第17頁寫喬蘭娘再會趙嶠：“昔猶含羞色，今則逞嬌容矣。”）、情節（如多人同床歡會），也與《花神三妙傳》如出一轍。

（四）《龍會蘭池録》：講述南宋蔣世隆與王瑞蓮曠野奇逢，約爲婚姻，幽閨拜月，節義兩全的故事，原文長約一萬七千言，穿插詩詞歌賦、駢儷文書六十餘則。

（五）《鍾情麗集》：講述廣東瓊州才子辜輅與表妹黎瑜娘踰牆私會、渡海私奔的悲喜故事，文長二萬七千言，穿插詩詞歌賦、韻文駢體凡一百五十多首。按：《花園奇遇集》第11頁寫趙嶠曾對喬蘭娘發誓：“萬一天不從人，事歸不偶，則我定爲辜生、句踐，使娘子爲偷（瑜）娘、文君；決忍周延璋，使嬌鸞□百年之長恨也。”雖抄寫有誤，但仍看得出它用的正是《鍾情麗集》（和《王嬌鸞百年長恨》）的典故。

以上這五本對《花園奇遇集》都有影響的明代中篇傳奇小説，全部都被收進明代通

①《尋芳雅集》云：“正欲遍觀，見几上有《烈女傳》一帙。生因指曰：‘此書不若《西廂》可人。’鳳曰：‘《西廂》，邪曲耳。’生曰：‘《嬌紅傳》何如？’鳳曰：‘能壞心術。且二子人品，不足於人久矣，況慕之耶！’生曰：‘崔氏才名，膾炙人口。嬌紅節義，至今凜然。雖其始遇以情，而盤錯艱難間，卒以義終其身，正婦人而丈夫也，何可較訾。較之昭君偶虜，卓氏當壚，西子敗國忘家，則其人品之高下，二子又何如哉？’鳳亦語塞。”引自《國色天香》，頁95。

俗類書《國色天香》之中[1]。越南漢文小説《花園奇遇集》的作者必是透過《國色天香》，而接觸到這批明代中篇傳奇小説並受其影響的，所以他特别透過小説男女主角的對話，把《天香》（即《國色天香》）拿來跟《烈女傳》相提並論一番。當我們讀到這第26~27頁關於《天香》的記載，回頭來看開篇第1頁所言男主角趙嶠“凡今古奇書異記，無不盡看。一日，閒覽天……”一段，這才了解原來《花園奇遇集》作者一開始便已提及寫作這部小説時主要的參考資料——《尋芳雅集》，是從《國色天香》閱覽得來，只是不巧鈔本首頁殘破，差點就被我們忽略掉了。

四、結語

1977年11月，《花園奇遇集》的越文版首度在河内《越南漢文小説總集》披露，曾引起越南著名學者范秀珠的注目，並撰文評介：

> 由世界出版社1997年出版的《越南漢文小説總集》，是古小説翻譯的大工程，可幫助我國和國外讀者了解無比豐富多樣的越南漢文小説寶庫。值得説的不僅是我們幾乎具有了從志怪、傳奇、名人傳記、歷史小説到愛情、公案等各種各類的小説，……作家也開始寫了不怕表現人的男女樂趣、隱私性愛的小説。這類小説之數量雖然非常少，《總集》才搜集了惟一的一本中篇小説，那是殘缺了結尾的《花園奇遇集》，它是標志當時小説觀念大變革的里程碑，給想了解越南儒士性表現、性欲望的一種解脱的讀者開了一道門。……相形之下，越南性小説太少了，只有惟一的一本《花園奇遇集》，勉强加上《書癡傳》爲二而已。[2]

經過研究，范教授所説的《書癡傳》乃出自越南漢文小説《傳記摘録》，該書業已證實只是中國清末顧氏《後聊齋誌異》的摘録抄襲之作[3]；如今，經由《花園奇遇集》與明代中篇傳奇小説關係的探討，我們再度證實了它跟通俗類書《國色天香》所選録的《尋芳雅集》與《鍾情麗集》、《龍會蘭池録》、《花神三妙傳》、《劉生覓蓮記》等明代中篇傳奇

---

① 以上關於《劉生覓蓮記》等五部作品收入《國色天香》暨其他通俗類與小説選集的詳細情況，可參見陳益源《元明中篇傳奇小説研究》一書，同注6。

②范秀珠：《〈貪歡報〉與越南漢文性小説》，載於陳益源著《小説與艷情》，上海：學林出版社，2000年8月，頁78~85。

③詳參陳益源：《〈聊齋誌異〉、〈後聊齋誌異〉與越南的〈傳記摘録〉》，收入陳益源著《中越漢文小説研究》，香港：東亞文化出版社，2007年1月，頁71~110。

小説，具有很密切的關聯，甚至留有明顯抄襲的痕跡，其原創性並不高。它是否仍舊可以被視爲“越南中代文學中唯一難得的性文學作品”，或被當作是惟一的一本越南性小説，似乎重新有了商榷的餘地。

過去，我們已知明代中篇傳奇小説（《賈雲華還魂記》等）爲朝鮮漢文小説作者所熟悉[①]；現在，由於《花園奇遇集》的存在，我們才知道明代中篇傳奇小説（《尋芳雅集》等）對越南漢文小説也有著同樣的影響，這對中國文學研究而言又是一個新發現，可補明代文學研究之不足。所以《花園奇遇集》到底是明代中篇傳奇小説的越南仿作呢？或者還存在著另一種可能：就跟《傳記摘録》一樣，它也許只是某部明代中篇傳奇小説（在中國已亡佚）單純的改頭换面而已？這個問題，值得中、越關心域外漢籍研究的學者們共同注意，繼續加以深入探討。

① 詳參陳益源《元明中篇傳奇小説研究》第三章“《賈雲華還魂記》研究”，頁47～66。

日本所見湯顯祖戲曲版本綜録

黄仕忠

筆者嘗在日本各圖書館尋訪所藏中國戲曲，編爲《日本所藏中國戲曲綜録》。此稿雖創成多時，然尚須再加審核。玆録有關湯顯祖劇作版本，以求正于方家。

玉茗堂傳奇八卷 八册 269×175 框202×144

明湯顯祖 沈際飛獨深居點次 明岑德亨刊本 九行二十字 四周單邊白口 欄上鐫評

牡丹亭還魂記二卷

南柯夢二卷

紫釵記二卷

邯鄲夢二卷

内閣文庫-林308-265

首爲玉茗堂傳奇叙，署“吴興夢道人沈際飛題於華香散處”。次爲“集諸家評語”，後爲“附述”：“北詞正音譜、南詞蔣沈二家九宫十三譜，詞壇高曾，然亦有舛錯。近吴興訂正一二，闕疑尚多。而馮猶龍以《中原韻》合於北，不合於南，更有《墨憨齋新譜》，惜未行世，不能借之考定。臨川僅有評駁，愧非顧曲辨撾之輩也。〇作者苦心，覽者賞心，非字句瑕瑜互攻，精神不出。世本批評，大都野戰，非就事嘲諷，則就意挑翻，縱使解頤，於文字無涉。今作文字觀，一點一抹，幾不負臨川矣。〇原本而外，别有删改，如臧、吕二本，爲臨川所痛恨，有斫小巨木，規方圓竹之譏。玆刻悉仍原本，間有魯魚，盡行蒐覈。古香岑德亨識。”又次爲《牡丹亭題詞》，署“震峰沈際飛書于獨深居。”正文署：獨深居點次。

有“林氏藏書”、“昌平坂學問所”、“淺草文庫”、“日本政府圖書章”。按：此書原爲林述齋(1768–1841)家藏本。

玉茗堂傳奇四種八卷 十六册 重裝286×172 原高258 框並眉欄225×140

明湯顯祖撰 臧懋循訂 清吴郡書業堂刊本 九行十九字 左右雙邊白口 有圖眉欄鐫評

還魂記二卷 四册 東大東文研–倉石文庫–集–41570

紫釵記二卷 四册 東大東文研–倉石文庫–集–41567

南柯記二卷 四册 東大東文研–倉石文庫–集–41575

邯鄲記二卷 四册 東大東文研–倉石文庫–集–41577

按：北京圖書館亦藏吴郡書業堂刊本一種，版式題署全同，目録作：明刻清乾隆二十六年書業堂重修本。

玉茗堂四種八卷 八册 241×148 框204×137

明湯顯祖撰 清初刊本 竹林堂藏板 十行二十一字 四周單邊白口 欄上鐫評叙之版心下方刻“著壇藏板”

湯義仍先生還魂記（牡丹還魂記）二卷

湯義仍先生邯鄲記二卷

湯義仍先生紫釵記二卷

湯義仍先生南柯夢記二卷

京大文學部D–Vg–14–10 新潟圖書館40122（合訂四册）静嘉堂54–20–敬(237×149)

内閣–昌308–274（後印本242×147） 國會圖書館100–21（後印本240×148）

内封：臨川湯若士原本//玉茗堂四種//還魂–南柯/紫釵–邯鄲/竹林堂藏板。據明天啟四年（1624）會稽張氏著壇校刻本改内封重印本。其中《牡丹亭記》有評。正文署：臨川玉茗堂編。

京大文學部藏本有“春雪草堂”、“君山”朱印，係狩野直喜舊藏。静嘉堂藏本有“中村本”、“中村敬宇藏書之印”、“青柳館文庫”，原爲中村氏之物，後歸静嘉堂。

内閣文庫藏本有“昌平坂學問所”、“淺草文庫”藏章；各册首頁均有“老迂秘笈”章；失内封，失題名；目録擬題作“玉茗堂傳奇”。

玉茗堂四種　十册　137×92 框92×69

明湯顯祖撰 清刊巾箱本 帶耕書屋藏板　九行十八字　左右雙邊白口

還魂記四集　邯鄲夢四集 南柯記四集 紫釵記四集

大阪大學-懷德堂66-63　天理大學922-533（十四册140×92 框95×73）

内封：玉茗堂四種/帶耕書屋藏板。

天理大學藏本因存放散亂，致原函不全，其中《邯鄲夢》上之二與《南柯記》下之二，以《邯鄲夢傳奇四集》爲題，編號922-527，另函存放。

紫簫記二卷　二册 241×154

明湯顯祖撰 汲古閣六十種曲零本 九行十九字 左右雙邊 綫黑口

天理大學922-95

重校紫釵記（出像點板霍小玉紫釵記定本）二卷　四册

明湯顯祖撰 萬曆三十年（1602）金陵繼志齋刊本 四周單邊白口 十行二十字 眉欄鐫音釋 有圖六面十二葉

大谷大學-外丙104

内封：出像點板霍小玉/紫釵記定本//繼志齋原板（此行居中）。首爲《紫釵記題辭》，末署"乙未春清遠道人題，壬寅春秣陵陳大來書"。目録後題"秣陵陳大來校書"。

目録頁有"王國維"印記；另有"久保氏秋碧吟廬鑒藏圖記"印。知爲王國維舊藏本，1926年王氏歿後，羅振常於滬上售賣王氏遺書，以恤其孤寡，久保天隨購得此種，後轉歸神田喜一郎。

此版本北京圖書館亦有藏。

柳浪館批評玉茗堂紫釵記二卷　四册（末有闕葉）　259×161 框210×140

明湯顯祖撰　明末柳浪館批評刊本 十行二十一字 四周單邊白口

京大文學部

《古本戲曲叢刊初集》據同一版本影印。

紫釵記二卷　二册　259×160 框197×132

明湯顯祖撰　汲古閣刊六十種曲清修本之零本　九行十九字　左右雙邊　綫黑口後印　有斷板

早稻田大學ヘ19-2650

湯義仍先生紫釵記二卷　二册　240×148 框202×140

明湯顯祖撰　清初刊本　十行二十一字　四周單邊白口　森槐南舊藏　有森氏紅筆圈點

早稻田大學ヘ19-2619

正文署：湯義仍先生紫釵記卷上 臨川玉茗堂編。卷末題“湯義仍先生玉茗堂紫釵記卷下終”。此當爲清刊《玉茗堂四種》零本。同版本早稻田大學另藏有《湯義仍先生南柯夢記》，亦森槐南舊藏，詳後文。

牡丹亭還魂記二卷　四册

明湯顯祖撰　萬曆中刊本

大谷大學-外大1982　大阪圖書館-238-108 大阪府立-中之島-甲漢73

此三種未核原書，據各館目録移録。

牡丹亭還魂記(重鐫繡像牡丹亭)二卷　四册 259×158 框213×131

明湯顯祖撰　朱玉亭較　明刻清周氏書坊印本　懷德堂藏板　十行二十二字小雙行四周單邊白口 上卷含插圖二十頁下卷圖十七頁 署刻工有鳴歧、吉甫、端甫

京大人文-集-V-5-32　大谷大學-外丙105　大東文化大學-八木澤元

京大文學部D-Vg-14-3（後印本　重裝275×164 原高242）

名古屋大學（重裝269×162 原高236）

内封作：重鐫繡像//牡丹亭//懷德堂藏板。正文署：明臨川湯顯祖若士編　歙縣玉亭朱元鎮較。據“校”作“較”，可知爲崇禎以後印本。

京大文學部藏本内封右下有4.5：2.9mm之紅色木記：“江南狀元境内/懷德堂周氏書/坊發兑。”目録定爲萬曆二十六年序刊本。大谷大學藏本爲神田喜一郎舊藏，脱内封；《鬯盦藏曲志》以爲“歙縣玉亭朱元鎮較”七字係剜補，當爲萬曆間所刻原板在明末清初之際重印時加入。《中國善本古籍書目》著録作：“明刻清懷德堂印本”，今從之。

還魂記二卷 四册 260×165 框190×130

明湯顯祖撰　臧懋循訂　明萬曆間刊本　九行十九字　左右雙邊白口　欄上鐫音注評語　有圖

天理大學922-イ41（序第一面、下卷第七十五頁闕 七十四頁破損）

此當即臧氏訂《玉茗堂傳奇四種》原刊本之零本，亦即前列吴郡書業堂刊《玉茗堂傳奇四種》之祖本。

牡丹亭記四卷五十五齣首一卷　六册　266×172 框203×146

明湯顯祖撰　明茅暎、臧懋循評 明泰昌間朱墨套印刊本　九行十八字 四周單邊白口有圖　第八葉版心下方刻“汪文佐鐫”第十一葉爲“劉升伯鐫”

内閣文庫-楓-附4-20

首爲《牡丹亭題詞》，萬曆戊戌秋清遠道人題。次爲《批點牡丹亭記序》：“前溪茅元儀題。”又爲《題牡丹亭記》：“青苕茅暎遠士纂。”後爲凡例四則。

《古本戲曲叢刊初集》據同一版本影印。

清暉閣批點玉茗堂還魂記二卷　六册

明湯顯祖撰 天啟三年（1623）序張弘毅著壇刻本 九行二十字 四周單邊白口

京大文學部D-Vg-14-2　大東文化大學-八木澤元（四册）

玉茗堂傳奇（牡丹亭還魂記）二卷　四册

明湯顯祖撰　獨深居點次　清初刊本

大東文化大學-八木澤元

未核原書。當與前列明刊沈際飛獨深居點次《玉茗堂傳奇》同版，此本則爲明刊清初印本。

玉茗堂還魂記二卷　六册 294×178 框209×132

明湯顯祖撰　清乾隆五十年（1785）乙巳冰絲館據明清暉閣原本增圖重刊本　九行二十字　四周單邊白口　欄上鐫評　版心下方刻“冰絲館”

東大文學部·南北曲·明　二松學舍-集-詞曲（内田泉之助白水文庫）

大阪大學-懷德堂65-56（289×180）　東大東文研-倉石文庫-集-41568（二册311×187）

東京都立中央圖書館-乾-特8515（闕上卷，存二册）

内封：清暉閣原本/玉茗堂還魂記/乾隆乙巳年-冰絲館增圖重梓。正文題：快雨堂/冰絲館重刊。

吴吴山三婦合評牡丹亭還魂記（牡丹亭）二卷附録一卷或問一卷 四册　250×160 框並眉欄215×150

明湯顯祖撰 清陳同評點 談則補評 錢宜参評 康熙三十四年乙亥（1695）刊本 夢園藏板 十行二十字 四周單邊　黑口　眉欄鐫評 無圖

東大東文研-倉石文庫-集-41569　　大東文化大學-八木澤元

九大浜文庫-集-38（二册254×157）

内封：吴吴山三婦合評/牡丹亭（楷體）/夢園藏板。正文署：吴吴山三婦合評牡丹亭還魂記　湯義仍先生/玉茗堂元本//上卷　黄山陳同次令評點/古蕩錢宜在中参評。末有乙亥春日馮嫻跋。此書甲戌冬始雕板而次年刻成。倉石文庫藏本"或問"附裝於二卷之末；浜文庫藏本附録及跋裝於卷首；"或問"裝於二卷之首。總目所録"像"一頁，總計三百十七頁。

吴吴山三婦合評牡丹亭還魂記（新鐫繡像玉茗堂牡丹亭）二卷附圖一卷或問一卷　二册　264×166 框212×149

明湯顯祖撰　清陳同評點　談則補評　錢宜参評　據康熙三十四年乙亥（1695）原刊增圖印本　夢園藏板　十行二十字　黑口　有圖十葉十幅

京大文學部D-Vg-14-4　東大東文研・集・詞曲・南北57.3（重裝六册）

天理大學922-433（四册 239×157）　立命館大學-集7-30（四册）

内封：吴吴山三婦合評/新鐫繡像玉茗/堂牡丹亭-夢園/藏板。書衣原題簽：三婦牡丹亭。正文所署同上條。總目所録"像"十一頁，總計三百十七頁。

東大東文研著録作"康熙三十三年 夢園 刊本"，非是。

吴吴山三婦合評牡丹亭還魂記（重鐫繡像牡丹亭）二卷　六册　250×168 框210×147

明湯顯祖編　清陳同評點　錢宜参評　據康熙三十四年乙亥（1695）原刊增圖印本懷德堂藏板　十行二十字　四周單邊　黑口　眉欄有評　首有圖一卷

東北大學・丁B・2-5-1・53　大谷大學-外大4256（四册）

内封：重鐫繡像/牡丹亭/懷德堂藏板。　第一册爲序，或問，附録，跋，題序，題辭，總目，目録，圖。第二册入正文，所署同上條。總目所録"像"十一頁，總計三百十七頁。

吴吴山三婦合評牡丹亭還魂記（新鐫繡像牡丹亭）二卷 二册 260×163 框212×148

明湯顯祖撰 清刊本 夢園藏板 十行二十字 四周單邊 黑口 據康熙原刊舊板後印者

大阪大學-懷德堂65-53

内封：吴吴山三婦合評原本/新鐫繡像牡丹亭/夢園藏板。首僅《牡丹亭還魂記題辭》。删他種序跋。

湯義仍先生還魂記二卷 六册 重裝261×167 原高223 框207×139

明湯顯祖撰 清初刊本 十行二十一字 四周單邊白口 卷六有補鈔一葉

東大東文研-倉石文庫-集-41571

内封僅單 框題"還魂"二字。首《牡丹亭題詞》；次即《牡丹亭還魂記目次》。正文署：湯義仍先生還魂記 玉茗堂舊本。

還魂記二卷 二册 275×200 葉心200×132

明湯顯祖撰 鈔本 當據汲古閣本鈔録 九行十九字

大阪大學-懷德堂65-54

還魂記（牡丹亭還魂記）二卷 二册 245×158 框200×132

明湯顯祖撰 汲古閣六十種曲本清代改板印本 九行十九字 綫黑口 左右雙邊後印本

早稻田大學F0371

内封：牡丹亭/還魂記。

還魂記（牡丹亭）二卷 二册 243×156 框200×132

明湯顯祖撰 清刊本 據汲古閣本改板增内封重刊本 夢園藏書 題吴吴山三婦合評而實無評語 九行十九字 左右雙邊 綫黑口

早稻田大學へ19-2641

内封：吴吴山三婦合評//牡丹亭//夢園藏書。按：此爲康熙中三婦評本流行之後，用汲古閣舊板冒稱三婦評本以謀利，並以"夢園藏書"蒙混"夢園藏板"，正文並未鐫評。

牡丹亭還魂記（繡像牡丹亭）八卷 六册 167×114 框118×90

明湯顯祖撰 清芥子園刊本 八行十六字 四周單邊白口 修板後印本 無圖

東北大學・丁B・2–5–1・114

黄内封：玉茗堂原本/繡像牡丹亭/芥子園發兑。正文署：臨川玉茗堂編。

牡丹亭還魂記（繡像牡丹亭）八卷　四册　131×87

明湯顯祖撰　清刊袖珍本　僞託三婦評本　紙墨均劣　八行十六字　白口　左右雙邊

早稻田大學へ19–2677

内封：三婦原本//繡像牡丹亭。按：此本僞託三婦評本，而實無評語。

牡丹亭不分卷（選本　録九出）　二册　291×180　框244×153

明湯顯祖撰　審音鑒古録零本　清道光十四年刊本　十行二十四字　四周雙邊白口文内小字傍批　欄上鐫演出應注意事宜

勸農　學堂　游園　驚夢　尋夢　離魂　宴判　吊打　圓駕

東洋文庫Ⅳ–8–A–48

吴吴山三婦合評牡丹亭還魂記二卷　四册（合二册）　234×155　框193×143

明湯顯祖撰　清陳同評　錢宜參評　清同治九年重刊　清芬閣藏板　十行二十字左右雙邊　黑口　眉欄鐫評

國會圖書館164–56

内封：同治庚午重刊（上横）//吴吴山三婦合評/牡丹亭還魂記/清芬閣藏板。

牡丹亭還魂記二卷　四册　199×126　框154×92

明湯顯祖撰　木石居用玉茗堂原刊本影印　上海掃葉山房發行

東大東文研–倉石文庫–集–41572　京大文學部D–Vg–14–6

慶應–73–2　早稻田大學へ19–2632（198×131）

書簽題：繪圖牡丹亭還魂記/木石居影印。正文署：明臨川湯顯祖若士編。

牡丹亭還魂記二卷　四册　170×101　框140×89

明湯顯祖撰　光緒十二年（1886）同文書局用明刊本石版影印袖珍本　十行二十二字小雙行　四周單邊白口　有圖

京大文學部D–Vg–14–5　東大東文研–倉石文庫–集–41573

東大文學部・南北曲・明　天理大學922–11（六册）

慶應大學-奥野文庫I-5A-45（殘 存三册）

内封：還魂記。書衣題簽：丙戌重九日/峻齋署。牌記：光緒丙戌年秋/同文書局石印。據刊本石版影印，原本正文作：牡丹亭還魂記卷上//明臨川湯顯祖若士編。

東大文學部藏本有“樂善堂印”、“槐南詩料”等印章。

牡丹亭還魂記二卷 四册

明湯顯祖撰 清光緒二十四年（1898）同文書局用明刊本石版影印袖珍本

日比谷-市村文庫-17

參上條。

牡丹亭還魂記（牡丹亭傳奇）二卷 四册 197×132 框172×121

明湯顯祖撰 光緒三十四年（1908）上海同文詠記石印本 十八行四十字小雙行 四周單邊白口

名古屋大學-青木文庫-220 天理大學922-33（一册203×134）

繡像牡丹亭還魂記 一册 178×120

明湯顯祖撰 上海點石齋石印本 五十二頁 本文無繪像

天理大學922-363

鐫新編全像邯鄲夢記（鐫玉茗堂新編全相邯鄲夢記）二卷 四册

明湯顯祖撰 明周大賚校 萬曆間金陵唐振吾刊本 四周單邊白口 十行二十字 眉欄鐫音釋 上下卷附圖各六葉

立命館大學-集7-32

内封：鐫玉茗堂新編/全相邯鄲夢記//金陵唐振吾刊（居中小字）。正文署：臨邑玉茗堂編/門人周大賚校。

此爲孤本。日本京都大學金文京嘗撰文介紹，見香港嶺南大學國際小説戲曲研討會論文，2003。

柳浪館批評玉茗堂邯鄲記二卷 四册 259×161 框210×140

明湯顯祖撰 明末柳浪館刊本 十行二十一字 四周單邊白口 欄上鐫評 有圖

大谷大學-外丙107

卷首有《邯鄲記》總評一葉，次爲目録。上卷有圖七面七葉；下卷有圖六面六葉。刻印極精。鈐有“三槐堂”、“怡老園主”、“吴趨墨人”印記。

此爲神田喜一郎舊藏，《皂盦藏曲志》謂柳浪館當爲明末文人鍾惺（伯敬）之館名。

邯鄲記二卷　二册　258×165 框223×137

明湯顯祖撰　明臧晉叔訂　明刊本　九行十九字　左右雙邊白口　眉欄有注評　附圖二十四幅

東洋文庫-藤Ⅳ-8-A-39　東北大學・丁B・2-5-1・35（原高252）

失内封。正文署：臨川湯義仍撰 吴興臧晉叔訂。此當爲臧氏所訂明刊四夢之零本。

湯義仍先生邯鄲夢記二卷　二册　240×148 框200×140

明湯顯祖撰　明刊清初印本　十行二十一字　四周單邊白口

早稻田大學イ9-466　　東大綜合圖書館E46-274（存下册 後印本）

正文署：臨川玉茗堂編。早稻田大學藏本有“甯齋”印，屬“甯齋文庫”。東京大學綜合圖書館藏本有斷板，係後印本。

邯鄲記二卷　二册 241×154

湯顯祖撰 汲古閣六十種曲零本 九行十九字 左右雙邊 綫黑口

天理大學922-55

邯鄲記二卷　二册　258×160 框198×132

明湯顯祖撰　汲古閣刊《六十種曲》清修本之零本　九行十九字　左右雙邊　綫黑口

早稻田大學へ19-2651

邯鄲夢傳奇二卷　四册　135×92 框101×77

明湯顯祖撰　清大知堂刊袖珍本　九行十八字　左右雙邊白口

國會圖書館185-103　慶應大學-奥野文庫I-5A-57（二册　白棉紙　127×91）

内封僅篆體“邯鄲夢”三字；慶應大學藏本左下有紅印“大知堂偶刊”。正文：邯鄲夢傳奇卷上之上//臨川湯若士撰。

鐫新編出像南柯夢記（鐫玉茗堂新編全相南柯夢記）二卷　四册

明湯顯祖撰　明周大賚校　萬曆間金陵唐振吾刊本　四周單邊白口　十行二十字　眉欄鐫音釋　上下卷附圖各六葉　王國維舊藏

大谷大學-外丙106

内封：鐫玉茗堂新編/全相南柯夢記//金陵唐振吾刊（居中小字）。首爲《南柯夢題詞》，署"萬曆丙午夏至清遠道人書"；次爲《南柯夢記序》，因尾葉殘缺，未詳何人所撰。正文署：臨邑玉茗堂編 門人周大賚校。

題詞下有"王國維"印；内封有"久保氏秋碧吟廬鑒藏圖記"印。因知原爲王國維舊藏，王氏歿後，經久保天隨收藏，後歸神田喜一郎。参《鬯盦藏曲志》。此爲孤本。

南柯記二卷　四册　重装　原高246　框222×138

明湯顯祖撰　明臧晉叔訂　明刊本　九行十九字　左右雙邊白口　眉欄有注評

東北大學·丁B·2-5-1·52

正文署：臨川湯義仍撰 吴興臧晉叔訂。此當爲臧氏所訂明刊四夢之零本。

柳浪館批評玉茗堂南柯夢記二卷　四册　259×161　框210×140

明湯顯祖撰　明末柳浪館刊本　十行二十一字　四周單邊白口　首缺序跋、目録末脱一頁

東洋文庫-藤Ⅳ-8-A-42

湯義仍先生南柯夢記二卷　二册　236×145　框200×140

明湯顯祖撰　明刊本　十行二十一字　四周單邊白口

早稻田大學イ9-467

失内封。正文：湯義仍先生南柯夢記卷上 臨川玉茗堂編。

湯義仍先生南柯夢記二卷　二册　239×147　框200×140

明湯顯祖撰　明刊清印本　十行二十一字　四周單邊白口　森槐南鈔補

早稻田大學へ19-2620

森槐南舊藏。有補鈔，七十四頁以下補鈔於封三、内封。正文：湯義仍先生南柯夢記卷上 臨川玉茗堂編。與上條版式相同。早稻田大學目録將前一種定爲明刊本；此種定爲康熙刊本，姑從之。

六十種曲　一百二十册　230×147　框200×132

明毛晉輯　常熟毛氏汲古閣刊明末補刊本　九行十九字　左右雙邊白口　琵琶記爲第一種

内録《還魂記》、《紫釵記》、《邯鄲夢記》、《南柯夢記》、《紫簫記》

早稲田大學へ19-2640

無序跋，無弁語，也無總目録。但板用舊板抽補。紙本較原刻本略小。按：此套原以琵琶爲首，屬於原本之序次；而藏者用鉛筆調整後，以雙珠原在第115種，後改爲首種；琵琶則改作第19種。

六十種曲　一百二十册　243×157　框201×130

明毛晉輯　常熟毛氏汲古閣刊本　實獲齋藏板　九行十九字　左右雙邊　大部分爲綫黑口　後印本　雙珠記爲第一種

内録《還魂記》、《紫釵記》、《邯鄲夢記》、《南柯夢記》、《紫簫記》

京大人文-集-V-6　天理大學922-イ49（版高255×155）

天理大學922-イ51（失内封　版高240×155）

内封：汲古閣訂正/六十種曲/本衙藏板。第二套目録下刻：實獲齋藏板。

六十種曲　一百二十册　242×152　框201×130

明毛晉輯　常熟毛氏汲古閣刊本清印本　實獲齋藏板　三多齋發兑　九行十九字　左右雙邊　後印本　雙珠記爲第一種

内録《還魂記》、《紫釵記》、《邯鄲夢記》、《南柯夢記》、《紫簫記》

京大文學部

内封：汲古閣訂正/六十種曲/本衙藏板。有木記：三多齋發兑。與上條同版而印次有異。

六十種曲　一百二十册　241×151　框201×130

明毛晉輯　崇禎中常熟毛氏汲古閣訂正刊本清修本　九行十九字　左右雙邊　大部分爲綫黑口　雙珠記爲第一種

内録《還魂記》、《紫釵記》、《邯鄲夢記》、《南柯夢記》、《紫簫記》

九大文學部36A-28　國會圖書館155-74(版高251×155修板補刊 後印本)

大阪圖書館238-74　　大谷大學-外大2027

大阪大學-懷德堂66-57（242×150　框198×132缺牡丹亭，四喜記有補寫　後印本）

東大東文研–倉石文庫–集–41680（版高246×158 有斷板補刻 後印本）

九大藏本白内封：汲古閣訂正/六十種曲/本衙藏板。倉石藏本爲紫内封。大阪大學–懷德堂本作黄内封，題“汲古閣訂”，無“正”字，與九大本相較，字不相同;存演劇首套弁語。

六十種曲十二集即繡刻演劇十本第一套至第六套　附萬全記二卷即富貴仙　一百二十册　231×151 框201×130

明毛晉輯　明末常熟汲古閣刊清修本　三多齋王氏書林發兑　九行十九字　左右雙邊白口 有斷板 後印本 雙珠記爲第一種

内録《還魂記》、《紫釵記》、《邯鄲夢記》、《南柯夢記》、《紫簫記》

東大綜合圖書館E46–184

内封：汲古閣訂正/六十種曲/本衙藏板。右下角有朱色木記：江南省狀元境内三多齋王氏書林發兑。存《演劇首套弁語》。末函附四願居士《萬全記》，有自序。二册，版式不同：框194×121 八行二十字，四周單邊白口。《白兔記》和《節俠記》均爲二册合作一册，故總數仍爲一百二十册。其中《節俠記》保存内封：“繡刻節俠記定本”；另《白兔記》不僅有“繡刻白兔記定本”，而且有第六套内封：“繡刻演劇十本//白兔、殺狗、曇花、龍膏、飛丸、東郭、節俠、雙珠、四賢、牡丹。”即屬原刊本序次，刊印時未抽去，而此套印本實際序次已經大變，如《雙珠》已經變作第一種。故此内封猶存，有毛筆將《東郭》改爲《還魂》；《牡丹》改爲《千金》。

六十種曲　一百二十册　254×161 框202×130

明毛晉編　道光二十五年（1845）乙巳重修刊本　同德堂藏板　九行十九字　左右雙邊　綫黑口

内録《還魂記》、《紫釵記》、《邯鄲夢記》、《南柯夢記》、《紫簫記》

東北大學·丁B·2–5–1·16　　國會圖書館922–R64M

大阪大學–懷德堂66–58（演劇十本　存二十册　258×159 框200×132）

日比谷–市村文庫–1(六十一册裝)

内封：道光乙巳年重修/六十種曲/同德堂藏板。懷德堂藏本殘，首册封皮有題識：光緒乙未初夏贊弓志氏藏/六十種曲 共六夾計百貳拾册。

傳奇四十種八十四卷　八十册

紫釵記　　明湯顯祖撰　（二册）

紫簫記　明湯顯祖撰（二册）

宮内廳書陵部藏

按：以上二種爲汲古閣刊本零本

十種曲 二十册

清李漁、明湯顯祖撰　清大知堂刊本

憐香伴傳奇二卷 風箏誤傳奇二卷 意中緣傳奇二卷 蜃中樓傳奇二卷

比目魚傳奇二卷 玉搔頭傳奇二卷 巧團圓傳奇二卷 慎鸞交傳奇二卷

南柯記傳奇二卷（明湯顯祖）　邯鄲夢傳奇二卷（明湯顯祖）

立命館大學–集7–40

未核原書。

十二種曲　二十四册

清李漁、明湯顯祖撰　清大知堂刊袖珍本

憐香伴傳奇二卷 風箏誤傳奇二卷 意中緣傳奇二卷 蜃中樓傳奇二卷

凰求鳳傳奇二卷 奈何天傳奇二卷 比目魚傳奇二卷 玉搔頭傳奇二卷

巧團圓傳奇二卷 慎鸞交傳奇二卷 南柯記傳奇二卷（明湯顯祖）

邯鄲夢傳奇二卷（明湯顯祖）

立命館大學–集7–42　龍谷–大宫–922–25–24（笠翁傳奇十二種曲）

未核原書。

審音鑒古録正續集不分卷　十六册　303×187 框244×153

清闕名撰　道光十四年東鄉王繼善刊本　十行二十四字　文内小字傍批　四周雙邊白口　欄上鐫演出應注意事宜 有圖

選録《牡丹亭》：勸農、學堂、游園、驚夢、尋夢、離魂、冥判（共二册）

大谷大學–外大1994　京大文學部（存十二册） 京大人文（存四册　303×187）

東洋文庫Ⅳ–8–A–45（294×180 存八册）　東大文學部–集–詞曲–曲譜（存八册）

東北大學・丁B・2–5–1・40（存八册 289×178）

大阪大學–懷德堂66–59（題：八種曲　存四册 290×175）

審音鑒古録續選 二册 295×178 框226×156

清刊本 十行二十四字 四周雙邊白口 欄上鐫評

選録《牡丹亭》二齣：弔打 圓駕

天理大學922–タ55

蔬香書館納時音不分卷 四册

清陳味根輯 清同治十三年陳氏精鈔本

選録《邯鄲記》三齣：掃花、三醉、番兒

東洋文庫Ⅳ–8–A–58

霓裳文藝全譜（曲園十種曲譜）四卷 四册 166×102 框144×91

清慶華編 清光緒二十二年（1896）石印本 曲文五行附工尺二十字白文十行

卷二選録 邯鄲夢： 掃花 三醉 番兒 雲陽 法場 仙圓

卷三選録 紫玉釵：折柳 陽關

卷四選録 牡丹亭：勸農 學堂 游園 驚夢 冥判 拾畫 叫畫 圓駕

東大東文研–雙紅堂文庫·戲曲·135 大阪大學–懷德堂4–05.08KYo

［内鈔崑曲總本］十二種 帶工尺曲譜 十二册 272×195或262×191 葉心165×105不等

清内府鈔本 四行曲文附工尺行十二字左右

選録：陽關折柳總本（紫釵記）

東大東文研–雙紅堂文庫·戲曲·130

蓋臣氏雅集（從吾所好）附工尺譜 五册 241×128 葉心225×105

清李懷邦集注 李氏手録清稿本 四行附工尺約十六字無白文科介 第五册爲曲譜專用紅格稿紙抄録三行十五字

第二册 打番（南柯記）勸農、學堂（牡丹亭）

第三册 折柳、陽關（紫釵記）

第四册 花報、瑤臺（南柯記）拾畫、叫畫（牡丹亭）

第五册 游園、驚夢（牡丹亭）掃花、三醉（邯鄲記）

東大東文研–雙紅堂文庫·戲曲·141

雙紅堂文庫舊目題作“從吾所好”，當據内鈐“從吾所好”之印而命名。然每册之扉頁均題“藎臣氏雅集”，即可爲書名，今據以正名。首册扉頁背面題“藎臣李懷邦集注”。

鈔本戲曲不分卷　二册　重裝256×237　原高204　框163

清闕名鈔輯　紅格鈔本　十四行字數不等

選録：折柳　游園驚夢　勸農

九大浜文庫–集–57

函封題：庚午秋月重裝/散花劇厂藏。

梨園演曲六卷　六册

清闕名輯　精鈔本　六行二十字左右附工尺

卷弟二選録　牡丹亭：勸農　學堂　游園　驚夢　紫釵記：折柳

邯鄲記：掃花　三醉　合仙　南柯記：花報　瑶台

東大東文研·集·詞曲·南北曲172

未核尺寸。

雜劇拾五種　四册　214×121

舊鈔本　李荃題簽　崑腔選本附工尺　曲文連工尺三行十六字　白文小字雙行　版心書所選出名

第一册 勸農　學堂　游園　驚夢 拾畫　叫畫　冥判（牡丹亭）

掃花　三醉　打番　仙圓（邯鄲夢）

第四册 折柳　陽關（紫釵記）

慶應大學–奥野文庫I–5A–47

卡片原題明鈔本，非。乃崑曲鈔本。

神品元曲［戲曲曲譜］　一册　244×272

清精鈔本　道光六年丙戌（1826）掃葉山館重裝　八行十字附工尺　原以曲牌爲序 未標出處

選録：[賞宫花]翠鳳毛翎紮帚……（邯鄲夢）

[一江風]小春香一種在……（牡丹亭）

慶應大學–奥野文庫I–5A–5

書衣題：“元人鈔本//道光即丙戌/掃葉山館/珍藏。”原當爲清中葉以前精鈔本。因卷首所録爲《西廂記》曲文，重裝者即題作“元曲”。

《櫻花館日本詩話》書後

張寅彭

《櫻花館日本詩話》，一卷，聶景孺撰。景孺字伯毅，湖南桃源人。民國三年留學日本。因見東京之神田町一帶，書肆林立，遂流連忘返，留心於日人所撰之詩歌，或當肆讀，或購擁歸，遇有佳者則録存之，積久盈篋，而成此書。有鉛印本，藏上海圖書館。此本未署刊行時間與地點，頁十行，行二十七字，當爲民國間之刊印者。

此書題云詩話，實類詩選，録入者近百家。中國人選日本漢詩，最著名者爲光緒初俞樾所輯之《東瀛詩選》，自不待言；今人則有程千帆、孫望之《日本漢詩選評》。然清末以來操此役者，實不在少數。且不論清人一般詩話中之記載，即就專書而言，近蔡毅《日本漢詩在中國》一文（載日本御茶之水女子大學《比較日本學研究中心研究年報》第三號），謂與俞樾同時稍早，另有一部陳鴻誥編撰之《日本同人詩選》，明治十六年（光緒九年、西元1883年）出版於日本，録入者六十二家，詩五百九十九首。今《櫻花館詩話》爲又一種矣，則日本漢詩之傳入中國，此時似亦稍成風氣也。

《櫻花館詩話》所録之詩人，名單依次如下：梁川孟緯、岡本黄石、池上清醒、筒井秋水、龍川濟、小野湖山、鳴鶴翁、菊池三五、衫山千和、尾原缺、城山仙史、佐野竹軒、西島梅所、釋蘭穀、青木樹堂、長尾雨山、林信楝窗、蓉塘散史、乃木希典、成島柳北、釋伏堂、奥谷宏、柏木如亭、勝部五松、信夫恕軒、伊藤博文、森槐南、小□虎、河瀨如侗、石田洋子、鈴木松塘、松林薫、廣瀨淡窗、松林飯、僧五嶽、河野鐵夫、龜田鵬齋、神山鳳陽、關根癡堂、土居通豫、後藤松陰、桂彩岩、平松小靄、賴山陽、筱崎小竹、菅茶山、勝島坡仙、淺野哲夫、永阪石埭、福原周蜂、田中滄浪、遠藤鑒水、土屋琴坡、井久計雲、山口松陵、上村賣劍、魯堂平井、石門柳城、澀穀香北、户田靜學、九峰高島、西巒渡邊、結城治璞、碧堂田邊、松陵山口、方山八木、梁川夫人、松浦楨卿、北條鷗所、木南久布、城月悔庵、釜澤橋北、青木雪窗、耕雲三穀、雪堂廣賴、文君範村、六橋杉溪、汲華井上、僧清狂、高野竹隱、入澤三郎、花土有鄰、伊滕香草、上田虎山、織田萬、荻原錦江、太宰春台、井上圓了。亦有以各種專題系人者，如以《采蓮》一曲，而系之著此體之秋山玉山、清田儋叟、清田龍川等三人；以與中國僧人笠雲上人交好，而録入長岡雲海、大久保湘南、手島海雪等人之投贈諸作；以大正博覽會美術館藏畫，而録入市河寬齋、鷲津毅堂、津木静區等人之題詠，如此等等。

上述名録，或稱姓名，或爲雅號，或作齋名，不甚統一。如鳴鶴翁名日下部東，鳴鶴乃其號；後藤松陰名機，字世張，松陰乃其號；鷲津毅堂名宣光，字重光，毅堂乃其號；岡本黄石名迪，字吉甫，黄石乃其齋名；小野湖山名長願，字侗翁，湖山乃其樓名；筱崎小竹名弼，小竹乃其齋名；諸如此類。這是詩話編輯寫作較選本隨意的地方。

此書入録之詩人，與《東瀛詩選》相重者約僅十分之一强，絶大部分則爲聶氏所新采。而人相重者，詩亦往往不相重。如梁川孟緯，俞選專録一卷，份量已自不小；而聶選前後入録之《暮春遣興》、《過大洞》、《重游大洞》、《夜坐偶得》、《藍川舟中》、《客枕》、《寄友》、《觀梅》、《泛舟》、《春曉》等十首，並無一首雷同，可知此書取徑與俞選完全不同。（案《日本漢詩選評》所録梁川氏之四首詩，未出曲園範圍。）故此書篇幅雖不甚大，卻仍能繼《東瀛詩選》等後，向中國人擴大了日本漢詩的傳播面。

上述諸人，除伊藤博文、乃木希典等名相、名將外，以詩文家較著名者，有太宰春台（名純1680—1747）、菅茶山（名晉帥1748—1827）、市河寬齋（名世寧1749—1820）、賴山陽（名襄1780—1832）、廣賴淡窗（名建1782—1856）、梁川孟緯（1789—1858）、小野湖山（名長願1814—1910）、森槐南（名大來1863—1911）等。餘者則多不見載于日本詩文總集及《日本詩史》、《錦天山房詩話》等大型紀人詩話，補輯之功甚著。

日本漢詩之寫作，既以中土爲範式，故聶氏之評，亦概以中土詩人詩風爲標準，如評河瀨如侗“頗有唐音，殊不類東人口吻”。他如評津木静區“風格高古，的似宣城”；遠藤鑒水“輕秀淡冶，旖旎可人，是得晚唐神韻者”；菅茶山爲“西昆體”；柏木如亭“意境瀟灑，是善學放翁者”；山口松陵《園梅初放》詩“意境閑淡，頗有（陸）渭南、（高）青丘風概”；鈴木松塘“《詠梅》一絶可與明七子抗行”；梁川孟緯諸作“置之清初諸集中，似無軒輊”、“神韻俱佳，逼近漁洋”；鳴鶴翁《杭州雜詠》“極似（王）新城得意之作”；勝島坡仙之七絶，“妙語如環之無端，實與浙派詩同一蹊徑”；井久計雲《東京雜興》組詩“風度流麗，不减碧城仙吏（陳文述）之作”，“盡情刻畫，其（朱）竹垞不食腐肉之意乎”云云。如依其評，則雖未及陶謝、李杜、蘇黄等中土第一流大家，要亦琳琅滿目矣。

日本漢詩之意境辭彙，亦大抵與中土同。惟如《東京雜興》（井久計雲）、《鐮倉懷古》（關根癡堂）之類題目，借助其客觀時空之異，寫來才稍覺其東邦之特色。然雖依違中土，亦非無好詩也。余最愛者，如池上清醒《觀楓》云："秋光又到梵王宫，一半輕黄一半紅。擬與山僧謀小醉，木魚聲隔錦雲中。"龍川濟《春日偶成》云："回頭此事百皆非，不若悠然與俗違。日午偶推窗牖望，真鳶翻避紙鳶飛。"方山八木《酬石門山人》云："煙外一旗飄落暉，折蘆殘柳蟹初肥。無詩傳世因心懶，有酒可醫知病微。劫後群芳埋野徑，雨餘新漲上漁磯。黄花莫笑髩將白，江上秋風正授衣。"格、韻俱高。"真鳶翻避紙鳶飛"，於即景中寫出俗氛之高漲，妙甚；而詩人遠俗，雖云悠然，實則倍感苦痛也。後一首尤高，即置之漁洋集中，亦未遑多讓。

所録以律、絶爲主，間及古詩。聶氏亦持日人不長於古體的通行之見，"大抵功力不充，鍛煉未熟，有高調無餘味，所謂東施效顰，適形其醜矣"。而作爲例外，録入森槐南《明皇夜游圖》七古一首，並記其自比于白香山《長恨歌》。此詩不過二十四句，卻從夜游一直寫到馬嵬事變，乃至平亂後太上皇回京，最後還以"輸與羌村老拾遺，夜來相對如夢寐"之議論作結，可謂高度概括矣。然幾乎每兩句一意，頻頻跳脱，全無連貫之叙述，完全不合白氏長慶體叙事詳贍的體旨。槐南生當晚清，七古一體此時在中土，早已發展至"梅村體"而蔚爲大觀，槐南以東邦名家而力猶未逮，可證東人確實不易把握此體。

聶氏東游之際，恰值清、民鼎革不久，故身處異邦，彼盛我衰，録詩之餘，不免撫今傷昔，時有黍離之感。書中偶録有廉泉居日時與菊池晉二酬唱之作四首，而謂其"憤民智之未開，嫉内訌之不已，僑居日本"。此詩廉氏五卷本《南湖東游草》失載，景孺或得自菊池集中，則於民國舊體詩，亦不無補闕之功矣。

總之，此書存人録詩，眼識不俗，而並未見流傳。故值此之際，略撰數語，樂爲介紹之。至於更進一步之認識，則請俟來日。

張寅彭丁亥仲夏識於滬西之默墨齋

《增訂叢書舉要》日本書目識小*

陳鴻圖

一、前言

過去，探討楊守敬(1839–1915)日本訪書這件文化交流的大事，只偏重於《日本訪書志》和《觀海堂書目》兩書，似乎並未措意於楊守敬初編李之鼎增訂的《增訂叢書舉要》（下簡稱《舉要》）①。《舉要》著録的日本所刊所著叢書，數量不單遠超前人，更著録了一些與漢籍没有直接關係的日人書目，可以説是非常特别。通過《舉要》的著録，讓流傳在日本的漢籍和日人所撰的著作（不一定是漢語），得以介紹到中國，這是中日兩國文化交流史上重要的一頁。

二、《舉要》的成書

楊守敬《鄰蘇老人年譜》提到他對以前的叢書目的不滿：

> 叢書之刻起於宋代，逮國朝海鹽顧氏始爲《彙刻書目》，仁和朱氏續之，宛平傅氏再續之，至常熟朱氏《目覩書目》而大備。然惟顧氏之書稍有别擇，以下則多濫收，且有

*本文蒙黄師耀堃指導，並得武秀成教授多所指正，謹此致謝!

①本文所用《舉要》版本是《楊守敬集》整理小組校訂的八十卷本子，二十卷本殘稿、六十卷本子皆未能目驗，待日後查檢。另囿於篇幅，本文討論的只包括《舉要》中日本刊本的叢書總目（包括漢籍和日人自著叢書），並不涉及中國叢書刊本相關的子目。

本非叢書而有子目者，亦列入之，殊爲猥雜。[①]

《彙刻書目》和《目覩書目》都是有名的叢書目，但楊守敬頗不以爲然，大約這是他編寫《舉要》的目的；《楊守敬集》的整理者更認爲《舉要》是針對張之洞(1837–1909)《書目答問》，主張“經學小學書以國（清）朝爲極”，“宋明元人從略”而編的[②]。1902年楊守敬完成了二十卷的初稿，並未刊行。直到民國元年(1912)，李之鼎在上海拜訪楊守敬[③]，楊守敬將初稿交由他增訂。李之鼎在1914年寫成並刊印六十卷的《舉要》；《舉要》初刊旋即售罄，於是再次增訂，1918年在友人的幫助下，增訂至現在的八十卷[④]。楊守敬的二十卷《舉要》現存殘稿，但難以推知全貌。無論如何，經過兩次增訂，與初稿有很大不同，以下從分類和著録數量兩方面説明一下。

《鄰蘇老人年譜》説二十卷本分作内、外兩篇：“以醇正典雅者爲内篇，駁雜而鴻博者爲外篇，其餖飣淺陋者删焉”[⑤]，語焉不詳。六十卷本不分内、外篇，而分經、史、子、集、叢書部、自著叢書、明代叢書、郡邑書、匯刊書目、釋家、道家十一類[⑥]；八十卷本將“叢書部”、“明代叢書”，改爲“前代叢書”、“近代叢書”，同時删掉了“最要”、“次要”和“附録”之類識語[⑦]，改動很大。長澤規矩也(NAGASAWA kikuya,1902–1980)批評《舉要》收書太濫，收進去的並非全屬叢書[⑧]。八十卷本確實如此，其中“增訂凡例”提到收入一些所謂“其非叢書、叢刻、彙編，或一人著述多種，可入自著叢書者”，但没有解釋著録這些書的原因，因此可以説《舉要》經過李之鼎的增訂之後，變成了一本“知見目

①楊守敬撰，熊會貞續訂：《鄰蘇老人年譜》，《楊守敬集》（第一集）（武漢：湖北人民出版社，1988年），頁22。

②《增訂叢書舉要·前言》，載楊守敬撰、李之鼎增訂：《增訂叢書舉要》，《楊守敬集》（第七集）（武漢：湖北人民出版社，1997年），頁12。

③李之鼎增訂《舉要》甚多，可惜生平不詳，所知僅爲：李之鼎，字振唐，人以“觀察”相稱，江西南城人。一八八五年以諸生游學臺灣，劉銘傳招入其學堂，時與日本軍事學家名倉信敦交往甚密，後又游學鄂湘等地。著有《書目舉要》（與周貞亮[1874—？]合著）、《宜秋館詩鈔》、《宜秋館詞鈔》，另編有《宜秋館叢書》等。

④李之鼎在八十卷本《舉要》提到：“又得王雪丞、徐積餘、周子幹諸公證其異同，補其闕佚，數年於兹矣。”《增訂叢書舉要》，頁17。

⑤《鄰蘇老人年譜》，頁22。

⑥來新夏(1923—)主編：《清代目録提要》（濟南：齊魯書社，1997年），頁412–413。

⑦《增訂叢書舉要·前言》，頁12–13。

⑧長澤規矩也指出：“非叢書亦收入，惟煩而已。”載長澤規矩也編著，梅憲華(1954—)、郭寶林譯：《中國版本目録學書籍解題》（北京：書目文獻出版社，1990年），頁228。又來新夏《清代目録提要》提到：“但此目有一部非叢書者亦加以收入，似有不當。”《清代目録提要》，頁413–414。

録”[①]。

二十卷本的著録數量難以考知，六十卷收書約有901種[②]，八十卷本增入，計經部62種，史部76種，子部91種，集部298種，前代5種，近代27種，自著94種，彙刊2種，釋家1種，道家10種，全書共1605種[③]，增入的數目將近一倍。

三、《舉要》的日本書目

3.1著録的數目

《舉要》著録日本所刊所著的叢書書目這個特色，過去一直爲人忽視。現在把其中的日本書目列出來(表一)：

表一[④]

	卷目	分類	叢書總目	備注
1.	卷三	經部三	《七經孟子考文補遺》	日本山井鼎著，物觀補遺。日本享保十五年庚戌刊。
2.	卷三	經部三	《讀禮肆考》	日本豬飼彦博撰，日本津藩有造館刻本。
3.	卷十四	子部三	《武經七書俚諺鈔》	正德四年武州神田白龍子序，東洋山泉堂刻板。
4.	卷十四	子部三	《農家四種》	日本刊。
5.	卷十四	子部三	《壽松園先生著撰書目》	日本安政四年丁巳刊。
6.	卷十五	子部四	《仲景全書》	明萬曆己亥虞山趙開美編，日本刊本。
7.	卷十五	子部四	《千金方合刻》	日本江户醫學所刊。
8.	卷十五	子部四	《張氏類經》	會稽張介賓景岳類注，明天啟重刊，日本刊本。
9.	卷十五	子部四	《衛生彙編第一集》	日本文政六年刊。
10.	卷十五	子部四	《聿修堂醫學叢書》	日本丹波元簡廉夫著。
11.	卷十五	子部四	《醫學質驗五種》	鶴陵居士片倉元周著，日本寛政乙卯刊。
12.	卷十八	子部七	《日本新板碁傳記目録》	/

①《增訂叢書舉要》，頁21、13。

②李春光(1944—)：《古籍叢書述論》（瀋陽：遼瀋書社，1991年），頁423。《清代目録提要》統計有“八百九十八種”，相差三種。見《清代目録提要》，頁413。

③《增訂叢書舉要·增訂凡例》，頁21。

④此表臚列《舉要》所録日本刊本叢書目，爲省篇幅，不列出子目。備注欄内所列的著者、版刻等資料，均據《舉要》原注，文字略有改動。

續表

	卷目	分類	叢書總目	備注
13.	卷三十	集部十二	《螢雪軒叢書》	日本近藤元粹輯，鉛印本。
14.	卷五十七	近代叢書部十六	《古逸叢書》	遵義黎庶昌輯，刊於日本。
15.	卷五十七	近代叢書部十六	《籑喜廬叢書》	德清傅氏光緒十五年刊本。
16.	卷五十七	近代叢書部十六	《佚存叢書》	日本原刊本。
17.	卷五十九	近代叢書部十八	《昌平叢書》	日本昌平黌官版。
18.	卷五十九	近代叢書部十八	《小四海堂叢書》	羽倉用九著。[1]
19.	卷五十九	近代叢書部十八	《螢雪軒叢書》	日本近藤元粹輯，鉛活字印本。
20.	卷五十九	近代叢書部十八	《甘雨亭叢書》	日本刊。
21.	卷五十九	近代叢書部十八	《群書類從》	日本慶長、元和間刊本。
22.	卷六十九	自著叢書部十	《日本錦城太田著書》	/
23.	卷七十六	釋家部四	《明元宋麗大藏經目録》	書目後有楊守敬自題謂："此日本明治間東京弘教書院僧徒以高麗藏本及宋、元、明藏本校其異同，又增以其國古鈔本爲諸藏所不載者，用活字板印行。"
24.	卷七十七	釋家部四	《日本續藏經目録》	/

上表共23種（《螢雪軒叢書》兩見），雖爲全書中一個極小的部份，但爲當時叢書目中收録日本書目最多的一種。

3.2著録的内容

表一的23種書，大致有兩類，一是日刊的漢籍，一是日人的自著。

日刊的漢籍包括《佚存叢書》、《昌平叢書》、《籑喜廬叢書》、《螢雪軒叢書》和《仲景全書》等，值得一提的是後面三種。

《籑喜廬叢書》是清末兵部郎中傅雲龍(1840—1901)游日時匯輯的叢書，初刊時有《景唐卷子本論語》、《景唐卷子本新修本草》、《景日本延喜刊本文選》和《景唐刊大字陶文》等四書，都是中土稀見的本子。陳榘指出當時日本的古本《論語》有三：皇侃《義疏》本、正平本，以及津藩有造館本，傅雲龍從友人陳榘那裏得到的是足利學校日本根遜志所校的《皇侃義疏》①。而"久亦湮聞"的三卷本《新修本草》②，是日本京都舊藏日本天平三年（731）的本子。傅雲龍另一重要的發現是日本延喜十三年（913）的《文選》殘卷，黎庶昌(1837—1897)對此讚不絕口："雖吉光片羽，足爲唐世槧本流行之證。"③ 傅雲龍所著的《游歷日本圖經》附有《中國逸藝文志》，對四十種中土佚書作了解題，受到了學界的重

①陳榘《唐卷子本論語·跋》，載傅雲龍輯：《籑喜廬叢書》，東京：德清傅氏，光緒十五年（1889）。

②陳榘《新修本草·跋》，同上。

③黎庶昌《文選》殘卷跋，同上。

視[①]。《舉要》著録的是“德清傅氏光緒十五刊（1889）本”的《籑喜廬叢書》，是傅雲龍在1887–1889年間東京的刊本，後來版片歸羅振玉，增至八種[②]。

《螢雪軒叢書》是日本明治年間近藤元粋(KONDOU Gensui)所輯[③]，收録中國詩話56種。書中有近藤元粋的批語，但總體是漢籍[④]，《舉要》集部之中日本刊本只著録此叢書的鉛印本，現時日本有明治二十五至三十年左右（1892–1897）東京青木嵩山堂鉛印本[⑤]，當與此相同。近藤元粋的其他著作，如《螢雪軒論畫叢書》三卷，未見《舉要》著録。

《舉要》著録了日刊醫書有幾種，如日本刊本《仲景全書》，其中收了《翻宋刻板傷寒論》、《注解傷寒論》、《傷寒類證》和《金匱要略方論》，原是明萬曆二十七年（1599）趙開美覆刻的宋本，後來在日本多次翻刻[⑥]，中土反而稀見[⑦]。

至於日人的自著，包括《甘雨亭叢書》、《醫學質驗五種》、《聿修堂醫學叢書》、《群書類從》、《壽松園先生著撰書目》、《農家四種》和《武經七書俚諺鈔》等。下面介紹其中三種，《甘雨亭叢書》是安中藩主板倉勝明(ITAKURA Katsuaki,1808–1857)所輯，《舉要》著録的有五集，以及一個别集，内有48種[⑧]，每書前面都有作者的傳記，簡介生

①《游歷日本圖經·前言》，載傅雲龍：《游歷日本圖經》（上海：上海古籍出版社，2003年），頁7。

②《增訂叢書舉要》，頁959。

③《日本叢書目録》和《日本叢書索引》題作近藤南洲。濱野知三郎編：《日本叢書目録》（東京：六合館，1927年），頁111。廣瀨敏編：《日本叢書索引》（東京：武藏野書院，1939年），頁15。

④所謂：“斯書總繫余書庫中所藏者，故余晨夕愛玩之，隨讀隨批，或疏或密，或稱或揚，或罵詈，其例不一。蓋以録我意之所思，本非有意於公世也。”轉引自張伯偉(1959—　)：《論日本詩話的特色——兼談中日韓詩話的關係》，《外國文學評論》，2002年01期，頁1。

⑤“全國漢籍データベース”http: //kanji.zinbun.kyoto-u.ac.jp/kanseki?detail。

⑥李鋭清(1948—)《日本見藏中國叢書目初編》此本有“寛文本”、和“寶暦本”。李鋭清：《日本見藏中國叢書目初編》（杭州：杭州大學出版社，1999年），頁387。

⑦楊守敬在日本另訪得影北宋本《傷寒論》，他在《日本訪書志》對“日本著録家皆以趙開美爲最古”顯得很詫異，並指出“日本翻刻趙本其板已毀”。楊守敬撰、劉昌潤整理：《日本訪書志》（武漢：湖北人民出版社，1997年），頁229。

⑧第一集：《文公家禮通考》、《仁齋日札》、《格物餘話》、《韞藏録》、《白石先生遺文》、《白石先生遺文拾遺》；第二集：《西銘参考》、《倭史後編》、《澹泊史論》、《湘雲瓚話》：第三集：《狼疐録》、《赤穗義人録》、《烈士報讎録》、《奥羽海渾記》、《畿内治海記》、《芳洲口授》；第四集：《尚書學》、《孝經識》、《孟子識》、《帝王譜略國朝記》、《東涯漫筆》、《奥州五十四郡考》、《南島志》、《赤穗義人録後語》、《修刪阿彌經》、《助字雅》、《孝經啟蒙》、《足利將軍傳》、《東韓字略》、《琉球事略》、《弊帚集》、《木門十四家詩》；别集：《病中須在佐美》、《上近衛公書》、《日本養子説》、《非火葬論》、《父兄訓》、《古學先生和歌集》、《蕃山先生和歌》、《飛驒山》、《觀放生會記》、《檜放生會記》、《人名考》、《准后淮三后考》、《櫻之辨》、《櫻品》、《忠士筆記》、《湘雲瓚語附録》。見《增訂叢書舉要》，頁960–961。

平，此爲其特别之處，内容涉及經學、史學，又有筆記和文集等，如《澹泊史論》是安積覺(ASAKA Tanbaku,1656–1738)的日本史筆記，其中卷上"帝號議"和"帝號義例"是討論日本天皇年號的問題[①]。又如《韞藏録》是佐藤直方(SAITOU Naokata,1650–1719)的文集，按論辨、序、跋和雜著分四類[②]。日人經學的著作方面，如物茂卿(荻生徂徠,OKYUU Sorai,1666–1728)的《尚書學》、《孟子識》，和中江原(中江藤樹,NAKAE Touzyu,1608–1648)《孝經啟蒙》等。這些書後來都收入中國所編的叢書集成裏面[③]。

《武經七書俚諺鈔》是日本正德四年（1714）武州神田白龍子（神田勝久）所輯，由東洋山泉堂刊刻。神田勝久對《武經七書》的注解頗爲不滿，他指出："或簡或雜，讀者往往憾之，且暗於文義，不知事實之士者速不能通達其理"，因此他"悉解之以和字而便幼學之輩"[④]。全書收了《孫子》5種、《六韜》6種、《太宗問對》5種、《吴子》2種、《司馬法》2種、《尉繚子》3種和《三略》2種[⑤]。《武經七書》的注解歷來很多，《舉要》就著録了《武經七書直解》、《武書大全》、《武經開宗》和《武經集注大全》等，《舉要》收了這本《武經七書俚諺鈔》，可見相當重視日人的著作。

《群書類從》是塙保己一(HANAWA Hokinoichi,1746–1821)編的近代大型日本叢書，全書分二十五類，有神祇部、帝王部、補任部、系譜部、傳部、官職部、律令部、公事部、裝束部、文筆部、消息部、和歌部、連歌部、物語部、日記部、紀行部、管絃部、蹴鞠部、鷹部、游戲部、飲食部、合戰部、武家部、釋家部和雜部，共收書一千二百七十三種，是頗爲齊備的日本近代綜合叢書，對認識日本極有參考價值，楊守敬曾向李之鼎提到這套叢書[⑥]，大約二十卷本《舉要》已有著録。《日本叢書目録》把《群書類從》列爲首位，可見爲日人重視，後來繼有續補，如《續群書類從》等。

①安積覺：《澹泊史論》，《叢書集成續編》影印《甘雨亭叢書》本（臺北：新文豐出版公司，1989年），頁113–116。

② 佐藤直方：《韞藏録》，《叢書集成續編》影印《甘雨亭叢書》本（臺北：新文豐出版公司，1989年），頁88–89。

③1989年臺灣新文豐出版公司的《叢書集成續編》收了《甘雨亭叢書》的一部份。

④《武經七書俚諺鈔》一作《武經七書合解大成俚諺鈔》。此處據日本野田市立圖書館藏《武經七書俚諺鈔》網上圖版。http://www.library-noda.jp/homepage/digilib/oldbooks/kanseki/bukyonanasyo1.html

⑤《增訂叢書舉要》，頁247。

⑥李之鼎在六十卷本《舉要》自序説："彙刻叢書目録，前有顧氏《彙刻書目》，後有朱氏《目睹書目》……爲二目所漏者，亦尚不少。向曾萃合二書，益以日本之《群書類從》，宋、元、明高麗之校本《大藏經目録》。"楊守敬撰、李之鼎增訂：《增訂叢書舉要》，頁19。

四、《舉要》著録日本書目的意義

叢書形成由來已久，但到了清代才有專門的叢書目，最早是顧修的《彙刻書目》，其後補續之作均以中國叢書爲主，海外圖書偶有涉及，數目並不多。表二列出直到《舉要》爲止，叢書目所收的日本書目：

表二[①]

	叢書目録	日本書目的數量
1.	顧修《彙刻書目》	1
2.	朱記榮《行素草堂目睹書録》	12
3.	傅雲龍《續彙刻書目》	1
4.	顧修輯、朱學勤增補《彙刻書目》	4
5.	羅振玉《續彙刻書目》	11
6.	楊守敬初編、李之鼎增訂《叢書舉要》	23

從表二看來，早期的叢書目裏日本書目數量不多。此外，《舉要》不但數量多，更特别的是著録了一些與漢籍無關的日人著作，如《壽松園先生著撰書目》、《日本錦城太田著書》和《聿修堂醫學叢書》等，都是在目録史上比較特别，其原因除爲了認識日本外，而與清以來致力搜求中土佚書有關，因日本所刊的中土佚書既不少，日人著作裏保存的零縑斷簡也很多，不可不加留意，因此叢書目已不可拘於一隅。如《舉要》的“明元宋麗大藏經目録”部份著録了日本《弘教藏》，該藏既以“高麗藏本及宋、元、明藏本校其異同”，又增加日本“古鈔本爲諸藏所不載者”[②]，仍依《千字文》排列，《舉要》整理者認爲有了《弘教藏》便可通檢“五藏”[③]。《舉要》的分類方法既有創新，又承先啟後[④]，從中可考見當時中日文化交流。早在清末楊守敬訪書日本，已注意日本的叢書，他向李之鼎提出要著録日本的《群書類從》和“宋、元、明高麗之校本《大藏經目録》”，尤爲卓識。

①凡例詳見附表。《舉要》之前的叢書目録甚多，其餘未能一一檢閲，如松澤老泉(MATSUZAWA Ronsen)《彙刻書目外集》、吴式芬(1796—1856)《彙刻書目》和陳光照《彙刻書目初編》等。

②《增訂叢書舉要》，頁1243。

③《增訂叢書舉要·前言》，頁14。

④如《舉要》整理者指出：“一方面是《答問》經、史‘合刻本’與《傳目》‘四部’基礎上，設立‘經’、‘史’、‘子’、‘集’類編性大類；另一方面又在《答問》‘叢書目’基礎上設立彙編性的‘前代（明代）叢書’、‘近代叢書’、‘自著叢書’等類目。此外根據叢書發展實際需要，創立‘郡邑叢書’、‘彙刊’、‘釋家’、‘道家’等類目。從而第一次提出了一個較爲實際的叢書分類框架。”《增訂叢書舉要》，頁13。

至於《舉要》的日本書目哪些屬楊守敬原編，哪些屬李之鼎增補[①]，難以分辨。不過楊守敬原編所有不應太少，在二十卷本的殘稿裏已有七種[②]；況且，二十三部書目中，《七經孟子考文補遺》和《明元宋麗大藏經目録》有楊守敬的識語，當是楊氏編入。再且，楊守敬編訂二十卷初稿時，參考了顧修《彙刻書目》和朱記榮(？—約1880)《行素草堂目睹書目》，兩書合共十二種日本刊本，都在《舉要》裏找到[③]；因此可推論楊守敬應收了這十二種。如果是這樣的話，《舉要》這二十三部的日本書目最少一半出自楊守敬之手[④]。另一方面，《舉要》有不少日本所刊的中土醫書[⑤]，這和楊氏日本訪書所得相應[⑥]。正如楊守敬《日本訪書志》分析日本藏書的特色時，認爲："日本醫員多博學，藏書亦醫員爲多，喜多村氏、多紀氏、澁江氏、小島氏、森氏皆多醫員。故醫籍尤收羅靡遺"[⑦]。

如果從著録醫書這一點出發，可以利用《舉要》推測楊守敬《日本訪書志》的遺漏。楊守敬的藏書絶大部份見於《日本訪書志》[⑧]，楊氏在日本每得一書，皆寫下題識，這是《日本訪書志》初稿的由來[⑨]，但這個原稿有缺漏[⑩]，如《舉要》著録了日本文政六年（1823）的《衛生彙編第一集》，其中有《黄帝蝦蟆經》、《本草衍義》和《濟生續方》三

①《古逸叢書》和《日本續藏經》皆有李之鼎識語，當爲李氏補入。

②《增訂叢書舉要》整理者指出："第十二葉至十四葉爲'附録古本'，共收七種，均爲日本藏書。"《增訂叢書舉要》，頁11。

③詳見附表。

④郗志群(1961—)甚至認爲："民國三年出版的六十卷本的《叢書舉要》中已經包含了大部份改訂内容，而這時楊氏還健在，他應該聽取和發表了意見。"見郗志群：《論楊守敬在版本目録學上的成就》，《首都師範大學學報》（社會科學版）1997年第6期（總第119期），頁115。

⑤如《仲景全書》、《千金方合刻》、《張氏類經》和《衛生彙編第一集》。此外，另有兩部日人撰寫，分别是片倉元周(KATAKURA Gensyuu,1750–1822)的《醫學質騐五種》和元簡廉夫(多紀元簡,TAKI Genhan,1755–1810)的《聿修堂醫學叢書》。

⑥詳見嚴佐之(1949—)：《近三百年古籍目録舉要》，頁180。趙飛鵬：《觀海堂藏書研究》，頁102。

⑦《日本訪書志》，頁28。

⑧《近三百年古籍目録舉要》，頁181。

⑨《日本訪書志·前言》，頁19。

⑩《日本訪書志》的初稿似乎在日本完成後，楊守敬指出："久之，得廿餘册，擬歸後與同人互相考證，爲之提要"，回國後只能撰取"字畫清晰者付書手録之，釐爲十六卷。"因此初稿二十册未編入者應該不在少數，中間有可能遺漏。（《日本訪書志》，頁25。）王重民從觀海堂藏書和張鈞衡《適園藏書志》就補輯題跋46篇，後來劉昌潤再補23篇。（《日本訪書志·前言》，頁20。）另趙飛鵬又補輯十三部。見趙飛鵬：《觀海堂藏書研究》，頁189–195。

書，這三書同見於楊守敬《觀海堂書目》[①]，而且都是日本刊本，然而《日本訪書志》只有《本草衍義》，其他兩書未見，王重民和劉昌潤也没有續補。是否説明《日本訪書志》仍有遺漏？楊守敬利用了日本訪書所得編訂《舉要》，但從這個例子倒過來看，《日本訪書志》脱漏很有可能[②]。無論如何，《舉要》反映楊守敬對收集日本書目的努力，應與《日本訪書志》和《觀海堂書目》一樣，加以重視。

引用書目

（先列專書，再列論文，並以作者姓氏筆畫爲次）

1. 安積覺：《澹泊史論》，《叢書集成續編》影印《甘雨亭叢書》本，臺北：新文豐出版公司，1989年。

2. 朱記榮：《行素草堂目睹書録》，《書目類編》據清光緒十一年(1885)朱氏槐廬家塾刊本影印，台北：成文出版社，1978年。

3. 何澄一編著：《觀海堂書目》，北京：故宫博物院圖書館，1932年。

4. 佐藤直方：《韞藏録》，《叢書集成續編》影印《甘雨亭叢書》本，臺北：新文豐出版公司，1989年。

5. 李春光：《古籍叢書述論》，瀋陽：遼瀋書社，1991年。

6. 李鋭清：《中國叢書綜録未收日藏書目稿》，京都：京都大學人文科学研究所附属東洋文献センター，1995年。

7. 李鋭清：《日本見藏中國叢書目初編》，杭州：杭州大學出版社，1999年。

8. 來新夏：《古典目録學淺説》，北京：中華書局，1981年。

9. 來新夏主編：《清代目録提要》，濟南：齊魯書社，1997年。

10. 周貞亮、李之鼎：《書目舉要》，南城：宜秋館，1920年。

11. 長澤規矩也編著，梅憲華、郭寶林譯：《中國版本目録學書籍解題》，北京：書目

①“《黄帝蝦蟆經》、《本草衍義》、《濟生續方》”，載何澄一編著：《觀海堂書目》（北京：故宫博物院圖書館，1932年），頁9、13、16。筆者按：後人編輯楊守敬的藏書目録頗多，郗志群、陳建堂考證出至少十三種，其中有重覆出入，但以何澄一編的《故宫所藏觀堂書目》較爲詳備。（載郗志群、陳建堂：《楊守敬藏書中的和刻漢籍及其價值》，《首都師範大學學報》［社會科學版］，2003年第2期［總第151期］，頁25。）

②見於《日本訪書志》的書目除上述例子外，還有《七經孟子考文補遺》、《明元宋麗大藏經》。此外，楊守敬在《〈日本訪書志〉緣起》亦提到《佚存叢書》。《日本訪書志》，頁29。

文獻出版社，1990年。

12. 傅雲龍：《游歷日本圖經》，上海：上海古籍出版社，2003年。

13. 傅雲龍：《續彙刻書目》，味腴藝圃索，光緒四年(1878)。

14. 傅雲龍輯：《籑喜廬叢書》，東京：德清傅氏，光緒十五年（1889）。

15. 楊守敬撰、熊會貞續訂：《鄰蘇老人年譜》，《楊守敬集》（第一集），武漢：湖北人民出版社，1988年。

16. 楊守敬撰、李之鼎增訂：《增訂叢書舉要》，收入《楊守敬集》（第七集），武漢：湖北人民出版社，1997年。

17. 楊守敬撰、劉昌潤整理：《日本訪書志》，武漢：湖北人民出版社，1997年。

18. 趙飛鵬：《觀海堂藏書研究》，臺北：漢美圖書有限公司，1991年。

19. 廣瀨敏編：《日本叢書索引》，東京：武藏野書院，1939年。

20. 濱野知三郎編：《日本叢書目録》，東京：六合館，1927年。

21. 羅振玉：《續彙刻書目》，《書目類編》據民國三年(1914)連平范氏雙魚堂刊本影印，台北：成文出版社，1978年。

22. 嚴佐之：《近三百年古籍目録舉要》，上海：華東師範大學出版社，1994年。

23. 顧修：《彙刻書目》（附補編、續編、新編），長洲：陳氏無夢園，光緒元年(1875)。

24. 顧修輯，朱學勤增補：《彙刻書目》，上海：福瀛書局，光緒十五年(1889)。

25. 郗志群、陳建堂：《楊守敬藏書中的和刻漢籍及其價值》，《首都師範大學學報》（社會科學版），2003年第2期（總第151期），頁24–27。

26. 郗志群：《論楊守敬在版本目録學上的成就》，《首都師範大學學報》（社會科學版）1997年第6期（總第119期），頁111–117。

27. 張伯偉：《論日本詩話的特色——兼談中日韓詩話的關係》，《外國文學評論》，2002年01期，頁20–31。

附表

附表説明：

1.下表統計《舉要》刊行之前(1918年)中國叢書目録著録日本刊本的叢書。

2.表内按成書年代排列。

3.各書採用版本如下：

一、顧修：《彙刻書目》(附補編、續編、新編)，長洲：陳氏無夢園，光緒元年

(1875)①。

二、朱記榮：《行素草堂目睹書録》，《書目類編》據清光緒十一年(1885)朱氏槐廬家塾刊本影印，臺北：成文出版社，1978年②。

三、傅雲龍：《續彙刻書目》，味腴藝圃索，光緒四年(1878)。

四、顧修輯、朱學勤增補：《彙刻書目》，上海：福瀛書局，光緒十五年(1889)。

五、羅振玉：《續彙刻書目》，《書目類編》據民國三年(1914)連平范氏雙魚堂刊本影印，臺北：成文出版社，1978年。

一、顧修《彙刻書目》	1.	《佚存叢書》
二、朱記榮《行素草堂目睹書録》	1. 2. 3. 4. 5. 6. 7. 8. 9. 10. 11. 12.	《七經孟子考文補遺》 《古逸叢書》 《小四海堂叢書》 《日本錦城太田先生書》 《醫學質驗》 《聿修堂醫學叢書》 《武經七書俚諺鈔》 《農家四種》 《甘雨亭叢書》 《佚存叢書》 《日本新板碁傳記目録》 《壽松園先生著撰書目》
三、傅雲龍《續彙刻書目》	1.	《七經孟子考文補遺》
四、顧修輯、朱學勤增補《彙刻書目》	1. 2. 3. 4.	《七經孟子考文補遺》 《佚存叢書》 《古逸叢書》 《甘雨堂叢書》
五、羅振玉《續彙刻書目》	1. 2. 3. 4. 5. 6. 7. 8. 9. 10. 11.	《讀禮肆考》 《大越史記全書》 《武經七書直解》 《衛生彙編》 《螢雪軒論畫叢書》 《日本續藏目録》 《纂喜廬叢書》 《昌平叢書》 《小四海堂叢書》 《螢雪軒叢書》 《元人雜劇刻》

①顧修《彙刻書目》成書於嘉慶己未(1799)，見長澤規矩也編著，梅憲華，郭寶林譯：《中國版本目録學書籍解題》，頁225。

②朱記榮《行素草堂目睹書録》成書於光緒元年(1875)，見《書目類編》據清光緒十一年(1885)朱氏槐廬家塾刊本影印(臺北：成文出版社，1978年)，頁26191。

京都大學所藏的承培元《籒雅》小識[①]

文映霞　黄耀堃

一、承培元的著作

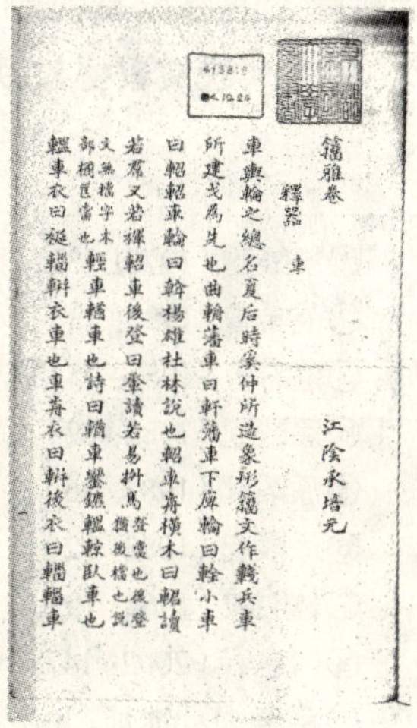
籒雅卷　江陰承培元
釋器　車
車輿輪之總名夏后時奚仲所造象形籒文作𨏥兵車
所建戈爲先也曲輈藩車曰軒藩車下庳輪曰輇小車
曰軺軺車輪曰𨌥楊雄杜林說也軺車前橫木曰𨎮讀
若幂又若𨏎軺車後登曰𨌲讀若易拼馬
文無檣字木部櫚亘當也
輕車轓車也詩曰轓車鑾鑣輶輬臥車也
輼車衣曰縫轞𨌳衣車也車前衣曰𨏜後衣曰轓𨎠車

承培元的資料手邊不多[②]，在《清史稿》中，附傳在李兆洛（1769–1841）之下："培元，字守丹。優貢生。著《説文引經證例》、《籒雅》、《經滯揭櫫》。"又説："（李兆洛）主講江陰書院幾二十年，以實學課士，其治經學、音韻、訓詁，訂輿圖，考天官曆術及習古文辭者輩出。如江陰承培元、宋景昌、繆尚誥、六承如等，皆其選也。"[③] 又據卷一百四十五《藝文》一："《説文繫傳校勘記》三卷（承培元、夏灝、吴永康撰）。《説文引經證例》二十四卷（承培元撰）。"[④]

---

①本文得蒙平田昌司教授幫助，口頭發表時又蒙馮翠兒教授指正，謹此一併致謝！（CERG No.: CUHK4551/06H）

②承培元約生於嘉慶十六至二十年之間（1811–1815）（柯愈春[2002：1478]）。

③《清史稿》卷四百八十六"文苑"三（趙爾巽[1977：13415–13416]）。按：最近出版的論著中，以柯愈春（1939–）《清人詩文集總目提要》有關承培元的資料最詳細："《受亶詩詞》二卷。承培元撰。培元字守丹，號斟淑，晚號受亶，江蘇江陰人。年二十四補博士弟子員。道光二十年優貢生。二十二年受林則徐聘，效力河工，章奏簡牘悉倚爲左右手。後林戍伊犁，不出。精《説文》，工篆刻。師事李兆洛，學習古文"（柯愈春[2002：1478–1479]）。此外趙統（1948–）《盧文弨和李兆洛與江陰暨陽書院》一文，對承培元也有介紹，其中與柯俞春所説有點不同，如："道光二十一年（1841）七月，林則徐奉旨發往東河'效力贖罪'，督辦河工。林邀請承培元入其幕中，……"（趙統[2006：115]）。由於看不到承培元的文集，本文很多地方有不足之處，希望得到不吝的批評指正。

④趙爾巽（1977：4259）。

黎經誥（19世紀後半人）《許學考》卷十九記承培元有“《廣説文答問疏證》八卷”及“《説文引經證例》二十四卷”①。至於范希曾（？-1930）《書目答問補證》記承培元有“《廣説文答問》[八]（六）卷”②、“《説文引經證例》二十四卷”③。孫殿起（1894-1958）《販書偶記》卷四則收有承培元的四種著作：《説文引經證例》二十四卷、《廣説文答問》八卷④、《同文一隅》二卷⑤、《篆法辨訣》一卷⑥。承培元又有《説文類考》，見林明波（1929-）《清代許學考》引“清人所著説文之部書目初編草稿”，所謂：“見未刊書志。鄭文焯云：稿藏陳翔翰處”，但林明波説“未見傳本”⑦。柯愈春《清人詩文集總目提要》著録了承培元《受亶詩詞》二卷，此外還有《夫須山館詩稿》一卷⑧。至於在電子網絡上，還有《夏小正集釋》⑨。

根據上面所列，承培元的著作可考的約有11種，現在國内現在書著録的有7種，按次爲《説文引經證例》⑩、《説文繫傳校勘記》⑪、《廣説文答問疏證》⑫、《同文一隅》⑬、《篆法辨訣》⑭、《受亶詩詞》、《夫須山館詩》⑮。也就是説《清史稿》著録承培元的四種著作，除了《説文繫傳校勘記》和《説文引經證例》外，其餘兩種都不再見國内著録⑯。日本

①黎經誥（1970：1322、1339）。

②范希曾（1983：73）。

③范希曾（1983：75）。

④孫殿起（1982：82）。

⑤孫殿起（1982：86）。

⑥孫殿起（1982：92）。

⑦林明波（1964：199）。

⑧柯愈春（2002：1478-1479）。

⑨參考網頁地址：http://72.14.235.104/search?q=cache:pEpPxLcA_dEJ:lib.qfnu.edu.cn/kong/index.asp%3Flib%3D4%26lib_id%3D787%26lib_echo%3D%E5%84%92%E5%AE%B6%E5%AD%A6%E6%B4%BE+%E6%89%BF%E5%9F%B9%E5%85%83&hl=zh-TW&ct=clnk&cd=24。

⑩陽海清等（2002：95）。

⑪陽海清等（2002：20、37-39）。

⑫陽海清等（2002：92）。

⑬陽海清等（2002：168）。

⑭陽海清等（2002：174）。

⑮以上兩種見《清人詩文集總目提要》（柯愈春[2002：1478-1479]）。

⑯《中國語文學家辭典》稱承培元“所著書均傳於世”（陳高春[1986：459]）。又，趙世舉（1958-）《歷代雅書述略》列出“《籀雅》承培元撰”（趙世舉[1991：152]）。按：此二處並没有明確著録所在，大約是轉録自《清史稿》之類。然而《清史稿》所據的資料是甚麽，頗值得注意。又按：《夏小正集釋》除網絡提到外，未見其他著録。

京都大學文學部《京都大學文學部漢籍分類目録》中有承培元《籀雅》[①]，似乎是《籀雅》現在書唯一的著録。

二、京都大學的《籀雅》

京都大學文學部圖書館所藏的《籀雅》鈔本，不分卷，一册，没有序跋，只在首頁“籀雅卷”三字之下題“江陰承培元”，書約高28cm，寬17cm；内文並無框及絲欄，約高20.5cm，寬12.5cm，每面8行，行21字，時有夾注。卷首有“京都帝國大學圖書”篆文藏書印，及入藏京都大學的方形戳記，戳記分兩行，上行爲“413819”，下行爲“昭4.10.24”，即《籀雅》於昭和四年（1929）10月24日登記，編號爲“413819”。書中以⊿形符號（有時寫作三角形的點）在正文右旁標出倒誤，然後在書眉寫出正字；衍文則加勾圈，書眉注明删去。眉批中曾提及“底本”[②]，可知校者見過抄胥的底本，至於“底本”是否即承培元的原本，則未可知。

至於卷首“籀雅”二字之下，有一“卷”字，而無卷數，校者亦無眉批，“底本”亦可能如是。校者有懷疑“底本”的地方，如“圂，廁也。从豕在囗中，古者井外像韓形……”，眉校：“者字下疑有脱字”[③]，可見校者對“底本”也有懷疑，但“卷”下並無校補，可能原來的《籀雅》就是不分卷，或鈔本所據的《籀雅》尚屬草創，並未完成。

三、《籀雅》的名稱和内容

《説文》：“籀，讀書也。”段玉裁（1735–1815）注：

> 言部曰：“讀，籀書也。”敘目曰：“尉律：學僮十七已上始試。諷籀九千字，乃得爲吏。”試字句絶，諷籀連文，謂諷誦而抽繹之，滿九千字皆得六書之恉，乃得爲吏也。此籀字本義。……《毛傳》曰：“讀，抽也。”《方言》曰：“抽，讀也。”抽皆籀之假借。籀者，抽也；讀者，續也，抽引其緒相續而不窮也。[④]

①京都大學文學部（1959：32）。

②如：“从巛，象髮在囟之形”，“从”字旁加三角形點，書眉：“底本無从字，似亦可删”（《籀雅》頁44b）。

③《籀雅》頁54a。

④段玉裁（1988：190上）。段玉裁於“讀”字下注：“諷謂背其文，籀謂能繹其義”（段玉裁[1988：90下]），“擂”字下注：“籀之言抽也”（段玉裁[1988：605下]）。

可見"籒"有抽取，抽繹的意思。至於"雅"，相信跟《爾雅》有關連，因爲《籒雅》這書正用了《爾雅》以類相從的形式羅列資料[①]。《籒雅》大部份與《説文》相同，承培元只是用了自己的方式重新編排。也就是説，所以名爲"籒雅"，可能是因此書旨在"抽取"前人（主要是《説文》）的訓釋，以"雅書"的形式來演繹[②]。

不過要指出的是，《籒雅》雖採用了《爾雅》以類相從的形式，但没有採用《爾雅》那把數字並列然後以一字爲訓的訓釋方式（即"甲、乙、丙、……，某也"的方式），而是把連類相關的内容放在一起，各加闡述，釋義明顯較《爾雅》詳盡。《籒雅》多以文章敘述形式進行闡釋，這跟朱駿聲（1788–1858）的《説雅》也不相同[③]，也許這是命名"籒雅"的原因。

《籒雅》卷目依次順列如下[④]：

1.釋器車	2.釋器樂器附軍樂器	3.釋器兵器	4.釋器弓矢類
5.釋器旌旗	6.釋器采色	7.釋器田器	8.釋器網類
9.釋穀	10.釋物鱗介	11.釋物蟲豸	12.釋天天文
13.釋天天干	14.釋天地支	15.釋人倫類	16.釋人品類
17.釋人	18.釋人身體	19.釋人府臧	20.釋宫室
21.釋言數名	22.釋獸	23.釋獸馬	24.釋獸牛
25.釋獸羊	26.釋獸犬	27.釋獸豕	

二十七篇大題之下，有的有副題，有的没有。《籒雅》明顯是採用了《爾雅》以類相從的形式排列，不過篇次與《爾雅》並不相同，如首篇爲《釋器》，而訓釋親屬的部份稱爲《釋人倫類》。内容與《爾雅》不盡相同，没有《釋詁》、《釋訓》之類，但多了《釋穀》、《釋人》等篇。此外，《籒雅》的《釋言》也跟《爾雅》不同，但《籒雅》所釋的是"數名"[⑤]。

①"雅"有"正"的意思，如《詩·小雅·鼓鐘》"以雅以南"，鄭玄箋："雅，正也。"（李學勤[1999：807]）。《籒雅》所收的訓釋，理應是承培元認爲雅正的東西，因此"籒雅"之"雅"含有"正"的意思。

②馮翠兒認爲："承培元撰《籒雅》是否與王國維作《史籒篇疏證》，把《説文》所採籒文輯出加以解釋之舉有相似的意圖"（本文評審報告）。按：此與本文所見不合。

③按：朱駿聲的《説雅》旨在"循《爾雅》之條理，貫許書之説解。……十九篇經之以意與事"（朱駿聲[1995：454]），主要是依從《爾雅·釋詁》的形式。

④按：原文並無序號。

⑤按：《爾雅》的《釋詁》旨在訓釋故言，而《釋訓》則訓釋重言、連綿詞，因此《籒雅》把訓釋數名的部份放入《釋言》裏面，也許是恰當的。

《籀雅》大部份訓釋與《説文》相同。如《釋器車》首六個被釋字如下[①]：

1.車，輿輪之總名。夏后時奚仲所造。象形。籀文作輚。兵車所建，戈爲先也。

2.曲輈、藩車曰軒。

3.藩車下庳輪曰輇。

4.小車曰軺。

5.軺車輪曰斡，揚雄、杜林説也。

6.軺車毒横木曰輑，讀若帬，又若褌。

大徐本《説文》有關的訓釋如下：

《車部》：車，輿輪之總名。夏后時奚仲所造。象形。凡車之屬皆从車。輚，籀文車。[②]

《車部》：軒，曲輈、藩車。从車，干聲。[③]

《車部》：輇，蕃車下庳輪也。一曰無輻也。从車，全聲。讀若饌。[④]

《車部》：軺，小車也。从車，召聲。[⑤]

《斗部》：斡，蠡柄也。从斗，倝聲。揚雄、杜林説，皆以爲軺車輪斡。[⑥]

《車部》：輑，軺車前横木也。从車，君聲。讀若帬，又讀若褌。[⑦]

可見《籀雅》的訓釋因襲《説文》，只是字次和行文略有不同。承培元曾校勘小徐本《説文》而成《説文解字繫傳校勘記》（下簡稱《校勘記》）[⑧]，校勘時主要參考資料有大徐本和段玉裁《説文解字注》，見《校勘記》的跋：

①《籀雅》頁1a。按：原文並無序號。

②許慎（1963：301上）。

③許慎（1963：301上）。

④許慎（1963：303上）。

⑤許慎（1963：301上）。

⑥許慎（1963：300上）。

⑦許慎（1963：301下）。

⑧祁寯藻（1793–1866）《重刊影宋本説文繫傳叙》：“江陰承培元、夏灝吴江吴汝庚作《校勘記》。苗君獲見顧本，益加訂證，遂以心得别成一編付梓。”（徐鍇[1987：4]）。又參閲孫振田（1973–）《説文解字繫傳校勘記撰者訂誤》（孫振田[2006：115–117]）。

許書每篇字次各以類相從，而鉉、鍇編次多有不同，有爲鉉、鍇之舊異者，有爲後人鈔寫陵亂者，段氏書已詳辨之，或有爲段氏所及者，記中略存一二以備考。①

《籀雅》時與《校勘記》相合，如“輯”：

《籀雅》：輯，車輿也。（依《列子·湯問篇》釋文殷敬順所引《説文》補。）②

小徐本：車和輯也。從車，咠聲。朱重反。③

《校勘記》：“車和輯也”，按殷敬順《列子注》引作“車輿也”。④

《籀雅》正與《校勘記》相合。此外，《校勘記》提到一些字“鉉作某”，與小徐本不同，而《籀雅》相應的部份，已取《校勘記》所依據的大徐本（即取鉉本之文），如“軥”：

小徐本：軶下曲也。從車，句聲。臣鍇按：《春秋左傳》“射其下兩軥而還”。格漚反。⑤

《校勘記》：“曲也”，鉉作“曲者”。⑥

《籀雅》：軥，軶下曲者也。⑦

又如“轛”：

小徐本：車横也。從車，對聲。《周禮》曰：“參分軹圍，去一以爲轛圍”。臣鍇按：《周禮注》：軾之植者，衡者又曰車軨輿。立者轛，横者爲軹。轛以其向人爲名。追類反。⑧

《校勘記》云：“車横”下，鉉有“軨”字。⑨

《籀雅》：轛，車横軨。《周禮》曰：“參分軹圍，去一以爲轛圍”，是也。⑩

---

①徐鍇（1987：372）。

②《籀雅》頁2a。按：原文作“輿車”，眉校作“車輿”，又括號内爲夾注。

③徐鍇（1987：272）。

④徐鍇（1987：365）。

⑤徐鍇（1987：273）。

⑥徐鍇（1987：365）。

⑦《籀雅》頁2b。

⑧徐鍇（1987：272）。

⑨徐鍇（1987：365）。

⑩《籀雅》頁3a。

《籀雅》中也提到參用《説文解字注》，如：“連，負車也”，夾注：“‘負車’舊作‘員連’，不可通，今依段氏所改。”[①]《籀雅》中的“一曰”有時就是本於段玉裁，如《籀雅》：“孕，裹子也。从子，从乃，……一曰乃聲。”[②]大徐本作“从子从几”[③]，小徐本作“从子几”[④]，二徐均以爲會意字，《籀雅》此處“一曰”未言所據，考《校勘記》：“‘從子几’，段云几當作乃聲，古音讀乃如仍也。”[⑤]則知所據爲段玉裁之説[⑥]。又如“蝎”，大徐本“蝤蠐也”[⑦]，而《籀雅》：“蝎，蝤齏也。一曰桑蟲”[⑧]《説文解字注》“蝎，蝤齏也”下，段玉裁注：“《釋蟲》曰：蝎，桑蠹。桑中蟲也。”[⑨]則知《籀雅》“一曰桑蟲”或本於此。《籀雅》的“一曰”未必全與段玉裁有關[⑩]，這裏只是要説明《籀雅》跟段玉裁《説文解字注》關係密切。

四、《籀雅》存世的意義

蔣彤（生卒不詳）所編的《小德録》，説李兆洛“有《釋鐘》、《釋車》、《紀硯阬》

①《籀雅》，頁1b。《説文解字注》：“‘負車’各本作‘員車’，今正。”(段玉裁[1988：73])。

②《籀雅》頁41a。

③許慎[963：310上]。

④徐鍇[987：280]。

⑤徐鍇[987：366]。

⑥按：段玉裁認爲“孕”從“乃”得聲，見《説文解字注》，：“‘乃聲’二字各本作‘从几’，誤，今正。艸部艿字，人部仍字皆乃聲。《管子》孕作腫，从繩省聲，可證也”（段玉裁[988：742]）。

⑦許慎[963：279下]。

⑧《籀雅》頁25b。

⑨段玉裁[988：665下]。按：此處或採自他書，但不能排除參用段玉裁之説的可能。

⑩按：《籀雅》之中，某些“一曰”可能只是承培元自己的看法，如大徐本：“蜥，蜥易也”（許慎[963：279上]），“蝘，在壁曰蝘蜓，在艸曰蜥易”（許慎[963：279上]），“蜓，蝘蜓也。……一曰螾蜓”（許慎[963：279上]），“易，蜥易；蝘蜓，守宫也。象形。秘書説：日月爲易，象陰陽也。一曰从勿”（許慎[963：198下]），而《籀雅》則作：“蜥易，蝘蜓也。一曰守宫，一曰螾蜓。在壁曰蝘蜓，在艸曰蜥易。易象蜥易之形。秘書説：日月爲易，象侌昜也。一曰從勿”（頁21b），除了“一曰從勿”外，“一曰守宫，一曰螾蜓”，似乎都是承培元的撮述。《説文》之中以“一曰”標出的别義，而《籀雅》有時爲使上下文義相從而把説解中“一曰”的位置改變，如“夒”，大徐本作“貪獸也。一曰母猴，似人”（許慎[963：112下]），小徐本同[徐鍇[987：103]），而《籀雅》則説：“夒，母猴也，佀人。象形。一曰貪獸”（頁57b），與二徐異，先釋“夒”爲“母猴”，再加“一曰貪獸”，或是爲了順接上文“猴，夒也”。又如“驃”字，大徐本：“黄馬髮白色。一曰白髦尾也”（許慎[963：199下]），小徐本同（徐鍇[987：194]），《籀雅》作：“驃，白髦尾，一曰黄馬髮白色者也”（頁60a），與二徐異，從上下文推斷，《籀雅》的改動也是爲了跟前後配合（上文爲：“駒，馬白頟。……　，馬頭有白髮色者……駹，馬面顙皆白也”，下文爲：“白馬黑鬣尾曰駱”[頁60a]，都是跟白色有關）。

等篇，皆精絶，更命某作《釋脈》，未及也”[①]，現在《養一齋文集》之中尚有《釋鐘》一文[②]，承培元編《籀雅》，大約只是沿着李兆洛“雅學”研究的方向。至於京都大學所藏的《籀雅》是個稿本的重鈔本，也不見得是本很重要的著作，甚至可能是承培元早期在暨陽書院時的“作業”，或者是編纂其他《説文》學著作時的副産品。在承培元之前，朱駿聲也編了《説雅》，雖然《籀雅》在體例上勝過《説雅》，但《説雅》始終是《籀雅》的先導，況且《籀雅》與承培元的其他著作相比，並不突出。因此《籀雅》幸存於世，似乎没有甚麽特别的價值。

不過，如果注意到另一本佚亡了著作，《籀雅》的存在就顯得還有一點意義。

魏源（1794–1857）有《説文儗雅》一書，這本書似乎已經不存，現存敘和放在卷首的《説文轉注釋例》、《説文叚借釋例》、《説文會意諧聲指事象形釋形》三篇論著，均見於《魏源集》[③]。《説文儗雅敘》稱該書“惟以誼分類，合《説文》、《爾雅》爲一者，世間尚無成書，爰以治經餘之力爲之，三月而告成”，敘言是寫於咸豐元年（1851）[④]，這本書按意義分類，即不以部首分類，離散《説文》，但又不盡依《爾雅》，《説文儗雅敘》説：

> 以天、地、人、物、事五大類括五百二十三部。而於各部之中，有不得不異于《爾雅》者。《爾雅》有《釋親》，無《釋人》，故五官、四肢、五事、五倫、五性最廣之字，皆無類可歸，盡入之《釋詁》，而《釋詁》一門，遂擁腫雜沓，不便稽檢。此書别立《釋人》，綱擧目張，與天地事物方聚族分，此其善于《爾雅》者一也。[⑤]

“别立《釋人》”實在跟《籀雅》太相似了，如果比較一下《籀雅·釋人》所分的細項，所謂“倫類、品類、身體、府臧”，更與魏源的主張如出一轍。

魏源對李兆洛非常推崇，所謂“近代通儒，一人而已”，又説“乾隆間經師有武進莊方耕侍郎，……至嘉慶、道光間而李先生出，……余於莊先生不及見，見李先生，故論其大旨于篇”[⑥]，可見魏源對李兆洛相當熟悉，並寫了《武進李申耆先生傳》[⑦]。《説文儗雅》的特色，竟在《籀雅》裏面出現了，所謂“世間尚無成書”，只能説把《爾雅》和《説文》按

①蔣彤（1999：209）。

②李兆洛（1995：11–15）。

③魏源（1976：81–100）。

④魏源（1976：81–82）。

⑤魏源（1976：81）。

⑥魏源（1976：361）。

⑦魏源（1976：358–361）。

義類合編是首創。而所謂“此書别立《釋人》”是不是魏源自創，就不能不令人懷疑了，也許這是《籀雅》存在的意義。

希望有一天《説文儗雅》也像《籀雅》能爲人著録①，爲自己的價值而辯解，這對承培元，特别是對魏源，都有好處，好讓他們得到公允的評價②。

引用書目

1.傳統文獻

朱駿聲，1995，《説文通訓定聲》（《續修四庫全書》第221册）。上海：上海古籍出版社。
李兆洛，1995，《養一齋文集》（《續修四庫全書》第1495册）。上海：上海古籍出版社。
李學勤（1933–）主編，1999，《毛詩正義》（《十三經注疏》點校本）。北京：北京大學出版社。
段玉裁，1988，《説文解字注》。上海：上海古籍出版社。
徐鍇（920–974），1987，《説文解字繫傳》。北京：中華書局。
許慎（58？–147？）撰，徐鉉（916–991）校定，1963，《説文解字》。北京：中華書局。
趙爾巽（1844–1927），1977③，《清史稿》。北京：中華書局。
蔣彤，1999，《武進李先生年譜》，《北京圖書館藏珍本年譜叢刊》第131册。頁1–216。
黎經誥，1970，《許學考》。臺北：華文書局。
魏源，1971，《蒙雅》（《學術叢編》本）。臺北：藝文印書館。
魏源，1976，《魏源集》。北京：中華書局。

2.近人論著

京都大學文學部，1959，《京都大學文學部漢籍分類目録》。京都：京都大學文學部。
林明波（1929–），1964，《清代許學考》。臺北：嘉新水泥公司文化基金會。

---

①《清代許學考》認爲（《説文儗雅》）“似即魏氏之《蒙雅》”（林朋波[1964：202]）。按：《蒙雅》雖有《人篇》（上下）（魏源[1971：2a–3a]），但並没有《釋》；《蒙雅·人篇》没有《説文儗雅叙》所説的“五事、五性”之類，相類的部份，如“七情、五性、五事”，《蒙雅》則放在《事篇》（魏源[1971：7a–10b]）；此外，另有《詁人》一篇（魏源[1971：12b–13a]）；内容也没有提及《説文》；卷首也没有《説文轉注釋例》、《説文叚借釋例》、《説文會意諧聲指事象形釋形》那三篇論著，因此《蒙雅》並不是《説文儗雅》。

②馮翠兒認爲：“魏源和承培元是同時代人，承應較魏年輕，故《説文儗雅》成書於《籀雅》之前便一點也不爲奇”（本文評審報告）。按：是否如此，在有限的資料之下，未能判斷。

③按：中華書局版《清史稿》各册出版的日期略有不同，著録以首册日期。

柯愈春, 2002,《清人詩文集總目提要》。北京: 北京古籍出版社。

范希曾, 1983,《書目答問補正》。上海: 上海古籍出版社。

孫振田, 2006,《説文解字繫傳校勘記撰者訂誤》,《山東圖書館季刊》第四期。頁115–117。

孫殿起, 1982,《販書偶記》。上海: 上海古籍出版社。

陳高春(生年不詳), 1986,《中國語文學家辭典》。鄭州: 河南人民出版社(新鄉市印)。

陽海清(1938–)等, 2002,《文字音韻訓詁知見書目》。武漢: 湖北人民出版社。

趙世舉, 1991,《歷代雅書述略》(下),《辭書研究》第4期。頁149–151。

趙統, 2006,《盧文弨和李兆洛與江陰暨陽書院》,《南京曉莊學院學報》第五期。頁111–117。

傅雲龍《游歷日本圖經》徵引文獻考

王寶平

一

1871年（同治十年，明治四年），是近代中日關係史上具有象徵意義的一年。這年，李鴻章與日本特使大藏卿伊達宗城簽訂《中日修好條規》，兩國正式建立外交關係。6年後（光緒三年，明治十年，1877），首任駐日公使何如璋率團赴日，揭開了近代中日關係的新篇章。從此，一批中國文人志士開始以使館爲據點，身臨其境地開展日本研究。

傅雲龍就是清末研究日本的佼佼者。傅雲龍（1840—1901），字懋元，一字醒夫，德清縣監生。1887年（光緒十三年、明治二十年），清政府舉行第一次出洋游歷考試，時任兵部郎中的傅雲龍名列榜首，赴日本、美國、秘魯、巴西、加拿大、古巴等六國考察。他從上海出發先赴日本六個月，再抵達美洲訪問，歸途中，爲在日本出版考察報告《游歷日本圖經》，復在東京停留五個月，後於光緒十五年（1889）十月返京銷差。回國後，傅氏歷任會典館繪圖處纂修官、北洋機器局（又稱天津機器局）會辦、總辦，1901（光緒二十七年，明治三十四年）卒於上海①[1]。

傅氏在日期間，熱心于文化交流，明治時期權威新聞《朝野新聞》（明治二十年十二月十三日、同十二月十三日、二十一年四月十七日）以及岡本迪《黄石齋詩集》、蒲生重章《近世偉人傳》、《褧亭文鈔》、《褧亭詩鈔》、中島蒿《東游堆字韻詩》等詩文集中留下他的雪泥鴻爪——詩、序和評語。他與明治時期著名漢學家中村敬宇義氣相投，互爲對方《纂喜廬文集》和《敬宇文集》作序，中村稱傅氏“飽學識尤卓，能文才更高”②[2]，傅氏贊

①關於傅雲龍的生平及其著作詳見拙文《傅雲龍及其〈游歷日本圖經〉考》。

②見《贈傅正郎顧主事》。

中村爲“學問中君子人者”①[3]，並在《游歷日本圖經》卷二十八《日本文徵》中，收中村文達11篇之多。

傅氏著述豐富，既有《字學三種》、《續匯刻書目》、《説文古語考補正》、《光緒順天府志》等中國傳統文化類著作，也有《游歷日本圖經》、《游歷古巴圖經》、《游歷美利加合衆國圖經》、《游歷巴西國圖經》、《游歷秘魯圖經》、《游歷英屬地加納大圖經》、《游歷圖經餘紀》等游歷途中寫下的考察報告書。游歷後轉而留心西學，思想爲之一變，著有《實學文導》、《繪圖比例尺圖説》、《考空氣砲工記》、《考化白金工記》等。

綜觀清季的日本研究，以游記開先聲，何如璋的《使東述略》、張斯桂的《使東詩録》、王韜的《扶桑游記》即爲耳熟能詳者。自光緒十年（1884）起，陸續誕生了一批綜合性研究日本的著作，舉其犖犖大者，有黄遵憲的《日本國志》、葉慶頤的《策鼇雜摭》、陳家麟的《東槎聞見録》、顧厚焜的《日本新政考》、傅雲龍的《游歷日本圖經》②[4]（下稱《圖經》）。其中，《圖經》卷帙之豐富，内容之詳實，除《日本國志》外，無可與之媲美者。《日本國志》雖然成書要早，達四十卷之巨，但其全書的篇幅遜於《圖經》，出版晚於《圖經》整整7年。因此，在甲午以前，《圖經》獨領風騷，代表了中國日本研究的最高水準，它與日後問世的《日本國志》一起，堪稱晚清日本研究著作的雙璧。

《圖經》共三十卷，分天文（1卷）、地理（6卷）、河渠（2卷）、國紀（1卷）、風俗（1卷）、食貨（4卷）、考工（1卷）、兵制（1卷）、職官（1卷）、外交（1卷）、政事（1卷）、文學（1卷）、藝文（2卷）、金石（5卷）、文徵（2卷）以及叙例（1卷 ）等内容，對日本進行了較爲全面的研究。尤其在日本外交、日本文學、日本金石以及日本文徵等内容上，該書别具一格，不僅在國内，甚至受到内藤湖南、神田喜一郎等日本著名學者的好評③。

迄今爲止，時人前賢對《圖經》作了可貴的研究，而鮮有涉足該書的徵引文獻。本文圍繞《圖經》中最具特色的日本外交、日本文學、日本金石以及日本文徵等4部分内容，對其資料來源作一考察。本文認爲，搞清它的徵引文獻，從而分清哪些是傅雲龍的獨創，哪些是轉引自其他資料，這對於弄清《圖經》的最基本的事實，準確評估該書的學術價值，進一步促進對它的學術研究，是一項重要的基礎工作。

①《敬宇文集》傅雲龍序，日本明治三十六年（1903）刻。該序又載《游歷圖經餘紀》。

②關於清季日本研究的分類，參見拙文《中國日本研究之分類——以清末爲中心》。

③關於《游歷日本圖經》的特色，參見《傅雲龍及其〈游歷日本圖經〉考》。

二

傅氏在短短的一年中，能撰成煌煌三十卷的《圖經》，除了他的勤奮，他的才能外，還有一個重要因素，大量參考了日本的文獻資料。以下對日本外交、日本文學、日本金石以及日本文徵中參考的日本書籍作一考述。

（一）日本外交（卷十八）

傅氏認爲："中國、日本交涉久矣。貢始周，賜印綬始漢，求工於吴人始晉，學儒術國制始唐，互市時亦肇端，嗣是正史使不絶書……前事大氐與時勢異，然亦後事鑒也。"①[1] 卷十八，303頁，於是在《圖經》專設《《日本外交》一卷，分中國交涉前事（303頁②）、往籍交際條目（305頁）、交際詩目（309頁）、交際文（312頁）、中外訂約通商年表（336頁）、中國使臣表（338頁）、别國使日本表（339頁）、日本使至别國表（340頁）、流寓表（340頁）、别國人在日本表（342頁）、日本人在别國表（342頁）、互受勳章表（343頁）等12項進行分述。其中，《往籍交際條目》列舉了漢前至明的中日往來史料條目；《交際詩目》開列了唐至明的中日往來詩目；《交際文》搜集了隋至明的中日往來文章。可以認爲《往籍交際條目》和《交際詩目》是清以前中日詩文交流的總目，而《交際文》則"或爲中國逸文，或爲彼國筆札，或中東（指日本——引者注）載籍互有異同，或未入成書，墨蹟不絶如綫"③[1] 卷十八，312頁，搜集了許多中國罕見的中日往來文。這些内容在中國具有對歷代中日關係史料進行系統爬疏剔抉的開創性意義。

經考，《往籍交際條目》、《交際詩目》和《交際文》參考了下列日本書目：

（1）《異稱日本傳》

三卷，松下見林編，日本元禄六年（清康熙三十二年，1693）刻。每卷下析數卷，卷上3卷，卷中8卷，卷下4卷，依年代排列。上卷收《山海經》、《史記》、《後漢書》等61種漢籍，中卷收《皇明資治通紀》、《明政統宗》、《皇明實紀》、《兩朝平攘録》等50種明代典籍，對古籍中記載的中日關係史料予以全文收録；下卷收《東國通鑑》、《三國史記》、《三韓詩龜鑑》等15種朝鮮史籍中朝日關係史料，系世界上第一部中日朝關係史料專集，具有奠基性意義。《圖經》的《往籍交際條目》除《明史》（307頁）、宋濂《宋文憲

①見《中國交涉前事》緒言。

②本文《游歷日本圖經》的頁碼全據上海古籍出版社影印本。

③見《交際文》緒言。

護法録》、方孝孺《志齋集》和《九靈山房集》(309頁)4條外①，其餘完全摘自《異稱日本傳》。

(2)《鄰交徵書》

六卷，伊藤松編，日本天保十一年(清道光二十年，1840)刻，載漢魏至明清時期中國人撰寫的有關中日交流的詩文600餘篇。該書爲世界上第一部由日本人對中國人撰寫的中日關係史料進行系統彙集的史料專集，它以中國古籍爲主，間收《日本書紀》、《大日本史》、《參天台五臺山記》、《策彦入明記》、《古梅園墨譜》、《善鄰國寶記》等日本典籍，共徵引典籍165種(除真書、搨本、臨本、臨書)。所收史料力避與《異稱日本傳》相重[5]，尤其收録了70多件日本寺廟和個人珍藏的寫本、真書、搨本、臨本、臨書等作品，彌足珍貴。

《圖經》的《交際文》共載中日關係文84篇，其中70篇完全録自《鄰交徵書》，另有14篇引自《善鄰國寶記》和《會餘録》(後叙)。傅氏還把《鄰交徵書》中宋濂《宋文憲護法録》、方孝孺《志齋集》和《九靈山房集》3條移録於《往籍交際條目》文末。

《鄰交徵書》還載有漢魏至明清中日交涉詩478首。傅氏在《交際詩目》中，詳細引載了這些詩目，計唐54首，宋44首，元63首，明89首，凡250首。

(3)《善鄰國寶記》

三卷，相國寺僧周鳳(1391—1473)編，成于日本文明二年(明成化六年，1470)，載日本與中國和朝鮮外交往來史料，系日本最早的一部外交專著。傅氏在《交際文》中，13篇自注取自《善鄰國寶記》，它們是:《成祖書》3篇(326頁)、《宣宗諭日本使》(327頁)、《代宗諭日本國王書》(327頁)，以及日本《源道義表》6篇(335頁至336頁)、《源義政致朝鮮國王書》(336頁)和《上明憲宗表》(336頁)各1篇。前5篇(《成祖書》、《宣宗諭日本使》、《代宗諭日本國王書》)《鄰交徵書》失收，後8篇溢出《鄰交徵書》收書範圍。

(4)《會餘録》

亞細亞協會機關報，日本明治二十一年(清光緒十四年，1888)八月創刊，現存15集(明治二十六年三月，光緒十九年，1893)[6]。亞細亞協會初名興亞會，明治十三年(1880)成立于東京，協會彙集日本政界、學界和財界名流，中國駐日公使何如璋(創立會員)、黎庶昌(永遠會員)、徐承祖(終身會員)、駐日外交官姚文棟、盧永銘、徐承禮、陳明遠，以及文人王韜、張滋昉等亦先後入會[7]。《會餘録》"專用漢文輯録亞細亞各國古今逸事

①《明史》因内容過多，《異稱日本傳》未録；後3條傅氏引自《鄰交徵書》。

逸文、民情風俗及詩文雜説”①，除在“會餘酬唱”欄目上載有大量的中日文人的唱酬之作外，還刊登有豐富的中日關係史料，如《高句麗古碑文》（第五集）、《跋江亭記》（黎庶昌，第七集）、《林則徐墨蹟》（第八集）、（策彦周良）《入明略記》（第九集）等即是。其中第四集載有落款爲“萬曆二十五年五月十六日”的《明使檄秀吉文》（寫真版）。傅雲龍在《交際文》中，將它易名爲《楊鎬與平秀吉書》（328頁），予以全文收録，並自注“此書日本現已石印入《會餘録》”。雖然這是《圖經》徵引《會餘録》的僅有一例，但一葉知秋，《會餘録》第四集問世（明治二十二年二月，光緒十五年，1889）未及數月，傅氏就將它采摭入書，説明掌握了最新的資訊。

（二）日本文學上（卷二十）

在卷二十《日本文學上》中，傅氏分設《學派源流》（355頁）和《日本文表附録日本異字》（357頁），其中後者參考了《藝苑日涉》一書。

《藝苑日涉》，十二卷，村瀨之熙（1746—1818）著，日本文化四年（清嘉慶十二年，1807）刻。該書旁徵博引，對日本的人名、官名、文字、風俗、音樂、百戲、民間歲節、飲食、服飾、工藝等内容進行考證辯源，是一部用漢文寫成的高水準的學術性著作。傅氏認爲：“日本音學無專書，今於源之熙《藝苑日涉》得其五十母字，與夫漢音、吴音及反名之説，輒删冗録之見。”②[1]卷二十上，358頁他在《日本文學上》“日本國音五十母字”（358頁）和“五十母字舊圖”（360頁）中，大量引用此書。此外，卷十風俗（如215頁、220頁、221頁）、卷十一食貨（如234頁、235頁）等處亦多次引用了該書。

（三）日本金石志（卷二十三至卷二十七）

《圖經》最出類拔萃者當數《日本金石志》。它凡五卷，如此大規模的金石著作，在日本也不多見。金石志一（卷二十三）收五代以前的金石59種、年代不詳者3種；金石志二(卷二十四)收宋代34種、元代40種、明代32種、年代不詳者9種、雜録（鍔口款識、研款識、瓦當文）35種、續以及又續58種，附録金石文17篇；金石志三(卷二十五)爲印志和刀劍志；金石志四（卷二十六、二十七）爲金石年表。在傅雲龍之前，趙之謙、潘祖蔭、楊守敬等人雖然在中國對日本的金石作了程度不等的介紹，但如此系統地將它大量引入中國，可謂是空前的壯舉。《日本金石志》主要參考了下列日本史料：

①《會餘録》編者啟事。

②《附録日本異字》緒言。

（1）《古京遺文》①[8]

一卷②，狩谷棭齋（1775—1835)著，日本文政元年（清嘉慶二十三年，1818）自序。狩谷系江户時代後期著名的漢學家，精考據學，本書收日本古金石30種，被譽爲日本金石著作的經典。傅雲龍在《圖經》卷二十三金石志一中，除《高田里結知識碑》和《石川朝臣年足墓誌》外，其餘28種皆標明録自《古京遺文》③。

（2）《好古小録》

二卷，附録一卷，藤原貞幹（1732—1797)著，日本寬政七年（清嘉慶元年，1796）刻。分金石、書畫和雜考，凡182條，系著者的好古隨筆集，末尾附有圖30多幅。《圖經》在卷二十三金石志一（如《伊豫道後碑》398頁、《二天王造像記》402頁、《伊福吉部臣德足比賣墓誌》413頁、《元明御陵碑》416頁）和卷二十四金石志二（如《文安瓦研》494頁、《八陵驛鈴字、六陵驛鈴字》505頁）等處引用、參考了本書。

（3）《好古日録》

卷次、著者、出版年悉同《好古小録》。始于"秦璽"，終至"相感"，凡119條，爲藤原的好古隨筆集。《圖經》卷二十四金石志二（如《八幡宫鐘銘》495頁）和卷二十五金石志三（如《親魏倭王》515頁）等參考了本書。

（4）《集古十種》

八十五卷，松平定信（1758—1829）編，日本寬政十二年（清嘉慶五年，1800）刻。收有肖像、扁額、文房、名物古畫、碑銘、鐘銘、銅器、甲冑、弓矢、旌旗、刀劍、馬具、樂器、印章等類圖片，内容極爲豐富。《圖經》卷二十四金石志二中，除《建保磁鈴款識》（450頁）一條徵引自駐日使館隨員顧沄之藏品外，其餘自《大重院碑》（444頁）至《永手墓誌》（493頁），共110條全部參考了《集古十種》。與徵引《古京遺文》時不同，傅氏對資料來源多數語焉未詳。此外，卷二十五上印志（520頁）部分資料源自本書。

①關於《古京遺文》的版本，參見中林史朗《臺灣"故宫博物院"藏〈古京遺文〉管見》。

②據著者文政元年（1818）自序，《古京遺文》爲二卷。

③這28種是：《如意輪觀音大士造像記》（399頁）、《金堂藥師造像記》（399頁）、《釋迦佛造像記》（400頁）、《宇治橋斷碑》（402頁）、《小野朝臣毛人墓誌》（404頁）、《那直韋提碑》（406頁）、《采女墓所碑》（407頁）、《藥師寺東塔檫銘》（408頁）、《妙心寺鐘款識》（409頁）、《威奈大村墓誌》（410頁）、《文忌寸禰麻吕墓版》（411頁）、《伊福吉部臣德足比賣墓誌》（413頁）、《建多胡郡辯官苻碑》（414頁）、《栗原寺塔鈩盤銘》（415頁）、《興福寺觀禪堂鐘銘》（417頁）、《楊貴氏墓誌》（418頁）、《山名村碑》（419頁）、《佛足石圖記》（420頁）、《東大寺聖武銅版敕書》（426頁）、《又銅版敕書》（426頁）、《修造多賀城碑》（428頁）、《高屋連枚人墓誌》（431頁）、《涅槃經摩崖》（432頁）、《記廣純女吉繼墓誌》（432頁）、《南圓堂銅燈檯銘》（434頁）、《神護寺鐘銘》（437頁）、《道澄寺鐘銘》（439頁）、《佛足石和歌》（441頁）。

（5）《金石年表》

不分卷，西田直養（1793—1864）輯，日本天保九年（清道光十八年，1838）刻。上起推古元年（593），下至慶長十九年（1614），開日本金石年表之先河。本書曾收入潘祖蔭的《滂喜齋叢書》中，在清末中國也有一定影響。《圖經》在金石志中多次言及本書，或贊同（《譽田八幡宮鐘款識》451頁、《西念寺鐘銘》480頁），或正之（《法華堂銅瓶款識》461頁）。傅氏在《金石志》四和《金石志》五中，自稱在《金石年表》所録的523種的基礎上，擴充至“有年可紀者得八百九十有餘種，無年可紀者今亦得數十種”①[1]卷二十六，537頁。

（6）《博愛堂集古印譜》

十三卷增補二卷，長谷川延年編，日本安政四年（清咸豐七年，1857）序刊。《圖經》誤作“博古堂集古印譜”。本書集日本古印之大成，傅氏在卷二十五上印志（520頁）自注源自本書。

（7）《埋麝發香》

不分卷，穂井田忠友輯，日本天保十一年（清道光二十年，1840）跋刊。書名全稱應爲“埋麝發香印部”，收民部省印、山城國印、大和國印，凡70枚，每印附有解說。傅氏在卷二十五上印志（520頁）中自注源自本書。

（8）《菅家文草》

十二卷，菅原道真（845—903）著，日本元禄十三年（康熙三十九年，1700）刻。《圖經》作“菅家文章”，疑誤。本書爲被譽爲“學問之神”菅原個人的詩文集，它對日本文壇産生了深遠的影響。卷二十四《附録金石文》收録17篇金石文章，其中前3篇《吉祥院鐘銘》、《元慶寺鐘銘》和《右大臣劍銘》（507頁）引自本書。

（四）日本文徵（卷二十八、二十九）

傅氏認爲“同文既見源流，變本輒關時務，藥石之言，未嘗不可對觀也”②[1]卷二十八，547頁，遂在《圖經》辟《日本文徵》二卷，設《中國人紀日本事之文》、《日本人文》和《别國人述日本事之文》分述。前者收明朱之瑜、清梅曾亮、黎庶昌、孫點和陳矩之文12篇，後者載姜沅、佚名氏文2篇，而《日本人文》佔據主要篇幅。它上自平安時代空海，下迄明治時期健在文人，爲文241篇，爲人122名，其中又以明治爲主，内容包含木户孝允的《萬法精理序》（594頁）、大久保利通的《英國院章程》（594頁）等新學文章。如果説，

①見《日本金石志四》緒言。

②見《日本文徵》緒言。

陳鴻誥的《日本同人詩選》（四卷、1883年）、俞樾的《東瀛詩選》（四十四卷、1883）系中國人選編的最大規模的日人漢詩集，那麽，《日本文徵》則在彙集日人漢文方面，享有最富之譽。雖然在此之前，《日本圖纂》（明鄭若曾著）、《日本考》（明李言恭、郝傑同著）、《吾妻鏡補》（清翁廣平著）等著作也收 有不少日本的詩文，但是，受時代的限制，無論在數量上，還是在品質上，都不能與《日本文徵》相提並論。可以認爲，《圖經》是民國之前中國引進日本漢文最多的一部著作。

值得一提的是，《日本人文》所收的下列13篇文章被《小房壺齋輿地叢鈔》（皆第十帙，一卷）轉載，借助《叢鈔》在19世紀末的有力影響，在清末社會得到更爲廣泛的傳播①。

豈止快録一卷，林長孺（581頁）
登富嶽紀一卷，太宰純（564頁）
登富士山記一卷，澤元愷（572頁）
鹿門宕嶽諸游記一卷，釋紹岷（578頁）
游嵐峽記一卷，源之熙（569頁）
游石山記一卷，釋大典（570頁）
登金華山記一卷，澤元愷（573頁）
游松連高雄二山記一卷，安積信（585頁）
霧島山記一卷，橘南溪②（586頁）
游天王山記一卷，市村水香（592頁）
瀧溪記游一卷，鈴木恭（571頁）
游綿溪記一卷，廣瀨謙（579頁）
游保津川記一卷，山田敬直（595頁）

關於《日本文徵》的資料來源，傅氏僅言"采自集者較多"[1]，卷二十八，547頁，或稱"（光緒十五年）秋七月，始蒐古今文集百數十種"③[3]，語焉未詳。檢視《日本文徵》，241篇文章標明資料來源者止於70篇，未足三分之一，它們依次是（書名括弧内爲本文作

①除此以外，《圖經》以下内容也被收入《小房壺齋輿地叢鈔》。《叢鈔》第十帙收《日本沿革》（卷二地理志二）、《日本疆域險要》（卷二地理志二）、《日本山表説》（卷五地理志五）、《日本河渠志》（卷七河渠志）；《叢鈔》再補編第十帙載《日本風俗》（卷十風俗）。

②《游歷日本圖經》作"安積信"。

③見《叙中村敬宇文集》。

者補）:《弘法大師正傳》（空海，書未見，551頁）、《三代實録》（藤原時平等，552頁，553頁，554頁，555頁，556頁）、《菅家文章（草）》（菅原道真，553頁）、《（本朝）文粹》（藤原明衡，553頁，555頁，556頁）、《惺窩文集》（藤原粛，556頁）、《南郭（先生文）集》（服部元喬，564頁）、《古學先生文集》（伊藤仁齋，568頁）、《紹述（先生）文集》（伊藤東涯，569頁）、《栗山文集》（柴野栗山，570頁）（以上《日本文徵》一）、《複堂遺稿》（芳野長毅，577頁）、《息軒遺稿》（安井息軒，577頁）、《埍箎小集》（青山延壽，577頁）、《南山外集》（古梁紹岷，578頁）、《淡窗小品》（廣瀬建，579頁）、《鶴梁文抄續編》（林長孺，581頁）、《幽室文稿》（吉田松陰，582頁）、《如不及齋文抄》（藤森大雅，584頁）、《採訪册》（川田剛，書未見，584頁）、《（艮斎）文略》（安積艮齋，585頁）、《宕陰存稿》（鹽谷宕陰，587頁）、《詩山文草》（小畑行簡，590頁）、《竹堂文鈔》（齋藤竹堂，590頁）、《自得（堂）文鈔》（生野克長，600頁），凡23種。這些詩文集爲傅氏轉引自他書，抑或如他所言，直接采自日人文集，或者兩者兼有，待考。

三

以上就《圖經》中最具特色的部分——日本外交、日本文學、日本金石以及日本文徵，對它們的資料來源作了考察[①]，通過考察，我們搞清了以下一些問題：

（1）參考書目。首先，《日本外交》徵引了《異稱日本傳》、《鄰交徵書》、《善鄰國寶記》和《會餘録》等書，其中，《日本外交》中的《往籍交際條目》幾乎全部引自《異稱日本傳》；《交際詩目》和《交際文》大致有賴於《鄰交徵書》而成。可以認爲，《異稱日本傳》和《鄰交徵書》這兩部江户時代的著作，對《日本外交》的形成具有舉足輕重的影響。其次，《日本文學》參考了《藝苑日涉》；再次，《日本金石志》參考了《古京遺文》、《好古小録》、《好古日録》、《集古十種》、《金石年表》、《博愛堂集古印譜》、《埋麝發香》、《菅家文草》，其中《古京遺文》、《集古十種》和《金石年表》對《日本金石志》影響尤大；最後，《日本文徵》傅氏語焉未詳，僅列70種徵引文獻，關於它的資料來源，待考。

（2）徵引書目之特點。以上徵引書目皆爲水準較高的學術性著作。《善鄰國寶記》、《異稱日本傳》和《鄰交徵書》爲日本最具權威的對外關係史文獻；《藝苑日涉》爲江户時代中期古學派學者村瀨之熙之代表作。該書于日本文化四年（1807）出版後，文政二年(1819)、文政八年（1825）和安政四年（1857）等又累次再版，可見當時就深受學人的青睞。

①傅氏在《圖經》中還參考了《倭漢三才圖會》、《兵要日本地理小志》等其他日本書籍，限於篇幅，另考。

至於《日本金石志》中參考的《古京遺文》、《好古小録》、《好古日録》、《集古十種》、《金石年表》等資料，更是清一色的日本金石學著作。在東瀛浩瀚的文獻中，傅氏能鍾情於這些書籍，這説明他具有良好的鑒別資料的眼識，同時也從一個側面説明中國駐日外交使節、日本友人提供了可貴的幫助①。

（3）徵引方法。清代研究域外的著述，在資料來源的問題上通行兩種方法：或一一明示，或隱而不注。黄遵憲的《日本國志》屬於後者，傅氏的《圖經》以前者居多，但也有語焉不詳之處。如，傅氏在《往籍交際條目》緒言中稱：

> 中國文獻足爲日本徵者，録不勝録，籍非提其條目，奚以究其綱領耶。行篋書尠，掛漏之譏非所敢避，然亦得十之七八矣。因目稽文不無小補，拾遺訂墜，請俟暇日。②[1]（卷十八，305頁）

這段文字給人以旅途中自撰《往籍交際條目》的印象。又如傅氏在《交際文》緒言中寫道：

> 凡文見中國書與夫雜出之詩，已具往籍交際條目矣。隋前交際文鮮，厥後或爲中國逸文，或爲彼國筆札，或中東載籍互有異同，或未入成書，墨蹟不絶如綫。若此之類，好古者片羽珍之，識時者直高抬貴手借之矣。獵之，萃之，不其重歟。僞爲者不録，已引者不録。[1]（卷十八，312頁）

這裏傅氏隻字未提《鄰交徵書》，並在文中每一條目下，幾乎全注資料來源，或爲《續文章正宗》（324頁）、《獻徵録》（335頁）等漢籍；或爲《日本書紀》（312頁）、《天臺霞標》（313頁）、《弘法大師正傳》（313頁）、《参天台五臺山記》（322頁）等日籍；或注爲日藏真跡和寫本，如《嚴修睦與圓珍上人印記》（三井唐院藏真跡本，314頁）、《道聯送繕上人序》（平安崇蘭館藏真跡本，330頁）、《若楫寄日本東福山叟雲公書》（禪居庵寫本，320頁）；或引日藏拓本和真書，如《了惠日本國承相藤原公舍經之記》（東福寺藏碑拓本，316頁）、《與日本二使書》（相國寺藏真書，327頁）等等，不一而足。《交際文》所載文章給人以系傅氏親自“獵之，萃之”而成的錯覺。

但是在文末注釋處，《交際詩目》有15處，《交際文》有21次提及《鄰交徵書》，標明

---

①關於傅雲龍纂寫《游歷日本圖經》時的主要協助者，參見693頁文。

②見《往籍交際條目》緒言。

資料所自。如《交際文》有：

《鄰交徵書》：明全，號了然齋，建仁寺僧，千光法嗣，貞應中游宋。（《虞樗日本國千光法師祠堂記》，317頁）

按，《鄰交徵書》云：文博，峨眉山居士。（《文博日本國贊》，318頁）

《鄰交徵書》：先帝，後冷泉天皇也；皇太后宮，藤太后寬子。（《省嶽等大日本國皇帝經記》，319頁）

《鄰交徵書》：右丞相，藤師實也。師信見《水無瀨家譜》，任內藏頭。（《日本國藤原公施物記》，319頁）

《鄰交徵書》：椿庭，名海壽，一號大杯，南禪寺僧，竺仙法嗣，貞和中游元，留二十一年，源公尊氏之季子云。（《克新送壽上人還日本序》，324頁）

《鄰交徵書》：德見，號龍山，謚真源大照，両足院開祖，貞和中游元，嗣法東岩，留彼數年，歷年名剎。（《悟逸住豊之蔣山山門疏》，325頁）

其餘用例亦大致類此。這些用例有一共同點，全系徵引《鄰交徵書》的觀點。由此我們可對傅氏的徵引作出這樣的解釋：對於《異稱日本傳》、《鄰交徵書》中的史料部分，傅氏作爲“公共“的史料，可以不加注明來源予以引用，而對於《異稱日本傳》、《鄰交徵書》中著者的考證部分、表明觀點的部分，則力求標明資料所自。在近代學術規範制度尚未建立之時，古人著書使用別人的材料，不像今人那樣指爲剽竊，《資治通鑑綱目》、《通鑑紀事本末》皆自司馬光的《資治通鑑》改編而來，但它們都自成一家，有著各自不同的特點和價值。因此，對傅氏的這種徵引方法，我們不能以今律古，横加指責。

中日兩國，一衣帶水，地緣的相近，人文的相親，促進了以書籍爲媒體的文化交流。傅氏徵引的日籍，數量可觀，品質上乘，大都系首次引進中國，其篳路藍褸，以開荒荊的功績，將永載史册。

參考文獻：

[1]傅雲龍：《游歷日本圖經》[M].上海：上海古籍出版社，2003年：3。

[2]中村敬宇：《敬宇詩集》[M]. 1926年（日本大正十五年）刻：卷四，43。

[3]傅雲龍：《游歷圖經餘紀》[M].長沙：岳麓書社，1985年：288。

[4]王寶平：《中國日本研究之分類——以清末爲中心》[M]浙江大學日本文化研究所；《江户明治期的日中文化交流》。東京：農文協出版社，2000年：19。

[5]王寶平：《〈鄰交徵書〉前言》[M]伊藤松 輯，王寶平、郭萬平編《鄰交徵書》。上海：上海辭書出版社，2007年：1。

[6] 末松保和：《解題》[M]《會餘録》(影印本)，東京：開明書院，1977年：282。

[7] 黑木彬文、鱒澤彰夫編：《興亞會報告·亞細亞協會報告》(影印本) [M]，東京：不二出版，1993年：221、222。

[8] 中林史朗：《臺灣"故宮博物院"藏〈古京遺文〉管見》[J]，（日本）大東文化大學《漢學會誌》，1996年3月,第35號：58。

論中日漢籍的古今交流

黄仁生

一

中日文化交流歷史悠久，其媒體主要是人員的交流和書籍的傳播，並且曾對兩國的文化發展産生過深遠影響。與日本文化對中國文化的影響相比較，在近代以前，中國文化對日本文化的影響顯然要大得多，這已是不爭的歷史事實。但如果要進一步探究以往發生這種影響的歷史進程，漢籍東傳日本所發生的作用，從整體上説，實際上還要大於兩國人員交流所産生的效應。

誠然，一提起中日文化交流，無論是中國人還是日本人都很容易首先想到日本"遣唐使"（始於公元630年，止於894年，共派遣19次，而實際到達的只有13次，每次使團人數不一，少則二百多人，多達六百多人）和渡海赴日的唐人充當橋梁的時期，他們在兩國間的頻繁往返，的確曾爲漢文化在日本的傳播直接發揮過巨大作用，同時也促進了漢籍的大量東傳。日本現存最早的目録學著作《日本國見在書目録》（藤原佐世編撰），著録全日本收藏的典籍達1500餘部，共17000多卷，其中雖有少量日籍，但絶大多數都是漢籍。該書一般認爲編成于宇多天皇寬平年間（889–897），相當於唐昭宗前期，由此大致可見唐亡之前漢籍傳入日本的規模。這個時期，或許還可以説，人員的交流和書籍的傳播對漢文化在日本的影響是相輔相成、勢均力敵的。

此後的七個世紀，有官方背景的人員交流明顯受到了限制。例如唐末五代和兩宋期間，日中之間雖或多或少也有使節互訪，但相對于日唐關係而言，已稱不上正常。到了元代，則由於忽必烈兩次派兵進攻日本，從而導致日中長期絶交。至明代已有所好轉，兩國官方曾一度互派使節並建立過勘合貿易，只是自明初就有倭寇騷擾東南沿海一帶，至中葉愈演愈烈，曾使明朝官民非常頭痛。不過，自10世紀至16世紀，中日之間由於有商船往來，長期成爲僧侶互訪的海上通道，使漢籍（含佛籍）仍得以源源不斷地東渡扶桑，從而促進了漢文化在日本的廣泛傳播，先後出現了佛教文化和五山漢文學的繁榮。

而明末至清同治前期即日本江户時代（1603–1867），則由於德川幕府一方面在政治外交上推行鎖國政策，禁止日本人出國，致使兩國之間長期没有外交關係和官方往來；一方面又在學術與教育上提倡以儒教爲中心，並在長崎設立了唯一的通商口岸，允許中國船和荷蘭船進入那裏進行商品交易，同時也通過這些商船輸入書籍和情報。因而在德川幕府執政的二百多年間，除了明清易代之際有朱之瑜、陳元贇等流亡日本以及後來沈燮庵等隨商船偷渡日本的中國學者（含僧侣）傳播漢文化以外，日本人主要是通過輸入的漢籍與翻刻的漢籍來瞭解和學習中國的文化學術，其學習的場所主要爲官學（包括幕府和各藩辦的學校）與私塾，並且這些官學與私塾一般都設有儲存圖書的文庫，因而不僅導致日藏漢籍愈益豐富，而且由此促使漢文化在日本廣爲普及，江户時代的漢學（儒學）和漢文學（詩文小説）都曾出現過空前繁榮的局面。無庸置疑，此間二百多年，中日之間曾由於種種原因而基本上中止了兩國間人員的交流（僅有爲數有限的中國文化人和僧侣以不同的方式進入日本），這不能不説是一種歷史的遺憾，但正因爲其間仍有漢籍的傳播，卻又最大限度地彌補了這種遺憾，從而使中日文化交流實質上仍在繼續發展而並未中斷。

從理論上説，日本歷代輸入的漢籍（姑且撇開從朝鮮輸入的朝刻漢籍不計）在中國都應有同版書保存傳世，但由於歷次戰亂以及其他種種原因，使中國大量的書籍焚毁失傳，而其中卻有相當數量的書目在日本尚保存有原刻本或翻刻本，加上歷代渡日華人（含僧侣）和日本漢學家（含學問僧）校注漢籍（含佛籍）乃至研究漢學（含佛學）的成果也逐漸爲中國學界所重視，從而形成中日文化交流的另一有趣的景觀——日藏漢籍及其漢學成果西傳中國。這一堪稱爲回流的源頭，可以追溯到北宋初期。據《宋史·日本傳》記載："雍熙元年（984），日本國僧奝然與其徒五六人浮海而至，獻銅器十餘事，並本國《職員令》、《王年代紀》各一卷。……其國多有中國典籍，奝然之來，復得《孝經》一卷、越王《孝經新義》第十五一卷，皆金縷紅羅褾，水晶爲軸。《孝經》即鄭氏注者。越王者，乃唐太宗子越王貞；《新義》者，記室參軍任希古等撰也。奝然復求詣五台，許之，令所過續食。又求印本《大藏經》，詔亦給之。"此次奝然訪華在中日文化交流史上具有多方面的意義，例如帶來日籍二種，帶去印本《大藏經》（此書被認爲是宋刻本東傳日本之始，對日本佛教文化的影響不言而喻）等，而尤其值得關注的是，他還將日本收藏而中國已佚的鄭玄注《孝經》和越王貞、任希古等撰《孝經新義》二書獻給了宋太宗。又公元995年（宋太宗至道元年、日一條天皇長德元年），杭州奉先寺沙門源清曾把他自己所著《法華珠示指》二卷、《龍女成佛義》一卷、《十六觀經記》二卷和同門僧鴻羽所著《佛國莊嚴論》一卷、門徒慶照所注《心印銘》一卷，送到日本京都比睿山延曆寺，用以交換宋朝已失傳的佛籍，日本天台座主覺慶於是抄寫了智者大師的《仁王般若經疏》、《彌勒成佛經疏》、《小彌陀經疏並決疑》、《金光明經玄義》和荆溪的《華嚴骨目》等書回贈給他。

此後歷南宋至元明，皆有日人所抄所刊乃至所注所著的佛學著作傳入中國，其間甚至有日僧攜佛籍到中國請刊工寫刻，然後把雕版運回日本印行，如景定三年（1262），日本京都建仁寺禪忍就曾攜帶其師蘭溪道隆所著《大覺禪師語録》入宋，先至臨安府上天竺請佛光法師法照撰序，然後委託淨慈的虛堂智愚校勘，由紹興府南明孫源同剡川石嵇于景定五年（1264）刻竣（按蘭溪道隆原爲南宋蜀僧，1246年航海至日本，歷住常樂、建長、建仁、禪興、壽福等寺，1278年卒於日本。其《大覺禪師語録》爲渡日後所著，禪忍攜入臨安請中國刊工寫刻，雖旨在舶回日本印行，實已兼具將當代渡日宋僧的佛學著作回傳中國的意義）。與此同時，許多日本僧人在修禪的同時，也致力於漢詩文的學習和創作，從而促進了五山文學的興盛，他們的詩文集也不斷傳入中國，實也可稱爲再生漢籍的回流。例如，著名的五山文學家義堂周信的《空華集》由入元僧攜至中國後，嘉興天甯寺的楚石梵琦曾讚歎其"疑是中華人"手筆；入明僧絶海中津善作漢詩文，曾向中天竺的季潭等大師問道，甚至面謁過明太祖（且互有詩作贈答），在中國生活了將近十二年後回國，歷住甲斐的惠林寺、阿波的寶冠寺、京都的等持寺和相國寺，其遺稿《蕉堅集》於永樂年間傳入中國後，僧録司左善世道衍曾爲之作序，稱其"得詩之體裁"，"雖晉唐休徹之輩亦弗能過也"，杭州中天竺的如蘭也爲之作跋，贊其"雖我中州之士老于文學者不是過也，且無日東語言習氣，而深得全室（季潭宗泐）之所傳也"。

即使在禁止日人出國的江户時代，仍有漢籍和再生漢籍向中國回流。如1732年，幕府將軍德川宗吉就曾下令將山井鼎、荻生北溪校訂的《七經孟子考文補遺》一書通過商船帶回中國；後來日本漢學家太宰春台（1680–1747）校訂的《古文孝經孔氏傳》一卷也傳入中國，爲鮑廷博收入《知不足齋叢書》，刊行於乾隆四十一年（1776）。至江户後期，有些船頭或商人已經認識到保存於日本的中國佚書的價值，因而開始有意將它們（後來稱爲"佚存書"）帶回中國以獲取利潤，對此，日本學者福井保曾撰《佚存書之輸出》一文予以介紹。與此同時，日本學者的漢學著作也不斷輸入中國，並逐漸爲清代學者所關注，如江户中期著名漢學家荻生徂徠（1666–1728）所著《論語征》、《大學解》、《中庸解》最遲在1809年（日本文化六年、清嘉慶十四年）已傳入中國，還有他的代表作《辨道》、《辨名》二書何時傳入中國雖不詳，但在道光十六年（1836），錢泳已將二書收入《海外新書》並爲之撰《序》及《日本國徂徠先生小傳》而刊行於世，並且在此前後有些中國學者所撰著作中，已開始徵引或評述徂徠的觀點。但直到日本明治年間開放國門以後，這一回流的趨勢才逐漸與中國學術的走向相聯繫，從而興起日藏漢籍及其漢學成果西歸的潮流。

二

自明治維新開始以後，日本政治和文化皆進入轉型期（稍後表述爲“脱亞入歐”），曾被江户幕府尊奉爲官學的“儒學”的地位迅速爲“洋學”所取代，與之相聯繫的漢籍也一度身價大減。儘管原幕府和各藩的藏書在廢藩置縣的過程中曾分别由政府有關方面接管，但由於新的管理機構和體制經歷了不短的時間才建立起來，加之其間曾先後發生過討伐幕府和平定士族叛亂的内戰，歷代積儲的漢籍在此期間難免會有所損失。尤其是面對西學東漸，不少私家收藏的漢籍一度呈無序流動之勢，即使被賤賣到書市後也散失頗多，其中也有流入中國的，如據楊守敬《日本訪書志緣起》説：“日本維新之際，頗欲廢漢學，故家舊藏，幾於論斤估值，爾時販鬻於我土者，不下數千萬卷。猶憶前數年，有蔡姓者載書一船，道出宜昌，友人饒季音得南宋板《吕氏讀書記》一部。據云宋元槧甚多，意必有秘笈孤本錯雜於其中，未知流落得所否？”而當時任職於廣東的藏書家方功惠也曾在光緒初年購買到諸如尾張菊地氏、知止堂、曼殊院、佐伯文庫的舊藏。但當内戰結束、局勢穩定之後，日本一方面在新設立的部分大學中仍然保留了“漢學”，與“國學”、“洋學”並存；一方面同中國建立了外交關係，不僅互派使節，而且中日學者之間也有了直接交往，尤其是戊戌變法以後中國開始向日本派遣留學生（每年派遣的人數不斷增加，如1899年爲二百人，到1906年就達八千人）；從而使中日之間人員的交流和書籍的交流又恢復到如日唐時期一樣相輔相成、勢均力敵，不過其性質已逐漸發生轉變，這個時期日本文化對中國文化的影響明顯占了上風。從清末到日軍大舉侵華前夕，中國學者主動到日本訪求和引進漢籍及漢學成果的熱潮就是在這種歷史文化背景下形成的；而日本現存漢籍的分佈格局也基本上是這一時期經過重新調整後才得以確立，其所存漢籍的總量相對于江户末年來説已有所減少，但與此同時乃至侵華戰爭期間和戰後仍在以不同的方式攝入漢籍。

爲了行文的方便，這裏有必要先對近代日藏漢籍的重新調整以及由此形成的分佈格局略加介紹。嚴紹璗先生曾將日藏漢籍特藏（即善本）按其儲存機構區分爲皇家、公家、大學、私家、宗教組織等五種性質，明治以來的佈局調整簡單地説主要以如下方式進行：

一、皇家和公家藏書主要由政府予以行政處置。例如，原幕府官學昌平阪學問所的藏書于明治元年四月由大總督府接管，後來又經大學校、大學管理，明治四年七月才改由新設立的文部省管轄；次年文部省在湯島（昌平阪學問所舊址）建書籍館，原昌平阪學問所（以及和學講談所、醫學館、開成學校）的藏書被收儲入館。但僅過兩年，該書籍館就被廢止，全部藏書遷往淺草，改稱淺草文庫，成爲内務省所轄的博物館的一個機構；至明治十四年淺草文庫又被關閉，其藏書後經内務省轉入内閣文庫。而原幕府官庫"紅葉山文庫"的藏書在明治初年也曾歷經大學、太史局等機構管轄，明治六年由太政大臣接管，十七年（1884）定名爲"太政官文庫"，並彙集各官廳之舊藏，實際成爲了日本政府的中央圖書館；明年（1885）廢太政官而始創内閣制度，"太政官文庫"也更名爲"内閣文庫"。就這樣經過十多年的流轉，原幕府官庫和官學等機構的大部分藏書才終於彙集一庫，成爲近代以來全日本儲存漢籍最豐富的文庫之一。從此之後，内閣文庫（館址曾先後設在赤阪離宮、和田倉門内、大手門内）相對穩定，二戰結束後曾作爲"國立國會圖書館"的一個支部而運營，直至1971年才併入新設立的"國立公文書館"（館址在千代田區北之丸公園），但仍然保留了"内閣文庫長"的職稱，故人們仍然稱之爲"内閣文庫"。不過，到2002年3月底，這職稱也被取消，内閣文庫完全成爲了國立公文書館的一個組成部分。至於歷史悠久的皇家藏書機構，古代曾有"圖書寮"、"内史局"等名稱，至江户時代改由掌宫内機密事務的"藏人"管轄。明治初年皇宫從京都遷往東京以後，因從幕府官庫紅葉山文庫接收了大批貴重書，加上天皇家、宫家、公卿家的藏書，便重新設立了"圖書寮"，於1884年歸入宫内省管轄。其藏書雖名義上爲天皇私人所有，實際上内閣仍可進行行政處置，如1891年就曾將内閣文庫中二萬餘册"天下無雙"的珍本漢籍調入宫内省，作爲"秘閣本"保存。尤其自大正（1912–1925）以來，皇宫藏書也逐漸有限制地對外開放，實際成爲一座特殊性質的公共圖書館。二戰結束後，宫内省改爲宫内廳，所轄圖書寮與諸陵寮（管理皇家陵墓）合併，更名"書陵部"，通稱"宫内廳書陵部"，沿用至今。讀者只要事先預約得到許可，不論身份高下，皆可入宫查閲"御藏"。當然，新建立的公家藏書機構也可以接受私人獻納或從書市購置的方式來增加漢籍的儲量，有的甚至還獲得過日軍侵朝侵華期間所劫奪的漢籍。另外，上文提到的"國立國會圖書館"，則完全是近代以來的産物，它的前身一般認爲是明治八年文部省在湯島創立的東京書籍館。明治十年，東京書籍館移交東京府管轄，更名東京府書籍館；三年後復歸文部省管轄，改稱東京圖書館——日本的圖書館之稱，即始於此。明治十八年搬至上野公園内，至明治三十年易名帝國圖書館，實即國立圖書館（通稱上野圖書館）。明治三十九年移到現在的地址（指上野圖書館，今爲國會圖書館分館），直至1947年才廢止"帝國"之稱，于明年正式建立"國立國會圖書館"。其館址曾設於赤阪離宫，1961年遷入永田町新館，運營至今；而舊上野圖書館仍作爲它的分館而繼續開放。從東京書籍館到帝國圖書館，其藏書主要以接受國内呈繳、獻納和購置的圖書等爲主體，並在後來成爲國會圖書館藏書的基礎。國會圖書館現藏漢籍雖達二十多萬册，但其中可稱爲稀見善本的比例不高，遠不能與内閣文庫相比。

二、私家和宗教組織的藏書則以捐贈、獻納或交易的方式流轉。相對而言，宗教寺廟的藏書進入近代以後的流轉要小一些，且許多寺廟究竟藏有多少漢籍，至今仍然秘而不宣；至於一些以宗教命名的圖書館，往往和該宗教的大學有聯繫（如佛教大學圖書館），其中成立較晚的天理圖書館則與天理大學、天理市皆有聯繫。私家藏書在近代文化轉型期的變遷最大，其中大多數或獻納給國立和公立圖書館，或捐贈給大學及其他機構，或賣給書商及公私藏書機構等，只有少數私人文庫保持原有規模（甚至有所發展）繼續運營至今，其中最典型的是尊經閣文庫。該文庫的圖書收藏始于加賀藩第三代藩主前田利常（稱“小松藏書”），至第五代藩主前田綱紀（1635–1724），凡和、漢、韓籍皆大量收集（稱“尊經閣藏書”），遂成規模。經其子孫代代相傳，至明治初廢藩時，原藏典籍雖有所流失，但後來前田利爲侯爵又以購買和受贈的方式增加了不少典籍，並正式稱爲“尊經閣文庫”。原址在東京本鄉邸，大正十五年（1926，即昭和元年）遷往駒場邸（今稱駒場公園），並且從這年起設立財團法人管理，運營至今。其法人名稱初爲“育德財團”，中改“侯爵前田家育德財團”，昭和二十五年（1950）再改爲“前田育德會”。因爲該文庫自江户以來相對穩定，故現存和漢典籍不僅豐富，而且貴重者不少，其中被認定爲“國寶重要文化財”的22種，“普通重要文化財”的69種。此外，近代以來還有一些新建立的私人性質的文庫特别值得注意。如静嘉堂文庫，就是明治二十五年（1892）左右由三菱會社第二代社長岩崎彌之助（1851–1908）所創立，原建于東京駿河台東紅梅町的自邸旁，其藏書的主要來源是收購日中私家藏書，同時也在書市上購買，其中最令中國學界震驚的是委託島田翰從歸安陸樹藩兄弟手中將乃父陸心源（1834–1894）的舊藏四萬三千餘册全部購下，于1907年夏舶載以歸。次年三月，彌之助去世，其子小彌太（1879–1945，三菱會社第四代社長）繼承父志，進一步擴充文庫，並且於大正十三年（1924）將文庫遷往彌之助的“納穀堂”之側（位於東京世田谷區岡本）。1940年小彌太將文庫交三菱財團管理，獲法人資格。戰後從1948年起曾作爲國立國會圖書館的一個支部開放，直至1970年才歸還給三菱財團，運營至今。又東洋文庫也爲三菱會社出資創建，其最初是三菱第三代社長岩崎久彌於1917年從中華民國總統府顧問莫里遜（1862–1920，英國人）手中購進二萬四千册圖書和一千多幅地圖畫卷等，在其别墅中存放了七年之後，才於1924年正式建立東洋文庫，並獲得法人資格。此後又陸續攝入大量圖書，現藏總量已超過85萬册。其來源主要是收購或接受饋贈的日本私家藏書，也有一批是戰後到世界各藏書機構依據原書拍攝複製的文獻資料。與静嘉堂文庫一樣，東洋文庫在戰後也從1948年起作爲國立國會圖書館的一個支部運營，後來大概因爲經濟等原因，竟然没有歸還給三菱財團。

三、大學是明治年間才建立起來的新機構，其漢籍雖也有來自于行政調配的，但大多或從書市購買，或收購私家藏書，或接受私人捐贈——日本近代以來形成一個優良的傳統，學者退休或逝世以後，其藏書一般贈送給大學圖書館或研究所，而接受單位往往會將其全部藏書單列爲“XX文庫”而集中保存，如早稻田大學中央圖書館設有若干單列的文庫都屬於這種性質，其中“鳳陵文庫”（澤田瑞穗遺書）以明代以來的通俗文學資料爲主體，如寶卷、俗曲、南曲、彈詞、鼓詞、影卷、劇本、善書等數以千計，已引起中國學者的重視；又東京大學東洋文化研究所現存命名爲“雙紅堂文庫”的漢籍，則是法政大學教授長澤規矩也（1902–1984）生前贈送的，其藏書以匯萃明清戲曲（含散曲）小説而知名，凡五百六十餘種，三千一百五十餘册。

三

自近代日中建立外交關係以後，中國學者赴日訪書正是在上述日本漢籍流轉調整過程中或新的分佈格局基本形成之後進行的。1877年黄遵憲隨首任公使何如璋横渡東海，出任駐日使館參贊四年多，後著《日本國志》四十卷，旨在借日本明治維新的歷史給清廷作鏡子，但其中也著録了他親眼見過的許多日藏漢籍和漢學著作。1880年夏，楊守敬（1839–1915）應何如璋之邀赴日本使館任隨員，才開始有意識地訪求日本漢籍，“於其書肆頗得舊本，旋交其國醫員森立之，見所著《經籍訪古志》，遂按録索之。”次年身兼版本學家和藏書家的黎庶昌接替何如璋任公使，因“議刻《古逸叢書》，囑守敬極力搜訪。而藏在其好古家者，不可以金幣得，屬有天幸守敬，所攜古金石文字，乃多日本所未見者，彼此交易，於是其國著録之書，麕集於篋中。每得一書，即略爲考其原委，别紙記之，久之，得廿餘册，擬歸後與同人才相考證，爲之提要。”楊守敬在日四年，公務之外做成三件大事：一是協助黎庶昌編校《古逸叢書》刊行于東京，凡26種、200卷，其中除《日本國見在書目録》一卷爲日人藤原佐世撰，其他皆爲中國佚存書或稀見本。二是購得三萬餘卷珍稀秘笈舶載西歸，“雖無秦火不焚之籍，實有畲然未獻之書”，曾先後在湖北黄州築鄰蘇園和在武昌建觀海樓以儲，楊氏去世以後，觀海樓藏書皆由政府收購，一部分撥交給上海松坡圖書館，一部分儲存在北京集靈囿，1926年將儲於集靈囿的那一部分轉入北平故宫博物院，總數尚有一萬五千多册，後來遷至臺北“故宫博物院”。據吴哲夫先生《“故宫”藏書鳥瞰》一文披露：這批圖書依版本區分，有宋刊本13種，元刊本56種，明刊本358種，清刊本450種，鈔本24種，日本刊本330種，日本鈔本407種，韓國刊本28種，共計1666種。三是將在日期間的部分訪書筆記進行整理，撰成《日本訪書志》十六卷，録珍本古籍240種，雖“以精力衰頹、襄助無人"，致使其所購之"驚人秘笈尚多未録出"，但它作爲中國人撰寫的第一部關於日藏善本漢籍的目録版本學專著而甚受學界推崇。

此後隨著中日學者之間的交流增多，不僅中國學者可以在日本訪書做學問，而且日本學者也曾將他們收藏的漢籍（包括日本人用漢文書寫的"准漢籍"）和漢學研究的成果帶往中國。在日本各文庫漢籍目録中，幾乎都將日本人、朝鮮人用漢文書寫的著作視爲漢籍著録，所謂"准漢籍"，只是爲與中國人寫作的漢文著作相區分時的措詞而已。其中影響最大的是1882年日本岸田國華（1833–1905）將其彙集的江户以來日本人創作的漢詩文集一百七十種寄送至吴中，約請俞樾(1821–1907)編選日本漢詩。岸田氏此舉固然首先是一種商業行爲，旨在赢利賺錢；但也含有對江户時期漢文學興盛的懷念，欲請中國權威對其先賢的詩作進行公正取捨評判後選定一個範本，以供當時仍對漢詩有雅興的日本人學習，頗有起衰救弊之意。俞樾用了近半年時間編成《東瀛詩選》四十卷《補遺》四卷，選詩五千多首，於1883年刊行于東京。其最值得重視的是俞樾爲每位詩人撰寫了小傳，既記其出處和學問源流，也略評其詩，類似錢謙益的《列朝詩集小傳》，視野開闊而頗富學術含量，因而該書在東京出版後，傳入中國的也不少。如果説，岸田氏將大批"准漢籍"輸入中國和俞樾編輯的《東瀛詩選》在東京刊行後又西傳中國，是一種更深刻意義上的漢籍回流，那麽，這一事件與其説是日中文化交流的一個成功範例，還不如説是漢學領域的一次國際間的成功合作與交流。

進入20世紀以後，中國留學生和學者居留日本期間利用或購買漢籍都已成尋常之事，甚至盛宣懷於1908年8月至11月在日本考察實業並醫治自己的肺病時，也曾購得一批漢籍回國。其後影響較大的首推董康（1867–1947），他自1926年冬至1936年秋曾四次東渡日本，"凡遇舊槧孤本，記其版式，存其題識"，寫成日記體著作《書舶庸談》，著録經見善本漢籍120餘種，同時還頗留意搜訪小説戲曲，這顯然與當時重視通俗文學研究的學術思潮相聯繫。胡適爲其書初版四卷本（記1926年12月30至1927年5月1日首次赴日訪書始末）作序時，特别提到這一點："關於小説戲曲的訪求和記載，董先生的書也有重要貢獻。如内閣所藏小説中，有《封神演義》，是明刻本，編者爲許仲琳。此書作者的姓名，在中國久無可考，賴有此本可供考證。又如《岳武穆演義》，本子最多，最難考證；《内閣目》有明余應鼇編的八卷本，有明熊大木編的十卷本；又有十一卷的嘉靖三十一年本，前八編爲熊大木編，後集三卷爲李春芳編。北京朱希祖先生藏有明刻本，編者爲理學名儒鄒元標，也和今本大不相同。若合此諸本，將來定可以看出此書演變的綫索了。又《英烈傳》也有種種不同的本子。内閣所藏也有三種明刻本，都可供比較的研究。"此後他還分别於1933年11月至1934年1月、1935年4月至5月、1936年8月至9月三次赴日，繼續這一嘉惠學林的事業，至1939

年合前書編爲《書舶庸談》九卷刊行於世。繼踵董康首次赴日訪書且值得關注的，還有出版家張元濟（1928年冬赴日三個月，爲彌補《四部叢刊》之不足而廣求善本，攜歸後以《輯印古書》出版）、藏書家傅增湘（1929年秋訪日一月，查閲善本漢籍170餘種，著《藏園東游别録》四卷）、學者孫楷第（1931年赴日專訪中國小説，著《日本東京所見小説書目》六卷，爲其所見110部小説作了提要）等。尤其是王古魯至二戰期間尚在日本尋訪小説，國内失傳已久的崇禎元年尚友堂刊《拍案驚奇》（即“初刻拍案驚奇”）四十卷足本，就是他於1941年在日光山輪王寺慈眼堂發現的；此外，他還將從内閣文庫和尊經閣文庫拍攝的兩部《古今小説》殘本合爲一部完整的善本，交商務印書館出版；甚至還依據内閣文庫藏崇禎五年刻本《二刻拍案驚奇》親自手鈔一部攜歸，並加上標點和注釋，交上海古典文學出版社刊行，1980年章培恒師從内閣文庫拍攝該書全本，稍後加以校勘整理交上海古籍出版社出版時，還保留了王古魯所作的注釋，附録了王古魯所撰《本書的介紹》等文，並在《校點説明》中稱揚王氏説：“這是一件十分值得感謝的工作。”

繼清末民初之後，再一次興起關注漢籍東傳的熱潮，是1972年中日實現邦交正常化、尤其是中國實行改革開放以後。國外以日本大庭修教授的研究成果最爲突出，其所著《江户時代における中國文化受容の研究》（1984）首次就江户時代的漢籍輸入及其對日本文化的影響做了開創性的系統研究，曾在國際學術界引起强烈反響，1997年中華書局以《江户時代日中秘話》爲書名出版了該書中譯簡易讀本，1998年杭州大學出版社以《江户時代中國典籍流播日本之研究》出版了該著中文全譯本。國内以嚴紹璗教授的研究成果最爲突出，他從1974年出訪日本起就開始研究中日文化交流的相關課題，先後出版了諸如《日本的中國學家》（1981）、《中日古代文學關係史稿》（1987）、《日本中國學史》第一卷（1991）等相關著作；同時還就漢籍東傳進行了系統的調查和研究，已出版的著作有《漢籍在日本的流布研究》（1992）和《日本藏宋人文集善本鉤沉》（1996）——前著以中國古典文獻學在域外異質文化背景下的延伸爲視角，首次系統地論述了漢籍東傳日本的歷史進程和日本現存漢籍特藏的分佈概況；後著首次對日本現存宋人文集的善本（宋元明刻本和寫本）進行了全面清理，包括别集、總集、筆記、詩文評、詞曲和宋人所編的叢書，各書著録“正題”（含書名、卷數、著者、版本及現今儲存處所），部分典籍後列有“按語”或“附録”，雖“原則上不再作考訂辨析”，卻爲研究者提供了可資于考證的珍貴材料。另有規模更大的《日藏漢籍善本書録》（全三册）已於2007年由中華書局出版。由此可見，與清末民初學者赴日進行隨意性或選擇性訪書不同，嚴先生試圖對日本漢籍進行具有總體性意義的學術調查、追蹤和評估。此外，原杭州大學日本文化研究所的王勇先生等也曾就中日漢籍交流進行過有計劃的研究，其成果已出版的有《中國典籍在日本的流傳與影響》（論文集)、《中日漢籍交流史論》(論文集)、《中日“書籍之路”研究》(論文集)、《中國館藏和刻本漢籍書目》、《中國館藏日人撰漢文書目》等。與此同時,隨著國家古籍整理規劃的制訂和實施,尤其是諸如《全宋詩》、《全宋文》、《全元文》、《全明詩》等一系列重點項目的啟動,包括日本在内的域外漢籍也逐漸呈有序回流之勢,如北京大學古文獻所、四川大學古籍所、北京師範大學古籍所、中山大學古籍所、復旦大學古籍所都已根據專題研究的需要而從海外引進了相當數量的珍本古籍。其中頗具規模效應並已産生學術影響的日藏漢籍引進工程,首推北京大學安平秋教授主持的《日本宫内廳書陵部藏宋元版漢籍》,已複製引進日本宫内廳書陵部所藏宋元版漢籍144種,並從中選取《初學記》、《方輿勝覽》、《花果卉木全芳備祖》、《中州集》、《詩童子問》、《論語注疏》、《正法眼藏》、《氏族大全》、《史記》、《東坡集》、《禪宗頌古聯珠通集》、《集韻》、《吕氏家塾讀書記》、《寒山詩集》等14種和《詩緝》、《春秋胡氏傳纂疏》、《聯燈會要》、《西翁近稿》、《村西集》、《崔舍人玉堂類稿》、《三蘇先生文粹》等7種,分别編爲《日本宫内廳書陵部藏宋元版漢籍影印叢書》第一輯、第二輯,由綫裝書局於2002年4月和2003年6月出版。其次是中山大學黄仕忠教授主持的《日本所藏稀見中國戲曲文獻》,已從日本内閣文庫、東京大學東洋文化研究所、京都大學文學部、天理大學、大谷大學、東北大學、山口大學等機構複製引進中國古代戲曲珍本60餘種,並已於2006年12月由廣西師範大學出版社影印出版了《日本所藏稀見中國戲曲文獻叢刊》第一輯(18册),多爲明刻本或清鈔本,其中半數屬孤本。

但日本作爲國外收藏漢籍的第一大寶庫,在文學類典籍中,以往前賢關注並進行過訪查和引進的,主要是戲曲、小説和宋人文集,而對於日藏元明文集尚未進行系統的清理和考察。2000年10月至2001年9月,筆者在早稻田大學任訪問研究員的一年期間,曾就日本現藏元明文集進行過系統調查,先後在上舉八家藏書機構中閲讀了大量稀見元明秘笈,回國後又結合國内現存文獻資料加以考證和研究,已撰成《日本現藏稀見元明文集考證與提要》一書,於2004年8月由嶽麓書社出版。無論是訪書還是拙著的撰寫,入選的首要標準是“稀見”,而不論其是否爲善本。其所謂“稀見”的含義,實際上是就中國大陸而言:一是指中國已佚(含刻本鈔本)而天壤間僅見於日本的孤本元明文集;二是包括日本人或朝鮮人刊刻、抄寫的元明文集而原書在中國已不傳於世者;三是除了日本以外,雖然還可在其他國家或中國臺灣見到,但大陸學者既不清楚也無法利用的元明文集(含刻本、鈔本、寫真本)。但包括這些元明文集在内的所有稀見中國典籍何時能以複製的方式回歸故土,尚有待各界的共同努力。

主要參考文獻:

[1]吴廷璆《日本史》, 天津: 南開大學出版社, 1994。

[2](日本)木宫泰彦《日中文化交流史》, 胡錫年譯, 北京: 商務印書館, 1980。

[3]鄭梁生《明代中日關係研究》, 臺北: 文史哲出版社, 1985。

[4](日本)大庭修《江户時代中國典籍流播日本之研究》, 戚印平等譯, 杭州: 杭州大學出版社, 1998。

[5] (日本)山根幸夫《日本現存元人文集目録》, 東京都: 汲古書院, 1970。

[6] (日本)山根幸夫《增訂日本現存明人文集目録》, 東京都: 汲古書院, 1978。

[7]嚴紹璗《漢籍在日本的流布研究》, 南京: 江蘇古籍出版社, 1992。

[8]嚴紹璗《日本藏宋人文集善本鉤沉》, 杭州: 杭州大學出版社, 1996。

[9]《中國古籍善本書目》, 上海: 上海古籍出版社, 1998。

[10] 黄遵憲《日本國志》。

[11]楊守敬《日本訪書志》。

[12]俞樾《東瀛詩選》。

[13]日本各文庫漢籍目録以及關於該文庫沿革、藏書的介紹(如《改訂内閣文庫漢籍目録》、《内閣文庫百年史》等)。

文士交往研究

壬辰倭亂和韓中文士的文化交流

鄭 珉

壬辰倭亂指公元16世紀末，日本侵略朝鮮，在朝鮮半島發生的戰亂；也可以理解爲發生在萬曆末年的一場朝鮮抗日戰爭。當時，中國的明朝曾派出水兵增援朝鮮，使這一戰亂成爲東方歷史上中、日、韓三國衝突的首次國際性戰爭。它對於隨後的重新劃分東亞版圖起了很大的作用。

在此之前，中、日、韓三國家未曾在同一個戰場上交過戰。而這一次，三國動用了各種不同的武器裝備、軍事體制參與戰爭。動用不同的武器裝備、軍事體制，在一個陌生的地方交戰，這樣就超出原來的設想，發生了不少有趣的事情。慣于平原作戰的明朝軍隊在多爲山嶽的朝鮮戰場上，其武器的性能無法得到充分發揮。鳥銃武裝的倭寇，其機敏的作戰能力，常常使朝鮮軍及明朝軍身處窘境。經過這次戰亂以後，三國都以朝鮮半島的戰爭經驗爲契機，使自己的武器體系和訓練方式相應地得到了改進。

這場戰亂從1592年開始，到1593年進入休戰狀態。在此期間，明軍將士和朝鮮文士進行了多種多樣的文化交流。

考慮到倭寇擅于水戰，明朝派出江浙一帶的水軍作爲主力軍隊。明軍在朝鮮一直駐扎到日本再次入侵朝鮮的1597年。明軍在朝鮮度過了4年左右的休戰期。在此期間，駐扎在朝鮮的明軍中不乏有文才的將、校級的軍官，他們和朝鮮文士進行了活躍的文化交往。這種文化交流可以説是朝鮮和明朝文人之間最初的民間文化交流。固然在此之前也有過中、朝兩國使臣的來往，但那只是禮節性的官方外交會面，很難像壬辰倭亂時期一樣敞開胸懷暢所欲言。

尤其是，當時朝鮮深受明初“前後七子”所云“文必秦漢詩必盛唐”的文學主張的影響。在過去300年間，朝鮮詩壇盛行的是蘇、黃派的“江西詩風”，這時迅速轉向“學唐之風”。學唐之風的流傳不僅促進了浪漫風采的盛行，還形成了另一種風氣，即對以中國江南地區爲背景的文學的盲目憧憬和嚮往。

我們知道，在朝鮮初期廣泛流傳的《剪燈新話》、《剪燈餘話》與《嬌紅記》等傳奇小説作品，大多是以中國的江南地區爲背景的。因此，中國江南地區作爲朝鮮人想象中的體驗空間，對於朝鮮文士，成了並不陌生的地方。朝鮮的文人墨客對江南地區的歷代人物的故事瞭若指掌。他們雖然没有到過江南，但想象中的象徵意義，唤起了浪漫的幻想。在當時，面臨國破家亡的悲慘命運，他們的浪漫情調和逃避的心理更加高漲。

不管是中國的江南人漂流到朝鮮，還是朝鮮人漂泊到江南歸來，人們都會專程去找他們詢問自己素所聽聞的江南風情的虚實。15世紀，崔溥漂泊中國多年，回到朝鮮，寫了一本介紹江南風情的《漂海録》，滿足了當時人們的好奇心理。《漂海録》成了人們熱衷的讀物。

這一時期，出身江南的明軍將士也珍惜同朝鮮文人相交往的機會，這和朝鮮文人一樣。朝鮮文人將飄洋過海來自遠方的客人請進家中盛情款待，以文會友，進行交流。朝鮮文人在寫文言文作詩方面有相當的文才，卻不會一句漢語。他們所創作的漢詩，按朝鮮語的發音來讀寫字聲平仄，讓中國人讀起來覺得音律不暢。因此，他們把自己的詩交給對方評論，用筆談的方式進行交流。他們還對當時盛行的主流文學進行真摯的討論。明軍年輕將士遠離親人和故國，來到異國戰場上參戰。他們與朝鮮文士以文會友，一則可以打發時光，二則使自己理性受到了啟發，增進了文化情操。他們就詩的聲調和美學進行探討，在此過程中，漸漸瞭解了對方，好奇心自然而然地發展爲友情。

這一時期朝鮮文人和明軍將士的交流，在很多朝鮮文人編輯的文集中留下了記録。這種交流，對於提高他們的文學素養，起到了重要作用。

由於時間關係，本文不擬一一列舉韓中文化交流的具體實例。下面簡單講述一下韓中文士文化交流在兩國文學方面所起的影響。

第一，在漢詩創作和批評方面的影響。

當時和明軍將士交往的人有權韠、許筠、趙緯韓、趙纘韓等詩人。這些人可以説是當時朝鮮文壇最具名望的作家。尤其是許筠。他仿效李攀龍的《唐詩删》，編著了朝鮮的《國朝詩删》。這本詩選集被後人認爲是朝鮮最高水準的詩選集之一。這些朝鮮文士都以追求“學唐風”而聞名。他們的詩能夠調動浪漫的想象力，營造夢幻般的詩世界，又具有以現實認識爲基礎的寫實詩風。由此帶動朝鮮的漢詩發展到了更高的境界。與這些詩人交流過的明軍將領吴明濟，在許筠等人的幫助下刊行了《朝鮮詩選》。除此之外，藍芳威的《朝鮮詩選》也相繼刊行。許筠的《許蘭雪軒集》在中國的刊行，獲得出人意料的熱烈反應。通過此事，名不見經傳的朝鮮詩文學在中國廣泛流傳開來。在那些明軍將士看來，只是一介外國人的朝鮮人，竟具有如此好的文學素養，他們爲此感到驚訝。當他們與這些人交流過後，他們便被後者的熱忱深深感動了。

第二，小説方面的影響。

這一時期，受《剪燈新話》和《剪燈餘話》的影響，朝鮮也創作出了文學性較高的愛情傳奇小説。在朝鮮小説史上令人矚目的作品有《相思洞記》、《周生傳》、《韋生傳》、《崔陟傳》等。其中與明軍將士交往密切的權韠，在他所寫的《周生傳》和《韋生傳》中，主人公都是"壬辰倭亂"時派遣到朝鮮的明朝將士。趙緯韓所寫的《崔陟傳》講述的是：主人公崔陟因壬辰倭亂失去家人而失去了生的希望，無奈地生活。他去找平日有交情的明軍將士，希望明軍撤兵時把他們帶往中國。這一故事是作家根據自己親身體驗所創作的。故事中的主人公在中國奇跡般地遇到誤認爲在戰爭中死去的妻子，一同回到了朝鮮。

這類作品的不斷湧現，説明17世紀在朝鮮盛行的愛情傳奇小説乃以明軍爲主要題材。這類小説通過描寫被戰爭覆蓋的百姓現實生活的傷痕與苦難，採用男女間夢幻般的愛情故事爲題材，以虛無縹緲的結尾，形象地勾勒出當時的情形。在此之前，傳奇小説大多以志怪爲主題，將死人復活，展開人鬼之戀。與其不同，壬辰以後的小説依據歷史事實，展開叙事，將浪漫主題很好地消化，並獲得了成功。

第三，繪畫藝術上的影響。

壬辰倭亂之後，朝鮮文人圈裏興起了江南熱。尤其是田汝成的《西湖游覽志》傳入朝鮮，將中國江南風情以版畫的形式展現在朝鮮人眼前。具有濃郁的文雅趣味的獨特構成，在朝鮮文人墨客中掀起了革新的潮流。朝鮮貴族們開始在居室裏掛起杭州西湖的奇景圖。高麗時代曾盛行《瀟湘八景圖》。李朝前期隨著朱子學傳入朝鮮，風行《武夷九曲圖》。到了這一時期，藝術傾向急劇轉變，開始風行西湖圖。通過朱之蕃等中國使節的頻繁出入，中國的吴派畫風傳到了朝鮮。丙子胡亂以後，中國唐寅、仇英、文徵明等人的書畫經瀋陽等地流傳到朝鮮，朝鮮的藝術界隨之掀起了變革的浪潮。

壬辰以後，明末清初多種多樣的文化現象潮水般地湧入朝鮮半島。派往中國的使節許筠，回朝鮮時從中國買回了不下五千卷的書籍。在他的圖書目録中，包羅了當時流行的明末小品文的題目。前後七子之後，經過唐宋文派，再到公安竟陵派的情趣，通過這些書籍飛快地流傳開來。

朝鮮與中國多方面的文化交流，不僅改變了朝鮮文人的文學情趣，還改變了他們的文化情趣。戰爭過後，極其艱難的現實與追求盛唐詩風的浪漫性（逃避現實）自相矛盾。結果，盛唐詩風失去了前衛意識，停留在創作南朝夢幻性"樂府風"階段。作品世界漸漸地脱離了朝鮮的現實。到17世紀後期，開始冷静地思考與反省，隨之出現了强調“寫實風”的傾向。

以上簡單地講述了壬辰倭亂時期戰爭帶給朝鮮半島的文化變换。當時的朝鮮文人身處獨特環境，創作了個性鮮明的高水準的文學作品。在和明軍聯手共戰倭軍的情況下，朝鮮文人與明軍將士的親密交往和文化交流，在朝鮮文化的變换過程中起到了積極的作用。

文化的接觸以偶然事件爲契機，向預想不到的方向發展。朝鮮文士對中國江南地區的憧憬一直持續到了18世紀。這時已是滿族統治的清朝，出現了對滿清體制的反感。“中國”，作爲漢文化所在的空間，作爲歷史上中國文化盛事和太平盛世的象徵，在朝鮮人心目中，這一空間的意義在發生變化。

本人一直在學術刊物上發表關於這一方面的論文。下面以目録的方式略作介紹，以便大家參考並提出寶貴意見。

鄭珉，《十六七世紀朝鮮文人、知識人層的江南熱和西湖圖》，載《古典文學研究》第22集，韓國古典文學會2002年12月，281–306頁。

鄭珉，《壬亂時期文人、知識人層與明軍的交流和意味》，載《韓國漢文學研究》第19集，韓國漢文學會1996年，151–186頁。

鄭珉，《十六七世紀學唐風的性格和風情》，載《韓國漢文學研究》20周特集號，韓國漢文學會1997年，189–222頁。

鄭珉，《周生傳的創作基層和文學性格》，載《漢陽語文研究》第9集，漢陽語文研究會1991年，81–126頁。

鄭珉，《十六七世紀游仙詩的資料概觀和出現動因》，載《韓國道教思想的理解》，亞細亞文化社1990年，99–132頁。

鄭珉，《超越的想像》，HUMANIST，2002。

明遺民張斐軼事輯考*

劉玉才

張斐，字非文，初名宗升，號霞池，浙江餘姚人。約生於明崇禎七年（1634），卒於康熙二十六年（1687）之後，具體年月不詳。明亡之後，張斐捨棄舉業，絶意仕進，浪跡江湖，自號客星山人，四處結交遺民志士，圖謀反清復明。據其詩文記載，曾與屈大均、李清、魏禧、費密、顧祖禹頗多交往。康熙二十五年，張斐經朱舜水孫朱毓仁的引薦，搭商賈船舶至日本長崎，應水户藩主德川光國川氏命儒臣大串元善至長崎測其才學，二人數度會晤，留有筆談記録《張斐筆語》。據《筆語》所記，張斐在家鄉隱匿明崇禎帝三子定王慈炤，此行日本有效同鄉朱舜水乞師德川幕府之意。因恰值日本海禁嚴厲，不令招聘外人，張斐蹇延數月，未得赴江户面見幕府將軍，怏怏回國。次年正月，張斐再次搭商船遠赴長崎，大串元善自江户趕至迎候，然滯留數月，仍未能獲准赴江户，遂決意回國，其後不知所終。張斐兩次登陸長崎，與日人大串元善、今井弘濟（水户藩士，朱舜水門人）、安東省庵（名守約，朱舜水門人）、安東守直（安東省庵之子）、武岡素軒（安東省庵門人）或晤談，或詩文唱和，結下深厚的友誼。其間安東省庵父子對張斐才學頗爲仰慕，雖然限於國禁始終未能謀面，但文字交往不斷。張斐在日本被視爲繼朱舜水之後具有代表性的中國士人，相關文字頗受珍視。反觀國内，由於特殊的身份，張斐不但事蹟長期湮没不顯，文字作品也鮮見流傳。直至清光緒末年，《國粹學報》始刊發荀任撰寫的《朱張二先生傳》，附有鄧實跋語，予以彰表①。旅居日本的章炳麟則將張斐的文稿作爲《民報》增刊發行，在留學生和革命党人中引起强烈反響，張斐被視爲反清復明的先驅。阿英撰文甚至將其作爲革命文學的組成部分②。日本有多位學者述及張斐行事，其間今關天彭著《近代支那の學芸》，闢有《明末潛渡日本之張非文》專章，根據日本所藏相關文獻及《張斐筆語》片段，

* 本论文获得2006年度北京大学桐山教育基金研究资助，特此致谢。

①荀任：《朱張二先生傳》，《國粹學報》第一年第12號，清光緒三十一年刊。

②阿英：《革命的文學——辛亥革命文談一》，《人民日報》1961年10月9日。

勾輯張斐的行事。但因掌握文獻不夠充分，語焉不詳，且有錯訛之處。筆者在早稻田大學圖書館偶然翻得張斐《莽蒼園稿》鈔本，其中《莽蒼園詩稿餘》部分[①]，今關天彭等學者關於張斐的研究論著，似未曾引述。而據其内容，可以大大豐富有關張斐國内行歷的考察。本文即在今關天彭文的基礎上，借助對《莽蒼園稿》、《霞池省庵手簡》等項文獻的解讀，進一步考察張斐的行事。

一

張斐的事蹟在地方史志和各類明遺民録中均未見記載，詩文作品國内亦鮮有流傳。清末民初李放撰《皇清書史》卷十五有張斐小傳："張斐，字非文，初名宗升，號霞池，别號客星散人，餘姚人。明亡陰結奇士，欲再造明室，曾兩至日本乞師，卒無成，後莫知所終。"傳後引述清丁敬《飛白録》云："飛白歌'空庭映竹繞奇花'云云，在鬻古肆中鈔得於册子者，綾書以空心行草代飛白，殊謬。書者姓張，名斐，字非文，歌豈此人所作耶。"[②]清商寶意乾隆年間編選《越風》，録張斐《島中坐雨》一首，詩曰："海暗沈秋雨，林回偃夕風。寒花欹絶岸，獨鳥匿深叢。漂泊應吾道，蹉跎已老翁。極西鄉國在，萬里正空濛。"（清阮元輯《兩浙輶軒録》卷十三）然作者小傳僅有"字非文，會稽人"寥寥數語。作品評語云：張翁坐雨一詩，能狀淒慘之色，讀罷冷氣逼人。品其詩意，當是張斐作於失意歸國之時。

日本方面，關於張斐的詩文和文獻記載，還頗有流傳。德川幕府儒臣大串元善與張斐數度晤談，並將雙方筆談記録及往來書簡結集，題曰《續西游手録》，藏于水户藩府。安東省庵也將父子與張斐交往的文字結集保存，題曰《霞池省庵手簡》。日本享保五年（1720），安東省庵之孫安東守經刊刻行世，今有平安書林柳枝軒本流傳。在水户藩府彰考館，還藏有張斐遺墨三卷、筆語原件及詩文作品。日本文政年間（1818—1829），曾刊刻張斐飛白書及文一篇，題曰《非文真蹟》，有宇佐美充氏跋語。日本嘉永年間（1848—1853），陸會澤安纂輯張斐流傳日本的文章，題名《莽蒼園文稿餘》，安政年間（1854—1859）愛風書屋用活字出版。陸會澤安有序文云："非文所稿莽蒼園文者，藏在彰考館，世無之知焉。乃與同社謀謄寫一本。而如非文事蹟，則亡友宇佐美公實嘗書刻非文真蹟後，

①拙編《莽蒼園詩稿餘》，收入張伯偉教授主編《域外漢籍研究集刊》第三輯，中華書局2007年出版。

②《莽蒼園詩稿餘》正收有此詩，題曰《寫飛白歌》："空庭映竹饒奇花，石上芭蕉弄春色。呼童闢門謝人客，自愛臨池寫飛白。由來妙跡傳蔡邕，後人繼起誰與同。羲之腕力通造化，不覺此書不易工。野人一日掃一束，六幅長箋秋水濯。乘興更拂窗前几，笑對山花倚山閣。"

詳其顛末，故亦以附卷尾，將俟他日公於世，是亦區區犬馬心。竊恐明季賢豪之正氣，不啻埋没於草野，而雖其存于滄海波濤間者，亦澌滅將盡爾。”清光緒年間，旅居日本的章炳麟通過友人館森袖海借閲到愛風書屋本《莽蒼園文稿餘》，抄録一册，並附加跋語，作爲《民報》1907年夏期增刊發行，書前録有青山延光撰《明遺民張非文傳》。章炳麟跋語稱《莽蒼園文稿餘》在日本已鮮有留存，並以未見張斐筆語和詩稿爲憾。1912年，日人于東京第一高等學校舉行朱舜水到達日本二百五十年祭，曾展出張斐詩六首①。根據相關記載，《張斐筆語》、《霞池省庵手簡》及張斐詩文等文獻的稿鈔本，原藏于水户的彰考館（德川文獻館），二戰期間彰考館藏書毁損嚴重，目前殘存狀況不明。今關天彭的著作出版於1931年，其間録有《張斐筆語》的片段，此後再未見有引述。吕玉新氏懷疑彰考館在美軍轟炸之後，仍存有不少原始文獻，只是因各種原因未能公佈於世②。

根據《霞池省庵手簡》和《非文真蹟》宇佐美充跋語，張斐曾將詩稿結集鈔示日人，然不聞有具體收藏記録，也未見刊刻流傳。今關天彭及至當代學者關於張斐的研究論著，均未引述張斐的詩稿結集。筆者2004年訪學日本，偶然在早稻田大學中央圖書館翻得鈔本《莽蒼園稿》，分上中下三部分，上部爲《莽蒼園文稿餘》，與愛風書屋本内容相同，只是文章排序有所不同；中、下部分爲《莽蒼園詩稿餘》，收録張斐各體詩作三百餘首，並附録東國紀行二十一首及補遺一首。此稿用國書刊行會的稿紙謄録，並對内容進行過整理排序和文字校訂，應是準備出版而未果。詩文間有張斐自題，據之可以判斷原稿當是他在日期間抄示友人的。如《登高賦》自跋："賦自揚馬而外，並駕而齊驅者，難其人矣。此後唯少陵三大禮，猶有骨氣可觀，差與古辭奥衍之才可敵。蘇子瞻赤壁，則創體也。其氣蕭瑟，其情曠放，讀之使人有遺世之想。秋聲步而超之，又瞠乎後矣。斐本非作家，而漫爲之，所謂跛鱉之望騏驥，更不及蠅之附尾而行也。可笑可笑！作文作字，須得筆墨精良，窗几明淨，而神思又復瀟灑。斐於此數者，一無所有，故益形其醜態矣。”詩稿結尾處有注云："詩中有數人作虜宦者，多弟之親戚。在外游行，未免偶藉其資斧，故不能絶，聊亦從俗，與之往還。弟詩只取其一味真了，若謂作家則未也。”張斐並不以詩文見長，但是通過這些作品，我們可以深入瞭解其浪跡江湖、結交志士、流亡海外的傳奇經歷，和國破家亡之後的心路歷程，進而勾勒清初東南地區遺民群體的衆生相。作品中涉及與屈大均、李清、魏禧、費密、顧祖禹、張肩三（張煌言之弟）交往的内容，則可以補充清初史事記載的不足。

①李大釗：《朱舜水之海天鴻爪》，《制言》第1年第1期，1913年刊，署名李釗。

②吕玉新：《有關朱舜水研究的原始文獻》，《漢學研究通訊》第23卷第4期，2004年11月刊。

二

由於文獻的闕失，有關張斐的身世行歷，記述頗爲混亂。以出生之年爲例，今關天彭文定爲明天啟五年（1625），柯愈春《清人詩文集總目提要》則題爲明崇禎五年（1632）①，前後相差七年。而據張斐的《守歲贈友》、《元日酬招飲》詩，甲子年（康熙二十三年，1684）恰值五十歲，丙寅年（1686）渡日，在致安東省庵信中自言“今年五十二”，照此推算，當出生於明崇禎七年（1634）。柯書還稱張斐“赴日本長崎，與朱之瑜交”，“集中多記追從朱之瑜復明活動”，顯然也失於查考，因朱舜水在張斐渡日前四年即已辭世。

日人青山延光撰《明遺民張非文傳》，系摭拾彰考館藏《張斐筆語》、《莽蒼園集》等文字資料連綴而成，內容較爲可靠。傳云：“斐幼孤，年十一遭國變，猶習舉業。父執見而誡之，乃棄舉業，從明遺老張一麟學。”（《筆語》）張斐的岳父爲姚江李安世，字泰若，明崇禎十六年進士，官至尚寶卿，明亡後隱居不仕。張斐在寫給岳父同榜進士吕潛（號半隱）的詩中，有云：“姚江李尚寶，與君同榜友。榜中數大公，皆已列朝右。棄絶舊君恩，可憐若敝帚。尚寶既隱居，頗學彭澤叟。溪上自築室，門前自栽柳。豈無豪貴族，薰天可炙手。嫁女與寒家，充作糟糠婦。”張斐有兄名宗觀，字用賓，號朗屋，雅擅樂府歌詩，事蹟散見清初載籍，爲當時頗負盛名的遺民。他與同縣朱士稚（字朗詣）並稱“山陰二朗”，常自比管仲、樂毅，陳子龍詩詠二人有“越國山川出霸才”句。全祖望《鮚埼亭集》所載張近道事，“好黄老管商之術，以王霸才自命，見詩人則唾之曰：雕蟲之徒也”②，亦指張宗觀。張宗觀與朱士稚、魏耕、山陰祁氏兄弟經常密會，共謀反清復明。朱士稚涉嫌入獄，宗觀奔走營救，因聞士稚出獄，星夜渡江往迎，途中遇盜身亡。事見朱彝尊撰《朱士稚墓表》。

在父執兄輩的影響之下，張斐絶意仕進，慨然以遺民自許。自言嘗夜讀《楚辭》，聲氣激烈，聞者隕涕。（《秋夜讀〈楚辭〉，李太守恕聞之泣，復起飲酒達旦，明日作詩十韻請和》）張斐爲人卓犖不羈，“慨然慕魯仲連之爲人”，高言“丈夫會有事，誰當私此身”（《春日偶歸，贈阮與宜何見公鄭孟周，鄭復出送偏門，記别》）。據《筆語》自述，他因在家鄉結識並隱匿明崇禎帝三子定王慈炤，自康熙初年起，棄家不顧，長年浪跡江湖，陰結遺民志士，密謀恢復。撰於康熙二十年（1681）的《陳孝明墓誌銘》云：“山陰張斐棄其家七年，走四方求友，得八人焉。”其中，有姓名者爲江甯陳孝明（名鈐）、濟甯劉御龍、徽州王次峰、陝西謝殷南、山陰徐身先、六合李儀及六人。陳孝明、李儀及年齡均少於

①柯愈春：《清人詩文集總目提要》上册第235頁，北京古籍出版社，2002年。

②全祖望：《雪竇山人墳版文》，《鮚埼亭集》卷八。

張斐，卻先他去世，令其悲痛不已。《莽蒼園集》載有不少紀念二人的詩文，如《哭李儀及》："年來頻失友，老去哭他鄉。舊識多新鬼，先衰卻後亡。淚痕映死睫，墨漬盡枯腸。有絶筆詩，不成而逝。苦憶平生好，何時得暫忘。"張斐所交友人都以反清作爲共同志向，友人黄咸士遠游燕趙，張斐有贈詩云："燕地常苦寒，束裝宜早爲。驅車過易水，勿爲荆卿悲。秦王天未絶，志士徒取危。子房天下才，猶試博浪椎。絶關燒棧道，何如下邳時。"（《黄咸士來吴門，將之燕，於其歸，泣送以詩》）"飲恨化爲血，碧色照吴鉤。奉身向知己，日與浮雲游。笑談帝王略，開口取封侯。人儘自豪傑，腐儒甘蒙羞。拂衣從此去，長嘯凌幽州。"（《辱黄咸士贈詩，三年不能和，今將有燕趙之游，追感舊事，書懷寄之》）《秦人謝殷男于吴市買得寶刀，作寶刀歌贈之》則云："吴中有寶刀，秦中有壯士。一朝相配合，各自增意氣。壯士年今三十强，風塵已静一日閑。囑君佩此莫輕試，時至還看牛斗間。"伺機而起、反清復明的志向昭然若揭，故詩稿中有自注云："大抵稿中之人皆吾同心膽者，其有名字者，則未嘗有事故，而可以不隱，故直書之；其曰友人或故人者，皆有事故，而不可明言，故隱之。"

張斐結交廣泛，"吴三桂舉兵，有廖精忠者爲三桂將，頗與弟同志，惜其人庸懦不足倚，故遂别之"（《九日岳陽懷李白》自注）。他甚至對民間俠客頗致禮敬，"平生慕俠烈，作事寡躊躇。出門身許人，掉頭别妻孥。最苦頭上冠，束縛成腐儒。短衣事侯嬴，長嘯覓専諸"（《贈方若水》）。詩稿中有《贈俠客》詩，稱譽其"勝卻吾儒萬卷書"，詩序曰："此俠客自是奇人，善劍術，隨行挾兩大鐵椎，人皆呼爲大鐵椎。問其名，則曰：人只爲一名字壞了多少事，我卻不用此也。亦無妻子無家，曰：人只爲妻子家累壞了多少事，我卻不用此也。專取響馬銀子濟貧人，響馬甚畏之。魏叔子（禧）爲作《大鐵椎傳》，可與史遷相上下。"另有《青州壯士寶刀歌》："青州壯士不著冠，狐裘蒙茸踏步寬。長揖上階據案坐，口道殺人如草菅。匣裏一條清秋水，當軒拔出白日寒。誰人心有不平事，十年摩挲未曾安。"大概張斐網羅了不少此類人物，以備揭竿起事之用。

基於强烈的遺民心態，張斐對於晚明抗清志士、清初不與清廷合作的遺民，非常崇敬，爲他們寫了不少傳記文字，而且與他們的後人保持密切的交往。如《皮太師傳》記明末將領皮熊轉戰南北，最後爲吴三桂所擒，絶食而死。張斐因與其女婿鄭之僑結交，具聞其事。《小腆紀傳》僅有皮熊之名，缺傳，張斐之傳正可補其不足。晚明重臣吕大器，史書有傳，但張斐所撰《吕文肅公傳》資料源自吕大器之子，可以補史書記載的不足。張斐在傳後有"野史氏曰：公之諸子，皆與予善。長曰潛，癸未進士，官太常博士，國變不出，浮沉吴越間，號半隱。次曰泌、曰澈"。張煌言有弟名肩三，與張斐頗多過從，張斐在贈詩的小注中說："肩三今該姓李氏，即所謂秋水也。兄煌言字玄著，嘗在海上聚義，後事敗，爲虜所捕，故肩三改姓，逃之内地。"透露出張煌言起義失敗後的些許資訊。《題劉雪航

（舫）》詩記明新樂侯劉文炳幼弟落難事，朱彝尊《明詩綜》、魏禧《魏叔子集》都有記載，吴梅村有《吴門遇劉雪舫》詩，可以互相參證。《弔草屋先生胡星卿，歸途述哀》詩序則記述了一個不爲人所知的遺民，“草屋先生姓胡，字星卿，其先海尚太平公主。先生苦節，國變後不肯貶服，終身著白衣巾。所居貼近城下，四十年不出户。虜亦敬之，曾易服而往，訪者再四”。張斐的這些文字，無疑可以豐富我們對清初遺民群體的認識。

張斐雖然志慕賢豪，不以腐儒爲意，自言“才卑而志遠，每忽尋常，少作而寡思。尤苦四六，直寫胸期。本非著作之偉士，屬詞比對，敢同呫嗶之小儒”①。但是仍與江南許多遺民文人交往密切，經常詩酒過從。如《答廣州屈翁山》：“千金懸詞賦，一飯起悲歌。共是他鄉客，相思幸屢過。”《南北史合注序》記李清七十壽辰，與張斐攜酒避客東皋，縱論古今世道之變，表露注釋《南》、《北史》的志向。《南史》部分原約張天如（名溥，明末復社領袖），不幸張故去，遂約張斐共襄其舉。張斐因奔走四方，未能履約，最後是李清獨立完成，請張斐校讎並作序。此事説明張斐頗具學術根基，然未見他書記載，張序也未載入《南北史合注》刊本。明崇禎進士許承欽，明亡後隱居泰州，肆力古文詩詞，與冒襄、孔尚任等人唱和。張斐客居泰州期間，每每造訪許承欽，並撰有《農部許公傳》。張斐還與顧祖禹以及客游江南的魏禧、費密、唐甄等文士往來。《贈顧景範》詩注：“舊名成疇，今名祖禹，此人嘗著《皇輿紀要》。”詩云：“君才超什佰，秉貞從所好。著書包六合，古今滿懷抱。僕亦歷落人，足跡徧海嶠。徒然汗漫游，作事苦無要。”關於魏禧的詩，有《懷翠微峰，寄魏叔子》、《魏叔子客死儀真，哭六絶》諸首，感情真摯。蜀人費密“避地淹吴楚，飄零四十載”，與張斐同病相憐，也互有致贈。唐甄晚年寓居蘇州，張斐有《讀唐鑄萬〈衡書〉，因贈》詩，注云：“鑄萬名大陶，本夔州人，今住蘇州，年六十五，嘗著《衡書》。”張斐的記述文字，涉及友人姓名、字型大小、生平、著述，頗有與他書相異之處，可備參考。

張斐的活動範圍號稱“周游天下，足跡幾遍”，大概是故作大言，但今關天彭根據其掌握的資料，推斷未出江浙兩省，則與事實不符。我們根據《莽蒼園詩稿餘》詩題分析，張斐主要活動是在南京、蘇州、揚州、泰州、紹興等地，但也數度往返於今江西、安徽、湖北的部分地區。張斐心存革命動機的浪跡生涯，充滿凶險與艱辛，自言“身從刀槍叢裏歷過”，“潛邳先椎秦（自注：此斐實事，非借用也）”，大概確有其事。《莽蒼園詩稿餘》中載有許多描摹經歷心境的詩句，個中悲苦，可見一斑。“丈夫生斯世，思保千金軀。無事只浪游，窮年向江湖。問今是何日，雨雪已載塗。道遠足偃蹇，囊空品囁嚅。强笑一爲别，無勞問所如”（《留别吴門諸人》），“低頭向時輩，混跡客殊方。不知情獨苦，怪我空持觴。開口聊自哂，徙倚庭樹傍”（《彈琴、飲酒二詩，贈迂客，兼述鄙懷》）。張斐四方奔

①張斐：《復大串元善啟》，《張非文莽蒼園文稿餘》，科學出版社影印本，1958年。

走，棄置家人不顧，坐令其忍饑受寒，内心頗受折磨。“一人不戒，左右皆賊。離絶妻子，不見三年。妻啼子號，隆冬饑寒”（《四言詩寄友》），“十年作客心，風雨不安室。念切妻在房，無兒又無食。入門方躊躇，不忍問相識”，“我非游蕩子，空有閨中婦。臨行所生女，長大已及時。問父知何如，嬌啼不離母。計拙困風塵，縱横皆不就。狼藉暮歸來，淚盡空搔首”（《歸二首》），“人生事錯料，年今過半百。妻孥寄在人，縱歸猶似客。嫁女已生男，我壻尚未識”（《五舍弟領胡氏壻吴門相見，愴然别去，有詩》）。張斐妻子是明崇禎十六年進士李安世的女兒，但因爲丈夫的原因，長年過著孤獨清貧的生活。張斐有《慰内人病》詩：“弧矢空在把，不如棄道旁。丈夫不得志，枉言游四方。辟纑共笑語，舉案勞耕桑。念我結髮婦，十年厭糟糠。少時矜弱質，宛轉多在床。一月數呻吟，春日不理妝。形容漸衰苦，饑寒迫中腸。膝下又無子，誰能慰獨傷。齋食返素心，静室對妙香。知爾具佛性，□爾試藥王。懺悔或有悟，及情安可忘。”表達出深深的内疚之意。

三

明朝滅亡之後，明遺臣退居東南沿海組織抗清，其間與日本頗有海上往來。鄭芝龍、鄭成功父子即多次遣使赴日，請求德川幕府出兵援助。清順治十六年（1659），鄭成功、張煌言策劃的北伐戰敗，參與其事的東南遺民紛紛渡海，著名的如朱舜水，逃亡日本乞師，並寓居終老。康熙二十二年（1683），清兵攻入臺灣，東南局勢趨於穩定。清廷隨後宣佈解除海禁，東南沿海與日本列島之間的商貿活動及人員往來再度活躍。中國船隻由南京、寧波、温州、廈門、漳州、廣東等口岸啟航，經舟山群島，横斷東海，直駛長崎。往來的人員主要有商人、僧侶和不食清粟的遺民。日本方面，由於顧慮貿易不平衡及國家安全，對於中日商貿和人員往來多方限制，只開放長崎一處口岸，且令中方人員集中居住，不得深入日本列島。張斐就是在這一背景下，效仿鄉賢朱舜水，搭商舶到達長崎。

根據《筆語》和詩稿文字，張斐其實早有渡日乞師的打算。《筆語》中有云：“弟之欲至貴邦經營，蓋非一日，在未開禁之前，已有其念。而數年來，又以奔赴道路，不遑寧處，雖有估舶之來，竟不能附。”詩稿有《遣蠻奴之日本》詩，聲言自己百計無施，只好遣此僕涉險渡海，行前叮嚀再三，寄予殷切期望。此行既是探路，大概也負有具體任務。不過，張斐本人最後渡海成行，還是得力于朱毓仁、姚江的招引與幫助。朱毓仁，字天生，朱舜水之孫。康熙十八年（1679），得到祖父家信，遂趕至長崎，欲赴水户探望，礙於日本國禁，未能成行。德川光國特意派儒臣今井弘濟赴長崎會見朱毓仁，並轉告朱舜水在水户的生活情形。大概就是在這次會見中，今井弘濟轉達了德川光國覓求賢才的用意，故時隔數年之後，朱毓仁推薦張斐前來。據日人《文苑遺談》卷二記載：“貞享中，毓仁、姚江與張斐來崎陽，毓仁與弘濟書曰：昔者得捧玉，知上公招儒納賢，誠甚美舉，故與表兄虞山（姚江）咨之，訪求博雅，得同里張斐先生者，因舍親任遽庵（元衡）求見，請其東來。”與朱毓仁同行的姻戚姚江，爲往返中日間之商人，頗嗜文學，也貽書今井弘濟推薦張斐，其書曰：

> 向承台諭，延一人以爲王之左右，此誠好賢盛意也。然其事至難，大概有學問者，未必有曠然域外之想，而聞聲附影者，扣其中又恐如枵腹之夫，徒以利動，則有負重委，未必有功，反以開罪。以是與天生慎之又慎，既久而後，方報台命。張非文先生，與文恭公（德川光國贈朱舜水謚號）同里，鄉黨間，人咸重之。自號客星山人，周游天下，足跡幾遍。抱不事之志，故不用於世。前海禁未弛，已欲遨游海上。顧其人多不家居，四處邀之未得。今春幸道遇吴興，述王求賢盛典，欣然就行，亦不歸一别妻孥兄弟，竟自同來。蓋其人囂囂有古狂士風，不可拘以常調。今已至長崎，專人奉聞。至其學問之淵源，一席之談，自能得其深淺，可不贅。仰祈詳達，臨書不勝翹企之至。①

張斐啟程赴日的時間爲康熙二十五年（1686）五月，《筆語》自云：“今歲五月，適自蕪湖至吴門，有姚、朱二君之便，不勝狂喜。”“吾國之興，必有藉於日本。今水户侯好義，舍此安適乎！遂奮不辭家而航長崎”②。張斐有《東國紀行》詩，述其行歷。記有作别吴門友人，女婿胡氏送至上海，停泊黄浦，然後搭乘商舶出吴淞口，途經鹿徑頭、雙洞島，並在海上度過七夕和中元節。船到達長崎的時間大約在七月下旬。該船同行者除姚江、朱毓仁、張斐之外，還有蔣尚卿、黄士美、穆迓居士諸人。蔣尚卿是著名旅日高僧東皋心越的胞兄，東皋心越俗名興疇，浙江浦江人，曹洞宗高僧，曾參加反清活動，失敗後東渡日本，傳揚佛法。蔣尚卿隨船抵達長崎後，姚江寄書駐錫江户（今東京）的東皋心越③。東皋心越自江户至長崎，作有《至崎得晤家兄》詩，“憶别鄉心幾斷魂，思親夢裏淚添痕。今朝兄弟重相聚，盡感上公高厚恩”④。詩題下注有“貞享三年八月”，即康熙二十五年八月。東皋心越還有《拙懷賦謝非文居士》詩，似作於既將分别之際：

---

①引自今關天彭文，羅霈霖譯，載《國立中山大學文史學研究所月刊》第三卷第二期，1934年12月刊。

②荀任：《朱張二先生傳》，《國粹學報》第一年第12號，清光緒三十一年刊。

③姚江書云：“從法駕去京，數載於兹，止可修候，會晤實難，懷念懷念。今者與雲伯兄得邀二令兄來崎，此骨肉之至情，仰祈和尚速降以慰懸懸。佇望飛舄，謦聆大教有期。臨楮瞻切。心越老禪師法座。弟子姚江頓首。”據陳智超編纂《旅日高僧東皋心越詩文集》卷五《姚江來書》，第170頁，中國社會科學出版社1994年。

④ 陳智超編纂《旅日高僧東皋心越詩文集》卷五，第148頁。

悲昔雁離行，頻年徒皓首。窮途鬱未伸，所遇皆賢友。壯志多磊落，廊廟心俱朽。覓弟泛重溟，意氣何高厚。把臂訴衷腸，無分卯與酉。弟當返祇林，兄自歸田畝。指日促行程，漫折長亭柳。清河張徵君，良會知難否。①

同船的黄士美抵達長崎後，也有書信致東皋心越，且載明七月到長崎：

歲内一帆西歸，幸托和尚盛德，幸獲平安。今春得與二令兄老先生同舟過海，於七月到長崎，專候法駕早臨，深成二令兄之望，並成余輩渴□。佇望一葦之來，鵠立以待。專此□上心越大和尚座前。弟子黄士美頓首。②

穆迓居士，身份不詳。東皋心越詩文集中有“穆迓居士與家兄同舟抵崎，俄經半載有餘，其叨庇之情，勝於至戚“之語。穆迓居士曾以《鷓鴣天》詞贈東皋兄弟，大概也是位遺民文士。

張斐抵達長崎後，德川光國派遣儒臣大串元善與之接洽，根據《張斐筆語》的記録，兩人至少有四次密會。張斐有云：“放廢之夫非求用於貴國，心中之事欲一謁尊王而後決留者。”“我朝必有復興之日，我朝之興，必有藉於貴邦，挺生尊王之好義，欲舍之而他適，其可得乎？”在致今井弘濟的信中，張斐把自己的心志與此行目的表述得更爲清楚，充篇洋溢著悲壯激烈忠憤之氣。“將偕隱以入山，嗟無寸土之乾淨。聊抗懷而蹈海，視同尺水之波濤。擊楫而誓澄清，歎乘流之祖逖。席帽而歷險阻，傷去國之管寧。袖匕而入函關，身脱虎狼之地。提椎而潛下邳，淚濕犬羊之天”，“蓋四十載之經營，既多義士；三百年之德澤，尚有曾孫。夏有一成，已賴斟鄩之定亂；楚雖三户，欲效包胥之乞師”。

張斐在與大串元善的密會中，還透露了自己隱匿定王慈炤的驚天秘密。大串元善對此極爲關注，追問再三，把細節都核實得很清楚。據張斐的描述，定王慈炤爲崇禎帝第三子，明亡之後遭李自成部下毛貞生挾持，擬投奔吴三桂，聞知吴降清，毛貞生將定王托給巢縣葉五羙。葉五羙與廬州李應生盡力保護，爲防止事情洩漏，相攜遠游。不久，葉五羙遇害，定王又先後投奔到蕭山張斐家和南京王俊公家。王俊公之子伊其，待定王甚厚。鄭成功伐清失敗，清廷搜求明室遺族風緊，王伊其又打發定王投奔張斐。張斐遂將其隱匿在蕭山，並爲之娶妻，九年育有三子。此事極蹊蹺，且多有與史書記載矛盾之處，清初此類故事屢見不鮮，吴三桂叛清，也曾擁立所謂定王起事，故只能作爲野史來看。大串元善初

①陳智超編纂《旅日高僧東皋心越詩文集》卷五，第148頁。

②陳智超編纂《旅日高僧東皋心越詩文集》卷五《黄士美來書》，第170頁。

聞此事，頗表懷疑，但聽過張斐似能自圓其説的解釋，將信將疑，並報告德川幕府。章炳麟查考《明史》諸王傳，崇禎帝第三子封定王，名慈炯，第四子封永王，名慈炤，京師陷落後，俱不知所終。遂推斷張斐所奉爲慈炯而非慈炤，至於年齡方面的矛盾，屬一時誤記，無害事實。章氏此説，信口言之，不足爲據。

經過大串元善的考察，德川光國雖無法實現張斐的願望，但對其才華還是頗爲賞識。青山延光所撰傳記云："海禁甚嚴，不得招聘，非文快快去，義公深惜之。" 宇佐美充的跋語有相同的記載。今關天彭搜輯日本文獻，引述大串元善的記載，"上公大喜，後欲召爲鄉校，事既就緒，但因故而止。上公遺憾特甚"。《耆舊得聞》引中村良直雜記，"先年，張斐來崎山，一二人接洽畢，大串平五郎赴崎山定約，交待不明，後具呈其事，西山公痛惜，不發一語"。朱毓仁寄安東省庵書亦云："斐先生上公已聞，甚喜。但扼之當道，嚴于國禁，是杜賢之路，恐有損君子之邦，徒費毓仁之一片苦心也。"①張斐蹇延數月，多方設法，未得赴江户面見德川光國，快快回國。根據張斐致安東省庵書信附詩，冬至日尚在長崎，見早梅開放，故歸程應是在冬至以後。行前賦排律一首贈大串元善，有"吾越仇能報，維周命尚新。渡遼非避漢，濳邳先椎秦"之句。另有寄安東省庵書，曰："弟行矣，老涉風波，一年兩度，志衰氣餒，憂懼交并，遥想中流，回首崎陽，慘目傷心，情可知矣。來春雖期復至，人事變態，夫豈有常。……" 翌年正月，張斐再次抵達長崎，旅途碌碌，除夕竟是在海上度過，賦有《除夕渡海作夜如何歌》。正月初一，船至長崎，因未得登岸許可，滯留船中長達二十日。張斐致安東省庵書有"驚濤萬里，以衰年病肺之夫當之，此行大不如前，睡若魘魅，醒若醉癡，矇騰恍惚，耳目俱欲無矣"、"斐抵崎在元日，時已暮矣，關門嚴峻，不得上岸，屈指舟中，鎮鎮閲二旬日。比離舟頭，風驟作，復生嘔眩"等語，其中艱辛，可以想見。大串元善應約復至長崎接待，時值德川光國六十壽辰，張斐特意囑友人湯來賀作壽序進呈。湯是晚明著名遺民人物，《明史》有傳。然張斐此行仍未有結果，於是決意回國，此後不知所終。

張斐兩度赴長崎，與大串元善、安東省庵、今井弘濟諸文士頗爲契合，屢有詩文過從，學問切磋。其間，安東省庵父子對張斐最爲欽敬，所有往來文字，均妥善珍藏，並集爲《霞池省庵書簡》，傳之後代。安東省庵是朱舜水的門人，日本近代儒學的重要代表人物。朱舜水初至日本，生活困頓，難以爲繼，安東省庵拿出自己一半俸禄，供養老師，成爲衆人樂道的義舉。張斐奉同鄉前輩朱舜水爲楷模，初至長崎，即撰有兩篇祭告文字，表達自己的追慕痛悼之意。張斐通過朱毓仁的介紹，與安東省庵建立起書信聯繫，短短數月，二人雖然礙于國禁，始終未能見面，但有六度書信往還，内容涉及互贈禮物，致送著作，品評詩文，請教學術，結下深厚的情誼。安東省庵欽敬張斐的才學，欲拜其爲師，張斐堅拒不

①徐興慶編注《朱舜水集補遺》，第140頁，臺灣學生書局，1992年。

允，只願以兄弟相稱。當時，日本學人非常看重中華儒士的評價，安東省庵在致學生武岡素軒的信中稱："先生初賜之書與佳制傳播四出，京江户無貴賤，僉曰省庵得中國大儒之稱許，是稀有之事。雖登瀛洲之榮，蔑以加焉。"①安東省庵對於張斐寄贈的詩文，極爲珍視，不但結集抄寫保存，還作爲自己學習的範本，甚至專門致書大串元善，請其疏解張斐詩文的典故詞語。安東省庵在《霞池省庵書簡》的自叙中，頗爲感慨地説："前年張先生來長崎，往來之簡札，積而爲卷，不幸雖不得相見，而展翫此書，則宛如對榻聆謦欬也。嗚呼！先生清風峻節，以仕虜爲恥，博學文章，卓越當時，詩文集有若干卷。守約何人，得知於斯人，銜戴弗諼，死亦不朽。"張斐赴長崎本爲乞師，然而無心插柳，竟造就出一段中日文教交流的佳話。故他在臨别寄贈安東省庵及日本友人的詩中，不無自嘲地説：

> 吾道東矣東復東，海門大喚乘長風。身爲魯連不得志，翻作教化成文翁。眼前弟子森玉樹，後來領袖紛無數。儼如絶壑起清風，萬里青天撥雲霧。雖未相見心相知，寄書行人兼寄詩。寒天朔吹今如此，何似當年立雪時②。

張斐歸國之後，不知所終。據宇佐美充跋語記載，張斐的姻戚任元衡（邃庵），此後又兩次到長崎，求見德川光國，並向大串元善吐露隱情，有致今井將興書云："值中土世衰，腥淪九鼎。幸白水尚存，爰整一旅，率土皆仇。無他邦之可泣，仰瞻鄰德，思繼絶之可施。是以三涉危波，念舊德之難忘，必欲報以國士；兩受大命，慚爲使之多愆，實難效□包胥。"顯然是受到張斐的感召，"兩受大命"，似指明室遺孤。任元衡此行大概是清初赴日乞師活動的最後一次記載。任元衡歸國時，德川光國賞賜豐厚，且致贈白鏹予張斐。據宇佐美充引述，"公每談及非文之事，愀然不樂，侍臣亦不忍言此，以没公之世"。宇佐美充還提及當時有張斐死節的傳言。安東省庵後人對於張斐的後事也頗爲關注，直至清雍正年間，杭州人沈丙到長崎，安東省庵孫安東守經還向他打聽朱舜水、張斐後人的下落，但没有結果。

2007年8月13日初稿

2007年12月29日修訂

①《霞池省庵書簡》，第30頁。

②《寄贈安東先生並貽今井氏弘濟及諸同人》，録自《霞池省庵書簡》。

玉溝春水鴨江波*

——朝鮮詩人李尚迪與清國文士交往研究

徐雁平

引言

同治元年十月，朝鮮李尚迪（字惠吉，號藕船）爲其清國好友王鴻（字子梅）删正道光十九年後詩稿，並應王鴻之請，爲其詩稿撰序。李尚迪在序中述及道光十七年在京城與王鴻"一面如舊相識，結文字交"，其後雖不及復見，"然雲天萬里，不我遐棄，雖遠游秦楚齊梁之間，而山郵海槎，音訊不絶"，"聲氣所感，惠好之篤，歷數十年如一日"。叙一已之事至此，李尚迪文筆蕩開，由此及彼，回溯中朝文人交往之故事，以顯示他與王鴻交誼之深：

> 噫，中朝士大夫，與我東人投贈翰墨，不以外交視者，自唐至元明，若杜工部之于王思禮，高駢之于崔致遠，姚燧之于李齊賢，李侍中之于李崇仁，皆能延譽無窮。近代則紀曉嵐叙《耳溪》之集，陳仲漁刊《貞蕤》之稿，風義之盛，由來尚矣。未聞有求其詩文之序於東人，而且以子梅平日師友之衆，《三都》一序，何患無皇甫謐其人也，爾乃辱教如是。①

若以李尚迪爲清國文士作序一事而言，他與王鴻的交誼雖有代表性，然不是唯一之事。檢李尚迪《恩誦堂集》及《續集》，他應清國文士之請，作詩、題畫、撰寫序跋之事，

*玉溝,即玉河。據史爲樂主編《中國歷史地名大辭典》記載，今北京市西北頤和園有玉泉山，水出山，名玉河，匯入昆明湖，東南流入北京城，爲元、明、清北京城主要水源。"玉泉垂虹"爲京師八景之一。該書中國社會科學出版社2005年版，第533–534頁。

①李尚迪《子梅詩草叙》，見《恩誦堂續集》，文卷二，韓國文集叢刊本，第245頁。

至少有二十例（見文後附表一）。他在上文中引陳鱣刊刻朴齊家《貞蕤稿略》，以見“風義之盛”；其實他的詩文集《恩誦堂集》及《續集》也是由清國文士刊刻的，刊刻者即其好友吴贊（常熟人，道光六年進士），刊刻時間在道光二十七年①，此事可與陳鱣刊刻《貞蕤稿略》媲美。

李尚迪與清國文士交往涉及内容較爲豐富，可視爲近世中朝文學交流史上重要的節點，其中所藴涵的諸多細節值得探究。

一、少承家學，壯資師友：李尚迪其人及道咸之際京師文人群

藕船：花開十丈藕如船

道光二十七年刻《恩誦堂集》有李尚迪“自識”：“尚迪少承家學，壯資師友，粗涉文藝，略有撰著。上下三數十年，交游唱酬，遍海内外。”②此乃簡略之勾勒，故有必要作注解，以顯其學之脈絡與特色。李尚迪于《蕭選品節序》言“曩予甫冠，嗜讀《文選》。蜂鑽故紙，蟻穿曲珠，螢雪寒暑，亦已屢更。”③李尚迪編有摘句之作《蕭選品節》，聯繫其詩文賦，雖不能説“熟精《文選》理”，然可斷言《文選》對其文學創作之浸潤。李尚迪從叔有《夢觀齋詩鈔》，其弟李尚健亦至北京，與清國文士有唱和之事。李尚迪《題書屋》詩有句云：“不蓄籯金不種田，一家良産是陳編”，“老之將至文焉用，留與兒孫世世傳。”④由此可約略見其家學。端木國瑚稱李藕船“阮堂才子擅香風（金秋史高弟子），筆妙靈犀透骨通。”⑤阮堂、秋史乃金正喜之號，其學尚考據，對李尚迪多有影響。（下節文將論及）潘曾瑋詩云：“海東奇士人中仙，早酣六籍精覃研。瓣香康成紹絶學，孝先腹笥何便便。”⑥此語就其治學趨向而言，故李尚迪似可納入金正喜一派。

李尚迪“自識”及所引史料，皆就其學與文而言，未見其性情之流露。李尚迪自號

①上海圖書館藏道光二十七年刻《恩誦堂集》，書目記録標明文二卷，文續集二卷；詩十卷，詩續集十卷。

②李尚迪《恩誦堂集》，卷首。

③李尚迪《恩誦堂集》，文卷一，第209頁。

④李尚迪《恩誦堂續集》，詩卷二，第260頁。

⑤端木國瑚《朝鮮李藕船惠吉從朝使至書聯道師弟意答之》，見《太鶴山人集》，卷十三，清刻本。

⑥潘曾瑋《王子梅屬爲李藕船題玉河聽蟬圖》，《自鏡齋詩鈔》，卷一，清刻本。

藕船，此"藕船"源自韓愈《古意》詩，其中有句云："太華峰頭玉井蓮，開花十丈藕如船。"[①]引蓮自喻品性之高潔，何況此蓮長在太華峰頭，更是遠離俗世；而"開花十丈藕如船"，亦有狂放之意趣，此種暗涵的狂放最直接的呈現是他對酒的嗜好：

1."他鄉一醉葡萄酒，今夕孤吟雨雪詩"。（李尚迪《瀋陽示謙受》，《恩誦堂集》詩卷一）

2."治聾謾説家醅好，徑醉玫瑰（酒名）强自聊。"（李尚迪《恩誦堂集》詩卷一）

3."我乃酒徒，狂歌百盃。宿醉在顔，喬木崔嵬。"（李尚迪《林下戴笠像自贊》，《恩誦堂續集》詩卷二）

4."老境更教詩律細，豪情肯放酒樽空。"（李佐賢《石泉書屋詩鈔》卷四）

5."入座狂呼大白浮，一斗一石不知醉。"（李佐賢《韓齋雅集賦贈朝鮮樞使李藕船分韻得謂字》，《石泉書屋詩鈔》卷四）

6."鬢毛已雪猶能酒（用韋蘇州'鬢眉雪色猶嗜酒'句，意以藕船年六十二猶飲巨觥）"（許宗衡《潘伯寅祖蔭同年以三月三十日招同人觴藕船於松筠庵倩誼亭作餞春圖即送藕船還朝鮮》其二，《玉井山館詩》卷五）

上引六條材料，其中有李尚迪的自道，亦有好友之稱賞。這些材料，連同表三中所示頗得清國文士好評的"大開酒户迎秋氣，高擁書城送夕陽"名句，足以展現一位倜儻有才的東國文士形象，又因其姓李，當時不少清國文士稱其爲"李青蓮"，這倒與李尚迪之號相契合。擅詩嗜酒，正是他能"交游唱酬遍海内外"的重要原因之一。他與衆多清國文士結緣，多由詩酒。詩與酒大概是融入文人群體潤滑劑。"文字之感，既契於同心；切劘之義，無間於異域。海天澒洞，恍惚如舊相識"。[②]如"舊相識"之感，可能是因爲李尚迪完全合乎清國文士心目中關於文士的審美標準，故無中外之分。

李尚迪自稱"酒徒"，其實還有借酒渲泄心中鬱鬱不平之意。這種不平或"士不遇"之意，在他的詩文中没有明顯的跡象；而在朝鮮使者金永爵與吴昆田、楊傳第等人的筆談中，可探其根源：

[朝鮮]專尚世閥，名分截然，等級極多，士夫世世爲士夫，庶人世世爲庶人。庶人雖有才德，無以進用，其中各有等級。有兩班焉，士夫出入東西玉之稱；有庶孽焉，士夫

①韓愈著，錢仲聯案釋《韓昌黎詩繫年集釋》，上海古籍出版社1989年版，第174頁。

②許宗衡《朝鮮李藕船詩序》，見《玉井山館文略》，卷三，同治刻本。

之賤生；有中人焉，醫官譯官之類；有史胥焉，有徒隸焉，階級一定，十世不得免。如李惠吉[尚迪]者，文才實可進用，乃拘于門閥，屈於象譯，是可恨也。譯院亦有科第，亦有品階，自一品至九品，而終身只在譯院中進階，不得入文武班正職。……吴慶錫年少有才學，象譯中人，與惠吉一流也①。

因世閥與名分的限制，而造成的才未盡其用的抑鬱，至李尚迪晚年，猶未消褪，“春酒盈樽誰與酌，竹林圖裏酹群賢。”（近得《竹林七賢圖》）②

李尚迪十二次出使中國，據《恩誦堂集》及《續集》所記，第一次出使在道光九年（1829），最後一次在同治三年（1864），這也是他在“自識”中所説的“三數十年”。因爲使節的身份和使命，李尚迪的活動範圍主要在京城。但也偶有“外出”的記録，然李尚迪未提及。曹楙堅于戊申（道光二十八年）正月十八日雅集送别李尚迪詩中有“王事同行役，登臨壯思多（藕船近陪柏明兩飲使西行五千餘里）”之句③，詩注中之“柏”或許是柏葰，柏葰曾到西藏，其詩集中有紀行之作。由此及“西行五千餘里”，可推李尚迪到過西藏。柏葰有詩《靉江晤朝鮮使臣李藕船尚迪》，靉江是鴨緑江支流，此次見面乃重聚，“幾年不見玉溪子，又到江頭挹素芬”④。

詩人作詩選擇何種題材，編定詩集又是如何去取，多少受其詩學主張或處世方式影響。綜觀李尚迪的詩集，那種較爲集中地寫山水景物的篇什相當有限，即使在旅途中，此類作品也不多見；他的筆墨多集中在與人尤其是文人的交往方面，即便在獨處時，面對友人的信札和寄送的畫作、圖書，也能神馳。這或許正是他在詩中所説的“宿習猶存翰墨緣”⑤。李尚迪對“翰墨”的鍾情，在朝鮮出使清國諸使節中，是特别的一位。後人評曰：“數十年來，奉命出疆者，類皆拘謹使事，瑟縮往來，否或擁貲居奇，從事於秤尺之間，視翰墨爲殊途，且目以迂腐。故皇華風雪之懷，論樂縞紵之風，一朝泯滅于庸沽兒之手，而莫之能挽。”⑥由李尚迪編輯的友朋書信集《海鄰尺素》，回頭再看他在中國的紀游之作絶

①吴昆田《朝鮮使者金永爵筆談記》，見《漱六山房全集》，卷六，清刻本。

②李尚迪《即事》，見《恩誦堂續集》，詩卷四，第262頁。

③曹楙堅《曇雲閣詩集》，卷七，第516頁。

④柏葰《薜箖吟館詩存》，卷二，續修四庫全書本，第408頁。張伯偉教授指出李尚迪到過西藏之説證據不足：曹楙堅此詩寫于戊申正月十八日，但此行爲冬至兼謝恩使，上一年十月底出發，到北京的時候已是歲末（有《燕館除夕》詩），然後又是一系列活動。似乎不大可能在此前到過西藏（朝鮮使團好像没有人到過）。

⑤李尚迪《即事》，見《恩誦堂續集》，詩卷三，第262頁。

⑥李容白《海鄰尺素序》，見《恩誦堂集》附録，韓國名家文集選本，第555頁。此書綫索由張伯偉教授提供，所利用的複印本亦爲張教授藏書，書中卷點劃綫部分多有參考，特此説明。

少這一現象，似可以找到一種解釋。

李尚迪與京師文人群

李尚迪詩中的"翰墨緣"，似包涵兩層意思：一是與其他文士的唱酬雅集；另一是關於書畫圖籍。而後者對於李尚迪而言，又與文士有密切聯繫。李尚迪與清國文士交游唱酬之廣，可以其《懷人詩》和《續懷人詩》爲例進行考察，前一組詩涉及的二十八人中至少有十五人是中國人；後一組詩包括六十人，全爲中國人。兩組懷人詩中，清國文士有七十五人。李尚迪晚年所寫《西笑編》組詩十六人亦全爲中國人，除去前面兩組詩中重複者，可得張祥河、許宗衡、吴昆田、嚴辰、李佐賢、張丙炎、楊傳第、尹耕雲、張良哉九人。《海鄰尺素》乃清國文士致李尚迪信札的結集，共有四十一人，在"懷人詩"、《西笑編》外，可再得高恒、張茂辰、龔橙、韓韻海、雷文輝、周蘭、趙文涵、孔憲庚、劉享、高繼珩、董文焕十人[1]。也就是説，在李尚迪懷念中且見諸文獻記載的清國文士至少有九十五人。現將兩組懷人詩中的文士編制成表（見文末附表二），以見李尚迪的交游之廣。

結合表二和其他相關文獻，對李尚迪的交游圈可作以下幾點論説：

其一，表中七十五名文士中，進士三十七人，舉人十六人，他們來自不同的省份，因爲在京城各部任職，或在京候選，或進京參加會試，種種機緣，使他們集合在京城，又因性情學問文章的吸引，又形成大大小小、界限並不嚴格的文人群。李尚迪作爲使臣的特殊身份和使命，使他有便利條件接觸到這一批中層文士，而且這一接觸不必周游中國只在京城即可完成。李尚迪紀交游的詩文，大部分是以京城作爲背景展開叙説。

其二，李尚迪結識京城文人，參加雅集可能是比較重要的方式。《恩誦堂集》以詩作形式記録的雅集有五次：

1.《黄侍郎樹齋爵滋汪農部孟慈陳侍御頌南慶鏞符孝廉雪樵兆綸邀飲陶然亭》（《恩誦堂集》詩卷五）

2.《過慈仁寺》序云："丁酉夏與端木鶴田中翰黄樹齋侍郎汪孟慈農部陳頌南御史屢爲文酒之會於此。"（《恩誦堂集》詩，卷七）

3.《追題海客琴尊第二圖二十韻》一詩中，李尚迪稱入畫者十八人，其實只有十七人：吴贊、潘遵祁、潘希甫、潘曾瑋、趙振祚、馮桂芬、莊受祺、姚福增、汪藻、張穆、

---

[1] 李尚迪《海鄰盡素集》卷首，見《恩誦堂集》附録，韓國名家文集選本，第556頁。

周席山、黄秩林、陳慶鏞、曹楙堅、吴儁、李尚迪。①

4. 許宗衡《恩誦堂續集序》："咸豐九年歲次己未正月七日，孔繡山閣讀集同人於衍聖公邸之韓齋，時朝鮮知中樞事李君藕船以賀正旦來京師，遂同止而觴焉。君凡十至京師，與孔君爲舊交，與葉君潤君、馮君魯川、潘君伯寅，亦先後各以文讌相酬接，余與李君竹朋、吴君稼軒、王君少鶴、張君良哉，則與君初相見也。"（《恩誦堂續集》卷首）

5.《潘玉泉太常招同吴偉卿比部曹艮甫給諫吴清如中翰翁祖庚編修周學源上舍王蓉洲比部邊袖石編修蔣心薌孝廉吴冠英上舍讌集松筠庵共賦次偉卿韻》②。（《恩誦堂續集》詩卷一）

以上五次雅集，李尚迪結識的文士，除去重複，有三十五人，其中有三十三人見於表三。《過慈仁寺序》所言"屢爲文酒之會"，《恩誦堂續集序》所言"亦先後各以文讌相酬接"，以此二語推之，類似的雅集應不止五次，故李尚邊結交的文士有超過三十五人之可能。上列五次雅集中，後三次與會者人數較多，這表明其時京城有一個或多個文人群體。此處挑選四次李尚迪未參與的雅集：

1. 丙申（道光十六年）四月四日參與江亭展禊文士有四十八人：（1）葉紹本，（2）黄爵滋，（3）黄琮，（4）徐寶善，（5）陳慶鏞，（6）汪喜孫，（7）郭儀霄，（8）劉寶樹，（9）葉志詵，（10）簡鈞培，（11）汪全泰，（12）張鵬飛，（13）潘德輿，（14）朱七端，（15）曹楙堅，（16）艾暢，（17）黄釗，（18）温肇江，（19）梅曾亮，（20）馬福安，（21）金望欣，（22）朱綬，（23）晏宗望，（24）王欽霖，（25）劉寶楠，（26）徐棨，（27）包孟開，（28）劉淳孝，（29）蔣湘南，（30）徐啟山，（31）丁晏，（32）戴絅，（33）臧紆青，（34）許瀞，（35）李孚忠，（36）張際亮，（37）陳瀛，（38）符兆綸，（39）江開，（40）孔繼鑅，（41）吴嘉賓，（42）姚斌桐，（43）姚燮，（44）魯一

①按此圖所記場景是乙巳正月雅集，曹楙堅《乙巳正月十三日張仲遠明府曜孫吴偉卿前輩贊招同李藕船以紀其事即送藕船尚迪宴集邸齋爲賦長歌一篇歸朝鮮同集者張石洲明經瀛暹中翰潘順之遵祁補之希甫上舍潘玉泉曾瑋趙伯厚贊善振祚編修莊蕙生受祺馮景亭桂芬姚湘坡吏部福增汪鑒齋工部藻黄子翰秩林周席山翼墀兩孝廉章仲甘上舍岳鎮寫真者吴冠英後至者侍御陳頌南也》詩於參與雅集諸文士有詳細記載。見《曇雲閣詩集》，卷六，續修四庫全書本，第498頁。又見卷七詩注，第516頁。

②李尚迪所記雅集文士有遺漏，可參見曹楙堅詩作《戊申正月十八日季玉招朝鮮李藕船吴偉卿翁藥房王蓉洲吴清如蔣心香吕堯仙星田昆仲邊袖石張子受周岷帆承子九畫師吴冠英集飲松筠庵賦贈藕船即以送别》。《曇雲閣詩集》，卷七，第516頁。

同，（45）朱基，（46）孫立，（47）楊士達，（48）林廷禧。①

2. 道光二十六年閏月十三日潘曾瑋招曹楙堅、吴嘉洤、朱琦、趙振祚、何紹基、翁同書、蔣德馨、羅惇衍、莊受祺、楊尚文、楊尚志、陳慶鏞集頤園，王茂蔭、張穆、劉愷以事未至。②

3. 咸豐四年吴式芬、李清風、顧文彬、孔憲彝、吴昆田、張丙炎、葉名澧集慈仁寺顧亭林祠。③

4. 葉名澧記録咸豐六年四月三日孔憲彝招同人展禊慈仁寺，與會者三十人，期而未至者七人。與會者是：（1）陶梁，（2）張祥河，（3）吴國俊，（4）何兆瀛，（5）汪暕，（6）楊傳第，（7）馮承熙，（8）劉瀚清，（9）魯一同，（10）丁壽祺，（11）尹耕雲，（12）符葆森，（13）蔣超伯，（14）卞寶第，（15）吴慶增，（16）畢廷傑，（17）蔡壽祺，（18）倪文蔚，（19）徐志導，（20）朱琦，（21）劉存仁，（22）林壽圖，（23）陳重，（24）祁世長，（25）鄭曉如，（26）孔憲彝，（27）孔憲轂，（28）陳昌綸，（29）王樹桐，（30）葉名澧。未至者是司馬鍾、宋稽辰、劉倬、汪滋樹、丁壽昌、龍啟瑞、王拯。④

以上四次雅集，在李尚迪出使中國的三十年内，雅集雖有先後之分，但其中皆有李尚迪結識之人（見下劃綫人名）。似乎自嘉慶以來，京城各類風雅之集十分盛行，如以數家詩集並觀，足可見其連續性。以前代文人的生日會而言，常見的有白居易（正月二十日）、蘇洵（二月二十日）、顧炎武（三月十八日）、黄庭堅（六月十二日）、歐陽修（六月二十一日）、王應麟（七月二十九日）、朱彝尊（八月二十一日）、王士禎（八月二十八日）、蘇軾（十二月十九日）諸家生日雅集，在生日會系列外，又有穀日、人日、上巳、消夏、消寒等名目的集會。這些集會聯絡的文人當然不會固定不變，但人去人來，總有一個群體存在（如道光十六年的江亭展禊有四十八人之多），而且有作用較爲明顯的核心人物。有學者將道咸時期的京城文人分爲幾個不同的文人團體⑤，但這些團體的區分其實只是模糊的界限，對一個外國人來説可能不會對其交往的方向産生什麽影響。就李尚迪的才情性格而言，連續有這樣一個文人群體的存在，就是飛鳥投林，游魚入海。他的詩集中寫交游的詩作占有

①陳慶鏞《丙申四月四日江亭展禊後序》，見《籀經堂類稿》，卷十二，續修四庫全書本，第642頁。

②陳慶鏞《籀經堂類稿》，卷八，續修四庫全書本，第605頁。

③葉名澧《敦夙好齋戒沐浴詩續編》，卷二，續修四庫全書本，第461頁。

④葉名澧《敦夙好齋詩續編》，卷四，第483頁。

⑤魏泉《梅曾亮的京師交游與桐城古文的流衍全國》，見《人文中國學報》第10期，上海古籍出版社2004年版，第227頁。

很大的比例，且有津津樂道之意，説明這些讌游正合其心意。

其三，從表二及相關資料，可知李尚迪的所懷諸人中，多有出於同一家族者，如葉志詵及其二子葉名琛、葉名澧，如黃爵滋及其子黃秩林，張祥河及其子張良哉，程廷鷺及其子程稚衡，阮常生、阮福兄弟，吕佺孫、吕倌孫兄弟，温忠彦、忠善、忠翰三兄弟，張曜孫（張琦子）和張成孫（張惠言子）堂兄弟，潘曾綬、潘曾瑋兄弟，潘遵祁、潘希甫兄弟，（前二潘與後二潘又是堂兄弟），潘曾綬、潘祖蔭父子。李尚迪寫阮福，有“本是名家子，樂有賢父兄”句①；寫潘曾綬有“門望尊北斗”句②；寫潘遵祁潘希甫有“三松兩孫枝，錫名皆有詩。和聲鳴盛世，吹壎復吹篪”句③；寫黃秩林有“宜黄好家聲，修潔遺塵俗”句④；寫程祖慶有“博習君家尊”⑤；寫温氏三兄弟有“難兄難爲弟，竟爽推三鳳”，“先公白雲草，東人猶傳誦”⑥。其他詩作，如寫汪喜孫有“孟慈讀父書”之句⑦；寫許乃濟有“許氏群弟兄，僅識一青士”句⑧。此外，還有寫洪亮吉之子洪齡孫⑨，寫曲阜孔憲彝的詩作。寫懷人詩，述祖德之駿烈，説書香之綿延，或許是一種禮貌性的言辭，或許是一種知人論世的叙寫策略。但在李尚迪的詩集裏，在兩組詩裏論及這麽一批家族性的文士，應該説還有兩種可能：其一是表述嚮往之情，其二是傳達自信之意。前文已述及李尚迪之弟能詩，叔父亦有詩稿，而他亦自稱“少承家學”，此寥寥四字，如能結合其疏狂之情，其用意略近屈原述其爲“帝高陽之苗裔”以及司馬遷在《太史公自序》中述其家學。李尚迪有意無意的叙寫，似乎用一種强大的參照物强化了對家學的情感與信念；而這種自信或自得，又意味着他與朝鮮當時重世閥名分的觀念間存在一種緊張關係。“不蓄籯金不種田，一家良産是陳編”，“老之將至文焉用，留與兒孫世世傳”。這正是李尚迪在此無奈情境中心聲的流露。

二、海客自東來：清國文士詩作中的“海東”、“瀛洲”

李尚迪在道光十二年作《懷人詩》二十八首，咸豐七年作《續懷人詩》五十七首，所

①李尚迪《恩誦堂集》，詩卷三，第182頁。

②李尚迪《恩誦堂集》，詩卷四，第271頁。

③李尚迪《恩誦堂集》，詩卷四，第271頁。詩中“三松”指潘奕雋，乃潘遵祁、潘希甫祖父。

④李尚迪《恩誦堂集》，詩卷四，第272頁。

⑤李尚迪《恩誦堂集》，詩卷四，第274頁。

⑥李尚迪《恩誦堂集》，詩卷四，第274頁。

⑦李尚迪《恩誦堂集》，詩卷四，第270頁。

⑧李尚迪《恩誦堂集》，詩卷四，第270頁。

⑨在《續懷人詩》外，李尚迪於《法源寺訪洪子齡齮孫出紙索詩》中述及洪氏家學：“聞君詞賦壓鄉枚，認是淵源有自來。（君稚存先生哲嗣）”。見《恩誦堂集》，詩卷五，第190頁。

及諸多清國文士，這正是他所説的“屢入春明，交游益廣”的見證[①]。這批文士與李尚迪的結交，多在京城各種場合的集會中，也有幾位與李尚迪無一面之緣，而以書信往來建立起天涯若比鄰的友誼。李尚迪與他們的交往，在他們的詩文集中也或多或少地留下了記録。這些文士的詩文集，筆者查檢了近三十種，有十六種可見李尚迪的身影。須要略作説明的是，詩文集的記録不是全面的反映，因爲有些文士不以詩見長，如畫家吴儁，就没有詩文顯現與李尚迪的交往。在十六種詩文集中，李尚迪是以何種面目出現呢？孔憲彝《題春明六客圖》詩云：

修禊群賢皆接席，西園雅集盡同觴。
獨開生面聯新雨，海角天涯聚一堂。[②]

所謂“春明六客”，是指張曜孫、黄子幹、陳梁叔、王子梅、孔憲彝和李藕船。孔憲彝能入此圖，乃張仲遠“合寫”之舉使然。而當孔憲彝展卷面對圖像時，首先聯想的是“修禊”與“西園雅集”之風雅，“六客”在圖像之集會，可續接其統系；然此集又有獨開生面之處，詩人最後用倒叙筆法點出其中緣由，是因爲有“海角天涯”之“新雨”的加入。神馳懷想，可見孔憲彝對圖卷上之集會約略有一種特别的期待。而事實上清國詩人與李尚迪的會面與交往的記述，也多有“海客談瀛洲”式的新奇，十六家作品中有三十九首詩（其中有詞一首）出現“海東”、“瀛洲”、“海客”、“海國”、“海外”等性質近似的詞語。爲便於觀覽比照，現將相關詩句摘編成表。

表三　包含“海東”、“瀛洲”等詞語的詩句摘要表

序號	詩句摘要	詩題	出處
1	“海客自東來，異聞豁夙抱。”	《穀日孔繡山同年招朝鮮李以堂尚健吴亦梅慶錫兩從事暨諸同人小集分韻得道字》	葉名澧《敦夙好齋詩續編》，卷三
2	“故人海上至，邂逅欣相逢。”	《海客琴尊圖爲張仲遠大令曜孫題》	《敦夙好齋詩初編》，卷九
3	“海國百知己，天涯同此心。”	《朝鮮金邵亭尚書永爵屬李藕船索余詩刻賦贈》	《敦夙好齋詩初編》，卷十
4	“獨開生面聯新雨，海角天涯聚一堂。”	《題春明六客圖並序》	孔憲彝《對岳樓詩録》，卷三

①李尚迪《恩誦堂集》，續集詩卷四，第270頁。

②孔憲彝《對岳樓詩録》，卷三。

續表

5	“東方有二士，來充上國賓。”“靈鶴出海嶠，卻立藏精神。”	《繡山前輩讌集朝鮮士子二人李尚健以堂吴慶錫亦梅招余與潤臣青士及邵亭豫汴生張大榯幼韓程祖慶稚衡同集分韻得神字》	吴昆田《漱六山房全集》，卷一
6	“爲惜將離疊舉觴，海天東指莫雲涼。”“仙鄉籩豆猶前古，驛路風花正豔陽。”	《藕船讌集同潤臣繡山少鶴海秋良哉和少鶴韻》	吴昆田《漱六山房全集》，卷二
7	“鴨江無限緑，戀闕作迴瀾。”	《送藕船貢使尚迪還朝鮮》	朱錫綬《疏蘭仙館詩集》，卷四
8	“海客來觀上國光，喧傳佳句壓詞場。”“絶域同文無待譯，詩翁在坐竟能狂。”	《己未正月王少鶴樞曹爲誦高麗使者李藕船尚迪大開酒户迎秋氣高擁書城送夕陽之句並足成一律見示因亦賦此奉柬》	嚴辰《墨花吟館詩》，卷五
9	“能詩有客來東海，好士於今説壽陽。”“尊前佳句吟攲帽，海外奇聞紀裂裳。”	《少鶴因壽陽相國有和章復疊元韻見示因亦疊呈四律》其一、其二	嚴辰《墨花吟館詩鈔》，卷五
10	“蓬萊雲起海東天，下有詩人李藕船。”“鴨緑江頭波瑟瑟，春明門外草芊芊。”	《少鶴聞藕船誦鴨緑江詩復占一律贈之録以見示復和二律》其一、其二	嚴辰《墨花吟館詩鈔》，卷五
11	“海國風光爭引問，滄浪詩話欲翻新。”	《題朝鮮使者李藕船春明話雨圖》其一	嚴辰《墨花吟館詩鈔》，卷五
12	“海東奇士人中仙，早酣六籍精覃研。”	《王子梅屬爲李藕船題玉河聽蟬圖》	潘曾瑋《自鏡齋詩鈔》，卷一
13	“瀛洲海客乘槎到，燕台會合蹤如萍。”	《王子梅大令鴻屬題春明六客圖》	李佐賢《石泉書屋詩鈔》，卷五
14	“吾家太白知何在，仙客忽逢東海東。”	《贈朝鮮樞使李藕船尚迪並題其小照》	嚴辰《墨花吟館詩鈔》，卷四
15	“群仙繞坐話團圞，瀛洲客獨後至。”“蓬萊東望水雲空，緘情更倩魚書寄。”	《韓齋雅集賦贈朝鮮樞使李藕船分韻得謂字》	嚴辰《墨花吟館詩鈔》，卷四
16	“一幅圖成更詠詩，海天雲水寄遐思。”	《題李藕船春明話雨圖即以贈别》	嚴辰《墨花吟館詩鈔》，卷四
17	“卻喜吴生圖笠屐，居然海外有東坡。”	《題朝鮮李藕船尚迪小照》	曹楙堅《曇雲閣集》，卷七
18	“相逢海外有知音，朝鮮使者朴與金。”	《題張仲遠曜孫海客琴尊圖》	曹楙堅《曇雲閣集》，卷四
19	“下馬入門逢海客，琴尊想見畫圖中。”“梅花烏石山頭路，海外猶聞有謫仙。”	《乙卯新正試筆》，其三、其六	曹楙堅《曇雲閣集》，卷六
20	“相思流漢水，此集重燕台。”	《戊申正月十八日季玉招朝鮮李藕船吴偉卿翁藥房王蓉洲吴清如蔣心香吕堯仙星田昆仲邊袖石張子受周岷帆承子九畫師吴冠英集飲松筠庵賦贈藕船即以送别》	曹楙堅《曇雲閣集》，卷七

續表

21	“江清鴨緑喜朝天，把酒曾留翰墨緣。”	《玉河聽蟬圖王子梅寄朝鮮李藕船作爲題三絶句》其一	曹楙堅《曇雲閣集》，卷八
22	“闕門楊柳新，別夢及東海。”	《霞舉邀同魯川少鶴翔云云舫研樵朝鮮使臣判中樞府事申琴泉禮部尚書徐漢山宏又館編修趙蘭西于顧齋以海記憶體知己天涯若比鄰分韻余得海字》	許宗衡《玉井山館詩》，卷十二
23	“招來海客談瀛洲，醉倚梅花看殘照。”	《讌集詩》	許宗衡《玉井山館詩》，卷十一
24	“海客粲笑言，其意惜良會。”	《丁巳人日潤臣繡山招同朱伯韓琦輩何青耜農部蔣叔起超伯比部劉炯甫存仁徵君汪仲穆暕同年集飲衍聖公邸第之韓齋坐有朝鮮吴亦梅慶錫安桐齋圭兩從事因繪圖徵詩余爲五古一章》	許宗衡《玉井山館詩》，卷十
25	“鴨緑江頭，別來帆影憶欹斜。”	《望海潮・酬朝鮮李藕船寄詩》	許宗衡《玉井山館詩餘》
26	“咫尺不須愁萬里，玉溝春水鴨江波。”	《題李藕船春明話雨圖》	尹耕雲《心白日齋集》，卷五
27	“醉倒年年海客觴，話深觴面不知涼。”	《壽陽師惠和前詩緇生孝廉亦有所作疊韻再示藕船》	王拯《龍壁山房詩草》，卷十
28	“鴨江春水碧於天，十度行人載酒船。”	《藕船命酒自言十與賓貢行將不復來矣再贈此詩》	王拯《龍壁山房詩草》，卷十
29	“西邸風流自樽俎，東洲人物獨冠裳。”	《人日集韓齋晤朝鮮李君藕船自誦其句意頗俶儻因足成詩即席贈之》	王拯《龍壁山房詩草》，卷十
30	“誰知東海客，家奉北平編。”	《朝鮮金秋史閣學屬題蘇齋圖臨本》	吴嵩梁《香蘇山館詩集》，卷十三
31	“畸士來樂浪，秘笈耀東瀛。”	《爲朝鮮貢使李藕船尚迪題其師金秋史正喜所畫歲寒圖即奉簡秋史秋史慕中朝儀徵相公之學故別署阮堂雲》	張穆《月齋詩集》，卷三
32	“多君夙契結煙霞，橐筆東浮使客槎。”	《朝鮮李景淑時善王孫持藕船書來謁將歸索贈》	張穆《月齋詩集》，卷三
33	“海外論交天覆廣，尊前揮翰佛香新。”	《人日偕黄鴻臚樹齋爵滋汪户部孟慈嘉孫吕孝廉星田佺孫宴朝鮮使者朴坦齋中樞綺壽金游生御史于長春寺分韻》	張曜孫《謹言慎好之居詩集》，卷三
34	“獨夜邊聲悲成角，極天海色夢浮槎。”	《聞朝鮮李藕船奉使入都寄懷》	張曜孫《謹言慎好之居詩集》，卷六
35	“三載東瀛夢，滄波萬里青。”	《寄懷李藕船再次藕船題海客琴尊第二圖詩韻》	張曜孫《謹言慎好之居詩集》，卷十

續表

36	“天外傳詩册，披吟眼倍青。”	《得藕船寄思誦堂集感賦即次藕船寄題海客琴尊第二圖詩韻》	張曜孫《謹言慎好之居詩集》，卷十一
37	“論詩品畫亦不惡，大雪長安落璀璀。鴨緑江寒栅門遠，草木春回新破蕾。”	《朝鮮吴亦梅至都得李藕船消息卻寄》	朱琦《怡志堂詩初編》，卷八
38	“海外論詩李藕船，百年鬢髮各蒼然。”	《藕船復寄酒缶銘横卷次答卻寄》	朱琦《怡志堂詩初編》，卷八
39	“恰好瀛洲談二客，未忘皇甫重三都。（藕船寄詩猶及前叙）上公賜邸花先發，海國知名道豈孤。”	《人日葉潤臣孔繡山兩舍人招同朝鮮吴亦梅安桐齋飲聖公舊邸》	朱琦《怡志堂詩初編》，卷八

綜觀表三，三十九首詩（詞）大多與李尚迪相關，其中有幾首雖與李無直接關係，如第1、第5、第30，但考慮到李尚健是李尚迪之弟，吴慶錫爲李尚迪的弟子，金正喜爲李尚迪之師，故將其列入一表，從中可得出以下五點結論：

其一，“海東”、“瀛洲”等不僅僅是標明方位或距離的詞語，它們極可能是激發清國文士文學想象的催化劑。當他們面對來自朝鮮的李尚迪時，這些詞語會自然湧現，這些詞語所關聯的文學記憶隨即啟動。“海客談瀛洲，煙濤微茫信難求”（《夢游天姥吟留别》）①，“海客乘天風”（《估客行》）②，“故人東海客，一見借吹嘘。風濤倘相因，更欲淩昆墟”（《贈崔侍御》）③，李白及其他前代詩人的詩作或參與他們文學想像空間的開拓，如第10欄中“蓬萊雲起海東天”，第15欄中“蓬萊東望水雲空”，展現的是海天雲水中略有神秘意味的世界。當然，這類詩句中有時也夾雜着中/外或中心/邊緣的優越感。

其二，表中所列詩句中，清國詩人的好奇也清晰可見，如第1欄中的“異聞豁夙抱”，第9欄中的“海外奇聞紀裂裳”，第11欄中的“海國風光爭引問”。李尚迪結交的衆多文士中，切磋詩藝性情投合者爲多，或許也不乏因好奇而有往來之例。此類好奇，在唐詩中也可舉出數例，如貫休《送新羅人及第歸》中的“衣上日光真是火，島旁魚骨大於船”，許渾《送友人罷舉歸東海》中的“海風吹白鶴，沙日曬紅螺”，顧雲《判别崔致遠》中的“我聞海上三金鼇，金鼇頭戴山高高”等等。清國文士對“異聞”的興趣，還可證以中朝文人的“筆談”。吴昆田的文集中收有一篇《朝鮮使者金永爵筆談記》，是葉名澧、馮志沂、楊傳第、張丙炎、吴昆田與金永爵集會筆談的摘要記録，其中述及金永爵家世、朝鮮士夫庶人的門閥等級、李尚迪吴亦梅的簡况、朝鮮之時局等，葉名澧又以王漁洋《感舊集》中所載

①《李太白全集》，卷十五，中華書局1977年版，第706頁。

②《李太白全集》，卷六，第354頁。

③《李太白全集》，卷九，第487頁。

之金清陰相詢，楊傳第則以金氏所學在詩文還是學術爲問，又叩以百濟所在[①]。類似的筆談還有黄爵滋記録的道光十六年李汾西筆談、道光十八年朴坦齋筆談[②]。吴式芬頗好金石考訂之學，在致李尚迪的信札中有“尚祈博搜海東金石文，抄我好奇之眼界也”之語[③]。

其三，“海東”、“瀛洲”等詞語的運用不但使詩作略顯異域色彩，而且有助於詩人構思詩句和謀篇佈局。構思詩句可分爲兩個層面，一是一句詩的形成，另一是對句的結構。前者如第8欄中的“海客”與“上國”，第26欄中的“咫尺”與“萬里”；後者詩例較多，如第13欄中的“瀛洲”與“燕台”，第20欄中的“漢水”與“燕台”，第22欄中的“闕門”與“東海”，第27欄中的“西邸風流”與“東洲人物”，第30欄中的“東海”與“北平”，第33欄中的“海外論交”與“尊前揮翰”等，皆以空間的區分作爲結構對句的筋骨。在此將第27欄所引詩全録如下：

上日精廬對舉觴，誦君佳句思蒼涼。
大開酒户迎春氣，高擁書城送夕陽。
西邸風流自樽俎，東洲人物獨冠裳。
天涯握手勞相訊，且莫騷吟惜鬢霜。[④]

王拯此詩，中二聯有中流砥柱之用，不但爲起聯和結聯的蒼涼傷感著上亮色，而且使全詩有灑脱疏放之韻致。“大開”“高擁”一聯，王拯借用李尚迪詩句，此聯有豪放之氣，故承接之聯應旗鼓相當。“西邸風流”與“東洲人物”的空間構架，以及“自”“獨”所顯現卓爾不群的氣度，與李尚迪的詩句精神相通，融爲一體。由“西”“東”一聯而下的是“天涯握手”，順勢收結，與“對舉觴”相應，而“且莫騷吟”又可視爲“思蒼涼”的寬慰語。總之，王拯“西”“東”一聯，既與李尚迪一聯璧合，對結聯而言，又有搭橋引渡之功。而第15欄所録詩，則主要以“海東”“瀛洲”的鋪衍來表達友情，詩中有“群仙繞坐話團圞，瀛洲海客獨後至”，“詩卷攜來東海東，毫端信有淩雲氣”、“從今海角與天涯，一室千里同臭味。蓬萊東望水雲空，緘情更倩魚書寄”之句，它們貫穿整首詩，似乎在推波助瀾，最終要表達“海國百知己，天涯同比鄰”之深厚情誼。“海東”、“瀛洲”等詞語對清國文士詩思的激發，有時還促使詩的構思純從字面上生發，特别是“瀛洲”、“海國”等

①吴昆田《漱六山房全集》，卷六，清刻本。

②黄爵滋《仙屏書屋初集》，卷二十二，卷二十三，清刻本。

③李尚迪編《海鄰尺素》，第579頁。又有“貴東古刻，僕所未見者頗多，尚望廣而物色，以補拙編未逮”。第580頁。

④王拯《龍壁山房詩草》，卷十，續修四庫全書本，第79頁。

詞，引導詩思偏離現實境況，如朱錫綬的詩句“離樽春驛促，別夢水程寬”[①]，由“瀛洲”而及“水程”，自構詩界。其實朝鮮使臣到北京，由陸路，而非“水程”。

其四，在指涉範圍稍廣的“海東”、“瀛洲”之外，有幾處具體的地理名稱也在清國文士的詩中出現，如第20欄中的“漢水”，乃指朝鮮之漢江；還有帶有邊疆意義的鴨綠江。鴨綠江在上表中出現的次數較多，如第7、第10、第21、第25、第26、第28、第34、第37欄中詩（詞）句即是。發源于長白山南麓的鴨綠江，古稱壖水，漢代稱訾水，至唐始稱鴨綠江，以其水色碧綠，猶如雄鴨脖頸的瑩綠而得名。鴨綠江是李尚迪燕行必經之疆界，其地理位置之特殊、名稱之詩情畫意以及景色之秀美，自然會引發李尚迪及清國文士的詩興。鴨綠江在詩中除表明地理位置或參與營構精巧的詩句外，如第26欄中的“玉溝春水鴨江波”，似乎還有佈景和起興之用。如第7欄中的“鴨江無限綠，戀闕作迴瀾”，前句即有鋪設引發之用。此種功用在王拯和嚴辰的詩作中有更明顯的呈現：

藕船命酒自言十與賓貢行將不復來矣再贈此詩

鴨江春水碧於天，十度行人載酒船。
無限夕陽還處處，多情芳草自年年。
勞生遲暮供多感，上國委蛇盡夙緣。
解得河粱斷腸句，雨絲風裏落花顛。

（藕船《渡鴨江》句云：無限夕陽遲暮感，有如春水欲歸心。又句云：春水如無人去也，落花滿地獨悽然。）[②]

少鶴[王拯]聞藕船誦鴨綠江詩復占一律贈之録以見示復和二律（其二）

棹穿明月水中天，可有聯吟客共船。
鴨綠江頭波瑟瑟，春明門外草芊芊。
詩人遇合關千古，王子馳驅漫十年。
贏得才名留上國，不須辛苦感華顛。

（首聯有注：棹穿波底月，船壓水中天。賈長江與高麗使聯句詩也。）[③]

鴨綠江對於李尚迪而言，是家園故土與異國他鄉的分界，清國雖多有性情相投的詩

①朱錫綬《送李藕船貢使尚迪還朝鮮》，見《疏蘭仙館詩集》，卷四，光緒庚寅刻本。

②王拯《龍壁山房詩草》，卷十，續修四庫全書本，第79頁。

③嚴辰《墨花吟館詩鈔》，卷五，光緒刻本。

友，但人生之不得意和思鄉之情，在經過作爲旅程的重要驛站時，常觸景而發。道光十六年（1836）李尚迪有《渡鴨江次正使韻》之作，“萬里從此始，班馬出古道。朝日照寒江，北風摇白草。忽憶舊游時，此地秋色早。離思既悽悽，意氣亦浩浩。不妨中野宿，臥看月邊好。”①此詩之蕭瑟景象，雖不同于王拯所引李尚迪《渡鴨江》詩句，但情感基調近似，譬如在“離思”與“歸心”的表現方面。王拯和嚴辰的詩皆從此着手，試圖緩解李尚迪詩中的遲暮之感和悽然之情。從韻腳來看，嚴辰次王拯詩韻，而王拯詩用李尚迪《渡鴨江》詩韻。王拯詩以“鴨江春水碧於天”起，從“鴨緑江”一詞引申並結合李尚迪詩句，春光明媚，全詩似從此涵泳而出，不言送人，而意在送人，或可視爲全詩之“眼”。又以“芳草自年年”補足，以“盡夙緣”寬慰，結句雖有感傷之意，卻以“攜手上河梁”示友情之珍貴。嚴辰詩次聯巧用地名對，此中既可用“鴨緑”對“春明”，又可用“鴨緑江頭”對“春明門外”，“瑟瑟”乃碧緑貌，“芊芊”草木茂盛貌。此聯與王拯詩起句色調一致，然格局更開張。嚴辰之詩，承賈島與高麗使的聯句而下，由古及今，上聯即所謂“詩腹”；用在“詠物而寄意”②；又可啟五六句，“詩人”或指李尚迪，“王子”指王拯。結聯既應李尚迪詩，更與王拯詩用意契合。

其五，表中清國文士與李尚迪的文學交往，在唱和之外，雅集時的誦詩也值得留意。分韻和次韻之作，從這個專題性較強的表中，就有第6、第9、第10、第24、第35、第36、第37欄中的所列諸詩，以第37欄中朱琦詩爲例，李尚迪有《朱伯韓琦侍御寄贈來鶴山房文集並見懷七古一首仍疊次韻題之卷前》二首；還有些詩作不在表中，如朱琦的《吴亦梅攜藕船和詩並恩誦堂集見貽題詩》，李尚迪有《次伯韓侍御寄詩原韻》二首。李尚迪是朝鮮一流的詩人，他與清國詩人有聯句之雅事，此事在其詩作《道光丁酉夏黄侍郎樹齋汪明府孟慈陳侍御頌南招飲慈仁寺有古松聯句二十韻近閲樹齋仙屏書屋集收録是篇而樹齋已游道山矣愴然有作》中有記録：“野寺清涼六月天，聯翩吟屐遞華箋”，“愧作蠅鳴詩句在，幸隨驥尾姓名傳。”③清國文士與李尚迪唱酬之融洽與歡愉，還表現在李尚迪的名句被清國文士引用與化用，這可從第8、第28欄中所引詩題及上文所引詩作中看出，上引王拯《藕船命酒自主十與賓貢行將不復來矣再贈此詩》化用李尚迪四句詩，而李尚迪的“大開酒户迎秋氣，高擁書城送夕陽”被王拯、嚴辰引用，被李佐賢化用，即“酒國寄興秋懷深，書城坐擁夕陽墜。”④李尚迪的名句很可能是在孔憲彝的韓齋雅集上傳播開來的，可看以下三個

①李尚迪《恩誦堂集》，卷五，第187頁。

②張伯偉《全唐五代詩格彙考》，江蘇古籍出版社2002年版，第491頁。

③李尚迪《恩湧堂集》，續集卷二，第257頁。

④李佐賢《韓齋雅集賦贈朝鮮樞使李藕船分韻得謂字》，見《石泉書屋詩鈔》，卷四，續修四庫全書本，第588頁。

詩題：

1. 王拯《人日集韓齋晤朝鮮李君藕船自誦其句意頗俶儻因足成詩即席贈之》（此詩作於己未年）；

2. 李佐賢《韓齋雅集賦贈朝鮮樞使李藕船分韻得謂字》（此詩經查考排比，亦作於己未年）；

3. 嚴辰《己未正月王少鶴樞曹爲誦高麗使者李藕船尚迪大開酒户迎秋氣高擁書城送夕陽之句並足成一律見示因亦賦此奉柬》

據以上三個標題，似可作如下推測，李尚迪在雅集上自誦其句，王拯以其足成一律，隨後與嚴辰相見，又爲誦此名句，嚴辰亦成一詩。又據李尚迪《西笑編》中《王少鶴農部》一詩注：

> 余舊有“大開酒户迎秋氣，高擁書城送夕陽”之句，頃于韓齋雅集，君[王拯]覽而賞之，即席足成一律。壽陽相國亦有次韻。張良哉爲作畫。①

注釋中“壽陽相國”指山西壽陽祁寯藻，知韓齋雅集上還有祁氏的次韻之作；而張良哉之畫或許是雅集圖，或許是李尚迪詩意畫。此次韓齋雅集，似還有分韻作詩之舉，故李佐賢有化用李尚迪名句詩。李尚迪自誦其句，據推測中的旁觀者記載，是“喧傳佳句壓詞場”。李尚迪誦詩，見諸詩作的還有一次，嚴辰《少鶴[王拯]聞藕船誦鴨緑江詩復占一律贈之録以見示復和二律》，李尚迪的《鴨緑江》詩得到清國詩人的欣賞認可，或許也是起源於雅集上的吟誦。

三、短檠燈火憶當年：題贈、友情與回憶

上文提到李尚迪的“翰墨緣”大略包涵兩層意思：一是與文士的唱酬雅集，一是指書畫圖籍。就詩文所涉及的主題而言，“翰墨緣”無疑是《恩誦堂集》中的重頭戲，相關詩文的數量也居其他主題之前。“翰墨緣”在《恩誦堂集》中的顯要位置，取決於三個方面的作用：其一是純粹的懷人詩，就表二所依的兩組詩而言，有七十餘首，其他還有單篇若干；其二，既有異國友人，似少不了象徵性的禮品餽贈。《恩誦堂集》中這類作品有三十九

①李尚迪《恩誦堂集》，續集卷六，第284頁。

篇（首）之多，見表四[①]；其三，因李尚迪在清國有詩名，故請其撰序題跋之事有二十例，見表一。這三個方面皆就李尚迪與清國文士的交往而言，詩文的形成，有一部分是在交往的現場，但更多的篇什成于李尚迪歸朝鮮後的記憶，或由投贈索題而引發的聯想，此即李尚迪在詩中所説的“半架芸香懷舊雨（書多海内諸友所贈），短檠燈火憶當年。”[②]《懷人詩》及《續懷人詩》就是此類作品的代表，後一組詩有序云：

曩在道光壬辰[道光十二年]秋，余有《懷人詩》廿八篇，蓋寄懷海内朋舊之作也。其後又屢入春明，交游益廣，較之壬辰以前，不翅[止]倍蓰。而今于數紀之頃，歷數諸人，或遺忘其姓名，或聞聲相求，愛而不見者則並闕之，作《續懷人詩》五十七篇，以志暮年停雲之思。[③]

吴儁、張曜孫與李尚迪

就表二所列文士而言，在《恩誦堂集》及《續集》出現次數較多的文士有葉名澧（七次）、王鴻（八次）、張曜孫（十次）、程祖慶（八次）、孔憲彝（五次）五位。按與李尚迪交往的方式，這五位元文士可分爲兩類，一類是見面次數稍多的，如葉、張、孔三位，其中孔憲彝是一位具有核心作用的文士，他對於李尚迪來説，是重要的友人；對於當時京城文士而言，衍聖公祠的韓齋幾乎就是論詩談藝的中心。李佐賢有《王子梅大令鴻屬題春明六客圖》之作，稱六客中的孔憲彝、李藕船以及繪圖者吴儁皆其舊雨，詩中有提及孔憲彝作爲雅集中心人物之語：“風流跌宕孔文舉，詩壇酒社招賓朋。韓齋雅集互酬唱，投李時報玖與瓊。”[④]另一類是見面次數少或者没有見面的，如王、程兩位，其中程祖慶與李尚迪未見面。王、程與李尚迪的交往，見諸記載的主要是寄贈物品，表四記載王有三次，程有兩次；還有請李尚迪撰序題跋之舉，表一記録的王有二次，程有四次。要進一步説明的是，李尚迪詩集中的記録也只是大概，譬如表二中所列吴儁（字子重，號冠英）與李尚迪的交往次數只有四次，但據其他文士的記載，至少可考出六次爲李藕作畫，列舉如下：

---

①此外，還有清國文士的饋贈，不見於李尚迪的詩文，而見於清國文士的書札，以所贈書籍而言，在《海鄰尺素集》中提及的有儀克中所贈《經籍籑詁》、《多能鄙事》，吕佺孫、吕倌孫贈同鄉楊君所刻醫書一種，劉喜海所贈《六藝綱目》、《史通削繁》，葉名澧所贈梅曾亮集、朱菽堂詩，潘祖蔭所贈《金石索》，張丙炎所贈《淮海秋笳集》。

②李尚迪《題書屋》，《恩誦堂續集》，詩卷二，第260頁。

③李尚迪《恩誦堂續集》，詩卷四，第270頁。

④李佐賢《石泉書屋詩鈔》，卷五，續修四庫全書本，第593頁。

1.《春明六客圖》(李佐賢《石泉書屋詩鈔》卷五)

2. 李藕船小照(曹楙堅《曇雲閣集》卷七)

3. 乙卯正月十三日韓齋十六人雅集圖(曹楙堅《曇雲閣集》卷六)

4.《濯足扶桑圖》(嚴辰《墨花吟館詩鈔》卷六)

5. 以李尚迪"雪晴溪館無人掃,一樹梅花鶴守門"詩意作畫(李尚迪《恩誦堂續集》詩卷一)

6.《林下戴笠像》(李尚迪《恩誦堂續集》詩卷二)

吴儁作圖之事,並非針對李尚迪,在李尚迪及其友朋詩文集中,還可查考出七次,其中三次與李尚迪相關。

1. 甲子三月三十日松筠庵作餞春圖,送李藕船還朝鮮。(許宗衡《玉井山館詩》)

2."松筠雅集圖"(吴冠英作)(李尚迪《恩誦堂集》續集卷一)

3."海客琴尊第二圖"(吴冠英作)(李尚迪《恩誦堂集》卷九)

4.《潤臣將之官武林繡山餞之于公邸同人分韻賦詩並乞吴君冠英繪圖以紀得惜字》。(吴昆田《漱六山房全集》卷二)

5."乙秋與季玉集同人訪菊於廣寒門外吴君冠英爲繪古寺尋秋圖余有落日鈴語寒之句"。(汪藻《靜怡軒詩鈔》卷一)

6. 閏五月五日劉位坦、韓泰華、陳慶鏞、梅曾亮、戴絅孫、趙振祚、何紹基、張穆龍樹寺雅集吴冠英作圖。(曹楙堅《曇雲閣詩集》卷七)

7.《吴冠英春水歸帆圖》。(張穆《㸌齋詩集》卷四)

李尚迪小照至少有曹楙堅、李佐賢的題詠,《春明六客圖》至少有祁寯藻、吴昆田、陳克家、潘曾瑋、李佐賢、李尚迪的題詠,《海客琴尊圖》至少有葉名澧、潘曾瑋、曹楙堅、李尚迪的題詠,李藕船《春明話雨圖》至少有楊傳第、李佐賢、尹耕雲的題詠。此類風雅之舉有三層用意:其一,表明曾經發生過的交往;其二,以圖畫形式固定下來,事後覽之,有如在目前之感;其三,以題詠的方式,續接和發展過去的交往,人雖身處異地,但有此圖畫有此形式,有展卷如晤的欣喜。這類風雅之舉,不僅加强了身在朝鮮的李尚迪與清國文士的聯繫,同時也增强了清國文士的群體感。

上面的兩種史料排列,可見李尚迪與吴儁的交往至少有九條,《恩誦堂集》記録較少，可能是因爲吴儁的畫師身份，與李尚迪少有你來我往的唱和，故其身影不多見。以人物爲中心的圖畫，包括個人的肖像畫，如讀書圖、看花圖等；以及群像圖，如雅集圖等，似自明中後期開始興盛，在清代，自乾隆朝中後期以來，見諸詩文集的記載較多，幾乎可以説是已形成一種作圖題詠的風氣[①]。李尚迪與吴儁的交往，只是道咸時期文人生活的一個極小片斷，而這一小片斷，一方面表明作圖之紀事風的流行狀況，另一方面可看出李尚迪已深受此種風氣的薰染並顯現出喜愛的傾向[②]。對於畫師吴儁而言，正面叙寫的文字不多，僅知其爲江陰人，以三絶擅長，寫真尤得古法，嘗客京華，爲戴熙、何紹基、張穆所器重[③]；但由於李尚迪的“翰墨緣”以及其他因緣的推合，吴儁的事蹟在李尚迪及其友好周圍有一較爲緊湊的集合，更值得一提的是，《續懷人詩》中有一首專寫吴儁：

> 今之吴道子，名噪琴尊圖。一笠喬木下，更寫山澤臞。鏗然擲畫筆，言將歸菰蘆。[④]

此詩第二句提及吴儁所繪《海客琴尊圖》第三句指《林下戴笠像》，第四句指李尚迪小照，以數家珍之方式稱賞其畫藝，末二句則現畫師之風神。寥寥數語，亦可視爲李尚迪爲吴儁寫照。更值得一提的是，在李尚迪保存的友朋書札中，有吴儁書札三通，其中最後一通尤有價值；一方面可見吴、李之交往；另一方面可見吴儁晚年生活，可補相關傳記之闕失[⑤]。

在李尚迪結交的清國文士中，常州張曜孫（張琦之子）無疑是至交。表四中記録了張曜孫的三次饋贈，表一中記録李尚迪爲張曜孫的五次題圖撰序，其中有關於其大姐的澹鞠軒詩舍圖卷、三姐的緑槐書屋肄書圖以及家族性的棣華館畫册的題撰。由張曜孫延及家人，兩人交情不同一般；而要探其交情之真和深，則要檢讀相關詩文。李、張的交誼有文人之間的投合，如張曜孫詩云：“昔歲聯簪蓋，曾逢李藕船。與君同俊爽，於我絶纏綿。文

①可見拙稿《“蕘圃藏書題識”與嘉道時期吴中文士活動圖景》第三節，此文收入周勳初先生八十壽慶文集，即將由中華書局出版。

②以東坡生日會而言，李尚迪歸國後亦舉辦此雅集，有詩《立春日邀同人讌東坡生辰賦長句題笠屐像後》紀其事，見《恩誦堂集》，詩卷九，第201頁。

③俞劍華《中國美術家人名辭典》（修訂本），上海人民美術出版社1981年版，第312頁。

④李尚迪《恩誦堂續集》，詩卷四，第273頁。

⑤此處摘録吴儁書札片斷：“奉别十餘年矣。（略）二十七日孔繡翁處有公局，在彼圖晤，可一傾離緒。儁頻年饑逐無方，嗣以南方時事多艱，重至都門，作虎頭生活，於去夏至此，仍寓松筠閣。惟舊游星散，人事懸殊，不勝今昔之感。玆奉上微物四種，聊申久别之意。”見《海鄰尺素》，第623頁。

學憐同氣，飛潛豈偶然（君與藕船俱未仕）。”[①]而李尚迪亦有感歎之詞：“青衫何事滯春明，書劍飄零誤半生。痛飲《離騷》爲君讀，大海茫茫移我情。”[②]還有一個重要原因，那就是李尚迪之師金正喜與張惠言的學術關聯，潘曾瑋于《張仲遠海客琴尊圖記》中述及來龍去脈：

> 朝鮮故尚文學，多宗宋儒，至金君正喜乃以漢經師家法治經，通張皋文先生《周易虞氏義》。朝鮮之有漢學，自金君始。吾友仲遠者，皋文先生猶子，前館陶令翰風先生鐘子也，世其家學。道光丙申游京師，主吴偉卿比部宅。……是冬朝鮮入都訪仲遠居，不能得，後訪于汪君孟慈，乃得之見，則致金君所贈楹聯，辭中述淵源所自，末署丙申初夏，仲遠異之，以其時尚未抵京師，無緣得聞於海外也。自是遂相往還，後之奉使來者必造訪焉，而李藕船尚迪最相契，書問酬答，至今不絶。[③]

李尚迪等訪張曜孫，極有可能受到金正喜的推介，如金正喜就稱許張曜孫三姊的書法，其書法得父張琦指授，所謂“薪傳家法北朝碑”[④]，也與朝鮮學風的轉向漢學有關係。據上文李尚迪與張曜孫結交，似在道光十六年，李尚迪詩注云：“丁酉[道光十七年]夏君與余於偉卿[吴贊]留客納涼之館。”[⑤]道光二十五年春後，張曜孫赴武昌任，此後兩人未見面。“與君同訂三生約，海内襟期海外身”[⑥]，深情厚誼，已隔千山萬水，只能寄諸書札和思念。道光二十五年十月，張曜孫在武昌有《聞朝鮮李藕船奉使入都寄懷》之作，其中有句云：“獨夜邊聲悲戍角，極天海色夢浮槎。懷中短札三年字，江上愁心十月花。”道光三十年李尚迪有《追題春明話舊圖寄仲遠大令》詩：“蒹葭玉樹儼相對，我見此圖感淚垂。花前薄暮談詩處，竹裏輕寒煮酒時。”[⑦]同年，張曜孫得李尚迪寄贈的《恩誦堂集》，遂作詩和之：“猶記春明道，初瞻處士星。筆談傾客館，蘭臭擷湘汀。”[⑧]詩中道及初見時情景，其中李尚迪與清國文士交流，尚須以“筆談”輔助。張曜孫又在武昌自製紫泥水盂寄贈，李尚迪銘

---

①張曜孫《答朝鮮徐菊圃容淳》，見《謹言慎好之居詩集》，卷三，光緒甲辰刻本

②李尚迪《張仲遠曜孫屬題比屋聯吟海客琴樽二圖》，第195頁。

③潘曾瑋《自鏡齋文鈔》，不分卷，光緒丁亥刻本。吴偉卿即吴贊，張曜孫姐張孟緹之夫。

④李尚迪《題中遠三姊緑槐書屋肄書圖》，見《恩誦堂集》，詩卷八，第197頁。

⑤李尚迪《張仲遠曜孫屬題比屋聯吟海客琴樽二圖》，見《恩誦堂集》，詩卷七，第195頁。

⑥李尚迪《乙巳春張中遠屬吴冠英爲我寫照見貽，追題二截，謝中遠兼寄子梅》，《恩誦堂續集》，詩卷九，第200頁。

⑦李尚迪《恩誦堂續集》，詩卷一，第249頁。

⑧張曜孫《得藕船寄恩誦堂集感賦即次藕船寄題海客琴尊第二圖詩韻》，見《謹言慎好之居詩集》，卷十一。

文中“交淡如水”之語[①]。而道光二十三年張曜孫自陽湖寄送給李尚迪的一方古硯，刻張氏本人三十六歲像於其上，並識其鄉籍出生年月日以及二人交誼，而李尚迪“每於六月九日，供此硯爲仲遠初度壽”，所撰銘文中有“貽我一方硯，覿君萬里面”、“望江南兮荷花節，年年袖笏拜生辰。”[②]咸豐四年，李尚迪的詩作中有不祥的陰影：“故人消息杳難知，南國干戈滿地時”[③]，太平軍與清軍的激烈戰鬥，讓他擔心友人的安危。張曜孫没有逃避這場戰爭，他的一些詩作透露了參與戰事的消息，在曾國藩的日記中，自咸豐八年至十一年每年有數條見面的記載。咸豐五年，李尚迪在朝鮮收到好友王鴻的信札：

> 頃得子梅去秋書，言仲遠殉節于楚，爲之慟盡者彌日，乃于季夏九日，仲遠覽揆之辰，供仲遠畫像硯，茶酒以奠之。[④]

這是李尚迪得知好友殉難之後作詩的詩題，詩中則有“鬚眉見平昔，雪涕硯池傍”，依舊是這方畫像硯，充當了寄託感情的載體，“見平昔”則往事歷歷在目，更加悲傷。在《子梅自青州寄詩索題春明之客圖》詩中，述諸友音容，中間則轉筆，由樂及哀，“圖成一回首，聚散劇搏沙。只尺春明外，消息各天涯”，相信張曜孫“殉楚江氛”。在此詩末，有李尚迪補寫的題識：“近又得其[王子梅]入都寄書，仲遠在楚北，勞苦戎事云。蓋子梅先聞辭，今乃傳信耳。余宜亟删其句，而仍舊不改者，留與他日重晤圖中諸君於春明之下，讀此詩而一笑焉。則豈非一時惡耗，便作千秋韻語也哉。”咸豐十一年，張曜孫在寄懷李尚迪的七律中，對其事深有感慨，其中後四句云：

> 情因契闊流真性，交到忘形略語言。
> 生見挽歌從古少，最難萬里賦招魂。
> （藕船聞余死漢陽之難，供畫像爲詩哭之，後知傳聞未實，復寄詩見懷。）[⑤]

---

①李尚迪《水盂銘有序》，見《恩誦堂續集》，文卷一，第235頁。

②李尚迪《張仲遠畫像硯銘有序》，見《恩誦堂續集》，文卷一，第232頁。

③李尚迪《恩誦堂續集》，詩卷二，第256頁。

④李尚迪《恩誦堂續集》，第258頁。

⑤張曜孫《寄懷李藕船中樞次見懷原韻即效其體》，見《謹言慎好之居詩集》，卷十六。

贈送、撰寫題詠與回憶中的叙寫

上文已提及李尚迪《恩誦堂集》中，與清國文士交往主題的詩文占了重要的篇幅，表四所列四十二項饋贈與四十二篇詩文關聯，而細看饋贈品，無珠寶名畫，絶多文人氣息的尋常物品，可約略分爲兩類：一、文房用品及其他清玩，有十八件，其中酒器三件；二、書籍、字畫、碑刻拓本二十一件，其中拓本五件，書籍十件。禮輕情意重，這些饋贈品在象徵性的表情達意時，又有投合李尚迪愛好的傾向，如酒壺、酒盃，可强化“酒徒”的形象，而拓本之收集，可見其學問之範圍，以及其師金正喜的影響，而金正喜的學問，又可追溯到翁方綱①。對於李尚迪而言，這些饋贈品當置於書房或在案頭賞玩時，它們或許已脱離尋常物品的系列，因其爲友情之凝聚，它們能使李尚迪在面對時能由物及人，引發詩思，重構過去或展望未來。李尚迪《玉酒壺歌謝伯韓[朱琦]》詩中有句云：

> 感君遺我玉壺一，東風剛及使車回。孚尹如見故人面，琢磨尚想故人才。宿酲祛體雙眸豁，亟命家僮發舊醅。案頭斟酌不離手，嘉貺勝似百瓊瑰。安得故人同此席，平原十日鎮追陪。②

如果説李尚迪所作《玉井硯銘有序》回憶的是他與儀克中感人的交往故事③，那麽這幾句則通過回憶與想象將過去、現在、未來融合爲一體，細節的叙述，頗能見李尚迪飲酒時的神態。

李尚迪和清國文士對金石學的渾厚興趣在詩作中也時有顯現，譬如李尚迪與劉喜海的交往，以及百濟碑、紅岩碑的討論等等。《續懷人詩》寫翁同書一首中稱翁氏：“自言癖金石，嗜好同肥甘。唐平百濟碑，力求至再三。”④可見百濟碑受清國文士的重視，咸豐十

①金正喜嘉慶十四年隨父到北京，有緣拜見翁方綱與阮元，傾倒欽佩。歸國後，將清朝乾嘉考據學風帶入朝鮮，力倡實事求是之學，尤其在經學和金石學方面影響甚大。見張伯偉《翁方綱致金正喜書釋文並跋》，《域外漢籍研究集刊》2005年第1輯，第449頁。

②李尚迪《恩誦堂續集》，詩卷四，第269頁。

③李尚迪《玉井硯銘有序》所記乃中朝文士交往的佳話：“道光十一年辛卯十月，余始識儀墨農孝廉克中于燕京，時墨農言嘗登太華蓮花峰，訪所謂玉井者，盤桓久之。今與藕船證交，豈非夙緣有在耶。一面如舊相識，唱酬無虚日也。别後自番禺屢寄詩札，且於庚子[道光二十年]手琢端硯，仿玉井形，勒銘云：‘太華玉井，中涵墨緣。自覯客卿，歸耕此田。嶺南海東，相思各天。石交永遠，貽我藕船，’以見遺焉。余致函謝，有‘神溯珠江，賞音萬里。緣深玉井，汲古三生’之語矣。”見《恩誦堂續集》，文卷一，第230頁。

④李尚迪《恩誦堂續集》，詩卷四，第273頁。

年王拯作《高麗銅鐘拓本歌》，詩序中述及吕佺孫、孫德容、馮志沂對銅鐘拓本紀年的考訂，而詩中則有“朝鮮詩人李尚迪，歲昨寄我百濟碑”，可知百濟碑是當時文士學術討論的内容。李尚迪《紅岩碑縮本歌謝也繡山舍人兼懷吕堯仙中丞》則純以學問爲詩。此詩首述黔中紅岩之遺跡碑，碑廣字大，碑文雲譎波詭，不可辨識，吕佺孫（堯仙）摹成縮本並作拓本千百幅；次及前人關於紅岩碑的數種推測，間下已見，有“暗中吾亦能摸索”、“遐陬傳説多穿鑿”之語。結句則是“幾時重見諸君子，如此奇文欣共析。”①論學主題，使得此詩具有質實的特色；這與表中所列題圖詩的流暢與韻致大不相同。主題的選擇（有主動也有被動）、唱酬的交流方式，對李尚迪詩歌的内容和風格，似有不小的影響。

文化交流和文學敘寫總是在特定的背景中展開的，對於李尚迪與清國文士而言，雖然共處漢文化圈内，但中外的地理和文化差異還是較爲明顯。對於差異或未知的好奇之心，在前文論説“海東”“瀛洲”等詞語時已提及；同時，交流的兩方似在有意無意地追求彼此感興趣的話題。感物懷人的詩文也因情感的延展或追求表述内容的深度與廣度，而牽涉相關史實。這種現象在李尚迪與清國文士的詩文中可舉出十三例（見表五）。

表五 交往詩文中的史事

序號	所涉及史事	相關詩文	出處
1	“予仿蔣藏園[士銓]作懷人詩若干篇，屬申小霞上舍寫黄葉懷人圖。黄葉何預人事，悲哉宋玉之詞，黯然江郎之魂，滿紙上蕭蕭作秋聲矣。”	《懷人詩有序》	《恩誦堂集》詩集卷一
2	“華亭周菊人于道光初，點評余從叔夢觀齋詩鈔，翰墨韶秀可愛，記存于心者于兹三十餘年之頃，余屬游燕，輒物色之，而值遠宦不得遇焉。”	《書周菊人達手札後》	《恩誦堂續集》文卷一
3	“余近歲仿王述庵《湖海詩文傳》例，抄輯海内知舊投贈之作，積成卷袠，名曰《海鄰論世集》，蓋取‘海内存知己，天涯若比鄰’之意也。”	《朱伯韓侍御寄贈來鶴山房文集並見懷七古一首仍疊次韻題之卷前》	同上，文卷一
4	“海國通儒舊見推，北翁（覃溪）南阮（雲台）幸同時。”	《奉挽秋史金侍郎》	同上，詩卷三
5	“王少鶴[拯]足成余酒户書城舊句作一律，公[祁寯藻]次其韻贈之，自注有推許申紫霞侍郎‘小藝一門關性命，此中世隱當林邱’之句語。”	《西笑編・祁觀察相國》	同上，詩卷六
6	“儘是虬髯遺跡在，旁搜絶域入風騷。（贈詩有‘髯客遺蹤倘可求’之句。自注：‘唐虬髯客，爲扶餘國王，今朝鮮扶餘縣，殆其地乎。’）”	《西笑編・嚴緇生比部》	同上，詩卷六

①李尚迪《恩誦堂續集》詩卷四，第268頁。

續表

序號	所涉及史事	相關詩文	出處
7	"孤雲名字大唐傳，桂苑重雕粵海邊。（近見廣州潘氏，刊入新羅崔孤雲《桂苑筆耕》於《海山仙館叢書》）豔説櫟翁專對日，姚（燧）酬閻（復）唱共聯翩。"（高麗李益齋一號櫟翁奉使屢入元朝，交游多名士，見本集。）	《江都符南樵保森孝廉輯〈國朝正雅集〉略載東國人詩拙作亦在其中題絶句五首》其二	同上，詩卷六
8	"漁洋心折清陰句，池北論詩天下聞。博綜藝林朱竹垞，如何巾幗月山居。"（竹垞《明詩綜》載朝鮮月山大君詩，誤稱閨媛。）	《江都符南樵保森孝廉輯〈國朝正雅集〉略載東國人詩拙作亦在其中題絶句五首》其三	同上，詩卷六
9	"三入春明遍所知，至今人説朴貞蕤。蜀中吴下諸名輩，爭采新詩付棗梨。（朴楚亭嘗三游燕台，而所著《貞蕤稿略》，陳仲魚爲序而刻之。李雨村《函海》及吴泉之《藝海珠塵》諸書，並有收録。）	《江都符南樵保森孝廉輯〈國朝正雅集〉略載東國人詩拙作亦在其中題絶句五首》其四	同上，詩卷六
10	"棹穿明月水中天，可有聯吟客共船。（'棹穿波底月，船壓水中天'。賈長江及高麗使聯句詩也。）"	《少鶴聞藕船誦鴨緑江詩復古一律贈之録以見示複和二律》其二	嚴辰《墨花吟館詩鈔》卷五
11	"重泛松京使者槎，我無好句讀皇華。（李雨村著有《皇華集》，朝鮮使者徐浩修見而愛之，乞得數部。見《雨村詩話》。）歌商樓與青莊館，肯把詩名讓四家。（李書九洛瑞、柳得恭惠風、朴齊家次風、李德懋懋官爲朝鮮四家。得恭有《歌商樓小稿》、德懋有《青莊館小稿》。）"	《題朝鮮李藕船尚迪小照》其二	曹楙堅《曇雲閣集》卷七
12	"朝鮮金叔度詩見《漁洋詩話》"	《乙巳新正試筆十首》其六	曹楙堅《曇雲閣集》卷六
13	"若教東國論春舊，未識臺山孰後先。（讀金臺山詩而未識其人。）	《藕船復寄酒缶銘橫卷次答卻寄》	朱琦《怡志堂詩初編》卷八

表五中所涉及人物按時代可分爲近代人和前代人。近代人中清國文士有王士禎、朱彝尊、翁方綱、李調元、阮元、蔣士銓、王昶、陳鱣和祁寯藻，朝鮮人有徐浩修、金正喜、申紫霞、金叔度、金臺山，以及"朝鮮四家"朴齊家、李書九、柳得恭、李德懋。前代人包括中國的虬髯客、賈島、姚燧、閻復，以及朝鮮的崔孤雲和不知其名的使節。在人物之外，這些詩文還涉及一系列的書籍，而這些書籍中亦涵有故事，如李尚迪對王昶《湖海詩傳》《湖海文傳》體例的模仿，朱彝尊《明詩綜》、李調元《函海》、潘仕成《海山仙館叢書》對朝鮮文士著作的收録與討論，對《明詩綜》記載疏誤的訂正，對金臺山其人的關注，《貞

蕤稿略》在中國刊刻，《皇華集》流入東國等。這些叙説，大都與詩學有關係，據此可推測他們集會時經常談論的話題。曾桝堅記録了張曜孫招同李藕船等雅集時的談話内容：

> 阮堂[金正喜]海外之所宗，近聞遷謫嗟龍鍾。寒林槁木致蕭瑟，想見孤直人難容。本朝詩人邁唐宋，新城秀水相伯仲。隨園一生弄狡獪，流傳價亦雞林重。兩當傑出真奇才，可惜壯歲蘊高萊。（與藕船論及本朝人詩派）①

近代的文人以及書籍，與歷史上的人物史事組成一個細節豐富的背景，這一背景襯顯出李尚迪與清國文士的交往並不是孤立之事，他們的交往在多個層面與背景關聯。有此背景襯顯，現時之交往在無形中獲得某種歷史意蕴。

就詩文本身而言，因爲直接涉及史事，或注釋中的補充解説，而使詩文内涵豐富，記事功能加强，如表五中第7欄詩及注釋，似是中朝文人交流史的勾勒；而第8欄所引詩則完全是論學詩。説明性的注釋是對句式整齊、字數有限的詩句表現功能的補充與拓展。

結論

類似李尚迪與清國文士交往的個案，在近代中朝文學交流史上應該還有不少，每一個案因時間和人的性情學問等因素的不同，各有其特別之處。李尚迪交往個案的特別之處可在中朝文學交流史的背景下總結爲以下幾點：

其一，李尚迪疏狂的性情、擅詩嗜酒、對學問的熱心，可能契合了清國文士心目中理想文士的標準，故對他多有舊“相識”之感。

其二，李尚迪通過諸如拜訪、參加雅集、唱和、題詠、撰序等方式結交了衆多集結在京城的文人。多種多樣的交往，對李尚迪詩文的“翰墨緣”主題以及選擇回憶性的叙寫方式有明顯的影響。

其三，李尚迪交往的清國文士中，可能存在一個或多個文人群體。就個人交往而言，他與常州張曜孫的情誼堪稱佳話，而與名氣不大的畫師吴儁的交往，則可略見李尚迪如何受嘉道以來盛行的繪圖紀事之風的薰染。

其四，衆多的清國文士用詩文記録了與李尚迪的交往，其中可見李尚迪是如何得到認可和備受稱賞；同時，李尚迪及與之伴隨的“海東”“瀛洲”等語句，激發了清國文士對異域的想象，詩思因而活躍，在造句、結構全篇等方面有不小影響。“鴨緑江”因其地理位置

①曹桝堅《曇雲閣詩集》，卷六，第499頁。

的特殊和名稱的美麗，在詩篇中更有其閃光之處。

其五，雙方的交流，尤其是文學交流，時牽涉雙方文壇上的重要人物和書籍，這些人物和書籍構成一個意義豐富的背景，李尚迪與清國文士的交往因爲此背景的襯顯，獲得一種源遠流長式的歷史感。

表一《恩誦堂集》《恩誦堂續集》中所載爲清國文士所撰序跋題識

1.	《劉燕庭輯海東金石苑屬書題辭兼索一言》(卷一)
2.	題葉名澧《竹林覓句圖》(卷二)
3.	《題汪農部孟慈喜孫禮堂授經圖》(卷五)
4.	《法源寺訪洪子齡齮孫出紙索詩》(卷六)
5.	《張仲遠曜孫屬題比屋聯吟海客琴尊二圖》(卷七)
6.	《曹秋部艮甫楙堅索題其亡友蔣志凝澹懷蓉湖醉月素心堂夜讌二圖》(卷八)
7.	《題張仲遠伯姊孟緹夫人澹鞠軒詩舍圖卷》(卷八)
8.	《題仲遠三姊緑槐書屋肄書圖》(卷八)
9.	《追題海客琴尊第二圖二十韻》(卷九)
10.	(張曜孫)《棣華館畫册序》(續集六卷一)
11.	(程祖慶)《練川名人畫像跋》(續集文卷一)
12.	(程祖慶)《見古閣圖贊》(續集文卷一)
13.	(湯貽芬)《書也竹居棄稿後》(續集文卷一)
14.	《子梅詩草敘》(續集文卷二)
15.	《王子梅屬題徐月坡老人東崦草堂圖》(續集詩卷一)
16.	《稚蘅索題其尊甫序伯先生畫山樓》(續集詩卷一)
17.	《題玉泉秋曹蝶緣圖》(續集詩卷一)
18.	《孔繡山舍人仙蝶圖》(續集詩卷一)
19.	《稚蘅索題其北行時同人贈别詩卷》(續集詩卷一)
20.	《韓齋雅集圖題寄繡山舍人》(續集詩卷二)

表二《懷人詩》《續懷人詩》所記清國文士表

姓名及號	籍貫	科名	在《恩誦堂集》《續集》中出現次數	出處
儀克中，墨農	廣東	道光十二年舉人	1	文卷一
劉喜海，燕庭	山東	嘉慶二十一年舉人	3	卷一，卷二，卷五
陳克明，南叔			1	卷一
阮常生，小芸	江蘇			
阮　福，賜卿	江蘇		1	文卷一
吴嵩梁，蘭雪	東鄉	嘉慶五年舉人	4	卷一，卷二
姚　衡，雪逸				
佘　垣，竹谿				
馬書奎，研珊			1	續集詩卷六
葉志詵，東卿	湖北			
葉名琛，琨臣	湖北	道光十五年進士		
葉名澧，潤臣	湖北	道光十七年舉人	7	續集詩卷二、三、四、五、六
黄　釗，香鐵	鎮平	嘉慶二十四年舉人		
陳文述，雲伯	浙江	嘉慶五年舉人		
丁　泰，卯橋	浙江	嘉慶二十二年進士	1	卷二
《續懷人詩》				
祁寯藻，春浦	山西	嘉慶十五年進士	2	續集詩卷六
汪喜孫，孟慈	江蘇	嘉慶十二年舉人	3	卷五，卷七
黄爵滋，樹齋	江西	道光三年進士	3	卷五，卷七，續集詩卷二
端木國瑚，鶴田	浙江	道光十三年進士	1	卷七
陳慶鏞，頌南	晉江	道光十二年進士	2	卷五，卷七
符兆綸，雪樵	江西	道光十二年舉人	1	卷五
許乃濟，青士	浙江	嘉慶十四年進士		
王　鴻，子梅	長洲天津籍	曾官聊城縣丞	8	卷九，卷十，文卷一，續集文卷二，續集文卷一，續集詩卷二，續集詩卷五
張曜孫，仲遠	江蘇	道光二十三年舉人	10	卷七，卷八，卷九，文卷一，續集詩卷一，續集詩卷二
安　詩，芝慶	江蘇	道光十三年進士		
吕佺孫，堯仙	江蘇	道光十六年進士	2	文卷一，續集詩卷四
吕倌孫，星田	江蘇	道光十八年進士		
鄧爾恒，小筠	江蘇	道光十三年進士		
葉覲儀，棣如	江蘇	道光十三年進士		

續表

姓名及號	籍貫	科名	在《恩誦堂集》《續集》中出現次數	出處
莊縉度，眉叔	江蘇	道光十六年進士		
馬　沅，湘帆	江蘇	道光九年進士		
蔡宗茂，小石				
吴式芬，子芯	山東	道光十五年進士		
温肇江，翰初	江蘇	道光十二年進士		
張成孫，彦惟	江蘇			
潘曾綬，紱庭	江蘇	道光二十年舉人		
潘遵祁，順之	江蘇	道光二十五進士	1	文卷一
潘希甫，補之	江蘇	道光十五年舉人		
潘曾瑋，玉泉	江蘇	官刑部員外郎	1	文卷一
洪齮孫，子齡	江蘇	道光十九年舉人	1	卷五
莊受祺，衛生	江蘇	道光二十年進士		
趙振祚，伯厚	順天	道光十五年進士		
馮桂芬，景亭	江蘇	道光二十年進士		
姚　涵，恬庵				
吴　贊，偉卿	江蘇	道光六年進士	1	續集卷一
楊　淞，蓮卿				
馮志沂，魯川	代州	道光十六年進士	2	卷六；續集詩卷六
朱　琦，伯韓	廣西	道光十五年進士	3	續集詩卷三；續集詩卷四
楊尚文，墨林			1	卷六
張　穆，石洲	山西	道光十一年優貢		
黄秩林，子幹	江西	道光二十三年舉人		
陳克家，梁叔	江蘇	道光二十四年舉人		
丁嘉葆，虚園	江蘇	道光十八年進士		
柏　葰，靜濤	蒙古	道光六年進士		
曹楙堅，艮甫	江蘇	道光十二年進士	2	卷八，續集卷一
吴嘉洤，清如	江蘇	道光十八年進士	1	續集卷一
吴　儁，冠英	江蘇		2	續集卷一，續集詩卷六
秦緗業，澹如	江蘇	道光二十六年順天副貢		
翁同書，祖庚	江蘇	道光二十年進士	1	續集卷一
蔣德馨，心薌			1	續集卷一
周學源，岷帆	浙江	咸豐二年進士	1	續集卷一
汪　藻，鑒齋	江蘇	道光二十一年進士		
邊浴禮，袖石	河北	道光二十四年進士	1	續集卷一

續表

姓名及號	籍貫	科名	在《恩誦堂集》《續集》中出現次數	出處
姚福增，湘坡	江蘇	道光十二年進士		
王憲成，蓉洲	江蘇	道光二十五年進士		
張　辛，受之			2	續集詩卷一，續集詩卷六
瑞　常，芝生	蒙古	道光十二年進士		
和色本，勿齋	滿洲	道光三年進士		
潘祖蔭，鄭盦	江蘇	咸豐二年進士	2	文卷一，續集詩卷六
程祖慶，稚蘅	江蘇		8	文卷一，續集詩卷一，續集詩卷二，續集詩卷四
朱錫綬，簣竹	江蘇	道光二十六年舉人		
孔憲彝，繡山	山東	道光十七年舉人	5	續集詩卷一，續集詩卷二，續集詩卷三，續集詩卷四，續集詩卷六
温忠彦，笛樓	山西		2	續集詩卷一，續集詩卷二
温忠善，琴舫	山西			
温忠翰，味秋	山西	同治元年進士		

表四《恩誦堂集》《恩誦堂續集》中所載清國文士餽贈與相關詩文表

贈送人	所贈物品	相關詩文	出處
吴嵩梁	書贈扇頭，餽閩貢浸酒荔支	《詩吴蘭雪嵩梁中翰小酌時蘭雪將之任黔州》	卷一
劉喜海	贈蘇詩一部，爲李尚迪作《海東金石苑序》潤筆	《劉燕庭刺史薦卓異入都因伴送琉球使臨别索贈一言賦贐送行》	卷五
楊尚文	畫松贈李尚迪	《楊墨林席上晤馮魯川法曹墨林畫松贈余魯川題詩其右即賦長句謝之》	卷六
張曜孫	屬余冠英寫李尚迪小照並贈之	《乙巳春張中遠屬吴冠英爲我寫照見貽追題二截謝中遠兼寄子梅》	卷九
儀克中	贈自製端硯	《玉井硯銘有序》	續集文卷一
潘順之	贈所藏仿古瓦硯	《仿古瓦硯銘有序》	續集文卷一
王　鴻	寄贈金星硯	《金星硯銘有序》	續集文卷一
張曜孫	自製本人畫像硯贈李尚迪	《張仲遠畫像硯銘有序》	續集文卷一
潘祖蔭	寄贈漢瓦頭硯	《漢長生無極瓦硯銘》	續集文卷一
王　鴻	寄贈竹臂擱	《竹臂擱銘有序》	續集文卷一
張曜孫	寄贈制紫泥水盂	《水盂銘有序》	續集文卷一
潘曾瑋	贈古鐘鏡	《古鐘鏡銘有序》	續集文卷一

續表

贈送人	所贈物品	相關詩文	出處
阮　福	贈《雷塘庵主弟子記》並阮元六十五歲像	《題雷塘庵主弟子記》	續集文卷一
程廷鷺	贈所摹蘇東坡像	《題蘇文忠公笠屐圖》	續集文卷一
阮　福	贈阮元像	《阮文達公畫像贊有序》	續集文卷二
程祖慶	寄贈《蒹葭秋水圖》	《謝程稚蘅寄蒹葭秋水圖》	續集詩卷一
周蘭西	贈詩畫	《謝周蘭畫詩畫之贈》	續集詩卷一
羅浮道士黃越塵	寄詩	《偶檢箱篋，得羅浮道士黃越塵寄詩及吴僧達受拓彝器文字仍懷仲遠子梅》	續集詩卷二
吴僧達受	彝器文字拓本		
葉名澧	寄示《沂□集》	《葉中翰潤臣寄示沂□集》	續集詩卷二
王　鴻	屬沙逢原刻寄印章	《子梅屬沙梅谷逢原刻寄印章》	續集詩卷二
孔憲彝	寄尼山杏葉蔘	《孔繡山中翰寄尼山杏葉蔘》	續集詩卷三
朱　琦	寄贈《來鶴山房文集》	《朱伯韓侍禦寄贈來鶴山房文集並見懷七古一首仍疊次韻題之卷前》	續集詩卷三
葉名澧	寄《鬼趣圖題詠》	《潤臣中翰寄鬼趣圖題詠》	續集詩卷三
程祖慶	贈竹根佛像	《竹根佛像歌謝程稚蘅》	續集詩卷四
葉名澧	寄贈即墨刀	《謝葉潤臣寄即墨刀》	續集詩卷四
孔憲彝	贈紅岩碑縮本	《紅岩碑縮本歌謝孔繡山舍人兼懷吕堯仙中丞》	續集詩卷四
葉東卿	贈遂啟諆鼎銘拓本		
吕佺孫	虢季子白銅盤銘拓本		
朱　琦	贈玉酒壺	《玉酒壺歌謝伯韓》	續集詩卷四
儀克中	贈西洋瑪瑙盃		
司馬鐘	寫寄蓮花長幅	《司馬繡花谷司馬鐘寫寄蓮花長幅戲題一絶》	續集詩卷四
葉名澧	贈椰子盃	《葉潤臣閣讀惠椰子盃》	續集詩卷五
劉銓福	贈敬松齋遺墨	《書敬松齋遺墨後》	續集詩卷六
祁寯藻	贈手書韓文公廟平淮西碑拓本及所校刊景宋本《説文系傳》	《西笑編・祁觀齋相國》	續集詩卷六
張良哉	以其父張祥河撰輯諸書及楹帖畫竹贈行	《西笑編・張詩舲總憲》	續集詩卷六
王憲成	贈王佛雲硯緣集及墨二函	《西笑編・王蓉洲侍禦》	續集詩卷六
潘祖蔭	寄贈漢瓦硯及薛濤箋	《西笑編・潘鄭盦圖學》	續集詩卷六
潘曾綬	贈所著《蝶園詞》		續集詩卷六
嚴　辰	贈其父所著《小琅玕館集》	《西笑編・嚴緇生比部》	續集詩卷六
張丙炎	寫贈《秋林覓句圖》	《西笑編・尹杏農侍禦楊汀鷺大令張午橋中翰》	續集詩卷六
沈桐庵	贈狗毛筆	《沈桐庵承旨惠狗毛筆》	續集詩卷六

關於明治初期東本願寺布教僧的日中文化交流

——以松本白華、北方心泉爲例

町泉壽郎　川邊雄大

序言

松本白華（1838～1926）、北方心泉（1850～1905）是石川縣出身的東本願寺（真宗大谷派）僧侶，明治初期工作於東本願寺上海别院。白華是明治初期東本願寺的重要人物，心泉是有名的書法家。他們都精於漢學和漢詩文，所以在一邊進行布教活動的同時，一邊也與清朝文人們進行文化交流。

明治十年（1877）、在東京設置清國公使館以後日本文人和清國公使館員之間開始文化交流是廣爲人知的事，但大家卻不太知道在明治九年（1876）東本願寺在上海設置别院後，在那裏布教的僧侣和清國文人之間就已開始文化交流了。

由於着眼這二人的清國布教前後的活動，鎖國時代基盤學問的“漢學”，明治維新以後的文化交流時扮演了什麽角色，本文就上述三點進行討論。

一、關於松本白華、北方心泉

1－1松本白華和咸宜園

松本白華，加賀國松任（現石川縣白山市）人，真宗大谷派（東本願寺）第二十六世住持。

白華在香山院門下學宗學以外，嘉永三年（1850）也在京都跟廣瀨淡窓的門人劉昇和海原謙藏學習漢學，在宫原節庵門下學習書法。然後在大坂的廣瀨旭莊門下遇到長三洲、劉石秋、柴秋邨等咸宜園、旭莊門下生們。白華是旭莊北陸之行的策劃者之一，旭莊在松任本誓寺迎來了安政七年（1860）的元旦。德川時代末期，白華住在金澤時寫的詩稿中，有金澤藩儒的永山亥軒和香山院門下的同學石川舜台的朱批。心泉鑽研漢學和詩文是因爲受到咸宜園系統文人的影響。德川時代末期本願寺僧之中，白華以外還有玉川吟社社員的小栗憲一、他的哥哥小栗栖香頂、和白華一起出訪歐洲的關信三等咸宜園的畢業生。真宗的學校護法院原來是破邪顯正的機關，但明治以後因爲咸宜園畢業生担任校長所以使得護法院受咸宜園的影響而成爲一個漢學塾的機構。明治四年（1871）白華到達東京，加入了長三洲的玉川吟社和香草吟社研鑽漢詩。這些也是咸宜園系統的詩社，但不同於一般詩社的是，這社員的大部分是出身咸宜園，希望依靠長三洲和政府的關係划工作。白華本人也和長三洲一樣在教部省上班，白華們的出訪歐洲也可能是利用了這些咸宜園的關係。

上述的白華和咸宜園的關係就是明治維新以後的複雜的私塾之間的人際關係的一個例子。

白華的資料收藏在白山市本誓寺、白山市立中央圖書館、白山市立博物館等、但還没被充分整理好。也還没有利用這些資料的傳記研究。

1－2北方心泉和三宅真軒

北方心泉（1850~1905），金澤人，真宗大谷派常福寺第十四世住持。

年輕時，在父親致風的朋友中村菜窩（加賀藩圖書出納方）的指導下學過素讀和書畫，維新後學習宗學（真宗的佛學），還在松本白華的遥及社和石川舜台的慎憲塾學漢詩文。

去上海之前、心泉已經學習漢學，有書畫的素養。心泉回國後爲了學習北派書風開始學習書法，那時漢學導師是三宅真軒。

三宅真軒（1850~1936），金澤人。早年，跟叔父富川春塘學過漢學，然後在井口犀川（齊）的門下學過漢文。還有在金澤藩儒永山亥軒（平太）下學過時文、在金子松洞（省庵、惺）下學過文法。犀川歿後繼續獨學、精讀前田家的《四庫全書總目提要》。

明治十六年（1883）以後，在石川縣專門學校、石川縣尋常中學校、第四高等中學校做了漢文教師。明治十七年（1884）編輯了《石川縣勸業博物館書目》卷一。這本是整理前田家的藏書，分類國籍（國書）與漢籍（四部分類），附加舊收藏者名（前田家、舊家臣名）。廣島高等師範學校時代，他參加整理前田家藏書，高師退休後爲了整理前田家藏書，在東京編輯了《尊經閣文庫漢籍分類目録》。但金澤時代他已經編輯過前田家和加賀藩的書籍藏書目録。可以説，真軒明治初期的學力代表江户時代加賀藩蓄積的漢學水平。

明治前期由於長兄的破産，除了前田家舊藏的《四庫提要》等以外他收藏的書籍全部都賣掉了。明治十八年（1885）又開始再蒐集，同年四月他參加在東京舉行的漢文科教員考試。這時的監考是島田篁村。島田吃驚他的學力，於是招待真軒到自己的家。從這段記述我們也可以看出在明治初期加賀藩的漢學水平達到一定的程度。

二、關於白華、心泉在中國的生活與文化交流

①《東本願寺上海開教六十年史》（高西賢正，上海别院，1937年）這本書記載從明治初期到戰前（1937年）的上海别院布教活動記録。這本書詳細記録布教情況等等，但看不到白華和心泉的個人活動，特别是關於他們和清國文人們的文化交流的説明。

② 有關心泉研究主要是已經有相關研究他的書法和俞樾與心泉的交流。今後通過常福寺資料、本誓寺等所藏的白華未整理資料的研究，能進步解明当時的布教活動和文化交流的實態。

③ 心泉與岸田吟香一起參與俞曲園編輯《東瀛詩選》，常福寺收藏俞曲園的關於編輯《東瀛詩選》的尺牘。相關研究有高島要《關於日本漢詩集〈東瀛詩選〉綜合的研究》（2003~2006年度日本學術振興會科學研究費補助金[基盤研究C]）和王寶平《清代中日學術交流之研究》（汲古書院，2005年）。《東瀛詩選》收藏了心泉本人的漢詩十一首。上海時代心泉加深了與清朝文人們的交流。那時他開始受到北派書風的影響。

④ 和白華、心泉一起值班的岡崎正鈍（越前真宗大谷派祐善寺第十八世住持、1836~1885）寫的《支那在勤襍志》（1877年7月~1878年5月）。從文章中，我們可以了解到布教活動的情況，上海文人們和布教僧侶們常常通過做詩文、書畫進行文化交流。白華、心泉資料收藏了許多清國文人的名片、詩稿、尺牘、書畫、印章等等、其中我們看得到俞樾、胡公壽、胡鐵梅、張子祥、徐三庚、楊文會、内海吉堂等当時在上海的日中文人的姓名。

三、回日本後的北方心泉與他的書法

3－1回國後的北方心泉

心泉在上海待了六年，明治十六年（1883）因病回國，在日本長崎接受治療。明治十七年（1884）病癒後回故鄉開始鑽研小學。以其書法作品參加明治二十三年（1890）第三届内國勸業博覽會并獲獎爲契機，與中林梧竹、巖谷一六、日下部鳴鶴等開始了互相交流。北方心泉作爲代表明治時代的書法家之一也廣爲人知，并將日本人中北派書風很快介紹了日

本。

随後明治三十一年（1898）到明治三十三年（1900）心泉再次赴華任南京金陵東文學堂校長。

以下，試就心泉回國後的收書活動爲中心舉例説明。

心泉的藏書現已散逸，而且其藏書目録也沒有反映心泉藏書的整體情況。不過，通過一定程度上可以搞清楚心泉購買的是哪些漢籍以及他是通過什麽途徑購買的這個問題。

３－２關於購買書籍時三宅真軒的建議

這時期建造了新書齋“文字禪室”爲了學習書法開始研究“小學”。心泉《聽松閣存稿》中有“乙酉四月，賣藏幅十餘，沽得書千餘卷”的記述。從這裏可以知道明治十八年心泉購買了大量漢籍。從“沽得書千餘卷”可以推測到，他購買了叢書類等大部頭的書籍。心泉在購買這類數量厖大的書籍時，參考什麽樣的資料呢?

我認爲，可以作爲心泉購買漢籍時的參考資料就是《文字禪室必備書目》。

《必備書目》是心泉購買小學、金石、詩集的漢籍時，托朋友真軒製作的目録。

本書分《文字禪室必備書目》上卷（訓詁之屬、字書之屬、韻書之屬、計125種）、《文字禅室書目》中卷（金石類，102種等）、同下卷之上（類書8種）、同下卷之下（叢書116種）、同附録（詩集25種），重點收録了小學、金石類和詩集一共有三百八十五部的書名。

這書目的書名排列按《四庫提要》的順序，有關書誌的内容則依據《書目答問》。

還有常福寺收藏心泉撰《文字禪室書目備忘》、《文字禪室記》、書信等有關真軒的資料。

３－３關於心泉購買的書籍

常福寺中現存有從上海江左書林寄送到常福寺的木箱。根據木箱上寫的内容等來看，從上海寄來的原來有十三個小箱。可以推測出，這是明治十八年四月心泉購買大量漢籍時所使用的木箱。

此外從有關信函中還可以了解到，心泉通過岸田吟香的樂善堂（明治十九年[1886]~明治二十三年[1890]），通過当時住在上海的圓山惇一購買過漢籍（明治二十六、二十七年[1893、1894]）。從心泉這些購買書籍的情況可以知道，明治十八年（1885）購買大量漢籍以後，經過明治二十三年（1890）第三届内國勸業博覽會獲獎，直至明治二十七年（1894）七月（日清戰爭爆發前）的大約十年間，一直不断購買有關小學、金石類的漢籍。

關於心泉從樂善堂購買書籍的細節請參考拙稿《關於明治時期日本國內的漢籍流通——以岸田吟香書翰爲中心》（“書籍之路與文化交流”國際學術研討會予稿集《近現代分科會論文集》，2006年）的詳細記述，在此略過。

心泉的書信中發現除了具體書名、價格、數量、郵費、手續費、版本之外，還有折扣情況。

現在，常福寺藏有十二封圓山大迂、惇一的書信。從上海寄的是八封，其中有關購買書籍的信有六封。

從明治二十六年（1893）十一月十日的書信中，能知道他們是明治二十五年（1892）春天來上海的。還有知道明治二十六年春天，由於樂善堂燒毁而不能買到書籍。而且記述了買得到的書籍和價格，最後有付錢的事。

明治二十七年（1894）一月六日的書信中，記述從心泉受到三十圓、購買了《金石聚》但訂做書套所以寄下次的船運。還有不能買《秦漢瓦當文字》所以推薦代買《金石索》。

明治二十七年（1894）一月二十日的書信中，先記述購買的書已經寄的事，後記述心泉約訂的書籍情況（在庫、質量、價格等等）。心泉購買書籍以外也買拓本等等。

明治二十七年（1894）二月二十四日的書信中，由於記述書籍的情況可知在上海購買書籍是非常困難的事。下次記述心泉約訂的拓本的事，最後説最近在上海的日本人中没有風流人，可能知道心泉在上海當時的情況。

明治二十七年（1894）四月二十一日的書信中，記述父親圓山大迂的消息，然後説從心泉受到二十五圓。還有説明書籍的打折率和心泉約訂書籍的情況。最後列舉購買的書籍一覧。

明治二十七年（1894）七月七日的書信的信封上有“上海天津路八號”，所以能知道他們的住宿場所。書信中記述《申報》中，惇一發見了楊守敬書籍的廣告，他買到那些書然後送心泉的事。

現在心泉從圓山惇一處購的漢籍已經散逸了。有些書籍被收入了無窮會真軒文庫和天淵文庫中。現存無窮會的真軒舊藏本以及心泉題詞的書籍列表如下：

《小蓬莱法帖》天淵文庫（心泉舊藏書）

《激素飛青閣摹碑刻碑》真軒文庫臼井惠州舊藏本。

《三宅真軒真筆本（八種）》（天淵文庫）内《説文斠詮》、《詩蘇傳》表紙上有心泉的題字。

《真軒學經編目》（天淵文庫）表紙心泉的題字“真軒學經編目上一(~上六)　屠

龍編之一”（第一[～六]册目）。

《咫進齋叢書》（真軒文庫）表紙心泉的題字。

《隨軒金石文字》（真軒文庫）表紙心泉的題字。

然後明治三十年他再航海清國担任金陵東文學堂校長。通過当時的心泉日記可知真軒向心泉所訂購、買入書籍的活動。

結語

松本白華是大坂廣瀬旭莊的門人。維新後參加了長三洲的玉川吟社、香草吟社，所以被看作咸宜園一派的人物。明治初期東本願寺内和政府内有很多咸宜園門人，白華等的歐洲之行也是依靠咸宜園的人際關係，還有見過楊仁山後介紹在英國學習梵語的南條文雄的事。但是從上海回國後這些關係就完全斷絶了。之後白華也没有在東本願寺本山活躍過。

一方面，與白華同時赴華的心泉，在上海與文人交流時看到了北派書風，所以回國後他開始書法、字學的學習，并同時購買大量小學漢籍。爲此撰述的專門有關小學文獻就是真軒撰《文字禪室必備書目》和《文字禪室記》。可以説，心泉了解到爲了北派的書法風格他必須學習新的學問。

幫助心泉的書法是真軒。他是學習加賀藩漢學的漢學者，而且他没有渡海去中國，但島田重禮和重野成齋等漢學者交流中，接觸最新的清朝學術。

心泉和真軒就是受到加賀藩漢學的影響和日中文化交流的刺激的人物。心泉有渡航去中國的經驗，真軒則没有，但他們有共通點。

葉煒與日本漢詩

蔡　毅

明治維新，海禁大開，中斷已久的中日文人交流，重新呈現活躍狀況。在早期的赴日文人中，葉煒可謂開風氣之先者。

葉煒，字松石，號夢鷗，別號鴛湖、信緣，秀水（今浙江嘉興）人。他經日本駐上海領事館推薦，於明治七年（1874，清同治十三年）二月至明治九年（1876，清光緒二年）七月，約兩年半時間，任東京外國語學校漢語科教師。歸國後曾官上海縣尉，鬱鬱不得志，雖新婚燕爾，生活仍常捉襟見肘。其後葉煒又於明治十三年（1880，清光緒六年）夏再度赴日。在居留大阪養病期間，他除了刊行關於人生感悟的隨筆集《夢鷗囈語》外，還將自己往昔的零散詩論都爲一集，撰成《煮藥閑抄》。明治十五年（1882）二月歸國後，他曾於金陵（今江蘇南京）官署供職，不久即辭退，晚年隱居金陵期間，對《煮藥閑抄》再作增補潤色，改名爲《煮藥漫抄》，光緒十七年（1891）冬刻於金陵[①]。同時刊行的，還有他彙集第一次赴日離任時與日本漢詩人們的酬唱之作《扶桑驪唱集》[②]。

關於葉煒的在日行跡及主要活動，王寶平先生已有翔實的考述[③]。本文擬對王文未及重點討論的葉煒與日本漢詩的種種關涉，再做進一步的探究。

①本文使用版本爲沈雲龍主編《近代中國史料叢刊》第43輯所收影印本，文海出版社，1969年。該本卷首署曰“光緒十七年冬刻於金陵”。

②本文使用版本爲王寶平主編《晚清東游日記匯編》第1卷《中日詩文交流集》所收影印本，上海古籍出版社，2004年。該本卷首署曰“光緒辛卯仲冬刊於白下”。

③王寶平《明治前期に來日した中國文人考》，《二松學舍大學東洋學研究所集刊》第34集，2004年。後收入作者《清代中日學術交流の研究》，汲古書院，2005年。

一、關於《扶桑驪唱集》

葉煒第一次赴日任教期滿歸國時，日本友人紛紛爲之送行，他將席間酬唱都爲一集，名曰《扶桑驪唱集》，“以誌翰墨之緣遠結海外也”（自序）。該書由黄山壽、廖思涌題簽，有郭傳璞光緒五年（1879）序。據“自序”及“凡例”所云，當時“蒙投詩畫者百餘人”，但他或“酒醒遺忘”，或未得全録，歸國後又有不少爲友人取去，故收入此集者僅爲部分孑遺。葉煒歸國後，森春濤也彙集其時諸人贈别之作，編爲《新文詩别集》第5號（1877），並寄贈葉煒。與葉編相比，森編的特點是“每篇皆有評語，間及軼事”（葉煒“凡例”），然因關西文人闕如，故收詩數量遠不及葉。筆者統計，《扶桑驪唱集》共收作者44人，詩作137首，具録如下：

葉煒28首、小野長願（湖山）2首、鷲津宣光（毅堂）5首、森魯直（春濤）7首、永坂對（石埭）1首、辻斐（青浥）2首、丹羽賢（花南）4首、神波桓（即山）1首、富隣永譽1首、大槻清崇（磐溪）7首、中村正直（敬宇）8首、植村正義（蘆洲）1首、關思敬（雪江）4首、增田貢（岳陽）2首、巖村英俊（礫水）2首、成島宏（柳北）9首、巖谷修（迂堂）1首、笠原娛（愷泉）1首、川崎近義（西涯）1首、三島毅（中洲）2首、横山政和（蘭洲）2首、松岡時敏（用拙）2首、川田剛（甕江）5首、阪谷素（朗盧）1首、富田厚積（鷗波）1首、野村素（素軒）1首、岡本迪（黄石）3首、谷鐵臣（太湖）5首、梁張紅蘭1首、日下部東作（翠雨）1首、古操（青琴）1首、江馬聖欽5首、西尾爲忠（鹿峰）3首、神山述（鳳陽）1首、石津勤（子儉）2首、淺井龍（小白）1首、山田純（永年）1首、林英（雙橋）2首、村田淑（香谷）1首、立田誦（藍川）1首、小林卓藏（卓齋）1首、安富國民（深屋）1首、齋藤良富1首、水越成章（耕南）5首。

其中小野湖山至野村素等25人爲時居東京一帶的所謂關東作者，岡本迪至水越成章等18人則爲葉煒訪問京都時與之酬唱的關西文人。集末尚有“附録”，收日本友人信函10封，除去與詩作者重複者外，另有九鬼隆一、長炗（三洲）、依田百川（學海）等三人。綜覽這份名單，可以説囊括了明治漢詩壇的泰半名流。他們有的和葉煒曾有交往，有的則素昧平生，如富隣永譽贈詩，葉煒加附語云：“予之去東京也，饋貽送别，相屬於道。間有未謀面而投珠玉者，如富隣君其一也。”他的詩作被刊登在當時頗具影響力的《朝野新聞》上，更有素不相識者起而奉和，已回到上海的葉煒亦得與聞。一個在中國名不見經傳、甚至幾近窮愁潦倒的普通文人，在日本竟受到如此禮遇，其原因究竟何在?

顯而易見的原因，是東瀛列島對中國文人的久違。幕末漢詩元老梁川星巖的遺孀、著名女詩人梁川紅蘭以73歲高齡，仍屈尊赴宴，與葉煒唱和，是因爲“喧傳上國降名賢，衰朽何圖與綺筵”。該集中“有道葉夫子，邦人仰盛名”（阪谷朗廬），“西人久慕葉君賢，水閣爲開詩酒筵”（水越成章）等語，即充分表露了他們對親炙中國文人的渴望。正如鷲津宣光評巖谷修贈詩頷聯“偶爾相逢一宵語，果然勝讀十年書”所云：“三四贈支那人，極切極妙，一字不可移易。”（《新文詩別集》第5號）對此葉煒受寵若驚，自己也不免感到惶惑：“十日平原真足樂，居然我亦信陵君。”（《即席步韻奉答》）名不副實的聲譽，使他不得不時時自謙“謬瞰虚名”。

然而，儘管葉煒因“物以稀爲貴”，而一時炙手可熱，但明治文人們也並非來者不拒，盲目追捧，他們在舉手歡迎這些江户鎖國之後首批來日的中國文化使者時，仍保持著審慎的觀察目光。集末“續和”所附中村敬宇評語，正代表了這種普遍的心態：

> 人或以來舶估商一例視之，愚決知其不然也。

這裏的“來舶估商”，應該主要指江户時期來往於長崎的清客，如一時暴得大名的江芸閣等人。當年迫於情勢，日本文人們别無選擇，衹能待這些在本國並不入流的行商估客以上賓之禮。但也就在其時，已經有人對他們發出噓聲，江户後期古賀侗庵爲野田笛浦《海紅園小稿》作跋即云：“今之來者，特賈人子，伎倆可想，因不之與。”即便是明治初期葉煒等人來日之後，所獲評價也褒貶不一，不少人認爲他們不過是一些渡海淘金者，無足輕重。其實葉煒應屬其間之佼佼者，他不僅能詩善書，漢語教學也頗顯實力，曾受到日本文部省的表彰。因此成島柳北對中村之語亦表贊同：“松石爲磐翁所許可，其人可知。”而川田剛贈别詩所云：“洋商趨利較刀錐，未必人人捆載歸。爭及風流松石子，一詩囊蓄萬珠璣。”更明確指出葉煒之“風流”，其品位遠較商賈爲上。

而葉煒攜歸中華的這“萬珠璣”、即《扶桑驪唱集》，從中日漢詩交流史的角度來看，也具有特殊意義。徐炳倬爲《扶桑驪唱集》題詩云：“價重雞林一時兩，曲園以外此傳人。”並自注：“德清俞曲園先生樾曾有東瀛弟子唱和集。”按俞樾70壽辰時，其弟子井上陳政曾邀集日本漢詩人做詩慶賀，俞樾編之爲《東海投桃集》，時在光緒十六年（1890），比葉煒此書早一年，“東瀛弟子唱和集”當指此。徐炳倬將這兩部書相提並論，不經意間道出了一個重要的歷史事實。因爲明治以後中日詩人的酬唱，當時匯集成書者甚多，王寶平編《中日詩文交流集》（2004）已集其大成，而其中若論中國人最早著手編纂者，當首推葉煒。他光緒二年（1876）回國之初即大致成書，自序末署作於該年“孟冬月”。儘管正式刊行要到15年之後，其間李長榮的《海東酬唱集》（1879年刊）、陳曼壽的《日本同人詩選》（1882年成書）、俞樾的《東瀛詩選》（1883年成書）等已相繼問世，但李、陳之編爲在日刊刻，俞編雖然刻成於中國，發行卻在日本，因此中國人編輯的日本漢詩集中，如果以成書、發行均在中國而言，俞樾的《東海投桃集》，以及他此前編《東瀛詩選》時爲紀念亡女繡孫而單獨抽印、分贈同好的第40卷“閨秀”卷，再加上葉煒的這部《扶桑驪唱集》，應該處於“最早”的地位。

二、關於《煮藥漫抄》

在浩如煙海的中國詩話中，言及日本漢詩者相當罕見，故葉煒《煮藥漫抄》的有關記載，堪稱吉光片羽，彌足珍貴。

該書爲葉煒往年零散詩論的彙編，撰成於其第二次赴日在大阪養病期間。舊友小野湖山爲之作序，開篇即云：

> 詩人之窮愁落魄，固爲千古常事，不足深怪也。然至海外零丁、貧病無依如葉君松石可悲者，蓋亦少矣。

文章通篇抒寫對葉煒懷才不遇的同情，聯想到小野爲稍後赴日的陳曼壽《味梅華館詩鈔》所作序亦云“宜矣其落拓到於海外也”，可體味到以他爲代表的當時日人對這些越海謀生的潦倒文人的悲憫。小野序亦刊於《新文詩》第85集（1882），文末小山春山(朝弘)評曰：“此篇蓋學廬陵梅聖俞序，而變其局面者。”一語道破了小野作序的深心。

小野序又云：

> 頃者福原公亮寄示《煮藥閑抄》一册，云是松石病中所録，以病不瘉去，臨去以屬余者。

按福原公亮（1827–1913）,名亮，字公亮，號周峰，爲幕末明治初軍界名人，亦擅漢詩，葉煒在日時與之多有交往，由此可知小野作序乃葉煒通過福原轉請。序末所署日期爲明治十五年（1882）夏，而葉煒已於該年二月歸國。九年後，即光緒十七年（1891）冬刻於金陵時，復改名爲《煮藥漫抄》。

《煮藥漫抄》二卷，由明治時代號稱書聖的日下部東作（鳴鶴）題簽，除小野湖山序之外，尚有朱百遂序，秦雲（膚雨）題識。其中卷上有一則言及森春濤、德山樗堂以及中田敬義：

> 余與春濤髯史，初未謀面。門人中田敬義索書扇，録舊作四絶以應。爲春濤所見，介德山樗堂訂文字交，徵余近製，又録數首付之，遽爲其刻入《東京才人絶句》。選中前四絶係癸酉春興，故《浮海集》不載，兹録存之。
>
> 春衫初試踏青天，正好尋芳樂少年。惱煞東風無意緒，忽飄微雨濕鞦韆。
> 芭蕉窗外緑陰稠，簷滴無聲宿雨收。自笑癡情癡不醒，夢中猶替落花愁。
> 閑情淡盡更如何，遣悶晴窗寫永和。羞聽梁間雙燕説，春原不負負春多。
> 尋詩彳亍小迴廊，寂寞翻疑漏點長。花影亦如鄰女豔，月斜夜夜上東牆。
>
> 自知“豔”字未妥，然終難得一字以易之。春濤亦未有以匡我也。

按中田敬義（1858–1943），通稱耕二，號雪莊，加賀（石川縣）人，當時是葉煒執教的漢語科學生。《扶桑驪唱集》“凡例”云：“語學校漢學生徒先後七十餘人，耑習語言，兼肄文字，從事吏治經濟之學，不習韻語。”中田敬義等十幾人，則爲其中“稍知詩法”者，而漢語水平尤以中田爲最。中田後來在日本漢語翻譯與教學、特别是外交方面頗顯身手，漢詩作品亦有流傳，六角恒廣《漢語師家傳》對其一生行跡撮述甚詳。德山樗堂（？–1876），名純，字公秉，越前（福井縣）人，與葉煒多有來往，他明治九年（1876）六月公務出差途中暴卒於備中倉敷（岡山縣），葉煒其時歸國在即，乃作《哭樗堂純二律》，森春濤評語曰：“即日午前十一時電報訃至，葉子適來，相見無語，不覺一慟。”（《新文詩》第10集）形象傳述了葉煒的喪友之悲。森春濤（1819–1889），名魯直，字希黄，號春濤，尾張（愛知縣）人，有《春濤詩鈔》等多種著述，爲明治時代漢詩重鎮。他明治七年（1874）移居東京後，隨即開設茉莉吟社，德山樗堂即其門人；繼而創辦《新文詩》雜誌，以其諧音“新聞紙”，在維新大潮中堅守漢詩陣地，一時聲名大振，成爲當時漢詩壇第一人。森春濤於明治八年（1875）編輯刊行的《東京才人絶句》，卷末附録葉煒詩15首，爲該書166名作者中惟一的華人，可見其對葉煒之看重。上述四絶該書題作《春日雜興》，檢覈文本，僅第一首“意緒”被改爲“意思”，當屬手民之誤，魯魚亥豕，無足道也。《春濤詩鈔》卷十二《黄葉青山集》有《次葉松石春日雜興韻》二首，係次葉作之第一、四首，同卷另有《次葉松石見贈韻》，可知其互有唱和。而葉煒冀森春濤“有以匡我”，在明治時代赴日的衆多中國文人中，亦屬稀覯之謙虚。

卷下有一則言及丹羽花南、德山樗堂、永阪（坂）石埭：

> 余自浮海東游，詩格爲之一變。前後二度得詩四卷，力洗浮華，竊欲希蹤大雅。惟贈丹羽花南一律，即傚其體：
>
> 閑情賦與定情篇，才豔如君合並傳。
> 詩虎酒龍名士習，鏡鸞釵燕美人緣。
> 梨花夢醒三更月，楊柳春吹一笛煙。
> 不是雙鬟誰解唱，旗亭韻事似當年。
>
> 甫脱稿，森春濤即選以付梓，評曰：我輩所喜，在此種詩。一讀琅然，不覺圈破了。其見賞如此，然非余愜心之作也。花南與德山樗堂、永阪石埭詩學西崑，爲東國之秀。余嘗欲選三家詩合刻，未果。樗堂、花南相繼赴玉樓之召，聞石埭尚存，當亦不復往年綺靡矣。

按該詩被森春濤刊入《新文詩》第9集（1876），惟文字略有出入：詩中"釵燕"作"箏雁"，"似當年"作"想當年"，森氏評語"我輩"作"吾曹"。估計葉煒自己後來有所改訂。文中列舉的三人，德山樗堂已見前述，丹羽花南（1846–1878），名賢，字士覺，一字大受，號花南，尾張藩世臣。參與維新，官至明治政府判事，以33歲英年早逝，有遺著《花南小稿》。在花南明治十一年（1878）3月辭世後，葉煒於該年7月即致函森春濤："傳聞用拙道人、花南醉史並已作古，煒不覺爲之零涕竟日。以重洋相隔，故未知時日，不能一言以奉輓，於心歉然。"（《新文詩》第37集）"用拙道人"即松岡時敏（1814–1877），字欲訥，號毅軒，土佐（高知縣）人，維新後官至元老院議官，亦爲森春濤《新文詩》同人，著有《毅軒詩類》等，明治十年（1877）11月去世。另一人永坂石埭（1845–1924），名德彰，字周二，號石埭，尾張（愛知縣）人。家業行醫，曾任東京大學醫學部教授。素喜文墨，著有《横濱竹枝詞》一卷。葉煒在東京時與上述諸人交往甚密，如《扶桑驪唱集》"附録"所載鷲津宣光邀約葉煒爲之餞行致函云："陪席者花南、春濤、湖山二三友生之外，不雜他客。"可見關係之非同一般。《扶桑驪唱集》中亦載有丹羽花南贈詩四首，永坂石埭贈詩一首，以及松岡時敏贈詩二首。而筆者對文中最感興趣的，是他對丹羽花南"傚其體"一語。

因爲葉煒所謂"傚其體"，非惟傚其詩風，具體作品亦有跡可尋。檢《花南小稿》卷二，有《又書一首贈石埭》，石埭即永坂石埭，其詩云：

風懷牢落近中年，猶記相攜上綺筵。
結習難除才子氣，隨緣參得美人禪。
梨花簾幕黃昏雪，楊柳樓臺黯澹煙。
妙句香奩無敵手，一枝湘管寫紅箋。

比較葉煒與花南二人之作，不但總體氛圍無分彼此，中間二聯遣詞造句亦惟妙惟肖：頷聯花南以“才子”對“美人”，葉煒僅變“才子”爲“名士”；頸聯“梨花”“楊柳”之對，則二人同出一轍。尾聯語詞雖無雷同，但“妙句香奩”與“雙鬟解唱”，“湘管寫箋”與“旗亭韻事”，仍屬異曲同工，並無二致。鑑於此，説葉煒乃蹈襲此作，當無大礙。此後丹羽花南作《送夢鷗葉先生歸支那》七律四首（《花南小稿》卷二，葉煒《扶桑驪唱集》亦收，並於“凡例”云後二首爲花南事後“繼作”），中有“匹馬迢迢去掉鞭，才名君肯讓誰先”、“春風楊柳情何厚，淡月梨花夢合真”等語，似爲對葉煒之作前二聯的再次回應。

這段詩緣，其實饒有興味。在中日漢詩人一千多年的交往史上，中國詩人作爲“先生”，對日本“弟子”指擘講畫、耳提面命之例不勝枚舉，而反之“教學相長”、即師生之間互有啟發之例，則罕有所聞。筆者曾撰文考述黃遵憲的“新體詩”受到日本明治時代“文明開化新詩”的影響，但僅爲根據史實加以推論，黃遵憲自己並未言及日本漢詩的這種“反饋”。當然他很可能是礙於“師道尊嚴”，即便内心確有所感，表面上亦不可略動聲色。正緣於此，葉煒在這裏明言“傚其體”，便成爲中日漢詩交流史上的空谷足音，值得特書一筆。

細究之，這種倣傚，亦爲葉煒個性使然。《扶桑驪唱集》所收川田剛（甕江）《送松石葉君西還支那得絶句五首》其二有云：

應酬機敏見奇才，風月場中逢幾回。
學取日東人口吻，妙談容易解頤來。

《新文詩别集》第5號此詩後有小野湖山評語：“寫出松石其人，真是傳神之筆。”可知“應酬機敏”乃日人對葉煒的共同評價。而對“學取日東人口吻”，葉煒似乎頗爲擅場。《新文詩》第70集（1881）收有其《長至後十日爲是邦新年即事戲占絶句四首》，描寫明治維新後日本採用西曆、因而與清朝新年時間前後有異的現象，如“便説迎年曆改洋”，“又值門標松竹時”，“我固殘冬歲未更，居邦從俗禮須行”等，語帶調侃，筆涉幽默，故森春濤評曰：“此種之詩，在我差涉俗意，在彼邦則事奇意新，傳爲好話頭耳。”

當然，葉煒這類作品如其屢屢自道，不過是“戲”筆爲之，談不上受到什麽“逆向影響”，與黄遵憲從明治漢詩對西方文明“新語詞”的活用受到啟示，進而創作出《今別離》那樣的傳世傑作，更不可同日而語。而葉煒自稱“余自浮海東游，詩格爲之一變”，正反過來説明他以前的詩風，屬於“浮華”一路。試看前録七絶四首，葉煒自題《癸酉春興》，係其赴日前同治十二年（1873）之作，總體風貌，即可用其自嘲“未妥”的一個“豔”字概而論之。《煮藥漫抄》卷上記其“童時家塾師”李墨仙“善寫花鳥”，所録殘句“雨止月如不速客，春殘花似未亡人”之類，亦可説明葉煒詩風淵源有自。他在日“前後二度得詩四卷”，當爲其自云《浮海集》，然似未刊刻，鷲津宣光（毅堂）曾應邀爲之作序，亦稱葉有“詩格之變”（《新文詩别集》第5號）。然檢森春濤《東京才人絶句》及《新文詩》所録葉煒赴日後諸作，“綺靡”之習，仍不時流露於字裏行間。成島柳北稱“松石每自比小杜”，故己之唱和亦“多綺語”（《扶桑驪唱集》“續和”），可知葉煒在日仍餘習未消。而這，正與以森春濤爲代表的明治漢詩壇的“香奩體”，恰爲同聲相應，同氣相求。

香奩體又名豔體，因唐代韓偓《香奩集》而得名，嚴羽《滄浪詩話》列有“香奩體”，釋曰：“韓偓之詩，皆裾裙脂粉之語，有《香奩集》。”森春濤亦喜作豔語，小野湖山贈其詩曰：“千古香奩韓偓集，繼之次也竹枝詞。兩家以外推妍妙，一種春髯豔體詩。”春濤詩傚張船山、陳碧城、郭頻伽等清代詩人的豔麗之習，一時風靡明治詩壇，黄遵憲甫抵東京，即知“髯翁素工香奩”（《新文詩》第42集）。其寓居名古屋期間，門下有所謂“森門四天王”：丹羽花南、奥田香雨、永坂石埭、神波即山。據大江敬香《敬香遺集》（1928年刊）所收《明治詩壇評論》之説，森春濤“香奩體”的“潛勢力”，實爲丹羽花南。試以《新文詩》第9集緊接本文前録葉煒《贈花南醉士賢即傚其體》詩之後的花南《春雨小占》爲例：

> 好春可忍雨中看，病起登樓懶倚欄。
> 紅得海棠花一朵，不多時節怯春寒。

詩中“春”字兩用，是爲犯複，整體亦非佳作，然巖谷一六評曰：“有情之語，一讀動人。”著眼處仍在其“情語”。而花南代表作《失題》七絶18首、《秋日雜感》七絶12首，風華綺麗，婉約纏綿，一時聳動詩壇，和之者甚衆。大江敬香明治十三年（1880）編《憐香惜玉集》，收入花南此作，即可見時人之評價。葉煒云花南、樗堂、石埭“詩學西崑”，指出他們秉承宋初“西崑體”詩風，並“嘗欲選三家詩合刻”，其擬定的詩集名稱，或與大江“憐香惜玉”約略近之。而且，此書若成，則可早於前述諸編，成爲中國人編選的最早的日本漢詩集。"未果"云云，當屬一小小憾事。

葉煒本人與日本漢詩的關聯，一如上述。其實作爲一個中日漢詩交往的"牽綫人"，他還負有在中國傳播、介紹日本漢詩的使命。《新文詩》第41集（1878）所載葉煒《復湖山小野詞宗先生》有云：

> 尊集囑致之方子箴、沈仲夏、郭傳璞、顔吉泉四子，敬領悉代爲郵致。方公官於蜀中，沈公養痾林下，位高路遠，書達不可必。若郭、顔二子，則朝發而夕至，當不至浮沈也。

此處"尊集"，指的是小野湖山寄贈的《湖山近稿》、《蓮塘初集》《續集》。葉煒遵囑代爲轉贈的四人，與小野是什麽關係？與日本漢詩又有何種關涉？頗值一查，凡此種種，且容作異日之券。

2007年7月於名古屋

會議側記

南京大學“域外漢籍研究國際學術研討會”參加記

水口幹記

筆者今年夏天參加了一個在南京召開的國際學術研討會。這是由南京大學文學院、南京大學人文社會科學高級研究院、南京大學域外漢籍研究所共同主辦的“域外漢籍研究國際學術研討會”。會場設在江蘇省政府正對面的華東飯店。會議日程自 8 月17 日至20 日。

17 日爲報到日，研討會於 18、19 兩天舉行。18 日上午在三樓小講堂裏舉行開幕式，共有三名代表致詞。南京大學校長助理、人文社會科學高級研究院院長周憲教授首先致歡迎辭，接著是南京大學域外漢籍研究所所長張伯偉教授致開幕辭，最後由日本東京大學名譽教授、南京大學域外漢籍研究所顧問户川芳郎教授致祝賀辭。諸如此類的開幕式，一般多流於鋪陳美辭麗句的形式，但是，户川教授對中國國内常常使用的“日本漢學”和本次研討會的主題 “域外漢籍”這兩個用語，提出了嚴厲的質疑。這給我留下了很深刻的印象，令我對户川教授作爲研究者的矜持有了重新的認識。

接著，紀念留影之後，在同一小講堂内舉行了基調講演報告。韓國忠南大學名譽教授、南京大學域外漢籍研究所趙鍾業教授的報告題目是《關於〈朱子語録〉尤庵宋時烈作成“小分”》，關西大學亞洲文化交流研究中心主任松浦章教授的報告題目是《清代帆船漂到日本之筆談史料》，張伯偉教授的報告題目是《漢學史上的 1764 年》。張教授不但在報告内容上引人入勝，他那手舞足蹈的講演熱情，對即使不懂漢語的日本與會者來説，也很受歡迎。張教授的學術思想，在此次研討會上得到了充分地展示。

18 號下午至 19 號下午，與會者各分 A、B 組進行發言報告。兩天的發言數合計多達 47 場，其内容也相當豐富，有以日本傳存資料爲研究物件的，有以韓國傳存資料爲研究物件的，也有以越南傳存資料爲研究物件的，還有以中國、日本、韓國、越南兩國以上之間的書籍交流爲研究物件的，有的學者還研究了典籍目録等問題。當然，和研究領域的各不相同一樣，發言者的出身也相當紛繁複雜。在中國國内，不僅有來自南京、上海、杭州這些鄰近城市的學者，還有很多學者專程從北京、天津、四川等地遠道而來。除了大陸學者之外，還有不少臺灣、香港的學者也趕赴與會。除了中國之外，還有很多日本、韓國學者也慕名而來。這營造出了非常符合研討會主題的一種氣氛。

在每個報告的時間分配上，發言爲 10 分鐘，評論 5 分鐘，提問 5 分鐘，共計 20 分鐘。但是，雖然發言人在事先已經提交了論文，但是僅僅 10 分鐘的報告時間，對發言人説來遠遠不夠。他們如果有什麽要求的話，無疑應該是請求給予更多的時間。但是，本次研討會並未給發言者留下太多的不滿。本次研討會發言報告會的特點在於，針對每一位發言者，必須配備一名評論人，在現場指出各個發言的疑問點。而且，評論內容相當充實。對於發言者的發言，不斷有尖鋭問題的提出，有的評論人還準備了發言稿，陳述自己充滿激情的意見，常常超出五分鐘時限。南京大學中文系的趙益副教授給我拙劣的發言提出了寶貴的意見，對我今後的研究很有價值。諸如此類的評論人，在南京大學的老師們裏面不勝枚舉。通過這次研討會，我也深刻地感受到了南京大學强大的學術活力。

全部報告發言結束之後，在開幕式的同一會場裏舉行了閉幕式，對本次研討會作了總結和展望。次日，我們前往離南京兩小時車程的揚州，參觀了鑒真和尚曾經待過的大明寺和揚州唐城遺址（該處有新羅崔致遠史料陳列室）、天山漢墓博物館、揚州雙博館（印刷博物館）等名勝古跡和博物館。

對於此次學術研討會，讓我感受最深的是南京大學對此次研討會的重視。自域外漢籍研究所所長張伯偉教授、會務組織者金程宇副教授，乃至普通學生們，我常常看到他們團結一致辦好研討會的身姿。遠道而來的與會者肯定困頓勞苦，而令與會者没有不滿地快樂地度過會期，則無疑多虧了他們的悉心照顧。借此向他們深表謝意。

還有一個感觸是，與會者中出現了衆多年輕有爲的研究者。這既展示了“域外漢籍研究”這一課題的自身魅力，也是國內外的年輕、中堅的研究者們積極地尋求外部交流的表現。目前該學科的現狀是，漢籍研究本身在各國的學界裏很難成爲中心課題，研究者也爲數不多。但是，它並不是一門古板的學問。事實上，這個領域也正培養着很多優秀的年輕研究人員。本次研討會便是再次確認這一點的很好契機。我强烈地期待着，南京大學域外漢籍研究所今後爲這些年輕、中堅的研究者（當然，也爲其他研究者）再舉行學術研討會。

域外漢籍研究國際學術研討會

河野貴美子

從2007年8月17日至20日，域外漢籍研究國際學術研討會在中國南京華東飯店舉行。會議由南京大學文學院、南京大學人文社會科學高級研究院、南京大學域外漢籍研究所主辦，該研究所的所長張伯偉教授全權負責。此外，以金程宇副教授爲首的該研究所的成員全身心地投入了會議的組織中。

南京大學域外漢籍研究所是張伯偉教授于1998年向南京大學申請設立、2000年得到批准，是全世界第一所以“域外漢籍”爲对象的專門研究機構。該所積極主動的活動狀況很快就爲國内外的相關研究者所瞭解；從2005年起開始刊行的《域外漢籍研究集刊》（中華書局出版）也受到高度關注。

此次研討會是該研究所成立七年後首次召開的國際會議，是經過了精心的策劃和準備而實現的。

2007年1月12日發出的“域外漢籍研究國際學術研討會邀請函”中，把“域外漢籍”定義爲“禹域（中國）以外所存的用漢字書寫的各方面的著作”，邀請具有以下旨趣的論文作者來參加會議：

> 凡有關域外漢籍（日本、韓國、越南等國所藏漢籍）的文獻、文學、歷史、哲學、宗教、語言等方面的研究論文，以及對域外漢籍的範圍、性質、研究方法及意義的論述，均在會議題旨之内。

會議要求參加者在5月1日前提交論文大綱，6月底以前提交全文。研討會共收到53篇論文，成爲來自中國、韓國、日本、美國等國家及香港、臺灣等地區的共計75名代表濟濟一堂的盛會。

以下報告該研討會的情況：

8月18日上午，開幕式由三名主持人分别用中文、日語、韓語進行。首先，南京大學校長助理周憲代表主辦方致歡迎辭，接著張伯偉教授致開幕詞。張伯偉教授强調，從1986年起的10年間，“中國域外漢籍研究國際學術會議”（臺灣聯合報國學文獻館主辦，關於該會議，參見町田三郎《參加第六回“中國域外漢籍研究國際學術會議”》，《東方學》第83期，1992年1月）已舉辦了十次，近20年來，學術界對“域外漢籍研究”的興趣逐步提高。現在，“域外漢籍研究”成爲一門學科的必要的基本條件已經具備，那就是：①獨有的豐富資料的收集。②不斷提出新的命題、理論和方法。③具有一定數量的研究者和卓越的研究成果。可以預見，它將作爲21世紀的新興學術領域，具有與上世紀的“敦煌學”不相上下的價值和意義。張伯偉教授還指出，通過“域外漢籍研究”，超越國家的藩籬，突破“天下一統”、“中心—四裔”的固執觀念，使得在廣大的東亞地域展開的、作爲總體的“漢文化”的意義的明確化，將成爲可能。張伯偉教授充滿力量和自信的講演，使我們真切感受到了域外漢籍研究所的精力充沛的勁頭。

接著，該研究所的顧問户川芳郎教授上台，講述了對“域外漢籍研究”的見解並致辭。户川教授首先指出，日本的中國文化研究以文獻基礎之上的實證考察爲主要特色，這是繼承了清代漢學的傳統。本次研討會把“文獻學”作爲首要方法提出來，這真是令人欣喜之至。此外，他還介紹了倉石武四郎、吉川幸次郎兩位先生，曾在南京與黄侃（季剛）先生會面，直接感受到黄先生學問的博大精深，對黄先生極爲敬服的軼事，並指出南京大學的學問繼承了具有黄侃先生氣骨的學風。

另一方面，他也談到了近代以來日本學術界的“中國學”所走過的複雜周折。狩野直喜、内藤湖南等在京都大學文科興起的“支那學”，是指用文獻學方法探索中國文化自身意味的中國古典學。可是，戰後，由於作爲“Sinology”的譯文的“漢學”、還有“日本漢學”的説法的出現，“漢學”的語義變得非常含糊。“漢學”本來應當是指通過漢語、漢文寫成的東西來研究漢文化（中國文化）的學問（中國古典學）。明治二十二年（1889），在帝國大學文科大學，此前的“漢文學科”被稱爲“漢學科”（此時“和文學科”被改爲“國文學科”）。但是，“日本漢學”就被用來指稱江户末明治時期的“漢學”、室町時期的抄物等。直至現在，“漢學”的含義越來越含糊不清。因此，他直率地指出，這裏所提出的“域外漢籍”這一術語，也未能避免語義上的模糊吧。在此基礎上，户川教授論述了以下意見：關於“域外漢籍”的範圍，是否可以理解爲包含了中國傳來的版本、寫本、和刻本、以及和訓、假名兼用的記載的書籍的總稱。

在研討會的開頭户川教授向參加者提出的如上發言之外，此後的會議期間，在各種不同的場合下，人們就“域外漢籍研究”的定義、意義進行了反復的討論。

8月18日上午，合影之後，再次回到會場，趙鍾業教授、松浦章教授、張伯偉教授分别就韓中之間、日中之間、韓日之間的文化交流發表了主題演講，總體上反映了本研討會在開闊的視野下把握東亞“漢文化”的發展的意圖。

8月18日下午至8月19日上午是分組討論。在時間安排上，每人的報告在10分鐘以內、討論人的評論在5分鐘以内、報告人對評論的回應和自由討論在5分鐘以内。報告和討論的時間非常有限，但在報到那天，參加者已收到了收録所有論文全文的“論文彙編”，可以進行預習和復習。還有，對於所有的報告，都事先安排了討論人，對於論文的意見和疑問都有所準備，各個報告都在一定程度上開展了充實的討論。甚至有討論人將有關報告的問題做成了Powerpoint，進行了詳細的討論。

會議所使用的語言中，報告和討論基本上是用中文，一部分用了日語。不過，“論文彙編”中還附有日文論文的中譯。此外，“論文彙編”中有一篇論文只有韓文而無中譯。

分組討論根據報告題目來劃分，大多是研究日本、韓國所存的“漢籍”。特别有意思的是最後第五場的B組即越南的漢文資料的研究。此次研討會没有來自越南的學者，但在這個分組討論會上，人們就有關越南的文獻資料和金石資料的極爲具體的資訊交流、今後的研究方向等問題進行了熱烈的討論。

此外，印象極爲深刻的是，在其他的分組會上，中國的研究者發出了這樣的呼聲：在流傳到日本的漢籍、漢文資料中，研究者無法寓目、入手的稀見本、佚存書、佚文資料還有很多，因此希望儘快通過複製等方法來創造條件，以便能夠把它們作爲研究對象來利用。

“域外漢籍研究”的对象涉及到很多方面。還有，在極爲具體的實證態度的同時，跨越現有的學科領域的綜合視野也是必要的。我們還感覺到，爲了“域外漢籍研究”今後的發展和前進，通過這樣的研討會，將研究者之間的網絡更加緊密化的同時，不斷進行意見的交流，是必不可少的。

8月19日下午，參加者回到三樓會議室舉行閉幕式。閉幕式上，朴現圭教授（順天鄉大學）、陶德民教授（關西大學）、錢南秀教授（萊斯大學）、王國良教授（臺北大學）、王小盾教授（四川師範大學）、顧青先生（中華書局）、張伯偉教授（南京大學）等在主席臺上就座，闡述了對於此次研討會的總結性的意見，此外，還報告了各自所屬的研究機構最近的活動狀況。

對於“域外漢籍研究”的意義，人們大體上給予了肯定的評價。不過，關於“域外”一詞的微妙的語感，不止一位發言者提出，要重新確認這是否意味著將中國與周邊地域區别開來。不過，這些發言反而突出了對“域外漢籍”這一概念達成共識的難度。

張伯偉教授對“域外漢籍研究”作了以下定義（參見張伯偉《東亞漢籍研究論集》“導言：域外漢籍研究——一個嶄新的學術領域”及“附録：域外漢籍研究答客問”，臺灣大學出版中心，2007年7月）：

一，歷史上域外人士用漢文書寫的典籍，這些人包括朝鮮半島、日本、琉球、越南、馬來半島等地的知識人，以及17世紀以來歐美的傳教士。

二，中國漢文典籍的域外刊本或鈔本，比如大量現存的中國古籍的和刻本、朝鮮本、越南本，以及許多域外人士對中國古籍的選本、注本和評本。

三，流失在域外的中國漢文古籍。

張伯偉教授本人也作了解釋：日本的“漢籍”、“准漢籍”、“和刻本漢籍”是有所區别的，但在這裏被總括爲“域外漢籍”了。而且，張伯偉教授認爲上述的第一部分是“域外漢籍”的主要内容。這其中似乎有一些認識上的分歧和不一致。

但是，回過頭來想想，迄今爲止，日本人用漢文寫成的著作的多數，無論是在國文學研究，還是中國學研究中，都不是主流，得不到重視。這可以説是由於“日本漢文”既不是純日本的東西，也不是純中國的，因而産生的一種不適當的待遇。但是，正是由於它具有日本要素與中國要素複雜地結合在一起、難以截然分開的特徵，才成爲在吸收“漢文化”的同時實現自身的發展的日本文化的象徵。超越“日本的還是中國的”這一框架，把它作爲“東亞漢文化”來重新把握，這一視角是“域外漢籍研究”所能夠提示的吧。

張伯偉教授用以下説法結束了閉幕式：關於“域外漢籍”的概念、定義的問題，“一邊研究，一邊討論”，今後將在不斷地把研究向前推進的過程中，繼續討論這一問題。那一瞬間，我們再一次看到了域外漢籍研究所自成立以來，以很多的研究成果所展現的言必行的風貌。張伯偉教授還表達了使“域外漢籍研究”成爲吸引年輕、優秀的研究人才的學問的願望，並宣佈今後的具體方針是繼續致力於雜誌和叢刊的刊行及舉辦學術研討會。我看到了《域外漢籍研究集刊》第三輯（2007年5月）。還有，同年7月，中華書局出版了作爲域外漢籍研究叢書的五部專著：張伯偉《清代詩話東傳略論稿》、金程宇《域外漢籍叢考》、蔡毅《日本漢詩論稿》、左江《李植杜詩批解研究》、劉玉珺《越南漢喃古籍的文獻學研究》。會議向參加者贈送了這套書和“域外漢籍研究集刊”第三輯。本研討會的論文集也有出版的計畫，今後將會繼續進行活躍的學術活動吧。

8月19日晚，兩天的會議結束後召開的歡送晚宴，與通常在學術會議後舉行的宴會相比，更有象在家裏一般的舒適的感覺，氣氛非常熱烈，參加者都表現出了通過研討會而共同擁有充實議論的滿足感，歌曲、短劇、崑曲等等，中、韓、日等各國的參加者一一展露才藝，多麽快樂的時光啊！

8月20日，文化考察。此次研討會的短途旅行也安排得非常周到。18日晚，在江蘇省崑劇院看崑劇，欣賞了文華獎、梅花獎得主、國家一級演員胡錦芳爲首的演員們的演技。曲目是《雅觀樓》、《西廂記·佳期》、《幽閨記·踏傘》、《雷峰塔·斷橋》。

20日去揚州進行文化考察。參加者分乘兩部大巴，早晨七點從華東飯店出發。經過南京長江二橋，上高速公路，通過六合、儀徵，到達揚州。上午參觀了大明寺、鑒真紀念堂、唐城遺址、崔致遠史料陳列室、天山漢墓博物館。中午在百年老店“富春茶社”品味了“淮揚菜”，下午參觀了揚州雙博館（揚州中國雕版印刷博物館、揚州博物館），然後再經高速公路回到南京。

此次參觀的場所都與研討會的主題相配合，很有參觀價值。其中以下兩個景點是近年來才開放的，引起了參加者的極大興趣。

首先，崔致遠史料陳列室位於揚州唐城遺址内，是2002年10月才開放的（由中國江蘇省揚州市人民政府、韓國駐上海總領事館合建）。“友好使者”崔致遠從新羅渡唐，曾任淮南節度使高駢的從事。這個紀念崔致遠的陳列室中，用圖示板、照片詳細介紹了與崔致遠相關的資料。還有，2005年中國外交部批准建立“崔致遠紀念館”。這是中國政府批准的中國第一個外國人紀念館。計畫於2007年10月完成的工程正在進行當中。

還有，揚州雙博館的前身是揚州博物館，其歷史可以追溯到1951年建立的揚州博物館和同年開始建設的蘇北博物館。2003年8月，經國務院批准新建的揚州中國雕版印刷博物館，與收藏了揚州廣陵書社的十三萬多片古書版木的揚州博物館合併，作爲揚州雙博館，於2005年10月開放，是面積達5萬平方米的大型博物館。據説，我們參觀的那天是星期一，本是閉館日，是爲了我們研討會的參觀者才特地開放的。這次參觀中，以這件事爲主，每個細節都考慮得很周到，是一次内容非常豐富的文化考察。借此機會，謹向爲準備、安排會議而盡力的南京大學的相關人士表示感謝。

最後，參加此次研討會的日本學者來自中國思想、東洋史、中國文學，以及日本史、國文學、日本漢文學等不同領域，還有很多在日本各大學就職的中國學者。一般在日本召開的學術會議中不太有接觸機會的研究者們，獲得了新的交流機會，這也是本次研討會的收穫。

（原載日本《東方學》第115輯，2008年1月，吴正嵐摘譯）

作者名單

（按姓氏漢語音序排列）

卞東波　　南京大學
蔡　毅　　日本南山大學
曹　虹　　南京大學
陳鴻圖　　香港中文大學
陳益源　　臺灣成功大學
李淑如　　臺灣成功大學
程章燦　　南京大學
崔溶澈　　韓國高麗大學
馮翠兒　　南京大學
耿慧玲　　臺灣朝陽科技大學
郭萬平　　浙江工商大學
河野貴美子　日本早稻田大學
後藤昭雄　日本成城大學
黄仁生　　復旦大學
黄仕忠　　中山大學
金程宇　　南京大學
金榮鎮　　韓國啟明大學
金允朝　　韓國啟明大學
李　慶　　日本金澤大學
李昌淑　　韓國首爾大學
李長波　　日本京都大學
廖肇亨　　臺灣“中研院”中國文哲研究所
劉迎勝　　南京大學
劉玉才　　北京大學
劉玉珺　　四川交通大學
盧盛江　　南開大學

朴現圭	韓國順天鄉大學
錢南秀	美國萊斯大學
琴知雅	韓國延世大學
山崎誠	日本國文學研究資料館
水口幹記	浙江工商大學
松浦章	日本關西大學
町泉壽郎	日本二松學舍大學
川邊雄大	日本二松學舍大學
陶德民	日本關西大學
王寶平	浙江工商大學
王國良	臺灣臺北大學
王小盾	四川師範大學
文映霞	香港中文大學
黄耀堃	香港中文大學
吴正嵐	南京大學
徐雁平	南京大學
徐有富	南京大學
俞士玲	南京大學
張伯偉	南京大學
張宏生	南京大學
張新藝	西安外國語大學
張寅彭	上海大學
趙鍾業	韓國忠南大學
鄭　珉	韓國漢陽大學
鄒振環	復旦大學
左　江	深圳大學